KNAUR
SCIENCE FICTION FANTASY

Herausgeber
Werner Fuchs

Jahrtausende nach einem Krieg, der so schrecklich war, daß er selbst die Naturgesetze veränderte, wandeln Götter und Riesen wieder auf der Erde und treiben ihre rauhen Scherze mit den Menschen. Jord, der Schmied, ist einer ihrer Auserwählten. Zusammen mit einigen Männern seines Dorfes hilft er bei der Herstellung von zwölf geheimnisvollen Schwertern, die der Gott Vulkan selbst schmiedet. Und nur Jord ist es, der von allen Helfern Vulkans diese Arbeit überlebt. Der Gott überläßt ihm sogar ein Schwert, aber nicht ohne den rechten Arm des Schmieds als Preis dafür zu nehmen.

Jahre später – der einarmige Jord ist Müller geworden – will er das Schwert an seinen ältesten Sohn übergeben. Was er nicht weiß, ist, daß die lange unbenutzte Klinge magische Kräfte besitzt und Herzog Fraktin sie in seinen Besitz bringen will, egal, mit welchen Mitteln. Und so kommt es zu einem blutigen Kampf, bei dem Kenn, sein Ältester, getötet wird und sein Sohn Mark, der fast noch ein Kind ist, den Seneschall des Herzogs ungewollt erschießt. Mark muß fliehen! Er nimmt das Zauberschwert mit und bringt damit Dinge ins Rollen, die er mit seinem kindlichen Verstand noch gar nicht erfassen kann.

Mit diesen Ereignissen beginnt eines der erfolgreichsten Fantasy-Epen der letzten Jahre: Fred Saberhagens »Buch der Schwerter«.

Fred Saberhagen wurde 1930 in Chicago geboren. Anfang der sechziger Jahre begann er Science Fiction zu schreiben. Bekannt wurde er vor allem durch seine »Berserker«-Serie und den voluminösen Fantasy-Roman »Empire of the East«. Das dreibändige Epos um die Schwerter der Macht ist sein bislang erfolgreichstes Werk, das in den USA monatelang auf den Bestsellerlisten für Paperbacks stand.

Vollständige Taschenbuchausgabe

Umschlaggestaltung Franz Wöllzenmüller
Umschlagillustration Dino Marsan
Druck und Bindung Ebner Ulm
Printed in Germany 5 4
ISBN 3-426-05848-0

FRED SABERHAGEN

DAS BUCH DER SCHWERTER

DAS GROSSE FANTASY-EPOS

Die drei Bücher der Schwerter in einem Band

Aus dem Amerikanischen von Rainer Schmidt

Knaur

ERSTES BUCH

PROLOG

Ihm war, als sei es der erste, kalte Morgen der Welt, und er suchte nach dem Feuer.

Der Ort, an dem er suchte, lag hoch, ein lebloser, windgepeitschter Ort, ein rauhes, abweisendes Plateau von schwarzem, zersplittertem Felsgestein. Eiskalte Windböen trieben den Schnee vor sich her, und fließend wehte er wie ein weißes Pulver über den schwarzen Fels, weiße, flatternde Schleier über grauen, uralten Eisschichten, die beinahe ebenso hart waren wie der Felsen selbst. Am Himmel ließ sich die Dämmerung erahnen, doch noch war sie Hunderte von Kilometern entfernt, weit wie die winzigen Sägezähne des Horizonts im Nordwesten. Die Schnee- und Eisfelder an jenem fernen Rande der Welt begannen in rosigem Widerschein zu glühen.

Der eisigen Winde nicht achtend, durchschritt der Suchende in immer weiteren Kreisen den hohen, schroffen Felsenort und murmelte dabei vor sich hin. Das eine seiner kraftvollen Beine war verwachsen, er hinkte. Er suchte nach Wärme, nach dem Geruch von Schwefel in der Luft, nach allem, was ihn zu dem Feuer, das er brauchte, würde führen können. Aber seine Füße in ihren Sandalen waren zu ledrig und zu fühllos, als daß sie Wärme durch den Felsen hätten spüren können, und vereinzelte Spuren vulkanischer Dünste riß der Wind sogleich davon.

Jetzt richtete der Suchende seine Aufmerksamkeit auf eine Stelle, an der das Felsgestein durch die rauhe Eishaut ragte. Als er einen brauchbaren freien Fleck fand, trat und stampfte er mit harten Fersen auf den Eisrand ringsum und beobachtete aufmerksam prüfend, wie das Eis zerbarst. Ja, hier war eine Stelle, wo der Frost um einen Hauch weniger hart, der Griff der Kälte um eine Spur schwächer war. Irgendwo dort in der Tiefe war Wärme. Und Wärme bedeutete letztendlich Feuer.

Behende hinkend kletterte der Suchende an der Bergflanke entlang und hielt Ausschau nach einem Weg hinab zum Herzen des Berges. Er hatte richtig vermutet: Bald schon klaffte vor ihm eine mächtige Spalte, die schwach schweflige Schwaden ausdünstete. Zwischen zwei schützenden Felsen ging es

dort abwärts. Er begab sich geradewegs zu den harten Lippen dieses Mundes, doch bevor er sie überschritt, hielt er noch einmal inne, blickte zum Himmel hinauf und murmelte leise vor sich hin. Das erste Licht des nahenden Morgens erhellte den Himmel – einen fast völlig klaren Himmel, gesprenkelt in der Ferne nur von vereinzelten Wolken. Im Augenblick war nichts von ihm abzulesen.
Der Suchende stapfte durch den Felsenspalt hinunter. Rasch verengte sich der Schlund, bis er nur noch wenige Schritte breit war. Der Suchende grunzte und erfand neue Wörter, mit denen sich ächzen ließ, während er sich in stetem Abstieg voranzwängte. Er war jetzt sicher, daß das Feuer, das er brauchte, hier unten war, nicht weit von ihm entfernt. Kaum war er nur ein Stück weit in die Tiefe vorgedrungen, vernahm er das Gebrüll seiner Drachenstimme, das hitzig durch einen natürlichen Kamin ganz in der Nähe emporhallte, um schließlich irgendwo ins Freie zu dringen. Und so arbeitete er sich weiter auf diesen Klang zu. Sein Weg führte ihn durch einen Irrgarten aus hausgroßen Felsblöcken, die vor einer Ewigkeit, als irgendwo ein Gipfel dieses Berges eingestürzt war, hierhergeschleudert worden waren wie die Bauklötze eines Kindes.
Endlich fand der Suchende den tosenden Kamin, und er zwängte sich dicht an ihn heran, damit er eine Hand hineinschieben und das Feuer erfühlen konnte, wenn der nächste Schwall heraufloderte. Es war ein gutes Feuer, aus dem die Flamme kam, und sein Ursprung lag noch tiefer in der Erde, als er zu hoffen gewagt hatte, ein besseres Feuer, als er vernünftigerweise hatte erwarten können, selbst für eine so feine Arbeit, wie sie ihm jetzt zu tun oblag.
Nachdem er sein Feuer gefunden hatte, kletterte er zurück an die windgepeinigte Oberfläche und hinaus in die Morgendämmerung. An der Rückseite des hohen Felsplateaus, dicht vor der Flanke der nächsten steilaufsteigenden Klippe, gab es eine Stelle, die ein wenig Schutz vor dem Wind bot. Er beschloß, hier nun seine Schmiede einzurichten. Der auserwählte Platz war eine Nische, eine Höhle fast, eine natürliche Grotte in der Felswand, die darüber noch zu schwindelerregenden Höhen

aufragte. Vor dieser Höhle und rings um sie herum klafften weitere Kaminspalten im schwarzen Basalt der Felswand, Kamine, in denen jetzt nichts weiter aufstieg als kalter, heulender Wind, der ein wenig Schnee emporwirbelte. Die nächste Aufgabe des Suchenden war es nun, das Erdfeuer auf irgendeine Weise herzubringen, in einer Form, die physikalisch wie magisch bearbeitet werden konnte. Die Arbeit, die er mit dem Feuer zu tun gedachte, würde ihn tief in diese beiden Aspekte der Welt vordringen lassen. Er sah schon, daß er das Feuer in erdgewachsenem Holz herbeischaffen und neu würde entfachen müssen – und dies bedeutete eine weitere Verzögerung, hier auf dem baumlosen Dach der Welt. Aber geringfügige Verzögerungen fielen nicht ins Gewicht, verglichen mit der Notwendigkeit, die Arbeit richtig zu tun.

Während er an der für seine Schmiede auserwählten Stelle stand und nachdachte, sah er aus dem Augenwinkel Mächte, die am entlegenen Rande des Morgengrauens durch die Luft rasten. Er wandte den Kopf und sah, wie Farben über den fernen Himmel flackerten. Lichter, die bald böse und bald sanft erstrahlten. Wahrscheinlich, so dachte er bei sich, treiben sie ein Spiel, das überhaupt nichts mit mir oder mit meiner Arbeit zu tun hat. Gleichwohl blieb er regungslos stehen, und er beobachtete die Himmelsfarben und murmelte bei sich, bis die fliegenden Mächte verschwunden waren und er wieder absolut allein war.

Er begann, an der steilen Flanke des öden Berges hinabzusteigen. Er bewegte sich methodisch, hurtig und flink, trotz des verwachsenen Beines. Beinahe tausend Meter kletterte er so hinunter, bis dorthin, wo die ersten richtigen Bäume gediehen. Als er auf dieser Höhe angelangt war, gönnte er sich eine kurze Pause, und noch einmal betrachtete er den Himmel und durchforschte ihn nach Botschaften, die nicht kamen. Der Wind, eingekreist und hier zwischen den Bergen gefangen, zerzauste sein Haar und seinen Bart, die dicht waren und struppig wie ein Pelz, und geißelte sein Gewand aus Fell und Leder, daß die schmückenden Drachenschuppen rasselten.

Und da, plötzlich, begannen Namen in seinem Bewußtsein zu

kommen und zu gehen. Es war, als flackerten sie vor seinen Augen wie jene magischen Kräfte, die über den Himmel geflogen waren. Er dachte: Man nennt mich Vulkan. Ich bin der Schmied. Und er erkannte, daß der Abstieg von den höchsten Höhen, mochte die Strecke, die er zurückgelegt hatte, auch bescheiden sein, ihn veranlaßt hatte, nunmehr in menschlicher Sprache zu denken.

Um Holzscheite von der Größe und Zahl zu finden, die er für sein Feuer benötigte, mußte er den Hang noch ein wenig weiter hinuntersteigen, doch immer noch lagen die höchsten menschlichen Ansiedlungen um ein beträchtliches unter ihm. Bauernhöfe und Dörfer, die sich wie auf einer Landkarte vor ihm ausbreiteten, der Anblick einer fernen Burg auf einem Hügel – dies alles nahmen seine Augen wahr, aber nur als Hintergrundszenerie ohne unmittelbare Bedeutung. Seine Gedanken kreisten um die Aufgabe des Holzsammelns. Hier, wo der eigentliche Wald begann, war es nicht schwierig, Holz zu finden, doch zumeist stammte es von verkrüppelten Bäumen und war deshalb unhandlich geformt. Der Schmied sah, daß eine Axt oder sonst irgendein Hackwerkzeug für diesen Teil seiner Arbeit nützlich wäre, aber die einzigen greifbaren Werkzeuge, über die er – abgesehen von seinen Händen – verfügte, waren diejenigen, welche er für sein eigentliches Handwerk benötigte, und sie lagen allesamt an der Stelle, die er für seine Schmiede ausgesucht hatte. Doch im Grunde brauchte er nichts weiter als seine Hände, so unbeholfen sie im Umgang mit Holz auch mitunter sein mochten. Wenn ein Ast zu sperrig war, zerbrach er ihn einfach. Schließlich machte er sich mit einem mächtigen Bündel, das selbst seine Arme kaum umfangen konnten, auf den Rückweg. Sein Hinken war jetzt stärker als zuvor.

Während seiner Abwesenheit waren sein Amboß und alle seine anderen Werkzeuge, mit denen er Metall bearbeitete, am Platz der Schmiede eingetroffen und lagen dort in wilder Unordnung auf einem Haufen. Vulkan legte sein Feuerholz ab und ordnete alles Werkzeug säuberlich um den Punkt, an dem das Feuer brennen sollte. Als er damit fertig war, verschwand die Sonne hinter der Ostflanke des Berges, der über ihm emporragte.

Er hielt kurz inne, um prüfend zu betrachten, was er bisher getan hatte. Sein Atem ging ein wenig stoßweise, als müsse er sich ausruhen. Jetzt also mußte er in die Erde hinabsteigen und das Feuer heraufschaffen. Allmählich wünschte er sich, er hätte ein paar Sklaven bei der Hand, einige Helfer, die ihm einen Teil dieser langwierigen Einzelunternehmungen abnehmen könnten. Es nahte die Stunde, da er sich beinahe ausschließlich auf seine eigene Arbeit würde konzentrieren müssen. Er sehnte sich danach, das glühende Metall auf dem Amboß zu sehen und den Hammer in der Hand zu fühlen.
Statt dessen aber nahm er einen fünf Meter langen Balken wie einen Speer unter den Arm und stieg zum zweitenmal hinunter in das Labyrinth der Spalten, welches das Innere des Berges durchzog. Durch dieses Gewirr tastete er sich zurück an die Stelle, wo Feuer und Donner immer wieder durch gewundene Kamine emporstiegen. Diesmal näherte er sich dem Ort auf einem etwas anderen Wege, und bald sah er den Widerschein des rotglühenden Erdfeuers, der ihm grüßend entgegenleuchtete. Dieses Glühen schien, wenn es ans Tageslicht geriet, zu blinzeln, als sei es verblüfft darüber, daß dieser luftige Ort sich so anders zeigte als die Höllentiefen, in denen es geboren war.
An einem Engpaß in diesem Spalt rückten die Felsen zu beiden Seiten so eng zusammen, daß der Schmied und sein Holzbalken nicht gleichzeitig hindurchgelangen konnten. Er legte das Holz ab, drückte die Hände an den Fels und spannte wütend seine Muskeln an. Auch dies war eine der Arbeiten, bei denen seine Hände unbeholfen waren. Die riesigen, haarlosen Finger waren gespreizt und, wie seine Füße in ihren Sandalen, hart wie Leder. Seine Haut war überall grau. Sie hatte die Farbe des alten Rauches aus Millionen von Schmiedefeuern. Nun, als er sich gegen die Felsen stemmte, preßten die Sandalen an seinen mächtigen Füßen gegen andere Felsen unter ihm, gruben sich in Mulden von altem, verwehtem Schnee und zermalmten knirschend uraltes Eis. Nicht lange, und die Felsen, die den Spalt verengt hatten, gaben unter dem Druck seiner Hände nach, sie splitterten dröhnend, und Gestein prasselte herab.
Mit einem befriedigten Grunzen hob Vulkan, der Schmied,

sein Holz vom Boden auf. Ein letztes Mal hielt er inne und schaute hoch zu dem schmalen, klaren Himmelsstreifen, den er von hier aus sehen konnte. Es war nicht mehr als ein feiner, blauer Strich. Dann setzte er seinen Weg eilig fort.
Als er das Ende seines Balkens in den tosenden Kamin schob, fraß sich das Erdfeuer unverzüglich tief ins Holz. Der Balken war zu einer lodernden Fackel geworden, als der Schmied ihn aus dem infernalischen Spalt zog und wirbelnd hoch über sich in die Schatten schleuderte. Das harzige Holz knallte und schnappte in heißen, aromatischen Explosionen. Vulkan lachte, zufrieden mit dem Schmiedefeuer, das er eingefangen hatte, und dann klemmte er sich das Scheit unter den Arm und stieg rasch wieder aufwärts.
Bald schon flackerte das Schmiedefeuer an der Stelle, die er dafür vorbereitet hatte. Nun mußte sein Amboß, ein glatter Tisch aus altem, magischem Eisen, gerade und fest am richtigen Platz neben dem Feuer aufgestellt werden. Dies erforderte Zeit. Während er mit dem Amboß arbeitete und ihn um Haaresbreite hin- und herrückte, entschied der Schmied, daß er noch mindestens einmal bergab würde klettern müssen, um Feuerholz zu holen, ehe er mit seiner eigentlichen Arbeit anfangen konnte, denn wenn er sich darin einmal vertieft hätte, würde er keine Unterbrechung mehr gebrauchen können.
Sein Blick fiel auf den wartenden Blasebalg. Er runzelte die Stirn. Ja, es wäre unbedingt gut, vielleicht sogar notwendig, ein paar Helfer zu haben.
Je mehr er darüber nachdachte, desto klarer wurde es ihm. Ja, in einem bestimmten Augenblick würde angesichts der besonderen Natur seiner Arbeit menschliche Hilfe notwendig sein. Er hatte jetzt ein Erdfeuer, das in erdgewachsenem Holz brannte, und die saubere Höhenluft der Erde verlieh der Flamme ihren Geist. Dagegen stand, in gewisser Weise, das unirdische Metall, das er bearbeiten würde. An einer Wand der Grotte harrte Himmelseisen, ein Klumpen von der Größe eines Hünengrabes. Es war so schwer, daß der Schmied grunzte, als er es mit den Armen umschlang und in die Höhe hob, um es sorgfältig zu untersuchen. Er spürte, wie die inneren Energien, in

kristallinen Schichten unter Spannung, eifrig darauf warteten, von seiner Kunst geformt zu werden. Er spürte die ätherische, unirdische Magie des Stoffes – jawohl, so grob es jetzt auch aussehen mochte, schlackig und zernarbt an allen Seiten von der sanften Faust der Luft, die seinen irrwitzigen Fall aufgefangen und allmählich verlangsamt hatte, bis die Masse schließlich mit einem bloßen Krach und nicht verdampfend auf irdisches Felsgestein geprallt war. Ja, das Metall selbst würde genug, vielleicht sogar mehr als genug Unirdisches zu dem Unternehmen beitragen.

Menschenschweiß und Menschenschmerz waren unerläßliche Zutaten. Und Menschenangst würde ein Katalysator sein, an dem die Magie sich noch weiter verfeinern könnte. Selbst Menschenfreude würde sich vielleicht nutzbar machen lassen – falls der Schmied einen Weg finden konnte, diese rare Essenz zu extrahieren.

Und wenn er die zwölf Klingen erst geschmiedet hatte, wenn er sie, gerade und glühend, vom Amboß genommen hatte – nun, dann wäre Menschenblut gewiß das beste, ihren heißen Durst zu löschen...

Der kühle Nachtwind trug schrille Pfeifenmusik und langsames Trommeln an Malas Ohren, schon lange bevor die wenigen trüben Lichter des Dorfes Treefall zwischen den Bäumen vor ihr auftauchten. Der Klang der Trauerweisen sagte ihr, daß die entsetzliche Geschichte, die ihr daheim zu Gehör gebracht worden war, vermutlich stimmte. Noch einmal murmelte sie geistesabwesend ein Gebet zu Ardneh, und noch einmal peitschte sie ungeduldig mit den Enden ihrer Zügel die Flanken des alten Reittiers, auf dessen Rücken sie saß. Das Geschöpf war schon ein wenig alt und solch barsche Behandlung nicht gewohnt. Überhaupt waren ihm lange Reisen während der Nacht fremd. Als es den scharfen Hieb der Zügel spürte, stolperte es einmal und verlangsamte dann empört seinen Schritt. In ihrer Ungeduld erwog Mala, von seinem Rücken zu springen und allein auf der lichtlosen, ungepflasterten Straße vorauszulaufen. Aber sie hatte ihr Ziel schon fast erreicht. Sie hörte jetzt

das leise Gackern der Hühner im Dorf, die ihr Herannahen spürten. Und bald sah sie auch die ersten erleuchteten Fenster zwischen den Bäumen schimmern.
Auf der Hauptstraße, die genauso eng und schmal war wie die einzige Straße in ihrer Heimatstadt, stieg Mala ab. Über ihr leuchteten eine Million Sterne, deren Licht die Ludusberge, die wenige Kilometer weit im Osten aufragten, wie graue, gespenstische Riesen erscheinen ließ. Die Herbstnächte hier im Hochland waren schon kalt, und so trug sie ein Tuch über ihrer gewöhnlichen Kleidung, der selbstgesponnenen Hose einer Arbeiterin und einem weiten Hemd.
Die Trauermusik kam aus einem Gebäude, welches das Rathaus des Dorfes sein mußte, denn ringsum war kein größeres Haus zu sehen, und es war eines der wenigen, in denen Licht brannte. Mala band ihr Tier an einem öffentlichen Pfosten an, wo sich schon viele andere drängten. Leichtfüßig, obwohl ihre Gelenke von dem langen Ritt noch steif waren, trabte sie die wenigen Stufen zum Rathaus hinauf. Ihr Haar war lang, dunkel und lockig, das Hübscheste an ihrer körperlichen Erscheinung. Ihr Gesicht war ein wenig zu breit, als daß man es nach allgemeinen Maßstäben schön hätte nennen können. Auch ihre Gestalt war breit und kräftig, und sie strotzte von Jugend und Gesundheit.
Schnellen Schritts gelangte sie auf die überschattete Veranda vor dem Eingang des Gebäudes, und erst jetzt bemerkte sie, daß dort schon ein Mann stand, im Schatten nicht weit vom Vorhang des Eingangs, durch den Kerzenschein und Musik drangen. Sie hörte das Murmeln vieler Stimmen und das sanfte Stampfen tanzender Füße. Das bärtige Gesicht des Mannes war Mala unbekannt, aber in seiner Erscheinung lag eine gewisse Bedeutsamkeit. Er mußte, so dachte sie, einer der Ältesten des Dorfes sein.
An einem Ältesten einfach vorbeizuhasten, ohne seine Anwesenheit zur Kenntnis zu nehmen, wäre unhöflich gewesen, und so blieb Mala mit einem Fuß im Schatten, den der aufgehende Mond über die Veranda warf, stehen. »Herr, bitte, könnt Ihr mir sagen, wo ich Jord, den Schmied, finde?« Da die Höflichkeit

erforderte, daß sie den Mann anredete, wollte sie zumindest ihre Worte nicht vergeuden, sondern sie für ihre dringliche Suche nutzbar machen.
Der Mann antwortete nicht sogleich. Statt dessen schaute er nur in ihre Richtung, als habe er sie nicht deutlich gehört oder verstanden. Als er ihr das Gesicht zuwandte, sah Mala, daß er von großem Schmerz oder Gram wie betäubt war.
Wieder redete sie ihn an. »Ich suche Jord, den Schmied. Wir sollten – wir sollen heiraten.«
Verstehen zog über das gequälte Gesicht. »Jord? Er atmet noch, Kind. Nicht wie mein Sohn – aber sie sind beide dort drinnen.«
Mala schob den Vorhang aus Häuten, der die Tür halb verdeckte, beiseite und trat ein. In den siebzehn Jahren ihres Lebens hatte sie noch keine größere Menschenmenge in einem Raum versammelt gesehen. Nach ihrer groben Schätzung drängten sich vierzig Leute, vielleicht mehr, in dieser Nacht hier zusammen. Gleichwohl bot die Halle genügend Raum für eine solche Menge. Sie war sogar groß genug, daß in der Mitte eine beträchtliche Fläche frei von Menschen sein konnte. In diesem mittleren Bereich standen fünf roh zusammengezimmerte Bahren. Eine jede war mit schwarzem Tuch bedeckt, und an den Kopf- und Fußenden brannten kostbare Kerzen. Auf jeder Bahre lag ein toter Mann, bedeckt von rituellen Gewändern; bei mehr als einem der Leichname aber reichten die Gewänder nicht aus, um die Spuren von Gewalt an den Leibern zu verdecken.
Am Fußende der mittleren Bahre stand ein einzelner Stuhl. Darauf saß Jord. Kaum hatte sie einen Blick auf ihn geworfen, sog Mala erschrocken die Luft zwischen den Zähnen ein, denn jetzt sah sie, daß die üble Kunde, die ihr in ihrem Heimatdorfe zu Ohren gekommen war, auch in dieser Hinsicht der Wahrheit entsprach: Der rechte Arm ihres Anverlobten endete wenige Zentimeter unter der Schulter. Der Stumpf war eng mit einem frischen, sauberen Verband umwickelt; hier und da nur leuchteten rote Flecken, wo die Blutung hindurchgesickert war. Jords stoppelbärtiges Gesicht erschien alt und eingefallen, und in Malas Augen sah er aus wie sein eigener Vater. Durch

sein helles Haar zog sich eine graue Strähne, die sie noch nie bemerkt hatte. Seine blauen Augen waren niedergeschlagen, und sie starrten beinahe stumpfsinnig auf die Dielen des Fußbodens und auf die Füße der Tänzer, die einen oder zwei Schritte weit vor ihm langsam darüber hinwegstampften. Der Ring der Dörflerinnen, die da so langsam zu dem Klagelied tanzten, umgab die Bahren und den Stuhl, und ihre Füße schlugen leise den Takt zu der Trommel, die im hinteren Teil der Halle feierlich dröhnte.

Und außerhalb des Tanzkreises drängten sich die übrigen Trauernden – ja, vierzig mochten es leicht sein – in buntem Treiben zusammen: Sie weinten und scherzten, schwatzten, beteten, aßen und tranken, meditierten und jammerten schmerzerfüllt, ganz wie ihnen zumute war, ein jeder nach seinem Empfinden. Ein Priester Ardnehs war zugegen, kenntlich an seinem weißen Gewand, und er tröstete eine alte Frau, deren gramvolles Kreischen alle anderen Geräusche übertönte. Die meisten Leute in der Menge sahen aus, als seien sie Bewohner dieses Dorfes, wie es ja auch zu erwarten war – es hatte geheißen, daß die Toten, wie auch Jord, allesamt von hier stammten. Einige der Gesichter erkannte Mala von früheren Besuchen, die sie Jord und seiner Familie abgestattet hatte, wieder. Aber die meisten waren ihr unbekannt, und ein paar waren ausländisch gekleidet, so als kämen sie von weit her.

Mala stand noch immer dicht bei der Tür. Während sie über Schultern hinweg und zwischen wimmelnden Gestalten hindurchsah, hauchte sie ein Dankgebet an Ardneh, weil Jord noch am Leben war. Und dennoch spürte sie, wie mitten im Gebet ein neuerlicher Schmerz sie durchzuckte. Der Mann, den sie heiraten würde, war drastisch und furchtbar verändert worden, noch bevor sie Gelegenheit gehabt hatte, ihn in seiner ganzen Gesundheit, Kraft und Jugend kennenzulernen. Dann, als wolle sie diesen Gedanken beiseite wischen, versuchte sie, weiterzugehen und eilends zu Jord hinüberzustürzen. Aber die dichte Menschenmenge hielt sie zurück.

In diesem Augenblick war ihr, als bliebe die Zeit stehen – doch es mußte eine Sinnestäuschung gewesen sein. Sie war es nicht

gewohnt, sich in Menschenmengen aufzuhalten, und als ihr Blick über die Gesichter ringsumher wanderte, sah sie, daß alle noch immer taten, was sie auch einen Augenblick zuvor getan hatten. Aber in jenem Augenblick der Pause hatte die Hand eines anderen den Vorhang aus Häuten, der vor den Ausgang drapiert war, beiseite geschoben. In all dem Lärm, der Musik, dem Gejammer und dem Geplauder, hatte sie das leise Rascheln nicht hören können, aber sie fühlte, wie sich der Hauch des kalten Windes verstärkte, der hier des Nachts von den Bergen herabwehte.
Und dann, im nächsten Augenblick, legte sich eine Männerhand auf Malas Arm – nicht sanft schmeichelnd, und auch nicht grob, sondern einfach so, als habe sie ein Recht, dort zu ruhen, wie die Hand eines Vaters oder eines Onkels. Aber der Mann war nichts dergleichen. Sein Gesicht war vollständig hinter einer Maske verborgen, die aussah, als sei sie aus dunklem, gestanztem Leder gefertigt. Mala sah die Maske mit Überraschung, doch nur für einen Moment. Schon früher, bei Begräbnissen und Totenfeiern, hatte sie Männer mit Masken gesehen. Der Grund für derlei war, daß Fehden verschlimmert, Freundschaften und Bündnisse mitunter auf harte Proben gestellt werden konnten, wenn ein Mann, dessen Meinung etwas galt, in der Öffentlichkeit dabei gesehen wurde, wie er um den Feind eines Freundes oder Bundesgenossen trauerte; gleichzeitig aber mochte eine im Widerspruch zu seinen sonstigen Vorlieben stehende Verhaltensregel ihn dazu zwingen. Eine Maske gestattete, daß die Identität ihres Trägers von denjenigen, welche sie nicht zu kennen wünschte, ignoriert werden konnte, auch wenn sie eigentlich kein Geheimnis war.
Der Maskierte war eher klein zu nennen, und er war schlicht, aber recht gut gekleidet. Mala hielt ihn für relativ jung. »Was ist geschehen, Mala?« Seine Stimme, dicht bei ihrem Ohr, war fast ein Flüstern.
Er kannte sie. Also war er wahrscheinlich ein ferner Verwandter Jords. Oder, dachte Mala, als sie das kurze Schwert an seinem Gürtel erblickte, er war sogar ein niederer Lord oder Ritter, einer, der vielleicht irgendwann einmal Jords Dienste

als Schmied oder Waffenmacher in Anspruch genommen hatte.
Und der Maskierte mußte aus einiger Entfernung hergekommen und eben erst eingetroffen sein, wenn er nicht wußte, was geschehen war. Angesichts solcher Ahnungslosigkeit stolperte Mala über ihre eigenen Worte, als sie versuchte, weniger die Geschichte, wie sie sie gehört hatte, zu wiederholen, als vielmehr eine vernünftige Erklärung für das grauenvolle Geschehnis zu finden. Aber eine Erklärung war nicht leicht zu finden. Sie versuchte es. »Sie... alle sechs... sie wurden von einem Gott gerufen, und er befahl ihnen, den Berg hinaufzusteigen. Dann ...«
»Welcher Gott war es, dessen Ruf sie folgten?« Die ruhige Stimme verriet keine Überraschung über die Erwähnung von Göttern. Sie fragte nach Tatsachen.
Einer der Männer, die vor Mala gestanden und ihr unabsichtlich den Weg zu Jord versperrt hatten, drehte sich bei diesen Worten um. »Es war Vulkan, der sie rief. Kein Zweifel, der Gott wählte sie selber aus. Ich habe ihn gehört, und nicht nur ich allein, sondern das halbe Dorf – ja, mehr als das. Vulkan selbst kam in der Nacht herunter vom Berg und rief die sechs Männer bei ihren Namen. Wir anderen zogen uns die Bettdekke über den Kopf, das kannst du mir glauben. Am nächsten Tag, als noch keiner der sechs zurückgekehrt war, versammelten wir uns hier in der Ratshalle und besprachen uns. Die Frauen drängten uns, herauszufinden, was geschehen war, und schließlich machten sich einige von uns an den Aufstieg... Es war nicht schön, was wir fanden, das kann ich dir sagen.«
»Und was«, so fragte der Maskierte, »wäre geschehen, wenn sie Vulkans Ruf nicht gefolgt wären?« Das Licht in der Halle war zu unstet, als daß Mala hätte erkennen können, ob seine Hände wie die eines Arbeiters oder eines Hochgeborenen aussahen. Das Haar, das unter der Kapuze seiner Jacke hervorquoll, war dunkel und ein wenig gelockt, und es verriet ihr nichts über seine gesellschaftliche Stellung. Vielleicht war es diese auffällige Unbestimmbarkeit seiner Erscheinung, die in Malas Gedanken einen Verdacht erwachen ließ, der aus dem Nichts zu

kommen schien: *Ob dies wohl der Herzog selbst sein könnte?* Gesehen hatte Mala den Herzog noch nie, aber wie tausend andere seiner Untertanen, die ihn gleichfalls noch nie zu Gesicht bekommen hatten, wußte sie gewisse Dinge über ihn – oder sie glaubte sie doch zu wissen. Eines der spannendsten davon war das Gerücht, daß er von Zeit zu Zeit verkleidet auszugehen pflege, um bei seinem Volk zu spionieren und Abenteuer zu erleben. Anderen Berichten zufolge war er ein verhältnismäßig junger Mann, und es hieß auch, er sei von kleiner Körperstatur.

Jord, so dachte Mala, hatte vielleicht einmal für den Herzog gearbeitet, vielleicht auch der eine oder andere unter den Toten auf den Bahren. Damit ließe sich erklären, weshalb der Herzog heute nacht hier erschienen war... Sie ermahnte sich selbst, daß sie dabei war, eine Geschichte zu erfinden, aber dennoch... Gelegentlich erzählte man sich auch von der Grausamkeit des Herzogs, aber dergleichen Gerüchte, vermutete Mala, drehten sich wohl um so gut wie alle Mächtigen. Selbst wenn sie der Wahrheit entsprachen, dachte sie, schloß dies die Möglichkeit nicht aus, daß Herzog Fraktin hin und wieder auch ein wohlwollendes Interesse an den armen, abgelegenen Dörfern seines Reiches zeigte.

Der brave Bürger, der sich umgedreht und das Geschehene geschildert hatte, hegte offensichtlich keine solchen überspannten Vorstellungen bezüglich der Identität des Maskierten. Er musterte ihn, als sei er nicht sonderlich beeindruckt von dem, was er sah – Kurzschwert oder nicht. Er beantwortete die Frage des maskierten Mannes mit leisem Schnauben und schüttelte den Kopf. »Wer würde zu widersprechen wagen, wenn ein Gott ruft? Wenn du mehr darüber wissen willst, solltest du Jord fragen.«

Jord hatte Mala noch nicht bemerkt. Der sehnige, jung-alte Mann mit einem Arm und einem umwickelten Stumpf saß auf dem Stuhl, den das Ritual ihm zuwies, fast so, als sei er selbst einer der Toten.

Mala hörte, wie der brave Bürger sagte: »Sein Arm liegt immer noch dort oben auf dem Berg, aber er hat ein Entgelt dafür mitgebracht.« Sie versuchte nicht erst zu verstehen, was damit gemeint sein mochte, sondern drängte sich zwischen den Umstehenden hindurch und rannte auf Jord zu. Im Kreise der langsam Tanzenden sank Mala vor dem Mann, den zu heiraten sie gelobt hatte, auf die Knie, umklammerte seine eine Hand und seine Beine und versuchte ihm zu sagen, wie sehr es sie schmerze, zu sehen, was ihm widerfahren war, und daß sie zu ihm geeilt sei, so schnell sie habe kommen können, als die grauenhafte Kunde sie erreicht habe.

Zuerst sprach Jord kein einziges Wort, sondern blickte Mala nur wie aus weiter Ferne an. Allmählich erst kehrte das Leben in sein Gesicht zurück, und nach einigen Augenblicken begann er zu reden. Mala konnte sich später nie genau daran erinnern, welches die ersten Worte gewesen waren, die sie miteinander gewechselt hatten, aber danach konnte Jord um das Leben seiner Freunde und um seinen eigenen Verlust weinen, und Mala konnte ihn trösten. Tanz und fieberhaftes Festgetümmel nahmen unterdessen ihren Fortgang, unterbrochen nur gelegentlich durch lautes Gejammer. Als Mala von ihrem Platz nahe der Hallenmitte zum Eingang zurückschaute, erhaschte sie zwischen den Gestalten der Trauernden noch einmal einen Blick auf den Mann mit der gestanzten Ledermaske.

»Es wird noch alles gut werden, mein Mädchen«, brachte Jord schließlich heraus. »Bei den Göttern – es tut wohl, dich umarmen zu können.« Und er umschlang Mala, die neben ihm stand, leidenschaftlich mit dem einen, starken Arm eines Schmiedes. »Ich bin noch nicht vernichtet. Ich habe darüber nachgedacht. Ich werde die Schmiede hier verkaufen und mir woanders eine Mühle kaufen. In Arin steht eine, die ich bekommen kann... Und wenn ich einen oder zwei Gehilfen einstelle, kann ich eine Mühle auch mit einer Hand betreiben.«

Mala sprach ein paar zustimmende Worte und versuchte sie ermutigend klingen zu lassen. Sie schloß die Augen und hoffte innig, daß es ihr gelingen möge. Wenn Jord erst genesen wäre, so sagte sie sich, würde er wieder ein junger Mann sein und seine alte Kraft wenigstens teilweise wiedererlangen. Mit einem Einarmigen vermählt zu sein, würde so schrecklich nicht

werden, wenn es sich um einen Mann von Vermögen handelte... Da lösten sich zwei kleine Kinder, die Kinder des Witwers Jord aus seiner ersten Ehe, aus der Menge, lehnten sich besitzergreifend an die Beine ihres Vaters und lenkten Mala von ihren sorgenvollen Erwägungen ab, indem sie sie anstarrten. Die Hände des Knaben, Kenn, spielten planlos mit dem rauhen Tuch, das einen langen, schmalen Gegenstand umhüllte, der an den Stuhl seines Vaters gelehnt war. Mala hatte diesen Gegenstand weiter keines Gedankens gewürdigt. Sie hatte angenommen, es handele sich um irgendein Hilfsmittel, das man dem verkrüppelten Mann gebracht hatte – eine Krücke oder vielleicht gar eine Tragbahre. Jetzt aber, da sie sich das Bündel ein wenig genauer anschaute, sah sie, daß es für dergleichen keinesfalls lang genug war, und sie wußte auch keinen ersichtlichen Grund, eine Krücke oder eine Trage in ein Tuch zu hüllen. Zudem hatte es nicht den Anschein, als könne Jord aus einem dieser beiden Hilfsmittel irgendeinen Nutzen ziehen.
Jord sah, worauf ihre Blicke ruhten. »Mein Lohn«, sagte er. Sanft schob er die kleinen Hände seines Sohnes von dem eingewickelten Gegenstand. »Noch gehört es nicht dir, Kenn. Alles zu seiner Zeit. Und du brauchst dir den Kopf darüber nicht zu zerbrechen, Marian.« Mit seinem kräftigen Zeigefinger streichelte er seiner zierlichen Tochter über die Wange. Dann schloß sich seine Faust fest um das obere Ende des Bündels, und er hob es in die Luft und schüttelte es, so daß die rauhe Umhüllung herunterfiel, wo seine Hand sie nicht hielt. Die Leute in der Runde wandten sich um und schauten herüber. Es war eine Klinge, einen ganzen Meter lang und so gerade wie ein Pfeil. Die Seiten waren leicht geriefelt, und beide Schneiden waren zu makellosen Linien geschliffen, so scharf, daß sie fast unsichtbar waren.
»Was? Wer...?« stotterte Mala ratlos.
»Vulkan hat es mit eigener Hand gefertigt.« Jords Stimme klang rauh und verbittert. »Es ist für mich, und später dann für meinen Sohn. Es ist mein Lohn.«
Mala staunte stumm. Die Berichte, die sie in ihrem Heimatdorf gehört hatte, waren offensichtlich unvollständig gewesen. Von

einem Schwert hatte niemand etwas gesagt... Jords Lohn? Selbst in dem ziemlich trüben Kerzenlicht schimmerte der polierte Stahl. Malas scharfe Augen erkannten ein feines, zart geflecktes Muster auf der flachen Seite der Klinge, das sich bis tief ins Metall hinein fortzusetzen schien, wenngleich die Oberfläche makellos glatt war.

Die Reihe der Tanzenden stand beinahe still. Die Mienen der Leute waren unterschiedlich, aber alle hatten sich, wie auch viele im Gedränge dahinter, umgedreht und starrten auf die Klinge.

»Mein Lohn«, wiederholte Jord, und immer noch war seine Stimme rauh. Man hörte ihn überall, denn plötzlich war es recht still geworden. »Vulkan hat es gesagt, als er mir den Arm abgeschlagen hatte.« Er schüttelte das Schwert in seiner ungeübten Hand. »Dies für meinen Arm. Das waren die Worte des Gottes. Er nannte es ›Stadtretter‹.« Große Bitterkeit lag in Jords Stimme, doch es war eine Bitterkeit von unpersönlicher Art, ein Zorn, wie ihn wohl ein Mann gegen ein Gewitter äußern mochte, das ihm die Ernte vernichtet hatte. Seine Hand begann vor Schwäche zu zittern, und er ließ das Schwert sinken und versuchte es wieder einzuwickeln. Mala mußte ihm dabei helfen.

»Ich muß etwas Feineres beschaffen als dieses Tuch, um es darin aufzubewahren«, murmelte er.

Mala wußte immer noch nicht, was sie sagen oder denken sollte. Das Schwert hatte sie ratlos gemacht, und sie begriff nicht, was es bedeuten konnte. Jords Lohn, von Vulkan? Lohn wofür? Warum hätte der Gott den rechten Arm eines Menschen haben wollen? Und warum ein Schwert? Was sollte ein Schmied – oder sonst irgendein Gemeiner – mit einer solchen Waffe anfangen?

Später würde sie dies alles im einzelnen mit Jord besprechen müssen. Dies war nicht die Zeit und nicht der Ort dafür. Tanz und Lärm ringsumher waren wieder erwacht, ein wenig gedämpfter allerdings als zuvor.

»Mala?« Ein neuer, anderer Klang erfüllte Jords Stimme.

»Ja?«

»Der Tanz wird bald vorüber sein. Ich muß hierbleiben, denn man wird noch weiteren Heilzauber und zusätzliche Rituale an mir vollziehen. Aber du solltest jetzt vielleicht besser aufbrechen.« Er ließ sich matt auf seinem Stuhl zurücksinken und schloß die Augen.

Mala verstand. Wenn ein Trauertanz wie dieser zu Ende gegangen war, folgte zumeist noch ein letzter Akt gemeinsamen Treibens: Diejenigen der Trauernden, denen es gestattet war, gingen paarweise auseinander, Mann mit Frau, Junge mit Mädchen. Sie wanderten hinaus in die fruchtbaren Felder, die das Haus oder das Dorf umgaben, und dort vereinigten sie sich auf dem Boden, von dem sie ernteten. Der Tod wurde so, wenn nicht verhöhnt, doch in gewisser Weise aufgehoben durch jene andere, ebenso alte Macht der Schöpfung neuen Lebens. Noch war Mala eine unverheiratete Frau und somit, wollte man die Regeln streng auslegen, noch immer frei, am letzten Ritual der Nacht teilzunehmen. Aber da es bis zu ihrer Vermählung nur noch zwei Tage waren, wäre es unschicklich gewesen, dies mit einem anderen als ihrem Bräutigam zu tun. Aus Jords Armstumpf aber quoll noch Blut, und er konnte sich kaum aufrecht auf seinem Stuhl halten.

So antwortete sie: »Ja, ich werde mich aufmachen. Morgen, Jord, sehen wir uns wieder.« Jetzt würde sie sich auf den weiten Ritt zurück zu ihrem Dorf begeben oder hier ein Plätzchen finden müssen, wo sie den Rest der Nacht verbringen konnte. Zu Jords Familie hatte sie kein Zutrauen, sie wußte nicht, ob diese Leute sie mochten und ob sie in ihren Häusern willkommen sein würde. Vielleicht wußten sie – mit Ausnahme der beiden Kinder – noch gar nicht, daß sie hier war. Dem Brauch entsprechend hatten die Familienältesten beider Seiten die Heirat vorbereitet, und die beiden Familien waren noch nicht lange miteinander bekannt.

Mala hatte Jord gleich beim ersten Zusammentreffen gemocht. Sie hatte keine Einwände erhoben, als die Verbindung beschlossen worden war, und sie hatte auch jetzt keinen ernsthaften Einwand dagegen, die Vereinbarung aufrechtzuerhalten. Tatsächlich hatte seine Verstümmelung bewirkt, daß sie sich noch stärker an ihn gebunden fühlte. Gleichzeitig jedoch...

Die Mitte der Halle, in der Tod und Verwundung ihren Platz einnahmen, schien ihr nach Sterben, Leid und Niederlage zu riechen. Mala erfaßte noch einmal Jords verbliebene Hand und seine Schulter, dann wandte sie sich von ihm ab. Andere, die wie Mala nicht bleiben wollten oder konnten, schickten sich gleichfalls an zu gehen. Mit einer kleinen Gruppe drängte sie sich zwischen den Häuten vor der Tür hindurch. Rasch löste die Gruppe sich auf, und als sie bei dem Pfosten angelangt war, wo die Reittiere standen, war sie allein auf der dunklen Straße. Sie ergriff die Zügel ihres Tieres, um es loszubinden.

»Es ist noch nicht vorüber«, sagte die ruhige, leise Stimme des maskierten Mannes ganz in ihrer Nähe.

Mala drehte sich langsam um. Nur das Licht unzähliger Sterne beleuchtete ihn, denn der Mond war hinter einer Wolke verschwunden. Auch er war allein, und er streckte Mala eine Hand entgegen, die sie ergreifen konnte, wenn sie es wollte. Ringsumher gingen andere Paare die Straße hinunter und strebten unerkannt den Feldern zu.

Fast neun Monate waren vergangen, bevor Mala die dunkle Ledermaske und ihren Träger wiedersah, und auch da nur zwischen anderen Bildern eines rauschhaften Traumes. Sie war mit ihrem Gatten Jord unterwegs zu einem anderen Begräbnis (zu dem eines Mannes, der zweifellos ihr bedeutendster Verwandter gewesen war, eines niederen Priesters im Blauen Tempel), und sie waren bei dem großen Tempel Ardnehs angelangt, der ungefähr zweihundert Kilometer weit von der Mühle und ihrem Zuhause entfernt war, als die Wehen einsetzten.

Da sie zum erstenmal entband, wußte Mala die warnenden Vorzeichen nicht zu deuten. Trotzdem hätte sie sich kaum einen besseren Ort für ihre Niederkunft auswählen können, und wenn sie noch so sorgfältig geplant hätte. In den Ardneh-Tempeln gab es allgemein die besten Hospitäler auf dem ganzen Kontinent – und für die meisten Menschen waren es auch die einzigen, die ihnen offenstanden. Viele der Priester und

Priesterinnen Ardnehs waren heilkundig und verstanden sich auf Geburtshilfe und auf die Komplikationen, die bei einer Entbindung auftreten konnten. Sie kannten viele Drogen und ein wenig Heilzauber, und einige von ihnen hatten sogar Zugang zu gewissen erhaltenen Technologien der Alten Welt – genug, um die geheimnisumwobene Kunst wirksamer Chirurgie ausüben zu können.

Es war kurz vor Sonnenuntergang, als Malas Wehen ernstlich einsetzten. Und als die Sonne hinter dem Horizont verschwand, erhob sich Musik in diesem Tempel, eine Musik, die sich durch Zufall nicht sonderlich von derjenigen unterschied, die achteinhalb Monate zuvor bei der Trauerfeier im Dorf gespielt worden war. Vielleicht war es dieser ähnliche Trommelklang, der dazu beitrug, das maskierte Gesicht in ihren Träumen wieder auftauchen zu lassen, der Trommelklang – und natürlich Malas glühender, aber bislang auf das strengste geheimgehaltener Verdacht, nicht Jord, sondern der Mann, dessen Gesicht sie nie ohne die Maske gesehen hatte, könne der Vater ihres Erstgeborenen sein. Im Laufe der vergangenen Monate hatte sie versucht, über Herzog Fraktin herauszufinden, was sie konnte, aber abgesehen davon, daß Gerüchte über gelegentliche Grausamkeit und über Ausflüge, die ihn in Verkleidung unter das gemeine Volk führten, über Reichtum und über magische Kräfte bestätigt wurden, wußte sie jetzt nur wenig mehr über ihn als vorher.

In dieser Nacht nun, da sie in einer Entbindungskammer auf halber Höhe des mächtigen, pyramidenförmigen Tempels lag, wurde Mala in den Augenblicken der Klarheit zwischen Schmerz und Drogen über ihre Träume befragt. Die Hebammen-Priesterin hatte Jord mit einem vorgetäuschten Auftrag davongeschickt, und jetzt befragte sie Mala mit knappem, berufsmäßigem Interesse – aber auch mit fühlbarer Warmherzigkeit – ausführlich über die Träume, die sie während der letzten Wehen geträumt hatte. Drogen und Zaubersprüche wirkten sich unmittelbar auf die Schmerzen aus und verwandelten sie in Träume, die bald heiter, bald finster waren.

Mala beschrieb der Priesterin den maskierten Mann so gut sie es vermochte. Seine Gestalt, sein Haar, seine Kleidung, sein kurzes Schwert und die Maske, dies alles aber ohne zu erwähnen, wann, wo oder wie sie ihm im wirklichen Leben schon einmal begegnet war. Sie fügte hinzu: »Ich glaube... ich bin nicht sicher, und ich weiß nicht genau, weshalb, aber ich glaube, es könnte Herzog Fraktin sein. Er herrscht über das Gebiet, in dem wir leben.« Und Malas Herz war von einem geheimen Stolz erfüllt, einem Stolz, der vielleicht in ihrer Stimme zutage trat.

»Ah, dann vermute ich, daß dieser Traum ein gutes Omen ist.« Aber es klang ein wenig amüsiert, wie die Priesterin dies sagte.

»Ihr glaubt nicht, daß es der Herzog war?« Mala war plötzlich beunruhigt.

»Du weißt darüber mehr als ich, meine Liebe. Es war dein Traum. Nach allem, was ich weiß, kann es ebensogut der Kaiser gewesen sein.«

»O nein, so sah er nicht aus. Scherzt nicht mit mir.« Mala hielt inne. Ihr berauschter Verstand arbeitete nur langsam. Jeder hatte schon vom Kaiser gehört, in Scherzen, Anekdoten und Redensarten. Mala konnte sich nicht erinnern, ihn jemals gesehen zu haben, aber sie wußte, daß man sich erzählte, er trage die Maske eines Narren, nicht die eines Herren. Als die Priesterin diesen Alttitel erwähnt hatte, waren ihr all die Stadtstreicher, die vagabundierenden Witzbolde, die man in jedem Dorfe zu Gesicht bekam, in den Sinn gekommen. Und dann war ihr ein bestimmter, ein wirklicher Clown eingefallen, der jahrelang auf jedem Jahrmarkt, auf jedem Fest erschienen war und der ein trauriges, groteskes Gesicht über seine eigenen Züge gemalt hatte. Nicht daß ihr jemals der Gedanke gekommen wäre, einer dieser Männer könne tatsächlich der Kaiser sein. In Anekdoten und Witzen war der Kaiser ein uralter Mann, der unablässig den absurden Anspruch vertrat, ein gewaltiges Reich zu regieren, und der von Baronen und Herzögen, von Großherzögen und Tyrannen, ja, von Königen und Königinnen Tribut forderte. Einige dieser Geschichten handelten von der Vorliebe des Kaisers für sinnlose Rätselfragen (*»Und was wäre geschehen, wenn sie Vulkans Ruf nicht gefolgt wären?«*

hallte es plötzlich unangenehm durch Malas wirbelnde Gedanken). Andere Geschichten erzählten, wie er Streiche spielte, von denen manche, denen dergleichen gefiel, sagten, sie seien recht schlau. Und es gab eine sprichwörtliche Redensart, die besagte, daß ein uneheliches Kind – oder jemand, der vom Pech verfolgt war – ein Kind des Kaisers sei.

Mala hatte niemals Grund gehabt, die Möglichkeit zu erwägen, ein wirklicher Mann, der die wirkliche Welt durchstreifte, könnte diesen Titel tragen, geschweige denn, daß dieser Mann am Ende mit ihr ... nein, sie war von starken Drogen berauscht und konnte nicht klar denken. Der Herzog – oder wer es sonst gewesen sein mochte – war sehr jung gewesen, und er hatte ganz gewiß nicht die Clownsmaske des Kaisers getragen.

Durch den Dunst der Halluzinationen, die mit den nächsten Wehen über sie hereinbrachen, hörte Mala, wie Jord zurückkam. Vielleicht, so dachte sie, voller Hoffnung jetzt, war Jord ja doch der Vater des Kindes. Sie konnte ihn nicht sehr deutlich erkennen, aber sie hörte, wie er atemlos vom hastigen Aufstieg über zahllose Tempeltreppen keuchte und mit beinahe kindischem Stolz verkündete, erfolgreich aufgespürt zu haben, wonach die Priesterin ihn geschickt hatte. Und dann fühlte Mala, wie er ihre beiden Hände mit seiner riesigen Pranke umfaßte, und sie hörte, wie er voller Besorgnis anfing, der Priesterin davon zu erzählen, wie seine erste Frau im Kindbett bei der Geburt des dritten Kindes gestorben sei. Was würde Jord jetzt denken, wenn er wüßte, daß es vielleicht der Herzog war ...?

Und dann übermannte sie der Traum, in den der letzte Schmerz der Geburtswehen verwandelt wurde. Neue Stimmen erhoben sich in schrillem, magischem Singsang. Es waren die Stimmen unsichtbarer Wesen, die um Malas Bett herummarschierten. Jord, die Priesterin und alle anderen Menschen waren verschwunden, aber Mala hatte keine Zeit, sich deswegen zu beunruhigen, denn zu viele pure Köstlichkeiten fesselten ihre Aufmerksamkeit, hier in diesem Blumengarten, in dem sie ruhte ...

Der Gesang nahm zu, aber andere Stimmen, in unmusikalischem Streit befangen, drangen hindurch, zu laut, als daß irgendeine Musik sie hätte übertönen können. Sie klangen erzürnt, so, als sei es ein ernsthafter Streit...

Blumen häuften sich zu allen Seiten, und rings um Mala verstreut lagen gewaltige Massen von Blüten in verschwenderischer Fülle, darunter Arten, die sie weder in Wirklichkeit noch in der Phantasie jemals gesehen hatte. Sie lag auf dem Rücken auf einem – ja, was war es? Ein Bett? Eine Bahre? Ein Tisch? Um sie herum, hinter Bergen von Blumen, waren die Götter selbst in wütendem Streit miteinander entbrannt.

Sie verstand gerade genug von dem, was sie sagten, um zu begreifen, daß einige der Götter und Göttinnen erbost und unzufrieden über gewisse Dinge waren, die Ardneh unternommen hatte, um ihr zu helfen – was immer es gewesen sein mochte. Von ihrem Platz aus sah Mala von Ardneh nicht mehr als seinen Kopf und seine Schultern, aber es genügte, um sie erkennen zu lassen, daß er größer war als die übrigen Gottheiten. Das Antlitz Ardnehs, des Dämonentöters, des Krankenheilers, des Trägers Tausender anderer Namen, war unmenschlich breit und riesig, und es ließ Mala an das Mahlwerk einer Mühle denken, an den größten und kompliziertesten Mechanismus, den sie kannte.

Auch einige der anderen in diesen Streit Verwickelten glaubte sie zu kennen. Vor allem den Schmied erkannte sie – an dem mächtigen Hammer, den er in der Hand trug, an seinem versengten Lederschurz und nicht zuletzt an seinem verkrüppelten Bein. Um Jords willen fürchtete und haßte sie Vulkan. In diesem Augenblick natürlich war sie zu benommen, um irgendwelche starken Empfindungen zu haben. Aber der Schmied würdigte sie ohnehin keines Blickes, wenngleich er Ardneh erbittert widersprach. Der Streit zwischen den beiden Gruppen von Göttern ging weiter, aber Malas berauschte Sinne nahmen die Einzelheiten immer verschwommener wahr.

Und dann war ihr, als sei ihr Kind geboren, als liege es vor ihr, schon gewaschen und gewickelt, der wunde Bauch sauber verbunden. Ardnehs Seite hatte obsiegt, zumindest vorläufig. Die blauen Augen des Kindes waren geöffnet, und seine kleinen, makellosen Hände griffen nach Malas Brust. Die maskierte

Gestalt seines Vaters stand im Hintergrund und verkündete stolz: »Mein Sohn, Mark.« Es war einer der Namen, die Mala mit Jord erwogen hatte, einer, der in ihren beiden Familien bereits vorkam.

»Wenn die Zeit kommt«, rief Ardneh, und seine Stimme übertönte jedes andere Geräusch (ihr Klang erinnerte Mala irgendwie an die Stimme ihres toten Vaters), »wenn die Zeit kommt, wird dein Erstgeborener das Schwert ergreifen. Und du mußt ihn damit gehen lassen, wohin er will.«

»Sein Name ist Mark«, sagte die Gestalt des Maskierten in diesem Traum. »Meine Markierung, mein Zeichen ist auf ihm, und er ist mein.«

Mala schrie laut auf. Langsam erwachte sie aus ihrem rauschhaften Zaubertraum. Ihrem erstgeborenen Sohn, so hörte sie, ging es gut.

1.

Eines Tages, in der Mitte seines dreizehnten Sommers, als Mark mit seinem älteren Bruder Kenn von der Kaninchenjagd zurückkehrte, sah er, daß Besucher ins Dorf gekommen waren. Ihren Reittieren nach zu urteilen, mußten es Besucher sein, wie Mark sie noch nie zuvor gesehen hatte.

Kenn, der um fünf Jahre älter war als sein Bruder, blieb auf dem schmalen Pfad am Flußufer so plötzlich stehen, daß Mark, der gedankenverloren hinter ihm trottete, beinahe gegen ihn geprallt wäre. Es war an der Stelle, wo der Pfad aus dem wilden Unterholz längs des steilen Flußufers hervorkam und sich in die Anfänge der einzigen Straße des Dorfes verwandelte. Von hier aus konnte man die vier fremden Reittiere sehen. Zwei von ihnen waren wie Kavallerierösser in Kettenpanzer gehüllt, die beiden anderen trugen Schabracken aus kostbarem Tuch. Alle vier waren vor dem Hause des Hauptältesten des Dorfes angebunden. Der Balken, vor dem sie standen, war immer noch einen Bogenschuß weit entfernt. Die Hauptstraße des Dorfes Arin am Aldan war länger als die Straßen in anderen kleinen Dörfern, weil der Ort sich schmal am Flußufer dahinzog.

»Schau«, sagte Mark unnötigerweise.

»Wer sie wohl sein mögen?« sagte Kenn und sog seine Unterlippe zwischen die Zähne, was er immer tat, wenn er nervös war. Bisher war es kein guter Tag für ihn gewesen. In dem Köcher auf seinem Rücken steckte kein einziger Pfeil mehr, aber in der Jagdtasche an seiner Seite trug er nur ein mittelgroßes Kaninchen. Und jetzt diese hochgeborenen Besucher. Beim letztenmal, als die Brüder von der Jagd gekommen waren und das Reittier einer bedeutenden Persönlichkeit vor dem Hause des Ältesten hatten stehen sehen, war es Sir Sharfa gewesen, der ins Dorf gekommen war. Der Ritter war von seinem Landhaus heruntergekommen, um Berichten auf den Grund zu gehen, denen zufolge Kenn und Mark dabei beobachtet worden waren, wie sie in seinem Jagdrevier gewildert oder dies zumindest versucht hatten. Kostbare Wesen lebten in seinem Revier, hybride Züchtungen, die vielleicht eines Tages dem Herzog als

Geschenk dargebracht werden sollten, exotische Geschöpfe, deren Tod für einen Gemeinen, der sie zur Strecke gebracht hatte, leicht die Hinrichtung bedeuten konnte. Am Ende hatte Sir Sharfa den anonymen, falschen Anschuldigungen keinen Glauben geschenkt, aber Angst hatten die beiden Knaben dennoch gehabt.

Mark war mit seinen zwölf Jahren ein wenig größer als andere Jungen seines Alters, wenn er auch noch längst nicht so schlaksig und hochaufgeschossen wie Kenn war. Er zeigte zwar keine auffällige Ähnlichkeit mit Jord, dem Mann, den man seinen Vater nannte, aber zur heimlichen, großen Erleichterung seiner Mutter war auch keine augenfällige Unähnlichkeit zu erkennen. Marks Gesicht war noch kindlich rund, seine Gestalt von kindlicher Unbestimmtheit. Seine Augen waren bläulich grau und sein Haar glatt und blond, aber es hatte begonnen, allmählich dunkler zu werden, und man sah schon jetzt, daß es dunkelbraun sein würde, wenn er erwachsen war.

»Diesmal ist es niemand vom Rittergut«, meinte Kenn und studierte die Ausstattung der vier Tiere mit größter Sorgfalt. Ein wenig zuversichtlicher trat er sodann auf die freie Dorfstraße hinaus, sein Interesse an den ungewöhnlichen Besuchern nahm stetig zu.

»Sir Sharfa ist sowieso nicht da«, warf Mark ein, der hinter ihm hertrabte. »Die Leute sagen, er ist in Geschäften für den Herzog unterwegs.« Die Dorfbewohner sahen den Herrn ihres Rittergutes, Sir Sharfa, zumeist nicht öfter als ein oder zweimal im Jahr, und den Herzog bekam mancher sein Leben lang nicht zu Gesicht. Dennoch sorgten sie dafür, daß sie stets auf dem laufenden waren, zumindest im Hinblick auf Ereignisse, die eine Gefahr für ihre Habe oder für ihr Leben mit sich bringen konnten.

Das erste Haus des Dorfes, hier am westlichen Ende der Straße, war das des Lederschneiders Falkener. Falkener hatte nichts übrig für Jord, den Müller, noch für dessen Familie – irgendein alter Streit war fast zu einer Fehde geworden –, und Mark argwöhnte, daß er derjenige gewesen war, der mit der falschen Anschuldigung des Wilderns zu Sir Sharfa gegangen war.

Falkener saß hinter seiner halbgeöffneten Haustür bei der Arbeit. Er sah auf, als die beiden Knaben vorübergingen. Wenn er bereits erfahren hatte, was die Anwesenheit der Besucher bedeutete, dann ließ sein Gesichtsausdruck es nicht erkennen. Mark blickte wieder geradeaus.
Langsam näherten sich die Jungen dem Balken, an dem die Reittiere angebunden standen, und das Haus des Ältesten Kyril war jetzt deutlich zu sehen. Rechts und links vor der Haustür standen, Wächtern gleich, zwei bewaffnete Männer. Es waren Fremde. Die beiden Wachtposten erwiderten die Blicke der jungen Kaninchenjäger mit hölzernen Mienen, in denen ein leicht hochmütiger Ausdruck lag. Es waren harte, zäh wirkende Männer. Sie hatten Schnurrbärte und trugen das Haar auf fremdländische Weise hochgebunden. Ihre leichten Kettenhemden waren mit den Farben des Herzogs geziert: Blau und Weiß. Die beiden waren in gleicher Weise ausgerüstet, aber der eine war groß, der andere klein, die Haut des einen war fast so schwarz wie Teer, die des anderen hell.
Mark und Kenn gingen immer noch auf das Haus zu, als die Tür des Ältesten sich öffnete und drei Männer heraustraten, die leise, aber eindringlich aufeinander einredeten. Einer der Männer war Kyril. Die zwei anderen waren kostbar und fremdartig gekleidet, und sie strahlten eine Bedeutung aus, wie Mark sie in seinem jungen Leben noch nie gesehen hatte.
»Ibn Gauthier.« Kenn flüsterte den Namen kaum hörbar. Die beiden Brüder gingen jetzt sehr langsam, und ihre in weichen Stiefeln steckenden Füße schlurften durch den sommerlichen Straßenstaub, als sie etwa zwanzig Schritte weit entfernt am Hause des Ältesten vorbeischlenderten. »Der Cousin des Herzogs. Und er ist der Seneschall des Schlosses.«
Seneschall war ein neues Wort für Mark – beim Dorftratsch, der sich um Tagesereignisse drehte, war es ihm noch nicht begegnet –, aber wenn Kenn es beeindruckend fand, dann beeindruckte es ihn ebenfalls.
Der dritte Mann in der Gruppe, graubärtig wie der Älteste, trug ein blaues Gewand. »Und ein Zauberer«, fügte Kenn hinzu, und Mark mußte sich anstrengen, um ihn zu verstehen.

Ein *echter* Zauberer? dachte er. Er war nicht sicher, ob Kenn einen echten Zauberer erkennen würde, wenn er einen zu Gesicht bekäme... aber was in diesem Augenblick tatsächlich großen Eindruck auf Mark machte, war das Benehmen des Ältesten Kyril. Der Älteste behandelte seine Besucher wahrhaft unterwürfig. Er führte sich auf wie ein armer, landloser Leibeigener, wenn dieser vor einem Ältesten erscheinen mußte. Mark hatte noch nie gesehen, daß der alte Mann sich so benommen hätte. Selbst wenn Sir Sharfa zu Besuch weilte, pflegte der Ritter, der doch der Herr im Ort war, voller Hochachtung mit dem alten Mann zu sprechen und ihm aufmerksam zuzuhören, wenn Angelegenheiten des Dorfes zu erörtern waren. Auch die heutigen Besucher hörten aufmerksam zu – soviel konnte Mark sehen, wenn er auch nicht verstand, was gesprochen wurde –, aber sie ließen nicht erkennen, daß sie dem Ältesten Hochachtung entgegenbrachten.
Jetzt fiel der Blick des Ältesten zufällig auf die beiden Knaben, die sich gaffend an seinem Hause vorbeidrückten. Unvermittelt runzelte er die Stirn und rief Kenn beim Namen, dabei winkte er ihn mit einer hastigen Handbewegung zu sich heran. Mark konnte sich nicht entsinnen, den Ältesten jemals so aufgeregt gestikulieren gesehen zu haben.
Als Kenn mit vor Staunen weit offenem Mund vor ihm stand, befahl Kyril: »Lauf und nimm das Schwert herunter, das bei deinem Vater an der Wand hängt. Bring es sogleich hierher.«
Als Kenn, immer noch glotzend, einen Moment lang zögerte, schnappte der Alte: »Lauf zu! Unsere Gäste warten.«
Auf einen solchen Befehl hin gab es für einen Dorfjungen nur eines zu tun. Kenn rannte augenblicklich davon, die lange Dorfstraße hinunter auf das Mühlhaus am anderen Ende zu. Seine Beine, lang und flink, wenn auch nicht sonderlich anmutig, wirbelten in unbeholfener Eckigkeit. Mark setzte an, ihm nachzulaufen, doch dann hielt er inne. Er wußte aus Erfahrung, daß er seinen Bruder nicht würde einholen können. Und er wollte auch lieber hierbleiben, zuschauen, sehen, was als nächstes geschähe. Und jetzt, da er darüber nachdachte, wollte er auch nichts damit zu tun haben. Das Schwert ohne die

Erlaubnis des Vaters einfach von der Wand zu nehmen, wo es immer hing...
Die drei bedeutenden Männer warteten. Sie starrten Kenn nach und beachteten Mark nicht, der noch immer zwanzig Meter weit entfernt dastand und sie beobachtete. Der blaugewandete Zauberer – wenn er denn wirklich ein Zauberer war – trat von einem Fuß auf den anderen, und einmal warf er Mark mit leichtem Stirnrunzeln einen kurzen Blick zu, doch gleich wandte er sich wieder ab.
Mit etwas lauterer Stimme sagte Kyril: »So geht es schneller, Euer Ehren, und wir müssen nicht alle zum Mühlhause gehen.« Dann verneigte er sich in einer nervösen kleinen Verbeugung vor demjenigen, den Kenn flüsternd als Cousin des Herzogs bezeichnet hatte. Es war eine steife Bewegung, die für die Gelenke des Ältesten sicher recht ungewohnt war.
Jetzt bemerkte Mark, daß auch ein paar andere Dörfler, unter ihnen Falkener, hier und dort aus ihren Häusern kamen. Die Menschen strömten wie in einem Sog, in dessen Mittelpunkt das Haus des Ältesten stand, zusammen, auch wenn es vorerst nur wenige waren. Sie alle wollten wissen, was hier vor sich ging, aber noch wollten sie, daß ihre Anwesenheit auf der Straße eher zufällig erschien.
Der Mann, zu dem Kyril gesprochen hatte – wer immer er sein mochte –, übersah die Leute, wie er wohl einen Schwarm von Spatzen übersehen würde. Seine Haltung ließ erkennen, daß er ein wenig warten und bereit sein würde, sich zeigen zu lassen, daß es so, wie der Älteste sagte, tatsächlich am schnellsten und zufriedenstellendsten zu erledigen sei. Er fragte Kyril: »Du sagst, dieser Mann, der das Schwert jetzt hat, sei vor dreizehn Jahren hierhergekommen. Woher kam er damals?«
»Jawohl, so ist es, Euer Ehren. Vor dreizehn Jahren. Damals kaufte er die Mühle. Ich bin sicher, er hatte die Erlaubnis für den Umzug. Alles hatte seine Ordnung. Er brachte Kinder mit und eine neue Braut, und er kam aus einem Dorf oben in den Bergen.« Kyril deutete nach Osten. »Jawohl, Herr, von dort oben.«
Der Seneschall wollte eine weitere Frage stellen, doch dann

hielt er inne, denn Kenn kam bereits zurück. Bei sich trug er das Schwert. Es war eingewickelt und verschnürt wie immer, so wie es an der Wand im großen Wohnraum des Hauses hing. Kenn ging jetzt, er rannte nicht. Und er kam nicht allein. Jord, dessen kräftige Gestalt noch höher aufragte als die seines aufgeschossenen Sohnes, war bei ihm. Er näherte sich mit festem Schritt, während sein Sohn immer wieder in nervösen Trab verfiel.

Jords Arbeitskleider waren staubig, wie sie es oft waren, wenn er die üblichen Wartungsarbeiten an den mächtigen hölzernen Getrieben und Achsen vornahm, aus denen das Herz der Mühlenmaschinerie bestand. Er schaute kurz zu Mark herüber – Mark vermochte seinem Blick nichts weiter zu entnehmen –, dann richtete er seine Aufmerksamkeit auf die wichtigen Besucher. Es schien, als nähere er sich ihnen widerwillig, doch er schritt trotzdem mit Entschlossenheit voran. Im letzten Augenblick legte er Kenn seine große Hand auf die Schulter und drängte den Jungen sanft in den Hintergrund. Dann trat er selbst vor die hohen Herren.

Jord verneigte sich vor den Besuchern, wie die Höflichkeit es verlangte. Gleichwohl aber war es Kyril, der Älteste, an den er sich sodann wandte. »Wo ist Sir Sharfa? Ihm sind wir hier im Dorf verantwortlich, denn was immer wir tun, wenn andere hochgeborene Herren herkommen und . . .«

Der Mann, der Seneschall genannt worden war, fiel ihm wirkungsvoll, doch mit unerschütterlicher Ruhe, ins Wort. »Sir Sharfa steht uns im Augenblick nicht zur Verfügung, Bursche. Daß du deinem Gutsherrn so treu ergeben bist, ist löblich, in diesem Falle aber nicht angebracht. Sir Sharfa ist, wie du wissen solltest, ein Vasall meines Cousins, des Herzogs. Und es ist Herzog Fraktin, der das Schwert zu sehen wünscht, das du an deine Wand gehängt hast.«

Jord schien nicht sonderlich überrascht zu sein, vom Interesse des Herzogs zu hören. »Man hat mir befohlen, Euer Ehren, dieses Schwert bei mir zu behalten, bis die Zeit kommt, da ich es an meinen ältesten Sohn weitergebe.«

»Oh? Befohlen? Und wer hat dir das befohlen?«

»Vulkan, Euer Ehren.« Jord sprach diese Worte einfach und unerschrocken. Seine ruhige Selbstsicherheit stand hinter der des Mannes, der ihn befragte, nicht zurück.
Der Seneschall hielt inne. Was immer er als nächstes hatte sagen wollen, es kam nicht über seine Lippen. Trotzdem hatte er nicht die Absicht, sich durch eine Antwort, die ein gemeiner Müller ihm geben konnte, beeindruckt zu zeigen. Ibn Gauthier streckte Kenn seinen Arm entgegen, die Hand geöffnet. Der Ärmel seines reichen Gewandes hing tief herab. Der Junge stand noch immer im Hintergrund, wo sein Vater ihn hingestellt hatte, und noch immer hielt er die eingewickelte Klinge umklammert.
»Wir werden es uns jetzt ansehen«, sagte der Seneschall zu ihm.
Kenn blickte nervös auf seinen Vater. Offenbar hatte Jord ihm ein Zeichen gegeben, zu gehorchen, denn der Junge zerrte an der Umhüllung des Schwertes – einer sauber gewebten, aber schmucklosen Decke –, als beabsichtige er, den Besuchern seinen Schatz aus sicherer Entfernung zu zeigen.
Die Umhüllung des Schwertes fiel herunter.
Der Seneschall starrte die Klinge einen Augenblick an. Dann schnippte er mit den Fingern. »Gib her!«
Was im nächsten Augenblick geschah, sollte Mark für den Rest seines Lebens im Traum immer wieder sehen. Und jedesmal würde er in diesem Traum den letzten Augenblick seiner Kindheit von neuem durchleben, einen Augenblick, in dem er dachte: Seltsam. Woher kommt dieses Geräusch in der Luft? Das klingt ja wie schwirrende Pfeile!
Der Älteste Kyril stürzte zu Boden, und das gefiederte Ende eines langen Schaftes ragte aus seiner Brust. Im selben Augenblick brach auch einer der beiden bewaffneten Wächter zusammen. Rücken und Seite von Pfeilen durchbohrt, sein halbgezogenes Schwert schimmerte stählern in der Scheide. Der zweite Wächter wurde am Oberschenkel getroffen. Er hob seinen Speer, doch mehr konnte er nicht tun. Gleich darauf fiel der Zauberer, und seine blauen Gewänder flatterten um ihn her zu Boden wie ein losgerissenes Zelt. Der Seneschall war unver-

sehrt geblieben. Er wirbelte herum, zog sein eigenes Kurzschwert und stellte sich mit dem Rücken gegen die Wand. Sein Gesicht war teigig weiß geworden.
Die Pfeilsalve war rechts von Mark aus dem Dickicht gekommen, dort, wo Bäume und Büsche dicht und verfilzt am diesseitigen Ufer des Aldan wuchsen. Die Angreifer, wer immer sie sein mochten, hatten sich unentdeckt auf Pfeilschußweite heranschleichen können. Aber jetzt verließen sie ihre Deckung und rannten zwischen den Häusern am Flußufer heran. Ein halbes Dutzend heulende, waffenschwenkende Männer stürmte auf den Vorhof des Ältestenhauses zu, wo die Opfer ihrer Salve getroffen am Boden lagen. Zwei große Kampftiere sprangen dicht hinter den angreifenden Männern aus dem Schutz des Dickichts, aber sie überholten sie mit Leichtigkeit und hetzten vor ihnen her. Die eine der Bestien hatte orangegelbes Fell, die andere war getigert, und beide waren, wie auch die bewaffneten Männer, teilweise gepanzert. Sie waren beinahe ebenso anmutig wie die Katzen, von denen die Hälfte ihrer Vorfahren abstammte.
Mark hatte noch nie zuvor echte Kampftiere gesehen, aber er erkannte sie sogleich, denn in hundert Geschichten hatte man sie ihm schon beschrieben. Er sah, wie das orangefarbene Ungeheuer seinen Vater mit einem schrecklichen Satz zu Boden schleuderte. Jord hatte sich eben umgedreht, um seinem ältesten Sohn einen Befehl oder eine Warnung zuzurufen.
Der Seneschall war das eigentliche Ziel der Bestien. Sie sprangen ihn an, doch nicht, um ihn zu töten. Offenbar waren sie für dieses Unternehmen gründlich ausgebildet worden. Sie drängten den Cousin des Herzogs rückwärts gegen die Wand von Kyrils Haus. Sie berührten ihn nicht, aber sie drangen immer wieder auf ihn ein, knurrend und wachsam darauf achtend, daß sie nicht in die Reichweite seines Schwertes gerieten, das er in schützendem Kreisbogen hin- und hersausen ließ. Immer wenn er sein angebundenes Reittier erreichen wollte, zwangen sie ihn zurück. Die vier Tiere, die dort am Balken standen, schlugen aus und bockten, und mit beinahe menschlichem Kreischen machten sie ihrer Angst und ihrer Aufregung Luft.

Im ersten Augenblick des Überfalls hatte Kenn fortlaufen wollen. Aber dann hatte er gesehen, wie sein Vater zu Boden ging, und er hatte sich anders besonnen. Erschrocken stand er jetzt über seinem Vater, und unbeholfen hielt er das ausgewickelte Schwert mit der Klinge über den Mann am Boden, als könne es so auch als Schild dienen.
Mark, der zwei Schritte weit gerannt war, hatte sich nach seinem Vater und seinem Bruder umgesehen und gleich innegehalten. Jetzt zog er mit zitternden Fingern den vorletzten seiner kleinen Jagdpfeile aus dem Köcher auf seinem Rücken. Den Kaninchenbogen hielt er in der Linken. Sein Kopf war vollständig leer. Ohne etwas zu fühlen, begriff er, daß ein Mann, der Soldat mit dem Pfeil im Schenkel, der zu Boden gestürzt war, vor seinen Augen erstochen wurde. Die Angreifer – Banditen oder was sie sonst sein mochten – hatten ihre Kampfbestien erreicht und umstanden den belagerten Seneschall im Halbkreis. Sie riefen ihm zu, er solle sein Schwert fortwerfen und sich ergeben.
Aber einer aus der Zahl der Angreifer hatte diesem wichtigen Geschäft den Rücken zugewandt und schickte sich an, den Bauernlümmel zu beseitigen, der da noch immer ein Schwert in der Hand hielt. Der Bandit grinste, vermutlich deshalb, weil Kenn die Waffe so ungeschickt hielt, und näherte sich Marks Bruder mit zum Stoß erhobenem Kurzspeer.
In diesem Augenblick verloren Marks zitternde Finger den Pfeil, den er eben in die Kerbe des Bogens gelegt hatte. Fahrig, beinahe fallend, kniete er nieder und tastete mit der rechten Hand im Staub der Straße nach seinem Pfeil. Er war unfähig, seine Blicke von dem abzuwenden, was seinem Bruder drohte.
Ein stöhnender Laut lag seit einigen Augenblicken in der Luft, anschwellend jetzt, der Klang einer Stimme, die nicht menschlich, ja vielleicht nicht einmal lebendig war. Der Ton steigerte sich rasch zu einem bösen, atemlosen Kreischen.
Er kam von dem Schwert in den Händen seines Bruders. In der Luft, die das Schwert umgab, war ein sichtbares Phänomen entstanden. Es war nicht ganz so, als rauche die Klinge, sondern eher, als habe die Luft ringsumher zu brennen be-

gonnen und als sauge der Stahl den Rauch aus der Luft in sich ein.
Dann kam der Speerstoß. Der Ton in der Luft schwoll abrupt an, als der Speer in den verwischten Schimmer eindrang, in dem das Schwert seitwärts parierte. Mark sah, wie die Speerspitze wirbelnd durch die Luft flog, und mit ihr ein handbreites Stück des sauber durchtrennten Schaftes. Noch bevor die Spitze zu Boden fiel, hatte Stadtretter im Rückschwung das Kettenhemd von der Brust des Speerträgers gerissen, daß die feinen Stahlglieder umherflogen wie eine Handvoll sommerlicher Blütenfedern. Derselbe Schwung der Schwertspitze traf den kleinen Parierschild, der an den linken Arm des Mannes geschnallt war. Schnappend brach ein Knochen, und mit einem Aufschrei taumelte der Mann dem Bogen der Schwertspitze nach. Er fiel und rollte durch den Staub.
Jetzt hatten Marks Finger den verlorenen Pfeil gefunden. Er schnappte ihn und stand auf. Er spürte, wie sein Körper sich bewegte, und die Bewegung erschien ihm entsetzlich langsam.
Stadtretter war wieder in die Grundstellung zurückgegangen, und der Ton, der von ihm ausging, war zu einem schnurrenden Dröhnen abgeklungen. Kenns Gesicht war schmerzlich verzerrt, seine Augen starrten voller Staunen auf die Klinge, die aus seinen Händen wuchs, als sei sie etwas, das er noch nie zuvor gesehen hatte. Ein Vibrieren ging durch seine Arme, als halte er etwas in den Händen, das er nicht beherrschte, aber das er auch nicht fallen zu lassen vermochte oder wagte.
Einer der Angreifer, augenscheinlich der Herr der Kampfbestien, deutete auf Kenn. Gehorsam wandte sich das orangebehaarte Tier um und sprang. Im selben Augenblick schoß Mark seinen Pfeil ab. Aber er hatte noch nicht gelernt, die Geschwindigkeit des Tieres zu berücksichtigen, und die langgestreckte, pelzige Gestalt hatte die Flugbahn des kleinen Pfeiles bereits durchquert, als das Geschoß die Entfernung zurückgelegt hatte. Wie von einem entsetzlichen Fluch gesteuert, flog Marks Pfeil geradeaus zwischen den Rücken zweier Banditen hindurch und traf den umzingelten Seneschall mitten in die

Kehle. Lautlos ließ der Cousin des Herzogs sein Schwert fallen und stürzte zu Boden.
Das Schwert in Kenns Händen kreischte, fast so, wie eine rasende Mühlensäge manchmal kreischte, wenn sie sich in einen harten Baumstamm schnitt. Wieder schwang es in rauchendem Bogen durch die Luft, dem springenden Tier entgegen. Eine orangegelbe Pranke flog abgetrennt in fein aufsprühendem Blut durch die Luft. Derselbe Hieb traf den gepanzerten Rumpf der Bestie, die schwerer war als ein Mensch. Das Tier ging krachend zu Boden, wie Mark schon ein Kaninchen hatte fallen sehen, wenn es mitten im Sprung von einer Steinschleuder getroffen worden war. Mark zerrte hastig seinen letzten Pfeil hervor, während das pelzige Untier auf den Rükken rollte, die Beine in die Luft streckte und mit seinen Pranken in reflexartigen Krämpfen die Luft über seinem Bauch zerharkte.
Jetzt hatten drei Männer Kenn umringt. Mark hatte seinen letzten Pfeil auf die Sehne gelegt, aber er wagte nicht mehr, auf einen von ihnen zu schießen, da er fürchtete, seinen Bruder in ihrer Mitte zu treffen. Er sah, wie blitzende Klingen gegen seinen Bruder zuckten, doch dieser fiel nicht. Seine Augen waren vor Verblüffung immer noch weit aufgerissen, und sein Gesicht drückte Angst und Grauen aus. Stadtretter kreiste böse singend durch die Luft um ihn herum und schlug gezückte Waffen zur Linken wie zur Rechten beiseite. Das Schwert schien Kenn hinter sich herzuziehen, so daß er in die Höhe springen, sich in der Luft drehen und dann, in die entgegengesetzte Richtung gewandt, mit den Füßen wieder den Boden berühren mußte. Das Schwert zerrte ihn voran und riß ihn zum Angriff, und er folgte mit weiten, steifbeinigen Schritten.
Das Kreischen des Schwertes wurde schriller und schriller.
Die Klinge fuhr so blitzschnell umher, daß Marks Augen ihr nicht zu folgen vermochten. Er sah, wie ein anderer Angreifer sich rückwärts taumelnd aus dem Gefecht zurückzog. Die Füße des Mannes bewegten sich in reflexartigen Bemühungen, um das Gleichgewicht zurückzuerlangen, bis er mit dem Rücken gegen die Hauswand prallte, vornüberfiel und still liegenblieb.

Wieder einen anderen hörte Mark schreien; es war ein gurgelnder Aufschrei um Hilfe und Erbarmen. Mark sah nicht, wie die getigerte Kampfbestie Kenn ansprang, aber er sah, wie das Ungeheuer zum Flußufer hinunterjagte, humpelnd zwar, doch immer noch unglaublich schnell, und während es floh, heulte es laut, gepeinigt vom Schmerz seiner Wunden, so laut, daß Mark es trotz des gräßlichen, kreissägenhaften Kreischens des Schwertes hören konnte. Jetzt ergriffen zwei der Angreifer ebenfalls die Flucht. Sie hatten die Waffen weggeworfen und rannten in verschiedene Richtungen aus dem Dorf hinaus. Mark konnte das Gesicht des einen deutlich sehen: weit aufgerissene Augen, ein offener Mund und ein Gesichtsausdruck, der sich auf die Flucht wie auf ein Problem konzentrierte.

Die übrigen Eindringlinge lagen auf der Straße. Vier, fünf – es schien unmöglich zu sein, sie genau zu zählen.

Mark schaute die Straße hinauf und hinunter, nach Westen und nach Osten. Nur er selbst und sein Bruder standen noch auf den Beinen.

Leichter Sommerstaub hing in der Luft, und eine sanfte Brise brachte ihn in Bewegung. Sonst regte sich lange Zeit gar nichts. Dann begannen Kenns bebende Arme langsam herabzusinken. Noch immer hielt er das Schwert in den Händen. Das maschinenartige Sirren, das noch immer von der roten Klinge ausging, schwoll ab und verstummte allmählich. Die Luft rund um das Schwert rauchte nicht mehr.

Die Schwertspitze berührte den Boden. Einen Augenblick später fiel die Waffe aus Kenns sich lockernden Fingern. Kenn setzte sich in den Staub der Straße. Jetzt sah Mark, daß das Blut seines Bruders den hausgewebten Stoff seines Hemdes durchtränkte.

Mit mechanischen Bewegungen schob er seinen letzten, unbenutzten Pfeil in den Köcher zurück und stürzte zu seinem Bruder. Hinter Kenn lag Jord, blutverschmiert und regungslos. Die Kampfbestie hatte ihm im Vorüberhetzen mit einem Prankenhieb den Kopf übel zugerichtet. Mark weigerte sich, zu verstehen, was er sah.

Noch weiter hinten erhob sich der blaugewandete Zauberer,

anscheinend unverletzt. In jeder Hand hielt er einen kleinen Gegenstand, magische Werkzeuge zweifellos. Seine Hände bewegten sich rings um seinen Körper und wischten durch die Luft.

Mark kauerte neben seinem Bruder und hielt ihn in seinen Armen. Er wußte nicht, was er sonst tun sollte. Hilflos sah er zu, wie das Blut unter Kenns zerschnittenen Kleidern hervorströmte. Die Schwerter der Angreifer hatten ihn also doch erreicht, und nicht nur einmal. Kenns Jagdhemd bot einen gräßlichen Anblick. »Mark.« Kenns Stimme klang verloren, leise, angstvoll und beängstigend zugleich. »Ich bin verwundet.«

»Vater!« schrie Mark hilfesuchend. Es erschien ihm unmöglich, daß sein Vater sich nicht rühren könnte, nicht aufspringen, ihm helfen und ihm sagen würde, was nun zu tun war. Vielleicht sollte er, Mark, auch nach Hause laufen und seine Mutter und seine Schwester zu Hilfe holen. Aber er konnte Kenn einfach nicht loslassen, dessen Hand seinen Arm umklammerte.

Vor Kenn, so nah, daß er ihn fast hätte berühren können, kauerte ein toter Bandit, als bezeuge er einem überlegenen Gegner seine Unterwerfung. Stadtretter hatte ihm einen Teil des Gesichtes abgeschlagen, und vor ihm lagen seine Hände und seine Waffen wie eine Opfergabe. Es half Mark nichts, den Blick abzuwenden. Ähnliches war überall zu sehen, wohin er auch schaute.

Das Schwert selbst lag auf der Straße, und jetzt sah es nicht gefährlicher aus als ein Gartenmesser. Staub hatte sich auf die rote Feuchtigkeit an der Klinge gelegt, so daß sie nicht länger glänzte.

Mark stieß einen unartikulierten Hilferuf aus. Irgend jemand sollte kommen, irgendwoher. Er fühlte, wie Kenns Leben davonlief, wie es ihm beinahe wie Wasser durch die Finger rann. Irgendwo in der Ferne weinten Frauen.

Jemand näherte sich mit langsamen Schritten. Es war Falkener. »Du hast den Seneschall erschossen«, sagte der Lederschneider. »Ich hab's gesehen.«

»Was?« Einen Augenblick lang verstand Mark nicht, wovon der Mann redete. Und jetzt kam der Zauberer, der sich über den Leichnam Ibn Gauthiers gebeugt hatte, heran. Er schwankte wie vor Angst oder vor Schwäche. Trotz seines grauen Bartes wirkte er nicht besonders alt. Die kleinen Gegenstände, mit denen er hantiert hatte, waren verschwunden. Mit einer Ruhe, die Mark unnatürlich erschien, legte er die Hand auf Jords blutüberströmten Kopf und murmelte ein paar Worte. Dann tat er das gleiche bei dem Ältesten Kyril und bei Kenn. Dabei wirkte er völlig unbeteiligt.
Die Stimmen der weinenden Frauen kamen rasch näher, und man hörte das Geräusch hastiger Schritte. Mark hatte nicht gewußt, daß seine Mutter noch so schnell laufen konnte. Mala und Marian, beide staubig von der Arbeit in der Mühle, sanken auf ihn herab, und sie beugten sich über ihre gefallenen Männer und machten sich daran, die schrecklichen Wunden zu untersuchen.
»Du hast den Seneschall erschossen«, wiederholte Falkener.
Diesmal nahm der kauernde Zauberer die Anschuldigung zur Kenntnis. Mit einem Fluch riß er den letzten Pfeil aus Marks Köcher und ging hinüber, um ihn mit dem Schaft zu vergleichen, der dem Cousin des Herzogs noch aus der Kehle ragte.
Die Straße füllte sich mit anderen Dorfbewohnern, die sich um die Gefallenen sammelten. Sie kamen aus ihren Häusern, erst einzeln, dann zu zweit und zu dritt. Einige hielten Ackerwerkzeuge in den Händen. Anscheinend hatten sie in der Nähe gearbeitet und waren sogleich herbeigerannt. Der Älteste war tot, das Dorf führerlos. Der Aufruhr schwoll an, die Verwirrung wuchs. Es hieß, jemand solle eilends zum Herrenhaus laufen und dort von dem Überfall berichten, aber noch machte sich niemand tatsächlich auf den Weg. Man redete auch davon, eine Miliz zusammenzustellen, die die Angreifer verfolgen sollte, wer immer sie gewesen und wohin sie auch verschwunden sein mochten. Wilde Worte von Krieg, von Aufruhr und von Überfällen flogen hin und her.
»Ja, sie haben versucht, den Seneschall zu entführen. Ich habe sie gesehen. Ich habe sie gehört.«

»Wen? Wen wollten sie entführen?«
»Kyril ist auch tot. Und Jord.«
»Aber der Pfeil des Jungen hat ihn niedergestreckt.«
»Wen? Seinen eigenen Vater? Unfug!«
»... nein...«
»...stimmt alles nicht. Ein solches Gemetzel – es müssen Berittene gewesen sein.«
»...kein Zweifel, daß es sein Pfeil ist. Ich habe sie auf meinem Land gefunden, bei meinen Wolltieren...«
Mala und Marian hatten unterdessen Kenns Hemd ausgezogen und versuchten, seine Wunden zu verbinden. Doch es schien ein hoffnungsloses Unterfangen zu sein. Kenns Augen waren fast geschlossen. Zwischen schmalen Schlitzen schimmerten weiß die Augäpfel. Mala beugte sich über Jords leblose Gestalt, und unter Tränen versuchte sie, ihrem Mann eine Antwort zu entlocken, ihn aufzuwecken, damit er wieder teilnähme an dem, was um ihn herum vorging. »Mann, dein ältester Sohn stirbt! Mann, wach auf... Jord... ach, Ardneh! Doch nicht auch du!«
Eine Nachbarsfrau beugte sich über Mala und versuchte, ihr zu helfen. Mit vereinten Kräften schoben sie eine zusammengerollte Wolldecke unter Jords Kopf, als könne dies irgend etwas nützen.
Mark wandte sich ab und starrte auf das Schwert. Dieser Anblick war weniger gräßlich. Es war, als wehten unaufhörlich Gedanken durch seinen Kopf. Sie kamen und gingen, doch er konnte keinen von ihnen festhalten. Er konnte nur immer auf das Schwert schauen. Nur schauen...
Es wurde ihm bewußt, daß seine Mutter ihn fest am Arm gepackt hatte und ihn aus seinem Schockzustand wachrüttelte. Ihre Stimme war leise, doch es lag eine schreckliche Kraft darin, als sie ihn drängte: »Sohn, höre mir zu. Du mußt fortlaufen. Laufe schnell und laufe weit, und sage weder mir noch sonst jemandem, wohin du gehst. Verbirg dich, sage niemandem, wie du heißt, und suche stets zu erfahren, was hier in Arin geschieht. Denke erst wieder daran, heimzukehren, wenn du weißt, daß du es gefahrlos tun kannst. Es ist dein Pfeil, der im

Halse des Seneschalls steckt – ganz gleich, wie er dort hingekommen ist. Wenn der Herzog dich in die Hand bekommt, kann es sein, daß er dir die Augen ausstechen läßt oder Schlimmeres tut.«
»Aber...« Marks Geist wollte protestieren, wollte herausschreien, daß nichts von alledem wirklich sein könne, daß die Welt so wahnwitzig nicht sei. Sein Körper allerdings wußte es vielleicht besser, denn er war schon aufgestanden. Die dunklen Augen seiner Mutter betrachteten ihn forschend. Seine Schwester Marian sah zu ihm auf. Sie hockte am Boden und hielt Kenns leblosen Kopf auf ihren Schoß gebettet, und ihr offenes, hellblondes Haar umrahmte ihre blauen, grauenerfüllten Augen. Ringsumher standen die Dorfbewohner, sie stritten und zankten, und die Verwirrung war größer als je zuvor. Falkeners heisere Stimme durchdrang das Gewirr und verstummte wieder, übertönt von der unvertrauten Stimme des Zauberers.
Getrieben von einem plötzlichen Gefühl der Dringlichkeit, setzte Mark sich rasch in Bewegung. Es war, als beobachte er sich selbst von außerhalb seines Körpers. Er sah, wie er sich niederbeugte und die Umhüllung des Schwertes aufhob, wo Kenn sie fallen gelassen hatte. Er warf die Wolldecke über das Schwert und nahm die Klinge damit auf.
Von allen Leuten, die sich auf der Straße drängten, schienen nur seine Mutter und seine Schwester zu sehen, was er tat. Mala nickte und Tränen rannen ihr über das Gesicht. Marian wisperte ihm zu: »Geh langsam bis zu unserem Haus, und dann renne. Lauf zu, wir werden uns selbst helfen können.«
Mark murmelte eine Antwort – er wußte selbst nicht, was er sagte – und ging davon. Er wußte wie jeder im Dorf, was Herzog Fraktin in der Vergangenheit mit Leuten getan hatten, die das Unglück gehabt hatten, einen seiner Verwandten zu verletzen, und sei es bei einem Unfall. Deshalb ging Mark Schritt für Schritt die einst vertraute Dorfstraße hinunter, die Straße, die nun nie wieder dieselbe sein würde, und er hoffte, daß das Bündel, das er bei sich trug, niemandem auffallen würde. Er ging, ohne sich umzusehen, und es fügte sich, daß sich hinter ihm kein Aufschrei erhob.

Als er das Mühlenhaus erreicht hatte, ging er, anstatt loszulaufen, hinein, bewogen von dem praktischen Einfall, daß er etwas zu essen brauchen würde, wenn er für lange Zeit fortginge. In der Speisekammer fand er ein wenig Dörrfleisch, ein paar Trockenfrüchte und einen Laib Brot. Ohne darüber nachzudenken, leerte er seine Jagdtasche aus und ließ die am Vormittag erlegten Kaninchen dafür zurück. Von seiner Schlafstatt holte er sich die wenigen Pfeile, die ihm gehörten. Unbewußt hatte er sich auf der Straße daran erinnert, den Bogen wieder umzuhängen.

Wenige Augenblicke, nachdem er das Mühlenhaus betreten hatte, kam er wieder heraus, durch die Hintertür diesmal, die sich an der östlichen, flußaufwärts gewandten Seite des Hauses befand. So stand die Mühle jetzt zwischen ihm und der Dorfstraße. Von hier aus führte ein Pfad an das befestigte Ufer neben dem Wasserrad, das jetzt stillstand, und dann weiter, am bewaldeten Flußufer entlang aus dem Dorf hinaus. Auf den ersten paar Metern begegnete Mark keinem Menschen. Leute, die hier gefischt, und Dorfkinder, die am Flußufer gespielt haben mochten, hatte der Trubel auf der Straße fortgelockt.

Jetzt begann Mark zu rennen, aber kaum hatte er ein paar Schritte zurückgelegt, spürte er, wie Angst, die eingebildete Gewißheit, verfolgt zu werden, in ihm wuchs. Um sie niederzukämpfen, mußte er seinen Schritt verlangsamen. Aufmerksam lauschend und mit rasendem Herzen ging er weiter, aber von einer Verfolgung war nichts zu hören, und niemand schrie hinter ihm her.

Er war dem vertrauten Pfad etwa einen halben Kilometer weit flußaufwärts gefolgt, als er auf den Kadaver des getigerten Kampftieres stieß. Offensichtlich hatte die Bestie versucht, sich ins Dickicht zu verkriechen, als sie verendete, aber die eingerissenen Ränder ihres zerfetzten Kettenpanzers hatten sich im Geäst verfangen und sie festgehalten. Mark blieb stehen und starrte das Tier mit ausdruckslosem Gesicht an. Es war ein Weibchen – das heißt, es war eines gewesen, vor diesem Kampf. Jetzt... wie war es der Kreatur gelungen, so weit vorzudringen? Es sah aus wie ein Beispiel für die Rache eines Gottes.

2.

Von der Stelle, an der er die tote Kampfbestie gefunden hatte, wanderte Mark immer weiter flußaufwärts. Eine ganze Stunde ging er am Flußufer entlang, ohne daß ihm jemand begegnet wäre. Inzwischen war ihm das getrocknete Blut an seinen Kleidern und Händen brennend bewußt geworden, und so hielt er schließlich lange genug inne, um sich selbst, seine Kleider und dann auch das Schwert so gründlich zu säubern, wie er es vermochte. Er tat es mit begrenztem Erfolg, denn unterdessen war das Blut seines Bruders an seinem Hemd eingetrocknet, und durch Reiben und Ausspülen mit Wasser waren die Flecken nicht zu entfernen. Das Schwert hingegen ließ sich leicht abspülen. Staub und getrocknetes Blut tropften mit dem Wasser herunter, und der glatte Stahl glänzte, als sei er nie benutzt worden. Trotz der zerfetzten Kettenhemden und der zerspaltenen Schilde waren die Schneiden weder schartig noch stumpf.

Ja, Mark hatte sein Leben lang gewußt, daß Vulkan dieses Schwert, das den Namen Stadtretter trug, selbst geschmiedet hatte. Er hatte es gewußt, aber erst jetzt dämmerte ihm die ganze Bedeutung dieser Tatsache. Doch vielleicht würde das Schwert ja rosten...

Mark zog seine nassen Kleider wieder an und hastete weiter. Er hatte nicht bewußt entschieden, wohin er gehen wollte. Der Pfad war ihm so vertraut, daß seine Füße ihn automatisch vorwärtstrugen. Auf diese Weise legte er eine stetig wachsende Entfernung zwischen sich und sein Vaterhaus, ohne daß er den Weg hätte planen müssen. Von seinen Jagd- und Angelausflügen her kannte er den Pfad so gut, daß er glaubte, auch nach Anbruch der Dunkelheit zuversichtlich weiterwandern zu können. Hin und wieder watete er in den seichten Flußlauf hinaus, überquerte ihn mehrmals und stapfte über weite

Strecken durch das Wasser. Falls die Männer des Herzogs ihn mit spürsicheren Jagdtieren verfolgten, würde das vielleicht helfen...

Er fürchtete, daß man ihm nachstellen könnte, und so lauschte er ständig hinter sich. Aber wenn er versuchte, das genaue Bild einer Verfolgergruppe vor seinem geistigen Auge heraufzubeschwören, dann sah er stets eine Truppe wie die Miliz, zu deren Übungen Kenn in regelmäßigen Abständen hatte ausrücken müssen. Dieses Bild war nicht sonderlich furchteinflößend. Aber natürlich würden die Verfolger in Wirklichkeit so nicht aussehen. Vielleicht würden sie Jagdtiere bei sich haben, fliegende Kundschafter und Kavallerie – und Kampfbestien... Wieder sah Mark in den lebhaften Farben einer frischen Erinnerung den zerfleischten Kadaver der katzenartigen Kreatur, die wie ein verletztes Schoßtier versucht hatte, sich zu verkriechen...

Seine Gedanken entfernten sich nie sehr weit von der Bürde, die er trug, dem sperrigen Bündel, das er sich jetzt unter den rechten Arm geklemmt hatte, eingehüllt in die frischbesudelte Decke. Stadtretter – mochten die Götter die Klinge nennen, wie es ihnen beliebte – hatte die Stadt ganz und gar nicht gerettet. Es war ja nicht das Dorf gewesen, dem der Überfall der Eindringlinge gegolten hatte. Sie hatten es auf den hohen Besucher abgesehen, und auf niemanden sonst. (Und Mark fragte sich zum dutzendsten Male, was ein »Seneschall« sein mochte.)

Mark hielt die Eindringlinge für Banditen, die eine Entführung geplant hatten, um ein Lösegeld herauszuschlagen. Jedermann wußte, daß den Reichen derlei hin und wieder zustieß. Natürlich hatten Verwandte des Herzogs in der Regel nichts zu befürchten. Aber vielleicht hatten die Banditen gar nicht gewußt, wen sie sich da zum Opfer auserkoren hatten. Vielleicht hatten sie nur gesehen, daß er reich sein mußte.

Und das Opfer war überhaupt nur des Schwertes wegen ins Dorf gekommen. Das Schwert hatte er sehen und in die Hand nehmen wollen, und wahrscheinlich hätte er es mitgenommen, wenn es ihm möglich gewesen wäre. Wenn er es doch nur getan hätte...

Der Mord an Jord und an Kyril war sicher nicht beabsichtigt

gewesen. Sie hatten den Banditen einfach im Weg gestanden. Und Kenn hatten sie nur angegriffen, weil er das Schwert in der Hand gehalten und nicht losgelassen hatte. Mark kämpfte mit den Tränen, als er daran dachte, wie sein Bruder ausgesehen hatte, als wollte er die Waffe fortwerfen und könnte es nicht. Das Schwert hatte die Herrschaft übernommen, und als das einmal geschehen war, hatte Kenn nichts mehr dagegen tun können.

Wenn also das Schwert nicht gewesen wäre, hätten Marks Vater und sein Bruder nicht sterben müssen. Auch der Älteste, Kyril, wäre noch am Leben gewesen. Wahrscheinlich wäre sogar der Cousin des Herzogs bei bester Gesundheit und wohlversorgt in den Händen seiner Entführer, die ihn nach Hause entlassen würden, sobald das Lösegeld bezahlt wäre – oder, was wahrscheinlicher war, ihn mit demütigsten Entschuldigungen freigelassen hätten, sobald ihnen zur Kenntnis gebracht worden wäre, wer ihr Opfer war. Sicher, das Schwert hatte Kampfbestien und Banditen niedergemetzelt. Aber es hatte auch Unheil über das Dorf und seine Menschen gebracht, die es, wollte man seinem Namen vertrauen, hätte retten müssen...

Zusätzlich zu all diesen tieferen und schrecklichen Problemen, die es verursacht hatte, war es auch noch eine verdammt lästige Bürde, die er mit sich herumschleppen mußte. Und je mehr Zeit darüber hinging, desto ärgerlicher empfand Mark diese vergleichsweise geringfügige Schwierigkeit. Unablässig suchte er nach einer gefahrlosen und bequemen Weise, wie er das Ding beim Gehen halten konnte – eine Herausforderung, die seinem Geist in gewisser Weise willkommen war, denn sie bot ihm die Möglichkeit, dem Grübeln über unendlich viel schlimmere Schwierigkeiten zu entrinnen.

Nachdem er das Schwert abgewaschen hatte, versuchte er ein Weilchen, es ausgewickelt zu tragen, aber auch das wurde bald unbequem. Ein blankes Schwert – vor allem eines, das so scharf war wie dieses – konnte man nur auf eine Art vernünftig halten: so, als wolle man damit kämpfen. Mark wollte aber nicht damit kämpfen, und er wollte auch nicht den Anschein erwecken. Und was noch wichtiger war: Das Gewicht, auf diese

Weise getragen, ließ bald seine Handgelenke und Finger schmerzen.

Eine vorsichtige Prüfung erwies, daß die Schneiden noch immer schärfer waren als die jedes anderen Schwertes, Messers oder Rasiermessers, das er je in Händen gehabt hatte. Wenn er die Waffe in den Gürtel schob, würde ihm die Hose bald auf die Fußknöchel rutschen. Und mit einer unvernünftigen Enttäuschung erkannte Mark auch, daß das Schwert wohl nicht rosten würde, obwohl es vom Flußwasser naß geworden war. Der schimmernde Stahl trocknete rasch, und unter seiner Fingerspitze fühlte er sich sogar ein wenig ölig an. In einer Mischung aus Verzweiflung und Bewunderung starrte er auf das zartgefleckte Muster, das unter der poliert schimmernden Oberfläche tiefer und immer tiefer in das Metall zu dringen schien.

Nur kurz nach seiner Säuberungsaktion blieb er wieder stehen, um das Schwert erneut in das noch nasse Tuch einzuwikkeln. Er verschnürte das Bündel und band die Schnur zu einer Schlinge, die ihm als Griff dienen sollte. Dann trottete er weiter und schleppte seine Bürde mal auf diese, mal auf jene Weise. Wenn er das Bündel an der Hand baumeln ließ, schlug es ihm gegen die Beine. Legte er es wie eine Schaufel über die Schulter, spürte er, daß es ihn trotz der umhüllenden Decke und seines Hemdes zu schneiden drohte. Natürlich würde er das Schwert, solange es in dieser Weise verschnürt war, nicht rasch zur Hand haben, falls es nötig war. Aber dies bereitete ihm kein besonderes Kopfzerbrechen. Er hatte ohnehin keine Lust, sich an der Waffe zu versuchen.

Mark kämpfte gegen die Erinnerung, wie Kenn das Schwert benutzt hatte – oder, besser gesagt, das Schwert ihn, denn Kenn hatte ebenso wie Mark nicht die geringste Erfahrung im Umgang mit einer solchen Waffe gehabt. Bei seinen Milizübungen hatte Kenn immer die Waffe der gemeinen Infanterie getragen, einen billigen Speer. Schwerter, selbst der gewöhnlichsten Sorte, ganz zu schweigen von einer Wunderklinge wie dieser hier, gebührten den Leuten, die in Herrenhäusern und Burgen wohnten.

Und doch... dieses hier war ohne jeden Zweifel Marks Vater gegeben worden, und zwar mit Bedacht und von einem Wesen, das ganz gewiß von höherem Rang war als jeder menschliche Fürst.

Götter und Göttinnen waren... ja, was waren sie? Schlagartig wurde Mark bewußt, daß er außer seinem Vater keinen Menschen kannte, der überzeugend hätte behaupten können, mit irgendeinem Gott direkten Kontakt gehabt zu haben.

Gleichzeitig fiel ihm ein, daß niemand Jord dieses Prunkstück neidete, denn alle hatten gewußt, welchen Preis sein Vater dafür gezahlt hatte.

Solche und viele andere Gedanken wogten ungestüm durch Marks Kopf, während er an der Uferböschung entlangstapfte oder durch das Wasser watete und zwischendurch immer wieder nach etwaigen Verfolgern lauschte. Seit er denken konnte, hatte das Schwert und die Art, wie sein Vater es erworben hatte, zu den selbstverständlichen Tatsachen seines Lebens gehört. Bis zu diesem Tage war ihm das Wundersame und Geheimnisvolle dieser Tatsachen niemals in seinem ganzen Ausmaß bewußt gewesen. Das Schwert – mit seiner Geschichte – hatte einfach immer an der Wand gehangen wie ein Kerzenleuchter oder ein gewöhnlicher Teller, bis jeder, der im Hause wohnte, sich so sehr daran gewöhnt hatte, daß man es beinahe nicht mehr bemerkte. Besucher, die sich erkundigten, was es mit dem seltsamen Bündel auf sich habe, hatten eine nüchterne Antwort erhalten, eine Antwort, die sie vielleicht nicht immer geglaubt hatten. Und wenn die Besucher diese Geschichte anderswo wiederholten, so vermutete Mark jetzt, waren sie mindestens ebensooft auf Unglauben gestoßen.

Und Vulkan hatte gesagt, es heiße Stadtretter... Aber als Mark daran dachte, wie es das Dorf gerettet hatte, mußte er erneut die Tränen niederkämpfen. Jetzt hatte sich, wie in einem bösen Traum oder einem grausamen Märchen, die verfluchte Bürde dieses Schwertes offenbart: Es war wahrlich ein Fluch, und jetzt hatte er es geerbt. Denn er war der Erbe, der einzige überlebende Sohn, nun, da Kenn tot war... Er wußte, daß Kenn tot war. Das Schwert gehörte Mark, und Mark mußte mit

ihm fliehen, um wenigstens seine Mutter und seine Schwester von der Bürde zu befreien.
Noch wollte Mark nicht darüber nachdenken, wohin er eigentlich fliehen sollte.
Wieder schwammen seine Augen in Tränen. Das war nicht gut, denn jetzt wurde es dunkel, und er war müde, so müde, daß seine Füße allenfalls schlurften und stolperten, selbst wenn er deutlich sehen konnte, wohin er sie setzte.
Um sich auszuruhen, ließ Mark sich nur wenige Schritte neben dem Pfad, der am Flußufer entlangführte, auf einer kleinen Lichtung nieder. Hier verzehrte er den größten Teil der Lebensmittel, die er mitgenommen hatte, dann ging er zu der nahegelegenen Stromschnelle, um zu trinken. Er war schon so weit flußaufwärts gewandert, daß er die ersten Stromschnellen erreicht hatte. Die Erkenntnis dieser Tatsache ließ ihn noch müder werden. Er kehrte zurück zu seiner kleinen Lichtung und setzte sich wieder auf den Boden. Er war einfach zu erschöpft, um weiterzugehen. Erst mußte er sich ein wenig ausruhen...

Mark schreckte aus dem Schlaf, als die ersten Sonnenstrahlen durch das Blätterdach flimmerten und über sein Gesicht tanzten. Sogleich begann er, Kenns Namen zu rufen, denn er war mit dem verschwommenen Gedanken aufgewacht, er müsse mit Kenn auf einem Jagd- oder Angelausflug hergekommen sein. Aber die Realität kehrte zurück, als Marks Blick auf das Schwert fiel, das in seiner grausam befleckten Hülle neben ihm lag. Mit steifen Muskeln sprang er auf, und ein paar Vögel in der Nähe flatterten hoch. Als sie sich beruhigt hatten, hörte man nichts als das Murmeln der Stromschnellen. Nichts deutete darauf hin, daß er verfolgt wurde.
Mark aß, was von seinem Proviant übrig war, und trank noch einmal in tiefen Zügen aus dem Fluß. Er wollte weiterziehen, doch dann zögerte er, und ohne zu wissen, warum, wickelte er noch einmal das Schwert aus seiner Umhüllung. Ein Teil seines Herzens wollte, daß er es noch einmal betrachtete, als könne das Licht der Morgensonne auf dem Schwert etwas offenbar

werden lassen, das die grauenhaften Ereignisse des vergangenen Tages ungeschehen machte oder wenigstens erklärte.
Noch immer war keine Spur von Rost zu entdecken. Schwert und Wolldecke waren völlig trocken. Wie sollte er das Ding heute schleppen? Als Mark die Waffe aufrecht und mit der Spitze nach unten auf den Weg stellte, reichte ihm der Knauf bis zum Brustkorb. Das Schwert war einfach zu lang, als daß er es bequem hätte tragen können. Und viel zu scharf... Mark versank für einen Augenblick in der Betrachtung der Verzierungen, die, weiß auf schwarz, Heft und Griff umschlangen. Er erinnerte sich an schläfrige Abende daheim, in den Wohnräumen neben der knarrenden Mühle. Jord hatte den Kindern manchmal erlaubt, das Schwert von der Wand zu nehmen und in seiner Gegenwart die Verzierungen zu betrachten. Hin und wieder hatten die Kinder und die Mutter, die gleichfalls mit Interesse dabeigewesen war, gerätselt, was das Muster der Verzierungen für eine Bedeutung haben könnte. Marks Vater hatte sich an diesem Rätselraten niemals beteiligt. Er hatte überhaupt nie viel über das Schwert gesprochen, nicht einmal an solchen geruhsamen Abenden. Ebensowenig hatte Jord je – zumindest in Marks Gegenwart – etwas Genaueres über jene große Heimsuchung erzählt, die ihn in den Besitz des Schwertes gebracht hatte, nichts darüber, wie oder mit welchem Werkzeug Vulkan ihm den Arm genommen und welche Erklärung für das, was er tat, der Gott ihm gegeben hatte – falls er ihm überhaupt eine gegeben hatte. Mark hatte seiner eigenen Phantasie stets verboten, sich diese Szene vorzustellen.
Die Einlegearbeiten, weiß auf schwarzem Grund, die sich um den Griff des Schwertes zogen, hatten Mark immer an eine zinnenbewehrte Burgmauer, von außen gesehen, denken lassen. Vielleicht war es auch die Mauer einer befestigten Stadt. Mark hatte von Städten und großen Ortschaften gehört, die sich solcher Verteidigungsmauern rühmen konnten. Aus der Nähe hatte er so etwas allerdings noch nicht gesehen. Mit Burgen war es natürlich anders. Eine Burg bekam jeder einmal zu Gesicht, zumindest hin und wieder.
Der Name stand natürlich auch da: Stadtretter. Und an einer

Stelle des Griffes, gleich oberhalb der abgebildeten Mauer, sah man ein kleines Bild, das durchaus ein Schwert darstellen konnte. Es sah aus, als recke eine unsichtbare Hand in der Stadt oder der Burg ein Schwert empor...

Erschrocken kam Mark wieder zu sich. Wie lange hatte er hier auf dem Pfad gestanden und dieses Ding angestarrt? Auch wenn die Waffe das magische Werk eines Gottes war, konnte er sich nicht leisten, sie den lieben langen Tag über anzuglotzen. Hastig wickelte er die Klinge wieder in ihre rauhe Umhüllung und machte sich auf den Weg weiter flußaufwärts.

Mehrmals an diesem Vormittag drohte die unhandliche Last, Mark beim Waten durch das Wasser aus dem Gleichgewicht zu bringen. Und immer wieder verhedderten sich Tuch oder Schnur in den Büschen rechts oder links des Weges. An diesem Vormittag kam Mark zum erstenmal der Gedanke, er könne das Schwert vielleicht loswerden, so daß er es nicht länger tragen mußte. Vielleicht fand er irgendwo einen tiefen Tümpel, in dem er es versenken konnte, oder eine Felsenspalte hinter einem Wasserfall – er war jetzt so weit flußaufwärts gekommen, daß es Wasserfälle gab. In gewisser Weise war diese Idee verführerisch. Aber Mark verwarf sie bald. Er konnte und würde dieses Schwert nicht so einfach loswerden, wie man ein zerbrochenes Messer fortwarf. Noch wußte er nicht – vielleicht wollte er es sich auch noch nicht eingestehen –, was er am Ende mit dem Schwert anfangen würde. Aber er wußte, daß er etwas mehr würde tun müssen, als es einfach wegzuwerfen. Außerdem hatte er oft genug die erfolgreiche Wirkung eines Findezaubers erlebt, mit dem ein Freizeitmagier im Dorf angegeben hatte. Wenn dieser Dorfzauberer in der Lage war, in der Tiefe eines Brunnens einen Trauring ausfindig zu machen und eine verlorene Münze aus einem Heuhaufen zu fischen, wie wollte Mark dann ein Schwert von dieser Größe vor den echten Magiern verbergen, die dem Herzog zur Verfügung stehen mußten?

Gegen Mittag verließ Mark vorsichtig das Dickicht des Flußufers und streifte durch hochgelegenes Weideland, bis er ein Kaninchen aufgespürt und erlegt hatte. Er war stolz auf sein

Geschick als Jäger: Ein einziger Schuß hatte das Tier sauber zur Strecke gebracht. Aber als er die Bogensehne losließ, sah er einen schrecklichen Augenblick lang den fallenden Seneschall vor sich...

Die Mahlzeit, ein vertrauter Jägerschmaus, geröstet über einem kleinen Feuer, tat ihm wohl. Sie stärkte ihn gegen die sinnlosen Streiche, die seine schreckgepeinigte Phantasie ihm spielte, und gegen den Aufruhr in seinen Gedanken, ausgelöst durch Ereignisse, die zu steuern gegenwärtig nicht in seiner Macht stand. Und dann sagte er sich mit Nachdruck, daß er sich besser entschied, wohin er sich wenden wollte, anstatt trüben Gedanken nachzuhängen.

Aber er hatte immer noch keine solche Entscheidung getroffen, als er sein Mahl beendet und das kleine Feuer ausgelöscht hatte und weiterzog. Er wußte, wenn er noch einen Tag lang flußaufwärts wanderte, würde er in die Nähe des Dorfes gelangen, in dem sein Vater aufgewachsen war... Dort hatte Jord mit zwei Armen als Schmied gearbeitet, und dort hatte ihn in einer finsteren Nacht ein Gott gerufen, damit er ihm den rechten Arm für diese verfluchte Waffe gebe. Mark fühlte deutlich, daß ihn nichts in dieses Dorf zog.

Nun gut, er würde sich eben Zeit nehmen, alles gründlich zu überdenken. Er würde einfach weiterwandern. Wenn er wirklich einen Plan brauchte, würde er selbst einen schmieden müssen.

Als der Himmel sich am zweiten Abend seiner Wanderschaft zu verdunkeln begann, schaute Mark durch das schützende Laub der Bäume am Fluß und sah, wie das Leuchten der untergehenden Sonne die immer näher rückenden Berge schimmern ließ. Die Berge waren schon so nah, daß er sehen konnte, wie steil und unwegsam ihre Hänge waren. Vor allem in der Nähe der Gipfel, dort oben, wo Götter und Göttinnen – oder wenigstens einige von ihnen – hausen sollten. Die Finsternis des Himmels vertiefte sich, und das rosige Glühen verblaßte schließlich auch auf den höchsten Gipfeln. Dann sah Mark, was er in seinem ganzen Leben erst ein- oder zweimal gesehen hatte: matte, rot glimmende Punkte unterhalb der Gipfel.

Diese Fünkchen, so sagten die Leute, waren Vulkans Feuer. Als er sie jetzt vor sich sah, waren sie so weit weg, als seien sie ein Teil einer anderen Welt.
Als es ganz dunkel geworden war, verkroch Mark sich in einem Dickicht und baute sich dort eine Art Nest, um darin zu schlafen. An diesem Abend – er war schon fast eingeschlummert – war ihm, als höre er die Stimme seines Vaters, der offenbar eine dringende Botschaft für ihn hatte...
Während des ganzen nächsten Tages stapfte Mark weiter flußaufwärts. Der Weg wurde steiler, und er kam langsam voran. Der Boden war felsiger und rauher, das Land wilder, die Bäume rar und die Menschen ebenso. Mark spähte an diesem Tag schon mutiger als zuvor aus dem Flußdickicht hervor, aber er entdeckte nur ein einziges Mal ein paar Arbeiter auf einem Feld in der Ferne und außer ihnen niemanden bis auf einen einsamen Fischer. Den Fischer bemerkte er beizeiten und umging ihn in weitem Bogen, ohne daß der Mann seine Anwesenheit ahnte.
An diesem Nachmittag – zwei volle Tage waren vergangen, seit er aus seinem Heimatdorf geflohen war – sah Mark bestimmte Wegzeichen, darunter einen fernen Bacchus-Tempel und einen vereinzelten Tafelberg, die ihm die Nähe des Dorfes ankündigten, in dem sein Vater geboren war. Ein paar Verwandte seines Vaters lebten dort immer noch, über die es sich nun nachzudenken lohnte. Es war leicht möglich, daß die zornigen Reiter des Herzogs bereits hier angekommen waren. Vielleicht bewachten sie jedes Haus im ganzen Land, in dem der Flüchtling möglicherweise Hilfe suchen könnte. Und jetzt erwachte in Marks Gedanken zum erstenmal eine klare Vorstellung von seinem Ziel: Sicherheit gab es für ihn nur außerhalb des Reiches, in dem der Herzog herrschte, in jener fremden Außenwelt, die er noch nie betreten hatte.
Aber nicht nur Ferne und Gefahr lagen zwischen ihm und der Sicherheit, sondern noch etwas anderes: Er verspürte eine schreckliche Verpflichtung, die mit dem Schwert verknüpft war. Die Art dieser Verpflichtung war ihm noch unklar, aber daß sie ihm oblag, war sicher.

Mark setzte seinen Weg längs des Flusses fort. Dem alten Dorf seines Vaters kam er nicht nahe genug, um sehen zu können, was dort vor sich ging. Auf den nahegelegenen Straßen konnte er weder schnelle Reiter noch irgendwelche Anzeichen für eine militärische Suchaktion entdecken, und obwohl er mehrmals den Himmel absuchte, sah er keine fliegenden Bestien, die nach ihm Ausschau hielten. Gleichwohl hielt er sich zumeist im schützenden Dickicht und wanderte zügig weiter.

Als die letzten Sonnenstrahlen am dritten Abend seiner Flucht verglimmt waren, starrte er wieder zu den Bergen vor ihm empor. Und wiederum sah er, deutlicher als je zuvor, die winzigen, zuckenden Funken, die Vulkans Feuer waren.

In dieser dritten Nacht war die Luft des Hochlandes bereits so kalt geworden, daß Mark nur schlecht schlief. Er wickelte sich in die Schwertdecke, doch aus Furcht vor möglichen Verfolgern wagte er nicht, ein Feuer anzuzünden. Am nächsten Morgen stand er, von einem leichten Sprühregen durchnäßt, auf und stieg müde weiter bergan. Die Landschaft um ihn herum wurde immer wilder und fremdartiger als alles, was er bisher gekannt hatte. Er folgte dem Fluß, dessen Bett sich durch eine Hochebene schnitt, und kam dann durch zerklüftetes Hügelland. Marks Kopf war leicht und sein Magen schmerzhaft leer. Auf jeder Schulter hatte er einen roten, wunden Fleck, den die Tragschnur des Schwertes aufgescheuert hatte.

Gegen Mittag, als in scheinbar geringer Entfernung über ihm die Baumgrenze sichtbar geworden war, stieß Mark auf einen kleinen Schrein, der einem Gott geweiht war, den er nicht kannte. Er raubte die einfachen Opfergaben – getrocknete Beeren und altes Brot. Während er aß, versuchte er, ein Gebet für den anonymen Gott des Schreines zu formulieren, indem er erklärte, warum er den Mundraub begangen hatte und in welcher Notlage er sich befand. Wahrscheinlich hätte er sich dieser Mühe nicht unterzogen, wenn er dem hochgelegenen Wohnsitz der Götter nicht so nahe gewesen wäre. Aber auch hier, ganz in ihrer Nähe, war er nicht sicher, ob die Götter Zeit oder Lust hatten, kleine Schreine zu beobachten oder kleinen Gebeten Gehör zu schenken.

Vielleicht würde er morgen hoch genug geklettert sein, um ein wenig göttliche Aufmerksamkeit auf sich zu ziehen. Früher hätte ihn eine solche Aussicht unter allen Umständen in große Angst versetzt. Jetzt aber isolierte ihn der Schock, der ihn aus seiner Heimat vertrieben hatte, vor den theoretischen Schrecknissen, die womöglich morgen auf ihn einstürmten.
Nicht weit oberhalb des Schreines entsprang der Aldan im Zusammenfluß zweier Bäche, die beide aus nördlicher Richtung heranplätscherten. Wo sie ineinanderströmten, versuchte Mark sein Glück beim Fischen, doch ohne Erfolg. Er wühlte im Boden nach eßbaren Wurzeln und fand keine. Er suchte nach Beeren, die frischer waren als die, welche er im Schrein gefunden hatte, und ergatterte ein paar, die von den Vögeln übersehen worden waren. Wenn eine menschliche Behausung in Sicht gewesen wäre, hätte er sein Geschick als Einbrecher oder Bettler auf die Probe gestellt, um etwas zu essen zu bekommen. Aber auf keinem der Hügel unter dem endlosen Himmel war ein Haus oder eine Hütte zu sehen, und Mark wollte jetzt nicht von seinem Weg abweichen, um danach zu suchen.
Die vierte Nacht seiner Reise verbrachte er zwischen einigen mächtigen Felsblöcken in Höhe der Baumgrenze. Er schlief wenig. Vulkans Schmiedefeuer schienen in dieser Nacht beinahe über ihm zu leuchten, erschreckend nah und zugleich entmutigend hoch. Gegen Mitternacht schlich irgendein großes Tier in der Nähe herum. Es hielt sich dicht außerhalb des Lichtkreises eines kleinen Feuers, das Mark in einem schützenden Felsenspalt entfacht hatte. Als er das hungrige Schnüffeln der Bestie hörte, wickelte er Stadtretter aus seiner Umhüllung und umklammerte den Griff mit beiden Händen. Kein Laut drang aus der Klinge, und die Luft, die sie umgab, blieb klar und still. Mark fühlte keinen magischen Schutz, der von diesem Stahl hätte ausgehen können, aber in seiner Lage bot schon das Gewicht der rasiermesserscharfen Klinge einen Trost, der nicht geringzuschätzen war.
Als der Morgen graute, war nirgends ein Tier zu sehen, und Mark konnte auch keine verräterischen Spuren entdecken. Die Luft war bitterkalt, aber beinahe windstill. Während der Nacht

hatte Mark sich in die Schwertdecke gehüllt, aber jetzt wickelte er die Waffe wieder ein und verschnürte sie, damit er sie tragen konnte. Dann machte er sich wieder an den Aufstieg durch die Ausläufer des Gebirges. Er folgte einem trockenen Bachbett, und inzwischen ließ der Hunger seine Knie zittern. Gleich nach seinem Aufbruch wußte er nicht mehr genau, wie er die Nacht, die eben vergangen war, verbracht hatte. Ob er überhaupt geschlafen hatte oder nicht. Es erschien ihm nicht ausgeschlossen, daß er seit zwei Tagen ohne Unterbrechung gewandert sei. Nach einer Weile gelangte er an eine kleine Quelle, die ihm gutes Trinkwasser bot. Er nahm diese Entdeckung als ein gutes Omen, trank in tiefen Zügen und kletterte weiter.

Soweit er sehen konnte, lagen nun alle Wasserläufe hinter ihm. Was sich durch die Klamm den Berg hinaufzog, sah aus wie ein kaum erkennbarer Fußpfad, und manchmal war Mark nicht sicher, ob er überhaupt einem Weg folgte. Inzwischen befand er sich unverkennbar auf dem Hang des Berges selbst, aber bislang war der Aufstieg längst nicht so schwierig, wie er befürchtet hatte. Es gab keine schroffen Felswände oder tückische, schräge Platten, denen nicht auszuweichen war. Dennoch wurde die Anstrengung allmählich mörderisch, denn er war körperlich völlig erschöpft.

In Gedanken suchte Mark nach einer Möglichkeit, die Last, die er mit sich schleppte, zu verkleinern. Aber sie bestand nur aus wenigen Dingen, und keines davon wollte er freiwillig zurücklassen. Den Gedanken, er könne sich irgendwo unterwegs des Schwertes entledigen, hatte er verworfen. Das Schwert war mit seinem eigenen Ziel verknüpft, und es würde mit ihm gehen bis ans Ende seiner Reise. Einmal, als sich in seinem Kopf alles drehte, entschloß er sich, Bogen und Köcher fortzuwerfen. Aber noch ehe er zehn Schritte gegangen war, besann er sich und kehrte zurück, um sie wieder aufzuheben.

Der Aufstieg verschwamm in Mattigkeit und Hunger. Irgendwann, zu einer zeitlosen hellen Stunde um die Mitte des Tages, wurde Mark sich seiner Umgebung jäh wieder bewußt, als er sah, daß er vor einem Hindernis angelangt war. Er stand am Fuße einer Felswand, die sich beinahe senkrecht vor ihm erhob,

einer Wand, die er niemals würde erklimmen können ... Langsam dämmerte ihm, daß er es gar nicht erst zu versuchen brauchte.
Er stand auf einer hohen, unebenen Platte aus schwarzem Fels, der Wind heulte um ihn herum. Aber der Tag war noch klar, und die Nachmittagssonne brannte ihm behaglich warm auf den Rücken. Die Sonne hatte auch den schwarzen Felsboden merklich aufgewärmt, wenngleich in den tieferen Schatten Schnee zu sehen war und der Wind einen eisigen Hauch in sich trug, den er von seinen endlosen Spielen in den phantastischen Felskaminen der Bergflanke mitgebracht hatte. Eine Zeitlang stand Mark regungslos und gebeugt unter der Last des Schwertes und seines übrigen Gepäcks da. Nach dem langen Aufstieg kam er nur allmählich wieder zu Atem. In einigen der Felskamine hörte er ein Brüllen, das tiefer klang als das Heulen des Windes, ein Tosen, das aus den Tiefen des Berges zu dringen schien.
Mark fragte sich, welcher der Kamine wohl Feuer enthalten mochte, als eine Stelle seine Aufmerksamkeit erregte, die er am hinteren Ende der Felsplatte entdeckte, dort, wo die steile Wand sich aufwärts schwang. Mark sah Spuren einstigen Treibens dort hinten. Verstreut lagen kopfgroße Klumpen einer schwarzen, knorzigen Substanz herum. Die Klumpen waren fremdartig geformt, nicht ganz kugelrund. Er ging hin und stieß mit der weichen Spitze seines Jagdstiefels gegen einen davon. Der Klumpen war schwer und für seine Größe äußerst massiv. Mark begriff langsam, daß er aus Metall oder Erz bestehen mußte, das einst geschmolzen und zu groben Kugeln geformt worden war.
Er stand jetzt ganz hinten in einer halb höhlenartigen Nische in der Steilwand. Die Sonne schien herein, und der Wind drang nicht bis hierher. Mark fand alte, kalte Asche; ein mächtiges Holzfeuer mußte hier gebrannt haben. Die Asche war zweifelsohne zu alt, um mit den Feuern, die er an den vergangenen Abenden von den Hügeln aus hier oben hatte brennen sehen, etwas zu tun zu haben, dachte Mark. Nach den Geschichten hatte er ohnehin vermutet, daß Vulkans Feuer vulkanisches

Erdfeuer sein mußte, ob es nun der Gott persönlich war, der diese Feuer heraufbeschwor und nährte, oder nicht. Aber ganz offensichtlich hatte einst jemand mit Absicht hier in dieser weiten Mulde im Steinboden vor der Felswand ein gewaltiges Feuer entfacht. Noch immer war der natürliche Kamin darüber vom Rauch geschwärzt. Das Schwarz dieser alten Rußflecken war anders als das der Felswand selbst.

Mark ließ sich vor der verlassenen Feuerstelle auf die Knie sinken und fiel dann rückwärts in eine sitzende Stellung. Die Luft hier oben war dünn, sie stank nach Schwefel. Sie ließ die Lunge frieren und gab ihr nur wenig Nahrung. Aber wenigstens sein Magen hatte jetzt aufgehört, nach Nahrung zu schreien. Er hatte ein inneres Gleichgewicht mit dem Hunger erreicht, einen Zustand des Behagens... Jäh wurde er ins Bewußtsein zurückgerissen, und er merkte, daß er auf dem Felsboden saß. War er eben eingeschlafen? Was war geschehen?

Er begriff nicht, was es ausmachen würde, wenn er hier ein Weilchen schlummerte, um zu Kräften zu kommen. Doch nein – es gab etwas zu tun, etwas zu entscheiden, jetzt, da er einmal hier war. Darum mußte er sich zuerst kümmern, zumindest ein wenig darüber nachdenken. Er war aus einem wichtigen Grund heraufgekommen... ah ja, das Schwert. Wenn er sich ein wenig aufgewärmt hätte, würde er darüber nachdenken.

Während er an seinem hochgelegenen, geschützten Platz in der milden Sonnenwärme hockte, bemerkte Mark nach und nach, wieviel unverbranntes Holz ringsum noch lag. Er sah große Späne und abgebrochene Äste sowie halbverbrannte Enden von Balken, die einmal zu schwer gewesen sein mußten, um von einem Menschen transportiert zu werden. Ihm wurde klar, daß er Wärme brauchte. Er brauchte ein Feuer, deshalb begann er an der alten Feuerstelle Holz zu sammeln und zu stapeln.

Mit dem Brennmaterial, das ihm zur Verfügung stand, hätte er eigentlich leicht ein Feuer entzünden können, aber seine Mattigkeit machte es ihm schwer. Mark zog sein Jagdmesser heraus und versuchte, Zunder und feine Späne vom Holz zu schaben, aber seine Hände zitterten, und die Klinge glitt von dem halbgefrorenen Holz ab. Er versuchte es mit dem Schwert und stellte fest, daß es trotz des Gewichtes und der Größe der Klinge damit viel leichter ging. Ohne es zu bewegen, ließ er das Schwert mit der Spitze auf dem Boden und mit dem Heft auf seinem gebeugten Knie ruhen. Jetzt konnte er Holzklötze an der Klinge vorbeiziehen und damit so dünne und feine Späne abhobeln, wie er nur wollte. Als er Zunder und Späne vorbereitet hatte, schlug er mit seinem Feuerstein einen blitzenden Funken von dem rauhen Pommel am stählernen Griff des Schwertes.

Schon der erste Funke setzte den Zunder in Brand. Die Späne brannten gut – beinahe magisch, dachte Mark. Größere Scheite brachten das Feuer bald auf beachtliche Größe und zu knisternder Kraft. Als er sich ein wenig ausgeruht und aufgewärmt hatte, nahm er seinen Jagdbecher und sammelte etwas Schnee aus einem schattigen Felsenspalt, den er schmolz und über dem Feuer erhitzte, bevor er davon trank. Wenn er jetzt nur noch etwas zu essen hätte... aber Mark schob diesen Gedanken beiseite, weil er fürchtete, der beißende Hunger könnte wieder einsetzen.

Er saß auf dem Felsboden, das ausgewickelte Schwert neben sich, und nippte an seinem heißen Wasser. Dann merkte er, wie er auf große Symbole starrte, Zeichnungen, die so schwach waren, daß er sie zuerst gar nicht gesehen hatte. Sie waren auf die felsige Rückwand der Nische gemalt oder sonstwie umrissen. Einige dieser Zeichen waren unter den alten Rußflecken teilweise verschwunden. Alles in allem war es ein ganzes Dutzend. Ihre Seiten waren allesamt mit unmenschlich geraden, geometrisch angeordneten Linien gezeichnet, und eines von ihnen, erkannte Mark, ähnelte dem Muster auf dem Schwertgriff. Er nahm das Schwert vom Boden auf und betrachtete es noch einmal sorgfältig.

Dann starrte er wieder auf die Zeichen an der Wand. Er spürte gerade, daß er kurz davor stand, eine wichtige Bedeutung aus ihnen herauszulesen, als ein Geräusch ihn ablenkte. Es war nicht der Wind oder sein eigenes Feuer, sondern das tiefe Tosen im Felskamin, lauter jetzt als zuvor, das immer mehr anschwoll und das nie ganz verstummende Heulen des Windes übertönte. Es war zu langgezogen, um vom Atem eines Tieres oder eines Menschen zu stammen. Die Essen Vulkans, dachte Mark. Die Schmiedefeuer. Was sie auch in Wirklichkeit sein mochten, sie brannten noch immer, und zwar ganz in der Nähe seines Rastplatzes. Und diese alte Holzfeuerstelle vor ihm war... doch der Gedanke wollte sich nicht vollenden lassen.

Marks Sonnenschatten kroch vor ihm an der Felswand hinauf, und er wußte, hinter ihm ging die Sonne unter. Diese Nacht hier oben werde ich nicht überleben, dachte er. Die Kälte wird mich töten, sie oder etwas anderes. Aber trotz des nahen Todes – oder vielleicht gerade deshalb – empfand er eine starke und immer noch wachsende Überzeugung, daß er Vulkan sehen würde, und zwar bald. Aber irgendwie war weder der Gedanke an den Tod noch der an die Götter schrecklich. Marks Fähigkeit zum Entsetzen war noch immer betäubt von dem Schock, seinen Bruder und seinen Vater sterben gesehen zu haben. Seit er das Schwert von der Dorfstraße aufgehoben hatte, dessen war er sich nun sicher, hatte er Vulkan damit entgegentreten wollen. Er wollte ihm entgegentreten, und... vielleicht kam das seinem Ende gleich.

Mark versuchte, Kraft zu gewinnen. Er entfachte sein Feuer zu neuen Flammen und legte größere Scheite nach. Dann rollte er sich vor der Glut zusammen, als könnte er die strahlende Energie aufnehmen wie eine Speise. Wieder hatte er die Schwerthülle als Decke um seinen Körper gewickelt.

Als er wieder erwachte, war er kalt und steif, die Welt um ihn herum war völlig finster bis auf die Millionen von Sternen und die hell glimmende Asche des Feuers. Langsam und schmerzgepeinigt drehte Mark sich auf seinem Felsenbett um, damit seine halb erfrorene Körperhälfte ein wenig von der Wärme der Glut abbekäme. Sein Gesicht und seine Handrükken fühlten sich zart und warm an, als hätten die hochlodernden Flammen sie beinahe versengt. Aber er begann an diesen Stellen zu frieren, kaum daß er sie von der Restwärme abgewandt hatte. Wenn er das Feuer wieder in Gang bringen wollte, mußte er aufstehen, umhergehen und die Arme bewegen. Er wußte es, aber er konnte sich nicht in Bewegung setzen. Tief im Mittelpunkt seines Körpers fühlte er eine ganz neue Art von Schauder, und jetzt war er beinahe fest überzeugt, noch in dieser Nacht sterben zu müssen. Aber diese Tatsache war ohne große Bedeutung.

Steh auf. Kümmere dich um das Feuer. Es wird dich erretten.

Erschrocken hob Mark den Kopf und krächzte eine wortlose Frage. Die Aufforderung war ihm in den Sinn gekommen, gesprochen von einer fremden Stimme, nachdrücklich wie ein Befehl. Er kannte diese Stimme nicht, aber sie wirkte machtvoll. Jetzt, da er den Kopf bewegt hatte, war auch der Rest plötzlich möglich. Er setzte sich auf, rieb seine Arme und bereitete sich auf die nächste Anstrengung vor. Jetzt konnte er die Arme schon leichter bewegen. Und er zwang sich zum Aufstehen. Er schwankte mit steifen Knien, aber er bewegte seine Beine, seinen Körper, alles. Noch immer halb gelähmt vor Kälte und Starre, sammelte er Holz und nährte die Flammen, als er sie blasend zum Leben erweckt hatte.

Dann legte er sich vor dem neu entfachten Feuer nieder und rollte sich erneut in die Decke. Er rieb sich das Gesicht. Als er die Hände von den Augen nahm, erblickte er einen Kreis hoher, schweigender Gestalten, die ihn und das Feuer umstanden. Für Menschen waren sie zu groß... Mark war so betäubt, daß er keinen sonderlichen Schrecken verspürte, und er schaute hoch in das, was er von den Gesichtern der Götter sehen konnte. Er fragte sich, weshalb er Ardneh, zu dem seine Mutter so oft betete, unter ihnen nicht erkennen konnte.

Eine der Göttinnen – Mark wußte nicht, wer sie war – redete ihn an. »Weshalb hast du dieses Schwert wieder heraufgebracht, Sterblicher? Wir wollen es hier nicht haben.«

»Ich habe es um meines Vaters willen hergebracht«, gab Mark furchtlos zur Antwort, ohne sich den Kopf zu zerbrechen, was er sagen sollte. »Dieses Schwert hat ihn vor Jahren zum Krüppel gemacht. Jetzt hat es ihn getötet. Es hat auch meinen Bruder getötet. Es hat mich aus meiner Heimat vertrieben. Es hat genug getan. Ich will es loswerden.«

Unruhiges Gemurmel durchlief den Kreis. Die Gesichter der Götter, schattendunkel und kaum zu erkennen, wandten sich einander beratend zu. Dann erhob sich die Stimme einer anderen Gottheit und schalt: »Es war ohnehin längst an der Zeit, daß du dein Elternhaus verließest. Oder willst du dein Leben lang ein Müllerknecht und Hasenjäger bleiben?«
»Ja«, antwortete Mark sogleich. Aber im selben Augenblick fragte er sich, ob es tatsächlich so war.
Eine andere Götterstimme hielt ihm vor: »Das Schwert neben dir hat, gemessen an seinen Möglichkeiten, noch nichts getan. Und überhaupt – wer bist du, daß du solcherlei beurteilst?«
Eine neue Stimme erklang glockenklar. »Ja, wahrlich. Es gehörte Jord dem Schmied, später Jord dem Müller, und es war sein, bis du, Sterblicher, oder dein Bruder es von ihm erben sollte. Jetzt ist es dein. Aber du kannst es nicht einfach hierher zurückbringen und dich auf diese Weise seiner entledigen. O nein. Selbst wenn man die Frage der Manieren einmal beiseite läßt, können wir ...«
»... können wir es nicht einfach zurücknehmen, jetzt, da es einmal benutzt worden ist. Ein Geschenk, das man benutzt hat, gibt man nicht einfach zurück.«
»Ein Geschenk?« Bei diesem Wort war Mark plötzlich so wach, als sei es hellichter Tag. Beinahe wäre er aufgesprungen. »Ein Geschenk nennt ihr das? Wenn ihr meinem Vater den Arm nehmt, um euch dafür zu entlohnen?«
Ein Arm, so lang wie der Ast eines Baumes, deutete auf einen der Umstehenden. »Dieser hier ist dafür verantwortlich, daß deinem Vater der Arm genommen wurde. Wir haben es ihm nicht vorgeschlagen.« Und die turmhohe Gestalt neben Vulkan (Mark erkannte Vulkan erst, als der andere auf ihn zeigte) schlug dem Schmied auf den Rücken. Es war ein kräftiger, grober Hieb, der Vulkan auf seinem Spielbein taumeln ließ, daß er knurrte. Dann fuhr der Sprecher, dessen eigene Identität noch immer unkenntlich war, fort. »Glaubst du denn, junger Sterblicher, daß wir uns die Mühe gemacht haben, Klumpfuß hier die Schwerter schmieden zu lassen, sie alle zwölf für unser Spiel schmieden zu lassen, um dann niemals zu sehen, wie sie

richtig benutzt werden? Es war sehr umständlich, sie machen zu lassen.«
Für ein Spiel ... *ein Spiel?* Wütend und empört schrie Mark: »Ich glaube, ich träume euch alle!«
Keiner der Götter und Göttinnen im Kreis hielt diese Feststellung einer Antwort für würdig.
Mark schrie: »Was werdet ihr mit dem Schwert anfangen? Wenn ich mich weigere, es zu behalten?«
»Das geht dich nichts an«, erwiderte eine Stimme kurz.
»Ich nehme an, wir würden es einem anderen geben.«
»Und überhaupt, in einem solchen Ton spricht man nicht mit den Göttern.«
»Wieso soll ich nicht reden, wie ich will, wenn ich euch sowieso alle nur träume? Und es geht mich sehr wohl etwas an, was...«
»Träumst du nie von wirklichen Personen, von wirklichen Dingen?«
Rauch aus dem Feuer wehte Mark ins Gesicht. Er hustete und mußte die Augen schließen. Als er sie wieder öffnete, umringten ihn die großen Wesen noch immer.
»Und dann – wenn es uns Göttern beliebt, ein Spiel zu spielen, wer bist denn du, Sterblicher, daß du Einwände erhebst?« Ein allgemeines Raunen der Zustimmung ging durch die Runde.
Mark war noch immer empört, aber seine Energie ließ nach. Seine Muskeln schienen sich ganz von allein zu entspannen. Matt sank er auf den Felsboden zurück, halb gewärmt vom Feuer. Sosehr er sich auch dagegen wehrte, seine Lider fielen müde zu. Er wisperte: »Ein Spiel...?«
Eine weibliche Stimme, die einer Göttin, die noch nichts gesagt hatte, erklärte leise: »Ich sage, daß dieser Mark, störrischer Sohn eines störrischen Müllers, den Tod verdient für das, was er getan hat. Für die Mißachtung, die er uns erweist, für seine verantwortungslose Einmischung.«
»Sohn eines Müllers? Der Sohn eines *Müllers*, sagst du?« Aus irgendeinem Grunde rief diese Äußerung großes Gelächter hervor. »Ah, hahahaaa!... Wie auch immer, hier ist er geschützt durch das Feuer, das er entfacht hat, denn er hat magisches Brennmaterial und magisches Werkzeug dazu be-

nutzt. Nicht daß er die leiseste Ahnung gehabt hätte, was er tat, als er es tat ...«

»Was ist daran so amüsant? Ich sage immer noch, er muß sterben. Heute nacht. Er muß. Denn sonst sehe ich Schwierigkeiten voraus, im Spiel und auch sonst, für uns alle.«

»Schwierigkeiten für dich, meinst du wohl.«

Und eine neue Stimme schaltete sich ein. »Hah, wenn du sagst, er muß sterben, dann sage *ich*, er muß leben. Welche Position du auch einnimmst, ich muß das Gegenteil vertreten.«

Sie sind genau wie Menschen, dachte Mark, und sein nächster Gedanke war: Ich bin beinahe verschwunden. Ich sterbe. Und jetzt war diese Vorstellung nicht nur annehmbar, sondern rief sogar ein Gefühl der Erleichterung in ihm hervor.

Im Laufe der Nacht – sein sanftes Sterben zog sich lange, lange hin – revidierte Mark immer wieder seine Meinung über die zänkische Schar der Götter, die sein Sterbebett umstand. Manchmal kam es ihm so vor, als führten sie die Erörterung auf einer hohen Ebene mit überaus weisen Worten. Bei diesen Gelegenheiten mühte er sich nach Kräften, alles im Kopf zu behalten, was sie sagten, aber irgendwie wollte es ihm nie gelingen. Dann wiederum erschien ihm das, was sie sagten, wie das dümmste Geschwätz, das er jemals gehört hatte. Aber auch ihre Torheiten wollten ihm nicht im Gedächtnis bleiben.

Auf jeden Fall aber verpaßte er den Schluß ihrer Streiterei gänzlich, denn statt zu sterben, wachte er schließlich auf und sah, wie der ganze weite Himmel sich über der gewaltigen Felsenschüssel, welche die Erde war, hell färbte. Der nächstgelegene Teil des Schüsselrandes befand sich sehr nah im Osten beinahe über ihm, während der nordwestliche Abschnitt weit, weit weg in der Ferne lag – nicht mehr als eine rosig überhauchte Sägezackenlinie am Horizont. Und im Südwesten war der Rand so weit entfernt, daß man ihn überhaupt nicht sehen konnte.

Als Mark aufwachte, zitterte er wieder – oder immer noch. Jetzt war er auf beiden Seiten kalt, das Feuer fast erloschen. Sogleich machte er sich daran, es wieder anzufachen. Mit einiger Überraschung fühlte er, daß seine Glieder sich leicht bewegen ließen. Aus irgendeinem Grunde war er mit dem Gefühl aufgewacht, etwas erreicht zu haben, so, als sei etwas Wichtiges bewerkstelligt worden, während er vor seinem Feuer lag. Nun, zunächst einmal war sein Leben gerettet, sei es nun durch Zufall, sei es durch das Wohlwollen bestimmter Götter. Er war sich nicht sicher, ob die Wesen, die er gesehen hatte, wirklich dagewesen waren. Jetzt war von den Göttern ringsumher keine Spur zu sehen. Da war nichts als der Berg und der Himmel und der schrille, scharfe Wind.

Und die geheimnisvollen Symbole an der Steinwand. Und die Überreste des großen, alten Feuers.

Das Bedürfnis nach Nahrung saß jetzt tief in seinen Knochen, und mit erwachender Angst dachte er daran, daß er womöglich bald zu schwach sein würde, um wieder hinunterzuklettern. Bevor es soweit wäre, würde er seine Entscheidung bezüglich des Schwertes in die Tat umsetzen müssen. Sobald er sich also so weit aufgewärmt hatte, daß ihn nicht mehr schauderte, wandte er dem neuerwachten Feuer und dem Schmiedeplatz der Götter den Rücken zu. Er behielt die Decke an seinem Körper, schlang sich Bogen und Köcher über die Schulter und hob Stadtretter auf. Er trug die Klinge vor sich her, als wolle er in den Kampf ziehen.

Er hielt die Nase in den Wind und versuchte, dem Schwefelgeruch bis dahin zu folgen, wo er am stärksten war. Es dauerte nur wenige Augenblicke, dann stolperte er über das, was er suchte: eine brusthohe, abgebrochene Säule aus schwarzem Felsgestein. In der Mitte war der breite, schwarze Stumpf ausgehöhlt, als sei es ein vermodernder Baumstumpf, und aus dieser Höhlung wehten beißende Dünste und kaum sichtbarer Rauch empor. Von Zeit zu Zeit strahlte ein rötliches Glühen von unten in den Rauch, das auf diese kurze Entfernung sogar im hellen Tageslicht sichtbar war. Ein warmer Hauch drang aus dem Erdkamin, und mit ihm etwas, das schlimmer roch als Schwefel, faul wie der Atem eines phantastischen Ungeheuers. Irgendwo in den Tiefen seufzte der Berg, und für einen Augenblick quoll große Hitze herauf.

Mark hob das Schwert. Er hielt es mit beiden Händen am Griff, so wie sein Bruder Kenn es während des Kampfes mit zwei Händen umklammert hatte. Aber jetzt entströmte der Waffe keine Kraft, und Mark konnte mit ihr anstellen, was er wollte. Ohne zu zögern und den Göttern Zeit zu lassen, etwas zu unternehmen, senkte er das Schwert hinunter in den aufsteigenden Rauch und ließ es fallen.

Vater, Kenn, ich habe es getan.

Das Schwert war augenblicklich verschwunden. Mark hörte einen scharfen Klang, als es in geringer Tiefe gegen einen Felsen prallte. Dann klirrte es weiter unten noch einmal. Er hielt den Atem an und lauschte lange auf den letzten Aufschlag, auf ein Klatschen vielleicht, wenn die Klinge in dem geschmolzenen Gestein versank, das auf dem Grund dieser Feuerlöcher brodelte, wie ein Ältester ihm einmal erzählt hatte. Aber obwohl er lauschte, bis er den Atem nicht länger anhalten konnte, hörte er nichts mehr von dem fallenden Schwert.

Mark schaute hoch in den Morgenhimmel, der bis auf wenige Wölkchen klar war. Es waren einfache Wolken, ohne jede besondere Eigenart. Er begriff plötzlich, daß er auf eine Reaktion wartete, auf einen Blitz, auf irgend etwas, das den sicheren Zorn der Götter über das, was er getan hatte, verkörperte. Er wartete darauf, erschlagen zu werden. Aber es kam kein Schlag.

Was statt dessen kam, war in gewisser Weise noch schlimmer. Es war das zarte Aufkeimen eines übelkeiterregenden Argwohns, er könnte einen schrecklichen Fehler begangen haben, als er das Schwert in den Vulkan warf. Jetzt hatte er seine Geste vollzogen, er hatte die Götter für das geschlagen, was sie ihm angetan hatten. Und welchen Schaden hatte er ihnen damit zugefügt? Welchen Nutzen hatte er selbst daraus gewonnen? In dreizehn Jahren hatte Jord diese furchtbare Wanderung nicht unternommen, nie hatte er den Göttern den Lohn für seinen rechten Arm in den Rachen zurückgeschleudert. Ganz gleich, aus welchem Grunde – Marks Vater hatte den Preis für seinen Arm daheim an die Wand gehängt. Er hatte nie versucht, ihn zu benutzen, nie versucht, ihn zu verkaufen, nie

damit geprahlt – aber er hatte ihn behalten. Bis zu diesem Augenblick hatte Mark noch niemals versucht, den Grund dafür auszuloten.
Eines stand fest: Marks Vater hätte niemals versucht, sich des Schwertes zu entledigen.
Der Bann des Schocks, der sich durch den bösen Zauber der Gewalt auf der Dorfstraße über Marks Sinne gelegt hatte, begann zu verfliegen. Er begriff, daß er allein in einer öden Bergwand stand, beinahe zu erschöpft, um sich von der Stelle zu rühren, und viele Kilometer von dem Heim entfernt, in das er nicht zurückzukehren wagte. Er fühlte, daß er eben etwas Furchtbares und Unbegreifliches getan hatte und seine wahnsinnige Geste ihn zum Feind der Götter wie der Menschen machen würde.
Kraftlos hing er über den Rand des qualmenden, stinkenden Steinstumpfes, und von Minute zu Minute wurde ihm elender und angstvoller zumute, bis er sich einbildete, die Stimmen der Götter zu hören, die mit dem sinnumwölkenden Rauch aus der Tiefe des Berges heraufkamen. Ja, die Götter waren erzürnt. Immer stärker spürte Mark, daß er einen gewaltigen Fehler begangen hatte, und allmählich verdichtete sich dieses Gefühl zu schwarzem Grauen.
Nur der Mangel an Energie bewahrte ihn davor, vollends in Panik zu verfallen. Er tat, was er konnte, um dem Zorn der Götter zu entrinnen. Zittrig stützte er sich auf den schwarzen Felsenstumpf und ging um ihn herum zur gegenüberliegenden Seite, wo die Bergwand ziemlich steil abfiel. Je weiter Mark sich um den Stumpf herum bergab bewegte, desto höher ragte dieser neben ihm auf, eine knorrige Säule, gesäumt von einem steil abwärts führenden Pfad.
Mark war diesem Pfad vielleicht zwanzig Schritte weit gefolgt, als er das Schwert wiederfand. Es lag mitten auf seinem Weg, unter einem zerklüfteten Loch in der Seite der Kaminsäule. Offensichtlich war es hier herausgefallen. Es war einmal am Felsen abgeprallt – das erste Klirren, das er gehört hatte – und dann hier aufgeschlagen. Alles in allem war das Schwert nur so tief gefallen, als hätte er es vom Dach der Mühle geworfen.

Aber schon in dieser kurzen Zeit war es mit einer solchen Hitze in Berührung gekommen, daß es fast glühte. Mark verbrannte sich die Finger, als er es aufheben wollte, und mußte es gleich wieder fallen lassen. Und so stand er, zitternd in der Schattenkühle des Morgens, am Berghang, blies sich in die Hände und wartete, bis der unversehrte Stahl wieder so weit abgekühlt war, daß er ihn berühren konnte.

3.

»Ich staune noch immer über das Ausmaß deines jüngsten Versagens, Blaumantel«, sagte Herzog Fraktin. »Wahrhaftig, je länger ich darüber nachdenke, desto größer wird meine Verblüffung.«

Der wirkliche Name des blaugewandeten Zauberers war nicht der, den der Herzog benutzt hatte. Aber seinen wirklichen Namen sprach man nicht leichtfertig aus, nicht einmal, wenn man ein Herzog war. Der Zauberer war es gewohnt, bei unterschiedlichen Namen gerufen zu werden.

Jetzt verneigte er sich, ohne allerdings aufzustehen, und gab damit beherrscht zu erkennen, daß er den Tadel zur Kenntnis genommen hatte. Er hatte die sorgfältig kultivierte Gewohnheit, niemals Furcht zu zeigen, und dies veranlaßte auch einen äußerst selbstsicheren Herrn, im Umgang mit ihm Wachsamkeit an den Tag zu legen.

»Ich habe Euer Gnaden bereits alles gesagt, was ich zu meiner Verteidigung anführen kann«, gab der Blaugewandete jetzt zur Antwort.

In einem steinernen Deckenbogen nicht weit über dem Kopf des Magiers hing ein kleiner, goldener Käfig, und darin saß ein Mönchsvogel, der plötzlich zu kreischen anfing, als wolle er sich über diese Erwiderung lustig machen. Die nutzlosen Flügel dieser hybriden Züchtung flatterten irisierend zu beiden Seiten des kleinen, pelzigen Körpers. Aber das Gehirn des Vogels war zu klein, als daß wirkliche Gedanken darin Platz gefunden hätten, daher schenkte keiner der beiden Männer darunter dem Kommentar des Tieres auch nur die geringste Beachtung.

Abgesehen von dem Sklavenmädchen, das eben Wein hereingebracht hatte, waren die beiden Männer allein. Sie saßen in einem der kleineren Privatgemächer der recht düsteren und zugigen Burg, die dem Herzog als Hauptwohnsitz diente und als Familiensitz gegolten hätte, wenn eine der Herzoginnen, mit denen er es bisher versucht hatte, ihm direkte Nachkommen geschenkt hätte. Der Urgroßvater des gegenwärtigen Herzogs hatte den Aufstieg des Klans zu seiner jetzigen Vormachtstellung begonnen, indem er den Beruf des Räuberbarons ergriffen hatte. Er war es auch, der mit dem Bau dieses Schlosses angefangen hatte. Seit jenen Tagen aber war es um einiges vergrößert worden. Es klammerte sich an eine bescheidene, aber strategisch günstig gelegene Felswand, die die Kreuzung zweier bedeutender Handelsstraßen überragte. Der Verkehr auf diesen beiden Überlandstraßen war seit den Tagen der Grundsteinlegung merklich zurückgegangen, aber seit langem schon betrieb die Familie andere Spiele als einfachen Straßenraub und den Verkauf von Lebens-, Gesundheits- und Geschäftsversicherungen.
Kostbare Wandbehänge in den Familienfarben Blau und Weiß kräuselten sich seidig, als eine sanfte Brise durch die schmalen Fenster in den dicken Steinmauern hereinwehte. In den Tagen des Vaters des jetzigen Herzogs hatten die Frauen im Haushalt bei der Einrichtung auf einem gewissen Maß an Eleganz bestanden, und die Wandbehänge stammten aus jener Zeit. An diesem Tage nun ließen die leise wehenden Stoffe dem Herzog einen Augenblick lang brennend bewußt werden, wie rasch die Zeit verstrich – all die Mühen seiner Vorfahren hatten ihm die Möglichkeit gegeben, sein eigenes Leben unter äußerst vorteilhaften Bedingungen zu beginnen, aber irgendwie waren die Jahrzehnte unwiederbringlich an ihm vorbeigeflossen, und heute war sein Reich nur wenig größer oder stärker als damals, als sein Vater es ihm vererbt hatte – ein Geschenk, das dieser nur widerwillig aus der Hand gegeben hatte. Immer noch war der Herzog erpicht darauf, eines Tages König des ganzen Kontinents zu sein, aber Jahre waren vergangen, seit er dergleichen selbst seinen engsten Beratern gegenüber laut erwähnt hatte.

Er erwartete und befürchtete, daß sie mit Spott reagieren würden, denn es bestand so wenig Hoffnung.
Das heißt, bis vor kurzem hatte wenig Hoffnung bestanden.
Mit einer kleinen Gebärde entließ er die Sklavin, die sich flink und anmutig von den Knien erhob und auf lautlosen Sohlen davonhuschte, daß ihre schleierartigen Gewänder hinter ihr herflatterten. Ja, auch in Frauendingen war ihm, so fand er, das Glück nicht hold gewesen. Die Zeit verging, Frauen tauchten auf, erwiesen sich aus dem einen oder anderen Grunde als unbefriedigend und verschwanden wieder. Die Pflicht, die er sich selbst gegenüber empfand, nämlich einen Erben für sein Herzogtum zu zeugen, hatte er immer noch nicht erfüllt.
Der Herzog goß sich Wein in einen kleinen Becher. »Ich glaube«, sagte er zu seinem Zauberer, »wenn du nur versuchen wolltest, könntest du mir noch ein paar Worte mehr über diese Angelegenheit sagen.« Als habe er sich besonnen, goß er Wein in einen zweiten goldenen Becher und reichte ihn hinüber. Dabei nickte er, als sehe er einen Gedanken bestätigt. Seine Gnaden war eher klein zu nennen, drahtig und allmählich ergrauend, und sein Stirnhaar war noch leicht gelockt. Was Bärte und Schnurrbärte betraf, so hatte er sich hier, wie in vielen anderen Dingen, niemals endgültig entscheiden können. Gegenwärtig jedenfalls war er glattrasiert, abgesehen von einem maßvollen Backenbart. Die herzogliche Gesichtsfarbe war recht dunkel, vor allem an den Augen, und so wirkte er ein wenig hohläugig, was ihm gelegentlich ein hungriges Aussehen verlieh.
Er versuchte, seinen Zauberer zum Reden zu bringen. »Wenn du mir die Folge der Ereignisse richtig beschrieben hast, dann hat dieser Knabe zuerst meinen Cousin erschossen, dann einfach das Schwert vom Boden aufgehoben – das Schwert, das zu holen ich dich geschickt hatte – und sich damit entfernt. Niemand hat ihn seither gesehen, soweit wir feststellen konnten. Und du hast keinen Versuch unternommen, ihn am Fortgehen zu hindern. Du sagst, du habest es nicht bemerkt.«
Der Zauberer, der sich davon offenbar nicht aus der Ruhe bringen ließ, wiederholte die sparsame Verneigung im Sitzen.

»Euer Gnaden, gleich nach dem Kampf strömte eine Menschenmenge auf der Straße zusammen. Es herrschte ein großes Durcheinander. Die Leute schrien allerlei Absurdes über Kavallerie und Invasionstruppen – die Szene war alles andere als geordnet, und Menschen kamen und gingen allenthalben. Meine erste Sorge galt naturgemäß dem Leben Eures Cousins, und ich tat, was ich konnte, um ihn zu retten – aber ach, meine Kräfte reichten nicht aus. In diesen ersten Augenblicken aber wußte ich ja nicht einmal, wessen Pfeil ihn zu Boden gestreckt hatte. Ich nahm – aus gutem Grunde, finde ich – an, er sei vom Bogen eines der Angreifer geschnellt.«
»Und als der Kampf vorüber war, dachtest du natürlich nicht mehr an das Schwert. Obwohl du doch gerade erst gesehen hattest, was es vermochte.«
»Ich bitte um Vergebung, Euer Gnaden, aber das habe ich eigentlich nicht gesehen. Als der Kampf begann, ließ ich mich sogleich zu Boden fallen, zog den Kopf ein und rührte mich nicht mehr. Euer Gnaden wissen sehr wohl, daß die meisten Zauber nur geringe Wirkung haben, wenn erst Schwerter gezogen sind und Blut vergossen ist. Natürlich war mir bewußt, daß ganz in der Nähe ein überaus starker Zauber am Werk war, und jetzt weiß ich auch, daß diese Magie von dem Schwert ausging. Aber solange der Kampf andauerte, gab es nichts, was ich hätte tun können. Kaum war es still geworden, da sprang ich auch schon auf und...«
»...tatest, was du konntest, ja. Was, wie sich herausstellte, nicht sehr viel war. Nun, wir werden sehen, was Sharfa uns über seine Dörfler vermelden kann, wenn er zurückkehrt.«
»Habt Ihr ihn inzwischen zurückgerufen, Euer Gnaden?«
»Ja, ich habe ihm sagen lassen, er solle sich beeilen, obgleich es mir widerstrebt, seine andere Mission deshalb abzubrechen... Nun, er soll tun, was er für das Beste hält, wenn er meine Botschaft bekommt. Das müssen wir alle. Jetzt aber wollen wir uns den Müller und sein Weib vornehmen.«
»Unbedingt, Sire. Ich halte es für eine äußerst weise Entscheidung, daß Ihr die beiden selbst verhören wollt.«
»Ich will, daß du dabeibleibst.«

Der Magier nickte schweigend. Herzog Fraktin hob die Hand und machte eine knappe Geste. Obgleich die beiden allem Anschein nach allein waren, reichte diese Geste doch aus, den Willen des Herzogs jenseits der Zimmermauern bekanntwerden zu lassen. Innerhalb einer Frist, die für einen tiefen, ruhigen Atemzug genügt hätte, erschien ein Wächter mit einem Speer, der zwei Leute in der abgetragenen Tracht des gemeinen Volkes hereinführte.

Der Mann war groß und kräftig, der Herzog schätzte sein Alter auf fünfunddreißig bis vierzig Jahre. Hellblondes Haar hing ihm über die sauber verbundenen Schläfen. Er hatte nur einen Arm, den er jetzt um die Hüften der Frau an seiner Seite gelegt hatte. Sie war rundlich, doch für eine Frau ihrer Klasse und ihres Alters immer noch anziehend und ein paar Jahre jünger als ihr Mann. Im Augenblick hatte die dunkelhaarige Frau große Angst, dachte der Herzog, aber sie wußte sich recht gut zu beherrschen. Der Mann wirkte eher benommen als verängstigt. Erst heute, also drei Tage nach seiner Verwundung, war er wieder zu sich gekommen, wie die Ärzte berichtet hatten.

Herzog Fraktin winkte dem Wächter, sich zu entfernen, dann erhob er sich zur Überraschung der beiden aus seinem Sessel, kam ihnen entgegen, um sie zu begrüßen, was bedeutete, daß er von dem flachen Podium herabsteigen mußte, auf dem er und der Zauberer saßen. Der Zauberer indessen war nicht mehr zu sehen. Lächelnd nahm der Herzog den Mann bei der Hand, als sei dies eine Zeremonie zur Verleihung von Ehrenzeichen. Dann berührte er in einer unterschwellig besitzergreifenden Geste den Kopf der Frau, die sich aufgeregt vor ihm verneigte. »Du also bist Jord, und du bist Mala. Hat man euch gut behandelt? Ich meine die Männer, die euch hergebracht haben.«

»Sie haben uns sehr gut behandelt, Euer Ehren.« Die Stimme des Mannes verriet, wie sein Gesichtsausdruck, Benommenheit. »Ich danke Euch für die Sorge, die Ihr mir zukommen ließet. Die Heilung.«

Der Herzog wischte die Dankesbezeugung mit einer Handbewegung beiseite. Wann immer schnelle medizinische Versorgung notwendig war, weil eine wichtige Persönlichkeit in Lebensgefahr schwebte, hatte er eine Priesterin Ardnehs bei der Hand, und die Priesterin hatte Gründe, unverzüglich und eifrig zur Stelle zu sein, wenn er sie rufen ließ. »Ich wünschte, wir hätten deinen ältesten Sohn retten können. Er fiel als wahrer Held«, sagte der Herzog und fügte taktvoll einen Seufzer hinzu. »Aber es ist euer jüngerer Sohn, der mir heute mehr am Herzen liegt.«

Die Eltern blickten ihn erschreckt an. »Hat man Mark gefunden?« fragte der Mann hastig. Sie hätten anders reagiert, dachte der Herzog, wenn sie gewußt hätten, wo ihr Kind sich aufhielt. Er gestattete sich einen neuerlichen Seufzer.

»Es tut mir leid«, antwortete er. »Mark ist noch nicht gefunden. Und es scheint, als habe er einen gewissen, sehr wertvollen Gegenstand mitgenommen. Einen Gegenstand, an dem mir selbst sehr viel liegt.«

Die Frau sah den Herzog mit einem merkwürdigen Gesichtsausdruck an. Er fragte sich, ob sie versuchte, verführerisch auszusehen. Schon manche Frau hatte dies versucht, und nur wenige hatten so wunderschönes schwarzes Haar gehabt. Aber natürlich waren noch weniger fünfunddreißigjährige Müllersfrauen mit schwieligen Händen gewesen. Diese hier hatte offenbar eine hohe Meinung von ihrer eigenen Anziehungskraft. Oder aber es war etwas anderes, was ihr durch den Sinn ging...

»Ist es nicht möglich, Herr«, fragte sie mit schüchterner Entschlossenheit, »daß jemand anders das Schwert genommen hat? Einer der Banditen?«

»Das glaube ich nicht, Mala. Wo hast du Mark zuletzt gesehen?«

»Auf der Straße, Herr. Auf unserer Dorfstraße, gleich nach dem Kampf. Meine Tochter und ich liefen aus der Mühle, als die Leute uns erzählten, daß Kenn da draußen mit dem Schwert kämpfte. Als ich hinkam, stand Mark ein wenig abseits. Ich glaubte nicht, daß er verletzt war, und so lief ich geradewegs zu Kenn, und ...« Sie wies auf den Ehemann zu ihrer Seite. »Später dann, als ich mich nach Mark umsah, war er nicht mehr da.«

Der Herzog nickte. Die Tochter hatte seinen Leuten einen ähnlichen Bericht gegeben. Ihr hatte man gestattet, im Dorf zu bleiben und sich um die Mühle zu kümmern. »Und als ihr auf die Straße hinausgelaufen seid, Mala, da war es Kenn, der das Schwert hielt?«

»Kenn lag schon am Boden, Euer Ehren. Von dem Schwert weiß ich nichts. Ich habe nicht daran gedacht. Ich dachte nur daran, daß mein Mann und mein Sohn verletzt waren.« Ihre Augen funkelten den Herzog unter dem dichten, lockigen Haar an. Vielleicht versuchte sie doch nicht, ihn zu verführen. Vielleicht wollte sie ihm irgend etwas mitteilen. Nun, er würde es später aus ihr herausholen.

Die Frau redete weiter. »Euer Gnaden haben doch auch nahe Verwandte. Wenn Ihr wüßtet, daß sie in Gefahr schweben, würde doch auch Euer erster Gedanke ihnen gelten.«

Der Mann warf seiner Frau einen Seitenblick zu, als sei auch ihm ihr merkwürdiges Benehmen aufgefallen.

»Und schwebt ein anderer enger Verwandter von mir jetzt in Gefahr, wie du sagst?« fragte der Herzog.

»Das weiß ich nicht, Herr.« Was immer die Frau im Sinn hatte, sie würde jetzt nicht damit herausrücken.

»Nun gut«, sagte der Herzog geduldig. »Weiter. Was den Knaben Mark betrifft, so verstehe ich, daß er es nach einem solchen Erlebnis mit der Angst bekam und davonlief – obgleich ich ihm selbstverständlich kein Haar gekrümmt hätte, wenn er geblieben wäre. Ich kann seine Flucht verstehen – aber weshalb hat er das Schwert mitgenommen?«

»Ich denke...« sagte der Mann, doch dann verstummte er wieder.

»Ja? Übrigens, Jord – möchtest du ein wenig von diesem Wein? Er ist sehr gut.«

»Nein, vielen Dank, Herr. Mark hat uns wohl beide fallen sehen. Seinen älteren Bruder und mich, meine ich. Also denkt er wahrscheinlich, ich sei tot wie Kenn. Das würde bedeuten... Ich habe meinen Söhnen immer gesagt, das Schwert werde eines Tages, wenn ich nicht mehr bin, ihnen gehören. Natürlich dachte ich dabei immer, daß Kenn derjenige sein würde, der es bekommt. Aber jetzt ist Kenn...«

Der Herzog wartete, bis das Paar sich wieder gefaßt hatte. Er wollte die beiden so huldvoll behandeln, als seien sie seinesgleichen. Höflichkeit und Sanftmut waren wichtige Werkzeuge für den Umgang mit Leuten jedes Standes. Manchmal fiel es ihm schwer, seinen Untergebenen diese Tatsache verständlich zu machen. Jedes Verhalten war ein Werkzeug, und es kam darauf an, für jede Situation das beste Werkzeug auszuwählen.

Dennoch wurde er allmählich ungeduldig. Er drängte den Müller: »Erzähle mir alles über das Schwert.«

»Ich habe es vor vielen Jahren bekommen, Euer Gnaden.« Es gelang dem Müller, sich zusammenzunehmen. »Das habe ich Euren Leuten bereits erzählt.«

»Ja, ja. Trotzdem – erzähle es mir noch einmal. Du hast es von Vulkan selbst bekommen? Wie sah er aus?«

Der Müller machte ein überraschtes Gesicht, als habe er eine andere Frage erwartet. »Wie er aussah? Es ist schwer, das zu beschreiben, Euer Ehren. Wie Ihr Euch vielleicht denken könnt, ist er der einzige Gott, den ich je gesehen habe. Wenn er ein Mann wäre, den ich beschreiben sollte, würde ich sagen: Er hatte ein lahmes Bein. Meistens hielt er einen Schmiedehammer in der Hand – einen mächtigen Schmiedehammer. Seine Kleidung bestand zum größten Teil aus Leder. Er trug ein Halsband, das aussah, als sei es aus Drachenschuppen. Ich weiß, das klingt töricht, aber... Und er war größer, als ein Mensch sein könnte. Und unendlich viel stärker.«

Offensichtlich, dachte der Herzog, war dies nicht das erste Mal, daß der Müller Worte suchte, mit denen sich schildern ließe, was er vor dreizehn Jahren erlebt hatte. Und ebenso offensichtlich war ihm dabei kein großer Erfolg beschieden.

»Er war mehr als ein Mensch«, fügte Jord schließlich hinzu, sichtlich befriedigt darüber, daß er wenigstens soviel jenseits allen Zweifels hatte klarstellen können. »Euer Gnaden, ich hoffe, Ihr werdet nicht mißverstehen, was ich jetzt sage.«

»Vermutlich nicht. Rede.«

»Seit dem Tage, da ich Vulkan begegnete, hat mich kein Mann – und auch keine Frau – jemals wieder in Angst versetzen können. O natürlich, wenn man mich zum Tode verurteilte oder zur Folter – ich hätte Angst. Aber kein menschliches

Wesen ... Ich glaube, nicht einmal, wenn ich dem Dunklen König unter die Augen treten müßte, wäre dies so schrecklich wie das, was ich damals tun mußte. Euer Gnaden, Ihr müßt einen Gott gesehen haben, wenn Ihr verstehen wollt, was ich meine.«

Seine Gnaden hatten sehr wohl schon Göttern gegenübergestanden – wenngleich nur selten – und einmal auch dem Dunklen König. »Ich verstehe, was du meinst, Müller, und ich finde, du hast es in die richtigen Worte gefaßt, was es bedeutet, die Gegenwart eines Gottes zu erfahren. Du standest also auf Vulkans Geheiß neben seinem Schmiedefeuer und halfst ihm dabei, die Schwerter zu machen?«

»Euer Gnaden wissen es also schon – ich meine, daß mehr als eines geschmiedet wurde.« Diese Erkenntnis schien den Müller mehr zu beeindrucken als der Herzog selbst oder der Reichtum und die Macht, die ihn umgaben. »Noch nie ist mir jemand begegnet, der davon wußte oder es nur ahnte. Ja, wir schmiedeten mehr als eines. Es waren zwölf. Und ich stand dabei und half. Das Schmiedehandwerk war in jenen Tagen mein Beruf. Dabei ging jedoch keine meiner Fertigkeiten in die Schwerter ein – nichts von dem, was ein Mensch vermag, ist mit ihnen vergleichbar. Und fünf andere Männer aus meinem Dorf wurden ebenfalls herzubefohlen, damit sie dem Gott zur Hand gingen. Sie mußten den Blasebalg bedienen, das Feuer in Gang halten und dergleichen mehr. Uns blieb nichts anderes übrig, als zu helfen.«

An dieser Stelle überraschte die Frau den Herzog wieder, diesmal dadurch, daß sie die Rede ihres Mannes durch ein leises Räuspern unterbrach. »Können Euer Gnaden sich entsinnen, das Dorf einmal besucht zu haben? Es heißt Treefall und liegt dicht am Fuße der Berge.«

Herzog Fraktin sah die Frau an. Jawohl, er würde auf jeden Fall noch einmal mit ihr sprechen müssen, allein, ohne ihren Mann. Sie hielt mit etwas hinter dem Berg. »Nun, möglicherweise war ich dort schon einmal«, antwortete der Herzog. Der Name allerdings sagte ihm nichts.

Er wandte sich wieder dem Mann zu. »Nein, Jord, ich glaube,

euch blieb keine andere Wahl, als Vulkan euch befahl, ihm zur Hand zu gehen. Wie ich hörte, haben die anderen fünf bedauerlicherweise nicht überlebt.«

»Vulkan hat sie verbraucht, Herr. Er hat ihre Körper und ihr Blut dazu benutzt, die Klingen abzukühlen – als wären sie Wassertröge gewesen.«

»Aber dich hat er verschont... abgesehen von deinem fehlenden Arm. Weshalb, glaubst du, hat er das getan?«

»Ich kann mich daran nicht mehr besonders gut erinnern, Euer Gnaden... Darf ich mich vielleicht setzen? Mein Kopf...«

»Ja, ja. Hol einen dieser Stühle für ihn, Mala. Also, Jord. Sprich weiter. Wie hast du die Schwerter gemacht?

»Nun, Herr, ich wurde ohnmächtig, und als ich wieder erwachte, war mein rechter Arm nicht mehr da. Es war eine saubere Wunde, und sie blutete fast nicht mehr. Mit der Linken hielt ich bereits Stadtretters Griff umklammert. Vulkan beugte sich über mich, als ich so dalag, und sagte...«

»Ja? Ja?«

»Daß dieses Schwert jetzt mir gehören solle. Stadtretter. Das Schwert der Wut, so nannte er es außerdem. Ich sollte es behalten und als Vermächtnis weitergeben. Ich verstand nicht... ich hatte höllische Schmerzen... und dann lachte er, als sei das alles nichts weiter als ein großartiger Witz. Wenn ein Gott lacht, so klingt es wie... wie sonst nichts auf der Welt. Aber für mich war es niemals ein Witz.«

»Nein, das glaube ich auch nicht.« Der Herzog wandte sich ab und stieg auf sein Podium hinauf. Er goß sich Wein in seinen Becher. Als sein Blick auf den juwelenbesetzten Griff des Dolches in seinem Gürtel fiel, juckte es ihn in den Fingern, damit zu spielen, aber er unterdrückte diesen Drang. In diesem Augenblick wollte er nichts tun oder sagen, was auch nur im mindesten bedrohlich hätte erscheinen können. Milde fragte er: »Wie viele Schwerter, sagst du, hat Vulkan an diesem Tage geschmiedet?«

»Ich glaube nicht, daß ich es schon gesagt habe, Euer Gnaden, aber es waren zwölf.« Der Müller sah jetzt besser aus, als habe er sich besser in der Gewalt, nachdem er sich hingesetzt hatte. »Würdet Ihr das glauben?« Er lächelte fast.

»Ich würde es glauben, weil du es sagst und weil du ein ehrlicher Mann bist. Ich würde es wissen, wenn du lügst. Aber jetzt zu den anderen elf Schwertern. Es ist überaus wichtig, daß die Tatsache ihrer Existenz geheimgehalten wird. Niemand außerhalb der Mauern dieses Zimmers darf davon hören. Nun, meine guten Leute, was würdet ihr mir zu tun raten, damit ich dessen sicher sein kann?«

Der Mann machte ein ratloses Gesicht. Aber die Frau trat leichtfüßig vor. »Ihr solltet uns vertrauen, Euer Gnaden. Wir werden kein Wort verraten. Bis heute hat Jord von diesen anderen Schwertern niemals gesprochen, und er wird es weiterhin nicht tun, ebenso wie ich.«

Der Herzog nickte langsam und wandte sich dann wieder dem Mann zu. »Nun, Schmied, Müller oder was du sonst bist – was ist aus den anderen elf Schwertern geworden?«

Ein hilfloses, einarmiges Achselzucken. »Darüber, Sire, weiß ich nicht das geringste.«

»Hat Vulkan ihnen Namen gegeben, wie er deinem Schwert einen Namen gegeben hat? Wie sahen sie aus? Wo sind sie jetzt?«

Wieder machte Jord eine hilflose Gebärde. »Ich weiß nichts darüber, Euer Gnaden. Ich habe die anderen Schwerter nie näher betrachten können, zumindest nicht nach den ersten Arbeitsgängen des Schmiedens. Ich sah zwölf weißglühende Stahlstangen, die auf Vulkans Hammer warteten – da habe ich sie gezählt. Später dann hatte ich zuviel zu tun, um darüber nachzudenken oder mich darum kümmern zu können, und schließlich hatte ich den blutenden Armstumpf, der mich beschäftigte. Ich konnte gar nicht ...«

»Komm, komm, Jord. Du mußt doch mehr gesehen haben als das. Du warst dabei, die ganze Zeit über, oder nicht?«

»Ja, schon, Herr, aber ... Euer Gnaden, ich würde Euch mehr erzählen, wenn ich könnte.« Jord wirkte verzweifelt.

»Nun gut, nun gut. Vielleicht fällt dir zu den Schwertern ja noch etwas mehr ein. Was hat Vulkan sonst noch zu dir gesagt?«

»Ich weiß nicht, was er alles gesagt haben könnte, Euer Gnaden. Er gab mir Befehle, sagte mir, was ich tun sollte – dessen bin ich sicher. Ich muß verstanden haben, was er sagte, aber ich konnte mich später nie daran erinnern.«

»Aber du erinnerst dich, die zwölf weißglühenden Stahlstangen gesehen zu haben, nicht wahr? Waren sie alle gleich?«

»Ich vermute, sie sollten allesamt zu geraden Klingen geschmiedet werden, wahrscheinlich kaum anders als die, die ich bekam. Aber Waffen waren nie mein Fach.«

»Aha.« Der Herzog nahm einen kleinen Schluck Wein und ging im Raum auf und ab. Er dachte nach und überlegte, wie am klügsten vorzugehen sei. »Das Schwert, das du bekommen hast. Wie war es verziert?«

»Die Klinge überhaupt nicht, Herr. Oh, im Stahl selbst war ein überaus feines Muster, wie ich es nie zuvor irgendwo gesehen hatte. Aber das war, wie gesagt, im Metall selbst. Dann kam ein Handschutz aus rohem Stahl, auch dieser ohne besondere Verzierungen. Der Griff war glatt und schwarz, aus einem Material, das ich nicht kannte. Ich habe mich schon gefragt, ob es nicht vielleicht aus der Alten Welt stammte. Und hierauf war ein feines, weißes Ziermuster angebracht.«

»Was stellte es dar?«

»Daran habe ich oft herumgerätselt, Herr. Vielleicht war es eine Zinnenmauer, wie bei einer Burg oder einer Stadt.« Die Frau nickte zustimmend bei den Worten ihres Mannes.

»Glaubst du«, fragte der Herzog, »daß du es für mich aufzeichnen könntest?«

»Ich werde es versuchen.« Der Mann klang ziemlich zuversichtlich.

»Später. Du warst selbst Schmied, ob Waffen nun zu deinem Fach gehörten oder nicht. Ich nehme an, dieses Schwert war von solcher Schönheit, daß du gewußt haben mußt, es würde einen Batzen Geld wert sein, selbst wenn man die magischen Fähigkeiten, die es vielleicht hatte, einmal beiseite ließ. Ist dir nie der Gedanke gekommen, es zu verkaufen?«

Die Miene des Mannes verhärtete sich. »Ich bitte um Vergebung, Euer Gnaden, aber ich dachte nicht, daß es mir gegeben worden sei, damit ich es verkaufte.«

»Nein? Hat Vulkan nicht gesagt, es sei dein und du könntest damit anfangen, was du willst?«
»Er hat gesagt, es sei mein, Herr. Aber nur bis zu dem Tage, da ich es an meine Söhne weitergeben würde. Auch das hat er ausdrücklich gesagt.«
»Ich bin neugierig, Jord. Was, glaubtest du, würde dein Sohn damit anfangen, wenn er es bekommen hätte? Glaubtest du, er werde es an der Wand hängen lassen, wie du es getan hast?«
»Das weiß ich nicht, Herr.«
Der Herzog wartete einen Augenblick lang, aber Jord schwieg. Der Herzog seufzte. »Schade. Ich hätte dir einen hübschen Preis gezahlt, wenn du es mir gebracht hättest. Ich werde es natürlich immer noch tun, falls du die Waffe je wieder in die Hand bekommen solltest. Falls, beispielsweise, dein Sohn sie dir zurückbringt. Oder falls du dich in den Wäldern ein wenig umsiehst und sie findest, wo dein Sohn sie vielleicht verloren hat. Ich werde einen guten Preis zahlen und keine Fragen stellen.«
Der Mann und die Frau sahen einander an, als wünschten sie, von der Großzügigkeit des Herzogs Gebrauch machen zu können.
Der Herzog setzte sich und beugte sich vor. »Nur eines muß euch klar sein: Früher oder später, auf die eine oder andere Weise, werde ich dieses Schwert bekommen.« Er lehnte sich zurück, und seine Miene hellte sich wieder auf. Und ich will eurem Sohn gern eine beträchtliche Belohnung zukommen lassen, denn er hat sein Bestes getan, meinen Cousin zu verteidigen – wie übrigens auch euer ältester Sohn. Also, bevor ich es vergesse...« Und der Herzog griff in die Tasche und holte eine Goldmünze hervor. Mit geübter Bewegung ließ er sie durch die Luft wirbeln. Funkelnd flog sie auf Jord zu.
Benommen oder nicht, Jord fing sie mit seiner großen Arbeiterhand geschickt auf. Er stand auf und verneigte sich zusammen mit seiner Frau dankbar.
Als habe er vorher nicht daran gedacht, danach zu fragen, erkundigte sich der Herzog: »Wo, glaubt ihr, hält Mark sich

jetzt auf? Habt ihr vielleicht Verwandte in einem anderen Dorf, zu denen er gegangen sein könnte?«

»Wir haben Verwandte in Treefall, Euer Gnaden.« Es war die Frau, die antwortete. Wieder erwähnte sie dieses Dorf, und wieder tat sie es mit einer sonderbaren, unterschwelligen Betonung. Ja, er würde gleich mit ihr allein sprechen müssen.

»Wir haben Euren Leuten schon alles über unsere Familie erzählt, Sire... Wann dürfen wir nach Hause, Euer Gnaden?« fragte Jord. »Ich mache mir Sorgen um unsere Tochter. Sie ist allein daheim.«

»Es wird ihr gutgehen. Ich habe jetzt Leute in eurem Dorf. Die behalten alles im Auge... Andere lebende Kinder habt ihr nicht, außer dieser Tochter und Mark?«

»Keine, Herr«, antwortete die Frau. Die Kindersterblichkeit war ein verbreitetes Übel. »Euer Gnaden waren sehr gut zu uns«, fügte sie hinzu. »Erst die Heilung meines Mannes, und jetzt das Geld...«

»Ja, das stimmt. Aber warum nicht? Ihr seid brave Leute. Treue Untertanen. Und wenn euer Knabe gefunden wird, werde ich mit ihm genauso gnädig verfahren. Einer eurer Nachbarn verbreitet, wie ihr zweifellos wißt, die Geschichte, es sei Marks Pfeil gewesen, der meinen Cousin niedergestreckt hat. Selbst wenn es so wäre, würde Mark dafür nicht bestraft werden – versteht ihr mich? Denn wenn es sich so verhielte, dann wäre dieser böse Treffer zufällig zustande gekommen – möglicherweise auch durch einen bösen Zauber, den ein Feind gewirkt hat. Meine Zauberer werden herausfinden, wer es war.« Bei diesen Worten warf er einen Blick auf den anscheinend leeren Sessel, der neben seinem auf dem Podium stand. »Aber ich hoffe, ich hoffe inständig, daß euer Jüngster mit diesem Schwert keine Torheit begeht. Es besitzt Kräfte, die alles, was er zu beherrschen oder wenigstens zu verstehen hoffen könnte, bei weitem überschreiten. Ich würde ihn vor Unheil bewahren, wenn ich könnte. Aber natürlich kann ich ihn nicht schützen, wenn ich nicht weiß, wo er steckt.«

Die Gesichter beider Eltern – zu diesem Schluß kam der Herzog – waren noch immer die zweier hilflos leidender Menschen. Sie sahen nicht aus wie Ränkeschmiede, die sich überlegten, ob sie ein Geheimnis verraten sollten oder nicht. Er seufzte noch einmal, innerlich diesmal, und winkte Jord, sich zu entfernen. »Jord, geh und fertige die Zeichnung von den Verzierungen auf dem Schwert für mich an. Du kannst den Männern nebenan sagen, was du tun sollst, dann werden sie dir die nötigen Hilfsmittel beschaffen. Mala, du bleibst hier. Ich will deine Geschichte noch einmal hören.«

Der speertragende Wächter erschien wieder. Einen Augenblick später verabschiedete sich Jord mit einer unbeholfenen Verbeugung.

Die Frau stand abwartend da und schaute ihn unter dunklen Locken hinweg an.

»Nun, meine Liebe, du wolltest mir noch etwas anderes erzählen.«

Sie versuchte nicht, dies zu bestreiten, aber es schien, als wisse sie nicht genau, wie sie beginnen sollte. »Ich habe von diesem Dorf gesprochen, Sire. Treefall. Der Ort, aus dem mein Mann stammt.«

»Ja?«

»Euer Ehren, ich dachte, daß ich Euch dort schon einmal in der Nacht begegnet sein könnte. Vor dreizehn Jahren. Bei einer Bestattung. Es war in der Nacht der Totenfeier für die fünf Männer, die Vulkan getötet hatte, bei der auch für meinen Mann gebetet wurde – das heißt, mein Mann wurde er erst zwei Tage später. Man hatte einen Heilzauber gewirkt, der ihm helfen sollte, sich von der schrecklichen Verwundung zu erholen...«

»Ah.« Der Herzog deutete mit dem Finger auf sie. »Du sagst, du *denkst*, du *könntest* mir begegnet sein? Du weißt es nicht? Du erinnerst dich nicht?«

»Der Mann, dem ich begegnet bin, Herr, trug eine Maske. Ich weiß, daß die Mächtigen dergleichen mitunter tun, wenn sie einen Ort besuchen, der ihres Standes unwürdig ist.«

»So. Aber weshalb denkst du, ich sei dieser Maskierte gewesen? Hattest du mich denn schon einmal gesehen?«

»Nein, Herr. Ich hatte nur gehört... Ihr wißt, wie solche

Gerüchte im Volk umgehen... ich hatte gehört, Ihr mischtet Euch hin und wieder unter Euer Volk und trügt dabei eine Maske aus schwarzem Leder...« Mala begriff offenbar, daß ihre Worte wenig überzeugend klangen. »Ich hatte nur ein *Gefühl.*« Wieder machte sie eine Pause. »In jener Nacht wurden Bestattungsriten abgehalten. Ich ging mit dem maskierten Mann in die Felder. Neun Monate später kam mein Sohn Mark zu Welt.«
»Aha.« Der Herzog musterte Mala nachdenklich vom Scheitel bis zur Sohle. Er blinzelte ein wenig, als versuche er, sich an etwas zu erinnern. »Die Leute in den Dörfern erzählen sich also tatsächlich, daß ich manchmal unerkannt durch das Land reise?«
»Jawohl, Euer Gnaden, viele sagen das. Ich bin sicher, sie meinen es nicht böse, sie wollen nur ...«
»Aber hier irren sich die Leute. Verstanden?«
Mala senkte den Blick ihrer dunklen Augen. »Ich habe verstanden, Euer Gnaden.«
»Dein Mann – weiß er...?«
»O nein, Herr. Ich habe ihm niemals von dem maskierten Mann erzählt, weder ihm noch sonst jemandem.«
»Das tu auch weiterhin nicht«, befahl Herzog Fraktin. Er winkte auch ihr, sich zu entfernen.
Die Frau zögerte kaum merklich. Dann verschwand sie.
Der Herzog wandte sich dem Sessel neben seinem zu. Der Zauberer saß wieder unübersehbar da. Der Herzog wartete auf das, was der Blaugewandete zu sagen hatte.
»Die Folter habt Ihr nicht in Erwägung gezogen, Euer Gnaden?« frage der Zauberer.
»Zu diesem Zeitpunkt wäre es töricht, sie zu foltern. Ich wette mein Land, daß im Augenblick keiner der beiden weiß, wo der Bengel oder das Schwert ist. Zumindest die Frau würde mir das Schwert augenblicklich übergeben, wenn sie es hätte. Ich glaube, auch der Mann würde es tun, wenn es darauf ankäme. Und wenn sie in ein oder zwei Tagen wieder sicher daheim sind und das Gold in ihren Händen halten, dann werden sie mehr davon wollen. Sie werden verbreiten lassen, daß ihr Sohn nach Hause

kommen soll. Auf dem Lande sprechen sich die Dinge rasch herum, Blaugewandeter – ich war dort, und ich weiß es. Wenn das Kind hört, daß seine Eltern zu Hause sind, unbehelligt und sogar belohnt von mir, dann haben wir eine gute Chance, daß er mit dem Schwert nach Hause kommt – wenn er es noch hat und wenn wir ihn nicht vorher finden. Andererseits, wenn wir jetzt mit sinnlosen Folterungen beginnen, wird er auch das erfahren. Und dann wird er wohl kaum freiwillig heimkehren.«

»Euer Gnaden wissen es natürlich am besten. Aber hinter dem demutsvollen Gebaren dieses Mannes verbirgt sich ein halsstarriger Kerl. Ich hatte den Eindruck, daß er mit etwas hinter dem Berg hielt.«

»Du bist ein aufmerksamer Beobachter, Blaumantel. Ja, ich bin auch deiner Meinung, er hat uns etwas verheimlicht. Aber ich glaube nicht, daß es etwas war, das für unser Anliegen von Bedeutung sein könnte. Wahrscheinlich war es etwas, das sich vor vielen Jahren zwischen ihm und dem Gott abgespielt hat.«

»Und, Sire?«

»Und wieso habe ich es dann nicht aus ihm herausgeholt? In der Tat.« Herzog Fraktin seufzte in seiner feinfühligen Art. »Aber vielleicht ist es ihm nicht gestattet, darüber zu sprechen? Hast du diese Möglichkeit in Betracht gezogen?«

»Euer Gnaden?«

»Sind wir *sicher*, Blaumantel – ich meine, sind wir wirklich sicher, ob wir alles wissen wollen, auch wenn es auf Geheiß des Gottes geheim bleiben soll?«

»Ich muß gestehen, Sire, daß Euer Feinsinn für mich oft nicht mehr nachvollziehbar ist.«

»Du glaubst, ich habe unrecht. Nun, später lasse ich vielleicht die ganze Familie auf die Streckbank oder in die Stiefel spannen.« Der Herzog schwieg ein paar Augenblicke lang versonnen. »Jedenfalls ist er ein Mann mit Besitz. Er wird nicht in die Berge fliehen und seine Mühle der Beschlagnahme überlassen. Es sei denn, wir würden ihn auf tolpatschige Weise in Angst und Schrecken versetzen.«

»Und die Frau, Sire?«

»Was ist mit ihr?«

»Das Ereignis, von dem sie sprach, das nun dreizehn Jahre zurückliegt. Das war, bevor ich in Eure Dienste trat. Es beruht nicht auf Tatsachen, was sie sagte? Ich frage, weil es manchmal möglich ist, einen magischen Einfluß durch Intimität herzustellen.«

»Du hast gehört, was ich ihr geantwortet habe«, erwiderte der Herzog schroff.

Der Magier verneigte sich leicht. »Und was ist mit dem Knaben, Sire? Wenn er gefunden wird?«

Der Herzog sah seinen Berater an. »Nun, wir werden natürlich das Schwert von ihm bekommen, oder wir werden von ihm erfahren, wo es ist, oder zumindest, wo er es zuletzt gesehen hat.«

»Natürlich, Sire. Und dann – was geschieht mit ihm?«

»Und dann? Was soll das heißen – und dann? Er hat meinen Cousin getötet, oder etwa nicht?«

Der Zauberer verneigte sich noch einmal, ohne sich zu erheben. «Und das Dorf, Herr? Der Ort, in dem eine solche Greueltat hat geschehen dürfen?«

»Dörfer, Blaugewandeter, sind wertvolle Besitztümer. Wir haben nicht unbegrenzt viele davon. Sie stellen uns die Mittel zur Verfügung, die wir brauchen. Die Rache darf niemals mehr als ein Werkzeug sein, das man in die Hand nimmt und wieder beiseite legt, wie es gerade notwendig ist. An einem Knaben kann man ein Exempel statuieren, und dazu ist er vielleicht besser geeignet als zu anderem. Aber ein ganzes Dorf...« Herzog Fraktin schüttelte den Kopf.

»Ein Werkzeug, jawohl, Sire.«

»Und ein unendlich viel mächtigeres Werkzeug ist Wissen. Finde heraus, wo dieses Schwert ist. Selbst wenn wir in Erfahrung bringen könnten, von wem die Männer kamen, die meinen Cousin entführen wollten, wäre dies für uns von größerem Nutzen als bloße Rache.«

4.

Von den hohen Bergen herabzusteigen war schwierig, wenn der Hunger die Beine immer matter werden ließ und der Kopf sich vor Hunger, vulkanischen Dünsten, Höhenluft und der Begegnung mit den Göttern drehte. Gleichwohl war der Abstieg nicht so schwierig, wie es der Aufstieg gewesen war.
Selbst das Schwert trug sich jetzt leichter, als habe Mark sich irgendwie an die Last gewöhnt. Nein, mehr noch als das – so, als sei es auf irgendeine Weise ein Teil von ihm geworden. Er konnte das schwere Bündel jetzt auf der Schulter tragen, ohne das Gefühl zu haben, er würde sich daran schneiden, und er konnte es an seiner Seite baumeln lassen, ohne Gefahr zu laufen, daß er darüber stolperte.
Er konnte jetzt sogar – mehr oder weniger ruhig – über die Tatsache nachdenken, daß sein Vater und sein Bruder tot und seine Mutter, seine Schwester und sein Zuhause vielleicht für immer unerreichbar waren. Sein altes Leben war vorbei, zumindest in dieser Hinsicht waren die Götter sich einig gewesen. Aber sein Leben hatte er noch, und der Weg vor ihm, der ihn in Sicherheit vor der Rache des Herzogs führen würde, war frei. Und er hatte das Schwert.
Beim Abstieg entschied sich Mark für den am unbeschwerlichsten erscheinenden Weg, und dieser Weg führte ihn immer weiter nach Süden. Mark hatte nichts gegen diese Richtung, denn er vermutete, so das Reich des Herzogs Fraktin am schnellsten hinter sich lassen zu können. Außerdem meinte er sich zu erinnern, daß das Land des Guten Sir Andrew, wie man ihn in den Erzählungen nannte, ebenfalls in dieser Richtung lag. Es gab eine ganze Reihe von Erzählungen über Sir Andrew, und sie waren ganz anders als die über den Herzog. Mark wäre ohnehin bereitwillig nach Süden gewandert, aber die Aussicht, in das Reich eines gütigen Herrschers zu gelangen, ließ es ihm leichter werden, die Heimat für immer hinter sich zu lassen.
Seine augenblicklichen Probleme hinderten ihn ohnedies daran, sich über seine Zukunft den Kopf zu zerbrechen. Wenn er jetzt überleben wollte, mußte er den Suchtrupps des Herzogs

aus dem Weg gehen, die vermutlich unterwegs waren, und es galt auch, Nahrung zu finden. In letzterer Hinsicht zumindest hatte Marks Glück sich gewendet. Der erste Bach, den er bei seinem Abstieg entdeckte, ein glitzerndes, kleines Wildwasser, das in einer tiefen Klamm fast verschwand, gewährte ihm zu seiner Überraschung gleich beim ersten Versuch mit Schnur und Haken einen Fisch. Verdorrtes Strauchwerk am Ufer des Wasserlaufes lieferte genug Brennholz für ein kleines Feuer, und während der erste Fisch über der Glut brutzelte, fing Mark noch zwei weitere. Er verspeiste seine Beute nur oberflächlich gesäubert und halb gar, dann machte er sich erfrischt auf den Weg.

Unterdessen waren die Stunden des Tageslichtes beinahe verstrichen. Als er sich umblickte, sah Mark, daß die oberen zwei Drittel des Berges von Wolken verhüllt waren. Es sah so aus, als sei er gerade zur rechten Zeit heruntergekommen, um nicht ein Opfer von Sturm und Kälte zu werden. Die Finsternis senkte sich rasch herab, und als er zu einem kleinen Überhang am Ufer des Baches kam, beschloß er, hier für die Nacht Unterschlupf zu suchen. Noch einmal warf er seinen Angelhaken aus, doch diesmal ohne Erfolg. Aber er fand ein paar Beeren, und als es finster wurde, zündete er ein kleines Lagerfeuer an.

In der Nacht regnete es so heftig, daß sein Feuer erlosch. Der Überhang bot ihm nur wenig Schutz gegen die Witterung, doch die bittere Kälte der Hochlagen herrschte hier nicht. Mark fror, aber er erfror nicht. Langsam graute der Morgen, indirektes Licht erhellte den bedeckten Himmel. Mark empfand die Wolken als beruhigend – es hieß, die Menagerie des Herzogs enthalte fliegende Bestien von einiger Intelligenz, die er hin und wieder auf Erkundungsflüge durch sein Land schickte. Als es Morgen geworden war, versuchte Mark noch einmal sein Glück mit dem Angelhaken, doch er fing nichts. So brach er auf und pflückte und verzehrte unterwegs ein paar Beeren. Er folgte dem Bett des springenden, tosenden Wildbaches, bis ihm diese Route zu unwegsam wurde. Er verließ die Klamm und setzte seinen Abstieg über einen weniger schwierigen Hang fort.

Der Weg, für den er sich entschieden hatte, entpuppte sich nach und nach als richtiger Pfad. Erst war er kaum zu erkennen, aber nachdem er ihm eine weitere halbe Stunde gefolgt war, konnte man nicht mehr übersehen, daß es sich um einen ausgetretenen Weg handelte, der ihn, bergauf, bergab, über ein von großen Felsblöcken übersätes Geröllfeld zu einer primitiven Straße führte, die bergab und nach Süden verlief.

Die Doppelfurche der Straße ließ erkennen, daß hier einmal Fuhrwerke entlanggerollt waren. Aber zu Marks Beruhigung war auf der Straße nirgendwo ein Lebenszeichen zu entdecken, und so folgte er ihren Windungen durch die Klippen und Geröllfelder des Vorgebirges. Nach einigen Kilometern vereinigte sie sich mit einer von Norden nach Süden führenden Straße, die viel breiter, besser befestigt und offensichtlich künstlich angelegt war.

Mark wanderte auf dieser Landstraße in südlicher Richtung weiter. Bald traf er auf Anzeichen der Benutzung: Frisch ausgefahrene Wagenspuren und Tierkot, der höchstens einen Tag alt sein konnte. Seine Wachsamkeit verschärfte sich augenblicklich. Falls die Leute des Herzogs mit ihren Tieren tatsächlich nach ihm suchten, waren sie wahrscheinlich in der Nähe.

Um nicht aufzufallen, verließ Mark die Straße und stapfte in einem Abstand von etwa fünfzig Metern neben ihr her. Aber das steinige Gelände verlangsamte nicht nur seinen Schritt, sondern es drohte auch seine Jagdstiefel vollends zu zerfetzen. Die weichen Sohlen waren von den rauhen Felsen bereits übel zugerichtet. Um seine Füße zu retten, mußte er bald auf die vergleichsweise glatte Straße zurückkehren.

Eine halbe Stunde wanderte er so dahin und hielt wachsam Ausschau nach allem, was eßbar aussah oder roch, und er fragte sich, wann die Regenwolken, die dräuend am Himmel hingen, sich wohl ergießen würden. Immer wieder blickte er sich besorgt um. Waren ihm die Suchtrupps des Herzogs auf den Fersen?

Und dann wurde er unverhofft tatsächlich eingeholt, und zwar von zwei Berittenen. Offensichtlich hatten sie Mark längst gesehen, aber wenigstens waren es keine Soldaten. Ihre Reittiere trabten nur, und es sah nicht aus, als verfolgten sie

jemanden. Gleichwohl hatten sie ihn rasch erreicht. Sie waren beide wie Gemeine gekleidet, kaum anders als Mark selber. Sie waren jung, hager und von drahtiger Gestalt. Beide trugen lange Messer in Scheiden an ihren Gürteln. Wahrscheinlich konnte man solche Leute hier draußen in der großen Welt häufig antreffen, vermutete Mark. Als sie näher kamen, sah er, daß ihre Gesichter beruhigend offen und freundlich wirkten.
»Wohin, junger Freund?« Der Mann, der ihn ansprach, ritt dem zweiten ein Stück voraus. Er war auch größer als der andere und trug ein größeres Messer am Gürtel. Beide Männer lächelten Mark zu, und der hintere offenbarte dadurch, daß er eine beträchtliche Anzahl seiner Zähne verloren hatte.
Mark hatte sich schon vorher eine Antwort auf diese Frage zurechtgelegt. »Zu Sir Andrews Anger«, sagte er. »Ich hörte, es soll dort einen Jahrmarkt geben.« Es war allgemein bekannt, daß Sir Andrew alljährlich einen Jahrmarkt abhalten ließ, sofern es die militärische und wirtschaftliche Lage gestattete.
Die beiden Männer sahen einander an. Sie hatten ihre Tiere gezügelt und ihre Geschwindigkeit an Marks gleichmäßigen Wanderschritt angepaßt. »Ein Jahrmarkt ist lustig«, meinte der, der ihn angeredet hatte, zustimmend. »Und hinter Sir Andrews Toren ist in diesen Zeiten der Unruhe gut sein.« Er musterte Mark. »Du hast Verwandte dort, vermute ich?«
»Ja, so ist es. Mein Onkel ist ein Waffenmeister im Schloß.« Auch diese Antwort hatte er sich im voraus zurechtgelegt. Mark hoffte, er könne sich damit unter den freundlichen Schutz des fernen Sir Andrew schmuggeln – was immer das wert sein mochte.
Es war immer noch derselbe Mann, der weiterredete. »Ein merkwürdiges Bündel, das du da unter dem Arm trägst, Junge. Ist es ein Schwert, das du zu deinem Onkel bringst, auf daß er daran arbeite?«
»Ja, so ist es.« War es einleuchtend, daß der Mann nach einem Blick auf das Bündel erraten hatte, was darinsteckte? Oder war eine allgemeine Suche befohlen worden und winkte dem eine Belohnung, der einen flüchtigen Knaben mit einem Schwert ergriff? Mark wandte den Blick nach vorn und ging weiter.

Der Mann, der ihn angesprochen hatte, trieb sein Reittier jetzt voran, drehte es halb um, so daß es Mark den Weg versperrte, und zog die Zügel an. »Ich werde mir dein Schwert einmal ansehen«, sagte er. Seine Stimme klang so gelassen und freundlich wie zuvor.
Wenn es je eine Frist gegeben hatte, in der ein Wortgeplänkel ihm etwas hätte nützen können, so war sie nun vorüber. Er rannte los, ohne auf ihr Rufen zu achten. Gebückt lief er unter dem Bauch des Reittieres vor ihm hindurch. Das Tier heulte auf und stieg auf die Hinterläufe hoch. Sein Herr hatte einen Augenblick lang alle Hände voll zu tun, um im Sattel zu bleiben. Unterdessen hatte der zweite sein Tier vorangetrieben, doch sein Gefährte versperrte ihm den Weg. Als die beiden sich wieder entwirrt hatten, war Mark ihnen bereits weit voraus und längst nicht mehr auf der Straße.
Der Gedanke, er könnte vielleicht schneller laufen, wenn er das Schwert fortwürfe, kam ihm nicht, obwohl ihn die sperrige Last aus dem Gleichgewicht brachte und ihn behinderte. Er hatte sich das Bündel unter den Arm geklemmt und rannte, so schnell er nur konnte. Zwei mächtige Felsblöcke ragten vor ihm auf. Wenn er zwischen ihnen hindurchschlüpfte, würden die beiden Berittenen ihm nicht folgen können. Dumm war nur, daß sich hinter diesen Felsen offenes Land erstreckte, soweit das Auge reichte. Sie konnten leicht um das Hindernis herumreiten und ihn auf dem freien Gelände einfangen, noch bevor er weit gelaufen wäre.
Mark tat, als renne er zwischen den Felsen hindurch, aber dann warf er das Schwert auf den höheren der beiden und kletterte hinterdrein, mit Händen und Füßen winzige Felsvorsprünge nutzend. Der Block war mehr als zwei Meter hoch und oben, wo das Schwert gelandet war, flach und eben. Dort würde er guten Halt finden und genügend Platz zum Stehen und das Schwert zu schwingen finden, aber auch nicht viel mehr. Als seine beiden Verfolger fluchend herangaloppiert kamen, sah Mark erleichtert, daß sein erster Eindruck richtig gewesen war: Sie trugen keine Schußwaffen bei sich, weder Schleudern noch Bogen. Und die Flanke des Felsens, an der er heraufgeklettert

war, schien, so steil sie auch war, die gangbarste zu sein. Es würde den beiden nicht leichtfallen, von zwei Seiten auf ihn einzudringen. Die beiden Männer brüllten wütend zu ihm herauf. Obgleich sie im Sattel saßen, reichten ihre Köpfe gerade bis zu Marks Füßen. Er achtete nicht auf ihr Geschrei, sondern löste den Knoten an seinem Bündel. Es war fast, als springe das Schwert aus seiner Hülle und brenne darauf, benutzt zu werden. Noch aber kam kein Laut von ihm, und kein Gefühl von Kraft strahlte von ihm aus. Es lag gut in Marks beidhändigem Griff, aber es blieb schwer und träge.
Die beiden Männer unter ihm verstummten, als er die Klinge emporhielt. Er war bereit, sie zu benutzen, wenn es sein mußte, und sein Magen krampfte sich in einem Gefühl, das schlimmer war als Hunger, zusammen wie eine Faust. Die Männer trieben ihre Tiere rückwärts. Sie zogen sich ein kleines Stück weit zurück. An ihren Gesichtern sah Mark, daß der Anblick des Schwertes sie beeindruckte, sie allerdings nicht überraschte.
»Leg es weg, Kleiner«, drängte der Mann, der die ganze Zeit über geredet hatte. Der andere gab, wie zustimmend, ein blökendes Geräusch von sich, und Mark erkannte, daß dieser Mann auf irgendeine Weise die Zunge verloren hatte. Mark hatte die gleichen Laute schon einmal gehört, nämlich aus dem Munde eines Mannes, von dem es hieß, er habe niederträchtige Geschichten über den Vater des Herzogs und dessen Rücktritt verbreitet.
»Wirf es uns herunter, junger Freund«, sagte der erste, und seine Stimme klang ermutigend. »Wir nehmen es und gehen unserer Wege, und du kannst gehen, wohin du willst.« Der Mann lächelte. Es sah aus, als glaube er, was er sagte, zumindest während er es sagte.
Mark gab keine Antwort. Er hielt das Schwert umklammert und versuchte sich gegen das zu wappnen, was kommen mochte. Das Grauen, das er auf dem Berg empfunden hatte, als er das Schwert weggeworfen hatte, kehrte jetzt nicht zurück, obgleich die Waffe in seinen Händen noch immer bar jeder Kraft zu sein schien.

Seine Gegner waren zu zweit, und sie waren erwachsene Männer. Beide hatten jetzt ihre Messer gezogen, zweckmäßig aussehende Waffen, abgeschliffen vom vielen Schärfen und Benutzen. Aber sie versuchten nicht sofort, den Felsen zu erklettern. Statt dessen beobachteten sie das Schwert. Ohne von ihren Tieren abzusteigen, hielten sie sich in einiger Entfernung und besprachen sich flüsternd und mit flinken Gesten.

Schließlich kam der, welcher sprechen konnte, wieder herangeritten. »Komm sofort herunter, Kleiner.« Jetzt klang seine Stimme schroff und hart, ganz anders als zuvor. »Wenn ich zu dir hinaufklettern muß, werde ich dich töten.«

Mark wartete.

Der Mann schwang sich geschmeidig und mit sichtlicher Zielstrebigkeit aus dem Sattel und näherte sich der Flanke des Felsens, an der Mark heraufgestiegen war. Aber als Mark mit erhobenem Schwert einen Schritt auf ihn zutat, sprang er hastig hinunter und wich zurück.

Sie wissen, was für ein Schwert ich hier habe, dachte Mark. Sie wissen, was es vermag. Der Herzog hat die Kunde davon verbreiten lassen, und er hat eine Belohnung ausgesetzt. Aber noch immer fühlte sich die Waffe in Marks Händen ganz und gar leblos an. Gab es eine Beschwörung, die er sprechen mußte, oder mußte er etwas tun, um den Zauber zu wecken? Was hatte Kenn gesagt oder getan, bevor der Kampf losgebrochen war? Aber ein Mensch mit geringerer Zauberkraft als sein Bruder, dachte Mark, hatte vermutlich nie gelebt.

Wenn die beiden Männer auch nicht tapfer zu ihm heraufstürmten, so waren sie doch auch nicht willens aufzugeben. Der eine bestieg wieder sein Tier, dann ritten beide Seite an Seite um die Felsen herum und erkundeten die Umgebung von Marks Standort. Sie nahmen sich Zeit und umrundeten die beiden Felsen vollständig. Hin und wieder hielten sie an und berieten sich flüsternd und nickend.

Mark beobachtete sie. Er wußte nicht, was er sonst tun sollte. Er hatte noch immer seinen Bogen auf dem Rücken, und ein paar Pfeile waren auch noch da, aber wenn er in die Gesichter der Männer schaute und beobachtete, wie ihre Blicke immer

wieder zu dem Schwert zurückkehrten, wußte er, daß es ein grober Fehler sein würde, es aus der Hand zu legen. Es war die Angst vor dem Schwert, die sie zurückhielt.
Als habe er Marks Gedanken gelesen, rief der eine ihn plötzlich an. »Leg es hin, Junge, und laß uns miteinander reden. Wir wollen dir doch nichts tun.«
»Wenn es so ist, dann steckt eure Messer ein und reitet fort. Das Schwert gehört mir.«
Sofort schoben die beiden Männer ihre Messer in die Scheiden und ritten ein Stück weit auf die Straße zu. Mark begann neuen Mut zu schöpfen. Aber kaum waren die beiden außer Hörweite, hielten sie an und berieten sich aufs neue. Ihre Besprechung dauerte mehrere Minuten. Mark sah die Gebärden des Stummen, aber er konnte sie nicht deuten. Und dann sank sein Mut wieder, als die beiden abstiegen, ihre Tiere an einen Baum banden, als bereiteten sie sich auf einen längeren Aufenthalt vor, und zu ihm zurückgeschlendert kamen. Mit einer Beiläufigkeit, die Mark nicht hätte täuschen können, wenn er halb so alt gewesen wäre, spazierte der Stumme an den beiden Felsen vorbei. Nach einigen weiteren Schritten drehte er sich überaus lässig um und befand sich nun auf der anderen Seite der hohen Felsen, während sein Freund auf der Seite blieb, die der Straße zugewandt war.
Unterdessen versuchte der Sprechende, Marks Aufmerksamkeit zu fesseln. »Junge, auf das Schwert, das du da hast, ist eine Belohnung ausgesetzt. Wir könnten uns einigen, sie zwischen uns zu teilen. Du weißt schon – eine Hälfte für dich, die andere Hälfte für uns. Und natürlich freier Abzug für dich.«
Der erste Stein, den der Stumme warf, verfehlte Mark bei weitem. Ja, er traf beinahe den Sprechenden auf der anderen Seite des Felsens. Mark sah, wie er das Gesicht verzog, peinlich berührt von der Ungeschicklichkeit seines Gefährten. Mark mußte sich halb umdrehen, um sicherzugehen, daß er dem zweiten Steinwurf ausweichen konnte. Dann aber mußte er sich wieder der Straße zuwenden, denn der Mann, der mit ihm gesprochen hatte, versuchte jetzt, mit gezücktem Messer an dem Felsen emporzuklettern.

Als Mark vortrat, um dem Angriff von vorn zu begegnen, flog ein dritter Stein an seinem Kopf vorbei, ein wenig dichter als die beiden vorherigen. Als der Sprechende indessen Stadtretter geradewegs über seinem Kopf schimmern sah, sprang er, wie schon einmal, von der Flanke des Felsens hinunter. Wieder fuhr Mark herum, eben noch rechtzeitig, um einem weiteren Wurfgeschoß auszuweichen.

Ein Geräusch, das schon vor einer Weile begonnen hatte, erregte jetzt seine Aufmerksamkeit und wurde lauter und lauter. Es war das Rumpeln eines Wagens, der mit beträchtlicher Geschwindigkeit heranrollte. Und jetzt kam er auch in Sicht; er fuhr in südlicher Richtung die Straße entlang, gezogen von zwei Lasttieren, die in flottem Trab herannahten. Die Seiten der Wagenplane waren mit großen Symbolen ungeschickt bemalt. Mark hatte schon gesehen, daß die Wagen von Kesselflikkern, Priestern und Händlern mit Zeichen bemalt waren, die der Werbung oder auch magischen Zwecken dienten, aber Zeichen wie diese hier waren ihm noch nie zu Gesicht gekommen. Jetzt allerdings hatte er keine Zeit, über ihre Bedeutung nachzusinnen. Er tanzte auf seinem Felsen herum und schrie um Hilfe, so laut er konnte.

Vorn auf dem Wagen, auf einem offenen Sitz, saßen drei Menschen, eine junge Frau in der Mitte. Alle drei schauten zu der Belagerung herüber. Einen Augenblick lang sah es so aus, als würde der Wagen vorüberfahren, doch er tat es nicht. Stattdessen rief der Kutscher, ein sehniger Mann, ein wenig älter als Marks Belagerer, seinen Tieren einen Befehl zu und riß die Zügel heftig zur Seite. Der Wagen war schon an den Felsen vorbei, aber jetzt wendete er scharf, kam zurück und verließ die Straße schleudernd und in engem Bogen.

Als der Mann am Fuße des Felsens dies sah, begann er selbst zu schreien. »Hilfe! Wir haben hier einen Ausreißer und Dieb festgenagelt. Es gibt eine Belohnung – das ist eine gestohlene Waffe, die er da in den Händen hält!«

Sein stimmloser Kumpan kam von der anderen Seite der Felsen herbeigerannt. Er grunzte und wedelte mit den Armen, doch er erregte nur kurze Aufmerksamkeit. Mark, dessen Wut einen

Augenblick lang über seine Angst hinauswuchs, schrie unterdessen: »Das stimmt nicht! Sie gehört mir!«
Der Wagen war in einer Staubwolke zum Stehen gekommen, etwa einen Steinwurf weit von Mark entfernt. Der sehnige Mann, der die Zügel hielt, hatte den Blick prüfend zu Mark erhoben und überdachte, was er sah, bevor er etwas unternahm. Das Mädchen in der Mitte hatte glattes, dunkles, kurzgeschnittenes Haar und ein rundes, stupsnasiges, irgendwie keckes Gesicht, das zwar nicht gerade hübsch, aber voller Lebendigkeit war. Neben ihr, auf der anderen Seite, bog sich die Sitzbank unter einem schweren jungen Burschen, der die gefiederte Mütze eines Barden auf dem Kopf trug und auf dessen beinahe kindlichem Gesicht ein Ausdruck von eher bescheidener Intelligenz lag. Der Bursche hielt behutsam eine Laute in seinen Wurstfingern, und jetzt legte er das Instrument langsam und vorsichtig in den gedeckten hinteren Teil des Wagens. In einem kurzen Augenblick der Stille erscholl von irgendwoher ein feines, sirrendes Geräusch, das ebenso unvermittelt verhallte, wie es begonnen hatte. Eine Sekunde lang bekam Marks Hoffnung Flügel, doch das Geräusch, was immer es gewesen sein mochte, war nicht von dem Schwert ausgegangen.
Sein Verfolger redete noch immer auf den Kutscher ein. »Helft uns, ihn herunterzuholen, dann teilen wir uns die Belohnung.«
Mark rief flehentlich: »Ich bin kein Ausreißer. Sie wollen mich berauben. Das Schwert gehört mir.«
»Eine Belohnung?« fragte der sehnige Wagenführer. Er blinzelte von einem zum anderen.
Der Sprecher nickte. »Wir teilen sie uns – jeder bekommt die Hälfte.«
»Eine Belohnung von wem?«
»Von Herzog Fraktin selbst.«
Der Mann auf dem Kutschbock nickte langsam und faßte einen Entschluß. Er warf noch einen Blick auf den angsterfüllten Mark und schüttelte den Kopf. »Hol die Armbrust heraus, Ben. Los, mach schon, sage ich.«
Die Armbrust, die der große Bursche aus dem Planwagen

hervorholte, war größer als alle ähnlichen Waffen, die Mark mit seinen begrenzten Erfahrungen je gesehen hatte. Er fühlte, wie seine Eingeweide sich bei ihrem bloßen Anblick zusammenzogen. Ben spannte sie, indem er die Sehne nach hinten zog, ohne Tretbügel oder Kurbel und dennoch ohne erkennbare Anstrengung. Er legte einen Bolzen auf die Rille und reichte dem Fahrer die Waffe.

»So«, sagte dieser mit immer noch ruhiger und sachlicher Stimme, und mit dem Anflug eines Lächelns legte er auf den Mann an, der dicht vor seinem Wagen stand. »Du und dein Kumpan – steigt auf eure Tiere und reitet davon.«

Der Mann, auf den die Armbrust zielte, wechselte die Farbe. Er machte eine unsichere Bewegung mit seinem Messer, dann schob er es in die Scheide. Stotternd wollte er einen Einwand vorbringen und gab dann fluchend auf. Sein stummer Gefährte stand derweil mit verdattertem Gesicht neben ihm.

Ben hielt plötzlich einen furchterregenden Knüppel in den Händen, auf seinem kindlichen Gesicht lag ein betrübter, aber entschlossener Ausdruck. Die junge Frau, deren ausdrucksvolle Züge sich ingrimmig gestrafft hatten, zog von irgendwoher eine kleine Hacke hervor.

»Wenn ihr natürlich eure Tiere nicht mehr haben wollt«, erklärte der Mann auf dem Kutschbock nachdenklich, »dann können wir sie gut gebrauchen.«

Die beiden, die er anredete, wechselten einen Blick. Dann stolzierten sie zu ihren Tieren, die ein Stück weit abseits standen, und bestiegen sie. Sie schauten sich noch einmal um, und der eine murmelte einen Fluch, dann ritten sie die Straße hinunter nach Nordosten.

Der muskelbepackte Bursche namens Ben ließ einen gewaltigen Seufzer, ein Ächzen der Erleichterung, vernehmen und legte seinen Knüppel beiseite. Der Kutscher schaute den beiden Reitern wachsam nach, bis sie außer Sicht waren. Dann gab er Ben die Armbrust zurück. Dieser nahm behutsam den Bolzen herunter und löste die straffe Sehne.

Mark betrachtete jetzt den Wagenführer ein wenig genauer und fühlte sich unbestimmt an den Miliz-Ausbilder erinnert,

dem er einmal zugehört hatte, als er Kenn und einhundert anderen Befehle zubrüllte. Aber in der Stimme des Mannes lag Güte, als er sagte: »Du kannst das Schwert jetzt hinlegen, mein Junge.«
»Es gehört mir.«
»Sicher. Wir bestreiten es nicht.« Der Fahrer hatte blaue Augen, die er zusammenzukneifen pflegte, eine Nase, die einmal gebrochen gewesen war, und dicht gelocktes, sandgelbes Haar. Der muskulöse junge Mann, der freundlich und ein wenig zu groß geraten wirkte, sah Mark gutmütig an, ebenso das dralle Mädchen, das die Hacke wieder beiseite gelegt hatte. Mark legte das Schwert vorsichtig auf den Felsen und rieb sich die Finger, die den Griff so verzweifelt umklammert hatten, daß sie jetzt steif und verkrampft waren. »Danke«, sagte er.
Der Wagenführer nickte beinahe förmlich. »Es ist uns ein Vergnügen. Mein Name ist Nestor, und ich jage Drachen, um mir mein Brot zu verdienen. Hier neben mir sitzt Barbara, und das ist Ben, mein Lehrling. Mir scheint, du hättest nichts dagegen, irgendwohin mitzufahren.«
Wieder erscholl leise dieser hohe, klagende Laut. Jetzt hatte Mark den Eindruck, als käme es aus dem Wagen. Wahrscheinlich, dachte er, war drinnen ein gefangenes Tier oder ein Schoßtier.
»Mein Name ist Einar«, sagte er. Es war ein echter Name – sein Onkel hieß so – und auch eine Antwort, die er sich schon vorher zurechtgelegt hatte. Jetzt fingen seine Knie an zu zittern, schlimmer als je zuvor, und er setzte sich auf den Felsen. Erst jetzt bemerkte er, wie trocken sein Mund war.
Erst als er sich hingesetzt hatte, begriff er, was er da gehört hatte: *Ich jage Drachen*...
»Wir können dich mitnehmen, wenn du nichts dagegen hast«, sagte Nestor eben. »Vielleicht ißt du ein wenig, während wir fahren, eh? Das ist ein Vorteil, den ein Wagen bietet: Man kann andere Dinge tun, während man sich voranbewegt.«
Mark riß sich zusammen und wickelte das Schwert wieder ein. Dann nahm er es mit einer Hand und rutschte von seinem Felsblock herunter.

»Kann ich dir das abnehmen?« Nestor streckte die Hand vom Kutschbock aus herunter. Mark hatte seine Entscheidung getroffen und reichte das Schwert hinauf. Nestor legte es nach hinten in den Wagen. Dann schloß sich eine von Bens dickfingrigen Händen um Marks Arm und hob ihn auf den Wagen, als sei er ein Säugling.
Barbara hatte ihm Platz gemacht und sich in das halbdunkle Innere des Wagens zurückgezogen. Dort machte sie sich an irgend etwas zu schaffen. Der Wagen war gestopft voll mit Kisten, Kästen und Ballen.
Nestor hatte die Zugtiere bereits wieder in Gang gesetzt. »Nach Süden – ist dir das recht, Einar?«
»Das war meine Richtung.« Mark schloß die Augen, doch gleich öffnete er sie wieder, denn im Geiste sah er blitzende Messer vor sich. Er fühlte, wie sein Herz pochte. Doch dann ließ er alles geschehen und sich selbst davontragen.

5.

Hoch auf dem schaukelnden Kutschbock schrak Mark aus dem beginnenden Halbschlaf, als das wimmernde Geräusch wieder erklang. Eindringlich erscholl es jetzt dicht hinter ihm. Rasch wandte er sich um. Barbara kauerte hinten im Wagen, sie hatte eben ein Tuch von einem kleinen, aber soliden Holzkäfig gezogen. In diesem Käfig – beim Hammer Vulkans und den Gebeinen Ardnehs! – saß ein wieselgroßes Geschöpf, das nur ein Drache sein konnte. Mark hatte noch nie zuvor einen gesehen, aber was sonst konnte so schuppig sein wie eine Schlange und zugleich Flügel haben?
Als Barbara sah, daß Mark sich umschaute, lächelte sie ihn an. Sie ließ von ihrer Beschäftigung mit dem Drachen ab und reichte Mark einen Krug mit Wasser und, als er getrunken hatte, ein Stück Obst. Während er sich darüber hermachte, fütterte sie den Drachen mit etwas, das sie aus einem bauchigen, irdenen Gefäß fischte. Kauend wandte Mark sich wieder nach vorn.

Ben hielt einen anderen, kleineren Krug in der Hand. »Branntwein?«
»Nein, danke.« Mark hatte noch nie von einem solch starken Getränk gekostet, und er wußte nicht, welche Wirkung es auf ihn ausüben würde. Im Dorf hatte er ein oder zwei Männer gekannt, die sich durch ständiges Trinken ruiniert hatten. Ben, von Nestor mit einem Stirnrunzeln bedacht, verstaute den Krug wieder.
»Ist das Blut auf deinem Hemd, Einar?« fragte Barbara von hinten. »Bist du verletzt?«
»Nein, Madame. Ich meine – ja, es ist Blut, aber es ist alt. Ich bin nicht verletzt.«
Bens Neugier wuchs zusehends. »Ein tolles Schwert, das du da hast.«
»Ja«, stimmte Nestor zu, der jetzt flott traben ließ und sich auf die Straße vor ihnen konzentrierte, nicht ohne immer wieder einen Blick nach hinten zu werfen. »Wirklich eine schöne Klinge.«
»Ich habe es von meinem Vater.« Wenn seine Zuhörer ihm dies glaubten, dann würden sie, so vermutete Mark, die falschen Schlüsse daraus ziehen. Niemanden würde es überraschen, den Wechselbalg eines Edelmannes auf der Landstraße zu treffen, als armen Wanderburschen, der irgendein Geschenk oder Erbstück mit sich herumschleppte, das sich nur schwer einem praktischen Nutzen zuführen ließ. Mark wiederholte die Geschichte von seinem Onkel, dem Waffenmeister in Sir Andrews Diensten. Wieviel ihm seine Zuhörer von alldem glaubten, wußte er nicht, wenngleich sie höflich genug nickten.
Ben wackelte voller Mitgefühl mit seinem großen Kopf. »Ich bin selber eine Waise, aber darüber mache ich mir jetzt keine Sorgen mehr.« Er zog die Laute, die er zu Anfang in den Händen gehalten hatte, hinter dem Sitz hervor und schlug die Saiten. Mark fand, daß sie ein wenig verstimmt klang. »Eigentlich bin ich ein Barde«, erzählte Ben weiter. »Ich lerne nur ein bißchen bei Nestor, bis ich irgendwo einen guten Anfang mit dem machen kann, was ich eigentlich tun will.

Wir haben vereinbart, daß ich jederzeit aufhören kann, wenn ich soweit bin.«
Nestor nickte, wie um dies zu bestätigen. »Ein guter Arbeiter«, bemerkte er. »Wird mir nicht gefallen, wenn du gehst.«
Ben schlug wieder die Saiten und begann zu singen.

Das Lied war...
Nein, dieses Lied ist
Die Ballade vom tapferen jungen Einar,
Der wanderte durch die Welt, frei wie ein...

Der Sänger brach ab. »Es ist schwer, einen Reim auf diesen Namen zu finden.« Er dachte ein paar Augenblicke lang nach und versuchte es dann noch einmal.

Jung Einar, wie die Lerche so frei,
Wanderte einst durch die Welt.
Da kamen plötzlich zwei Männer herbei,
Die wollten...

»Eigentlich sollte es ein bißchen anders gehen«, gab Ben nach kurzem Nachdenken bescheiden zu.
»Man kann ja auch kaum spielen, wenn der Wagen so holpert«, sagte Barbara verständnisvoll. Tatsächlich hatte man ein oder zwei unbestreitbar falsche Noten hören können.
Mark dachte bei sich, daß Bens Singstimme auch nicht eben die beste war, die er je gehört hatte. Aber niemand äußerte eine Bemerkung dazu, und er würde ganz gewiß nicht als erster das Gespräch in diese Richtung lenken.

Den ganzen Tag über ließ Nestor den Wagen stetig voranrollen. Sein Wunsch nach Tarnung zeigte sich, als er Zufriedenheit über eine Nebelbank äußerte, die sich einen Kilometer breit über die Straße gelegt hatte. Stets hielt er aufmerksam Ausschau, und er ließ Mark und Barbara abwechselnd hinten im Wagen neben dem Drachenkäfig sitzen, damit sie die Straße hinter ihnen im Auge behielten, für den Fall, daß Soldaten des

Herzogs auftauchten – dies vermutete Mark wenigstens, auch wenn Nestor nichts dergleichen sagte. Der kleine Drache in dem zugedeckten, schwankenden Käfig jammerte hin und wieder. Die Laute erinnerten Mark an die seltsamen Töne, die ein Kaninchen manchmal ausstieß, wenn es von einem Pfeil getroffen war. Neben dem Käfig stand ein irdenes Gefäß, das mit einem beschwerten Netz verschlossen war. Es enthielt lebendige Frösche. Mark erfuhr, daß sie das Drachenfutter waren, und er gab dem Tier einen oder zwei. Sein feiner Atem – er war noch zu jung zum Feuerspeien – streifte dampfend über Marks Hand, und seine Spielzeugaugen funkelten dunkel wie die einer Puppe.

»Wann lassen wir Herzog Fraktins Land hinter uns?« fragte Mark irgendwann am Nachmittag. Das Vorgebirge hatten sie mittlerweile hinter sich gelassen, und die Straße zog sich unter einem wolkigen Himmel durch gleichmäßig besiedeltes Land. Beinahe erntereife Felder wechselten mit Wäldern und Weiden, und Nestor war auch schon durch ein kleines Dorf gefahren.

»Morgen irgendwann«, antwortete Nestor jetzt knapp. »Vielleicht auch schon eher.« Der Nebel lag hinter ihnen, und er beobachtete die Gegend jetzt aufmerksamer als zuvor. Als Mark sich eingehender nach dem Drachen erkundigte, erfuhr er, daß sie mit dem kleinen Ungeheuer zu dem Jahrmarkt auf Sir Andrews Anger unterwegs waren, wo es zur Schau gestellt werden und ein wenig Geld einbringen sollte. Außerdem würde er Nestors Fähigkeiten als Jäger unter Beweis stellen. Sir Andrew war ein Fennläufer; das bedeutete, daß ein Teil seiner Ländereien an den Großen Sumpf grenzte. Er und einige seiner Tributstädte, so erfuhr Mark, hatten chronische Probleme mit Drachen.

Mark dachte darüber nach, aber es fiel ihm schwer, sich vorzustellen, wie ein Mann – so stark, tüchtig und tapfer er auch sein mochte – auszog, um Drachen zu jagen, als wären es Kaninchen. Nach allem, was er bisher gehört hatte, war eine richtige Drachenjagd ein gewaltiges Unterfangen mit einer großen Zahl von ausgebildeten Tieren und Menschen. Nestor war vielleicht

tapfer und tüchtig, aber besonders stark sah er nicht aus. Ben war natürlich offenbar stark genug für zwei.
Der Nachmittag verging, Nestor fuhr jetzt langsamer. Es schien, als wolle er Vorsicht walten lassen und fast erraten, was hinter der nächsten Straßenbiegung auf sie wartete. Als sie einem schwerbeladenen Hausierer begegneten, der ihnen entgegenkam, zügelte er die Tiere, um dem Mann eine Frage zu stellen. »Soldaten?«
Das Blinzeln und leichte Nicken, das er zur Antwort erhielt, sagte offenbar genug. Bei der nächsten Gelegenheit lenkte Nestor den Wagen von der Straße herunter und holperte über ein zaunloses Feld zu einem Seitenweg.
»Möchte den Soldaten der Herzogs lieber nicht begegnen«, brummte er leise, als habe ihn jemand um eine Erklärung gebeten. »Dort hinten fließt irgendwo ein kleiner Bach. Vielleicht ist er seicht genug, daß wir hindurchfahren können. Auf der rechten Seite liegt Blautempel-Land, wenn ich mich recht erinnere.«
Den Bach zu finden war kein Problem. Er schlängelte sich durch flaches, großenteils vernachlässigtes Ackerland. Eine gangbare Furt ausfindig zu machen erwies sich schon als schwieriger. Nestor sandte Ben und Barbara aus, die das Ufer stromauf und stromab erkunden sollten, und die beiden hatten schließlich Erfolg. Als sie auf der anderen Seite angelangt waren, seufzte Nestor erleichtert und lenkte den Wagen so tief wie möglich in einen kleinen Hain. Er hielt erst an, als Herzog Fraktins Ufer nicht mehr zu sehen war. Dann verkündete er, daß es an der Zeit sei, ein Lager aufzuschlagen. Ben und Barbara verfielen sogleich in eine geübte Routine. Sie fütterten die Zugtiere und machten sich dann daran, Holz für ein kleines Feuer zu sammeln.
Als Mark ihnen zur Hand gehen wollte, rief Nestor ihn beiseite. »Einar, du kommst mit mir. Wir brauchen noch ein paar Frösche für den Drachen, und ich habe eine besondere Methode, sie zu fangen. Ich will sie dir zeigen.«
»Gut. Ich nehme meinen Bogen mit. Vielleicht sehen wir ein Kaninchen.«

»Zum Schießen wird es bald zu dunkel sein. Aber nimm ihn immerhin mit.«
Nestor trat an den hinteren Teil des Wagens und wühlte etwas hervor, das in Marks Augen aussah wie ein gewöhnliches Fischnetz mit ziemlich feinen Maschen. Der hölzerne Rahmen war mit Symbolen geziert, die möglicherweise magische Bedeutung hatten, obgleich derartiger Zierat nur allzuoft keine wirkliche Kraft in sich barg. Nestor trug das Netz in der Hand, und Mark stapfte mit aufgelegtem Pfeil neben ihm zwischen den Bäumen hindurch. Sie streiften über das leicht abschüssige Gelände zurück zum Bachbett.
Unterwegs erkundigte sich Nestor: »Einar, wie heißt dein Onkel? Der Waffenmeister bei Sir Andrew? Es könnte sein, daß ich ihn kenne.«
»Sein Name ist Mark.« Zumindest zögerte er nicht bei dieser Antwort. Er hatte nicht daran gedacht, sie sich im voraus zurechtzulegen.
»Nein. Den kenne ich nicht.« Nebeldunst quoll aus der Niederung herauf. Sie waren am Ufer des Baches angekommen, ohne ein Kaninchen oder anderes Wild aufzustöbern, und Mark schlang sich seinen Bogen über die Schulter.
»Aber dein Schwert«, meinte Nestor, »sah nicht aus, als müsse jemand daran arbeiten.« Er studierte den Bach, während er sprach, und der Klang seiner Stimme ließ nicht erkennen, was er dachte. Er sprang behutsam von einem Stein zum anderen und arbeitete sich so auf die Mitte des Baches zu. Hier legte er sein Netz in einer kräftigen Stromschnelle aus und klemmte den Holzrahmen zwischen ein paar Steinen fest, damit er nicht verrutschen konnte. Er richtete sich auf und dehnte seinen Rücken, wobei er noch immer den Wasserstrom zu studieren schien. »Sagtest du nicht, dein Onkel wolle daran arbeiten?«
Mark zögerte und gab dann ein paar lahme Worte von sich.
Diesmal schien Nestor nicht sonderlich darauf zu achten, was er sagte. »Nun, vielleicht hast du dir ja auch überlegt, das Schwert auf dem Jahrmarkt zu verkaufen. Es wäre der rechte Zeitpunkt und ein guter Ort, wenn du es verkaufen willst. Unter Sir Andrews Augen sind ehrliche Geschäfte leichter zu

machen als anderswo. Vielleicht triffst du sogar den einen oder anderen, der sich eine solche Klinge leisten kann.«
»Ich wüßte nicht, wie ich es verkaufen soll. Und überhaupt, ich würde es auch nicht wollen. Ich habe es von meinem Vater.«
Diese Worte entsprachen der Wahrheit, und es war eine Erleichterung, sie auszusprechen.
»Ein solches Schwert, nehme ich an, muß doch besondere Kräfte haben, abgesehen, daß es schön anzusehen ist.« Nestor starrte noch immer in den Bach.
Mark schwieg.
Endlich blickte Nestor ihm ins Gesicht. »Würdest du es wohl einmal holen? Würdest du es herbringen, damit ich es mir ansehen kann?«
Mark wußte nicht, wie er sich höflich weigern konnte. Wortlos wandte er sich um und stapfte zum Wagen zurück. Wenn er dort ankäme, würde er sein Schwert packen und davonrennen können, aber früher oder später würde er jemandem vertrauen müssen.
Er fand Ben und Barbara bei einer sichtlich verzwickten Beschäftigung. Sie hatten den Drachenkäfig aus dem Wagen gehoben und säuberten ihn, während sein Bewohner kreischte und sie mit Klauen und Zähnen zu vertreiben versuchte. Sie sahen Mark verwundert an, als er in den Wagen stieg, und noch einmal, als er mit dem eingewickelten Schwert wieder herauskletterte. Aber sie sagten kein Wort.
Im Wäldchen war es dunkler geworden, als Mark mit dem Schwert zu Nestor zurückkam. Dieser saß auf einem Stein neben dem Bach und schien in tiefes Sinnen versunken zu sein. Aber der sehnige Mann fuhr sofort aus seinen Gedanken auf, legte das Schwert in seinen Schoß und löste vorsichtig die Schnur der Umhüllung. Das Tageslicht reichte für eine genaue Betrachtung gerade noch aus. Nestor spähte mit einem Auge an der Schneide entlang und erprobte sie dann an einem Blatt. Obgleich es nur leicht über die aufwärts gerichtete Schneide streifte, fiel das Blatt, säuberlich in zwei Hälften zerschnitten, zu Boden.
Mit der Fingerspitze fuhr Nestor über das feine Muster auf

dem Griff. Dann, als habe er einen Entschluß gefaßt, ließ er Mark das Schwert einen Augenblick lang halten und stand auf. Er zog das Netz aus dem Wasser und betrachtete die Masse der kleinen, zappelnden Geschöpfe, die er gefangen hatte. Das Netz, fand Mark, enthielt eine überraschend große Menge an Schwimm- und Kriechtieren. Vielleicht waren die magischen Symbole rings um den Rand doch nicht ohne Wirkung.
Nestor fuhr mit der Hand in das Netz, zog ein zappelndes Tier heraus und ließ die übrigen wieder ins Wasser fallen. »Drachenjunges«, sagte er und hielt eine Faustvoll eines hilflos strampelnden grauen Etwas hoch, damit Mark es sehen konnte. Das Tier hatte keine Flügel und war um sehr viel kleiner als das im Käfig. »Man findet sie in vielen Bächen hier in dieser Gegend. Eine Million, zehn Millionen schlüpfen jeden Tag aus, aber nur einer davon wird so groß, daß man ihn jagen muß.« Dann nahm er zu Marks Überraschung Stadtretter noch einmal in die Hand. Er streckte die Klinge waagerecht, mit der flachen Seite nach oben, aus und setzte den frischgeschlüpften Drachen auf die schmale Stahlfläche. Von seinem Griff befreit, zischte das kleine Ungeheuer fein und herausfordernd und peitschte mit dem winzigen Schwanz hin und her. Nestor drehte die Klinge um ihre Längsachse. Langsam kam die Schneide herauf, aber irgendwie gelang es dem kleinen Geschöpf, sich festzuklammern. Seine Schuppen, wiewohl nicht größer als die Fingernägel eines Säuglings und so dünn wie Papier, wappneten es vor der haarscharfen Schneide. Wieder zischte das Tier, als das Schwert eine halbe Drehung vollzogen hatte, so daß es wieder auf der flachen Seite ruhte.
Nestor sann über dieses Ergebnis einen Augenblick lang nach, als habe er eigentlich alles andere erwartet. Dann schleuderte er die winzige Kreatur mit einer kurzen Bewegung seines Handgelenks auf den Boden, und im nächsten Augenblick hatte er sie mit einem präzisen Schwertstreich getötet, indem er das ganze Gewicht der Waffe auf ihre Spitze konzentrierte. Nestor führte das Schwert, dachte Mark, als wäre es ihm schon seit Jahren vertraut.
»Einer weniger, der aufwachsen kann«, erklärte Nestor und

wandte Mark seinen Blick zu. Ohne die Schwertspitze vom Boden zu nehmen, neigte er den Griff zu Mark hinüber und gab ihm das Schwert zurück. »Was meinst du – war dies der erste Drache, den dieses Schwert getötet hat?«
»Ich denke schon«, antwortete Mark, ohne zu wissen, was diese Frage bedeuten sollte. Er begann, die Klinge wieder einzuwickeln.
»Dein Vater hat also keine gejagt. Aber was hat er mit dem Schwert getan? Hat er es im Kampf benutzt?«
»Ich...« Plötzlich hatte Mark das Gefühl, darüber reden zu müssen. Er mußte irgend jemandem etwas darüber erzählen. »Mein Bruder hat damit gekämpft, einmal. Er wurde getötet.«
»Ah. Tut mir leid. Ist wohl noch nicht lange her, wie? Dann hat das Schwert, als er es benutzte, nicht... nicht besonders gut für ihn gearbeitet?«
»Oh, das hat es schon.« Mark mußte unverhofft gegen einen neuen Tränenschwall ankämpfen. »Es hat gekämpft, wie kein anderes Schwert je gekämpft hat. Es hat Männer zerfetzt und sogar Kampfbestien – aber es konnte nicht verhindern, daß mein Bruder ebenfalls zerfetzt wurde.«
Nestor wartete ein wenig. Dann sagte er: »Du hast heute selbst versucht, es zu benutzen. Aber viel passiert ist nicht, zumindest nicht, als ich dabei war.«
»Ich spürte keine Kraft darin. Ich weiß nicht, warum.« Irgendwann war ihm der Gedanke gekommen, die Beschränkung in der Magie der Klinge könne womöglich etwas mit ihrem Namen zu tun haben. Aber darüber wollte er im Augenblick nicht reden. Er wollte über gar nichts reden.
»Schon gut«, sagte Nestor. »Wir können uns später darüber unterhalten. Aber dieses Muster auf dem Griff... Hat dein Vater, dein Bruder oder sonst jemand dir einmal erzählt, was es darstellen soll?«
Das geht dich nichts an, dachte Mark. Aber er sagte: »Nein, Herr.«
»Nenne mich einfach Nestor. Einar, wenn wir in Sir Andrews... Nun, ich glaube nicht, daß ich dich ermahnen muß,

dieses Schwert verborgen zu halten, solange du nicht genau weißt, was du damit anstellen willst.«
»Nein, Herr.«
»Gut. Dann nimm es jetzt. Ich trage das Netz.«
Wieder beim Wagen angelangt, förderten sie nicht nur eine erkleckliche Anzahl von Fröschen für den Drachen aus dem Netz zutage, sondern auch ein paar Fische zur Bereicherung des Abendmahls aus Bohnen, Brot und Dörrfrüchten, das Barbara zubereitete. Wie sich zeigte, röstete Ben unter der Glut des Feuers dazu ein paar dicke Kartoffeln, und zum erstenmal seit Tagen konnte Mark sich satt essen.
Nach dem Essen, als die notwendigen Säuberungsarbeiten vollendet waren, holte Ben seine Laute hervor und sang noch einmal. Aus irgendwelchen Gründen nahmen Nestor und Barbara die Gelegenheit beim Schopfe und zogen sich einzeln zu privaten Geschäften in den Wald zurück.
»Wird ein harter Tag morgen«, verkündete Nestor, als er zurückkehrte. Wie zur Bestätigung gähnten die anderen. Der gefangene Drache war längst wieder im Wagen, und dorthin zog sich jetzt auch der Drachenjäger zurück. Barbara folgte ihm wenig später, nachdem sie einen Blick auf Marks Stiefel geworfen und ihm gelobt hatte, sie bald zu flicken oder ihm neue zu beschaffen. Nachdem sie einiges Bettzeug herausgeworfen und sich noch einmal vergewissert hatte, daß Mark seinen Anteil davon abbekam, zog sie sich in den Wagen zurück und schloß die Klappe.
Die Regenwolken, die bedrohlich aufgezogen waren, hatten sich wieder verflüchtigt, und ein paar Sterne funkelten am Himmel. Ben und Mark bereiteten sich ihre Betten im Freien, im hohen Gras in einiger Entfernung vom Feuer. Als er sich in die zweite Decke hüllte, die Barbara ihm gegeben hatte, fühlte Mark sich behaglicher denn je, seit er sein Elternhaus verlassen hatte. Satter war er auch. Und schläfrig. Sein Schwert ruhte sicher im Wagen, und in gewisser Weise genoß er es, frei von seiner ständigen Anwesenheit an seiner Seite zu sein. Dennoch wollte sich der Schlaf nicht gleich einstellen.
Er hörte, wie Ben sich schlaflos umdrehte.

»Ben?«
»Ja?«
»Jagt dein Meister wirklich Drachen? Um sich seinen Lebensunterhalt zu verdienen?«
»O ja, und er ist sehr gut darin. Das bedeutet unser Zeichen, das auf den Wagen gemalt ist. In den Gegenden, in denen es Drachen gibt, weiß jeder, was ein solches Zeichen bedeutet. Das hier ist eigentlich keine Drachengegend. Hier gibt's nur ein paar kleine in den Bächen.«
»Ich dachte, die einzigen, die Drachen jagen, sind...«
»Die in den Schlössern? Ich glaube, Nestor war einmal ein Ritter. Er redet nicht darüber, aber manchmal benimmt er sich so. Ja, ein paar von den Hochgeborenen jagen sie, und andere tun so, als ob sie es täten. Und beide Sorten heuern Berufsjäger wie Nestor an, wenn es darauf ankommt, und die helfen ihnen oder jagen selbst. Es gibt eine Menge Tricks bei der Drachenjagd.« Ben schien recht zuversichtlich zu glauben, daß er alle diese Tricks kannte.
»Und du hilfst ihm«, drängte Mark.
»Ja. Jetzt schon bei zwei Jagden. Bei der letzten Jagd konnten wir den kleinen lebendig fangen und den großen, hinter dem wir hergewesen waren, erlegen. Beide Male stand ich mit der Armbrust daneben, aber viel geschossen hab' ich nicht. Nestor hat sie beide zur Strecke gebracht. Sie waren nicht sehr groß, aber sie waren natürlich beide in der Beinphase. Größer als Lasttiere. Verstehst du?«
»Ja, ich denke schon.« Was Mark über Drachen wußte oder zu wissen glaubte, hatte er aus Geschichten. Wenn sie dem Ei entschlüpft waren, schwammen oder krochen die Drachen mit rudimentären Beinen etwa ein Jahr lang umher – wie der, den Nestor in seinem Netz gefangen hatte –, und in dieser Zeit wurden sie von großen Fischen und Vögeln und von kleinen Landraubtieren beträchtlich dezimiert. Die überlebenden hörten nach und nach auf, den größten Teil ihrer Zeit im Wasser zu verbringen. Ansehnliche Schwingen sprossen ihnen, und sie begannen zu fliegen. So lebten sie als fliegende Raubtiere, bis sie etwa fünf Jahre alt waren. Bis dahin übertrafen sie beispiels-

weise Hausgeflügel beträchtlich an Größe. Sie wuchsen noch ein wenig mehr, dann waren sie, wie man annahm, zu groß zum Fliegen.

Wenn sie ihre Flügel nicht mehr benutzten, welkten sie dahin. Die Drachen lebten fortan als kriechende, beinahe schlangenartige Kreaturen – bisher waren ihre Beine nicht dem Körper entsprechend mitgewachsen –, aber sie waren jetzt größer als je zuvor. In dieser Phase – man nannte sie die Schlangenphase – stritten sie mit den größten der echten Schlangen um Nahrung und Lebensraum.

Wenn sie für die nächste Phase bereit waren – Mark wußte nicht genau, wie lange es bis dahin dauerte –, wuchsen den Drachen Beine, das heißt, sie vergrößerten ihre Beine, die schließlich aussahen wie die von gewaltigen Kröten. Die Beinphase war, aus menschlicher Sicht, diejenige Periode im Leben eines Drachen, in welcher er wirklich gefährlich wurde. Als Allesfresser, die an Körpergröße und Appetit unaufhörlich zunahmen, durchstreiften sie ihr erwähltes Revier, zumeist Sumpfland oder wenigstens ein Gelände in der Nähe eines Sumpfes. Sie plünderten Felder und Viehbestände, und hin und wieder schleppten sie sogar einen Mann, eine Frau oder ein Kind davon. Mark erinnerte sich vage, von einer letzten Phase nach der Beinphase gehört zu haben, in der die Ungeheuer so gewaltig wurden, daß ihre Beine sie nicht mehr zu tragen vermochten. Dann wurden sie zu sogenannten Riesenwürmern, die wieder hauptsächlich im Wasser lebten. Aber was diese letzte Phase betraf, so waren Marks Kenntnisse noch spärlicher als bei den anderen.

»Klar«, fügte er hinzu, denn er wollte nicht unwissend erscheinen.

»Ja, ja.« Ben gähnte laut. »Und beide Male folgte Nestor dem Drachen in ein Dickicht und tötete ihn dort mit dem Schwert.« Ben klang wider Willen beeindruckt. »Hat dein Vater auch Drachen gejagt?«

»Nein«, sagte Mark und fragte sich, weshalb alle diese Vermutung äußerten.

»Weiß ich nicht«, antwortete Ben. »Nur – jetzt, wo ich darüber nachdenke, fällt mir auf, daß dein Schwert große Ähnlichkeit mit dem hat, das Nestor benutzt.«

6.

Herzog Fraktin schob einen blau und weiß gewirkten Gobelin beiseite und winkte seinem blaugewandeten Zauberer, ihm zu folgen, als er eine verborgene, fensterlose Kammer in seiner Burg betrat, die von einem starken Zauber beschützt wurde. Ein geisterhaftes Licht aus der Alten Welt, stetiger als eine Kerzenflamme, strahlte auf, als die beiden Männer eintraten. Es drang aus flachen Streifen eines seltsamen Materials, die an den Wänden hingen. Das Licht fiel hell auf die hintere Wand der Kammer, die von einer großen Landkarte beinahe vollständig bedeckt war. Peinlich genau in verschiedenen Farben gezeichnet und mit zahllosen Namen beschrieben, zeigte die Karte den gesamten Kontinent, von dem das Reich des Herzogs nicht mehr als den zehnten Teil bedeckte. Einige Bereiche auf dieser Karte waren beinahe weiß, aber der größte Teil war mit sicherer Hand gezeichnet und ließ sowohl die Konturen der physikalischen Beschaffenheit als auch die Färbungen der politischen Einflußsphären erkennen. Diese zuverlässigen Konturen und Farben beruhten auf jahrzehntelanger Erforschung durch Generationen von Flugtieren – Reptilien, Vögeln und anderen, schwer zu klassifizierenden Arten, allesamt aber halbintelligent.

Neben der Karte hing eine Maske aus dunklem, gestanztem Leder an einer der Seitenwände, daneben an einem Haken eine Kapuzenjacke.

Im Augenblick jedoch galt Herzog Fraktins Interesse keinem dieser Gegenstände. Statt dessen blieb er vor einem großen Tisch stehen, auf dem ein geschnitzter Holzkasten stand, so groß wie ein Sarg. Mit einer Gebärde bedeutete er dem Zauberer, daß er diese Kiste geöffnet zu sehen wünsche.

Gehorsam legte der Magier beide Hände auf den Deckel. Sogleich drang ein leises Summen und Brummen wie von zahllosen Insekten aus der Kiste. Der Zauberer murmelte daraufhin ein paar Worte. Anscheinend war es jetzt erforderlich, ein Weilchen zu warten, denn das Gespräch zwischen den beiden Männern nahm seinen Fortgang, ohne daß die Kiste schon geöffnet gewesen wäre, und auch die Hände des Zauberers ruhten noch immer reglos auf dem Deckel.

»Euer Gnaden glauben also immer noch, daß es sich bei den Angreifern um gemeine Banditen handelte? Aber solche verfügen nur selten über Kampfbestien.«

»Das stimmt«, räumte der Herzog ruhig ein. Sein Blick wanderte ohne besondere Aufmerksamkeit über die Landkarte. »Sie wagen es auch nur selten, meine Verwandten zu entführen.«

»Dann sollte man doch denken, Sire, daß es keine gemeinen Banditen waren.«

»Dieser Gedanke ist mir schon gekommen.«

»Agenten des Großherzogs vielleicht?«

»Basil hegt keine Zuneigung zu mir, dessen bin ich sicher. Natürlich kann auch er von der Existenz der Schwerter erfahren haben, und vielleicht will er sie nun in seine Gewalt bringen, so wie auch ich sie haben will... Hah, Blaumantel, ich wünschte, ich wüßte, wie viele auf diesem Kontinent dasselbe Spiel spielen. Ich vermute, deine jüngsten Wahrsagungen zeigen immer noch, daß die magischen Klingen zumindest nicht um den gesamten Erdball verstreut sind?«

»Die Schwerter befinden sich noch alle auf diesem Kontinent, Euer Gnaden. Dessen bin ich mir ganz sicher. Aber wo genau sie sind, und in wessen Hand...«

Die Stimmung des Herzogs verfinsterte sich, man hörte es am Klang seiner Worte. »Ja, ja. Und niemand vermag zu sagen, wie viele inzwischen schon davon wissen. Bah. Könige und Prinzen, Königinnen und Banditen, Halunken und Abenteurer jeglicher Abkunft. Bah. Ein schöner Schlamassel.«

»Zumindest haben Euer Gnaden die Chance erhalten, an diesem Spiel teilzunehmen. Ich meine, Ihr habt erfahren, daß es stattfindet.«

»Ein Spiel, ja?« Der Herzog schnaubte. »Du weißt, ich habe

wenig Verständnis für Spiele. Aber ich muß mitspielen oder ich werde verschluckt, wenn andere die Kraft der Schwerter für sich gewinnen. Und du brauchst mich nicht mehr daran zu erinnern, daß ich es deinen hellseherischen Fähigkeiten zu verdanken habe, wenn ich von der Existenz dieses Spiels weiß – so spät ich es auch erfahren haben mag. Ich habe dir bereits dafür gedankt. Ihr Götter, ich möchte wissen, woher diese Leute kamen. Vom Markgrafen vielleicht? Von dem Schwert schienen sie nichts zu wissen, anscheinend interessierte es sie auch nicht, nach den Schilderungen des Zwischenfalls zu schließen, die wir erhalten haben.«

Die Hände des Zauberers streichelten über den geschnitzten Deckel der Kiste, und er hustete. Es war ein Laut, so zart und diplomatisch wie das gewohnheitsmäßige Seufzen des Herzogs. »Ich glaube nicht, daß es des Markgrafen Leute waren, Sire. Aber könnten es nicht Agenten der Königin Yambu gewesen sein?«

Der Herzog, den zu all seinen Sorgen auch noch der Ärger plagte, fuhr plötzlich wütend auf, doch sogleich faßte er sich wieder. »Habe ich dir nicht verboten, jemals wieder von dieser... doch lassen wir's gut sein. Du hast recht. Wir müssen auch Yambu in Erwägung ziehen, denke ich. Aber ich glaube nicht, daß sie es war. Nein, ich glaube es nicht...«

»Vielleicht nicht... Aber dann müssen wir der Möglichkeit ins Gesicht sehen, Euer Gnaden, daß es Agenten des Dunklen Königs selbst waren. Ich muß sagen, ich fand es merkwürdig, daß ein einfacher Müller diesen Namen in den Mund nahm.«

»Dieser einarmige Jord ist vielleicht nicht das, was ich einen einfachen Müller nennen würde. Aber überhaupt ist die Unwissenheit des gemeinen Volkes, was ihre Herrscher und die Angelegenheiten ihrer Herrscher betrifft, längst nicht so groß, wie diese Herrscher allgemein vermuten.«

»Gleichwohl, Sire.« Der Zauberer nickte begütigend. »Wir haben also an erster Stelle Großherzog Basil, die Königin Yambu und Vilkata selbst zu bedenken. Wobei wir, wie Euer Gnaden so weise bemerkten, nicht außer acht lassen dürfen, daß es darüber hinaus weitere Möglichkeiten gibt.«

»Ja.« Aber unterdessen war die Aufmerksamkeit des Herzogs von einem Einfall abgelenkt worden, der mit der großen Karte zusammenhing. Sein Blick war zu der Karte gewandert und auf einem unbezeichneten Punkt nahe der Ostgrenze seines Reiches und des Kontinents selbst hängengeblieben, dicht vor den landeinwärts gewandten Ausläufern des Küstengebirges, das den Namen Ludus-Berge trug. Genau dort mußte irgendwo das Bergdorf liegen – wie hatte die Frau es gleich genannt? Treefall, so hieß es. Von dort hatte der Gott seine menschlichen Helfer bezogen, und eine Nacht und einen Tag lang hatten sie Arbeit, Verstümmelung und Tod ins Auge gesehen. Jetzt erschien es Herzog Fraktin absurd, daß ein Dorf, in dem ein so rätselhaftes, beinahe unglaubliches Ereignis stattgefunden hatte, auf seiner Karte nicht einmal verzeichnet war.
Die Frau hatte ihn gefragt – nein, sie hatte ihm mehr oder weniger gesagt, daß er, der Herzog, dort gewesen sei und mit ihr bei einer der ländlichen Bestattungsriten in der Nacht nach Jords Verstümmelung einen Wechselbalg gezeugt habe. Von diesen Riten verstand der Herzog etwas.
Eine kühne Behauptung fürwahr, falls die Frau sie frei erfunden hatte. Gleichwohl, es stimmte, daß der Herzog sich an nichts dergleichen erinnern konnte, und in der Regel hatte er ein gutes Gedächtnis. In den meisten Dingen ein besseres Gedächtnis, dachte er, als die Weiber. Natürlich wußte er nicht mehr alles, was dreizehn Jahre zuvor geschehen war. Was hatte er eigentlich zu jener Zeit getan . . .?
Das insektenhafte Summen war verstummt. Der Zauberer klappte den Deckel des großen Kastens auf. Beide Männer starrten auf das herrliche Schwert, das sich offenbarte. Es ruhte auf einem Futter aus seltenem, über die Maßen prachtvollem blauen Pelz. Der Herzog hatte das Schwert nicht in einem solchen kostbaren Behältnis bekommen. Als es in seine Hände kam, war es, vor den Blicken Neugieriger verborgen, in den zweitbesten Mantel einer Kurtisane aus dem Roten Tempel gewickelt gewesen.
Das klare Licht von den Wandplatten aus der Alten Welt schimmerte sanft auf spiegelglattem Stahl. Der Herzog meinte ein

wunderschönes, feingeflecktes Muster unter der Oberfläche des Stahls verfolgen zu können, das zentimetertief in das Metall hineinreichte, wenngleich die Klinge nirgends einen ganzen Zentimeter dick war.
Er umschlang das Heft mit beiden Händen und hob die Klinge behutsam aus dem magischen Schutz des Kastens. »Sind sie bereit, draußen auf der Terrasse?« fragte er, ohne den Blick von dem Schwert zu wenden.
»Sie haben es kundgetan, Euer Gnaden.«
Der Herzog erhob das Schwert vor sich wie in einem Ritual und verließ, den Zauberer im Gefolge, die verborgene Kammer hinter dem Gobelin, durchquerte eine größere Kammer und dann eine weitere Tür, deren Vorhang in einer sanften Brise wehte. Die Terrasse, auf die er nun hinaustrat, lag unter freiem Himmel und war trotzdem ein geheimer Ort. Zu allen Seiten versperrten Steinmauern und nahebei gepflanzte, hohe Hekken die Sicht. Auf den Steinplatten unter einem grauen Himmel warteten mehrere blau-weiß gekleidete Soldaten und ein anderer Mann, ein Gefangener. Dieser, ein muskulöser Mann mittleren Alters, war nur mit einem Lendenschurz bekleidet und nicht gefesselt. Dennoch war er schweißüberströmt und spähte unaufhörlich umher, als erwarte er jeden Augenblick seinen Untergang.
Der Herzog vertraute das Schwert für einen kurzen Moment seinem Zauberer an, während er selbst ein Kettenhemd überstreifte und sich einen leichten Helm auf den Kopf setzte. Dann nahm er das Schwert zurück und hielt es wie ein erfahrener Fechter, der er ja auch war.
Der Herzog wies auf den Gefangenen. »Bewaffnet ihn und tretet zurück.«
Die Soldaten wichen mit gezückten Schwertern einen oder zwei Schritte zurück. Einer warf dem Gefangenen ein langes Messer vor die Füße.
»Was soll das?« fragte der Mann mit sich überschlagender Stimme.
»Komm, kämpfe mit mir«, befahl der Herzog. »Oder weigere dich und stirb um so langsamer. Mir ist es gleichgültig.«

Der Mann zögerte einen Augenblick und hob dann das Messer auf.
Der Herzog trat vor und griff an. Der Gefangene tat, was er konnte, um sich zu wehren, doch angesichts der Ungleichheit in Waffen und Rüstung war es nicht viel.
Eine Minute später war alles vorüber. Der Herzog wischte die lange Klinge mit eigenen Händen ab. Er winkte seinen Soldaten, sich zu entfernen. Sie nahmen den Leichnam mit.
»Ich fühle keine Kraft darin, Blaugewandeter. Es tötet, aber jede scharfe Klinge tötet ebensogut. Wenn seine Kraft in einem Kampf nicht erwacht, wie kann man es dann erwecken? Wie kann man es lenken? Und was vermag es?«
Der Zauberer gab ehrerbietig zu verstehen, daß er es nicht wisse.
Der Herzog trug das gesäuberte Schwert zurück in den geheimen Raum hinter dem Gobelin und legte es wieder in den magisch gesicherten Kasten. Seine Hände ruhten noch ein Weilchen auf dem schwarzen Griff, und mit den Fingerspitzen fuhr er über die weiße Verzierung. »Auf seinem Schwert war so etwas wie eine Burgmauer, sagte der Kerl.«
»Ja, das sagte er, Euer Gnaden.«
»Aber hier sehe ich keine Burgmauer. Hier ist nicht mehr und nicht weniger als das, was wir schon sahen, als die Frau uns das Schwert vor zwei Monaten brachte. Es ist ein Paar Würfel.«
»Jawohl, Euer Gnaden.«
»Würfel. Die Frau, die es aus dem Roten Tempel zu mir brachte, erzählte, der Soldat, der es bei ihr hinterlassen habe, sei ein Würfelspieler gewesen, der stets gewann.« Zum Verdruß des Herzogs war der Soldat tot. Wenige Atemzüge, nachdem er das Schwert aus den Händen gelegt hatte, war er erstochen worden, hatte die Kurtisane erzählt. Die Mörder, die ihm aufgelauert hatten, waren anscheinend Mitspieler gewesen, die davon überzeugt waren, er habe sie betrogen. Herzog Fraktin hatte Sir Sharfa, einen seiner engeren ritterlichen Vertrauten, mit geheimen Nachforschungen in dieser Sache betraut.
»Soll ich um die Welt würfeln, Blaumantel?«

Der Zauberer ließ diese Frage als eine rhetorische verstreichen, ohne sie zu beantworten. »Kein gemeiner Soldat, Euer Gnaden, kann ein solches Schwert lange mit sich herumgetragen haben. Seine Offiziere wären zweifellos darauf aufmerksam geworden, und dann...«

»Man hätte es ihm weggenommen, ja. Aber wahrscheinlich hätte man es nicht zu mir gebracht. Sei's drum – jetzt ist es hier.« Seufzend nahm der Herzog die Hände vom Griff des Schwertes. »Sag mir, Blaumantel, ist es vielleicht so etwas wie deine Lampen? Eine Hexerei, die aus der Alten Welt übriggeblieben ist? Und wie der Müller sein Schwert bekam, ist seine Geschichte vielleicht nichts weiter als ein Fiebertraum, den er einmal hatte, als sein Arm amputiert wurde, nachdem er, sagen wir, aus Ungeschicktheit in seine eigene Säge oder zwischen seine Mühlsteine geraten war?«

»Ich bin sicher, Euer Gnaden wissen, daß diese Möglichkeit so gut wie ausgeschlossen ist. Die Geschichte des Müllers ist uns von unabhängiger Seite bestätigt. Und wir wissen auch, daß die Technologen der Alten Welt keine Schwerter schmiedeten. Sie hatten wundersamere Arten des Tötens, die uns durch Ardnehs Veränderung noch immer verwehrt sind. Sie hatten das Gewehr, die Bombe...«

»Oh, das weiß ich, das weiß ich... aber bleib bei dem, was wirklich und was greifbar ist, und laß beiseite, was es in den Tagen der Legende gegeben haben mag... Blaumantel, glaubst du, die Alte Welt mußte sich tatsächlich sowohl den Göttern als auch dem Unsinn, den man Technologie nennt, unterwerfen? Ardneh war doch wirklich da, nehme ich an.«

»Es scheint fast sicher zu sein, daß es so war, Euer Gnaden. Es gab viele Götter, nicht nur Ardneh. In den alten Aufzeichnungen finden sich zahllose Hinweise. Ich habe Vulkans Namen und viele andere darin gefunden.«

Die Brust des Herzogs hob sich zu einem tiefen, diesmal ehrlichen Seufzer, und wieder schüttelte er den Kopf, als hätte er – ungeachtet seiner eigenen Erfahrungen – nur zu gern erklärt, es gebe keine Götter oder es dürfe keine geben.

Aber vor ihm lag das Schwert, ein Artefakt aus Metall und

Magie, das alles übertraf, was die Menschen des gegenwärtigen Zeitalters herzustellen vermochten. Und in der Alten Welt war es auch nicht gefertigt worden. Nach allen Informationen, die er hatte, war es vor nicht mehr als dreizehn Jahren geschmiedet worden, und zwar in den beinahe menschenleeren Bergen am Ostrande seines Reiches. Aber wenn nicht von Vulkan, von wem dann?
Götter hörte oder sah man selten, und selbst ein mächtiger Aristokrat würde kaum zu behaupten wagen, daß sie nicht existierten. Schon gar nicht, wenn sein Reich an die Ludus-Berge grenzte.

7.

Als Mark erwachte, lag er auf feuchtem Boden unter einem Himmel, der nicht anders aussah als am Tage zuvor – von grauen, bedrohlichen Regenwolken bedeckt. Dennoch fühlte er sich warm, eingehüllt und wohlgenährt, kurzum so behaglich, daß er einen Moment glaubte, in seinem eigenen Bett daheim in der Mühle zu träumen und gleich die Stimme seines Vaters zu hören. Die Illusion verflog, ehe sie allzu schmerzlich werden konnte. Da war Ben, ein schnarchender Hügel auf der anderen Seite des niedergebrannten Feuers, und da war der Wagen. Der kleine Drache in seinem Käfig hatte gereizt zu quäken begonnen. Er klang fast wie ein Säugling. Wahrscheinlich hatte er wieder Hunger.
Jetzt erbebte der Wagen leise, als die Menschen unter der Plane sich zu regen begannen, dann richtete Ben sich auf und gähnte. Kurz darauf waren alle auf den Beinen. Zum Frühstück verteilte Barbara altes Brot und Dörrobst. Kauend bewegten sich die Menschen umher, packten und machten sich reisefertig. Die Vorbereitungen gingen ihnen rasch von der Hand, aber dennoch war eine Nebelwand herangerückt, als schließlich alles bereit war. Die Sicht im Nebel war so schlecht, daß Nestor Ben die Zügel anvertraute und selbst vorausging, um den Weg zu erkunden.
»Wir sind nahe der Grenze«, ermahnte Nestor jeden, bevor er

vom Wagen stieg. »Ihr müßt alle die Augen offenhalten.« Nestor ging etwa dreißig Schritte vor ihnen – so weit, wie man im Nebel noch halbwegs deutlich sehen konnte – und lotste sie über Seitenwege und Felder. Sie waren noch nicht weit gefahren, als sie an einer Gruppe Feldarbeiter vorbeikamen. Nach ihrer verschlissenen Kleidung zu urteilen, waren es Leibeigene, die mit ihren Werkzeugen zur Tagesarbeit hinauszogen. Als sie die Leute grüßten, antworteten diese nur mit stummem Winken oder knappem Kopfnicken, einige erwiderten den Gruß überhaupt nicht.

Kurz nach dieser Begegnung ließ Nestor anhalten und setzte sich mit den anderen zu einer Beratung zusammen. Er gab unumwunden zu, daß er sich verirrt hatte. Er hielt es für möglich, daß sie die Grenze am letzten Abend gar nicht überschritten hätten – oder gar am Morgen wieder auf Herzog Fraktins Seite hinübergewechselt waren. Die Grenze verlief in dieser Gegend im Zickzack, war allenfalls dürftig markiert und hier und da umstritten oder unklar. Aber wie sie auch verlaufen mochte, es blieb ihnen jetzt nichts weiter übrig als stur gen Süden zu fahren.

Die vier Menschen beim Wagen spähten durch den Nebel, der jetzt noch dicker zu werden schien. Sie taten ihr Bestes, die Sonne ausfindig zu machen, und schließlich gelangten sie zu einer gewissen Einigkeit über ihre Position.

»Dann ist dort also Osten. Jetzt wird es gehen.«

Wieder ging Nestor ein Stück vor ihnen, und Ben nahm die Zügel in die Hand. Sie überquerten ein Feld und gerieten dann holpernd in die Wagenspuren eines neuen Feldweges. Die Zeit verging. Düster zog das Land vorüber, die Sichtweite betrug bald nicht mehr als zwanzig Meter. Wie eine gespenstische Gestalt stapfte Nestor in annähernd dieser Entfernung vor dem Wagen daher.

Immer mehr Zeit verstrich. Plötzlich erscholl dicht über ihnen ein leises Geräusch, das rasch wieder verklang. Es hörte sich an wie das Rauschen riesiger Schwingen. Alle hoben den Blick. Wenn dort ein Schatten gewesen war, dann war er schon wieder verschwunden. In dem hellen Grau konnten sie nichts mehr entdecken. Mark wechselte einen Blick mit Barbara und Ben, und beide schienen ebenso ratlos zu sein, wie er sich selbst fühlte. Niemand sagte etwas. Mark hatte den Eindruck gehabt, daß etwas sehr Großes vorübergeflogen sei. Aber ein solches Geräusch hatte er noch nie gehört.

Nestor, der es ebenfalls vernommen hatte, ließ noch einmal anhalten, und sie berieten sich erneut. Auch er wußte nicht, was da über sie hinweggeflogen sein mochte, aber jetzt war er willens, den Nebel zu verfluchen, den er noch kürzlich willkommen geheißen hatte. »Es ist nicht das rechte Wetter für diese Gegend und diese Jahreszeit. Aber wir werden schon wieder hinausgelangen, wenn wir nur einfach weiterfahren.«

Jetzt aber blieb Nestor beim Wagen und nahm die Zügel wieder selbst in die Hand. Die anderen hielten unablässig Ausschau und spähten angestrengt in alle Richtungen, so gut dies in dem Nebel eben möglich war.

Die Straße, der sie jetzt folgten, führte zu einem kleinen Fluß hinunter. Er war seicht, aber reißend, und sie überquerten ihn an einer von Kieselsteinen übersäten Furt. Nestor fuhr ohne innezuhalten hinüber. Möglicherweise handelte es sich um denselben Wasserlauf, an dem sie die Nacht über gelagert hatten, argwöhnte Mark, und nun gerieten sie durch diese Überquerung womöglich auf das alte Territorium zurück. Aber niemand sagte ein Wort, und er vermutete, daß alle drei keine Ahnung hatten, in wessen Land sie sich nun befanden.

Langsam tasteten sie sich voran, während der Nebel dick wie eine Suppe wurde. Die Zugtiere und der kleine Drache wurden allmählich nervös. Womöglich beunruhigte sie außer dem Nebel noch etwas anderes, dachte Mark.

Der Fluß tauchte wieder auf, zur Rechten jetzt. Die Straße selbst schlängelte sich in Mäandern voran, einem Bach auf flachem Lande gleich.

Plötzlich erscholl hinter dem Wagen und zur Linken deutlich das stampfende, kratzende Geräusch, das die Hufe von Reittieren auf dem harten Boden einer Straße hervorriefen. Es klang, als nähere sich mindestens ein Dutzend Tiere in einer Gruppe. Es mußte sich um eine Kavalleriepatrouille handeln.

Der Drache kreischte lauthals.
»Halt, der Wagen da vorn!«
Wie aus dem Nichts war plötzlich eine Peitsche in Nestors Hand erschienen, und er ließ sie über den Rücken der Zugtiere klatschen, daß sie wie ein Baum knallte, der vom Eis zersprengt wurde. Mit einem Satz sprang das Gespann voran und verfiel sogleich in rasenden Galopp. Bisher waren die Tiere an diesem Tag noch nicht ernsthaft angetrieben worden, und in ihrer Panik verfügten sie über reichlich Energie, die sie jetzt vorantrieb.
»Halt!«
Niemand achtete auf diesen Befehl. Nur einen Augenblick später flogen die ersten Pfeile, recht gut gezielt, wenn man die Umstände bedachte. Ein Schaft durchbohrte die Wagenplane über Marks Kopf, ein anderer spaltete eine der hölzernen Streben, auf denen das Segeltuch ruhte.
»Schießt zurück!« brüllte Nestor. Mehr brauchte er seinen menschlichen Gefährten nicht zu sagen, statt dessen konnte er seine Energie und seine Stimmkraft den Tieren zuwenden, die er jetzt mit einem Schwall von Anfeuerungen und Beschimpfungen bedachte. Die Lasttiere rannten schon jetzt, wie Mark noch nie ein Gespann hatte laufen sehen. Im Innern des Wagens herrschte unterdessen ein wüstes Durcheinander: Ben suchte nach seiner Armbrust, und Mark wühlte nach seinem Bogen und seinem Köcher. Mark sah, wie Barbara den Riemen einer Lederschleuder um einen Finger ihrer Rechten schlang und ein eiförmiges Bleigeschoß in die Hand nahm.
Als er mit dem Bogen in der Hand vorn links aus dem Wagen spähte, sah Mark, wie ein berittener Mann rasch aus dem Nebel auftauchte. Er trug einen Helm und unter einem weiß-blauen Wams ein Kettenhemd. Er ritt neben dem galoppierenden Gespann dahin und hob sein Schwert, um eines der Zugtiere niederzustrecken. Mark zielte hastig und schoß einen Pfeil ab. Bei der holprigen Jagd konnte er nicht feststellen, ob er getroffen hatte, aber da sang die Sehne der Armbrust, und der Reiter stürzte kopfüber aus dem Sattel.
Der kleine Drache in seinem Käfig wurde gnadenlos umherge-

schleudert und kreischte. Die entsetzten Zugtiere rasten mit höchster Geschwindigkeit durch den Nebel, als wollten sie den Flüchen entrinnen, mit denen Nestor sie vom Kutschbock aus überschüttete. Mark kam es so vor, als zischten Pfeile aus allen Richtungen heran. Die meisten durchbohrten die Plane des Wagens. Draußen schrie jemand, der Wagen solle anhalten. Ben, der gerade dabei war, seine Armbrust wieder zu spannen, wurde beinahe aus dem Wagen geschleudert, als dieser über eine Bodenwelle fuhr und einen wilden Satz machte.

Mark sah, wie Barbara sich hinauslehnte. Ihr rechter Arm drehte sich im Kreis und verschwamm zu einem Wirbel, dann flog ein Geschoß aus ihrer Schleuder. Eines der Verfolgertiere stolperte und stürzte.

Die Patrouille hatte den Wagen über eine Biegung der sich schlängelnden Straße hinweg entdeckt, doch als sie querfeldein losgaloppierte, um ihm den Weg abzuschneiden, war sie auf unwegsames Gelände geraten. Dies hatte dem Wagen einigen Vorsprung auf einem recht ebenen Stück der Straße verschafft. Aber jetzt holten die schnelleren Reiter doch wieder auf.

»Die Grenze ist nahe!« brüllte Nestor seinen Gefährten zu. »Nur Mut!«

Wir wissen, daß sie nahe ist, dachte Mark. Aber in welcher Richtung? Vielleicht wußte Nestor es jetzt ja wirklich. Mark schoß einen weiteren Pfeil ab, doch wieder konnte er nicht sehen, wohin er flog. Aber einen Augenblick später zügelte einer der Verfolger sein Tier, als sei es plötzlich lahm.

Wieder sprang, wieder neigte sich der Wagen, höher jetzt und schräger als je zuvor. Es war zuviel. Mark fühlte, wie der Wagen sich drehte, wie er kippte und unter schier endlosem Krachen mit der Breitseite auf die Erde stürzte. Ihm war, als sehe er den Drachenkäfig unversehrt über seinem Kopf dahinfliegen, während er sich überschlug, zusammen mit einem Wust von Bettzeug und einem Froschkrug, dem Scharen von Fröschen entströmten. Er schlug auf und rechnete fast damit, im nächsten Augenblick tot oder bewußtlos zu sein, doch der weiche Boden milderte seinen Aufprall.

Anscheinend ohne ernsthafte Verletzung rollte er durch Gras

und Sand, der Boden unter ihm schmatzte feucht. Nicht weit neben ihm lag der Wagen auf der Seite. Zwei Räder drehten sich in der Luft, und das Gespann zerrte noch immer fruchtlos am Geschirr. Unterdessen donnerte das, was von der Patrouille übrig war, rechts und links am Wagen vorbei und galoppierte in das Dickicht am Straßenrand in der Nähe. Mark erhaschte einen kurzen Blick auf zwei Leute, die dort flohen. Anscheinend waren es Ben und Barbara, die zu Fuß im Unterholz verschwanden.

Der Drache kreischte immer noch. Sein Käfig lag mit dem Boden nach oben, aber unversehrt, neben dem umgestürzten Wagen.

Auf allen vieren kroch Mark auf das Durcheinander ihrer Habe zu, die hinten aus dem Wagen gefallen war. Er wühlte und grub darin und suchte nach dem Schwert. Mit einem kleinen Triumphschrei entdeckte er schließlich Stadtretters Klinge, und er vergrub seine Hand in einem Berg verschütteter Kartoffeln und tastete nach dem Griff. Eben wollte er die Waffe aufheben, als er das Getrappel vieler Füße hörte, die sich hinter ihm näherten. Mark drehte sich um und sah, wie Männer in Kettenhemden in den Farben des Herzogs von ihren Reittieren heruntersprangen und ihn umzingelten. Ein Speerträger richtete seine Waffe auf Marks Kehle. Marks Hand lag immer noch auf dem Schwert, aber er fühlte keine Kraft darin.

»Laß es fallen, Bube!« befahl ein Soldat.

– und über ihnen, aus dem Nebel, rauschten gewaltige Schwingen hernieder, und dem unaufhörlichen Heulen des Drachen im Käfig antwortete ein Kreischen aus der Höhe, das von einem zersplitternden Windmühlenflügel hätte ausgehen können –

Eine zweite nichtmenschliche Stimme fiel ein. Es war ein dröhnender Baß, der zu ebener Erde durch den Nebel hallte. Marks Knie berührten noch den Boden, und in ihnen spürte er das Stampfen riesiger Füße, die sich näherten. Eine Gestalt, größer als das Haus eines Ältesten, nahte sich schwankend auf zwei baumdicken Beinen, die beiden vorderen Gliedmaßen wie gewaltige Mistgabeln erhoben. Schneller als jedes Reittier drang der Drache auf einen Berittenen ein. Flammen schlugen aus der prachtvoll roten Höhle seines Schlundes, und der dichte Nebel ringsum strahlte und bebte im Widerschein der Feuersglut. Fünf Meter trennten den Reiter von dem Drachen, als ersterer wie ein Feuerwerkskörper explodierte. Die Lanze flog aus seiner Hand, und sein Panzer rollte sich zusammen wie Papier in der Glut. Noch auf dreißig Meter Entfernung fühlte Mark die Hitze auf der Haut.

Ohne innezuhalten, änderte der Drache die Richtung seines Ansturms. Er schnaubte und gab einen seltsamen, beinahe musikalischen Laut von sich, wie das Klingen eiserner Glocken. Wieder sprühte Feuer aus seiner Nase und seinem Rachen. Diesmal aber gelang es dem Ziel, einem anderen Reiter, der vollen Wucht des Schwalls auszuweichen. Das Reittier kreischte, als das Feuer es streifte, und sprang herum – doch in die falsche Richtung. Ein gabelförmiger Vorderarm packte es bei einem Bein, und Tier und Reiter wirbelten durch die Luft, prallten gegen einen Baum und blieben mit zerschmetterten Gliedern liegen.

Mark hörte ringsumher Männer schreien. Er sah, wie die Leute des Herzogs und ihre Tiere in verzweifelter Flucht davonhetzten.

Wieder änderte der Drache die Richtung seines Angriffs. Jetzt kam er geradewegs auf Mark zu.

Als der Wagen umkippte, hatte Nestor sich zu retten versucht, indem er seitlich nach vorn vom Kutschbock sprang, so weit er nur konnte. Es gelang ihm, aus dem Gefahrenbereich zu entrinnen. Er landete auf einem Arm und einem Bein und konnte den fliegenden Sturz in die Rolle eines Akrobaten verwandeln. Als er aufschlug, dankte er allen Göttern dafür, daß der Boden hier weich war.

Weich oder nicht – etwas traf ihn seitlich am Kopf, hart genug, um ihn einen Augenblick lang benommen zu machen. Erbittert kämpfte er gegen den sinkenden Vorhang innerer Finsternis; er brach zusammen, doch er hielt sich auf Händen und Knien.

Verschwommen drang ihm ins Bewußtsein, daß jemand – Ben, vermutete er – an ihm vorbei und in den Schutz des nahe gelegenen Buschwerks floh. Ein Paar schlankerer, flinkerer Beine folgte – Barbara vielleicht.

Durch den dichten Nebel donnerte die Kavallerie heran. Im Morast neben Nestor, zum Teil darin versunken wie er, lag ein Holzklotz. Er schmiegte sich dagegen und versuchte, mit dem Holz zu verschmelzen.

Die Kavallerie jagte lärmend vorüber, dann war sie verschwunden – vorläufig wenigstens. Nestor richtete sich auf und stolperte mühsam zum umgestürzten Wagen zurück. Er mußte das Schwert an sich bringen. Was immer sonst geschehen mochte, dem Herzog würde er es nicht überlassen.

Als er bei der verstreuten Fracht des Wagens angekommen war, fand er das Schwert sofort, als habe er selbst halb betäubt noch gewußt, wo Drachenstecher lag. Seine Hand schloß sich um den vertrauten Griff, und das Dröhnen der zurückkehrenden Kavallerie erfüllte seine Ohren, als Nestor gebückt zum Dickicht zurückrannte. Er hoffte, auch die anderen würden irgendwie fliehen können.

Als er das Gebüsch erreicht hatte, kauerte Nestor sich auf den Boden und rührte sich nicht mehr. Noch einmal donnerte die Kavallerie durch den Nebel an ihm vorbei auf den Wagen zu. Er sprang auf und rannte weiter. Einen Augenblick später erfüllte ein gräßliches Gebrüll die Luft hinter ihm. Es klang, als brülle da der Großvater aller Drachen, und gleich darauf erhob sich menschliches Geschrei.

Nestor rannte weiter. Er hielt sein drachentötendes Schwert in der Hand, aber er dachte nicht daran, umzukehren und seinen Hals zu riskieren, um seine Feinde zu retten. Jetzt, da der Drache sie in dieser großartigen Weise ablenkte, stand es günstig für eine erfolgreiche Flucht. Der panische Kampfeslärm hinter ihm hielt an. Möglicherweise konnte die Patrouille des Herzogs genug Kraft und Entschlossenheit aufbringen, um den Drachen zu vertreiben. Nestor lief weiter. Er schlug eine andere Richtung ein als die, welche er Ben und Barbara hatte nehmen sehen – später würde immer noch Zeit genug sein,

seine Freunde wieder zu sammeln, sofern sie alle überlebt hatten.
Der Nebel ließ keine vernünftige Sicht zu. Urplötzlich tauchte das Bachufer vor Nestor auf, und er wäre beinahe ins Wasser gesprungen. Er hatte nicht damit gerechnet, hier auf den Wasserlauf zu stoßen, aber er war da und versperrte ihm den Weg. Vielleicht war er schon wieder im Kreis gerannt – kein Wunder, bei dieser Erbsensuppe.
Nestor stieg bedachtsam in das knietiefe Wasser und begann hindurchzuwaten. Er wollte größeren Abstand zwischen sich und den Kampf bringen. Wenn es den Soldaten gelänge, den Drachen zu töten oder zu vertreiben, würden sie vielleicht weiter nach ihm und seinen Gefährten suchen. Das Getöse ließ nach, je weiter er vordrang. Das alles war merkwürdig, denn dies war keine Gegend, in der man damit rechnen konnte, auf große Drachen zu stoßen ... ebensowenig wie ein solcher Nebel in diese Landschaft paßt ...

– Schwingen, durchscheinend dünn, aber groß wie die Segel eines Bootes, stießen auf ihn herab und brachen durch niedrige, perlweiße Nebelwolken. Was im Namen aller Götter? –

Einen Moment lang konnte Nestor, der bis an die Knie im Wasser stand und nach oben starrte, sich buchstäblich nicht rühren. So etwas hatte noch keiner gesehen. Diese unglaublichen Schwingen mußten reptilisch sein, und das bedeutete, daß die Kreatur, die sie trugen, zu irgendeiner Unterart der Drachen gehören mußte. Der reptilische Kopf war klein und enthielt offenbar ein noch kleineres Gehirn – grotesk winzig für so riesige Schwingen. Rachen und Zähne waren im Vergleich zum Kopf übergroß. Sie sahen aus, als könnten sie einem Menschen mit einem einzigen Biß tödliche Verletzungen zufügen. Der Rumpf zwischen den Flügeln war runzlig und von hart aussehenden Schuppen bedeckt, die beiden herabbaumelnden Beine bestanden aus nichts als Sehnen und Schuppen, und jetzt spreizten sich klauenbewehrte Füße ab.
Das Ungeheuer ging direkt auf Nestor los. Nestor gab keine Handbreit Boden preis – besser gesagt, keine Handbreit

Schlamm und Wasser – und stach auf die herabsinkende Silhouette ein. Mit jeder anderen Waffe hätte er seine Chancen als zweifelhaft empfunden, aber mit Drachenstecher konnte er kaum verlieren.
Erst im letzten Augenblick begriff er, daß der Klang des Schwertes nicht ertönte, den er sonst immer hörte, wenn er es benutzte. Das Gefühl der Kraft, das sonst in seinem Arm brannte, erwachte nicht, aber es war nun zu spät, seine Taktik zu ändern.
Selbst ihres Zaubers beraubt, war die Klinge immer noch überaus scharf, und Nestors Arm war stark und sicher. Sein Hieb glitt an einer Schuppe ab, drang aber dann zwischen zwei anderen ein, genau über dem Gelenk zwischen Bein und Körper. Erst in diesem Augenblick wurde ihm klar, wie groß das Geschöpf wirklich war. Im nächsten Augenblick schnellte einer der Drachenfüße, dessen krallenbewehrte Zehen biegsam wie menschliche Finger und dicker als jedes Seil waren, herab und packte Nestor am linken Arm und der Schulter. Der andere Fuß umkrallte den rechten Arm und preßte ihn an seinen Körper, so daß Nestor den Schwertgriff fahrenließ. Das Schwert blieb im Fleisch des Ungeheuers zwischen den Panzerschuppen stecken. Der Drache riß Nestor so heftig vom Boden hoch, daß sein Kopf gegen die schuppenharte Brust des Ungeheuers schlug. Der heftige Aufprall ließ erneut alles vor seinen Augen verschwimmen.
Bevor er in die Bewußtlosigkeit versank, wurde ihm klar, daß er nicht mehr im Wasser stand und nichts mehr seinen Körper berührte außer Luft und Drachenschuppen. Er fühlte den Rhythmus der großen Schwingen, dann fühlte er nichts mehr.

Als der gewaltige Laufdrache auf Mark zustürmte, drang plötzlich ein schriller Laut aus dem Schwert in seiner Rechten. In dem Gebrüll, das aus der feurigen Kehle des Untiers drang, und in dem pulsierenden Donnern seiner Schritte ging die Stimme des Schwertes beinahe unter. Aber die Kraft des Schwertes konnte man nicht nur hören, sondern auch fühlen. Mark umklammerte den Griff jetzt mit beiden Händen. Energie strömte

daraus in seine Hände und Arme, eine Energie, welche die Klinge aufrichtete, dem anstürmenden Drachen entgegen.
Das Schwert hielt Marks Arme emporgereckt, und es ließ nicht zu, daß er sich zu Boden warf, niederkauerte oder wenigstens seitwärts auswich. Ein Gedanke durchzuckte ihn: *Dies ist das Entsetzen, das Kenn gefühlt hat.* Hilflos sah er, wie der mächtige Kopf sich zu ihm herunterbeugte. Von den Lippen, die hart und rauh aussahen wie ein Kettenpanzer, und von den bebenden Nüstern troffen lodernde Tröpfchen. Das brennende Gift quoll nur spärlich hervor. Das Untier mußte seine Vorräte auf die Kavallerie verschwendet haben. Mark fühlte, wie die weiche Erde unter den riesenhaften Drachenfüßen zitterte und bebte, und er sah, wie sich die gabelspitzen Vorderarme hoben, um erneut zuzuschlagen und ihn zu zerfetzen.
Der Kopf senkte sich auf Mark herunter. Es war fast, als seien diese schmiedefeuergleich funkelnden Augen gezwungen, den Lichtblitzen zu trotzen, die jetzt aus dem Schwert sprühten, als schlage unsichtbarer Feuerstein gegen den Stahl. Das Schwert flog zur Seite, getrieben von einer schrecklichen Kraft, und Marks Arme konnten nur willenlos folgen, als seien sie wie die Arme einer Marionette an den Griff genietet.
Ein einziger Hieb schlug dem Drachen das vordere Viertel seines Unterkiefers ab. Der Drache taumelte mit schwerem Schritt zurück, dann schoß schillerndes Blut aus der Wunde. Mark fühlte, wie feine Tröpfchen, schmerzhaft wie zahllose Nadelstiche, auf seinen linken Arm unterhalb des Ärmels und auf seine Wange spritzten. Das Geräusch, das hinter dem Blut aus der Kehle des Drachen drang, war ein Geräusch, wie er es noch nie gehört hatte, weder im Wachzustand noch in einem Alptraum.
Im nächsten Augenblick stürzte der Drachen sich wieder auf ihn. Mark wollte vor der alles zermalmenden Masse zur Seite springen, doch das Schwert in seinen Händen stieß gerade und unerschütterlich zu, und seine Hände waren mit dem Griff verschweißt, so daß er nicht entkommen konnte.
Mark stürzte vor dem fallenden Untier rückwärts zu Boden. Er landete im schützenden Schlamm unter der schuppigen Masse.

Durch den Morast zwängte er sich unter der drückenden Last hervor, zumindest so weit, daß er atmen konnte. Endlich gab das Schwert seine Hände frei, und er fühlte, wie ein monströser Schauer durch den ganzen Drachenkörper lief, bevor dieser reglos in sich zusammensank.

Aus den nadelstichgroßen Brandwunden an seinem Arm war der Schmerz verflogen, aber auf seiner linken Wange brannte noch immer ein quälender Fleck. Er versuchte, ihn mit Schlamm zu kühlen, während er sich nach und nach ins Freie wand. Erst allmählich begriff er, daß er nicht ganz und gar zerfleischt worden war, sondern – im Gegenteil – kaum verletzt war. Der stürzende Rumpf hätte ihn beinahe verfehlt. Eines der beiden vorderen Gliedmaßen des Drachen bildete einen starren Bogen über ihm, wie der gekrümmte Stamm eines alten Baumes.

Er lebte noch, und die Erkenntnis erfüllte ihn mit Staunen. Irgendwo in einem tiefen Winkel seines Geistes war er davon überzeugt gewesen, daß ein magisches Schwert seinen Benutzer stets töten müsse, auch wenn es ihm gleichzeitig den Sieg schenkte.

Der schuppige Baumstumpf über Marks Körper begann zu zucken. So gut er konnte, paßte er seine Anstrengungen den unregelmäßigen Krampfanfällen an und arbeitete sich Zentimeter um Zentimeter unter der teils toten, teils sterbenden Masse hervor. Ihm selbst steckte ein Beben in allen Gliedern, und allmählich spürte er seine Schrammen, während der Schmerz der Brandwunde langsam schwand. Eine wirklich ernsthafte Verletzung konnte er nirgends an sich finden, während er sich, erst kriechend, dann humpelnd, vom Kadaver des Drachen weg zu den Büschen bewegte. Der einzige klare Gedanke in seinem Kopf war der, daß er sich entweder verstecken oder aber fortlaufen müsse, und im Augenblick war er noch zu mitgenommen, um laufen zu können.

Er setzte sich auf den morastigen Boden hinter einem Busch und begriff allmählich, daß ihm zumindest vorläufig keine Gefahr mehr drohte. Der Drache hatte die Reiter verjagt, und jetzt hatte sein Schwert den Drachen getötet. Er mußte zu dem Drachen zurückkehren und sich das Schwert holen.

Als er neben dem besiegten Ungeheuer stand, konnte er das Schwert nirgends sehen. Es mußte noch unter der Masse begraben liegen, wo seine Hände den Griff losgelassen hatten. Vermutlich steckte es unter der ganzen Last von mehr als einer Tonne gepanzerten Fleisches immer noch bis zum Heft im Schlamm.

Bäuchlings im Schlamm wühlend, schob Mark den Arm so tief er es vermochte unter die toten Fleischmassen. Er konnte den Griff des Schwertes mit Mühe berühren, und er spürte noch immer ein schwaches, aber gleichmäßiges Vibrieren der Kraft. Die Klinge steckte bis zum Heft im Körper des Drachen, und obgleich er sie berührte, schien es doch unmöglich, sie herauszuziehen. Mark zerrte immer noch hilflos am Schwertgriff, als er dicht hinter sich Bens ruhige, aber erschöpfte Stimme hörte.

»Der größte Drache, den ich je gesehen habe... Wo ist Nestor?«

Mark drehte den Kopf ein wenig. »Ich weiß es nicht. Hilf mir, das Schwert herauszuziehen, es steckt fest, ganz tief drin.«

»Hast du gesehen, was passiert ist? Ich nicht.« Ohne auf eine Antwort zu warten, stemmte Ben seine säulendicken Beine dicht neben dem gepanzerten Bauch des Drachen in den Boden, dann umklammerte er mit beiden Händen das eine der beiden Vorderbeine des Drachen, die anscheinend bereits erstarrten. Grunzend wuchtete er das Bein in die Höhe.

Gleichzeitig zog Mark am Griff des Schwertes und fühlte, wie es Zentimeter um Zentimeter auf ihn zuglitt. »Noch mal.«

Eine erneute, gemeinsame Anstrengung brachte den Griff so weit heraus, daß er sichtbar wurde. Als Ben ihn erblickte, beugte er sich nieder und packte ihn – der Griff bot nur für eine seiner beiden Pranken Platz. Aber das reichte völlig. Mit einem wütenden Ruck riß er die Klinge heraus. Das Schwert schnitt sich seinen Weg durch Fleisch und Schuppen, gefolgt von einem neuerlichen Blutschwall. Aber die Farbe des Blutes verblaßte jetzt rasch.

Kaum hatte Ben das Schwert freibekommen, ließ er es in den Schlamm fallen und rieb sich die Finger der Hand, mit der er

es herausgezogen hatte. »Ich habe es gefühlt«, murmelte er mit leisem Schrecken. Er erläuterte nicht, was er gefühlt hatte.
»Es ist schon gut«, sagte Mark. Er hob die Waffe auf und wischte sie mit ein paar herumliegenden Blättern ab. Seine Hände waren und blieben schwarz von Schlamm, aber das Schwert ließ sich mühelos säubern wie schon zuvor.
Mark saß plötzlich regungslos da und starrte auf den Griff. Nicht eine zinnengekrönte Mauer war da zu sehen, sondern die weißen Umrisse eines stilisierten Drachen.
Ben sah nicht das Schwert, sondern Mark an. »Du hast dich verbrannt«, sagte er leise. »Du mußt ihm zu nahe gekommen sein. Wo ist Nestor?«
»Ich habe ihn nicht gesehen. Ja, ich war ihm nahe. Ich war es, der das Schwert hielt. Dieses Schwert. Aber es ist nicht meines. Wo ist meines?« Mit diesen Worten stand Mark langsam vom Boden auf. Seine Stimme hatte bisher ruhig geklungen, aber jetzt drohte sie sich zu überschlagen.
Ben starrte ihn an. In der Nähe erscholl ein Geräusch, und als die beiden herumfuhren, erblickten sie Barbara. Sie sah ebenso schlammverschmiert und zerzaust aus wie ihre beiden Gefährten. In der einen Hand trug sie ihr Beil, in der anderen ihre Schleuder.
»Wo ist Nestor?« fragte sie.
Stockend und immer noch wie betäubt von der Erkenntnis, daß sein Schwert verschwunden war, berichtete Mark, was er erlebt hatte, nachdem der Wagen umgekippt war. Sie sahen ihn an, dann schauten sie auf das Schwert. Barbara nahm ihm die Waffe aus der Hand und drückte die Spitze sanft auf eine der dicksten Schuppen am Kadaver des Drachen. Der Stahl sprühte Funken, und mit leisem Schrillen drang die Klinge ein wie in ein Stück Butter.
»Es gleicht meinem Schwert aufs Haar«, sagte Mark. »Aber es muß Nestors Waffe sein. Wo ist meine?« Der Schock, der ihn vorübergehend gelähmt hatte, war plötzlich verflogen. Er stürzte zu dem durcheinandergewürfelten Inhalt des umgekippten Wagens, um sein Schwert zu suchen. Aber weder hier noch sonstwo in der Nähe konnte er es finden. Die beiden

anderen folgten ihm und hielten Ausschau nach Nestor, doch auch dieser war nirgends zu sehen, weder lebend noch tot. Sie riefen seinen Namen, leise erst, doch dann mit wachsender Kühnheit. Die einzigen Leichen, die sie fanden, waren die der Soldaten, die der Laufdrache zerfleischt hatte, bevor er getötet worden war.
»Wenn er weggelaufen ist«, fragte Mark, »ob er dann mein Schwert mitgenommen hat?«
Er konnte es getan haben, entschieden sie, aber versehentlich – niemand glaubte, daß Nestor mit Bedacht Marks Waffe mitnehmen und seine zurücklassen würde.
»Aber wo ist er dann?«
»Vielleicht haben ihn die Soldaten. Ihn und das andere Schwert.«
»Sie hatten panische Angst. Sie wollten nur noch weg von hier. Die, die noch leben, werden wahrscheinlich immer noch laufen.«
Auch tote Reittiere lagen ringsum am Boden, andere waren schwer verwundet. Ben erlöste sie mit seinem Knüppel von ihren Qualen. Das Zuggespann stand immer noch vor dem umgestürzten Wagen, und es sah aus, als seien die Tiere nicht ernstlich verletzt. Mit vereinten Kräften stellten die menschlichen Überlebenden den Wagen wieder auf seine Räder und stellten fest, daß alle vier Räder sich noch drehten.
Während Mark die fruchtlose Suche nach seinem Schwert fortsetzte, warfen die beiden anderen ihre Ausrüstung – Wertgegenstände und Plunder – wieder in den Wagen. Sie stellten den leeren Froschkrug zurück, und als letztes folgte der umgekippte Drachenkäfig.
Barbara legte die Hand auf den Käfig und hielt inne. Der verlassene kleine Bewohner kreischte noch immer. »Glaubt ihr, die großen sind seinetwegen gekommen? Vielleicht haben sie ihn jammern gehört.«
Ben schüttelte entschieden den Kopf. »Hab' noch nie gehört, daß Drachen sich so benommen hätten. Die großen kümmern sich nicht um die kleinen. Allenfalls fressen sie sie, wenn sie hungrig sind, was meistens der Fall ist.« Ben war besorgt, doch

nicht wegen der Drachen. »Wenn Nestor fort ist, was tun wir dann?«
»Hier haben wir überall gesucht«, meinte Barbara. »Entweder flieht er immer noch, oder er wurde verletzt oder getötet und den Bach hinuntergeschwemmt. Etwas anderes fällt mir nicht ein.«
»Oder«, sagte Mark, der seine erfolglose Suche schließlich abgebrochen hatte und auf die beiden zukam, »die Soldaten haben ihn am Ende doch erwischt. Und mein Schwert mit ihm.«
Noch einmal suchten sie zusammen nach Nestor und dem Schwert. Sie folgten sogar dem Flüßchen ein Stück stromabwärts.
Es schien keinen Zweifel daran zu geben, daß ein Leichnam, den dieser Wasserlauf davonschwemmte, an einer Untiefe oder einem Stein hängenbleiben würde, noch ehe er weit gekommen wäre.
Noch immer war keine Spur von dem Mann oder der Waffe zu entdecken.
Schließlich war es Barbara, die einen Entschluß faßte. »Wenn die Soldaten ihn erwischt haben, dann ist er fort, und wenn er tot ist, ist er tot. Wenn er noch auf der Flucht ist, nun, dann können wir ihn nicht einholen, wenn wir nicht wissen, wohin er sich gewandt hat. Deshalb sollten wir jetzt zusehen, daß wir selbst von hier verschwinden. Möglicherweise kommen die Soldaten mit Verstärkung zurück. Und, Einar, dein Schwert ist offensichtlich auch nicht hier. Wenn Nestor es hat und er uns wiederfindet, dann wirst du es zurückbekommen.«
»Wo fahren wir jetzt hin?« Ben klang fast wie ein Kind.
»Weiter zu Sir Andrew«, antwortete sie mit fester Stimme. »Falls Nestor uns irgendwo sucht, dann dort.«
»Aber was sollen wir sagen, wenn wir dort sind? Was sollen wir tun? Sir Andrew erwartet Nestor.«
»Wir werden sagen, er sei aufgehalten worden.« Barbara klopfte Ben kräftig und ermutigend auf die Schulter. »Und wir haben ja auch noch Nestors Schwert. Du kannst damit Drachen töten, wenn es sein muß, oder nicht? Wenn es sogar Klein Einar hier vermag...«
Ben schaute, wenn schon nicht verängstigt, so doch wenigstens

zweifelnd drein. »Ich schätze, darüber können wir unterwegs reden.«

8.

Zwei Männer saßen im Kerker des Guten Sir Andrew. Einer, der jüngere der beiden, hockte auf einem bemalten Schemel dicht hinter dem Gitter einer geräumigen, weißgekalkten Zelle. Der andere Mann war älter und besser gekleidet. Er saß auf einem ähnlichen Stuhl außerhalb der Gitterstäbe. Er las dem Gefangenen laut aus einem alten Buch vor. Zur Linken und zur Rechten lag ein halbes Dutzend anderer Zellen, allesamt leer, sauber und weißgekalkt, allesamt erstaunlich hell und luftig für Gewahrsamsräume in einem Kerkergewölbe. Obgleich dieser Teil der Burg sich zur Hälfte unter der Erde befand, öffneten sich hoch oben in der hinteren Wand der letzten unbewohnten Zelle in der Reihe ein paar Fenster.
In etwas größerer Entfernung, in einem verzweigten, von Steinbögen überspannten Seitenkorridor, lagen weitere Zellen, die offensichtlich belegt waren, wenngleich nicht von menschlichen Wesen. Sir Andrew hatte diesen entlegenen Teil des Verlieses zu einer Art Bestiarium umwandeln lassen, in dem Vögel und andere Tiere der unterschiedlichsten Gattungen hausten, deren Anwesenheit es erfordert hatte, aus Schnüren gewebte Netze vor die ursprünglichen Eisengitter in Zellentüren und Fenstern zu spannen.
Ja, in diesem Flügel gab es mehr Fenster. Man sah es daran, daß in dieser Richtung mehr Licht in den Gang fiel. Der junge Mann, der auf dem Schemel in seiner Zelle saß, war gegenwärtig der einzige menschliche Insasse des ganzen Kerkers, und wiewohl er eigentlich dem lauschen sollte, was ihm da vorgelesen wurde, blickte er doch immer wieder in einer Art chronischer Verwunderung auf die Fenster und gewisse andere Überraschungen. Der Name des jungen Mannes war Kaparu – zumindest war dies der einzige Name, an den er sich erinnern konnte. Er war schmalgesichtig und feingliedrig, und sein Haar

war glatt, dunkel und schütter. Seine Kleidung war zerlumpt, und sein wettergegerbtes Gesicht ließ erkennen, daß er noch nicht lange in dem Verlies hauste. Seine Augen waren flink, seine Hände beweglich und nervös. Hin und wieder rieb er sich die Handgelenke, wie um sich zu vergewissern, daß sie nicht gefesselt waren. Dann und wann hob er den Kopf und sah sich um, abgelenkt von den dünnen, munteren Schreien seiner Mitgefangenen, die weiter unten am Gang wohnten.

Das Innere von Gefängnissen und Verliesen war für Kaparu keine unvertraute Umgebung, aber auf allen seinen Wanderungen hatte er niemals, nicht einmal in der Phantasie, einen solchen Kerker gesehen. Da waren zunächst einmal Licht und Luft, die das Gewölbe in erstaunlichen Mengen erfüllten. Ja, die große Zelle am Ende der Reihe war mit richtigen Fenstern ausgestattet, mit mannshohen Schlitzen in der dicken unteren Mauer der Burg, die sich wie Tunnel zum hellen Licht des sommerlichen Nachmittags öffneten. Sie sahen so aus, als habe der letzte Gefangene, der in dieser Zelle untergebracht gewesen war, durch die Fenster hinausspazieren können. Und nicht nur Luft und Licht drangen durch die Maueröffnungen herein, sondern auch fröhliche Klänge von draußen. Auf Sir Andrews Anger hatte der Jahrmarkt begonnen.

Irgendwo im Kerkergewölbe hallte das Geräusch von Wassertropfen. Doch in diesen sauberen, weißen Räumen ließ dieses Tröpfeln nicht an klamme Feuchtigkeit und zähfließende Zeit denken, sondern eher an das Plätschern eines munteren Bächleins oder an den Wellenschlag eines Sees. Das Schloß stand auf einer bescheidenen Anhöhe, der höchsten in der unmittelbaren Umgebung, und in der Tat erstreckte sich dahinter ein ansehnlicher See, dessen Wasserspiegel nur wenig tiefer lag als das Kerkergewölbe.

Auf dem Boden der Zelle, nicht weit vom Schemel des Gefangenen, stand eine Blechschüssel mit einem großen Kanten Brot. Das Brot war erst an diesem Tage aus dem Ofen gekommen und frei von Ungeziefer. Ein kleiner Steinkrug neben der Schüssel enthielt sauberes Trinkwasser. Hin und wieder warf der Gefangene unwillkürlich einen raschen Blick auf das Brot, und jedesmal hob sich sein linker Fuß wie in einer Reflexbewegung ein Stückchen von der Schemelsprosse, auf der er ruhte – aber in diesem außergewöhnlichen Gefängnis gab es offensichtlich keine Ratten, die unaufhörlich getreten und verjagt werden mußten.

Jedesmal, wenn der Gefangene den Kopf wandte, um nach der Blechschüssel zu sehen, blieb sein ungläubiger Blick an der kleinen Vase mit den frischen Blumen hängen, die neben seinem Wasserkrug stand.

Der Mann, der draußen vor der Zelle saß und so geduldig aus dem alten Buch vorlas, war vor unbestimmten Zeiten jung gewesen. Er war von breitschultriger Statur und fest und sicher im mittleren Alter verwurzelt, als habe er nicht die geringste Absicht, jemals wirklich alt zu werden. Seine Kleidung war kostbar in Stoff und Verarbeitung, jedoch von schlichtem Zuschnitt und über das gewöhnliche Maß hinaus verwahrlost. Wie sein Wams, so war auch sein sandgrauer Bart besudelt von den Überresten eines kürzlich verzehrten Mahles, welches augenscheinlich aus üppigeren Speisen als Brot und Wasser bestanden hatte.

In mehr oder weniger regelmäßigen Abständen wendete er die Seiten des alten Buches mit kräftigen, doch wenig anmutigen Fingern und fuhr fort, mit leiser, voller Stimme zu lesen. Die Stimme verriet Gelehrtheit, und sie stockte nie, obgleich ihr Besitzer eine alte Sprache noch während des Lesens in eine neue übersetzte. Gleichwohl gab es hin und wieder Augenblikke des Zögerns, als wolle der Lesende sich eines jeden Wortes vergewissern, ehe er es unwiderruflich mit Klang erfüllte. Er las:

»Und der Gott Ardneh sprach zu den Männern und Weibern der Alten Welt: Nur noch einmal will ich ausstrecken die Kraft meiner Hände, euch zu retten von den Folgen eurer eigenen Torheit, nur noch einmal und dann niemals wieder. Nur noch einmal will ich die Welt verändern, auf daß die Welt nicht zerstört werde von den Kreaturen der Höllenbombe, die ihr in eurem Hochmut und eurer Sorglosigkeit heraufbeschworen habt aus den Tiefen der Materie. Und nur noch einmal will ich

die Welt mit meiner Veränderung umfangen, und die Veränderung wird dauern neunundvierzigtausendneunhundertneunundvierzig Jahre.
Und die Männer und Weiber der Alten Welt sprachen zu dem Gott Ardneh: Wir hören, was du sagst, und beugen uns. Und nach deiner Veränderung soll die Welt nicht mehr die Alte heißen, sondern die Neue fortan. Und wir schwören und geloben dir, daß wir niemals wieder werden einander töten und berauben in der Hoffnung auf Gewinn oder Rache oder gar zum Zeitvertreib. Und nie wieder werden wir die Städte der anderen bombardieren und einäschern, nie wieder werden . . .«
Hier brach der Lesende ab und betrachtete seinen Gefangenen mit strengem Blick. »Stört Euch etwas, Hochwohlgeboren? Mir scheint, Ihr seid abgelenkt.«
Der Mann in der Zelle schrak sichtlich zusammen. »Ich, Sir Andrew? Nein, ich nicht. Mich stört nichts. Es sei denn . . . nun, es sei denn – ich meine, es ist nur so, daß ein Mann dazu neigt, sich wohler zu fühlen, wenn er außerhalb einer Zelle sitzt anstatt darinnen.« Und auf dem Gesicht des Gefangenen, das würdevolle Fassung zum Ausdruck brachte, wann immer er es wünschte, erschien ein zögerndes Lächeln.
Das beginnende Stirnrunzeln in Sir Andrews Antlitz vertiefte sich daraufhin. »Nun, wenn du glaubst, du würdest dich draußen wohler fühlen, dann habe die Güte, deine Aufmerksamkeit nicht umherschweifen zu lassen, wenn ich dir vorlese. Deine Aussichten, die fröhliche, sonnenhelle Welt dort draußen vor den Fenstern genießen zu können, hängen unmittelbar von deinem Benehmen hier drinnen ab, von deiner Bereitwilligkeit, vergangene Irrtümer zuzugeben, nach Besserung zu streben, Lehren anzunehmen und dich zu ändern.«
»Oh, ich gebe meine Irrtümer zu«, antwortete Kaparu hastig. »Das tue ich wirklich, Herr. Und Lehren will ich gern annehmen.«
»Nun gut. Dann wisse, daß ich dich niemals freilassen werde, niemals, solange ich glaube, daß du zu deiner alten Gewohnheit zurückkehren wirst, unschuldige Reisende auszurauben.«
Der Gefangene saß starr und aufrecht wie ein Kind, das in einer

strengen Schule getadelt worden war. Er zeigte gehorsame Aufmerksamkeit. »Sir Andrew, ich versuche, mich gut zu benehmen.« Wieder warf er einen flinken Blick durch die Zelle, diesmal so, als wolle er sich davon überzeugen, daß nirgends etwas Gegenteiliges zu sehen sei.

»Du versuchst es, wie? Dann höre aufmerksam zu.« Sir Andrew räusperte sich und wandte sich dann wieder der vergilbten Seite vor ihm zu. Während er weiterlas, schwand sein Stirnrunzeln nach und nach von seinem Gesicht, und ohne daß er es merkte, hob seine rechte Hand sich vom Buch und unterstrich alle Worte von Bedeutung mit unbestimmten, schwerfälligen Gesten.

»... und als die Jahre der Veränderung verstrichen waren, war Orkus, der Prinz der Dämonen, zu voller Kraft herangewachsen. Und Orkus sah, daß der Gott Draffut, der Herr der Tiere und aller menschlichen Barmherzigkeit, der zur Rechten Ardnehs im Rate der Götter saß, Männer und Weiber von schlimmen Wunden und Krankheiten aller Art heilte. Als aber Orkus dies sah, erfaßte ihn großer Ingrimm. Er...«

»Verzeihung, Herr?«

»Eh?«

»Dieses Wort, Herr. ›Ingrimm.‹ Es will mir nicht recht vertraut erscheinen.«

»Ah. ›Ingrimm‹ bedeutet nichts anderes als Zorn. Er war erzürnt.« Sir Andrew sprach jetzt milder als zuvor, ja, seine Stimme klang sogar milder, als sie beim Lesen geklungen hatte. Gleichzeitig zog ein Ausdruck des Wohlwollens über sein Gesicht.

Wieder wandte er sich seinem Text zu. »Wo war ich? Ja, hier... In der ganzen Welt der Veränderung war nur Ardneh stark genug, um sich gegen Orkus stellen zu können. Unter dem Banner des Prinzen Duncan von den Küsteninseln sammelten sich die Männer und Frauen guten Willens von der ganzen Erde, um der Sache des Guten zu dienen und Ardneh zu helfen und Unterstützung zu geben. Unter dem Banner des Bösen Kaisers John Ominor aber sammelten sich die Männer und Frauen, die das Böse liebten, und sie kamen aus allen Ländern des Erdkreises, um...«

»Herr?«
»Ja?«
»Da ist noch etwas, das ich nicht verstehe. Sagtet Ihr, dieser John Ominor sei ein Kaiser gewesen?«
»Hm, hah, ja. Jetzt hörst du zu, wie? Ja. Kaiser war in jenen Tagen – wohlgemerkt, wir sprechen von einer Zeit, die, grob gerechnet, zweitausend Jahre zurückliegt, am Ende dessen, was wir Ardnehs Veränderung nennen, als die große Schlacht zwischen Orkus und Ardneh geschlagen wurde und sie beide untergingen –, in jenen Tagen, sage ich, nannte man niemanden Kaiser, wenn er nicht wahrlich eine Macht in dieser Welt war, die größte womöglich, die es gab. Mag sein, daß man eine äußerst interessante Verbindung zwischen ihm und der Gestalt von Spott und Spaß herstellen kann, die heute...«
»Herr?«
»Ja?«
»Mit Verlaub, Herr – sagtet Ihr soeben, Ardneh sei untergegangen?«
Sir Andrew nickte langsam. »Du hörst wahrhaftig zu. Aber ich will jetzt nicht auf alles eingehen. Der wesentliche Inhalt dieser Stelle, das, was du heute zu verstehen trachten solltest... doch laß mich erst zu Ende lesen. Wo war ich? Ha. In der ganzen Welt der Veränderung war nur Ardneh stark genug – und so weiter, das hatten wir schon. Hah. Ein grauenvoller Kampf entspann sich zwischen den zweien. Und Orkus redete Ardneh an und sprach: ›Ach, zum Henker, weshalb muß man uns unterbrechen?‹«
Der Gefangene runzelte nachdenklich die Stirn, doch dann begriff er, daß nicht Orkus, sondern Sir Andrew sich über die Unterbrechung beklagte. In einiger Entfernung hatten sich Geräusche erhoben, die nun stetig näher kamen. Das Schlurfen von Füßen und mehrmaliges, lautstarkes Aufreißen von Türen kündete das Nahen menschlicher Wesen. Im nächsten Augenblick erschien auf der höchsten sichtbaren Windung der unweit aufwärtsstrebenden Treppe das krumme Beinpaar eines steinalten Kerkermeisters, oberhalb der Knie verdeckt durch den Bogen des Gewölbes. Der Kerkermeister stieg die Treppe her-

unter, bis er von der Sohle bis zum Scheitel zu sehen war. In der einen Hand hielt er, zitternd vor Altersschwäche, eine Fackel empor, die oben auf der dunklen Treppe sicher von größerem Nutzen gewesen war als hier unten, und beleuchtete damit die Stufen für die Person, die ihm folgte, eine Frau – nein, eine Dame, dachte der Gefangene.

Sie war in Sir Andrews Farben, in Rot und Orangegelb, gekleidet, und der unerklärliche, aber beinahe greifbare Hauch von magischen Kräften umwehte sie. Noch vor nicht langer Zeit mußte sie eine wunderschöne Frau gewesen sein, und auch jetzt noch war sie von großer Anziehungskraft, ungeachtet der grauen Strähnen in ihrem Haar und der Andeutung der einen oder anderen Falte an gewissen Stellen in ihrem Gesicht.

Kaum war diese Dame in das Gesichtsfeld am oberen Ende der Treppe getreten, hielt sie in ihrem Abstieg inne. »Sir Andrew«, rief sie mit einer Stimme, die wohltönend und so liebreizend war wie ihre Erscheinung, »schenkt mir ein wenig von Eurer Zeit, jetzt gleich. Eine Angelegenheit von großer Wichtigkeit ist zu erörtern.«

Leise grunzend erhob Sir Andrew sich von seinem Schemel und wandte sich dabei um, damit er der Besucherin ins Gesicht sehen konnte. »Ist es wirklich wichtig, Yoldi?« knurrte er, und sogleich beantwortete er seine Frage selbst. »Ja, natürlich, es muß wohl wichtig sein.« Schon vor langer Zeit hatte er allen in seiner Burg nachdrücklich zu verstehen gegeben, daß es ihm mißfiel, bei seiner Lieblingstätigkeit, der Erziehung von Gefangenen, unterbrochen zu werden.

Sir Andrew ging zur Treppe, nahm dem alten Gefängniswärter die Fackel aus der Hand und gab ihm mit einer wedelnden Handbewegung zu verstehen, daß er entlassen sei. Die Fackel hoch in der einen Hand, das kostbare Buch sicher unter dem anderen Arm haltend, geleitete er dann seine Lieblingszauberin wieder die Stufen hinauf bis zu einer Stelle, wo sie unter vier Augen miteinander reden konnten.

Als sie die erste Biegung der Treppe hinter sich gelassen hatten, warf Yoldi einen bedeutsamen Blick auf das alte Buch. »Wart Ihr dabei, gute Ergebnisse zu erzielen?« erkundigte sie sich.

»Oh, einen guten Anfang vielleicht, denke ich. Ja, ja, ich weiß, Ihr seid davon überzeugt, daß es nicht viel nützt, wenn ich ihnen vorlese. Aber Ihr dürft eines nicht außer acht lassen; sie sind dann wenigstens einmal im Leben etwas Gutem ausgesetzt – der Geschichte des Guten in der Welt, wenn Ihr so wollt.«

»Ich bezweifle, daß sie es zu schätzen wissen.«

Sie sahen jetzt Fenster vor sich, hohe, schmale Schlitze in der Außenmauer, die einen Treppenabsatz umschloß, und Sir Andrew stieß seine Fackel in einen Sandeimer, wo sie erlosch. Dann schlenderte er auf das Licht der Fenster zu und schüttelte den Kopf, um zu zeigen, daß er mit Dame Yoldis Bemerkung nicht übereinstimmte. »Es ist wirklich furchtbar, wißt Ihr, wenn man ihre Geschichten hört. Ich glaube, viele von ihnen wissen gar nicht, daß so etwas wie Tugend existieren kann. Nehmt nur den armen Burschen, der jetzt dort unten sitzt; er ist ein gutes Beispiel. Er hat mir erzählt, wie Dämonenanbeter ihn aufgezogen haben...«

»Und Ihr habt ihm geglaubt?« Die Gnädige Dame Yoldi schien verärgert zu sein, sowohl angesichts der Wahrscheinlichkeit, daß die wahrheitsgetreue Antwort auf diese Frage ein Ja sein würde, als auch im Hinblick auf die beinahe zweifelsfreie Gewißheit, daß sie dies von Sir Andrew niemals hören würde.

Der Ritter, der ihr vorausstapfte, schien sie nicht gehört zu haben. Bei dem ersten der schmalen Fenster blieb er stehen, dort, wo die Treppe ihre erste oberirdische Wende vollzog. Durch die Fensteröffnung konnte man an der steinernen Flanke des südlichen Wachturms vorbei auf einen Teil des kleinen Dorfes, das sich an den Fuß der Burg schmiegte, und auf den großen Gemeindeanger dahinter blicken. Auf dieser Wiese, wo die meiste Zeit des Jahres über Wolltiere grasten, nahm seit etwa einem Tag der alljährliche Jahrmarkt Gestalt an.

»Ich hätte ihm besseres Essen bringen lassen sollen, glaube ich. Etwas Grütze wenigstens, vielleicht auch ein wenig Fleisch.« Anscheinend sinnierte Sir Andrew laut über seinen Gefangenen, aber seine geistesabwesend klingende Stimme machte deutlich, wie seine Gedanken sich bereits anschickten, zu anderen Gefilden zu schweifen. »Die Ernte war in diesem Jahr überall am Rande des Sumpfes so schlecht, daß ich gar nicht wußte, ob ich heuer einen rechten Jahrmarkt auf die Beine bringen würde. Aber da ist er. Anscheinend wendet sich doch noch alles zum Guten.«

Dame Yoldi trat zu ihm ans Fenster, obwohl es so schmal war, daß zwei Menschen nur mit Mühe gleichzeitig hinausschauen konnten. »Eure Kornspeicher haben den schlechten Jahren viel von ihrem Schrecken genommen, seit Ihr sie erbauen ließet. Wenn wir nur nicht zwei schlechte Jahre hintereinander erleben.«

»Ja, das könnte verheerend sein. Wolltet Ihr deshalb mit mir sprechen? Wieder eine Abordnung aus einem der Dörfer? Worum geht es diesmal? Die Ernte? Drachen? Beides?«

»Es ist eine Abordnung. Aber diesmal kommt sie aus keinem der Dörfer.«

Sir Andrew wandte dem Fenster den Rücken zu. »Woher dann?«

»Sie kommt vom Herzog, und ich habe bereits ein Orakel befragt: Die Zeichen stehen für Euch heute nicht besonders günstig. Ich dachte, Ihr würdet das gern wissen, bevor Ihr diese Leute empfangt.«

»Und empfangen muß ich sie wohl, nehme ich an. Yoldi, ich weiß Eure Bemühungen – in Sachen der Magie wie auch in vieler anderer Hinsicht – unaufhörlich zu schätzen.« Sir Andrew beugte sich zu seiner Zauberin hinab und küßte sie sanft auf die Stirn. »Also gut. Ich bin gewarnt.«

Er ging zur Treppe und stieg vor der Zauberin hinauf. Die nächste Biegung lag unter ihnen, bevor er den Kopf drehte und fragte: »Was wollen sie?«

»Das haben sie nicht gesagt. Sie weigern sich, mit irgend jemandem über ihr Anliegen zu reden, ehe sie mit Euch gesprochen haben.«

»Und sie legen verdammt schlechte Manieren an den Tag, nehme ich an – wie gewöhnlich.«

»Andrew?«

Der Ritter blieb stehen. »Ja?«

»In der vergangenen Nacht hatte ich wieder die Vision von den

Schwertern. Sie waren zu einer Pyramide aufgestellt wie die Speere der Soldaten in der Wachstube, mit den Spitzen nach oben. Was es bedeutet, weiß ich noch nicht. Aber wie ich schon sagte: Die Zeichen für heute stehen nicht gut.«

»Wohlan.« Als er an einem Fenster weiter oben angelangt war, blieb Sir Andrew erneut stehen, um Luft zu schnappen und mit besserer Sicht auf den viele Hektar großen Jahrmarktsplatz hinauszuschauen, der wie durch Zauberei vor seiner Burg aus dem Boden gewachsen war. In planlosem Durcheinander standen schmucke Pavillons, billige Behelfsbuden und die farbenfrohen Zelte berufsmäßiger Unterhaltungskünstler, allesamt entweder schon fertig oder noch im Aufbau begriffen. Das freundliche Wetter, das nach einigen Regentagen schließlich die Oberhand gewonnen hatte, war dazu angetan gewesen, mehr Leute als sonst herauszulocken, Leute aus den nahe gelegenen Dörfern und Städten zumeist. Die sinkende Sonne überstrahlte Transparente und Tafeln, auf denen sich Händler von mannigfacher Art und unterschiedlicher Ehrlichkeit anpriesen, die sich anschickten, mit ihren Geschäften zu beginnen, oder bereits darin vertieft waren. Sir Andrews Türme beherrschten die Kreuzung zweier Landstraßen, die zu vier wichtigen Städten führten, und die Zahl derer, die ihm tributpflichtig waren, war beträchtlich. An schönen Abenden – und dieser versprach, einer davon zu werden – dauerte der Jahrmarkt beim Schein der Fackeln bis in die frühen Morgenstunden an. Die Ernte, so karg sie in diesem Jahr ausgefallen war, hatten die Bauern zum größten Teil eingefahren, und so konnten die meisten derer, die auf dem Lande arbeiteten, ein paar Tage Urlaub machen.

Der Burgherr spähte stirnrunzelnd aus einem Fenster. Die Buden und Tische mehrerer Glücksspielbetreiber waren ihm aufgefallen. Deren Ehrlichkeit, anders als die der meisten anderen Geschäftsleute, strebte nur zu häufig gegen Null.

»Hoy, diese Spielerbande.« Das Gesicht des Ritters zeigte Mißbilligung. »Erinnert mich daran, Yoldi – ich sollte sie warnen. Wenn sie in diesem Jahr wieder beim Betrügen erwischt werden, müssen sie damit rechnen, daß ich härteste Maßnahmen gegen sie ergreife.«

»Ich werde Euch morgen daran erinnern. Zweifellos aber werden sie dennoch betrügen, wie Ihr inzwischen wissen solltet. Aber können wir uns jetzt um die wichtigen Angelegenheiten kümmern?«

»Gut, gut, bringen wir es hinter uns.« Der Ritter blickte seine Zauberin beinahe streng an, als sei es ihre Schuld, daß sein Zusammentreffen mit den Abgesandten des Herzogs immer wieder verzögert wurde. Mit einer knappen Handbewegung deutete er auf die Treppe, und jetzt ging sie voran. Er fragte: »Wen hat der Herzog diesmal geschickt, mich zu drangsalieren?«

»Es sind zwei. An einen werdet Ihr Euch vermutlich erinnern. Hugh von Semur. Er ist einer der Statthalter des Herzogs in den Gebieten, die an der Grenze zu ...«

»Ja, ja, ich erinnere mich an ihn. Ihr braucht mir nichts weiter zu sagen. Ein aufgeblasener kleiner Mann. Fraktin schickt immer gern zwei, vermutlich, damit sie einander bespitzeln und denunzieren können. Wer ist der andere?«

»Wieder eine von den Cousinen des Herzogs. Lady Marat.«

»Für einen Mann ohne direkte Nachkommen hat er verblüffend viele Cousins und Cousinen, fast wie – nun, wie auch immer, ich kenne sie jedenfalls nicht. Wie ist sie?«

»Sie sieht gut aus. Mehr kann ich über sie noch nicht sagen. Aber sie ist Euch nicht wohlgesonnen.«

Die beiden verließen jetzt hoch oben im Schloß das Treppenhaus, wo Sir Andrews liebster Raum für Unterredungen aller Art lag. Er trat neben Dame Yoldi und ergriff ihren Arm. »Etwas anderes hatte ich kaum erwartet. Nun, wir wollen sie hier empfangen. O Trauben des Bacchus – glaubt Ihr, es ist noch etwas von diesem guten Bier da? Nein, laßt jetzt nichts herbeibringen; das war es nicht, was ich meinte. Aber später, wenn die lieben Abgesandten des Herzogs gegangen sind.«

Bald darauf führte man die Abgesandten herein. Lady Marat war groß und schlank, und Haar und Haut waren dunkel. Wie bei Dame Yoldi war auch hier das, was einst atemberaubende Schönheit gewesen sein mußte, immer noch beträchtlich – in Lady Marats Fall jedoch, dachte Sir Andrew, hatte man der

Natur in den zurückliegenden Jahren sicherlich mit einem kleinen Zauber hier und dort nachgeholfen.
Hugh von Semur, der, was den gesellschaftlichen Rang anging, formell eine Stufe unter Lady Marat stand, war von feister Statur und wirkte weniger hehr als sie, wenngleich er, wie seine Kleider bezeugten, etwas Geckenhaftes an sich hatte. Sir Andrew erinnerte sich, daß Hugh mehr als nur einen Hauch von Wichtigtuerei an den Tag zu legen pflegte, aber vermutlich versuchte er diese Eingeschaft momentan zu unterdrücken.
Die förmlichen Begrüßungsworte hatte man bald hinter sich gebracht, und pflichtschuldig wurde eine Erfrischung angeboten und abgelehnt. Lady Marat eröffnete ohne weitere Umschweife die eigentliche Unterredung. Sie bediente sich eines herablassenden Tonfalls. »Wie Ihr zweifellos vernommen haben werdet, Vetter, wurde der geliebte Anverwandte des Herzogs, Seneschall Ibn Gauthier, vor wenigen Tagen ermordet.«
»Die Kunde ist uns zu Ohren gekommen, ja«, gab Sir Andrew zu, doch dann stockte er, bemüht, sich eine wahrheitsgemäße Bemerkung einfallen zu lassen, die nicht allzu unhöflich klingen würde. Er neigte nicht dazu, ohne klar umrissenes Ziel und guten Grund unhöflich zu sein.
Die Lady fuhr fort. »Wir haben gute Gründe zu der Annahme, daß der Mörder sich in Eurem Reiche aufhält oder er zumindest hierher unterwegs ist. Er ist ein Gemeiner, und sein Name lautet Mark. Sein Vater ist Jord, der Müller im Dorfe Arin am Aldan. Dieser Mark ist zwölf Jahre alt, und man beschreibt ihn als groß für sein Alter. Er ist blond und hellhäutig, sein Gesicht ist von runder Form und sein Verhalten das eines beispiellosen Verräters. Bei sich trägt er ein überaus wertvolles Schwert, das er dem Herzog gestohlen hat. Auf die Wiederbeschaffung des Schwertes ist eine Belohnung von hundert Goldstücken ausgesetzt, auf die Ergreifung des Mörders und Diebes die gleiche Summe.«
»Ein zwölfjähriger Knabe, sagt Ihr?« Die Furche des Unbehagens, die Sir Andrews Stirn seit Beginn der Unterredung durchzogen hatte, vertiefte sich. »Wie traurig. Nun, wir werden tun, was wir tun müssen. Sollte mir dieser Bursche aus

irgendeinem Grunde unter die Augen kommen, werde ich ihn gründlich vernehmen.«
Irgendwie gelang es Lady Marat, auf Sir Andrew herabzublikken, obgleich der Stuhl, auf dem er als Gastgeber und Herrscher saß, ein wenig höher als der ihre war. »Mein lieber Vetter Andrew, ich glaube, Seine Gnaden erwartet eine tatkräftigere Unterstützung von Euch. Es wird erforderlich sein, daß Ihr mit allen Mitteln und in Eurem ganzen Lande nach diesem Meuchelmörder fahndet. Und wenn er gefunden ist, habt Ihr ihn unverzüglich der Gerechtigkeit des Herzogs zu überantworten. Außerdem ist das gestohlene Schwert zu finden und zurückzugeben.«
Sir Andrew starrte sie stirnrunzeln an. »Jetzt habt Ihr mich schon zweimal so genannt. Bin ich wirklich Euer Vetter?« Es klang, als denke er laut, und das Timbre seiner Baßstimme ließ ahnen, daß er diese Vorstellung als zutiefst beunruhigend empfand.
Dame Yoldi, die zur Rechten Sir Andrews saß, schaute ebenfalls beunruhigt drein, aber zugleich schien sie sich zu amüsieren. Hugh von Semur hingegen zeigte nichts weiter als Nervosität, als er hastig erklärte: »Sir Andrew, die Absicht Ihrer Durchlaucht war lediglich, in informeller Freundschaft zu Euch zu sprechen.«
»Das war es, eh? Hatte ich doch einen Moment lang hochtrabende Hoffnungen. Ich dachte schon, ich würde jetzt zu einem Mitglied der verzweigten Familie des Herzogs werden. Könnte ich dann auch darauf zählen, daß er mit glühender Rachsucht jeden, der mir ein Leids antut, unerbittlich verfolgt – jedes Kind zumindest? Aber sagt, werdet Ihr bleiben, um Euch auf dem Jahrmarkt zu vergnügen?«
Das Gesicht der Lady Marat hatte die Farbe von dunklem Eis angenommen, und sie machte Anstalten, sich zu erheben. Aber Dame Yoldi war bereits aufgestanden. Vielleicht war ein leises Geräusch von draußen an ihr scharfes Ohr gedrungen, das die anderen überhört hatten, denn sie war ans Fenster getreten und schaute hinaus in den Sonnenuntergang.
Jetzt wandte sie sich um. »Gute Nachrichten, Sir Andrew.«,

verkündete sie in beinahe formellem Ton. »Ich glaube, Eure Drachenjäger sind eingetroffen.«
Aber Yoldis Augen hatten mehr gesehen, als sie mitteilte, dachte Sir Andrew.

9.

Nestor, der in zwei Minuten zwei krachende Schläge gegen den Kopf erhalten hatte, verlor das Bewußtsein, aber nicht für lange. Als er wieder zu sich kam, sah er, daß er einen oder zwei Meter über der Oberfläche einer nebelverhangenen Marsch dahingetragen wurde. Noch immer wurde sein Körper wehrlos gegen die Brust eines fliegenden Drachen von ungeheurer Spannweite gedrückt. Seine linke Schulter und der Oberarm waren von quälenden Schmerzen erfüllt, wenngleich das Tier seinen eisernen Griff inzwischen verlagert hatte und ihn nicht mehr am verwundeten Arm gepackt hielt.
Er rechnete damit, daß der Drache ihn jeden Augenblick fallen ließ. Ein erwachsener Mann war für jedes Geschöpf, das auf natürliche Weise und nicht durch Magie flog, eine schwere Last – noch vor fünf Minuten hätte er gesagt, eine zu schwere Last. Solange ihn sein Peiniger in den Klauen hielt, konnte er nur langsam und mit großer Mühe an Höhe gewinnen, soviel stand fest. Der Nebel am Boden war jetzt so dicht, daß er Erde und Wasser einhüllte, aber die Wipfel der Bäume ragten vor ihnen aus den Schwaden, und der Flugdrache kurvte zwischen ihnen hindurch. Sosehr die mächtigen Schwingen sich auch mühten, er vermochte sich nicht über die Bäume zu erheben.
Zunächst hatte Nestor geglaubt, das Untier würde ihn fallen lassen, aber schon im nächsten Augenblick befürchtete er, es würde es nicht tun. Als sie dann, den spürbaren Schwierigkeiten zum Trotz, dennoch an Höhe gewannen, bekam er wieder Angst, es könnte es doch tun. Aber was auch geschehen würde, er schien kaum etwas dagegen unternehmen zu können. Beide Arme waren an seinen Körper und gegen die Schuppen des Drachen gepreßt. Den Kopf konnte er drehen, und wenn er ihn

nach rechts wandte, sah er den Griff des Schwertes und die Hälfte der Klinge, die noch immer zwischen den rauhen Schuppen am Gelenk zwischen dem Körper und dem linken Bein des Tieres steckte. Ein Rinnsal schillernden Blutes sikkerte aus der Wunde. Wenn Nestor seinen rechten Arm hätte bewegen können, hätte er den Griff vielleicht zu erreichen versucht. Andererseits hätte er es womöglich auch bleibenlassen, denn sie stiegen jetzt doch in immer größere Höhen empor.

Die gewaltigen Schwingen schlugen majestätisch, und langsam siegten sie im Kampf um die Höhe. Trotz der Farbe des Blutes, trotz der Schuppen und allem anderen begann sich Nestor mit schwindligem Kopf zu fragen, ob es überhaupt ein Drache war, was ihn da in seinen Klauen trug. Nachdem er sie jahrelang gejagt hatte, hatte er jede einzelne Unterart zu kennen geglaubt... und Drachenstecher hatte sich nie zu töten geweigert, wenn er einmal gegen eine dieser Bestien erhoben worden war. Handelte es sich hier vielleicht um eine Kreuzung, zu einem besonderen Zweck im Privatzoo eines Potentaten gezüchtet?

Aber im Zusammenhang mit dem Schwert war da etwas, an das er sich hätte erinnern müssen... Doch so benommen, wie Nestor war, so erfüllt vom Schmerz in seiner Schulter und vom Entsetzen über seine Situation, war er außerstande, sinnvoll, klar und folgerichtig zu denken. Dieses Ding kann mich nicht wirklich tragen, dachte er immer wieder, und dauernd rechnete er damit, losgelassen zu werden. Kein fliegendes Lebewesen konnte in der Lage sein, einen ausgewachsenen Mann in die Lüfte zu erheben und mit ihm davonzufliegen. Nestor wußte, daß er bei weitem nicht der schwerste unter den ausgewachsenen Männern war, aber dennoch...

Jetzt drohte das Grauen seine Sinne vollends zu überwältigen. Nestor krallte sich mit den Fingernägeln an die Schuppen der Bestie, die ihn trug. Er sah plötzlich, daß sie ihn fallen lassen wollte, sobald sie in ausreichender Höhe war, wie eine Möwe, die eine Muschelschale auf den Klippen zerschellen ließ. In panischer Angst versuchte er, seine Arme freizubekommen,

doch das Ungeheuer achtete nicht auf seine hilflosen Anstrengungen.
Wieder schwand Nestors Bewußtsein und kehrte dann zurück. Als er diesmal die Augen aufschlug, wurden der Drache und er gerade von einer Nebelbank verschlungen, die dichter war als alle vorigen. Als sie die Nebelschwaden schließlich hinter sich ließen, sah er, daß sie nun wirklich in luftigen Höhen dahinflogen. Unten waren keine Baumwipfel mehr zu erkennen, sondern nur noch Nebel oder eine Wolke von unergründlicher Tiefe. Oben fraß ein blendendweißes Strahlen die letzten verbliebenen Nebelschleier. Das verdammte, häßliche, verwundete Ding hat es geschafft, dachte Nestor, und wider Willen empfand er eine gewisse Bewunderung...
Als er wieder ganz bei Bewußtsein war, stellte er fest, daß sein Entführer ihn noch immer in derselben Haltung umklammert hielt. Sie flogen schnell und ruhig zwischen zwei waagerechten Wolkenschichten dahin. Die untere Schicht war so lückenlos, daß sie die Erde vollständig verbarg, aber die obere war aufgerissen, und hin und wieder sah man Flecken des blauen Himmels. Es war ein traumartiges Erlebnis und nur mit einem einzigen in Nestors Erinnerung zu vergleichen: Einmal hatte er auf auf einem hohen Berg gestanden und auf die Oberseite der Wolken hinabgeschaut, die ein Tal tief unter ihm ausfüllten.
Irgendwie trug die größere Höhe nun dazu bei, seine Angst vor dem Absturz zu mildern. Wieder fesselte das Schwert Nestors Blick und seinen Verstand. Als er den Kopf drehte, beobachtete er, wie sich der Griff der im Leib des Drachen eingebetteten Waffe mit jedem Flügelschlag hob und senkte. Ein paar Tropfen Blut quollen immer noch aus der Wunde. Nestor wußte von der unglaublichen Zähigkeit der Drachen, von der Unmöglichkeit, sie mit einer gewöhnlichen Waffe zu verwunden. Aber das hier...
Immer wieder kam er darauf zurück: Ein Drache kann keinen Menschen tragen; kein fliegendes Lebewesen ist dazu groß genug. Natürlich gab es Sagen aus tiefster Vergangenheit, die von Dämonen-Greifen berichteten, auf deren Rücken die Zau-

berer durch die Lüfte eilten. Und Legenden aus der Alten Welt, unendlich viel älter noch als jene, wußten angeblich von einem fliegenden Pferd zu erzählen...

Der Flug zwischen den Wolkenschichten kam Nestor wie eine Ewigkeit vor, und tatsächlich mußten mehrere Stunden verstrichen sein. Allmählich wurden die Wolkenschichten dünner, und was er unter sich dahinziehen sah, mußte ein Teil des Großen Sumpfes sein. Er lag aber zu tief unter ihm, um ihn noch zu ängstigen. Die Wolken über ihm waren inzwischen so dünn, daß er am Stand der Sonne ihre Flugrichtung erkennen konnte: Es ging nach Südwesten.

Schließlich tauchte unten im Sumpf eine unregelmäßig geformte kleine Insel auf, die mit großen Bäumen bestanden und von niedrigen Klippen aus Lehm oder Mergel umgrenzt war. Hier ging der Drache unvermittelt in einen sanften, abwärtsgerichteten Spiralflug über. Außer der Insel konnte Nestor am Boden nichts entdecken, was Anlaß für eine Landung hätte sein können, und in der Tat sank die Kreatur auf eine der flachen Lehmklippen hinunter.

Nestor schlug unsanft auf rauhem Boden auf, doch das Untier ließ ihn nicht entrinnen. Bevor seine erstarrten Glieder auf die Möglichkeit der Flucht reagieren konnten, hatte es ihn wieder gepackt. Ein Drachenfuß krallte sich um sein rechtes Bein, hob ihn auf und hängte ihn wie ein Stück Fleisch, das gedörrt werden sollte, in einen Baum, den rechten Knöchel schmerzhaft in eine Astgabel fünf Meter hoch über dem Boden geklemmt. Dort hing er nun mit dem Kopf nach unten und schrie.

Seine Schreie, aus neuem Schmerz und frischer Empörung geboren, waren laut, doch sie verhallten wirkungslos. Ohne auf Nestors Gezeter zu achten, spreizte sein Peiniger die Schwingen und flatterte schwerfällig von den Klippen herunter. Im Gleitflug segelte er zum Rande des Sumpfes hinunter, der fünfzehn oder zwanzig Meter tiefer lag. Dort begab er sich, vorsichtig watschelnd, zum Ufer eines Tümpels. Friedlich wie ein Wolltier streckte er seinen Hals und begann schlabbernd zu saufen, ohne sich um das Schwert zu kümmern, das noch immer aus seiner Hüfte ragte.

Würde er fressen wollen, wenn er seinen Durst gelöscht hatte? Die Vorstellung erfüllte Nestor mit Verzweiflung. Er krampfte sich zusammen, versuchte, sich so weit hochzuziehen, daß er die beiden Äste, zwischen denen sein Bein gefangen war, erfassen konnte. Aber sein rechter Arm war wie sein ganzer Körper steif und zerschunden, und den linken Arm konnte er beinahe überhaupt nicht mehr bewegen. Die Finger seiner rechten Hand berührten schließlich den Ast über ihm, doch mehr vermochte er nicht, und so sank er stöhnend wieder herab. Selbst wenn es ihm unter äußersten Anstregungen gelänge, seinen Fuß freizubekommen – er würde es wahrscheinlich mit einem halsbrecherischen Sturz auf den harten Boden unter dem Baum bezahlen müssen.

Platschende Geräusche lenkten Nestors Aufmerksamkeit wieder auf den Sumpf. Der Drache hatte einen seiner klauenbewehrten Füße in den Morast getaucht. Gleich darauf zog er ihn wieder heraus, und jetzt hielt er eine große Schlange in den Krallen. Nestor, ob der verdrehten Perspektive blinzelnd, schätzte, daß die gestreifte Schlange etwa so dick wie ein Männerbein sein mochte. Sie rollte sich zusammen, zuckte, zischte und schlug ihre Fänge in fruchtlosem Kampf gegen die Schuppen des Drachen. Ihr Kopf stieß auch dann noch zu, als der Drache schon ein großes Stück aus ihrer Mitte herausgebissen hatte und das Schwanzende zu Boden fiel.

Als Nestor sah, daß der Drache die Schlange anscheinend dem Menschenfleisch vorzog, faßte er ein wenig Mut. Wieder versuchte er, sich zu befreien, diesmal methodischer, doch in diesem Fall erbrachte Methode nicht mehr Erfolg als blinde Hast.

Dann mußte er wohl wieder ohnmächtig geworden sein, denn das nächste, was er spürte, war, daß der Drache ihn erneut in die Höhe schleppte. Wie zuvor fühlte er sich an die Brust des Drachen gepreßt, und wieder konnte er die Arme nicht bewegen. Diesmal ging der Abflug leichter vonstatten, wenn auch nicht weniger schreckenerregend – der Drache ließ sich kopfüber vom Rande der niedrigen Klippe stürzen und gewann Fluggeschwindigkeit, indem er tief über dem Sumpf dahinglitt, so daß Nestor bis auf eine Handbreit an das schaumige Naß herankam. Moosbehangene Bäume huschten rechts und links vorüber, und Vögel flatterten in lärmendem Erschrecken aus ihnen auf. Ein Mönchsvogel kreischte und blieb dann unter ihnen zurück.

Wieder versank Nestor in Bewußtlosigkeit. Wieder vermochte er nicht genau zu sagen, wieviel Zeit verging. Wenn die verfluchte Bestie ihn nicht den weiten Weg bis hierher geschleppt hatte, um ihn zu fressen, was hatte sie dann im Sinn? Sie trug ihn doch nicht heim zu einem Gargantua-Nest, um ihn an ihre Jungen zu verfüttern – nein, bei allen Göttern und dem Schatz von Benambra, das konnte nicht sein. Daß ihm eine solche Idee überhaupt in den Sinn kam – er mußte den Verstand verloren haben! Drachen bauten keine Nester und fütterten auch keine Jungen... und kein Flugdrache war groß genug, einen ausgewachsenen Mann zu tragen...

Die Wolken im Westen röteten sich unverkennbar im Licht der untergehenden Sonne, bevor der Flug zu Ende war. Schließlich aber wich das Wesen von seinem stetigen Südwestkurs ab und begann, über einer anderen, größeren Insel festen Grundes im Sumpf zu kreisen. Eine recht umfangreiche Fläche ungefähr in der Mitte des Eilandes war von Bäumen und Unterholz befreit. Mitten auf dieser Lichtung stand ein gewaltiges Bauwerk, das Nestor unter schwierigsten Bedingungen schließlich als Tempel erkannte. Es bestand entweder aus Steinen, die man – woher, wußten die Götter – in den Sumpf geschafft hatte, oder aus einem besonderen Holz, das vermutlich auf magische Weise gehärtet und vor dem Verfall geschützt worden war. Der Drache zog immer tiefere Kreise, doch Nestor konnte immer noch nicht erraten, welchem Gott oder welcher Göttin dieser Tempel – falls es sich tatsächlich um einen handelte – geweiht war. Es gab so viele, daß kaum jemand sie alle kannte. Das Gebäude war weitgehend verfallen und die Ruinen von blühenden Ranken überwuchert.

Die größte, immer noch freie Fläche war ein Hof, dessen größtenteils unversehrtes Steinpflaster sich vor dem erstreckte, was vermutlich einmal der Haupteingang des Tempels gewesen war. Offensichtlich wollte der Drache auf dieser Fläche landen, doch aus irgendeinem Grunde näherte er sich ihr mit großer Vorsicht. Während er noch in einer Höhe von wenigen Metern darüber kreiste, erschien ein möglicher Grund für diese Vorsicht: Ein riesenhafter Laufdrache kam unter den nahen Bäumen hervor und stampfte vor Aufregung brüllend über den Hof. Der Flugdrache kreiste knapp oberhalb seiner Reichweite, und der Laufdrache erhob sich grollend auf die Hinterbeine und wedelte mit seinen baumstammdicken Vorderbeinen, als wolle er Nestors baumelnde Beine erhaschen. Einmal war ihm, als spüre er den heißen Atem des Monstrums, doch zum Glück war es außerstande, seine Körpermassen vom Boden zu erheben.

Dann durchdrang ein langgezogener Schrei das Getöse des Laufdrachen. Es war eine neue, andere Stimme, tief wie das Gebrüll des Läufers, aber dennoch hielt Nestor sie einen Augenblick lang für eine menschliche Stimme. Gleich darauf aber war er sicher, daß es keine war, und als der Schrei verklungen war, vermochte er nicht mehr mit Gewißheit zu sagen, ob überhaupt Intelligenz, menschliche oder fremdartige, darin gelegen hatte. Sein Grundton war herrisch gewesen, und die Modulation, so war es Nestor erschienen, hatte in der Tat über der Grenze zur Sprache geschwebt – wie etwa ein schriller Ton sich an der Grenze zum menschlichen Gehör bewegen mochte.

Vielleicht hatte der Schrei für den Laufdrachen eine Bedeutung enthalten, denn die gewaltige Bestie brach mitten im Gebrüll ab und verstummte. Mit einem Peitschenhieb des riesigen Schwanzes wandte sie sich ab und stapfte zurück in den angrenzenden Wald. Zur Rechten und zur Linken knickten kleine Bäume wie Zahnstocher.

Jetzt war der Weg für den Flugdrachen frei, rasch ließ er sich auf die Lichtung hinuntersinken. Doch dann flatterte er noch einmal angestrengt mit den Flügeln und blieb mit seiner Last in der Luft, denn unter riesigen Bäumen trat ein Wesen auf zwei Beinen hervor, das weder Drache noch Mensch war.

Nestor schaute hin und wollte sich durch einen zweiten Blick

versichern. Doch auch so konnte er nicht feststellen, ob er nach all seinen Leiden nicht einer Sinnestäuschung zum Opfer fiel. Das Wesen, das auf zwei Beinen unter ihm stand, war von Kopf bis Fuß in langhaariges Fell gehüllt, und diese Körperbedekkung strahlte sanft von eigener Energie, die an gerade noch wahrnehmbares Licht erinnerte. Seine Farbe war unbestimmbar. Die Gestalt war sicherlich sechs Meter groß, den ausgestreckten, menschlich geformten Arm nicht mitgerechnet, der jetzt nach Nestor griff. Das Gesicht war nicht menschlich – soviel war sicher –, doch ein Tierantlitz war es auch nicht.
Ungeachtet des sanft leuchtenden Pelzes hatte die Riesenhand, die sich mit ganz unerwarteter Behutsamkeit um Nestors Oberkörper schloß, fünf Finger, und sie glich einer Menschenhand, ebenso wie die andere Hand, die sich nun hob und vorsichtig das Schwert herauszog, das noch immer in der Hüfte des Drachen steckte. Daraufhin flog der Drache müde mit den Flügeln schlagend davon. Noch einmal stieß er den Schrei eines berstenden Windmühlenflügels aus, den Nestor schon einmal gehört hatte, als er damals – ihm schien, als sei ein ganzes Leben vergangen – mit seinem Wagen durch den Nebel gefahren war.
Das riesenhafte zweibeinige Wesen hatte das Schwert auf die Steinplatten zu seinen Füßen gelegt und hielt Nestor jetzt in seinen beiden pelzigen Händen, und diesem war, als falle er in eine neuerliche Ohnmacht. . . .
Aber er fiel nicht in Ohnmacht. Ein Strom von heilender Kraft floß aus diesen Händen in seinen mißhandelten Körper. Eine Berührung an seiner verletzten Schulter, gefolgt von einem Druck, der qualvolle Schmerzen hätte hervorrufen müssen, sog statt dessen den vorhandenen Schmerz heraus. Eine kribbelnde Wärme verbreitete sich wohlig und erfüllte nach und nach Nestors ganzen Körper. Als er kurz darauf behutsam auf den Boden gestellt wurde, stellte er fest, daß er mühelos stehen und sich bewegen konnte. Er fühlte sich wach und kräftig, ja, beinahe ausgeruht. Schmerzen und Wunden waren spurlos verschwunden, und sogar der Durst, der Mund und Kehle seit einer Weile hatte brennen lassen, hatte sich verflüchtigt.

»Danke«, sagte er ruhig. Er sah auf und schaute seinen Retter forschend an. Der Tag neigte sich unterdessen dem Ende zu, aber der Himmel war noch hell. Das Licht des Tages, getönt vom Glanz der untergehenden Sonne, umsäumte das feinere Leuchten des Pelzes am Kopf des baumhohen Wesens, das mit verschränkten Armen wie ein riesiger Mensch vor ihm stand und auf ihn herabblickte.

»Es tut mir leid, daß du verletzt wurdest.« Die mächtige Stimme klang jetzt beinahe menschlich. »Ich wollte dir nichts tun.« Nestor breitete die Arme aus. Impulsiv fragte er: »Bist du ein Gott?«

»Das bin ich nicht.« Die Antwort kam sofort und mit Entschiedenheit. »Was weißt du von Göttern?«

»Wenig genug, um die Wahrheit zu sagen.« Nestor rieb sich die Schulter, die nicht mehr schmerzte. Dann fiel sein Blick auf das Schwert, das auf dem Pflaster des Hofes zu seinen Füßen lag. »Aber ich habe einmal einen gesehen. Das war vor einem Jahr, obwohl es mir – bei allen Göttern! – so vorkommt, als sei ein ganzes Leben seither vergangen. Bis zu jenem Tage hatte ich wohl nicht geglaubt, daß Götter wirklich existierten.«

»Und welcher Gott war es, dem du damals begegnetest? Und wie geschah es?« Die mächtige Stimme klang geduldig und interessiert, bereit, über Götter zu tratschen, wenn es das war, was Nestor wollte. Das ungeheure Gesicht über den verschränkten Armen war – nicht menschlich. Nestor fand es unmöglich, einen Ausdruck darin zu erkennen.

Nestor zögerte, dachte nach und antwortete dann, so klar er konnte und nicht so, wie er einem menschlichen Frager geantwortet hätte. Er fühlte, daß er statt dessen wie ein Kind sprach, ohne berechnen zu wollen, wohin ihn seine Antworten führen würden.

»Es war Hermes, der Götterbote, dem ich begegnete. Er hatte seinen Stab bei sich und trug die geflügelten Sandalen. Ich lebte damals allein in einer kleinen Hütte, abseits von allen Menschen – und eines Morgens, im Morgengrauen, kam Hermes an meine Tür und weckte mich. Einfach so. In einer Hand hielt er ein Schwert, wie ich nie zuvor eines gesehen hatte, und er gab es mir – einfach so. Ich würde es zu benutzen wissen, sagte er. Schon damals arbeitete ich als Drachenjäger. Er erklärte, das Schwert sei allzulange im Besitz von Leuten gewesen, die es niemals benützen würden, weil sie zuviel Angst hätten, obgleich sie sehr wohl von seinen Kräften hätten. Deshalb hatte Hermes es ihnen weggenommen und zu mir gebracht. Es hieß ›Schwert der Helden‹ sagte er, und Drachenstecher werde es auch genannt. Jeden Drachen werde es mit Leichtigkeit töten. Nun, schon bald hatte ich Gelegenheit, Drachenstecher auf die Probe zu stellen, und ich sah, daß Hermes die Wahrheit gesagt hatte. Die Klinge durchbohrte die Schuppen eines jeden Drachen, den ich aufstöberte, wie ein Stück Stoff. Sie schnitt durch ihre Knochen, als seien es Zweige, und sie fand unfehlbar den Weg zu ihren Herzen. Hermes hatte mir gesagt, Vulkan habe sie geschmiedet, und als ich gesehen hatte, was sie vermochte, glaubte ich ihm auch in diesem Punkt.«

»Und was sagte Hermes sonst noch zu dir?«

Es fiel Nestor schwer, dem Frager in die Augen zu schauen. Er starrte auf die Beine des Riesen und bemerkte, wie das Fell noch immer kaum sichtbar leuchtete, obgleich die Sonne jetzt nicht mehr schien. Die Schatten der Nacht hatten sich aus dem Sumpf erhoben, waren über den Hof gekrochen und erklommen jetzt die Fassade der riesigen Tempelruine.

»Was er sonst noch sagte? Nun, als ich dachte, er wolle sich umdrehen und mich mit dem Schwert in der Hand stehenlassen, fragte ich ihn noch einmal: ›Wieso gibst du es mir?‹ Hermes antwortete: ›Die Götter warten mit Ungeduld darauf, daß ihr großes Spiel beginne.‹«

»Ihr ›großes Spiel‹?« Die Stimme des Riesen schallte rollend durch den Hof. »Wußtest du, was er damit meinte?«

»Nein, obwohl ich oft darüber nachgedacht habe.« Nestor zwang sich, den Kopf zu heben und seinem Gegenüber in die Augen zu sehen. »Weißt du denn, was er meinte?«

»Was die Götter mit dem meinen, was sie sagen, ist in den meisten Fällen nur zu erraten. Und das Schwert zu deinen Füßen – ist es dasselbe, das Hermes dir gab?«

»Das dachte ich, als ich den fliegenden Drachen damit zu töten

Eine Auseinandersetzung großen Stils zeichnet sich ab. Aber offenbar sind Mark und seine Freunde – wie auch seine Feinde – nur Figuren in einem großen Spiel, das von den Göttern ihrer Welt geleitet und bestimmt wird.
Eine ähnlich omnipotente Funktion wie diese Götter können auch Sie einnehmen und Helden Ihrer Wahl vor einem abenteuerlichen Hintergrund nach Belieben agieren lassen. Dazu brauchen Sie nur eines: das fantastische Fantasiespiel »Das Schwarze Auge«.

Bitte umblättern ☞

versuchte. Aber jetzt, wenn ich es mir noch einmal überlege...« Nestor bückte sich rasch und hob das Schwert auf, um den Griff im schwindenden Licht genauer zu betrachten. »Nein, es ist ein anderes, doch es ist meinem sehr ähnlich. Ein Knabe, dem ich auf der Landstraße begegnete, trug dieses hier. Wir wurden überfallen. Es herrschte große Verwirrung. Und inzwischen haben wahrscheinlich Herzog Fraktins Soldaten mein Schwert.« Nestor stieß einen kurzen, wütenden Laut aus.
»Deine Rede ist unklar.« Die großen, dunklen Augen seines Befragers blickten immer noch unergründlich über den verschränkten Titanenarmen.
»Schon gut.« Nestors plötzlicher, erbitterter Zorn über den Verlust seines Schwertes half ihm, alle Schüchternheit zu überwinden. Je länger er mit dem Riesen redete, desto weniger Angst hatte er vor ihm. Nachdem er einen Augenblick lang über sein Verhalten nachgedacht hatte, kam Nestor zu dem Schluß, seine kindliche Offenheit rühre daher, daß er sich wie ein Kind ganz und gar vom Wohlwollen seines Gegenübers abhängig wußte. »Ich will es dir erklären, so gut ich kann. Aber gibt es einen Grund, weshalb du mir nicht auch die eine oder andere Frage beantworten könntest?«
»Vielleicht werde ich sie dir beantworten, vielleicht auch nicht. Was sind es für Fragen?«
Nestor sann über diese milde Antwort nach. Sie bestärkte ihn in seiner Keckheit, einer Eigenschaft, die ohnehin ein Leben lang zu seinen Gewohnheiten gezählt hatte und nun allmählich wieder die Oberhand gewann. »Zuerst einmal wirst du mir sagen, wie du heißt? Du hast deinen Namen noch nicht genannt, und du hast auch noch nicht nach meinem gefragt.«
Nach einer kurzen Pause hallte der rollende Baß zu ihm herunter. »Deinen Namen weiß ich schon, Drachentöter. Und wenn ich dir den meinen jetzt sage, so ist es beinahe sicher, daß du ihn mißverstehen wirst. Vielleicht später.«
Nestor nickte. »Als nächstes habe ich einige Fragen über das Wesen, das mich hergebracht hat. Etwas Ähnliches habe ich nie gesehen, und ich habe einige Erfahrung. Es ist geradewegs hierher zu dir geflogen, als handele es auf deinen Befehl, als

werde es von dir gelenkt. Ist es wirklich ein Drache, oder ist es ein Zaubergeschöpf? Hast du es erschaffen? Hast du es zu mir geschickt?«

»Es ist ein Drache, und ich habe ihn geschickt. Es tut mir leid, daß du verwundet wurdest. Ich wollte dir kein Leid antun. Aber um gewisser Informationen willen nahm ich in Kauf, daß du verwundet werden könntest. Von den Drachen hatte ich Gerüchte über einen Mann gehört, der die Ihren mit einer magischen Kraft tötete, die in einem Schwert verborgen war. Und andere Boten brachten mir andere Kunde, von Schwertern, die, wie es hieß, von den Göttern gemacht worden seien... Ich habe gute Gründe, mehr über diese Dinge wissen zu wollen.«

Nestor hatte das Gefühl, er könne sich möglicherweise an die Last dieses dunklen Blickes gewöhnen. Er konnte wieder zu ihm hochschauen, ohne sich sogleich abzuwenden. »Dann bist du also ein Freund der Drachen und sprichst mit ihnen.«

Der Gigant zögerte. »›Freund‹ ist vielleicht nicht das richtige Wort dafür. Aber in gewisser Weise spreche ich mit ihnen, und sie sprechen mit mir. Ich spreche mit allem, was lebt. Doch jetzt möchte ich, daß du mir noch ein paar Fragen beantwortest.«

»Ich will es versuchen.«

»Gut. Es gibt eine alte Prophezeiung... Was weißt du von der Grauen Horde?«

Nestor sah ihn verständnislos an. »Was könnte ich davon wissen? Ich habe diese Worte noch nie gehört. Was bedeuten sie?«

Der Riese überlegte. »Komm mit, ich werde dir ein wenig von ihrer Bedeutung zeigen.« Damit wandte sich die turmhohe Gestalt ab und schritt auf den Tempel zu. Nestor folgte mit dem Schwert in der Hand. Ein leises Lächeln huschte über seine Züge, als er den riesigen, pelzigen Rücken vor sich sah. Der andere hatte nicht einen Augenblick lang gezögert, einem Fremden mit gezücktem Schwert den Rücken zuzukehren. Allerdings hatte Nestor einen solchen heimtückischen Anschlag nie auch nur eine Sekunde lang in Erwägung gezogen –

er hätte ebensogut versuchen können, einen Vulkan zu überfallen.
Das Portal des Tempels war so hoch, daß der Riese hindurchschreiten konnte, ohne sich zu bücken. Als er eingetreten war, betrachtete Nestor das Gebäude genauer. Es bestand in der Tat aus gehärtetem und haltbar gemachtem Holz – Spuren der Maserung waren hier und da noch sichtbar. Das Gebäude mußte uralt sein. Ein großer Teil des Daches war eingestürzt, aber die Decke war in einigen Räumen noch erhalten – so auch in der hohen Kammer, in der Nestors Führer jetzt stehenblieb. Hier war es schon beinahe dunkel. Als Nestors Augen sich an die Düsternis gewöhnt hatten, schienen die phantastischen Schnitzereien, mit denen die Wände überzogen waren, wie Geister aus der Dunkelheit zu treten.
Der Riese, dessen Gestalt von seinem schwach schimmernden Pelz umrahmt wurde, war neben einem großen, offenen Bekken stehengeblieben, das in den Boden eingelassen war, umgeben von einem niedrigen Rand aus dem gleichen gehärteten Holz, aus dem auch Fußboden und Wände gemacht waren. Nestor vermutete, daß es eine Wanne für rituelle Bäder oder dergleichen sein müsse.
Das Becken war fast bis zum Rand mit einer Flüssigkeit gefüllt. Vielleicht war es einfaches Wasser, aber in dem matten Licht erschien es schwarz.
Von einem Sims an der Wand nahm sein Führer ein Gerät, welches Nestor, der ähnliches schon ein oder zweimal gesehen hatte, als flammenlose Laterne aus der Alten Welt erkannte, gespeist von irgendeiner Kraft der Alten Technologie. Der Riese richtete den kalten, durchdringenden Lichtstrahl in das Bassin hinunter. Etwas regte sich unter der tintenschwarzen Oberfläche, und gleich darauf zeigte sich, wie seicht das Becken war. Die Flüssigkeit, die es enthielt, reichte der kleinen, menschenähnlichen Gestalt, die sich jetzt unbeholfen darin erhob, gerade bis an die Knie. Dunkles Wasser glitzerte im Strahl der Laterne und tropfte in kleinen Rinnsalen über die graue, nackte Haut der Gestalt. Ihr haarloser, geschlechtsloser Körper erinnerte Nestor an das geschwungene Exoskelett eines

Rieseninsekts. Nicht einen Augenblick hielt er es für menschlich, wenngleich die Gestalt der eines Menschen glich.
»Was ist das?« wollte Nestor wissen. Er war einen Schritt zurückgetreten, seine Faust umklammerte den Schwertgriff fester.
»Nenne es eine Larve.« Die gewaltige Stimme seines Führers war jetzt beinahe ein Flüstern. »Das ist ein altes Wort, und es kann ›Gespenst‹ und ›Maske‹ bedeuten, aber es kann auch eine unfertige Insektenform bezeichnen. Nichts davon wäre eine ganz und gar zutreffende Beschreibung dessen, was du hier vor dir siehst, aber ich denke, ein jedes kommt ihm auf seine eigene Weise recht nahe.«
»Larve«, wiederholte Nestor. Zumindest der Klang dieses Wortes schien ihm irgendwie angemessen zu sein. Er beobachtete die Larve aufmerksam. Als sie sich vollends aufgerichtet hatte, stand sie bewegungslos im Becken, und die Arme hingen zu beiden Seiten schlaff herab. Als Nestor sich vorbeugte und sie genauer betrachtete, war ihm, als ob die dunklen Augen unter der glatten grauen Stirn ihn anstarrten, doch er war sich dessen nicht sicher, denn die Augen lagen im Schatten. Mund und Ohren waren winzige, gekräuselte Öffnungen, die Nase war fast nicht vorhanden, und Nasenlöcher fehlten völlig. Anscheinend brauchte dieses Ding nicht zu atmen. Nestor fand, es sehe aus wie eine Mumie. »Ist es tot?« fragte er.
»Es hat nie gelebt. Aber überall im Großen Sumpf werden die Lebensenergien der Erde in widernatürlicher Weise dazu verwendet, Dinge wie dieses hervorzubringen. Dort draußen, unter der Oberfläche des Sumpfes, werden Tausende dieser Art geformt, gezüchtet und gehegt, von magischen Kräften, die ich nicht verstehe. Aber ich fürchte, daß sie etwas mit dem Götterspiel und mit den Schwertern zu tun haben. Und ich weiß, sie sollen einem bösen Zweck dienen.«
Wieder dieses Götterspiel. Nestor wußte nichts darüber, und so schwieg er. Seiner Ansicht nach konnte man schon am Aussehen dieser Gestalt erkennen, daß sie zu nichts Gutem taugte. Eigentlich, dachte er, glich sie weniger einer Mumie

als vielmehr einer Hexenpuppe, die nur zu dem einen Zweck, einen Fluch in die Tat umzusetzen, gemacht worden war. Nur waren – zumindest soweit Nestor mit seinen begrenzten Erfahrungen über diese Dinge Bescheid wußte – solche Puppen nicht größer als ein Spielzeug, während diese hier fast so groß war wie er selbst. Als er das Ding genauer untersuchte, stellte er fest, wie plump es im Detail geformt war. Zweifellos würde es beim Gehen hinken. Die leblosen Gelenke waren nachlässig und ungenau zusammengefügt worden und beulten klobig die weiche Umhüllung aus, die weder Haut noch Schuppenpanzer noch auch Baumrinde war.
Der Riese streckte die Hand aus und nahm das Ding aus dem Bassin. Er stellte es vor Nestor auf den Hartholzboden des Tempels. Als er seine Hand zurückzog, machte die Figur eine kaum merkliche selbständige Bewegung, gerade so viel, daß sie ihr eigenes Gleichgewicht fand. Dann war sie wieder völlig reglos. Jetzt konnte Nestor erkennen, daß die Augen unter der grauen Stirn gleichfalls grau waren. Sie hatten die Farbe von altem, verwittertem Holz, aber sie waren so leblos, wie Holz es niemals sein könnte. Sie waren jetzt ohne jeden Zweifel auf Nestor gerichtet und erfüllten ihn mit Unbehagen.
Jetzt erst sah Nestor mit geheimem Entsetzen, daß die Arme der Gestalt nicht in Händen endeten, sondern in Waffen: Aus dem rechten Arm sproß eine häßliche Klinge, die als Folterinstrument gedacht zu sein schien, aus dem linken ein roher, mit Widerhaken versehener Haken. So etwas wie Handgelenke besaß die Figur nicht, und die Waffen waren eins mit dem chitinig wirkenden Material des Unterarms. Die Rundungen und Winkel des kahlen Schädels ließen ihn wie einen Helm erscheinen.
Mit leisem Schauder trat Nestor einen Schritt zurück. Hätte er nicht das Schwert in der Hand gehabt, wäre er womöglich noch weiter zurückgewichen. Als er sprach, bemühte er sich, eine kühne Gelassenheit in seine Stimme zu legen, die er wahrlich nicht empfand. »Ich gebe auf, o Riese, der du namenlos zu bleiben wünschst. Was ist dieses Ding? Du sagst, es sei eine Larve, aber dieses Wort ist keine Antwort auf meine Fragen.

Ich schwöre bei dem Großen Wurm Yilgarn, daß ich so etwas noch nie gesehen habe.«

»Es ist eine Zelle der Grauen Horde, von der, wie ich dir schon sagte, in einer alten Prophezeiung die Rede ist. Wenn du diese Prophezeiung nicht kennst, dann kann ich sie dir jetzt kaum erläutern, glaube mir.«

»Aber du sagst, im Sumpf würden Tausende davon gezüchtet. Vom wem? Und zu welchem Zweck?«

Der Riese nahm das zweibeinige Ding wie ein Spielzeug in die Hand und legte es zurück in das Becken. Er drückte es unter die Oberfläche der Flüssigkeit, die in Nestors Augen wie Sumpfwasser aussah. Keine Luftblasen stiegen auf, als die Larve untergetaucht wurde. Die riesige Gestalt mit dem leuchtenden Pelz ließ das grelle Licht verlöschen und stellte die Laterne wieder auf das Sims. Der Gigant beobachtete das Becken, bis die Oberfläche wieder so glatt wie ein schwarzer Spiegel war. Dann wandte er sich erneut an Nestor. »Komm mit mir.«

Nestor folgte seinem gewaltigen Führer aus dem Tempel hinaus. Diesmal wurde er ein paar hundert Schritte weit über die bewaldete Insel geleitet, bis er an ihrem hinteren Ende zum Rande des Sumpfes gelangte. Der Mond war aufgegangen, mehr als zur Hälfte gerundet. In seinem Licht sah Nestor, wie der pelzige Riese bis an die Hüften in das stille Wasser hinauswatete und mit den Beinen auf dem festen Grund suchend umhertastete.

Mit einer Geste bedeutete er Nestor, er solle am Ufer bleiben, doch dieser hätte sich ohnehin nicht weiter vorgewagt.

Eine ganze Minute lang suchte der Gigant herum. Dann beugte er sich plötzlich nieder, streckte seinen Arm aus, der groß genug war, einen Laufdrachen zu erwürgen, und langte tief in den Morast. Mit einem Schwall von Schlamm zog er eine neue Larve heraus. Sie war derjenigen in dem Becken im Tempel ganz ähnlich, nur daß hier die beiden Unterarme durch einen quer verlaufenden, geraden, grauen Schaft miteinander verbunden waren. Der Schaft ragte über den linken Arm hinaus und endete in einer Speerspitze.

Die Larve stieß einen seltsamen, dünnen Schrei aus, als sie aus

dem Modder gerissen wurde, und ein glitzernder Wasserstrahl sprühte aus dem winzigen Mund. Dann lag sie schlaff wie eine zerbrochene Marionette in der großen, pelzigen Hand.
Der Riese schüttelte sie einmal in Nestors Richtung, als wolle er dem Menschen die Tatsache ihres Vorhandenseins besonders deutlich demonstrieren. Die Larve reagierte nicht auf das Schütteln. »Dieser Mund kann nicht atmen«, sagte der Riese. »Er kann nicht essen oder trinken, geschweige denn reden oder gar singen. Er kann nur wimmern, wie er es eben getan hat, oder heulen. Er kann nur Laute hervorbringen, die, so glaube ich, keinem anderen Zweck dienen sollen, als in den Menschen Entsetzen hervorzurufen.«
Nestor machte eine hilflose Geste mit dem Schwert in seiner Hand. »Ich verstehe nicht.«
»Ich auch nicht. Noch nicht. Eine Zeitlang fürchtete ich, die Götter selbst, oder einige unter ihnen, riefen diese Wesen aus irgendwelchen Gründen ins Dasein, wie auch einige der Götter aus irgendwelchen Gründen entschieden haben, daß du die Macht haben sollst, Drachen zu töten. Aber bislang vermag ich zwischen diesen beiden Dingen keinen Zusammenhang zu entdecken. Ich weiß also nicht, ob es die Götter sind, die diese Larven entstehen lassen, oder ob es ein Zauberer ist, der große Macht besitzt. Aber wer immer es tut, ich muß einen Weg finden, ihm Einhalt zu gebieten. Die Lebensenergien des Landes rings um den Sumpf werden ohne Sinn verschwendet. Schon jetzt kommt es zu Mißernten im angrenzenden Ackerland, und die Menschen werden krank vor Hunger.«
Nestor betrachtete die Larve und versuchte nachzudenken. »Ich glaube, eines kann ich sagen. Ich bezweifle, daß die Götter bei diesen Geschöpfen die Hand im Spiel haben. Die Schwerter, die die Götter selbst geschaffen haben, sind in sich wunderschön, ganz gleich, zu welchem Zweck sie dienen mögen.«
Der Riese schaute das Schwert an, und mit rollender Stimme sprach er ein paar Worte, die wie ein Zitat klangen.

»Weit über Land reist das Schwert der Wut,
Baut harte Mauern rings um das, was weich...«

Nestor wartete, doch der Riese sprach nicht weiter. Er ließ das Schwert sinken. Unvermittelt fragte er: »Wieso leugnest du, daß du selbst ein Gott bist?«
Die mächtige Faust spannte sich. Die graue Hülse der Larve widerstand dem Druck nur einen Augenblick lang und zerplatzte dann mit einem häßlichen Geräusch. Fauliges Grau in verschwommener Form quoll aus dem Torso. Was Nestor im Schein des Mondes sehen konnte, erinnerte ihn mehr an Kot als an irgend etwas anderes. Die grauen Gliedmaßen zuckten. Der Speer schwankte einmal heftig und regte sich dann nicht mehr.
Der Riese ließ die Überreste in den Schlamm fallen, daß es klatschte. Dann wusch er sich die Hände im schwarzen Wasser des Morastes. »Ich bin viel zu klein und zu schwach, als daß ich den Menschen ein richtiger Gott sein könnte.«
Nestor war beinahe zornig. »Du bist größer als Hermes, und ich zweifelte nicht einen Augenblick an seinem göttlichen Status, als ich ihn einst sah. Ebensowenig zweifle ich an dir. Ist dies ein Rätsel, mit dem du mich auf die Probe stellen willst? Denn wenn es eines ist, dann sage ich dir: Ich bin jetzt zu erschöpft und zu müde, um mich mit Rätseln zu beschäftigen.«
Und zu hilfsbedürftig. Das Gefühl von Kraft und Gesundheit, das Nestor nach der Berührung des Gottes empfunden hatte, schwand zusehens dahin, Mattigkeit drohte ihn zu übermannen.
Der andere starrte ihn eine Weile schweigend an, dann watete er, immer noch schweigend, ans Ufer. Der Schlamm blieb nicht an seinem Pelz kleben, der noch immer von einer gerade noch sichtbaren Strahlung schimmerte. Der Riese wandte sich wieder dem Mittelpunkt der Insel zu, wo der Tempel stand.
Nestor folgte ihm. Er mußte traben, um Schritt zu halten. Er rief gegen den Rücken des Riesen: »Du bist doch gewiß kein Dämon?«
Ohne sich umzuwenden oder seinen Schritt zu verlangsamen, antwortete der Gigant: »Das bin ich gewiß nicht.«
Zu seiner eigenen Überraschung fing Nestor an zu rennen. Beinahe taumelnd vor Anstrengung überholte er den Riesen,

blieb vor ihm stehen und starrte ihm ins Gesicht. Als der Riese seinen Weg versperrt sah, hielt er inne. Nestor war außer Atem, als sei er lange gelaufen oder habe gerade eben einen Kampf hinter sich gebracht. Er stützte sich auf sein Schwert und keuchte: »Bevor ich Hermes von Angesicht zu Angesicht gegenüberstand, glaubte ich nicht an Götter. Aber ich habe ihn gesehen, und jetzt glaube ich an sie. Jetzt, da ich dich sehe – nun, du kannst mich dafür totschlagen, wenn du willst...«
Zu seiner neuerlichen Überraschung stellte er den einen Fuß einen Schritt weit vor und beugte dann das Knie. Ihm war, als wolle sein Herz – oder sonst etwas Wesentliches in ihm – bersten, so sehr war es von Gefühlen voll, die er nicht verstand, nicht verstehen konnte.
Die Donnerstimme des Riesen antwortete: »Ich werde dich nicht totschlagen. Ich werde niemals wissentlich ein menschliches Wesen töten.«
»Ob du nun zugeben willst, daß du ein Gott bist, oder nicht, ich kenne dich doch. Ich kenne dich aus hundert Gebeten und Geschichten. Du bist der Herr der Tiere, der Gott des Heilens – Draffut.«

10.

Die hohen grauen Mauern der Burg, die dem Guten Sir Andrew gehörte, wurden höher noch, und ihre Farbe verdunkelte sich vor dem Licht der untergehenden Sonne zu Schwarz. Mark saß auf dem Kutschbock zwischen seinen beiden Gefährten und sah die Burg langsam näher kommen. Barbara zu seiner Rechten war – ganz gegen ihre Gewohnheit – müde zusammengesunken. Links neben ihm saß Ben und hielt die Zügel in der Hand.
Jetzt, da die Straße aus dem Wald hervorgekommen war und man das Schloß sehen konnte, rührte Barbara sich und brach das Schweigen, das schon seit einer ganzen Weile andauerte. »Ich denke, wir sind so gut vorbereitet, wie wir nur sein können. Laßt uns gleich hineinfahren.«

Keiner der beiden anderen sagte etwas dazu. In seinem lädierten Käfig im hinteren, gedeckten Teil des Wagens zirpte der ebenso lädierte Drache. Ben zeigte angesichts der bevorstehenden Ankunft eine unglückliche Miene, aber er schlug widerspruchslos mit den Zügeln und schnalzte dem Gespann zu, bemüht, in den müde dahinhumpelnden Zugtieren eine Begeisterung zu wecken, die er offensichtlich selbst nicht fühlte. Irgendwann im Laufe des Tages hatte Ben vorgeschlagen, langsamer zu fahren, obwohl sie ohnehin schon Verspätung hatten, um ihre Ankunft auf Sir Andrews Jahrmarkt einen weiteren Tag hinauszuzögern, damit Nestor Gelegenheit hätte, zu ihnen zu stoßen, ehe sie dort anlangten. Aber Ben hatte seinen Vorschlag ohne großen Nachdruck vorgetragen. Mark hatte den Eindruck, weder Ben noch Barbara glaubten wirklich daran, daß Nestor überhaupt noch zu ihnen stoßen würde.
Was Mark selbst betraf, so blieb ihm kaum etwas anderes übrig, als zu glauben, daß Nestor ihnen irgendwann begegnen würde und er Stadtretter in der Hand halten würde, denn sonst wäre sein Schwert unwiederbringlich verloren.
In den wenigen Tagen, in denen sie jetzt ohne Nestor gereist waren, hatte Barbara unbestritten die Verantwortung übernommen. Sie war, wenn überhaupt, nur wenig älter als Ben – Mark schätzte sie auf etwa siebzehn Jahre – und wahrscheinlich nicht einmal halb so schwer wie dieser. Aber Feinheiten dieser Art schienen wenig damit zu tun zu haben, wer das Kommando führte. Barbara war aufgestanden und hatte Entscheidungen gefällt, wo welche zu fällen gewesen waren. Sie hatte die kleine Gruppe und ihr Unternehmen zusammengehalten.
Bevor sie den Platz verließen, an dem der Wagen umgestürzt war, hatte sie dem frisch erlegten Laufdrachen die Ohren abgeschnitten und sie als Trophäen ihrer Jagdkünste vorn an den Wagen genagelt. Danach hatte sie Ben und Mark veranlaßt, die Wagenteile, die sich gelöst hatten, wieder so gut wie möglich zu befestigen und ihr dann beim Waschen und Flicken der Plane zu helfen. Auch ihre Kleider hatte sie allesamt gewa-

schen und geflickt, denn die Schlacht im Schlamm war nicht spurlos an ihnen vorübergegangen. Danach sahen sie alle besser aus als bei ihrer ersten Begegnung, fand Mark.

Nach dem Kampf waren sie zuerst ein paar Stunden lang so schnell gefahren, wie sie konnten. Als sie aber an eine geschützte Stelle an einem Flußufer gekommen waren, hatte Barbara entschieden, daß sie hier eine ganze Nacht und einen Tag lang ausruhen würden. Die Tiere hatten Gelegenheit zu fressen, zu saufen und sich zu erholen bekommen, und ihre Wunden waren versorgt worden. Marks verbranntes Gesicht war mit einer Medizin bestrichen worden, die angeblich magische Kräfte besaß, und er hatte tatsächlich das Gefühl gehabt, sie helfe ihm ein wenig. An diesem Abend hatte Ben den einzigen ernsthaften Versuch unternommen, seine eigene Position zu kräftigen: Er war zu dem Schluß gekommen, er wolle ebenfalls im Wagen schlafen. Aber alle Zweifel hinsichtlich der Rangordnung waren rasch aus der Welt geräumt worden, und Ben hatte auch in dieser Nacht auf dem Erdboden geschnarcht. In einem kleinen, verborgenen Abteil unter dem Kutschbock des Wagens steckte ein geheimer Notgroschen, ein paar Münzen, die fest in ein Tuch gewickelt waren, damit sie unterwegs nicht klingeln konnten. Ben und Barbara hatten von der Existenz dieses Geldversteckes gewußt, und an jenem Ruhetag hatten sie das Geld vor Marks Augen hervorgeholt und gezählt. Ein Vermögen war es nicht. Tatsächlich war die Summe kleiner als manche, die er daheim in der Hand seines Vaters gesehen hatte. Nestors Erfolge bei der Drachenjagd hatten sich anscheinend weniger in harter Münze ausgezahlt – oder Nestor hatte den größten Teil seiner Einnahmen bereits ausgegeben oder versucht, das Geld woanders zu verstecken oder zu investieren. Ben und Barbara hatten einen kleinen Lohn erhalten, Summen, die im voraus vereinbart gewesen waren, und sie erklärten, daß er mit keinem von ihnen jemals über Geld gesprochen habe.

Als sie die Münzen gezählt hatten, wickelte Barbara sie wieder fest ein, schob sie zurück in ihr Versteck und verschloß es sorgfältig. »Wir werden es nur anrühren, wenn es sein muß«,

erklärte sie und sah die beiden anderen feierlich an. »Nestor wird es verstehen, wenn er zurückkommt.«
Ben nickte mit ernsthaftem Gesichtsausdruck. Alles in allem war es ein feierlicher Augenblick, ein Gelöbnis gegenseitigen Vertrauens in gemeinsamer Gefahr. Zumindest erschien es Mark so. Noch ehe er sich überlegt hatte, was er tun wollte, war er dabei, Ben und Barbara seine wahre Geschichte zu erzählen. Er verschwieg nicht einmal, daß er den Seneschall getötet hatte und wie sein wirklicher Name war.
»Die Soldaten des Herzogs hatten es in Wahrheit auf mich abgesehen«, fügte er hinzu. »Und auf mein Schwert. Vielleicht haben sie das Schwert bekommen, aber ich hoffe immer noch, daß Nestor es hat und daß er uns irgendwo finden wird. Wie auch immer – selbst wenn wir das Reich des Herzogs jetzt hinter uns gelassen haben, wird er mich weiter verfolgen. Ihr beide habt ein Recht darauf, dies zu wissen, wenn ich mit euch weiterreisen soll. Und ich weiß nicht, wohin ich mich sonst wenden kann.«
Die beiden anderen schauten einander an, aber keiner von beiden zeigte sich sonderlich überrascht von Marks Enthüllungen. Ben erweckte sogar den Anschein, als sei er irgendwie erleichtert.
»Wir haben schon über dich gesprochen, Mark«, sagte Barbara. »Wir dachten uns, daß etwas Ähnliches dahinterstecken müsse. Nun, wenn du uns jetzt verließest, würde uns das nicht helfen. Wir werden dich brauchen, wenn wir auf dem Jahrmarkt sind. Wir brauchen Hilfe bei der Schau. Und wenn es uns gelingen sollte, einen Jagdauftrag zu ergattern, brauchen wir noch mehr Hilfe.«
Ben räusperte sich. »Ich weiß aber genau, daß der Herzog auch Nestor in seine Hände bringen wollte. Nestor war deswegen sehr beunruhigt. Es machte ihn nervös, durch das Land des Herzogs zu reisen, aber wir hatten ja keine Wahl, wenn wir vom Norden zu Sir Andrews Jahrmarkt gelangen wollten.«
Und nun hatten sie Sir Andrews Jahrmarkt fast erreicht. Vor ihnen, im Zwielicht nur noch undeutlich zu erkennen, lag die wichtige Straßenkreuzung, an der die Burg erbaut worden war.

Jenseits dieser im Augenblick völlig verlassen daliegenden Kreuzung schlängelte sich eine Nebenstraße zur Burg und zu der großen Wiese hinauf, wo sich der Jahrmarkt wie dem Zwielicht entsprungenes Zauberwerk ausbreitete. Mit der herabsinkenden Dämmerung erweckten Fackeln die ganze Umgebung zu neuem Leben. Fernes Stimmengewirr erfüllte die Luft, übertönt vom Klang miteinander wettstreitender Musikanten.

Als der Wagen sich knarrend der Kreuzung näherte, verließ Mark seinen Platz auf dem Kutschbock und versteckte sich hinten unter der Plane. Er war mit den anderen übereingekommen, daß es vernünftiger sein würde, wenn er sich so gut wie möglich unsichtbar machte, bis sie genau wußten, ob der Herzog ihn so tief im Süden noch tatsächlich suchte oder nicht. Er spürte eine Veränderung im Fortkommen der Räder, als Ben die Hauptstraße verließ. Mark lugte durch eine kleine Öffnung in der Plane nach vorn und dah, daß bereits Leute von der Jahrmarktswiese her dem Wagen entgegenliefen oder -ritten, als dieser noch ein paar hundert Meter weit entfernt auf der Nebenstraße rollte, die von der Kreuzung heraufführte.

Unter den vordersten der Reiter befand sich der Marschall des Jahrmarkts, ein gutgekleideter Mann, der an den Farben seines Wamses zu erkennen war: Sir Andrews Orangegelb und Schwarz. Schweigend winkte der Marschall dem Wagen, ihm zu folgen. Er ritt voraus und führte die Neuankömmlinge durch das rege Jahrmarktstreiben zu einem reservierten Platz nahe der Mitte. Mark hielt sich im Wagen versteckt und beobachtete den hellen Schein vorüberziehender Fackeln, die zu beiden Seiten durch die Wagenplane leuchteten. Lärm umgab den Wagen – Stimmen, Musik, Tiere und Applaus. Barbara hatte vermutet, der Jahrmarkt würde bei Einbruch der Dunkelheit geschlossen, doch sie hatte sich offensichtlich geirrt.

Als der Marschall sie an den ihnen zugewiesenen Platz geführt hatte, ritt er dicht an den Wagen heran und beugte sich aus dem Sattel, um hineinzuspähen. Drinnen fuhr Mark fort mit dem, was er gerade tat: Er fütterte den gefangenen Dra-

chen aus dem wiederaufgefüllten Froschtopf. Falls die Behörden ihn ernstlich suchten, hätte es ohnehin keinen Sinn, sich zu verstecken. Aber der Marschall starrte Mark nur einen Augenblick lang wortlos an und zog dann den Kopf zurück.
Mark hörte, wie der Beamte fragte: »Wo ist Nestor?«
Ben gab ihm die Antwort, die sie vereinbart hatten. »Wenn er nicht schon hier ist, dann wird er morgen oder übermorgen kommen. Er wollte noch um ein paar neue Tiere schachern. Zugtiere, meine ich.«
»Ja, es sieht so aus, als könntet ihr neue gebrauchen. Nun, Sir Andrew will mit ihm sprechen. Teilt es ihm mit, sobald er kommt. Es geht um einen Jagdauftrag.«
Diesmal antwortete Barbara. »Jawohl, Herr, wir werden es ihm sagen, sobald wir ihn sehen. Er wird bald dasein.«
Der Marschall ritt davon und brüllte jemand anderem zu, er solle seinen Müll beiseite schaffen. Die drei Neuankömmlinge machten sich unverzüglich an die Arbeit. Sie packten aus, versorgten das Gespann und schlugen das Zelt auf, in dem sie den gefangenen Drachen ausstellen wollten. Ihr Standplatz war ein mit niedergetretenem Gras bedecktes Quadrat mit etwa zehn Meter langen Seiten. Der Wagen mußte in den hinteren Teil des Quadrates manövriert werden, damit vorn Platz für das große Zelt geschaffen werden konnte. Ihre Nachbarin zur einen Seite war eine Bauchtänzerin, vor deren Pavillon alle paar Minuten eine Vorschau stattfand, die die Leute in Scharen herbeilockte. Bens Aufmerksamkeit schweifte immer wieder von seinen Aufgaben ab, und einmal versuchte er, eines der Zugtiere mit einem Frosch zu füttern. Auf dem Platz an der Rückseite des ihren stand eine Bude, die mit bunter Bemalung einen magischen Feuerfresser anpries und vermutlich auch beherbergte. Die beiden übrigen Seiten des Quadrates grenzten an grasbewachsene Gassen, durch die der Verkehr fließen und die Kunden herankommen konnten – falls welche kamen. Schon sammelten sich auf diesen beiden Wegen interessierte Zuschauer, die sehen wollten, wie die Drachenleute sich einrichteten. Sie hatten gehofft, ihr Zelt nach Einbruch der Dunkelheit unbeobachtet aufstellen zu können, aber daraus würde

nichts werden. Auch Mark konnte nicht hoffen, unbemerkt zu bleiben, daher versuchte er es gar nicht erst.
Das Zelt, in dem der Drache zur Schau gestellt werden sollte, bestand aus einem Stoff, der leichter und zugleich fester war als alle Stoffe, die Mark kannte. Mit aufgemalten Drachen und geheimnisvollen Symbolen war es farbenfroh dekoriert. Von Ben erfuhr Mark, daß das Tuch aus Karmirblur stammte, einer Gegend, die fünftausend Kilometer entfernt am anderen Ende der Welt lag.
Als sie das Zelt aufgestellt und festgezurrt und drinnen eine kleine Fackel in einen Ständer geschoben hatten, trugen die drei Schausteller den Drachenkäfig hinein, ohne ihn aufzudekken. Die Umstehenden würden von dem Tier nicht einmal den Schwanz sehen, wenn sie vorher nicht bezahlten. Zudem beabsichtigten die drei, wenigstens einen der Ihren ständig in oder neben dem Wagen weilen zu lassen, falls das möglich war. Alle erkennbaren Wertsachen wurden aus dem Wagen entfernt. Einiges trugen sie in ihren Börsen bei sich, anderes wurde unter dem Drachenkäfig im Zelt vergraben. Nestors Schwert indessen blieb im Wagen, verborgen unter falschen Bodenbrettern, die ihrerseits mit allerlei Plunder bedeckt waren. Barbara zumindest hegte immer noch die Hoffnung, das Schwert eines Tages einsetzen zu können, selbst wenn Nestor niemals wieder zu ihnen stoßen sollte. In den vergangenen Tagen hatte Ben einige Male mit ihr über diese Frage gestritten.
Er pflegte dann immer eine Weile zu schweigen und sich ihr dann mit einem hilflosen, kindlichen Gesichtsausdruck zuzuwenden. »Barb, ich kann mir nicht vorstellen, wie wir ohne Nestor Drachen jagen sollen. Es war schon mit ihm schwer genug.«
Barbaras ausdrucksvolles Gesicht ließ sodann erkennen, daß sie diesen Einwand ernsthaft erwog, wenngleich sie erst wenige Stunden zuvor darauf geantwortet hatte. »Von der Jagd an sich verstehst du am meisten, Ben. Vielleicht könnten wir ein paar andere Jäger einstellen, damit sie uns helfen?«
»Das wäre riskant. Wenn wir das tun, finden sie heraus, daß in dem Schwert ein Zauber steckt. Dann werden sie es zu stehlen

versuchen.« Ben behauptete dies einfach, obwohl er selbst lange genug gebraucht hatte, um diese Tatsache herauszufinden. Aber Mark glaubte nicht, daß Ben so begriffsstutzig war, wie er auf den ersten Blick schien. Er setzte nur einen großen Teil seiner Denkzeit woanders ein – vielleicht bei Balladen und Versgesang.

Schließlich, nach mehreren Auseinandersetzungen oder wenigstens Debatten, hatte Barbara zumindest vorläufig nachgegeben. »Nun, wenn es nicht geht, dann geht es nicht. Wenn Nestor auf dem Jahrmarkt nicht auftaucht, werden wir uns einfach überraschter zeigen als alle anderen und uns laut fragen, was aus ihm geworden sein mag. Dann werden wir noch ein Weilchen warten, wenn der Jahrmarkt vorüber ist, und wenn Nestor dann immer noch nicht kommt, packen wir und fahren nach Süden, um einen neuen Jahrmarkt zu finden. Zumindest wird der Winter unten im Süden wärmer sein. Ich glaube ohnehin nicht, daß Sir Andrew sonderlich erpicht darauf sein wird, uns ohne Nestor als Drachenjäger zu dingen.«

»Das glaube ich auch nicht«, stimmte Ben mit einiger Erleichterung zu. Dann fiel ihm noch etwas ein: »Wenn Sir Andrew mich zu seinem Barden macht, werdet ihr sowieso allein nach Süden fahren müssen.«

Aber er zog ein enttäuschtes Gesicht, als Barbara ihm kommentarlos und ohne zu zögern zustimmte.

Auch Mark hatte dazu nichts zu bemerken. Er argwöhnte, daß Barbara das Schwert verkaufen würde, wenn Nestor nicht zurückkäme und sie keine Möglichkeit fänden, es selbst zu benutzen. Wenn dieser Augenblick käme, würde er entscheiden müssen, was er daraufhin unternehmen wolle. Das Schwert gehörte nicht ihm, aber er fühlte deutlich, daß es auf irgendeine Weise in Verbindung zu seinem eigenen Schwert stand – wohl die einzige Verbindung, die er noch besaß. Wenn Nestor überhaupt zurückkäme, dann würde er auch wissen, wie man Marks Schwert zurückerlangte, was immer er sonst planen mochte.

Möglicherweise hatte er Marks Schwert überhaupt nicht. Und wenn er es hatte, würde er es nicht zurückgeben wollen.

Von welcher Seite Mark seine Lage und seine Chancen, das Schwert zurückzuerlangen, betrachtete – zuversichtlich stimmte ihn das alles nicht.

Drei Stunden nach Ankunft der Drachenleute schien der Jahrmarkt für diese Nacht zur Ruhe zu kommen, wenngleich es auf dem Platz noch keineswegs still war. Barbara hatte die Drachenschau noch nicht geschlossen, aber der Betrieb war mittlerweile so gering, daß Ben seinen Federhut aufsetzen, die Laute ergreifen und seinen Partnern verkünden konnte, er wolle sich jetzt ein Weilchen in der Sangeskunst üben.
Marks Hilfe wurde im Zelt auch nicht mehr benötigt. Er hatte sich in den Wagen zurückgezogen, wo er etwas essen und gleichzeitig über das versteckte Schwert wachen wollte.
Der Innenraum des Wagens wirkte jetzt, da das meiste hinausgeschafft war, doppelt so groß wie sonst. Von dort, wo er saß, konnte Mark den Eingang des Zeltes sehen, das im rechten Winkel zum Wagen stand. Barbara hatte eben eine kleine Gruppe zahlender Kunden in das Zelt geführt, den Leuten den Drachen gezeigt und sie dann wieder herausgebracht. Jetzt schwatzte sie gerade mit einem möglichen neuen Kunden. Er war ein rundlicher kleiner Mann und anscheinend von einiger Bedeutung, denn seine Kleidung war prächtiger als alles, was Mark gesehen hatte, seit der Seneschall, der Cousin des Herzogs, zu Tode gekommen war.
Mark kaute auf einem Stück gekochten Geflügels herum – Ben hatte an einem Stand in der Nähe ein wenig Fleisch gekauft und in den Wagen gelegt, ehe er sich zurückzog – und wälzte düstere Gedanken über sein verschwundenes Schwert, als er dicht hinter sich im Wagen ein leises Geräusch hörte. Er drehte sich um und erblickte einen fremden Mann. Der Mann stand draußen vor dem Wagen und hatte Kopf und Schultern durch die hintere Öffnung hereingeschoben. Um den Ärmel trug er eine Binde, die aussah wie das orange-schwarze Abzeichen eines Hilfsmarschalls des Jahrmarktes. Er schaute Mark geradewegs an, und etwas in seinen Augen veranlaßte Mark, den Knochen fallen zu lassen und ohne zu zögern vorn aus dem

Wagen zu springen. Mitten im Sprung erst begriff Mark, daß der Mann ein großes, glitzerndes Messer in der Rechten gehalten hatte.

Mark landete auf Händen und Knien im flachgetretenen Gras draußen vor dem Wagen. Er überschlug sich einmal, und als er wieder auf die Beine kam, rannte er bereits. Vor dem Zelteingang holte er tief Luft, um einen durchdringenden Hilfeschrei auszustoßen. Aber der kleine Drache im Zelt heulte unaufhörlich, und vielleicht diente ihm dies als wortlose Warnung – jedenfalls schrie er nicht. Als er ins Zelt hineinblicken konnte, sah er im Schein der blakenden Fackel, wie Barbara schlaff in den Armen eines zweiten Mannes mit Marschallabzeichen lag. Der Drachenkäfig war hintenübergekippt worden, und der gutgekleidete Fremde, der noch einen Augenblick zuvor unschuldig mit Barbara geplaudert hatte, grub mit seinem Dolch hastig im Boden herum, wo der Drachenkäfig gestanden hatte, wühlte wertvolle Armbrustbolzen und Rüstungsteile hervor und verstreute sie ringsum.

Mark schrie nicht. Aber die Männer im Zelt schrien, als sie ihn erblickten, und sie drehten sich um und stürzten auf ihn zu. Er entkam ihnen mit knapper Not. Mit einem flinken Satz sprang er davon und rollte unter der grellbemalten Seitenwand der Feuerschluckerbude hindurch auf den Nachbarplatz.

In der Bude war es so finster wie in einer Stiefelspitze. Um diese Zeit wurde kein Feuer mehr verspeist. Aber da regte sich etwas in der Finsternis, Bettlaken raschelten, erschrockenes Gemurmel erhob sich. Irgendwie bahnte sich Mark seinen Weg stolpernd und lärmend durch die Dunkelheit, und einmal blieb er irgendwo hängen und fiel der Länge nach hin. Als er die gegenüberliegende Wand erreicht hatte, schlüpfte er hinaus, wie er hereingekommen war. Draußen im Gras wartete niemand auf ihn. Für den Augenblick war er seinen Verfolgern entronnen. Aber nur für den Augenblick – er hörte sie irgendwo hinter sich brüllen und Alarm schlagen.

Hastig versuchte er, unter der Wand der nächsten Zeltkonstruktion hindurchzuschlüpfen, doch er fand diesen Weg versperrt, deshalb rannte er um das Zelt herum. Er stieß auf einen tiefen Graben, der ihm einigen Schutz zu bieten versprach. Er rutschte die Böschung hinunter und kroch unten durch knietiefes Wasser. Als er mehr oder weniger festen Boden gefunden hatte, kam er auf die Beine und folgte dem Graben um eine Biegung herum. Dann blieb er stehen, um nach seinen Verfolgern Ausschau zu halten und zu lauschen. Er hörte niemanden. Langsam dämmerte ihm, daß er schon nicht mehr wußte, wo er sich befand. Dieser Jahrmarkt war gewiß der größte von den zweien oder dreien, die Mark je gesehen hatte. Dort erhoben sich die dunklen Umrisse der Burg, die gewaltig auf der kleinen Anhöhe stand. Licht schimmerte durch einige Fenster. Aber in seiner Verwirrung hatte Mark die Burg nicht an dieser Stelle erwartet, und so konnte sie ihm jetzt auch keine Orientierungshilfe sein.

Irgendwo in der Ferne hörte er Leute etwas rufen, aber er wußte nicht, ob diese Rufe etwas mit ihm zu tun hatten. Was sollte er jetzt anfangen? Wenn er doch nur dem Guten Sir Andrew selbst die ganze Wahrheit zu Gehör bringen könnte ... Unter lautem Geplatsche folgte Mark dem Graben einige Schritte weiter. Dann kletterte er hinaus in die tiefe Finsternis hinter einer neuen Reihe von Zelten und Buden. Vor sich sah er Lichter und hörte den Klang munterer Musik. Die Musik war besser als alles, was Ben je würde spielen können, selbst wenn er hundert Jahre lang übte. Wenn er wenigstens Ben finden und ihn warnen könnte ...

Mit dem verschwommenen Ziel, Ben zu finden, spähte Mark durch die hellerleuchteten Jahrmarktgassen, während er sich selbst so weit wie möglich im Schatten hielt. Er kroch unter einen Wagen, schob sich hinter eine Bude und suchte immer neue Stellen, die ihm freie Sicht boten. In einer Gasse hatten Possenreißer und Gaukler eine kleine Schar von Zuschauern angelockt. Gelächter und Applaus hallten zu Mark herüber. Mark versuchte, Ben in der Menschentraube zu entdecken, doch er konnte ihn nirgends sehen. Für kurze Zeit wagte er sich hinaus in die offene Gasse, doch eine orange-schwarze Armbinde vor ihm ließ ihn rasch wieder ins Dunkel schlüpfen. Er glitt durch die halboffene Hintertür einer verlassen aussehen-

den Bude. Doch wiederum weckte er durch sein Eindringen einen unsichtbaren Schläfer, und eine Männerstimme knurrte erschrocken und stieß trunkene, unzusammenhängende Drohungen aus.
Mark rettete sich wieder ins Freie, trabte davon und ließ die Menschen hinter sich. Er lief einen halbdunklen Verkehrsweg hinunter. Heller Fackelschein leuchtete rings um die herabgelassene Zugbrücke, die jetzt nicht weit vor ihm lag. Mehrere orange-schwarz gekennzeichnete Jacken standen dort wie zu einer Beratung beisammen. Um ihnen aus dem Weg zu gehen, bog Mark um eine Ecke, und jetzt erklang andere Musik vor ihm. Diesmal waren es Trommeln und johlende Stimmen. Vielleicht würde die Menge dort groß genug sein, daß er sich ein Weilchen in ihr verstecken könnte. Und da, nur wenige Schritte entfernt, stand Ben, den Federhut zurückgeschoben, die Laute für den Augenblick vergessen unter dem Arm. Seine kräftige Gestalt war Teil einer kleinen Menschenmenge, die der Bauchtänzerin bei ihrer Vorstellung vor ihrem Zelt zuschaute. Ohne es zu wissen, war Mark im Kreis geflohen und jetzt wieder dort angekommen, wo seine Flucht begonnen hatte.
Er tat einen weiteren Schritt nach vorn, denn er wollte Ben warnen. Im selben Augenblick aber tauchte der rundliche Geck wieder auf. Er kam aus der Richtung des Drachenzeltes. Als er Mark sah, begann er sogleich laut zu brüllen. Mark schrie auf, machte auf dem Absatz kehrt und rannte davon. Er wußte nicht, ob Ben ihn bemerkt hatte oder nicht.
Jetzt aber versperrten mehrere Männer des Marschalls die Gasse vor ihm. Augenblicklich schlug er einen rechtwinkligen Haken und hetzte unter dem breiten Transparent hindurch, das den Eingang zum »Lustigen Labyrinth« überspannte, vorbei an einem verblüfften Clownsgesicht und hinein in das trübe erleuchtete Innere. Die ausgestopfte, grobschlächtige Gestalt eines Dämons stieß aus der Düsternis auf ihn herab, und irgendwo dahinter erhob sich irrwitziges Gelächter. Das Innere dieser Bude war ein Irrgarten, der mit plumpen Spiegeln und dunklen, plötzlich aufflammenden Laternen ausgestattet war. Die

verwirrend bemalten Wände waren seltsam geformt und in merkwürdigen Winkeln aneinandergefügt. Der Kopf eines echten Drachen, vor langer Zeit ausgestopft und mit Firnis bestrichen, zuckte hinter einer plötzlich sich öffnenden Klappe hervor auf Mark zu.

Mark fühlte, wie die Brandwunde in seinem Gesicht pochte. Jetzt öffnete sich unverhofft eine andere Klappe, als er sich dagegenlehnte, und verwirrt stürzte er, sich um die eigene Achse drehend, durch die dunkel klaffende Öffnung. Ein Spiegel zeigte ihm das verzerrte Abbild des rundlichen Gecken, der ihm vielleicht zwei Spiegel weit entfernt folgte. Der Mund des Mannes stand offen. Er schrie.

Ein Arm mit einer orangegelb und schwarz gefärbten Binde stieß von irgendwo hervor, griff nach Mark und blieb dann zurück, als sich anderswo eine Klappe schloß. Die Wände selbst schrien, während sie hin und her glitten, und brüllten in wahnsinnigem Gelächter...

Eine neue Gestalt ragte vor Mark empor, die eines großen, kräftigen Clowns im bunten Gewand der Possenreißer. Mit einer Hand streckte der Clown ihm etwas entgegen, während gleichzeitig eine andere, unsichtbare Hand an seinem bemalten Gesicht zerrte. Das Gesicht bewegte sich. Es war eine Maske, die beiseite glitt, und sie enthüllte...

Die Maske fiel vom Gesicht des einarmigen Clowns. Das Gesicht war freundlich, groß und lächelnd. Es war von einem leichten Bart bedeckt, aber er zweifelte dennoch nicht einen Augenblick lang daran, daß er wußte, wem diese Züge gehörten.

»Vater!«

Jord nickte und lächelte. Die Form des Gegenstandes, den er Mark entgegenstreckte, war diesem halbwegs vertraut. Es war die Form eines Schwertgriffes. Aber diese Waffe steckte in einer Scheide aus verziertem Leder, die an der Schlaufe eines ledernen Gürtels hing. Marks Hände schlossen sich um den dargebotenen Griff und zogen das Schwert aus der Scheide. Sogleich versank das Gesicht seines Vaters in der Dunkelheit und war verschwunden.

»Vater?«
Jetzt spürte er Hände an seiner Taille, und geschickte Finger schnallten ihm den Gürtel um. »Mark, bringe dies zu Sir Andrew, wenn du kannst.« Halb war es Jords Stimme, wie sie in Marks Erinnerung lebte, halb ein namenloses Flüstern.
»Vater...«
Mark drehte sich um, das Schwert noch immer in den Händen haltend, und er versuchte den trüben Bildern zu folgen, die einander von Spiegel zu Spiegel jagten und sich immer weiter entfernten. Er sah die Gestalt eines schlanken Jahrmarktsclowns, zweiarmig und gänzlich unbekannt, die vor ihm zurückwich. Er versuchte, der Gestalt durch das trübe, irrsinnige Licht zu folgen, durch den Schein lodernder Fackeln, der in den Spiegeln, durch die Spiegel und durch das Segeltuch flakkerte. Jetzt fühlte Mark, wie der Klinge in seinen Händen Kraft entströmte. Aber der Geschmack dieser Kraft war irgendwie anders als der, den er erwartet hatte. *Noch ein Schwert?* Ein geheimnisvolles, einwärts dringendes Vibrieren floß in Marks Hände...
Er erstarrte vor Schreck, als plötzlich etwas krachend durch die dünnen Trennwände brach. Es war eine Axt – nein, ein anderes Schwert, ein ganz gewöhnliches diesmal, aber nichtsdestoweniger ein kraftvolles. Der Zauber ringsumher schien zu schwinden, wie er es zu tun pflegte, wenn Schwerter gezückt wurden. Ganz in der Nähe fiel ein Spiegel zu Boden, und mit ihm zersprang das letzte Bild des verschwindenden Clowns.
An seine Stelle trat harsche Wirklichkeit in Gestalt des rundlichen kleinen Mannes in dem geckenhaften Gewand. Er war zerzaust und zerdrückt, erhitzt und triumphierend zugleich, sein Gesicht leuchtete siegesgewiß, als er auf Mark eindrang. Sein Mund war weit aufgerissen und schief, und er schickte sich an, irgend etwas zu brüllen. Er hob seine Fackel, daß der Lichtschein auf Mark fiel – dann fuhr er zurück, als sei er in ein Messer gelaufen. Er starrte Mark an und vollführte einen unbeholfenen Kniefall, dessen Vollendung an der drangvollen Enge des Ganges scheiterte. Die Männer mit den orange-

schwarzen Armbinden, die jetzt hinter ihm auftauchten, stierten Mark sichtlich verdattert an.
Ohne zu wissen warum, erkannte Mark, daß sie nicht waren, was ihre Armbinden behaupteten.
Der dicke Anführer sagte: »Euer Gnaden ... es tut mir leid ... ich hatte ja keine Ahnung, daß Ihr ... wohin ist er geflohen?«
Mark stand regungslos da und umklammerte das schimmernde Schwert. Er spürte das ungewohnte Gewicht des Gürtels an seiner Hüfte. Er fühlte sich unfähig, irgend etwas zu tun, deshalb wartete er einfach ab, was als nächstes geschehen würde.
»Er?« wiederholte er.
»Der Knabe, Euer Gnaden. Ihn suchten wir. Er war hier.«
»Laßt ihn vorerst laufen.« Die wahnwitzige Logik der Magie hatte von Mark Besitz ergriffen: Er redete von sich selbst wie im Traum.
»Ich ... Jawohl, Sire.« Der Mann vor ihm war angesichts dieses Befehls völlig ratlos, aber er hätte nicht im Traum daran gedacht, nicht zu gehorchen. »Der fliegende Kurier dürfte das andere Schwert jeden Augenblick haben, und dann wird er sogleich abfliegen. Es sei denn, Euer Gnaden wollten Eure Pläne ändern, nun, da Ihr einmal hier seid ...«
»Das andere Schwert?«
»Das, welches man Drachenstecher nennt, Sire. Sie müssen es dort irgendwo versteckt haben, in ihrem Wagen oder im Zelt. Unsere Männer werden es jeden Augenblick finden. Der Kurier steht bereit.« Der rundliche Mann schwitzte, und das nicht nur vor Anstrengung. Diese Dinge erklären zu müssen beunruhigte ihn.
Mark wandte ihm den Rücken zu. Ein mächtiger Zorn über diese Diebesbande begann in ihm aufzusteigen. Er hielt das neugewonnene Schwert wie eine Fackel vor sich und sprang durch die zersplitterte Öffnung, die einen neuen Ausweg aus dem »Lustigen Labyrinth« ermöglicht hatte. Die Kraft der Klinge erfüllte seine Handgelenke mit sattem Beben, als er draußen durch die grasbewachsene Gasse lief, vorbei an Männern in orangeschwarzen Jacken, die übereinander stolperten, um ihm aus dem Weg zu gehen. Er hörte ihre unterdrückten Ausrufe.

»Seine Gnaden selbst!«
»Der Herzog!«
Mark lief in die Richtung, in der Zelt und Wagen der Drachenjäger standen. Den Wagen hatte man umgestürzt, und mehrere Männer durchwühlten das Wrack, während ganz in der Nähe ein großes, graues Geschöpf mit ausgebreiteten Flügeln auf dem Boden hockte. Bevor Mark näher herankommen konnte, erhob sich der große, geflügelte Drache in die Luft. Mark hörte seinen Schrei, den Schrei des berstenden Windmühlenflügels, und er sah, daß das Untier jetzt ein Schwert in seiner Klaue hielt und dicht an seinen Körper preßte.
Wieder wurde ihm ein Schwert genommen. In diesem Augenblick vermochte Mark nichts anderes zu fühlen als Wut, und er rannte unter dem aufwärts strebenden Monstrum dahin und kreischte, es solle herunterkommen und ihm die gestohlene Waffe zurückbringen. Im bunten Schein der Jahrmarktslichter sah Mark zu seinem Erstaunen, wie sich der spitzzahnige Schädel des Drachen mitten im Fluge herabsenkte. Der lange Hals bog sich, die Augen suchten ohne große Logik nach dem Ursprung dieser Stimme. Dann hatte er Mark entdeckt, und zu dessen noch größerer Verwunderung senkte er sich wieder herab.
Die Leute, die Mark umstanden, stoben auseinander und ließen ihm und dem Drachen reichlich Raum für ihr Zusammentreffen. Im letzten Moment begriff Mark, daß die Kreatur ihn nicht angreifen wollte. Sie kam zurück, als folge sie in echtem Gehorsam seinem gebrüllten Befehl.
Er fühlte, wie das Schwert in seinen Händen singend aufwärtsfuhr, und trat vor, um den Drachen zu empfangen. In seiner Wut, die durch die zuvor erlebte hilflose Angst nur noch vergrößert wurde, stieß er blindlings nach dem Flugdrachen, als dieser über die Wiese schwebte. Der Angriff überraschte den Drachen. Mark fühlte, wie sein Schwertstoß den Schuppenpanzer durchdrang. Der Drache ließ das Schwert, das er trug, fallen, und ohne nachzudenken bückte Mark sich und hob es auf.
Einen kurzen Augenblick lang berührte er beide Griffe gleich-

zeitig. Seine rechte Hand war noch im Stoß aufwärtsgereckt, die Finger der Linken berührten das Schwert, das zu Boden gefallen war.
Dann war ihm, als habe sich ein mächtiger Wind erhoben, der ihn schier von den Beinen reißen wollte. Die doppelte Berührung dauerte nicht länger als ein Herzschlag, und in dieser Frist hatte er das Gefühl, die Welt um ihn herum verändere sich, oder er werde aus ihr herausgezogen...
Der Drache stieg wieder auf, und seine Bewegung entwand Mark den Griff des Schwertes, mit dem er ihn gestochen hatte. Die Klinge steckte noch in seiner Flanke. Mark war auf die Knie gesunken und blinzelte zum Himmel, als strahle dort ein blendendes Licht. Er verlor das Schwert in der Seite des Drachen aus den Augen, denn vor seinen Augen veränderte der ganze Drache seine Gestalt, er zerfloß und formte sich neu. Erst sah Mark ein gewaltiges Huhn davonfliegen, dann war es ein riesiger Falke, und schließlich stieg die Gestalt über den Lichtschein des Jahrmarktes hinaus und verschwand im Dunkeln.
Langsam richtete sich Mark auf. Das Schwert, das der Drache vor ihm hatte fallen lassen, hielt er in der Hand. Es war Drachenstecher – inzwischen, so stellte er fest, konnte er das eine vom anderen gefühlsmäßig unterscheiden, er mußte sie nicht mehr anschauen.
Die Welt, die sich um ihn herum hatte verändern wollen, wollte jetzt wieder ihre alte Gestalt annehmen. Aber die rasche Veränderung war zu heftig vonstatten gegangen, und die Rückentwicklung war nun keine Augenblickssache mehr.
Der kräftige Mann, der Barbara überfallen und ihm nachgesetzt hatte, war wieder aufgetaucht. Aber er stand nur in grenzenloser Verblüffung da und starrte erst Mark an und dann hinauf in den Nachthimmel, dem verschwundenen Kurier nach.
Irgendwo in der zusammenströmenden Menschenmenge erschien Barbara. Sie taumelte, schwankte und stieß laute, unzusammenhängende Beschuldigungen aus. Der Geck drehte sich verwirrt und zerzaust zu ihr um und hob seinen Dolch. Aber noch bevor Mark sich rühren konnte, packte eine kräftige Hand

den Mann von hinten bei der Schulter, wirbelte ihn herum und ließ ihn geradewegs in einen Fausthieb fliegen, an dem er wie ein Spielzeug zerbrach.
Orange und schwarz gekleidete Männer hatten Ben umzingelt. Aber jetzt stürmte von der Zugbrücke eine zweite Gruppe in den gleichen Farben heran. Diese Männer waren mit Helmen und Schilden bewehrt und hatten ihre Schwerter gezückt. Angeführt von einem graubärtigen Edelmann stürzten sie sich mit einem Kriegsschrei auf die erste Gruppe.
Mark wußte, daß er selbst noch immer ein Schwert in den Händen hielt. Nun mußte die Zeit für sein Eingreifen reif sein. Aber das Gefühl, daß sein Platz in der Welt nun ein anderer war, hielt ihn immer noch umfangen. Es war anders als alles, was er je zuvor gefühlt hatte. Ihm war, als könne er immer noch die beiden Schwerter fühlen – eines in jeder Hand.
Und dann fühlte er überhaupt nichts mehr.

11.

»Ja, ich bin Draffut, den die Menschen einst den Herrn der Tiere nannten. Jetzt nennen sie mich einen Gott.« Ein müder Unterton in der tiefen Stimme schien die Torheit der Menschen zu verspotten. »Stehe auf, Mensch. Kein menschliches Wesen soll vor mir knien.«
Rings um Nestor und den Giganten erwachten die Nachtgeschöpfe des Sumpfes aus den Tagträumen, die sie haben mochten, zu lärmendem Leben. Nestor erhob sich. Sein Gefühlsausbruch, mochte er nun auf einer falschen Vorstellung beruht haben oder nicht, hatte ihm Erleichterung verschafft, und er fühlte sich ruhiger. »Also gut«, sagte er. »Wie soll ich dich dann nennen?«
»Ich bin Draffut. Das ist genug. Und du bist Nestor, der Drachen tötet. Jetzt komm mit mir, denn du wirst essen und schlafen müssen.«
»Zuerst schlafen, glaube ich.« Nestor rieb sich die Augen, die

Erschöpfung drohte ihn zu übermannen. Das Schwert war eine lastende Bürde für die Hand, die es hielt.
Draffut ging voran, zurück zu dem uralten Tempel. Er blieb davor stehen, hob einen zottigen Arm und deutete auf eine Stelle, wo Nestor, wie er erklärte, in Sicherheit werde ruhen können. Es war ein halbverfallener Raum über der Erde, in einem Teil des Tempels, der einmal zwei Stockwerke besessen hatte. Die Treppe in der Nähe war beinahe völlig verschwunden, aber Nestor war behende, und so fand er einen Weg, auf dem er hinaufklettern konnte. Der Ruheplatz, den er hier vorfand, war zum Himmel hin offen, aber zumindest würde er ihm Schutz vor allem, was kreuchte, gewähren können. Nestor blickte kurz umher und wollte dann noch einmal mit Draffut sprechen, doch zu seiner Überraschung sah er, daß der Riese verschwunden war.
Weder der harte Fußboden der hochgelegenen Kammer noch mögliche Gefahren vermochten Nestor daran zu hindern, rasch in einen tiefen Schlaf zu versinken, der sich sogleich in einen lebhaften Traum verwandelte.
In diesem Traum sah er eine phantastische Prozession, die zum Teil aus menschlichen, zum Teil aus anderen, nur verschwommen erkennbaren Wesen bestand. Die Prozession schritt durch strahlenden Sonnenschein auf den Tempel zu, und es war eine Zeit, in der das Bauwerk noch in seiner ganzen, unbeschädigten Pracht dastand. Anfangs erfüllte ihn der Traum mit angenehmen Empfindungen, doch dann kam der Augenblick, da Nestor erkannte, daß inmitten der Prozession eine Jungfrau getragen wurde, die geopfert werden sollte – und das auserwählte Opfer war Barbara.
In seinem Traum sah er, wie Barbara an ihren Fesseln zerrte und ihn zu Hilfe rief. Aber von Entsetzen ergriffen wandte Nestor sich von ihr ab. Seine Hände umklammerten den Griff seines kostbaren Schwertes, das er niemals verlieren durfte, was auch geschehen mochte, und er rannte damit in den nahen Dschungel, der den Tempel umgab. Es war ein Traumwald, der in den erstaunlichsten Farben erstrahlte, ganz anders als das starre Gestrüpp, das er mit wachenden Augen gesehen hatte

und das fast die gesamte Insel bedeckte. Aber kaum hatte Nestor den Urwald erreicht, da verwandelte sich der Griff des Schwertes in seiner Hand in etwas anderes – und noch ehe er begreifen konnte, was es war, erwachte er keuchend vor Angst.
Nachtgeschöpfe lärmten in einiger Entfernung, aber die Dunkelheit rings um ihn war recht friedvoll. Gleichwohl keuchte er, als habe er mit jemandem gekämpft. Der halbrunde Mond hing jetzt beinahe senkrecht über seinem Kopf in einem mit Wolken gesprenkelten Himmel. Es ging auf Mitternacht zu.
Die Gestalt Barbaras verharrte noch eine Weile lebhaft vor Nestors geistigem Auge. Hätte er bei dem umgestürzten Wagen aushalten und mit dem Schwert in der Hand für sie und die anderen kämpfen sollen?
Unsinn. Er hatte sein Schwert ja nicht einmal in die Hand bekommen, als schon alle davongerannt waren. Nach allen Seiten waren sie auseinandergestoben und hatten sich versteckt, so gut sie konnten. Man hätte ihn getötet, und das hätte niemandem etwas genützt.
Vielleicht ahnte er, daß er auch fortgelaufen wäre, wenn die anderen geblieben wären. Aber es war Unfug, sich solche Theorien aus den Fingern zu saugen, um sich darüber den Kopf zu zerbrechen.
Obgleich das Unbehagen des Traumes noch ein Weilchen anhielt, fiel Nestor bald wieder in Schlaf. Als er erwachte, war ihm, als sei überhaupt keine Zeit verstrichen, aber die Sonne stand am hellen Himmel, und Mönchsvögel erfüllten das Geäst über seinem Kopf mit lautem Kreischen.
Nestor setzte sich auf und stellte nachdenklich fest, wie gut er sich fühlte, wie ausgeruht. Er rieb sich die Schulter, die gestern – dessen war er sicher – gebrochen gewesen war. Jetzt war sie ebensogut wie die andere.
Verschwommen erinnerte er sich an einen unangenehmen Traum, aber was er geträumt hatte, wußte er nicht mehr.
Das Schwert lag neben ihm, dort, wo er es hingelegt hatte. Was hatte Draffut noch gesagt? Es hatte geklungen wie ein Zitat aus einem Gedicht... *Weit über Land reist das Schwert*

der Wut, baut harte Mauern rings um das, was weich...
Nestor hätte einiges dafür gegeben, den Rest hören zu dürfen. Neben dem Schwert lag jetzt ein Berg von frischen Früchten, die ganz gewiß nicht dagewesen waren, als er eingeschlafen war. Nestor roch an einer gelben Kugel und knabberte vorsichtig daran. Dann verschlang er sie mit plötzlichem Heißhunger. Das Schwert erwies sich als nützliches Werkzeug zum Schälen und Schneiden der Früchte.

Noch bevor Nestor seinen Hunger ganz gestillt hatte, erschien Draffut baumhoch zwischen den Bäumen des Waldes. Der Riese wechselte einen recht lässigen Gruß mit Nestor und gab ihm zu verstehen, daß er ihm das Frühstück beschafft habe, wofür Nestor ihm dankte. Draffuts Pelz leuchtete zart im hellen Schein der Morgensonne, wie er das auch in der Dämmerung und in der Dunkelheit getan hatte. Er verströmte sein eigenes Licht. Draffut stand vor dem Tempel auf der Erde, und sein Gesicht war ungefähr auf gleicher Höhe mit Nestors, der dort stand, wo einmal ein zweites Stockwerk gewesen war.

An diesem Morgen fühlte Nestor nicht den Impuls, niederzuknien. Er spürte, daß seine heilige Ehrfurcht vor Draffut bereits zu etwas verblaßte, was beinahe Vertraulichkeit zu nennen war, und diese Erkenntnis erfüllte ihn mit einem obskuren Gefühl des Bedauerns. Nachdem die einleitenden Floskeln gewechselt waren, fragte er: »Draffut, kannst du mir etwas von den Göttern erzählen? Und von dir selbst? Wenn du darauf bestehst, daß du nicht einer der Ihren bist, dann will ich darüber nicht streiten. Aber vielleicht kannst du verstehen, weshalb ich es glaubte.«

Draffut antwortete nachdenklich: »Ich verstehe, daß Menschen oftmals ein Bedürfnis nach Wesen verspüren, die größer sind als sie selbst. Aber ich sage noch einmal: Ich kann dir nur wenig über die Götter sagen. Nur zu oft übersteigen ihre Taten mein Verständnis. Was aber meine eigene Geschichte angeht, so ist sie sehr lang, und ich denke, dies ist nicht der rechte Augenblick, damit zu beginnen. Jetzt ist es wichtiger, daß ich mehr über dein Schwert erfahre.«

»Nun gut.« Nestor blickte hinunter auf die Klinge, mit der er

Früchte halbiert hatte und die eigentlich nicht ihm gehörte. Er seufzte und schüttelte den Kopf, als er an sein Schwert dachte, das er verloren hatte. Dann erzählte er, wie der Wagen, den er gefahren hatte, verfolgt worden war und sich überschlagen hatte, was dann mit ihm geschehen war und was vermutlich aus seinen Gefährten geworden war. »Und der Laufdrache – ich nehme an, er kam ebenfalls von dir – griff Herzog Fraktins Männer in der Nähe des Wagens an. Zumindest klang es so. Ich konnte nicht bleiben, um zu sehen, wer die Schlacht gewann, denn dein Bote kam und lud mich ein, dein Gast zu sein. Möglicherweise hat der Junge jetzt mein Schwert. Vielleicht hat es auch der Herzog oder einer seiner Soldaten. Was diese Klinge hier angeht, so hat der Knabe mir erzählt, daß sie kämpfende Männer überaus wirkungsvoll zur Strecke bringt. Ich selbst habe sie nie erprobt.«
Draffut starrte ihn an, als sei nun ein besonders interessanter Punkt angesprochen worden. »Aber du hast in der Vergangenheit schon gegen andere Menschen gekämpft?« fragte er. »Und hast sie getötet?«
Nestor überlegte wachsam, ehe er antwortete. »Ja«, sagte er schließlich, »wenn ich keine Möglichkeit hatte, einem solchen Kampf aus dem Weg zu gehen. Der Beruf des Soldaten allerdings ist einer, den ich nicht freiwillig ergreifen würde.«
»Aber er ist doch gewiß nicht gefahrvoller als der des Drachenjägers.«
»Vielleicht sogar weniger gefahrvoll, meistens wenigstens. Dennoch würde er mir nicht gefallen.« Gleichzeitig fragte Nestor sich unwillkürlich, was wohl geschehen wäre, hätte er sich bei dem umgestürzten Wagen umgedreht und den Leuten des Herzogs im Kampf Paroli geboten. Falls er diesen Kampf durch irgendeinen Zauber überlebt hätte, wäre danach ein Kampf gegen den Drachen unausweichlich gewesen. Magische Schwerter hin, magische Schwerter her, mit Sicherheit wäre er dann jetzt tot, genauso wie jener Bruder, von dem der junge Einar – wenn das sein richtiger Name gewesen war – gesprochen hatte. Nun, er zweifelte nicht daran, daß er in irgendeinem Kampf sterben würde, irgendwann, irgendwo. Gleich-

wohl übten die Einzelheiten dieser Tatsache eine Faszination aus, der man nicht so leicht entrann.
Draffut stand unterdessen in nachdenkliches Schweigen versunken da und erwog Nestors Antwort. Einmal griff der Riese mit zwei Fingern in den Obstberg und warf sich mehrere Früchte auf einmal in den Mund. Er zerkaute sie mit mächtigen Zähnen, die zum Zerreißen von Fleisch viel besser geeignet zu sein schienen. Die bloße Tatsache des Essens verlieh Draffuts Behauptung, kein Gott zu sein, in Nestors Augen größeres Gewicht. Andererseits – wenn er darüber nachdachte, dann fiel ihm ein, daß die Götter in den Erzählungen nicht selten beim Festschmaus saßen.
Schließlich brach Nestor das Schweigen mit einer Frage. »Was hast du mit mir vor?«
Mit einem Kopfschütteln riß Draffut sich aus seinen Gedanken. »Jetzt tut es mir leid, daß ich Drachen ausgesandt habe, dich zu mir zu bringen, und ich dich damit der Gefahr ausgesetzt habe, getötet oder verletzt zu werden, denn mir scheint, du kannst mir wenig berichten, was nützlich wäre.«
»Ich würde es tun, wenn ich könnte.«
»Das glaube ich. Ich könnte dafür sorgen, daß der Flugdrache dich wieder aus dem Sumpf hinausträgt.«
»Nein, vielen Dank. Ich glaube, lieber würde ich noch zwanzig Jahre hier als dein Gast verbringen. Gibt es denn keine andere Möglichkeit?«
»Die Zahl der Möglichkeiten ist begrenzt. Trotzdem könnte ich wahrscheinlich einen Weg finden, dich aus dem Sumpf hinauszubringen. Welche Richtung wäre dir am liebsten?«
»Mit meinen Gefährten war ich unterwegs zum Reich des Guten Sir Andrew, mit dem ich einen Jagdauftrag zu besprechen hatte. Wenn es meinen Freunden gelungen sein sollte, den Drachen und den Männern des Herzogs unversehrt zu entrinnen, dann sind sie jetzt wahrscheinlich dort und suchen nach mir.«
»Und wenn sie dein eigenes Schwert noch bei sich haben..«
»Drachenstecher – oder das Schwert der Helden, wie Hermes es auch nannte. Ja, vielleicht haben sie es.«

Draffut nahm sich ein wenig Zeit zunm Nachdenken, bevor er weitersprach. »Wärest du bereit, die Reise auf dem Rücken eines großen Laufdrachen zu unternehmen? Ich kann sie beeinflussen, wie du ja schon gesehen hast. Aber sie sind nicht ganz so zahm und zuverlässig wie die Flugdrachen. Auch fürchte ich, daß die Reise auf diese Weise länger dauern wird – ein paar Tage sicherlich.«
»Gibt es denn keine Boote hier im Sumpf? Leben denn überhaupt keine Menschen hier?« Nestor war sicher, daß es doch wenigstens eine Handvoll Wilde geben mußte, die hier hausten. »Wenn ich wirklich keine andere Wahl habe, werde ich versuchen, mir aus einem Baumstamm selbst ein Boot zu schnitzen und eigenhändig hinauspaddeln, bevor ich mich noch einmal den Launen eines Drachen überlasse, ganz gleich, mit welchem Zauberbann du ihn vielleicht belegen kannst.«
»Ich verzaubere die Drachen nicht«, erwiderte Draffut beinahe geistesabwesend. »Ich bin kein Magier.«
»Du hast gesagt, daß du sie beeinflußt...«
»Wenn du dir selbst ein Boot baust... du würdest im Sumpf wohl kaum länger als einige Stunden überleben, allein in einem Boot, wie du es dir unter diesen Umständen bauen könntest. Unglücklicherweise habe ich nicht die Zeit, die es erfordern würde, dich selbst auf sicheren Boden zu geleiten. Aber ich will sehen, was ich tun kann, um dir zu helfen.«
Und wieso hast du keine Zeit? dachte Nestor bei sich. Aber er behielt diese Frage für sich. Der Riese hatte sich bereits abgewandt und schritt zielstrebig davon. Wenige Augenblicke später war Draffut hinter einer Reihe von Bäumen verschwunden. Sein Kopf erschien noch kurz über einigen kleineren Bäumen in mittlerer Entfernung. Dann versank er unvermittelt in den Baumwipfeln, als sei Draffut in den Sumpf hinausgewatet.

Sich selbst überlassen, unternahm Nestor aus reiner Neugier einen mehr oder weniger vollständigen Rundgang durch den Tempel. In einigen der Räume untersuchte er die Schnitzereien an den Wänden ein wenig genauer. Die Reliefs zeigten Männer, Frauen und unbestimmbare andere Wesen bei Tätigkeiten,

die Nestor für Rituale hielt. Es war schwierig, im einzelnen zu erkennen, was sie taten.
In dem Raum, in dem Draffut ihm das sonderbare Wesen – die »Larve« – gezeigt hatte, spähte Nestor noch einmal in das Becken. Die Wasseroberfläche war wieder spiegelglatt. Auf dem nahen Sims lag die Lampe aus der Alten Welt, aber Nestor machte keine Anstalten, sie herunterzunehmen. Es lag ihm nichts daran, die Larve noch einmal aufzuscheuchen.
Statt dessen fuhr er mit seiner Erkundung fort. Er stand in einer anderen geräumigen Kammer und betrachtete sinnend etwas, das wie eine Reihe leerer Wandschränke aussah, als er plötzlich durch ein Getöse aus seinen Gedanken gerissen wurde. Es waren schrille Schreie, ausgestoßen von einer nichtmenschlichen Stimme und anscheinend nicht weit draußen vor dem Tempel. Nestor ging mit dem Schwert in der Hand zur Tür und lugte vorsichtig hinaus.
Ein Flugdrache schwebte ganz in der Nähe über den Hof. Er war ein wenig kleiner als der, welcher ihn hierher entführt hatte. Er starrte ihn an, hielt aber seinen Abstand. Er zog ein paar Kreise, schwebte dann wieder auf der Stelle und kreischte zu ihm herunter. Fast war es – der Gedanke war phantastisch –, als versuche die Bestie, ihm etwas mitzuteilen.
Der Drache lärmte immer weiter, bis Nestor ihn schließlich anredete, wie ein einzelner Mensch einen Gegenstand oder ein Tier zuweilen anredet und nicht erwartet, verstanden zu werden. »Wenn es Draffut ist, den du suchst – er ist nicht hier. Er ist vor mehr als einer Stunde in den Sumpf hinausgewatet, nach Südwesten. Keine Ahnung, wann er zurückkommt.«
Zu Nestors nicht geringer Überraschung – nachdem er nun jahrelang mit Drachen zu tun gehabt hatte, schätzte er, daß ihre Intelligenz etwa der von zahmem Geflügel entsprechen mochte – reagierte das Geschöpf, als habe es ihn tatsächlich verstanden. Diese Flugdrachen mußten in der Tat zu einer Art zählen, von der er noch niemals gehört hatte. Zumindest stellte dieser hier sein Getöse sogleich ein und flog davon. Ob er tatsächlich nach Südwesten flog, konnte Nestor nicht fest-

stellen, aber er flatterte um den Tempel herum, und es war leicht möglich, daß er in diese Richtung verschwunden war.
Nestor ging langsam und kopfschüttelnd in den Tempel zurück, um sich dort weiter umzusehen. So hatte er etwas zu tun, während er auf Draffut wartete. Je mehr er über seine unmittelbare Umgebung wußte, desto sicherer konnte er sich fühlen. Zu ebener Erde entdeckte er einen großen Raum, dessen Boden mit Bergen von Farnwedeln und elastischen Ranken gepolstert war. Er fragte sich, ob dies die Kammer sein mochte, in der Draffut ruhte. Nimand fand es verwunderlich, daß Götter aßen, aber mußten sie auch schlafen?
So grübelte er über Draffuts Geheimnisse, über die vielfältigen Zauberschwerter und über das, was sich hinter dem Götterspiel verbergen mochte, und gedankenversunken spazierte er wieder hinaus ins Freie, diesmal an einer Stelle, wo eine Wand eingestürzt war. Er gelangte an einen Hang, der ihn zu einer höhergelegenen Ebene des Tempels führte. Den stieg er hinauf und kletterte über ein verfallenes Stockwerk hinweg, das von schrägliegenden Platten des eingestürzten Daches übersät war. Von hier aus konnte er über die Baumwipfel der Insel – oder doch über die meisten davon – hinwegschauen, aber dahinter waren nur Bäume und Sumpf zu erkennen.
Die Vormittagssonne war am Himmel emporgeklettert, aber noch war es nicht so heiß, daß es unbehaglich gewesen wäre, sich auf den flachen Trümmern des eingestürzten Daches auszustrecken und in der Sonne zu baden. Entspannung war dem Nachdenken oftmals förderlich.
Aber statt sich auf die verzwickten Fragen, die sich erhoben hatten, zu konzentrieren, verfiel Nestor in ein träges Dösen. Bilder kamen und gingen in seinem Kopf, Bilder von Draffut und den Schwertern. Dann waren es Barbara und die Götter seiner Vorstellung. Irgendwie, dachte Nestor, sollte die Welt doch zusammenpassen, und alles sollte sinnvoll ineinanderwirken. Die Menschen wünschten sich das immer. Aber nach allem, was er wußte, hatte die menschliche Rasse niemals eine Garantie für dergleichen erhalten...
Er war fast eingeschlafen, als ein leises Geräusch seine Auf-

merksamkeit erregte. Zuerst ein leises Tappen, etwa wie ein behutsamer Schritt, dann ein vorsichtiges Scharren oder Gleiten. Es wiederholte sich – tapp und scharr, tapp und scharr. Nestor lauschte, aber er hörte nichts mehr, und so versank er wieder in sein gedankenvolles Dösen.
Dann erscholl es wieder: Tapp-scharr, tapp-scharr. Beinahe wie Schritte. Aber hinkende Schritte. Beinahe wie...
Nestor sprang auf, als ein Schatten sich über ihn legte. Gerade noch rechtzeitig bekam er das Schwert zu fassen, um den ersten Hieb des plumpen, zackenbewehrten Hakens zu parieren.

12.

Mark schwebte durch eine Welt der Träume, doch dann verließ er sie. Die Vision von vielen Schwertern war verschwunden, aber er wußte nicht genau zu sagen, an welchem Punkt er aufgewacht war.
Er schlug die Augen auf und erblickte eine gewölbte Decke aus Stein. Hastig stützte er sich auf einen Ellbogen und sah, daß er zum erstenmal in seinem Leben in einem richtigen Schloß war. Dieser große, verschwenderische Raum konnte zu nichts anderem gehören. Er lag in einem richtigen Bett, und Sonnenlicht, das morgendlich strahlte, fiel durch das einzige, schmale Fenster in den Raum.
Auf einem Tisch in der Mitte des Raumes lag das Schwert der Helden – Mark konnte den kleinen weißen Drachen auf dem schwarzen Hintergrund des Griffes erkennen. Auf dem bloßen Holz neben der Klinge lagen die Scheide und der Gürtel, die Mark – in der vergangenen Nacht? – zusammen mit einem anderen Schwert bekommen hatte.
Scharf wie ein Schwertstreich kehrte jetzt die Erinnerung an seines Vaters Antlitz, bärtig, wie Mark es nie gesehen hatte, aber dennoch unverkennbar, zurück. Das gütige Lächeln, der Ausdruck des Erkennens in den Augen. Dieses Gesicht im »Lustigen Labyrinth« war so wirklich gewesen...
Auf einem kleinen Sofa neben dem Einzelbett schlief Barbara.

Anscheinend trug sie ihre gewöhnlichen Kleider, aber man hatte ein kostbares Tuch über sie gelegt. Es sah aus, als habe sie an Marks Bett gewacht und sei dabei eingeschlafen, und als habe ein zweiter Wachender sie zugedeckt, damit sie es warm hätte. Jetzt sah Mark auch seine eigenen Kleider. Sie waren über einen Stuhl drapiert, und sehr viel schönere Gewänder lagen daneben. War dieser Sonntagsstaat für ihn bestimmt? Noch nie hatte er so etwas getragen.

Ein vertrautes Schnarchen ließ die Luft erzittern, Mark wandte den Kopf. In der hinteren Ecke des Raumes, verloren zwischen all den Möbeln, lag Ben schnarchend auf einem Haufen bunter Kissen. Auch er war mit ungewohnten, kostbaren Roben zugedeckt.

Kaum hatte Mark sich aufgerichtet, da regte sich Barbara. Sie schlug die dunklen Augen auf und schaute ihn einen Moment lang verständnislos an. Dann aber war sie hellwach und lächelte. Im nächsten Augenblick hatte sie das Tuch beiseite geworfen und stand neben Marks Bett, um ihm die Hand auf die Stirn zu legen und zu fühlen, ob er Fieber habe. »Bist du gesund?« fragte sie.

»Ich glaube ja. Was ist geschehen? Wer hat uns ins Schloß gebracht? Ich weiß noch, daß es einen Kampf gab ...«

»Und dann fielst du zu Boden. Sir Andrew ließ uns alle hereinbringen. Ben und ich haben ihm so gut wie alles erzählt. Wir waren alle sehr besorgt um dich, aber die Zauberin meinte, du würdest dich einfach gesund schlafen. Sie heißt Dame Yoldi, und ich soll sie rufen, sobald du aufwachst. Bleib nur hier. Ich werde sie holen.«

Barbara lief rasch hinaus. Mark schlug ihre Ermahnung in den Wind und stand auf. Er begann sich anzukleiden, aber er nahm seine eigenen alten Sachen, wenngleich die neuen Gewänder daneben von seiner Größe zu sein schienen. Unterdessen schnarchte Ben friedlich in seiner Ecke.

Als Mark sich angezogen hatte, warf er einen kurzen Blick aus dem Fenster auf die fernen Felder und Wälder unter der aufgehenden Sonne. Dann trat er an den Tisch, auf dem das Schwert lag. Er betrachtete die Waffe, ohne sie zu berühren. Dann versuchte er, sich zu erinnern und das Gefühl noch einmal nachzuempfinden, das ihn am Abend zuvor ganz offensichtlich hatte ohnmächtig werden lassen. Er konnte sich nicht entsinnen, einen Schlag auf den Kopf oder eine andere Verletzung erlitten zu haben. Er wußte nur, daß er einen Augenblick lang zwei Schwerter zugleich berührt und sich dann sehr merkwürdig gefühlt hatte. Auch jetzt schien er nicht verwundet zu sein, nur das alte, inzwischen halb verheilte Zeichen des Drachenfeuers leuchtete noch auf seiner linken Wange.

In der Tür hinter ihm erklang eine Stimme. »Du bist Mark, Sohn des Jord, der Müller ist in Arin am Aldan.«

Mark fuhr beim ersten Wort herum. Er sah sich dem Mann gegenüber, der am Abend zuvor jene mit Schwertern bewaffnete Truppe von der Zugbrücke angeführt hatte und nur Sir Andrew selbst sein konnte. Hinter dem Ritter stand eine elegant gekleidete Frau, die seine Zauberin sein mußte. Mark stotterte etwas und wollte das Knie beugen.

»Nein, steh auf.« Sir Andrews Stimme klang kraftvoll, aber bisher nicht bedrohlich. Er runzelte die Stirn und hatte die Hände auf dem Rücken verschränkt. »Herzog Fraktin läßt mir sagen, er halte dich für einen Dieb und Mörder.«

»Das bin ich nicht, Herr.« Der Ton, in welchem ihm die Anklage kundgetan wurde, schien ihn zu diesem kühnen Widerspruch zu ermutigen. Ben war in seiner Ecke inzwischen aufgewacht und versuchte, unauffällig im Hintergrund zu bleiben, obgleich er sich zu seiner vollen Größe aufgerichtet hatte.

»Das habe ich mir schon gedacht«, stimmte Sir Andrew zu. »Ich weiß, daß Herzog Fraktin selbst solcher Verbrechen schuldig ist. Vielleicht noch schlimmerer... Und die Agenten, die er hergeschickt hat, haben gestern abend gezeigt, daß sie auch nicht besser sind. Was sie begangen haben, kommt einem kriegerischen Akt gegen mich gleich. Sie...«

Die schöne Frau, die neben Sir Andrew stand, legte dem Ritter sanft eine Hand auf den Arm und unterbrach ihn. Als er verstummt war, wandte sie sich an Mark. »Was weißt du von dem, was gestern abend geschehen ist?«

Zunächst stockend, aber dann mit wachsender Zuversicht – er

sah, wie die beiden Hochgeborenen ihm geduldig lauschten – berichtete Mark von seinen Erlebnissen auf dem Jahrmarkt, soweit er sich daran erinnern konnte. Er begann mit der Ankunft im Wagen zusammen mit Ben und Barbara und erzählte bis zu dem Augenblick, da der Drachenkurier des Herzogs Fraktin davongeflogen war und das Schwert, das Mark ihm zwischen die Schuppen gerammt hatte, mit sich genommen hatte.

»Als der Drache aufflog, sah er ... anders aus. Mir war, als sei er unwirklich, als sei er immer wieder ein anderes Wesen. Dann verlor ich ihn aus den Augen, und rings um mich herum kämpften die Leute. Das wißt ihr ja sicher, Herr und Madame. Und dann – ich glaube, etwas muß mich niedergeschlagen haben. Aber kurz davor fühlte ich mich ... merkwürdig.«

Die Zauberin trat auf Mark zu, blieb vor ihm stehen und sah ihn eindringlich an. Erst hatte er Angst, aber schon bald sog etwas die Angst aus seinem Herzen. Sie sagte: »Du wurdest nicht verwundet, oder?«

»Nein, Madame, ich wurde nicht verwundet. Aber ... ich hatte einfach das Gefühl, daß etwas ... mit mir geschah.«

»Daran zweifle ich nicht.« Dame Yoldi wandte ihren eindringlichen Blick ab und seufzte. Sie schaute sich um, von einem zum anderen. »Ich habe von einem Burgfenster aus zugeschaut, während die meisten der übrigen draußen auf der Jahrmarktswiese waren. Das gestohlene Schwert barg einen Zauber, der das Wesen, das es trug, zu verändern schien. Wir alle sahen den Drachen als etwas anderes, als er sich in die Lüfte erhob – aber jeder von uns sah etwas Harmloses, etwas, das man beschützen mußte. So, wie jeder dich, Mark, als jemanden sah, dem man gehorchen, dem man dienen und den man beschützen mußte – solange du dieses Schwert trugst.«

Mark nickte ernst. »Als ich es hatte, nannte mich mein Verfolger plötzlich ›Euer Gnaden‹ – was ist eigentlich aus ihm geworden?«

Sir Andrew grunzte. »Hugh von Semur war unter den Toten der vergangenen Nacht.« Er warf einen kurzen Seitenblick auf Ben, der immer noch, in seine Decke eingehüllt, in der Ecke stand und sich klein zu machen versuchte. »Und meine eigenen Männer haben gut gekämpft, nachdem wir begriffen hatten, daß wir kämpfen mußten. Einige derer, die vorgaben, Helfer meines Marschalls zu sein, konnten uns entkommen. Aber andere sind gefallen, und einer oder zwei sitzen jetzt in meinen Verliesen. Ich fürchte, sie werden einen schlechten Einfluß auf meinen ehrlichen Verbrecher ausüben.« Mark sah mit wachsender Verwirrung, wie der Ritter den Kopf schüttelte, offenbar von irgendwelchen privaten Sorgen bewogen.

Dame Yoldi fragte: »Mark, wer gab dir das andere Schwert? Das, welches nun fort ist? Du hast uns eben gesagt, der Mann, von dem du es bekamst, habe wie dein Vater ausgesehen, solange er das Schwert trug. Aber wie sah er aus, als er Sichtblender in deine Hände gelegt hatte?«

»Als ich das Schwert hatte, sah ich ihn als maskierten Clown. Madame, ich verstehe nichts von diesen Zauberdingen.«

Nach einer kurzen Pause antwortete die Zauberin: »Ich nur allzuoft auch nicht.« Sie wandte sich rasch ab, aber Mark glaubte, das Funkeln einer neuerlichen, inneren Erregung in ihrem Auge zu erblicken. Wieder faßte sie den Burgherrn beim Arm. »Andrew, schickt Männer aus, die nach den Jahrmarktclowns suchen sollen. Nach den Vorkommnissen der vergangenen Nacht haben sie sich genau wie Kaufleute und Besucher betimmt in alle Winde zerstreut. Aber wenn wir ihn finden...« Dame Yoldi schien für den Augenblick in phantastische private Spekulationen zu versinken.

Sir Andrew starrte sie an. Dann ging er zur Tür und rief ein paar Befehle. Gleich darauf war er wieder da. »Sie müssen verweht sein wie Spreu im Wind, da habt Ihr wohl recht. Aber wir können es versuchen.«

»Gut.« Die Zauberin betrachtete jetzt wieder Mark, und diesmal lag etwas wie Ehrfurcht in ihrem Blick, so daß ihm recht unbehaglich zumute wurde. »Ich weiß noch nicht viel über diese Zauberschwerter, mein Junge, aber ich lerne stets dazu. Zumindest kenne ich schon die Namen von einigen. Es war Sichtblender, den du gestern abend in den Drachen gestoßen hast, auch das Schwert der Arglist genannt. Wer es trägt, ist

unkenntlich für alle seine Feinde – und vielleicht auch für seine Freunde. Der Mann, der es dir gab ... Hat er etwas gesagt?«
»Ja.« Mark errötete ob seiner Vergeßlichkeit. »Er sagte, ich solle es Sir Andrew geben. Wenn ich könnte.«
»Hat er gesagt, eh?«
»Ja, und ich wollte es auch tun, Herr. Aber dann hörte ich, daß man das andere Schwert stehlen wollte. Und ... und ich mußte etwas tun.«
»Und da hast du etwas getan. Ja, ja, ich habe gern Leute um mich, die mitunter das Gefühl haben, es müsse etwas getan werden. Dennoch wünschte ich, wir hätten Sichtblender noch hier. Ich vermute, er ist jetzt in den Händen des Herzogs, und ich denke mit Grausen daran, was er damit anstellen kann.« Der Ritter sah Dame Yoldi an, und die Sorgenfalten in seiner Stirn waren jetzt tiefer als zuvor. »Meine eigenen Flieger sind inzwischen alle zurückgekommen, Yoldi. Sie konnten seinen Kurier nicht fangen. Sie haben ihn nicht einmal gesehen. Im Augenblick steht das Glück auf Fraktins Seite.«
»In Würfelwenders Form, jawohl«, bestätigte Dame Yoldi. Sie nickte müde und wandte sich wieder an Mark. »Ist es möglich, mein Junge, daß du gestern abend einen Augenblick lang beide Schwerter gleichzeitig in deinen Händen hieltest?«
»Ja, Madame, das ist nicht nur möglich, sondern es war tatsächlich der Fall. Das war genau der Augenblick, in dem die Welt anfing ... merkwürdig zu werden.«
»Das dachte ich mir. Jetzt wird der Herzog, dessen Glück durch Würfelwender noch bestärkt wird, auch das Schwert der Arglist in seinen Händen halten. Niemand auf der Welt hat jemals zwei dieser Schwerter besessen, seit sie geschmiedet wurden ... Mark, ich habe gehört, der Schmied, der Vulkan beim Anfertigen dieser Schwerter geholfen hat, war dein Vater?«
Mark sah sich selbst als kleine, einsame Gestalt neben dem Tisch, auf dem das Schwert Drachenstecher lag. »Ich wußte, er hat geholfen, unseres zu schmieden. Aber bevor ich von zu Hause fortging, wußte ich nicht, daß Vulkan zur gleichen Zeit auch noch andere Schwerter geschmiedet hat. Mein Vater hat nie gern darüber gesprochen, und jetzt ist er tot. Ich sah ihn am

selben Tag sterben, an dem auch mein Bruder und der Cousin des Herzogs Fraktin in unserem Dorf starben. Gestern abend, als ich dachte, es sei mein Vater ...« Mark preßte die Hände auf die Augen. »Aber ich weiß, daß es nichts als Zauberei und Gaukelwerk war.«

Zwei Wächter, bewaffnet und mit aufmerksamen Mienen, waren in der Tür erschienen, und jetzt trat einer von ihnen ein und flüsterte Sir Andrew etwas zu.

»Bringt sie herein«, befahl der Ritter grimmig.

Bevor irgend jemand hereingeführt werden konnte, trat Dame Yoldi zu Mark an den Tisch. Mit einem kleinen, schwarzen Tuch, das man für ein Taschentuch hätte halten können, bedeckte sie den Griff des Schwertes auf dem Tisch, so daß die weiße Verzierung nicht mehr zu sehen war. Dann wich sie wieder zurück und nickte den Wachen zu.

Einen Augenblick später erschien eine Dame von dunkler, eleganter Erscheinung und mit bösartigem Gesichtsausdruck in der Tür. Der Hauch von Arroganz, der sie umgab, ließ die Soldaten neben ihr wie eine Ehrengarde wirkten.

Sie funkelte die Anwesenden einen nach dem anderen an. Auf Mark verweilte ihr Blick am längsten, und ihm war, als habe etwas Unsichtbares, aber gleichwohl Greifbares und Böses ihn gestreift. Dann richtete sie ihr hoch erhobenes Kinn auf Sir Andrew und erklärte: »Ich verlange, freigelassen zu werden.«

»Höchstwahrscheinlich wird das auch bald geschehen.« Die Stimme des Ritters klang eisig, ganz anders als vorher. »Meine Untersuchung der Untaten, die Eure Agenten gestern nacht auf dem Jahrmarkt begangen haben, ist so gut wie abgeschlossen. Wäret Ihr hier nicht in diplomatischer Mission, Weib, so säßet Ihr wahrscheinlich jetzt schon unten in meinem Kerker.«

Die Dame zog es vor, diese Bemerkung zu überhören. Gebieterisch warf sie ihr schwarzes Haar zurück. »Und wo ist Hugh von Semur?«

»Der Hund ist tot. Diplomat oder nicht – gestern abend ist es ihm gelungen, sich ein gebrochenes Genick einzuhandeln.«

Die Dame zeigte sich betont erschrocken. »Tot! So müssen seine Mörder in meinen Gewahrsam übergeben werden, auf daß ich sie der Gerechtigkeit des Herzogs zuführe, ebenso wie ich ihn mit mir nehmen muß.« Sie deutete mit einem langen Fingernagel auf Mark. »Und das Schwert auf dem Tisch. Es gehört gleichfalls Seiner Gnaden.«

»Madame, ich fürchte, außer Euch selbst werdet Ihr verdammt wenig aus meinem Lande schaffen.«

Die Dame schickte sich an, im Angesicht dieser Ablehnung Überraschung zu heucheln, doch dann zuckte sie die Achseln und besann sich eines Besseren. »Es wird Euch schlecht ergehen, Sir Andrew, wenn Ihr dem Herzog sein Eigentum verweigert und ihn an der Ausübung seiner gerechten Rache hindert. Wer soll die Sicherheit Eurer Grenzen garantieren, wenn er es nicht tut?«

»Oho! Da wir eben von Eigentum sprechen – da wäre noch der Schaden zu begleichen, den ich und einige aus meinem Volk in der vergangenen Nacht erlitten haben. Die hübsche Kutsche, die Euch hergebracht hat, meine entzückende Lady Marat, dürfte auf dem Markt einen ordentlichen Preis erbringen. Vielleicht genug, um wenigstens einen Teil der Schadensrechnung zu begleichen, die Ihr zu verantworten habt. Ich will sehen, ob ich irgendwo einen Bauernkarren und ein oder zwei Zugtiere auftreiben kann, damit Ihr und Eure Gefolgschaft nach Hause fahren könnt. Es wird vielleicht eine holprige Fahrt werden, aber...«

Jetzt geriet sie wirklich in Weißglut. »Bauernkarren? Zum Teufel mit Euch! Wie könnt Ihr es wagen, mich, die Abgesandte des Herzogs, in dieser Weise zu behandeln? Wie könnt Ihr es wagen?«

»... ein Fußmarsch wäre doch wohl zu anstrengend für Euch.«

Die Dame mußte ihre ganze Selbstbeherrschung aufbringen, um ihre Zunge zu zügeln, doch es gelang ihr mit knapper Not. Noch einmal starrte sie jeden im Raum zornblitzend an, dann drehte sie sich zwischen den beiden Wachposten in einem Wirbel von glitzerndem Stoff um und rauschte mit ihnen davon.

Dame Yoldi streckte die Hand aus und fuhr Mark mit den Fingern durchs Haar. Es war wie eine zärtliche Geste, aber

Mark hatte das Gefühl, daß irgend etwas, von dem er nichts gewußt hatte, von ihm abgestreift wurde. Ein Spinnennetz vielleicht. Die Zauberin lächelte ihn unmerklich an, dann schloß sie die Augen. Sie hielt Marks Hand, als könne sie aus der Art, wie sie sich anfühlte, etwas erfahren.
»Der Sohn des Jord«, sagte sie, ohne die Augen zu öffnen. »Des Jord, der ein Müller war – und davor ein Schmied.«
»Ja, Madame.«
»Ja, und noch einmal ja. Aber ich frage mich, was dein Vater sonst noch war.« Dame Yoldi öffnete die Augen, und sie strahlten groß und grau und leuchtend. »Mark, auf der ganzen Welt ist – oder war – dein Vater Jord der einzige Mensch, der mehr als eines der Schwerter in seinen Händen gehabt hat. Seit die Götter den Stahl der Klingen mit ihrer Magie erfüllten, hat niemand außer dir drei davon berührt. Und eine Frage, die mich seit langem peinigt, wurde gestern nacht wenigstens teilweise beantwortet: Was würde geschehen, wenn ein Mensch oder sonst ein Wesen gleichzeitig mehr als eines der Schwerter berühren oder benutzen wollte?«
Dame Yoldi hielt inne und schaute von einem zum anderen. »Und was wäre, wenn zwei oder mehr dieser Götterschwerter einander berührten? Was, wenn sie im Kampf gegeneinander geführt würden?«
Niemand konnte ihr eine Antwort geben.
Alle dachten daran, daß Herzog Fraktin sehr bald zwei Schwerter haben würde, wenn sein Kurier nicht auf irgendeine Weise aufgehalten werden konnte.
Mark schaute in Barbaras ausdrucksvolle Augen. Er wußte, was sie dachte: In unserem alten Wagen hatten wir zwei dieser Schwerter, aber wir haben es nie versucht...

13.

Nach seiner ersten Parade, die ihm mit knapper Not das Leben rettete, sprang Nestor rasch auf die Beine und wich vor der angreifenden Larve zurück. Sie drang auf ihn ein, und er

bewegte sich immer weiter rückwärts. Er sah, daß er recht gehabt hatte: Sie hinkte. Mit vorsichtigen Schritten näherte sich Nestor der unregelmäßigen Kante des verfallenen Daches. Sieben Meter tiefer lag der gepflasterte Hof zu seiner Linken. Zu seiner Rechten erhob sich das Durcheinander der kreuz und quer liegenden Platten des eingestürzten Daches. Hier würde er wohl kaum genügend Halt finden.
Das Ding, das Nestor hinkend verfolgte, blies ihm kleine, stöhnende Schreie entgegen, die aus einem nicht vorhandenen Gesicht drangen, als leide es entsetzliche Qualen oder sei es in leidenschaftlicher Liebe entbrannt. Nur die dunklen Augen bewegten sich in dem konturenlosen Kopf, aber sie blieben auf Nestor geheftet. Die Larve rückte mit erhobenen Armen gegen ihn vor, die Waffen in Kopfhöhe erhoben, bereit, einen Schwertstreich zu parieren oder erneut auf ihn einzuschlagen. Die Vorderarme waren mit dem zackenbewehrten Haken und dem Foltermesser bewaffnet und hart wie Bronze. Nestor sah die metallische Härte anschaulich illustriert: Sein erster Abwehrschlag mit der rasiermesserscharfen Klinge hatte das rechte Handgelenk des Wesens getroffen und angekratzt – aber eben nur angekratzt. Einen menschlichen Arm hätte er mit diesem Streich abgetrennt, das stand fest.
Nachdem er sich ein paar Schritte weit rückwärts am Rande des Daches entlangbewegt hatte, sah Nestor ein, daß es gefährlicher war, zurückzuweichen, als sich zur Wehr zu setzen. Er war ein tüchtiger Fechter und die Klinge in seiner Hand eine ausgezeichnete Waffe, selbst wenn der Zauber, der vielleicht in ihr steckte, sich nicht zeigen mochte. Warum also war er automatisch zurückgewichen, und warum ließ das Grauen noch immer seinen Magen zusammenklumpen? Das Grauen konnte nur von der eigentümlichen Natur seines Gegners herrühren, nicht von irgendwelchen Kräften, die das Ding bisher an den Tag gelegt hatte. Die Bewegungen seines Angreifers zeigten Schnelligkeit und Kraft, aber nicht wenige menschliche Gegner wären sicherlich ebenso schnell und kräftig gewesen. Und die Larve kämpfte mit einem beträchtlichen und unübersehbaren Nachteil: Sie hatte zwei Waffen, aber sie waren nicht länger als

ihre Arme. Solange Nestor die Nerven behielt und nicht weiter an Boden verlor, und solange er seine eigene, prachtvolle Waffe benutzte, wie sie benutzt zu werden verdiente, durfte ein solcher Angreifer ihn eigentlich nicht besiegen.
Andererseits war schon jetzt offenkundig, daß die Larve auch über gewisse Vorteile verfügte: Sie war teuflisch hartnäckig und entsetzlich widerstandsfähig. Als Nestor stehenblieb, um zurückzuschlagen, und den Rumpf des Wesens mit großer Wucht traf, hatte er das Gefühl, in gefrorenen Schlamm zu hacken. Die graue Schale zerplatzte an der Trefferstelle, und eine dunkelgraue Substanz quoll hervor. Aber die Larve ließ sich dadurch nicht beeinträchtigen. Anscheinend fühlte sie auch nichts. Sie drang weiter auf Nestor ein und schien auch, nachdem sie gesehen hatte, was das Schwert anrichten konnte, nicht auf ihre eigene Sicherheit bedacht.
Nestor schlug eine hochangesetzte Finte und traf seinen Gegner dann am Bein. Das Hinken, das er so zutreffend vorher gesehen hatte, wurde stärker. Als Nestor probehalber einen Schritt rückwärts tat, um zu sehen, wie das Ding reagierte, folgte es ihm nun eine Spur langsamer.
Natürlich war es möglich, daß die Larve sich verstellte und den Menschen in einem kritischen Augenblick mit größerer Geschwindigkeit zu überraschen trachtete, aber Nestor glaubte nicht so recht daran. Er konnte sich nicht vorstellen, daß hinter diesem nicht vorhandenen Gesicht sonderlich viel Gerissenheit stecken sollte. Die Larve blies ihm ihr pfeifendes, trostloses Wimmern entgegen und attackierte ihn unversöhnlich.
Wieder traf er sie, diesmal am Arm, und beendete ihr Vordringen. Es war ein härterer Hieb, und in der sausenden Klinge lag ein großer Teil von Nestors Kraft und seinem Gewicht. Jetzt baumelte eines der Handgelenke der Larve mitsamt der dazugehörigen Waffe vom beinahe durchtrennten Unterarm. Aus dem Schnitt in der harten Schale sickerte klebriger grauer Schleim.
Nestors Zuversicht wuchs. Er faßte einen Entschluß und ging unverhofft zum Angriff über. Er traf die Larve, als ihr Gewicht auf dem offenbar schwächeren Bein ruhte. Unter der Wucht

eines mächtigen Schwerthiebs, der ihre harte Brustplatte zu durchdringen drohte, taumelte sie rückwärts und kippte über den Rand des Daches. Im Fallen machte die Larve greifende Bewegungen, als wolle sie die Klinge erfassen, aber sie hatte keine Hände, mit denen sie hätte greifen können. Der eine Arm war ohnedies beinahe abgehackt, und die Waffe daran flatterte schlaff wie ein tödlicher Handschuh. Gleichwohl durchlebte Nestor einen Augenblick des Entsetzens, denn er befürchtete, das Schwert könne so fest in der chitinigen Panzerung stecken, daß es seinen Händen entgleiten oder ihn mit sich reißen würde, wenn die Larve abstürzte. Aber dann rutschte die Schwertspitze heraus, als der graue Körper mit seinem ganzen Gewicht nach hinten fiel.
Weder Kunst noch Magie vermochten diesen Fall aufzuhalten, und die Steinplatten des Hofes lagen sieben Meter tiefer. Als Nestor über die Dachkante auf die reglos am Boden liegende Gestalt blickte, war der ganze graue Torso mit einem Netz feiner Risse überzogen. Immer mehr von dem dunklen Grau, das dem Ding offensichtlich sein Leben verlieh, quoll hervor. Nestor hatte eben aufgehört zu keuchen, als das Ding sich zu rühren begann. Langsam bewegte es seine Glieder, dann richtete es sich auf. Es legte den Kopf zurück, und seine Augen suchten nach dem menschlichen Feind. Dann hinkte es mit zielstrebigen Bewegungen in das Tempelstockwerk unter Nestor zurück. Das Ding wollte wieder zu ihm hoch.
Er schwitzte, als er dort oben auf dem verfallenen Dach stand, obwohl jetzt dichte Wolken aufgezogen waren, die die Sonne verdunkelten. Ihm war, als sei er in das Reich der Alpträume eingedrungen. Aber noch pumpte die Hitze des Kampfes durch seine Adern, und bevor sie zu schierer Angst erkalten konnte, zwang er sich, nach der Treppe zu suchen, über die das Ding notgedrungen heraufkommen mußte. Er würde ihm den Garaus machen müssen.
Dann standen sie einander gegenüber, Nestor oben an einer halb zerbröckelten, von Ranken überwucherten Treppe, die Larve an ihrem Fuße. Ein Mönchsvogel kreischte irgendwo. Noch immer ahmte er den Lärm ihres Kampfes nach. Ohne

innezuhalten, machte die Larve sich an den Aufstieg. In ihrem methodischen Hinken zog sie einen Fuß hinter sich her, und graue Tropfen sickerten aus der rissigen Schale. Sie hob das krumme, kleine Messer, die einzige Waffe, die ihr geblieben war.
Nestor behielt sie wachsam im Auge. Er sah, wie eine feine Spitze, einer winzigen Zunge gleich, im kleinen runden Mund der Larve erschien. Er duckte sich, schnell und tief, und hörte, wie der ausgespiene Pfeil an seinem Kopf vorbeizischte. Dann sprang er auf und empfing seinen Feind auf halber Höhe der Treppe. Unaufhörlich schlug er auf das Ding ein, und ein Schwertstreich nach dem anderen trieb es die Treppe hinunter in einen Mauerwinkel, wo es zusammenbrach.
Obgleich der Gegner am Boden lag, hackte Nestor immer weiter auf ihn ein. Als er beide Arme der Larve verstümmelt und ein Bein ganz abgeschlagen hatte, machte er sich über den Rumpf her, der schließlich wie eine graue Eiterbeule zerbrach. Nestor mußte einen Brechreiz niederkämpfen. Der Gestank erinnerte an Sumpfschlamm und faulige Gase.
»Und kein Herz, bei allen Dämonen!« murmelte er bei sich. »Nirgends in dem verdammten Ding ein Herz, das sich durchbohren ließe.« Tatsächlich war überhaupt kein inneres Organ zu erkennen – nur dickerer oder dünnerer grauer Schleim von unterschiedlicher Beschaffenheit und Färbung.
Noch immer versuchten die zerfetzten Arme des Wesens, nach Nestors Füßen zu schlagen oder seine Beine zu ergreifen. Noch immer versuchte das verbliebene graue Bein, den zerschundenen Körper aufzurichten. Nestor betete die Namen aller Dämonen herunter, die er kannte, und er schwor, dem entsetzlichen Ding den Garaus zu machen. Er prügelte darauf ein wie ein Holzhacker – wie ein Wahnsinniger ohne Plan und Verstand. Einige seiner Schläge waren jetzt so schlecht gezielt, daß das Schwert von den Pflastersteinen des Hofes abprallte.
Erst als der Kopf abgehackt war, kam das Ding vollends zur Ruhe. Damit war der Zauberbann gelöst, der die Larve mit einem Zerrbild des Lebens erfüllt hatte. Augenblicklich wurde das graue Chitin der Schale spröde. Es zerbröckelte, wenn man

dagegenstieß, und die graue Substanz, die herausrann, wurde dünnflüssiger und bildete Pfützen aus Schlamm und Wasser. Und mehr war es eigentlich auch nicht.
Dicke Regentropfen fielen vom Himmel, und im nächsten Augenblick rauschten Sturzbäche zur Erde. Teile dessen, was noch eben die Larve gewesen war, lösten sich auf und versickerten zwischen den Steinplatten im Boden.
Eine Weile stand Nestor absichtlich im Regen und ließ sich abkühlen. Er hielt sein Gesicht in den prasselnden Guß, auf daß es gesäubert werde. Der Wolkenbruch wurde immer heftiger, aber er blieb stehen und ließ auch das Schwert vom Regenwasser waschen. Seine Erfahrungen mit Drachenstecher ließen ihn vermuten, daß auch diese Klinge nicht rosten würde.
Als Nestor sich erträglich sauber fühlte, ging er zurück in den Tempel. Gleich hinter der Tür lehnte er sich an die Mauer. Regenwasser tropfte aus seinem Haar und seinen Kleidern. Er schaute dem Regen zu und lauschte seinem Rauschen. Das Ding, das er mit seinem Schwert vernichtet hatte, war jetzt nur noch ein Haufen nasser Modder, der rasch jede Form verlor und in den Boden gespült wurde.
»Draffut – Gott oder nicht, Herr der Tiere, Heiler, was immer du sein oder nicht sein magst –, es tut mir leid, daß ich dein Spielzeug zerstört habe. Nein, das ist doppelt falsch. Es war natürlich nicht dein Spielzeug. Dein magisches Experiment oder was weiß ich. Natürlich tut es mir auch nicht wirklich leid, denn es war ein scheußliches Ding. Wenn es sich heimtückisch heranschleicht und einen Menschen mit einem Haken und einem Schälmesser angreift, dann hat er eigentlich keine andere Wahl – was ist das?«
Es hatte geklungen wie menschliche Stimmen, wie ein kurzer Schwall eines erregten Gespräches. Nestor wartete stumm und lauschte, gleich darauf erklangen die Stimmen wieder. Sie waren hier irgendwo, nicht allzuweit entfernt. Worte konnte er nicht verstehen, aber es klang wie die Stimmen von Menschen in panischer Angst, die versuchten, still zu sein.
Was jetzt?
Wieder hörte er sie. Noch immer konnte man keine Worte

verstehen. Es war eine Sprache, die er nicht kannte. Höchstwahrscheinlich waren es also ein paar Wilde aus dem Sumpf. Nestor murmelte ein kurzes Stoßgebet an die Götter, an deren Existenz er noch immer nicht vollends glauben mochte, und bat sie, ihm einen neuerlichen Kampf zu ersparen. Dann packte er sein Schwert mit festem Griff und ging durch den verfallenen Raum hinaus in den prasselnden Regen. Er würde sich ein Stück weit hinausschleichen, warten, bis er die Stimmen wieder hörte, und dann weiterschleichen.
Er kletterte um eine eingestürzte Ecke des Tempels, vorbei an einer schräggeneigten Götterstatue, von deren Nase der Regen rann, und dahinter eröffnete sich ihm ein guter Blick nach Nordosten. Dort lag ein Sumpfarm, der dichter an die Mitte der Insel heranreichte als irgendein anderer. Von der erhöhten Stelle, an der Nestor jetzt kauerte, war dieser Sumpfarm zu sehen. Nestor erblickte eine Handvoll Einbaumkanus, die eben das Ufer erreicht hatten. Das letzte wurde gerade auf die schlammige Uferbank gezogen. Ungefähr ein Dutzend Menschen mit glattem, schwarzem Haar und beinahe nackten, kupferbraunen Körpern waren bereits an Land gesprungen oder machten Anstalten, es zu tun. Krieger waren es nicht. Sie hatten nur zwei kleine Bogen und ein paar Keulen bei sich und auch sonst nicht viel. Es waren Frauen und Kinder dabei, das heißt, sie stellten sogar den größten Teil dieser Gruppe. Alles, was sie hatten, wirkte ärmlich: Es waren Kaisers Kinder, geborene Verlierer, wenn Nestor jemals welche gesehen hatte.
Eine der Frauen deutete zurück in den Sumpf, weg von Nestor und dem Tempel, und sagte etwas zu den anderen, in einer Sprache, die Nestor nicht verstand. Dann wandte sich die kleine Schar, die sich inzwischen am Ufer versammelt hatte, landeinwärts und hastete durch niedriges Gestrüpp auf den Tempel zu. Offensichtlich hatten sie Nestor noch nicht bemerkt, und er duckte sich noch ein wenig tiefer, um sich zu verbergen, bis er wußte, was als nächstes zu tun sein.
Bevor er noch einen Plan schmieden konnte, krabbelte etwas, das aussah wie eine große, flach am Boden kriechende Eidechse, aus dem Sumpf herauf und hinter den Leuten her. Obgleich es

zumeist von Büschen verdeckt war, konnte Nestor immerhin sehen, daß es sich in unbeholfener Hast in dieselbe Richtung bewegte, die die Menschen eingeschlagen hatten – aber es verfolgte sie nicht. Es holte sie ein, und sie beachteten es nicht. War es eine Art von allgemeiner Wanderung? Eine allgemeine Flucht...?
Weiter hinten im Nordosten, in den Fernen des Sumpfes, nahte wieder etwas, vorläufig im Regen nur verschwommen erkennbar. Dann aber sah er, daß es noch ein Kanu war, in dem zwei weitere kupferhäutige Männer saßen und paddelten. In der Mitte des Bootes hockten zwei Frauen, die mit flachen Händen in das Wasser schlugen, sichtlich entschlossen, alles zu tun, was in ihren Kräften stand, um die Geschwindigkeit des Bootes weiter zu vergrößern. Die Menschen an Land hielten in ihrem Marsch landeinwärts inne, wandten sich um und sahen ihnen entgegen.
Als das Boot ein wenig näher gekommen war, entdeckte Nestor plötzlich, daß etwas Graues, Waagerechtes dahinter herannahte. Einen Moment lang hielt er dieses neue Etwas für eine Art Woge, die durch die Wasser des Sumpfes heranrollte und abgestorbenes Holz auf ihrem Kamm mit sich schwemmte. Aber dann erkannte er in der vermeintlichen Woge eine beinahe geschlossene Reihe von Larven, von denen er eben erst eine vernichtet hatte. Sie marschierten, schwammen und wälzten sich durch den Sumpf heran. Hinter der vordersten, wogenden Front erschien eine zweite Linie, und als Nestor nach links und rechts blickte, konnte er von keiner das Ende sehen. Es waren Dutzende, die da auf die Insel zukamen – ja, wahrscheinlich waren es Hunderte. Jetzt hörte er sie auch. Es waren tausend pfeifende Laute, die nicht Stimmen genannt werden konnten. Er hörte das Platschen von ungezählten Schritten, das leise Klappern ihrer toten Gliedmaßen, die wie ein treibender Wald in der Flut leise aneinanderschlugen.
Immer mehr Vögel und anderes Getier, große und kleine Geschöpfe, flüchteten aus dem Sumpf wie vor einer Treiberkette bei der Jagd. Das nahende Grauen rückte immer näher, und Nestor konnte es trotz des Regens immer deutlicher erkennen.

Er sah jetzt überall in den vorrückenden Linien der Larven die Speere, Dreschflegel, Keulen, Knüppel und Messer, in welche die Arme ausliefen. Nicht zwei der emporgereckten Armpaare glichen einander gänzlich, aber bei allen handelte es sich um Waffen.

Hundert Schritte zu seiner Rechten sah Nestor einen Drachen von Menschengröße, der aus dem Morast auf eine kleine Anhöhe kletterte und sich, von der vordringenden Horde bedrängt, trotzig knurrend umdrehte. Im nächsten Augenblick war der Drache von einem halben Dutzend der Treibholzgestalten umzingelt. Er schleuderte eine zurück, dann noch eine und noch eine, aber immer mehr drangen auf ihn ein, und ihre todbringenden Arme hoben und senkten sich. Irgendwo in der Ferne brüllte ein großer Laufdrache, und Nestor fragte sich flüchtig, ob auch dieser den Kampf wählte und welchen Erfolg er dabei wohl hatte.

Die Menschen, die die Insel bereits erreicht hatten, schwenkten jetzt die Arme über den Köpfen und riefen dem letzten Kanu anfeuernd zu. Nestor hatte den Eindruck, daß die Paddler den Abstand zwischen sich und den grauenvollen Linien vergrößerten. Aber dann scharrte ihr Boot mit dem Boden über ein im Wasser verborgenes Hindernis, einen Holzklotz oder eine Schlammbank, und obgleich sie sofort ihre panischen Anstrengungen verdoppelten, kamen sie nicht mehr von der Stelle.

Nestor sah, daß beide Frauen im Boot Säuglinge bei sich trugen, die sie sich mit Tüchern auf den Rücken gebunden hatten. Alle vier Erwachsenen mühten sich verzweifelt, das Boot wieder freizubekommen, und sie schienen dicht vor dem Erfolg zu stehen, als die graue Woge über sie hinwegrollte. Handlose Arme streckten sich nach ihnen aus, und man hörte Menschen schreien, als das Kanu kenterte und die Passagiere versanken.

Die Schar, die das Ufer erreicht hatte, wandte sich in neuerwachter Panik von der Szene ab. Ihre angstvollen Rufe bedurften keiner Übersetzung. Sie rannten auf den Tempel zu.

Nestor zögerte nicht länger, sich ihnen zu zeigen, sondern sprang auf, damit sie ihn sehen konnten. Vor der bedrohlichen Horde, die dort auf ihn zukam, würde er nicht davonlaufen können, schon gar nicht auf einer so kleinen Insel, und den Flüchtlingen aus den Booten würde es ebensowenig gelingen. In ihrer Einigkeit lag die einzige denkbare Möglichkeit, den Larven zu widerstehen, und natürlich nur dann, wenn Stadtretters schlafende Kräfte auf irgendeine Weise zum Leben erweckt werden konnten und sie tatsächlich so groß waren, wie Nestor nicht ohne Grund vermutete. Der Plan des Tempels, der bei seinem Erkundungsgang in seinem Kopf Gestalt angenommen hatte, zeigte ihm einen weiteren, wesentlichen Ankerpunkt für seine Hoffnung: Einen bestimmten hochgelegenen Raum, der nur zu einer Seite hin offen war. Mit drei oder vier entschlossenen Kämpfern würde er vielleicht zu halten sein.

Die Leute, denen Nestor jetzt entgegenschrie und die beim Anblick des Mannes, der mit dem Schwert in der Hand plötzlich vor ihnen aufgetaucht war und ihnen den Weg versperrte, in ihrer panischen Flucht innehielten, verstanden seine Sprache vermutlich ebensowenig wie er die ihre. Aber bereitwillig folgten sie seinen Rufen und Gebärden, bereitwillig griffen sie nach jedem Strohhalm der Hoffnung. Sie gehorchten Nestors energischem Winken und liefen auf ihn zu und an ihm vorbei. Dann ließen sie sich von ihm überholen und führen und hasteten über Schuttberge, schräg aufragende Steinblöcke und verfallene Treppen zu dem Ort, den er im Sinn hatte.

Es war einer der höchsten noch erhaltenen Räume in einem Teil des Tempels, der einst ein Turm gewesen sein mußte. Den einzigen Zugang bot jetzt ein unebener, langgezogener Geröllhang. Als Nestor die ganze Gruppe mühselig kletternd hinaufgeleitet und in der Turmkammer versammelt hatte, blieben sie zögernd stehen und sahen sich ratlos an.

Er machte eine Gebärde mit seinem Schwert und seiner leeren Hand. »Tut mir leid, aber das ist alles, Freunde. Etwas Besseres werden wir nicht finden.«

Er sah, wie das Verständnis in den Gesichtern der Erwachsenen dämmerte und wie sogleich auch Grauen und Verzweiflung ihre Blicke verfinsterten.

Nestor wandte diesen Blicken den Rücken zu und spähte durch die klaffende Öffnung an der Seite des Raumes den Hang

hinunter und nach Norden. Es war keine große Öffnung, die sie da zu verteidigen hatten – kaum größer als eine breite Tür, aber doch ein wenig mehr, als ein einzelner Mann mit einem einzelnen Schwert ausfüllen konnte. Was er von dieser hohen Warte aus sehen konnte, drohte ihm allen Mut zu nehmen: Die Reihen der Larven, die vom Norden herunter aus dem Sumpf kamen, reichten nach Westen und nach Osten über die ganze Breite der Insel und noch darüber in unbestimmte, gewaltige Fernen hinaus in den Sumpf. Es mußten Tausende sein, vielleicht gar Zehntausende.
Unter den Leuten hinter ihm rührte sich etwas. Als er sich umdrehte, sah er, wie die vier oder fünf kampffähigen Männer sich rechts und links von ihm aufstellten, sich so gut es ging mit Bogen und Knüppel bewaffneten. Nestor sah sie an, und sie erwiderten seinen Blick. Zum Glück schien es nicht notwendig zu sein, Strategie oder Taktik zu besprechen.
Die Welle der Feinde hatte schon vor einer Weile die Insel erreicht und rollte jetzt darüber hinweg. Die grauen Gestalten waren in den Tempel geschwärmt, vielleicht in besonders großer Zahl, weil die flüchtenden Opfer in Sicht waren – jedenfalls schienen die Linien stärker als zuvor, als Nestor sie am Fuße des langgezogenen Geröllhanges auftauchen sah. Dort hielten sie eine Weile inne, und immer neue verstärkten den stetig aufwärts gerichteten starren Blick hundert gesichtsloser Köpfe, die heraufschauten, als wüßten sie bereits, daß entschlossener Widerstand ihrer dort oben harrte. Es klang wie tausend Larvenstimmen, was da pfiff, wimmerte und schrillte wie dissonante Dudelsäcke, deren Dröhnen die ganze Welt erfüllte.
Die Reihen der Grauen Horde sammelten sich am Fuße des langen Schuttberges, bis sie stark genug waren. Dann begannen sie mit dem Aufstieg.
Die Frauen hinter Nestor, die sich mit ihren Kindern in Bedrängnis sahen, bewaffneten sich jetzt ebenfalls. Als er einmal hinter sich blickte, sah er, wie sie scharfe Steinsplitter vom Boden aufsammelten und sich bereit hielten, damit zu werfen oder zu schlagen. Unwillkürlich dachte Nestor an die Besorgnis, die alle Kämpfer, er selbst eingeschlossen, angesichts ihres

bevorstehenden Todes empfanden, an die Neugier, die Angst und die Ratlosigkeit, die sie bei dieser Frage verspürten, ob sie nun darüber redeten oder nicht. Diese Frauen nun hatten noch nie in ihrem Leben einen Gedanken auf Ehre, Ruhm und Mut verwandt, dennoch hielten sie sich ebensogut wie...

Was Nestor selbst betraf, so versicherte ihn das tausendstimmige Wimmern der Larven, daß seine Zeit jetzt gekommen sei und er sich nie wieder derlei Sorgen würde machen müssen.

Dicht hinter ihm begann ein Säugling zu weinen.

Im selben Moment erfüllte ein leises Beben Nestors rechte Hand. Der Schwertgriff. Spielten seine Sinne ihm einen Streich? War es Wunschdenken? Nein...

Die graue Woge kam auf hinkenden, erbärmlichen Beinen herauf. Ein toter Wald aus handlosen Armen ragte aus ihr heraus. Eine irrsinnige Sammlung von Waffen reckte sich ihnen entgegen, und ein gräßliches Wimmern scholl zu ihnen herauf.

Nestor öffnete den Mund und schrie ihnen etwas entgegen, irgendeinen Kriegsschrei, der aus tiefversunkenen, ihm selbst unbekannten Erinnerungen hervorbrach. Jetzt schossen die Bogenschützen neben ihm die erste, hilflose Pfeilsalve ab. Wirkungslos blieben die Pfeile in ihren Zielen stecken. Andere Männer murmelten etwas vor sich hin und schwangen ihre Keulen. Nestor merkte, daß er das Schwert jetzt mit beiden Händen festhielt, und er fühlte, wie die Kraft der Klinge, so natürlich wie sein eigenes Blut, durch seine Arme strömte. Die Schwertspitze hob sich in einer so geschmeidigen Bewegung, daß Nestor nicht genau wußte, ob sein eigener Wille sie hervorgebracht hatte oder ob es die Kräfte gewesen waren, die das Schwert erfüllten. Und jetzt, da die Klinge hoch in die Luft ragte, sah er, wie rings um sie herum gekräuselter Rauch aus der Luft kam und in den Stahl zu fließen schien.

Aber ihm blieb keine Zeit zum Staunen oder zum Ausrechnen seiner Chancen, denn jetzt flog ein Pfeil singend an seiner Schulter vorbei. Die wogende graue Masse der Feinde war beinahe in Reichweite.

Wieder schleuderte er ihnen einen Schrei entgegen, etwas aus

lang zurückliegenden Kriegen – er wußte nicht, was. *Stadtretter*, sagte eine geheimnisvolle Stimme in seinem Kopf, und er wußte, dies war der Name des Schwertes.
Stadtretter kreischte frohlockend. Die gerade Linie seiner Klinge schnitt so sauber durch die grauen Reihen, wie sie erst kürzlich die Früchte zerteilt hatte. Sie mähte die waffenstarrenden Gliedmaßen nieder wie Gras.

14.

»Hier ist es, Euer Gnaden«, sagte der Leutnant in der blauweißen Uniform. »An dieser Stelle wurden wir von der Drachenmeute angegriffen.«
Herzog Fraktin zügelte sein Reittier unter einem Baum, der vom Morgenregen noch tropfte, und in einer fließenden Bewegung glitt er aus dem Sattel. In einer weitausladenden Gebärde seiner Arme streckte er die Rückenmuskulatur, die während des stundenlangen Rittes ein wenig steif geworden war. Dann sah er sich um.
Er fragte den Leutnant nicht, ob es ganz gewiß die richtige Stelle sei, denn diese Frage war überflüssig. Von dort, wo er jetzt stand, umgeben von einer eindrucksvollen Kompanie Berittener, sah und roch er den Kadaver eines gigantischen Laufdrachen. Die tote Bestie lag etwa vierzig Schritte entfernt zwischen den Bäumen, und jetzt, da der Herzog genauer hinsah, entdeckte er dicht neben dem toten Drachen auch einen toten Mann, und ein Stückchen weiter lag eines seiner Kavallerietiere, die totenstarren Beine in die Luft gestreckt.
Der Pesthauch, der dem Kriege folgt, dachte der Herzog und streckte sich noch einmal. Dann schlenderte er ohne Hast dichter an den Schauplatz des Gemetzels heran. Angesichts eines drohenden, ja, dicht bevorstehenden Krieges fand er es vernünftig, seine Sinne so schnell wie möglich wieder an das zu gewöhnen, was sie bald notgedrungen würden über sich ergehen lassen müssen.
Während er sich den Kadavern näherte, löste er mit der Rech-

ten Würfelwender in seiner feinverzierten Scheide an seinem Gürtel. »Und wo ist der Wagen, den ihr verfolgtet?« fragte er seinen Leutnant. »Sagtet ihr nicht, daß er bei der Jagd umkippte und dann die Drachen auftauchten und euch angriffen, bevor ihr Gelegenheit hattet, die Leute, die darinsaßen, festzunehmen?«

»So war es, Euer Gnaden.« Die beiden Überlebenden der unglückseligen Patrouille, die den Herzog jetzt begleiteten, begannen ausführlich und hitzig zu erörtern, wo dieser verdammte Wagen gelegen hatte und immer noch liegen müßte. Der Herzog hörte ihnen mit ungeduldiger Aufmerksamkeit zu, und unterdessen ließ er selbst seinen Blick umherschweifen, doch ohne Ergebnis. Er hatte sich um den besten magischen Rat bemüht, den er hatte erhalten können, und nach allem, was er dabei erfahren hatte, war womöglich eines dieser Schwerter in dem Wagen verborgen gewesen – vielleicht sogar zwei.

Noch bevor seine Untergebenen ihren Streit beendet hatten, wurde die Aufmerksamkeit des Herzogs von einem Reiter abgelenkt, der herbeigaloppiert kam und berichtete, daß sich ein anderer Wagen auf der Straße von Südwesten nähere. Als er kurz darauf in Sicht kam, erwies dieser Wagen sich als bescheidenes, klappriges Gefährt. Es war ein holpernder Bauernkarren, und die beiden Zugtiere waren noch hinfälliger als das Fahrzeug. Zuerst war der Herzog verwirrt, als er sah, daß ein paar seiner Leibwächter eilends zu dem Wagen galoppiert waren und ihn nun heraneskortierten.

Dann sah er, wer da mitten auf dem durchhängenden Sitz hockte, und er verstand – oder er begann zu verstehen.

»Mein lieber Cousin«, sagte Lady Marat, während sie die Hand ausstreckte, damit der Herzog ihr beim Absteigen helfe. Ihre Stimme und ihre Haltung waren so gelassen, daß man denken konnte, die Demütigung berühre sie nicht im geringsten. Aber ihre Worte bewiesen das Gegenteil. »Ich hoffe, Ihr gebt mir Gelegenheit zu ausgesuchten Rachemaßnahmen, und zwar am selben Tage, da die Burg, die ich gestern verlassen habe, offen vor Euch liegt.«

Fraktin neigte kaum merklich den Kopf. »Betrachtet Euern Wunsch als gewährt, liebste Cousine – solange seine Erfüllung nicht mit meinen eigenen Bedürfnissen oder mit den Erfordernissen des Krieges in Konflikt gerät. Und jetzt habt Ihr mir, wie ich vermute, sicher etwas zu berichten?«

Doch ehe er hören konnte, was die Dame zu berichten hatte, erscholl eine Trompete, und der Herzog wandte ihr für einen Augenblick den Rücken zu. Er sah, daß die Spitze der langen Infanteriekolonne, die im Marschtempo auf der Straße von Nordosten herankam, den Platz erreicht hatte, an dem sie standen. Herzog Fraktin erwiderte den Salut des berittenen Offiziers, der die Kolonne anführte, und kehrte dann zu seiner Unterredung mit Lady Marat zurück. Während sie weiterredeten, zogen die Fußtruppen mit schwerem Tritt an ihnen vorüber.

Der Herzog bot der Dame eine Erfrischung an, doch sie zog es vor, zu warten, bis sie ihren vorläufigen Bericht erstattet hätte und damit ihrer heißersehnten Rache ein wenig näher gekommen wäre. Sie hatte Pläne für jeden in dieser Burg, vor allem aber für den Ritter, der ihre Kutsche gestohlen und sie mit so unverhohlener Mißachtung behandelt hatte.

Herzog Fraktin lauschte ihrem Bericht aufmerksam, und so erfuhr er unter anderem, daß der Wagen des Drachenjägers in der Tat zu Sir Andrew gefahren und folglich den Drachen entronnen war.

»Aber mein Kurier entkam mit einem Schwert von Sir Andrews Burg?« fragte er. »Dessen seid Ihr sicher?«

»Ja, liebster Cousin. Dessen bin ich mir ganz sicher. Allerdings vermag ich nicht zu sagen, welches Schwert es war.«

Nicht zum erstenmal begann der Herzog diese Dame recht anziehend zu finden. Aber er wischte solche Gedanken beiseite, wohl wissend, daß er sich jetzt tunlichst auf andere Dinge konzentrieren sollte. »Wo steckt dieser fliegende Kurier dann jetzt? Er hat mich nicht erreicht.«

Dafür wußte die Dame keine Erklärung. Als man den Tierführer von seinem Platz unter den Stabsoffizieren des Herzogs herbeirufen ließ, äußerte dieser die Auffassung, ein solcher

Drache könne mit Leichtigkeit über weite Strecken fliegen, selbst wenn er ein- oder zweimal mit einem gewöhnlichen Schwert verwundet worden sei. Auch der Tierführer wußte sich das Verschwinden des Kuriers nicht zu erklären – abgesehen davon, daß Drachen, wie jedermann wußte, gelegentlich unzuverlässig waren.

Jetzt wandte sich der Herzog einem anderen Mann zu, der eben aus dem Sattel gestiegen war, um sich mit ihm zu beraten. »Was sagst du jetzt zu meinem Glück, Blaumantel? Was ist mit der angeblichen Kraft des Schwertes, das ich trage?«

Der Magier spreizte die Hände in einer beschwichtigenden Geste. »Nur soviel, Euer Gnaden: Wir wissen nicht, wie Euer Glück aussähe, hättet Ihr Würfelwender nicht an Euerm Gürtel.«

»Ich finde diese Antwort ganz und gar nicht genügend, Blaumantel. Ich finde sie – was glotzt du so, du Fisch?« Diese Frage galt einem der Diener, die Lady Marat begleitet hatten. Es war der Mann, der die Zügel des Bauernkarren geführt hatte. Die letzten Tage in den Diensten der Lady waren nicht spurlos an ihm vorübergegangen, und jetzt war der Arzt des Herzogs dabei, seine Wunden zu versorgen.

Der Arzt hob bei den Worten des Herzogs den Kopf, seine Hände hielten inne. Der Mann, den der Herzog angeherrscht hatte, wollte etwas sagen, doch dann warf er einen zweiten Blick in das Gesicht seines Herrn und ließ sich mit wehenden Verbänden auf den Boden fallen. »Ich bitte tausendmal um Verzeihung, Euer Gnaden. Mir fiel ein, daß ich ... ich glaubte, Euch auf dem Jahrmarkt gesehen zu haben.«

»Was? Auf ...« Noch während er sprach, zog das Echo der Stimme eines anderen Mannes durch sein Hirn. Auch dieser hatte davon gesprochen, ihn irgendwo gesehen zu haben, wo er niemals gewesen war. »Erkläre dich, Kerl!«

Der Mann sprudelte einen wirren Bericht über die Geschehnisse auf Sir Andrews Jahrmarkt hervor, und er erzählte, was sich ereignete, als er und die anderen Geheimagenten das Schwert Drachenstecher in ihre Hände gebracht hatten. Er berichtete im einzelnen, wie sie das Schwert sodann verloren und der

Kurierdrache sich auf unheimliche, magische Weise verändert hatte, als er sich in die Lüfte erhob.
Der Herzog nickte nachdenklich. »Aber ich? Wo, glaubst du, mich gesehen zu haben?«
»Mitten auf dem Jahrmarkt, Sire. So deutlich, wie ich Euch jetzt sehe. Jetzt weiß ich, daß es nur ein Zerrbild war, das Zauberei mir vorgaukelte. Aber ich sah Euch auf den Kurier zulaufen, als er sich zum erstenmal in die Lüfte erhob, und ich hörte Eure Stimme, die ihm befahl, zurückzukommen. Dann sah ich, wie Ihr ihm das Schwert in die Flanke stießt.«
Der Herzog sah Lady Marat an, die bestätigend nickte. Sie erklärte: »Dies sind im wesentlichen die Einzelheiten, die ich in meinem eigenen Bericht hinzufügen wollte.«
Als nächstes sah der Herzog den Zauberer an, der mit geschlossenen Augen dastand. Der Blaugewandete murmelte wie zu sich selbst: »Wir wissen, daß noch ein anderes Schwert in die Ereignisse verwickelt war und es in Sir Andrews Burg lag. Jetzt wissen wir auch, um welches es sich handelte. Es heißt Sichtblender oder Schwert der Arglist. Es ist...«
Der Herzog hob den Arm und gebot ihm zu schweigen. »Warte.«
Im sanft tröpfelnden Himmel regte sich etwas. Der Tierführer hatte den Kopf in den Nacken gelegt, und er rief und gestikulierte. Jetzt sah man einen reptilischen Boten unbestimmter Art – der Herzog war außerstande, die feineren Unterschiede zwischen Drachenkreuzungen und anderen fliegenden Lebewesen zu erkennen –, der in spiraligen Kreisen vom Himmel herniederschwebte. Aber ach! dachte Herzog Fraktin, als er seiner ansichtig wurde. Diese Kreatur war zu klein. Es war nicht der Kurier, der mit dem Schwert verschwunden war. Es war ein kleiner fliegender Kundschafter, der Bericht erstatten wollte.
Tatsächlich war er so klein, daß er auf der Hand des Tierführers sitzen konnte, als er gelandet war. Dieser trug ihn beiseite, damit der Herzog hören konnte, was der Bote zu sagen hatte, ohne daß gleich jeder der Anwesenden lauschte.
Mit heiserem Flüstern übersetzte der Tierführer dem Herzog

in kurzen Abschnitten, was die Kreatur zu melden hatte. Zuerst lauschte er der unter Qualen erlernten, beinahe unverständlichen Halbsprache des Drachen, dann wandte er sich dem Herzog zu und wiederholte das Gehörte mit menschlichen Worten. »Euer Gnaden, es geht um den Drachenjäger – um den Mann, der von den Menschen Nestor genannt wird.«
»Ja, ja, ich kenne ihn. Er hat sich einmal gegen mich vergangen. Aber was hat er mit unserer augenblicklichen Lage zu schaffen?« Diese Frage dem Drachen zu stellen war ein langer und schwieriger Vorgang. Manchmal glaubte der Herzog, sein Tierführer, so unentbehrlich die Fertigkeiten des Mannes auch sein mochten, sei im jahrzehntelangen Umgang mit seinen Schützlingen selbst ein wenig schwachsinnig geworden.
Endlich kam die Antwort. »Dieser Nestor ist in den Großen Sumpf verschleppt worden, Sire. Von einem großen Flugdrachen – aber von keinem der unsrigen.«
»Ein erwachsener Mann, von einem Drachen davongeschleppt? Lächerlich. Und doch... Aber was versucht er uns noch zu sagen?«
Wieder wechselten Herr und Tier gutturale Laute. »Er sagt, die Graue Horde, Sire... Er sagt, die Graue Horde sei auferweckt worden und marschiere gegen Sir Andrews Land.«
Stille trat ein, und man hörte nur das Tropfen des Regens unter den Bäumen und den gleichförmigen Marschtritt der vorüberziehenden herzoglichen Truppen. Schließlich wisperte der Herzog. »So hat also jemand ein gefahrvolles Spiel begonnen. Aber wer hat sie erweckt?« Doch dies war nicht schwer zu erraten.
Nach einem weiteren Austausch animalischer Klänge antwortete der Tierführer: »Menschen, die einer Frau folgen, Sire. Einer Frau, die auf einer Kampfbestie reitet und eine menschliche Armee durch den Sumpf führt.«
Herzog Fraktin nickte langsam und entließ den Mann mit einer Geste. Dieser belohnte seinen Schützling mit einer kleinen, getrockneten Eidechse, präpariert mit einer Droge, die dem Flugdrachen einen tiefen Schlaf voller angenehmer Träume schenken würde.

Unterdessen begab sich der Herzog zurück zu seinen Offizieren und zu Lady Marat, die in der Nähe auf ihn warteten, und schickte sich an, eine große Ratsversammlung einzuberufen. Die Lage hatte sich verändert. Womit er es jetzt zu tun hatte, war nicht länger die einfache Unterwerfung einer kleineren Macht, wie es sein Plan gewesen war.
Es schien, als ob sich die Götter wieder einmal aktiv in die Angelegenheiten der Menschen einmischten.

15.

Nestor hatte das Gefühl, das Schwert müsse jahrhundertelang aus voller Kraft gekreischt haben. Aber endlich hatte sich das Kreischen zu einem leisen Sirren verringert, und jetzt erstarb es allmählich ganz und wurde still. Das Leben, die Kraft, die noch immer aus dem Griff in Nestors bebende Hände floß, versiegte gleichfalls langsam.
Er keuchte vor Erschöpfung, und seine Haut war schlüpfrig von Schweiß und hier und dort auch von seinem eigenen Blut. Schwankend trat er einen Schritt vor. Der langgestreckte Geröllhang lag immer noch vor ihm, und er stand immer noch lebendig oben. Suchend blickte er umher, ob er nicht eine Treibholzgestalt fand, die er mit seinem Schwert zerschmettern konnte. Aber keine von denen, die noch zu sehen waren, stand aufrecht.
Noch immer hörte er das vieltausendfache Wimmern der Larvenarmee, das allmählich in der Ferne verhallte. Die grauen Reihen hatten sich vor dem Tempel geteilt und waren vorübergezogen – aber nicht alle. Die weite, fächerförmige Fläche des Abhangs vor Nestor hatte sich mit einer neuen Geröllschicht bedeckt. Es waren die Überreste von einhundert grauen Körpern, die Stadttretter zu Klumpen aus schmelzendem Schlamm geschlagen hatte.
Die überall verstreut liegenden Gestalten rührten sich nicht mehr; überhaupt nichts regte sich auf dem ganzen Hang, außer den Regentropfen, die jetzt wieder einsetzten.

Vereinzelte Tropfen fielen auf Nestors Gesicht. Langsam drehte er sich auf der Stelle um und starrte benommen auf die nicht weniger benommenen Leute, die neben ihm gekämpft und ihm den Rücken gedeckt hatten. Er sah, daß zwei der Männer gefallen waren, die Keulen noch in den Händen, und eine Frau war zusammen mit ihrem kleinen Kind zerfleischt worden. Aber alle anderen lebten noch. Die meisten hatten sich in den Ecken zusammengekauert, und einige waren verwundet. Stadtretters kreischender Stahlwirbel hatte fast die ganze weite Eingangsöffnung versperrt.

– baut harte Mauern rings um das, was weich –

Erst jetzt wurde sich Nestor der kleinen Wunden bewußt, die er selbst hier und dort empfangen hatte. So gut er konnte, hatte er versucht, das Schwert zur Abwehr zu benutzen und nach Möglichkeit seine eigene Haut zu schützen. Aber die magische Kraft, die das Schwert im Kampf belebte, hatte letztendlich die Oberhand gehabt, und das Schwert war weniger daran interessiert gewesen, ihn zu retten, als vielmehr daran, die Feinde niederzumähen.

Ein Pfeil hing lose in Nestors Hemd, kratzte ihn, wenn er sich bewegte, und hatte eine kleine, blutende Wunde verursacht. Als er den kurzen Schaft herauslöste und fortwarf, fragte er sich, ob die Spitze wohl vergiftet gewesen sein mochte. Wenn ja, dann war es nun zu spät, sich darüber den Kopf zu zerbrechen.

Zumindest konnte er sich noch bewegen. Unter den gegebenen Umständen durfte er kaum mehr verlangen. Noch einmal schaute er die wie betäubt dasitzenden Überlebenden an, sie rührten sich nicht, sondern starrten ihn nur an. Dann kletterte er den von den Überresten der Larven übersäten Hang hinunter und einen anderen hinauf. Sein Ziel war der höchste Punkt auf dem verfallenen Tempeldach. Von dort aus würde er in alle Richtungen weit über den Sumpf hinausblicken können.

Halsbrecherisch an den schmalen Rest des Daches geklammert, sah Nestor in der Ferne die Wellen der Larvenarmee, die sich vor seiner Festung geteilt hatten und dann weitergerollt waren, nachdem sie hinter dem Tempel, Wasserwellen gleich, wieder

zusammenflossen. Der Anblick erweckte ein seltsames Empfinden in ihm. Die hundert Larven, die er vernichtet hatte, erschienen plötzlich nichtig.
Noch etwas anderes sah Nestor, als er von seinem Ausguck in die Ferne spähte, und er kletterte hastig hinunter und eilte, so schnell er konnte, an den Leuten vorbei, die er und sein Schwert gerettet hatten und die sich nun vor ihm wie vor einem Gott auf den Boden warfen. Erschöpfung, Erleichterung und vielleicht auch Pfeilgift ließen ihn am ganzen Körper zittern, als Nestor in das Erdgeschoß hinunter und nach Süden aus dem Tempel hinauslief.
Kurz darauf bog Draffut, der vom Dach aus noch eine ferne, spielzeuggroße Gestalt gewesen war, von Südwesten her um die Ecke des Tempels. Der Riese bewegte sich mit gewaltigen Schritten voran, seine Beine legten ihren Weg schneller zurück, als menschliche Beine es vermocht hätten. Ein mäßig großer Flugdrachen, vielleicht just der, den Nestor vor einer Weile angesprochen hatte, flatterte dicht neben Draffuts Kopf dahin, fast so, als wolle er ihn angreifen. Aber Draffut beachtete das fliegende Geschöpf nicht, und es ließ ihn gleichfalls in Frieden.
Die kleine Schar der Flüchtlinge war Nestor nach unten gefolgt. Draffut war ihnen offensichtlich bekannt und ein willkommener Anblick. Nestor vermutete, daß es die Hoffnung auf den Schutz des Riesen gewesen war, die sie überhaupt auf die Insel hatte fliehen lassen. Jetzt sanken sie vor Draffut auf die Knie und jammerten lange und ausführlich. Der Riese antwortete ihnen in ihrer eigenen Sprache. Mit seinen großen Händen richtete er die Knienden auf, berührte ihre Wunden und heilte sie.
Dann griff eine seiner gewaltigen Hände auch nach Nestor, und er spürte ihre belebende Kraft, wie er sie schon einmal gespürt hatte. Während seine Wunden verheilten, sagte Draffut zu ihm: »Du hast dich wacker geschlagen und mehr als gewöhnliche Kräfte gezeigt, wenn es stimmt, was diese Menschen mir erzählen.«
»Wahrscheinlich stimmt es. Ich danke dir noch einmal, Heiler-

der-du-kein-Gott-bist.« Nestors Zittern war verflogen, und die kleinen Wunden waren nicht mehr zu sehen. Er fühlte sich so gesund, daß der lange Kampf, der eben erst zu Ende gegangen war, ihm so unwirklich wie ein Traum erschien. Es überraschte ihn, das flüchtige Empfinden zu verspüren, daß zusammen mit Angst und Schmerz noch etwas anderes, Wertvolles weggewischt worden war.
»Ja«, fuhr Nestor fort. »Es waren viele. Sehr viele – einschließlich deines Haustierchens, das sich vor den anderen erhob und mich zu töten versuchte. Bei diesem hat das Schwert mir nur gewöhnliche Dienste geleistet.«
Geistesabwesend hob Draffut einen Arm, und der Flugdrache landete wie ein Jagdfalke auf seiner Hand. »Meine fliegenden Kundschafter berichten, daß von Westen her eine große menschliche Armee in den Sumpf eingedrungen ist«, grollte der Riese. »Die Soldaten tragen die schwarz-silberne Uniform Yambus, vielleicht ist es die Königin selbst, die sie führt.«
»Oh.« Mit Entsetzen vernahm Nestor diese Neuigkeit. Er bückte sich, um das Schwert aufzuheben, das er fallen gelassen hatte, als Draffut ihn berührte. Wie jedermann hatte auch Nestor schon von dieser Königin und ihrer Macht gehört. »Aber ihr Ziel ist nicht die Eroberung des Sumpfes, nehme ich an.«
»Nein, ich vermute, sie will das Reich des Guten Sir Andrew. Die Zauberer ihrer Armee singen ihre Bannsprüche beim Marschieren, und allenthalben erheben sich die Larven, die sie aus der Ferne gehegt haben, aus dem Sumpf und folgen ihnen in endlosen Reihen.«
»So«, meinte Nestor, »dann wissen wir ja nun, wer für die Larven verantwortlich ist. Und warum zieht diese Armee ausgerechnet gegen Sir Andrew? Und warum ausgerechnet jetzt?«
Draffut schwenkte den Arm, und der Drache flog auf. Er hatte sich ausgeruht, und jetzt strebte er mit kräftigen Flügelschlägen seinen eigenen Angelegenheiten zu. »Mindestens zwei der Götterschwerter sind jetzt dort«, sagte Draffut. »Eine verlockende Beute, findest du nicht auch?«
Nestor warf einen Blick auf die Flüchtlinge, die dem Gespräch

ehrfurchtsvoll, doch ohne viel zu verstehen, lauschten. Zu Draffut gewandt, erwiderte er: »Eines ist ganz gewiß dort, und zwar das meine. Ich vermute, wenn die Königin Yambu weiß, wo es ist, und seine Bedeutung kennt, dann wird sie viel riskieren, um es an sich zu bringen. Dies gilt auch für Herzog Fraktin und hundert andere. Was sollen wir also tun? Ich würde selbst einiges auf mich nehmen, um es zurückzubekommen.«

»Du solltest zu Sir Andrew gehen und ihn warnen«, erklärte Draffut. »Und du solltest tun, was du kannst, um ihm mit dem zu helfen, was du da in der Hand hältst. Jetzt, da wir wissen, wer die Graue Horde herangezogen hat und wohin sie geführt wird, sehe ich selbst keinen Grund mehr, noch länger in diesem Sumpf zu verweilen. Nein, jetzt gibt es einen anderen Ort, zu dem ich will, und einen Teil des Weges können wir zusammen gehen.«

Noch einmal wechselte Draffut einige Worte mit den überlebenden Sumpfbewohnern. Dann erläuterte er für Nestor: »Ich habe ihnen gesagt, daß sie jetzt zu ihrem Dorf zurückkehren können. Es liegt auf einer anderen Insel, nicht weit von hier. Dort werden sie sicherer sein als hier, falls gewisse Mächte herkommen sollten, um nach meinen Anhängern zu suchen.«

»Was für Mächte könnten das sein?«

»Ich habe die Absicht«, antwortete Draffut, »einen Streit mit den Göttern zu beginnen. Zumindest mit einigen von ihnen. Bist du bereit?«

Nestor hatte kein Gepäck außer dem Schwert, dies aber war, das sah er jetzt, ein unhandlicher Gegenstand, wenn man es längere Zeit mit sich herumtragen sollte. Noch größer erschien diese Schwierigkeit, als er begriff, daß er eine ganze Weile auf Draffuts Schultern reiten würde und er hin und wieder beide Hände würde freihaben müssen, um sich festzuhalten. Draffut schlug vor, Nestor solle sich zu einem bestimmten Raum des Tempels begeben, den er bei seinem Erkundungsgang nicht gefunden hatte: Eine längst verlassene Wächterstube oder Waffenkammer. Ein großer Teil der Waffen, die dort gelegen hatten, war inzwischen verrostet oder vermodert, aber Nestor stöberte eine kupferne Scheide auf, die einigermaßen gut zu Stadtretter paßte. Um den erforderlichen Gürtel anzufertigen, nahm er das Schwert und schlug ein Stück von einer zähen Ranke ab, die auf der Tempelmauer wucherte.

Die Sumpfmenschen hatten sich mit ihren Kanus bereits auf den Rückweg zu ihrer Siedlung gemacht, als Draffut mit Nestor auf dem Rücken festen Boden hinter sich ließ und in nordöstlicher Richtung in den Morast hinauswatete. Mit seinen weitausgreifenden Schritten hatte Draffut die Paddler bald überholt. Die Leute machten ihm Platz und winkten, als er vorüberzog.

Etwa eine halbe Stunde lang schritt Draffut gleichmäßig und zügig voran, ohne daß sich etwas ereignete. Wenn irgendeines der vielfältigen großen und kleinen Lebewesen, die den Sumpf bevölkerten, in Erwägung zog, den Herrn der Tiere auf seiner Wanderung zu belästigen, so merkte Nestor zumindest nichts davon. Wasser und Schlamm reichten Draffut niemals weiter als bis zur Hüfte, und Nestor konnte sich mühelos trocken halten. Hin und wieder mußte er den Kopf einziehen, um nicht gegen einen Ast zu stoßen, aber mit ernsthafteren Problemen hatte er im Augenblick nicht zu kämpfen. Er krallte sich mit beiden Händen in das leuchtende Fall seines Trägers, und allmählich machte ihm der Ritt tatsächlich Spaß. Manchmal hatte Nestor sogar den Eindruck, daß die Dornbüsche sich beiseite bogen, wenn der Riese sich näherte.

Aber die Zeit der Annehmlichkeit endete jäh, als Draffut einen Streifen trockenen, verhältnismäßig hochgelegenen Bodens erklomm. Da nämlich sprang plötzlich eine mächtige Kampfbestie, gepanzert und mit einem Halsband in den Farben Yambus, aus seinem Hinterhalt in einem Schilfgestrüpp dem Herrn der Tiere entgegen. Der Riese reagierte beinahe im selben Augenblick. Bevor Nestor sein Schwert ziehen konnte, hatte Draffut den Angreifer mitten in der Luft gefangen, als sei es ein kleines Kätzchen, mit dem er spielte. Aber dann schleuderte der Riese die Bestie heftig davon, und der wirbelnde, kreischende Körper brach krachend durch Geäst und verschwand dreißig Meter weiter hinter den Bäumen, wo er mit lautem Platschen im Sumpf versank.

Wie zur Antwort erscholl in der Ferne ein pfeifender Ruf, der wie der Schrei eines Jägers klang. Nestor hatte ähnliche Signale schon beim Einsatz von Kampfbestien gehört. Draffut blieb einen Moment lang stehen und wandte sich nach links, um über den Baumwipfel zu spähen. Dann drehte er sich rasch um und ging nach rechts weiter, schneller jetzt als je zuvor. Nestor schob das halb gezogene Schwert schleunigst in die Scheide zurück und klammerte sich mit beiden Händen fest.

»Yambus Vorhut«, sagte Draffut über die Schulter hinweg mit einer Stimme, die bei ihm als Flüstern galt. »Wir werden ihnen davonlaufen, wenn wir können.«

Als Nestor sich umsah, entdeckte er weitere Kampfbestien, die sie verfolgten. Er zählte drei, aber es konnten leicht mehr sein. Viele hundert Meter weiter hinten, jenseits der großen, katzenartigen Kreaturen, sah er die Vorhut einer menschlichen Armee, Berittene und Soldaten in Booten. Er rief diese Neuigkeit in Draffuts Ohr, aber der Riese ersparte sich eine Antwort. Draffut rannte jetzt beinahe. Vielleicht, so dachte Nestor, war wirkliches Rennen bei seiner Größe und seinem Körperbau unmöglich. Nestors Vertrauen in Draffuts Kräfte war beträchtlich, aber gleichzeitig war ihm doch fast, als fühle er die Klauen der mächtigen Kampfbestien schon in seinem Rücken...

Die Jagd ging weiter. Hin und wieder meldete Nestor mit einer Stimme, die so gelassen klang, wie es ihm nur möglich war, daß ihre Verfolger aufholten. Dann plötzlich blieb Draffut jäh stehen und drehte sich ruhig um. Er hatte sich entschlossen, den Feinden entgegenzutreten.

»Es hat keinen Sinn«, sagte er. »Sie sind zu schnell. Und sie sind irr vor Kampfeslust – sie werden mir nicht zuhören.« Mit einer Hand hob er Nestor von seiner Schulter und setzte ihn hoch oben in eine Astgabel. »Verteidige dich«, riet der Herr der Tiere ihm lakonisch und schickte sich an, desgleichen zu tun.

Einen Augenblick später galoppierte ein halbes Dutzend Kampfbestien auf heißer Spur aus dem Unterholz. Draffut

schlug die erste zurück, packte die zweite beim Schwanz und schleuderte sie beiseite und mußte sich die dritte aus dem Pelz zupfen, denn sie hatte es tatsächlich gewagt, ihn anzuspringen. Er hob sie hoch und warf sie mit Macht gegen die drei übrigen. Danach stoben alle Kampfbestien, die sich noch regen konnten, fluchtartig auseinander, und das schrille Japsen, das sie ausstießen, wollte nicht recht zu ihnen passen. Nestor hatte sein Schwert gezogen und hielt es kampfbereit in der Hand. Besondere Kräfte ließ es nicht erkennen, aber das war auch nicht notwendig – er hatte nichts zu tun. Unter den gegebenen Umständen allerdings war ihm dies ganz recht.
Draffut hatte Nestor eben von seinem Hochsitz heruntergehoben, als eine neue Gestalt erschien. Es war eine Frau mit langem, schwarzem Haar. Ihr Körper war in einen leichten Panzer aus Ebenholz und Silber gehüllt. Sie ritt auf einer grauen Kampfbestie, die so groß war, daß Nestor einen Augenblick lang glaubte, es sei ein Drache, über einen Streifen trockenen Landes, etwa hundert Meter weit entfernt.
Trotz des bewölkten Himmels blitzte die Rüstung der Frau, als strahle die Wüstensonne auf sie herab. Sie reckte ein Schwert empor, das in der Ferne schimmerte wie eine silbrige Nadel, und sie rief etwas zu ihnen herüber.
Ihre Stimme war durchdringend, und die Worte waren deutlich zu hören. »Weiche aus dem Weg meiner Armee, du großes Ungetüm, oder ich werde meine Männer auf dich hetzen! Ich weiß, wo deine Schwäche liegt. Sie werden dich schon bald töten. Und wen trägst du da?«
Nestor hatte schon von Leuten gehört, die auf Kampfbestien ritten, aber gesehen hatte er es noch nicht. Während er sich wieder an Draffuts Schulter festklammerte, rief der Riese mit Donnerstimme: »Schaffe du lieber selbst deine Kampfbestien beiseite, denn sonst werde ich euch ein Heer von Drachen auf den Hals schicken, das eurem Marsch durch den Sumpf erst die rechte Würze verleiht.« Ohne abzuwarten, welche Wirkung seine Worte haben würden, drehte er sich um und setzte gemessenen Schritts seinen Marsch nach Norden fort.
Nichts deutete darauf hin, daß jemand sie verfolgte.

»Das war die Silberne Königin selbst. Yambu«, sagte Nestor ein wenig später zu Draffuts Ohr – eine zweifellos unnötige Bemerkung, aber der Mann war außerstande, über dieses Erlebnis kommentarlos hinwegzugehen.
»In der Tat.« Draffuts Stimme rumpelte durch seinen Hals und seinen Kopf zu Nestor herauf. »Es gibt Elemente im Menschlichen, die mich manchmal wünschen lassen, ich könnte gegen sie kämpfen.«
Sie durchquerten Morast und Dickicht in einer Geschwindigkeit, die für ein Reittier auf offener Ebene nicht schlecht gewesen wäre. Eine Zeitlang hörte man nichts als das Stampfen und Spritzen von Draffuts Schritten, und mancherlei ging Nestor durch den Kopf. Schließlich fragte er: »Du hast gesagt, du willst einen Streit mit den Göttern anfangen?«
»Das muß ich«, antwortete Draffut, und mehr erfuhr Nestor nicht.
Nur noch wenige Worte wurden zwischen den beiden gewechselt. Nestor genoß die Annehmlichkeiten des Reitens und sah zu, wie die Sonne am westlichen Himmel hinter den Wolken verschwand und wieder erschien. Als Draffut wieder stehenblieb, waren einige Stunden vergangen, und die rote Sonne war beinahe untergegangen. Kaum merklich hatte das Land sich verändert, der gleichförmige Sumpf lag hinter ihnen, statt dessen wechselte sich Morast mit trockenem Grund ab. Einmal sah Nestor Hirten, die aus der Ferne zu ihnen herüberstarrten.
Behutsam setzte der Riese Nestor auf den trockenen Boden und sagte zu ihm: »Geh von hier aus weiter nach Norden, und du wirst Sir Andrew finden. In nördlicher Richtung ist der Boden so fest, daß du gut darauf laufen kannst, und es gibt nur wenige wilde Tiere. Mein Weg führt mich jetzt nach Osten.«
»Ich wünsche dir viel Glück«, antwortete Nestor, und als er nach Osten geschaut hatte, öffnete er den Mund, um noch etwas zu sagen, denn er hatte nicht gewußt, daß der abendliche Glanz von Vulkans Schmiedefeuer so hell war, daß man ihn so weit im Westen noch sehen konnte.
Aber Draffut war schon nicht mehr da.

16.

Als Dame Yoldi zum erstenmal mit Mark in ihren Arbeitsraum ging, fand er nicht die düstere, ungastliche Kammer vor, die er erwartet hatte. Es war ein offener, sauberer Raum, geschmückt mit Dingen aus der Natur und so hell, wie er an diesem versinkenden, wolkigen Tag, dessen Licht durch schmale Fenster hereindrang, nur sein konnte.
An einer kleinen Öllampe, die bereits brannte, entzündete die Zauberin einige Kerzen, mit denen sie die bis dahin dunklen Ecken des Zimmers beleuchtete. Zwei stellte sie auf den Tisch in der Mitte, auf dem nun Drachenstecher auf einem weißen Linnentuch ruhte. Nur wenig stand außer dem Tisch in diesem Raum, aber die Wände waren von Regalen bedeckt, die ein magisches Arsenal enthielten – Bücher und Flaschen, Schachteln, Gläser und Beutel. In einigen offenen Schüsseln lagen Körner und gedörrte Früchte, andere enthielten etwas, das aussah wie klares Wasser und trockene Erde.
Yoldi ließ Mark am Tisch bei dem Schwert Platz nehmen. Sie machte es ihm bequem und reichte ihm einen köstlichen Trank, der ein wenig anders als alles schmeckte, was er je zuvor gekostet hatte. Dann begann sie ihn ausführlich zu befragen – nach seiner Familie, nach den Götterschwertern, die er schon gesehen hatte, und danach, was er mit seinem eigenen Schwert zu tun gedachte, wenn er es je zurückbekäme. Ihre Fragen ließen neue Ideen in Mark aufkeimen, und er begann, seine Lage in einem neuen Licht zu sehen, so daß er in dem Schwert, das jetzt vor ihm auf dem Tisch lag, etwas anderes erblickte als jene Waffe, die er einmal selbst in seinen beiden Händen gehalten und mit der er einen Drachen getötet hatte. Je länger er mit Yoldi sprach, desto furchterregender und eindrucksvoller wurde die ganze Geschichte für ihn. Aber irgendwie wuchs seine Angst dennoch nicht.
Ein aufgeregtes Klopfen an der Tür unterbrach ihre Unterhaltung. Yoldi ging, um zu öffnen, und lauschte einen Augenblick jemandem, der draußen stand. Dann winkte sie Mark mit feierlichem Gesicht, ihr hinauszufolgen. Sie führte ihn zahllo-

se Treppen und schließlich eine Leiter hinauf, und als sie dort oben ins Freie traten, erwies sich, daß sie auf dem höchsten Dach der Burg angelangt waren. Es war eine ebene Fläche, nur wenige Schritte im Quadrat, durch Kupferblech vor der Witterung und vor Brandpfeilen geschützt und von einer brusthohen Steinmauer umgeben. Sir Andrews Tierführer, ein griesgrämiger junger Mann, der aussah, als wäre er gern alt, war bereits oben, und er machte sich an einem von mehreren menschengroßen Käfigen zu schaffen, die unter einem Schutzdach entlang der nördlichen Brüstung standen. In diesen Käfigen hausten die Flieger, nichtmenschliche Boten und Kundschafter, kurz bevor sie fortflogen und wenn sie von einem Flug zurückkehrten.
Als Dame Yoldi und Mark auf dem Dach erschienen, deutete der Tierführer schweigend nach Osten in die herabsinkende Nacht. Ein breiter Strich des Horizonts in dieser Richtung war von einem düsteren Glühen beleuchtet, es sah aus, als graue der Morgen zur Unzeit oder als lodere dort eine ferne Feuersbrunst.
»Die Berge«, sagte Mark, als er sah, woher das Leuchten kam. Und dann: »Meine Heimat...«
Dame Yoldi stand hinter ihm. Sie faßte ihn bei den Schultern. »In welcher Richtung liegt dein Dorf genau, mein Junge?« Ihre Stimme klang beinahe eifrig. »Kannst du darauf zeigen? Aber nein, ich glaube, das ist nicht möglich. Doch es liegt irgendwo in der Nähe dieser Berge.«
»Ja.« Mark starrte, ohne den Blick zu wenden, auf die fernen Feuer und schwieg.
»Hab keine Angst.« Yoldis Tonfall klang jetzt tröstend und blieb munter zugleich, sie weigerte sich, Vulkane als Katastrophen zu betrachten. Die Berührung ihrer Hände wirkte beruhigend. »Deine Familie ist wahrscheinlich wohlauf. Ich kenne die Leute dort in den Hügeln; sie verstehen es, auf sich aufzupassen. Vielleicht ist es sogar gut für sie, weil es sie aus Herzog Fraktins Land vertreibt, sofern sie es nicht schon längst verlassen haben.« Die Zauberin wandte sich dem griesgrämigen Mann zu und fragte: »Wann kommt dein nächster Späher aus dem Osten?«
Mark verstand nicht, was der Mann zur Antwort gab. Er war mit der Frage beschäftigt, was aus seinem Elternhaus werden moch-

te, und er sah seine Mutter und seine Schwester als taumelnde Flüchtlinge.
»Ich frage mich«, sagte Dame Yoldi sinnend und mehr zu sich selbst, »ob Sir Andrew schon davon gehört hat. Man sollte es ihm sagen, aber er redet dort unten mit dem Burschen von Yambu. Wahrscheinlich geht es nicht an, daß man ihn jetzt stört.«
Und jetzt sah Mark, daß tatsächlich einer der fliegenden Späher aus dem verblassenden Himmel herunterkam. Er näherte sich von Süden, nicht von Osten, aber er näherte sich gleichwohl mit erschöpfter Hast.

Baron Amintor, Königin Yambus Gesandter, war ein großer Mann, so groß wie Sir Andrew selbst, aber jünger als dieser. Mit seinen Muskeln und seinen Narben erschien der Baron eher wie ein Krieger als wie ein Diplomat. Aber er besaß die glatte Zunge des Diplomaten, und Sir Andrew mußte einräumen, daß an den Manieren des Mannes nichts auszusetzen war. Nur gegen den Inhalt dessen, was der Besucher zu sagen hatte, wußte Sir Andrew einiges einzuwenden.
Die beiden Männer waren allein in einem kleinen Raum nicht weit über dem Erdgeschoß der Burg und in Hörweite von Sir Andrews Waffenkammer, in der das Klingen zahlloser Hämmer auf Metall erkennen ließ, daß die Mobilmachung auf Befehl des Ritters bereits in vollem Gange war. Es war ein Klang, den sein Besucher nicht überhören sollte.
Der Baron schien allerdings nicht die geringste Notiz davon zu nehmen. »Sir Andrew, Ihr braucht nichts weiter zu tun, als mir diejenigen der Schwerter, die sich derzeit in Eurem Besitz befinden, zur Weitergabe an die Königin zu überlassen und den Armeen der Königin den ungehinderten Durchmarsch durch Euer Land zu gestatten – welchen zu verhindern Ihr ohnehin keinesfalls in der Lage sein werdet –, und unverzüglich genießt Ihr ihren Schutz hinsichtlich der Drohungen, die Herzog Fraktin in letzter Zeit gegen Euch ausgestoßen hat. Und – das darf ich vielleicht hinzufügen – hinsichtlich ähnlicher Drohungen, die von anderer Seite gegen Euch gerichtet werden mögen.

Ganz gleich, von welcher Seite.« Amintor unterstrich diesen Zusatz mit einem verschlagenen, bedeutungsvollen Blick – er zwinkerte fast. Dann ließ er eine Pause eintreten.
Sir Andrew überlegte, welche spezielle Befürchtung, welchen Argwohn dieses Beinahe-Zwinkern in ihm hatte wecken sollen. Aber was es auch sein mochte, seine Fähigkeit zur Besorgnis war ohnedies ganz und gar ausgelastet, wenngleich er vertrauensvoll hoffte, daß man es ihm nicht anmerkte.
Baron Amintor fuhr fort. »Aber man kann von Ihrer Majestät natürlich nicht erwarten, daß sie die Grenzen solcher Staaten sichert, die sich unfreundlich gegen sie zeigen. Falls Ihr ihr die Schwerter, in bedauernswertem Irrtum verhaftet, vorenthalten solltet, diese Werkzeuge, die für das Streben Ihrer Majestät nach einem gerechten Frieden so notwendig sind, dann wird Ihre Majestät Euch als unfreundlich betrachen müssen, ob sie will oder nicht.« An dieser Stelle senkte der Baron seine Stimme um einen Hauch. Es schien, daß die Vorstellung, jemand könne unfreundlich zu Yambu sein, ihn mit Entsetzen erfüllte, mochte er ein noch so abgebrühter Soldat sein.
»Ah«, bemerkte Sir Andrew. »Werkzeuge, die für das Streben nach einem gerechten Frieden notwendig sind. Das gefällt mir. Ja, das ist gut.«
»Sir Andrew, glaubt mir, Ihre Majestät ist erfüllt von dem Wunsche, Eure Unabhängigkeit soweit wie möglich zu respektieren. Aber unfreundlich und klein zugleich zu sein – das ist eigentlich nicht die Politik, die von Weisheit zeugt.«
»Weisheit, wie? Klein, was?« Kein Barde würde diese Trotzesworte je wiederholen, aber Sir Andrew fand, daß der Mann, der vor ihm stand, keine wohlgesetzte, ja, nicht einmal eine wohldurchdachte Rede verdiente. Überhaupt – er war viel zu zornig, als daß er Lust gehabt hätte, sich dergleichen auszudenken.
»Lieber Herr, Euer Reich ist vergleichsweise klein und schwach. Das ist eine Tatsache! Herzog Fraktin ist sich ihr selbstverständlich ebenso bewußt wie Ihr und ich, und der Herzog ist nicht Euer Freund. Die Menschen Eures Landes – nun, sie sind tapfer, das will ich gern glauben. Und loyal gegen Euch, die meisten jedenfalls. Aber es sind nicht allzu viele, und

sie sind weit verstreut. Diese Burg...« und jetzt war der Baron der erfahrene alte Soldat vom Scheitel bis zur Sohle und schlug mit seiner kräftigen Faust gegen die Wand »... ist eine prachtvolle Festung. Der Lärm aus Eurer Waffenkammer ist überaus unterhaltsam. Aber wie viele kampferprobte Männer habt Ihr bis jetzt tatsächlich mobilisiert, hier an Ort und Stelle einsatzbereit? Zweihundert? Weniger vielleicht? Nein, natürlich müßt Ihr mir das nicht verraten. Aber behaltet diese Zahl einmal im Sinn. Vergleicht sie mit den Zahlen, die in diesem Augenblick bereitstehen, Eure Grenzen aus zwei Richtungen zu überschreiten, aus dem Osten und aus dem Westen. Ihr könnt weder die Armee der Königin daran hindern noch die des Herzogs. Und dann denkt an die Menschen in den abgelegenen Dörfern Eures Landes, die Ihr niemals werdet verteidigen können – wenigstens nicht ohne die huldvolle Hilfe Ihrer Majestät.«

Sir Andrew erhob sich unvermittelt. Er war so wütend, daß er sich selbst nicht mehr vertraute. »Verlaßt mich jetzt.«

Der Baron hatte bereits gestanden. Ohne einen Einwand zu erheben, ohne zu zögern oder Angst zu zeigen, wandte er sich um und tat ein paar Schritte auf die Tür zu. Dann blieb er noch einmal stehen. »Und habt Ihr sonst noch eine Nachricht für die Königin?«

»Ich sagte, Ihr sollt mich jetzt allein lassen. Man wird Euch zeigen, wo Ihr warten könnt. Ich werde Euch demnächst sagen, was ich der Königin mitzuteilen habe.«

Kaum war Sir Andrew allein, verließ er die kleine Kammer, in der er Baron Amintor empfangen hatte, und ging in einen anderen, größeren Raum, in dem die meisten seiner alten Bücher aufbewahrt wurden. Im Schein einer Lampe nahm er einen Band in die Hände, befingerte ihn, klappte ihn auf und wieder zu. Wann würde er je wieder Zeit zum Lesen finden? Oder würde er schon bald im Kampf sterben und überhaupt nie mehr ein Buch lesen?

In nachdenkliches Schweigen versunken, spazierte er einsam hinunter in seine Kerkergewölbe. Vor der einzigen Zelle, die einen Menschen beherbergte, blieb er stehen und starrte den Gefangenen nachdenklich an. Kaparu, sein Häftling, erwiderte seinen Blick nervös. Unten in einem Nebengang waren Arbeiter damit beschäftigt, die Zellen zu öffnen, in denen Vögel und anderes Getier eingesperrt war, und die kleinen Insassen freizulassen. Ein Krieg stand bevor, und mit dem Luxus war es vorbei, auch mit dem Traum von einem Vivarium auf dem Gelände der Burg.

Schließlich begann der Ritter zu sprechen. »Du, Kaparu, bist mein einziger menschlicher Gefangener. Hast du über die Bedeutung dessen, was ich dir neulich vorgelesen habe, nachgesonnen? Ich weiß nicht, wann es – wenn überhaupt – wieder möglich sein wird, dir etwas vorzulesen und zu versuchen, dich zu einem guten Menschen zu machen.«

»Oh – ja, wahrhaftig, ich habe darüber nachgesonnen, Sire.« Kaparus Hände rutschten schweißnaß über die Gitterstäbe, die er umklammert hielt. »Und – und zumindest soviel habe ich gelernt: Daß Ihr ein guter Mensch seid. Schon vorher war ich sicher, daß diejenigen, die in Euer Land einfallen wollen, keine guten Menschen sind. Deshalb würde ich – ich würde viel dafür geben, Sire, nicht in dieser Zelle sitzen zu müssen, wenn ... das heißt, falls ...«

»Wenn meine Burg von ihnen gestürmt wird, wolltest du sagen. Eine natürliche und intelligente Reaktion.«

»Oh, wenn Ihr mich freilassen würdet, Sire, wenn Ihr mich hinauslaßt, dann will ich Euch wohl dankbar sein. Ich will alles tun.«

»Wenn ich dich freilasse, wirst du dann nicht wieder zum Räuber werden?«

»Aber nein, Sire, das schwöre ich Euch.«

Sir Andrew zögerte in seinem inneren Konflikt, und er fragte: »Kann ich deinem Schwur denn trauen, Kaparu? Hast du gelernt, daß man einen Schwur nicht leichtfertig bricht?«

»Ich werde den meinen nicht brechen, Sire. Was Ihr mir vorgelesen habt ... es hat mir die Augen geöffnet. Ich sehe jetzt ein, daß mein Leben bisher falsch war, ein einziger großer Fehler von Anfang an.«

Sir Andrew blickte Kaparu lange an. Dann nickte er milde und nahm den Schlüsselbund von seinem Gürtel.

Kurz darauf erfuhr der Ritter die letzten Neuigkeiten von seinen fliegenden Spähern. Er erwog die gräßliche Kunde von der Erweckung der Grauen Horde, und dann schickte er Yambus Gesandten mit einer schroffen Antwort zurück zu seiner Königin. Eine andere Möglichkeit schien es nicht zu geben.
Danach begab Sir Andrew sich hinauf auf die höchsten Zinnen seiner Burg, wo jetzt außer ihm niemand stand, und brütend lehnte er sich gegen die Brüstung. Wohin er auch blickte, überall traf man Vorbereitungen für Krieg und Belagerung, und er hatte so vieles zu bedenken.
Plötzlich merkte er, daß sich jemand zu ihm gesellt hatte, und als er aus seinen Gedanken aufblickte, sah er Dame Yoldi neben sich. Sie hatte ihm keine dringenden Nachrichten zu bringen oder Fragen zu stellen, das entnahm er ihrer Miene, sie war in dieser Stunde seiner Not einfach zu ihm gekommen, um zu sehen, wie sie ihm vielleicht helfen konnte.
»Andrew.«
»Yoldi... Yoldi, wenn die Macht, die in diesen Götterschwertern liegt, tatsächlich so groß ist, daß diese Übeltäter rings um uns her bereit sind, gegeneinander und gegen uns in den Krieg zu ziehen, um auch nur eines davon in ihre Hände zu bringen – wenn sie so groß ist, sage ich, wie kann ich ihnen dann guten Gewissens auch nur einen einzigen Schlüssel zu solcher Macht überlassen?«
Dame Yoldi nickte verständnisvoll, sanft und betrübt. »Mir scheint, Ihr könnt es nicht. Ihr habt Euch also schon entschieden. Oder muten Euch die Folgen einer Verweigerung noch entsetzlicher an?«
»Niemals! Bei allen Dämonen, die Ardneh jemals erschlagen oder gelähmt hat – sterben müssen wir alle irgendwann, aber wir sind nicht dazu verurteilt, uns kampflos zu ergeben! Nur die Leute in den Dörfern gehen mir nicht aus dem Sinn, Yoldi. Ich kann nichts tun, um sie vor Fraktin oder Yambu zu beschützen.«
»Es würde den Menschen in den Dörfern zumindest ein wenig Hoffnung für die Zukunft geben – denen jedenfalls, die die Invasion überleben –, wenn Ihr Euch hier in Eurer Festung

halten könnt, auf daß Ihr eines Tages Euer Land zurückerobert.«
»Wenn ich mich hier oder anderswo halten will, muß ich zu meinem Volke sagen: ›Zieht in den Krieg.‹ Wir beide, Ihr und ich, wir wissen, was Krieg bedeutet. Viele der Jungen wissen es nicht. Aber es scheint, daß das Böse und das Grauen des Krieges so oder so über sie kommen wird, ganz gleich, wie ich mich entscheide. Eine Kapitulation wird Feinde wie diese nicht zur Umkehr bewegen, nachdem sie einmal gegen meine Grenzen gezogen sind, und sie wird nicht mildern, was sie meinem Volk antun werden, ungeachtet dessen, was sie mir jetzt vielleicht versprechen könnten. Womit ich nicht sagen will, daß ich sie um Versprechungen oder Kapitulationsbedingungen gebeten hätte. Weshalb sollte ich etwas von ihnen erbitten, was ich sowieso nicht glauben würde?«
Stille senkte sich zwischen Ritter und Zauberin, und ringsumher hörte man nichts als das ferne Klingen aus der Waffenkammer. »Ich muß wieder an meine Arbeit«, sagte Yoldi schließlich. Sie küßte den Burgherrn einmal und ging dann davon.
»Und ich muß hinunter«, sagte Sir Andrew laut zu sich selbst, »um die Verteidigungsvorbereitungen zu inspizieren.«

Wenig später schritt er auf der Außenmauer der Burg entlang, und bei einem der trutzigen Wachttürme, die das Haupttor schützten, traf Sir Andrew auf einen seiner alten Waffenkameraden und wechselte ein paar Worte mit ihm.
»Es ist lange her, Sir Andrew, seit wir auf diesen Mauern unsere Schwerter ziehen mußten.«
»Ja, es ist lange her.«
Irgendwann hatte der Gefährte sich in einen alten Mann mit weißen Haaren und runzligem Gesicht verwandelt, und Sir Andrew, der ihn so nicht in Erinnerung hatte, konnte sich des Gefühls nicht erwehren, daß diese alte Haut eine Verkleidung sein müsse, die der andere gleich ablegen würde. Ihr Gespräch klang munter und zuversichtlich genug, wenngleich die Dinge, über die sie sprachen, zumeist von schrecklicher Art wa-

ren: Belagerung und Strategie, Erstürmung, Gegenangriff und Ausfall.

»Wir haben sie uns immerhin eine geraume Zeit vom Leibe gehalten, stimmt's nicht, Herr?«

»Aber nicht lange genug«, seufzte Sir Andrew.

Und dann stand er wieder allein auf der Mauer neben dem Haupttor. Von seinem erhöhten Standpunkt aus konnte er den dünnen, immer wieder abreißenden Strom von Proviantkarren, Soldaten und Flüchtlingen überblicken, der – eher ein Rinnsal – über die gewundene Straße von der Kreuzung zur Burg heraufkam.

Dort kamen ein paar Priester und Priesterinnen Ardnehs eilig und mit wehenden weißen Gewändern herauf. Eben hatten die Posten weiter unten an der Straße sie in Augenschein genommen. Sie hatten zwei Wagen bei sich, und Sir Andrew hoffte, sie möchten mit Arzneien und medizinischem Gerät beladen sein. Manchmal standen Ardnehs Tempel in Kriegszeiten unversehrt zwischen zwei streitenden Armeen. Jeder Offizier und jeder Soldat hoffte, daß man ihn, sofern es Platz für ihn gäbe, bei einer Verwundung versorgen würde. Aber so würde es diesmal offensichtlich nicht sein. Ardneh stellte sich, in gewisser Weise, auf Sir Andrews Seite, und – die Arzneien einmal außer acht gelassen – die Truppen würden dies als gutes Omen betrachten.

Sir Andrew schloß die Augen und legte die Hände auf die Mauerbrüstung. Er dachte daran, zu Ardneh zu beten und ihn um mehr, um unmittelbare Hilfe zu bitten – wenngleich er in einem Winkel seines Herzens wußte, besser als beinahe jeder andere auf der Welt, daß Ardneh zwar einst gelebt hatte, jetzt aber seit beinahe zweitausend Jahren tot war. Sir Andrew wußte es wohl. Und dennoch...

Dieses Geheimnis, welches Ardneh umgab, rief ihm ein anderes ins Gedächtnis, das ihn schon lange beschäftigte und das er trotz allen Forschens nicht hatte lüften können: Wenn Ardneh tot war, weshalb lebten dann alle anderen Götter und Göttinnen der Welt noch? Nach allgemeiner Auffassung lebten sie ungefähr seit der Erschaffung der Welt, Ardneh so gut wie die

anderen. Aber Sir Andrew hegte schwerwiegende Zweifel an dieser Auffassung.
Eher neigte er dazu, gewissen historischen Schriften Glauben zu schenken, in denen ganz sachlich die Rede von Ardnehs Dasein und Tod war, die aber Vulkan, Hermes, Aphrodite, Mars oder einen der anderen mit keinem Wort erwähnten – mit Ausnahme von Draffut, dem Herrn der Tiere. Doch Draffut schrieb man hier geringere Bedeutung zu als Ardneh oder ihrem bösen Widersacher Orkus, dem Herrn der Dämonen.
Was immer Sir Andrew von dem Göttern denken mochte, an den Dämonen zweifelte er nicht einen Augenblick lang.
Irgendwann in den langen Jahren des Studierens und Nachdenkens war tief in seinem Herzen ein schrecklicher Verdacht aufgekeimt: Daß die Wesen, die sich jetzt als Götter bezeichneten, die von den Menschen als Götter anerkannt wurden und die die Herrschaft über die Welt beanspruchten – wann immer sie sich dafür zu interessieren beliebten –, daß diese Wesen in Wahrheit Dämonen waren, die das Zeitalter Ardnehs und Orkus' überlebt hatten. Es war nur tröstlich, daß diese Theorie empfindliche Mängel aufzuweisen hatte.
Nach allen Götterstudien, die Sir Andrew angestellt hatte, gab es immer noch herzlich wenig, was er mit Gewißheit über sie sagen konnte: Daß nämlich die meisten von ihnen wirklich waren, daß sie hier und jetzt existierten und daß sie überaus mächtig waren. Die Schwerter allein legten hinreichend Zeugnis davon ab, wie mächtig Vulkan war.
Yoldi war eine ausgezeichnete Zauberin und eine tapfere dazu. Aber die Fähigkeit eines jeden Zauberers, die Mächte der Wirklichkeit ganz und gar zu erreichen und zu beherrschen, war begrenzt.
Warum im Namen aller Götter und Dämonen mußte das Universum so kompliziert, verwirrt und widersprüchlich sein? Sir Andrew dachte – nicht zum erstenmal –, daß er, hätte man ihn mit dem Entwurf betraut, das Ganze anders angelegt hätte.
Sir Andrew öffnete die Augen, schloß sie noch einmal und versuchte zu entscheiden, ob er nun wirklich zu Ardneh betete oder nicht. Plötzlich hörte er unten jemanden seinen Namen

rufen. Als er hinunterschaute, sah er, daß ein Mann aus dem Verkehrsstrom, der in die Burg floß, beiseite getreten war und jetzt geradewegs unter ihm am Straßenrand stand. Der Mann war noch recht jung, allenfalls mittleren Alters, von schlanker Statur, und er wirkte weitgereist. An seiner Seite hing ein großes Schwert an einem Gürtel, der aussah wie eine Ranke oder ein Strick, und dieses Schwert zog Sir Andrews Aufmerksamkeit sogleich auf sich.
Der Mann mußte noch einmal rufen, bevor Sir Andrew ihn erkannte: Nestor, den Drachenjäger. »Sir Andrew? Ich bringe Euch Grüße vom Herrn der Tiere, von Draffut.«

17.

Obgleich er beinahe ohne Pause und so schnell, wie es mit seinen Riesenschritten nur ging, gewandert war, hatte Draffut anderthalb Tage gebraucht, um von seiner Tempelinsel in der Mitte des Sumpfes zu den Hochebenen im Osten zu gelangen. Es war wieder Nacht geworden, bevor er in denjenigen Teil von Herzog Fraktins Reich gelangte, in dem das Gelände merklich steiler anzusteigen begann. Die vulkanischen Feuer, die den östlichen Himmel schon erleuchtet hatten, als sie noch Hunderte von Kilometern entfernt gewesen waren, boten aus dieser Nähe ein wahrhaft großartiges Schauspiel.
Beinahe unmittelbar nachdem er den Sumpf hinter sich gelassen hatte, war Draffut Flüchtlingen begegnet, die von den Ausbrüchen vertrieben worden waren. Es waren großenteils Menschen aus Fraktins Hochlanddörfern, wo offensichtlich eine Massenflucht eingesetzt hatte. Die Dörfler verließen ihre Häuser und ihre Äcker in Gruppen, in Familien und auch einzeln, und sie zogen ohne klares Ziel einfach nur bergab. Den meisten von ihnen war diese Gegend fremd, und sie wußten nicht mehr, wo sie sich befanden. Einige von ihnen schilderten ihm im Vorbeiziehen lauthals, was sie für Vulkans Zorn hielten – als könne Draffut nicht selber sehen, daß der Himmel vor ihm in Flammen stand.

Draffut wußte nicht genau, ob die Leute versuchten, ihn zu warnen oder ihn zu bitten, die Götter von ihrem Spiel abzubringen – oder beides. »Ich werde mit Vulkan darüber sprechen«, sagte er, wenn er überhaupt antwortete. Sorgsam vermied er es, auf die Leute zu treten. Natürlich sprachen die meisten ihn gar nicht erst an. Sie waren erstaunt und erschrocken, wenn sie ihn erblickten, und in ihrer Panik rannten sie ihm hin und wieder geradewegs vor die Füße oder sie trieben ihm ihr Vieh und ihre Bauernkarren über den Weg. Draffut ging ihnen rücksichtsvoll aus dem Weg und wanderte weiter nach Osten und bergan.
Vor den kleinen Einheiten der herzoglichen Armee, denen er unterwegs – schon vor den Grenzen des Landes – immer wieder begegnete, brauchte er sich nicht zu hüten. Ob beritten oder zu Fuß, stets stoben sie auseinander, wenn sie Draffut kommen sahen, als zweifelten sie nicht einen Augenblick daran, daß er ihr Todfeind sei. Unwillkürlich mußte Draffut an Zeiten denken, da Soldaten ihm zugejubelt und ihn um seine Hilfe gebeten hatten. Aber viele Zeitalter und viele Kriege hatte es seither gegeben, und es war nicht hier, sondern auf der anderen Seite der Welt gewesen.
In einem Leben, das schon mehr als fünfzigtausend Jahre andauerte, hatte Draffut oft genug Schwärme von menschlichen Flüchtlingen und auch schon brennende Himmel wie diesen hier gesehen. Aber noch selten hatte die Erde unter seinen Füßen so gebebt, wie sie es jetzt tat.
Als er die verkarsteten Ausläufer des Gebirges erreicht hatte, stieg er ohne Pause weiter bergauf. Die grollenden Feuertürme loderten jetzt beinahe senkrecht über seinem Kopf, und feine Asche wehte gleichmäßig um ihn herum zu Boden. Er vermutete, daß es hier Kräfte gab, die ihn vernichten könnten, daß er nicht mehr immun gegen den Tod war, wie er es einmal gewesen sein mochte. Seine eigenen Kräfte, die er im Laufe einer Ewigkeit in sich aufgenommen hatte, schwanden – so langsam, wie er sie gewonnen hatte, aber sie schwanden. Dennoch fühlte er kaum Angst um sich selbst. Es lag in seiner Natur, daß Größeres ihn beanspruchte als die Sorge um sein eigenes Wohlergehen. Die bebende, lodernde Agonie der Berge vor dem dunkler

werdenden Himmel erweckte alte Erinnerungen in ihm. Eine davon war uralt... ein anderer Berg, auf einem anderen Kontinent; er hatte sich gespalten, und der See des Lebens war ihm entströmt... damals, in den Tagen, da Ardnehs Macht am größten gewesen war. Ardneh, den Draffut nie wirklich gekannt hatte, im Gegensatz zu allem, was die Menschen derzeit für die Geschichte der Welt hielten... Aber das war kaum noch von Bedeutung, denn Ardneh war längst tot...
Die Frage, die jetzt zu beantworten war, lautete: Woher hatten diese neuen Kreaturen ihre Macht, diese Emporkömmlinge, die sich selbst als Götter bezeichneten? Ardneh hatte nicht einmal in den Tagen seiner größten Macht behauptet, ein Gott zu sein, und auch Orkus, der Böse, hatte es nicht getan. Und wenn Draffut zurückdachte, war ihm, als sei sogar das Wort *Gott* unter den Menschen jahrtausendelang vergessen gewesen.
Wenn er versuchte, zu weit in seine eigene Vergangenheit zurückzuschauen, dann gelangte er zu einer Epoche, an die er nur noch verschwommene Erinnerungen heraufbeschwören konnte, zusammenhanglose Szenen und bedeutungslose Eindrücke. Er wußte, daß es Erinnerungen an eine Zeit waren, in der seine Intelligenz, sein Geist und sein Körper ganz anders gewesen waren als heute. Aber an die letzten paar tausend Jahre erinnerte Draffut sich klar und deutlich. Er entsann sich noch gut der Tage, in denen Ardneh und Orkus miteinander gekämpft hatten. In jenen Tagen war keiner dieser großmäuligen, schwerteschmiedenden Emporkömmlinge, die sich heute Götter und Göttinnen nannten, auf Erden gewandelt. Sie trugen Namen aus der fernen Vergangenheit menschlicher Mythen, aber wer waren sie? Mit welchem Recht dachten sie sich Spiele aus, bei denen die Menschheit in grauenhafte Kriege gestürzt wurde? Draffut durfte nicht länger zögern. Er mußte es herausfinden.
Er hatte noch kaum begonnen, den eigentlichen Berg zu erklimmen, als er seinen Weg von einem trägen, breiten Lavastrom versperrt sah. Die Luft über der Lava flirrte vor Hitze. In der Nacht und der Höllenglut auf der anderen Seite des geschmolzenen Steinflusses erkannte er zwischen wirbelnden

Dünsten und kochender Luft eine zweibeinige Gestalt, für einen Menschen viel zu groß – vorausgesetzt, daß ein Mensch dort überhaupt hätte stehen können, ohne zu verbrennen. Die Gestalt war etwa so groß wie Draffut selbst, und sie starrte Draffut entgegen, wortlos wartend.
In der tosenden Hitze sah er die Gestalt nicht genau; nur ihre Umrisse konnte er erkennen. Er blieb stehen und rief einen Gruß hinüber, und er benutzte eine uralte Sprache, die Ardneh wie auch Orkus sofort verstanden hätte. Aber es kam keine Antwort.
Draffut sammelte seine alten Kräfte, so gut er konnte, und konzentrierte sie in seiner rechten Hand. Dann beugte er sich nieder und stieß die Hand in den blubbernden, brodelnden, siedenden Lavastrom. Ohne sich davon verbrennen zu lassen, nahm er eine tropfende Handvoll des geschmolzenen Gesteins auf. Mit einer zweiten Anspannung seiner Willenskräfte erfüllte er die Handvoll Magma mit flüchtigem Leben, und das, was eben noch toter Stein gewesen war, schwebte plötzlich in der heißen, aufsteigenden Luft und zerplatzte in kleinen, lautlosen Explosionen zu lebendigen Formen, so zart wie Schmetterlinge.
Immer noch stand die Gestalt jenseits des Lavastroms regungslos und stumm da. Aber jetzt hatte sich eine zweite, ebenso große dazugesellt, und dann sah Draffut, wie noch eine erschien und noch eine. Die Götter versammelten sich, um zu sehen, was er tat, und um ihn schweigend abzuschätzen.
Aber er wollte mehr als das. Er stand aufrecht da und klopfte sich das rauchende Gestein von den Händen. Es war unmöglich, festzustellen, ob die stummen Zuschauer von dem, was sie gesehen hatten, beeindruckt waren.
Mit weithin hallender Donnerstimme forderte er sie heraus. »Warum sagt ihr den Menschen nicht die Wahrheit? Fürchtet ihr euch davor?«
Eine Bewegung ging durch die Gruppe, und die Szenerie flimmerte in der Hitze. Das Grollen der Erde übertönte jeden Laut, und so konnte Draffut nicht hören, was sie untereinander sprachen. Schließlich erscholl eine dröhnende Stimme, mäch-

tiger als die jedes Menschen. »Sag's ihnen doch selbst, du zottiger Hund.«
Eine zweite Stimme erhob sich hoch und klar; anscheinend gehörte sie einer Göttin. »Wir wissen sehr wohl, was du warst, Herr der Tiere, als du deinen menschlichen Herren in die Grotte im See des Lebens folgtest, vor fünfzigtausend Jahren oder mehr. Du brauchst dir jetzt keine Majestät anzumaßen.«
Noch eine Stimme erklang, streitsüchtig, männlich. »Ja, sag's ihnen selbst – aber werden sie glauben, was ein Hund ihnen erzählt, der Sohn einer Hündin? Es macht nichts, daß einige von ihnen jetzt glauben, du seist ein Gott. Das können wir rasch ändern.«
Draffut spürte, wie die Glut seines Zornes wuchs, immer weiter wuchs, bis sie heißer war als die Lava, die den Boden vor ihm in Brand setzte. Er donnerte zurück: »Ich habe ebensoviel Recht darauf, ein Gott zu sein, wie irgendeiner von euch. Mehr! Sagt doch der Menschenwelt, was ihr wirklich seid!«
Die Schar jenseits der wogenden Hitze wurde immer größer. Eine höhnische Stimme forderte ihn auf: »Sag *du* ihnen, was wir wirklich sind. Ha haaa!«
»Ich würde es ihnen sagen. Ich werde es ihnen sagen, sobald ich es weiß.«
»Ha haaa! Wir sind Götter, und das ist alles, was du wissen mußt. Und es steht dem Sohn einer Hündin nicht an, die Götter herauszufordern.«
Mit einem einzigen Schritt überquerte Draffut den Lavastrom, und jetzt sah er den letzten Sprecher deutlich genug, um ihn erkennen zu können. »Du bist Vulkan. Und du wirst mir jetzt einige Antworten zu den Schwertern geben.«
Vulkans Antwort war dreist genug – eine obszöne Beschimpfung. Aber gleichzeitig schien er sich kaum merklich in die Gruppe zurückzuziehen. Ein Drängen und Schieben ging durch die Schar der Götter, und eine Wolke von Rauch und Staub wehte über sie hinweg. Dann schob eine andere Gestalt Vulkan beiseite und trat vor ihn. Es war die Gestalt eines riesenhaften, muskulösen Mannes, der einen mächtigen Speer trug und dessen Kopf von einem Helm geschützt war. Scharf

hob er sich von einem frischen Schwall rotglühender Lava ab, die sich eben einen Hang herunterwälzte.
»Ich reise jetzt gen Westen«, verkündete Mars. Diese Stimme hatte Draffut noch nicht gehört. Es war der Klang von Pauken und Trompeten und klirrendem Metall. »Der Krieg ruft mich. Ich sehe eine belagerte Burg, und ich sehe einen in der Armee der Angreifer, der mit kundiger Magie mir Opfer darbringt. Ich denke, es ist an der Zeit, daß ich die Gebete eines treuen Dieners erhöre.«
In der Gruppe hinter dem Sprecher erhob sich ein schriller Chor unterschiedlicher Bemerkungen. Draffut stellte fest, daß die einen Beifall, aber die anderen auch heitere Geringschätzung äußerten.
Mars ignorierte sie alle. Er wandte seinen schrecklichen Blick nicht von Draffut, der ihm den Weg versperrte. »Ich werde zu dieser Burg gehen und dort ein Weilchen Menschen töten, mir zum Vergnügen.«
»Nein«, versetzte Draffut schlicht. »Das wirst du nicht tun.«
In diesem Augenblick warf jemand aus den hinteren Reihen der Götter mit einem brennenden Felsbrocken nach Draffut. Mit furchtbarer Langsamkeit schien der Block durch die Luft zu fliegen, und er war genau gezielt. Ihn zu fangen stellte Draffuts Stärke auf eine harte Probe, doch irgendwoher nahm er sogar noch die Kraft, ihn zurückzuschleudern – allerdings nicht auf den unsichtbaren Werfer. Draffut schleuderte ihn gegen Mars, just als dieser seinen langen Speer zum Wurf erhob. Felsblock und Speer trafen mitten in der Luft aufeinander und zerbarsten zu einer Million kreischender Splitter.
Aber schon hatte der Gott des Krieges einen neuen Speer in der Hand und schritt voran in den Kampf.

18.

Dame Yoldi selbst hatte Mark mehrmals gesagt, daß sein Überleben von äußerster Wichtigkeit sei und sie ihn deswegen so lange wie möglich an ihrer Seite behalten wolle, wenn die

Kämpfe begonnen hatten, denn hier wäre er verhältnismäßig sicher. So kam es, daß sie nebeneinander auf dem höchsten Dach des Schlosses standen, als im matten Licht des frühen Morgens der erste Ansturm der Grauen Horde wie eine schmutzige Woge gegen die Mauern der Burg prallte.

Die Verteidiger waren auf den Angriff vorbereitet, wie sie es besser nicht hätten sein können, denn einen Überraschungsangriff hatten die Feinde nicht bewerkstelligen können. Am Tag zuvor hatte Sir Andrews Zauberin erklärt, daß Geschwindigkeit und Richtung des Larvenvormarsches von Yambus Zauberern nur annähernd gesteuert werden könne. In den vergangenen Tagen hatte Yoldi mit einigen Gehilfen immer wieder versucht, den Zauber der Feinde zu stören und die Larven gegen die zu wenden, die sie erweckt hatten. Doch diese Bemühungen waren fehlgeschlagen, und jetzt mußte Dame Yoldi ihre Aufmerksamkeit notgedrungen anderen Dingen widmen. Sie meinte, die Larven würden ohnehin nur ein paar Tage aktiv bleiben können. Wenn sie einmal dem Sumpf entstiegen seien, könnten sie ihrer Umgebung keinerlei Nahrung, keine Energie mehr entziehen. Dies mache es schwierig, sie zu beeinflussen, und beinahe unmöglich, sie zu vergiften, aber gleichzeitig hindere es auch ihre Herren daran, sie nach Belieben zu steuern. Gleichviel – in den wenigen Tages ihres Pseudolebens waren sie eine beinahe unbesiegbare Armee, gefeit gegen Erschöpfung und Angst.

Mehr als eine Stunde vor ihrem ersten Ansturm gegen die Mauern der Burg hörte man ihr tausendstimmiges Heulen wie einen fernen Wind. Deshalb waren die Verteidiger gewarnt und auf dem Posten, als die Horde hundert Sturmleitern gegen die Mauern lehnte.

Es wurde heller, und Mark sah von seinem Ausguck in luftiger Höhe, wie Ben auf der Ostmauer kämpfte. Mit seinen Riesenkräften führte er eine Stange, die die Sturmleitern ebenso schnell umstürzen ließ, wie die handlosen, ungeschickten Larven sie unten aufrichten konnten. Menschen waren in der ersten Angriffswelle nicht zu entdecken.

Barbara stand auf der Mauer westlich des Haupttores und der

Wachttürme. Sie gehörte zu einer Kompanie von Männern und Frauen, die mit Bogen und Schleudern bewaffnet waren. Ihre Salven prasselten wie ein Hagel in das Meer der Angreifer, aber Mark hatte nicht den Eindruck, daß sie besonderen Schaden anrichteten. Der eine oder andere Pfeil mochte wohl die Schale einer Larve durchdringen, aber das hinderte die Ungeheuer nicht daran, weiter vorzurücken, eine Leiter aufzustellen und heraufzuklettern. Ein Schleuderstein hinterließ vielleicht einen Sprung in einem Larvenpanzer, aber die getroffene Gestalt marschierte trotzdem weiter, bis ein Beingelenk so gründlich zerbrochen war, daß sie nicht weiterlaufen konnte, oder bis die Arme zu beschädigt waren, um weiterhin Leitern erklimmen zu können.

Die hundert Leitern, die die Larven bei ihrer ersten Angriffswelle mit sich führten, mußten ihre menschlichen Herren und Verbündeten hergestellt haben, überlegte Mark. Am Abend zuvor hatte er Nestor gelauscht, der in allen Einzelheiten geschildert hatte, wie eine Larve aus nächster Nähe aussah und mit welcher Art des Kämpfens zu rechnen war, wenn die Graue Horde gegen die Burgmauern anstürmte.

Auch Sir Andrew hatte diesen Berichten mit größer Aufmerksamkeit gelauscht. Danach hatte der Ritter eine Weile allein dagesessen, ein Bild ingrimmigen Grübelns, und schließlich hatte er seine Befehle gegeben und seine Verteidigungsstreitkräfte verteilt, so gut es eben ging. Mark hatte sich beim Zuhören des Eindrucks nicht erwehren können, daß alle im Schloß, die von diesen Dingen etwas verstanden, wußten, daß die Mauern unterbemannt sein würden.

Dann forderte Sir Andrew den Drachenjäger auf, den Verteidigern von Draffut zu erzählen und davon, wie der Herr der Tiere ihrer Sache anscheinend den Vorzug gegeben und sogar angedeutet hatte, daß er sich tatkräftig auf ihre Seite stellen wolle. Dies machte alle ein wenig zuversichtlicher, obgleich Nestor wohlweislich nicht behauptete, Draffut hätte ein derartiges Versprechen abgegeben.

Später hatte Nestor seinen alten Gefährten aus dem Wagen erklärt, er sei zu dem Schluß gekommen, er müsse notgedrun-

gen am Kampfe teilnehmen, nachdem er einmal entschieden habe, mitsamt dem Schwert zu Sir Andrew zu kommen.
»Außerdem, wohin hätte ich mich bei meiner Flucht wenden sollen? Von hier aus führen alle Straßen letzten Endes zu Fraktin oder Yambu, mit Ausnahme derer, die in den Sumpf zurück oder aber nach Nordwesten gehen. Aber ich vermute, daß auch diese jetzt nicht mehr frei sind.«
Mit dem Schwert der Wut bewaffnet und in die beste Rüstung gehüllt, die Sir Andrew ihm so kurzfristig hatte anpassen lassen können, stand Nestor auf einem der mittleren Wachttürme, als der erste Angriff begann. Nach der vereinbarten Strategie hatte er dort abzuwarten, bis ihm der Nahkampf Gelegenheit gäbe, die Kräfte des Schwertes zum Einsatz zu bringen. Aber obwohl das Schwert zu sirren begann und Rauchfäden aus der Luft sog, als die erste Angriffswelle heranrollte, eröffnete sich eine solche Gelegenheit vorläufig nicht.
Doch die Pause zwischen der ersten und der zweiten Attacke war nur kurz. Die Graue Horde zog sich nicht vom Fuße der Mauer zurück, um sich neu zu formieren, wie menschliche Truppen es getan hätten. Statt dessen wimmelten Tausende von Larven unten umeinander, unbeeindruckt von den Steinen und Pfeilen, die auf sie herniederprasselten.
Und dann stürmten sie erneut mit den Leitern voran.
Inzwischen hatte man herausgefunden, daß große Steine, die man von den Mauern auf die angreifenden Larven hinunterfallen ließ, wirkungsvoller waren als Pfeile oder Schleuderkiesel und Feuerbrände enttäuschend wirkungslos blieben. Die morschen Holzgestalten waren ja nicht wirklich ausgetrocknet. Man hätte sie zu Asche verbrennen müssen, um sie ein für allemal aufzuhalten.
»Eine Bresche! Eine Bresche!«
Mark hörte den Schrei wenige Minuten, nachdem die zweite Angriffswelle mit den Leitern gegen die Mauern anrollte. Als er nach rechts auf die Westmauer hinunterblickte, sah er graue Männchen dort umeinanderwimmeln, deren Arme wie Windmühlenflügel wirbelten.
»Das Schwert kommt!«

»Stadtretter!«
Durch die dünnen Reihen der Verteidiger drängte sich Nestor, leicht kenntlich an seiner neuen Rüstung, und stürzte sich in den Kampf. Das schrille Kreischen der Klinge durchdrang das gespenstische Heulen der Feinde. Der Klang hallte zu Mark herauf, weckte die Erinnerung an seinen letzten Tag im Dorf, und er fühlte, wie Übelkeit in ihm aufstieg.
Dame Yoldis Hand drückte seinen Arm. »Es erwacht zur rechten Zeit. Wir haben hier eine Festung zu halten und wehrlose Menschen zu verteidigen. Die Götter können nicht ganz und gar böse sein, wenn sie eine solche Waffe geschmiedet haben.«
Das durchdringende Kreischen lähmte Marks Gedanken. Nestor hatte die Feinde erreicht, und die Klinge in seinen Händen sauste durch die Luft, hin und her, so schnell, daß man ihr mit den Augen nicht mehr folgen konnte. Die erste der grauen Reihen ging zu Boden.

Zum erstenmal hatte Herzog Fraktin Gelegenheit, Stadtretters Schrei zu hören, und er zeigte sich äußerst interessiert. Aus der Ferne beobachtete er, wie ein Wirbel in der Hand eines einzelnen Mannes die Westmauer von Larven befreite. Der Herzog war beeindruckt, wenn auch nicht übermäßig überrascht.
Ebenso fasziniert beobachtete er, mit welcher Anmut die erzürnte Königin Yambu auf ihrer tänzelnden Kampfbestie den Reihen ihrer Menschenarmee vorausritt, während er selbst beinahe in der Mitte seines eigenen Heeres marschierte. Der Großteil der herzoglichen Truppen hatte sich in Halbkreisformation aufgestellt. Der rechte Flügel berührte das Seeufer dicht hinter der Burg, und der linke stand bei der Straße, die sich den Hügel hinauf auf Sir Andrews befestigtes Haupttor zuschlängelte. Einhundert Larven rannten jetzt mit einem Rammbock, der aus einem dicken Baumstamm gefertigt war, gegen das Tor an. Ihre Füße glitten und rutschten durch den Schlamm, in den sich die Leichen ihrer Vorgänger verwandelt hatten, und Steine und Feuerbrände fielen von oben auf sie herab und dezimierten ihre Reihen. Gleichzeitig schoben sich auf der Straße ungeordnete Nachschubbataillone heran, dumpf

heulend und, frei von Angst oder Hoffnung, bereit, gegen die Mauern anzurennen.
Von der Straße nach Westen hin bis zum See reichten Yambus Streitkräfte. Wie die Armee des Herzogs waren sie in einem groben Halbkreis aufgestellt. Auch dem Herzog war sehr wohl bewußt, daß die beiden Armeen einander wachsam und voller Unbehagen im Auge behielten, während sie gleichzeitig beobachteten, wie Yambus Hilfstruppen in den ersten Angriffswellen der Burg entgegenschwärmten.
Der Herzog wandte sich seinem blaugewandeten Zauberer zu, der ganz in der Nähe wartete, angetan mit einer Rüstung, die überhaupt nicht zu ihm passen wollte. »Zumindest«, bemerkte Seine Gnaden, »wird ein Gutteil der Horde vor den Mauern auf der Strecke bleiben, und vor allem dem Schwert werden viele zum Opfer fallen. Wir können also hoffen, daß die meisten dieser Sumpfgespenster aus dem Weg geräumt sind, wenn wir an der Reihe sind, uns mit Yambu um die Beute zu streiten.«
»So ist es, Sire.«
»Ich bin jetzt davon überzeugt, Blaumantel, daß sie es war, die meinen Cousin zu entführen versuchte. Offensichtlich hat sie auf irgendeine Weise von den Schwertern erfahren... Was übrigens gibt es Neues aus dem Osten?«
Die letzte Frage galt dem ganzen Offiziersstab des Herzogs, aber niemand hatte wirkliche Neuigkeiten aus dieser Richtung zu vermelden. Nachts war der Himmel im Osten, für jedermann unübersehbar, gerötet, und am Tage hingen Rauchwolken über dem fernen Horizont. Als der Herzog einen fliegenden Kurier mit einer Botschaft zu der kleinen Garnison bei Arin am Aldan geschickt hatte, war der Bote nach einer Weile zurückgekommen und hatte berichtet, daß er weder das Dorf noch die Garnison habe finden können; die Landschaft sei verändert und die Luft faulig und verdorben. (Die Botschaft war der Befehl gewesen, die Familie Jords, des Müllers, zu ernsthaften Verhören an den Hof des Herzogs zu bringen, nachdem mildere Methoden versagt hatten.) In der Tat sah es nun so aus, als sei die Verbindung zu den Ausläufern des Gebirges gänzlich zusammengebrochen. Vereinzelte, unzu-

verlässige Berichte ließen darauf schließen, daß die gesamte Zivilbevölkerung dieser Gegend auf der Flucht war und Militärpatrouillen nur noch unregelmäßig im Einsatz waren. Seufzend gedachte der Herzog der verschwundenen Untertanen, die er noch einmal hatte vernehmen wollen. Aber er hatte hier eine Schlacht zu schlagen, und er hatte keine Soldaten übrig, um sie dort drüben bei Suchunternehmen von zweifelhaftem Erfolg einzusetzen.

Gleichwohl schien es, als sei der blaugewandete Zauberer nicht allzu betrübt darüber, daß dieses Thema zur Sprache kam. Er gab sich wie einer, der gute Nachrichten in Reserve hatte, und richtig – bei der nächsten Gelegenheit rückte er damit heraus.

»Sire, ich bin erfreut, Euch melden zu können, daß ich in meinem privaten Projekt ein gewisses Maß an Erfolg erzielt habe.«

»In was für einem Projekt?« Die herzogliche Stirn kräuselte sich in feinem Unmut. »Oh. Du redest von ... von dem, was du mir gestern abend unter vier Augen erzählt hast.«

»Genauso ist es, Sire.« Der Magier verneigte sich, eine kaum sichtbare Verbeugung mit einem Hauch von Triumph. »Wir haben jetzt Grund zu der Hoffnung, daß Mars selbst uns leibhaftig zu Hilfe kommen wird. Der Erfolg unserer Rivalen bei der Erweckung der Grauen Horde wird sich daneben recht erbärmlich ausnehmen.«

»Bei dem Großen Wurm Yilgarn!« Herzog Fraktin war sichtlich beeindruckt. Aber plötzlich nahm er eine besorgte Miene an. »Glaubst du denn, Blaumantel, daß der, den du herbeirufst ... *der Gott* ist? *Mars*? Bist du sicher, daß er es wirklich ist?«

»Oh, ich bin ganz sicher, Sire.«

Hundert Leute oder mehr schauten sie an, selbst wenn vermutlich keiner von ihnen so nahe stand, um ihnen zuhören zu können. Der Herzog zwang sich zu einem Lächeln. »Meinst du, es ist klug?«

Jetzt begann der Zauberer doch ein wenig enttäuscht dreinzublicken. Er hatte wahrlich etwas mehr Begeisterung von seinem Herrn erwartet. Er war fast erleichtert, als sie in ihrem

Gespräch gestört wurden. Eine dichte Kette von Männern hatte einen Burschen umzingelt und brachte ihn jetzt vor den Herzog. Der Mann, so hieß es, bestehe darauf, mit dem Herzog selbst zu sprechen: Er habe noch am Tage zuvor in der belagerten Burg gewohnt und er kenne einen Weg, auf dem man mit einer Schar Bewaffneter unbemerkt in die Burg eindringen könne.

Der Mann wurde gründlich durchsucht und auf magische Kräfte hin überprüft. Dann führte man ihn sogleich vor den Herzog. »Nun? Spuck es aus, Kerl.«

Der Bursche war ärmlich gekleidet, jung und von hagerem, gehetztem Aussehen. »Mein Name ist Kaparu, Euer Gnaden. Ich habe früher als Agent für Königin Yambu gearbeitet, aber mit Vergnügen werde ich statt dessen nun für einen Prinzen arbeiten, der für seine Großzügigkeit so bekannt ist wie Ihr.«

Während des ganzen Vormittags hielten die Kämpfe ohne nennenswerte Unterbrechung an. Die kurzen Pausen, die es gab, waren nicht eine Folge von Ermattung oder einem Nachlassen der Kampfeslust auf seiten der unmenschlichen Meute, die immer wieder versuchte, die Mauern zu erstürmen. Ständig mußten neue Leitern herbeigeschafft werden, weil die alten unter einem Hagel von Steinen, Feuerbränden oder geschmolzenem Blei verbrannten und zerbrachen. Doch wenn auch die Kämpfe hin und wieder für ein Weilchen verebbten – das Geheul der Horde erscholl ohne Pause, und obgleich ihre Zahl sich zwangsläufig nach und nach verkleinerte, schien die Lautstärke sich doch nicht zu verringern.

Beim Hinuntersteigen kam Mark an der Krone der Außenmauer vorüber, und er hörte, wie ein stattlicher Schwertkämpfer murmelte: »Wir haben Tausende von ihnen niedergemäht, aber es kommen immer mehr.« Der Mann übertrieb nicht.

Jetzt durchquerte Mark den dichtbevölkerten Hof der Burg. Er drängte sich vorbei an hastig aufgestapelten Proviantvorräten, angebundenen Tieren und Reihen von stöhnenden Verwundeten, die hier versorgt wurden. Dame Yoldi hatte ihm erlaubt, das Dach zu verlassen, als Barbara ihn zu sich gewinkt hatte. Im

Augenblick herrschte eine Pause, die ein wenig länger war als die vorigen. Yambus Zauberer hatten die Horde von den Mauern zurückgezogen, damit Feuerbrände und Steine sie nicht erreichen konnten, solange keine neuen Leitern herbeigeschafft waren. In der Burg wurden jetzt diejenigen, die die Hauptlast des Kampfes getragen hatten, abgelöst, soweit dies möglich war, damit sie essen und ausruhen konnten. Aber Mark hatte den Eindruck, daß sich im Hof hauptsächlich Flüchtlinge drängten, die nicht am Kampf teilnahmen, und jeder schien leise darüber zu murren, zu viele andere seien eingelassen worden. Mark hörte mehrere Leute, die anderen versicherten, Sir Andrew könne gar nicht so viele Vorräte in seiner Burg lagern, wie nötig wären, um alle Anwesenden über eine längere Belagerung hinweg am Leben zu halten.
Mark erzählte seinen alten Gefährten von diesen Gerüchten, als er zu der feuchten Steinmauer gelangt war, wo Barbara und jetzt auch Ben ihn erwarteten.
Barbara saß mit dem Rücken an die Wand gelehnt auf dem Boden, aber Ben stand, als befänden sich seine Nerven und Muskeln immer noch im Alarmzustand, zu angespannt, um sich ausruhen zu können. Er war nicht groß, aber er war auch nicht so klein, wie seine untersetzte Gestalt ihn manchmal erscheinen ließ. Der Helm und der Brustpanzer, die er irgendwo aufgetrieben hatte, paßten überhaupt nicht zusammen, und er sah fast aus wie ein Clown.
Ben sah Barbara an und lachte müde. »Ich hoffe nur, wir können der Belagerung so lange wie möglich standhalten. Ich glaube, das würde uns immer noch besser gefallen als ...« Er vollendete seinen Satz nicht, sondern ließ sich statt dessen rückwärts gegen die Mauer fallen und rutschte daran herunter, bis er neben ihr saß.
Jetzt erblickte Mark auch Nestor. Das Schwert trug er nicht bei sich, wohl aber den größten Teil der neuen Rüstung, als er sich erschöpft durch die drangvolle Enge des Hofes zu ihnen herüberschlängelte.
Nestor sagte kein Wort, bis er bei ihnen angelangt war und sich mit einem mächtigen Seufzer, in dem alle Erschöpfung des

Krieges zu liegen schien, niedergelassen hatte. Er legte den Kopf in den Nacken und verharrte in dieser Stellung. Er starrte hinauf in den grauen Himmel, aus dem hin und wieder ein paar Regentropfen herabfielen. Nur ab und zu senkte er seinen Blick, um seine Gefährten anzuschauen.
»Das Kämpfen ...« sagte er schließlich, aber es schien, als habe er nicht die Absicht, zu Ende zu sprechen.
Eine Zeitlang war es still zwischen ihnen. Mark wußte – oder er spürte es zumindest –, daß es Dinge gab, die besprochen werden mußten, aber er wußte nicht, wie er es beginnen sollte. Er rechnete jeden Augenblick damit, daß der Ruf zu den Waffen wieder erklänge, doch es blieb still. Die Kampfespause wurde länger als erwartet. Aus der Ferne hörte man die immer wiederkehrenden, einschläfernden Gesänge von Yambus niederen Magiern – es hieß, daß die Königin dort selbst ihre beste Zauberin sei. Die Gesänge dienten dazu, die Horde auf der Stelle treten oder im Kreis marschieren zu lassen, bis eine genügende Anzahl von Leitern hergestellt und für den nächsten Angriff verteilt wäre.
... Mark fuhr erschrocken auf und stellte fest, daß er mit dem Rücken an der Wand gedöst hatte. Dame Yoldi war inmitten der rastenden Gruppe erschienen. Es war inzwischen früher Nachmittag. Sie beugte sich über Nestor und redete mit ihm.
»Seid Ihr verletzt?«
»Nein, Madame. Nicht erwähnenswert. Aber müde. Und allmählich steif. Aber ich habe mich ein wenig ausruhen können. Ich werde bald bereit sein, das Schwert wieder zu ergreifen und zu benutzen, wenn die Kämpfe wieder beginnen.«
Yoldi richtete sich auf und nickte abwesend. Sie sagte: »Wer Stadtretter in den Händen hält und kämpft, um wehrlose Menschen in einem belagerten Ort zu beschützen, der kann nicht sterben, solange er kämpft, ganz gleich, wie schwer seine Wunden sein mögen. Aber wenn er schwer verwundet ist, dann wird er fallen, sobald der Kampf nachläßt.«
Nestor schwieg und starrte weiter zum Himmel hinauf. Nach einer Weile nickte er, um zu zeigen, daß er ihr zugehört hatte. Mark, dessen Blick in den hinteren Teil des Hofes gefallen war,

wo die Wagen beieinanderstanden, erblickte etwas, das ihn zu einem spontanen Ausruf veranlaßte. »Seht nur. Unser alter Wagen.«
Die anderen nickten. »Meine Laute ist auch da«, sagte Ben.
Barbara schaute ins Leere. »Ob das Geld wohl noch unter dem Sitz steckt?«

Mark war wieder eingenickt, und als er erwachte, ließ der Schreck fast sein Herz stillstehen. Der Nachmittag war verstrichen, es war spät, und lange Schatten hatten sich über alles gelegt.
»Horcht!« sagte Nestor eindringlich.
Mark setzte sich kerzengerade auf.
Der ferne Singsang der Magier war verstummt.
Es war keine Zeit mehr für Verabschiedungen und gute Wünsche. Mark beeilte sich, zu Dame Yoldi auf das Dach zurückzukehren, wie sie ihm für den Fall eines neuen Alarms befohlen hatte. Auf dem Weg zur ersten Treppe rannte Mark an Sir Andrew vorbei. Die Rüstung des Ritters war verbeult von den bisherigen Kämpfen. Er ermahnte seine Truppen mit mächtiger Stimme, aus Leibeskräften um den Sieg zu kämpfen.
Es war ein weiter Weg hinauf auf das Dach. Als Mark schließlich oben ankam, war Dame Yoldi schon da. Sie hatte die Hände in den dunkler werdenden Himmel erhoben und die Augen geschlossen. Zwei ihrer Gehilfen, ein Mann und eine Frau, stellten verschiedene Gegenstände vor ihr auf die Mauerbrüstung, magische Dinge in Flaschen und Körben, die sie zwischen zwei brennenden Kerzen ordneten.
Mark schaute hinunter und sah, wie die Larven in breiter Front gegen die Mauer anrannten und einer schäumenden Woge gleich auf hundert Leitern emporwallten. Es war ermutigend, zu sehen, daß die Reserven der Kreaturen, die noch am Vormittag die ganze Jahrmarktswiese in unübersehbaren Scharen erfüllt hatten, inzwischen zu einem kompakten Trupp zusammengeschmolzen waren. Ihre Legionen waren zerhackt und zerschmettert worden, und weite Schlammflä-

chen besudelten den Boden über viele Meter vor jeder Mauer, die sie angegriffen hatten.
Aber hinter den allmählich dünner werdenden Linien der Grauen Horde machten sich Fraktins und Yambus menschliche Armeen zum Angriff bereit. Mark begriff, daß der Ansturm der Menschen genau dann über die geschwächten, erschöpften Verteidiger hereinbrechen würde, wenn sie die letzten der Larven niedergemacht hatten – falls die Larven tatsächlich restlos niedergemacht werden konnten. Schon jetzt aber hatten die Reihen der Verteidiger, die von Anfang an eher spärlich gewesen waren, schmerzliche Verluste erlitten.
Sir Andrews Stimme donnerte von ferne über die Mauern. »Spart eure Geschosse! Wir brauchen sie für die Menschen!«
Die Bogen- und Schleuderschützen auf den Befestigungsanlagen stellten ihr Feuer ein. Mark vermutete, daß auch Barbara sich wieder zu ihrer Truppe gesellt hatte, aber entdecken konnte er sie nicht.
Die Sonne ging jetzt unter, und ihre Strahlen ragten wie Lanzen aus den dunklen Wolkenmassen, deren rote Ränder das aufflammende Glühen am östlichen Horizont zu reflektieren schienen. Auf den Mauern wurden Fackeln angezündet, die zur Beleuchtung und als Waffen verwendet wurden, und ihr flakkernder Schein fiel auf die immer wieder vordringende, heraufdrängende Horde. Pfeile und Bolzen schwirrten von unten zu den Verteidigern herauf, aber es waren nicht viele, denn die Graue Horde war mit solchen Waffen nicht allzu reichlich ausgestattet.
Dame Yoldi stand noch immer wie eine Statue auf dem luftigen Dach, die Arme erhoben, die Augen geschlossen. Eine Brise ließ ihre Gewänder leise wehen. Sie schien vergessen zu haben, was dort unten vor sich ging. Offenbar versuchte sie entweder, einen Gegenschlag zu führen, oder sie wollte eine neue Bedrohung abwenden – Mark wußte nicht, was es war.
Der Angriff wurde diesmal auf breiterer Front als vorher geführt. An allen irgendwie zugänglichen Teilen der Mauer wurde mit unverminderter Heftigkeit gekämpft. Schon bald zeigten sich erste Erfolge für die Angreifer. Zweimal gleichzeitig

erhob sich der Ruf nach Stadtretter, und zwar von gegenüberliegenden Stellen der Mauer.
War es wieder Nestor, die behelmte Gestalt, die Mark mit dem Schwert in der Hand aus einem der Wachttürme herauslaufen sah? Er konnte es nicht genau erkennen. Aber wer immer es war, er konnte nicht an zwei Orten zugleich kämpfen.
Wieder kreischte das Schwert der Wut, und seine Stimme übertönte das unaufhörliche, pfeifende Wimmern der Feinde. Wieder sah Mark, wie Stadtretters Klinge eine Legion von grauen Ungeheuern zu Schlamm- und Lehmklumpen zerschlug. Wieder wurde das Schwert zur wirbelnden Wand, die die Invasoren nicht durchdringen konnten, sosehr sie es auch versuchten.
Aber wiederum – Stadtretter war siegreich nur dort, wo er kämpfte.
Bald hörte Mark die verzweifelten Schreie der Verteidiger auf der Mauer, wo Stadtretter nicht war. Dort hatte der Feind endgültig Fuß fassen können, und immer neue Verstärkungstruppen ergossen sich über die Mauer. Dame Yoldi löste sich, wie es schien, aus einer Trance, unterbrach jäh ihre Arbeit und erteilte ihren Gehilfen ein paar knappe Befehle. Dann packte sie Mark beim Arm und zerrte ihn auf die Falltür zu, die nach unten führte. Als er einen letzten Blick vom Dach hinunter auf die Kämpfe warf, sah er, wie Kampfbestien sich anschickten, die Sturmleitern von unten zu erklimmen.
Und jenseits dessen, was einmal die Jahrmarktswiese gewesen war, sammelten sich Yambus und Fraktins Menschenheere unter dem Klang der Fanfaren, die zum Angriff bliesen.
Die Zauberin hielt Marks Handgelenk immer noch fest umklammert, als sie die Treppe in dem Geschoß verließ, wo sich auch ihr Arbeitszimmer befand. Schon erfüllte Panik die Korridore, und Menschen rannten hierhin und dorthin und schleppten Waffen, Kinder, große und kleine Schätze, die sie irgendwie zu retten hofften. Yoldi beachtete alles dies nicht. Sie hastete, ja, sie rannte fast auf ihre eigenen Gemächer zu. Dort angekommen, nahm sie ohne jede Zeremonie das

Schwert Drachenstecher vom Tisch, und von einem Bord an der Wand nahm sie einen Gürtel und eine Scheide.
Sie machte Anstalten, sich selbst das Schwert an die Seite zu schnallen, doch dann zögerte sie, ganz gegen ihre Gewohnheit, und hielt inne. Einen Augenblick später hatte sie sich anders besonnen und schnallte Mark den Gürtel um den Leib.
»So wird es am besten sein«, murmelte sie bei sich. »Ja, es ist das beste. Jetzt laß uns hinuntergehen.«
Wieder eilten sie durch die Gänge, und dann ging es über zahllose Treppen nach unten.
»Wenn mir jetzt etwas zustoßen sollte, mein Junge, dann mußt du weiterlaufen, nach unten, so tief, wie du nur kannst, bis auf den Grund der Burg, wo die Verliese sind.«
»Warum?«
»Weil wir die Festung nicht länger halten können, und weil der letzte Fluchtweg, den es noch gibt, durch den Keller führt. Und du bist, von uns allen, derjenige, der unbedingt entkommen muß.«
Dagegen konnte Mark nichts einwenden, aber dennoch fragte er sich unwillkürlich, weshalb das so sein mochte.
Als sie das Erdgeschoß der Burg erreicht hatten, wogten Aufruhr und Verwirrung vom Hof zu ihnen herein. Der Kampfeslärm war jetzt ganz nah. Laute Stimmen erhoben sich: Sir Andrew sei verwundet.
Dame Yoldi blieb wie angewurzelt stehen, und als sie sprach, klang ihre Stimme verändert. »Ich muß zu ihm, Mark. Lauf nur weiter. Durch die Kerkergewölbe und hinaus. Unsere Leute dort unten werden dir den Weg zeigen.«
Sie eilte hinaus. Mark wandte sich der Tür zu, auf die sie gezeigt hatte. Er hatte sie fast erreicht, als ein Knäuel kämpfender Soldaten ihn zu Boden stieß.

Herzog Fraktin und eine handverlesene Truppe von fünfzehn Männern folgten ihrem freiwilligen Führer Kaparu zur Burg. Der Herzog hatte sich rasch für dieses Unternehmen entschieden, als die Larven oben auf der Mauer obsiegt hatten und es so ausgesehen hatte, als werde die Zitadelle schon allzubald fallen.

Der Herzog hätte keinem seiner Untergebenen die Führung eines solchen Unternehmens anvertraut – nicht, wenn er sichergehen wollte, daß die Früchte auch tatsächlich in seine Hände gelangten. Dem Krieg hatte er schon oft ins Antlitz geschaut, und dabei war es stets um weit weniger Kostbares als diese Schwerter gegangen. Ein heimlicher, doch überaus starker Ansporn waren die Zeichen, die Würfelwender ihm gab und die er so deutete, daß die Kraft dieser Klinge zu vollem Leben erwacht sei. In dem Augenblick, da der kleine Trupp sich auf den Weg zu der belagerten Burg gemacht hatte, war ein wisperndes Vibrieren durch das Schwert des Glücks an seiner Seite gegangen – so leise, daß der Herzog sicher war, niemand außer ihm könne es hören. Er selbst vernahm es nur, wenn er die Hand auf den Griff legte, und auch dann fühlte er es mehr, als daß er es hörte. Aber das Vibrieren war gleichmäßig, es ließ Kraft ahnen. Der Herzog hatte beim Marschieren eine Hand auf den Knauf gelegt.

Die kleine Kolonne, siebzehn Männer insgesamt, hatte sich eine Stunde nach Anbruch der Dunkelheit von den herzoglichen Linien entfernt, gleich nachdem der Herzog zu der Überzeugung gelangt war, daß Kaparus Angebot einen Versuch wert sei. Wenn er es überhaupt riskieren wollte, dann mußte er es rasch tun, denn er konnte nicht darauf zählen, daß die Verteidiger die Burg noch lange würden halten können, und so konnte auch Yambus Menschenheer jeden Augenblick dort einfallen.

Auf dem Weg zur Burg überquerte der Stoßtrupp des Herzogs einen von niedergetretenem Gras bewachsenen, von Gräben durchzogenen Hang, der, wie Kaparu erklärte, bis vor wenigen Tagen eine Jahrmarktswiese gewesen war. Die Gräben boten ihnen genügend Deckung. Allerdings hätten die Verteidiger in der Burg ohnedies einer so kleinen Menschengruppe im Augenblick keine Aufmerksamkeit schenken können. Fackeln, die noch immer oben auf den Mauern loderten, ließen erkennen, daß Teile der Mauerkronen von Sir Andrews Truppen gehalten wurden, aber zur Linken wie zur Rechten wurden neue Angriffe gegen diese Abschnitte vorbereitet, denn nun hatten sich

Fraktins und Yambus reguläre Truppen in Bewegung gesetzt und folgten den Larven, die mit dem Sturm begonnen hatten. Aber direkt vor ihnen, wo die Anhöhe selbst zu einem Teil der Außenmauer wurde, erhob sich diese Mauer zu schwindelerregenden Höhen. An dieser Stelle war bisher kein direkter Angriff geführt worden.

Als der Trupp das ehemalige Jahrmarktsgelände zur Hälfte überquert hatte, blieb der Herzog stehen. Noch einmal warnte er Kaparu, und dabei legte er ihm Würfelwenders Schneide an die Kehle: »Du wirst der erste sein, der stirbt, wenn hier Verrat im Spiel ist.«

Der Bursche vernahm die Drohung ruhig und gelassen. »Von mir habt Ihr keinen Verrat zu befürchten, Euer Gnaden. Zuviel liegt mir daran, die großzügige Belohnung zu empfangen, die Ihr mir versprochen habt.«

Schweigend stieß der Herzog ihn weiter.

Als er mit seinen Männern am Rande des beinahe wasserlosen Schloßgrabens stand, sah er nur wenige Meter vor sich einige rechteckige, schwach erleuchtete Öffnungen in der Mauer.

»Die Fenster«, wisperte Kaparu. »Wie ich es Euch versprochen habe. Ich sage Euch, der Alte ist ein schwachsinniger Tor. Ich frage mich, wie er seine Festung überhaupt so lange hat halten können.«

Der Herzog mußte zugeben, daß die Rechtecke in der Tat aussahen wie Fenster – offen und ungeschützt. Aber ein Burgherr, der als »der Gute« bekannt war, konnte eben nicht erwarten, seine Burg in alle Ewigkeit zu behalten...

Ohne Schwierigkeiten durchquerte die Truppe den schlammigen Wassergraben, und ungehindert kletterten sie an der anderen Seite hinauf. Die Wand war stark verwittert und offensichtlich seit Jahren nicht mehr ausgebessert worden. Als sie die Burgmauer selbst vor sich hatten, legte Kaparu eine Hand auf die mächtigen Steinblöcke und flüsterte einen letzten Hinweis. »Ich habe es Euch schon gesagt: Drinnen sind starke Eisengitter. Wenn wir durch die Öffnung geschlüpft sind, befinden wir uns in einer großen Kerkerzelle. Ob sie verschlossen ist oder nicht, das weiß ich nicht.«

Der Herzog nickte ingrimmig. »Mit Gittern werden wir fertig.« Er warf einen Blick auf die Werkzeuge, die einige seiner Männer bei sich trugen, und auf Blaumantel in seiner unpassenden Rüstung. Diese erwiderten stumm sein Nicken. Halb wider Willen hatte sich der Zauberer bereit gefunden, bei dem Unternehmen dabeizusein. Es war eine Art Buße, denn Mars war schließlich doch nicht, wie er vorhergesagt hatte, aufgetaucht.

Mit kaum hörbarer Stimme zischte der Herzog Kaparu ins Ohr: »Solange nur niemand versucht, uns hereinzulegen...«

Der Führer Kaparu mußte als zweiter durch eines der tunnelartigen Fenster klettern, dicht gefolgt von Herzog Fraktin. Das Schwert des Glücks vibrierte leise unter dem Risiko, das sein Herr einging, und seine nadelfeine Spitze berührte den Rücken des Führers.

Als sie durch die fünf oder sechs Meter dicke Mauer nach drinnen gelangt waren, ließ der Herzog sich vom Fenstersims auf den Steinboden fallen. Rasch folgte er den beiden Männern vor ihm und machte denen Platz, die nach ihm kamen. Ja, sie waren tatsächlich in einer Zelle. Man sah die dunklen Umrisse der Gitterstäbe vor dem geisterhaften Schimmer irgendeines Lichtes, das durch einen Steinbogen oben an einer Treppe hereinfiel.

Der Herzog winkte die Männer mit dem Werkzeug und den Zauberer nach vorn, damit sie lautlos nach der Tür suchten, und er merkte, daß ihm der Schweiß ausbrach. Als der letzte Mann des Trupps durch das Fenster hereingesprungen war und die Männer sich um ihn drängten, fühlte er, wie eine unbehagliche Übelkeit in seinem Magen erwachte. Angst, so sagte er zu sich, war etwas ganz Natürliches, wenn man sich auf ein so gefährliches Unterfangen einließ. Sogar Angst, die Übelkeit verursachte... aber diese... diese Übelkeit – zuerst hatte er das Gefühl gehabt, sie stecke in seinen Eingeweiden, aber jetzt war es, als sitze sie weit tiefer in ihm, wenn das möglich war...

Neben dem Herzog schrie einer seiner ausgewählten Männer mit erstickter Stimme auf. Dann schien es, als kämpfe er mit sich, um einen zweiten Schrei zu unterdrücken. Ein anderer ließ seine Waffe klirrend auf den Steinboden fallen. Ein dritter schluchzte plötzlich laut. Der Herzog hätte, erbost über den Lärm, auf sie alle eingeprügelt, aber da brodelte etwas wie Gift im Kern seines eigenen Selbst, und er konnte sich kaum noch rühren...

Kein Gift, nein.

Der Zauberer war vermutlich der erste, der begriff, was mit ihnen geschah, augenblicklich würgte er die ersten Worte eines machtvollen Bannspruches hervor. Aber die Worte kamen zu spät für eine wirkungsvolle Gegenwehr, und vielleicht waren sie auch zu schwach – jedenfalls brach seine Stimme, und die Worte erstickten in seiner Kehle.

Das Gefühl tödlicher Übelkeit hatte jetzt alle Männer ergriffen, die sich in der großen Zelle zusammendrängten. Eine blaue Kraft, nicht überall sichtbar, hing in der schwarzen Luft vor den Fenstern und versperrte den Fluchtweg. Einige der Männer hatten sich tastend zu den Eisengittern gedrängt, und jetzt klammerten sie sich an die Gitterstäbe und rüttelten daran. Blaue Feuerzungen, Gebilde aus Dunkelheit mehr als aus Licht, spielten ringsumher in der Luft, Kraftzungen, die immer deutlicher sichtbar wurden, je wacher und je hungriger ihr Besitzer wurde.

Fraktin hatte Würfelwender aus der Scheide gezogen, und die Klinge vibrierte machtvoll in seiner Hand. Für einen Augenblick gelang es ihm, sich von den dunkel leuchtenden Zungen loszureißen. Er warf sich auf den Steinboden der Zelle, wälzte sich wie wild hin und her, nach links, nach rechts... Er versuchte, bislang erfolgreich, dieser tastenden, zarten Berührung zu entrinnen, die so durch und durch grauenhaft war...

Zwei Männer trugen Sir Andrew eilig auf einer Bahre die Treppe herunter. Irgendwie war es ihnen gelungen, einem Handgemenge im ersten Stock zu entgehen, und dann hatten sie mit knapper Not die Tür vor einer heranpreschenden Kampfbestie ins Schloß geworfen und waren ins Erdgeschoß hinuntergeflüchtet. Sie hatten die Absicht, ihren Herrn in die Kellergewölbe und von dort durch einen geheimen Gang, der

hier, wie in so vielen anderen Burgen, als letzter Ausweg angelegt war, falls alle Verteidigungsanstrengungen gescheitert waren, hinauszuschaffen.
Die Träger stiegen die langgezogene Treppe zu den Kerkergewölben hinunter. Die Kampfbestie hatte ihnen deutlich genug gezeigt, daß die menschlichen Angreifer, deren Horden den Überresten der Grauen Horde auf dem Fuße folgten, bereits dabei waren, die Tore der Burg einzurammen. Oben wurde geschrien und getötet, Feuer und Panik griffen rasend um sich – aber hier unten war es noch beinahe still.
Zu jeder anderen Zeit hätte sie der Anblick des bläulichen Grauens, das die Zelle am Ende des Ganges wie ein feiner Dunst erfüllte, sicherlich entsetzt zurückweichen lassen. Jetzt aber wußten sie, daß es kein Zurück gab. Sie setzten ihre Bürde in dem schmalen Gang zwischen den Zellen auf den Boden, und einer von ihnen rannte voraus durch eine falsche Zelle, deren Geheimnis sie kannten. Er gedachte den Geheimgang, der dort begann, zu erkunden und sicherzustellen, daß der Feind ihn noch nicht entdeckt hatte. Unterdessen kauerte der zweite Träger sich neben der Bahre nieder. Mit gezücktem Messer schaute er sich wachsam um und ruhte sich aus. Er war bereit, Sir Andrew mit seinem Leben zu beschützen, doch im Augenblick zeigte das blutbeschmierte Gesicht des Mannes nichts als Entsetzen, als er auf das Gitter der Zelle am Ende des Ganges starrte.
Sir Andrew, der unter der rauhen Decke, die ihn einhüllte, immer noch Teile seiner Rüstung trug, zuckte zusammen und regte sich unruhig auf seiner Trage. Als er die Augen aufschlug, sah er die letzte Zelle vor sich. Darinnen, hinter den Gitterstäben, flackerte das lautlose, blaue Grauen, es glühte auf, verblaßte und erstarkte wieder, flimmernden, kalten Flammen gleich. Die siebzehn Männer in der Zelle sahen aus wie Kerzendochte, die langsam verzehrt wurden, von innen nach außen.
Eine der Gestalten klammerte sich an die Gitterstäbe, und ihr Mund klaffte in einem lautlosen Schrei.
Sir Andrew erkannte das Gesicht. Seine eigene Stimme war

gleichfalls nur ein mattes Wispern. »Ah, Kaparu. Es tut mir leid... leid... aber jetzt kann ich nichts für dich tun.«
Der gepeinigte Mund der blau leuchtenden Gestalt verzerrte sich, aber noch immer drang kein Laut daraus hervor.
Die schwache Stimme des Ritters klang traurig, aber klar. »Ich habe dir gesagt, du seist mein einziger *menschlicher* Gefangener, Kaparu. Aber ich hatte noch einen anderen Gefangenen, wie du jetzt siehst... Nicht Stein noch Stahl hätte ihn in dieser Zelle halten können, aber Dame Yoldis wunderbare Kunst vermochte es... Er war schon halb gelähmt, weißt du, als wir ihn fanden – schon lange... Irgendein Streit mit Ardneh, vor zweitausend Jahren.«
Kaparu sah aus, als höre er zu. Seine Finger schälten sich langsam von den Gitterstäben.
»Er ist ein Dämon... selbstverständlich.« Sir Andrew konnte kaum atmen. »Wie er heißt, haben wir nie erfahren... und es ist unmöglich, ihn zu töten, verstehst du, wenn man nicht weiß, wo sein Leben sitzt. Aber es wäre grausam gegen die Menschheit gewesen, ihn freizulassen. Also... dort hinein. Und ich ließ die Fenster in dieser Zelle vergrößern, weil ich dachte... ein hoffnungsloser Übermut meinerseits – ich dachte, es könnte mir eines Tages gelingen, einen Dämon zum Guten zu bekehren. Ich dachte, wenn ich ihn auf das sonnenbestrahlte Land hinausschauen ließe, auf die Menschen, die manchmal glücklich waren unter meiner Herrschaft... nun, es war ein törichter Gedanke. Aber ich mußte jedenfalls niemals befürchten, jemand könnte durch diese Fenster in die Burg gelangen.«
Der Soldat, der vorausgelaufen war, um nachzusehen, ob Gefahr drohte, kam zurückgeeilt und sprach ein paar hastige Worte mit seinem Gefährten. Der andere, der gewartet hatte, schob sein Messer in die Scheide, und zusammen hoben sie die Bahre mit Sir Andrew wieder hoch. Ohne die schwachen, nur halb zusammenhängenden Proteste des Ritters zu beachten, trugen sie ihn davon, dorthin, wo er vielleicht Sicherheit finden würde. Der Eingang zu dem Geheimgang, der in der Zellenwand verborgen war, schloß sich hinter ihnen.

Ein paar Augenblicke lang war es nahezu still im Kerkergewölbe, und bis auf das, was sich im blauen Licht in der Zelle am Ende des Ganges bewegte, regte sich nichts. Dann plötzlich flog die Tür dieser Zelle klirrend auf. Ein Mann kam rollend und kriechend heraus. Beinahe unsichtbare blaue Zungen glitten von seinem Körper ab. Der Mann lag keuchend auf dem Boden, ein blankes Schwert in der Hand. Blaue Zungen reckten sich nach ihm, sie leckten nach ihm, doch sie zuckten vor dem Schwert zurück und verschwanden schließlich enttäuscht.
Die Tür der Zelle war nicht verschlossen gewesen.
Anscheinend mit letzten Kräften hob der Mann am Boden den Arm und warf die Tür ins Schloß, und jetzt blieben die blauen Zungen endgültig in der Zelle. Dann rollte er auf die Seite. Noch immer fand er nicht die Kraft, sich aufzurichten.
»Glück...« murmelte er. »Glück...«
Er verlor das Bewußtsein, und das Schwert, das er umklammert hielt, entglitt seinen Fingern. Nach einer kurzen Pause bewegte sich das Schwert wie von selbst weiter und entfernte sich um ein paar Zentimeter von der leblosen Hand, die es losgelassen hatte.
Wenig später kam ein halbwüchsiger Knabe in zerissenen Kleidern und mit einer kaum verheilten Brandnarbe im Gesicht und frischen Kratzern an Armen und Beinen die Treppe herunter in das Kerkergewölbe gesprungen. Er hatte einen Schwertgürtel um den Leib geschlungen, und in der rechten Hand hielt er ein Schwert, das viel zu groß für ihn war.
Als er den blauen Schimmer erblickte, der den Mann auf dem Boden beleuchtete, blieb er wie angewurzelt stehen. Dann stürzte er weiter und hob mit der Linken das Schwert auf, das dem Mann entglitten war. Mit einem schweren Schwert in jeder Hand stand der Junge da und starrte von einem zum anderen, und ein Ausdruck des Staunens trat in sein Gesicht.
Unterdessen war der Mann wieder zu sich gekommen. Jetzt sah er, was aus seinem Schwert geworden war. Mit einem würgenden Aufschrei – es klang, als sage er etwas über eine Schlange – kam er auf die Beine und taumelte mit gezogenem Dolch auf den Jungen zu.

Erschrocken fuhr der Junge zurück, und bei dieser Bewegung hob sich das Schwert in seiner Linken unbeholfen, beinahe wie von selbst. Seine Spitze fand die haarbreite Lücke in der Rüstung des Mannes und schob sich zwischen den Ringkragen und das Kehlstück des Helms.
Das Leben spritzte heraus, schwarzes Blut im blauen Licht. »Glück...« sagte Herzog Fraktin noch einmal. Dann kippte er hintenüber und sagte nichts mehr.
Mark schaute auf den Leichnam hinunter. Er sah nur, daß es der Leichnam eines Eindringlings war, gekleidet wie fünfhundert andere in Fraktins weiße und blaue Farben.
Jetzt erscholl auf der Treppe, gar nicht weit über ihm, Kampfeslärm. Bald aber verstummte er wieder, und eine Männerstimme fragte: »Gehen wir hinunter und suchen?«
Eine zweite Stimme meinte: »Nein, wir sehen uns erst hier oben um. Ich glaube, wenn der alte Fuchs ein Schlupfloch hat, dann ist es hier oben.«
Schritte entfernten sich. Dann war es wieder still in den Verliesen, nur in der Ferne tröpfelte Wasser. Als der Knabe sich umdrehte, klirrte es leise. Eine Schwertspitze strich an den Eisenstäben vorbei. Mark hatte Drachenstecher in die Scheide geschoben und hielt Würfelwender in beiden Händen. Von dem Augenblick an, da er ihn aufgehoben hatte, war so etwas wie eine Kraft aus dem Griff in seine Hand geströmt. Das Vibrieren, das er in der Klinge fühlte, wurde stärker, das merkte er jetzt, wenn er mit der Spitze in eine bestimmte Richtung deutete.
Im letzten Überrest des blauen Lichtes aus der hinteren Zelle spähte er in die andere unverschlossene Zelle, in die Würfelwenders Spitze wies. Dann betrachtete er eingehend die Rückwand der Zelle, und einen Augenblick später hatte er die Geheimtür zum Fluchttunnel gefunden.
Als er sie geöffnet hatte, zögerte er. Er drehte sich um, und mit halbgeschlossenen Augen schwenkte er Würfelwenders Spitze wie eine Kompaßnadel im Kreis, auf und ab. Langsam... auf, ab, nach rechts, nach links und wieder hoch.
Da. In dieser Richtung begann die Kraft der Klinge plötzlich zu

wirken, das fühlte er, und sie zog eine unsichtbare Linie, die ihn ins Schloß hinaufführte. Langsam schwenkte jetzt das Schwert von selbst zur Seite und deutete auf die Treppe.
Einen Augenblick später hatte es ihm Ben gebracht, in blutverklebter Rüstung, der die bewußtlose Barbara in den Armen trug.

Der Geheimgang war eng und gewunden, und es war stockfinster. Weder Ben noch Mark hatte etwas bei sich, was ihnen Licht hätte spenden können. Als sie die Tür zum Verlies und zu dem verblassenden Dämonenschimmer hinter sich geschlossen hatten, war der Weg vor ihnen in tintenschwarzer Finsternis versunken. Ben schleppte Barbara anscheinend mühelos, und Mark ging voraus, mit Händen und Füßen tastend und nach Hindernissen oder Abzweigungen suchend. In der Dunkelheit benutzte er Würfelwender wie einen Blindenstock, aber das Gefühl, daß eine Kraft von der Klinge ausging, war jetzt nicht mehr da. Während sie sich vorantasteten, berichtete Mark in knappen Sätzen, wie er das neue Schwert vom Boden des Verliesgewölbes aufgehoben hatte. Wenn Ben von dieser Geschichte beeindruckt war, dann reichte sein Atem nicht aus, es kundzutun.
Einmal stolperte Mark über die Leiche eines Mannes in halber Rüstung. Offenbar hatte er durch den Tunnel entfliehen wollen und war bis hierher gekommen, bevor er verblutete. Nachdem Mark sich vergewissert hatte, daß der Mann tot war, drückte er sich an ihm vorbei, und seine Füße berührten etwas Schlüpfriges, das seine Sohlen nach wenigen Schritten klebrig werden ließ. Aber das Grauen war längst zu einem Gemeinplatz geworden. Er dachte nur daran, daß er hier nicht ausgleiten und fallen durfte.
Das Geräusch von tropfendem Wasser war jetzt lauter, mehrmals wurde Marks Gesicht von fallenden Tropfen benetzt. Der Gang führte sie stetig abwärts, wenngleich der Abstieg nirgends sonderlich steil war. Noch zweimal stolperte Mark über Gegenstände, die jemand fortgeworfen hatte, und jedesmal erschrak er, wenn sie metallisch klirrend über den Steinboden

rollten. Einmal rückten die Seitenwände des Tunnels so eng zusammen, daß es für Ben unmöglich wurde, Barbara weiter auf den Armen zu tragen, und er schob ihre reglose Gestalt durch den Engpaß zu dem wartenden Mark hinüber. Als Mark sie in seinen Armen hielt, hörte er zu seiner Erleichterung, wie sie stöhnte und leise etwas murmelte. Er hatte bereits befürchtet, sie könnten einen Leichnam mit sich schleppen.
So tasteten sie sich geraume Zeit blind voran. Der Gang schien kein Ende nehmen zu wollen. Eine neue Sorge begann in Mark zu keimen: Sie möchten sich in einer Höhle verirrt haben, gefangen sein in einem endlosen Labyrinth, in dem sie auf ewig im Kreis herumirrten. Er wußte, daß andere vor ihnen den Geheimgang benutzt haben mußten, aber mit Ausnahme des Toten und einiger fortgeworfener Dinge waren diese anderen jetzt vermutlich auf der anderen Seite der Welt. Wenigstens waren hinter ihnen keine Verfolger zu hören.
Mark tastete sich mit dem Schwert weiter, das er im Kerker gefunden hatte. Bevor er Barbara durch den Engpaß befördern half, hatte er es auf den Boden gelegt und sich dann in pechschwarzer Finsternis an der rasiermesserscharfen Klinge entlangtasten müssen, um es wieder aufzuheben.
Irgendwann beunruhigte ihn der Gedanke, sie könnten in eine kreisförmige Falle geraten sein, so sehr, daß er stehenblieb. »Wo sind wir, Ben? Wo werden wir herauskommen?«
Notgedrungen war Ben ebenfalls stehengeblieben, und Mark hörte das Scharren seines Panzers, als er sich an die Wand lehnte – als sei er schlimmer verwundet oder matter, als Mark gedacht hatte.
»Wir müssen weiter«, grunzte Ben. Aus irgendeinem Grunde war Mark überrascht, weil das beinahe ängstliche Zögern noch immer in seiner Stimme lag, das schon darin gelegen hatte, als er mit Barbara über die Drachenjagd gestritten hatte.
»Ich weiß nicht, Ben. Wenn wir ...«
»Was sollen wir sonst tun? Zurückgehen? Komm schon. Was sagt denn dein Glücksschwert?«
»Nichts.« Aber Ben hatte natürlich recht. Mark wandte sich ab und ging weiter voran.

Eine Zeitlang schritten sie dahin. Dann bemerkte Ben überraschend: »Ich glaube, wir gehen in westlicher Richtung.«
Sogleich begriff Mark, was dies bedeuten würde. »Das kann nicht sein. So weit westlich der Burg? Dann wären wir...« Er sprach den Satz nicht laut zu Ende. *Unter dem See*. Ringsum tröpfelte Wasser. Der Boden unter ihren Füßen schien sich nicht länger bergab zu neigen, aber nirgends hatten sich Pfützen gebildet.
Wieder waren sie auf eine enge Stelle gestoßen und machten sich daran, Barbara hindurchzulavieren, als das Mädchen plötzlich lauter stöhnte als zuvor. Diesmal brachte sie schließlich einige deutliche Worte hervor. »Laßt mich herunter.«
Ihr Gang war noch ein wenig unsicher, aber ihre Begleiter sahen sie mit grenzenloser Erleichterung auf eigenen Beinen stehen und hörten, wie sie sich nach Nestor und Stadtretter erkundigte. Sie versuchte rasch, sich ein Bild von der Lage zu machen, als gedenke sie, unverzüglich wieder das Kommando zu übernehmen. Aber die meisten ihrer Fragen konnten sie nicht beantworten, und zum Befehlen war sie doch noch zu schwach.
Doch von diesem Augenblick an veränderte sich die Reise.
Wie um anzukündigen, daß eine wichtige Veränderung dicht bevorstehe, bog der Gang unvermittelt und scharf nach links und gleich darauf nach rechts. Dann ging es wieder abwärts, tiefer jetzt als je zuvor, bis es plötzlich steil wieder anstieg. Und jetzt sahen sie vor sich das erste richtige Licht, seit sie den Kerker hinter sich gelassen hatten. Zuerst war es so schwach, daß ein weniger lichthungriges Auge es vermutlich gar nicht entdeckt hätte, aber je weiter die drei kamen, desto heller wurde es.
Das Licht war der matte Schimmer eines bewölkten, mondlosen Nachthimmels, und es fiel durch einen gewundenen, engen Schacht herein. Mark war der Schlankste und Gelenkigste der drei, daher stieg er voran und streckte als erster den Kopf zwischen zerklüfteten Felsen aus dem Boden. Er hörte Wellengeplätscher, beinahe zum Greifen nah. Er erkannte trotz der Düsternis, daß die Felsen, die ihn umgaben, eine kleine Insel im See bildeten, nicht mehr als fünf Meter im Durchmesser – eine von vielen, die überall verstreut aus dem See ragten. Mark sah

den Schein von Fackeln und lodernden Bränden: Es war Sir Andrews Burg und ihr Spiegelbild im Wasser, etwa einen Kilometer weit entfernt. Flammen schlugen aus den Turmfenstern, als er hinüberstarrte.
Rasch wandte er sich von diesem Anblick ab und zog sich zwischen den Felsen, die anscheinend nicht immer verhindern konnten, daß Wellen in die Öffnung schlugen, zu den beiden anderen in den Gang zurück. »Ben? Es ist alles in Ordnung. Du kannst sie heraufbringen.« Mark streckte Barbara die Hand entgegen, während Ben sie von unten heraufschob.
Dicht zusammengedrängt kauerten sie dann auf den Felsen und spähten zwischen ihnen hindurch auf den See.
»Wir müssen am Ufer sein, bevor es hell wird. Aber welche Richtung sollen wir nehmen?«
Mark hielt das Schwert des Glücks hoch. Wenn er damit in die der Burg entgegengesetzte Richtung deutete, spürte er etwas im Griff. Aber er konnte unmöglich sehen, wie weit es in dieser Richtung bis zum Ufer war.
»Ich kann nicht schwimmen«, gestand Barbara.
»Und ich kann auch nicht schwimmen, wenn ich zwei Schwerter trage«, fügte Mark hinzu.
»Vielleicht kann ich es, wenn es sein muß«, meinte Ben. »Mal sehen – vielleicht ist es ja nicht tief.«
Das Wasser reichte Ben nur bis zur Hüfte, als er hineinwatete. Stück um Stück legte er seine Rüstung ab und ließ die Teile versinken. Mark streckte das Schwert vor sich aus, und die drei Flüchtlinge wateten in die Richtung, in die es deutete. Vor ihnen lag undurchsichtige Finsternis.
Unter Wasser tat das Schwert ebenso gute Dienste wie an der Luft. Einmal versank Mark bis an die Achseln im See, aber tiefer war es nirgends. Irgendwann begann der Grund anzusteigen, und vor ihnen wurde eine Reihe von Bäumen, die am Ufer standen, verschwommen sichtbar. Der Strand war dort, wo sie an Land kamen, nicht mehr als zwei Meter breit und von Wellen überspült, so daß ihre Fußspuren bald wieder fortgewaschen sein würden.
Die schützenden Bäume standen dicht am Ufer. Gleich hinter

ihren ersten Reihen bot sich ihnen eine kleine Lichtung mit weichem Gras als Rastplatz.
Aber die Ruhe dauerte nicht lange. Im nächsten Dickicht regte sich etwas, es raschelte und knackte. Mark ließ Ben nach Würfelwender greifen, während er selbst Drachenstecher aus der Scheide zug.
Vorsichtig schlichen sie um ein Gebüsch herum. Eine verschwommene Silhouette, so groß wie die eines Laufdrachen, aber nicht so hoch, bewegte sich vor ihnen in der Nacht. Sie gab ein leises Quietschen von sich, ein gedämpftes Rumpeln . . . das Quietschen ungeschmierter Achsen und das Rumpeln eines leeren Wagens, der mit einer zerrissenen Plane bespannt war.
Die beiden Zugtiere, die vor den leeren Wagen gespannt waren, zeigten sich nervös und benahmen sich, als seien sie seit einer Weile nicht mehr versorgt worden. Der Wagen war kleiner als der, den die Drachenjäger vorher gehabt hatten. Auch dieser war an beiden Seiten mit Symbolen oder Mustern bemalt, aber es war zu dunkel, um sie erkennen oder gar deuten zu können. Barbara flüsterte, daß der Wagen einem anderen Jahrmarktsschausteller gehören mußte und das Gespann vermutlich bei der hastigen Evakuierung neulich durchgegangen sei.
Die Zügel waren noch da. Als sie sie entwirrt hatten, zeigte sich, daß sie unbeschädigt waren. Barbara legte sich im hinteren Teil zur Ruhe, und Ben trieb die Tiere aus dem Dickicht hinaus und suchte nach einer Straße. Drachenstecher lag zu seinen Füßen, neben ihm auf dem Kutschbock saß Mark und hielt Würfelwender in beiden Händen. Wieder erwachte das Schwert des Glücks zum Leben und sagte ihm, welchen Weg sie nehmen sollten.

DAS LIED DER SCHWERTER

Auf dem Weg des günstigsten Geschicks
Weiß Würfelwender dich zu leiten,
Doch, Göttern zu Gefallen, wird das Schwert des Glücks,
Der Schlange gleich, alsbald der Hand entgleiten.

Das Schwert der Gerechtigkeit hält die Waage
Zwischen Gut und Böse, Dunkel und Hell;
Urteilspender richtet, Auge um Auge,
Das Schicksal der Menschen, furchtbar und schnell.

Drachenstecher, Drachenstecher, was ist dein Bestreben?
Das Herz zu finden, das hinterm Schuppenpanzer pocht.
Drachenstecher, Drachenstecher, wem nimmst du das Leben?
Dem grauenvollen Riesen, gegen den ich focht.

Ferntöter jagt heulend rund um die Welt,
Er findet dein Herz, hast ein Leids mir getan.
Die Rache ist mein, der ich werfe die Klinge,
Doch seh' ich am End' den Triumph nicht mit an.

Der, dessen Fleisch das Schwert der Gnade trifft, der hat geatmet nicht,
Der, dessen Seel' es heilt, der ist gewandert durch die Nacht;
Er hat die Summe aller Schuld gezahlt im Tode,
Hat umgewandt sich, und er sieht, wie neues Licht ihm lacht.

Im grauen Licht des Morgens kreist' das Sinnschwert,
Und Menschen und Dämonen knieten vor ihm hin.
Im hellen Licht des Mittags kreist' das Sinnschwert,
Und Götter kamen, in den Krieg zu zieh'n.
Im matten Licht der Dämm'rung kreist' das Sinnschwert,
Und Gott und Mensch, sie mußten in die Hölle flieh'n.

Ich breche Schwerter, zersplitt're Speere,
Niemand Schildbrecher widerstehen kann;
Von meiner Spitze springt der Waise Zähre,
Und Witwen bleiben hinter meiner Klinge Bahn.

Das Schwert der Arglist fällt an den,
Der nicht im Glanz erstrahlt.
Sichtblenders Kunst: Das Aug' ist scharf,
Verborgen die Gestalt.

Kein Blut vergießt die Tyrannenklinge,
Versehrt die Seele wohl;
Seelenschneider nicht tötet den Leib,
Doch welkt gar mancher hohl.

Das Schwert der Belagerung hammergleich dröhnt,
Und berstend und brechend die Mauer fällt;
Der Burgherr vor Steinspalter zittert und stöhnt,
Und ächzend und donnernd der Turm zerschellt.

Weit über Land reist das Schwert der Wut,
Baut harte Mauern rings um das, was zart;
Wer Stadtretter trägt am Gürtel gut,
Verläßt sein Haus und muß auf große Fahrt.

Wegfinder weiß, wo die Straßen sind,
Sein Herr schreitet aus geschwinder.
Das Schwert der Weisheit erleichtert die Last,
Doch macht's die Gefahren nicht minder.

ZWEITES BUCH

1

Feuer zuckte vom Himmel herab, ein gleißender, scharfzakkiger Speer aus weißem Licht, der nur einen Augenblick lang lebte, eben lange genug, um einen einsamen Baum zu spalten, der auf der weit hinausragenden Kante der Uferklippe stand. Der Donner dröhnte durch die heulende Finsternis des Himmels, und Augen und Ohren waren gleichermaßen betäubt. Ben fuhr herum, weg von dem blendenden Blitz – zu spät natürlich, als daß es seinen gepeinigten Augen noch hätte helfen können. Er wandte den Blick nach unten und versuchte, den Pfad wiederzufinden, festen Boden, auf den er seine Füße setzen konnte. In Nacht, Wind und Regen konnte man kaum erkennen, wo der Blitz eingeschlagen hatte. Hoffentlich würde der nächste ein Stück weiter entfernt niedergehen.

Ben hatte seinen mächtigen, kraftvollen rechten Arm nach vorn über den Rumpf eines schwer beladenen Lasttiers gestreckt und mit der Hand das Seil umklammert, mit dem die Tragkörbe auf dem Rücken des Tieres befestigt waren; mit der linken zerrte er heftig an den Zügeln des Lasttieres, das ihm widerwillig folgte.

Die kleine Karawane bestand aus sechs Lasttieren und sechs Männern, die die Tiere fluchend am Zügel führten und vorantrieben. Ein siebtes Tier, beträchtlich schlanker und anmutiger als die sechs schwerbeladenen, folgte der Karawane in geringem Abstand. Es trug einen Mann auf dem Rücken, eine in einen Kapuzenmantel gehüllte Gestalt, die eine kalte, flammenlose Fackel aus der Alten Welt in der erhobenen Hand trug. Die Fackel warf ein stetiges, niemals flackerndes Licht durch Wind und Regen, und ein Teil ihrer Strahlen

drang weit genug voraus, um die Tiertreiber hoffen zu lassen, sie könnten wenigstens hin und wieder sehen, wohin sie sich bewegten.
Wie ein seltsames, zusammengesetztes Kriechtier mit drei Dutzend unsynchronisierten Füßen tastete und mühte sich die Karawane voran. Sie folgte der bloßen Andeutung eines Pfades durch die unwegsame Landschaft. Ben schob das erste Tier voran, zog das zweite mehr oder weniger hinter sich her und versuchte, sie beide immer wieder zu beruhigen. Stunden zuvor, am Anfang dieses Marsches, hatte man die Tiertreiber davor gewarnt, daß die sonst so phlegmatischen Tiere in dieser Nacht womöglich unruhig werden könnten.
Sie würden Drachen wittern, hatte der Offizier gesagt.
Wieder fuhr ein Blitz hernieder, zum Glück nicht ganz so dicht wie der letzte. Einen Augenblick lang war die felsige, gottverlassene Wildnis, durch welche die kleine Karawane sich bewegte, deutlich zu erkennen, und auch die nächsten paar Meter des vor ihnen liegenden Pfades waren zu sehen. Dann senkte sich die Dunkelheit wieder herab, schwärzer als vorher, und der Regen prasselte noch heftiger. Das Tier mit den drei Dutzend Beinen, seine Einzelteile durch schiebende, ziehende Menschenarme miteinander verbunden, schlängelte sich voran und glitt langsam durch das tückische Gelände, über schlüpfrige Felsen und Sand. Dabei heulte der Wind unaufhörlich, und der Regen peitschte das Land.
Der Soldat, der Ben vorausging und das erste Lasttier führte, war wie Ben selbst in einen triefnassen, blau-goldenen Uniformmantel gehüllt. Von einem nutzlosen Helm tropfte ihm das Wasser in die Augen. Jetzt hörte Ben, wie er lauthals fluchte und den Zorn der Götter auf diese ganze Situation herabrief – und auf die hohen Funktionäre, deren Idee das Ganze gewesen war und die jetzt zweifellos irgendwo im Warmen und Trockenen saßen. Der Mann brüllte beinahe; er fürchtete nicht, daß der Priester-Offizier Radulescu, der am Schluß des Zuges ritt, ihn womöglich durch den Sturm hören könnte.

Das kalte Fackellicht von hinten ließ ahnen, was der nächste Blitzstrahl bestätigte: Der holprige Pfad bog jetzt scharf nach links. Gleichzeitig führte ein breiter Einschnitt in der unweit abfallenden Steilküste den möglicherweise lebensgefährlichen Rand des Kliffs dicht an den Pfad heran. Ben, dem die unverhoffte Nähe des Abgrunds nicht behagte, drückte sich enger an das Tier, auf dessen Rumpf sein rechter Arm ruhte. Mit seiner Kraft und seinem beträchtlichen Gewicht drängte er das Tier ein kleines Stück weiter nach rechts. Die Karawane zog jetzt so dicht am Rande der Klippen entlang, daß man beim nächsten Blitz nach unten schauen und die tosende See erkennen konnte. Ben schätzte, daß die Felszacken in der Brandung etwa hundert Meter unter ihnen liegen mochten.

Er vermutete, daß das Leben eines gemeinen Soldaten in keiner Armee der Welt ein besonders glückliches war. Mehr als eins der alten Sprichwörter, die vor allem unter den Soldaten selbst die Runde machten, legte davon Zeugnis ab, und Ben hatte hinreichend Gelegenheit gehabt, die Wahrheit dieser Sprichwörter am eigenen Leibe zu erfahren. Aber was ihm in dieser Nacht Sorgen bereitete, waren nicht die gewöhnlichen Soldatenbeschwerden dumpfer Mißhandlung oder zeitweiliger Gefahr. Es war nicht das Gewitter. Es war eigentlich auch nicht die Gefahr, von dieser Klippe abzustürzen – dieses Risiko war offenkundig und ließ sich vermeiden. Es war nicht einmal die Angst vor dem wachenden Drachen, vor dessen Gegenwart man die Treiber gewarnt hatte, weil er die Lasttiere nervös machen würde.

Was Ben beunruhigte, war eine gewisse Erkenntnis, die langsam in ihm heranreifte. Wenn sie zuträfe, würde er sich nicht nur wegen eines Drachens den Kopf zerbrechen müssen. Dies galt im übrigen auch für die anderen Tiertreiber, die heute nacht dabei waren, aber Ben hatte keinen Grund zu der Annahme, daß sie sich dessen schon bewußt waren.

Er fragte sich, ob er Gelegenheit haben würde, mit ihnen darüber zu sprechen, ohne daß der Offizier sie hörte. Vermutlich würde es ihm aber nicht gelingen...

Bei Ardneh – wie sollte ein Mann, selbst wenn er um sein Leben zu fürchten hatte, in einem solchen Unwetter auch nur einen einzigen klaren Gedanken fassen können? Ben konnte nicht einmal eine Hand erübrigen, um sich das Wasser aus den Augen zu wischen oder um seinen Mantel zusammenzuraffen. Nicht genug damit, daß das Gewand durch und durch naß war, jetzt hatte sich auch noch die untere Schließe geöffnet, und der Umhang flatterte nutzlos im Wind. Selbst im grellen Licht der Blitze sah das Gewand nicht mehr blau-golden aus. Es war so naß und filzig, daß es ebensogut aus dem Grau der Nacht selbst hätte gewoben sein können.

Und noch mehr Blitze, mehr Wind, mehr Regen. Durch alles Toben mühten sich die zwölf miteinander verbundenen Körper von wütenden Männern und schwer beladenen Tieren immer weiter voran. Unter gewöhnlichen Bedingungen hätten ein oder zwei Männer vollauf genügt, die Tiere zu führen. Aber Ben mußte zugeben, wer immer für dieses nächtliche Unternehmen sechs Tiertreiber eingeteilt hatte, hatte gewußt, was er tat. Zwei, auch drei Männer wären heute nacht zu wenig gewesen, in einer Nacht, da Blitz und Drachenwitterung zusammen auf den Winden ritten.

Radulescu hatte den Tiertreibern zuvor beruhigend zugeredet. Er hatte ihnen erklärt, er beherrsche machtvolle Zaubersprüche, die den Drachen fernhalten würden. Ben glaubte ihm das. Offiziere des Blauen Tempels, das hatte er in dem Jahr seines Soldatendaseins gelernt, waren in Angelegenheiten, die man für wichtig hielt, im allgemeinen bewandert. Und dieser Nachtmarsch mußte wichtig sein . . . Damit war Ben wieder bei seiner frischaufgekeimten heimlichen Sorge angelangt. Gern hätte er sich diesen schrecklichen Gedanken selber ausgeredet, aber je mehr er ihn erwog, desto wirklicher wurde er.

Und desto weniger Zeit blieb ihm, etwas zu unternehmen.

Man hatte ihnen nicht verraten, was für eine Fracht es war, die sie da, wohlverpackt, klobig und schwer, durch die Nacht transportierten. Andere Hände, nicht die ihren, hatten sie verpackt und in die Tragkörbe der Tiere verladen. Seinem Gewicht nach zu urteilen und danach, wie es sich anfühlte, konnte es sich nur um schwere Steine oder Metall handeln.

Ben glaubte eigentlich nicht, daß es Steine waren. Es mußte schwer wie Blei sein, das sah er an der Art, wie die Tiere sich bewegten. Aber natürlich würden die Blautempler, sprichwörtliche Liebhaber und Sammler großer Reichtümer, sich wohl kaum mit Blei abgeben.

Dies verringerte die Zahl der Möglichkeiten beträchtlich. Aber da war noch mehr.

Als die Karawane ein paar Stunden vor Anbruch der Dunkelheit den Tempel verlassen hatte, war sie von einer schwer bewaffneten Kavallerieeskorte begleitet worden, die etwa drei Dutzend Männer zählte. Es waren Söldner gewesen, die nur ihren eigenen bizarren Dialekt sprechen konnten. Ben vermutete, daß man sie auf der anderen Seite der Welt angeworben hatte.

Zunächst waren sie ohne Schwierigkeiten vorangekommen. Der Himmel hatte bedrohlich ausgesehen, aber das Unwetter war noch nicht losgebrochen. Die bewaffnete Eskorte hatte die langsam ziehende Karawane die meiste Zeit über in ihre Mitte genommen. Die Lasttiere waren sanftmütig gewesen, und die Führer hatten sie, selbst auf sechs unbeladenen Tieren reitend, mit leichter Hand vorantreiben können. Die Reise hatte sie über Nebenstraßen und immer schmalere Pfade ins Hinterland geführt, aber sie hatten das Tempelgebiet nie verlassen. Zumindest glaubte Ben das, sicher konnte er allerdings nicht sein. Eine so starke Eskorte auf Tempelgebiet erschien ihm ein wenig übertrieben, es sei denn, es handelte sich um eine sehr, sehr wertvolle Fracht.

Und diese Möglichkeit trug nicht dazu bei, seine neue Sorge zu lindern...

Kurz vor Anbruch der Nacht hatte die Karawane auf einer kleinen Lichtung inmitten von kargem Gestrüpp und verstreut umherliegenden Felsblöcken haltgemacht. Hier hatten sich die beladenen Tiere mit ihren sechs Treibern in einem reibungslosen, offenbar gut vorbereiteten Manöver von ihrer Eskorte getrennt, und unter dem Befehl Radulescus hatten sie ihren Marsch entlang des gewundenen, holprigen Pfades fortgesetzt. Nach dem, was man ihnen über den Plan gesagt hatte, sollte die Eskorte auf der Lichtung warten, bis sie zurückkämen. Als der Zug sich teilte, hatte man den sechs Tiertreibern beinahe so, als sei man eben erst auf diesen Gedanken gekommen, befohlen, die eigenen Waffen im Gewahrsam der Eskorte zurückzulassen. Schwerter und Dolche, so hatte man Ben und den fünf anderen gesagt, würde man weiter oben nicht benötigen, und sie würden nur im Weg sein, wenn es ans Abladen ginge.

Radulescu war der Offizier gewesen, der ihnen dies alles mitgeteilt hatte, und seine forsche, professionelle Stimme hatte sich über den Wind erhoben, während die Kavallerie hinter ihm ihre Reittiere festband und schweigend abwartete. Als die sechs Tiertreiber ihre Waffen unter einem Regenschutz abgelegt und die Reittiere zurückgegeben hatten, war die Karawane unter Radulescus Befehl auf dem unbekannten Pfad weitergezogen. Radulescu selbst war ihnen auf seinem eigenen Reittier gefolgt.

Ben hatte den Priester-Offizier bis zu diesem Tage niemals gesehen, und soweit er wußte, war der Mann den anderen ebenfalls unbekannt. Auch untereinander kannten sie sich nicht. Gewiß war nur, daß Radulescu nicht zu den regulären Kavallerie- oder Infanterieoffizieren gehörte, die in der Garnison des Tempels das Kommando führten. Ben vermutete, daß er aus den hehren Höhen der oberen Schichten im Machtgefüge des Blauen Tempels kam. Vielleicht hatte er sogar mit dem Inneren Rat zu tun, der den Tempel mit allen seinen Verzweigungen regierte. Sämtliche regulären Offiziere hatten sich ihm untergeben gezeigt, obgleich seine einfache, blau-goldene Uniform keines der üblichen Rangabzeichen aufwies. Daher mußte der Mann wohl ein Priester sein, dachte Ben. Aber Radulescu ritt auch auf seinem Tier, als habe er sein Leben lang nichts anderes getan, und er schien es gewohnt zu sein, im Feld Befehle zu erteilen.

Und jetzt kämpften sich Männer und Tiere durch die Nacht und schleppten ihre schwere Last voran. Vielleicht, überlegte Ben, war es nicht nur Gold, was sie da transportierten. In den dick eingewickelten, formlosen Bündeln in den Weidenkörben konnte durchaus auch eine bestimmte Menge Juwelen verborgen sein, Edelsteine, vielleicht ein paar Kunstgegenstände...

Mit jeder Minute wuchs die Besorgnis, die ihn ergriffen hatte. Sie wuchs und wuchs. Der Wind peitschte weiter auf die kleine Prozession ein, der Regen nicht minder, bis selbst die vierbeinigen Geschöpfe sich nur noch rutschend und stolpernd über die nassen, runden Felssteine bewegten, aus denen dieser erbärmliche Ersatz für einen Pfad bestand.

Wieder drückte Ben gegen das Tier, dessen Hinterteil unter seinem rechten Arm lag. Er drängte es mit seinem ganzen Körper ein Stück weit nach rechts, weg von dem schrecklichen Klippenrand, der wieder von der linken Seite her einknickte und bedrohlich dicht neben dem Pfad verlief.

Da kam, zu Bens gelinder Überraschung, der Offizier im leichten Galopp rechts an der kleinen Kolonne vorbei, um sich an die Spitze zu setzen. Radulescu trieb sein Reittier zu größerer Geschwindigkeit an, und rasch hatte er die langsame Karawane überholt. Licht und Schatten verlagerten sich, als die kalte Fackel, die der Offizier noch immer in der Hand hielt, vorüberzog. Die Fackel war ein dicker Stab, dessen runde, gläserne Spitze stets hellweiß leuchtete, ohne daß Wind und Regen ihr etwas hätten anhaben können. Ben hatte schon ein- oder zweimal ähnliche Fackeln gesehen, aber verbreitet waren sie nicht. In dem gleichmäßigen Licht leuchtete Radulescus Offiziersmantel. Er glitzerte, als sei er womöglich wasserdicht, und Radulescus Kopf war angenehm trocken unter der Kapuze, nicht triefnaß unter einem verdammten, tropfenden Helm. Links unter seinem Mantel ragte die Scheide eines Schwertes hervor.

Kaum hatte Radulescu die Spitze des Zuges erreicht, zügelte er sein schnelles Reittier und wendete auf der Stelle. Mit einer Bewegung seines Lichtes bedeutete er den Tierführern,

daß sie den halsbrecherischen Pfad nun verlassen würden. Er winkte sie landeinwärts, in wildes, wegloses Gelände.
Der Soldat vor Ben fluchte wieder.
Der Offizier ritt der Karawane jetzt langsam voraus und hielt sein Licht in die Höhe, und der vorderste der Soldaten lenkte sein Tier vom Pfad herunter und wandte sich landeinwärts und nach Westen. Ben folgte, wie zuvor auf das Hinterteil seines Tieres gestützt. Dem Tier hinter ihm blieb keine Wahl, denn er hatte noch immer seinen Zügel in der Hand. Die restlichen folgten.
Jetzt, da der Boden noch schlüpfriger und unebener war als zuvor, kamen sie noch langsamer voran. Die Landschaft ringsumher, soweit Ben sie überblicken konnte, war gänzlich weglos und verlassen. Alle sechs Tiertreiber fluchten jetzt, dessen war Ben sicher, obwohl er außer seinen eigenen Verwünschungen nichts hörte.
Der Klippenrand lag nun in sicherer Entfernung hinter ihnen. Aber jetzt mußten Menschen und Tiere sich ihren Weg über holprige Sandhänge suchen, sie mußten sich durch dorniges Gestrüpp kämpfen und Felsen überklettern, die vom Regen schlüpfrig waren. Diese Gegend, dachte Ben, taugte tatsächlich zu nichts anderem als zur Aufzucht von Dämonen, wie es alte Volksweisheiten seit jeher behaupteten. Wenn hier wirklich ein großer Drache in der Nähe sein sollte – und daran zweifelte Ben nicht –, dann konnte man sich kaum vorstellen, wovon das Ungeheuer sich ernährte.
Er stellte fest, daß der Drache seine Anwesenheit nicht eben geheimhielt. Je weiter sie die Lasttiere nach Westen und Süden vorantrieben, desto störrischer wurden sie. Und jetzt glaubte Ben, der im Aufspüren von Drachen erfahrener war als die meisten, den einzigartigen Geruch in der nassen Luft schmekken zu können – er kam und ging, je nachdem, aus welcher Richtung der Wind heulte. Etwas Schweinshaftes lag in dieser Witterung und auch etwas Metallisches und noch etwas, das Ben mit nichts hätte vergleichen können.
In diesem Augenblick kam die Karawane unverhofft zum Ste-

hen, und schiebend und drängend prallten die Tiere gegeneinander. Ein paar Schritte weit vor ihnen hatte der Priester-Offizier sein Reittier bereits gezügelt und stieg ab. Die Zügel fest in der einen Hand haltend, hob Radulescu mit der anderen die Fackel hoch über sich und begann, einen Zauberspruch zu singen. Ben hörte nicht, wie er sang, aber er sah das Profil des Mannes, und er sah die regelmäßigen Bewegungen, die der kurzgeschnittene Bart des Offiziers vollführte, während er kühn seine Worte in den Wind hinausschleuderte.

Und jetzt erschien noch etwas anderes oberhalb und jenseits von Radulescus kapuzenverhülltem Kopf. Dieser wandte Ben den Rücken zu und sah der Erscheinung entgegen. Als erstes erstrahlten die Augen des Drachen in der Finsternis, grün reflektierten sie das Licht der Alten Welt. Zu sehen, wie hoch diese Augen über dem Boden schwebten und wie groß der Abstand zwischen ihnen war, genügte, um auch einen erfahrenen Drachenjäger zu beeindrucken. Im nächsten Augenblick, als das Ungeheuer langsam einatmete, schimmerte unter und zwischen den Augen, zwischen Fleisch und Schuppen, ein leiser Glanz der inneren Feuer aus Nase und Rachen, ein beinahe unsichtbares Rot, das man bei Tageslicht gar nicht wahrgenommen hätte. Das gurrende Geräusch, das darauf folgte, war ein beinahe musikalischer Laut, wie das Rollen hohler Metallkugeln in einer gewaltigen Messingschüssel.

Ben besaß kein sonderlich starkes Gefühl für das Wirken von Zauberkräften, aber jetzt spürte sogar er das Fließen, das Walten des Zaubergesanges. Der Bannspruch hatte den Drachen schon zurückgehalten, jetzt drängte er ihn davon. Der große Laufdrache blinzelte und schnaubte, dann wich er vom Wege der Karawane und verschwand in Sturm und Finsternis, als löse er sich in der Nacht auf.

Der Rückzug des Drachen ließ Bens eigentliche Sorge nur noch größer werden, denn jetzt fiel es ihm nicht mehr schwer, sich ganz darauf zu konzentrieren. Im Gegenteil – als er darauf wartete, daß Radulescu seinen Zauberbann beendete und noch einmal demonstrierte, wie sicher die Macht des Blauen Tem-

pels die Situation im Griff hatte, war es ihm ganz unmöglich, an etwas anderes zu denken.
Die Sorge, die Ben nagend erfüllte, wurzelte nicht in einer einzelnen Warnung, sie rührte nicht von einer bestimmten Einzelheit, die er gesehen oder gehört hatte. Sie war wie eine elementare Macht, geboren aus einer Vielzahl von Details.
Eines dieser Details war die Tatsache, daß alle Tiertreiber dieses nächtlichen Unternehmens, einschließlich ihm selbst, Neulinge in der Tempelgarnison waren. Dies bedeutete, daß wohl keiner von ihnen irgendwelche Freunde dort haben würde. Alle sechs waren innerhalb der letzten paar Tage von anderen Tempeln hierher versetzt worden. Soviel hatte Ben den wenigen Worten entnehmen können, die sie beiläufig gewechselt hatten, während sie auf den Aufbruch der Karawane warteten. Für seine eigene Versetzung hatte man ihm keinen besonderen Grund genannt, und er fragte sich, ob es bei seinen Kameraden anders gewesen war. Bisher hatte er keine Gelegenheit gehabt, sie zu fragen.
Der Versetzungsbefehl war Ben, als er ihn erhalten hatte, wie eine typische Laune der Militärs vorgekommen. Er stand seit einem Jahr im Dienst des Blauen Tempels, und in dieser Zeit hatte er sich an solche unerklärlichen plötzlichen Wendungen in der Organisation gewöhnt. Aber jetzt...
In Bens Erinnerung, in der tausend alte Lieder ruhten, war jetzt ein bestimmtes zum Leben erwacht und tanzte zur Begleitung seiner Gedanken. Er wußte nicht mehr, wo oder wann er es zum erstenmal gehört hatte, und wahrscheinlich hatte er es auch schon seit Jahren nicht mehr gehört. Aber jetzt war es wieder erwacht, und es bildete einen ironischen Hintergrund für seine Angst.
Wenn er nur mit den anderen Treibern reden könnte! Vielleicht hätten sie zwei, drei Worte durch den Sturm brüllen können, aber Ben brauchte mehr als das. Er brauchte Zeit, um ihnen Fragen zu stellen und um sie zum Nachdenken zu bringen... und er argwöhnte, daß er dazu keine Gelegenheit finden würde.

Er hatte nur noch sehr wenig Zeit, um sich zu entscheiden, ob er allein handeln wollte oder nicht. Sollte er eine falsche Entscheidung treffen, würde er bald tot sein...

Der Priester-Offizier hatte seinen Zauberbann beendet, und er benutzte seine Fackel wie einen leuchtenden Zauberstab, den er in einer weiten, langsamen Gebärde hinter dem schwindenden Drachen schwenkte. Dann hielt Radulescu seine Fackel wieder in die Höhe, schaute der davonziehenden Bestie nach und schien durch den Sturm hindurch zu lauschen. Schließlich bestieg er sein Tier, wandte sich den wartenden Soldaten zu und gab der Karawane ein Zeichen, sich wieder in Gang zu setzen.

Die Soldaten bewegten sich nur zögernd. Die Lasttiere waren leichter davon zu überzeugen als ihre Herren, daß der Drache tatsächlich verschwunden war. Der Drachengeruch verwehte rasch im Wind, und die Tiere zeigten sich so willig wie seit Stunden nicht mehr. Wie um sich der ruhigeren Stimmung anzupassen, ließ nun auch der Regen nach.

Wieder stolperten sie etwa hundert Meter weit über unwegsames Gelände. Hier und dort zerrissen ihnen Dornen Haut und Gewänder. Dann zügelte der Offizier sein Reittier erneut, und wieder gab er ein Handzeichen. Noch ein Drache? fragte sich Ben. Einen anderen Grund, hier anzuhalten, konnte er sich nicht vorstellen. Mit seinem Licht wies Radulescu ihnen den genauen Platz an, wo sie halten sollten – dicht neben einem steinigen Hügel, der nicht anders aussah als hundert andere steinige Hügel ringsumher. Hier ist doch nichts, dachte Ben... und dann begriff er, daß man eben dies denken sollte.

Radulescu war schon wieder abgestiegen. Mit dem Licht in der Hand begab er sich zum Fuße einer großen Steinplatte, die einen großen Teil des Hanges einnahm. Er legte eine Hand auf die mächtige Platte und erhob die Stimme, um den Sturm zu übertönen. »Männer, bindet eure Tiere an. Dann kommt her und hebt diesen Felsen auf. Ja, hierher, aufheben, sage ich!«

Der Felsblock, auf den er deutete, sah so schwer aus, daß wohl zwanzig Männer ihn nicht würden bewegen können. Aber

Befehl war Befehl. Die Soldaten banden den Tieren die Vorderbeine zusammen und kamen heran. Einige von ihnen waren vierschrötig und kräftig, andere nicht – aber wie sich zeigte, hatte der Priester nicht den Verstand verloren. Kaum hatten sie begonnen, den riesigen Stein zu heben, da neigte er sich schon und kippte mit überraschender Leichtigkeit zur Seite, bis er in einer neuen Lage zur Ruhe kam. Wo sich der untere Teil befunden hatte, klaffte jetzt das dunkle Dreieck einer Höhlenöffnung. Das schwarze Loch in der Hügelflanke erschien Ben ein wenig zu regelmäßig geformt, um ganz und gar natürlich sein zu können. Die Öffnung war groß genug, um einen einzelnen Mann bequem hindurchzulassen.
Der Offizier schlüpfte als erster hinein. Er bewegte sich mit Zuversicht, denn die kalte Fackel beleuchtete seinen Weg. Die tiefschwarze Dunkelheit im Innern zerschmolz vor diesem Licht. Eine Höhlenkammer tat sich auf, deren flacher Boden drei oder vier Meter unter dem Niveau draußen lag. Etwa ein Dutzend Menschen konnte hier stehen, ohne sich zu drängen. Als Ben in den dreieckigen Eingang trat, sah er eine grob aus dem Felsen gehauene, schmale Treppe, die sich zum Boden hinunterwand. Dort unten, in der Mitte der Kammer zwischen zwei steinernen Kanten, erkannte Ben eine zweite mannshohe Öffnung, durch die man in noch tiefere Finsternis gelangen konnte.
Vor der unteren Öffnung blieb Radulescu stehen. Er lehnte seine Fackel gegen die Wand und zog aus einer Innentasche seines offensichtlich wasserdichten Mantels zwei Kerzenstummel hervor. Er ließ eine Flamme aufflackern – so schnell, daß Ben nicht gesehen hatte, wie es geschehen war –, und einen Augenblick später stand zu beiden Seiten des Loches im Boden eine brennende Kerze.
Jetzt schaute er hoch zum Eingang, wo sich die Gesichter der Soldaten drängten. »Abladen!« befahl er mit lauter Stimme. »Ihr werdet die Säcke heruntertragen. Vorsichtig – vorsichtig! Und dann werft sie hier hinein, in dieses Loch.« Er zeigte mit der Fußspitze auf die Öffnung. Den letzten Befehl hatte er mit

Nachdruck und besonderer Deutlichkeit erteilt, als wolle er vermeiden, ihn für diejenigen, die ihn beim erstenmal nicht genau verstanden zu haben glaubten, wiederholen zu müssen. Rechts und links von Radulescu brannten die Kerzen – blaues Wachs und goldene Flammen –, und auf den flachen Steinen, auf denen sie standen, sah Ben Tropfspuren und Krusten von altem Wachs. Offenbar war es nicht das erste und auch nicht das zweite oder dritte Mal, daß man eine Fracht hierhergeschafft hatte.

Die sechs Tiertreiber zogen sich vom oberen Eingang zurück und schickten sich an, den Befehl auszuführen, aber zuvor sahen sie einander kurz an. Gleichwohl fand Ben keine Zeit, um mit ihnen zu sprechen. Er sah, daß der eine oder andere verblüfft dreinschaute, aber in ihren Gesichtern spiegelte sich nichts, was seiner eigenen Angst gleichgekommen wäre.

Wird es hier geschehen? fragte er sich. Wenn wir mit dem Abladen fertig sind? Und wenn, wie wird es vonstatten gehen? Oder habe ich vielleicht noch ein bißchen mehr Zeit – bis wir wieder auf die Kavallerie gestoßen sind, die auf uns wartet...

»Bewegt euch! Rasch! Abladen!« Radulescu kam mit seinem hellen Licht die Treppe herauf. Er ließ ihnen keine Zeit, über irgend etwas außer ihrer Aufgabe nachzudenken.

Die Männer hatten eine harte Schule durchlaufen, in der man ihnen Gehorsam beigebracht hatte. Sofort machten sie sich an die Arbeit. Ben bewegte sich mit ihnen, automatisch wie alle anderen. Erst jetzt, als er das erste Bündel aus einem Tragkorb des Lasttieres hob, begriff er, wie wirkungsvoll die Ausbildung im Blauen Tempel gewesen war.

Das Bündel, das er ergriffen hatte, war klein, aber sehr schwer, wie alle anderen auch. Zum Schutz vor dem Wetter war es in eine wasserdichte Ölhaut gewickelt, die man fest vernäht hatte. Unter der äußeren Umhüllung ertastete Ben eine dicke Wattierung, die es beinahe unmöglich machte, die eigentliche Form des Inhalts zu ergründen. Ben fand, daß die Fracht sich anfühlte wie eine Anzahl von Metallobjekten, allesamt schwer, hart und verhältnismäßig klein.

Trotz ihres Gewichtes hätte Ben mit Leichtigkeit zwei der Pakete tragen können, aber er tat es nicht, denn er wollte das Abladen nicht beschleunigen. Vielleicht blieb ihm nur noch die Zeit, die das Abladen in Anspruch nahm, um nachzudenken, Mut zu fassen, zu handeln...

Als er zum erstenmal durch den oberen Höhleneingang trat, um sein Bündel hinunterzuschaffen, betrachtete er eingehend, wie der große Stein in seiner hochgekippten Lage ruhte. Ihm fiel auf, daß der Block anscheinend haargenau ausbalanciert war. Was sechs Männer hochgewuchtet hatten, um den Höhleneingang freizulegen, würde vermutlich ein einzelner mühelos wieder schließen können.

Er stieg die gewundene Treppe hinunter und achtete im Schein der Kerzen sorgfältig darauf, wohin er seine Füße setzte. Er bemerkte, daß die Treppenstufen erste Abnutzungserscheinungen zeigten, als hätten schon viele Trägerkolonnen ihre Bürde in die Höhle geschleppt...

Denk nach! befahl er sich. Denk nach! Aber zu seinem lautlosen inneren Entsetzen war ihm, als sei sein Geist gelähmt.

Als er, unten in der Höhle angekommen, sein erstes Bündel gehorsam in das dunkle Loch im Boden fallen ließ, fiel ihm noch etwas anderes auf. Das schwere Bündel verursachte weder im Fallen noch beim Aufschlagen ein Geräusch. Als er es losgelassen hatte, war es in der Finsternis verschwunden.

Entweder fiel es in endlose Leere – oder es war aufgefangen worden.

Langsam kehrte er mit den anderen Soldaten ins Freie zurück, um sein zweites Bündel zu holen. Ben sah, daß Radulescu seine Altwelt-Fackel wieder an einen Felsen gelehnt hatte, diesmal gleich neben dem Eingang. Der Offizier war zu seinem angebundenen Reittier hinübergegangen und hatte etwas vom Sattel losgebunden, ein leichtes, längliches Bündel, das Ben bisher noch gar nicht bemerkt hatte. Es hatte etwa die gleiche Form und Größe wie das Schwert, das Radulescu trug, und es war dick eingewickelt wie alles andere Gepäck auch.

Ben beobachtete den Offizier, ohne in seinen Bewegungen

innezuhalten. Er schulterte seine zweite Ladung. Diesmal nahm er sie von einem anderen Tier. Wieder fiel ihm auf, wie schwer das Paket im Verhältnis zu seiner Größe war. Nein, Blei würde es nicht sein, was der Blaue Tempel hier so geheimnisvoll in der Erde verschwinden ließ.
Schon seit Generationen machten Geschichten und Spekulationen über den Hort des Tempels und sein Versteck die Runde. Zumindest ein Lied gab es, das ebenfalls von diesem Hort handelte – das Lied, das Ben noch immer und auf wenig hilfreiche Weise durch den Sinn ging.
Die fünf anderen Männer in der Kette der Schatzträger ließen nicht erkennen, daß sie erraten hatten, was hier vor sich ging. Die Bedeutung ihrer Lage war ihnen, soweit Ben es erkennen konnte, noch nicht klargeworden. Sie starrten stumpf und verdrossen in den Regen, und ihre Gesichter wirkten verschlossen – verschlossen auch, wie es Ben jetzt erschien, gegen die Einsicht. Es würde ihm nicht möglich sein, vernünftig mit ihnen zu reden, bevor er handelte.
Der obere Höhleneingang und die Treppe waren so schmal, daß der Transport der Fracht gezwungenermaßen langsam und umständlich vonstatten ging. Immer wieder mußten die Männer, die hinunterstiegen, stehenbleiben und auf diejenigen warten, die heraufkamen und umgekehrt. Dennoch würde das Abladen nicht sehr lange dauern, denn die sechs Männer arbeiteten ohne Unterlaß.
Sechs Männer, dachte Ben unaufhörlich, die jetzt wissen, wo Benambras Gold vergraben liegt. Ob die sechs vorigen noch lebten, die es ebenfalls erfahren hatten?
Das Abladen nahm seinen Fortgang, und Ben hatte das Gefühl, daß es äußerst schnell ging. Draußen vor der Höhle leuchtete ihnen das Licht der Fackel aus der Alten Welt, drinnen arbeiteten sie in dem warmen, rauchigen Flackerlicht der beiden blauen Kerzen.
»Bewegt euch!«
Ben hatte eben wieder ein Bündel in das dunkle Loch im Boden geworfen. Als er sich aufrichtete und zurücktrat, streifte er den

Offizier, der hinter ihm herangetreten war. Die beiden Männer drückten sich aneinander vorbei, und die Spitze des Bündels, das Radulescu trug, strich sacht über Bens Arm. Noch durch seinen Ärmel und die Umhüllung des Gegenstandes fühlte Ben eine magische Kraft. Das Gefühl zupfte an seiner Erinnerung wie ein altes Parfum, wie ein Duft aus Kindheitstagen, der ihm plötzlich wieder in die Nase stieg. Und seine Angst war mit einem Schlage größer denn je.

Ben hatte die Treppe erklommen und war wieder draußen, um ein weiteres Bündel zu holen. Auch Radulescu trat aus dem Höhleneingang heraus. Als er Ben scharf in die Augen blickte, starrte Ben stumpf zurück.

In den dreiundzwanzig Jahren seines Lebens hatte Ben gelernt, daß es nur zwei Dinge gab, die anderen an seiner Erscheinung auffielen. Das eine – das niemals versagte – war seine gedrungene Gestalt. Er war nicht kleiner als die meisten, aber so kräftig gebaut, daß es so aussah. Das zweite war seine augenscheinliche Dummheit. Etwas an seinem runden Pfannkuchengesicht ließ die Menschen glauben, er sei ein wenig begriffsstutzig, zumindest solange sie ihn nicht kannten. Aus irgendeinem Grunde wurde dieser Eindruck durch seine breite, kräftige Gestalt noch verstärkt. Die meisten weigerten sich einfach zu glauben, daß Intelligenz und urwüchsige Kraft in demselben Manne existieren konnten. Ben selbst hatte inzwischen eingesehen, daß er nicht besonders beschränkt war, aber es war gelegentlich hilfreich, dafür gehalten zu werden. Er klappte den Unterkiefer ein wenig herunter und erwiderte den ungeduldigen Blick des Offiziers mit völliger Ausdruckslosigkeit.

Radulescu kam auf ihn zu. »Beweg' dich, habe ich gesagt. Willst du dort Wurzeln schlagen? Hast du die Absicht, die ganze Nacht hindurch in diesem Unwetter herumzustehen?«

Ben, der nichts lieber getan hätte als das, schüttelte den Kopf und ließ sich gehorsam zur Eile antreiben. Wie mechanisch begab er sich in die langsam schlurfende Reihe der übrigen Soldaten zurück.

Als er sich wieder in die Höhle zurückbegab, war er sicher, daß die Pakete Gold enthielten, und noch einmal sah er, wie genau der schwere Verschlußstein ausbalanciert war. Ein Mann, der draußen vor der Höhle stand, würde den Stein schnell und mit einer Hand vor die Öffnung fallen lassen können. Sechs Männer, die in der Höhle gefangen wären, würden sich hingegen niemals so eng zusammendrängen können, um gemeinsam den Felsblock erreichen und nach oben stemmen zu können. Natürlich würde es ihnen schließlich gelingen, auf irgendeine andere Weise wieder ins Freie zu gelangen. Wenn sie Zeit hätten...

Diesmal würde der Felsen noch nicht krachend hinter ihm vor den Ausgang fallen, denn noch war nicht der ganze Schatz abgeladen.

Ben ließ sein gewichtiges Bündel in das schwarze Loch im Höhlenboden gleiten und zuckte reflexartig zurück. Aus der Tiefe, etwa einen halben Meter unterhalb des Loches, hatte sich ihm ein Paar Hände entgegengereckt, unmenschlich groß und weiß, und das Paket in Empfang genommen. So schnell, wie sie sich heraufgestreckt hatten, waren die Hände auch wieder verschwunden, und dabei hatte Ben keinen Laut vernommen.

Ohne ein Wort zu sagen, wandte er sich ab. Als er sich an der Reihe der beladenen Männer vorbeidrängte, begriff er mit jähem Schrecken, daß das Abladen beinahe beendet sein mußte. Mit schnellen Schritten strebte er der Treppe zu. Er wollte nicht mehr in der Höhle sein, wenn sie ihre Arbeit vollendet hatten.

Oben am Ausgang hatte der Offizier eben einen Soldaten, der mit dem vermutlich letzten Bündel auf der Schulter hinabsteigen wollte, angehalten. »Wartet unten auf mich, wo es trocken ist«, befahl Radulescu dem Mann. »Ich habe euch allen etwas zu sagen.«

Der letzte Mann betrat mit seiner Bürde die Höhle. Im Eingang zwängte Ben sich an ihm vorbei und gelangte ins Freie. Hinter sich hörte er den Mann fluchen, weil er ihn beinahe von der Treppe gestoßen hatte.

Der Offizier, der seine Altwelt-Fackel jetzt wieder in der Hand hielt, verzog unwillig das Gesicht, als Ben auftauchte. Diesmal lag vielleicht auch etwas Gefährlicheres in seinem Blick. Radulescu verfluchte Ben müde – natürlich nicht mit einem wirklichen Fluch, sondern mit einer jener hohlen Formeln, die man automatisch benutzte, um seine Gefühle zu erleichtern oder um Untergebene zu beschimpfen: Er sagte etwas von einem Kaiserskind, dem es sowohl an Glück als auch an Verstand gebreche.

»Herr?« antwortete Ben wie betäubt. Jetzt! dachte er bei sich. Ich muß jetzt etwas tun – ehe es zu spät ist, ehe...

»Es ist alles abgeladen«, erklärte der Offizier. Er sprach langsam und deutlich, als rede er mit dem Trottel der Kompanie. »Ich will, daß ihr euch alle in der Höhle versammelt. Geh hinunter und warte auf mich.«

Hinter Radulescu warteten geduldig die sechs entladenen Lasttiere. Unten in der Höhle warteten die fünf anderen Soldaten, und sie zeigten die gleiche Geduld wie die Tiere. Ben fühlte sich wie gelähmt. Ihm war, als zwinge man ihn, von einem hohen Turm in unbekannte Finsternis hinabzuspringen.

Etwas an seinem Gesichtsausdruck mußte sich verändert haben, denn die Miene des Offiziers wurde unversehens drohend. »Hinein!« brüllte Radulescu, und im selben Moment warf er seine Fackel zu Boden und schickte sich an, sein Schwert zu ziehen.

Ben spürte die tote Last der Ausbildung auf sich, und er spürte auch die Last der Angst. Entsetzt über seinen eigenen Gehorsam tat er einen Schritt auf die Höhle zu. Aber als er durch den Eingang auf die brennenden Kerzen schaute, auf das alte, erstarrte Wachs auf den Felsplatten und auf die fünf Packtiergesichter seiner Kameraden, erkannte er plötzlich und mit grauenhafter Klarheit, daß er im Begriff war, in sein eigenes Grab hinunterzusteigen.

Da schoß seine rechte Hand vor und packte den Offizier beim Oberarm, Der Mann heulte auf und versuchte, sein Schwert zu ziehen, doch das gelang ihm nicht, denn Ben riß ihn mit ganzer Kraft nach vorn und zog ihn aus dem Gleichgewicht. Mit einem

plötzlichen, kraftvollen Stoß schleuderte Ben den Offizier durch die Höhlenöffnung, und Radulescu taumelte mit dem Kopf voran hinunter. Die Gewalt dieses Stoßes ließ ihn die ganze Treppe hinunterstürzen. Selbst wenn es ihm gelungen wäre, sein Schwert zu ziehen, es hätte ihm nichts mehr genützt.
Bevor Radulescu für einen zweiten Wutschrei Luft holen konnte, wirbelte Ben herum und warf sein ganzes Gewicht gegen den Verschlußstein. Einen Augenblick lang – das Herz wollte ihm stillstehen – widerstand die träge Masse des mächtigen Blocks seinen Anstrengungen. Aber dann geriet der Stein in Bewegung, während des ersten Sekundenbruchteils langsam nur, doch dann immer schneller, und schließlich stürzte er mit unheilvollem Donnern vor den Höhleneingang und verschloß ihn.
Kerzenlicht und Zorngebrüll waren in die Erde gesperrt, aber die kalte Fackel lag noch auf dem Boden, strahlend wie vorher. Ben, der sich in die Dunkelheit wie in einen Mantel hüllen wollte, ließ sie liegen. Er drehte sich um und rannte in die Nacht hinaus. Einen Moment lang hatte er erwogen, Radulescus Reittier zu nehmen, doch dann hatte er den Gedanken verworfen. Dort, wohin er zu gehen gedachte, würden seine eigenen Füße ihm bessere Dienste leisten.
Aber diese Art der Fortbewegung hatte auch ihre Nachteile, denn Ben stieß mit den Füßen gegen Steine, die in der Finsternis verborgen lagen, und Dornengestrüpp zerkratzte ihm die Beine. Er mußte seinen Schritt zu einem raschen Gehen verlangsamen, um sich nicht ein Bein oder einen Zeh zu brechen. Wenn er sich jetzt verletzte, würde der Schaden irreparabel sein. Er flüchtete, wie er hoffte, in südöstlicher Richtung. Sein Ziel war es, sich der Küste mit ihrem unregelmäßigen Klippenrand zu nähern, die in geringer Entfernung dort irgendwo liegen mußte. Er hatte einen Plan gefaßt. Er war nicht sonderlich ausgeklügelt, denn er hatte ihn sich notgedrungen sehr kurzfristig zurechtlegen müssen. Aber vielleicht würde er genügen.
In diesem Augenblick geschah das, was er befürchtet hatte, und es geschah beinahe sofort. Das volltönende Schnauben des

Drachen hallte durch die Nacht. Es kam von hinten, und es schien beunruhigend nah zu sein. Dem Offizier Radulescu war es, obwohl er in der Höhle eingesperrt und vermutlich verletzt war, gelungen, den Bannzauber aufzuheben. Ben hörte, wie das Ungeheuer ihm nachsetzte. Die Geräusche klangen trotz des unablässigen Windgeheuls und seines eigenen schweren Atems deutlich durch die Nacht, während er auf die Küste zuflüchtete. Er hörte das Knirschen und Rollen der Steine unter den Füßen des Drachen und das Krachen der Dornenbüsche, als das Monstrum sie niederstampfte.

An Bens gedrungenem Körper war kaum ein Gramm Fett, und man hatte schon erlebt, daß er kurze Strecken in einer Geschwindigkeit zurückgelegt hatte, die andere überraschend fanden. Aber eigentlich war das Rennen nicht seine Stärke, und er wußte, daß er einem Laufdrachen nicht entkommen würde – das konnte niemand, nicht einmal auf ebenem Gelände, geschweige denn auf diesem holprigen Boden. Gleichwohl rannte er, so schnell er konnte, selbst auf die Gefahr hin, sich Zehen oder Schienbein zu brechen, nach Osten und auf die unsichtbare Steilküste zu.

Die mächtigen Schritte hinter ihm, furchtbar in ihrer weit ausgreifenden Langsamkeit, setzten ihm nun unverkennbar geradewegs nach. Der erderschütternde Rhythmus dieser Schritte kam gefährlich nahe und immer näher. Ben, ein erfahrener Drachenjäger, zwang sich, bis zum letzten möglichen Augenblick zu warten, dann riß er die letzte Schließe seines wehenden Mantels ab und ließ das Gewand hinter sich im Wind davonwehen. Er wagte nicht, seinen Lauf zu unterbrechen oder auch nur den Kopf zu wenden, um herauszufinden, welche Wirkung dies hatte.

Er war zwei Schritte weitergelaufen, als sein Gehör ihm sagte, daß der Ablenkungsversuch zumindest vorübergehend erfolgreich gewesen war. Ein donnergleiches Brüllen erhob sich hinter ihm, das beinahe vom Himmel zu kommen schien, und das erderschütternde Stampfen hielt inne.

Keuchend legte Ben zwanzig Schritte zurück, bevor er hörte,

daß der Drache die Verfolgung wieder aufgenommen hatte. Und dann wäre er beinahe über den Klippenrand hinausgelaufen, bevor er ihn im Dunkel der Nacht vor sich sah. Im letzten Augenblick konnte er sich zu Boden werfen, dann klammerte er sich an die Kante des steil abfallenden Kliffs. So vorsichtig wie möglich kroch er darüber hinweg und tastete mit den Füßen nach einem festen Halt an der Wand. Schließlich scharrten seine Sandalen über den Felsen und fanden eine vorspringende Stelle. Wie er gehofft hatte, war das Kliff hier nicht so steil, daß ein Mensch mit Händen und Füßen nicht doch Halt hätte finden können. Ben ließ die Kante los und fand weiter unten Vorsprünge und Risse, an denen er sich festhalten konnte. Dann tastete er sich mit den Füßen noch weiter nach unten.
Jetzt, da er hin und wieder einen Blitz hätte gebrauchen können, der die Umgebung beleuchtete, hatte das Gewitter aufgehört. Ben klammerte sich an Felszacken, die er kaum erkennen konnte, und hangelte sich langsam an der Uferwand hinunter. Noch langsamer bewegte er sich dabei seitwärts in südlicher Richtung. Im Augenblick hörte er den Drachen nicht mehr. Vielleicht hatte er die Jagd aufgegeben. Vielleicht auch nicht. So waren diese Bestien: unberechenbar.
Da kein Blitz den Himmel mehr erhellte, war der Ozean hundert Meter unter ihm völlig unsichtbar. Das war auch gut so. Aber Ben hörte die Brandung, die unten zwischen den Felsen tobte. Er wisperte fromme Gebete zu Ardneh und Draffut, die beiden gnädigsten unter den Göttern, und tastete sich mit Händen und Füßen Stück für Stück nach unten. Jeder Augenblick konnte der letzte sein. So bewegte er sich über die Wand des Steilufers auf die bodenlose Finsternis des Meeres zu.

2

Der hochgewachsene junge Mann stand am Ufer eines kleinen, schlammigen Baches und schaute sich im hellen Sonnenlicht unsicher um. Selbst am hellichten Tag, und obwohl die fernen

Berge im Osten als Orientierungshilfe dienen konnten, war er nicht sicher, ob das Dorf, nach dem er suchte, an dieser Stelle gestanden hatte.
Aber er war immerhin beinahe sicher.
Er erinnerte sich, daß der größte Teil des umliegenden Geländes blühendes Acker- und Weideland gewesen war. Das hatte sich geändert. Jetzt lag das Land verlassen da. Und hier, wo einst der Aldan hell und klar dahingeplätschert war, wälzte sich jetzt ein schmutziger, unbekannter Wasserlauf durch sein seltsam verändertes Bett in einem betrüblich veränderten Land. Selbst die fernen Berge trugen neue Narben. So sehr hatte sich alles verändert, daß der junge Mann erst da genau zu sagen vermochte, wo er sich befand, als sein Blick auf ein Mühlrad fiel, an das er sich erinnerte. Es ragte aus einem Erdwall zwischen den welken Stielen verdorrter Gräser heraus.
Nur die Ecke einer einzelnen breiten Holzschaufel war zu sehen, aber der junge Mann wußte sofort, was es war. Er starrte auf das rissige, gesplitterte Holz und setzte sich langsam daneben auf den Boden. Er setzte sich mit den schwerfälligen Bewegungen eines alten Mannes, obwohl er kaum mehr als zwanzig Jahre zählen konnte. Das sonnengebräunte Gesicht unter dem struppigen Bart war faltenlos, wenn auch seine Miene so war, daß Falten hätten dort sein müssen. Auch die graublauen Augen waren alt.
Köcher und Bogen auf dem breiten Rücken des Jünglings zeigten die Spuren jahrelanger Benutzung, und auch das lange Messer in der Scheide an seiner Seite war nicht erst seit einem Tag in Gebrauch. Er hätte ein Jäger oder ein Waldläufer sein können, vielleicht auch ein Armeekundschafter. Teile seiner Kleidung und seiner Ausrüstung bestanden aus Leder, und einige davon mochten wohl einst zu einer formelleren Soldatenuniform gehört haben. Aber wenn dies so war, dann waren die kennzeichnenden Farben längst ausgeblichen oder abgetrennt worden. Das Haar des jungen Mannes war mäßig kurz, als habe er noch bis vor einer Weile den Bürstenhaarschnitt eines Soldaten oder eines Priesters getragen.

Er streckte eine große, tiefbraune Hand aus. Sie war rauh und abgenutzt wie seine Kleidung. Er berührte die Ecke der morschen Mühlradschaufel, die vor ihm aus dem Boden ragte. Einen Augenblick lang ließ er die Hand auf dem alten Holz ruhen, als wolle er etwas ertasten. Dabei hob er den Blick zu den Bergen im Osten.
Ein leises Geräusch ertönte hinter dem jungen Mann, wie wenn jemand oder etwas sich durch das Dickicht im Westen bewegte. Er drehte sich rasch um, ohne aufzustehen, und dann saß er regungslos da und beobachtete aufmerksam das Dikkicht. In seiner Position war er hinter dem Erdwall halb verborgen.
Einen Augenblick später trat ein halbwüchsiger Junge in zerlumpten, hausgewebten Kleidern aus dem buschigen Gestrüpp. Er trug einen primitiven Rindeneimer und kam offensichtlich zum Bach, um Wasser zu holen. Erst als er das Ufer schon fast erreicht hatte, entdeckte er den bewegungslosen jungen Mann, der ihn beobachtete, und etwas erschrocken blieb er stehen.
Gewiß ein Kind des Kaisers, dachte der junge Mann, als er die kleine, schmutzige Gestalt in den ärmlichen Kleidern betrachtete. »Hallo, Junge«, sagte er laut.
Der Junge gab keine Antwort. Er stand mit seinem leeren Eimer da und trat von einem bloßen Fuß auf den anderen, als wisse er nicht genau, ob er nun weglaufen oder mit dem, was er vorhatte, fortfahren sollte.
»Hallo, habe ich gesagt. Wohnst du schon lange in dieser Gegend?«
Immer noch keine Antwort.
»Ich heiße Mark. Ich will dir nichts tun. Ich habe hier selbst einmal gewohnt.«
Jetzt rührte sich der Junge wieder. Wachsam, und ohne Mark aus den Augen zu lassen, watete er in den Bach hinaus. Er beugte sich nieder, um seinen Eimer zu füllen, dann richtete er sich wieder auf und strich sein langes, fettiges Haar nach hinten. »Wir sind seit einem Jahr hier«, sagte er.

Mark nickte ermutigend. »Vor fünf Jahren«, stellte er fest, »war hier ein ganzes Dorf. Hier, wo ich jetzt sitze, stand eine große Sägemühle.« Er bewegte die Hand in einer unbestimmten Gebärde, die die Dorfstraße umschließen sollte. Nur fünf Jahre ist es her, staunte er bei sich. Es erschien fast unmöglich. Erfolglos versuchte er, sich diesen Jungen als eines der kleineren Kinder im Dorf jener Zeit vorzustellen.
»Kann sein«, gab der Junge zurück. »Wir sind erst später gekommen. Nachdem die Berge zerborsten waren und die Götter gekämpft hatten.«
»Die Berge zerbarsten, das stimmt«, bestätigte Mark. »Und ich zweifle auch nicht daran, daß die Götter miteinander kämpften... wie heißt du eigentlich?«
»Virgil.«
»Ein schöner Name. Weißt du, als ich so groß war wie du, habe ich hier an diesem Bach gespielt. Aber damals war er anders.«
Mark spürte plötzlich das Verlangen, jemandem begreiflich zu machen, wie anders alles gewesen war. »Ich bin hier geschwommen, habe Fische gefangen...«
Er brach ab. Noch jemand kam durch das Dickicht zum Ufer herunter.
Eine Frau erschien, zerlumpt und schmutzig wie der Junge. Ihr Gang war der Gang des Alters, und graue Strähnen durchzogen ihr zerzaustes Haar. Ein verdreckter Verband bedeckte beide Augen. Mark sah, daß Narben unter den Rändern des Stoffes hervorlugten.
Am Rande des Dickichts blieb die blinde Frau stehen. Mit einer Hand berührte sie einen Busch, als könne sie sich auf diese Weise ihres Standortes versichern. »Virgil?« rief sie. Es war eine überraschend junge Stimme, und Angst schwang darin. »Wer ist da?«
»Ein einsamer Reisender, Madame«, antwortete Mark. Gleichzeitig rief der Junge ihr etwas Beruhigendes zu und kam mit seinem gefüllten Eimer aus dem Wasser.
Die Frau drehte Mark das Gesicht zu. Etwas in diesem Gesicht ließ erkennen, daß sie noch recht jung war, ja, vor wenigen

Jahren sogar hübsch gewesen sein mußte. »Wir haben nicht viel«, rief sie schroff.

»Ich will nichts von euch. Ich habe dem Jungen hier nur erzählt, daß ich einmal in dieser Gegend gewohnt habe.«

»Er sagt, er war vor fünf Jahren hier«, fügte der Junge hinzu. »Bevor die Berge zerbarsten.«

Mark hatte sich jetzt erhoben und näherte sich der Frau. »Ich werde gleich weiterziehen, Madame. Aber könntet Ihr mir vorher vielleicht etwas verraten? Habt Ihr je von Jord, dem Müller, und seiner Familie gehört? Er war ein ziemlich großer Mann mit nur einem Arm. Er hatte eine Frau namens Mala und eine Tochter, die Marian hieß, blauäugig und blond. Die Tochter müßte jetzt an die zwanzig Jahre alt sein. Sie wohnten vor fünf Jahren hier, als Herzog Fraktin noch lebte und dieses Land beanspruchte.«

»Nie von ihnen gehört«, versetzte die Frau mit ihrer harten, jungen Stimme, ohne zu zögern. »Vor fünf Jahren waren wir nicht hier.«

»War keiner der alten Dorfbewohner hier, als Ihr ankamt?«

»Keiner. Hier war kein Dorf.«

Und der Knabe Virgil, als wiederhole er eine Lektion, die er auswendig gelernt hatte, erklärte: »Die Silberne Königin herrscht jetzt über dieses Land.«

»Ja, ja.« Mark nickte. »Ich weiß, diesen Anspruch erhebt sie. Aber ich nehme an, Ihr seht ihre Soldaten nicht sehr oft hier draußen?«

»Ich sehe sie überhaupt nicht.« Die schroffe Stimme der Frau klang jetzt noch härter. »Zuletzt habe ich sie gesehen, als sie mich blendeten. Das war das Ende unserer Wanderschaft.«

»Das tut mir leid«, sagte Mark. In seinem Herzen verfluchte er alle Soldaten. Im Augenblick fühlte er sich nicht wie einer von ihnen.

»Gehörst du auch zu ihrer Armee? Oder bist du ein Deserteur?«

»Keines von beiden, Madame.«

Unverhofft wandte Virgil sich an Mark. »Warst du hier, als die Götter miteinander kämpften? Hast du sie gesehen?«
Mark antwortete nicht. Er versuchte, in dem verbundenen Gesicht der blinden Frau irgendeine Ähnlichkeit mit einem der Dorfmädchen zu entdecken, an die er sich erinnern konnte. Aber es war zwecklos.
Der junge Virgil, der sichtlich an Mut gewann, blieb hartnäkkig. »Hast du die Götter schon einmal gesehen?«
Mark sah ihn an. »Mein Vater hat sie gesehen. Ich selbst bin ihnen nur in . . . Visionen begegnet, und auch das nur ein- oder zweimal.« Er zwang sich zu einem Lächeln. »Es waren Träume, nicht mehr.« Als er sah, daß die Frau ihm unterdessen den Rücken zugewandt hatte und sich wieder ins Dickicht zurückziehen wollte, rief er ihr nach: »Laßt mich mit Euch den Hügel hinaufgehen, falls das Eure Richtung ist. Ich werde Euch nicht zur Last fallen. Dort oben stand einmal ein Herrenhaus; ich will nur sehen, ob davon noch etwas übrig ist.«
Ohne zu antworten, ging die Frau weiter. Sie tastete sich von Busch zu Busch, offenbar war ihr der Weg vertraut. Der Junge folgte schweigend mit seinem Wassereimer. Mark bildete den Schluß. Mehr oder weniger zusammen gingen sie auf dem Pfad, der durch das Dickicht führte, bergauf.
Als sie den Gipfel des kleinen Hügels erklommen hatten, sah Mark, was noch von Sir Sharfas Herrenhaus übriggeblieben war. Der große, steinerne Herd und der Kamin standen noch, aber sonst fast nichts mehr. An den Kamin hatte man aus Holzresten eine roh zusammengezimmerte Hütte gebaut. Ein Schnarchen drang daraus hervor, und auf dem lehmigen Boden des Eingangs lag die knochige Hand eines Mannes, der offensichtlich drinnen ruhte. Das Schnarchen klang ungesund, als sei der Schläfer betrunken oder todkrank. Vielleicht war er beides, dachte Mark.
Der Junge, der seinen Eimer jetzt abgesetzt hatte, war noch nicht bereit, das Thema Götter zu beenden. »Mars und Draffut kämpften auf den Bergen dort drüben«, redete er plötzlich weiter und deutete nach Osten. »Und die zwölf Zauberschwer-

ter wurden gleich dort oben geschmiedet. Vulkan entführte einen Schmied und sechs Männer aus einem Dorf, die ihm helfen mußten. Danach tötete er die sechs Männer, und dem Schmied nahm er den Arm ab...« Virgil verstummte plötzlich. Er starrte Mark an wie jemand, der sich plötzlich an etwas erinnerte.
»Woher weißt du, wie viele Schwerter es waren?« fragte Mark. Es erstaunte ihn, wie das Wissen sich verbreitete – oder wie es manchmal beharrlich geheimzubleiben verstand. Beinahe zwanzig Jahre waren vergangen, seit die Schwerter geschmiedet worden waren, und noch vor einem halben Dutzend Jahren hatten nur wenige Menschen von ihrer Existenz gewußt. Jetzt schien die ganze Welt von ihnen zu wissen.
Der Junge sah ihn an, als hätte Mark ihn gefragt, woher er wisse, daß Wolltiere vier Beine hatten. »Zwölf Schwerter, so viele waren es. Das weiß doch jeder.«
»Oh.«
Virgils Augen blickten eindringlich, er sprach hastig. »Aber Hermes hat den anderen Göttern einen Streich gespielt. Er gab Sterblichen die Schwerter und verteilte sie auf der ganzen Welt. Jedes Schwert bekam ein anderer Mensch, Männer und Frauen, und die Götter kriegten überhaupt keins. Und jedes Schwert gab dem, der es hatte, eine bestimmte Kraft.«
»Oh.« Es stimmte – größtenteils wenigstens. Mark wollte sich nicht anmerken lassen, daß er mehr wußte als der Knabe, und er wußte nicht, was er dazu sagen sollte. »Weshalb hat Hermes so etwas getan?«
»Das gehört zu dem Spiel, das die Götter miteinander spielen. Ja, er verstreute die Schwerter auf der Welt, und er gab sie den Menschen. Ich wünschte, ich hätte auch eins bekommen.«
Mark sah die Frau an, die eine Hand auf das Dach der Hütte gelegt hatte und blicklos lauschte. Der Mann in der Hütte schnarchte weiter. Mark verspürte plötzlich ein starkes Verlangen, etwas für diese Leute zu tun. Vielleicht würde er ihnen ein oder zwei Kaninchen schießen können, bevor er weiterzöge. Und dann – ja, jetzt war er zu einem Entschluß gekommen. Er

würde noch etwas weit Wichtigeres für sie und für Tausende ihresgleichen tun.
Virgil fragte ihn: »Sagtest du, der Müller hatte nur einen Arm? War er dein Vater?«
Mark sah ihn einen Moment lang forschend an und antwortete dann mit einer Gegenfrage. »Wenn du eines dieser Schwerter hättest, was würdest du damit anfangen? Würdest du es irgendwo verstecken?«
Der Gesichtsausdruck des Jungen zeigte, daß er diese Frage für verrückt hielt. »Wer alle diese Schwerter in seine Hand bringt, der wird die Welt beherrschen.«
»Ja, ja«, sagte Mark. »Aber wenn du nur eines hättest? Würfelwender zum Beispiel. Was dann? Was würdest du damit anfangen? Würdest du versuchen, ein Zwölftel der Welt zu beherrschen? Oder was?«
Keiner seiner Zuhörer antwortete. Vielleicht hatten sie es jetzt doch noch mit der Angst zu tun bekommen. Aber jetzt, da er einmal angefangen hatte, konnte er nicht mehr aufhören. »Was würdest du zu einem Mann sagen, der weiß, wo eines dieser Schwerter versteckt ist? Drachenstecher zum Beispiel? Was würdest du zu einem Mann sagen, der es einfach holen könnte und der es liegenläßt, wo es liegt, während es doch so viel Unrecht in der Welt gibt, wie... Während es so vieles gibt, was in Ordnung gebracht werden muß.«
Die Frau drehte ihr zernarbtes, blindes Gesicht langsam hin und her. Sie schüttelte den Kopf. »Du willst das Unrecht in der Welt beseitigen, junger Mann? Ebensogut könntest du ausziehen, um dem Kaiser zu dienen.«

3

In der Dunkelheit setzte Ben seinen Abstieg an der Steilküste fort. Wann immer es möglich war, bewegte er sich dabei gleichzeitig seitwärts nach Süden. Sein Plan erforderte, daß er sich nach Süden begab. Im Grunde war es ein simpler Plan, und ein wahnwitzig gefährlicher dazu – oder es wäre doch einer gewesen, wenn er sich nicht in einer Lage befunden hätte, in der jeder andere Versuch den sicheren Selbstmord bedeutet hätte. Es spielte keine Rolle. Jetzt hatte er angefangen, den Plan in die Tat umzusetzen. Er hatte einen Befehl verweigert, einen Offizier angegriffen und war desertiert, jetzt mußte er wohl oder übel weitermachen. So bewegte er sich von Vorsprung zu Vorsprung kliffabwärts und nach Süden.

Zumindest konnte er inzwischen etwas besser sehen, denn über dem Meer im Osten war die Mondsichel aufgestiegen. Das Unwetter war abgezogen, der Himmel wurde allmählich klar, aber noch verhüllten tiefliegende Nebelbänke das Meer und das Ufer, das noch immer in einer beängstigenden und entmutigenden Tiefe unter ihm lag. Das Rauschen der Brecher wehte immer noch herauf, aber schwächer jetzt, so daß man es vom nachlassenden Wind fast nicht mehr unterscheiden konnte. Und in gewissen, schlimmen Augenblicken glaubte Ben noch etwas anderes zu hören: Das Geheul von sechs Männern, die in einer Höhle gefangensaßen. Einer dieser sechs war mit einem Schwert bewaffnet. Aber würde ihm das helfen, wenn die großen weißen Hände sich nach ihm ausstreckten?

Ben kämpfte die Bilder nieder, die in seiner Phantasie aufstiegen. Dann drang ein anderes Geräusch an seine Ohren, und es genügte, um das eingebildete Grauen zu verscheuchen. Es waren die Schritte des Drachen. Das Untier hatte ihm nachgesetzt und stampfte irgendwo weiter oben über das flache Land. Ben hangelte sich zentimeterweise an der Wand hinunter. Etwas anderes konnte er nicht tun.

Der Drache mußte seine Anwesenheit spüren können, denn er war geradewegs über ihm am Klippenrand erschienen. Als Ben hochschaute, sah er den Kopf im Mondschein silbrig schimmern, und er sah auch das rote Glühen seines Atems. Er zog den Kopf ein und schaute nach unten.

Der Drache brüllte zu Ben herunter. Ebensogut – woher sollte Ben es wissen? – konnte es die Mondsichel sein, die den Zorn des Ungetüms auf sich zog. Mit seinen riesigen Füßen stampfte

der Drache oben an der Kante entlang. Steine und Erdklumpen lösten sich und fielen herab. Einmal rettete Ben nur sein Helm davor, von einem solchen Brocken bewußtlos geschlagen zu werden. Der Drache spie Feuer in die Nacht hinaus. Ben sah, wie die Felswand ringsumher aufleuchtete, und er fühlte gewaltige Hitze wabern, als habe sich die Klappe eines riesigen Ofens für einen Augenblick geöffnet. Aber entweder konnte sich das Ungeheuer nicht weit genug über den Abgrund beugen, um ihn direkt anzuspeien, oder es lag ihm nichts daran, es zu versuchen. Ben vertraute zuversichtlich darauf, daß der Drache nicht intelligent genug war, um das Feuer direkt an der Felswand entlang auf ihn herabregnen zu lassen.
Während er immer weiter hinunterkletterte, hörte der Stein- und Erdbrockenhagel plötzlich auf. Das Stampfen entfernte sich, und schließlich konnte er es nicht mehr spüren. Dann hörte Ben noch einmal das rollende Schnauben, jetzt aber aus großer Ferne und fast übertönt vom Rauschen des Windes.
Als hätte er niemals ein anderes Ziel im Leben gehabt, und als könnte er sich auch kein anderes vorstellen, hangelte er sich mechanisch weiter abwärts und nach Süden. Nach einer Weile stellte er zu seiner Erleichterung fest, daß die Wand nicht mehr ganz so steil war. Er kam zusehends schneller voran.
Sein Weg führte ihn jetzt durch eine weite, konvexe Wölbung der Steilküste, so daß er vor dem immer noch nicht völlig erstorbenen Wind ein wenig geschützt war. Als er knapp oberhalb der ersten Nebelschwaden auf das Meer hinausschaute, sah er, daß er sich an einer langgezogenen, aber vermutlich schmalen Meeresbucht befand, an einem Fjord, der sich über eine unbestimmte Strecke nach Westen landeinwärts zog. Jenseits des Wassers konnte Ben gerade noch eine Hochebene erkennen, aber der Nebel und der hin und wieder aufleuchtende Mond gestatteten ihm nur ungefähre Schätzungen hinsichtlich der Entfernung und der Art dieser Hochebene.
Nach der Landkarte in seinem Kopf, auf die er sich verlassen mußte, würde er südwärts weitergehen müssen, wenn er das Land des Blauen Tempels vor Tagesanbruch hinter sich lassen

wollte. Dies aber bedeutete, daß er den Meeresarm auf irgendeine Weise würde überqueren müssen. Er hatte keine Wahl. Falls er unten am Ufer nicht zufällig auf ein Boot stieß – und es gab keinen Grund, damit zu rechnen –, würde er sein Geschick in die Hände der ozeanischen Mächte legen und schwimmen müssen.

Während er sich immer tiefer nach unten arbeitete und die ersten Nebelschwaden durchkletterte, versuchte er immer wieder, Höhe und Entfernung der gegenüberliegenden Steilküste abzuschätzen, aber wegen der schlechten Sicht gelang es ihm nicht. Er war nicht einmal sicher, ob das, was er sah, nicht eine Insel war. Fest stand nur eines: Wenn er bis zum Morgen blieb, wo er war, würden ihn die Suchtrupps des Blauen Tempels entdecken, die das Land zahlreich durchstreifen würden. Er mußte annehmen, daß bei Sonnenaufgang die ersten Flugspäher aufsteigen und nach ihm Ausschau halten würden. Und wenn sie ihn hier am Kliff fänden, würde er gut daran tun, sich in einen schnellen Tod zu stürzen...

Am Fuße des Kliffs erstreckte sich ein schmaler, flacher Uferstreifen. Ben schlängelte sich zwischen herabgestürzten Felsbrocken hindurch, während er die Gischt der unsichtbaren Brecher auf seinem Gesicht fühlte. Schließlich gelangte er auf einen von großen, runden Kieseln übersäten Strand, und endlich sah er im trüben Dunst das Meer vor sich liegen. Natürlich war nirgendwo ein Boot. Nicht einmal ein Stück Treibholz war zu entdecken.

Mit einem stummen Gebet zu Neptun schob er sich auf einen hinausragenden Felsen. Gischt umsprudelte seine Füße. Er legte ein paar Kleidungsstücke ab und schleuderte seinen Helm als Opfergabe auf das Meer hinaus. Dann sprang er ohne weiteres Nachdenken ins Wasser.

Die salzige Kälte ließ ihn nach Luft schnappen, als er auftauchte. Dann begann er mit weiten Zügen zu schwimmen. Wie Gezeiten und Strömungen hier verliefen, wußte er nicht. Sein Geschick ruhte in den Händen der Meeresgötter, aber Ertrinken war längst nicht das schrecklichste Schicksal, das ihn innerhalb der nächsten Stunden würde ereilen können. Ben war ein guter Schwimmer und beinahe unempfindlich gegen die Kälte. Das Wasser war nicht warm, aber er bezweifelte, daß es kalt genug war, um ihn zu töten. Durch die Wolkenfetzen konnte er beim Schwimmen immer wieder die Mondsichel sehen, und er versuchte, sie stets links von sich zu behalten. Die Wellen waren kräftig und regelmäßig. Als er sich ein Stück weit vom Ufer entfernt hatte, war es schwer zu sagen, ob sie sein Fortkommen behinderten oder förderten. Hin und wieder legten sich dichte Nebenschwaden vor den Mond, so daß er zweifelte, ob er noch in der richtigen Richtung schwamm. Aber immer kehrte der Mond zurück, und nie hatte er sich weit von seinem einmal eingeschlagenen Kurs entfernt. Nach einer Weile war ihm, als stehe der Mond höher am Himmel. War er eine Stunde lang geschwommen? Zwei? Allzulange konnte er noch nicht unterwegs sein, überlegte er, denn sonst würden die ersten Anzeichen des Morgengrauens am Himmel zu sehen sein...

Er versuchte, sich auf den Gedanken zu konzentrieren, wie schwierig es für die Suchtrupps des Blauen Tempels sein würde, ihn zu finden. Seinen Mantel oben auf dem Kliff würden sie sofort entdecken, wenn der Drache ihn nicht restlos verschlungen hatte. Sie würden dann glauben, das Ungeheuer habe auch ihn verspeist... bei diesem Nebel würden sie ihn hier unten niemals entdecken.

Er hatte schon begonnen, sich ernsthaft zu fragen, ob er es wohl schaffen würde, als er eine Landmasse verschwommen vor sich aufragen sah. Aus derselben Richtung hörte er das Rauschen der Brandungswellen zwischen den Uferklippen.

Der Morgen, der grau dem Meer entstieg, schien Ben mit sich heraufzutragen und schwemmte ihn sanft ans Land.

Auf dem schmalen Sandstrand lag er ein paar Minuten lang ruhig da. Er atmete schwer, und nur mit einiger Mühe begriff er, daß er noch lebte. Er vergaß nicht, Neptun ein Dankgebet zu sprechen.

Ein paar Schritte landeinwärts erhob sich eine Steilwand, die er noch nie gesehen hatte. Sobald er sich dazu in der Lage fühlte, stand er auf und begann, daran emporzuklettern. Der Nebel, der über dem Meer lag, schien sich mit ihm zu erheben wie eine dämonische Substanz, die versuchte, aus den Tiefen zu entrinnen. Zwar stieg er noch immer durch feuchten Dunst, doch die Bewegung erwärmte ihn rasch und ließ ihn trocknen.
Als er glaubte, eine beträchtliche Höhe erklommen zu haben, hielt er inne, um Atem zu schöpfen. Er wandte den Kopf und schaute zurück. Die Landspitze jenseits des Fjordes, von der er geflohen war, konnte er kaum erkennen. Wolken verhüllten sie vor den ersten direkten Strahlen der Morgensonne. Die Suche nach ihm war vermutlich schon im Gange, aber zu sehen war nichts. Er vertraute darauf, daß sie ihn bisher ebensowenig hatten sehen können.
Jetzt kam es nur darauf an, daß er diese ungeschützte Steilwand so schnell wie möglich hinter sich brachte und landeinwärts flüchtete. Er kletterte weiter, so schnell er konnte, und mit Schrecken sah er, daß seine rauhen Hände von dem langen Kampf mit den scharfen Felskanten bluteten. Wenn die fliegenden Späher des Blauen Tempels auch dieses Ufer absuchten – würden sie ihn mit Hilfe dieser winzigen Blutflecke wohl aufspüren können?
Wenn sie es konnten, dann hatte es zumindest im Augenblick keinen Sinn, sich darüber den Kopf zu zerbrechen. Er tat, was er konnte, um zu überleben, sagte er sich. Wenn er auf den letzten Befehl hin demütig und gehorsam in die Höhle hinuntergestiegen wäre, dann wäre er jetzt demütig und gehorsam tot. Dessen war er sicher. Er war davon überzeugt, daß die anderen fünf inzwischen tot waren ... es sei denn, dachte er plötzlich, man hätte sie am Leben gelassen, um sie über das Komplott zu verhören. Die Vorgesetzten würden zweifellos denken, daß es sich um ein Komplott gehandelt habe. Wahrscheinlich würde man sogar Radulescu, falls *er* noch lebte, befragen.
Verzeiht, Herr, aber es gab kein Komplott, Herr. Nur der dicke

Ben, der dumme Ben, der sein Bestes tat, um am Leben zu bleiben.
Er dachte darüber nach, während er kletterte. In dieser Nacht, als er die Flucht ergriffen hatte, wollte er gewiß nichts anderes, als sein Leben retten. Und auch jetzt, da er hastig an der Wand hinaufkletterte, war er bereit, sich damit zu begnügen.
Andererseits...
Andererseits – nun, da die Möglichkeit des Entrinnens mit jedem Augenblick, der verstrich, wahrscheinlicher wurde, kamen ihm ganz unaufgefordert neue Ideen in den Sinn. Gewiß, er hatte es nicht darauf *angelegt*, wichtige Geheimnisse zu stehlen. Aber jetzt jagten sie ihn schließlich sowieso, und... es wäre halt töricht, nun keinen Nutzen aus der Geschichte zu schlagen, wenn er schon den Kopf riskierte.
Die Erfahrung von dreiundzwanzig Jahren hatte Ben gelehrt, daß das Leben eines armen Mannes kein sonderlich angenehmes Leben war. Es war schade, daß die Welt so war, aber sie war eben so. Er brauchte Geld, zumindest soviel, daß er mit einem Mindestmaß an Sicherheit leben könnte. Wenn ein Mann erst ein wenig Gold in der Tasche hatte, konnte er Jemand sein, und erst dann hatte er die Chance, ein halbwegs anständiges Leben zu führen. Ben war ein Jahr zuvor nur deshalb in die Dienste des Blauen Tempels getreten, weil er hier die Möglichkeit gesehen hatte, bescheidenen Erfolg und ein wenig Sicherheit zu finden – mit einem Wort, ein wenig Geld zu verdienen. Eine gewisse Mindestmenge davon mußte ein Mann besitzen. Sonst würde es ihm nie gelingen, eine Frau zu gewinnen und zu behalten, deren Sinn ebenfalls auf Stabilität und Wohlstand gerichtet war.
Als Ben sich einmal dienstverpflichtet hatte, war angesichts seiner Größe, seiner Kraft und des Mangels an jeder anderen Ausbildung kein Zweifel daran möglich gewesen, welchem Bereich des Tempeldienstes man ihn zuteilen würde. Schreibarbeiten war nicht seine Sache, er war nicht einer von denen, die den Reichtum des Tempels in all seinen Kategorien zählten und wieder zählten und die Zinsen der ausstehenden Darlehen

berechneten. Er hatte sie gesehen, die Reihen der betriebsamen Schreiber und Buchhalter, die an langen Schreibtischen saßen und Papier vollkritzelten. Es schien ein leichtes Leben zu sein. Aber ihn hatte man der Garde zugeteilt.

Für Ben, der ein hartes und ärmliches Dasein gewohnt war und von seiner neuen Karriere von Anfang an nicht viel erwartet hatte, war das Leben eines Rekruten nicht übermäßig schrecklich gewesen. Er hatte schon an mehr Schlachten teilgenommen, als ihm hätte lieb sein können, aber es war ihm gelungen, sie alle zu überleben. In der friedlichen Garnison des Blauen Tempels, der er zunächst angehörte, war derlei wohl kaum zu erwarten. Für ordentliches Essen und für Kleidung wurde regelmäßig gesorgt, und wenn man tat, was einem gesagt wurde, bekam man meist keine Schwierigkeiten.

Es hatte sich allerdings – auch zu Bens eigener Überraschung – herausgestellt, daß er nicht zu denen gehörte, die immer taten, was man ihnen sagte.

Er hätte sich wohl auch bei anderen Organisationen verdingen oder zu anderen Bedingungen an anderen Orten Arbeit finden können, und er hätte dort ebensoviel Sicherheit gefunden. Jetzt war dies leicht einzusehen. Jetzt sah er, daß er sich für den Blauen Tempel eigentlich nur entschieden hatte, weil dessen großer Reichtum ihn angezogen hatte. Er war naiv genug gewesen, zu glauben, daß er reich sein würde, sobald er unterschrieben hatte – und irgendwie war es auch dem Werber gelungen, diesen Eindruck zu erwecken. Nein. Aber Ben hatte gleichwohl gewußt, daß all das Geld, der Reichtum, das Gold des Blauen Tempels ihn umgeben würde, und diese Vorstellung hatte ihn gereizt. Damals hatte er sich eingeredet, er sei nur in die Dienste des Blauen Tempels getreten, weil diesem nicht der Ruf wilder, grausamer Unterdrückung vorausging, wie er so viele andere Mächte der Welt begleitete – den Dunklen König zum Beispiel, die Silberne Königin Yambu oder auch den inzwischen verstorbenen Herzog Fraktin.

Der Blaue Tempel betete den Reichtum an, er erntete und hortete Gold. Auf irgendeine Weise gelang es seinen Angehörigen, dieses Material allen abzuknöpfen, die in Reichweite kamen, Reichen wie Armen, Anhängern wie Verächtern der Organisation, Freunden wie Todfeinden gleichermaßen. Zugleich lag damit die Finanzierung und indirekte Steuerung des Welthandels in ihren Händen. Bens Pritsche in der Kaserne der Garde war von den inneren Kammern, in denen finanzielle Angelegenheiten diskutiert wurden, weit entfernt gewesen, aber wie überall fanden Informationen über dies und jenes ihren Weg auch durch Wände. Am Morgen nahm der Tempel die Gabe eines Reichen entgegen und beschützte ihn dafür vor einem Unglück, das er befürchtete; am Nachmittag kassierte er eine Steuer von einer armen Witwe – sorgfältig darauf achtend, daß sie genug zum Leben zurückbehielt, damit sie auch im nächsten Jahr Steuern würde zahlen können.

Und unaufhörlich klagte der Tempel darüber, wie unverhältnismäßig arm er sei, wieviel Hilfe, Schutz und Schirm er gegen die finanziellen Fährnisse der Welt benötigte. Immer wieder ermahnte man die Garde, sie müsse bereit sein, unter Einsatz ihres Lebens die letzten Fetzen der verbliebenen Werte zu verteidigen. Niemals behauptete man unverblümt, daß die Reichtümer tatsächlich in Auflösung begriffen seien – ebensowenig wie man verriet, wo der Haupthort lagerte –, aber immer wieder ahnte man, daß sie doch rapide schwinden müßten. Unablässig erinnerte man die Soldaten daran, wieviel ihr magerer Sold, ihre Waffen, ihre Kleidung und Ernährung ihre armen Herren kosteten. Deshalb sei es unbedingt notwendig, daß die Soldaten – vor allem diejenigen, die hofften, eines Tages befördert zu werden, sowie diejenigen, die einmal eine Rente zu beziehen gedachten – einen großzügig bemessenen Teil ihres Soldes dem Tempel als Opfergabe zurückerstatteten. Wenn man zwanzig Jahre lang in den Diensten des Tempels stand und jährlich einen wesentlichen Teil des Soldes in Form eines solchen Opfers investierte, dann konnte man sich nach Ablauf dieser Zeit mit einer Rente zur Ruhe setzen. Wie hoch diese Rente sein würde, blieb stets ein wenig verschwommen. Der Werber hatte Ben gegenüber von großzügigen Renten

gesprochen, aber aus irgendeinem Grunde hatte er zu erläutern versäumt, was ein Soldat tun mußte, um sich in den Genuß einer solchen Rente zu bringen.
Somit gab es finanzielle und andere Gründe, weshalb diese Dienstverpflichtung für Ben nicht die Früchte zeitigte, die er sich erhofft hatte. Schon vor der Krise der vergangenen Nacht war er entschlossen gewesen, den Dienst zu quittieren. Selbstverständlich hätte er sich jederzeit freikaufen können, wenn er das Geld dazu gehabt hätte, aber wenn er so viel Geld gehabt hätte, wäre er erst gar nicht zum Tempel gekommen. Dann wäre Barbara bereit gewesen, ihn zu heiraten oder zumindest dauernd mit ihm zusammenzuleben. Sie hätten ihr karges Wanderleben als Schausteller auf den Jahrmärkten aufgeben können, ein Leben, das gewöhnlich kaum besser war als ein Bettlerdasein. Sie hätten sich irgendwo einen kleinen Laden kaufen können, in einer blühenden Stadt mit starken Mauern...
Ein Jahr war es her, daß er Barbara zuletzt gesehen hatte, und sie fehlte ihm mehr als erwartet. Aber er wollte nicht zu ihr zurückkehren, ehe er es zu etwas gebracht, ehe er die Grundlage für ein Leben geschaffen hatte, das sie mit ihm würde teilen wollen. Aus der Garnison hatte er ihr, wenn sich Gelegenheit dazu bot, einen oder zwei Briefe geschrieben, aber er hatte nichts von ihr gehört. Nach allem, was Ben wußte, konnte sie inzwischen ebensogut mit jemand anderem zusammen sein. Sie hatte ihm nicht versprochen, daß so etwas nicht geschehen würde.
Der Grund, warum Ben in den Dienst des Blauen Tempels getreten war, hatte in seinem Bestreben gelegen, dort einen sicheren Posten zu erlangen, der ihm so viel einbringen würde, daß er sie nachkommen lassen konnte. Zurückblickend sah er jetzt, wie töricht diese Hoffnung gewesen war... Aber damals war ihm jede andere Hoffnung noch törichter erschienen.
Im immer heller werdenden Licht des Tages setzte Ben seinen Aufstieg fort. Dieses Kliff, so fand er, war nicht ganz so steil wie das, welches er im Dunkeln hatte hinunterklettern müs-

sen. Vielleicht lag es auch nur daran, daß die Dinge im Tageslicht sehr viel einfacher waren. Jedenfalls kam er gut voran, und bald hatte er eine Stelle erreicht, von der er hochblicken konnte. Er war sicher, ihm würde der Aufstieg gelingen. Er hatte keine Ahnung, was er dort oben finden würde, aber er erwartete und hoffte, daß er dort nicht mehr auf dem Territorium des Blauen Tempels stand. Aber natürlich konnte er sich da irren...

Als er noch ein Stück geklettert war, hielt Ben wieder inne, um noch einmal nach oben zu blicken. Jawohl, die Steigung war hier merklich geringer, und er zweifelte nicht daran, daß er sie bezwingen konnte. Oben, nahe dem oberen Rand, sah er sogar etwas, das nach einem richtigen Pfad aussah.

Ben stieg weiter, aber als er das nächstemal anhielt, um hinaufzuspähen, fuhr ihm ein ordentlicher Schreck in die Glieder. Neben dem Pfad dort oben, an einer Stelle, wo noch einen Augenblick zuvor niemand gewesen war, saß jetzt ein Mann auf einem würfelförmigen Stein und starrte aufs Meer hinaus.

Der Mann schien keine Notiz von Ben zu nehmen, und soweit Ben sehen konnte, war er nicht bewaffnet. Er war in einen schmucklosen grauen Mantel gekleidet, der wirkungsvoll verhüllte, was er sonst am Leibe trug. Zumindest dieser Mantel sah nicht aus wie die Uniform eines Soldaten oder Priesters, mit der Ben vertraut war. Vielleicht war der Mann kein Wachtposten, aber er saß an einem Ort, den ein Wachtposten sich wahrscheinlich erwählt hätte. Und falls er aus irgendeinem Grunde Einwände gegen Bens Aufstieg haben sollte, würde seine Position ihm einen entschiedenen Vorteil verschaffen.

Ben blieb nichts anderes übrig als weiterzuklettern, und dabei überlegte er sich, was er zu dem Mann sagen solle, wenn er in seine Nähe käme. Vielleicht, fiel ihm ein, könnte er sich als schiffbrüchiger Seemann ausgeben, der am Fuße des Kliffs ans Ufer gespült worden war, nachdem er sich tagelang an ein Stück Treibholz geklammert hatte und nicht wußte, wo er

sich nun befand. Ja, das war eine gute Idee. Eine solche Geschichte würde man sicher glauben. Die Götter wußten, daß Ben naß und müde genug war, um sie zu untermauern.
Der Mann, der allein auf seinem Steinblock saß, schaute erst zu Ben hinunter, als dieser bis auf wenige Meter an ihn herangekommen war, und als er schließlich hinunterschaute, tat er es ohne Überraschung, als habe er die ganze Zeit über von Bens Anwesenheit gewußt.
»Hallo!« rief er herunter. Er war von unauffälliger Erscheinung, und sein Lächeln kam Ben offen und munter vor. Aus der Nähe sah sein grauer Mantel alt und abgetragen aus.
»Hallo!« rief Ben zurück. Etwas in ihm hatte nur allzugern auf die Heiterkeit geantwortet, die im Gruß des anderen gelegen hatte, und als er seine eigene Stimme hörte, fand er, sie klänge für die Schreckensgeschichte, die er zu erzählen gedachte, vielleicht doch zu fröhlich. Dann aber dachte er, daß ein schiffbrüchiger Seemann, der lebend ans Ufer gelangte, wohl allen Grund hatte, fröhlich zu klingen.
Ben kletterte weiter. Der Mann sah ihm lächelnd entgegen. Nicht ganz wie ein Idiot, dachte Ben.
Endlich hatte er den Mann erreicht, und der Nachteil des Steilhanges war überwunden. Er fühlte sich sicher genug, um stehenzubleiben und nach Luft zu schnappen. Zwischen zwei tiefen Atemzügen fragte er: »Auf wessen Land bin ich hier, Herr?« Inzwischen hatte er sich einige Einzelheiten des Schiffbruches zurechtgelegt, für den Fall, daß der Mann ihn danach fragen sollte.
Das Lächeln des Mannes verschwand, seine Miene wurde ernst. »Auf dem Land des Kaisers.«
Ben starrte ihn an. Wenn diese Antwort ernst gemeint war, wußte er nichts damit anzufangen. Der Kaiser war eine sprichwörtliche Figur und Gegenstand von Witzeleien und Spott – kaum mehr als das. Natürlich, wenn Ben darüber nachdachte, glaubte er schon, daß es irgendwo auf der Welt einen Mann dieses Titels geben mochte. Aber ein Land, das ihm gehörte? Der Kaiser war in allen Anekdoten und Geschichten ein Pos-

senreißer mit Clownsmaske, der Schabernack trieb und Streiche spielte, und er war der sprichwörtliche Vater der Unglücklichen und Elenden. Kurz, er war nicht jemand, den man sich als Landbesitzer vorstellte.
Mit leichtem Kopfschütteln kletterte Ben ein paar Schritte weiter, bis er über die oberste scharfe Kante des Steilhangs landeinwärts schauen konnte. Wachsam behielt er dabei den anderen im Auge.
Er hätte nicht zu sagen vermocht, was er eigentlich erwartet hatte, aber das Land, das er vor sich liegen sah, überraschte ihn. Am Rande der unfruchtbaren, kahlen Steilküste begann saftiges Grasland, das sich, leicht abfallend, landeinwärts erstreckte – knietiefe Wiesen mit taufeuchtem Gras und Wildblumen, die nach etwa hundert Schritten in einem genau begrenzten Halbkreis endeten, wo sich ein stattlicher Hain oder gar ein Wald erhob. Weder Wiese noch Wald zeigten Spuren menschlicher Benutzung.
»Nun«, meinte Ben schließlich, »das Steilufer ist wahrhaft ärmlich genug, um des Kaisers Mauer zu sein. Aber diese Wiese und der Wald dahinter werden doch jemand anderem gehören?«
Der Mann auf dem Stein machte ein ernstes Gesicht, als er dies hörte. Er musterte Ben und antwortete nicht. Ben kam zu dem Schluß, daß eine Debatte mit einem streunenden Irren nur eine unnötige Komplikation erbringen würde, deshalb kletterte er drei Schritte weiter und stand dankbar in weichem Gras. Jetzt konnte er sehen, daß die Wiese ungefähr dreieckig geformt war und er an der zum Meer gerichteten Spitze stand. Seine ungeschützte Position am Rande der Uferklippe behagte ihm nicht, und er machte sich unverzüglich auf den Weg ins Landesinnere und auf den Waldrand zu.
Nach dem langen, mühevollen Aufstieg war es ein Vergnügen, mit raschen Schritten und über beinahe ebenes Land durch das weiche Gras zu laufen. Dunstwolken wallten über den Rand des Kliffs herauf, als seien sie entschlossen, Ben auf seinem Weg zu begleiten. Wiesenvögel zeterten, als seien sie Störun-

gen dieser Art nicht gewohnt, und flatterten dicht vor ihm aus dem Grase auf.
Dann hatte er den weglosen Wald erreicht und trat unter die Bäume. Es gab hier nur wenig Unterholz, und er kam rasch voran. Plötzlich stand er vor einer hohen Mauer aus roh behauenen, grauen Feldsteinen.
Die Mauer erstreckte sich zu beiden Seiten, so weit Bens Auge reichte, und verlor sich schließlich zwischen den Bäumen. Aber sie war so uneben, daß er sie mit Leichtigkeit erklimmen konnte. Als er vorsichtig über den oberen Rand spähte, sah er den Wald auf der anderen Seite bald zu Ende gehen, und dahinter begann unschuldig aussehendes Land mit einer schmalen, ausgefahrenen Straße, die sich von rechts nach links dahinschlängelte. In der Ferne konnte Ben die Spitze einer hohen weißen Pyramide ausmachen. Abgesehen von einigen fernen Hütten war dies das einzige Gebäude.
Ben sah die Pyramide mit Erleichterung. Für ihn war sie der Beweis dafür, daß er das Land des Blauen Tempels hinter sich gelassen hatte – oder, schlimmstenfalls, er im Begriff stand, es zu verlassen. Einen Augenblick später hatte er die Mauer überklettert und trottete auf die gewundene Straße zu. Als er die letzten Bäume hinter sich ließ, in denen noch immer Nebelschwaden hingen, als ob sie besonders geheimnisvoll erscheinen sollten, fiel Ben zum erstenmal auf, daß der Hain auf irgendeine Weise geheiligt wirkte. Welchem Gott er geweiht sein sollte, konnte er allerdings nicht sagen. Daß er mit dem Tempel Ardnehs etwas zu tun haben könnte, glaubte er nicht, denn davon lag er zu weit entfernt.
Beim Ardneh-Tempel, dachte er, sollte er eigentlich haltmachen und ein Dankopfer für die Erhörung seiner Gebete darbringen. Ganz gewiß würde er das tun, wenn er noch etwas hätte, was er opfern konnte – aber genaugenommen war er jetzt schon praktisch nackt. Er beschloß, auf jeden Fall am Tempel haltzumachen und sich ein paar Kleider zu erbetteln. Und auch – jetzt, da er darüber nachdachte – etwas zu essen. Jawohl, unbedingt, etwas zu essen brauchte er auch.

Nicht einmal eine Stunde später geleitete ihn ein weißgewandeter Akolyt Ardnehs eine lange weiße Treppe hinauf.
Als Ben kurz darauf den Ardneh-Tempel verließ, war er in wärmere Kleider gehüllt. Es waren Pilgerkleider aus dritter oder vierter Hand, vielfach geflickt, aber sauber und trocken. Und sein nagender Hunger war gestillt. Aber jetzt verspürte er Müdigkeit. Nachdenklich runzelte er die Stirn.
Er wanderte die Straße hinunter in Richtung Süden. Bald würde er irgendwo eine Pause einlegen und ein wenig schlafen müssen, aber vorerst wollte er eine Weile weiterziehen und eine möglichst große Entfernung zwischen sich und den Blauen Tempel bringen. Er wußte jetzt besser, wo er war, und er hatte die ganze Zeit über gewußt, wohin er wollte.
Irgendwann in diesem Monat würde der Jahrmarkt, zu dem er und Barbara gehört hatten, wie in jedem Frühling zu der Stadt Purkinje ziehen, falls der alte Zeitplan noch Gültigkeit besaß. Und wenn sie noch dabei war, würde er sie dort finden.

Ben unternahm die weite Reise fast ausschließlich zu Fuß. Er brauchte ungefähr einen Monat dazu, und so kam es, daß der Frühling in dieser Gegend schon recht weit fortgeschritten war, als er eintraf. Die Wanderung verlief nicht ohne Abenteuer, aber falls die Blautempler ihm auf den Fersen waren, wie Ben es vermutete, so war nichts von ihnen zu sehen. Allmählich aber legten sich seine Befürchtungen, und er begann zu glauben, daß sie ihn für tot hielten.
Als Ben in Purkinje ankam – genauer gesagt, auf dem Platz vor der zerfallenden Stadtmauer, wo der kleine Jahrmarkt sein Lager bezogen hatte –, hatte er seine Sandalen abgelaufen und durch neue ersetzt. Auch einen Teil seiner Pilgerkleidung hatte er auswechseln müssen. Zudem hatte er begonnen, sich einen Bart wachsen zu lassen, stumpfe, ausgebleichte braune Stoppeln, die zu seinem Haupthaar paßten. Von dem wandernden Krämer, mit dem er den ersten Teil seiner Reise zurückgelegt hatte, war ihm ein Bündel und in gewisser Weise auch das Erscheinungsbild überlassen worden. Der Krämer war bald

davon überzeugt gewesen, daß Ben nichts Böses im Schilde führte, und, froh über einen so starken Begleiter, hatte er einen kräftigen Wanderstab für ihn abgeschnitten und ihn für seine Gesellschaft mit Speisen und Kleidung entlohnt.
Aber schon vor einer ganzen Weile hatten ihre Pfade sich getrennt. Ben war allein, als er am Abend eines klaren Spätfrühlingstages vor den halbverfallenen Mauern der Stadt Purkinje eintraf. Die Mauern waren keine sonderlich beeindrukkende Verteidigungsbastion mehr. Dennoch wehte darüber immer noch das Orangegelb und Grün des Stadtbanners. Anscheinend war es der Stadt bislang gelungen, ein gewisses Maß an Unabhängigkeit von den in ständigem Streit liegenden Kriegsherren zu bewahren, deren Armeen unablässig durch das Land zogen.
Auch der kleine Zirkus sah noch unabhängig aus, wenngleich er im vergangenen Jahr noch schäbiger geworden war, als Ben ihn in Erinnerung hatte. Die Zelte und Wagen, die Ben wiedererkannte, hatten ein weiteres Jahr der Abnutzung hinter sich, und irgendwelche Anzeichen für Reparaturen, frische Farbe oder neuen Zierrat vermochte er kaum zu entdecken. Außerdem waren ein paar Wagen dabei, die er nicht kannte.
Die einfachen Malereien auf der Zeltseite eines dieser Wagen fielen Ben ins Auge, und er blieb stehen, um sie genauer anzusehen. In großen, ein wenig ungleichmäßigen Lettern las er den Namen »Tanakir der Mächtige«. Darunter war ein gemaltes Porträt Tanakirs, der mit schwellendem Bizeps und gewaltigem Brustkasten eiserne Ketten zersprengte, die eine Zugbrücke hätten halten können.
Aber Ben hielt nur einen Augenblick lang inne, um dieses Bild zu betrachten. Dann begab er sich mit einem seltsamen Gefühl in der Brust zu Barbaras kleinem Zelt, das er wiedererkannt hatte. Wie immer hatte sie das Zelt neben dem Wagen aufgeschlagen. Wenn sie, wie früher, einen kleinen Drachen im Käfig im Innern ihres Zeltverschlages hielt, dann war das Tier von Planen verdeckt und gab keinen Laut von sich, als Ben sich näherte.

Die Zeltklappe war geschlossen, aber Ben sah, daß sie nicht verschnürt war. Er ließ den Knüttel, den er von dem Krämer bekommen hatte, zu Boden fallen. Dann räusperte er sich den traditionellen Höflichkeitsregeln entsprechend und kratzte an der Zeltwand neben der Klappe – Klopfen war ja hier nicht möglich. Er ließ ein paar Anstandssekunden verstreichen, und als von drinnen keine Antwort kam, hob er behutsam die Klappe hoch und trat ein.

An einem kleinen Tisch neben dem Zelteingang saß Barbara, in das vertraute, schäbige Gewand gehüllt, das sie oft im Lager zu tragen pflegte. Trotz der schlechten Beleuchtung im Zelt war sie dabei, ihre Fingernägel auf irgendeine Weise zu verschönern. Bei seinem Eintreten hob sie rasch den Kopf, und ihr kleiner, schmaler Körper spannte sich wie eine Feder. Ihr rundes, ausdrucksvolles Gesicht zwischen den beiden schwarzen Zöpfen zeigte Ärger, bevor sie Zeit hatte, Ben zu erkennen und Überraschung zu empfinden – offenbar hatte sie ihren Ärger für jemand anderen bereitgehalten, dachte er.

»Da ist etwas in deinem Blick, Ben.« Mit diesen Worten begrüßte sie ihn nach einem Jahr Abwesenheit, und die Stahlfeder ihres Körpers entspannte sich ein wenig. Barbara war ungefähr so alt wie Ben, aber er wog dreimal soviel. Sie kannten einander seit einigen Jahren. Jetzt sah er, daß sie sich das glatte, schwarze Haar ein Stück länger hatte wachsen lassen, seitdem er fort war. Ansonsten hatte sie sich fast nicht verändert. »Stoppeln am Kinn und etwas in deinem Blick«, fuhr sie fort. »Was führst du im Schilde? Ich nehme nicht an, daß du in einer goldenen Kutsche, gezogen von sechs weißen Prunktieren, zurückgekommen bist.«

»Ich werde nachdenken«, erwiderte er, indem er die einzige halbwegs vernünftige Frage in ihrer Ansprache beantwortete und den Rest verstreichen ließ, ohne ihn zu kommentieren. Dies war eine Gewohnheit von ihm. Er hielt es für eines der Dinge, die sie tatsächlich an ihm mochte.

»Über was wirst du nachdenken?«

»Über gewisse Dinge, die ich in Erfahrung gebracht habe.« Ben nahm sein Krämerbündel von der Schulter und sah sich nach einem Platz um, wo er es hätte ablegen können. Schließlich warf er es auf den Boden und schob es mit dem Fuß unter den kleinen Tisch, um Platz zu sparen.

»Das klingt, als hättest du deinen Kopf in letzter Zeit sehr selten benutzt, was immer du sonst getan haben magst. Ich nehme an, du hast Hunger?« Barbara hörte endlich auf, so zu tun, als sei sie noch immer mit ihren Nägeln beschäftigt. Sie sah ihn an und widmete ihm ihre volle Aufmerksamkeit und unverhohlenes Interesse.

Ben bückte sich und griff unter den Tisch, um etwas aus seinem Bündel zu ziehen. Einen halben Brotlaib, der hart zu werden begann, schob er zurück, dann förderte er eine gute Wurst zutage. »Eigentlich nicht. Aber ich habe so etwas – wenn du magst.«

»Vielleicht später, vielen Dank. Hast du dich beim Blauen Tempel verdingt, wie du es tun wolltest?«

»Hast du denn meine Briefe nicht bekommen?«

»Nein.«

Das war kaum überraschend, nahm Ben an. »Nun, ich habe dir zweimal geschrieben. Und ich war beim Blauen Tempel.« Jetzt biß er selbst ein Stück von der Wurst ab und bot ihr dann erneut davon an. »Noch was von Mark gehört?«

»Nicht, seit er wegging.« Diesmal zögerte Barbara nicht mehr. Sie kaute und betrachtete Ben eine Zeitlang schweigend, während er dastand und sie unwillkürlich angrinste. Wie immer sah er ihre Gedanken in ihrem Gesicht kommen und gehen, wenngleich er kaum jemals wußte, *was* sie gerade dachte. Es klang einfach, aber es war eines der Dinge an ihr, die wie ein Zauber auf Ben wirkten.

Endlich ergriff Barbara wieder das Wort. »Du hast mehr im Sinn, als nach Mark zu fragen oder mir Wurst zu bringen. Ich nehme an, du bist desertiert. Ist das das große Geheimnis, das ich in deinem Blick sehe? Der Dienst beim Blauen Tempel läuft doch vier oder fünf Jahre, oder nicht?«

Bens Blick war auf seine alte Laute gefallen. Sie hing an einem auffälligen Platz, hoch oben am mittleren Mast des Zeltes. Sein Instrument auf diese Weise geehrt zu sehen, war ein gutes Gefühl, und es überhaupt zu sehen, ließ Erinnerungen in ihm wachwerden. Er streckte die Hand aus und nahm die Laute herunter.

»Ich habe sie als Dekoration behalten, weißt du?«

Er schlug die Saiten an, aber nur kurz und leise. Er sah sofort, daß sie in schlechtem Zustand waren. Auch schien es ihm, als ob seine Hände im Begriff wären, die ohnehin geringen Fertigkeiten zu verlieren, die sie einst besessen hatten. Jahrelang, eigentlich Zeit seines Lebens, hatte Ben tief in seinem Innern den glühenden Traum gehegt, Musiker zu werden. Sein breiter Mund unter dem neuen Bart zuckte, als er daran dachte.

Jetzt, da er ein handfestes Musikinstrument in seinen Händen hielt, drängte sich die Melodie, die seit jener Nacht des Schatztransports, des Entsetzens und seiner Flucht in seinen Gedanken gespukt hatte, mit unwiderstehlicher Macht in den Vordergrund. In seinen Gedanken perlte die Melodie süß und klar – alle Musik tat das in seinen Gedanken. Erst wenn er versuchte, sie mit Fingern oder Stimmbändern erklingen zu lassen, fingen die Schwierigkeiten an.

Er sang das alte Lied, leise und beinahe unhörbar, mit einer Stimme, die so unzulänglich klang, wie er es befürchtet hatte.

Benambras Gold
Glitzert so kalt . . .

»Götter und Dämonen, was für ein Krach!« kommentierte eine rauhe Baßstimme von draußen. Einen Augenblick später wurde die Eingangsklappe beiseitegeschlagen, doch diesmal nicht mit sanfter Hand. Der Mann, der den Kopf einziehen mußte, um hereinzukommen, schien den letzten Rest des Zeltes, den Ben noch freigelassen hatte, auszufüllen.

Der Ankömmling konnte kein anderer als Tanakir der Mächtige sein, wenn er auch dem Porträt auf seinem Wagen nicht ganz gerecht wurde. Aber das, dachte Ben, tat wohl kein

Mensch. Tanakir war fast um einen Kopf größer als Ben, und sein Oberkörper war entsprechend breit. Sein Hemd, ein Kleidungsstück, das zweifellos einst teuer gewesen, doch jetzt arg zerschlissen war, trug er halb aufgeknöpft, um die gemeißelten Muskelpakete auf seiner Brust zur Schau zu stellen. Seine Bizepsmuskeln konnte man nicht mehr einfach groß nennen, und er betrat das Zelt mit schwerfälligen Bewegungen, als würde sie das Gewicht der Muskeln wie auch seiner Eitelkeit in gleichem Maße verlangsamen. Auf den zweiten Blick sah man, daß er beträchtlich älter war als Ben. In seinen langen, dunklen Zöpfen konnte man einige graue Haare erkennen.

Als er eingetreten war, blieb Tanakir stehen, die Fäuste in einer Pose in die Hüften gestemmt, die leicht zu seinem Akt gehören konnte. Funkelnd starrte er die beiden anderen an, als erwarte er eine Erklärung von ihnen.

»Jetzt haben wir einen starken Mann«, sagte Barbara im Plauderton zu Ben. »Du hast diese Rolle ja nie haben wollen, als du bei uns warst.«

Tanakir starrte wütend von oben auf Ben herunter, und dieser stand mit der Laute in der Hand da und blinzelte zurück.

»Das ist also Ben«, knurrte der starke Mann. »Und er *wollte* die Rolle nicht? Der? Dieser speckbäuchige Barde?«

Ben drehte sich ein wenig zur Seite, um die Laute behutsam wieder hoch oben am Mast aufzuhängen, wo man sich nicht den Kopf daran stoßen würde. Erst wenige Male in seinem Leben hatte er erlebt, daß ihn jemand als Barden bezeichnete, und er verspürte eine ganz unangebrachte Befriedigung.

»Du ziehst gleich weiter«, ließ Tanakir ihn wissen.

Wieder blinzelte Ben ihn an, dann wich er vorsichtig zurück und ließ sich auf einer kleinen Kiste nieder, die unter der Last ein wenig knarrte. Er nahm eine Stellung ein, in der Hände und Füße für den Notfall einsatzbereit waren. »Darüber habe ich noch nicht nachgedacht.«

»Das tue ich für dich.«

»Gut«, meinte Ben milde. Er schenkte dem anderen eine Se-

kunde, damit dieser beginnen könnte, sich triumphierend zu entspannen, bevor er hinzufügte: »Einer von uns beiden wird heute abend noch weiterziehen, wenn du meinst. Na ja, vielleicht morgen früh. Niemand begibt sich gern am Abend auf die Wanderschaft.« Er schwieg einen Augenblick lang. »Wollen wir Armdrücken?« schlug er dann vor.
Es war unmöglich, zu übersehen, wie der andere seine Titanenarme mit Bändern und Ketten umwickelt hatte, damit sie noch dicker erschienen, und auch die kurzen, ausgefransten Ärmel hatte er offenbar mit großer Mühe so hergerichtet, daß sie das Vorhandene auf das vorteilhafteste zur Schau stellten. Wenn Bens Arme nicht von den weiten Ärmeln seines Pilgermantels verhüllt gewesen wären, hätte man sie im Vergleich dazu eher als rundlich bezeichnen müssen.
Tanakir war für einen Augenblick aus seinem geistigen Gleichgewicht geworfen worden, aber jetzt machte er ein erfreutes Gesicht. Starke Männer, dachte Ben, sind anscheinend nie besonders helle. Und dieser hier mußte ein ganz besonders nervtötendes Exemplar sein.
»Armdrücken«, wiederholte Tanakir nickend. »Gut, das machen wir. Jawohl.«
Barbara, die sie beide kannte, war über Bens Vorschlag anscheinend ebenfalls erfreut, denn sie erhob keine Einwände. Als Ben dies bemerkte, begann sein Mut wieder zu steigen. Er lächelte Barbara zu, während diese mit flinken Bewegungen den kleinen Tisch für ihren Wettkampf freimachte. Sie lächelte kaum merklich zurück.
Aber bevor der Wettkampf beginnen konnte, erhob sich plötzlich ein Geflüster vor dem Zelt. Zunächst klang es wie eine verschwörerische Zusammenkunft, bei der es zu laut zuging, und dann schienen die Verschwörer unvermittelt jemanden überrascht zu begrüßen.
Der unerschütterliche alte Viktor, der das kleine Jahrmarktsunternehmen mit Verständnis und Diplomatie leitete, streckte den Kopf ins Zelt. Ein ungewohntes Lächeln lag auf seinem Gesicht. Den Grund für dieses Lächeln sah Ben einen Augen-

blick später, als über Viktor der Kopf eines sehr viel größeren und jüngeren Mannes erschien. Der junge Mann grinste breit. Ben brauchte einen kurzen Moment, bis er ihn erkannte. Dann sprang er auf und schrie: »Mark!« Seit zwei Jahren hatten sie einander nicht gesehen. Ben wäre zum Eingang gesprungen, aber Barbara versperrte ihm den Weg. Sie war bereits auf den hochgewachsenen jungen Mann zugeeilt, umarmte ihn und gab ihm einen herzhaften Kuß.

Tanakir war wieder völlig durcheinander. »Was soll das?« brüllte er. »Komm armdrücken oder verschwinde!«

Barbara drehte sich um. »Sei nicht so hitzig. Bis jetzt hast du es ja nicht einmal geschafft, mit *mir* fertigzuwerden.« Sie wandte sich wieder Mark zu. »Schau dich nur an, du bist ja größer als Ben!«

»Das war ich schon, als wir uns trennten. Beinahe jedenfalls.«

»Und genauso stark...«

Darüber mußte Mark wieder grinsen.

»Los jetzt!« Tanakir meldete sich wieder. »Wer immer dieser Clown ist, er kann warten, bis er an der Reihe ist.«

Also mußte die Wiedersehensfeier vorerst aufgeschoben werden. Der alte Viktor hielt die Dinge wie gewöhnlich mit einigen diplomatischen Worten und Gesten in Gang. Mark hielt sich lächelnd im Hintergrund. Viktor, der Ben inzwischen begrüßt hatte, nickte weise, als er sah, was sich in Barbaras Zelt entspann. Er schickte eine seiner Frauen mit einem Auftrag davon und blieb, mit würdevoller Autorität an seinem grauen Schnurrbart zwirbelnd, im Zelt stehen.

Die Frau kam nach wenigen Augenblicken zurück und brachte zwei Kerzenstummel und einen brennenden Zweig zum Anzünden in das dunkle Zelt. Ben sah mit irrationaler Erleichterung, daß die Kerzen unter den goldenen Flammenzungen nicht blau waren. Sie wurden zur Linken und zur Rechten der beiden Wettkämpfer brennend auf den kleinen Tisch gestellt. Barbara überließ Tanakir ihren einzigen Klappstuhl. Das Möbelstück knarrte beeindruckend, als dieser sich daraufsetzte. Ben zog die kleine Kiste um den Tisch und ließ sich seinem

Gegner gegenüber nieder. Er sah, daß Barbara und Mark jetzt zusammen die Reste seiner Wurst verzehrten. Zum Glück war er, Ben, nicht ausgehungert hier eingetroffen. Mark sah gut aus – aber er hatte hier noch etwas zu erledigen, bevor er die Gesellschaft seiner Freunde würde genießen können.

Die beiden starken Männer saßen einander gegenüber, und ihre Nasenspitzen waren vielleicht einen Meter weit voneinander entfernt. Der Muskelmann traf spektakuläre Vorbereitungen und rollte seinen rechten Ärmel noch ein Stückchen höher. Dabei gelang es ihm, die Muskeln seines Arms in eindrucksvoller Weise spielen zu lassen.

»Du brauchst die Flamme nicht zu fürchten«, erklärte Tanakir und lehnte sich nach vorn, um seinen Ellbogen auf den Tisch zu stützen. Bens Ellbogen war bereits an Ort und Stelle. Der starke Mann hatte den Mund zu einer wilden Grimasse verzogen, die Zwiebelduft verströmte. »Ich werde dich nicht zu sehr verbrennen. Du mußt nur einmal schreien, und ich lasse dich los.«

»Du brauchst die Flamme auch nicht zu fürchten«, gab Ben zurück, »denn ich werde dich überhaupt nicht verbrennen.« Und er streckte die Hand aus, bereit, sich der gewaltigen Kraftanstrengung zu widersetzen, die der andere zweifellos aufbieten würde, sobald er Bens Hand zu fassen bekäme.

»Zeig's ihm, Ben!« rief Mark.

Ihre Hände verschränkten sich ineinander, und der Tisch zitterte unter ihren Ellbogen.

In Barbaras Stimme lag eine größere Eindringlichkeit als die der bloßen Freundschaft, als sie rief: »Gewinne, Ben! Gewinne!«

Tanakir schrie auf, doch es war weder ein Siegesschrei noch ein Schmerzenslaut. Sein niedersausender Handrücken hatte die Flamme ausgedrückt, noch ehe sie auch nur ein Härchen verbrennen konnte. Sie hatte die Flamme erstickt und das Wachs darunter zu einem Fladen zerquetscht.

4

Der schmächtige Mann ritt über die einst gepflasterte Straße auf einem edlen, aber fast verhungerten Reittier. An seiner Seite baumelte eine schäbige Scheide, aus der das Heft eines ausgezeichneten Schwertes ragte. Einiges an diesem Mann, wie etwa sein langer, sorgsam gepflegter schwarzer Schnurrbart, ließ vermuten, daß er aus einem Schloß stammte. Aber der größte Teil seiner Kleidung und gewisse andere Merkmale deuteten auf eine bescheidenere Herkunft hin. Er war barhäuptig, und das schmale, gutaussehende Gesicht unter dem wilden schwarzen Haarschopf trug einen grimmigen Ausdruck. Er murmelte vor sich hin, während er langsam durch den warmen Frühlingssonnenschein ritt.

Zwei andere Männer folgten dem murmelnden Reiter zu Fuß durch die düster-friedliche Landschaft, vorbei an verlassenen Bauernhöfen und unbestellten Feldern. Ein paar Schritte hinter diesen beiden schlurfte ein halbwüchsiger Bursche, der die Körpergröße eines Erwachsenen fast erreicht hatte. Auf der rechten Schulter dieses Burschen hockte eine verhüllte Gestalt; unter dem grünen Tuch saß offenbar ein dressiertes Flugtier, ein Vogel vielleicht oder ein Reptil.

Als Gruppe betrachtet, wirkten die vier Männer wie die sinnbildhafte Bühnendarstellung einer geschlagenen Armee. Aber das einzige, was ihre jeweiligen Kostüme miteinander gemein hatten, war der Anschein von Schäbigkeit und Armut. Wenn dies wirklich eine Armee war, dann hatte sie keine andere Uniform als diese.

Der eine der beiden, die nebeneinander gingen, trug eine Streitaxt in einer Art Halfter am Gürtel, und ein Bogen hing auf seinem Rücken. Sein größerer Gefährte trug ein Schwert an der einen Seite und eine Schleuder mit Steinbeutel an der anderen. Der Griff seines Schwertes war im Gegensatz zu dem des Reiters stumpf und rissig.

Die Straße, auf der sie wanderten, war einst gepflastert und gepflegt gewesen, doch jetzt erlebte sie wie die meisten ihrer

Benutzer eine schwere Zeit. Das Land zu beiden Seiten dieser Straße sah aus, als sei es einmal ordentlich bestellt worden. Ein verwildertes Milchtier, hager und zernarbt, starrte die kleine Prozession an, als habe es noch nie Menschen gesehen. Dann setzte es über einen umgestürzten Zaun hinweg, um im Dikkicht zu verschwinden. Der Mann mit dem Bogen, Hunger in den Augen, wollte seine Waffe vom Rücken nehmen, doch dann ließ er sie dort, denn das Tier war bereits verschwunden.
Der Reiter schien all dem wenig Beachtung zu schenken. Er murmelte vor sich hin und starrte unverwandt geradeaus. Einer der beiden, die ihm folgten – der mit dem Bogen –, schien darüber besorgter zu sein als der andere. Er stieß seinen größeren Gefährten an und bedeutete ihm durch ein Zeichen, sie sollten ein paar Schritte zurückbleiben.
Als der Abstand zwischen den beiden Männern und dem Reiter so groß war, daß sie damit rechnen konnten, nicht belauscht zu werden, flüsterte der kleinere der beiden: »Weshalb murmelt er ständig vor sich hin?«
Der Große mit dem abgegriffenen Schwert hatte ein langes Gesicht mit einem würdevollen Ausdruck, das ihn aussehen ließ wie einen feierlich gestimmten Diener, den man als Soldat verkleidet hatte. Er antwortete würdevoll: »Ich glaube, sein Gram hat ihn halb um den Verstand gebracht.«
»Ha! Gram? Wenn der diese Wirkung hätte, würden wir inzwischen alle vor uns hinstammeln und knurren. Ich frage mich jetzt ...«
»Was?«
»Ich frage mich, ob es eine kluge Entscheidung war, als ich gestern beschloß, ihm zu folgen.« Der kleinere der beiden, sein Name war Hubert, schwieg einen Augenblick lang, als erwarte er eine Bemerkung seines Gefährten. Als dieser jedoch stumm blieb, fuhr er sogleich fort. »Überzeugend genug hat er ja gesprochen – na, du warst dabei und hast es gehört. Aber ich habe noch nicht erfahren, zu was für einem Unternehmen er uns braucht. Und du sagst, dir hat er es auch noch nicht verraten. Nun, zunächst dachte ich, es sei nicht notwendig,

danach zu fragen. Es gibt kaum ein Geschäft, das sich auf diesen Straßen betreiben läßt, mit Ausnahme von Raub. So etwas habe ich zwar noch nicht getan, aber ich war hungrig genug, um alles mögliche zu versuchen... Außerdem warst *du* dabei. Du wirktest vernünftig und recht gut genährt, und du hattest dich ihm bereits angeschlossen. Du sahst aus, als wüßtest du, wohin du gehst. Und jetzt sagst du, er ist halb verrückt.«

»Sssch!«

»Du hast es zuerst gesagt.«

»Aber nicht so laut.« Der größere, würdevoll dreinblickende Mann, der Pu Chou hieß, schien einen Augenblick lang verärgert zu sein. Dann redete er nachdenklich weiter. »Ich bin ihm gefolgt, weil er, wie du sagst, überzeugend gesprochen hat. Bis jetzt hat er mich ernährt. Es war nicht viel, aber besser als nichts. Und als ich mich ihm anschloß, versprach er mir, wir würden Reichtum finden.«

»Reichtum«, wiederholte Hubert unbeeindruckt. »Und das hast du ihm geglaubt.«

»Du sagst, du hast ihm auch geglaubt, als er mit dir sprach. Er kann überzeugend sprechen.«

»Ja. Nun, wir haben Reisende getroffen, dir mir leichte Beute zu sein schienen, und wir haben nicht versucht, sie auszurauben. Er muß einen anderen Weg zum Reichtum im Sinn haben. Immerhin, das Schwert, das er da hat, ist sicherlich eine oder zwei Münzen wert, auch wenn die Scheide ziemlich schäbig ist.«

Pu Chous Miene zeigte leises Erschrecken. »Du darfst nicht einmal daran denken, es ihm abzunehmen. Ich habe einmal gesehen, wie er es benutzt hat.«

»Einmal? Er zieht es doch an jeder Wegkreuzung heraus. Es liegt irgendein nützlicher Zauber darin. Zumindest scheint er das zu glauben, denn er befragt es, wenn er nicht weiß, welchen Weg er einschlagen soll. Ob das sein kann oder nicht...«

»Ich meine, ich habe gesehen, wie er es als Schwert benutzt hat. Ich war sein einziger Begleiter und hatte selbst keine Waffe. Drei Banditen glaubten, sie könnten es ihm abnehmen. Einer kam davon. Einem der beiden anderen gehörte das Schwert, das ich jetzt trage.«

»Oh.«

Daraufhin trottete die kleine Prozession eine Zeitlang schweigend weiter. Einmal warf Hubert einen Blick nach hinten zu dem Burschen, der noch immer die Nachhut bildete. Er war zu weit zurückgeblieben, als daß er das geflüsterte Gespräch hätte mitanhören können. Der Name des Burschen war Golok. Hubert hatte ihn bisher nur selten sprechen gehört. Er schien statt dessen den größten Teil seines Lebens damit zu verbringen, starr geradeaus zu blicken, als sei er in tiefes Nachdenken versunken. Was immer es für ein Geschöpf sein mochte, das da auf seiner Schulter hockte – Hubert hatte es bis jetzt nur verhüllt sehen können –, es hielt sich so still, als schlafe es. Vielleicht war es auch tot und ausgestopft.

Am Tag zuvor hatte Hubert von Pu Chou erfahren, daß Golok einst der Lehrling des Tiermeisters irgendeiner bedeutenden Burg gewesen war. Dort sei es zu Schwierigkeiten gekommen, und er habe seinen Abschied nehmen müssen. Ob er der rechtmäßige Besitzer des Wesens auf seiner Schulter war oder nicht, diese Frage hatte noch niemand gestellt. Hubert lag nichts daran, sich nach Einzelheiten aus dem Leben seiner neuen Gefährten zu erkundigen, ebenso wie er damit zufrieden war, daß seine eigene Geschichte sie nicht interessierte.

Hubert wandte den Blick wieder nach vorn. Der Himmel vor ihnen verdunkelte sich, als ziehe ein Unwetter herauf.

Von unmittelbarem Interesse war jedoch etwas, das nur wenige Schritte vor ihnen lag: eine Wegkreuzung. Hier überquerte das zerbröckelnde Pflaster dessen, was einst eine Königsstraße gewesen war, eine andere, gewöhnlichere Straße. Sie bestand aus festgestampfter Erde und Schotter und schlängelte sich nach rechts und links durch das sanft gewellte Land. Wie die meisten Straßen in dieser Zeit des darniederliegenden Handelsverkehrs wurde auch sie allmählich von Gras und Unkraut überwuchert.

Zur Linken führte die Querstraße durch einförmiges Ackerland, das nach und nach in besserem Zustand zu sein schien. Man konnte mehrere Kilometer in diese Richtung sehen. In der Ferne waren bewohnte Häuser sowie einige Scheunen zu erkennen, und auf den Feldern arbeiteten kleine Gruppen von Landarbeitern. Vielleicht, dachte Hubert, hatten sie jetzt die Grenze des Landes erreicht, das unter dem Schutz des Markgrafen stand. In diesem Falle, so vermutete er, würden sie damit rechnen müssen, in Kürze auf Soldaten des Markgrafen zu stoßen. Diese Aussicht wiederum ließ ihn erwägen, ob man nicht lieber umkehren sollte. Andererseits war er schließlich nicht der Anführer.

Zur Rechten sah die Landschaft anders aus. Hier wurde die einfache Straße schon bald zu einem elenden, schlammigen, ausgefahrenen Feldweg – kaum mehr als eine morastige Piste. Sie verlor sich zwischen blattlosem Gestrüpp und ungewöhnlich hohen Distelbüschen, die dort nur zu wachsen schienen, um günstige Verstecke für einen Hinterhalt zu bieten. Ein kalter Wind wehte aus dieser Richtung, der Himmel verdunkelte sich. Am Horizont zur Rechten ballten sich bedrohliche Wolken zusammen.

Mitten auf der Kreuzung hatte der Anführer sein Reittier gezügelt. Hubert hatte damit gerechnet, daß er sein Schwert ziehen würde, wie er es stets zu tun pflegte, wenn sie eine Wegkreuzung erreicht hatten. Aber der Reiter hatte es noch nicht getan. Sein Blick wanderte von rechts nach links und wieder zurück. Er schien zu überlegen. Seinen gemurmelten Monolog hatte er endlich beendet.

Der lange Pu Chou legte die Hand über die Augen, um sie vor der Sonne zu beschirmen, und spähte nach rechts, wo die feindseligen Schatten dräuten. »Was mag das sein? Ich kann dort hinten, etwa einen halben Kilometer entfernt, ein hohes Gerüst erkennen. Gleich neben diesen Bäumen am Rande der Straße.«

Der Junge, Golok, war inzwischen zu den anderen getreten, und seine überraschend tiefe Stimme brach das Schweigen. »Das ist ein Galgen«, stellte er fest.

Der berittene Führer sah ihn an und machte eine knappe Gebärde mit der rechten Hand. Gehorsam langte Golok an seine Schulter und zog die Leinenhülle herunter, die das Geschöpf dort verbarg. Ein Mönchsvogel, dachte Hubert mit leisem Erstaunen. Er selbst war kein Fachmann im Umgang mit Tieren, aber nach allem, was er gehört hatte, waren diese kleinen Flugsäuger berüchtigt wegen der Schwierigkeiten, die sie dem Abrichter bereiteten, und er wußte, daß nur wenige Tierführer sich mit ihnen abgaben. Das braun-pelzige Tier blinzelte mit gelben Augen, als Golok ihm leise Befehle gab. Hubert sah plötzlich, wie sehr die kleinen Füße des Geschöpfes an den Hinterbeinen menschlichen Händen ähnelten.

»Los, Dart – flieg«, flüsterte Golok. Wenn er mit dem Tier sprach, klang seine Stimme ganz anders als sonst.

Einen Augenblick später hatte der Mönchsvogel die Schulter seines Herrn verlassen und war in die Lüfte aufgestiegen. Mit seinen häutigen Flügeln flog er einen flachen Kreis, als wolle er sich orientieren. Dann flatterte er lautlos nach rechts davon, dem Weg folgend, der in die Finsternis führte.

Der Berittene blieb regungslos im Sattel sitzen und starrte dem fliegenden Späher nach, noch lange, nachdem der Mönchsvogel schon tief in den Schatten verschwunden war. Die Hand des Anführers ruhte auf dem schwarzen Griff seines prachtvollen Schwertes, als ob er wisse, dachte Hubert, daß er es bald würde ziehen müssen, und als ob er dies so lange wie möglich hinauszuschieben gedenke.

Jetzt begann der Führer wieder zu sprechen. Noch immer redete er zu sich selbst, aber jetzt war Hubert nahe genug, um wenigstens ein paar seiner Worte verstehen zu können. »... verfluchte Armut... wirklicher als so mancher andere Fluch. Ob ein Zauberer mich damit belegt hat, oder...«

Der Erkundungsflug des Mönchsvogels dauerte nicht lange. Er erschien in der dunklen Ferne und kam rasch näher, bis er mit einem letzten Aufflattern seiner vorderen Gliedmaßen, an denen seine Flügelmembranen hingen, auf Goloks Schul-

ter landete. Er zitterte leise, als sei es unter dem finsteren Himmel kalt gewesen.
»Mann am Baum?« fragte Golok das Tier, offenbar zuversichtlich, daß es die Frage verstehen werde.
»Zweibein-Frucht«, antwortete der Mönchsvogel. Es waren die ersten verständlichen Laute, die Hubert von dem Geschöpf hörte. Seine Stimme war dünn, aber durchdringend.
»Zweibein lebt?« fragte Golok weiter.
»Nein.« Es klang wie ein einsilbiger, schriller Vogelschrei.
Hierauf zog der Berittene mit einer letzten, gemurmelten Bemerkung sein Schwert mit einer heftigen Bewegung aus der Scheide und hielt es in die Höhe. Hubert sah es nicht zum erstenmal: Wenn es aus seiner ärmlichen Hülle gefahren war, hob das Schwert alle Armut in der Erscheinung des Mannes, der es hielt, restlos auf. Die Klinge war einen vollen Meter lang, mäßig breit und unglaublich gerade und scharf. Gleich unter der makellos polierten Oberfläche lag ein fleckiges Muster, das tief in das Metall hineinzureichen schien, tiefer, als die Dicke der Klinge es zugelassen hätte. Der Griff war von samtigrauher Beschaffenheit, glänzend schwarz, und mit einem kleinen, weißen Muster versehen. Bei einer früheren Gelegenheit hatte Hubert dieses Muster genauer sehen können. Es war das Symbol eines Pfeils, der nach oben, zum Knauf hindeutete.
Der schlanke rechte Arm des Berittenen hielt das schwere Schwert ausgestreckt ohne zu zittern. Die Klinge zielte nacheinander in alle vier Richtungen der Wegkreuzung. Als sie auf den ausgefahrenen Schlammweg deutete, an dem der Galgen stand, hatte Hubert den Eindruck, daß die Spitze zu zittern begann, als zeige der entschlossen ausgestreckte Arm schließlich doch die erste Schwäche.
»Dort entlang«, befahl der Führer, und seine Stimme klang ebenso fest wie das kurze, singende Schnappen, mit dem die Klinge in die Scheide fuhr.
Der Mann ritt über den schlammigen Weg auf die dunklen Wolken zu, nicht schneller, aber auch nicht langsamer als zuvor. Jetzt aber folgten ihm die beiden Soldaten und der

Bursche in dichtem Abstand und schweigend. Nachdem sie an der Kreuzung diese neue Richtung eingeschlagen hatten, war die Umgebung nicht mehr dazu angetan, sie zum Plaudern anzuregen.
Eine Tageule floh durch das Dickicht neben der Straße, als habe sie dort etwas gefunden, das sie in Angst und Schrecken versetzt hatte. Die Straße schlängelte sich hier durch häßliches Gestrüpp, und nirgends konnte man mehr als ein paar Meter weit sehen. Den Galgen – wenn es tatsächlich einer war – konnte man jetzt nicht mehr erkennen. Aber er wartete auf sie, dachte Hubert. Er wartete.
Als das hohe, skelettartige Gerüst schließlich wieder vor ihnen auftauchte, konnte es keinen Zweifel mehr geben. Der roh zusammengezimmerte Galgen bot Platz für drei oder vier Opfer, aber nur eines residierte derzeit hier, wenngleich die ausgefransten Enden anderer Seile darauf hindeuteten, daß es einmal Gesellschaft gehabt hatte.
Eine einsame, ausgezehrte menschliche Gestalt baumelte an dem verwitterten Galgenbaum. Aus dem halben Gesicht, das noch vorhanden war, starrte eine leere Augenhöhle auf die Reisenden herab und schien ihr Vorwärtsschreiten mit sardonischer Aufmerksamkeit zu verfolgen. Wider Willen schaute Hubert ein paarmal zu dieser Augenhöhle hinauf, wenngleich sie nicht einen Moment lang innehielten, als sie vorüberzogen. Endlich ließen die Windungen des Weges den Galgen hinter einer Gruppe abgestorbener Bäume verschwinden. Alle Pflanzen hier waren merkwürdig blattlos, bemerkte Hubert plötzlich, obwohl der Frühling schon recht weit fortgeschritten war. Immer noch ritt der Anführer schweigend voran. Seine Aufmerksamkeit beschäftigte sich ausschließlich mit der Straße vor ihnen und mit dem Gestrüpp zu beiden Seiten. So blattlos es auch war, es schien doch zahllose günstige Gelegenheiten für einen Hinterhalt zu bieten. Kein Vogel sang. Es war so still, als liege irgendwo ein Feind auf der Lauer, der eben erst in der Erwartung ihres Kommens verstummt war. Hin und wieder legte der Reiter die Hand auf sein Schwert, aber er zog es nicht

aus der Scheide. Seine Finger berührten behutsam, beinahe liebkosend, den schwarzen Griff und ließen ihn dann wieder los.

Als sie den Galgen einige hundert Meter hinter sich gelassen hatten, seufzte er leise. Er schien zu dem Schluß gekommen zu sein, daß eine unmittelbare Bedrohung vom Straßenrand nunmehr unwahrscheinlich sei. Er saß jetzt ein wenig entspannter im Sattel. Zwar hielt er immer noch ein wachsames Auge auf die Umgebung gerichtet, aber er ritt jetzt schneller und kühner voran.

Hubert faßte wieder Mut, als er dies sah, und jetzt kam ihm auch zum Bewußtsein, wie sehr sein Magen knurrte. Er beschleunigte seinen Schritt, bis er neben dem Steigbügel des Anführers marschierte. Als der Weg vor ihnen schließlich halbwegs gerade und ohne Hindernisse zu verlaufen schien, wagte er, seine Stimme zu erheben. »Herr? Wird das Schwert uns zeigen, wo wir etwas zu essen finden? Sie sind beide leer, mein Bauch und mein Knappsack.«

Er bekam nicht sofort eine Antwort. Zumindest aber fuhr auch nicht, wie er befürchtet hatte, ein Zornesblitz auf ihn hernieder.

Kühner werdend, versuchte Hubert es noch einmal. »Baron Doon? Herr?«

Der Reiter wandte den Kopf nicht einen Zentimeter, aber diesmal antwortete er wenigstens. »Wenn es essen wäre, was ich wollte«, knirschte seine leise Stimme zwischen zusammengebissenen Zähnen, »wenn es das wäre, was ich, Besitzer und Meister dieses Schwertes, mehr als alles andere in diesem wunderbaren Universum verlangte, dann würde Wegfinder uns zu einem Gelage leiten, wie ich es mir üppiger nicht wünschen könnte. Aber da es nicht Speis und Trank ist, was ich jetzt begehre, tut er es nicht. Und jetzt schweig und folge mir wachsam, denn auch Sicherheit ist nicht das, was wir hier finden werden.«

Wegfinder, dachte Hubert bei sich. Wegfinder. Darüber habe ich schon eine Geschichte gehört, irgendeine Sage, die von

Zauberschwertern berichtete... Aber da man ihm befohlen hatte, den Mund zu halten, schwieg er.
Die vier wanderten weiter, langsamer jetzt, denn das Reittier, so wohlgeübt es auch war, zeigte immer größeren Widerwillen dagegen, auf diesem Weg weiterzugehen. Auf ein Zeichen von Baron Doon enthüllte Golok seinen Mönchsvogel ein zweites Mal, behielt ihn aber vorläufig auf der Schulter.
Der Weg wurde immer schlechter, je weiter sie kamen, bis es zweifelhaft war, ob er diese Bezeichnung überhaupt noch verdiente. Und jetzt, als folge er einer schrulligen Laune, gabelte er sich. Wieder war es die rechte Abzweigung, die am abweisendsten wirkte, wenngleich auch die linke nur in ein widerwärtiges Gestrüpp zu führen schien, welches den Pfad mit seinem Gewucher gänzlich zu verschlingen drohte.
Aber es war nicht zu bestreiten, daß der rechte Weg noch schlimmer aussah. Trotzdem – Hubert rieb sich die Augen, blinzelte und schaute dann noch einmal in die Richtung – schien er tatsächlich zu einem Haus zu führen. Jawohl, dort stand ein verlassenes Anwesen, dicht am Rande eines umliegenden Sumpfes. Es war ein großes Haus – besser gesagt, es sah aus, als sei es eines gewesen, bevor es zu einem großen Teil eingestürzt war. Vermutlich, dachte Hubert, hatte der Sumpf es von hinten zu unterspülen begonnen.
Das, was von diesem Hause noch stand, war aus kräftigen Balken und Steinen gebaut. Das Mauerwerk war jetzt mürbe. Es mochten, schätzte Hubert, noch drei oder vier Zimmer überdacht und benutzbar sein, wenn man den Rest eines oberen Stockwerks mitzählte, der noch stehengeblieben war. Das hieß, sie würden benutzbar sein, sofern das Ganze nicht zusammenbräche, sobald einer den Fuß hineinsetzte.
Der Weg zur Rechten führte nicht am Hause vorbei, sondern endete an einer schmalen Brücke dicht vor der hölzernen Eingangstür. Der wacklige, halsbrecherisch aussehende Steg spannte sich über einen ekelerregenden Graben, der durch einen Seitenarm des Sumpfes gebildet wurde. Der Steg bestand aus zwei dünnen, runden Balken, die glitschig von Moos und

Feuchtigkeit waren. An einer Seite befand sich die Andeutung eines Geländers, und kurze Bretter lagen kreuzweise über den Balken, um eine Trittfläche zu bieten. Ein paar dieser Bretter hingen zerbrochen über dem Graben.
Wieder mußte Baron Doon sein Schwert befragen. Diesmal, sah Hubert mit einem fatalistischen Mangel an Erstaunen, bebte die Klinge, als ihr Besitzer sie auf das Haus richtete. Jetzt schob Doon die Klinge nicht wieder in die Scheide zurück, sondern benutzte sie, um Golok damit ein Zeichen zu geben. Dann beobachtete er aufmerksam das Haus.
Wieder entfaltete das Flugtier nach einer leise gurrenden Unterredung mit seinem Meister seine dunklen Hautflügel. Zuerst umkreiste es das Haus. Dann schwebte es kurz vor einer der schwarzen Fensterhöhlen, doch es scheute sich, in die undurchdringliche Finsternis hineinzufliegen. Statt dessen kehrte es zur Schulter seines Herrn zurück, wo es sich zitternd niederließ. Als Golok es ansprach, gab es keine Antwort.
Doon, der noch immer die blanke Klinge in der Hand hielt, stieg ab. Schweigend und sein Tier hinter sich herziehend, näherte er sich der Brücke. Das Reittier ließ sich, wenn auch widerwillig, führen, aber unter seiner Haut bebten die angespannten Muskeln. Hubert sah, wie sich seine Füße krümmten, als die harten Hufe versuchten, auf den schlüpfrigen Balken Halt zu finden, wo die Querbretter fehlten.
Die anderen drei zögerten. Hubert schluckte und folgte schließlich als nächster. Wenn er sich einmal entschlossen hatte, einem Führer zu folgen und zu dienen, dann folgte und diente er ihm auch – bis zu dem Augenblick, da er beschloß, den Dienst zu quittieren. Vorausgesetzt natürlich, daß er in diesem Augenblick dazu noch in der Lage war ...
Entschlossen verbannte er solche Gedanken aus seinem Kopf. Wenn man erst ein Feigling war, dann war die Welt mit einem fertig, ein für allemal. Der Steg unter seinen Füßen schien solider zu sein, als er aussah.
Als er die Brücke überquert hatte, warf Hubert einen Blick hinter sich und sah, daß die beiden anderen ebenfalls auf der

Brücke waren. Unwillkürlich sah er auch, daß die Welt dort hinten, zumindest die weiter entfernten Teile davon, unendlich einladend aussah. Weit, weit hinter ihnen spannte sich ein klarer Himmel über sanfte grüne Hügel und fruchtbare Felder...

Aber solcherlei Annehmlichkeiten waren nichts für den Abenteurer der Landstraße. Hubert kehrte ihnen den Rücken zu. Jetzt klafften die abweisenden, leeren Fenster des Hauses nur noch wenige Schritte vor ihm. Sie erinnerten ihn in unbehaglicher Weise an die leere Augenhöhle, die ihn erst kurz vorher angestarrt hatte.

Nachdem Golok die Brücke als letzter überquert hatte, machte Doon ihm erneut ein Zeichen. Gehorsam ließ Golok den Mönchsvogel noch einmal voranfliegen. Aber wiederum weigerte sich das Tier, in eine der dunklen Öffnungen hineinzufliegen, die dunkler waren, als es Fenster selbst an einem so düsteren Tag hätten sein dürfen.

Das Schwert in Doons Hand zitterte leicht, aber beharrlich. Es führte sie auf die einzelne, breite Tür zu, die in der Vorderseite des Gebäudes zu ebener Erde eingelassen war. Doon führte sein Reittier bis vor diese Tür und klopfte mit Wegfinders Griff an den Rahmen. Dann zerrte er am Türgriff, um sie zu öffnen. Wie sich zeigte, war sie nicht verschlossen, sondern klemmte nur. Laut kreischend gab sie schließlich nach.

Drinnen war es, wie sich herausstellte, nicht so finster wie oben hinter den Fenstern. Hubert spähte an seinem Führer vorbei und konnte einen Gang erkennen, der überraschend tief und breit war. Am Ende dieses Ganges lag... konnte es eine Art Innenhof sein? Irgendwie schien das Gebäude, je näher Hubert ihm kam, größer zu werden, obwohl er nicht einen Augenblick lang den Eindruck hatte, eine unnatürliche Veränderung zu beobachten.

Gern hätte Hubert die anderen aufgehalten und diese Tatsache und ihre Bedeutung flüsternd mit ihnen besprochen. Aber Doon führte sie bereits weiter ins Haus hinein. Der

Durchgang war zu niedrig, als daß man hätte hindurchreiten können, und so zog er das Tier weiter hinter sich her.
Als Hubert eingetreten war, blinzelte er. Aha, dachte er, es ist wieder größer geworden. Der Durchgang mit seinen tür- und fensterlosen Wänden erstreckte sich schnurgerade etwa sechs bis acht Meter weit, und der Innenhof, der an seinem Ende lag, maß wohl zehn Meter im Quadrat und war zu allen Seiten von zweistöckigen Gebäuden umgeben. Zu ebener Erde befanden sich vier Türen, eine an jeder Seite, aber nur die Tür, durch die sie in den Hof hinausgelangt waren, stand offen. Auch hier waren die Mauern von dunklen Fenstern unterbrochen.
»Zauberei«, hauchte Golok, der als letzter kam. Er hielt sich dicht hinter Hubert und Pu Chou, als fürchte er, sich allzuweit von den Bewaffneten zu entfernen. Das Wort überraschte keinen, sie hatten es alle gemerkt. Der Hof, in dem sie jetzt standen, war ohne jeden Zweifel größer als das ganze Haus, das sie vom Wege aus gesehen hatten. Sie sahen Bogengänge, bröcklig zerfallend, und einen Springbrunnen, ausgetrocknet und rissig. Zwei, drei längst abgestorbene Bäume standen da. Zwischen den Fliesen des Bodens war hier und da nackte Erde zu sehen, wo sich einst Blumenbeete befunden haben mochten. Das Pflaster war großenteils vom toten Laub und Staub der Jahre bedeckt.
Golok sog plötzlich mit scharfem Zischen Luft durch die Zähne. Die Tür, die der gegenüberlag, durch die sie gekommen waren, öffnete sich langsam und knarrend. Eine riesige, schwarzpelzige, zweibeinige Gestalt erschien in der Öffnung. Vornübergebeugt stand sie da, beinahe menschlich, aber übermenschlich breit und kraftvoll. Leuchtende Augen, von anderem Schwarz als der Pelz, starrten glitzernd zu ihnen herüber, und weiße Zähne blitzten scharf im schwarzen Maul.
Es war vielleicht nur ein Tier, und sie waren vier Männer, bewaffnet und kampfbereit. Trotzdem wichen drei der vier Männer zurück.
Doon aber hatte sich bereits wieder in den Sattel geschwungen, und von seinem erhöhten Sitz aus stellte er sich der schwarzen

Kreatur mit gezücktem Schwert. Sein Reittier schnaubte, aber es wich nicht zurück, als sei es froh, endlich einer greifbaren Gefahr gegenüberzustehen.
Doon rief die ebenholzfarbene Bestie an. »Sei gewarnt – falls du die Gabe hast, mich zu verstehen. Ich bin nicht hergekommen, um mich vom Butzemann unterhalten zu lassen! Ich werde mich auch nicht fortschicken lassen, ohne das mitzunehmen, wessen ich bedarf! Und sei außerdem gewarnt, daß dieses Schwert in *meiner* Hand doppelt zauberkräftig ist!«
Der monströse Affe zog sich zurück. Hubert hätte nicht zu sagen vermocht, wie er das Manöver zustandebrachte: In diesem Moment erfüllten nachtschwarze Massen die Tür, im nächsten waren sie verschwunden.
Von der geschlossenen Tür zur Rechten kam ein leises Geräusch. Gleichzeitig fuhren alle vier herum und sahen, wie die breite Tür sich knarrend öffnete...
...und eine Skeletthand erschien. Der Gehenkte vom Galgen stand in der Türöffnung. Hubert erkannte dieses Gesicht wieder.
Pu Chou stieß einen unmenschlichen Laut aus. Aber Doon, der sein Tier herumgerissen hatte, begegnete dieser Erscheinung ebenso kühl wie der vorigen. Als spreche er zu demselben Wesen, fuhr er in seiner Rede fort. »Ich sage dir, dein Gaukelspiel wird mich nicht von der Stelle bringen, ebensowenig wie Drohungen. Willst du mit mir kämpfen, oder willst du hören, was ich zu sagen habe?«
Wieder verschwand das Ding, das er angeredet hatte.
Alle vier schauten jetzt hin und her und drehten sich um sich selbst, um alle vier Türen beobachten zu können. Die nächste Erscheinung, in der Tür, die bisher verschlossen geblieben war, überraschte sie deshalb nicht mehr. Die große, reichgewandete Gestalt, die jetzt dort erschien, war die eines alten Mannes, grauhaarig, doch rüstig und kraftvoll. Sein mächtiger kahler Schädel war von einem Kranz grauer, langer Haare umgeben, deren Farbe zu seinem Bart paßte. Gro-

ße, blaue Augen, in deren Blick etwas wie kindliche Unschuld lag, sahen sie unter buschigen weißen Brauen an.
Der Mann wandte sich an Doon und fragte mit leiser, aber eindrucksvoller Stimme: »Was sucht Ihr hier?«
Doon ließ sein Schwert langsam sinken. Er wollte antworten, doch dann sah er auf sein Tier hinab. Es hatte plötzlich alle Anspannung abgelegt.
Und jetzt stieß auch der Baron einen schweren Seufzer aus, als fühle er sich endlich in der Lage, sich den Luxus der Müdigkeit zu gestatten. Als er schließlich sprach, vibrierte seine Stimme nicht mehr wie eine gespannte Bogensehne. »Was ich suche, ist Reichtum. Nein, nicht Euren; ich vermute, Eure Schätze sind beträchtlich, aber für mich würden sie kaum reichen, und deshalb habe ich nicht die Absicht, sie an mich zu bringen. Ich glaube, daß der Schatz, den ich will, anderswo liegt. Aber aus irgendeinem Grund führt der Weg dorthin durch Eure Tür.«
Doons Reittier hatte unterdessen den langen, geschmeidigen Hals geneigt und graste am Boden. Hubert hatte ein Gefühl, als verschwimme die Welt vor seinen Augen, als er sah, daß die Blumenbeete noch längst nicht verdorrt waren. Im Gegenteil, eine üppige Fülle von Blüten und Blättern sproß darauf. Dort, wo er noch vor wenigen Augenblicken ein rissiges staubtrockenes Becken gesehen hatte, plätscherte der Springbrunnen. Bei diesem neuen Laut wandte Doon den Kopf in leisem Erstaunen. Dann stieg er achselzuckend ab und ließ sein Tier grasen. Aber das Schwert behielt er in der rechten Hand.
Ein Schatten strich über Huberts Gesicht. Als er den Kopf hob, sah er, daß die strahlende Sonne am klaren Himmel durch das dichte Laub am Ast eines Baumes schien, der noch längst nicht abgestorben war.
Der große alte Mann in der Tür fragte: »Wie heißt Ihr?«
»Ich bin Baron Doon.« Die Antwort klang ruhig und gelassen und drückte großen Stolz aus.
Der Alte nickte. »Und mich nennt man derzeit Indosuarus. Müßt Ihr mich nach meinem Beruf fragen?«
»Nein. Ich glaube nicht.«

»Auch ich ahne, welches der Eurige ist. Nun gut.« Ein Singvogel zwitscherte in einem der Bäume, und Dart, der Mönchsvogel auf Goloks Schulter, antwortete in munterem Spott. Indosuarus fuhr fort. »Mit Freuden biete ich Euch und Euern Männern meine Gastfreundschaft an, auch wenn es, wie Ihr inzwischen zweifellos erraten habt, gewöhnlich eher meine Gewohnheit ist, Besucher zu entmutigen.«

Doon brauchte darüber nur einen Augenblick lang nachzudenken. »Wir nehmen mit ebensogroßer Freude an und danken Euch.« Er schob das Schwert in die Scheide.

Jetzt merkte Hubert, daß das Haus ringsumher sich noch schneller veränderte als zuvor. Staub und vermodertes Laub waren aus dem Hof verschwunden, die Risse an Bogengang und Mauern ebenfalls. Neben dem perlenden Springbrunnen war ein Tisch erschienen, flankiert von Bänken und Stühlen und mit schneeweißem Linnen bedeckt. Undeutlich nur sah Hubert Gestalten – menschlich oder nicht, das konnte er nicht erkennen –, die sich um den Tisch herum durch die Luft bewegten und mit Tellern und Platten hantierten, die sie auf dem Tisch verteilten. Plötzlich erfüllte der Duft köstlicher Speisen die Luft, zart, und dennoch beinahe überwältigend mächtig für seine hungrigen Sinne. Einen atemberaubenden Augenblick lang war Hubert sicher, die zierliche Gestalt einer jungen, verführerisch gekleideten Dienerin zu erkennen. Aber einen Moment später wirbelten nur stofflose Kräfte durch die Luft, wo er sie gesehen hatte.

Ein ältlicher Diener, dessen graue Gestalt greifbar und wirklich genug erschien, war aus dem Haus gekommen und stand mit gesenktem Kopf neben Indosuarus. Der hochgewachsene Zauberer besprach sich flüsternd mit ihm und entließ ihn dann mit einer Handbewegung. Die Bänke, die neben dem Tisch Gestalt angenommen hatten, verschwanden wieder, und an ihre Stelle traten geschnitzte Stühle. Teller und Schüsseln mit fester Nahrung erschienen, daneben Karaffen mit Wein. Besteck und Pokale aus edlem Kristall vervollständigten die Tafel.

»Ich bitte Euch, Platz zu nehmen«, forderte Indosuarus sie höflich auf. »Euch alle.«
»Einen Augenblick, wenn Ihr gestattet«, erwiderte Doon nicht weniger höflich. Er nickte dem Zauberer zu – eine Geste, fand Hubert, die nicht wie die Bitte um Erlaubnis wirkte –, zog sein magisches Schwert aus der Scheide und befragte es wiederum. Die Spitze geleitete ihn geradewegs zu einem Stuhl. Er setzte sich. Auf sein Zeichen hin nahmen auch die drei anderen Männer ohne weitere Umstände Platz.
Indosuarus saß am Kopf der Tafel auf einem Stuhl mit holzgeschnitzten Schlangen, die sich – so schien es Hubert – ab und zu bewegten. Der Zauberer lehnte sich bequem zurück, knabberte an einer Weintraube und sah seinen Gästen gelassen zu, während diese Durst und Hunger stillten. Bezaubernde, leise Musik erklang irgendwo aus dem Hintergrund. Der Innenhof war jetzt zu einem unbestreitbar angenehmen Ort geworden, und die Bäume standen genau an der richtigen Stelle, um dem Tisch kühlen Schatten zu spenden.
Aber Doon entspannte sich kaum. In geschäftsmäßiger Weise verzehrte er seine Mahlzeit und trank einen Becher Wein dazu. Dann ließ er in aller Höflichkeit erkennen, daß er sein Mahl beendet habe. Wieder wehte die vage Gestalt des Dienstmädchens durch die Luft, und nach und nach begannen die Teller zu verschwinden. Doon würdigte sie kaum eines Blickes. Er beobachtete statt dessen aufmerksam seinen Gastgeber.
Indosuarus nahm sich noch eine Traube. Dann lehnte er sich zu seinem Hauptgast hinüber, und mit leiser, angenehmer Stimme begann er mit einem unverblümten Verhör.
»Wir alle wollen Gold, nicht wahr? Aber was läßt Euch glauben, daß, wie Ihr sagt, Eure Straße zum Reichtum Euch durch meine Tür führt? Sprecht bitte offen, wie Ihr es, glaube ich, bisher getan habt.«
»Nun, das will ich wohl tun«, versetzte Doon ruhig. »Aber zuerst will ich Euch noch einmal für diese ausgezeichnete Erfrischung danken.«
»Nicht der Rede wert. Übrigens, Baron – ich bin neugierig. Ihr

habt gegessen und getrunken, ohne auch nur einen Augenblick lang zu zögern oder Mißtrauen zu zeigen. Habt Ihr nicht daran gedacht, daß es zumindest möglich sein könnte...«

Hubert, der eben mit einem Stück vom feinsten Weißbrot die köstliche Sauce von seinem Teller gewischt hatte, wußte einen Augenblick lang nicht, wie er schlucken sollte.

Aber der Baron lachte nur. Sein Lachen klang fast zu mächtig für seine eher zierliche Gestalt. »Verehrter Zauberer, wenn jemand mit Euren offenkundigen Fähigkeiten danach trachten wollte, mich mit Gift niederzustrecken, könnte ich wohl kaum darauf hoffen, dem zu entgehen. Aber mein Schwert hat mich zu Eurem Tisch gewiesen, und ich bin zuversichtlich, daß es mich nicht ins Verderben führt.«

»Euer Schwert, sagt Ihr.« Die Stimme des Zauberers klang skeptisch.

»Indosuarus, wenn Ihr das Buch der Magie nur halb so gut zu lesen versteht, wie ich glaube, dann wißt Ihr längst, welches Schwert ich trage. Es ist Wegfinder. Das Schwert der Weisheit. Geschmiedet, zusammen mit elf Gefährten, von keinem geringeren als dem Gott Vulkan selbst.«

Jetzt vergaß Hubert alles, was er je über das Schlucken gewußt hatte.

Doon hatte seinen Stuhl um eine Handbreit zurückgeschoben. Seine beiden Hände ruhten auf der Tischkante, als seien sie bereit, ihn noch weiter zurückzuschieben, damit er aufstehen könne. »Ein gottgeschmiedetes Schwert. Und nicht einmal Eure Macht, verehrter Zauberer, würde verhindern können, daß es seinem Besitzer treue Dienste leistet. Kein Zauber, den ein Mensch wirken kann, wäre dazu imstande.«

»Und es führt Euch, wohin Ihr befehlt?«

»Wohin meine Wünsche befehlen. Ja. Zum Reichtum.«

»Und es macht Euch immun gegen den Tod?«

»Nein. O nein. Ich habe ihm ja nicht befohlen, meine Sicherheit zu suchen. Aber, seht Ihr, wenn Ihr versucht hättet, mich zu vergiften, dann wäre dies mein sicherer Tod gewesen, nicht sicherer Reichtum. Nein, dann hätte das Schwert der Weisheit mich nicht hierher geführt.«

Der alte Zauberer schien über alles dies sorgfältig nachzudenken. »Ich will zugeben«, sagte er schließlich leise, »daß ich Wegfinder recht bald erkannt hatte. Aber ich war zunächst nicht sicher, daß Ihr wußtet, was Ihr bei Euch tragt... Wie auch immer, Baron, zu welchem Reichtum, glaubt Ihr, wird das Schwert der Weisheit Euch führen?«

»Nun, zu keinem geringeren«, erwiderte Doon, »als zu dem größten Schatz der Welt. Ich spreche vom Haupthort des Blauen Tempels. Und Ihr mögt versichert sein, verehrter Zauberer, daß ich weiß, was für einen Gedanken ich da in meinem Kopf trage.«

Hubert sah, wie seine eigene Verblüffung sich in Pu Chous und in Goloks Gesicht widerspiegelte. *Den Blauen Tempel ausrauben? Unmöglich!* war seine erste, lautlose Reaktion. Dann aber mußte er einräumen, daß ein Mann, der inmitten all dieser Verzauberung seine Stellung halten und gelassen mit dem Schöpfer dieser Szenerie verhandeln konnte, wohl auch alles andere würde vollbringen können.

»... also solltet Ihr«, sagte Doon eben zu dem Zauberer, »keine Einwände gegen meinen Plan haben. Wenn Ihr mir gebt, was das Schwert mich hier hat finden lassen wollen, dann will ich den Schatz gern mit Euch teilen oder Euch sonst helfen, wie ich kann.«

»Und wenn ich mich entschließe«, entgegnete der Zauberer sanft, »Euch nicht zu Diensten zu sein?«

Doon dachte darüber nach und trommelte dabei mit den Fingerspitzen auf der Tischplatte, als sei ihm diese Möglichkeit noch gar nicht in den Sinn gekommen. »Dann, bei allen Göttern«, antwortete er schließlich, »dann werde ich einen Weg finden, Euch zu zwingen.«

Hubert hörte die unerschütterliche Stimme, und ihm war, als habe er nie eine eindrucksvollere Drohung gehört.

Der alte Mann am Kopf der Tafel schwieg eine Weile, als sei auch er beeindruckt. Dann hob er die große, knorrige Hand, an deren Finger zahlreiche kunstvolle Ringe funkelten, und Hubert, der dies sah, verspürte Angst in sich. Aber die Gebärde beschwor nichts Schlimmeres als den alten Diener herbei, der sich wiederum flüsternd mit seinem Meister besprach. Daraufhin ging das Abräumen der Tafel ein wenig schneller vonstatten.

Der Zauberer zog seinen Stuhl ein wenig näher an den Tisch heran und wandte sich an den Baron. »Laßt uns darüber reden. Wenn Ihr sagt, Ihr gedenkt den Blauen Tempel zu berauben, dann meint Ihr wohl nicht damit, daß Ihr ihn um eine Kleinigkeit erleichtern wollt.«

»Ich habe offen gesprochen, wie Ihr es wünschtet.«

»In der Tat... Ihr sprecht, vermute ich, nicht von einem dieser kleinen Gewölbe, die es in jedem Blauen Tempel gibt und aus denen sie ihre Tagesgeschäfte bezahlen...«

»Zauberer, ich habe Euch gesagt, wovon ich spreche, so offen ich es vermag. Und ich weiß, wovon ich spreche.«

»In der Tat.« Indosuarus machte immer noch ein zweifelndes Gesicht, als er sich zurücklehnte. »Nun, ich kann nur sagen, daß diese Ankündigung, käme sie von jemandem, der weniger gut gerüstet und nicht so entschlossen wäre wie Ihr, nichts als Gelächter verdient hätte.«

»Aber sie kommt von mir«, entgegnete Doon ruhig, »und so muß man sie äußerst ernst nehmen. Ich bin froh, daß Ihr diesen wesentlichen Punkt so rasch begriffen habt.«

»Ja, ich glaube, das habe ich. Aber laßt es mich noch einmal aussprechen, damit nicht der geringste Zweifel bestehen bleiben kann. Ihr habt die Absicht, einen wesentlichen Teil von Benambras Gold davonzutragen.«

»Einen wesentlichen Teil«, stimmte Doon liebenswürdig nikkend zu. »Ja, das ist treffend ausgedrückt. Wißt Ihr, ich würde alles davonzutragen versuchen, wenn meine Männer und ich so viel schleppen könnten.«

»Und wißt Ihr denn«, fragte Indosuarus, »wo Benambras Gold aufbewahrt wird?«

»Wegfinder wird mich hinführen«, antwortete Doon schlicht.

»Und jetzt kennt Ihr das Gerippe meines Planes. Bevor ich weitere Einzelheiten vor Euch ausbreite, laßt mich wissen, ob Ihr Einwände dagegen habt.«

Der graue Diener stand immer noch dicht neben dem Stuhl seines Herrn. Die beiden wechselten jetzt einen kurzen Blick. Dann begann der alte Zauberer, ein seltsames Geräusch von sich zu geben, und dabei rutschte er auf seinem Stuhl hin und her. Hubert brauchte ein Weilchen, um zu begreifen, daß ihr Gastgeber lachte.

Endlich brachte Indosuarus hervor: »Ich? Ich soll etwas dagegen einwenden, daß der Blaue Tempel ausgeraubt wird?« Wieder lachte er, und dabei vollführte er mit der Hand eine Gebärde, die sein gesamtes Anwesen zu umfassen schien. »Ich habe mich doch nur aus einem einzigen Grunde in dieser Weise von der Welt abgesondert: Ich wollte die furchtbarste Rache gegen den Blauen Tempel und alle seine Führer entwerfen, die nur möglich ist! Seit langem... wer will die Jahre noch zählen? Seit langem widme ich alle meine Kräfte nur dieser einen Aufgabe. Und könnte es für *sie* eine schlimmere Rache geben, als dessen beraubt zu werden, was ihnen lieber ist als das Leben? He, Mitspieler? Werden wir ihre Schatzgewölbe aufgraben oder nicht?« Und in einer Geste, die ganz und gar nicht zu seinem Charakter passen wollte, boxte er seinem alten Diener plump auf den Oberarm.

Der Diener, der Mitspieler genannt wurde, sah zwar nicht ganz so alt aus wie sein Herr, aber er wirkte erschöpfter als dieser. Er hatte das Gesicht eines Arbeiters, bartlos und runzlig. Er war klein, aber kräftig von Gestalt, und seine Arme ragten drahtig und sehnig aus kurzen Ärmeln. Sein Haar war kurz, kraus, dunkel und reichlich ergraut.

Seine dunkeln Augen starrten in endlose Weiten, als er antwortete. »In diesen Gewölben liegen Schätze, die fürwahr unbezahlbar und unvergleichlich sind... Jawohl, wir können sie öffnen. Wenn wir bereit sind. Lange haben wir auf die Hilfe gewartet, die wir brauchen.«

»Und ich habe Zaubersprüche gewirkt«, fügte Indosuarus hinzu, »damit die Hilfe zu mir gesendet werde, die ich benötige, denn ohne sie erschien mir ein Raub in dieser Größenordnung so gut wie unmöglich.« Lächelnd sah er Doon an. »Und Ihr glaubt immer noch, Ihr seid hergekommen, weil Ihr es so wolltet?«

»Ich habe Euch gesagt, weshalb ich hier bin. Das Schwert hat mich geführt. Aber gut, ich bin interessiert. Warum widmet Ihr Euer Leben der Rache an den Geldsäcken? Rache für was?«

»Das ist eine lange Geschichte.«

»Ich höre sie mir an, wenn es nötig ist.«

»Später«, befand Indosuarus unbestimmt. »Baron, werdet Ihr Euer Schwert noch einmal ziehen, wenn ich Euch darum bitte? Und es hochhalten, damit ich es sehen kann?«

Doon schob seinen Stuhl zurück und stand auf, um sich besser bewegen zu können. Noch einmal fuhr Wegfinders blitzende Klinge aus der Scheide. Zum ersten Mal schien der Zauberer dem Schwert seine volle Aufmerksamkeit zu schenken, und auch der Diener, der immer noch neben seinem Stuhl stand, starrte es an.

Alle anderen beobachteten Indosuarus mit stummer Wachsamkeit.

Endlich wandte der alte Magier den Blick ab und runzelte die Stirn. »Ich will zugeben«, erklärte er, »daß Euer Schwert echt ist. Beträchtliche Macht ruht da in Eurer Hand.«

»*Beträchtliche* Macht?« Jetzt war Doon beinahe empört. »Ist das das beste Wort, das Euch dazu einfällt?«

Indosuarus blieb ungerührt. »Meine eigene Macht ist gleichfalls... *beträchtlich*. Und ich sage Euch, ich arbeite damit seit langer Zeit an der Lösung des Problems, wie der Blaue Tempel zu überfallen sei. Ich habe damit Vorkehrungen getroffen, jemanden, der gut dazu geeignet ist – vielleicht Euch –, herzuführen, auf daß er mir helfe. Ob es also das Schwert war, das Euch hergebracht hat, oder...«

Doon ließ Wegfinder noch einmal durch die Luft sausen und stieß ihn dann in die Scheide zurück, wie um ihn vor dem Blick respektloser Augen zu schützen. »Von einem Gott geschmiedet!« rief er. »Von Vulkan selbst!« Es sah so aus, als könne er die Haltung des anderen nicht fassen. Er setzte sich wieder, wobei sein Stuhl lautstark über das Pflaster scharrte.

»Ich habe ja zugegeben, daß Euer Schwert seinen Wert hat.« Indosuarus sah seinen Gast jetzt ein wenig streng an. »Meine Hauptfrage ist nun: Was bringt Ihr, Ihr selbst, in dieses Unternehmen ein? Das heißt, abgesehen von Eurer unbestreitbaren Habgier und Eurem Mut, oder sollte ich sagen, Tollkühnheit? Seid Ihr der Mann, dessen Hilfe ich brauche? Ich brauche eine handfeste Antwort auf diese Frage.«

»Dann seht zu, daß Ihr sie bekommt.«

Wahrscheinlich war es Hubert, der den Baron warnte, ohne es zu merken. Doon mußte in Huberts Gesicht gesehen haben, daß sich hinter seinem Stuhl etwas Bedrohliches zusammenbraute.

Die Tür in dieser Wand des Hofes flog auf, und Dunkelheit drohte dahinter. Drinnen war es so schwarz wie zuvor. Und der ebenholzschwarze Affe war wieder da, stumm wie zuvor. Kaum war sein Blick auf Doon gefallen, stürzte er sich von hinten auf ihn. Mit flinken, lautlosen Bewegungen kam er heran. Seine baumdicken Arme hatte er erhoben, um den Mann zu packen oder um ihm einen zermalmenden Hieb zu versetzen.

Hubert war aufgesprungen. Aber er wußte, es war zu spät, er war zu langsam, er wußte es, als er dort stand, mit halb gezogenem Schwert, während sein Stuhl hinter ihm umkippte. Doon war gleichzeitig von seinem Stuhl seitlich heruntergerollt, und irgendwie gelang es ihm, in einer fließenden Bewegung sogleich wieder auf die Beine zu kommen, während die Fäuste des Riesenaffen niedersausten und die Lehne seines Stuhles zerschmetterten. Hubert hatte nicht gesehen, daß der Baron Wegfinder wieder aus der Scheide gezogen hatte, doch jetzt funkelte das Schwert in der Hand seines Meisters, die silbrige Zunge einer blitzschnellen Schlange. Der Affe drehte sich aufbrüllend herum, doch er war nicht flink genug. Es war nicht Wein, was rot aus dem schwarzen Pelz auf das weiße

Linnen spritzte. Die Bestie fiel vornüber zwischen die Pokale auf dem Tisch. Röchelnd rutschte sie langsam vom Tisch herunter und zog dabei das Tuch mit sich, so daß die Becher klirrend zu Boden fielen.

Vier Männer standen mit gezückten Waffen rings um den Tisch, bereit, sich der nächsten Bedrohung entgegenzustellen, doch es kam keine mehr. Der fünfte Mann saß lächelnd am Kopf der Tafel. In seinem Blick lag Befriedigung.

Noch einmal schwenkte Doon sein Schwert. »Ich hab's Euch gesagt, Zauberer!« brüllte er triumphierend. »Ich hab's Euch gesagt: In meiner Hand ist es doppelt zauberkräftig!«

5

Die drei, Mark, Ben und Barbara, waren fast die ganze Nacht hindurch wach geblieben. Sie hatten geschäftig gepackt, Geschichten und Tratsch ausgetauscht und alles, was sie nicht brauchen würden, an die anderen Zirkusleute verhökert. Bei Sonnenaufgang hatten sie sich verabschiedet und waren mit Barbaras Wagen davongefahren. Diesen nämlich hatte sie noch nicht verkaufen wollen. Tanakir hatte ihnen ein paar Lebensmittel und eine kleine Münze für den kleinen Drachen und seinen Käfig gegeben. Er gedachte das kleine Ungeheuer in seine eigene Vorstellung einzubauen, denn er wollte bei der Truppe bleiben, als er sah, daß Barbara und ihre Freunde fortgingen. Viktor winkte ihnen im Morgengrauen nach und rief, er hoffe sie in der nächsten Saison wiederzusehen.

Aber Mark hatte große Zweifel daran, daß es so kommen werde. So oder so, dachte er, würden sie gewiß anderswo sein. Purkinje und der Rummelplatz lag inzwischen schon seit einigen Stunden hinter ihnen. Die Straße vor ihnen verlief jetzt geradeaus. Sie führte durch eine weite, sanft ansteigende Ebene. Es war größtenteils kahles, menschenleeres Land, das sich in einer leichten Steigung bis zu den Bergen erstreckte, die in der Ferne undeutlich sichtbar waren. Eine Stunde zuvor hatten

sie eine Frühstückspause eingelegt, und wie in alten Zeiten hatte Mark mit seinem Bogen ein Kaninchenpaar erlegt.
Aber jetzt waren sie wieder unterwegs, und in allgemeiner, wenn auch beinahe wortloser Übereinstimmung hatten sie sich in Richtung Süden gewandt. Diese Entscheidung hatten sie im Lager getroffen, wo sie von Lauschern umgeben gewesen waren, und deshalb hatten sie die Gründe dafür noch nicht erörtert.
Im Augenblick hielt Ben die Zügel in der Hand, und Barbara redete.
»Ben, du hast uns immer noch nicht gesagt, was du vorhast. Du sagst, du seist zum Blauen Tempel gegangen, aber du gehörst nicht mehr dazu. Also gut, du bist desertiert. Aber du hast diesen Blick an dir. Was für einen Plan hast du?«
Ben lächelte leise. »Ich habe den Plan, dich zu heiraten.«
Barbara verzog gereizt das Gesicht. »Das haben wir alles schon besprochen, bevor du fortgingst. Es hat sich nichts geändert. Wenn ich einmal heirate, dann jemanden, der es mir ermöglicht, irgendwo wie ein richtiger Mensch zu leben. Schluß mit...« Mit einer unbestimmten Handbewegung wies sie auf den Wagen und die Straße.
»Ist mir recht«, meinte Ben.
Barbaras Neugier war sichtlich geweckt. Sie schaute Ben aufmerksam an. »Hast du Geld in den Taschen?«
»Nicht in den Taschen. Überhaupt nicht bei mir.«
»Irgendwo versteckt?«
»Ich hab's noch gar nicht. Aber...«
Laut seufzend lehnte Barbara sich zwischen den beiden Männern zurück und verschränkte die Arme. Wieder hatte sich ein Traum ins Nichts verflüchtigt.
Mark genoß es, den beiden zuzuhören. Auch er war neugierig auf Bens Pläne, aber er wollte das Gespräch nicht unterbrechen. Vorläufig schien Ben sich ohnehin damit begnügen zu wollen, geheimnisvoll auszusehen, während er in die Ferne starrte.
Eine Zeitlang fuhren sie schweigend dahin. Dann ergriff Bar-

bara wieder das Wort. »Ich hab's. Du willst dein Schwert zurückholen. Du hast dich entschlossen, es zu verkaufen.«
»Ich will es holen, ja. Verkaufen, nein. Wir haben uns entschlossen, die beiden Schwerter nicht zu verkaufen, bevor wir sie versteckten. Man würde uns ganz gewiß betrügen und ermorden. Nein, ich habe Verwendung für Drachenstecher.«
Jetzt schwieg auch Mark nicht länger. »Eine Drachenjagd? Aber du erinnerst dich doch, daß nicht einmal Nestor besonders viel Geld damit verdiente, oder?«
Daran erinnerten sie sich alle. Ben meinte: »Nestor hat es nicht lange genug gemacht. Aber wie dem auch sei, es ist ohnehin eine besondere Drachenjagd, die ich im Sinn habe. Ich muß nur einen einzigen Drachen beseitigen.«
»Das sagt jeder, der in diesem Lande von Drachen geplagt wird«, gab Barbara zu bedenken. »Laß dich im voraus bezahlen.« Sie drehte den Kopf hin und her und sah die beiden Männer rasch nacheinander an. »Daß ihr beide gleichzeitig zurückkommt, ausgerechnet jetzt... ich frage mich, ob das ein Zufall ist.«
»Auch ich will mein Schwert wiederhaben«, verriet Mark. »Aber nicht, um auf die Drachenjagd zu gehen. Und ich hatte keine Ahnung, daß Ben in den Dienst des Blauen Tempels getreten ist und jetzt zurückgekommen ist, um sein Schwert zu holen.«
»Wozu brauchst du Würfelwender?« erkundigte sich Barbara. »Nicht, daß ich es wissen muß. Ich werde es dir auf jeden Fall zurückholen.«
»Es ist kein Geheimnis. Ich gehe wieder zurück zu Sir Andrews Armee.«
»Warum willst du das tun?« wollte Ben wissen.
»Ich weiß nicht, ob ich es will. Ich habe das Gefühl, ich muß es tun. Ich habe euch erzählt, daß ich eine Weile bei ihm war, aber dann schien mir alles hoffnungslos zu werden, und ich ging fort. Ich...«
»Wahrscheinlich ist es tatsächlich hoffnungslos«, unterbrach Ben.

»Ich bin dann zu meinem alten Dorf zurückgegangen, nach Arin am Aldan, um meine Mutter und meine Schwester wiederzufinden. Aber da... da war kein Dorf mehr. Fünf Jahre waren vergangen, seit ich zuletzt dagewesen war. Vielleicht werde ich nie erfahren, was aus ihnen geworden ist.« Mark schwieg einen Moment lang. »Aber jetzt gehe ich zurück zu Sir Andrew. Mit Würfelwender – wenn ich kann.«
»Aber warum?« bohrte Ben.
Mark beugte sich vor, um an Barbara vorbeizuschauen. »Nun, er versucht, seinem Volk zu helfen. Den Leuten, die zu seinem Volk gehörten, bevor er sein Land verlor. Glaubst du nicht, daß sie ihn zurückhaben wollen? Es ist nicht nur Land und Reichtum, was er zurückgewinnen will.« Gefühle und Gedanken wallten in Mark, aber er fand nicht die rechten Worte, um sie den anderen verständlich zu machen. »Er kämpft unablässig gegen den Dunklen König«, schloß er, und schon während er die Worte aussprach, fühlte er, wie unangemessen sie waren.
»Das klingt hoffnungslos«, befand Ben mit unerbittlicher Nüchternheit.
»Alles ist hoffnungslos, solange niemand es versucht«, widersprach Mark und fügte dann plötzlich hinzu: »Ich wünschte, du und Barbara, ihr könntet mit mir kommen.«
»Um in eine Armee einzutreten?« Barbara lachte, aber es klang nicht unfreundlich.
Ben schüttelte nur stumm den Kopf.
Etwas anderes hatte Mark eigentlich nicht erwartet, aber die Ablehnung der beiden, vor allem Bens Weigerung, ärgerten ihn doch. »Du willst also statt dessen Drachen jagen? Das ist ein ebenso hartes Leben wie das eines Soldaten im Krieg, selbst wenn du Drachenstecher hast.«
Ben wandte sich ihm zu, und Begeisterung erfüllte seine Stimme. »Ich habe doch schon gesagt, das Jagen ist nur ein kleiner Teil meines Plans. Der Drache versperrt mir den Weg zu etwas anderem. Ich wünschte, *ihr* beide würdet mit *mir* kommen.«
»Ich habe kein Talent zum Rätselraten«, meinte Barbara.
»Was würden wir dann tun?« fragte Mark.

»Ein bißchen Geld verdienen. Nein, mehr als das. Reichtümer gewinnen.«

»Mir liegt nichts daran, reich zu werden«, erklärte Mark.

»Also gut. Du willst Sir Andrew dabei helfen, um sein Land zu kämpfen und es zurückzuerobern...«

»Für ihn und sein Volk.«

»Gut, gut. Für sein Volk. Aber du könntest Sir Andrew eher helfen, wenn du ihm deinen Anteil des Schatzes brächtest, nicht wahr? Ich meine, stell dir vor, wie du so viel Gold und Juwelen in sein Lager schleppst, daß er seine gesamte Armee ein Jahr lang davon ernähren könnte.«

»Eine Armee? Ein Jahr lang?«

»Vielleicht zehn Jahre lang.«

Barbara blickte den kräftigen Mann besorgt an. »Ist dir nicht gut?« fragte sie ihn. Die Frage klang unangenehm ernsthaft.

»Wo sollte jemand solche Reichtümer finden?« fragte Mark.

Ben blieb ruhig. »Ich sage es euch, wenn ihr mir versprecht, daß ihr mitkommt.«

So kannten sie Ben nicht. Mark war ratlos. »Schau, Sir Andrew braucht handfeste Hilfe. Nicht irgendeinen Plan, der... Ich werde Würfelwender holen und damit zu ihm gehen. Falls das Schwert noch da ist, wo Barbara es versteckt hat.«

Ben zog ein störrisches Gesicht, vielleicht war er sogar beleidigt. Mark fügte hinzu: »Ich glaube jetzt, daß wir einen Fehler begingen, als wir sie so versteckten.«

»Dann hast du vergessen, wie überdrüssig wir dieser Schwerter waren«, entgegnete Barbara. »Weißt du es nicht mehr? Wir hatten ständig Angst, man könnte sie uns stehlen. Wir befürchteten, ein Mächtiger würde herausfinden, daß wir sie hatten, eine Armee würde uns verfolgen, ein Dämon oder ein Zauberer, gegen den wir uns nicht würden wehren können. Dann dachten wir daran, sie jemandem zu verkaufen, und wir erkannten, daß man uns betrügen würde, wenn wir es versuchten, und man uns vermutlich danach ermorden würde. Dann hatten wir ständig Sorge, Würfelwender könnte von allein verschwinden... weißt du noch, wie er sich dauernd bewegte?

Man versteckte ihn irgendwo an der einen Seite des Wagens, und dann fand man ihn auf der anderen wieder. Oder draußen. Ich bin nicht sicher, ob er noch da ist, wenn wir ihn jetzt holen wollen.«

»Wir werden zumindest nachsehen«, beharrte Mark. Er verstummte und fuhr dann fort. »Von Stadtretter hat wohl keiner von euch noch einmal etwas gehört, wie?«

Wie er erwartet hatte, bestätigten die beiden anderen, daß sie nichts darüber wußten. Marks Vater, der Schmied Jord, war der einzige Überlebende von einem halben Dutzend Männer gewesen, die Vulkan gezwungen hatte, ihm beim Schmieden der Schwerter zur Hand zu gehen. Nach getaner Arbeit hatte der Gott Jord den rechten Arm genommen und ihm – als Bezahlung, wie er sagte – das Schwert der Wut, Stadtretter, überlassen. Alles dies war geschehen, bevor Mark zur Welt gekommen war.

Dann waren Jord und Marks älterer Bruder Kenn im Kampf gestorben, und Stadtretter hatte ihr Dorf gerettet – wahrlich ein wertloser Sieg, wie Mark selbst hatte erleben müssen...

»... denn von seinen Wunden genesen?« Barbara hatte ihm eine Frage gestellt.

Mark besann sich und überlegte, wovon sie wohl reden mochte. »Sir Andrew? Du meinst die Wunden, die er davontrug, als seine Burg fiel? Das ist fünf Jahre her. Inzwischen hat er neue Wunden davongetragen und auskuriert – er hält sich gut für einen Mann seines Alters, und auch den Vergleich mit jüngeren braucht er nicht zu scheuen. Seine eigene kleine Armee hält er den größten Teil des Jahres über im Felde. Unterstützt Prinzessin Rimac und ihren General Rostov. Unternimmt Störangriffe gegen den Dunklen König. Und natürlich gegen Königin Yambu, denn sie hat Sir Andrews Land besetzt.«

»Ist Dame Yoldi noch bei ihm?«

»Sir Andrew würde keinem anderen Seher trauen als ihr, glaube ich, aber sie wohl auch keinem anderen Lord.«

Wieder schwiegen alle für eine Weile, und man hörte nur das Hufgetrappel der Zugtiere und das Knarren des Wagens. Die drei Reisenden waren mit unterschiedlichen, aber miteinander verknüpften Erinnerungen beschäftigt. Ben hob, ohne es zu merken, die Hand und rieb über eine Narbe, die sich über seine linke Schulter und den Oberarm zog. Sie stammte von einer Wunde, die er sich bei dem blutigen Verteidigungsgefecht in Sir Andrews Burg zugezogen hatte. Damals, vor fünf Jahren...

Auch Marks Gedanken kehrten zu jenem Tag zurück, wie sie es auch in Alpträumen manchmal taten. Wieder sah er, wie die Sturmleitern die Mauern überragten, wie die Graue Horde sich anschickte, die Befestigungsanlagen zu erstürmen. Hinter ihren scheußlichen Reihen leuchtete das Schwarz und Silber der Königin Yambu und das Blau und Weiß von Herzog Fraktins Heer – Herzog Fraktin, der nicht mehr lebte. Es war Marks erste richtige Schlacht gewesen, und beinahe wäre es auch seine letzte geworden...

Barbara brach das Schweigen. »Immer wenn ich an diesen Tag denke, muß ich auch an Nestor denken.«

»Ja.« Ben nickte. Und wieder schwiegen alle drei. Was Nestor anging, so gab es nichts weiter zu sagen. Drachenstecher hatte ihm gehört, ebenso wie der Wagen, auf dem sie saßen. Nestor mußte irgendwann auf den Zinnen der Burg gefallen sein, und vielleicht hatte er Stadtretter noch in der Hand gehabt. Die Erbfolge, oder doch eine unausgesprochene Übereinkunft zwischen Nestors Freunden, hatte Ben in den Besitz des Schwertes Drachenstecher gebracht.

»Wie groß ist Sir Andrews Armee denn heute?« fragte Barbara.

»Es wäre nicht richtig, wenn ich es verriete, selbst wenn ich es wüßte«, antwortete Mark. »Selbst euch beiden würde ich es nicht sagen... Aber die Zahlen ändern sich ohnehin mit dem Glück und den Jahreszeiten. Egal, er braucht Hilfe.« Unverhohlen drängend wiederholte Mark: »Ich wünschte, ihr würdet mit mir kommen. Beide.«

Barbara lachte noch einmal. Es war kein spöttisches Lachen, aber es kam schnell und ohne zu zögern. »Ich habe genug von

Armeen und vom Kämpfen. Ich würde es gern einmal mit der anderen Seite des Lebens versuchen. Ich möchte in einem friedlichen Städtchen leben und ein träger Bürger sein, mit einem eigenen Haus und einem eigenen Bett. Mit einem soliden Bett mit vier Beinen, einem, das nicht dauernd schaukelt. Soll die Welt doch draußen vor den Stadtmauern kämpfen.« Wieder wanderte ihr Blick zwischen ihren beiden Gefährten flink hin und her. »Beim letzten Mal, als wir drei zusammen in einen Kampf verwickelt waren, da mußtet ihr beide mich davontragen. Das sollte doch eigentlich Warnung genug sein.«
»Ich habe ebenfalls genug vom Soldatenleben«, setzte Ben hinzu. »Man marschiert ohne Sinn und Zweck hin und her, man nimmt dumme Befehle entgegen, man schwitzt, friert und hungert. Und das sind die guten Tage. Hin und wieder kommen aber auch schlechte Tage. Das wißt ihr beide.« Er sah Mark an. »Ich bewundere Sir Andrew, aber ich muß leider sagen: Ich glaube, er ist übergeschnappt. Niemals wird er sein Land und sein Volk zurückgewinnen.«
»Also tust du lieber etwas Gefahrloses und Angenehmes wie das Drachenjagen«, versetzte Mark. »Verzeih, du willst ja nur einen einzigen Drachen jagen. Und das wird dir phantastische Reichtümer einbringen. Habe ich dich da recht verstanden?«
»So habe ich das nicht gesagt. Aber es stimmt.«
Barbara schnaufte spöttisch. »Der Drache bewacht wohl einen Schatz?« Dergleichen gab es nur in alten Märchen.
»Sozusagen, ja, in gewisser Weise tut er das.« Ihr Spott hatte Ben verletzt. »Ich will euch noch etwas über diesen Schatz sagen: Er enthält mindestens eines der Schwerter. Ich weiß das. Ich habe selbst gesehen, wie es dazugelegt wurde, in die Erde.«
Mark blinzelte und merkte plötzlich, daß er Ben ernsthaft zuhörte. »Noch ein Schwert? Und welches?«
»Das weiß ich nicht«, antwortete Ben ruhig. »Das Schwert war gut verpackt, als es zusammen mit sechs Traglasten anderer Kostbarkeiten beseitegeschafft wurde. Aber einmal habe ich das Paket berührt, und noch durch die Umhüllung habe ich die

Kraft gespürt. Ich habe jahrelang mit zweien dieser Dinger hier im Wagen gelebt, und ich weiß, was ich da gefühlt habe.«
Barbaras Miene hatte sich verändert. Auch ihre Stimme klang nicht mehr wie vorher, als sie jetzt wieder sprach. Mit einem beinahe ehrfurchtsvollen Flüstern sagte sie: »Du warst im Dienst des Blauen Tempels.«
»Ja. Das habe ich doch gesagt.«
Aber offensichtlich hatte sie erst jetzt begriffen, was daraus folgte und was es bedeutete.

Bei Sonnenuntergang schlugen sie das Lager auf. Wie schon so oft in alten Tagen, schliefen Ben und Mark unter dem Wagen und Barbara drinnen. Am Morgen fuhren sie weiter, stetig und ohne Hast.
Mehrere Tage vergingen, während sie südwärts reisten. Die Frühlingsfarben um sie herum hätten sich sommerlich verdunkelt, wenn die Gegend nicht so spärlich bewachsen gewesen wäre, aber sie hatten inzwischen eine beträchtliche Höhe erreicht. Bescheidene Berge erhoben sich vor ihnen und schienen ihnen den Weg zu versperren. Mark hatte nie herausbringen können, wie dieses Gebirge wirklich hieß, obwohl er es schon mindestens einmal vorher überquert hatte.
Am folgenden Tag begann die Straße sich bergan zu schlängeln, aber für eine Paßstraße war sie immer noch recht mühelos befahrbar. Hier in dieser Höhe hatten sich die letzten Spuren des Winters noch halten können, zusammengeschmolzene Überbleibsel von Schneebänken, die zwischen den kecken Frühlingsblumen überlebt hatten. Nach und nach nahm die Landschaft gewaltige Züge an.
»Ich erinnere mich an diese Gegend. Hier sind wir abgebogen.«
Ein kleiner Seitencanyon zweigte gewunden von der Hauptstraße ab, die den Paß überquerte. Ein paar hundert Meter weit konnte der Wagen in diesen Canyon hineinfahren, doch das genügte schon. Unvermittelt erblickten die drei auf dem Wagen die Ruine eines Schreins oder eines Tempels, der auf einer kleinen Anhöhe stand. Es war eine wundervolle Szenerie:

Hübsch das Gras und die wilden Blumen, großartig das Panorama. Es war kaum noch möglich, festzustellen, welchem Gott, welcher Göttin dieser Tempel einst errichtet worden sein mochte. Aber es war ein sehr alter Tempel.
Es war Mittag, als sie vor der Ruine standen. Sie hatten den Wagen ein paar Schritte weiter unten am Hang zurückgelassen, wo der befahrbare Weg geendet hatte.
»Hier hast du sie versteckt? In der Ruine?«
Barbara nickte.
»Und warum hier?«
»Würfelwender selbst hat mich hergeführt. Ich dachte, ich hätte euch erzählt, daß er mir den Weg gewiesen hat.«
Seufzend strich der Wind über die Wände des Canyons, der bei einem urzeitlichen Aufbäumen der Erde aufgesprungen sein mußte. Die sanften Hänge weiter unten im Paß erstrahlten im prachtvollen Frühjahrsschmuck. In der Ferne sah Mark eine Gruppe weißgewandeter Pilger, die langsam durch den Paß heraufkamen. Wenn sie ein Loblied für Ardneh sangen, was sie wahrscheinlich taten, so konnte er es auf diese Entfernung nicht hören.
»Ob dies einer von Ardnehs Tempeln ist?«
»Die Einheimischen würden es wissen, nehme ich an«, meinte Barbara. »Wenn es Einheimische gäbe.«
Als sie durch das Portal ins dachlose Innere gelangt waren und sich umsahen, fanden sie deutliche Hinweise darauf, daß es doch welche gab. Strohblumen und getrocknete Früchte lagen säuberlich ausgebreitet auf einem niedrigen, flachen Stein, der vielleicht einst Teil eines Altars gewesen war.
Zwei Jahre zuvor war Barbara eines Nachts von ihrem Lager, das ein paar hundert Meter bergab gelegen hatte, allein hier heraufgeklettert. Es war dunkel gewesen, und nur das Mondlicht hatte den Weg beschienen, den ihr das Schwert, das bebend in ihren Händen lag, gewiesen hatte.
Als die drei übereingekommen waren, die Schwerter zu verstecken, hatte ihnen Würfelwender selbst in seiner beunruhigenden Lebendigkeit gezeigt, wie sie zu Werke gehen sollten.

Immer wenn Ben oder Mark die Waffe zur Hand genommen und überlegt hatten, wo sie und das zweite Schwert versteckt werden sollten, hatte die Spitze auf Barbara gedeutet.
Als sie ihr Würfelwender daraufhin übergaben, spürte sie nicht das geringste. Dann aber hatte sie auch Drachenstecher in die Hand genommen. Mark hatte immer sorgsam vermieden, die beiden Schwerter miteinander in Berührung zu bringen, weil er befürchtete, daß dann etwas Unangenehmes oder noch Schlimmeres passieren werde. Würfelwender jedenfalls hatte daraufhin in Barbaras Hand beinahe wütend zu vibrieren begonnen und ihr einen Weg gewiesen. Doch immer wenn die Männer versucht hatten, ihr zu folgen, hatte das Vibrieren aufgehört.
Also hatten sie sie allein weitergehen lassen. Der Mond war der einzige Zeuge ihres Aufstiegs zum Tempel gewesen. Von der Hauptstraße aus war die Ruine nicht sichtbar, und Barbara hatte nicht geahnt, daß sie existierte, bis das Schwert des Glücks sie hingeführt hatte.
Mit großer Erleichterung hatte sie Drachenstecher und Würfelwender verborgen, nachdem das Schwert ihr das Versteck gezeigt hatte. Nachdem sie sie jahrelang versteckt und mit sich herumgetragen hatten, waren die Nerven der drei von der unaufhörlichen Anspannung arg mitgenommen. Ihr Freund, Sir Andrew, war unterdessen zu einem gejagten Flüchtling geworden. Sie hatten nicht gewußt, wo er sich verborgen hielt, und von Prinzessin Rimac und ihrem General Rostov, Sir Andrews potentiellen Verbündeten, hatten sie noch nichts gehört.
Ohne Schwert war Barbara zum Lager zurückgekommen. Mark und Ben waren sichtlich erleichtert gewesen, sie wiederzusehen, und sogleich hatten sie angefangen, ihr Fragen zu stellen.
Sie hatte sich geweigert, ihnen zu antworten. »Es ist getan«, hatte sie knapp erklärt. »Wir brauchen uns nicht länger den Kopf zu zerbrechen. Jetzt muß ich ein wenig schlafen.«

Und nun, beinahe zwei Jahre später, waren sie wieder hier. Bei bloßer Betrachtung des Tempels konnte man nicht genau erkennen, in welchem Baustil er ursprünglich errichtet worden war. Zeit und Zerfall hatten alles zu einfachsten Formen abgeschliffen. Wenn das Mauerwerk einmal bemalt gewesen war, so war davon nichts mehr zu sehen; die Steine waren weiß wie die nahegelegenen Felsen. Wenn sie einmal mit Steinmetzarbeiten verziert gewesen waren, so hatten Wind und Wetter diese Verzierungen abgenagt. Von Architektur war fast nichts mehr zu finden, und geblieben waren zerbröckelnde Mauern, die hier und dort kaum mehr als unebene Silhouetten waren.

Als Ben die frischen Opfergaben auf dem flachen Altarstein sah, wühlte er in seinen Taschen herum, bis er ein paar Stücke Brot gefunden hatte. Diese warf er neben die trockenen Früchte und die Blumen. Als er merkte, daß die anderen ihn anschauten, erklärte er: »Manche Götter haben vielleicht nicht viel zu sagen, aber es zahlt sich aus, sich auf die gute Seite, auf Ardnehs Seite, zu stellen. Das habe ich gelernt.«

Mark schüttelte den Kopf. »Wir wissen doch gar nicht, ob es sein Tempel ist.«

»Es könnte aber sein.«

»Na gut, aber Sir Andrew sagt, Ardneh sei tot. Und unter den Göttern, von denen wir wissen, daß sie leben, ist keiner, dessen Aufmerksamkeit ich gern auf mich lenken möchte.«

Ben starrte ihn einen Augenblick lang an, dann zuckte er die Achseln und warf noch ein paar Brotkrumen auf den Altar. »Wenn Ardneh tot ist, dann ist dies für den unbekannten Gott, der es gut mit uns meint – wer immer er ist. Oder für sie, wenn es eine Göttin ist. Schaden kann es ganz gewiß nicht.«

»Vermutlich nicht«, räumte Mark ein. Weil er wußte, daß Ben sich wohler fühlen würde, wenn er es täte, durchsuchte er auch seine eigenen Taschen nach Eßbarem und warf ein paar Brokken auf den Stein.

Barbara beachtete die beiden nicht, sie war mit nüchterneren Dingen beschäftigt. »Es war dunkel damals«, murmelte sie mehr zu sich als für die Ohren der beiden Männer. »Der Mond schien, aber...« Sie schritt von einer Ecke zur anderen und hielt nur gelegentlich inne, um nachdenklich das alte Mauerwerk anzustarren. Die meisten der Steinblöcke, die sich noch an Ort und Stelle befanden, waren sauber zusammengefügt und nicht durch Mörtel verbunden. Nur wenige von ihnen waren besonders groß.

Schließlich beugte Barbara sich nieder und schob etwas beiseite, das aussah wie der Teil eines Fenstersimses. »Kommt und helft mir. Hier ist es.«

Unter den Händen der Männer bewegten sich die Steine noch schneller. Nach kurzer Zeit war das alte Sims verschwunden. Die niedrige Mauer darunter erwies sich als hohl. Zwischen den größeren Steinen, die den Sockel bildeten, klaffte eine geräumige Höhlung.

Barbara trat zurück, damit die beiden ihr Eigentum an sich nehmen könnten. »Greift nur hinein«, wies sie sie an.

Ben rollte den rechten Ärmel hoch und enthüllte einen Arm, der durch seine Dicke beinahe kurz wirkte. Er schob den Arm bis an die Schulter hinein und hatte im nächsten Moment ein schwertförmiges Bündel herausgezogen. Sofort fiel die äußere Umhüllung ab, und man konnte den Stoff sehen, der sich darunter befand. Am Muster erkannte Mark eine alte Decke, die Barbara früher im Wagen gehabt hatte.

Ben murmelte etwas von fühlbarer Kraft. Er schüttelte das Bündel, und die staubige Hülle fiel vollends ab. Vor ihren Augen schimmerte Drachenstecher, so, wie sie ihn das letzte Mal gesehen hatten, meterlang, schnurgerade und scharf. An den flachen Seiten des leuchtenden Stahls sah man das fleckige Muster, und keine Spur von Rost war zu entdecken. Als Ben das Schwert mit beiden Händen waagerecht in die Höhe hielt, erblickte Mark am kohlschwarzen Heft die zierlichen weißen Umrisse eines stilisierten Drachen.

Ben machte ihm an der Wand Platz, und Mark kniete davor nieder und tastete in dem Hohlraum umher. Er fühlte Steine und Staub unter seinen Fingern, aber keine Hülle und keine Klinge. Er tastete weiter und streckte seine Finger langsam und vorsichtig aus – vorsichtig für den Fall, daß die Klinge offen dalag. Er wußte sehr wohl, wie überaus scharf diese Schwerter waren. Aber seine Hände fanden nichts. Doch, da war etwas. Ein kleiner, harter, runder Gegenstand.

Verwundert holte Mark die Münze ans Licht. Er hielt sie hoch und sah, daß sie aus Gold war. Die Sprache der Schriftzeichen darauf kannte er nicht, und das Gesicht auf dem Revers sah aus wie das des Hermes, der wie gewöhnlich mit seiner Mütze dargestellt war.

»Es müßte dort drin sein«, versicherte Barbara. »Es sei denn...« Ihre Stimme erstarb, als sie sah, was Mark in der Hand hielt.

Mark reichte ihr die Münze, damit sie sie betrachten konnte. Zusammen mit Ben räumte er derweilen weitere Steine beiseite und schaute tiefer in die Mauer hinein. Der Hohlraum war jetzt völlig freigelegt. Würfelwender war nicht mehr da.

Keiner von ihnen sang Würfelwenders Liedstrophe laut. Aber in Gedanken hörten sie sie alle.

Als sie sicher waren, daß das Schwert des Glücks nicht mehr da war, richteten sie die halb verfallene Mauer wieder her, so daß sie schließlich besser aussah als bei ihrer Ankunft.

Dann setzte Mark sich auf das neuerrichtete Sims und betrachtete die Goldmünze in seiner Hand. Ben und Barbara standen neben ihm und sahen ihn an.

»Die Münze gehört dir«, stellte Barbara fest.

»Selbstverständlich«, fügte Ben hinzu.

»Sie ist ziemlich viel wert«, meinte Mark und drehte sie zwischen den Fingern. »Aber sie ist kein Schwert. Ich will mit einem Schwert zu Sir Andrew zurückgehen.«

»Nicht mit meinem«, erklärte Ben. Er schwieg und setzte dann hinzu: »Aber ich weiß, wo noch mindestens eines liegt.«

Mark, der den Schatz für eine Weile vergessen hatte, erwog Bens Angebot. Dann hob er den Kopf und wollte etwas erwidern, aber ein merkwürdiger, kleiner Schatten am Himmel

lenkte ihn ab. Er sprang auf und gebot Barbara, die eben zu reden anheben wollte, mit einer Handbewegung zu schweigen. Hoch über ihren Köpfen flog ein Wesen dahin, klein und dunkel vor dem hellen Hintergrund des Himmels. Mark sah, daß es ein Mönchsvogel war – das auffällig verdrehte Flattern der Schwingen war nicht zu verwechseln. Es war ungewöhnlich, hier oben im Hochland, fern von seinem eigentlichen Lebensraum, einen Mönchsvogel zu sehen.
Das Tier flog senkrecht über ihnen im Kreis, als beobachte es mit einer bestimmten Absicht die Tempelruine und die drei Menschen darin.
Barbara kletterte auf eine der verfallenen Mauern, um besser den Hang hinunterspähen zu können. »Ein paar Männer kommen durch den Canyon herauf«, meldete sie. »Es sind sechs, glaube ich.«
Ben und Mark kletterten selbst ein wenig höher, um zu sehen, wer dort auf sie zukam. Auf dem Pfad, der von der Hauptstraße zur Ruine heraufführte, näherten sich zwei Reiter, dahinter vier Männer zu Fuß. Einige dieser Leute waren schwer bewaffnet.
»Folgen sie unseren Wagenspuren?«
»Nein, vielleicht nicht. Seht ihr, daß der Reiter sein Schwert gezogen hat? Ich glaube, er läßt sich von ihm führen.«
»Dann ist es Würfelwender!«
»Es könnte auch Wegfinder sein.«
Während sie die Ankömmlinge noch beobachteten, hörte der Mönchsvogel auf zu kreisen und flog auf die kleine Prozession zu. Er landete auf der Schulter des Mannes am Ende der Kolonne, und anscheinend berichtete er ihm, was er gesehen hatte.
Barbara sprang von der Mauer herunter. »Was sollen wir tun? Bergauf können wir uns mit dem Wagen nicht zurückziehen.«
Ben spuckte aus. »Ich habe aber keine Lust, ihnen ein Zuggespann und einen Wagen zu schenken. Sechs sind nicht so viele, selbst wenn man annimmt, daß sie tatsächlich Böses im Schilde

führen.« Also blieben die drei, mit großen Steinbrocken hinter sich und durch ihre erhöhte Position im Vorteil, einfach stehen und erwarteten die Männer, die den Pfad heraufkamen.
Der Anführer der sechs, der sein gezogenes Schwert vor sich ausgestreckt hielt, zügelte sein Reittier, als er sie erblickte. Er war ein kleiner Mann mit einem gewaltigen Schnurrbart. Seine Gebärden zeigten, daß er es gewohnt war, Befehle zu erteilen. Zweifellos war es eines der Zwölf Schwerter, was er in der Hand hielt, auch wenn man vorläufig noch nicht erkennen konnte, welches weiße Symbol seinen Griff zierte.
Der zweite Reiter war ein hochgewachsener, graubärtiger Mann – ein Zauberer, dachte Mark, wenn er je einen vor sich gehabt hatte. Vier weitere Männer folgten den beiden zu Fuß, aber keiner von ihnen wirkte besonders eindrucksvoll.
Als der Anführer etwa zwanzig Schritte vor ihnen sein Tier anhielt, ließ Ben – gewissermaßen als Erwiderung auf die blanke Klinge des Reiters – Drachenstechers Hülle fallen. Mark hatte bereits einen Pfeil auf die Bogensehne gelegt und Barbara ihre Schleuder aus dem Gürtel gezogen und einen glatten Stein aus ihrem Beutel in die Schlinge gelegt. Mit kundigen Händen hielt sie die Waffe bereit, der Stein schwang sanft in der Schlinge hin und her.
Die bewaffneten Männer der anderen Gruppe zückten ebenfalls ihre Waffen. Allerdings ließen sie dabei keinen sonderlich großen Eifer erkennen. Aber der Mann, der offensichtlich ein Zauberer war, runzelte die Stirn und schüttelte den Kopf. »Friede!« rief er mit mächtiger Stimme, und dabei breitete er die Arme aus und hielt ihnen seine leeren Hände entgegen.
Ben machte keine Anstalten, Drachenstecher sinken zu lassen, und auch Mark hielt seinen Bogen schußbereit. Eine gezückte Waffe war für Leute, die des Zauberns unkundig waren, vermutlich die beste Möglichkeit, einen Zauberspruch abzuwehren.
»O ja, ich will Frieden halten, wenn ich kann.« Die Stimme des Schnurrbärtigen war so laut, daß die drei mühelos hören konnten, was er dem Magier antwortete. Als Ben sein Schwert

schwenkte, wandte er sich ihm zu und verkündete: »Krieg oder Frieden, meinen Schatz werde ich bekommen. Wenn es nicht Schildbrecher ist, mit dem du da so unbeholfen hantierst, junger Mann, dann werde ich ihn dir entringen können, wenn ich will.«
Es war Mark, der darauf antwortete. »Und wenn es Würfelwender ist, den du da in deinen geschickten Fingern hältst, dann wisse, daß er mir gehört und ich ihn zurückzubekommen gedenke. Und wenn es Stadtretter ist, gilt das gleiche, denn ihn beanspruche ich mit dem Recht des Erben.«
Der Reiter zügelte sein Tier. »Hah! Den Besitzer zweier Schwerter haben wir getroffen, beim Hades! Leider hat er im Augenblick keines davon bei sich . . . Aber da du so wohlbewandert in der Kunde dieser Schwerter zu sein scheinst, will ich dir sagen, daß es Wegfinder ist, den ich in meinen Händen halte. Er hat mich hierher geführt, und nun muß ich feststellen, warum.« Wieder mußte er sein temperamentvolles Reittier im Zaume halten. »Ich bin Baron Doon«, fügte er dann hinzu. »Und zu meiner Rechten steht der Zauberer Indosuarus. Und wer seid ihr?«
»Mark«, antwortete Mark und legte seine freie Hand auf die Brust. Dann deutete er auf seine beiden Gefährten. »Ben und Barbara.«
»Hah! Bemerkenswert sparsam, diese Namen. Und kein übertriebener Prunk, was Titel angeht. Aber warum nicht?« Der Bärtige wandte sich dem Zauberer zu, der sein Reittier, ein fahles Lasttier, das man an den Sattel gewöhnt hatte, an ihn herangetrieben hatte, um mit leiser Stimme auf ihn einzureden.
Nach einer kurzen, geflüsterten Unterredung sah der Mann, der sich Baron Doon genannt hatte, wieder zu ihnen herüber. »So. Es ist also Drachenstecher, den ihr da habt. Zweifellos just dasjenige Werkzeug, das ich brauche, um das zweite Siegel zu brechen.« Er redete wie ein Mann, der seine privaten Pläne laut erörtert.
Einen Moment lang herrschte ominöses Schweigen. Dann sag-

te Ben mit ruhiger Stimme: »Von einem Drachensiegel habe ich schon in einem Lied gehört. Es war ein altes Lied über einen Schatz, und da ist die Rede von sieben Siegeln.«
Gelassen betrachtete der Baron die drei, die ihm gegenüberstanden. Allmählich glaubte Mark, daß es tatsächlich ein Baron sei; nach seinem Stolz zu urteilen, hätte er sogar ein König sein können. »Es ist leicht möglich«, erwiderte er schließlich, »daß ich bei meinem Unternehmen den einen oder anderen unter euch gebrauchen kann, und dieses Schwert ebenfalls. Wir sollten darüber reden.«
Barbara ergriff das Wort, nicht minder kühn als er. »Bei was für einem Unternehmen? Und um welchen Lohn?«
Der Baron betrachtete sie einen Augenblick lang abschätzend. Dann antwortete er: »Ich will Benambras Gold. Ihr sagt, ihr kennt das alte Lied. Dann wißt ihr vielleicht auch, daß es mehr als ein Lied, mehr als eine Sage ist. Es ist wahr, und diejenigen, die ich mir zu Helfern erwähle, werden großzügig entlohnt werden.«
Stille trat ein. Man hörte nichts als den Wind, der den Paß herunterwehte, um zwischen den Steinen des verfallenen Tempels zu klagen. Und jetzt trug er auch Stimmen herbei, die leisen Stimmen der fernen Pilger, die zu Ardneh sangen, während sie heraufzogen.
Mark wechselte einen Blick mit Ben. Dann rief er Doon zu: »Kann sein, daß wir mitkommen. Aber erst müssen wir mehr hören.«
Der Baron rief zurück: »Ich will Wegfinder befragen, wen ich mitnehmen soll – wenn überhaupt jemanden. Ihr werdet mir verzeihen, wenn ich mich mit blanker Klinge nähere.«
»Solange du uns verzeihst, daß auch wir unsere Waffen bereithalten«, entgegnete Barbara.
Langsam ritt Doon auf sie zu, während die übrigen seiner Gruppe an Ort und Stelle verharrten. Als er bis auf drei oder vier Schritte herangekommen war, hielt er inne und richtete die Klinge in seiner Hand nacheinander auf Mark, Barbara und Ben. Mark sah, daß die Spitze erbebte, fein und schnell, als sie

auf ihn und auf Ben deutete, aber sie schien ruhig zu bleiben, als Doon damit auf Barbara zeigte.
»Euer junges Weib wird nicht mitkommen«, ließ Doon die beiden Männer schließlich wissen. »Würdet ihr ihrem Stillschweigen euer Leben anvertrauen?«
»Sprich mit Achtung von der Dame«, versetzte Ben, »sonst wirst du Drachenstecher zu spüren bekommen, wo es dir nicht gefallen wird.«
Doon hob eine Augenbraue, eine Geste, die weit eleganter wirkte als sein Gewand. »Ich bin sicher, Ihr werdet mir verzeihen, gnädige Frau. Ich wollte nichts weiter zum Ausdruck bringen als die Tatsache, daß ich es vorziehe, Euch nicht zur Teilnahme an meinem Unternehmen einzuladen. Und ich rate Euch mit allem Nachdruck, zu niemandem ein Wort darüber zu verlieren.«
Furchtlos funkelte sie ihn an. »Es ist nur gut, daß du es vorziehst, mich nicht einzuladen, denn ich würde es sonst vorziehen, deine Einladung abzulehnen. Falls aber meine Freunde mit dir gehen, so wird meine Zunge sie gewiß nicht in Gefahr bringen.« Ihre Miene wurde ein wenig sanfter. »Du kennst mich nicht, denn sonst würdest du dir nicht darüber den Kopf zerbrechen.«
Doon ließ sein Schwert in die schäbige Scheide gleiten, und sogleich schien er ein wenig zu schrumpfen, obwohl er noch immer gebieterisch und tatkräftig erschien. Eine Weile saß er stumm im Sattel und betrachtete die drei Menschen, die ihm gegenüberstanden. Anscheinend befriedigte ihn, was er sah, denn plötzlich lächelte er, und es war ein freundlicheres Lächeln, als die drei erwartet hätten.
»Wenn ihr euch zu verabschieden habt, dann tut es jetzt«, forderte er sie auf. »Meine Männer und ich werden unten am Hang auf euch warten.« Damit wandte er ihnen den Rücken zu und ritt langsam davon. Er gebot seinen Männern, die Waffen einzustecken. Sie folgten ihm und begaben sich, ohne zurückzuschauen, durch den Cañon den Hang hinunter.
Die drei waren stehengeblieben und sahen einander an.

Ben atmete tief und wandte sich an Mark. »Tja, dann... ich nehme an, wir gehen mit?«
»Benambras Gold...« Mark schüttelte erstaunt den Kopf.
»Und Schwerter«, ergänzte Ben, »für Sir Andrew.«
»Ja, ein Schwert ist auch da, hast du gesagt.«
»Vielleicht mehr als eines.«
»Ich muß mitgehen«, beschloß Mark. »Ich muß es riskieren.«
»Und du gehst auch mit, das weiß ich«, stellte Barbara, an Ben gewandt, fest.
Mark sah sie an und drückte ihr die Goldmünze in die Hand. »Was sagst du dazu, daß wir dich verlassen?« fragte er. »Ich sehe keinen anderen Weg.«
»Ich glaube, ich auch nicht«, antwortete Barbara. Wenn sie erregt war, dann wußte sie ihre Gefühle geschickt zu verbergen. »Da ziehen ein paar Pilger über den Paß, und ich schätze, sie werden froh sein, wenn sich jemand mit einem Wagen zu ihnen gesellt – für eine Weile jedenfalls.« Sie warf die Münze hoch, fing sie auf und schob sie unter ihr Gewand. »Ich werde sie für dich verwahren. Die Wahrscheinlichkeit, daß ich sie verliere, ist weniger groß als bei dir, wenn man bedenkt, was ihr vorhabt.«
»Du kannst sie auch ausgeben, wenn es sein muß, das weißt du. Einen Laden in einer sicheren Stadt wirst du dafür nicht bekommen, aber vielleicht kannst du einen kaufen, wenn Ben zurückkommt.« Mark verstummte. Er sah, daß auch Ben sich verabschieden wollte. »Gehst du zurück zur Jahrmarktstruppe?«
»Ich hatte es nicht vor, als ich sie verließ. Aber jetzt – was soll ich sonst tun? Aber vorher werde ich euch von einem Berggipfel aus im Auge behalten, um zu sehen, ob die Bande euch nicht umbringt.«
»Dann werden wir laut um Hilfe rufen«, versprach Ben. Er nahm sie in die Arme und küßte sie ungeschickt. Dabei verlor sie den Boden unter den Füßen. »Ich werde dich also auf dem Jahrmarkt finden, wenn ich mit einem Vermögen zu-

rückkomme. Und noch etwas: Sag' diesem Muskelmann, falls er noch da ist, daß – daß ...«

»Mit ihm werde ich schon fertig. Bisher ist es mir immer gelungen.«

Mehr hörte Mark nicht, denn er ging ein Stück beiseite, damit die beiden sich ungestört verabschieden konnten. Als er sich umschaute, sah er, wie Ben Barbara in den Wagen hob. Sie winkte Mark noch einmal zu und fuhr dann davon.

Anscheinend hatte eine alte Scheide im Wagen gelegen, denn Ben hatte sie jetzt in der Hand. Er schob Drachenstecher hinein und schnallte sie sich um den Leib, als Mark zu ihm trat.

»Laß uns den Schatz holen, Kamerad.«

Sie folgten dem flott dahinrollenden Wagen den Hang hinunter. Barbara passierte die Stelle, an der Doon und seine Männer die beiden Rekruten erwarteten, und kurz darauf sahen sie, wie sie auf einem kleinen Hügel anhielt und zurückschaute.

6

Doon begrüßte die beiden knapp, als sie den Berg herunter auf ihn zukamen. Unverzüglich machten sie sich gemeinsam auf den Weg zur Hauptstraße hinunter. Während des Abstiegs stellten sie sich einander vor.

Als sie die Stelle erreicht hatten, wo der Pfad aus dem Seitencañon wieder auf die Paßstraße stieß, zog Doon wiederum sein Schwert und befragte es. Barbaras Wagen war hinter der Biegung der Hauptstraße verschwunden, und der Gesang der Pilger schallte, schwach hörbar, aus dieser Richtung herüber. Doons Schwert deutete zurück nach Norden, in die Richtung, aus der Ben, Barbara und Mark gekommen waren. Der Baron war abgestiegen und führte sein Reittier am Zügel. Er winkte Mark und Ben heran und ließ sie dicht neben sich gehen.

Er begann ein Gespräch mit ihnen, indem er ihnen ein paar behutsame Fragen über ihre Herkunft stellte. Er schien erfreut zu sein, als er hörte, daß sie auf einige Erfahrung als Drachenjä-

ger zurückblicken konnten. Um so bereitwilliger, fand Mark, schenkte er ihnen Glauben, da sie ihm diesen Anspruch so bescheiden vermittelten.
»Und wie ist es mit Euch, Herr?« fragte Mark dann zurück.
»Was ist mit mir?«
»Wie kommt Ihr dazu, diese Expedition zu führen?« fragte Mark unverblümt. »Mir scheint, hier sind Fähigkeiten vonnöten, die das Maß des Gewöhnlichen überschreiten.«
Doon schien nichts dagegen zu haben, in dieser Weise befragt zu werden. Er lächelte huldvoll. »Wohl wahr«, stimmte er zu. »Und meine Fähigkeiten sind auch schon auf die Probe gestellt worden, nicht nur einmal. Hauptsächlich aber ist es eine Frage des Willens.«
»Wie das?« wollte Ben wissen.
Wieder lächelte Doon. »Meine Herren«, begann er, »der Mann, den ihr vor euch seht, besitzt so gut wie nichts von dem, was die Welt Reichtümer nennt. Die Mächte, die das Universum regieren, haben – ich weiß nicht, aus welchen Gründen – die Armut zu meinem Los bestimmt. Ich hingegen habe in dieser Hinsicht eine andere Entscheidung getroffen. Ich will reich sein.« Er sprach diese Worte mit majestätischer Ehrlichkeit.
»Ich bin beeindruckt«, sagte Mark.
»Das solltest du auch sein, junger Mann. Wenn ich bereit bin, Göttern, Dämonen und unbekannten Mächten zu trotzen, dann siehst du, wie wenig wahrscheinlich es ist, daß menschliches Trachten mich von meinem Wege abzubringen vermag.«
»Aber ganz können die Götter nicht gegen Euch sein«, meinte Ben. »Sonst hättet Ihr kein Schwert.«
»Sie können niemals alle einig sein, oder? Aber sagt mir...«
»Was?«
»Warum wart ihr beide so rasch bereit mir zu glauben, als ich Benambras Gold erwähnte? Die meisten Menschen, die halbwegs bei Verstand sind, hätten größere Skepsis an den Tag gelegt.«

»Ich war einmal ein Barde«, antwortete Ben. »Ich kannte das alte Lied.«

»Du kennst mehr als das.«

»Ja.« Ben hielt Doons Blick stand, während er dahinstapfte. »Vor ein paar Monaten habe ich dabei geholfen, einen Teil des Schatzes zu vergraben. Ich habe ihn mit meinen eigenen Augen gesehen.«

»Ah. Was genau hast du gesehen?« Die Frage des Barons klang gelassen und zurückhaltend.

»Das Gold des Blauen Tempels, das sagte ich doch. Sechs Lasttiere voll. Es waren fest verschnürte Bündel, aber es bestand kein Zweifel daran, was sie enthielten.«

»Und du sagst, du hast geholfen, es zu vergraben.«

»Es wurde in eine Höhle gelegt, und ich weiß, wo diese Höhle ist.«

»Ich habe aber gehört, die Männer, die diese Arbeit tun, werden stets getötet, sobald sie damit fertig sind«, gab Doon zu bedenken.

»Wir waren sechs, und ich glaube, fünf sind tot. Ich habe nicht gewartet, um mich zu vergewissern.«

»Aha.«

Der Zauberer ritt dicht hinter den dreien. Zweifellos hörte er ihnen zu. Die vier anderen hielten sich ebenfalls in der Nähe und verschlangen gierig jedes Wort.

»Natürlich kann Wegfinder mich zu dem Platz führen«, meinte Doon. »Aber es wird nützlich sein, das Versteck schon vorher von dir zu erfahren, damit wir sorgfältiger planen können.«

Ben schaute mit zusammengekniffenen Augen zur Sonne hinauf, um sich zu orientieren. »Ich will Euch vorläufig so viel sagen: Das Schwert führt Euch in die richtige Richtung.«

»Aha. Wißt ihr, seit einem Monat führt es mich im Zickzack durch das Land. Als ich es bemerkte, fragte ich mich zunächst, weshalb, aber der Grund wurde mir rasch klar. Als ich auszog, war ich allein, und so mußte ich die notwendigen Helfer und Werkzeuge finden. Das Schwert hat mich zu verschiedenen Menschen – wie zu euch – und zu anderen notwendigen Din-

gen geleitet. Aber es ist stets an mir gewesen, sie auf die eine oder andere Weise für mich und meine Sache zu gewinnen.«
»Ich verstehe.« Mark nickte. »Und wann ist Eure Expedition vollständig und bereit?«
»Vielleicht ist sie es schon, was weiß ich? Dein Freund sagt, wir sind jetzt auf dem Weg zum Gold.«
Unverhofft schaltete sich der Zauberer ein. »Ich wünschte, wir besorgten uns noch ein paar Dinge, bevor wir das Versteck erreichen und es aufzubrechen versuchen.«
Mark sah ihn an. »Was zum Beispiel?«
»Einer von euch beiden – warst du es oder dein Freund? – sprach von den Siegeln, als wir uns begegneten. Wißt ihr wirklich, was diese sechs Siegel sind?«
»Das Lied sagt, es sind sieben, nicht wahr, Ben? Es müssen verschiedene Schutzvorkehrungen sein, die den Schatz sichern.«
Doon sah sich derweilen um. Er schien die Zahl derer, die ihm inzwischen folgten, zu überdenken. Bei sich murmelte er: »Noch ein paar mehr, und ich muß sie in Kompanien einteilen und Dienstpläne aufstellen ... Nun, eine große Schar hat Vorteile, aber auch Nachteile. Je mehr wir sind, desto mehr von dem Schatz werden wir davonschleppen können. Wenn ich erst weiß, wo er liegt, werde ich auch dazu bessere Pläne schmieden können. Die Götter wissen, daß genug für uns alle da sein wird. Kein Grund für habgieriges Gezänk.«
»Überhaupt nicht«, pflichtete Ben ihm bei, und Mark brummte etwas Ähnliches. Dann sah er noch einmal nach dem großen, grauhaarigen Mann um, der hinter ihm ritt. »Herr Zauberer, welche anderen Dinge wünschtet Ihr Euch noch?«
»Kennt ihr das Lied?« fragte der Zauberer.
Statt zu antworten, sang Ben leise:

»Benambras Gold
Hat sieben Siegel ...«

Er brach ab.

Doon lachte leise. »Ich weiß schon, wie die nächsten Verse gehen, und ich habe keine Angst, sie zu singen.« Aber er marschierte weiter, ohne für eine solche Vorstellung anzuhalten. »Indosuarus haben unser Wissen in einen Topf geworfen. Wir wissen, daß es sechs Siegel sind, die das Gold bewachen. Die Zahl sieben beruht auf einer poetischen Konvention.« Er warf dem Grauhaarigen einen Blick zu.
Indosuarus nickte bestätigend. »Das Lied nennt uns nicht sieben einzelne Schranken.«
»Nein, das tut es nicht«, bestätigte Ben.
»Also gut.« Mark war nicht zufrieden. »Welches sind dann die sechs?«
»Das erste«, erklärte Doon, »ist die Lage des Platzes. Es ist ja ziemlich unmöglich, etwas zu rauben, wenn man nicht weiß, wo es ist. Dieses Geheimnis hat man lange und mit unglaublichem Erfolg bewahren können. Aber da dein Freund es kennt und wir Wegfinder besitzen, dürften wir in dieser Hinsicht keine Schwierigkeiten haben.« Falls er bezweifelte, daß Ben die Wahrheit gesagt hatte, dann ließ er es sich nicht anmerken.
»Die zweite Barriere«, meinte Mark, »ist vermutlich eine Art Zaun oder eine Patrouille oder beides – rings um das Gebiet, in dem die Höhle liegt.«
»Der Zaun«, antwortete Indosuarus, »besteht aus Drachenzähnen.«
»Ein Landdrache«, fügte Doon hinzu. »Ich darf wohl annehmen, daß du, mein starker Freund, ihn gesehen hast?«
Ben nickte nur. »Mit Drachenstecher, denke ich, können wir an ihm vorbeikommen. Leicht wird es allerdings nicht sein.«
»Wir kennen noch ein oder zwei Kunststücke, die wir versuchen können«, versicherte ihm Doon.
»Das dritte Siegel ist wohl etwas, das ich im Innern der Höhle gesehen habe«, vermutete Ben. »Es war dunkel, und ich habe nur einen kurzen Blick erhaschen können, aber es waren große, weiße Hände. Sie fingen die Schatzsäcke auf, die wir in das Loch im Boden warfen, und sie sahen... na ja, sie sahen tot

aus, aber gleichzeitig überaus kräftig und lebendig. Im Lied ist von dergleichen nicht die Rede, aber ...«

Der große Zauberer, dessen Gestalt sich auf dem schwankenden Lasttier hin und her wiegte, schüttelte den Kopf. »Nein, das glaube ich nicht, das glaube ich nicht. Diese riesigen, bleichen Geschöpfe sind nichts als Arbeiter und Gehilfen. Ihre Herren vom Blauen Tempel können ihnen vertrauen, weil sie nie das Licht des Tages erblicken und sie nur über die Priester des Blauen Tempels Verbindung mit der Außenwelt haben.«

»Sie sind sehr groß und stark«, wiederholte Ben zweifelnd. »Wie nennt man sie denn?«

»Ich kenne sie aus anderen Zusammenhängen.« Der Zauberer warf einen kurzen Blick über die Schulter, als fürchte er, jemand oder etwas von Bedeutung könne ihm folgen. »›Weißhände‹ taugt als Name so gut wie alles andere«, schloß er.

»Was immer sie sein mögen«, beharrte Ben störrisch, »sie haben sehr große Hände.«

»Die hast du auch«, versetzte Doon. »Und meine Hände sind bewaffnet wie die deines Freundes, der neben dir geht. Zudem haben wir kräftige Gefährten.«

»Ich will nur wissen, womit wir es zu tun haben werden.«

»Eine bewunderungswürdige Absicht. Nein, das dritte Siegel ist etwas anderes. Die Forschungen meines gelehrten Freundes hier« – er bedachte den Zauberer mit einer formellen Neigung seines Kopfes – »bestätigen das Ergebnis einiger kleiner Erkundungen, die ich selbst angestellt habe. Tatsächlich ist das dritte Siegel ein unterirdisches Labyrinth, und zwar eines, das voller Schwierigkeiten und Gefahren steckt. Aber an meiner Seite trage ich einen langen Schlüssel, mit dem ich es öffnen werde.« Er strich über Wegfinders Knauf.

Schweigend marschierten die acht Männer eine Weile dahin. In der Ferne, am Ende des Passes, erstreckte sich das flache Land viele Kilometer weit, und hier und dort grünten Felder oder auch Wildpflanzen im Aufblühen des Sommers. Jenseits davon, weit, weit weg und kaum sichtbar, erhoben sich neue Berge.

»Und das vierte Siegel?« drängte Mark nach einer Weile.
»Wieder eine Art Labyrinth«, antwortete Indosuarus. »Diesmal aber eines aus reinem Zauber. Seit mehr als hundert Jahren bereite ich mich darauf vor, es zu entschlüsseln, und ihr könnt euch zuversichtlich darauf verlassen, daß wir auch dazu den Schlüssel bei uns haben.«
»Und dann? Das fünfte?« fragte Ben.
»Es gibt eine unterirdische Garnison, die Benambras Reichtum bewacht«, antwortete der Zauberer. »Es sind menschliche Soldaten, aber sie sind nicht menschlich wie du und ich.«
»Was heißt das?«
»Wir werden herausfinden müssen, was es heißt. Aber wir können sie bestimmt überwinden.«
Mark hatte noch eine Frage. »Wer ist eigentlich Benambra?«
Ben, den man in der Geschichte der Institution, der er einst angehört hatte, ein wenig unterwiesen hatte, konnte darauf eine Antwort geben. »Er war der erste Hohepriester des Blauen Tempels. Aus ihm beziehen alle, die den Reichtum verehren, noch heute ihre Inspiration.«
Doon betrachtete den massigen Mann neben sich aufmerksam. Offenbar war er dabei, den ersten Eindruck, den sein neuer Rekrut auf ihn gemacht hatte, zu korrigieren.
»Versuchen wir doch, unsere Bestandsaufnahme zu vollenden«, sagte Mark. Während er redete, merkte er, daß er seine eigene Haltung bereits geändert hatte. Er hatte das Gespräch begonnen, um Doons Pläne zu erfahren, und jetzt nahm er unversehens an der Planung teil, als habe er sich dem Unternehmen bereits angeschlossen. »Wer immer die Wachsoldaten des fünften Siegels sein mögen, sie scheinen uns im Weg zu stehen. Welche Mittel haben wir, um an ihnen vorbeizugelangen?«
»Wegfinder wird es uns zeigen, wenn es soweit ist«, antwortete Doon. »Selbstverständlich wird es nicht ohne Gefahren abgehen, aber gibt es einen größeren Lohn als den, der uns erwartet?«
»Damit kommen wir zum sechsten Siegel«, drängte Ben. »Ihr habt gesagt, es seien sechs.«
Indosuarus antwortete knapp. »Das sechste – und letzte – ist

anscheinend eine Art Dämon. Du brauchst dir darüber nicht den Kopf zu zerbrechen, junger Mann. Tu du nur deinen Teil, um uns bei den anderen zu helfen. Mit Dämonen hatte ich schon zu tun, so wie ihr beide mit Drachen zu tun hattet.«

Ben war anscheinend nicht völlig zufriedengestellt. »Ich nehme an, Ihr habt nicht das Leben dieses Dämons in der Hand? Nein? Dann kennt Ihr aber Zaubersprüche, mit denen Ihr ihn bannen könnt?«

Der Schatten eines angstvollen Gemurmels wehte durch die Gruppe der Männer hinter ihnen. Der Zauberer schien seinen Ärger nur mühsam zu zügeln. »Sein Leben habe ich nicht in der Hand, nein. Seinen Namen wohl, wenngleich ich ihn jetzt besser nicht ausspreche. Ich habe gesagt, es gibt einige Dinge, von denen ich wünschte, wir hätten sie. Aber was wir haben, wird auch genügen. Sonst wäre ich jetzt nicht hier.«

»Was immer wir wirklich brauchen«, schloß Doon mit fester Stimme, »Wegfinder wird uns bei der Suche danach helfen.«

Vier Tage vergingen, und sie gelangten in Gegenden, die keiner der Männer sonderlich gut kannte.

Ben teilte ihnen – zuerst Mark im Vertrauen und dann auch den anderen – warnend mit, daß die letzten Weggabelungen, die das Schwert ihnen gewiesen hatte, sie immer weiter von dem Ort wegführte, an dem das Gold ruhte. Doon bestritt dies nicht, er beharrte gelassen darauf, daß es leicht noch etwas anderes geben könne, das sie zunächst an sich bringen müßten. Er drängte Ben aber auch nicht, die Lage des Hortes zu verraten.

Im vertraulichen Gespräch hatte Ben diese Information allerdings schon an Mark weitergegeben. Die beiden hörten nicht auf, sich häufig allein und ohne die anderen zu besprechen, um sich ein Bild von der Situation zu machen. Auch eines Spätnachmittags unterhielten sie sich wieder über diese Dinge. Sie saßen an einem Hang, der von einem wilden Obstgarten aus hohen, fast baumartigen Büschen bewachsen war, die um diese Jahreszeit von zarten rosafarbenen und weißen Blüten übersät waren. Zahllose Bienen summten darüber hin. Sie hatten sich auf einer Wiese niedergelassen, und Mark fragte eben: »Läuft es nicht auf eine einzige Frage hinaus? Nämlich: Wie lange können wir Doon vertrauen?«

»Solange er uns braucht. Und er dürfte uns brauchen, bis wir an dem Drachen vorbei sind. So lange mindestens.«

»Danach braucht er natürlich immer noch jede Hilfe, die er bekommen kann, um an den anderen fünf Siegeln vorbeizugelangen.«

»Und *dann*, wenn uns *das* gelingt, werden wir so viele Schätze vor uns haben, daß achtzig Männer sie nicht davonschleppen könnten, geschweige denn acht. Ich wüßte keinen Grund, weshalb wir darum kämpfen sollten.«

Noch immer erfüllte es Mark mit stummem Erstaunen, wenn er darüber nachdachte. Wenn er Sir Andrew zwei Schwerter bringen könnte... oder sogar drei... »Und du meinst, der Blaue Tempel wird die Gegend nicht bewachen? Das kann ich kaum glauben.«

»Wenn sie sie bewachen, dann werden wir das merken, wenn wir in die Nähe kommen. Und dann... ich weiß es auch nicht. Aber ich glaube nicht, daß es dort Wachen gibt. Wahrscheinlich halten sie mich für tot, wie ich schon sagte. Und selbst wenn sie daran zweifeln, werden sie nicht glauben, daß ich so schnell zurückkommen könnte, und dazu mit einer so wohlorganisierten Bande wie dieser.«

»Wahrscheinlich hast du recht. Weißt du, Ben, was Doon angeht...«

»Ja?«

»Indosuarus hätte sich ihm doch wohl kaum angeschlossen, wenn Doon nicht genau wüßte, was er tut, oder? Ich habe nämlich das Gefühl, der Zauberer weiß sehr wohl, was *er* tut.«

»Das habe ich auch. Ein guter Gedanke.« Ben reckte die Arme, dann ließ er sich ins Gras zurücksinken und starrte zum

Himmel hinauf. »Ich hoffe nur, Barbara hat unversehrt zum Jahrmarkt zurückgefunden.«
»Wir könnten den Magier bitten, eine seiner Mächte auszusenden, um es herauszufinden.«
Ben schüttelte den Kopf. »Ich möchte seine Aufmerksamkeit nicht gern auf sie lenken.«
»Hm. Ja. Ich frage mich, weshalb er den Blauen Tempel so sehr hassen mag.«
»Hah! Warum nicht?« Ben stützte sich auf einen Ellbogen. »Wenn ich einmal jemanden treffe, der den Tempel nicht haßt, dann werde ich verblüfft sein und ihn fragen, wieso.«
Ein kleiner, schwarzer Schatten unterbrach ihr Gespräch. Über das rosafarbene Blütenmeer hinweg kam er auf sie zugeschossen. Der Mönchsvogel war offenbar nicht beauftragt, sie auszuspionieren, sondern er sollte sie zu den anderen zurückrufen. Einen Moment lang klammerte er sich mit seinen handähnlichen Füßen an einen Ast neben ihnen und pfiff mit sanfter Dringlichkeit zu ihnen herüber. Im nächsten Augenblick verschwand er in der gleichen Richtung, aus der er gekommen war; dabei flog er dicht über die Büsche hinweg.
Wortlos griffen Mark und Ben nach ihren Waffen, und so leise wie möglich hasteten sie dem kleinen Boten hinterdrein.
Doon und die anderen warteten oben an einem Abhang. Sie spähten zwischen den Büschen hindurch auf eine Straße hinunter, die sich kaum hundert Meter vor ihnen dahinschlängelte. Der Baron streckte den Zeigefinger aus. »Seht.«
Eine Sklavenkarawane zog von links nach rechts die Straße entlang. Sie bestand zum großen Teil aus kurzen Kolonnen aneinandergeketteter Menschen, Männer, Frauen und Kinder in separaten Gruppen. Berittene Speerträger in der rotschwarzen Uniform des Roten Tempels bewachten sie und trieben sie voran. Auch einige Sänften gehörten zu dem Zug, einige von Sklaven, andere von Lasttieren getragen.
Mark hörte, wie der Baron die Luft durch die Zähne sog, und drehte den Kopf. Doon hielt Wegfinder in den Händen. Das

Schwert deutete geradewegs auf die Karawane hinunter. Die Spitze der Klinge vibrierte heftig.
Plötzlich flog der Mönchsvogel zwitschernd in Augenhöhe zwischen den Männern umher. Dann suchte er Schutz auf der Schulter seines Herrn, und im selben Augenblick erhob sich ein Geräusch ein Stück weit hügelaufwärts zwischen Bäumen und Gebüsch.
Die Männer hatten ihre Waffen gezogen, aber sie hatten kaum Zeit, sich darüber hinaus kampfbereit zu machen, als die Patrouille des Roten Tempels mit Gebrüll aus dem Buschwerk hervorbrach und über sie herfiel. Säbel blitzten, und scharlachrot gefütterte Mäntel wehten im Sturmangriff.

7

Der Angriff war ungeschickt geplant. Er kam aus hinderlichem Gebüsch und ging deshalb zwangsläufig langsam und lärmend vonstatten. Die Männer, denen er galt, hatten genug Zeit und genug Platz, um beiseite zu springen. Trotzdem – die langen Kavallerieschwerter waren schreckliche Waffen. Mark sah, wie Pu Chou beim ersten Angriff zu Boden ging, umwirbelt von einem Schneesturm aus rosigen und weißen Blüten. Auch Golok war niedergestreckt worden, oder er hatte sich selbst auf die Erde geworfen, während sein Vogel Dart kreischte und wie ein Kolibri über seinem gefallenen Herrn schwebte. Indosuarus und Mitspieler kauerten im Blütenregen und mühten sich anscheinend, mit Hilfe ihrer magischen Fertigkeiten zu tun, was sie unter solchen Umständen zuwegebringen konnten. Ebenso wie Mark hatte Ben hinter einem Busch Schutz gesucht. Im richtigen Augenblick war er hervorgesprungen und hatte Drachenstecher erfolgreich gegen einen vorüberstürmenden Soldaten geschwungen. Doon und Hubert waren nach derselben Taktik verfahren, und auch sie hatten den Gegnern Schaden zufügen können.
Mark legte einen Pfeil auf den Bogen, während er dem ersten

Ansturm auswich. Als er schußbereit aus der Deckung kam, fand er zum erstenmal Gelegenheit, das Gesicht des Rottempler-Offiziers, der den Angriff leitete, deutlich zu sehen. Der Mann wirkte aufgeregt, und sein Blick war glasig, als er sein Reittier zwischen den hinderlichen Büschen hin- und herriß, anscheinend mit der Absicht, eine zweite Attacke zu reiten. Aber diese Attacke wurde nicht mehr befohlen und nicht mehr ausgeführt, denn einen Augenblick später fuhr Marks Pfeil dem Offizier in die Kehle.

Die übrigen Reiter der Patrouille umkreisten das Gebüsch. Anscheinend waren sie in heillose Verwirrung verfallen. Mark sah, wie einer der Männer von tiefhängenden Ästen gepackt und von seinem Tier gerissen wurde; ein Streich von Huberts Kampfaxt machte ihm den Garaus. Viele der Tiere waren bereits reiterlos. In panischer Hast brachen sie krachend durch das Buschwerk, und der Schneesturm aus zierlichen Blütenblättern ließ nicht nach.

Doon, der wieder im Sattel saß, parierte eben einen Säbelhieb und erschlug dann den feindlichen Reiter. Auch Drachenstecher bohrte sich in Menschenfleisch. Rot-schwarze Mäntel lagen zerknüllt und zertreten am Boden zwischen Blutlachen und Blütenblättern. Huberts Bogensehne schwirrte. Der letzte Überlebende der Patrouille hatte seinen Säbel fallenlassen und sein Tier herumgerissen, um zu fliehen, als Marks zweiter Pfeil sich in seinen Rücken bohrte. Mit einem Aufschrei stürzte der Reiter zu Boden.

Plötzlicher noch, als es begonnen hatte, verstummte das Kampfgetöse. Mark sah sich um und suchte nach Ben. Der schwere Mann stand aufrecht und schien unverletzt zu sein. Er winkte Mark zu und hob Drachenstecher zum Salut.

Jetzt war es beinahe still. Mark hörte, wie ihm das Blut in den Ohren rauschte, er hörte sein Keuchen, seinen abgehackten Atem, und er hörte, wie ein gestürztes, verwundetes Reittier sich am Boden wälzte. Doon, den das Tier am Lauschen hinderte, setzte ihm den Fuß auf den Hals und schnitt ihm die Kehle durch.

Golok hatte sich auf Hände und Knie aufgerichtet und kroch auf das Tier zu, anscheinend, um ihm irgendwie zu helfen. Jetzt hielt er inne, starr vor Grauen und Unglauben, als er sah, was Doon getan hatte.

Sein Anführer beachtete ihn nicht. Doch jetzt begann Doon sich zu entspannen. Von neuen heranstürmenden Feinden war nichts zu hören, und es schien auch niemand davongekommen zu sein, um die anderen Soldaten bei der Karawane zu alarmieren.

Auch Indosuarus und Mitspieler standen wieder auf den Beinen. Anscheinend waren auch sie unversehrt. Sie hatten die Arme ausgebreitet und die Münder zu einem leisen Gesang geöffnet. Ein rascher Blick zeigte, daß Pu Chou nicht mehr zu helfen war. Ein schwerer Säbelstreich hatte ihn in die Stirn getroffen. Der feindliche Kommandant war der einzige unter den Gefallenen, der noch atmete; Marks Pfeil ragte ihm aus dem Hals. Das war ein guter Pfeil, dachte Mark unversehens. Wenn der Schaft nicht gesplittert ist, werde ich ihn herausziehen, bevor wir gehen.

Der Offizier bewegte die Lippen. Doon beugte sich über ihn und versuchte zu verstehen, was der Mann sagen wollte. Dann schnüffelte er und richtete sich auf, wobei er vor Verachtung die Stirn runzelte.

»Im Vollrausch«, knurrte er abschätzig. »Man riecht es.« Er schaute umher und betrachtete die sterblichen Überreste derer, die der Offizier befehligt hatte. »Wahrscheinlich war die gesamte Patrouille in diesem Zustand. Typisch für den Roten Tempel.«

Hubert sah von seiner selbstgewählten Aufgabe hoch. Er war dabei, Pu Chous Taschen zu durchsuchen. »Aber normalerweise sind sie nicht so erpicht darauf, sich in einen Kampf zu stürzen.«

»Normalerweise«, gab Doon zurück und wischte sein Schwert ab, bevor er es wieder in die Scheide steckte. Der gefallene Offizier würde nichts dagegen haben, daß er dazu seinen Mantel mißbrauchte, denn jetzt atmete er nicht mehr.

Wegfinder vergrößert die Gefahren, dachte Mark. Ein Blüten-

blatt schwebte an seinem Gesicht vorbei. Es wehte seitwärts und landete knapp neben dem Kopf eines Toten.
Und Wegfinder, der schon wieder makellos schimmerte, deutete in die Richtung, die die Karawane genommen hatte.
»Nun, wir müssen sie einholen«, verkündete Doon, der dieses Kapitel schon abgeschlossen hatte. Mit geschickten Bewegungen erkletterte er einen Baum, um die Hügelflanke und die Straße, die unten verlief, besser einsehen zu können. »Unter uns ist der Hang von Spalten durchzogen. Von hier aus hätten wir ihre Karawane kaum überfallen können. Nicht besonders schlau, diese Patrouille. Golok, laß deinen kleinen Mönch aufsteigen, damit er uns Neuigkeiten über die Karawane bringt, denn ich kann sie von hier aus nicht mehr sehen. Indosuarus, jetzt, da die Schwerter weggesteckt sind, könntet Ihr versuchen, die Reittiere zu beruhigen und herzubringen. Wir brauchen sechs – nein, Pu Chou ist nicht mehr da, also genügen fünf.«
Der Magier und sein Gehilfe begannen einen besänftigenden Zauber zu wirken, und sie brachten die verletzten, verängstigten Tiere dazu, sich den Händen fremder Menschen anzuvertrauen. Als die Reittiere in Goloks Nähe gelangten, berührte er sie und sprach mit ihnen, und mit den Mitteln eines erfahrenen Tiermeisters gelang es ihm, sie zu beschwichtigen und zu zähmen.
Doon sah all dem ungeduldig zu und erteilte den anderen Befehle. »Wir werden die Uniformen des Roten Tempels anziehen – zumindest Teile davon. Es macht nichts, wenn wir liederlich und nur halb uniformiert aussehen; auch das ist typisch für den Roten Tempel. Wenn wir aussehen wie die Schweine, werden sie glauben, wir gehörten zu ihren Söldnern, und vielleicht halten sie uns sogar für reguläre Truppen. Ich möchte ohne weitere Gefechte an die Karawane herankommen.«
Golok und Mitspieler mußten die Verletzungen zweier Tiere behandeln, bevor fünf Reittiere bereitstanden. Inzwischen hatten die Männer einen Teil ihrer Kleidung gegen die der gefalle-

nen Feinde ausgetauscht und sich dabei hier und da mit brauchbaren Waffen versorgt. Wenig später verließ eine kleine Kolonne den Kampfplatz, die große Ähnlichkeit mit einem Söldnertrupp des Roten Tempels hatte.

Die Karawane hatte keinen sonderlich großen Vorsprung, und sie kam nur so schnell voran, wie ein müder Sklave sich antreiben ließ. Aber Doons Männer mußten zunächst ihre neuen Reittiere meistern und zur Eile anspornen. Außerdem war der Hang, über den sie zur Straße hinuntergelangten, schwieriges Gelände. Als sie die Straße schließlich erreicht hatten, war die Karawane längst nicht mehr zu sehen, aber Dart meldete, daß sie nicht schneller als vorher vor ihnen dahinziehe.

Gleichwohl wurde es schon dunkel, als die Reiter die Karawane wieder erblickten. Wenn Doon eine Gelegenheit gesucht hatte, auf einsamer Straße über sie herzufallen, so war diese jetzt verstrichen: Die Karawane überquerte eine verkehrsreiche Kreuzung, und nur wenige hundert Meter weiter wurde sie von den offenen Toren eines Roten Tempels erwartet.

Doon hob die Hand und ließ seine Schar langsamer reiten, damit sie sich das Tempelgelände genauer ansehen konnten, während sie sich ihm näherten. Es war, wie man schon beim ersten Blick hatte vermuten können, eine Anlage von beträchtlicher Größe. Die Mauern, die sie umgaben, waren kaum mehr als mannshoch, aber von einem scharfzackigen Schutzzaun gekrönt, der es schwierig machen würde, sie zu überklettern. Innerhalb des Mauerringes standen mehrere große, aber flache Gebäude. Häuser wie Schutzmauern schienen im wesentlichen aus Lehmziegeln zu bestehen. Die rot-schwarzen Banner wehten unübersehbar über dem Komplex.

Das Haupttor blieb offen, nachdem die Karawane hindurchgezogen war. Es war von Fackeln flankiert, die jetzt, in der einsetzenden Dämmerung, angezündet wurden. Schon eine kurze Beobachtung zeigte, daß der Verkehrsstrom, der durch dieses Tor ein- und ausging, recht stark war, aber das war bei einem Roten Tempel an der Kreuzung zweier verkehrsreicher Straßen nicht überraschend.

»Eine Menge Kunden«, bemerkte Golok. Er hatte seine Empörung offenbar überwunden. »Es muß eine betriebsame Stadt in der Nähe sein, womöglich zwei. Vielleicht auch eine Burg.«

»Ja.« Hubert lachte leise. »Der Rote Tempel pflegt gute Geschäfte zu machen.«

»Ich glaube, wir werden einfach hineinreiten können, ohne daß uns jemand anspricht«, meinte Doon.

»Und wenn uns doch jemand anspricht?« fragte Indosuarus. Er hatte sich einen schwarz-roten Hut aufgesetzt, so daß er aussah wie ein niederer Magier im Dienst des Roten Tempels.

»Das werden wir sehen«, antwortete Doon. »Wartet auf mein Stichwort – verstanden? Also los.«

Im Schilderhaus am Haupttor saß ein einziger Wächter. Der Kopf hing ihm auf die Brust. Vielleicht schlief er halb, oder er war von Drogen berauscht. Den Leuten, die aussahen, als seien sie eine Söldnerpatrouille, schenkte er wenig oder keine Beachtung.

Von innen gesehen war die Anlage so groß und betriebsam, wie sie aus der Ferne von außen gewirkt hatte. Der Hauptteil, in dem sie sich jetzt befanden und der im allgemeinen der Öffentlichkeit zugänglich war, wurde von vielen Fackeln hell erleuchtet. Für Fahrzeuge und Tiere der Kunden gab es Abstellplätze und Balken zum Anbinden. An drei Seiten des geräumigen Innenhofes standen die verschiedensten Vergnügungshäuser, die zum Roten Tempel zu gehören pflegten. Zur Rechten Doons und seiner Männer befanden sich die Tanz- und Freudenhäuser. Spielhäuser standen links, und Speisen und Getränke gab es in der Mitte. Seit sie durch das Haupttor gekommen waren, schien Musik so allgegenwärtig wie der Duft von Rauschgift.

Durchgänge zwischen den Gebäuden führten in diejenigen Bereiche, die vermutlich nicht öffentlich waren. Mark erhasch-

te dort einen Blick auf eine der Sänften aus der Karawane, die in einer dieser Gassen verschwand, bevor ein Tor sich schloß und die Sicht vollends versperrte. Der Sklavenzug, den man zu Fuß hereingetrieben hatte, war vermutlich schon dort hinten, in einem Stall oder etwas Ähnlichem, untergebracht.
Doon zog sein Schwert für einen Moment aus der Scheide und stellte fest, daß es ihn nach rechts wies. Zwei vorüberziehende Kunden starrten ihn neugierig an, und er steckte das Schwert wieder ein.
Er wandte sich nach rechts und bedeutete seinen Männern, ihre Tiere zu zügeln und aus dem Sattel zu steigen. Sie banden die Reittiere an einen Balken neben dem Eingang der Tanzhalle. Bislang schien sich noch niemand auf dem Platz für sie zu interessieren.
»Golok«, befahl der Baron leise, »du bleibst hier und achtest auf die Tiere. Mach dich darauf gefaßt, daß wir rasch von hier verschwinden, wenn wir zurückkommen.« Golok nickte nur. Der verhüllte Mönchsvogel hockte hinter ihm auf dem Sattel.
Doon ließ das Schwert in der Scheide. Er schnallte sie mitsamt dem Gürtel ab und trug das Ganze in der Hand. Hin und wieder blieb er stehen, um seinen weiteren Weg zu ertasten – beinahe wie ein Blinder mit seinem Stock. Er sah zwar immer noch sonderbar aus, fand Mark, aber es würde weit weniger Aufmerksamkeit erregen, als wenn der Baron eine meterlange Klinge vor sich herumgeschwenkt hätte.
Kassierer hüteten den Eingang zur Tanzhalle, aber wie Mark es erwartet hatte, ließen sie die roten Uniformen eintreten, ohne ihnen Geld abzunehmen. Söldner des Roten Tempels erhielten vermutlich nicht besonders viel Bargeld, aber dafür gab es anscheinend andere, ausgleichende Vergünstigungen. Im Tanzhaus ließ Trommelmusik die dicke, warme Luft erdröhnen. Das Innere des Hauses bestand großenteils aus einem einzigen, riesigen niedrigen Raum. Spärlich bekleidete Mädchen und junge Frauen und nur hier und da ein paar Knaben und junge Männen saßen überall in den Ecken des Raumes. Es waren Sklaven des Tempels, die darauf warteten, daß ein Kun-

de auf einen von ihnen aufmerksam würde. Einige Paare drehten sich auf der Tanzfläche, und in der Mitte des weiten Saales stand eine Gruppe von berufsmäßigen Musikern und Tänzern.

Zunächst schien Doon den Tanzboden schnurstracks überqueren zu wollen, doch dann überlegte er es sich offenbar anders. Anstatt die Tänzer zu stören, führte er seine Männer außen herum. In den hinteren Ecken sah Mark jetzt die traditionellen Statuen des Roten Tempels: Aphrodite, Bacchus, Dionysos, Eros. An der einen Seite führte eine breite Treppe nach oben. Vermutlich gab es in einer oberen Etage eine Verbindung zum benachbarten Freudenhaus. Ein bunt bemalter junger Mann stieg eben kichernd die Stufen hinauf, flankiert von zwei Kunden, einem Mann und einer Frau. Gleichzeitig kamen auf der anderen Seite der Tanzfläche vier Männer aus einem Nebenzimmer. Sie waren in blau-goldene Uniformen gekleidet, und obwohl sie den Tänzern einige Aufmerksamkeit schenkten, als sie an ihnen vorbeischlenderten, glaubte Mark, daß sie eher in Geschäften als zum Vergnügen hier waren. Es war kein Geheimnis, daß es zwischen dem Blauen und dem Roten Tempel gewisse Verbindungen gab, vor allem auf der oberen Ebene der Organisation.

In der vom Eingang am weitesten entfernt gelegenen Ecke des Tanzsaales führte eine breite Treppe abwärts. Doon ging voran, den heimlichen Weisungen des Schwertes folgend, und Mark erkannte, daß ein großer Teil dieser Anlage des Roten Tempels offenbar unterirdisch ausgebaut war. Hier unten, in einem unsichtbaren Winkel, spielten andere Musikanten auf, und ihre Musik klang anders: Irgendeine unerfindliche Pein lag darin. Auch die Luft war dicker hier, erfüllt von Fackelqualm und den schweren Schwaden von Weihrauch und Rauschgift.

Eine Zeitlang gingen Doon und seine Männer schweigend einen leeren Korridor hinunter. Unvermittelt glaubte Mark zu wissen, wohin das Schwert sie führte: Zu einem Teil des Tempels, von dem er zwar gehört, den er aber noch nie gese-

hen hatte, wenn er als Kunde in anderen ähnlichen Niederlassungen geweilt hatte.
Der Korridor teilte sich, und immer noch wies ihnen das Schwert der Weisheit den Weg.
»Gehen wir etwa zur Wurmgrube?« brummte Hubert leise. »Was oder wer könnte denn *dort* sein und uns Nutzen bringen?«
Keiner wußte darauf eine Antwort. Aber bald würde das Schwert es ihnen sagen.
Noch immer führte der Pfad, den Wegfinder ihnen erwählt hatte, durch öffentliche Bereiche der Tempelanlage, und so fragte sie niemand, was sie hier verloren hätten. Schließlich gelangten sie durch einen mit schweren Vorhängen verdeckten Durchgang in einen weiteren großen Raum mit niedriger Dekke; dieser aber war viel dunkler und übelriechender als der Tanzsaal oben.
Nur ein paar Kerzen brannten, und in ihrem trüben Licht sah der Raum aus wie der Schlafsaal einer Kaserne oder wie eine Krankenstation in einem Kerker-Krankenhaus, wenn eine solche Kombination denkbar gewesen wäre. Zu beiden Seiten zogen sich Pritschen und Liegen dahin, und etwa die Hälfte davon war besetzt. Einige gebeugte Gestalten, männliche und weibliche Helfer, huschten durch die Düsternis. Als eine von ihnen an einer Kerze vorbeiging, sah Mark, daß sie ein kleines, schüsselförmiges Gefäß mit Erde und Geräte, die aussahen wie eine Pinzette und ein großer, feingezahnter Kamm, in den Händen trug.
Am Vorhang der Tür, durch die Doon und seine Männer hereingekommen waren, herrschte ein etwas besseres Licht. Hier plauderten einige der Kunden von Couch zu Couch und nippten dabei an Weinbechern. Man sah, daß Männer und Frauen größtenteils nackt unter den Laken lagen. Einer oder zwei waren eben im Zustand der Ekstase, die von den Freudenwürmern hervorgerufen wurde. Schluchzend und ächzend lagen sie auf ihren Pritschen, sie zuckten und verkrampften sich, stießen die Wolldecken beiseite und kratzten sich mit den

Kämmen über die Haut, bald langsam und bald in hektischer Wut.
Doon, der immer noch bemüht war, das Schwert in der Scheide unauffällig vor sich zu halten, führte sie langsam zwischen den Reihen der Pritschen hindurch. Mark sah, wie eine Dienerin mit einem Gefäß voller Erde neben einem liegenden Kunden stehenblieb. Aus der Schüssel hob die Dienerin mit Hilfe einer Pinzette einen kleinen, fahlgrauen Wurm, der – das wußte Mark – mehr wert war als sein eigenes Gewicht in Gold. Es war ein unauffälliges Tierchen, und man hätte es vermutlich gar nicht zur Kenntnis genommen, wenn man ihm nicht soviel Mühe hätte angedeihen lassen. Die Kundin, eine untersetzte Frau mit einem sichtlich gut gepflegten Körper, drehte sich unter dem Laken um und bot der Dienerin ihren breiten Rükken dar. Diese berührte die Schulter der Kundin mit der Pinzette und führte mit der anderen Hand flink eine Kerze heran. Als die Pinzette den kleinen Wurm losließ, verschwand er augenblicklich. Mark wußte – auch wenn er es nicht gesehen hatte –, daß der Wurm, angespornt von seinem Grabinstinkt und dem hellen Kerzenschein, sich in die Haut gebohrt hatte. Wurmgruben befanden sich immer in unterirdischen Räumen, denn die Tiere konnten nicht bei Tageslicht gezüchtet werden.
Eine Dienerin näherte sich Doon, als er seine Gruppe durch den Raum führte, aber der Baron schüttelte wortlos den Kopf und eilte weiter, dicht gefolgt von seinen Leuten. Die Dienerin, fand Mark, sah ihn einen Augenblick lang verdutzt an, doch dann widmete sie sich wieder ihren Aufgaben. Wie alle anderen, die hier arbeiteten, wirkte sie schmal und ungesund.
Sie kamen an einem anderen Kunden vorbei, einem Mann, der vor einer Weile mit einem oder mehreren Würmern infiziert worden war und jetzt unter dem Ansturm der Gefühle aufschrie. Mit zitternden Händen kratzte er sich, alle zehn Fingernägel bearbeiteten die Haut über den Rippen auf der linken Seite. Die Würmer folgten den Bahnen des Nervengewebes im Körper ihres Wirts, und im Austausch für Nahrung und Schutz im Körper des Säugers riefen sie angenehme Entzückungszu-

stände hervor. Manchmal wurde dieses Behagen zu einem unerträglichen Kribbeln – daher die aufgeregt arbeitenden Fingernägel und Kämme. Mark hatte gehört, daß man die Würmer in den Kerkergewölben des Roten Tempels zur Folter benutzte: Man infizierte die Opfer einfach und hinderte sie dann daran, sich zu kratzen.

Auf den einzelnen Betten lagen Leute, die sich stöhnend hin- und herwarfen und sich am ganzen Körper kratzten. Diener bearbeiteten einige von ihnen mit Kämmen. Im Weitergehen vermutete Mark, daß die Süchtigen vermutlich nach Klassen eingeteilt waren, wobei die Anfänger und solche, die sich nur gelegentlich dem Laster hingaben, in der Nähe des Einganges lagen, und diejenigen, die von der Sucht schon stärker versklavt waren, zur Mitte hin eingewiesen wurden. Im dunklen, hinteren Teil des Raumes, den Mark und seine Gefährten jetzt durchquerten, fanden sich Leute, die ihre Pritschen allem Anschein nach überhaupt nicht mehr verließen. Ihre Körper hatten ein ausgemergeltes, erschöpftes Aussehen, und sie waren übersät von alten Narben und frischerem, erst kürzlich getrocknetem Blut. Hier gingen die Bediensteten weniger aufmerksam zu Werke. Manchmal geschah es – und Mark hatte gehört, daß es letzten Endes unausweichlich sei –, daß die Würmer sich von der Haut weiter in den Körper hinein und schließlich durch das Rückenmark bis ins Hirn wühlten.

Im hintersten Winkel des Raumes fanden sie eine unauffällige Tür. Es war wohl der Ausgang für solche Kunden, die nicht mehr bezahlen oder gehen konnten. Das Schwert leitete Doon geradewegs auf diese Tür zu. Sie war unverschlossen, und als er sie berührte, schwang sie auf und gab den Blick in einen trübe erleuchteten Gang frei. In einem Nebenzimmer abseits dieses Ganges hantierte ein Diener zwischen Schüsseln und Regalen voller Erde. Er sah auf, als die sechs Bewaffneten an seiner Kammer vorüberstampften. Aber er protestierte nicht, er blieb stumm.

Der Versorgungskorridor teilte sich nach einer Weile. Wegfinder entschied sich für die nach links führende Gabelung, die sie nach kurzer Zeit zu einer schweren, vergitterten Tür brachte. Die Tür war geschlossen und vermutlich fest verriegelt. Auf der anderen Seite der Gittertür stand ein rotbehelmter Soldat auf Posten, und hinter ihm konnte Mark eine Reihe von Türen längs des Korridors erkennen, die offenbar zu einzelnen Zellen führten.

»Mach auf«, befahl Doon und rüttelte kühn am Gitter.

Aber der Soldat dachte nicht daran, sich einschüchtern zu lassen. »Hier kommt niemand ohne schriftlichen Befehl herein. Was wollt ihr überhaupt hier? Ihr Feldsoldaten glaubt wohl, ihr könnt jederzeit herkommen und euch amüsieren, ohne ...«

Wegfinder fiel mitsamt Gürtel und Scheide dumpf klappernd zu Boden, und beinahe gleichzeitig erschien in Doons rechter Hand ein Dolch – ein weit besseres Werkzeug für einen so körpernahen Einsatz. Doons schlanker linker Arm schoß durch daß Gitter, packte den Posten beim Aufschlag seiner Jacke und riß ihn heftig gegen die Stäbe. Blitzschnell stieß die Rechte des Barons mit dem Dolch zu, und die Klinge drang dem Soldaten unter dem Brustbein hindurch nach oben ins Herz. Die Augen des Mannes quollen aus den Höhlen und wurden dann glasig. Wenn er überhaupt einen Laut von sich gab, dann war er zu leise, als daß man ihn durch die von Ferne herüberklingende Musik hätte hören können.

»Die Schlüssel«, sagte Doon lakonisch und hielt sein Opfer am Gitter aufrecht. Der Mann trug einen Schlüsselbund am Gürtel. Mark langte durch das Gitter, löste den Schlüsselring und nahm ihn an sich. Ein Teil seines Herzens protestierte gegen diesen kaltblütigen Mord, aber ein anderer frohlockte triumphierend angesichts der Gewandtheit, die Doon demonstriert hatte. In einem Krieg brauchte man fähige Führer, und dies war ein Krieg: er war Teil von Sir Andrews Kampf gegen den Dunklen König und die grausame Silberne Königin. Dieser Raub war ein Handstreich gegen diejenigen, die sich mit Sir Andrews Feinden verbündet hatten, gegen den Roten und den Blauen Tempel.

Sie schlossen die Gittertür auf und setzten den Toten aufrecht an die Wand, bemüht, ihn im engen Gang so unauffällig wie möglich erscheinen zu lassen. Anscheinend hatte noch keiner der anderen Templer bemerkt, daß etwas nicht stimmte. Hinter den Türen in einiger Entfernung spielte die Musik weiter, als wäre nichts geschehen. Irgendwo in der Nähe, hinter einer Ecke, verrieten klappernde Töpfe und schwappendes Wasser, daß in einer Küche gearbeitet wurde.

Der Baron nahm das Bündel mit Wegfinder wieder vom Boden auf und führte seinen kleinen bewaffneten Trupp durch den von Zellen gesäumten Gang. Alle Türen waren geschlossen.

Dann gebot das Schwert ihnen, anzuhalten. »Diese Tür. Versucht, sie aufzuschließen.«

Das Schlüsselbund bestand aus sechs Schlüsseln. Mark nestelte einen beiseite, der offensichtlich nicht zu dem plumpen Schloß gehörte, und versuchte es mit einem anderen, der aussah, als passe er, doch auch dieser war der falsche. Der dritte Versuch hingegen glückte, und die messingbeschlagene Eisentür schwang auf. In dem Raum dahinter war es sehr dunkel, wie man es von einer Zelle nicht anders erwarten konnte.

Marks gute Reflexe bewogen ihn, sich schleunigst zu ducken, als etwas Metallenes herangeflogen kam. Als das Geschoß klirrend und spritzend an der gegenüberliegenden Korridorwand auftraf, erkannte er, daß es ein Nachttopf aus Messing war.

»Bleibt weg von mir!« Die Stimme, die aus der Zelle hallte, gehörte zweifellos einer Frau, aber sie war kräftig genug, um einem Infanteriesergeanten zu dienen. »Ihr stinkenden Klumpen Lasttierkot, wißt ihr nicht, wer ich bin? Wißt ihr, was mit euch passiert, wenn ihr mich anrührt?«

Doon, der eben durch die offene Tür hatte springen wollen, zuckte zurück und stieß einen den finstersten Dämonen gewidmeten Fluch aus, als ein zweites Wurfgeschoß dicht an seinem Kopf vorbeiflog. Jetzt erschien die einzige Bewohnerin der Zelle im Lichtschein, der durch die offene Tür hereinfiel. Es war eine große, kräftig gebaute junge Frau. Ihre blasse Haut war schmutzverkrustet und ihr rotes Haar verfilzt. Ihre Kleidung war kostbar, oder sie war es doch gewesen, lange bevor sie den gegenwärtigen Zustand von Verschleiß und Besudelung erreicht hatte. An Körpergröße überragte sie Doon, der sich eben wieder in die Zelle vorwagte, um ein beträchtliches Maß, ja, sie war nur wenige Zentimeter kleiner als Mark, der unter den anwesenden Männern der größte war.

Doon murmelte etwas, das sie zweifellos entweder erschrecken oder beruhigen sollte, packte sie beim Arm und wollte sie aus der Zelle zerren. Sie sträubte sich und beschimpfte ihn. Ihre weißen Händen und in zerrissenen Ärmeln steckenden Arme kratzten und schlugen nach ihm.

Dem kleineren Mann war nicht daran gelegen, todbringende Gewalt anzuwenden, und so balgte er sich recht wirkungslos mit der großen jungen Frau – dem großen Mädchen eigentlich, wie Mark erkannte, denn sie war in der Tat sehr jung. Die Klemme, in der Doon sich augenblicklich befand, wäre zu einem anderen Zeitpunkt sicherlich komisch gewesen. Jetzt aber war sie es nicht.

»Ich bin Ariane!« brüllte das Mädchen ihnen entgegen, als Mark hinzusprang, um seinem Anführer zu helfen. Ihr Geschrei hatte widerhallendes Getöse aus den anderen Zellen geweckt, so daß der Gang schließlich von ohrenbetäubendem, unverständlichem Lärm erfüllt war. Das Mädchen kreischte: »Ich bin die...«

Ihre Stimme versagte, als sie Mark zum erstenmal geradewegs ins Gesicht blickte. Als sie wieder sprechen konnte, klang sie völlig verändert. Mit verträumtem Flüstern, das zu dem plötzlichen Erstaunen in ihren Augen paßte, hauchte sie: »Mein Bruder...« Im nächsten Augenblick verdrehte sie die Augen nach oben. Er war gerade noch rechtzeitig zur Stelle, um Doon zu helfen, ihren zusammensackenden Körper aufzufangen. Anscheinend war sie in Ohnmacht gefallen.

Doon drehte sich um, ohne sie loszulassen, und suchte nach dem Zauberer. »Indosuarus, was...?«

»Nicht meine Sache«, erwiderte der Magier, eine machtvolle Gestalt, seltsam fehl am Platze vor diesem schäbigen Hintergrund.

Doon hatte nicht die Absicht, sich in diesem Augenblick den Kopf zu zerbrechen. Er überließ Mark das Mädchen und befragte erneut sein Schwert. »Es deutet dahin, wo wir hergekommen sind... Nehmt sie mit und laßt uns verschwinden.«
Mark, der durch den langen Bogen auf seinem Rücken behindert wurde, hatte alle Mühe, das schwere Mädchen durch den engen Gang zu schleppen. Ben hielt ihn schließlich fest und nahm ihm seine Bürde wortlos ab. Ohne Mühe warf er sich das Mädchen über die Schulter und marschierte weiter. Ihr langes rotes Haar reichte, so verfilzt es auch war, doch fast bis zum Boden, und ihre kräftigen weißen Arme baumelten wie leblos hin und her.
Als sie an dem toten Wachsoldaten vorbeimarschierten, schien es Mark, als starrten ihn dessen leblose Augen an.

8

Hier in den oberen Stockwerken der zentralen Verwaltung war der Blaue Tempel auf das eleganteste ausgestattet, vor allem in den Zimmern, in denen die Mitglieder des Inneren Rates zusammenkamen, um über geschäftliche Angelegenheiten zu reden, untereinander und auch mit anderen Persönlichkeiten von vergleichbarer Bedeutung. Schreiber und Buchhalter, die in den unteren Stockwerken arbeiteten, mußten sich vielleicht mit abgenutzten Möbeln und kahlen, getäfelten Wänden begnügen, doch hier oben herrschte kein Mangel an Sklaven und Springbrunnen, an Marmor und Gold, an feinen Wandbehängen und an Zerstreuungen jeglicher Art.
Nicht, daß man Radulescu mit Sklaven versehen hätte, die ihm Zerstreuung bringen und Gesellschaft leisten sollten, während er hier im Vorzimmer des Hohenpriesters schmorte – genaugenommen im Vorzimmer einer Suite von Vorzimmern. Aber er hörte Saitenmusik aus der Ferne, und er konnte sich, wenn er wollte, ablenken, indem er sich von dem üppig gepolsterten Diwan erhob und im Raum ein wenig auf und abging oder

durch den Vorhang aus dem Fenster starrte. Von diesem Fenster aus sah man Mauern und Zinnen, einige niedrigere Türme, die von weniger bedeutenden Leuten bewohnt waren, und über die Dächer hinweg konnte man bis zur Innenseite der Stadtmauer selbst blicken. Diese Mauer allerdings war noch höher als der Turm, in dem er sich befand, und sie war es nicht zufällig. Sie war berühmt für ihre Höhe und Stärke, und die Stadt war berühmt für die Uneinnehmbarkeit, zu der ihr diese Mauer verhalf. Viele Menschen glaubten deshalb sogar, daß der Hauptort des Blauen Tempels sich unter eben diesem Gebäude in einem unterirdischen Gewölbe befinde.
Radulescu wußte das natürlich besser. Aber er, der Hohepriester und zwei oder drei Angehörige des Inneren Rates – Radulescu wußte nicht einmal, wer sie waren –, kannten als einzige den genauen Ort, an dem Benambras Gold verwahrt wurde, und niemand außer ihnen wußte, wie man hingelangen konnte.
Unter denen, die etwas von der Welt verstanden, herrschte allgemeine Eintracht hinsichtlich der Tatsache, daß der derzeitige Hohepriester *de facto* der Herrscher dieser Stadt und eines großen Teils der umliegenden Ländereien war, wenngleich er diese nicht offiziell beanspruchte. Aber Städte, mochten sie noch so stark und sicher sein, pflegten stets die Aufmerksamkeit geldgieriger Könige und anderer Potentaten auf sich zu ziehen, und bewahre, der Blaue Tempel würde seinen Schatz, den eigentlichen Grund für seine Existenz, doch nicht an einem so naheliegenden Ort wie diesem verstecken.
Den Uneingeweihten erschien die ganze Organisation so offenkundig und ehrlich, während sie in Wahrheit doch mehr als raffiniert und verschlagen angelegt war. Radulescus Gedanken waren eben mit dieser Erkenntnis und deren Auswirkungen auf seine bisherige Karriere beschäftigt, als sich plötzlich der Vorhang an einer Tür bewegte und ein kahlköpfiger, golden gewandeter Sekretär erschien.
»Der Vorsitzende wird Euch jetzt empfangen.«
Während Radulescu dem Adjutanten eilig durch eine Flucht

von fein ausgestatteten Büros folgte, gestattete er sich einen leisen Seufzer der Erleichterung. Wenn der oberste Würdenträger des Blauen Tempels geruhte, diesen Titel zu benutzen, handelte es sich bei der Angelegenheit, um die es ging, vermutlich um Geschäftliches und nicht etwa um irgendein kultisches Ritual, wie etwa die Relegation eines Priester-Offiziers, der seine Pflichten vernachlässigt hatte.
Die letzte Tür, die der Sekretär öffnete, führte in einen weitläufigen Raum. Neben anderen luxuriösen Einrichtungsgegenständen stand hier ein Konferenztisch, der groß genug war, um zwanzig Potentaten Platz zu bieten. Aber es befand sich nur ein einziger Mensch im Raum, ein ziemlich kleiner Mann mit rotglänzendem Gesicht und einem Schädel so kahl wie der des Sekretärs, der ihm zu Diensten war. Der Mann saß am anderen Ende des Tisches und hatte ein Bündel Papiere vor sich auf dem polierten Holz der Tischplatte ausgebreitet.
Der Hohepriester – oder der Vorsitzende – hob den Kopf und wandte Radulescu sein rundes, rotes Gesicht entgegen. Der oberste Funktionär wirkte überaus leutselig – aber so sah er immer aus, zumindest, soweit es Radulescus begrenzte Erfahrungen betraf.
»Oberst Radulescu, tretet ein, setzt Euch hin.« Der Vorsitzende deutete auf einen Stuhl in seiner Nähe. »Wie kommt Ihr mit dem Sonderdienst zurecht? Habt Ihr genug Arbeit, um Euch zu beschäftigen?«
In den Monaten, die seit jener unglückseligen Schatzlieferung vergangen waren, hatte man Radulescu unter verschiedenen formalen Klassifikationen hin und her versetzt, während sein Fall vom Inneren Rat und vom Hohenpriester beraten wurde. In den letzten zehn Tagen etwa hatte Radulescu zu spüren geglaubt, daß die offizielle Haltung gegen ihn sich allmählich zu normalisieren begann, und dies hatte er als günstiges Zeichen aufgefaßt.
»Ich habe mich in das Problem vertieft, neue Wege zu finden, auf denen sich dem Tempel Tribut zollen ließe, Vorsitzender, und ich hoffe, ich habe es nicht ohne Erfolg getan.« Zum Glück

hatte er eine solche Frage vorausgesehen, und die Abfassung einer guten Antwort betrachtete er als einen Teil der Arbeit, die er gefunden hatte.

»Schön, schön«, sagte der Vorsitzende vage und schaute wieder auf die vor ihm liegenden Papiere. Radulescu fand, daß sie aussahen wie Berichte, die mit seinem Fall zu tun hatten. Die Fenster hinter dem Vorsitzenden waren von solcher Art, wie sie nur wenige je zu Gesicht bekamen. Die Scheiben waren aus echtem, beinahe makellosem Glas, und an ihren Rändern waren Halbedelsteine eingesetzt, die das Licht wie feine Glassplitter durchschimmern ließen. Radulescu mußte plötzlich daran denken, daß der Vorsitzende in Wirklichkeit nur ein Mensch war, ein Mann mit einem Namen: Hyrcanus. Nur selten aber bedachte man in Worten oder auch nur in Gedanken eine so hochstehende Persönlichkeit mit einem schlichten menschlichen Namen. Nur ein paar skurrile und bedauerlich populäre Lieder taten das.

»Schön... gut. Nun, wie ich hier sehe, sind schon mehr als zwei Monate seit Eurem... Mißgeschick vergangen. Würdet Ihr sagen, daß ›Mißgeschick‹ eine angemessene Bezeichnung für das Geschehene ist?« Der Vorsitzende hob den Kopf und sah Radulescu mit plötzlicher Schärfe an. Seine Augen waren unversehens kalt wie blaues Eis.

Radulescu fiel es nicht schwer, gehörig ernst und feierlich dreinzusehen, als er über diese Frage nachdachte. »Meine eigene Auffassung zu diesem Ereignis hat sich, wie ich gestehen muß, im Laufe dieser zwei Monate nicht zum Positiven gewandelt, Vorsitzender.« Fast seufzte er. »Ich wäre über die Maßen erfreut, wenn Ihr mich mit der Euren bekanntmachen wolltet.« Sei müde, sei ratlos, sei nicht *allzu* reumütig, mahnte er sich. Niemals hatte Radulescu sich der Ereignisse jener Nacht für schuldig bekannt, zumindest nicht über das Mindestmaß hinaus, dem ein anwesender, verantwortlicher Offizier sich beim besten Willen nicht entziehen konnte.

Die eisigen Augen betrachteten ihn, das rote Gesicht nickte leise und senkte sich dann wieder über die Papiere auf dem

Tisch. »Was aus dem Mann geworden ist, hat man noch immer nicht in Erfahrung bringen können«, meinte der Vorsitzende sinnend. Es war nicht notwendig, daß er genauer erklärte, wovon er sprach. »Den Drachen hat man inzwischen ersetzt. Allein dies war schon überaus kostspielig... Den Drachen, der in die Geschehnisse verwickelt war, haben wir kurz danach töten lassen, um seinen Mageninhalt zu untersuchen. Das Resultat, ich sage das mit Bedauern, ermöglichte keine zwingende Schlußfolgerung. Ein paar Tuchfetzen, die wir im Magen fanden, konnten immerhin identifiziert werden: Sie stammten vom Mantel des Schurken – oder doch von einem regulären Infanteristenmantel. Ihr werdet Euch erinnern, daß man seinen Mantel zwischen dem Höhleneingang und der Uferklippe fand. Er sah aus, als habe der Drache eine Weile darauf herumgekaut.«

»Daran erinnere ich mich, Herr. Selbstverständlich löste ich den Bann, mit dem ich den Drachen belegt hatte, sobald ich in der Höhle wieder zu mir gekommen war und begriffen hatte, was geschehen sein mußte...«

»Ja...ja.« Papier raschelte. »Das habt Ihr bereits so zu Protokoll gegeben. Auch in den, äh... Abschlußbesprechungen.«

»Ja, Herr.« Diese Verhöre waren kaum weniger schrecklich gewesen als der erste Schock der Erkenntnis in der finsteren Höhle, wo der körperliche Schmerz des unfreiwilligen Treppensturzes bald von der Angst vor dem, was als nächstes kommen würde, verschlungen worden war.

Die fünf Soldaten, die nichts weiter begriffen hatten, als daß man sie eingesperrt hatte, waren in ein entsetzliches Geheul ausgebrochen. Die Weißhände hatten wie gewöhnlich auf dieses Signal reagiert und waren in die obere Höhle hinaufgestiegen, um ihres Amtes zu walten, wie sie es stets nach einer Lieferung zu tun pflegten. Im flackernden Kerzenschein hatte Radulescu sie mit seinem Schwert zurücktreiben müssen. Es war ein Glück gewesen, daß er nicht vergessen hatte, den Bann von dem Drachen zu nehmen. Er hatte ihm ein wenig Zeit gelassen, um den Schurken draußen zur Strecke zu bringen, dann hatte

er ihn mit einem anderen Zauberspruch veranlaßt, den Stein vor dem Höhleneingang beiseitezuwälzen.
Einen kurzen Augenblick lang war Radulescu versucht gewesen, das ganze Fiasko vor seinen Vorgesetzten geheimzuhalten. Aber als er vor die Höhle getreten war und von dem verschwundenen Mann nur den Mantel entdeckt hatte, war ihm klargewesen, daß er sich mit einem solchen Versuch auf sehr dünnem Eis bewegen würde.
Die Tiere waren von dem riesigen Drachen, der in ihrer Nähe gewütet hatte, in panische Angst versetzt worden. Sie hatten sich losgerissen und waren davongestürmt. Mit den gräßlichsten Flüchen hatte er die überlebenden Soldaten zum Schweigen gebracht und sie mit dem Schwert in der Hand zu der immer noch wartenden, allmählich unruhig werdenden Kavallerie geführt. Er wußte, es hatte jetzt keinen Sinn mehr, die fünf zu töten. Man würde sie befragen wollen.
Der Vorsitzende beschäftigte sich, vorläufig zumindest, mit einem anderen Aspekt der Situation. »... Unterwassersuche entlang der Küste dort hat einen zerbeulten Helm zutage gefördert, wie sie die Soldaten unserer Garnison tragen ... Bedauerlicherweise steht aber nicht fest, ob dies der Helm ist, der an den vermißten Mann ausgegeben wurde.«
Radulescu hob die Brauen. »Ich nehme doch an, Herr, daß eine magische Untersuchung des Helmes vorgenommen worden ist?«
»O ja. Gewiß.«
»Und selbst danach wissen wir immer noch nicht, ob er diesem Ben gehörte oder nicht?«
Wieder richtete der Vorsitzende seine ganze Aufmerksamkeit auf Radulescu. »Bedauerlicherweise nicht. Gewisse verderbliche Einflüsse haben sich störend ausgewirkt.«
»Herr?« Radulescu spürte jäh, daß er rettungslos verloren war – ein Gefühl, das unter den gegebenen Umständen unausweichlich und schnurstracks in die Verzweiflung führen würde.
Der Vorsitzende sah ihn an und schien einen Augenblick lang

selbst Unsicherheit zu empfinden. Dann faßte er einen Entschluß. Er erhob sich von seinem Stuhl am Kopf des Tisches und ging zu einer der langgestreckten Wände des Konferenzsaales, wo eine Landkarte hing. Die Lage der Schatzgrube war natürlich weder auf dieser noch auf irgendeiner anderen Karte eingezeichnet, aber Radulescus Blick wanderte trotzdem ohne Umschweife zu dem bewußten Punkt an der Küste.

Der Vorsitzende hob einen Zeigestock und deutete nicht auf diesen Punkt, sondern auf einen, der dicht daneben lag. »Hier, dieses Kap auf der anderen Seite des Fjordes – seht Ihr, wem dieses kleine Territorium direkt auf der Landzunge gehört?«

Radulescu sah nichts als einen kleinen, farbigen Punkt, der ihm nichts sagte, bevor er den Farbenschlüssel am Fuße der Karte konsultiert hatte. »Kaiserliches Land«, stellte er dann mit leiser Stimme fest. Er zögerte und setzte dann hinzu: »Ja, Herr. Ich glaube, ich verstehe.«

Schon dies war eine verwegene Behauptung, und der Vorsitzende ließ ihn nicht aus den Augen. Offensichtlich erwartete er von Radulescu genauere Aussagen. Dieser begann zu stottern. »Der Kaiser ist ... ist also... eine gegnerische Macht?«

Sorgsam legte der Vorsitzende den Zeigestock aus der Hand, verschränkte die Hände hinter dem Rücken und stellte sich vor der Karte in Positur. »Ich bezweifle, daß Ihr tatsächlich schon versteht. Im Grunde nicht Eure Schuld. Man kann es nicht erwarten... Aber Ihr solltet es bald verstehen. Ein Mann in Eurer Position, den man vermutlich in den Rat befördern wird, sobald dort ein Sitz frei wird... Ja, wir müssen Euch bald einmal mit unseren obersten Zauberern zusammenführen, auf daß man Euch darüber ins Bild setzt, was es mit dem Kaiser auf sich hat. Vorausgesetzt natürlich, Euer Rang wird Euch nicht in nächster Zukunft aus irgendeinem Grunde aberkannt.« Diese Bemerkung brachte Radulescus Hoffnungen, die bei der Erwähnung einer nahen Beförde-

rung zuversichtlich aufgelodert waren, rasch wieder auf ein angemessenes Maß herunter. »Aber Ihr wißt doch wenigstens, daß der Kaiser kein Mythos ist, sondern ein realer Faktor, dem man Rechnung tragen muß?«
Auf diese Frage konnte es nur eine einzige Antwort geben.
»Ich will sehen, daß man Euch bald aufklärt – falls sich nichts ergibt, was dies verhindern könnte.« Der Vorsitzende kehrte an seinen Platz zurück, und seine Stimme nahm ihren gewohnten, leutseligen Tonfall wieder an. »Ich glaube, nach allem, was wir bisher wissen, liegt die Schlußfolgerung nahe, daß dieser Mann aus – wie hieß es gleich – Purkinje, daß also Ben aus Purkinje bei einem Sprung oder Sturz ins Meer zu Tode gekommen ist, falls es ihm überhaupt gelungen ist, dem Drachen zu entgehen. Allen Berichten zufolge war er ein wenig langsam zu Fuß, daher dürfte die Wahrscheinlichkeit, daß er dem Drachen entrinnen konnte, doch nicht allzu groß sein.
Euch würde ich nun gern die folgende Frage stellen: Seht Ihr selbst einen Grund, weshalb wir, die Leitung des Tempels, diesen Zwischenfall nicht zu den Akten legen sollten? Selbstverständlich wären einige routinemäßige Vorkehrungen zu treffen. Beispielsweise wären die Bannsprüche für den Wachdrachen zu ändern – was im übrigen schon geschehen ist –, aber könnten wir ansonsten nicht alles mehr oder weniger so weiterlaufen lassen wie bisher?«
Radulescu räusperte sich vorsichtig. Diese unverblümte Frage konnte leicht eine tückische Falle enthalten; das zu erkennen bedurfte es keiner großen Gerissenheit. »Hat man die fünf Soldaten verhört, Herr?« fragte er. »Ich nehme an, man hat es getan?«
»Oh, selbstverständlich. Aber bei den Vernehmungen hat sich kein Hinweis auf eine Verschwörung ergeben.«
Radulescu versuchte nachzudenken. »Herr, ich vermute, man hat inzwischen auch eine aktuelle Bestandsaufnahme des Hortes vorgenommen?«
Der Vorsitzende nickte. »Ich habe es persönlich unternommen. Es ist alles unversehrt und sicher.«

Nach einer kurzen Pause sprach Radulescu weiter. »Nun, Herr, es gibt immer noch ein paar Dinge, die mich beunruhigen.«

»Aha. Was zum Beispiel?«

»Ein kluger Mann, der von einem Drachen verfolgt wird, könnte durchaus auf die Idee kommen, seinen Mantel fortzuwerfen, um die Bestie abzulenken. Nach allem, was ich über Drachen weiß, könnte eine solche List sehr wohl für kurze Zeit wirkungsvoll sein.«

»Aber dieser Ben aus Purkinje war alles andere als ein kluger Mann, wie die Offiziere, die ihn kannten, berichtet haben. Ihr wißt, daß man für diese Lieferungen im allgemeinen keine klugen Männer auswählt.«

»Das stimmt natürlich, Herr. Aber...«

»Aber was?«

»Wie Ihr wißt, habe ich drei Transporte vor dieser unglückseligen Lieferung geführt. Von mehr als zwanzig Soldaten bei vier Transporten, für die ich verantwortlich war, hat keiner außer ihm Verdacht geschöpft und geahnt, daß etwas nicht stimmte. Daß von seinem Standpunkt aus gesehen etwas nicht stimmte, meine ich. Zumindest war er der einzige, der etwas unternahm, um sein erbärmliches Leben zu retten.«

Der Vorsitzende schwieg eine Weile und dachte nach. Radulescu war ein wenig überrascht, als er schließlich meinte: »Ein elendes Leben müssen diese Burschen führen. Ich kann mir nicht denken, was sie dagegen haben könnten, wenn man es für sie beendet. Habt Ihr es schon einmal so betrachtet?«

»Nein, Herr, das habe ich wohl nicht.«

Nach kurzem Sinnen fuhr der Vorsitzende fort. »Wie dem auch sei – ich nehme doch an, man hat Euch, bevor man Euch die Transporte überantwortete, warnend darauf aufmerksam gemacht, daß andere Offiziere bereits mit aufsässigen Soldaten zu tun hatten.«

»Man hat mich auf die Möglichkeit solcher Schwierigkeiten aufmerksam gemacht, Herr, das stimmt. Aber ich hatte den Eindruck, solche Zwischenfälle lägen bereits geraume Zeit zurück.«

»Und hat man Euch auch gesagt, daß die verantwortlichen Offiziere bis dahin stets in der Lage waren, dieser Schwierigkeiten Herr zu werden? Deshalb sorgen wir schließlich dafür, daß der Offizier bewaffnet ist und die Soldaten nicht, versteht Ihr?«

Radulescu fühlte, wie seine Ohren brannten. »Jawohl, Vorsitzender, das war mir bekannt.«

»Was, meint Ihr, sollten wir jetzt tun, Radulescu? Ihr hattet zwei Monate Zeit, um darüber nachzudenken. Was würdet Ihr anordnen, wenn Ihr an meiner Stelle wärt? Es überrascht Euch vielleicht zu hören – wenngleich ich es nicht glaube –, daß ich Feinde im Rate habe, Leute, die nur auf einen Fehler von mir warten, um mich stürzen zu können.«

Radulescu hatte in der Tat über diese Frage nachgedacht, aber ihm war, als sei dieses Nachdenken von zweifelhaftem Nutzen gewesen. »Nun, Herr, wir könnten eine Zeitlang mehr oder weniger regelmäßige Streifen in die Gegend entsenden. Ich weiß wohl, daß wir das gewöhnlich nicht tun, weil...«

»... weil es nicht länger geheim bleiben könnte, welche Bedeutung diese Gegend für uns hat, wenn dort regelmäßige Patrouillen unterwegs wären, und das ist ja wohl ein überzeugender Grund. Natürlich, wenn wir *sicher* wären, daß Euer Mann entkommen ist, dann – ja, dann würden wir vielleicht Patrouillen entsenden. Zumindest so lange, bis wir den ganzen Hort anderswo untergebracht hätten. Und wie groß wäre unsere Hoffnung, das neue Versteck geheimzuhalten? Und was würde die Umlagerung uns kosten, die Umlagerung allein? Habt Ihr eine Ahnung? Nein, natürlich habt Ihr keine Ahnung. Seid nur froh, daß ich nicht vorschlage, so etwas aus Eurem Sold zu finanzieren.«

Ein Scherz! Bei allen Göttern!

9

Das kleine Schiff schien alt zu sein; zumindest machte es auf Mark, der zugegebenermaßen kein Fachmann war, diesen Eindruck. Aber seinem betagten Aussehen und seinem plumpen Rumpf zum Trotz bewegte es sich mit einer gewissen Anmut. Ob dies seiner Bauweise oder schierer Zauberei oder der Tatsache, daß es von einem Djinn gesteuert wurde, zuzuschreiben war, vermochte Mark beim besten Willen nicht zu sagen.
Das Schiff hatte zwei Masten und zwei Kajüten, und es gehörte Indosuarus, der es an die Küste beordert hatte, wo es Doons Trupp, der nach Arianes Errettung aus dem Roten Tempel in einem harten Drei-Tage-Ritt hierher unterwegs war, erwarten sollte. Das Schiff war ohne sichtbare Besatzung in seichtes Wasser geglitten und fast auf Grund gelaufen, um sie aufzunehmen. Als die acht Passagiere mit ihrem spärlichen Gepäck an Bord gekommen waren, hatte es nur eines Wortes von Indosuarus bedurft, um es wieder in See stechen zu lassen – und das alles, ohne daß eines Menschen Hand Seil, Segel oder Ruder berührt hätte. Der Djinn war nicht gefährlich, zumindest nicht für Indosuarus' Freunde, wie Mitspieler ihnen allen versicherte. Sichtbar war er nur hin und wieder, als kleine Wolke oder als verschwommenes Flirren in der Luft, zumeist über den Masten, und manchmal hörte man eine widerhallende Stimme, die aus großer Ferne zu kommen schien und ein paar Worte mit Indosuarus wechselte.
Jetzt, im hellen Tageslicht des Vormittags, war der Djinn nicht zu sehen. Was man sehen konnte, war eine Nebelbank voraus. Meistens lag eine Nebelbank dicht vor ihnen, wenn sie nicht gerade hinter ihnen lag, zwischen dem Schiff und der Küste oder das kleine Fahrzeug ganz und gar einhüllte. In den drei Tagen der Seereise hatten sie die Küstenlinie nur aus den Augen verloren, wenn der Nebel sie verhüllt hatte.
Das Wetter beschäftigte die Aufmerksamkeit der Menschen an Bord zu einem großen Teil. Abgesehen von den Nebelfetzen hatte es keinerlei Störung gegeben, und Mark vermutete, daß

auch das Wetter zumindest teilweise von Indosuarus gesteuert wurde. Mark und Ben, beides Landratten, waren zu Beginn der Schiffsreise seekrank gewesen, aber Mitspieler hatte ihnen eine geringfügige Dosis von einem magischen Elixier gegeben, das sie sogleich von allem Unwohlsein kurierte.
Jetzt hockten Mark und Ben auf dem Vorderdeck. Doon und Indosuarus hatten sich in eine der kleinen Kabinen unter Deck zurückgezogen, Ariane in die andere. Golok und Hubert schauten über das Heck und waren in ein Gespräch vertieft. Mitspieler kam dauernd an Deck und ging wieder nach unten, beschäftigt mit einer endlosen Reihe von Beobachtungen und Berichten über das Wetter, die Schiffsposition und vielleicht noch andere Faktoren, für deren Verständnis Marks magische Empfindsamkeit nicht ausreichte. Dart, der Mönchsvogel, kletterte derweilen in der Takelage herum. Den größten Teil der Zeit verbrachte er jetzt dort oben. Mit dem Djinn, der das Schiff führte, hatte er einen nicht ganz spannungsfreien Waffenstillstand geschlossen.
Vermutlich zum zehntenmal seit ihrer Flucht aus dem Roten Tempel fragte Ben Mark: »Wieso, glaubst du, hat sie dich ›Bruder‹ genannt?«
Mark gab die gleiche Antwort, die er schon neunmal gegeben hatte. »Ich habe immer noch keine Ahnung. Sie sieht überhaupt nicht aus wie die Schwester, die ich habe. Marian ist blond; sie ist kleiner als dieses Mädchen und älter als ich. Diese aber behauptet, sie sei achtzehn. Dabei wette ich, sie ist drei Jahre jünger als ich, so groß sie auch sein mag.«
»Und ich wette, sie ist ein bißchen verrückt«, bemerkte Ben. »Wahrscheinlich mehr als nur ein bißchen.«
Mark erwog diese Theorie. »Sie sagt, man habe ihr in der Karawane Drogen gegeben, um sie ruhig zu halten. Als wir sie fanden, war sie noch berauscht davon, deshalb hat sie sich so merkwürdig aufgeführt – die Ohnmacht und das alles.«
Ariane war wieder zu sich gekommen, als sie ins Freie gelangt waren und noch bevor sie das Gelände des Roten Tempels verlassen hatten. Ben hatte sie auf die Füße gestellt, und sie war

die letzten Schritte bis zu den wartenden Reittieren aus eigener Kraft gegangen. Inzwischen hatte sie ihren Verstand wieder so weit beisammen gehabt, daß sie begriffen hatte, was die Fremden von ihr wollten, daher hatte sie sich nicht länger gesträubt. Golok hatte auf der Stelle und mit großem Geschick ein Reittier für sie gestohlen. Die Männer hatten sie in ihre Mitte genommen, und sie waren zum Haupttor hinausgeritten, ohne daß jemand versucht hätte, sie aufzuhalten.

»Die Ohnmacht und ihre Verwirrung verstehe ich ja«, meinte Ben. »Aber Tochter einer Königin? Und das behauptet sie immer noch.«

»Nun, Könige und Königinnen werden manchmal Töchter haben wie andere Menschen auch, nehme ich an. Und sie sieht aus wie – na, jedenfalls liegt etwas Besonderes in ihrem Aussehen, abgesehen davon, daß sie wohlgeformt und hübsch ist.«

»Ja, und rothaarig und riesenhaft. Ja.« Ben schien nicht überzeugt zu sein.

»Es ist vielleicht nicht das Dümmste, Briganten wie uns gegenüber zu behaupten, sie sei eine Königstochter, damit man sie gut behandelt. Weißt du, manchmal habe ich das Gefühl, sie lacht über uns.«

»Na, wenn das in ihrer Lage nicht Wahnsinn ist, dann weiß ich nicht, was Wahnsinn ist.«

Mitspieler war einen Augenblick zuvor unter Deck gegangen, um einen seiner ungezählten Berichte abzugeben. Jetzt kam Doon mit dem Schwert in der Hand herauf. Es sah so aus, als wolle er mit eigenen Augen sehen, was man ihm eben gemeldet hatte. Als das Mädchen ihm ihre Geschichte erzählte, hatte er sie geduldig angehört und dazu genickt, als wolle er ihr gern glauben, so verrückt ihre Erzählung auch klingen mochte. Wahrscheinlich, dachte Mark, war es dem Baron gleichgültig, ob sie eine Prinzessin, eine Bettlerin oder eine Königin war, solange sie ihm nur in irgendeiner Weise dabei half, seine Pläne zu verwirklichen.

Kaum hatten sie Ariane in ihre Mitte genommen, hatte Doon seine Männer auch schon grimmig warnend darauf aufmerksam gemacht, daß sie unter seinem persönlichen Schutz stehe. Eine der beiden winzigen Kabinen an Bord des Schiffes gehöre ihr und dürfe von niemandem sonst betreten werden. Doon selbst schlief auf dem Gang vor ihrer Tür und überließ die zweite Kabine den Magiern.

Jetzt, als Doon eben sorgfältig an seinem Schwert entlangpeilte und mit gerunzelter Stirn durch den Nebel zu spähen versuchte, kam Ariane selbst an Deck. Einen Augenblick lang verstummte das Geplauder zwischen den Männern. Sie trug jetzt Männerkleider, ein sauberes, festes Hemd und eine Hose aus der reichhaltigen Ausrüstung, die Indosuarus für die Expedition zusammengestellt hatte. Ihre Füße steckten in einem Paar großer Sandalen.

Ohne Umschweife sprang sie nach vorn in den Bug und blieb dort aufrecht stehen. Mit der erhobenen Rechten hielt sie sich an einem Tau fest. Für eine Weile sah sie aus wie das Modell für eine extravagante Galionsfigur, wie sie so dastand und versuchte, mit ihren Blicken den Nebel zu durchdringen. Da sie nun nicht mehr in Sänften und Zellen eingesperrt war, hatte ihre helle Haut bereits den ersten Sonnenbrand davongetragen. Ihr Haar, das sie in der Abgeschiedenheit ihrer Zelle gewaschen hatte, umwehte ihren Kopf in einer weichen, roten Wolke.

»Klippen voraus!« rief sie munter. Ihre Stimme klang beinahe wie die eines Kindes, ganz anders als in ihrer Zelle im Roten Tempel, als sie die fremden Eindringlinge beschimpft hatte. Sie drehte sich um und ließ sich, ohne Doon zu beachten, neben Mark und Ben auf die Decksplanken sinken. Sie lächelte die beiden an, als sei das Ganze nichts als ein fröhlicher Picknickausflug. Soweit Mark wußte, hatte sie noch nicht ein einziges Mal gefragt, wohin die Reise ging.

Weder Ben noch der Baron schienen so recht zu wissen, was sie sagen sollten. Deshalb ergriff Mark als erster das Wort. »Wer ist deine Mutter – ehrlich?«

Ariane kreuzte die Beine, lehnte sich zurück und wurde unvermittelt ernst. »Vermutlich ist es schwer zu glauben. Aber ich

bin wirklich die Tochter der Silbernen Königin. Mag sein, daß ich noch benommen war, als ich es euch zum erstenmal sagte, aber es ist gleichwohl die Wahrheit.« Sie warf Doon einen Blick zu. »Wenn Ihr allerdings glaubt, Ihr könntet ein Lösegeld für mich erpressen, dann schlagt Euch das ruhig aus dem Kopf. Sie ist meine Todfeindin.«
Doon winkte gleichgültig ab. »Nun, Mädchen – oder Prinzessin, wenn dir das lieber ist –, es kümmert mich herzlich wenig, ob deine Geschichte wahr ist oder nicht. Aber aus purer Neugier wüßte ich doch gern, wer dein Vater ist. Yambu regiert ohne einen festen männlichen Gefährten, soweit mir bekannt ist. Ich glaube, das war schon immer so.«
Ariane schüttelte ihren prachtvollen roten Schopf. »Ich würde auch nicht darauf rechnen, daß mein Vater Euch Lösegeld zahlt.«
Doon wiederholte seine Gebärde. »Ich sage doch, ich will kein Lösegeld... Du solltest dir übrigens dein Haar besser hochbinden, zu Zöpfen flechten oder sonstwie bändigen. Da, wo wir hingehen, könnte es dir sonst hinderlich werden... Wieso ist dir deine Mutter denn so spinnefeind? Hat sie dich etwa in die Sklaverei verkauft?«
»Ja, das hat sie getan.« Ariane schien die Anordnung hinsichtlich ihrer Haarfülle widerspruchslos hinzunehmen, denn sie hantierte bereits damit, als suche sie nach dem besten Verfahren, mit dem sich der gewünschte Erfolg erzielen ließe. »Gewisse Leute im Palast trugen sich, wie ich hörte, mit der Absicht, meine Mutter zu beseitigen und mich statt dessen auf den Thron zu setzen. Die Köpfe dieser Leute sind jetzt an hervorragender Stelle auf den Zinnen unserer Festung zu sehen. Vielleicht waren sie tatsächlich schuldig, ich weiß es nicht. Mit mir haben sie jedenfalls nie gesprochen. Und meine Mutter habe ich in meinem ganzen Leben nur sehr selten zu Gesicht bekommen. Ich weiß nicht...«
»Was weißt du nicht?« fragte Mark.
»Nicht wichtig. Auch ich verfüge manchmal über bestimmte Kräfte...«

»Das weiß ich«, unterbrach der Baron. »Ehrlich gesagt, ich verlasse mich sogar darauf.«
Wieder sah sie ihn an. »Tatsächlich? Ich wünschte, ich könnte mich ebenfalls auf sie verlassen, aber wie gesagt, ich verfüge nur manchmal über diese Kräfte. Sie sind unzuverlässig. Man hat mir gesagt, dies habe unter anderem damit zu tun, daß noch kein Mann mich je erkannt hat. Der Rote Tempel versprach sich einiges von meiner Jungfräulichkeit, nachdem ihre Zauberer sich vergewissert hatten, daß sie unberührt war. Sie hätten mich für ein Vermögen weiterverkauft, vermutlich an jemanden, der andere als magische Interessen daran hätte. Übrigens – wohin fahren wir denn, daß ich mein Haar hochbinden muß?«
Aber Doon hatte selbst noch eine Frage zu stellen. »Warum ließ deine Mutter dich nicht einfach töten, statt dich zu verkaufen?«
»Vielleicht, weil sie dachte, die Sklaverei sei ein schlimmeres Schicksal. Vielleicht hat ein Seher oder Orakel ihr abgeraten, mich zu töten. Wer weiß schon, warum die großen Königinnen tun, was sie tun?" Mark hatte genau den gleichen Unterton von Bitternis in der Stimme jener Bäuerin gehört, der die Soldaten die Augen ausgestochen hatten.
Der Baron hatte sein Schwert unterdessen in die Scheide geschoben. Mit gekreuzten Armen stand er da und betrachtete seine Gefangene – falls dies die richtige Bezeichnung für ihren Status war, überlegte Mark. »Du sagst, deine Mutter sei deine Feindin«, stellte Doon fest. »Bist du dann auch ihre?«
Arianes blaue Augen waren plötzlich die eines zornigen Kindes. »Gebt mir Gelegenheit, es zu beweisen, und ich werde es tun.«
»Eben dies gedenke ich zu tun. Die Silberne Königin hat ein großes Interesse am Blauen Tempel, nicht wahr?«
Das Mädchen mußte einen Augenblick lang nachdenken. Anscheinend hatte sie etwas anderes erwartet. Aber dann nickte sie. »Ja, ich bin sicher, Ihr habt recht. Warum?«
»Weil wir in das zentrale Schatzhaus des Blauen Tempels eindringen und es seiner Reichtümer berauben werden. Mein

Schwert hier sagt mir, daß du, besser gesagt, deine Kräfte, für die Durchführung unseres Planes von großem Nutzen sein werden. Arbeite freiwillig mit mir zusammen, und ich werde dich nicht vergessen, wenn es ans Verteilen der Schätze geht. Und ich verspreche dir, bis dahin wird kein Mann dir ein Haar krümmen.« Dabei warf er einen vielsagenden Blick auf die beiden anwesenden Mitglieder seiner Truppe.

Dabei ist sie so schön, daß eine Menge Männer um sie kämpfen würden, dachte Mark. Allerdings lag etwas zu Eindrucksvolles in ihrer Schönheit, das ebenso warnend wie einladend wirkte. Und Mark konnte jenen Augenblick nicht vergessen, da Ariane ihn als ihren Bruder begrüßt hatte. Auf seine späteren Fragen hin hatte sie immer wieder erklärt, sie könne sich nicht erinnern. Sie sei berauscht gewesen, als sie ihn so genannt habe. Er sagte sich, er könne unmöglich ihr Bruder sein. Dennoch...

Doon sprach noch immer zu dem Mädchen. »... und wie würde es dir gefallen, in deinen Taschen ein Mitgift aus Gold und Juwelen des Blauen Tempels davonzutragen, wenn wir uns trennen? Eine Mitgift oder was immer sonst du daraus machen willst. Du wirst dann von keinem Prinzen und keinem König mehr abhängig sein, wenn du es nicht willst.«

Ariane überlegte. »*Ihr* Gold und ihre Juwelen in meinen Händen... Ich glaube, das würde mir gut gefallen.« Die Vorstellung, in die Schatzgewölbe des Blauen Tempels einzubrechen und sie auszuplündern, schien ihr keine besonderen Schwierigkeiten zu bereiten. Mark und Ben wechselten einen Blick, und Ben nickte kaum merklich. Offenbar hatte das Mädchen den Kontakt zur Realität wenigstens teilweise verloren.

Mitspieler war wieder an Deck gekommen. Er hielt sich im Hintergrund und versuchte, Doons Aufmerksamkeit auf sich zu lenken. Kaum war es ihm gelungen, verschwand Doon wieder unter Deck, um sich mit den Zauberern zu beraten.

Als der Baron außer Sicht war, kam Hubert, dicht gefolgt von Golok, vom Heck heran. Mark hatte schon früher bemerkt, daß Hubert von Ariane fasziniert war und ihre Nähe suchte, wann immer sich dazu Gelegenheit bot.

Jetzt aber schien irgend etwas im Meer oder im Nebel vor dem Schiff den Soldaten abzulenken, und als er die anderen erreicht hatte, runzelte er die Stirn. Das erste, was er sagte, war: »Ich hoffe, wir werden nicht zu dicht an diese Steilküste herankommen.«

Ben, der immer noch auf den Decksplanken saß und sich an die Reling lehnte, sah zu ihm auf. »Wieso nicht?«

»›Wieso nicht?‹ fragt dieser große Kerl. Na, wegen demjenigen, der vielleicht dort oben ist – deshalb nicht. Ich habe gehört, was unsere Herren gesagt haben. Na schön, wenn du sie nicht so nennen willst, sag' ich eben Anführer. Und das eine oder andere weiß ich auch selbst über diesen Teil der Welt, ohne daß ich sie erst fragen müßte.«

»Und welche wichtige Persönlichkeit sitzt dort oben auf dem Kliff?« wollte Ariane wissen. Sie schien plötzlich brennend interessiert zu sein, obwohl ihr sonst nie etwas an Huberts Geschwatze lag.

Hubert lachte, entzückt darüber, daß es ihm einmal gelungen war, Eindruck zu machen. »Das ist des Kaisers Land dort oben, junge Dame. Das Kliff dort vor uns, jenseits der Nebelbank.«

Ariane verschlug es fast den Atem, als sie dies hörte. »Nein, das kann nicht sein!« Mark beobachtete sie scharf, aber er hätte nicht zu sagen vermocht, ob sie tatsächlich beeindruckt war, ob sie sich fürchtete oder ob sie Hubert insgeheim verspottete.

Der kleine Mann hatte zumindest keinerlei Zweifel daran, welchen Eindruck er auf sie machte. Er schien ein wenig anzuschwellen. »O doch. Dachtest du denn, der Kaiser sei nur eine Märchengestalt? Die meisten Leute glauben das, aber ein paar Gewitzte wissen es besser. Ich habe schon von diesem Ort gehört. Dort unten, unter den Klippen, liegt eine Grotte, und in dieser Grotte hält der Kaiser sich eine Horde seiner Lieblingsdämonen. Oh, er hat auch noch andere Ländereien, überall auf der Welt, aber dieser Ort hier ist etwas Besonderes. Ich habe davon gehört. Leute, die schon dort gewesen sind, haben mir davon erzählt.

Vielleicht hast du geglaubt, das Ganze sei ein Märchen oder gar ein Witz? Aber nein, mein Kind, den Kaiser gibt es, und er ist keine Witzfigur. Er sitzt gern dort oben auf einem Felsen, in einen grauen Mantel gehüllt, und sieht aus wie ein gemeiner Mann, der darauf wartet, daß ein Schiffbrüchiger oder sonst jemand dort landet und vom Meer her zu ihm heraufklettert. Und wenn das geschieht, pfeift er mit Vergnügen seine Dämonen herbei, und die Dämonen schleifen das Opfer in ihre Grotte hinunter, wo es den Rest von Zeit und Ewigkeit damit zubringt, sich den Tod zu wünschen. Was ist los mit dir, du großer Kerl? Ist die Seekrankheit zurückgekommen? Genau das sind die Streiche, die der Kaiser gern spielt ... Oh, du glaubst mir wohl nicht, wie, Mädel?«

Mark warf Ben einen verwunderten Blick zu, denn dieser schien in der Tat durch irgend etwas aufgebracht zu sein. Nicht so Ariane. Sie war alles andere als aufgebracht oder auch nur beeindruckt von Huberts Geschichte: Sie brach in lautes Gelächter aus.

Es ärgerte Hubert, daß sie ihn auslachte, und seine Ohren röteten sich. »So, du findest es komisch! Und wenn jemand sich zur Wehr setzt oder wegzulaufen versucht, dann braucht der Kaiser nichts weiter zu tun als seinen grauen Mantel aufzuschlagen. Sein Körper darunter ist so verwachsen und aller menschlichen Gestalt entfremdet, daß jeder, der einen Blick darauf wirft, den Verstand verlieren muß ...«

Das Gelächter des Mädchens klang nicht gerade verrückt, fand Mark. Eher schien es ein gesundes Gefühl für das Lächerliche zu bekunden. Hubert funkelte sie wutentbrannt an, seine Finger krümmten und streckten sich. Aber Mark und Ben saßen rechts und links von ihm und behielten ihn im Auge, und Doon hatte sie alle ausdrücklich gewarnt. Der kleine Mann wandte sich ab und marschierte zum Heck zurück. Golok hielt sich im Hintergrund und sah alles mit an.

Nach einer Weile kam Doon zurück an Deck, begleitet von Indosuarus. Kurz darauf änderte das Schiff den Kurs und glitt jetzt auf das Land zu, allerdings nicht auf das Kliff, auf dem, wie es hieß, der Kaiser lauerte. Der Zauberer gab dem Djinn nun beinahe unaufhörlich gemurmelte Anweisungen. Die anderen Menschen trachteten, ihm soweit wie möglich aus dem Weg zu gehen, während das Schiff, von der unsichtbaren Macht gesteuert, durch die Brandung auf einen schmalen Sandstrand zulief. Kurz bevor es auf Grund geriet, lag das Schiff still. Das Wasser war hier so seicht, daß sie von Bord gehen konnten. Ariane, die sich das Haar bereits säuberlich hochgebunden hatte, half wie alle anderen dabei, Gepäck und Waffen ans Ufer zu befördern.

Nach wenigen Augenblicken standen sie alle tropfend am Strand. Nur Indosuarus tropfte nicht. Seine Gewänder nahmen kein Wasser an, selbst wenn man sie untertauchte. Der Magier vertiefte sich in eine kryptische Beratung mit seinem Djinn, der in Gestalt einer kleinen Wolke aus flirrender Luft über dem Schiff schwebte.

Doon schaute derweilen an der turmhohen Steilküste hinauf und fragte Ben: »Bist du hier heruntergeklettert?«

Ben hatte noch niemandem die Details seiner Flucht vor dem Drachen und seines Abstiegs an der Uferklippe geschildert, und jetzt, da Huberts grausige Geschichte ihm noch in den Ohren klang, zögerte er, davon anzufangen. Unsicher betrachtete er die Felswand, dann wanderte sein Blick nach rechts und nach links. »Ich glaube, es war ein bißchen weiter südlich von hier, aber es ist schwer zu sagen, es war ja Nacht, und diese Steilküste sieht eigentlich überall gleich aus.«

»Ja, ja.« Doon ließ seinen prüfenden Blick über die Steilwand streichen, erst nach Norden, dann nach Süden. »Und dann hast du dich vermutlich am Ufer entlang nach Süden vorgearbeitet... Und wie bist du über den Fjord hinweggekommen?«

»Ich bin geschwommen. An einer schmaleren Stelle.«

Doon nickte zustimmend, und wie ein Infanteriekommandeur, der sich anschickt, auf eine gefahrvolle Patrouille zu gehen, befahl er, alles Gepäck zu öffnen und den Inhalt am Strand auszubreiten. Er prüfte Wasserflaschen und Schläuche und vergewisserte sich, daß sie allesamt frisch gefüllt waren. Jedes

Mitglied der Expedition erhielt eine Seilrolle. Die Proviantvorräte waren vollständig – Ben hatte von dem mit magischen Mitteln aufgetischten Festmahl gehört, das Indosuarus in seinem Anwesen gegeben hatte, aber unterwegs hatte nichts darauf hingedeutet, daß er diese Art der Verköstigung weiter zu praktizieren gedachte. Sie hatten Waffen und Geräte zum Klettern und zum Steinschneiden. Hubert stattete sich mit einer Armbrust aus Indosuarus' Waffenkammer aus. Auch Ariane bekam, wie selbstverständlich, einen Tragesack, und nach einer kurzen Unterredung mit Doon gab man ihr ein Messer und eine Schleuder, die sie sich an den Gürtel hängte. Der Zauberer und sein Gehilfe hatten sich um ihre eigene Ausrüstung zu kümmern, und schließlich gab Indosuarus bekannt, daß sie bereit seien.

Das Schiff, befreit von seinen Passagieren und deren bescheidenem Gepäck, dümpelte ein paar Dutzend Meter vom Ufer entfernt im Wasser. Es bewegte sich nicht von der Stelle, als habe es Anker geworfen.

Doon watete ein paar Schritte weit hinaus, um seinen Magier zu befragen, der gestikulierend im wadentiefen Wasser stand.

»Was ist mit dem Djinn?«

»Er muß beim Schiff bleiben, um es zu beschützen, um es zu bewegen, falls es notwendig ist, und es uns zurückzubringen, wenn wir rufen.«

Auf eine weitere Geste von Indosuarus hin erschlafften die Segel. Sie flatterten und wölbten sich dann wieder, als der Wind sie füllte. Das Schiff drehte ab und richtete den Bug auf die offene See hinaus.

»Halt!« rief Doon laut. Als eine neuerliche Geste des Zauberers das Schiff hatte anhalten lassen, sprach der Baron weiter. »Zuvor will ich noch eines wissen, Magier: Nehmen wir an, wir kehren mit Schätzen beladen an diesen Strand zurück, und zufällig seid weder Ihr noch Euer ehrenwerter Gehilfe mehr bei uns. Wie können wir dann auf das Schiff gelangen? Und wo wird es bis dahin sein? Es kann leicht geschehen, daß wir mehere Tage wegbleiben.«

»Es wird draußen auf See warten«, antwortete Indosuarus und sah dabei würdevoll auf den kleineren Mann herab. »Immerhin nahe genug, um rasch wieder hier sein zu können. Der Djinn wird genug Nebel in der Umgebung halten, um das Schiff so gut wie unsichtbar zu machen.«

»Das ist gut. Und wie bekommen wir es zurück? Ihr wißt, es besteht die – wenn auch geringe – Möglichkeit, daß Ihr nicht hier sein werdet. Der Ort, den wir besuchen werden, ist nicht ohne Gefahren.«

Für einen langen Augenblick lag fühlbare Spannung in der Luft. Dann antwortete Indosuarus mit unerwarteter Milde: »Ich werde Euch einige Beschwörungsformeln sagen. Eure Leute sollen sie ebenfalls hören, für den Fall, daß *Ihr* nicht mehr bei ihnen sein solltet, wenn *sie* zurückkommen.«

Wenn Doon dagegen etwas einwenden wollte, so versagte er sich dies. Der Magier nannte ihnen vier Beschwörungsformeln und ließ sie von jedem laut wiederholen, um sicherzugehen, daß alle sich die Worte eingeprägt hatten. Nach einem Versuch, bei dem Ariane das Schiff erfolgreich zum Ufer zurückbefohlen hatte, wurde es entgültig fortgeschickt und verschwand in den Nebelschwaden.

Doon zog Wegfinger aus der Scheide. Niemand war überrascht, als es senkrecht an der Felswand hinaufdeutete.

Sie begannen mit dem Aufstieg. Doon übernahm wie immer die Führung. Der Mönchsvogel flatterte voraus und kam immer wieder zu Golok zurück, um ihm Bericht zu erstatten.

Einmal wandte Doon sich um und sprach Ben an, der dicht hinter ihm kletterte. »Die Steilwand ist rissiger, als ich dachte. Man sieht es nicht, wenn man von unten hinaufschaut. Hier kann es leicht ein Dutzend verborgener Höhlenöffnugen geben. Hältst du es für möglich, daß es so etwas gibt – einen Seiteneingang zu der Höhle, die wir suchen? Das würde uns die Begegnung mit dem Drachen ersparen, des uns oben erwartet.«

»Es mag ein Dutzend solcher Eingänge geben, was weiß ich? Es war Nacht, als ich herunterstieg. Euer Schwert würde Euch doch einen solchen Eingang zeigen, wenn es einen gäbe.«

»Ich weiß nicht... Manchmal glaube ich, es gibt zwei Wege, und es weist mir absichtlich den gefahrvolleren.«
Sie kletterten weiter.
An der Kante angekommen, hielten sie an und spähten vorsichtig über den Rand. Noch einmal wurde der Mönchsvogel ausgeschickt, damit er die Lage erkundete. Wegfinger deutete geradewegs landeinwärts.
Auf der felsigen Landspitze erhoben sich Hunderte von steinigen Hügelchen, die aussahen wie rauhe Wellen in einem erstarrten Lavameer. Ben fand, daß die dornige Vegetation jetzt noch karger wirkte als in der Nacht seiner ungeheuerlichen Flucht. Damals hatte er das Gefühl gehabt, bei jedem Schritt in die Dornen zu treten. Überhaupt wirkte die ganze Szenerie, die jetzt zum erstenmal bei Tageslicht vor ihm lag, unvertraut und fremd. Sein Zutrauen in seine Fähigkeiten, die Höhle ohne magische Hilfe wiederzufinden, schwand zusehens dahin.
Der Mönchsvogel kam zurück und meldete, der Weg sei frei. Unverzüglich wurde er wieder ausgesandt. Die Menschen kletterten über den Rand des Kliffs und bewegten sich wachsam landeinwärts. Doon übernahm die Spitze.
Das schwarze Flattertier kam fast augenblicklich zurück. Es klammerte sich an Goloks Schulter, und es klang, als berichte es ihm von einem Laufdrachen, der sich offenbar ziemlich genau auf ihrem Weg befand.
»Wie weit?«
Dart zwitscherte seinem Meister etwas ins Ohr. Die anderen konnten nicht verstehen, was er sagte.
Golok übersetzte. »Fast einen Kilometer weit von hier, glaube ich. Horizontale Entfernungen zu schätzen fällt ihm nicht leicht. Was Dart erzählt, klingt so, als fresse der Drache gerade etwas.«
Das Schwert wies noch immer in dieselbe Richtung.
Doon kaute auf seinem Schnurrbart, ein Zeichen von Nervosität, das Ben an ihm noch nicht gesehen hatte. »Du hast gesagt, wir hätten fast einen Kilometer bis zur Höhle, starker Mann?«
»Nein, so weit ist es längst nicht, nein.«

»Dann werden wir wahrscheinlich hineinkommen, bevor... Wir werden es riskieren.« Doon führte sie mit schnellem Schritt weiter landeinwärts.

Golok warf seinen fliegenden Späher wieder in die Luft, und Dart flatterte in geringer Höhe landeinwärts. Nach wenigen Augenblicken war er wieder da, jetzt eindringlich schnatternd.

»Der Drache kommt auf uns zu«, übersetzte Golok. »Er kommt schnurstracks hierher.« Der junge Bursche lief an Doon vorbei, der stehengeblieben war, um die Warnung des Vogels mitanzuhören. »Laßt mich vorausgehen«, drängte Golok. »Ich will versuchen, ihn zu bändigen. Nach allem, was Ihr sagt, ist er ja daran gewöhnt, geführt zu werden.«

»Du willst einen Drachen bändigen?« Aber Doon ließ Golok laufen und führte die anderen dann rasch hinter ihm her.

Ben verfiel in Laufschritt und zog Drachenstecher aus der Scheide. Er sah, wie Mark neben ihm den Langbogen vom Rücken nahm und nach einem Pfeil griff. Hubert blieb einen Augenblick lang stehen, um sich auf die Armbrust zu stellen, sie zu spannen und den Abzug einrasten zu lassen.

Einen großen Landdrachen mußte man genau in den großen Rachen treffen, dachte Ben, oder in das winzige Auge. Sonst hilft einem auch ein Armbrustbolzen nicht viel. In diesem Moment hörte er das erste Grollen des Drachen. Noch war er hinter den Hügeln außer Sicht, aber er war nicht mehr weit entfernt. Kein Zweifel, er kam ihnen entgegen.

Ben erklomm den nächstgelegenen Hügel, um bessere Sicht zu haben. Fünfundzwanzig oder dreißig Meter vor ihm war Golok auf einen anderen Hügel gestiegen, und von dort aus redete er bereits gurrend und gestikulierend auf das Ungeheuer ein.

Das ist nicht derselbe Drache, den ich in der Nacht gesehen habe, dachte Ben. Dieser hier war ein wenig kleiner. Er war etwa zwanzig Schritte vor Golok stehengeblieben. Mit einer seiner vorderen Gliedmaßen stützte er sich auf einen drei Meter hohen Hügel, so daß er einen Augenblick lang wie die Parodie eines erzürnten Wirtes hinter seinem Tresen erschien. Er war erzürnt, weil Golok war, wo er war. Wahrscheinlich war er erzürnt, weil er existierte. Ben hörte die Wut in der beinahe musikalisch läutenden Stimme. Bis jetzt schien das Ungetüm Ben und die anderen noch nicht bemerkt zu haben. Es neigte den Kopf vor Golok, als wolle es damit seine Anwesenheit formell zur Kenntnis nehmen, und stürmte dann ohne weiteres in einer unbeholfenen Attacke auf ihn los. Feuer zischte und prasselte in seinen Nüstern.

Die Menschen rings um Ben hasteten in wildem Durcheinander zwischen den Felsen hin und her. In einem überraschend anmutigen Satz gab Golok seine nutzlose Position auf dem kleinen Hügel auf. Mit wenigen Sätzen sprang er auf eine andere Erhebung, weiter weg von Menschen und Drachen und näher an der Uferklippe. Noch immer bemühte er sich singend und mit beschwichtigenden Gebärden auf den Drachen einzuwirken. Seine Methode blieb nicht ohne Erfolg. Die Bewegungen des Drachen verlangsamten sich jäh, und aus seinem Angriff wurde ein bloßes Voranstapfen. Der Mönchsvogel umflatterte seinen Kopf wie ein Sperling, als wolle er ihn ablenken, doch der Drache schenkte ihm keinerlei Beachtung.

Doon hielt sich dicht neben Ben und wisperte scharf: »Indosuarus?«

Die geflüsterte Antwort klang ebenso angespannt. »Wir dürfen hier keine Magie einsetzen, wenn es sich vermeiden läßt. Es werden Spuren unserer Anwesenheit zurückbleiben, wenn wir es tun.«

Ben spürte Doons Unentschlossenheit. Der Baron wollte seine Leute so rasch wie möglich in die Höhle bringen – und nach Möglichkeit auch ohne einen offenen Kampf gegen den Drachen. Er wollte aber auch Golok nicht verlieren oder auch nur von ihm getrennt werden.

Golok wich zum zweiten Mal seitwärts aus und lockte den Drachen noch weiter von ihrem Weg herunter. Wieder warf das Monstrum sich zur Seite und folgte ihm nach, und diesmal begleitete es sein Vordringen mit einem Seitenhieb seiner mächtigen Vorderpranke gegen einen der kleinen Hügel. Fel-

sen splitterten, und Steine flogen umher, als habe die Schleuder eines Riesen sie durch die Luft gewirbelt.
Diese Bewegung genügte für Mark. Die Sehne seines Langbogens sang, und der gerade Pfeil, von einem Dreißig-Kilo-Zug des Bogens getrieben, traf nach weniger als zwanzig Metern eine Handbreit neben dem rechten Auge des Drachen auf eine der kleinen Schuppen dort und zersplitterte. Wie ein Zweig prallte der abgebrochene Schaft zurück. Der Drache schien überhaupt nichts zu spüren.
Doon flüsterte: »Ich will meinen Tierbändiger nicht verlieren, bevor wir unten sind. Wir werden ihn dort brauchen. Wir müssen ihn retten, und wenn es sein muß, werden wir den Drachen töten.«
Wenn wir es können, dachte Ben. Immer noch drang das Ungeheuer zuckend und tobend auf Golok ein. Unter größten Mühen gelang es dem Jungen, die Wut des Drachen hin und wieder für Sekunden abflauen zu lassen, aber zum Rückzug vermochte er die Bestie nicht zu bewegen. Er wich dem Untier aus, zog sich zurück, versuchte, seine Position zu halten und wurde erneut zurückgedrängt.
Schritt für Schritt wurde Golok auf den Rand des Kliffs zugetrieben. Jetzt gähnte der Abgrund nur noch wenige Meter hinter ihm. Die sieben anderen schlüpften von einem schützenden Felsen zum nächsten und folgten den beiden so dicht, wie sie es nur wagten.
»Klettere über die Kante«, rief Ben. Er war bemüht, seine Stimme nicht lauter klingen zu lassen, als nötig war, damit der Junge ihn hören konnte, denn er fürchtete, er könne sonst den Drachen erschrecken und zu einer neuen Attacke veranlassen. »Klettere über den Rand und klammere dich fest. Dann sieht er dich nicht mehr. Vielleicht ...«
Wieder stürmte der Drache unvermittelt gegen Golok an, und diesmal stieß er dabei ein donnerndes Gebrüll aus. Das hauchfeine Netz der Beherrschung, gewoben aus dem Wissen des Tiermeisters, war schließlich vollends zerrissen.
Unterdessen hatten sich Hubert und Mark von Ben abgesetzt,

und der Drache stürmte jetzt mehr oder weniger geradewegs auf sie zu. Es gelang ihnen, einen guten Schuß in den Gaumen des offenen Rachens zu jagen. Ben umklammerte Drachenstecher mit beiden Händen und hastete, so schnell er konnte, auf die Flanke des Ungeheuers zu. Die Bogenschützen konnten auch unter den günstigsten Bedingungen kaum hoffen, das Gehirn des Drachen zu treffen, dachte er, und selbst wenn ihre Pfeile das Gehirn erreichten, mußte das nicht notwendigerweise bedeuten, daß ihre Probleme mit dem Drachen damit vorüber wären... Und schon waren Drachenstechers Kräfte erwacht. Ben fühlte das Schwert, er hörte es singen, während er rannte.

Golok war gestürzt und kroch auf allen vieren auf den Rand zu. Langbogenpfeil und Armbrustbolzen drangen gleichzeitig in den klaffenden Rachen über ihm. In einer feurigen Explosion zerbarst die linke Wange des Drachen, und das flüssige Höllenfeuer, das Golok hatte vernichten sollen, versprudelte zischend, zum Teil über den Rand der Steilküste, zum Teil auf die umliegenden Steine. Offenbar hatte eines der Geschosse eine Feuerdrüse in der Wange getroffen.

Ariane schleuderte unter tapferem Gebrüll Stein auf Stein gegen den Drachen. Ob sie ihn dabei traf oder nicht, war ohne jede Bedeutung. Die beiden Zauberer waren vernünftigerweise in Deckung gegangen.

Das Ungeheuer sabberte Feuer, und jetzt litt es zweifellos auch Schmerzen. Es wandte sich den Menschen entgegen, die ihm solchen Schmerz verursacht hatten. Doon war hastig über Felsbrocken und Steine hinweggeklettert und befand sich jetzt hinter dem Feind. Mit Wegfinder schlug er gegen eines der Hinterbeine. Er zielte auf einen Punkt, wo sich unter den Schuppen eine Sehne befinden mußte. Die schwere, rasiermesserscharfe Klinge sprang von dem Schuppenpanzer zurück wie ein Spielzeugschwert von einem Amboß. Der Drache sah und spürte nichts davon.

Aber Ben sah er, und er hörte ihn auch. Ben hielt das Schwert der Helden in seinen Händen, dessen schrilles Singen die Luft

erfüllte. Jetzt fühlte er, wie die übermenschliche Kraft der Klinge in seine Arme strömte.
Die verfluchten Riesenbestien waren stets unberechenbar gewesen. Im letzten Augenblick wandte der Drache sich von Ben ab und beugte sich nieder, um den kreischenden Golok mit der linken Vorderklaue zu packen. Ben sah, wie der Junge wild um sich trat. Er lebte noch. Ben überließ sich dem Schwert, ließ sich von seiner Kraft zum Angriff ziehen. Der Streich, den Drachenstecher führte, war so schnell, daß Bens Gedanken ihm fast nicht hätten folgen können, und er trennte dem Drachen säuberlich die rechte Pranke ab, als dieser nach ihm schlug. Das abgehackte Glied schlug mit dumpfem Donnern wie ein gepanzerter Leichnam auf dem Boden auf, und schillerndes Blut strömte hervor.
Das Schwert der Helden kreischte.
Noch einmal sah Ben Goloks lebendes Gesicht aus der Nähe.
Drachenstecher stieß nach dem Herzen und zerspaltete handdicke Schuppen wie zartes Laub. Der Laufdrache taumelte rückwärts, das Schwert sang noch immer in Bens Händen. Die baumdicken Beine traten reflexartig gegen die Felsen und schleuderten Steine und Staub umher. Mit einem letzten Aufbrüllen, das in einem keuchenden Gurgeln endete, stürzte die Bestie rückwärts über die Kante. Golok hielt sie gegen die schuppige Brust gepreßt.
Ben hatte noch Zeit, bis zum Rand zu taumeln und das Ende des Sturzes mitanzusehen. Die beiden Körper trennten sich erst, als sie unten auf Wasser und Felsen trafen.

10

Der Mönchsvogel kreischte, er kreischte und kreischte. Ben kam es vor, als kreische er schon seit Tagen so. Vom Schwert der Helden in seiner Rechten tropfte noch das Drachenblut, als er sich an die Steine am Rande des Kliffs klammerte und hinunterstarrte, wo sich hundert Meter tiefer die Wellen to-

send brachen. Es war ein schöner Tag, und der Meeresspiegel war zum größten Teil mit feinen Grün- und Blautönen überzogen. Der Sturz auf die Klippen hatte den riesigen Körper des Ungeheuers wie Fallobst aufplatzen lassen. Nun waren die Wellen dabei, das Fleischwrack zu sichten, zu sortieren und aufzulösen, bis sie es schließlich säuberlich beseitigt hätten. Goloks Leichnam war bereits nicht mehr zu sehen.
Mark war herangekommen. Er nahm Ben beim Arm und zog ihn fort. Doon schäumte vor Wut. »Der Vogel, bei allen Dämonen! Der verdammte Vogel!« Er starrte zu der kleinen Gestalt hinauf, die in panischem Schrecken dicht über seinem Kopf hin- und herschwirrte, und es sah aus, als wolle er mit seinem Schwert darauf einschlagen. Darts stimmloses Schrillen mischte sich mit dem Geschrei einer Wolke von Seevögeln, die von den Uferklippen aufgescheucht worden waren. »Was können wir jetzt mit ihm anfangen?«
Als habe Dart die Absicht, seine Frage zu beantworten, stieß er plötzlich in jähem Sturzflug auf Ariane herunter, die in der Nähe stand. Sie hatte den linken Arm ausgestreckt, wie es die Tierbändiger zu tun pflegten, wenn sie ihre fliegenden Schützlinge anlocken wollten. Der Mönchsvogel schmiegte sich mit seinem dunkelbraunen Fell in die Locken ihres roten Haars, und in fast stummer Trauer um seinen toten Meister klammerte er sich mit Krallen und Flügeln dort fest, beinahe wie ein menschliches Waisenkind. Ariane streichelte ihn wispernd. Als Mitspieler herankam, um zu sehen, ob er ihr helfen könnte, wies sie ihn mit leisem Kopfschütteln zurück und fuhr fort, das Tier zu beruhigen.
Doon sah dies mit sichtlicher Erleichterung. »Gut gemacht, Prinzessin. Vielleicht haben wir hier doch nicht allzuviel verloren.« Er warf einen kurzen Blick zum Himmel. »Womöglich werden sie glauben, sie hätten ihren Drachen durch einen Unfall verloren – etwa, weil er bei der Jagd nach einem Kaninchen das Kliff hinuntergestürzt ist. So oder so – wenn wir es richtig anstellen, sind wir da und wieder fort, noch ehe der Drache vermißt wird. Also los.«

Mit gezücktem Schwert übernahm er die Führung. Ben hatte Drachenstecher so gut es ging mit Laub gesäubert, jetzt folgte er ihm dicht auf den Fersen. Mark lief neben Ben, und die übrigen kamen gleich hinter ihnen.
Noch immer erkannte Ben keinerlei Einzelheiten der Gegend wieder, wenngleich sie im großen und ganzen so aussah wie die, aus der er in jener Nacht geflohen war. Am hellichten Tage nun war, abgesehen von den Abenteurern selbst, von Menschen oder menschlichen Werken nichts zu entdecken. Ödland erstreckte sich nach Norden, Westen und Süden, Kilometer um Kilometer, leer und von grimmiger Schönheit.
»Wo ist denn der Blaue Tempel, in dem du warst?« erkundigte sich Mark, als er neben Ben den Kopf über einen Hügel schob, um den weiteren Weg zu erkunden.
»Ein Stück landeinwärts, in dieser Richtung. Aber es sind einige Kilometer bis dorthin. Wir haben einen halben Tag und eine halbe Nacht gebraucht, um herzukommen, und dabei sind wir einen Teil des Weges geritten.«
Einem Impuls folgend, drehte Ben sich um und schaute zurück über das Meer. Auf der anderen Seite des Fjordes erhob sich eine Landzunge, die eben mit einiger Verspätung aus den letzten Morgennebeln emporstieg, um sich in den Strahlen der Frühsommersonne zu wärmen. Die Wiese und der Wald oben auf der Hochebene waren auf diese Entfernung und in diesem Licht nicht zu erkennen. Die Steilwand der Küste, die jetzt von der Sonne beschienen wurde, schimmerte blaßblau.
Bin ich wirklich den ganzen Weg geschwommen und dann dort hinaufgeklettert? fragte Ben sich in Gedanken. Bin ich nachts durch die Fluten geschwommen, ohne zu wissen, wohin? Eines Tages, dachte er, werde ich meinen Enkelkindern davon erzählen. Meinen und Barbaras Enkelkindern, in unserem hübschen Haus. Ich habe den Kaiser gesehen. Er saß da in seinem grauen Mantel und sah aus wie ein gewöhnlicher Mann... Ben hatte diesen Zwischenfall schon fast vergessen, als Hubert ihn mit seiner Geschichte erschreckt hatte. Aber jetzt war es unnütz, sich den Kopf darüber zu zerbrechen, ob

dies alles die Wahrheit war – er jedenfalls hatte die Dämonen nicht gesehen.
Er wandte sich wieder landeinwärts und marschierte weiter, den anderen nach, die schon weitergezogen waren.
Doon führte sie mit dem Schwert in den Händen stetig weiter durch weglose Wüstenei. Ein paarmal murmelte Ben den anderen zu, daß es bis zu dem betreffenden Hügelchen nun nicht mehr weit sein könne. Bei der Suche danach wurde ihm zum erstenmal bewußt, wie sehr sich alle diese Steinhaufen glichen. Anscheinend hatte sogar jeder dieser Hügel an einer Seite einen mächtigen Steinblock aufzuweisen, und jeder dieser Blöcke war von einer Größe und Form, daß er die balancierende Tür sein konnte, die den Eingang zu der Höhle versperrte. Diese Tatsache fiel nicht sogleich ins Auge, weil keine zwei der riesigen Blöcke einander völlig glichen, und sie befanden sich auch nicht alle auf der jeweils gleichen Seite der Hügel. Aber soweit Ben sehen konnte, gab es hier mindestens hundert Hügel, die die Höhle hätten bergen können. Er fragte sich, ob dies durch einen Zauber so angelegt worden sein mochte, denn es erschien ihm unmöglich, daß hier allein der Zufall seine Hand im Spiel hatte.
Wegfinder war immun gegen diese wie gegen alle ablenkenden Elemente. Ben folgte Doon, der beinahe schnurgerade voranmarschierte und sich zu erinnern versuchte, in welcher Richtung der Höhleneingang lag. Unauslöschlich brannte in ihm die Erinnerung an den Augenblick, da er sich vom Höhleneingang abgewandt und, während Radulescus Schrei noch in der Luft hing, den großen Block ergriffen und hinuntergedrückt hatte, so daß der Eingang dröhnend versperrt wurde. Dann war er, selbst am Rande einer Panik, in die Nacht hinausgerannt, beinahe blind in der Finsternis. Er hatte sich die Beine an den Steinen zerschunden ... und als er in jener Nacht gerannt war, hatte der Ozean zu seiner Linken gelegen ...
»Hier«, sagte Doon unvermittelt. Er war vor einem Hügel stehengeblieben, der für Bens Augen genauso aussah wie alle anderen. Doon stand vor dem Hügel und streckte den Arm aus,

bis Wegfinders Spitze den Stein berührte. Jetzt sah Ben ganz deutlich, daß die Klinge stark vibrierte.
»Hier?« fragte Ben wie ein Echo. Noch immer sah er nicht, was diesen Hügel von allen anderen unterschied. Es gab nur eine Möglichkeit, sich zu vergewissern. Er warf seinen Tragbeutel ab. »Also gut. Faßt hier an diesem Ende des Steinblocks mit an und helft mir, ihn hochzuheben.« Er bückte sich, um auch selbst die Unterseite des mächtigen Steines zu ergreifen. Plötzlich, als er die Felsenfläche unter den Händen spürte, war er sicher, daß es sich um den richtigen Ort handelte.
Aber Indosuarus legte ihm die Hand auf die Schulter. »Warte.« Der Magier hob beide Hände und berührte den Stein mit allen zehn Fingerspitzen. Einen Moment lang blieb er so stehen und schloß die Augen. Dann trat er zurück und warf seinem Gehilfen einen Blick zu. »Ich spüre keinen Wachzauber. Ihr könnt ihn hochheben.«
Ben stemmte sich mit aller Kraft gegen den Stein, und mit Marks und Huberts Hilfe gelang es ihm, die Platte zur Seite zu kippen. Bens letzte Zweifel verflogen: Dahinter klaffte eine dreieckige Öffnung. Es war dieselbe Höhle.
Doon hielt sein Schwert bereit und spähte einen Augenblick lang durch die Öffnung. Dann trat er zurück und nickte befriedigt. »Lichter!« befahl er.
Sieben Altwelt-Lampen wurden aus einem der Beutel gezogen und verteilt. Sie waren in Form und Stil anders als die Fackel, die Ben bei Radulescu gesehen hatte, aber sie funktionierten genauso. An diesen hier waren jedoch moderne, handgefertigte Lederschlaufen befestigt.
Rasch demonstrierte ihnen Doon, wie man sich mit Hilfe dieser Schlaufen die Lampen wie einen Helm auf den Kopf setzen konnte, so daß man beide Hände freihatte. »Auch dafür müssen wir uns bei unserem Zauberer bedanken. Wir werden dafür sorgen, Indosuarus, daß die Jahre Eurer Vorbereitungen nicht umsonst gewesen sind.« Er nahm seinen Lampenhelm ab, um ihnen vorzuführen, wie er funktionierte. »Wenn ihr hier drückt, wird es hell. Drückt noch einmal, und es wird dunkel.

Dreht hier, und das Licht wird heller oder matter. Wenn ihr dreht und zugleich drückt, wie ich es euch hier zeige, könnt ihr das Licht zu einem Strahl bündeln. Dreht zurück und zieht, und das Licht breitet sich aus und erleuchtet einen Raum.«
»Wie lange werden sie brennen?« wollte Hubert wissen. Er war sichtlich fasziniert. Wahrscheinlich, dachte Ben, hatte er so etwas noch nie gesehen.
Doon zuckte die Achseln. »Sie sind fast so alt wie die Welt. Ich nehme an, sie werden brennen, bis die Welt untergeht. Scheut euch also nicht, sie zu benutzen.«
Der eigentliche Abstieg in die Höhle erschien Ben fast wie ein Antiklimax. Im neuen Licht, das von seiner Stirn strahlte, sah er, daß die alten Wachstropfen noch immer am Boden klebten. Von den sechs Männern, die er mit eigenen Händen hier eingesperrt hatte, war keine Spur zu sehen. Aber jetzt trat ihm die Erinnerung an jene Nacht deutlicher als je vor Augen, denn die Höhle sah jetzt nicht anders aus als damals, als er sie im Licht von Radulescus Altwelt-Fackel gesehen hatte.
Indosuarus stand vor der großen Öffnung im Boden und meldete wiederrum, daß er keinerlei Schutzzauber spüren könne. »Hier nicht ... aber tief unten wohl. Ein Zauber lauert in der Erde, tief unter uns. Zauber, und ...«
»Und was?« fragte Doon nicht ohne Schärfe.
Der Magier seufzte. »Ich glaube, da ist ... etwas aus der Alten Welt. Etwas Großes.«
»Ist das alles, was Ihr uns sagen könnt?«
»Technologie aus der Alten Welt.« Indosuarus verzog die Lippen. »Wer weiß etwas über Technologie zu sagen?«
»Aber der Zauber, den Ihr spürt, werdet Ihr ihn mit Eurer Macht überwinden können, wenn wir dort sind?«
Einen Augenblick lang sah es so aus, als sei der Zauberer mit einer innerlichen Bestandsaufnahme beschäftigt. Er starrte seinen Gehilfen an. Dann erklärte er mit fester Stimme: »Das werde ich können.«
»Nun«, meinte Doon energisch, »dann müssen wir uns jetzt darum kümmern, daß wir den Türstein öffnen können, wenn

wir hierher zurückkommen.« Er sprang die ausgetretene Treppe hinauf, um den schweren Felsblock zu studieren. Ben hatte schon allen erzählt, wie ihm dieser Block die Flucht ermöglicht hatte.

Jetzt seufzte Doon unzufrieden. Er betrachtete den Stein stirnrunzelnd, als habe er ihn beleidigt. »Ben, beantworte mir eine Frage. Die Priester müssen doch von Zeit zu Zeit zur Inspektion herkommen, um sich davon zu überzeugen, daß ihr Schatz in Sicherheit ist. Nicht wahr?«

»Das nehme ich an«, erwiderte Ben und stieg ebenfalls die Treppe hinauf. »Aber ich habe nie etwas darüber gehört.«

»Nun, du sagst, von innen läßt sich der Stein nicht beiseiterükken. Der Offizier hätte es getan, wenn er gekonnt hätte, und hätte dich verfolgt. Richtig?«

»Ich glaube nicht«, antwortete Ben, »daß ich den Stein von innen allein anheben könnte, und wenn mein Leben davon abhinge. Es kann aber nur ein einzelner Mann von innen herankommen. Hier ist nur Platz für einen.«

»Ich bezweifle, ob die Priester den Eingang offenlassen, wenn sie herkommen. Und ich frage mich, ob sie jedesmal ein halbes Dutzend Sklaven mitbringen, die draußen warten und den Stein hochheben müssen, wenn sie wieder hinauswollen.« Wieder seufzte Doon. »Natürlich ist es möglich, daß wir, wenn wir erst unten sind, einen anderen Ausgang finden. Vielleicht aber finden wir keinen. Nun habe ich zwar Steinmeißel und Werkzeug, aber ...« Er betrachtete den Felsblock und schüttelte stumm den Kopf. Dann warf er die Hände in die Höhe, als gebe er auf. »Indosuarus? Ich weiß, es war unser Plan, keine magischen Spuren auf unseren Weg zu hinterlassen, zumindest nicht so nahe an der Erdoberfläche. Aber uns in diese Höhle zu sperren, ohne zu wissen, wie wir wieder hinauskommen sollen, wäre noch schlechter.«

Mit düsterem Gesicht mußte der Zauberer zustimmen. »Ich fürchte, Ihr habt recht.« Indosuarus beriet sich hastig flüsternd mit Mitspieler, dann zogen die beiden einige Gegenstände aus einem Beutel. Kurz darauf standen sie draußen vor dem Ein-

gang und rieben den Felsblock mit etwas ein, das Ben für Scheiben rohen Gemüses hielt.
Die ganze Zeit über blieb Ariane unten in der Höhle. Sie vertrieb sich die Zeit damit, den Mönchsvogel zu streicheln und beruhigend auf ihn einzureden. Sie ließ wenig oder keine Angst erkennen.
Als die beiden Zauberer die Behandlung des Felsblockes beendet hatten, wandte Doon sich an Ben und schickte ihn zum Eingang, damit er den Stein herunterkippe. Ben hatte das Gefühl, als sei die Masse des Steines um ein beträchtliches vermindert worden: Als er es versuchte, gelang es ihm, den Stein im Fallen aufzufangen und ihn aus halber Höhe wieder mühelos hochzudrücken. Nacheinander versuchten nun alle, den Stein von innen beiseitezudrücken, und allen gelang es.
Endlich standen alle in der Höhle, und der Eingang war wieder versperrt. Doon versammelte seine Schar vor dem großen Loch unten im Boden.
»Hier war es, wo wir den Schatz hinabwerfen mußten«, erzählte Ben. »Und hier habe ich die Weißhände gesehen, die ihn in Empfang nahmen.«
Der Magier Indusuarus lächelte, als sei er entschlossen, zuversichtlich zu erscheinen. »So nahe kommen sie nur an die Oberfläche, wenn sie einen Schatz entgegenzunehmen haben – wie in der Nacht, in der du hier warst.«
»Woher wollt Ihr das wissen?«
Die Antwort auf Bens Frage war ein hochmütiger Blick, der zu besagen schien, daß der Quell des Magierwissens eine Sache sei, die Bens Fassungsvermögen zweifellos übersteige und ihm zudem auch nichts angehe.
»Es wäre sehr listig«, schlug Hubert vor, »wenn wir einen von ihnen fangen könnten, damit er uns als Führer dient. Sie müssen ja einen kurzen Weg zum Schatz kennen. Diejenigen, die alles schleppen müssen, kennen immer die kürzesten Wege.«
„Wenn wir einen von ihnen treffen«, murmelte Doon geistesabwesend, »werden wir ihn fragen.« Der Baron hatte sich

direkt über die Öffnung gestellt, richtete den Strahl seiner Lampe nach unten und spähte angestrengt in das Loch. »Hier an der Seite sind Stufen eingehauen«, meldete er. »Anscheinend ist es nicht sehr weit bis unten. Ich glaube nicht, daß ich ein Seil brauchen werde, aber gebt mir trotzdem eines. Zwei von euch halten es hier oben fest.«

Mark und Ben ergriffen eines der dünnen, geschmeidigen Seile und reichten Doon ein Ende. Doon schob Wegfinder in die Scheide, und einen Augenblick später war er verschwunden und glitt nach unten.

Beinahe unverzüglich wurde das Seil in ihren Händen schlaff. »Ich bin unten«, tönte die Stimme des Barons leise herauf. »Kommt mir nach.« Ben schaute durch das Loch nach unten und sah, wie sich die Lampe des Barons dort ganz in der Nähe bewegte. Im verdoppelten Licht war die Reihe der Aushöhlungen, die als Haltegriffe und Stufen dienten, in der Wand des kleinen Schachtes deutlich zu sehen. Eine Seite des Schachtes wurde zur Wand der unteren Kammer, und die Stufen reichten fast bis auf den Fußboden dieser Kammer.

Ben folgte seinem Anführer. Bald war die ganze Gruppe unten angekommen. Die Kammer, in der sie nun standen, entsprach in Größe und Form etwa der, aus welcher sie eben gekommen waren, und auch hier gab es wieder einen Ausgang, der nach unten führte. Diesmal aber war es eine Tunnelmündung in der Höhlenwand, ziemlich genau gegenüber dem Einstiegsschacht. Der Tunnel war eng und eben hoch genug, daß ein mäßig großer Mann darin aufrecht gehen konnte. Mark würde allerdings den Kopf einziehen müssen, vermutete Ben.

Wieder ging Doon voran, die anderen folgten gezwungenermaßen im Gänsemarsch. Der Tunnel krümmte sich zunächst nach rechts, dann wieder nach links, immer aber – und immer steiler – nach unten. Nach einer Weile, als es schon sehr abschüssig geworden war, wiesen die Wände Mulden und der Boden Stufen auf.

Sie waren einige Dutzend Schritte weit gekommen, als Doon

plötzlich stehenblieb und den anderen leise mitteilte, daß der Tunnel sich vor ihnen in einen lotrechten Schacht verwandle. Der Baron wies das Seil zurück, das man ihm bot, und benutzte nur die zahlreichen Nischen in der Schachtwand für den mühsamen Abstieg. Ben folgte ihm vorsichtig. Hinter, oder besser gesagt über ihm schaute Indosuarus nach unten, die Augen halb geschlossen, als taste er sich mit Sinnesorganen voran, über die ein normaler Mensch nicht verfügte. Hinter Indosuarus folgte Ariane. Auf ihrer Schulter hockte der Mönchsvogel unverhüllt und klammerte sich mit seinen Klauen in ihr Hemd. Als nächster kam Hubert, dann Mark, und Mitspieler bildete den Schluß.

Wieder erwies es sich als einfach, unten aus dem Schacht zu steigen. Er endete etwa einen Meter über einem kreisrunden Podest von zwei oder drei Metern Durchmesser, das vielleicht einen Meter höher als der Fußboden des Raumes war.

Das untere Ende des Schachtes bestand anscheinend aus uraltem Mauerwerk. Zwischen den einzelnen Steinblöcken zeigten sich haarfeine Risse, und Ben fragte sich verwundert, weshalb das Ganze unter seinem Gewicht nicht krachend eingestürzt war, bevor er die Haltesprosse losgelassen hatte.

Aber nach kurzer Zeit waren alle Expeditionsmitglieder unversehrt aus dem Schacht gekommen und standen rings um das Podest. Sie befanden sich in einer Kammer, die die Form eines gedrungenen Zylinders hatte, vielleicht zehn Meter im Durchmesser, grösser also als die beiden Räume oben. Die steinernen Wände, der Boden und die Decke waren hier glatt und ebenmäßig behauen. In mehr oder weniger regelmäßigen Abständen waren zwölf dunkle Türen in die kreisrunde Wand eingelassen. Die Gruppe stand fast in der Mitte des Raumes. Von hier aus war es nicht möglich, in eine dieser zwölf Öffnungen sehr weit hineinzuleuchten, denn die Gänge dahinter knickten nach wenigen Metern scharf ab und führten abwärts, seitwärts oder in beide Richtungen. Jeder dieser Gänge war, zumindest an seinem Eingang, gerade so breit, daß ein einzelner Mensch hindurchgehen konnte.

»Wir haben das dritte Siegel erreicht«, stellte Doon fest. Und er hob das Schwert wie zum Salut.

11

Doon stand neben dem Podest, das wie eine Radnabe in der Kammer lag, drehte sich langsam im Kreis und deutete mit Wegfinder auf die Türen, um festzustellen, welchem der dunklen Gänge sie nun folgen sollten. Mark beobachtete das Gesicht des Barons und sah, daß dieser zum erstenmal die Stirn runzelte, als das Schwert ihm den Weg wies.

Indosuarus, der Doon über die Schulter blickte, stieß ihn an. »Mir scheint, es gibt keinen Zweifel, oder? Das Schwert zeigt uns diesen Weg.« Der Zauberer deutete mit einem langen, knotigen Zeigefinger auf einen Tunnel.

Diese Bemerkung ließ Doon noch gereizter dreinblicken. Er bewegte das Schwert weiter. »Noch vor einem Augenblick hat es auf einen anderen Gang gedeutet – auf den da drüben. Dessen bin ich ganz sicher. Und jetzt tut es das nicht mehr.«

»Ganz gewiß nicht«, bestätigte Indosuarus. Er schwieg einen Moment und fügte dann hinzu: »Vielleicht hat Eure Hand gezittert, Mann. Vielleicht war das Licht einen Augenblick lang unstet.«

»Meine Hand hat nicht gezittert! Und ich brauche kein Licht, um das Vibrieren der Klinge zu spüren.«

Ben schaltete sich liebenswürdig ein. »Vielleicht liegt ein kleinerer Teil des Hortes am Ende des Ganges, auf den das Schwert zuerst gedeutet hat, und ein größerer am Ende dieses Tunnels hier. So jedenfalls würde ich dieses Zeichen deuten.«

»Oder der Schatz wird hin und herbewegt, noch während Ihr versucht, seine Lage ausfindig zu machen«, schlug Ariane vor. Etwas wie Vergnügen lag in ihrer Stimme, und es schwand nicht, als Doon sie wütend anfunkelte.

»Ich bezweifle, daß wir uns schon in der Nähe irgendeines Schatzes befinden«, knurrte der Baron.

Noch einmal ergriff der Magier das Wort. »Ich kann Euch nur raten: Entweder traut Ihr Eurem Schwert, oder Ihr traut ihm nicht. Wenn Ihr ihm nicht länger trauen wollt, dann werde ich jetzt versuchen, unseren Weg mit anderen Mitteln zu bestimmen.« Er ist ja eifersüchtig auf das Schwert! dachte Mark.
Der Baron dachte offensichtlich das gleiche. »Ihr wollt es versuchen? Aber nein. Ich denke, wir werden uns auf dieses gottgeschmiedete Metall noch ein Weilchen verlassen können. Wir werden den Weg einschlagen, den es mir zuerst gewiesen hat.« Die beiden Männer starrten einander an.
»Ein paar von uns sollten den einen Weg erkunden, und einige den anderen«, schlug Hubert vor, aber seine eigene Idee schien ihn nicht sonderlich zu locken.
Doon warf auch ihm einen wütenden Blick zu. »Nein, ich werde meine Kräfte jetzt nicht aufspalten. Vorerst jedenfalls nicht. Wir nehmen den Gang, den Wegfinder mir zuerst gewiesen hat.«
Mark, der einige Erfahrung damit hatte, sich von Würfelwender führen zu lassen, fand, daß dieser Punkt noch einiger Erörterung bedurft hätte. Aber auch diese wären nicht ohne Gefahren vonstatten gegangen, und so hielt er den Mund. Als er Ben anschaute, las er Zustimmung in dessen Augen. Mark sah auch Arianes Blick, und ihm war, als sehe er dort zum erstenmal begründete Besorgnis aufsteigen – und noch andere Dinge, die nicht so leicht zu deuten waren.
Die kleine Schar begab sich in den Tunnel, für den Doon sich entschieden hatte. Sie bewegten sich wie zuvor im Gänsemarsch voran, und wieder fand Mark sich an vorletzter Stelle, vor dem schweigenden Mitspieler und hinter Hubert. Mark mußte sich fast ständig vorbeugen oder wenigstens den Kopf einziehen, um zu verhindern, daß seine Lampe beim Gehen unter der Decke entlangkratzte. Wenn dies lange so weitergeht, dachte er, werde ich die Lampe abnehmen und in der Hand tragen. Oder ich begnüge mich mit dem Licht der anderen, solange wir hier drin sind. Dieser Gang war zumindest ein wenig breiter als der vorherige, wenngleich immer noch nicht

breit genug, um zwei Menschen bequem nebeneinander gehen zu lassen.
Der Gang bog scharf nach rechts und dann wieder nach links und führte dabei gleichmäßig bergab. Er wurde an keiner Stelle so steil wie der vorige, und der rauhe Boden bot ihren Füßen sicheren Halt. Mark kam auf den Gedanken, die Decken nach Rußflecken abzusuchen. Gewiß würden ja nicht alle Blautempler, die durch dieses Labyrinth zum Hort gegangen waren, Lichter aus der Alten Welt benutzt haben, und im Laufe der Generationen müßte der Verkehr hier seine Spuren hinterlassen haben, wenn dies die richtige Strecke war. Und tatsächlich glaubte Mark, hier und da geschwärzte Stellen zu entdecken, obgleich er wegen des dunklen Felsgesteins nicht sicher sein konnte.
»Sieh mal«, sagte Ben plötzlich wenige Schritte vor ihm. Die Prozession blieb nicht stehen. Einen Augenblick später sah Mark, was Ben gemeint hatte. Sie passierten eine Öffnung, die einst ein Seitengang gewesen sein mußte, jetzt aber durch einen Einbruch völlig versperrt war. Felsbrocken und herabgestürztes Gestein füllten sie völlig aus. Aus dem Geröll dicht über dem Boden ragte ein Paar toter Knochenhände heraus – und Mark wurde plötzlich bewußt, daß sie von normaler menschlicher Größe waren. Die wortlose Warnung schien irgendwie um so stärkeren Eindruck zu hinterlassen, als sie nicht so aussah wie eine planmäßig angelegte Abschreckung für Eindringlinge.
Mark sah, daß Ariane im Vorübergehen auf die Knochen hinunterstarrte. Das Mädchen zeigte keinerlei Anzeichen von Schrecken oder Angst. Wie sie wohl aufgewachsen sein mochte, überlegte Mark. So außergewöhnlich wie er selbst – oder noch merkwürdiger? Vielleicht erkannte sie mich durch ihre Kräfte – falls sie tatsächlich welche besitzt – wenigstens in dieser Hinsicht als ihren Bruder...
Sie fanden keine weitere Kreuzung. Da ihnen vorläufig keine andere Wahl blieb, als diesem Gang zu folgen, konsultierte Doon sein Schwert nicht mehr. Sie marschierten jetzt durch

einen vergleichsweise geradlinigen Abschnitt, und Mark sah Doons Licht, das an der Spitze des Zuges dahinhüpfte und die Wände des Tunnels beleuchtete.
Dann endete der Tunnel, nicht weit vor ihnen, in einem schlichten, dunklen Kreis. Es sah aus, als münde der Gang in eine gewaltige Höhle. Als sie mit ihren Lampen näherkamen, sahen sie durch die Öffnung in der Ferne verschwommene Umrisse wie von zerklüfteten Felsen.
»Was ist denn das, bei allen Dämonen?«
Der Tunnel weitete sich an der Mündung ein wenig, und die Eindringlinge drängten sich so gut sie konnten zusammen, um zu sehen, was für einen Ort sie nun erreicht hatten. Tatsächlich gähnte vor ihnen eine riesige Höhle, die so aussah, als sei sie unüberwindlich. Der Boden – falls man es einen Boden nennen wollte – lag ein ganzes Stück tiefer als der Boden des Ganges, und er starrte vor stachligen Felsspitzen, die an manchen Stellen hell glitzerten und an anderen Stellen von dunklen Flecken überzogen waren, die im Schein der Lampen aussahen wie pilzartige Flechten.
Und wieder erblickte Mark hinter einem scharfkantigen Zakken das grauenerregende Weiß eines menschlichen Knochens. Knochen waren es auf jeden Fall, zersplittert und verstreut. Ob es tatsächlich menschliche Knochen waren, konnte Mark nicht mit Sicherheit feststellen.
Diese tödlich aussehende Kammer erstreckte sich etwa zwanzig oder dreißig Meter weit, und ein anderer Eingang oder Ausgang war nicht zu sehen. Nach links und nach rechts reichte sie nur ein paar Meter weit, und die Seitenwände rückten zur Tunnelmündung hin noch weiter zusammen. Nirgends war ein Spalt, der weit genug gewesen wäre, um einen Menschen durchzulassen. Mark spähte aus der Tunnelmündung hinaus nach oben, aber er sah nur die glatte, leicht gewölbte runde Wand, in der sie standen, und darüber eine unebene Felsendekke, die einige Meter weit außerhalb ihrer Reichweite lag. Wenn er nach unten schaute, war der Ausblick noch weniger ermutigend: Aufrechtstehende Steinzacken lauerten in den Schatten

Eine bunt zusammengewürfelte Gruppe auf der Suche nach einem Schatz in einem gefährlichen Höhlenabyrinth – das ist die typische Ausgangsposition für ein Rollenspielabenteuer. Mit dem vorliegenden Band haben Sie ein Buch vor sich, dessen Story man also auch spielen kann. Wenn Sie möchten, können Sie die Handlung nachvollziehen oder sie verändern, indem Sie selbst in die Rollen von Mark, Benn, Doon und den anderen schlüpfen. Sie benötigen dazu lediglich einige Freunde, Fantasie und das fantastische Rollenspiel »Das schwarze Auge«

Bitte umblättern ☞

einer beängstigenden Tiefe. Nirgends konnte er etwas entdekken, das wie eine Fortsetzung ihres Weges ausgesehen hätte. Auf Doons Drängen hin überredete Ariane den Mönchsvogel, einen kurzen Erkundungsflug in die Höhle zu unternehmen. Die Strahlen ihrer Lampen beleuchteten seinen Weg, aber er flatterte dennoch unsicher umher und mußte immer wieder angespornt werden. Schließlich flog er ein Stück weit hinaus und war in die Nähe eines wenig einladenden Felsensimses geraten, als von den Pilzgewächsen unter ihm plötzlich ein schnalzendes Geräusch heraufschallte. Eine Staubwolke wirbelte auf und umhüllte das fliegende Tier. Pfeilgeschwind kam der Mönchsvogel zu Ariane zurück und klammerte sich verängstigt an ihrer Schulter fest. Er brachte einen ekelerregenden Staubgeschmack mit sich, und ein beißender, giftiger Dunst wehte vom hinteren Teil der Höhle herüber und drang den Menschen in die Nasenlöcher.
Doon murmelte dämonische Flüche zwischen jähen Hustenanfällen. Er hatte sein Schwert gezogen und richtete die Klinge in verschiedene Ecken der Höhle. Aber erst als er wieder in den Tunnel zurückdeutete, spürte er eine Reaktion. Daraufhin verfinsterte sich seine Miene so sehr, daß selbst Indosuarus es für klüger hielt, sich einen Kommentar zu verkneifen.
Mark schaute in der Höhle umher. Plötzlich sah er etwas, das eine Idee in ihm weckte. Er zog seine Lampe vom Kopf, beugte sich nieder und stellte das Licht auf den Boden. Dann richtete er einen gebündelten Strahl auf ein paar Felsen in der Höhle, die etwa zwanzig oder dreißig Meter von ihnen entfernt waren.
»Schaltet alle anderen Lichter aus«, forderte er seine Gefährten auf. »Ich möchte etwas ausprobieren.«
Der Baron war eben im Begriff gewesen, neue Befehle zu erteilen. Er zögerte und tat dann, wie Mark geheißen hatte. Die übrigen murmelten Fragen und Proteste, und immer wieder niesten und husteten sie. Aber einen Augenblick später war Marks Lampe die einzige, die noch brannte.
Er richtete sich auf. »Seht nur. Meine Lampe bewegt sich nicht. Sie steht auf dem Boden. Achtet auf das Licht.«

Ein paar glänzende Gesteinsfacetten in der Ferne spiegelten helle Lichtpunkte, die matt auf den Wänden der Decke und auf den Gesichtern der Menschen leuchteten.
»Schaut.«
Die Lichtpunkte bewegten sich. Es war eine langsame Bewegung, stetig und gleichmäßig. Es sah so aus, als drehe sich das starre Gestein, die ganze Höhle dort draußen, in einer gleichförmigen, allmählichen Rotation an der Tunnelmündung vorbei. Wenn man die Höhle genauer ansah, wurde sogleich deutlich, daß sie sich in kurzer Zeit seit dem Eintreffen der kleinen Schar verändert hatt.
Die Menschen husteten, während die letzten Reste des giftigen Sporenstaubes verwehten, und sie blickten ratlos staunend umher.
»Das kann nicht sein.«
»Aber es bewegt sich doch.«
»Ich glaube, ich weiß, was hier geschieht«, behauptete Mark. »Laßt uns hier aus diesem Staub verschwinden und durch den Tunnel zurückgehen. Dann werde ich es euch erklären.«
Nur allzugern waren die anderen bereit, diesen Ort zu verlassen. Doon führte sie an. Kurz darauf waren sie durch den gewundenen Gang bergaufgestiegen und in den großen zylindrischen Raum zurückgekehrt.
Mark begann mit seiner Erläuterung. »Es ist nicht die Höhle dort unten, was sich bewegt. Wir sind es. Ich meine, es sind alle zwölf Gänge, und es ist der Raum, in dem wir jetzt stehen. Was so aussieht wie die Nabe eines Rades« – er legte eine Hand auf das kreisrunde Podest – »ist tatsächlich eine. Und seht hier – das Ende des Schachtes, durch den wir gekommen sind. Es sieht aus wie haarfeine Mauerspalten. Tatsächlich aber kann die Kammer dadurch am Schacht entlangrotieren. Indosuarus, im Licht des Tages dort oben habt Ihr gesagt, Ihr könntet etwas Gewaltiges hier unten spüren, etwas aus der Alten Welt.«
»Das konnte ich in der Tat.« Der Zauberer legte den Kopf zurück und schloß die Augen. »Und ich spüre es auch jetzt.

Technologie.« Und wie schon einmal, verzog er auch jetzt die Lippen verächtlich, als er dieses Wort aussprach.
Doon war ungläubig. »Dieser ganze Bereich im Felsgestein? Zwölf Gänge, die sich hindurchbewegen wie die Speichen eines Rades? Das Rad müßte so groß sein, daß man ein Dorf darauf erbauen könnte.«
Hubert meldete sich zu Wort. »Eine Scheibe von solcher Größe, die unablässig rotiert? Ohne das geringste Geräusch? Und ohne – nein, niemand könnte so etwas bauen. Niemand könnte...« Aber er sprach nicht weiter. Er wußte ebensogut wie der Baron und alle anderen, daß es in der Alten Welt tausend Wunder gegeben hatte, die um nichts geringer als dieses hier gewesen waren.
Mark wandte sich an Doon. »Aber das bedeutet, das Schwert hatte recht – beide Male. Wenn wir dem ersten Tunnel, den es uns zeigte, schnell genug gefolgt wären, wären wir an der richtigen Stelle herausgekommen... Versteht Ihr? Die rotierenden Gänge müssen auf einen festen treffen – oder auf eine andere Art Ausgang –, der irgendwo an der Peripherie des Rades in das starre Gestein gehauen ist. Wahrscheinlich fahren die zwölf Tunnelmündungen, eine nach der anderen, daran vorbei. Wenigstens einige von ihnen müssen es tun.«
»Es könnten übrigens auch mehr als zwölf sein«, gab Ben zu bedenken. »Es kommt darauf an, wie die Gänge sich innerhalb des Rades verzweigen.«
Doon schüttelte den Kopf, als sei ihm schwindlig. »Wir wollen sehen, was Wegfinger uns jetzt zu sagen hat.«
Diesmal wies das Schwert ihnen einen völlig anderen Gang, nicht etwa den nächsten hinter dem, durch welchen sie schon gegangen waren.
»Verstehe«, meinte Ben. »Sie schlängeln und winden sich, wie wir ja schon gesehen haben, und wahrscheinlich über- und unterqueren sie einander hier und da innerhalb des Rades.«
»Aber dann frage ich mich, wie die Priester, die manchmal herkommen, je ihren Weg hinein und wieder hinaus finden?«

sagte Hubert. »Ob sie wohl einen Zauberspruch kennen, mit dem man das Rad anhalten kann?«

»Technologie kann man nicht mit Zaubersprüchen anhalten und wieder in Gang setzen. Vielleicht sagt ihnen die Tageszeit beim Einsteigen, welcher Tunnel in den Ausgang mündet, wenn sie herkommen.«

»Noch ist nicht erwiesen, daß diese verrückte Idee zutrifft«, grollte der Baron. »Diesmal wird Wegfinger vor uns sein, wenn wir maschieren. Los!«

»Ja, wir sollten uns an Wegfinger halten«, murmelte Mark. »Ich dachte nur gerade... Mag sein, daß es im starren Fels rings um das Rad noch andere Ausgänge gibt, die uns an Orte führen könnten, die schlimmer sind als die Höhle, in der wir eben waren...«

Wieder drängte sich die Gruppe in einer Reihe in den auserwählten Tunnel. Diesmal gelang es Hubert, dem daran gelegen war, bei dieser ungewissen Unternehmung dicht bei Doon zu bleiben und gleich hinter ihm hineinzuschlüpfen.

Auch dieser Tunnel schlängelte sich abwärts. Wieder gelangten die Suchenden zu einem Quergang, aber diesmal war die Kreuzung nicht versperrt. Das Schwert traf seine Entscheidung. Es deutete nach rechts. Wiederum verlief der Tunnel, nachdem sie ihm ein kurzes Stück gefolgt waren, beinahe schnurgerade, doch jetzt war an seinem Ende etwas anderes zu erkennen.

Die Mündung deckte sich, wie Mark vorausgesagt hatte, beinahe mit einer passend geformten Öffnung auf der anderen Seite eines schmalen Spalts. Hier, wo Stator und Rotor des gewaltigen Systems kaum zwei Meter von einander getrennt waren, konnte man die langsam kriechende Rotation des zentralen Rades sehr viel deutlicher sehen.

Der Tunnel, durch den sie jetzt gekommen waren, weitete sich an seinem Ende beträchtlich. Die Öffnung auf der anderen Seite war ihm in Größe und Gestalt sehr ähnlich, und beide waren an der äußeren Kante mit einer Steinstufe ausgestattet, so daß man mühelos zwischen ihnen hin- und herspringen konnte. Eigentlich würde sich die Kluft mit einem großen

Schritt überwinden lassen. Der Zwischenraum war so tief, daß er ihre Lichtstrahlen beinahe restlos verschluckte, aber nicht einmal zwei Meter breit. Die gegenüberliegende Öffnung war zudem mit Handgriffen, einfachen Metallsprossen, versehen, die rechts und links in die Wand eingelassen waren.

Das Schwert deutete geradeaus und wies sie in den langsam vorüberziehenden Gang auf der anderen Seite. Doon sprang als erster hinüber und landete mühelos auf der Stufe. Sogleich stieg er eine Stufe höher in den Tunnel hinein, der gleich dahinter steil bergab zu führen schien. Mit der freien Hand winkte er den anderen gebieterisch, keine Zeit zu verlieren und ihm rasch zu folgen.

Ben trat einen Schritt vor und wäre gesprungen, wenn Arianes Hand ihn nicht plötzlich beim Ärmel gepackt und zurückgezogen hätte. Er hielt inne und wandte sich um. Dann sah er, daß in ihren Augen für einen Moment ein tranceartiger, beinahe blickloser Ausdruck lag.

Während Ben noch zögerte, tat Hubert mit wippender Armbrust einen Satz und landete auf der anderen Seite.

Unter Huberts Füßen löste sich die Steinstufe an einem Ende wie eine Falltür und schlug gegen die Wand. Seine Hände griffen reflexartig nach den Eisensprossen, um sich dort festzukrallen, aber sie trafen auf flachen, glatten Stein. Die Haltegriffe hatten sich zusammen mit dem Trittstein bewegt und waren in die Wand zurückgeglitten. Huberts Finger kratzten hilflos über die ebene Fläche und waren dann verschwunden. Mit einem grauenvollen Schrei stürzte er in die Kluft zwischen den Wänden.

Doon war herumgewirbelt und hatte ihn zu fassen versucht, aber kein menschliches Wesen hätte sich so schnell bewegen können. Auch von denen, die noch in der inneren, langsam vorübergleitenden Wand standen, konnte keiner rechtzeitig reagieren. Mark spähte in die schmale Schlucht hinunter und sah Huberts Lampe, wie sie sich im Fall drehte und abprallte, abprallte und sich wieder drehte, während sie mit dem Mann, an dem sie befestigt war, in die Tiefe stürzte. Der Mann schrie

nicht mehr. Das Licht blitzte und flackerte in seinem wirbelnden Fall, und für Augenblicke bestrahlte es phantastische Felsformationen, die gleich darauf wieder in der Finsternis verschwanden.
Noch einmal hüpfte das Licht, dann bewegte es sich nicht mehr. Der Strahl, hell wie zuvor, leuchtete gleichmäßig auf scharfkantige Felsen und auf etwas, das aussah wie ein Beinhaus der Gestürzten – ferne, weiße Splitter, überall verstreut, und anderes, das aussah wie runde Schädelknochen.
Die Überlebenden hatten keine Zeit, über Huberts Schicksal nachzudenken, denn die unablässige Rotation der inneren Wand ließ die Tunnelmündungen weiter und weiter auseinandergleiten. Irgendein innerer Mechanismus hatte den tückischen Trittstein schon wieder in seine unschuldig aussehende Stellung gehoben. Doon fing ein Seil auf, das Ben ihm über die Kluft hinweg zuwarf, und stemmte sich nach hinten in den absteigenden Tunnel. Ben umklammerte das andere Ende des Seils, und Mitspieler war der erste, der so gesichert hinübersprang. Er hielt das Seil umfaßt, während er sprang und auf der Stufe landete, die diesmal unter seinem Gewicht nicht nachgab. Mitspieler sprang sofort weiter zu Doon und half ihm, das Seil zu halten.
»Das Schwert hat uns nicht gewarnt!« klagte Ariane, als habe sich ein Freund unverhofft als Verräter entpuppt. Gleich darauf stand sie sicher auf der anderen Seite.
»Das ist auch nicht seine Aufgabe!« fauchte der Baron, als sie neben ihm auftauchte, um gleichfalls das Seil zu halten. Im nächsten Augenblick war Mark herübergekommen.
Indosuarus folgte ihm. Ben, der immer noch das andere Ende des Seiles hielt und dem der Mönchsvogel töricht um den Kopf flatterte, überquerte die Kluft als letzter. Die bewegliche Stufe trug seinen schweren Körper, ohne nachzugeben, wie sie es bei allen außer bei Hubert getan hatte.
Nun standen die sechs Überlebenden auf der Seite des Abgrunds, auf der sie den Schatz zu finden hofften. Sie schauten hinüber und sahen, wie die Tunnelmündung, aus der sie ge-

kommen waren, langsam hinter einem Felsvorsprung verschwand.
»Wir werden nicht lange darauf warten müssen, daß sich ein Durchgang öffnet, wenn wir zurückkommen«, meinte Doon. In seiner Stimme lag große Zuversicht, als sei Marks Idee von dem Tunnelrad von Anfang an die seine gewesen, mehr noch, als ob er, Doon, über allen Zweifel hinaus bewiesen habe, daß sie stimmte. »Wir sind zu dem Schluß gekommen, daß es zwölf oder mehr von diesen rotierenden Gängen geben muß. Wenn sich also das große Rad dort nur zweimal am Tag um sich selbst dreht, wird man niemals länger als eine Stunde auf eine Verbindung warten müssen. Dessen können wir sicher sein.«
Ob sie nun alle dessen sicher waren oder nicht, jedenfalls sagte keiner ein Wort.
Im Augenblick hatte Ben nur einen einzigen Gedanken im Kopf: Als das letzte, halbmondförmige Stück der gegenüberliegenden Tunnelöffnung verschwunden war, gab es vorläufig keine Möglichkeit zur Rückkehr mehr.
Der Baron redete weiter. »Es kann sein, daß wir es eilig haben, wenn wir zurückkommen. Bevor wir weitergehen, sollten wir deshalb herausfinden, wie diese verdammte Fallstufe funktioniert.« Er sprach in geschäftsmäßigem Tonfall. Dann begann er vorsichtig zu experimentieren, und bald zeigte sich, daß die Stufe felsenfest blieb, solange niemand auf der Stufe direkt darüber stand – wo Doon gestanden hatte, als Hubert seinen Todessprung vollführt hatte. Ein nennenswertes Gewicht auf der zweiten Stufe löste offenbar einen verborgenen Riegel, so daß die untere Stufe abwärts schwang, sobald sie belastet wurde.
»Ich nehme an, die Priester und die Weißhände haben sich die Spielregel genau eingeprägt. Ohnedies werden sie sie höchstens einmal vergessen, wenn sie zu zweit hierher kommen. Nun, jetzt kennen wir sie auch. Gehen wir also weiter.«
Obgleich es nur einen möglichen Weg zu geben schien, benutzte Doon das Schwert. Es deutete vorwärts, in den bergab füh-

renden Gang. Sie setzten sich in Bewegung. Nach einem kurzen, steilen Abstieg gelangten sie in ein Labyrinth von Stollen und Gängen, die manchmal durch Löcher im Boden oder in der Decke, manchmal auch durch gewöhnliche Türöffnungen miteinander verbunden waren. Es gab sogar Türen. Einige waren verschlossen, andere offen. Türen und Wände waren mit seltsamen Symbolen versehen, die eingeschnitzt oder aufgemalt waren.

Wegfinder ignorierte Symbole und Türen und zeigte ihnen einen offenen Weg. Doon hatte wie immer die Führung übernommen und hielt das Schwert vor sich ausgestreckt. Wachsam beäugte er den Steinboden, bevor er seinen Fuß niedersetzte, und die, die ihm folgten, taten desgleichen.

Ein oder zweimal in diesem Irrgarten blieb der Baron stehen und befahl Ariane, den Mönchsvogel vorauszuschicken. Beide Male kam er rasch zurück und hatte nur wenig zu melden. Ariane hatte Mühe zu verstehen, was er sagte, deshalb gaben sie ihre Versuche mit dem Vogel bald vollends auf.

Plötzlich gab es nur noch einen einzigen Tunnel. Er bog scharf nach rechts und dann wieder nach links. Hinter der letzten Biegung erstrahlte Licht. Ben fand, daß es aussah wie heiteres Tageslicht. Als er weiterging, hörte er Wasser plätschern, und dann zwitscherten Vögel.

12

Auf den letzten Metern gingen die glatten Wände des Ganges in rauhes Felsgestein über, so daß es aussah, als gelangten sie in eine natürliche Höhle. Mark, der hinter Doon aus der Höhle trat, blinzelte in dem Licht dessen, was Sonnenstrahlen zu sein schienen, die durch das Laub majestätischer Wipfel ein paar Meter hoch über ihnen hereindrangen. Die Luft war warm, und eine frische Brise bewegte die Äste. Vögel flatterten umher. Sie flogen auch über die rote Felswand hinweg, in welcher die Höhle klaffte. Irgendwo in der Nähe, aber außer Sichtweite,

hörte man rauschendes Wasser wie von einem kleinen Wasserfall oder einem munteren Wildbach.
Der Wald reichte bis dicht an das Kliff heran. Der grasbewachsene, freie Boden lag wenige Meter unterhalb des Felsensimses vor der Höhlenöffnung, auf dem die sechs Eindringlinge sich versammelt hatten. Von hier aus schlängelte sich ein kaum sichtbarer Pfad nach unten. Er führte zwischen rötlichen Felsblöcken hindurch und verschwand unter den Bäumen. Der obere Teil der Felswand war von Ästen der hochaufragenden Bäume verdeckt, und die Bäume verbargen auch den größten Teil des Himmels. Aber dieser scheinbare Himmel leuchtete so grell, daß die Folge davon nicht Düsternis, sondern willkommener Schatten war. Mark hob die Hand, um seine Lampe abzuschalten, und er sah, daß alle anderen das gleiche taten.
»Wir haben das Siegel der Magie erreicht«, verkündete Mitspieler mit dunkler, feierlicher Stimme. Er sprach so selten, daß ihn meist alle anschauten, wenn er es einmal tat. »Hätten wir die richtige Parole, könnten wir hindurchspazieren, wie die Priester des Blauen Tempels es tun. Meister, glaubt Ihr, es hat Sinn, wenn wir noch einmal diese Parole zu erahnen versuchen?«
Indosuarus sah ihn an, seufzte und schüttelte den Kopf.
»Das haben wir oft genug versucht, und wir haben nichts erfahren.«
Doon ergriff ungeduldig das Wort. »Das Schwert wird uns hindurchführen.«
Indosuarus nickte. »Ja, aber wir haben gesehen, daß es uns nicht vor Fallen warnt. Dieses Siegel zu überwinden, ist meine Aufgabe. Sie wird nicht leicht sein, und ich will ruhen, bevor wir beginnen.«
Der Baron überlegte. »Einverstanden. Wir alle können ein wenig Ruhe gebrauchen, wenn wir ein geeignetes Plätzchen dafür finden.«
Die beiden Zauberer schauten über die Landschaft hinweg und berieten sich eine Zeitlang mit leisen Stimmen. Dann erklärte Indosuarus: »Wir können zumindest bis zum Fuße des

Kliffs ungefährdet hinuntersteigen. Ich glaube, es versteht sich von selbst, daß nicht alles, was man hier sieht, auch der Wirklichkeit entspricht. Schon jetzt aber kann ich euch sagen, daß die Bäume und das Gras wirklich existieren, größtenteils wenigstens, auch wenn sie wahrscheinlich mit magischen Mitteln gehegt werden. Selbstverständlich befinden wir uns noch immer in einer Höhle. Dies ist eine sehr große Kammer – wie groß sie ist, vermag ich noch nicht zu sagen –, und natürlich dringt kein Licht herein. Was ihr für Sonne und Himmel und Wind haltet, sind magische Gaukeleien, und welche Wirklichkeit sie verbergen, muß ich erst feststellen. Aber ein kleines Stück können wir beruhigt hinuntersteigen.«

»Was ist mit dem Bach?« fragte Ariane knapp. Sie hatten sich schon darangemacht, den schmalen Pfad, einer hinter dem anderen, zum Fuße der Felswand hinunterzugehen, und nach wenigen Wegbiegungen war ein kleiner Wasserfall in Sicht gekommen, der nicht weit neben der Höhle über die zerklüftete Felswand hinabrauschte. Der kleine Bach plätscherte unten zwischen den Felsen dahin und stürzte sich dann in ein flaches Bett, das zwischen den Bäumen verschwand.

»Das Wasser ist echt«, antwortete Indosuarus nach einigem Überlegen. »Aber ob man es trinken oder auch nur berühren kann, vermag ich erst zu sagen, wenn wir dort sind.«

Dies war bald der Fall. Kaum hatten sie das Gras erreicht, dessen Untergrund aussah und sich anfühlte wie schwerer Waldboden, näherten sich die beiden Zauberer dem Ufer des Baches und knieten dort nieder. Eine Weile beschäftigten sie sich mit ihrer Kunst, dann erhoben sie sich und verkündeten, das Wasser berge keinerlei Gefahr.

»Es überrascht mich nicht«, bemerkte Doon. »In der Garnison dort unten sind lebende Menschen – zumindest in gewissem Sinne leben sie ja. Und die Priester, die zu Besuch kommen, brauchen Wasser, von den Weißhänden einmal gar nicht zu reden. Also kommt dies aus einer natürlichen Quelle.

Wir werden also hier ein wenig rasten, Zauberer, nachdem Ihr ein sicheres Gebiet für uns abgesteckt habt.«
Noch einmal machten sich die beiden Magier an die Arbeit. Sie schritten auf und ab, murmelten, gestikulierten und beobachteten Dinge, die normalen Menschenaugen verborgen blieben. Sie gingen davon und kehrten schließlich zu den anderen zurück. Indosuarus warnte die Gruppe. »Bleibt innerhalb der ersten Schleife dieses Baches, zwischen dem Bachlauf und dem Fuße des Kliffs.«
Das so begrenzte Gelände war angenehm geräumig. Sechs Menschen fanden hier genug Platz, um sich zu entspannen. Es enthielt sogar so viele Bäume, Felsen und Büsche, daß ein jeder sich ein wenig zurückziehen konnte, wenn er wollte. Alle ließen ihre Packsäcke zu Boden gleiten und legten ihre Waffen ab – freilich nicht außer Reichweite.
Mark beugte sich nieder und trank aus dem Bach, um sein mitgebrachtes Wasser zu sparen. Er fand, daß es klares, kaltes Wasser war, was hier floß. Mit einem müden Seufzer ließ er sich rückwärts in das weiche Gras sinken und schloß die Augen. Ringsum hörte er, wie die anderen es sich ebenfalls bequem machten.
Er beabsichtigte, bald wieder aufzustehen, Ben zu suchen und sich mit ihm über die Frage zu beraten, die jetzt seine Gedanken erfüllte: War es nicht vielleicht an der Zeit, aufzugeben und umzukehren – oder es wenigstens zu versuchen? Schon waren drei aus der kleinen Schar, mit der Doon ausgezogen war, zu Tode gekommen. Der Gedanke an Sir Andrews verzweifelt kämpfende Armee trieb Mark voran. Aber es würde weder Sir Andrew noch ihm selbst etwas nützen, wenn er in den sicheren Tod ging.
Die wichtigste Frage war natürlich, ob es weniger gefährlich war, jetzt umzukehren, und ob es überhaupt möglich wäre. Man würde Doon und den Zauberer überreden müssen, und das dürfte kaum gelingen. Dann aber würde man – mindestens gegen Doon – kämpfen müssen, und Mark konnte sich nur wenige Dinge vorstellen, die gefährlicher wären...

Obwohl er mit fast geschlossenen Augen im Gras lag, war er sich des grellen, trügerischen Sonnenlichtes hoch oben bewußt. Wenn er den Kopf ein wenig drehte, konnte er die Stelle sehen, an der sie aus der Felswand gekommen waren. Die Grenzlinie zwischen Felswand und Himmel war immer noch – wie planmäßig – von den Laubmassen der Bäume verdeckt. Er fragte sich, ob hier wohl das ganze Jahr über Sommer sein mochte.

Wenn er die Augen ganz schloß, konnte sogar sein stumpfes, ungeschultes magisches Empfinden die Magie ringsum spüren, stetig wie das rauschende Wasser des Baches. Sie war da, aber was sie tat, wußte er nicht.

Es war schwer, sich zu entspannen, und er hätte längst aufgegeben, wenn Ben nicht gewesen wäre, oder wenn das Bild von Sir Andrews leidendem Volk vor seinem geistigen Auge, das in hoffnungslosem Kampf gegen den Dunklen König nach der Hilfe schrie, die ein weiteres Schwert oder gar zwei ihm bringen konnten – wenn dies alles ihn nicht vorangetrieben hätte...

Jemand regte sich in seiner Nähe, ganz nah. Mark riß die Augen auf und fuhr hoch. Mitspieler kauerte auf Händen und Knien so dicht neben ihm, daß er ihn fast hätte berühren können. Die rechte Hand hatte er nach Marks Köcher und Bogen ausgestreckt, die dort im Gras lagen.

Der grauhaarige, untersetzte Mann zuckte zurück, als Mark sich so plötzlich bewegte.

»Was wollt Ihr?« fragte Mark schroff.

»Oh – nur einen Hauch, junger Herr... Ich bringe Euch einen Hauch von etwas, das Euch mein Meister sendet! Das heißt, Ihr sollt damit Eure Waffen salben. Seht Ihr? Das hier.« Und Mitspieler hielt etwas in die Höhe, das wie ein Bündel getrockneter Kräuter aussah. »Falls Ihr hier in diesem Reich der Magie Eure Waffen benützen müßt, werden sie Euch nicht im Stich lassen. Ich fürchte, bevor wir dieses Tal durchquert haben, werden wir auf Kreaturen stoßen, die größer sind als ein Singvögelchen.«

»Nun gut. Aber beim nächstenmal sagt ein Wort und schleicht Euch nicht so an mich heran.« Mark setzte sich auf und sah zu, wie Mitspieler sich kurz mit seinem Bogen und seinen Pfeilen beschäftigte, dann reichte er ihm sein Messer, damit er es in der gleichen Weise behandle. Dabei merkte Mark, daß Ben und Ariane ein paar Meter weiter nebeneinander saßen, die Köpfe plaudernd zusammengesteckt.
Kurz darauf ging er zu ihnen hinüber und wischte sich dabei frische Wassertropfen vom Mund. Aber er wurde abgelenkt, bevor er die beiden erreicht hatte. Hinter einem nahen Busch stritt Doon mit Mitspieler. Er erklärte, *sein* Schwert bedürfe keiner magischen Behandlung, gleich welcher Art, und – bei allen Göttern! – es werde auch keine erhalten.
Der Zaubergehilfe bestritt diese Behauptung, aber er achtete sorgsam darauf, es mit diplomatischen Worten zu tun. »Selbstverständlich mag das so sein, Herr, aber darf ich eine Probe machen, um sicherzugehen?«
Mark blieb stehen. Er beobachtete und belauschte die Auseinandersetzung so gut es ging.
»Was ist das für eine Probe, von der du redest?« fragte Doon herrisch.
»Laßt mich das Schwert nur einen Augenblick lang in der Hand halten, Herr. Ihr braucht nicht zu befürchten, daß ich es beschädige. Ah, ich danke Euch.« Mark sah, daß Mitspieler in der einen Hand ein Büschel frischgeschnittener Zweige oder Ruten hielt, das mit einer zierlichen Kordel umwunden war. Er entsann sich, eine solche Kordel in Indosuarus' Gepäck gesehen zu haben.
Mitspieler fuhr fort: »Wenn Euer Schwert in der Tat keiner weiteren Behandlung bedarf, damit es Euch seinen Dienst auch in diesem magischen Reich tut, dann müßte es die Zweige zurückstoßen, wenn ich es damit berühre. So –«
Ein greller Blitz ließ sogar Mark zusammenschrecken, obwohl er damit gerechnet hatte, daß etwas Spektakuläres geschehen würde. Mitspieler schrie auf und ließ das Schwert in der Scheide zu Boden fallen. Dann warf er das Reisigbündel fort, das bei

der Berührung mit Wegfinder jäh in Flammen aufgegangen war. Er stürzte hinter den Zweigen her und trat wütend auf sie ein, bis sie unter Doons schallendem Gelächter zischend in den Bach flogen.
Mark wartete nicht ab, um zu sehen, ob Indosuarus wohl erzürnt sein würde, weil seine hübsche Kordel verbrannt war. Er ging statt dessen weiter, um sich mit Ben und Ariane zu besprechen. Er erzählte ihnen, was er eben gesehen und gehört hatte, und sie lächelten darüber. Aber dann wurden ihre Mienen sogleich wieder ernst, wie sie es gewesen waren, als Mark herangekommen war.
Ariane hatte noch immer den Mönchsvogel in ihrer Obhut. Das Tier saß auf ihrer Schulter oder auf einem niedrigen Ast, während sie redete.
»Ihm gefällt dieses Reich der Magie ebensowenig wie mir«, stellte Ben fest, nachdem er das Tier eine Weile betrachtet hatte.
»Ich wünschte, ich könnte ihn fliegen lassen«, seufzte das Mädchen. »Mir ist, als hielte ich ihn gefangen, und ich weiß, was es heißt, gefangen zu sein.«
»Aber er kann nirgends hin«, wandte Ben ein. Mit einem Blick auf Mark fragte er sie: »Warum hast du mich festgehalten, als ich springen wollte? Du hast mir die Hand auf den Arm gelegt, als ich springen wollte, und ich glaube, du hast mir das Leben gerettet.«
»Wenn ich es getan habe, so weiß ich nicht mehr, warum. Natürlich bin ich sehr froh, wenn ich dir wirklich das Leben gerettet habe, aber ... so wirken meine Kräfte eben. Wenn sie überhaupt wirken.«
»Ich bin sicher«, meinte Mark, »daß Doon damit rechnet, sie eines Tages gebrauchen zu können. Aber ich weiß auch nicht, wie oder wann.«
»Ich wünschte, ich könnte auf sie zählen«, flüsterte das Mädchen traurig. »Ich wollte gern herkommen und nach dem Schatz suchen. Ich dachte, es würde ... Ich weiß nicht, was ich dachte. Eine mühelose, schnelle Sache habe ich vermutlich

erwartet, wie man etwa in einen Bienenstock eindringt und sich mit dem Honig davonmacht.«
Ein Lächeln erhellte, beinahe zögernd, Marks Gesicht. »Hast du das schon einmal getan?«
Fast hätte Ariane das Lächeln erwidert. »Man hat mich nicht in einem Palast großgezogen. Eigentlich nicht einmal in einem Haus... Die Leute, die für mich zu sorgen hatten, waren in vieler Hinsicht roh. Aber... vielleicht werde ich euch die Geschichte eines Tages erzählen. Ich wußte, daß ich die Tochter einer Königin war, aber das Leben, das ich führte, war nicht so, wie es vermutlich die meisten Königstöchter kennen.«
Sie durchwühlten ihr Gepäck und teilten sich ihren Proviant. Sie aßen ein wenig und plauderten dabei von unwichtigen Dingen, bis sie die Stimme des Barons hörten, der sie alle darauf aufmerksam machte, daß es an der Zeit sei, aufzubrechen.

Doon war wieder bester Stimmung. Er nahm sein Schwert zur Hand und bestimmte die Richtung, die sie einzuschlagen hatten. Wegfinder leitete sie geradewegs in den Wald. So ließen sie die unebene Felswand schräg hinter sich liegen und bewegten sich nach rechts. Ein Weg war in dieser Richtung nirgends zu erkennen, und gewohnheitsmäßig begann Mark, sich kleine Landmarken ins Gedächtnis einzuprägen, damit er den Rückweg würde finden können, wie er es immer tat, wenn er in einen unbekannten Wald eindrang. Sie wanderten durch Gras und Wildblüten, an verstreut stehenden Büschen und vereinzelten, aufrechten Rotsteinblöcken vorbei. In der Richtung, die sie eingeschlagen hatten, fiel das Land sanft ab. Der Bach hatte sich einen eigenen Weg gesucht. Er war hinter ihnen abgeknickt, und jetzt konnten sie ihn nicht mehr sehen. Ringsum gab es nur noch Wald, der inzwischen schon beinahe eintönig aussah, und inzwischen hatten sie auch genug Wald hinter sich gebracht, daß die Steilwand überhaupt nicht mehr zu erkennen war.
Bald kam eine sonnenhelle Lichtung in Sicht, die fünfzig oder

sechzig Meter vor ihnen auf ihrem Wege lag. Mark war ein wenig gespannt darauf, sie zu erreichen, denn dort würde er mehr oder weniger direkt in die Sonne dieses magischen Reiches blinzeln können. Doch um auf die Lichtung zu gelangen, waren kleine Umwege erforderlich; sie mußten einen dicken Baumstumpf und den umgestürzten Stamm umgehen, einige Bäume umrunden und einem einzelnen Busch ausweichen. Und als sie an die Stelle kamen, an der er die offene Lichtung gesehen hatte, fanden sie dort den gleichen dichten Wald, der sie überall umgab, beleuchtet nur von kleinen, tanzenden Lichtflecken, die zu klein waren, als daß man etwas anderes als diffuses Strahlen erkennen konnte, wenn man, den Strahlen folgend, zum Himmel schaute. Mark sah jetzt weitere sonnenbestrahlte Lichtungen, allesamt in einiger Entfernung. Das Schwert führte sie unerschütterlich weiter geradeaus.

Dieses unscheinbare Erlebnis flößte ihm eine unbestimmte Angst ein, und als sie ein paar Schritte weitergegangen waren, wandte er sich um und warf einen Blick zurück. Die letzte Landmarke, die er sich gemerkt hatte, war der Baumstumpf mit dem umgestürzten Stamm gewesen, und sie war bereits nicht mehr zu sehen. Jäh verließ ihn seine sonst so selbstverständliche Waldläuferzuversicht. Er war nicht mehr sicher, daß er den Rückweg finden konnte.

Nach einer Weile fanden sie den Bach wieder. Es mochte natürlich auch ein anderer Bach von ungefähr gleicher Größe sein, aber er sah aus wie der erste, und er klang auch so. Zudem kam er, wie er sich so über ihren Weg schlängelte, aus derselben Richtung, in die der erste Bach geflossen war. Das Schwert wies schnurstracks über das Gewässer hinweg, und sie durchwateten es mühelos.

Ben, der jetzt hinter Ariane ging, merkte, daß der Rhythmus ihrer Körperbewegungen seine Aufmerksamkeit immer wieder ablenkte. Mehrmals mußte er sich ermahnen, konzentriert und wachsam auf mögliche Gefahren zu achten. Wenn er darüber allerdings nachdachte, war er nicht mehr so sicher, ob dies besonders nützlich sein würde, denn was immer er hier sehen oder hören konnte, war höchstwahrscheinlich eine magische Gaukelei ...

Irgendwo über den Bäumen und dem scheinbaren Himmel lag, das wußte er, das Labyrinth, darin unter anderem die gewaltige rotierende Masse des Rades aus der Alten Welt mit allen darin verschlungenen Gängen – wenn Mark recht hatte, und anscheinend hatte er recht ... Unvermittelt und erschreckend stand plötzlich ein Bild vor Bens geistigem Auge: Huberts zerschmetterter Körper, der trudelnd aus diesem magischen Himmel herabstürzte. Es würde in den Baumwipfeln rauschen, und dann würde man einen schweren, dumpfen Aufschlag hören. Würden sie ihn beim nächsten Schritt finden, die brennende Lampe noch auf dem zersplitterten Schädel?

Oder würde ein zerschellter Leichnam hier im Reich der Magie vielleicht wie etwas ganz anderes aussehen?

Was immer man hier betrachtete, worüber man auch nachdenken mochte, anscheinend konnte man es nur voller Angst tun.

Doon führte sie unbeirrbar voran, und auf dem beinahe ebenen Boden schlug er einen flotten Schritt an. Der Wald zog an ihnen vorüber, die Zeit verging. Ben überlegte, ob es nicht klug gewesen wäre, seine Schritte zu zählen. Die stete Gleichförmigkeit, so dachte er, ließ den Marsch schon schier endlos erscheinen.

Wieder stießen sie auf den Bach und überquerten ihn. Er sah aus und klang wie vorher. Der Boden, merkte Ben, stieg jetzt unter ihren Füßen allmählich an, während sie weitermarschierten. Die Sonne stand, soweit es der Blick auf ferne Lichtungen offenbarte, irgendwo in der Nähe des Zenith, und so fiel es schwer, eine genaue Richtung zu bestimmen. Aber er hätte schwören können, daß sie in einer nahezu schnurgeraden Linie marschierten, wenn man die kleinen notwendigen Umwege wegen geringfügiger Hindernisse einmal außer acht ließ.

Wieder passierten sie eine sonnenbestrahlte Lichtung zu ihrer Rechten. Vögel sangen dort. Anscheinend genossen sie den senkrechten Sonnenschein.

Mark rief den Führern zu: »Wie groß ist eigentlich die Höhle, in der wir hier sind? Sind wir überhaupt noch unbedingt sicher, daß wir uns in einer Höhle befinden?«
Indosuarus, der als zweiter in der Reihe ging, sah sich mit nachsichtigem Lächeln zu ihm um. »Natürlich sind wir in einer Höhle. Aber wir bewegen uns nicht so schnell hindurch, wie du vielleicht glaubst.«
»Ich bezweifle, daß wir uns überhaupt bewegen. Könnt Ihr denn das andere Ende schon sehen?«
Der Zauberer wandte den Kopf wieder nach vorn und schien in weite Fernen zu starren, während er marschierte. »Nun, selbst für mich«, begann er zuversichtlich, »ist es ...«
Seine Stimme verstummte. Unversehens war er stehengeblieben, und einen Augenblick später war die ganze Kolonne stolpernd zum Halten gekommen. Die beiden Zauberer besprachen sich flüsternd miteinander, dann starrten sie wieder beide in dieselbe Richtung.
Als Ben ebenfalls in diese Richtung blickte, sah er – oder war es Einbildung?–eine verschwommene Wolke über den Bäumen; zumindest schien das Sonnenlicht dort trüber zu sein. Die Verdunkelung vertiefte sich rasch und in mysteriöser Weise. Sie zog wie eine träge Welle vorüber.
Alle sechs Menschen hatten es jetzt gesehen. Den Mönchsvogel schien es nicht weiter zu bekümmern, aber die Menschen ließen bald erkennen, daß sie es auch fühlen konnten. Es war, als sei die Temperatur im Wald gesunken, obwohl die Sonne dort, wo sie standen, noch genauso hell durch das Laubdach schien wie zuvor. Aber die Blätter hingen reglos in der unbewegten Luft. Was immer da vorüberzog, ein Wind war es nicht.
Ben hatte jetzt nicht mehr den geringsten Zweifel daran, daß sie sich unter der Erde befanden. Die Gaukelei von Licht und Himmel wirkte plötzlich wie eine schlechte, leicht durchschaubare Täuschung.
Da war etwas ... dort drüben ... eine Kraft, die vorüberzog. Sie zog vorüber, jawohl – den Göttern sei Dank! Und dann war sie fort.

Doon brach das Schweigen zuerst, und er hatte seine Stimme zu einem Flüstern gedämpft. »Was war das?«
Indosuarus wandte sich ihm langsam zu. Das Gesicht des Magiers war beunruhigend bleich, und Schweißperlen standen ihm auf der Stirn. »Das hatte ich nicht erwartet. Es war ein Gott.«
Ein Gemurmel erhob sich wie von selbst. Die meisten, einschließlich Ben, hatten noch nie im Leben einen Gott oder eine Göttin gesehen, und sie erwarteten eigentlich auch nicht, jemals einen zu Gesicht zu bekommen. In der menschlichen Gesellschaft war die Anwesenheit eines Gottes etwas noch Selteneres als die eines Königs oder einer Königin. »Welcher Gott?« fragten mehrere Stimmen zugleich.
»Ich glaube, es war Hades – oder Pluto, wie die meisten Menschen ihn nennen«, antwortete der Magier nachdenklich. »Niemand sieht ihn aus solcher Nähe oder gar von Angesicht zu Angesicht ohne zu sterben.«
»Aber was tut er hier?«
Die beiden Zauberer wußten darauf nichts Rechtes zu antworten. »Götter gehen, wohin sie wollen. Und Hades' Reich umschließt immerhin alles, was sich unter der Erde befindet. Doch der Blaue Tempel betet ihn nicht an, und so können wir hoffen, daß er in irgendeiner Weise als Widersacher der Blautempler hier ist und er unser Unternehmen mit Wohlwollen betrachtet – falls er es zur Kenntnis nimmt.«
Ben war beunruhigt. »Dann sollten wir ihm aber sofort ein Opfer darbringen, nicht wahr?«
Schon lange wußte er, daß Magier zumeist eine geringe Meinung von der Wirksamkeit routinemäßig dargebotener Gebete und Opfer an jedwede Gottheit an den Tag legten. Wie sich zeigte, bildeten diese beiden hier keine Ausnahme. Indosuarus würdigte ihn nur eines Blickes und wandte sich dann ab. Mitspieler tat es ihm nach, aber dann drehte er sich noch einmal um und meinte: »Tu es leise und für dich, wenn du glaubst, daß dir dann wohler ist. Ich werde es jedenfalls bleiben lassen. Wenn es überhaupt eine Wirkung hätte, dann die, daß es die

Aufmerksamkeit eines Wesens auf mich zöge, an dessen Aufmerksamkeit mir nichts liegt.«

Doon befragte sein Schwert. Es zeigte in die gleiche Richtung wie zuvor – in die Gegend, über der sie den Schatten hatten vorüberziehen sehen. Zum erstenmal zögerte der Baron sichtlich, dem Rat Wegfinders zu folgen. Statt dessen wandte er sich an Ariane. »Mädchen, ist dieses Geschöpf bereit und willens, zu fliegen? Wenn ja, dann schickt es uns voraus.«

Ariane sprach flüsternd mit Dart, und einen Augenblick später war der Mönchsvogel aufgestiegen. Seine Flugbahn krümmte sich leicht nach links, und kurz darauf war er zwischen den Bäumen verschwunden, genau dort, wo der Schatten des Gottes am längsten geschwebt zu haben schien. Wenig später wehte ein leiser Schrei, matt und klagend, zu ihnen herüber. In Bens Ohren klang er mehr wie ein Schrei der Erschöpfung als wie ein Schmerzens- oder Schreckenschrei.

Die sechs Menschen warteten, aber sie hörten nichts mehr, und der Mönchsvogel kehrte auch nicht zurück.

»Kommt, wir gehen weiter«, befahl Doon schließlich. Er sah Ariane an. »Der Vogel kann uns wieder einholen, wenn ihm nichts zugestoßen ist.«

Sie protestierte. »Sollten wir nicht nach ihm suchen?«

»Er hat sich nicht so nützlich gezeigt, wie ich gehofft hatte«, erwiderte Doon, und der große Magier schüttelte den Kopf. »Nicht hier, nicht jetzt. Wenn er zu uns kommen kann, wird er es tun.«

Ariane starrte noch eine Zeitlang in den Wald zur Linken, aber sie erhob keine weiteren Einwände. Schweigend zogen sie weiter, und Ben war, als ob dieser Marsch sich endlos dahinzöge. Es war sinnlos, die Tageszeit und die Dauer ihrer Wanderung mit Hilfe des konturlosen Lichtes bestimmen zu wollen, das durch die hohen Baumwipfel herabsickerte. Ben hatte keine Ahnung mehr, an welchem Teil des Himmels die Sonne stehen mochte, falls es dort oben überhaupt so etwas wie eine Sonne gab. Immer noch war es taghell, daran hatte sich nichts geändert, seit sie dieses magische Reich betreten hatten. Und Ben

hatte immer noch das Gefühl, daß sie die ganze Zeit über in einer schnurgeraden Linie gelaufen waren.
Endlich ließ Doon wieder zu einer Rast haltmachen. Diesmal schob er sein Schwert gar nicht erst in die Scheide, sondern setzte sich damit ins Gras, hielt es in der Hand und starrte es an, und seine Zweifel standen ihm deutlich lesbar ins Gesicht geschrieben.
Die beiden Zauberer hatten sich ein wenig abgesondert; anscheinend waren sie in eine ihrer regelmäßig wiederkehrenden Besprechungen vertieft. Aber als Indosuarus zu den anderen zurückkehrte, ließ er sie wissen, daß er Mitspieler vorausgeschickt habe, damit er sich ein wenig umsehe.
Doon platzte vor Wut, als er dies erfuhr. Er drängte sich an dem anderen vorbei und spähte mit wild verzerrter Miene in die Richtung, in der der Zaubergehilfe anscheinend verschwunden war. Dann fuhr er herum und funkelte Indosuarus an. »Was soll das? *Ich führe hier das Kommando!* Wie könnt Ihr es wagen, dergleichen anzuordnen, ohne mich zu fragen?«
Anstatt sich zur Wehr zu setzen, zog Indosuarus ein Gesicht, als sei er plötzlich krank. Er lehnte sich mit dem Rücken an einen Baum und glitt dann langsam daran herunter, bis er schließlich im Grase saß.
»Was ist los mit Euch?«
Der Graubärtige blickte auf. »Es wird vorübergehen. Ich rate Euch, zu warten, bis Mitspieler wieder da ist, bevor Ihr etwas unternehmt.«
»Falls er überhaupt zurückkommt, wollt Ihr wohl sagen! Bei allen Göttern und Dämonen, Mann – was ist in Euch gefahren, daß Ihr ihn fortschicken könnt, ohne mich zu fragen?«
Jetzt bekam Doon gar keine Antwort mehr. Indosuarus hatte die Augen geschlossen, und Ben sah erschrocken, daß der Zauberer – nunmehr der einzige Zauberer, den sie noch hatten – immer mehr in sich zusammensackte und aussah, als leide er Schmerzen.
Doon starrte die anderen an, als wolle er ihnen etwas befehlen

und wisse nicht, was. Nach einer Weile wandte er sich ab und schaute wieder dem verschwundenen Mitspieler nach.
Ariane hatte sich ebenfalls auf den Boden gesetzt und die Augen geschlossen. Aber anscheinend ruhte sie nur aus, oder sie dachte nach. Krank schien sie jedenfalls nicht zu sein. Nach einer Weile sagte sie leise: »Ich glaube, es ist die Magie um uns, die den alten Mann krank werden läßt.«
»Aber was können wir dagegen tun?« fragte Mark, als glaube er tatsächlich, sie könne darauf eine Antwort wissen.
»Wir müßten ihn hinausschaffen. Aber ohne einen Führer können wir nicht wieder herkommen.«
Doon betrachtete sein Schwert. Er fluchte und stieß es wütend in den Boden, statt es wieder in die Scheide zu stecken.
Mark und Ben berieten sich miteinander, aber auch sie konnten zu keinem Entschluß kommen. Während sie redeten, merkten sie nach einer Weile, daß der Wald um sie herum allmählich dunkler wurde, aber dies war ein anderes Phänomen als die vorige Verdunklung. Jetzt nämlich verfinsterte sich langsam der gesamte Himmel, ganz so, wie es an einem wolkigen Tage gegen Abend geschieht.
Indosuarus faßte sich so weit, um den anderen bestätigen zu können, daß dies in der Tat einem natürlichen Abend im Freien entspreche und an sich nicht weiter gefährlich sei. Dann ließ er sich zurücksinken. Er bettete den Kopf auf seinen Packsack und wickelte sich in seine Gewänder, als wolle er sich für die Nacht zum Schlafen niederlegen. Doon trat auf ihn zu, als wollte er eine neuerliche Auseinandersetzung beginnen, doch als er das Gesicht des Magiers aus der Nähe sah, zuckte er die Achseln und schien die Sache vorläufig aufzugeben.
Die vier anderen tranken ein wenig aus dem in der Nähe dahinfließenden Bach und aßen noch einmal ein paar Bissen von ihrem Proviant. Als die Dunkelheit sich zwischen den Bäumen herabsenkte, schalteten sie die Helmlampen wieder ein. In dem diffusen Licht erschien der Wald beinahe tröstlich normal.

Mark fragte sich laut, ob wohl jemand das Licht ihrer Lampen bemerken würde.
Doon schnüffelte. »Das ist nicht zu befürchten, denke ich. Jeder hier weiß längst, daß wir auch hier sind.«
Noch einmal untersuchten sie Indosuarus, und soweit sie erkennen konnten, schlummerte der Zauberer beinahe normal, wenngleich er krank aussah. Sie kamen überein, ihn bis zum Morgen schlafen zu lassen, wobei niemand einen Zweifel äußerte, daß der Morgen auch kommen würde.
Die Nacht senkte sich immer tiefer über den Wald herab, und schließlich war die Finsternis so schwarz, daß es in der überirdischen Welt unnatürlich erschienen wäre. Sie stellten ihre Lampen auf Streulicht ein und setzten sich kreisförmig um die Gruppe auf den Boden, so daß der umgebende Wald beleuchtet wurde, während die kleine Schar im Halbschatten saß. Auch Indosuarus lag im Innern des Lichtkreises, während die vier Wachenden abwechselnd plaudernd und dösend die Nacht verbrachten.
Es war eine lange Nacht, und Ben lag geraume Zeit wach und hielt Arianes Hand fest in der seinen. Die beiden lagen sittsam Seite an Seite. Ihre Augen betrachteten die seinen, dann schlossen sie sich ruhend oder schlafend. Doon und Mark dösten zu beiden Seiten der zwei, und Indosuarus lag ein wenig abseits und schnarchte leise. Bens rechte Hand hielt die Rechte des Mädchens umfaßt. Ihre Hand war groß und kräftig, und hier und da fühlte er Schwielen, die bezeugten, daß sie nicht in einem Palast aufgewachsen war. Die meiste Zeit über dachte er nicht bewußt an irgend etwas; bewußt war er sich nur ihrer Hand und des seltsamen Wunders Leben, das sie durchströmte. Er war froh darüber, daß sie schlafen konnte, und nach einer geraumen Weile schlief er auch endlich selbst ein.
Als er erwachte, war die Luft ein wenig kühler geworden. Mark kroch umher und schaltete die Lampen aus. Das Morgengrauen – oder etwas Entsprechendes – begann den Himmel über den Bäumen wieder zu erleuchten.
Jetzt richtete auch Doon sich auf, und Ariane erwachte eben-

falls. Im rasch heller werdenden Licht des Morgens sahen sie allesamt ein wenig hohläugig und hager aus, und die Bärte der Männer wuchsen struppig und ungepflegt. Indosuarus schien in einem katastrophalen Zustand zu sein. Abwechselnd versuchten die anderen, ihn zu wecken, zunächst sanft, dann heftig, aber nichts brachte ihn dazu, die Augen zu öffnen oder etwas anderes als Stöhnen von sich zu geben.

Doon schüttelte ihn brutal und schlug ihm ins Gesicht.

»Was ist los mit Euch, Mann? Was können wir tun?«

Ein unzusammenhängendes Murmeln war die einzige Antwort. Mehr zu sich selbst als zu den anderen knurrte Doon: »Ich weiß nicht, soll ich ihn hier zurücklassen oder nicht?«

Ariane protestierte. »Das könnt Ihr nicht tun!«

»Aber vielleicht bleibt uns nichts anderes übrig? Glaubt Ihr denn, wir könnten ihn tragen?«

»Und was ist mit Mitspieler?«

»Da er bis jetzt nicht zurückgekehrt ist, glaube ich nicht, daß er überhaupt noch kommt.«

»Als nächstes müssen wir uns fragen, in welche Richtung wir gehen, falls wir weiterziehen«, meinte Mark. »Wollen wir weiter versuchen, den Schatz zu finden, oder wollen wir umkehren und...«

Doon schnitt ihm das Wort ab. »Wir werden den Schatz finden. Wir werden uns davon nehmen, was uns gefällt, und dann werden wir versuchen, den Weg hinaus zu finden. Das sage ich, und mir gehört das Schwert, und ich halte es in meinen Händen. Jeder, der etwas anderes sagt, wird gegen mich kämpfen müssen.« Er starrte jeden der Reihe nach an, und plötzlich lag Wegfinder in seiner Hand, so schnell und natürlich, als sei er die ganze Zeit über dort gewesen.

»Wollt Ihr auch gegen uns alle zugleich kämpfen?« erkundigte sich Ben.

Der Baron sah einen nach dem anderen an, und sein Blick ruhte lange auf jedem von ihnen. »Ich will gegen keinen von euch kämpfen, wenn es nicht sein muß«, antwortete er schließlich in sachlichem Ton. »Hört, ihr Burschen, und auch Ihr, Jungfer.

Es ist unvernünftig, jetzt und hier davon zu reden, daß wir gegeneinander kämpfen wollen. Aber ich glaube, es wäre ebenso unvernünftig, wenn wir uns jetzt trennen oder umkehren wollten, nachdem wir schon so weit gekommen sind. Woher wollen wir wissen, ob nicht ein weniger beschwerlicher Ausgang vor uns liegt?«
Er schwieg einige Augenblicke und schien sich mit dem Schwert zu beraten. Dann fuhr er fort. »Ihr drei wartet noch ein Weilchen hier bei Indosuarus. Ich werde vorausgehen und ein wenig kundschaften. Mir ist, als seien wir fast durch diesen verfluchten Wald hindurch.«
»Ihr habt eben gesagt, wir sollten uns nicht trennen.«
»Es wird eine sehr kurze Tennung sein. Ich werde mich nicht mehr als hundert Schritte entfernen und kehre dann gleich um. Seht ihr, das Schwert bedeutet mir, dem Bachbett zu folgen. Das hat es bisher nicht getan. Wartet also auf mich, es sei denn, ihr zöget es vor, den Zauberer liegen zu lassen und mich zu begleiten.«
Die anderen sahen einander an. »Dann warten wir eben«, beschloß Mark.
Ben nickte. »Eine angemessene Frist zumindest.«
»So wartet. Ich gehe nicht weit und komme sofort zurück.«
Platschend watete Doon bachabwärts. Offensichtlich führte ihn das Schwert, wie er behauptet hatte, am gewundenen Lauf des Gewässers entlang. Als er etwa vierzig Schritte gegangen war, verbarg ihn der dichte Wald vor ihren Blicken, und im endlosen Murmeln des Baches ertrank das Platschen seiner Schritte.
Die übrigen sammelten sich wieder um Indosuarus. »Wir müssen ihn wecken«, erklärte Ariane. »Sonst werden wir tatsächlich gezwungen sein, ihn hierzulassen.«
Die Gestalt des Magiers in seinen Gewändern sah inzwischen unglaublich ausgemergelt aus, aber als sie ihn aufheben wollten, fanden sie, daß er ungewöhnlich schwer zu sein schien. Sein Atem war jetzt kaum noch wahrzunehmen. Sein Gesicht war runzlig und eingefallen, und seine Augenlider und Lippen

sahen aus, als würden sie von unsichtbaren Klammern zusammengepreßt.
Plötzlich fuhr Ben herum, er duckte sich und bedeutete den anderen zu schweigen. »Da kommt jemand... oder etwas«, wisperte er. »Den Bach herauf. Paßt auf.«
Sie griffen nach ihren Waffen, versteckten sich hinter den Büschen und Bäumen in der Nähe und warteten bewegungslos. Einen Augenblick später war Doons unverwechselbare Gestalt in ihr Blickfeld getreten. Er hielt sein Schwert vor sich gestreckt, als wolle er die ganze Welt herausfordern, und kam den Bach herunter auf sie zugewatet.
Der Baron war überraschter als die drei anderen. »Was soll das? Wieso seid ihr hergekommen?«
»Wir haben uns nicht von der Stelle gerührt, Doon. Seht doch, der Zauberer liegt unter demselben Baum wie vorhin.«
Zunächst konnte Doon es nicht glauben. »Aber... ich bin den Bach hinuntergewatet, seit ich euch verließ.« Einen Moment glaubte Ben, der kleine Mann würde sein Schwert von sich schleudern.
Bevor eine neuerliche Auseinandersetzung ausbrechen konnte, nahte eine weitere Gestalt. Es schien, daß alle sie beinahe gleichzeitig entdeckten. Als sie sie in der Ferne erblickten, schien sie zunächst zwischen den Bäumen hin und her zu flimmern, als sei sie Teil einer Luftspiegelung. Als sie näher kam, sah man, daß es ein Mensch war. Dann wurde erkennbar, daß es sich um einen Mann handelte. Und schließlich sahen sie auch, daß er so etwas wie ein Schwert in der Hand hielt, mit dem er sich offenbar vorantastete. Er hatte sie fast erreicht, als sie in ihm Mitspieler erkannten, der in ganz normalem Gang auf sie zukam.
Bevor jemand etwas sagen konnte, hatte Indosuarus sich aufgerichtet und stützte sich auf einen Ellbogen. Mit einem matten, freudenvollen Aufschrei wandte er sich dem Herannahenden zu. »Meister!«
Mitspielers grauhaarige, drahtige Gestalt war unverändert, aber er trug jetzt etwas, das Ben noch nicht gesehen hatte:

Einen Gürtel mit einer reich geschmückten Schwertscheide. Aus der Nähe sah man deutlich, daß die Klinge in Mitspielers Hand eines der Zwölf Schwerter war, aber da seine Hand den Griff umfaßt hielt, war nicht auszumachen, welches.
Er kam heran, ohne der ersten Schwall von Fragen zu beachten, und beugte sich unverzüglich über Indosuarus, der wieder zurückgesunken war und flach auf dem Boden lag.
Nach einer Weile richtete sich Mitspieler wieder auf. »Ich fürchte, ich kann jetzt nichts für dich tun«, sagte er zu dem Hingestreckten, der nicht reagierte und ihn vielleicht nicht einmal gehört hatte.
»Was ist das für ein Schwert, das Ihr da habt?« fragte Doon herausfordernd. Plötzlich klang seine Stimme mißtrauisch. Dann fuhr seine Hand nach der Waffe an seiner Seite, doch die verschwand, als er den Griff berührte. Sie löste sich vor Bens Augen in nichts auf.
Einen Moment lang starrte Doon mit ausdruckslosem Gesicht auf seine leere Rechte. Dann hätte er sich beinahe mit seinem Dolch oder mit bloßen Händen auf Mitspieler gestürzt, wenn dieser ihm nicht mit unversehens waffengewandt aussehender Faust das Schwert entgegengestreckt hätte.
»Stürzt Euch nicht in diese Klinge, Baron, denn vielleicht kann ich Euch nicht kurieren, wenn Ihr es tut. Hört mich an!« Und die Stimme des grauhaarigen Mannes dröhnte von plötzlicher Autorität. »Ja, ich habe das Schwert der Weisheit hier. Ich hoffe, es wird wieder in Eurer Hand sein, wenn wir dieses Siegel hinter uns lassen, damit Ihr es benutzen könnt, wenn wir das nächste erreichen, aber bevor ich es Euch zurückgebe, fordere ich, daß Ihr mich anhört.«
Doon zügelte sich. »So sprecht, aber rasch.«
»Vor einer Weile borgte ich Wegfinder aus, unter dem Vorwand, es auf die Probe stellen zu wollen. Dann gab ich Euch ein Phantomschwert, das ich geschaffen hatte, für Eure Scheide, und selbstverständlich konnte Euch dieses Phantomschwert nirgends hinführen. Aber ich brauchte das echte Schwert, um selbst auf meinen Erkundungsgang zu gehen,

und ich sah voraus, daß Ihr es mir nicht aus freien Stücken geben würdet.«
Doon nickte in grimmiger Zustimmung. »Soweit lest Ihr die Zukunft recht gut... Wie ist überhaupt Euer wirklicher Name?«
»Mitspieler wird immer noch genügen. Und sein Name« – er warf einen Blick auf den, der neben ihm am Boden lag – »ist tatsächlich Indosuarus. Und jetzt hört mir zu, ihr alle. Der Gott, der gestern an uns vorüberzog, war in der Tat Hades. Ich habe ihn zu finden versucht, zu sehen, wohin er gegangen ist, aber es ist mir nicht gelungen. Ich glaube, er hat die Höhlen inzwischen ganz und gar verlassen. Jedenfalls sieht es so aus, als sei der Weg vor uns frei, und wir können weitergehen... Ich nehme an, ihr alle wollt immer noch weitergehen?«
»Wir wollen«, erwiderte der Baron. »Jetzt gebt mir mein Schwert.«
»Da ist noch etwas.«
»Das dachte ich mir. Nun, redet.«
»Der Schatz, den *ich* suche«, erklärte Mitspieler, »besteht weder aus Gold noch Juwelen, und er liegt auch nicht bei dem Gold in den Gewölben unter dem Dämonensiegel, sondern auf der nächsten Ebene unter dieser hier. Baron, schwört bei Eurer Ehre und bei Eurer Hoffnung auf Reichtum, daß Ihr mir helft, ihn zu bekommen. Ich für meinen Teil gelobe jetzt auf das feierlichste und mit meinem magischen Eid, mit Euch zu gehen, wenn Ihr mir geholfen habt, und Euch zu helfen, so gut ich es vermag, auf daß Ihr die letzte Ebene erreichen und dort Euer Glück machen mögt.« Er wandte seinen Blick von Doon und richtete ihn nacheinander auf Mark, Ben und Ariane. »Auch euch will ich dies geloben, wenn ihr mir zuerst helfen wollt.«
Doon schüttelte zweifelnd den Kopf. Er starrte Mitspieler aus schmalen Augenschlitzen an, als sei der Mann schwer zu erkennen, und erwiderte dann: »Jetzt sollen wir beide einander vertrauen und unseren gegenseitigen Gelübden Glauben schenken? Jetzt, nachdem Ihr mein Schwert gestohlen habt? Nachdem Ihr uns die ganze Zeit über belogen habt, was diesen

hier betrifft?« Mit einer brüsken Gebärde deutete er auf den darniederliegenden Indosuarus.
»Ich habe Euer Schwert geborgt, mehr nicht. Weil ich es haben mußte, blieb mir nichts anderes übrig. Jawohl, ich werde Eurem Gelübde vertrauen, wenn Ihr es mir so schwört, wie ich es gesagt habe. Ihr seid ein Mann von Ehre, Baron Doon. Schwört jetzt, und die Klinge ist sogleich wieder in Eurer Hand. Ich gelobe sogar, Euch auch meinen Anteil dessen zu überlassen, was wir in der untersten Ebene an Schätzen finden werden.«
Von diesem letzten Angebot schien Doon wider Willen beeindruckt zu sein. »Diesen Schatz unter uns aufzuteilen, darüber brauchen wir nicht zu reden. Es ist so viel da...«
»Sagt das nicht, bevor Ihr ihn gesehen habt... wie ich ihn gesehen habe, wenn auch nur in Trancevisionen. Es sind gewisse Dinge darunter, die erlesener sind als der Rest... Nun?«
Doon entschloß sich vielleicht eine Spur zu schnell, fand Ben.
»Gut denn, Ihr habt mein Wort: Ich werde Euch auf der Ebene unter dieser helfen, solange es mich nicht daran hindert, mein eigenes Ziel zu erreichen.«
»Habe ich Euren feierlichen Eid, wie ich ihn haben will?«
Eine kurze Pause trat ein. »Ihr habt ihn.«
Wegfinder flog mit dem Heft voran auf Doon zu. Der hatte keine Mühe, das Schwert leichthin aus der Luft zu fangen.
»Meister...« Der Ruf war eher ein ersterbendes, mattes Stöhnen, und er kam aus der verfallenden Hülle des Indosuarus. Ariane hockte neben ihm. Sie hielt eine seiner verdorrten Hände, von deren Fingern einige der schmuckvollen Ringe bereits abgefallen waren.
»Man kann jetzt nichts für ihn tun, Mädel.« Mitspieler sah betrübt aber nicht übermäßig traurig auf seinen Gefährten hinab. Vielleicht hätte er so den Tod seines zweitliebsten Schoßtieres mitangesehen. »Hätte er diese Reise beenden können, wäre sie sein – wie heißt noch das Wort, das andere Gilden und Zünfte manchmal benutzen? – sein Meisterstück geworden, sein Paß für die oberen Ränge der Magie... aber jetzt wird er nie ein Meister werden. Er war einfach nicht stark genug.«

»Aber was fehlt ihm denn? Woran... stirbt er?«
»Ihr, die ihr keine Zauberer seid, könnt unversehrt durch dieses Siegel hindurchgelangen, sofern ihr den Weg findet. Aber wir, die wir diesen Beruf ausüben, sind vom Augenblick unseres Eindringens an in einen unablässigen Kampf mit den hiesigen Mächten verwickelt. Unsere besonders entwickelten Sinne sind hier niemals endenden Angriffen ausgesetzt. Ich bin stark genug, das zu ertragen. Mein getreuer Helfer hier war es bedauerlicherweise nicht. Zumindest war er es nicht, als ich nicht an seiner Seite war, um ihn zu stärken.«
»Warum habt Ihr ihn bis jetzt den Herren spielen lassen?« wollte Doon wissen.
»Ach ja, das. Wie Ihr ja wohl wißt, Baron, bringt es Probleme wie Vorteile mit sich, ein Führer zu sein. Man ist erhöht, aber eben dadurch wird man oft auch zur Zielscheibe. Zunächst konnte ich nicht sicher sein, ob Ihr und Eure Leute die schlichten Abenteurer wart, die Ihr zu sein scheint, oder ob sich hinter Euch etwas anderes verbarg. Ihr hattet etwas Verschlagenes, Gefährliches an Euch, das Euch wie ein Hauch umgab. Ich glaube jetzt, es war das Schwert, weiter nichts... Nun, Baron, jetzt habt Ihr es wieder in der Hand. Gehen wir weiter oder nicht? Ich bin bereit, Euch zu folgen, wenn Ihr uns vorangehen wollt.«
Doon sah aus, als sei er selbst in Trance versunken. Er betrachtete die Waffe in seiner Hand. Er betastete sie und zog sie ein oder zweimal aus der Scheide und schob sie wieder hinein. Dann streckte er die Klinge wie ein Schlafwandler vor sich aus und bewegte sie nach rechts, nach links und wieder zurück.
»Aber was wird aus...« Ben blickte auf die zusammengefallenen Gewänder, in denen Indosuarus steckte, und wollte protestieren. Aber dann sah er, daß diese Robe keine menschliche Gestalt mehr umhüllte.
Immer noch ungläubig, hob Ariane die Gewänder auf und schüttelte sie. Eine riesige Spinne fiel heraus, huschte davon und verschwand im Gras.

Das Schwert – zum erstenmal war es hier im Siegel der Magie das richtige Schwert – leitete Doon in einem Winkel weg vom gewundenen Bachbett. Mit verbissener Zuversicht folgte er ihm. Mitspieler hatte Insosuarus' Ringe an sich genommen und das, was er brauchte, aus seinem Gepäcksack gezogen. Er marschierte jetzt als zweiter in der wiederum verkürzten Reihe. Ariane ging in der Mitte, dicht gefolgt von Mark. Ben bildete die Nachhut.

Das echte Schwert folgte nicht dem Bachlauf und führte sie auch nicht auf einer scheinbar geraden Linie zwischen den Bäumen hindurch. Statt dessen veranlaßte es die kleine Schar zu plötzlichen und scheinbar sinnlosen Kursänderungen. Sie gingen fünfzig Meter in gerader Linie, bogen scharf ab und gingen vierzig Meter weit in die neue Richtung. Wieder folgte ein Knick, und Mark hatte das Gefühl, in einem großen Kreis entgegen dem Uhrzeigersinn zu gehen. Nach einem weiteren Richtungswechsel wanderten sie in einem nach rechts gekrümmten Kreis. Mark fragte sich allmählich, ob wohl das echte Schwert jetzt auch versagte, als er zwischen den Baumwipfeln vor sich plötzlich etwas erblickte, das wie die vertraute Felswand aussah.

Die Felsformation war nicht mehr als fünfzig Meter entfernt, als sie sichtbar wurde. Sie hatten unterdessen die Stelle, an der sie Indosuarus zuletzt gesehen hatten, nicht mehr als hundertfünfzig Meter weit hinter sich gelassen. Jetzt führte das Schwert sie zügig auf die Felsen zu, wenngleich sie sich noch immer nicht schnurgeradeaus bewegten. Wieder tauchte der unvermeidliche Bach auf, der sich auf die Suchenden zuschlängelte und auf das Kliff zufloß, und einige Augenblicke später waren sie so nahe, daß Mark die Stelle sehen konnte, an der das Gewässer sich in rauschendem Fall in eine Höhle am Fuße der Felswand ergoß.

Er schaute an der felsigen Wand nach oben und versuchte den Eingang zu finden, durch den sie in dieses Reich der Magie eingedrungen waren – in weiter Vergangenheit, wie es ihnen allen erschien. Die Felsen sahen noch ganz genauso aus, aber

wenn es den Höhleneingang tatsächlich gab, dann konnte Mark ihn jetzt nicht sehen.
Doon ließ sie in das seichte Wasser hineinwaten. Sie folgten dem Verlauf des Bachbettes bis dicht vor das Loch, in dem das Gewässer verschwand. Dann erst gelangten sie wieder auf einen trockenen Pfad, der neben dem Wasserlauf in die Erde hinunterführte. Das Wasser verschwand in einem Gewirr von Felsen, aber das donnernde Rauschen begleitete sie noch eine Weile.
Am Fuße der dunklen Klippe kam der Bach wieder zum Vorschein. Sein Bett war jetzt zu einem Komplex aus künstlichen Bassins und Wasserfällen geworden, der in einem ausgemauerten Graben endete.
Das falsche Sonnenlicht erstarb hinter der Expedition, und vor ihnen erstrahlte Licht von anderer Art. Es dauerte eine Weile, bis sie seinen Ursprung erreicht hatten.

13

Das rötliche Licht kam von lodernden, fackelartigen Flammen – Flammen, die aus einer großen Zahl von Öffnungen hoch oben in den Wänden einer neuen, weiträumigen Höhle flakkerten. Anscheinend verzehrten diese Flammen unsichtbaren Brennstoff, als würden sie mit Gas gespeist, das irgendwoher aus dem Innern der Erde heraufströmte. Die Höhle war so groß, daß das seltsame Licht sie nur teilweise zu beleuchten vermochte. Deshalb waren ihre tatsächlichen Ausmaße schwer abzuschätzen. Aber sie war ohne jeden Zweifel gewaltig.
Der Bach verschwand hier erneut. Diesmal aber hatte sein Verschwinden etwas Endgültiges an sich: Er floß in ein weites Rohr, eine Leitung, die aussah, als bestehe sie aus uraltem Mauerwerk, und ein schweres, rostiges Gitter versperrte die Öffnung. Von jetzt an wurde auch das Rauschen des Baches leiser, bald war es ganz verstummt.

Hier endete der Pfad an der Oberkante eines sich fächerförmig ausbreitenden Geröllhangs. Mark sah hohe Mauern, die sich hier und dort zu beiden Seiten des Pfades erhoben. Es sah aus, als habe hier einmal eine Verteidigungsanlage gestanden, die von einem machtvollen Angriff überrannt und nicht wieder instandgesetzt worden war. Und in der Tat – der dunkle Abhang, den die Schar jetzt hinaufkletterte, erschien im Licht ihrer Lampen wie der Alptraum eines alten Schlachtfeldes. Splitter von alten Gebeinen und rostigen Waffen mischten sich mit Erde und den herabgefallenen Steinen der Mauer.

Ein neues Geräusch hallte ihnen jetzt entgegen, dumpf, schwer und rhythmisch, laut wie eine mächtige Pauke, bedrohlich wie ein erregtes Herz.

»Ich fürchte, man hat unsere Anwesenheit bemerkt«, stellte Mitspieler fest, als er das Dröhnen vernahm. »Ich werde tun, was ich kann, aber ich rate Euch, macht euch kampfbereit.«

Etwa zwanzig Meter vor ihnen schien sich die Höhlenbeleuchtung ein wenig zu verstärken. Die Wände rückten dort enger zusammen, so daß die Gasflammen über ihren Köpfen entsprechend näher kamen. Gleichzeitig nahm das Gefälle des Geröllhangs ab, bis es überhaupt kein Hang mehr war. Die Trommel – wenn es eine Trommel war – dröhnte in der Ferne unaufhörlich weiter. Andere, genauso dumpfe Donnerschläge begleiteten sie jetzt. Mark dachte unwillkürlich an steinerne Sarkophagdeckel, die beiseitefielen. Sogleich wünschte er sich, dieses Bild wäre ihm nicht in den Sinn gekommen, denn nicht weit vor ihnen, jenseits der schmalen Stelle der Höhle, sah er jetzt lange Reihen von Objekten, die wie Bahren oder – in der spärlichen Beleuchtung – wie erhöht aufgestellte Särge aussahen. Auf einigen davon, vielleicht auch in ihnen, lagen verhüllte menschliche Gestalten. Oder hielt ihn etwa seine Phantasie zum Narren? Und er sah, wie ein paar dieser Gestalten zum Leben erwachten, als die große Kriegstrommel allmählich schneller zu schlagen begann...

...aber es waren zwei Trommeln, merkte Mark jetzt, und

vermutlich überhaupt kein Sarkophagdeckel. Er erwog, den Strahl seiner Lampe in die Ferne zu richten, um sich zu vergewissern, doch dann hielt er es für ratsam, niemanden, der dort vielleicht lauern mochte, mit einem grellen Licht aufzustören. Doon und seine vier Gefolgsleute setzten ihren Vormarsch fort. Aber plötzlich erschien mitten auf ihrem Wege, dort, wo die Höhle schmaler und das Licht heller wurde, eine hinkende, menschliche Gestalt und versperrte ihnen den Durchgang. Die Gestalt war mit Schild, Speer und Helm bewaffnet. Rasch sprangen ihr noch zwei weitere zur Seite. Immer mehr tauchten auf, bis es zehn waren, in bunt zusammengewürfelter Kleidung und regelloser Bewaffnung und Panzerung. Verschiedene Uniformen, verblichen und zerfetzt, hingen an ungesund aussehenden Körpern, die teils ausgemergelt, teils aufgedunsen aussahen. Die Mageren unter ihnen waren so mager, daß Mark einen Moment lang fürchtete, er und seine Gefährten hätten es mit Skeletten zu tun, die durch magische Kräfte beseelt worden seien. Aber als sie näherkamen, verflog dieser Eindruck.

Die Kompanie, die sich ihnen entgegenstellte, schien schlagkräftiger zu sein, als der erste Eindruck hatte vermuten lassen. Als der Anführer ein kurzes Kommando bellte, wurde es tatkräftig ausgeführt. Sie zogen ihre Waffen und erhoben sie. In einigen Fällen waren diese Waffen kaum mehr als rostige Stangen, aber sie hielten sie entschlossen und kampfbereit in den Händen.

Derjenige, der die Rolle des Offiziers spielte, trat einen schleifenden Schritt vor und stand mitten vor der uneinheitlichen Reihe. »Die Parole!« rief er herausfordernd und starrte Doons herankommender Gruppe entgegen. Seine Stimme war ein trockenes Krächzen, als sei die Kehle, die sie hervorbrachte, lange Zeit nicht benutzt worden. »Gebt mir die Parole!«

»Gleich«, rief Doon gelassen zurück. »Ich habe sie hier in der Hand.« Er zückte Wegfinder. Im Halbdunkel neben Mark hatte Arianes Schleuder ihren dumpfen Warngesang begonnen, und als er das Schwirren hörte, durchzuckte ihn der hoffnungsvolle

Wunsch, sie möge mit dieser Waffe ebenso gewandt umgehen können wie Barbara. Mark hielt seinen Bogen bereits in der Hand, seinen Packsack hatte er zu Boden fallen lassen. Er langte mit der Rechten über die Schulter und zog einen Pfeil aus dem Köcher. Gleichzeitig sah er, wie Bens Schwert aus der Scheide fuhr. Aus dem Augenwinkel nahm er Mitspieler wahr, der die Hand hob und verschwand.

Der gegnerische Anführer stieß ein weiteres Kommando hervor, und die zerlumpte Reihe ging zum Angriff über. Die Soldaten bewegten sich mit sichtbarer Disziplin und Entschlossenheit, wenngleich weder sonderlich energisch noch schnell. Mark konnte zwei Pfeile abschießen und zwei Treffer erzielen, bevor er den Bogen fallenlassen und sich im Nahkampf mit dem langen Messer verteidigen mußte. Einen Augenblick später aber hatte Drachenstecher in Bens Händen dem Speerträger, der ihn bedrohte, die dürren Beine unter dem Leib weggeschlagen.

Zwei Feinde waren schon vom Baron niedergestreckt und zwei durch Marks Pfeile außer Gefecht gesetzt worden. Einem von ihnen hatte Ariane eine Keule entrissen, die sie jetzt so geschickt durch die Luft schwang, daß sich niemand in ihre Nähe wagte.

Das erste Handgemenge war vorüber und Doons kleine Schar unversehrt geblieben. Sechs oder acht Feinde waren noch auf den Beinen – offenbar hatten sie Verstärkung erhalten, ohne daß Mark es während des Scharmützels bemerkt hatte – und hatten sich ein Stück zurückgezogen. Ihre Verwundeten hatten sie mitgeschleift. Noch während sie sich neu formieren wollten, fiel eine unsichtbare Kraft über sie her. Einer nach dem anderen stürzte zu Boden, als habe ihn eine unsichtbare Hand niedergestreckt. Als der dritte am Boden lag, stob der Rest in Angst und Verwirrung auseinander. Unter Alarmgeschrei zerstreuten sie sich in den schattendunklen Tiefen der geräumigen Höhle zwischen den Bahren.

Als sie verschwunden waren, nahm eine menschliche Gestalt allmählich Konturen an. Mitspieler materialisierte aus dem

Nichts. Der Zauberer hielt einen blutigen Dolch in der Hand und kam auf seine Gefährten zu.
»Es wird wohl ein Weilchen dauern, bis die Hilfe, nach der sie schreien, eintreffen kann. Aber wenn sie kommt, wird sie in großer Zahl kommen, und deshalb sollten wir keine Zeit verschwenden. Baron – und auch ihr übrigen –, ich nehme Euch nun bei Eurem Wort. Leiht mir noch einmal das Schwert, oder richtet Euren eigenen Willen darauf, mir zu helfen, damit ich finde, was ich suche.«
Wie auch die übrigen war der Baron gerade dabei, sein Gepäck aufzuheben, das er vor dem Kampf auf den Boden geworfen hatte. Er zögerte nur kurz, bevor er antwortete. »Und was sucht Ihr?«
»Ich suche jemanden, der zu dieser Garnison gehört. Er kam hierher als Räuber wie wir, aber das ist mehr als hundert Jahre her. Wahrscheinlich liegt er in einem dieser Kasernenbetten, aber es gibt so viele davon, und wir könnten lange suchen, wenn das Schwert nicht dabei hilft.«
»Also gut«, seufzte Doon resigniert und ergriff Wegfinder mit beiden Händen, als wolle er damit einen mächtigen Streich führen. Er starrte die Klinge an. »Möge Wegfinder uns zu ihm führen, wer oder was immer er sein mag, und dann zum Golde.«
Er schwenkte die Spitze der Klinge in weitem Bogen herum, bis die Kraft des Schwertes ihm ein Zeichen gab.
Der Schein ihrer Lampen tastete ihnen voraus, als die fünf in die angewiesene Richtung stürmten, zwischen langen Reihen von Sarg-Bahren hindurch und in düstere Regionen, die von den Fackellichtern an den zurückweichenden Wänden noch weiter entfernt waren. Nach und nach wurde die gewaltige Größe dieser Höhle immer deutlicher. Die Bett-Katafalke, auf denen hier und da die Gestalten toter oder schlafender Krieger lagen, sahen aus der Nähe betrachtet wie eine Mischung aus normalen Betten und Bahren aus. Mark fühlte sich plötzlich an die Liegen der Wurmsüchtigen in den Kellern des Roten Tempels erinnert.
»Die Garnison ist ja gigantisch«, bemerkte er, während sie weitertrabten. »Woher kommen denn all diese Leute?«

Mitspieler, der nur keuchend mithalten konnte, antwortete: »Es waren Banden wie wir, große, kleine, und alle hatten das gleiche Ziel wie wir: den Blauen Tempel zu berauben.«

»So viele?«

»Es geht seit Jahrhunderten so. Lange bevor der erste von uns zur Welt kam, versuchte man es schon... Ein starker Zauber fesselt sie an diesen Teil der Höhle, bis der Tod sie schließlich befreit. Oder bis jemand einen stärkeren Zauber bringt, der sie rettet – wie ich es für einen von ihnen heute zu tun gedenke.«

»Eine Garnison von ungewöhnlicher Größe«, stimmte Doon zu. »Aber die, mit denen wir eben kämpften, schienen mir nicht sehr widerstandsfähig zu sein.«

»Es gibt zähere.« Mitspieler trabte keuchend dahin und schüttelte den Kopf. »Die dort hinten waren nur die ersten Vorposten. Es ist leicht möglich, daß hier irgendwo Stoßtrupps versteckt sind, Eliteeinheiten... Allerdings denke ich, daß jemand, der Jahrhunderte hier unten verbringt, irgendwann zwangsläufig an Körper und Geist zu verfallen beginnt. Deshalb habe ich gewisse Befürchtungen beim Gedanken an das, war wir vielleicht finden werden... Ah, diese Reihe ist es.«

Sie näherten sich einer Stelle, wo die Wände der Höhle wieder zusammenrückten und das Licht der Fackelflammen infolgedessen heller wurde. Irgendwo in der Ferne dröhnte immer noch der Trommelalarm, und Mark hörte leise die Warnrufe der Überlebenden des ersten Kampfes.

»Schade«, meinte Ariane, »daß uns der Zauberer nicht allesamt unsichtbar machen kann.« Sie hatte die eroberte Keule fortgeworfen und hielt leichtfüßig mit den trabenden Männern Schritt.

»Das kann ich nur für mich selbst tun«, bekannte Mitspieler. »Und auch nur für kurze Zeit.« Mark glaubte nicht, daß die Anspannung, die in Gesicht und Stimme des Magiers lag, nur auf das ungewohnte Laufen zurückzuführen war. »Und es ist doppelt schwer, wenn Götterschwerter im Spiel sind. Ich verschleudere heute magisches Kapital, das ich hundert Jahre lang habe ansparen müssen... Erwartet von mir keine Zauberkunststücke mehr, denn ich habe die Grenzen meiner Kraft fast erreicht.«

Noch immer zogen die Pritschen der Garnison in ungleichmäßigen Reihen vorüber. Sie schienen sich in eine traumartige Unendlichkeit zu erstrecken. Die einzelnen Bahren standen nicht mehr als zwei oder drei Meter voneinander entfernt. Das Muster ihrer Belegung war noch unregelmäßiger. Reihenweise standen unbesetzte Liegen, und dann wieder war eine Zeitlang beinahe jede einzelne belegt. Wie weit mochte sich das noch hinziehen? Mark bündelte das Licht seiner Lampe zu einem scharfen Kegel und leuchtete damit in die Ferne. Aber rollende Nebelwolken schienen den Lichtkegel zu verschlukken, die hintere Wand war nicht zu sehen.

»Löscht eure Lampen!« befahl Doon. »Das Licht der Flammen reicht bis hierher, wir können ohne die Lampen genug sehen. Wir müssen ja nicht jedem zeigen, wo wir sind.«

Die Lampen erloschen. Und dann, gerade als Mark glaubte, die Suche werde nun ewig so weitergehen, magisch verlängert wie der Streifzug durch den Wald in der oberen Ebene, gerade da blieb Doon unvermittelt stehen.

»Hier. Dieses Bett. Wer es auch sein mag...«

Ein lockiger Haarschopf schimmerte dunkel im Licht von Mitspielers Lampe, als dieser sie für einen Augenblick einschaltete. Die Hand des Magiers riß das rauhe Laken zurück, mit dem die liegende Gestalt bedeckt war. Das Gesicht des Mannes, der sich ihnen offenbarte, war jung und schön wie das eines Gottes. Der Oberkörper des jungen Mannes war kompakt und muskulös. Die verschlissene Kleidung, die er trug, sah nicht aus wie eine Uniform, und die wenigen Rüstungsstücke auch nicht.

Mitspieler beugte sich über den jungen Mann und nahm seine Hand. »Dmitry«, murmelte der Zauberer mit veränderter, sanfter Stimme. Gleich darauf ließ er die Hand wieder los, nahm seinen Packsack vom Rücken und durchwühlte ihn nach seiner magischen Ausrüstung.

Der rituelle Gesang, den er hierauf erklingen ließ, war äußerst kurz und schien gründlich geübt worden zu sein. Die Macht dieses Gesangs war offenkundig, denn bei seinen letzten Worten spürte sogar Mark mit seinem schwachen magischen Empfinden einen Schock. Wie ein Krampf durchlief es den Körper des jungen Mannes, dann saß er kerzengerade da und blinzelte mit blauen Augen in den milden Schimmer von Mitspielers Lampe.

»Vater?« murmelte der junge Mann und starrte den Zauberer an.

»Was tust du hier? Wer sind diese Leute?«

»Dmitry, ich hole dich hier heraus und bringe dich wieder in die Welt dort oben. Die Leute sind meine Freunde, sie helfen uns. Die Bande, die dich hier gehalten haben, sind zerrissen. Steh rasch auf, wir müssen gehen... Dmitry, es ist so lange her. Schrecklich lange. Aber du hast dich nicht verändert.«

»Wir müssen gehen? In die Welt? Aber...«

Als Dmitry auf die Beine kam, mußte der Ältere ihn stützen. Gleich darauf aber stieß er die stützende Hand beiseite und stand schwankend, aber ohne fremde Hilfe auf den Füßen. Wie sein Vater, war er etwas kleiner als der Durchschnitt und von kräftigem Körperbau, ansonsten hatten sie wenig Ähnlichkeit miteinander. »Warte. Ich kann nicht fort. Nicht ohne meine Freunde.«

»Was für Freunde?«

Dmitry taumelte rückwärts und entzog seinen Arm dem Griff Mitspielers. Ratlosigkeit und Verwirrung waren aus dem Gesicht des Burschen gewichen, und ein kindisches Stirnrunzeln war an ihre Stelle getreten. »Ich rede von meinen Freunden! Ohne sie gehe ich nirgendwohin.«

Der Zauberer, dessen sanfter Gesichtsausdruck schon wieder verflogen war, funkelte ihn wütend an. »Wenn du die Banditen meinst, mit denen du hergekommen bist, dann vergiß es. Ich vergeude nicht...«

»Dann gehe ich nicht. Ich meine die beiden in meiner Kompanie hier, Vater. Willem und Daghur. Sie sind meine besten Kameraden. Ohne sie werde ich nicht... Hallo.« Jetzt erst hatte er Ariane erblickt.

Doon hatte jetzt mehr als genug. Mit wütend gedämpfter Stimme stieß er einen Fluch aus. »Wer sich nicht augenblicklich in Bewegung setzt, den werde ich durchbohren. Los jetzt!«
Dmitry hatte sein Gleichgewicht inzwischen gefunden. Mit einer Flanke setzte er über das Bett, von dem er eben aufgestanden war. Seine Waffen, ein Schwert und ein Dolch, waren daneben verstaut gewesen, und er griff nach ihnen. Mit glücklichem Grinsen sprach er Doon an. »Für wen zum Teufel hältst du dich? Ich gehe, wenn es mir paßt.«
Mit der Erfahrung eines Jahrhunderts fand Mitspieler die Gebärde und die Worte, mit denen die beiden gebändigt werden konnten – zumindest vorläufig. »Weg mit den Waffen, ihr beide. Weg damit, sage ich! Es wäre Wahnsinn, wenn wir hier miteinander kämpfen wollten. Dmitry, wo sind diese beiden anderen? Ich werde sie rasch aufwecken, wenn ich es vermag.« Er wandte sich an Doon und fügte hinzu: »Es bedeutet, daß wir zwei neue Männer bei uns haben. Zwei Kämpfer.«
»Also gut. Aber sputet Euch, bei allen Dämonen!«
Dmitry zeigte seinem Vater zwei in der Nähe stehende Bahren. Die Ritualgesänge, die nun folgten, waren noch schneller absolviert als der erste, aber als Mitspieler sich vom letzten aufrichtete, hatte Mark das Gefühl, daß er merklich schwächer aussah als zuvor.
»Genug«, flüsterte der Zauberer erschöpft. »Und jetzt kommt, wir müssen weiter.«
Zwei lümmelhaft aussehende Männer, die neuesten Früchte seiner Künste, waren von den Bahren gesprungen und standen wankend vor ihnen. Sie erkannten Dmitry, der sie angrinste. Mit lauten, plärrenden Stimmen forderten sie ihn auf, sie ins Bild zu setzen. Er schlug ihnen auf den Rücken und fluchte ausgelassen. »Wir werden uns den Schatz doch noch unter den Nagel reißen!«
Willem war groß und schwarzhaarig, sein Gesicht bestand aus einer weißlichen Narbe, die vermutlich von einer oder mehreren alten, schlecht behandelten Wunden herrührte. Unter zahllosen Flüchen brüllte er nun die Beteuerung, daß er bereit

sei, Dmitry überallhin zu folgen. »Der beste Zugführer in der ganzen verdammten Garnison!«
Daghur stimmte ihm hierin zu und brachte es mit beredsamem Grunzen zum Ausdruck. Er war klein und blaß, und starke Muskeln wölbten sich unter einer dicken Schicht ungesund aussehenden Fetts. Ein gehörnter Helm, an dem das eine Horn abgebrochen war, saß schief auf seinem Kopf. Seine plumpen Arme waren über und über tätowiert, und viele seiner Zähne waren abgebrochen.
»Woher hast du dieses Gesindel?« fragte er Dmitry und betrachtete dabei Mark, Ben und Doon mit glitzernden Augen. »Glaubst du denn, die können mithalten?«
»Es waren die besten, die ich so kurzfristig auftreiben konnte«, schrie Dmitry zurück und umarmte die beiden Kerle. »Kümmert euch nicht um sie. Kommt.«
»Und wer ist der Alte hier?« wollte Willem wissen.
»Laß ihn, der kommt auch mit!«
»Wir machen also eine Revolte, was, Dmitry? Ich bin dabei! Also los, zum Teufel, laßt uns gehen!«
Dann brach Willem plötzlich ab und starrte Ariane an. Es war, als bemerke er sie absichtlich zuletzt. »Junge! Die gehört wohl schon dir, nehme ich an?«
Mark hatte schon vor einer Weile bemerkt, daß Doon seinen Zorn sehr wohl im Zaum zu halten wußte, wenn es ihm nicht tunlich erschien, ihn zu zeigen oder ihm gar freien Lauf zu lassen. So war es auch jetzt. Der Baron redete rasch und sehr ernsthaft mit Mitspieler, und der Zauberer, der jetzt noch bleicher war als zuvor, sprach eindringlich mit seinem Sohn. Dmitry gab seinen ansonsten eher begriffsstutzigen Freunden mit einem Blick und einem Kopfnicken rasch etwas zu verstehen. Sodann setzte sich die kleine Kompanie von Eindringlingen und Flüchtlingen unverzüglich in Bewegung und marschierte in die Richtung, in die Doon sie nach Weisung des Schwertes führte. Mark, der dicht hinter dem Baron ging, hörte, wie er murmelnd zu der Klinge sprach, als wäre sie eine Frau. »Jetzt führe uns zu dem Schatz, Schönste.«

Doons kleiner Trupp zählte jetzt acht Menschen, die ihm schnellen Schritts folgten. Aber noch bevor sie hundert Schritte gekommen waren, gingen gemurmelte Warnungen zwischen ihnen hin und her. Mark blickte nach rechts und sah in etwa vierzig oder fünfzig Metern Entfernung eine zweite Gruppe, die mit ähnlicher Geschwindigkeit auf einem parallel verlaufenden Kurs dahintrabte. Doons Leute löschten ihre Lichter. Die andere Gruppe war nicht allzu deutlich zu erkennen, aber sie war zweifellos vorhanden.
Mark hatte großes Vertrauen zu dem Schwert, und er neigte dazu, auch auf Doons Führungskraft zu vertrauen. Er rannte jetzt, um den Baron, der seinen Schritt beschleunigt hatte, nicht zu verlieren. Aber Daghur und Willem keuchten bereits, sie blieben zurück und begannen atemlos zu protestieren. Auch Dmitry fiel immer weiter zurück. Nach Luft schnappend erklärte er, er werde bei seinen Kameraden bleiben, aber es klang wie eine äußerst durchsichtige Ausrede, mit der er seine eigene erbärmliche Kondition zu verbergen suchte.
Trotzdem hatten sie gegenüber der Gruppe zu ihrer Rechten einen kleinen Vorsprung gewonnen. Aber jetzt sah Mark eine zweite Schar in ungefähr gleichem Abstand zur Linken, die ebenfalls in die gleiche Richtung lief. Fackelschein schimmerte auf ihren Waffen. Anscheinend erwachte nach und nach die Garnison, um sich den Eindringlingen entgegenzustellen. Jetzt rief jemand in der linken Gruppe etwas, und Mark erkannte, daß es Frauen waren.
»Amazonen«, keuchte jemand neben ihm. »Banditen und Söldner wie der Rest dieser Garnison. Lieber würde ich mich mit den Männern schlagen.«
Doon dachte nicht daran, um seiner Nachzügler willen Zeit zu verlieren, und Dmitry und seine beiden Freunde fielen immer weiter zurück. Als Mark einen Blick über die Schulter warf, sah er, daß auch geradewegs hinter ihnen Verfolger aufgetaucht waren: Was immer also vor ihnen lauern mochte, ein Zurück gab es nun wohl nicht mehr.
Und jetzt sammelte sich direkt vor ihnen ein viertes bewaffne-

tes, fackeltragendes Kontingent. Die Soldaten bezogen ihre Stellung, um ihnen den Weg zu versperren.

Doon hielt an. Seine Leute drängten sich um ihn, wobei sie noch von den Anstrengungen des fruchtlosen Laufens keuchten. Die feindliche Formation, die ihnen den Weg abschnitt, hatte Aufstellung genommen und die Speere nach vorn gerichtet. Sie allein war den Eindringlingen schon zahlenmäßig überlegen. Zweifellos würden die drei übrigen Trupps in ihren Flanken und hinter ihnen Zeit genug haben, an sie heranzukommen, bevor ihnen ein Durchbruch gelingen könnte.

In der Höhle war es für kurze Zeit still. Man hörte nur das immer näher kommende Schlurfen zahlloser Füße, das allmählich erst erstarb, und das leise Zischen und Tröpfeln der Fakkeln, die einige der Feinde trugen. Auch das schwere, keuchende Atmen der hart arbeitenden Lungen verstummte langsam.

Jetzt löste sich aus der Mitte der ihnen gegenüberstehenden Front eine grotesk gedrungene, dickleibige Gestalt und watschelte ein paar Schritte vorwärts. Der Mann trug einen hohen Helm, als wolle er durch diesen lächerlichen Putz an Körpergröße gewinnen und eindrucksvoller erscheinen. Sein merkwürdiger Watschelgang veranlaßte Mark, auf seine Füße zu schauen, und auch diese schienen durch merkwürdig dicksohlige Stiefel erhöht zu sein. Fackeln zu beiden Seiten warfen flackerndes, rotes Licht auf sein birnenförmiges, rotnasiges Gesicht. Mit heiserer Stimme brüllte die Gestalt: »Ergebt euch, ihr räudigen Söhne von Tragtieren! Wir haben euch umzingelt!« Er unterstrich seine Worte, indem er mit seinem Kurzschwert fuchtelte.

Dmitry hielt erstmalig den Mund. Aus dem Augenwinkel sah Mark, daß der Bursche verstockt zu Boden blickte. Doon hingegen war nicht einzuschüchtern. Mit bester Kommandostimme und herrischer Haltung erwiderte er: »Wer spricht da? Wo ist euer Hauptmann?«

Der Dicke brüllte zurück: »Ich habe hier das Kommando! Kommandant der Blutgarnison im Haupthort des Blauen Tempels, Feldmarschall D'Albarno! Je von mir gehört?« Er wälzte

sich ein paar Schritte weiter vor, bis er in helleres Licht geriet. Offensichtlich war er stolz auf seine bizarre Erscheinung. Jetzt konnte man sein Gesicht deutlicher sehen. Es war aufgedunsen und von spektakulärer Häßlichkeit.
»Er hat Zwergenblut in seinen Adern, darauf möchte ich wetten.«
Das angespannte Flüstern kam von Ariane, die neben Mark stand. Er sah sie an. Zwerge und Elfen gehörten ins Reich des Aberglaubens; zumindest hatte er gedacht, daß alle gebildeten Menschen diese Auffassung teilten.
Feldmarschall D'Albarno – Mark hatte weder von diesem Rang noch von dem Namen je gehört – schrie jetzt: »Wollt ihr euch nun ergeben, ihr blutigen Klumpen Dämonenkot! Oder müssen wir euch in Stücke hacken und unsere Waffen besudeln?«
»Bei Aphrodites Achselhöhlen!« Doons donnernde Antwort war ebenso herzerfrischend lautstark. Auch er wußte zu fluchen, und dies mit einiger Kunstfertigkeit. »Schweig still, du Wurmgehirn, und höre mir zu! Was ist das Wichtigste im Leben, für dich, für mich, für jeden Soldaten?«
D'Albarno blinzelte, und sein beinahe tierhaftes Gesicht war sichtlich bemüht, überrascht dreinzublicken. »Oh.« Die Stimme des feindlichen Kommandanten war zu einem bloßen Donnern gedämpft. »Oh, dazu kommen wir bald. Es wird immer fällig, wenn wir zum aktiven Dienst gerufen werden: Unser Sold, den wir bekommen, wenn wir euren verfluchten Überfall zurückgeschlagen haben.« Wieder schwoll seine Stimme zu einem unmenschlichen Gebrüll an. »Ergebt ihr euch, oder ...?«
»Beim Auswurf Vulkans, Mann, natürlich ergeben wir uns!« So laut der andere auch werden mochte, bis jetzt war es Doon noch immer gelungen, es ihm gleichzutun. »Die einzige Frage ist: Behalten wir unsere Waffen und haben wie gute Kameraden an eurem Freudenfest teil? Oder müssen wir erst die Hälfte deiner Truppen niedermetzeln, bevor du auf unsere Bedingungen eingehst? Dann wirst du aber nicht mehr viel

Kraft haben, um dein Gelage zu genießen, oder was meinst du? Und vielleicht auch nicht sehr viel Zeit dazu.« Der letzte Satz war in einem wissenden Ton gesprochen, als wolle Doon auf irgendwelche internen Kenntnisse anspielen.

Der selbsternannte Feldmarschall – er schien allerdings eine Menge Auszeichnungen auf der Brust zu tragen – stemmte seine schinkengroßen Fäuste auf seine ausladenden, unmilitärischen Hüften, dabei drehte er den Kopf von rechts nach links und wieder zurück, als fordere er die Umstehenden auf, zu bezeugen, was hier geschah.

»So«, grollter er mit einer wieder auf beinahe menschliches Maß gedämpften Stimme. »Da haben wir einen Mann, der etwas vom Soldatenleben versteht. Es müßte eine Freude sein, ihn in der Garnison zu haben. Ein Kamerad, mit dem ich sicher verdammt gut würde saufen können. Vielleicht könnte ich es sogar über mich bringen, seine Geschichten von Kriegen und Schlachten zu ertragen. Vielleicht könnte ich – Hoho! Du da, weg mit dem verdammten Bogen!«

Dieser letzte Satz richtete sich an einen verwest aussehenden Bogenschützen in D'Albarnos Truppe, der unter großen Mühen mit zitternden Fingern einen Bogen auf die Sehne gelegt hatte und anscheinend nicht daran dachte, dies umsonst getan zu haben und munter plante, seinen Pfeil in Doons Gruppe schwirren zu lassen.

»Weg damit, sage ich!« wiederholte der Feldmarschall. »Und ihr, ihr verfluchten Eindringlinge, reiht euch bei uns ein und kommt mit. Ich werde eine verflucht formelle Siegesmeldung an die Zivilisten schicken, aber das hat Zeit. Die verfluchten verdrießlichen Trottel haben sich verkrochen, wie sie es immer tun, wenn Alarm gegeben ist. Nach allem, was sie wissen – oder zu wissen brauchen –, sind wir hier noch in blutige Gefechte verwickelt. Wenn sie erst wissen, daß ihr euch ergeben habt, kommen sie aus ihren Löchern, halten uns eine Predigt, und das Fest ist aus. Uns, die wir dem Tod ins Antlitz geschaut haben, um ihr Metall zu bewachen, wird man den Spaß verderben, und man wird uns wieder in unsere Kisten

packen, bis das Vergnügen wieder losgeht. Verstehst du, was ich meine?«
Doon fragte noch einmal und mit Nachdruck, um sicherzugehen: »Wir behalten also unsere Waffen? Bis die Siegesfeier vorüber ist?«
»Ja, ihr könnt sie behalten, bis die verfluchte Kapitulation offiziell ist. Aber wenn ihr sie benutzt, werden wir euch zu verfluchtem Hackfleisch verarbeiten!«
Doon bedeutete seinen eigenen Leuten, Schleudern und Bogen sinken zu lassen und Schwerter in die Scheiden zu stecken. Er selbst steckte Wegfinder wieder ein. D'Albarno gab die gleichen Befehle und schob sein eigenes Schwert mit einem kühnen Schwung in die Scheide. Die Trupps vereinigten sich. Langsam und unter einigem Mißtrauen verwandelte sich die Konfrontation in eine Marschkolonne, und nur allmählich wich das Unbehagen von den Mienen.
Was nun? fragte sich Mark. Haben wir uns ergeben oder nicht? Er suchte Bens Blick auf sich zu lenken, aber die verwirrte Miene des Großen war ihm auch keine Hilfe. Doon marschierte neben D'Albarno, und die beiden plauderten bereits miteinander wie zwei alte Bekannte. Und Mitspieler schien wieder einmal verschwunden zu sein.
Die hartgesichtigen Amazonen-Kriegerinnen eilten herbei und begrüßten Ariane als neue Rekrutin. Mark erhaschte einen letzten, angstvollen Blick von ihr, und dann wurde sie fortgedrängt.
Zumindest marschierten sie alle in dieselbe Richtung.
Zur Siegesfeier!

14

Der Ort des Gelages war nicht gänzlich von der düsteren Höhlenumgebung abgetrennt, die sich dem Betrachter halb wie eine Kaserne, halb wie ein Friedhof darbot. Mannshohe Trennwände aus übereinandergestapelten Kasernenbetten, Fässern,

Kisten und Kästen versperrten den Blick nur zum Teil. Diese Behältnisse, schloß Mark, enthielten die Vorräte, die für eine ordentliche Feier nötig waren. Anscheinend hatte D'Albarno die Nachricht über seinen Triumph im Felde zumindest bis hierher vorauseilen lassen, denn die Schänke war schon beinahe bereit zum Öffnen, als die kombinierte Truppe aus Soldaten und Gefangenen, inzwischen nahezu unentwirrbar vermischt, hier eintraf. Die Schänke selbst war ein roh gezimmerter Verschlag mit drei Wänden aus Kasernenpritschen, die, teils mit der Unterseite nach oben, aufeinandergestapelt waren, allerdings nicht so hoch wie die Trennwände. Kleinere Stapel dienten als Tische, und einzelne, einfach aufgeschlagene Pritschen waren die Bänke. Fackeln, die in Haltern befestigt waren, beleuchteten die Szenerie.
Das einzig halbwegs dauerhaft aussehende war ein Herd aus roh behauenen Steinen, dessen Seiten aber so niedrig waren, daß man schon fast von einer offenen Feuerstelle sprechen konnte. Ein Angehöriger der Garnison, der entweder ein niederer Zauberkünstler war oder sich dafür hielt, wedelte davor mit den Armen, in der Hoffnung, er könne einen Zauberbann bewirken, der den Qualm schnurgerade und steil in die unergründliche Finsternis aufsteigen ließ. Neben ihm lag ein Haufen von gewöhnlich aussehendem Brennholz, das vielleicht aus dem Zauberwald aus der oberen Ebene stammte. Über den frischentfachten Flammen wurde ein großes, vierbeiniges Tier von unbestimmter Art buchstäblich am Stück geröstet. Ein paar magere und schwächlich aussehende Soldaten drehten den Bratspieß und beschäftigten sich mit anderen niederen Aufgaben.
Bei vornehmeren Tätigkeiten im Innern des dreiseitigen Verschlages der Schänke fanden sie drei Geschöpfe einer Art, die Mark nach Bens Beschreibungen sofort erkannte, wenngleich er sie selber noch nie zuvor gesehen hatte.
Ben stieß ihn in die Seite. »Weißhände«, murmelte der starke Mann. In der Tat, das wesentliche Merkmal dieser Wesen sprang sofort ins Auge: die großen, bleichen Hände, die sich

jetzt daranmachten, Bierfässer, Weinflaschen und Krüge aufzustellen, die, dem süßlichen Geruch nach zu urteilen, der plötzlich die Luft erfüllte, Met enthielten. Obwohl man sah, welche Kraft in diesen großen Händen stecken mußte, wirkten sie zart und weich. Auch in ihrem sonstigen Erscheinungsbild unterschieden sich diese Geschöpfe von normalen Menschen. Sie hatten fahle Gesichter mit großen, starr blickenden Augen – damit sie, wie Mark vermutete, im Dunkeln besser sehen könnten –, große Ohren und sorgenvolle, dünnlippige Münder. Ihr Haar war dünn oder gänzlich ausgefallen, ihre Haut runzlig. Die drei anwesenden waren von unterschiedlicher Größe. Alle drei trugen Uniform: Blaue Hemden mit hohen Stehkragen und glatte, goldene Umhänge. Ihre Kleidung war makellos, verglichen mit den schäbigen Lumpenuniformen der Garnisonssoldaten.
Der Kommandant dieser Garnison und Feldherr ihrer jüngsten erfolgreichen Verteidigungsoperation, watschelte ohne Umschweife an den Tresen. Bevor er ein Wort sagen konnte, fiel das größte der drei Wesen über ihn her und fragte ihn, ob die Kämpfe hart gewesen seien. »Von hier aus hat es sich schlimm angehört. Gab es viele Verletzte? Schwere Verluste?«
Der Feldmarschall gab brüllend zur Antwort: »Verluste – wenn ich mit meinen besten Leuten im Einsatz bin? Nicht sehr wahrscheinlich! Und jetzt bringt uns zu trinken, wir haben es verdient! Und bereitet den Braten! Was ist mit der Musik?«
Ein Aufschrei der Zustimmung erhob sich unter D'Albarnos Leuten, die sich bereits hinter ihm in der Schänke drängten. In dem Getöse waren nur die letzten Worte der nächsten Frage zu verstehen, die der Anführer der Weißhände aufgeregt an D'Albarno richtete. »... die Gefangenen?«
»Selbstverständlich behalten wir die Gefangenen! Wer ist eigentlich der Kommandant dieser Garnison, he? Doch bestimmt nicht du, du verfluchter weißhändiger Klumpen Münzentalg!«
Das Geschöpf hinter der Bar schien sich seiner Überlegenheit gegenüber solchem Benehmen sicher zu sein und wirkte nur beiläufig beleidigt. »Sobald der Erste Vorsitzende Benambra

hier erscheint, werde ich mit ihm über diese Angelegenheit sprechen.«
Mark hatte den Eindruck, daß diese Drohung ihre Wirkung auf D'Albarno nicht verfehlte. Aber der Feldmarschall würde sich nichts anmerken lassen, solange es sich vermeiden ließe.
»Erzähl es ruhig!« donnerte er. »Aber bis es soweit ist, wirst du uns *zu trinken* servieren!«
Wieder wallte ein explosiver Ruf der Bekräftigung hinter ihm auf. Männer und Amazonen drängten sich an den Tresen. Die Schwächeren – oder waren sie nur weniger erpicht darauf, etwas zu trinken? – wurden beiseitegedrängt. Der Weißhändige, der mit D'Albarno gesprochen hatte, nickte seinen Artgenossen fatalistisch zu, und alle drei begannen, Becher zu füllen und zu verteilen.
Ben zog derweilen ein noch nachdenklicheres Gesicht als zuvor. Er sah Mark an und fragte: »Was redet er da von ›Benambra‹?«
Ein anderer Mann antwortete, ehe Mark den Mund auftun konnte. »Die meisten Leute, denen wir hier drinnen begegnen, kennen diesen Namen.« Es war ein Soldat der Garnison, ein vergleichsweise gesund aussehendes Exemplar, das durch den Anstrum der anderen in die Nähe der Gefangenen gedrängt worden war. (Und waren es wirklich *so viele*, die uns dort draußen gegenüberstanden? fragte Mark sich in Gedanken. Wenn ja, dann hatte Doon sicherlich klug gehandelt.)
Der Soldat, der eben gesprochen hatte, war wie durch Zauberei bereits mit einem gefüllten Becher ausgestattet. Er redete weiter. »Der Hohepriester. Ihr wißt schon. Es gab einmal ein altes Lied über ihn, als ich noch oben war. Er ist noch hier, obwohl ich wetten würde, daß die Höhle sich mächtig verändert hat, seit er anfing, hier seine Schätze aufzutürmen. Aber jetzt solltet ihr euch nach vorn schieben und dafür sorgen, daß ihr etwas zu trinken bekommt, solange noch Gelegenheit dazu ist.«
Mark und Ben wechselten noch einen Blick. Zusammen

kämpften sie sich durch das Gewühl, bis sie den Tresen erreicht hatten.
Die Amazonen waren als Gruppe zum Fest gekommen, und sie blieben unter sich, wenngleich sich ihre Geschlossenheit aufzulösen begann. Ben spähte immer wieder auf ihre Schar und versuchte, Ariane unter ihnen zu entdecken. Hin und wieder erhaschte er einen Blick auf ihr rotes Haar oder ihr blasses Gesicht, aber dem spärlichen Anschein nach schien sie guter Verfassung zu sein. Er wußte allerdings nicht, was er tun würde, wenn sie beim nächstenmal, da er sie zu Gesicht bekäme, anders aussähe. Einen Kampf zu beginnen, bedeutete Selbstmord. Bislang versuchte Doon zu verhindern, daß man sie umbrachte, zu Sklaven machte oder auch nur entwaffnete. Aber...
Der redselige Soldat hatte sich zusammen mit Ben und Mark nach vorn gedrängt. Der Trinkbecher in seiner Hand war immer noch fast voll, also hatte er vermutlich etwas anderes im Sinn. Als er nun neben Ben stand, berührte er beiläufig Drachenstechers Heft mit der Hand. Ben schlug ihm auf die Finger.
»Nettes Schwert«, bemerkte der Mann ungerührt. »Du könntest es ebensogut sofort abgeben und dir damit weiteren Ärger ersparen, denn es wird mein Beuteanteil sein. Ich will gar nicht versuchen, die Lampe zu kriegen, denn darauf werden sich die Priester oder die Weißhände stürzen, soviel steht fest.«
»Werden sie das?« Etwas Besseres fiel Ben nicht ein.
»Klar. Die Gefangenen verlieren alle Waffen und Ausrüstungsgegenstände, die sie bei sich haben. Wenn ihr die Grundausbildung in der Garnison hinter euch habt, könnt ihr euch neue Waffen aus der Waffenkammer holen. Ihr könnt dann unter dem, was vorhanden ist, wählen.«
»Was vorhanden ist, ist ein Haufen rostiger Mist«, beschwerte sich ein anderer Mann, der in der Nähe gestanden und den letzten Teil des Gespräches mitgehört hatte.
Der erste zuckte die Achseln. »Vielleicht findet ihr bei der

nächsten Bande, die den Hort rauben will und dabei gefangengenommen wird, etwas Besseres.«
»Und wann wird das sein?« Ben hatte inzwischen wieder sein dümmstes Gesicht aufgesetzt. Er redete am besten einfach weiter, während er auf die Gelegenheit wartete, etwas zu unternehmen. Womöglich würde er dabei sogar etwas Nützliches in Erfahrung bringen.
»Wer weiß? Wer kann hier unten schon sagen, wieviel Zeit vergeht? He, was ist denn oben so los in diesen Tagen? Liegt der Blaue Tempel im Krieg? Ich wünschte, es gäbe einmal einen richtigen Krieg, dann bekämen wir hier unten jede Menge Rekruten. Man würde mich befördern. Einen Krieg mit den Amazonen zum Beispiel. Der Haufen, den wir hier unten haben, wird allmählich ein bißchen alt.« Er fuhr sich mit der Zunge über die Lippen und starrte zu den Amazonen hinüber.
Ben, der bis zu diesem Tage kaum je von Amazonen gehört hatte, schaute noch einmal in die gleiche Richtung. Ariane schien ihre Angst inzwischen niedergekämpft zu haben. Sie erzählte gerade irgendeine Geschichte, die sie mit weit ausgreifenden Armbewegungen begleitete, aber die kleine Zuhörerschaft von Kriegerinnen, die sie umringte, schien nur teilweise interessiert. Nicht weit von den Frauen saßen Willem und Daghur, die nicht im mindesten so aussahen, als betrachteten sie sich als Gefangen, als ertappte Deserteure. Sie schwatzten kameradschaftlich mit anderen Männern, die anscheinend zu ihrer Kompanie gehörten. Und Dmitry, der vor Lachen schier platzen wollte, saß auf dem Schoß einer der größeren Amazonen, während diese aus seinem Becher trank.
Doon und D'Albarno, die trotz ihrer unterschiedlichen körperlichen und physiognomischen Erscheinung eine undefinierbare, aber gleichwohl starke Ähnlichkeit miteinander hatten, saßen mit einigen anderen an einem Führertisch, der ein wenig erhöht auf einem Podest stand. Mark sah, daß junge Garnisonsangehörige, großenteils furchteinflößend aussehende Amazonen, die ersten Platten mit Speisen auftrugen – fast rohes, in Scheiben geschnittenes Fleisch. Von irgendwoher

waren Musiker aufgetaucht, die auf ihren Plätzen nicht weit unterhalb des Führungstisches saßen. Ob sie gut oder schlecht spielten, je, ob ihre Instrumente überhaupt irgendwelche Klänge von sich gaben – im allgemeinen Lärm war es nicht zu hören.

D'Albarno war jetzt offensichtlich dabei, Doon eine Geschichte zu erzählen, und die vollbusigen Figuren, die der Feldmarschall mit seinen großen Händen in die Luft malte, ließen leicht erraten, was für eine Geschichte es war. Zahllose Becher und Flaschen wurden jetzt allenthalben und mit unglaublicher Geschwindigkeit herumgereicht. Fässer und Tonnen wurden – hauptsächlich von Weißhänden – herbeigeschafft und auf Tische gewuchtet, wo sie aufgeschlagen und angestochen wurden, während die regulären Soldaten ungeduldig den Tresendienst übernahmen. Irgendwo inmitten des Gedränges kreischte eine Frau, aber es schien mehr Entzücken als Entsetzen gewesen zu sein, was sie dazu veranlaßt hatte.

Ein Mann, der auf einem Ende eines Tisches gestanden hatte, fiel herunter. Im Fallen griff er nach dem Faß, das er und seine Kumpane hatten öffnen wollen. Das Faß schwankte, kippte und stürzte dann mit unheilvollem Dröhnen auf den Steinboden. Flüssigkeit und Dünste barsten in überwältigender Flut aus ihm hervor. Menschen stürzten und verknäulten sich ineinander. Einige ließen sich auf Hände und Knie sinken und leckten den Boden ab. Die Menge verlagerte sich, und der Mann, der nach Drachenstecher gegriffen hatte, wurde von den schiebenden Leibern davongeschwemmt.

Ben hatte Mitspieler seit ihrer Gefangennahme nicht mehr gesehen, und diese Tatsache hatte ihm unbestimmte Hoffnung eingeflößt. Jetzt sah er ihn; er saß am oberen Tisch zwischen den Offizieren der Garnison, doch so unauffällig, daß Bens suchender Blick ihn bisher wohl übersehen hatte.

Ben bahnte sich einen Weg zu dem Tisch, an dem Mitspieler saß, um zu erfahren, wie es nun weitergehen würde. Als Ben herankam, hob der Zauberer den Kopf. Er sah erschöpft aus.

Der kleine, halb geleerte Becher, der vor ihm stand, schien bereits genügt zu haben, ihn zu berauschen.
Sie brauchten nicht zu befürchten, daß jemand sie belauschen würde. Mitspieler mußte brüllen, damit Ben ihn verstand, obgleich dessen Ohren nur wenige Zentimeter von seinem Munde entfernt waren.
»Ich bin umhergegangen, unsichtbar... versucht, alle aufzuwecken... dachte, wenn wir die ganze Garnison hätten... in dem Durcheinander entkommen...« Wütend funkelte er Ben an, als gäbe er diesem die Schuld, daß sein Plan gescheitert war. »Und dann habe ich meine Unsichtbarkeit verloren.«
»Ihr habt Euer Bestes versucht.«
Die Antwort des Magiers verlor sich teilweise im allgegenwärtigen Getöse. »... Bestes versucht, ja. Alles gegeben, hundert Jahre und mehr. Und da ist er. Da steht er. Also wozu die Umstände? Werde niemals Vater, mein Junge. Bekomme niemals Kinder. Es ist ein großes... eine Zauberei, das ist es. Stellt dein ganzes Leben auf den Kopf.«
Mark, dem es gelungen war, das andere Ende des Tisches zu erreichen, arbeitete sich auf Ben zu, bis er ihm nahe genug war, um durch das Geschrei mit ihm zu sprechen. »Man hat uns noch nicht entwaffnet. Doon sagt, wir sollen uns gedulden und auf sein Zeichen warten.«
»Und dann? Was sollen wir dann tun?«
»Er konnte mir nicht mehr sagen. Ich gehe jetzt zurück und bleibe ein Weilchen in seiner Nähe, wenn ich kann.«
»Und ich gehe zu Ariane.« Ben stieß sich von dem Podest ab und zwängte sich durch die Menge.
Die Amazonen hatten sich inzwischen weitgehend unter den übrigen verteilt. Sie waren deutlich in der Minderzahl, aber trotzdem war die Konkurrenz derer, die sich um ihre Gunst bemühten, nicht allzu groß. Tatsächlich zogen es die meisten Männer der Garnison vor, zu saufen und mit ihren sexuellen Fertigkeiten lauthals zu protzen, als sich handfest mit Frauen zu befassen. Gröhlende Prahlgesänge hallten gegen die Decke; aber die Sänger lagen hier und da schon flach auf dem Rücken.

Zwischen dem Podest und der Stelle, an der Ben Ariane zuletzt gesehen hatte, drängten sich noch mehr Menschen als vorher. Vielleicht war Mitspielers Taktik doch nicht ohne Erfolg. Vielleicht würde sie zumindest helfen, wenn Doon sich entschlösse, seinen Plan in die Tat umzusetzen. Natürlich würde Doon wohl kaum ein leichtes Spiel haben, wenn er versuchen wollte, sich vom Tisch zu entfernen, ohne Verdacht zu erregen. Zu diesem Zwecke aber konnte er immer noch ein dringendes Bedürfnis vorschützen, das bei einem Saufgelage nicht ungewöhnlich war: Ein paar Meter weit hinter den Trennwänden, abseits vom Zentrum des Trubels, hatte man die Bodenplatten herausgestemmt und eine provisorische Sickergrube angelegt. Ein paar Soldaten standen im Kreis um sie herum, während andere warteten, bis sie an der Reihe waren.
Jemand drückte Ben einen Becher in die Hand, und um zu zeigen, daß er ein braver Bursche war, nippte er daran, bevor er weiterging. Es schmeckte entsetzlich, aber hinsichtlich der Stärke ließ sich nichts Nachteiliges darüber sagen.
Es war nicht sonderlich schwer, Ariane ausfindig zu machen. Einer der Soldaten machte ihr mit so großer Hartnäckigkeit den Hof, daß er durch freundliche Appelle – von ihr und Ben – nicht abzuweisen war. Als Ben ihm zum zweitenmal die Hand auf den Arm legte, griff er nach seinem Dolch. Ben bog ihm den Arm so weit nach hinten, daß der Bursche sich nicht mehr rühren konnte, und schlug ihm dann mit der Faust an die Schläfe. Mit angewidertem Gesicht ließ er den erschlafften Körper in eine klebrige Pfütze unter die Bank sinken. Ben verabscheute das Kämpfen besonders, wenn es um persönliche Dinge ging.
»Ich habe mein Gepäck verloren«, erzählte ihm Ariane unvermittelt. Auch sie mußte schreien, damit er sie hören konnte.
»Das macht nichts. Zerbrich dir darüber nicht den Kopf. Wir werden bald versuchen, von hier zu entkommen. Doon will uns ein Zeichen geben.« Und irgendwie schmiegte sie sich plötzlich schutzsuchend in seinen Arm, obwohl sie ihn eigentlich um fast zwei Zentimeter überragte.

Wieder rief sie ihm etwas in die Ohren. »Den nächsten steche ich nieder, wenn er nicht hören will.«
»Noch nicht. Halte dich zurück. Kein Blutvergießen, wenn es nicht sein muß. Ich werde bei dir bleiben. Oder, besser noch, du kommst mit mir.«
Ohne Ariane aus seiner schützenden Umarmung zu entlassen, drängte Ben sich zurück an einen Platz in der Nähe des erhöhten Tisches. Der Boden unterhalb des Podestes war überschwemmt. Vielleicht – höchstwahrscheinlich sogar – war noch ein zweites mit Met gefülltes Faß umgestürzt und zerbrochen. Es war, als sei der Boden mit Leim bestrichen worden. Wenn es ihnen je gelingen sollte, zu entkommen, dann, so dachte Ben, würde es ihren Verfolgern schier unmöglich sein, ihre Spur zu verlieren. Falls noch jemand in der Verfassung sein sollte, sie zu verfolgen...
Die Anführer saßen noch ungefähr genauso da wie vorher. Doon schaute hohläugig auf, aber in seinem Blick lag nichts von Bedeutung. D'Albarno, der immer noch neben dem Baron saß, brüstete sich im Augenblick lauthals mit seinem Trinkvermögen, das er an diesem Tage demonstrieren werde wie nie zuvor. Mitten im Satz aber verlor er zuerst den Faden und dann das Bewußtsein. Aber nur wenige merkten, daß er schnarchend zu Boden glitt, um sich zu seinen alten Kameraden zu gesellen, die es sich unter dem Tisch bequem gemacht hatten.
Ben, Mark und Ariane drängten sich rasch an Doon heran, der ihnen, so leise es ging, zu verstehen gab: »Verschwindet von hier, aber einzeln. Wir treffen uns zweihundert Schritte weiter in dieser Richtung.« Der Baron deutete vorsichtig mit dem Zeigefinger in eine Richtung, die er, wie Ben vermutete, auf irgendeine Weise mit Hilfe des Schwertes ermittelt hatte.
Augenblicklich löste sich die kleine Gruppe auf. Doon selbst schob sich am Tisch entlang, um mit Mitspieler zu sprechen. Die anderen zwängten sich in unterschiedlichen Richtungen durch das Getümmel. Ben verabschiedete sich mit einem heftigen Händedruck von Ariane und von Mark mit einem vielsagenden Blick.

Dann bahnte er sich durch das allmählich dünner werdende Gedränge seinen Weg zur Senkgrube. Von dort aus bewegte er sich in einer Kurve weiter, die ihn Schritt für Schritt von dem Gelage wegführte. Wankend, als sei er betrunken, schob er sich von einer Pritsche zur nächsten. Auf einigen davon ruhten zusammengebrochene Festteilnehmer, andere waren leer.
Ab und zu hielt er inne, um zu sehen, ob ihm jemand folgte. Aber er konnte niemanden entdecken. So schwankte er weiter in seiner scheinbar ziellosen Kurve. Er beabsichtigte, im rechten Winkel zum Treffpunkt zu stoßen. Nach einer Weile ließ er sich auf alle viere fallen. Da er längst nicht der einzige war, der sich in dieser Weise bewegte, hoffte er, so noch unauffälliger voranzukommen.
Inzwischen waren alle Bahren, an denen er vorbeikam, leer, und immer mehr Soldaten strömten von den äußeren Bereichen der Höhle dem Trubel in der Mitte entgegen. Natürlich, dachte Ben, hätte der Lärm allein schon ausreichen müssen, um jeden im Umkreis von einem Kilometer aufzuwecken, mochte er nun schlafend, tot oder verzaubert daliegen. Niemand beachtete ihn, und so kroch er ungehindert weiter.
Er fragte sich, ob er die Entfernung oder die Richtung, in die Doons Zeigefinger gewiesen hatte, falsch eingeschätzt haben mochte. Dann stieß er auf Mark und Ariane, die geduckt unter einer leeren Bahre kauerten. Unter der nächsten Bahre lugte Doons bärtiges Gesicht mit funkelnden Augen hervor. Der Baron winkte Ben, er solle sich ebenfalls in Deckung begeben und still hocken bleiben.
Ben gehorchte und wartete ab. Kurz darauf erschien Mitspieler. Er kroch nicht, aber er taumelte in einer Weise, die das mehr als überzeugende Porträt eines Geschlagenen präsentierte. Ein paar Schritte hinter Mitspieler kamen Dmitry, Daghur und Willem. Natürlich war der Magier nicht imstande gewesen, zu verschwinden, ohne seinem Sohn Bescheid zu sagen. Der Sohn und seine beiden Kumpane forderten einander mit übertriebenem Gestikulieren zur Vorsicht auf, und

hin und wieder platzten sie in halb unterdrücktem, trunkenem Gekicher heraus.
Als Doon aus seinem Versteck auftauchte und ihnen entgegenblickte, zeigte sein Gesicht unterdrückte Wut. Aber Ben begriff, daß der Baron kaum etwas unternehmen konnte. Er war immer noch entschlossen weiterzugehen – ohne diese wahrhaft fanatische Entschlossenheit wäre er ja gar nicht erst so weit gekommen –, und er brauchte den Zauberer, irgendeinen Zauberer, auf der nächsttieferen Ebene, wo sie es mit wenigstens einem Dämon zu tun haben würden. Und auch Ben war bereit weiterzugehen. Jetzt, mit der Aussicht auf endlose Sklaverei in der Garnison vor Augen, konnte er an einem fernen und noch unsichtbaren Dämon ganz und gar nichts Schreckenerregendes finden. Ben war nicht nur bereit, er konnte es kaum erwarten.
Man wechselte kaum ein Wort. Die wiedervereinigte Gruppe stahl sich in die Richtung, die Doon ihnen wies, davon und entfernte sich in gerade Linie von der lärmenden Menge. Vor ihnen lagen Regionen, in denen kein Wachender sich aufhielt. Einige hatten während der Gefangenschaft ihre Packsäcke verloren – Mitspieler war es irgendwie gelungen, seinen zu behalten –, aber alle waren noch bewaffnet, und keiner hatte seine Lampe vergessen. Doon befahl ihnen allerdings, sie vorläufig nicht zu benutzen.
Nach und nach, je weiter der Schauplatz der Siegesfeier hinter ihnen zurückblieb, richteten sie sich wieder auf und verwandelten sich zusehens in eine Marschkolonne, statt als Horde von Individuen in dieselbe Richtung zu schleichen. Immer noch wurde wenig gesprochen.
Nach einer Weile blieb Doon stehen, um seine Probleme mit Mitspieler zu bereinigen. Aber der Magier drängte ihn weiterzugehen.
»Nicht hier, nicht jetzt. Ich weiß, was Ihr sagen wollt, und ich bedauere es. Aber wir müssen die nächste Ebene erreichen, ehe wir innehalten können, um zu reden oder zu streiten. Und dann muß ich ausruhen, bevor es weitergeht.«
Nach einem kurzen, stummen Kampf mit sich selbst lenkte

Doon widerwillig ein. Wortlos wanderte die kleine Prozession weiter. Sogar Dmitry und seine Freunde waren seit einer Weile still. Vielleicht, dachte Ben, war ihnen schlecht, weil sie zuviel getrunken hatten.

Ben merkte, daß die Höhle ringsumher immer enger wurde, je weiter sie kamen. Erst ging die Veränderung nur allmählich vonstatten, doch dann immer schneller. Doon gestattete ihnen immer noch nicht, die Lampen zu benutzen, aber sie konnten dennoch erkennen, daß sie sich geradewegs auf eine Wand zubewegten, eine Wand, die nicht weit vor ihnen von der Decke der Höhle gebildet wurde, die sich in einer weiten Kurve auf den Boden herabsenkte. Die Seitenwände rückten jetzt noch näher zusammen, und gleichzeitig neigte sich der Boden abwärts. Und plötzlich befanden sie sich nicht mehr in der riesigen, scheinbar grenzenlosen Halle des Garnisonssiegels, sondern waren, wie durch einen Trichter, in einen engeren, nur drei oder vier Meter breiten Gang gelangt.

Die Wandfackeln in der Höhle hinter den Reisenden warfen immer noch genug Licht herein, um den Weg zu beleuchten. Die Decke hing jetzt nur wenige Meter über ihnen und knickte über den Felssimsen, die die Wände zu beiden Seiten krönten, scharf nach unten ab.

Doon führte sie rasch voran. Das Licht hinter ihnen wurde zusehends schwächer, und bald würden sie ihre Lampen brauchen.

»Wir haben es geschafft«, sagte Ben laut. Als wären diese Worte ein Signal gewesen, schossen von den hohen Simsen an beiden Seiten des Ganges mit Steinen beschwerte Netze aus Seilen und Schnüren hervor und senkten sich über sie herab. Einer der herabfallenden Steine traf Ben mit beinahe betäubender Wucht an der Schulter. Er hatte eben noch Zeit, nach Drachenstecher zu greifen, bevor seine Arme sich im Netz verhedderten – aus der Scheide brachte er die Klinge nicht mehr. Immer neue Schnüre wickelten sich um ihn, und er fiel zu Boden.

Irgend jemand ließ seine Lampe in hellem Strahl aufgleißen,

vielleicht, um die Angreifer zu blenden. Es wäre eine gute Idee gewesen, bevor das Netz geworfen wurde, aber jetzt war es zu spät. Ben wälzte sich wütend auf dem Steinboden umher und versuchte freizukommen, dabei sah er Ariane und auch Mark. Beide wehrten sich erfolglos gegen den Klammergriff einiger Weißhände, von denen einige jetzt wie plumpe Affen von den hohen Steinsimsen heruntersprangen, auf denen sie im Hinterhalt gelegen hatten. Sie mochten plump sein, aber sie waren auch stark und nicht annähernd so unbeholfen wie ihre Opfer, die sich in den geschickt verknüpften Schnüren verstrickt hatten.

Jetzt kamen vier vergleichsweise große Weißhände aus dem Gang vor ihnen herangetrabt. Auf ihren Köpfen trugen sie kleine, golden glühende Lampen von einer Art, wie Ben sie noch nie gesehen hatte, und auf den Schultern schleppten sie eine Sänfte – eigentlich eher eine Tragbahre, ein einfaches, ärmlich aussehendes Traggestell.

Ben versuchte gar nicht erst, herauszufinden, was die Ankunft dieser Gestalten zu bedeuten hatte, sondern warf sich weiter von einer Stelle auf die andere, in einem wütenden, aber bislang fruchtlosen Versuch, mit seiner ganzen Kraft auf die Stricke einzuwirken, die ihn umschlungen und gefesselt hielten. Vielleicht, wenn er eines der dickeren Seile richtig zu fassen bekam...

Die Sänfte wurde ein paar Meter vor ihnen abgestellt, und mit einiger Hilfe stieg eine offensichtlich steinalte Weißhand heraus und kam heran, um sich Ben und die anderen Gefangenen aus der Nähe anzusehen. Die Uniform des Alten war aus purem Gold; etwas Ähnliches hatte Ben noch nie gesehen.

»Vorsicht, o Begründer! Nicht so nah. Dieser dort wehrt sich noch.«

»Ihr habt mir gemeldet, daß sie bereits eure Gefangenen seien, ha hum?« Die Stimme des Alten paßte zu seiner scheußlichen Erscheinung. Er war so bleich, daß die übrigen neben ihm beinahe sonnengebräunt aussahen.

»Jawohl, Erster Vorsitzender, das waren sie.« Dies war ein anderer Subalterner, der den ersten eifersüchtig anfunkelte.
»Ha, hum. Ich glaube, heute will ich Erster Hoherpriester sein. Ja, eine Funktion in dieser Eigenschaft möchte sich als notwendig erweisen.« Er war gebeugt, kleiner als die übrigen Weißhände und verwelkter. Wider Willen fühlte Ben sich von seinen hilflosen Befreiungsbemühungen abgelenkt.
»Ja«, wiederholte der Alte. Er sprach offensichtlich mehr zu sich selbst als zu seinen Untergebenen, wenngleich zweifellos von ihnen erwartet wurde, daß sie jedes Wort mitbekamen. »Ja, dieser Narr Hyrcanus hat es noch nie vermocht, die Dinge ordnungsgemäß zu führen.« Und der alte Mann – denn selbstverständlich war er, wie alle anderen, ein veränderter Mensch – mit den grotesk großen und runzligen weißen Händen, die nahezu nutzlos an seinen Seiten herabbaumelten, trat gegen einen der am Boden liegenden Gefangenen, zu schwach allerdings, dessen war Ben sicher, als daß es hätte schmerzen können. »Nun, hier unten, Krösus sei Dank, heißt der Verantwortliche immer noch Benambra.« Und eine der impotent wirkenden Riesenhände hob sich und schlug klatschend gegen die Brust ihres Besitzers.
Dann beugte sich der Begründer, Erste Vorsitzende und Erste Hohepriester dicht über einen anderen Gefangenen. »Ah, eine ausgezeichnete Waffe, an sich schon ein Schatz.« Langsam richtete sich das krumme alte Rückgrat wieder auf. »Und unser famoser Feldmarschall ist vermutlich wieder betrunken, wie immer nach einer Affäre dieser Art, und denkt sich einen strahlenden Siegesbericht aus. Nach diesem Debakel werde ich ihn aber wohl ersetzen müssen. Seid ihr sicher, daß wir sie alle erwischt haben?
Wir müssen Hyrcanus mitteilen, daß noch einmal überall die Parolen geändert werden müssen... Ich frage mich, ob die da oben überhaupt noch einen Rest Pflichtgefühl in ihrer Brust haben. Bereitet diese Gefangenen für das Einführungsverfahren vor und übergebt sie dann der Grundausbildung. Bringt mir eine Liste ihrer Besitztümer, sobald sie fertig ist.«

Er redete noch weiter, aber Ben vernahm fast nichts mehr. Er hörte, wie Doon etwas brüllte, dann beugte sich eine Weißhand, die, wie ein Magier gestikulierend, vor ihm umherhüpfte, plötzlich zu ihm herunter und blies ihm ein weißes Pulver ins Gesicht. Er nieste einmal, dann war die Welt nicht mehr da.

Als man ihn weckte, glaubte er zunächst, die Zeit der Frühwache sei gekommen. Er würde sich also aus diesem unbequemen, aber ach so willkommenen Bett wälzen müssen...

Nein. Es war nicht die Frühwache, zu der er aufstehen mußte. Er war eben erst in den Dienst des Blauen Tempels getreten, er stand noch in der Grundausbildung, und ein neuer Tag des Geschliffenwerdens war angebrochen... aber zumindest tat seine Schulter nicht mehr so weh. Im Laufe der Zeit war die Wunde verheilt.

Ben stöhnte und brummte vor sich hin. Heute würde er noch einmal versuchen, einen Brief an Barbara abzuschicken, falls eine Karawane in die Richtung ziehen sollte, und er hoffte, sie würde ihm diesmal antworten...

»Schläfst wohl noch, hah?« *Rumms.* Der Sergeant war wieder da.

Von der hölzernen Pritsche gestoßen, schaffte Ben es gerade noch, dem Steinboden ein Bein und einen Arm entgegenzustrecken, um seinen Fall zu mildern. Er rappelte sich auf und fühlte sich zerschlagen, dann bemerkte er etwas: Dieses Bett sah nicht aus wie das, an welches er sich vom Abend her erinnerte. Merkwürdig. War denn die Sonne noch nicht aufgegangen?

Dann, mit einem Ruck, als stürze er in einen Alptraum, wurde ihm vieles klar. Er begriff, daß er noch immer in dieser Höhle war. Das Grauen und die Angst der neuerlichen Gefangennahme stieg wieder in ihm auf, und verschwommen erkannte er, es war bei weitem nicht das erste Mal, daß man ihn auf diese Weise, an diesem finsteren Ort, aus dem Schlaf gerissen hatte. Aber was immer bei früheren Gelegenheiten danach mit ihm passiert sein mochte, war schon wieder in den Wolken dunkler

Magie versunken, welche die Kanäle seiner Erinnerung vernebelten und verstopften.
Anziehen... nein, er war schon angezogen. Es waren seine eigenen Kleider, aber sie waren inzwischen erbärmlich schmutzig, abgetragen und zerschlissen. Zu sehr zerfetzt, dachte er, als daß nun die Erlebnisse seit jener unglückseligen Stunde, da er Doon in die obere Höhle gefolgt war, dafür verantwortlich sein konnten...
Doon, ja. Und Mark. Und Ariane. Und die anderen. Wo waren sie? Und was war aus ihnen geworden? Die anderen Gestalten, die fluchend ringsumher durch die Dunkelheit stolperten, waren allesamt Fremde. Mitrekruten, Mitgefangene, aber er kannte keinen von ihnen. Keiner von ihnen sprach mit irgend jemandem, während sie eine unregelmäßige Kette bildeten und sich durch die Finsternis tasteten, um... Ben wußte nur eines, und auch dies war nur eine verschwommene Erinnerung: Man erwartete von ihnen, daß sie sich irgendwohin begäben und dort in Formation aufstellten, weil es dem Feldwebel gut gefiel. Drachenstecher hing natürlich nicht mehr an seiner Seite. Gürtel und Scheide waren ebenfalls fort, außerdem seine Lampe, sein Packsack und der einfache kleine Dolch, der seine einzige andere Waffe gewesen war.
Die Bürde der Grundausbildung und der Angst war wieder da, und sie lastete auf ihm wie ein totes Gewicht. Taumelnd stellte Ben sich mit der Gruppe dieser Unbekannten in einer Reihe auf. Irgendwoher wußte er, wo sein Platz in dieser Reihe war. Etwas wie Klarheit blitzte in ihm auf, und er begriff, daß nicht alle diese Männer neue Gefangene sein konnten. Vielleicht war dies eine Art Strafkompanie... aber es war kaum von Bedeutung.
Das Exerziergelände war recht klein, ein Platz, der an vier Ecken von Fackeln beleuchtet wurde und von Pritschen und anderen Hindernissen geräumt war. Hier übte die kleine Formation das Marschieren, und dann exerzierten sie mit plumpen Holzspeeren.
Der Feldwebel trug kein Rangabzeichen, aber was er war, sah

man trotzdem. Er benahm sich wie ein Feldwebel, stolzierte durch die Reihen, kläffte Befehle, flößte Angst ein, brüllte und trat nach jedem, der ihm mißfiel. Der Drill wollte kein Ende nehmen. Schon immer war es so gegangen, dachte Ben, und immer würde es so weitergehen, und selbst der letzte Schlaf, aus dem man ihn, wie er sich erinnern konnte, geweckt hatte, war in Wirklichkeit nur eine Illusion, geboren aus der Magie. Nirgends sah Ben einen Punkt, an dem die Hoffnung hätte anknüpfen können, die er benötigt hätte, um gegen die Befehle des Feldwebels zu rebellieren.

Er wußte nicht, wo er war. Er wußte nur, daß er noch in der Höhle war. Aber in welcher Richtung lag der Ausgang? Und wo waren die anderen, die mit ihm gefangengenommen worden waren? Ariane, Mark, Doon – waren sie alle tot? Einmal versuchte er, dem Feldwebel eine Frage zu stellen, aber die einzige Antwort, die er bekam, war ein Fluch und ein Fußtritt. Der Drill, das Marschieren – es nahm kein Ende. Es lag eine Sinnlosigkeit darin, die sogar Sadismus als Motiv ausschloß. Es war, wie fast jede Grundausbildung, ganz und gar sinnlos, aber es förderte die Gewohnheit des augenblicklichen Gehorsams gegen jeden Befehl, und es vertrieb die Zeit.

Aber endlich kam das Ende doch, oder wenigstens eine Unterbrechung. Man erlaubte Ben, zu seiner Pritsche zurückzukehren und sich auszuruhen. Aber er hatte das Gefühl, kaum die Augen geschlossen zu haben, als man ihn schon wieder weckte und erneut zum Drill wanken ließ. Diesmal dauerte es noch länger als vorher. Er war inzwischen jenseits aller Erschöpfung angelangt und fühlte sich, als wühlten sich sein Körper und sein Geist gleichermaßen durch dicke Wattepolster. Er war gefangen in einem Netz von Magie, so daß er kaum noch wußte, wer er war oder gewesen war, oder ob dieses Dasein das Leiden erst konstituierte oder ob es der Standard des Universums war, da es im Universum nichts weiter gab, woran man es hätte messen können.

Marschieren und ruhen. Drillen und ruhen. Wieder marschieren. Die Wirklichkeit vermischte sich mit dem Unwirklichen.

Ben sagte sich immer wieder, daß er dieses Grauen träume. Es mußte so sein, denn sonst war der Rest seines Lebens, bevor er mit Doon in diese Höhle gekommen war, ein wunderbarer, aber verlogener Traum gewesen.

Stimmen, manche real, andere phantastisch (und er konte sie nicht unterscheiden) verhöhnten ihn mit der Vorstellung, er werde Ariane nie wiedersehen. Nie... nur einmal vielleicht, alle hundert Jahre, würde er in irgendeinem Gefecht quer über das Schlachtfeld hinweg einen Blick auf sie erhaschen können, und dann würde er sehen, wie die zahllosen Jahrzehnte als Amazone sie verändert hatten. Wenn alles andere ihn im Stich ließ, würde er sie immer noch an ihren Haar erkennen. Und dann, nach der Schlacht, würde er sie vielleicht noch einmal in der Halle der Siegesfeier zu Gesicht bekommen, und unaussprechliche, unüberwindliche Fäulnis würde den Raum zwischen ihnen erfüllen...

...und von Zeit zu Zeit gestattete man ihm, sich auf seine Pritsche fallen zu lassen und auszuruhen. Wenn er die Augen schloß, fürchtete er zu träumen, und wenn er träumte, graute ihm vor dem Erwachen.

Er wußte, irgendwo in der wirklichen Welt, wo immer das sein mochte, vergingen viele, viele Tage.

Einmal kam Benambra, der Erste Hohepriester, in einer Sänfte vorbei und sah ihn an. Mit welken Lippen sagte er etwas, lächelte und verschwand...

Von Zeit zu Zeit erlaubte man ihm, in einem trüb erleuchteten Raum, den man Messe nannte, an einem Tisch zu sitzen, und man brachte ihm etwas auf einem Teller. Als Essen mochte er es nicht bezeichnen. Es war Schleim, schlimmer als alles, was ihm der Blaue Tempel während seiner ersten Dienstperiode vorzusetzen versucht hatte. Es war das zweitemal, daß er in Diensten des Blauen Tempels stand, und wenn sie das je erführen, wenn sie herausfänden, wer er war und wie sein Dienst beim erstenmal geendet hatte...

Aber meistens war Ben zu benommen, um sich deswegen den Kopf zu zerbrechen.

So, wie man ihm die Mahlzeit erlaubte, war es auch mit seinen Träumen. Manchmal waren die Träume, die man ihm gestattete oder aufzwang, keine gewöhnlichen Alpträume, sondern seltsame, sehnsuchtsvolle Visionen, in denen Ben oben über süße, warme Erde wanderte, ohne je an Gold zu denken, und dabei Arianes Gesicht sehen konnte. Auch sie war frei, und sie lächelte ihn an. Ein- oder zweimal tauchte ein kleiner Mann mit buntbemaltem Clownsgesicht auf. Er trug einen grauen Mantel und lachte und deutete umher, als sei alles nichts als ein fröhlicher Scherz. Und als nächstes spürte Ben dann, daß *sie* bei ihm war. Sie hielt seine Hand und lächelte und fragte ihn, wohin er nun gehen wolle...

...dann erwachte er in der Finsternis, und neben ihm stöhnte jemand unter irgendeiner magischen Bestrafung.

O ja, eines Tages würde er sie wiedersehen dürfen. Auf dem Schlachtfeld, wie die quälenden Stimmen ihm verrieten. Und wenn er nach der Schlacht noch lebte (vielleicht, nachdem er sie hatte sterben sehen), würde er trinken dürfen, er würde mit seinen Kameraden spaßen und schreien dürfen, er würde betrunken zu Boden fallen und so allmählich vergessen dürfen, daß er einmal jemand anderer gewesen war.

Beim eigentlichen Drill oder beim Marschieren kamen die klaren Augenblicke häufiger über ihn. In solchen Augenblikken war Ben in der Lage, sich selbst feierlich zu geloben, niemals für den Blauen Tempel zu kämpfen. Aber noch während er dieses Gelübde ablegte, fürchtete er, daß die Zwänge, denen er unterworfen war, ihm gar keine Wahl lassen würden, wenn es erst soweit wäre. Vielleicht hatte er ja einmal geschworen, daß er ein Dasein, wie er es jetzt ertrug, niemals auf sich nehmen würde. *Wenn die Zeit kommt, dann wirst du kämpfen. Oder sterben – und sterben willst du nicht.* Wer hatte das noch gesagt? Der Feldwebel? Und wahrhaftig, das Leben war kostbar, sogar jetzt.

Dann, ohne jede Vorwarnung, kam der Tag und die Stunde, da die Nebel des magischen Zwangs beiseitegefegt wurden. Ben schlief, dann war er wach, und einen Augenblick später war es,

als hätten diese Nebel niemals existiert, obgleich die Höhle und der Bereich der Strafkompanie so grauenhaft real wie eh und je vor ihm standen, als er die Augen aufschlug.
Mit freiem Geist und als Herr seiner Sinne durfte Ben aufstehen. Zwei nüchtern dreinblickende Weißhände standen neben seiner Pritsche. Sie hielten Fackeln in den Händen, und er mußte ob des ungewohnten Lichtes blinzeln. Ein großes graues Kampftier kauerte in der Nähe, eine katzenartige Kreatur, größer als ein Mensch, die Ben jetzt mit intelligent klingender Stimme warnend entgegenknurrte.
Eine weitere Gestalt, ein Mensch, stand neben der Bestie. Es war eine reale Gestalt, jemand, den Ben in seinen Träumen nie gesehen hatte.
Aber es war nicht Ariane, die jetzt zu ihm gekommen war.
Radulescu.

»Ben aus Purkinje, so sehen wir uns wieder. Schweig still!«
Der Befehl am Ende war ganz und gar unnötig. Der Offizier sah es und lächelte matt. Dann machte er eine Gebärde, und einer der Fackelträger setzte sich gehorsam in Bewegung und zeigte Ben den Weg. Ben folgte ihm automatisch, und dabei dachte er, daß Radulescu gut aussehe, wohlgenährt und gesund. Sein kleiner Bart war sauber getrimmt, Kleidung und Körper waren ebenfalls sauber. Bevor Radulescu sich ihm anschloß, hatte Ben Gelegenheit, ein Schwert an seinem Gürtel zu sehen. War es nicht dasjenige, das er einst draußen vor der Höhle zu ziehen versucht hatte? Anscheinend trug er auch denselben blau-goldenen Offiziersmantel wie damals. Heute allerdings war er trocken, und die Kapuze hing auf dem Rücken. Allem Wichtigeren zum Trotz spürte Ben augenblicklich, in welchem Kontrast er selbst zu all dem stehen mußte – so, wie er sich fühlte, wie er roch und wie er aussah.
Er hatte jetzt einen klaren Kopf, und er war vollständig Herr seines Körpers und seiner Gedanken. Aber das Kampftier schnüffelte an seinen Fersen, während er marschierte, und so

war er eigentlich nicht freier als zuvor. Es sei denn, er hätte die Sache schnell zu Ende bringen wollen, bevor Radulescu mit seinem Verhör und seiner Rache beginnen konnte. Aber nein, es war unwahrscheinlich, daß die Bestie ihn schnell töten würde, wenn es ihr nicht befohlen war. Kampftiere waren intelligent genug, um auch fein abgestuften Befehlen entsprechen zu können.

Sie waren etwa hundert Meter weit gekommen, als sie zu Bens gelinder Überraschung auf Mitspieler und Doon trafen. Die beiden sahen genauso schäbig aus, wie Ben sich fühlte. Sie wurden gleichfalls bewacht, und offensichtlich hatten sie Ben und Radulescu hier erwartet. Eine zweite Kampfbestie und zwei weitere Weißhände waren bei ihnen. Das Fackellicht war hier hell genug, so daß Ben in einiger Entfernung die Wand sehen konnte, die von der sich in weitem Bogen herabsenkenden Höhlendecke gebildet wurde. Es sah aus, als sei es die Stelle, an der man sie gefangengenommen hatte – doch vielleicht sah diese Höhle ja an mehreren Enden so aus.

Als Ben die Wartenden erreicht hatte, befahl man ihm stehenzubleiben. Er gehorchte. Dann schrak er zusammen, und mit gemischten Gefühlen sah er, daß auch Mark und Ariane in der Nähe warteten. Sie saßen dort, wo eben noch der Schatten eines leeren Bettes gewesen war und jetzt eine Fackel den Boden bestrahlte. Sie blickten auf, als seien sie froh, ihn zu sehen, aber sie sagten nichts. In Marks vertrautem Blick las Ben, daß es Neuigkeiten gab – etwas von Wichtigkeit, das aber vorläufig nicht verraten werden konnte. Im Augenblick war es aber ratsam, sich dumm zu stellen.

Und dort, in einem anderen Schatten, saß Dmitry, und auch Willem und Daghur waren da. Jetzt glaubte Ben zu verstehen. Doons gesamte Truppe wurde in ein Spezialgefängnis überführt. Ihr Eindringen war ziemlich erfolgreich gewesen, und er, Ben, war darin verwickelt. Jetzt würden die Priester eine Untersuchung der Angelegenheit durchführen.

Im Augenblick empfand er alles, was ihn der Grundausbildung enthob, als eine Erleichterung.

Was kam jetzt? Ben sah sich um und begriff, daß Radulescu dabei war, die Weißhände fortzuschicken, alle vier.
»Ich komme jetzt sehr wohl allein zurecht. Ich habe ja die Tiere.«
Einer der fahlen Wärter machte ein besorgtes Gesicht.
»Aber Herr...«
»Du hast meinen Befehl gehört.«
»Jawohl, Herr.«
Die Kampfbestien schien es nicht länger danach zu gelüsten, augenblicklich über Ben herzufallen. So wagte er einen vorsichtigen Schritt, der ihn so nah an Ariane heranbracht, daß er ihr zuflüstern konnte: »Geht es dir gut?«
»Einigermaßen«, flüsterte sie zurück. Er fand, ihr Tonfall klang munterer, als er es mit Fug und Recht hätte sein dürfen – so, als kenne sie ein ermutigendes Geheimnis. Vielleicht aber, dachte er, war sie auch noch nicht bei Sinnen.
»Und wie geht es dir?« fragte sie. Die Art, wie sie die Frage stellte, ließ erkennen, daß ihr an der Antwort etwas gelegen war.
Ben überlegte, wie es ihm gehe. Er betastete seinen struppigen Bart und strich sein strähniges Haar zurück. Er war in einem erbärmlichen Zustand, hungrig und müde, aber im wesentlichen fühlte er sich immer noch einsatzfähig. »Bei Ardneh, wie lange sind wir schon hier?«
»Seit vielen Tagen.« Ihre Stimme klang immer noch lebhaft.
»Seit wie vielen Tagen?«
Jetzt verstand sie, wie er die Frage gemeint hatte. »Nein, es waren nur Tage, nicht Monate oder Jahre. So lange hätte es dauern können. Es hätte tatsächlich so lange gedauert, wenn nicht...«
Ariana brach ab, aber sie wirkte zufrieden. Sie lächelte leise und sah an Ben vorbei. Radulescu kam mit einer Fackel in der Hand heran. Hinter ihm verschwanden die vier Weißhände mit den restlichen Fackeln in der Dunkelheit. Sie kehrten in die Mitte der Höhle zurück.
Mit einer Handbewegung befahl Radulescu seinen beiden

Kampftieren, sich niederzulegen. Er bedachte Ariane mit einem schiefen Grinsen, deutete auf Ben und meinte: »Da ist er.«
»Danke«, antwortete sie ruhig. Sie stand auf und strich sich mechanisch über ihre verschmutzte Hose, als wolle sie sie ausbürsten. »Jetzt können wir weitergehen.«

Ben, der als letzter befreit worden war, brauchte noch ein paar Augenblicke, um seine Verwirrung zu überwinden. Er verstand nicht, was hier geschah, bis Doon nach einer kurzen Unterredung mit Radulescu wieder begann, in seiner altbekannten, feurigen Art auf seine Leute einzureden.
»Wieso macht ihr alle so verblüffte Gesichter? Wieso? Glaubt ihr, ich sei so töricht, zu einem Ort wie diesem zu kommen, um mir einen Schatz zu holen, ohne daß auf dem Wege mit Hilfe zu rechnen wäre? Eine solche Gefahr zu laufen, müßte ich so dumm wie ihr sein! Seit über einem Jahr plant der Oberst zusammen mit mir, wie man den Hort berauben könnte. Er kann natürlich allein hereinkommen, aber er kann die kostbare Fracht nicht wieder hinausbringen.«
Während Doon noch redete, hockte er sich nieder und wickelte ein großes Bündel aus, das Ben erst jetzt bemerkt hatte. Es hatte zu Radulescus Füßen gelegen. Es waren Waffen darin, wie Ben benommen sah, außerdem ihre Packsäcke und auch die Lampen. Die Leute drängten sich um das Bündel und nahmen sich, was ihnen gehörte.
Ben trat einen Schritt vor, und da stand Radulescu vor ihm und hielt ihm ein Schwert entgegen... Es war unglaublich: Der Offizier gab ihm Drachenstecher zurück.
»Weißt du, ich würde mich nicht so bereitwillig davon trennen, wenn ich nicht wüßte, daß dort unten noch Besseres liegt«, erklärte Radulescu. »Außerdem sind wir beide jetzt Kameraden und Partner.« Es klang fast, als glaube Radulescu selbst, was er sagte. »Wir machen schließlich gemeinsame Sache.«
»Ja.« Ben schluckte. »Das scheint mir auch so. Ich hatte übrigens nicht die Absicht, Euch zu verletzen, damals, als ich Euch

in die Höhle hinein- und die Treppe hinunterstieß. Es war nur... ich mußte eben weg.«

Der Offizier nickte. »Ich sehe ein, daß es notwendig war – von deinem Standpunkt aus, meine ich. Nun, ich trage dir nichts nach.« Aber immer noch redete ein Offizier mit einem gemeinen Soldaten, dachte Ben. Die Hand hatte er ihm nicht gereicht.

Doon, der mit Wegfinder in den Händen wieder groß und gesund aussah, erprobte die Kräfte der Klinge. Er beriet sich kurz mit Mitspieler. Vermutlich ließ er sich bestätigen, daß er die echte Waffe in Händen hielt, nicht etwa ein neues Phantom.

Dann wandte sich der Baron an Radulescu, und in seiner Stimme schwang ein Unterton seines alten Mißtrauens, als er den Offizier fragte, weshalb er ihn nicht wegen der Stufenfalle am Rande des Rades gewarnt habe. »Ich habe dort einen Mann verloren, und beinahe hätte diese Falle mich in die Unterwelt geschleudert – in mehr als einer Hinsicht. Ich verstehe, weshalb ich das Zauberwort für das magische Siegel nicht erfahren konnte. Es liegt auf der Hand, daß man es geändert hatte, und Ihr hattet keine Gelegenheit, mir das neue zu verraten. Aber diese Stufe...«

Radulescu unterbrach ihn mit einer gebieterischen Handbewegung. »Selbstverständlich hätte ich Euch vor jeder einzelnen Falle gewarnt, wenn wir unsere letzte Zusammenkunft hätten abhalten können, wie wir es geplant hatten. Aber den größten Teil der letzten drei Monate habe ich mehr oder weniger unter Hausarrest verbracht. Ich konnte nicht hoffen, Euch eine Nachricht zukommen zu lassen. Es wäre Selbstmord gewesen, hätte ich es versucht.«

Doon nickte. »Das hatte ich gehofft. Ich meine, ich hatte gehofft, daß Euch nichts Schlimmeres zugestoßen sein möge. Als der Bursche hier mir den Namen des Offiziers nannte, den er in die obere Höhle gestoßen hatte, nun... aber selbst da konnte ich mich nicht dazu durchringen, den Versuch aufzugeben. Nicht ernstlich.

»Das hatte ich auch nicht angenommen. Ich war nicht sonderlich überrascht, als ich Euch fand, wo ich Euch gefunden habe.« Plötzlich schaute Doon den Offizier noch durchdringender an. »Was habt Ihr denn jetzt hier unten zu tun?«

Der andere lachte leise. »Na, ich lasse mir natürlich neue Wege einfallen, wie der Hort noch besser zu sichern ist, was glaubt Ihr? Der Vorsitzende hat mir aufgetragen, mich eine Zeitlang hier unten umzusehen und das Problem gründlich zu studieren. Nach einer ausführlichen Untersuchung sieht er es als erwiesen an, daß Ben aus Purkinje und ich nicht in eine räuberische Verschwörung verwickelt gewesen waren – ergo, daß ich in überhaupt keine Verschwörung verwickelt bin. Infolgedessen bin ich unter allen Offizieren, denen er vertraut, derjenige, dessen Unschuldsbeweis noch der frischeste ist. Nochmals ergo: Mir kann man eine solche Aufgabe anvertrauen. Hyrcanus will Resultate sehen. Er hat mich buchstäblich auf Bewährung gesetzt, bis ich ihm eine Liste mit echten Verbesserungen des Sicherheitssystems präsentiere. Vielleicht lasse ich ihm eine da, wenn wir von hier verschwinden.« Jetzt war Radulescu an der Reihe, unverhofft eine bohrende Frage zu stellen. »Habt Ihr eine Möglichkeit, den Schatz fortzuschaffen? Habt Ihr ein Schiff mitgebracht?«

»Wir haben ein Schiff. Es erwartet uns, magisch verborgen – so hoffe ich.« Doon warf Mitspieler einen Blick zu. »Nein, ich bin sicher, daß es da sein wird. Aber wenn wir das Gold auf dem Rücken von der untersten Ebene durch alle sechs Siegel nach oben schleppen sollen, dann weiß ich nicht, wieviel...«

Radulescu lächelte geheimnisvoll. »Was das betrifft, so finden wir sicher einen besseren Weg, wenn wir erst unten angekommen sind.«

Ben fragte sich, was damit gemeint sein mochte. Er wechselte einen Blick mit Mark. Aber weiter konnten sie den Dialog nicht verfolgen. Die beiden Anführer hatten sich abgewandt, um sich vertraulich weiter bereden zu können.

Ben seufzte. Er sah, daß Dmitry und sein Vater einander wütend anstarrten, und er sah, wie Willem und Daghpur kichernd beieinandersaßen und darauf warteten, daß man ihnen sagte, was sie als nächstes tun sollten, damit sie sodann versuchen könnten, darüber ihre Witze zu reißen.

15

Wieder bewaffnet und mit leuchtenden Lampen zogen sie weiter, und die beiden Kampftiere trotteten friedfertig neben ihnen her. Mark war jetzt sicher, daß sie sich auf dem Weg befanden, der sie beim erstenmal in die Gefangenschaft geführt hatte. Sie kamen rasch voran. Beim Aufbruch hatten sie sich in kleine Gruppen aufgespalten, aber sie waren gleichwohl vereint durch den Wunsch, diese Ebene der Höhle hinter sich zu lassen, bevor Benambra oder sonst jemand bemerkte, daß sie wieder entkommen waren. Radulescu hatte ihnen gesagt, es gäbe einen guten Rastplatz nicht weit hinter dem Eingang zur nächsten Ebene. Sie würden ihn bald erreichen, und er liege noch vor der Gegend, in der man gewöhnlich den Dämon antraf.

In hastigem Gespräch mit Ben und Ariane hatte Mark bald erfahren, daß sie während der Gefangenschaft im großen und ganzen die gleichen Erfahrungen gemacht hatten wie er: Von Drogen und Magie benebelt, hatten sie exerziert und marschiert. In der Erinnerung an die Gefangennahme erörterten sie, was sie wohl hätten tun können, um sie zu vermeiden, aber keiner von ihnen hatte einen Einfall, der tatsächlich brauchbar gewesen wäre.

»Wenigstens haben wir jetzt einen Führer mit Erfahrung«, flüsterte Mark, zu Ben gewandt, der neben ihm ging.

»Ja. Und vertrauenswürdig ist er auch – zumindest, solange er uns braucht.« Ben schwieg einen Moment lang. »Lieber hätte er mich eben wohl gelassen, wo ich war.« Er sah Ariane an, die an seiner anderen Seite marschierte. »Ich danke dir, daß du dich geweigert hast, weiterzugehen, bevor ich befreit war. Das hast du doch getan, nicht wahr?«

»Für mich hat sie es auch getan«, setzte Mark hinzu, »und ich danke ihr noch einmal dafür. Weißt du, Ben, im Grunde werden wir beide bei diesem Teil des Unternehmens nicht mehr gebraucht – es sei denn, Doons Schwert hätte noch einmal auf uns gedeutet, bevor er es verlor... Wie auch immer, vermutlich haben sie sich gedacht, wir könnten ihnen noch als Schatzträger von Nutzen sein und notfalls auch unsere Waffen benutzen. Aber die junge Dame hier brauchen sie auf jeden Fall, und zwar so dringend, daß sie uns mitgenommen haben, nur um sie bei Laune zu halten. Sie unternehmen alles, um sie zur Mitarbeit zu bewegen. Und sie schienen sehr erleichtert zu sein, als Mitspielers Magie ihnen die Bestätigung gab, daß sie noch eine Jungfrau ist.«
»Sie glauben eben immer noch, daß ich über Kräfte verfüge, die ihnen irgendwie hilfreich sein werden«, bemerkte Ariane. Dann sah sie die beiden nachdenklich an. »Vielleicht werdet ihr mir euren Dank noch in anderer Weise abstatten müssen, bevor wir dieses Unternehmen hinter uns haben.«
»Dann werden wir es tun«, versprach Ben und nahm für einen Augenblick ihre Hand in die seine.
Jetzt zogen sie unter den hohen Steinsimsen hindurch, auf denen diesmal kein Hinterhalt auf sie wartete. Die Wände des Ganges rückten zusammen, und der Boden neigte sich. Sie hatten eine Gegend erreicht, in der sich niemand außer Radulescu auskannte. Donn hatte Wegfinder gezogen und benutzte die Klinge, um sich von der Richtigkeit des Weges zu überzeugen. Offensichtlich wollte er sich nicht blindlings der Führung des Priester-Offiziers anvertrauen.
Der Gang wurde immer steiler, und schließlich verwandelte sich der Boden in eine Treppe. Kleine Gasflammen, die in regelmäßigen Abständen im säuberlich geglätteten Mauerwerk der Wände brannten, spendeten genügend Licht. Mark fand, daß es hier fast so aussah, als befänden sie sich in einer Festung oder einer militärischen Anlage an der Erdoberfläche. Die Wände hier waren anders bearbeitet als die im Labyrinth oder in den anderen oberen Regionen des Höhlenkomplexes.

Aber es gab natürlich keinen Grund, anzunehmen, daß die gesamte Anlage zur selben Zeit oder unter der Leitung eines einzelnen Planers aus dem Stein gehauen oder ausgemauert worden war.
Die Treppe erstreckte sich über vierzig oder fünfzig Meter und führte großenteils in einer weiten, gleichmäßigen Kurve abwärts. An ihrem Fuße begann ein geradliniger Gang, der sich nach vierzig oder fünfzig Metern teilte. Mit einer knappen Geste geleitete Radulescu sie nach rechts.
Doons Schwert hatte offensichtlich die andere Richtung gewiesen, denn anstatt abzubiegen, blieb er stehen und sah den anderen fragend an.
»Der Ruheplatz liegt dort«, erklärte Radulescu geduldig. »Wenn ich euch ansehe, glaube ich, ihr alle könntet eine kurze Rast gebrauchen.«
Die rechte Abzweigung führte durch einen engen Durchgang in eine roh ausgehauene Höhlenkammer von vielleicht fünfzehn Metern Breite und zwanzig Metern Tiefe. Unregelmäßig verstreut liegende Felsbrocken säumten die Wände, der Boden in der Mitte war frei und sandig, und die Decke fiel zu den Seiten hin ab. Mark hörte Wassergeplätscher. Als er den Schein seiner Lampe in den hinteren Teil der Kammer lenkte, sah er einen kleinen Teich. Er wurde von einem Rinnsal gespeist, das einem Spalt oben in den Felsen entsprang und an der anderen Seite der Höhle gurgelnd abfloß. Wahrscheinlich war es derselbe Bach, dem sie schon in den oberen Ebenen des Komplexes begegnet waren.
Die Kampftiere trotteten ohne Umschweife zu dem Teich und begannen durstig das Wasser aufzulecken. Die Menschen hielten sich vorläufig zurück und sahen wortlos zu, wie Mitspieler an den Rand des Wassers trat. Er berührte es, kostete davon und trank schließlich ein paar Schlucke. Gleich darauf beugten sich alle außer Radulescu über den Tümpel. Sie tranken, füllten ihre Wasserflaschen und wuschen sich, so gut es ging. Mark wollte sich die letzten Reste des Abfallgeschmacks, den die Messeverpflegung hinterlassen hatte, aus dem Mund spülen.

Nachdem er etwas getrunken hatte, wusch Mitspieler sich sparsam. Wenige Augenblicke später lag er lang ausgestreckt auf dem Boden und schlief tief und fest. Sein Kopf ruhte auf dem Packsack wie auf einem Kissen. Im Schlaf trug sein Gesicht den Ausdruck tiefster Erschöpfung, ähnlich dem, den Indosuarus in seinen letzten Stunden gezeigt hatte. Mark überlegte eine Zeitlang, welcher Art von Grundausbildung man wohl einem gefangenen Magier in der Garnison würde angedeihen lassen, aber er kam zu keinem Ergebnis und gab bald auf.
Jetzt waren alle damit beschäftigt, ihre Packsäcke zu öffnen und nach Proviant zu durchwühlen. Anscheinend war weder etwas gestohlen noch etwas verdorben. Für Menschen, die viele Tage lang von Gefangenenkost hatten leben müssen, waren die kargen Feldrationen wie ein Bankett. Dmitry, der kein Gepäck hatte, durchstöberte das seines Vaters, mit geschickter Sorgfalt darauf achtend, den Schlafenden nicht zu stören. Er teilte widerwillig seine Beute mit Daghur und Willem.
Mark, der auf einem Stein saß und Dörrobst kaute, merkte plötzlich, daß er dem Offizier in die Augen starrte. Radulescu, der nicht weit von ihm hockte, gab sich geduldig – ganz wie ein Mann, der seine Herde saufen und grasen ließ, bevor er sie schließlich weiterpeitschte, fand Mark.
Einem Impuls gehorchend, fragte Mark den Priester-Offizier unvermittelt: »Was hat Euch eigentlich veranlaßt, zu rauben, was Ihr bewachen sollt, und Euch mit dem Baron zu verbünden?«
Wahrscheinlich war Radulescu überrascht von dem, was ihm wie eine ungeheuerliche Dreistigkeit erscheinen mußte. Aber er ließ sich nichts anmerken und antwortete ohne langes Zögern. »Hast du Benambra gesehen?«
»Jah. Er hat die Weißhände angeführt, die uns gefangennahmen.«
»Nun, ich habe ihn auch gesehen. Als ich ihn vor einem Jahr zum ersten Mal sah, habe ich mich dazu entschlossen, das zu rauben, was ich bewachen sollte. Ich habe gesehen, was ich zu erwarten habe, wenn ich pflichtbewußt wie ein guter Offizier

arbeite, wenn ich klug, hingebungsvoll und fanatisch genug bin, um mit einigem Glück an die Spitze der Blautempler-Hierarchie zu gelangen.«

Die Rast dauerte länger, als die beiden Anführer geplant hatten. Nach einer Weile begannen Doon und Radulescu zu seufzen. Sie wurden unruhig und wanderten nervös hin und her. Aber Mitspieler schlief weiter tief und fest. Als Doon in das Gesicht des Zauberers geblickt hatte, beschloß er, ihn nicht zu wecken, obwohl der Oberst ihn drängte. Die übrigen waren derweilen nur zu gern bereit, die Rastzeit, die ihnen gewährt wurde, zu nutzen.

Als Mitspieler schließlich doch erwachte, geschah dies ganz unvermittelt und vielleicht auch von allein. Mark allerdings, der es zufällig sah, hatte den Eindruck, als habe eine unsichtbare Macht dem Zauberer etwas ins Ohr geflüstert. Der Mann richtete sich auf und war sofort hellwach. Sein erster, recht grimmiger Blick galt seinem Sohn. Dann betrachtete er Ariane mit einem merkwürdigen Gesichtsausdruck.

Mitspieler stand auf und wandte sich sogleich an Radulescu. »Wißt Ihr das Zauberwort, das uns an dem Dämonen vorbeibringt?«

»Natürlich weiß ich es. Ich wäre nicht in die Höhlen herabgekommen, wenn ich es nicht wüßte.«

»Und Ihr seid sicher, daß man es nicht geändert hat, seit Ihr hier unten seid? Hyrcanus kann es von oben aus jederzeit ändern, nicht wahr?«

Radulescu runzelte die Stirn, als er dies hörte. »Selbstverständlich kann er es, aber er wird es nicht tun, denn er weiß, daß ich hier unten bin. Wenn er sich meiner entledigen wollte, würde er es gewiß nicht auf diese Weise tun.«

»Da bin ich nicht so sicher.« Mitspieler schaute den Offizier nachdenklich an. »Die Weißhände brauchen natürlich keine Parole.«

»Natürlich nicht. Der Dämon ist magisch darauf abgerichtet, ihr Kommen und Gehen zu ignorieren. Die einzigen, die eine

Parole brauchen, sind normale menschliche Besucher.« Radulescu lächelte. »Wie wir.«
Mitspieler seufzte und schien seinen Verdruß aufzugeben. »Nun, wie dem auch sei, laßt uns weiterziehen.«
Wenige Augenblicke später hatten alle ihre Besitztümer eingepackt und sich wieder in Bewegung gesetzt. Jetzt brannten die Lampen, denn Radulescu hatte sie gewarnt, daß es gleich sehr finster werden würde. Mark verspürte Unbehagen bei dem Gedanken, daß er demnächst zum erstenmal einem Dämon gegenübertreten sollte, auch wenn er im Grunde volles Vertrauen zu Radulescus magischem Schutz besaß.
Sie hatten die Ruhekammer eben erst verlassen und die Gabelung des Ganges passiert, als von der oberen Ebene ein schwacher Laut wie ein ferner Schrei zu ihnen herunterwehte.
Die beiden Anführer berieten sich murmelnd, doch dann setzten sie den Marsch fort, ohne den Schrei weiter zu beachten. Ben fragte Mark: »Was war das? Ein Alarm?«
»Wenn es einer war, dann sind wir jetzt daran vorbei. Ebensogut können wir also weitergehen.«
»Aber wenn sie dort oben nach uns suchen, werden wir in Schwierigkeiten geraten, wenn wir zurückwollen.«
Radulescu hatte Bens Befürchtungen gehört und drehte sich mit beruhigender Miene nach ihm um. »Es gibt andere Wege. Ich kenne diese Höhlen – vorwärts, rückwärts, in- und auswendig.«
»Aber vielleicht hat inzwischen außer Euch noch jemand herausgefunden, daß der Drache nicht mehr da ist. Außerdem ist der Stein vor dem Eingang behext, damit man ihn von innen beiseiteschieben kann.«
Der Oberst runzelte die Stirn. Er verlangsamte seinen Schritt für einen Augenblick, damit die beiden ihn einholen konnten. »Natürlich habe ich alles das bemerkt. Deshalb war ich ja sicher, daß ich euch alle hier unten irgendwo finden würde. Aber ich war allein. Oben gibt es keine regelmäßigen Patrouillen. Hyrcanus schlummert wie immer in gesegneter Ahnungslosigkeit. Und Benambra – wenn man ihm überhaupt gemeldet

hat, daß ich euch mitgenommen habe, wird denken, ich hätte euch irgendwo hingeführt, um euch zu verhören. Er ist nicht von gestern, aber er wird vorläufig genug damit zu tun haben, den Feldmarschall und seine munteren Männer zu disziplinieren – oder es wenigstens zu versuchen. Glaubt mir, ich weiß, wie es hier zugeht.«
Die Kolonne kam unterdessen langsamer voran, denn die Führer ließen jetzt mehr Vorsicht walten. Der Tunnel, dem sie folgten, öffnete sich plötzlich nach oben und zur Seite hin und wurde zu einem bloßen Sims, das sich an einer unterirdischen Felswand entlangzog. Die glatte Wand stieg hier etwa zehn Meter senkrecht an und wurde immer höher, während der Pfad, auf dem sie gingen, sie allmählich bergab führte.
Der Rand des gewundenen Pfades war durch eine kniehohe Steinmauer gesichert. Jenseits dieser Mauer ging es steil hinunter in die trostlose Finsternis einer trockenen Schlucht. Die Schlucht war nur wenige Meter breit, und auf der anderen Seite stieg ein zweiter Steilhang der Decke entgegen. Die beiden Steilhänge waren von herabgestürzten Felsbrocken übersät. Mark erwartete wieder, Gebeine dazwischen zu finden, aber er entdeckte etwas anderes. Als er seinen Lichtkegel auf das seltsame Objekt richtete, sah er, daß es entweder eine groteske Puppe oder ein menschlicher Körper war, der mit Kleidern und allem, was dazugehörte, auf die Größe eines ausgemergelten Kindes zusammengeschrumpft war. Aber die Gestalt war bärtig wie ein alter Mann gewesen.
»Eines von Dactylarthas Opfern«, sagte Ariane, die neben Mark ging. Ihre Stimme klang eher verträumt als ängstlich.
»Dactylartha?«
»Der Name des Dämons.«
»Woher weißt du das?«
Sie antwortete nicht. Die beiden Kampfbestien zeigten jetzt Unbehagen. Sie stöberten vor den Menschen her und blieben dann ein Stück zurück. Immer wieder mußte Radulescu sie rufen, damit sie an seiner Seite blieben.
Die Luft roch sonderbar in dieser Höhle, fand Mark. Nein, es

war weniger ein Geruch als viel mehr ein Gefühl – so, als sei es ungemütlich warm. Oder kalt...?

»Läßt er seine Opfer so liegen?«

»Manche Dämonen tun das. Andere... tun andere Dinge, vielleicht noch häßlichere.« Ihre geistesabwesende Stimme beunruhigte ihn.

»Was weißt du von Dämonen? Wo bist du schon einem begegnet?« Diese Frage kam von Ben.

Wieder antwortete Ariane nicht. Sie ging weiter, mit sicheren und gewandten Bewegungen, aber dennoch so, als sei sie in Trance verfallen. Mark und Ben wechselten einen hilflosen Blick hinter ihrem Rücken.

Das Gefühl von... Verkehrtheit... in der Luft wurde stärker. Mark hatte schon gehört, daß Dämonen auf diese Weise ihre Nähe kundzutun pflegten, aber gefühlt hatte er es noch nie. Er schaute sich nach den anderen um und sah, daß es sie jetzt offenbar auch störte, alle mit Ausnahme von Radulescu, der daran vielleicht gewöhnt war, und womöglich auch Doon, dessen Stolz es wohl nicht gestattete, daß er sich seine Übelkeit anmerken ließ. Sogar Mitspieler, der sich wahrscheinlich bis zu einem gewissen Grad dagegen wehren konnte, war blasser als zuvor.

Dann blieb der Offizier stehen und drehte sich um. Er hob die Hand und gebot den anderen, die ihm jetzt im Abstand von wenigen Schritten folgten, ebenfalls anzuhalten. »Zauberer, Ihr kommt zu mir nach vorn, wenn es Euch recht ist – für den Fall, daß es, wie Ihr ja zu bedenken gabt, Schwierigkeiten mit der Parole geben sollte.«

»Weshalb sollte so etwas geschehen?« wollte Doon wissen.

Zweifellos hätte Radulescu diese Frage nur zu gern übergangen, aber er wußte, daß es keinen Sinn haben würde. »Ich weiß es nicht. Für alle Fälle. Ihr übrigen wartet hier. Kobold, mein Junge, komm mit mir.« Die letzte Aufforderung richtete sich an das grauere, größere der beiden Kampftiere, das auf diesen Befehl hin zu winseln begann, aber dennoch widerwillig gehorchte.

Sieben Menschen und ein Kampftier blieben zurück, als Radulescu, Mitspieler und Kobold weitergingen und hinter der nächsten Wölbung des Kliffs verschwanden. Mark wußte nicht recht, was er als nächstes erwartete, aber was dann geschah, überraschte ihn. Es begann mit einem Feuerwerk aus bunten Lichtern, die auf der gegenüberliegenden Höhlenwand dreißig Meter jenseits der Schlucht spielten.

Zu hören war im ersten Augenblick wenig. Dann erklangen ein paar unverständliche Worte. Es war Radulescus Stimme. Es folgte ein grauenerregender, rollender Baß und menschliche und tierische Schreie.

Das Tier kehrte nicht zurück, aber die beiden Männer tauchten plötzlich wieder auf: Mit wirbelnden Armen stolperten sie in panischer Hast den Pfad entlang auf die Wartenden zu. Einmal drehte Mitspieler sich um und gestikulierte, als schleudere er mit seinen Fingerspitzen unsichtbare Waffen hinter sich.

Die Wartenden bedurften keiner Aufforderung, keiner ausdrücklichen Warnung. Sie drehten sich um und nahmen die Beine in die Hand. Ben zog Ariane hinter sich her. Sie schrie und schien sich einen Moment lang zu sträuben. Mark warf noch einen letzten Blick über die Schulter und sah, wie Mitspieler mit seinen Gebärden einen Dunst von Magie über den Weg herabsenkte und dann zusammen mit Radulescu ebenfalls die Flucht ergriff. Hinter den beiden rennenden Männern konnte Mark die Gestalt des Dämons selbst erkennen. Er sah aus wie ein großer Mann in dunkler Rüstung. Das Merkwürdigste an diesem Anblick war, daß der felsige Pfad selbst sich unter den Schritten des Dämons zu strecken und zu biegen schien.

Doon, der wie immer selbstbewußt die Spitze übernommen hatte, hielt sein Schwert vor sich ausgestreckt. Mark war allerdings sicher, daß er im Augenblick nicht den Weg zum Schatz erfahren wollte, sondern den zu einem sicheren Schlupfwinkel.

»In die Höhle!« schrie jemand. Mark sah, wie Doon scharf nach links abbog und in die Kammer eilte, in der sie gerastet hatten. Die anderen hetzten in heilloser Flucht hinterdrein. Mark, der

Ben und Ariane auf dem Fuße folgte, war als letzter vor den beiden Magiern in der Kammer. Kurz bevor er durch den Eingang schlüpfen konnte, hätte das verbliebene Kampftier ihn beinahe über den Haufen geworfen. Es rannte, wahnsinnig vor Angst, quer über den Pfad, den Steilhang hinauf und hinunter. Mit knapper Not schlüpften die beiden Magier, atemlos keuchend, als letzte in die Höhlenkammer und warfen sich gleich hinter dem schmalen Eingang zu Boden. Sie zerrten magische Gerätschaften aus Ärmeln, Taschen und aus Mitspielers Packsack. Damit woben ihre vier Hände ein feines Netz aus Magie vor den Durchgang, dessen Substanz sich aus der Luft zu materialisieren schien. Sie vollendeten es keinen Augenblick zu früh. Schwere Schritte dröhnten draußen heran, und das übelkeiterregende, verquere Gefühl, das dem Dämon vorauswehte, schlich sich tückisch herein und griff nach ihnen allen. Aber der Druck blieb erträglich. »Wir sind in Sicherheit, allerdings nur vorläufig«, keuchte Mitspieler.
»Das Zauberwort«, stieß Radulescu hervor, »ist geändert worden.« Und er wühlte einen weiteren Gegenstand aus seiner Tasche hervor, als sei er ihm erst jetzt eingefallen, und verstärkte damit die Sicherung an der Tür. Der Durchgang war jetzt von etwas erfüllt, das aussah wie durchscheinendes Papier oder ein dünnes Tuch, aber es war offensichtlich haltbarer, als es zu sein schien. Dactylartha versuchte von außen etwas dagegen zu unternehmen, aber bis jetzt war er erfolglos geblieben.
»Ja, daran ist wohl nicht zu zweifeln«, erwiderte Doon eisig. »Also beabsichtigt Hyrcanus doch, Euch zu töten. Und das bedeutet, er weiß von der ganzen Verschwörung.«
Radulescu starrte ihn an. »Wir können trotzdem davonkommen, wenn das Schiff, das Ihr versprochen habt, tatsächlich auf uns wartet.«
»Und wenn es uns gelingt, aus dieser Kammer herauszukommen, ohne verschlungen zu werden. Aber sagt mir, Ihr, der Ihr diese Höhlen in- und auswendig kennt: Wie wollen wir das anstellen?«

Dem Oberst blieb es erspart, darauf antworten zu müssen – wenigstens vorläufig. Denn jetzt erhob der Dämon draußen vor der Tür seine Stimme, und jeder andere Laut wurde davon verschluckt. »Kommt heraus, ihr Menschen. Kommt heraus. Ein Paar Kampftiere, das ist ein karges Mahl, und ich bin hungrig. Mein Hunger schreit nach menschlichem Geist, nach menschlichem Fleisch.«
In der Kammer blieb es ein paar Augenblicke totenstill. Dann sagte Ariane mit ihrer Mädchenstimme: »Als ich klein war, lehrte man mich einmal einen Zauber der alten Weißen Magie.« Niemand würdigte sie einer Antwort. Aller Augen richteten sich auf den Zauberer und den Priester des Blauen Tempels.
Mitspieler seufzte leise. »Wir haben getan, was wir konnten, um die Tür zu versiegeln, aber es wird nicht lange genügen.« Er wandte sich an Doon und fuhr mit entschlossener Stimme fort. »Ich glaube, es ist jetzt Zeit.«
»Zeit wofür?« wollte Mark wissen.
Aber Doon wußte, wovon der Magier sprach, und bereitwillig begann er zu erklären.
»Das Versagen der Parole braucht nicht unbedingt verheerende Folgen zu haben. Mitspieler und ich – und Indosuarus – haben eine solche Möglichkeit in Betracht gezogen, lange bevor wir auch nur in die Nähe dieser Höhle kamen. Wir wußten, daß wir einen zweiten Weg brauchten, um an dem Dämon vorbeizukommen, falls der erste nicht gangbar sein sollte. Und Wegfinder hat ihn gefunden.«
Der Baron sah Ariane an, aber es war Mitspieler, an den sich seine Worte richteten. »Zauberer, seid Ihr bereit? Können wir es tun?«
Mitspieler antwortete in verändertem Tonfall. In seiner Rede klang Härte und Macht. »Ja, ich bin ziemlich sicher, daß wir es tun können. Sie ist nicht nur eine Jungfrau, sondern darüber hinaus auch die Tochter einer Königin. Ich habe mich dessen inzwischen vergewissert. Aber wir dürfen keine Zeit verlieren. Lange kann unser Schutzzauber diese Tür nicht versperren.«

Wie um diese Feststellung zu unterstreichen, fand draußen eine tobende, wenn auch gedämpfte Demonstration der dämonischen Macht statt. Das Licht, das durch die Öffnung hereinsickerte, veränderte sich, und Wut, Haß und dumpfes Toben quoll herein.

In der Kammer war es wieder still. Blicke gingen hin und her, Muskeln spannten sich jäh, Waffen klirrten leise.

Dann sprang Ariane mit einem plötzlichen Aufschrei hoch. »Sie wollen mich töten!« Die Angst in ihrer Stimme war, wie die sanfte Trauer vorhin, die eines kleinen Mädchens. Sie wich vor Doons Hand zurück, hastete quer durch die Kammer und flüchtete sich zwischen Mark und Ben.

»Was soll das heißen?« fragte Ben mit Donnerstimme, und wie Doon zückte er sein Schwert.

Die beiden standen einander auf dem Sandboden gegenüber. Doon lächelte ihn an. Jetzt, da die Klingen im Zorn aus den Scheiden gefahren waren, erschien der Baron weit munterer und gelassener als noch kurz zuvor.

Aber er hatte es nicht eilig damit, Ben anzugreifen. »Ich will dich nicht umbringen, mein Junge«, erklärte er mit ruhiger, sachlicher Stimme. »Hör zu – und auch du, Mark, wenn du auf seiner Seite stehst. Wir alle können jetzt zwichen zwei Dingen wählen. Erstens: Wir bleiben hier und warten, bis der Dämon zu uns hereinbricht. Es wird bald geschehen, und es bedeutet den Untergang für uns alle. Nein, Untergang ist kein gutes Wort dafür. Ihr habt ja dort draußen gesehen, was Dactylartha mit denen, die ihm in die Fänge geraten, zu tun pflegt. Was uns erwartet, ist schlimmer als der Tod, es sei denn, wir töteten einander vorher.

Aber es gibt eine zweite Möglichkeit, und diese ist es, die ich ergreifen werde, ich und die anderen. Wir werden jemanden opfern.« Bei diesen Worten erhoben die drei, die ihm gegenüberstanden, protestierend ihre Stimmen, aber Doon ließ sich nicht unterbrechen, sondern sprach mit größerer Lautstärke weiter.

»... nämlich die Tochter einer Königin, eine Jungfrau. Ihr

Opfertod, wenn er richtig vollzogen wird, bindet jeden Dämon für eine Weile. Zumindest diesen wird er binden, und zwar lange genug.
Wir anderen können dann ungehindert weiterziehen. Weiter zum Gold. Habt ihr das vergessen?«
An dieser Stelle schwieg der Baron wieder, lange genug, um sich davon zu überzeugen, daß die Stille unter denen, die ihm gegenüberstanden, hartnäckige Weigerung und nicht störrisches, allmählich zur Zustimmung neigendes Schwanken zu bedeuten hatte. »Ben, dein eigenes Mädchen draußen – hast du sie vergessen? Wofür entscheidest du dich: Für einen kleinen Laden mit ihr, dort draußen irgendwo? Oder willst du hundert Jahre in Dactylarthas Eingeweiden welken?
Und Mark – die Schwerter, die Sir Andrew so dringend braucht, sind dort unten, und sie warten auf uns. Wie vielen seines Volkes können sie das Leben retten? Du hast schon einmal getötet, um sie zu bekommen. Jetzt steht noch einmal ein kleines Leben zwischen dir und ihnen. Das Leben eines Menschen, den du kaum kennst... Hm?«
Noch einmal machte der Baron eine Pause. Als er weitersprach, klang seine Stimme immer noch ruhig. »Noch eines will ich euch sagen, bevor wir euch töten. Dieser Dämon ist das letzte Siegel, mit dem wir es zu tun haben... Denn es sind sechs, und das alte Lied sagt nicht die Wahrheit. Habe ich recht, Radulescu?«
Aber der Oberst erwählte sich ungeschickterweise ausgerechnet diesen Augenblick, um seine Offiziersautorität geltend zu machen. »Ihr drei, legt die Waffen nieder! Sofort!«
Natürlich achtete keiner auf ihn. Mark hatte schon einen Pfeil auf die Sehne gelegt; den Bogen zu spannen und zu schießen, wäre Augenblickssache gewesen. Mit dem ersten Pfeil, dachte er, muß ich Doon erwischen. Ich muß ihn treffen, und ich muß ihn genau treffen, bevor er auf Schwertlänge an uns herankommen kann. Keiner von uns ist ihm mit dem Schwert ebenbürtig, und keiner der anderen dort drüben ist auch nur halb so gefährlich wie er.

Mitspieler, der mit halberhobenen Händen vor ihm stand, gab einen unartikulierten Laut von sich. Er sah aus, als wolle er jeden Augenblick zusammenbrechen. Ein handfester Kampf in dieser Höhle würde lediglich die Barriere in der Tür schwächen, so daß der Dämon über sie herfallen würde. Dies, so schien es, hätte er ihnen allen zu bedenken gegeben, wenn er klare Worte hätte hervorbringen können.

Wieder regte sich der Dämon draußen. Mark hörte und fühlte, daß er um den Eingang herumstrich – wie ein übler Wind, wie ein bösartiger Hund, wie ein Jäger, der zurückgekehrt war.

Endlich fand Mitspieler die Sprache wieder. »Mark, laß deinen Bogen sinken. Bringe deinen Freund zur Vernunft.«

Mark hatte unterdessen bemerkt, daß Dmitry, der keine Wurf- oder Schußwaffe besaß, einen Stein in die Hand genommen hatte und sich anschickte, damit zu werfen. Mitspielers Sohn schaute Mark quer durch die Höhle hindurch an. Vielleicht war er gerissen genug, Marks Gedanken über den bevorstehenden Kampf nachzuvollziehen und den Plan noch einen Schritt weiter zu führen. Wenn die drei Rebellen ohne große Verluste für die andere Seite zum Schweigen gebracht werden sollten, dann mußte Mark daran gehindert werden, Doon in den ersten Augenblicken des Kampfes zu erschießen. Dmitry, bereit, mit seinem Stein den ersten Angriff zu führen, hatte sich weise hinter einem größeren Felsblock in Deckung gebracht...

Willem und Daghur waren spurlos verschwunden, aber Mark bezweifelte, daß sie von den Flanken her angreifen würden, ja, er bezweifelte, daß die Abmessungen der Kammer solche Manöver überhaupt gestatteten.

Später vermochte Mark nicht mehr zu sagen, wessen plötzliche Bewegung den Kampf tatsächlich ausgelöst hatte. In einem Augenblick standen sie alle da wie Statuen, umkränzt vom Licht der Lampen auf ihren Köpfen, und im nächsten war alles wirbelnde Bewegung.

Mark ließ den Pfeil losschwirren. Er zielte auf Doon, aber er verfehlte ihn: Dmitrys Stein, mit unerwarteter Schnelligkeit und Geschicklichkeit geschleudert, traf zwar nicht Mark, aber

den Bogen in seinen Händen, und der Pfeil flog weit neben seinem Ziel gegen einen Felsen und zersplitterte dort.
Einige der Lampen verloschen, andere blitzten erst jetzt auf, und die Lichtkegel tanzten wie verrückt in der Kammer umher, während fast jeder eine andere Taktik anwandte. Es hatte jetzt keinen Sinn mehr, den Bogen zu benutzen, und so warf Mark ihn mitsamt dem Köcher zu Boden. Seinen Packsack hatte er bereits vom Rücken gleiten lassen. Er löschte sein eigenes Licht, zog sein langes Messer aus dem Gürtel und kauerte sich abwartend nieder.
Dunkelheit eroberte die Höhle, als alle anderen sich nach und nach ebenfalls für diese Taktik entschieden. Mark glaubte nicht weit rechts neben sich Arianes Schleuder zu hören. Sie schwirrte leise, ein- oder zweimal, und entlud sich dann mit hoher Geschwindigkeit. Aber in dem leisen Stakkato der umherhuschenden Laute in der Höhle war das Resultat des Wurfes nicht auszumachen.
Jetzt war die Dunkelheit vollständig. Nur von der belagerten Tür sickerte mattes Licht herein. Der Dämon draußen grollte in seiner Wut und versuchte, den Zauberbann zu durchbrechen. In der Kammer hörte man das unablässige Klicken kleiner Steine, die von leisen Sohlen und verstohlen kriechenden Knien kurz bewegt wurden. Einige wechselten ihre Stellung, andere warteten und lauschten. Doons Gefolgschaft würde versuchen, Ariane in die Hände zu bekommen. Sie hatte Ben als Verteidiger zu ihrer Rechten, Mark zur Linken. Und sie selbst, mochte ihre Stimme auch manchmal klingen wie die eines Kindes, war alles andere als ein scheues, hilfloses...
Mark schrak zusammen, als plötzlich Mitspielers Stimme laut hallend durch die Finsternis brüllte: »Hört auf damit, ihr Narren! Alle!« Es folgte eine kurze Pause, dann erscholl noch einmal die Stimme des Magiers, jetzt noch lauter. »Ben, Mark, ist es denn nicht besser, wenn einer stirbt, als...«
Er brach jäh ab. Es war, als habe er etwas gehört oder gefühlt, das ihn innehalten ließ. Jetzt war es totenstill in der Höhle. Nur das gedämpfte Rauschen des kleinen Baches drang an Marks

Ohr. Was immer Mitspieler gespürt hatte, war offenbar an allen andern vorbeigegangen.
Dann hallten unsichere Schritte durch die Dunkelheit. Jemand ging durch die Höhle, und es war ihm gleichgültig, ob ihn jemand hören konnte. Dann schaltete Mitspieler seine Lampe ein, ohne sich um die anderen zu kümmern, als habe er beschlossen oder gespürt, daß die Zeit des Kämpfens vorüber oder der Kampf jetzt bedeutungslos geworden war. Das Licht, das von den Wänden zurückgeworfen wurde, zeigte sein Gesicht – gealtert und mit struppigen Bartstoppeln wie die Gesichter aller Männer. Sein Mund stand vor Angst oder Ehrfurcht offen.
Der Zauberer stand in der Mitte der Höhle. Er starrte auf die versiegelte Tür und auf die durchscheinende Barriere, die er selbst dort errichtet hatte. Dann begann er zu sprechen, und wieder klang seine Stimme verändert.
»Wartet. Dies ist keine Täuschung. Der Dämon ist fort. Irgendwohin verschwunden... Ich weiß nicht, wie weit... aber...«
Plötzlich sank Mitspieler auf die Knie. Noch immer starrte er auf die Magiebarriere.
Und jetzt hörte Mark, daß sich draußen wieder etwas bewegte, aber es klang nicht so wie der Dämon. Das matte Licht hatte sich gleichfalls verändert; es war heller geworden im Gang vor der Kammer. Und dann erschien etwas in der Mitte der Barriere. Es war eine Hand, ungepanzert und ganz wie die eines Menschen, nur größer als eine normale Menschenhand. Aber sie war nicht deformiert wie bei den Weißhänden und nicht gepanzert wie die Riesenfaust des Dämons. Die Hand, wem immer sie auch gehörte, wischte Mitspielers Bannzauber beiseite, wie ein Mann ein Spinnennetz fortnehmen mochte.
Der Besitzer der Hand betrat die Höhle, und die Atmosphäre veränderte sich. Er war von riesiger, menschlicher Gestalt, ein Mann, jugendlich und leicht gekleidet, mit einer phrygischen Mütze auf dem Kopf und einem Stab in der Hand. Mark begriff, daß er zum erstenmal in seinem Leben einen Gott vor

sich sah. Und im nächsten Augenblick erkannte er, daß es der Gott Hermes war.
Der größte Teil der Kammer wurde durch Hermes' Gegenwart – ja, weniger beleuchtet als vielmehr offenbart. Der Lichtstrahl von Mitspielers Lampe war bedeutungslos geworden. Mark konnte jetzt bis in die hintersten Winkel der Höhle schauen, und ihm war, als könne sein Blick fast die Felsen durchdringen. Hermes war hergekommen, weil er etwas suchte, und im Angesicht dieses Suchens war alles menschliche Verbergen spürbar sinnlos geworden.
Keiner der Menschen bewegte sich oder sagte ein Wort. Alle blieben sitzen, hocken, knien – ganz wie er sie angetroffen hatte. Gelassen blickte sich Hermes um. Dann ging er mit den nüchternen Bewegungen eines starken Mannes, der um seiner eigenen Angelegenheiten willen das Gezänk einiger kleiner Kinder unterbrechen mußte, auf Ben zu.
Ben saß auf dem Boden, das Schwert noch in der Rechten, und zitterte, als der Gott sich ihm näherte. Zuletzt vermochte er die Augen nicht mehr offenzuhalten, und er hob die Hand, um sein Gesicht dahinter zu verbergen. Als Hermes sich zu ihm niederbeugte und ihm Drachenstecher aus der Hand nahm, erbebte Bens massige Gestalt in einem krampfhaften Zucken, das möglicherweise Widerstreben hatte sein sollen – aber es kam zu spät, und es wäre ohnehin hoffnungslos gewesen.
Der Gott warf einen kleinen Gegenstand vor Ben in den Sand. Mark sah, wie er golden aufblitzte. Als er sich abwandte, steckte Drachenstecher bereits in einer der leeren Scheiden an seinem Gürtel. Erst jetzt bemerkte Mark, daß Hermes ein rundes Dutzend leerer Scheiden trug, die wie ein Rock um seinen Leib hingen.
Unvermittelt fühlte Mark, wie er aufstand. Er hätte nicht zu sagen gewußt, weshalb. Er stand aufrecht da, obgleich seine Knie vor Angst zitterten.
Hermes sah, daß er sich bewegte. Der Gott, der quer durch die Höhle auf den Ausgang zuging, blieb stehen. Er wandte den Kopf und schaute Mark an. Es war ein kurzer, aber ausdrucks-

voller Blick – allerdings hätte Mark nicht genau zu sagen gewußt, was er ausdrückte. Wiedererkennen – *was, du hier?* – schien die erste Reaktion zu sein, unmittelbar gefolgt von unergründlichen, verschlungenen Gedankenverknüpfungen.

Aber das Stehenbleiben und Schauen dauerte nur einen Moment. Hermes war in seinen eigenen Angelegenheiten hergekommen, und ihretwegen näherte er sich jetzt dem Baron.

Als Doon begriff, daß der Gott auf ihn zukam, stand er mit großer Mühe vom Boden auf. Mit beiden Händen hob er Wegfinder vor sich.

Hermes blieb vor ihm stehen und sprach zum erstenmal. Seine Stimme klang mächtig, sie besaß eine hehre Majestät. »Gib es mir. Das Schwert, das du in der Hand hast.«

»Niemals. Es ist mein rechtmäßiges Eigentum.« Die Worte waren kaum zu verstehen. Nur unter großen Mühen brachte sie Doon hervor. Er zitterte fast so schlimm, wie Ben gezittert hatte und wie Marks Knie es immer noch taten. Gewiß war es Angst, die ihn zittern ließ, Angst im Verein mit Wut und Hilflosigkeit.

Die Gottheit geruhte noch einmal zu ihm zu sprechen. »Ich nehme an, du willst mir entgegenhalten, daß du es in der richtigen Weise benutzt hast, nicht wie einige der anderen. In Übereinstimmung mit den Regeln des Spiels also. Nun, vielleicht stimmt das. Aber es ist nicht mehr wichtig.«

»Es stimmt. So habe ich's getan. Es gehört mir. Mir.«

Ungeduldig streckte der Gott die Hand aus. Doon schlug nach ihm. Der Schwertstreich hätte jeden Menschen getötet, aber jetzt war er nicht mehr als der plärrende Protest eines Kindes gegen seinen Erzieher. Dann hielt Hermes Götterbote das Schwert in der Hand, und mit einer knappen Bewegung seines Stabes – es war eher eine Geste als alles andere – streckte er Doon zu Boden. Gepeinigt blieb der Mann liegen, und er weinte vor Schmerz und hilfloser Wut.

»Ein unziemlicher Hochmut«, bemerkte der Gott, während er Wegfinder in die Scheide gleiten ließ, »für einen, der so sterblich ist wie du.«

Der einzige Mensch, der jetzt noch stand, war Mark – und weshalb ausgerechnet er zu stehen hatte, wußte er nicht, aber es kostete ihn gewaltige Anstrengung. Er sah, daß der große Zauberer Mitspieler mit dem Gesicht nach unten im Sand lag. Doon wälzte sich stöhnend am Boden. Ariane war nicht zu sehen. Ben saß aufrecht, aber er hatte das Gesicht in den Händen vergraben. Und Mark dachte: Dies ist es, was mein Vater hat erleben müssen, ein kleiner Teil dessen, was er hat ertragen müssen, als Vulkan ihn holte, damit er ihm half, die Schwerter zu schmieden. Bis zu diesem Augenblick hatte Mark für seinen Vater insgeheim immer einen Hauch von Scham empfunden – wegen der Schwäche, die Jord gezeigt hatte, als er sich benutzen ließ, als er gestattete, daß ihm der rechte Arm genommen wurde. Aber damit war es jetzt vorbei. Jetzt hatte Mark eine Ahnung, eine gewisse Vorstellung von dem, was Jord empfunden haben mußte.
Nur ein Augenblick war vergangen, seit Hermes gesprochen hatte. Aber jetzt geschah etwas anderes: Ein neues Wesen ließ seine Gegenwart ahnen. So, wie sich Licht in der Höhle verbreitet hatte, als Hermes eingetreten war, so drang jetzt Schatten herein. Der Magier Mitspieler, der die neue Wesenheit als erster spürte, hob den Kopf, aber der Schein seiner Lampe wurde verschluckt und ausgelöscht von dem undurchdringlichen Schatten, der sich im offenen Eingang sammelte.
Mark, der immer noch aufrecht dastand, konnte die verschwommenen Umrisse des Neuankömmlings erkennen, eine ungefähr menschliche Gestalt inmitten der schwarzen Wolke. Die Stimme, die aus dem überschatteten, menschenähnlichen Gesicht erscholl, war merkwürdig widerhallend, als dringe sie aus den Felsen, aus der Erde selbst hervor.
»Die Unterwelt ist mein Reich. Was suchst du hier, Hermes Götterbote? Was gibt es hier in meiner Welt, das du verändern möchtest?«
Hermes Götterbote zeigte sich nicht beeindruckt. »Ich sammle Schwerter ein – wie du wissen solltest, Hades. Ich kümmere mich um die Angelegenheiten der Götter.«

»Welcher Götter?«
»Nun, aller Götter. Auch um die deinigen. Wenigstens sind es die Angelegenheiten derjenigen Götter, die wissen, was hier vor sich geht. Ich führe lediglich den kollektiven Willen der Götter aus.«
»Hah!« Es klang wie ein Steinschlag und nicht wie eine gesprochene Silbe. »Seit wann stimmen wir alle in irgendeinem Punkte so weit überein? Du solltest lieber zugeben, daß du falschzuspielen beschlossen hast. So deute ich dein Verhalten.«
Hermes richtete sich zu seiner ganzen Größe auf. Mark hatte fast den Eindruck, daß die Decke sich ein wenig aufwärtswölbte, um seinem Kopf Platz zu machen. »Das Spiel ist ausgesetzt worden, zumindest vorläufig. Es birgt gewisse Gefahren, die zunächst nicht richtig eingeschätzt wurden.«
»Oho! Ausgesetzt, wie? Und wer hat das entschieden?«
Beide Götter hatten sich, wie auf eine unausgesprochene Übereinkunft hin, auf den Ausgang zubewegt, als hielten sie es für besser, ihren Streit anderswo auszufechten. Hades beugte sich schon nieder, um durch die Öffnung zu gelangen.
Aber Hermes blieb noch einmal stehen und schaute Doon an, der sich immer noch zu seinen Füßen am Boden wand. Er stieß den Hilflosen mit dem Ende seines Stabes an.
»Nun, Mann, welche Behandlung soll ich denn deinem Hochmut angedeihen lassen? Vielleicht gebe ich dir den Kopf eines Lasttieres, damit du ihn von jetzt an auf deinen Schultern trägst. Was hältst du von diesem Einfall? He? Antworte mir!«
Der Zwischenfall schien Hades zu langweilen. Er stand in der Tür und wartete.
»Nein – nein, nicht. Verschone mich, bitte...« Doons Stimme war fast unhörbar und auch beinahe nicht wiederzuerkennen. Hades brummte in seiner Ungeduld etwas, aber seine Baßstimme rollte so dumpf, daß Mark nicht verstand, was er sagte. Hermes hingegen vergaß sein menschliches Spielzeug, als er es hörte, und die beiden Götter verließen zusammen die Höhle. Kaum waren sie in den Gang hinausgetreten, hörte Mark, daß der Dämon sich draußen wieder rührte. Noch einmal sagte

Hades etwas, und dann tat er etwas, und Dactylartha floh, kläffend und springend wie ein getretener Köter.
Die Götter waren fort. Die Menschen in der Kammer begannen sich unsicher und zittrig zu regen, als müßten sie sich allesamt von irgendeiner Krankheit erholen.
Während die anderen allmählich auf die Beine kamen, ließ Mark sich auf den Boden sinken. Seine Knie zitterten jetzt schlimmer als zuvor. Sieh an, dachte er, ich habe eben Pluto selbst ins Antlitz geschaut... und ich bin immer noch hier. Mitspieler – oder war es Indosuarus? – hat uns erzählt, kein Mensch könne das tun und dann weiterleben. Und ich bin immer noch hier... Mechanisch nahm er seinen Köcher auf und hängte ihn sich über die Schulter. Dann hob er seinen Bogen auf. Was würde er jetzt damit anfangen?
Als Doon sich aufrichtete, blickte er als erstes mißtraurisch umher, um festzustellen, wer Augenzeuge seiner Schwäche gewesen war. Mark sah es beiläufig, aber er war mit seinen Gedanken woanders. Dmitry kam aus seinem Versteck und rief Götter und Dämonen als Zeugen dafür an, daß Daghur tot sei. »Seht doch, ein Stein hat ihn getroffen. Wer benutzt hier eine Schleuder?« Mark sah von Daghur nur den schlaffen Arm, den Dmitry in die Höhe hielt.
Auch Ben rief jetzt um Hilfe. Er stand über Ariane gebeugt. Mark stürzte zu ihnen hinüber. Das Mädchen saß aufrecht am Boden, aber Blut aus einer Kopfverletzung rann ihr über die Wange. Entweder war sie von einem Stein getroffen worden, den jemand von der anderen Seite herübergeworfen hatte, oder sie war bei dem Durcheinander in der Finsternis gestürzt.
Mitspieler war ebenfalls wieder auf die Beine gekommen. Mit einem bebenden Arm deutete er auf die ungeschützt gähnende Türöffnung der Höhle. »Der Dämon!« Er würgte die Worte hervor. »... er ist betäubt! Lauft! Lauft sofort los!«
Ben nahm Ariane auf den Arm und wies Marks Hilfe zurück. Der große Mann hastete aus der Höhle hinaus, und Mark bildete die Nachhut. Sie kamen rasch voran, aber die anderen waren ihnen schon weit voraus. Draußen sahen sie, wie die

Lampen auf dem bergab führenden Pfad entlanghüpften. Doon mochte sein Schwert eingebüßt haben, aber seine Entschlossenheit war noch nicht erstorben. Und wenn er je daran gedacht hatte, in die oberen Ebenen der Höhle zurückzuflüchten, dann war dieser Plan von den menschlichen Schreien vereitelt worden, die jetzt von oben herunterhallten. Die Alarmrufe waren lauter und näher als zuvor.

Der Dämon hatte sich zurückgezogen, oder er war in den Abgrund der Schlucht gestürzt. Mark sah, daß vielfarbige Lichter aus diesen Tiefen heraufblitzten, und er fühlte Wellen von Haß, deutlich wie gesprochene Flüche.

Doon lief an der Spitze, und mit jedem Schritt vergrößerte sich sein Vorsprung. Nach ihm kam Mitspieler, der sich immer wieder nach seinem Sohn umsah und dann seinen Schritt beschleunigte, als Dmitry und Willem an ihm vorbeigaloppierten, so schnell ihre Beine sie tragen wollten. Radulescu, der besser als jeder andere wissen würde, wo sie sich in Sicherheit bringen konnten, lief in dieselbe Richtung. Ben stürmte überraschend leichtfüßig mit Ariane in den Armen hinter ihnen her, und Mark folgte dicht hinter ihm.

Sie kamen an der Wegbiegung vorbei, an der sie von dem Dämon zurückgetrieben worden waren. Mark konnte einen kurzen Blick auf das Kampftier werfen, das als erstes gestorben war. Es hing schlaff auf der niedrigen Mauer am Rande des Pfades. Der Dämon hatte es weggeworfen wie eine ausgelutschte Frucht, runzlig und immer noch dampfend oder rauchend.

So, wie Tiere, die sonst natürliche Feinde waren, vor einer Katastrophe fliehen mögen, rannten jetzt auch die Menschen, einander überholend, den Weg entlang und nahmen nicht mehr Notiz voneinander als Fremde in einer Stadt.

Ariane hatte ihr Bewußtsein halbwegs wiedergewonnen, und strampelnd versuchte sie, Ben zu veranlassen, sie abzusetzen.

Und dann hatte der Dämon sich von dem, was die Götter ihm im Vorübergehen angetan hatten, erholt. Das Licht, das er versprühte, flackerte wirbelnd durch die Luft, und der Lärm

und die Übelkeit, die er verbreitete, kamen donnernd hinter den Flüchtenden drein.
Mitspieler, der hinter alle anderen zurückgefallen war, weil er nicht so schnell laufen konnte, war jetzt vollends am Ende seiner Kräfte. Er drehte sich um und schleuderte verzweifelt magische Kräfte gegen das heranfliegende Ding. Mark, der noch einen Rest von Wunsch verspürte, dem Mann zu helfen, schaute sich um und sah, wie feurige Blitze aus den Fingerspitzen des Magiers schossen und in den Lichtball fuhren, der sich durch die Luft wälzte – Dactylartha. Und dann sah Mark, wie dieser viel stärkere Lichtball zurückschlug: Flammen züngelten dort, wo Mitspielers Blitze aufgezuckt waren, und sie erfaßten den Zauberer und verschlangen ihn vor Marks Augen.
Wie ein Blitz fuhr der Dämon durch die Luft, und mühelos überholte er Mark, Ben und Ariane, die inzwischen, gestützt von den beiden Männern, auf eigenen Füßen lief. Offensichtlich beabsichtigte er, den Anführern der Menschenschar, die jetzt über das letzte Stück des Weges auf eine dunkle Tür zuflüchteten, den Weg abzuschneiden. Es mißlang. Der letzte Mann der vordersten Gruppe war durch die Öffnung geschlüpft, ehe er ihn erreichen konnte.
Enttäuscht wandte er sich um. Drei lebende Opfer blieben ihm noch.
Er spie ihnen seine üblen Dünste entgegen. Blaue, stofflose Flammen umzüngelten Ben, und würgend und keuchend fiel er zu Boden. Auch Mark fühlte den Schmerz...
Ariane preßte sich aufrecht an die Felswand neben dem Pfad und starrte dem Ding entgegen. Ihre Mädchenstimme erscholl, und was sie rief, war anscheinend der Zauberspruch, den sie in ihrer Kindheit gelernt hatte.
»Im Namen des Kaisers, laß ab von diesem Spiel, gib frei den Weg!«
Ein Gurgeln und Kreischen erfüllte die Luft. Dactylarthas Feuersubstanz kochte und brodelte. Immer wieder stieß er auf die drei Menschen herab, aber er konnte sie nicht mehr erreichen. Eine Wand wie aus Glas, undurchdringlich und unsicht-

bar, schien den Pfad zu säumen, und wie eine Spiegelung zog sie sich durch die Luft, so daß das dämonische Feuer wirkungslos an ihr abperlte. Der Weg – in die eine Richtung wenigstens – war frei.
Die Flammen an Bens Körper waren verschwunden, ohne irgendwelche Spuren körperlicher Verletzungen zu hinterlassen. Mit einiger Mühe zog Mark den schweren Mann auf die Beine und stieß ihn dann voran. Dann ergriff er Arianes Arm und zerrte sie mit sich. Er begriff, daß er in einem besseren Zustand war als die beiden anderen, aber er wußte auch, daß er selbst halb betäubt war.
Sich selbst und einander stützend, so gut sie konnten, hinkten und humpelten die drei voran, vor dem Toben der Dämonenwut geschützt durch den gläsernen Schild. Sie waren betäubt und geblendet, aber das Ungeheuer konnte ihnen nichts anhaben. Bis zu der dunklen Tür war es nun nicht mehr weit. Sie eilten hindurch, und dann – die plötzliche Stille kam wie ein Schock – hatten sie das Reich des Dämons hinter sich gelassen. Sie blieben in der Stille stehen, umgeben von Stein und freundlicher Dunkelheit. Ein mattes Licht schien vor ihnen von unten herauf entgegen.
»Das hier sieht aus wie ein Abflußrohr«, murmelte Ben benommen. »Wie ein Kloakenkanal.«
Mag sein, daß er recht hat, dachte Mark. Aber es war ein Gang, der sie dahin führte, wo sie hinwollten, und halbwegs sauber war es auch. Als sie weitergingen und der Gang abschüssiger wurde, fanden sich Stufen und Haltegriffe.
Allmählich kam Ben wieder zur Besinnung. »Was ist denn passiert, dort hinten?« fragte er. »Einen Augenblick lang dachte ich, er hat uns erwischt. Hat Mitspieler ihn zurückgetrieben?«
Ariane sagte dazu nichts. Sie ging weiter, einen Fuß vor den anderen setzend, aber sie war übel zugerichtet. Ihr Gesicht war fahlweiß unter dem Bluterguß und dem geronnenen, verkrusteten Blut.
Auch Mark gab keine Antwort. Jetzt nicht. Später, wenn er erst

Zeit zum Nachdenken gehabt hätte, dann würde er selbst ein paar Fragen haben.
»Sieh mal«, sagte Ben. Er blieb stehen, streckte die Hand aus und hielt Mark eine Goldmünze vors Gesicht.
»Ja«, sagte Mark.
Sie gingen weiter. Der Tunnel ging seinem Ende zu. Mark sah, daß er sich nicht weit vor ihnen zu einem ebenen Raum verbreiterte, der sich dort weit und offen erstreckte, so ausgedehnt, daß das Ende zumindest von hier aus nicht zu sehen war. Ein paar Lampen aus der Alten Welt leuchteten wie zur Begrüßung auf. Und das Licht, das in den Gang hereinstrahlte, spiegelte sich gelb in den Bergen von Gold.

16

Das häßliche Gleißen, das der Einfluß des Dämonen in Bens Sinnen hinterlassen hatte, verblaßte rasch, als er weiterging. Aber einen klaren Kopf bekam er deshalb nicht. Statt dessen überwältigte der bezaubernde Glanz des Goldes seine Gedanken und sog sie völlig in sich auf.
Lange Gänge waren von Regalen gesäumt, auf denen das Gold lag. Nischen, Alkoven, ganze Kammern waren gefüllt mit dem gelb glänzenden Hort. Und so weit Ben sehen konnte, war das alles unbewacht. Es lag offen da. Sie konnten es jederzeit berühren, wenn sie Lust hatten, die Hand danach auszustrekken. Ben sah säuberliche Stapel von Barren und Platten und schwere Körbe, gefüllt mit Erz und Goldklumpen. Wortlos wanderten die drei vorbei an Bergen von Münzen, an Kästen voller Juwelen und Regalen, die sich unter Goldschmiedearbeiten bogen. Einige davon waren einfach, andere häßlich, aber einige waren auch zierliche Kunstwerke, deren Ursprung und deren Zweck Ben nicht zu ergründen vermochte.
In den Räumen der Schatzhöhle, die dem Eingang am nächsten lagen, waren viele der Münzstapel umgeworfen worden, und viele der Regale befanden sich in Unordnung, als hätten die

Hände von Eindringlingen hier schon gierig gewühlt und gespielt. Offenbar waren Doon und Radulescu, Dmitry und Willem hier schon vorbeigekommen.
Die Felsendecke hing hier verhältnismäßig tief, nur einen oder zwei Meter hoch über den hölzernen Wänden und Regalen, auf denen sich die Schätze türmten. Die Altwelt-Lichter waren irgendwie an der Decke befestigt. Sie leuchteten in den einzelnen Gängen, Kammern und Alkoven auf, wenn Mark, Ben und Ariane herankamen, und verloschen hinter ihnen wieder, sobald die drei vorbeigegangen waren. Ben spähte in die Ferne – diese Höhle erstreckte sich, genauso wie die oberen, über eine beträchtliche Distanz – und sah, daß auch weit vor ihnen die Lichter in Räumen und Kammern aufleuchteten und wieder erloschen. Er vermutete, daß Doon und die drei anderen dort damit beschäftigt waren, sich Taschen und Packsäcke vollzustopfen, nachdem sie genug gestaunt hatten... allerdings, wenn er es sich recht überlegte, glaubte er nicht, daß jemand nach der letzten Hetzjagd noch einen Packsack bei sich hatte. Er jedenfalls hatte keinen mehr, und Mark und Ariane auch nicht. Mark hatte es allerdings irgendwie geschafft, seinen Bogen und den Köcher zu behalten.
Und immer weitere Stapel von Goldbarren, Berge von Münzen, Regale voller Goldschmuck erstrahlten vor ihnen im Licht. Ben vermutete, daß es einen bestimmten Plan geben müsse, nach dem diese gewaltige Schatzkammer angelegt war, doch bis jetzt konnte er noch nicht sagen, wie dieser Plan aussehen könnte.
Sie gingen weiter und immer weiter, ohne daß einer ein Wort gesprochen hätte. Sie entdeckten immer neue Schätze. Die gewaltigen Ausmaße der Schatzhöhle erfüllten sie mit einem Staunen, das ständig wuchs, bis es zu einem Gefühl von Unwirklichkeit verschwamm. Es war zu viel. Es mußte eine magische Täuschung sein, ein Scherz...
An der Kreuzung zweier langgezogener Gänge sah Ben weit, weit hinten – einhundert Meter? Zweihundert? – das Ende: eine Felswand. Etwa auf halber Strecke war das Gold zu Ende,

aber nicht der Schatz. Eben hatte dort ein Licht aufgeleuchtet. Offenbar bewegte sich jemand in einem Seitengang. Im Lichtschein sah Ben eine Art Grenzlinie, wo das gelbe Metall an Silber zu stoßen schien. Und das Sternenfunkeln dort – war es das Glitzern ferner Diamanten?

Das alles war zu viel. Auch ein erfolgreicher Räuber war in seinem Begriffsvermögen wie auch in seiner Fähigkeit zur Freude im Angesicht eines Schatzes von *diesen* Ausmaßen überfordert.

Sie bogen um eine Ecke und betraten eine Kammer, in der das Licht vor ihnen aufgeleuchtet war. Unverhofft stießen sie auf Doon. Der kleine Mann, der anscheinend von der anderen Seite hereingekommen war, fuhr im ersten Augenblick zurück. Er war ebenso erschrocken wie sie. Er blieb stumm. Schmutzig und zerzaust wie sie selbst, wirkte er ohne sein Schwert irgendwie kleiner. In seinem Gürtel stak ein Dolch, aber er machte keine Anstalten, ihn zu ziehen. Er starrte die drei einen Augenblick lang an und murmelte dann etwas, das aber offenbar an ihn selbst gerichtet war.

Ben hatte beinahe automatisch seine eigene Waffe – ebenfalls einen einfachen Dolch – aus dem Gürtel gezogen. Aber trotz des eben erst ausgefochtenen Kampfes spürte er keinen Drang danach, über den Mann, der nun vor ihm stand, herzufallen. Der Baron wirkte jetzt eher bemitleidenswert als gefährlich.

»Wo ist Radulescu?« fragte Mark den ehemaligen Anführer mit schneidender Stimme. »Und wo sind die Schwerter – die Schwerter, die zu diesem Hort gehören?«

Die Erwähnung der Schwerter brachte ein Glitzern in Doons Augen, als sei ihm etwas eingefallen. Wieder murmelte er etwas Unverständliches, dann stolperte er an den dreien vorbei und hastete weiter. Eine kurze Strecke weit konnten sie sein Fortkommen verfolgen, da die Lichter vor ihm aufstrahlten und wieder erloschen, wenn er vorbei war. Die Regellosigkeit seines Weges verriet zumindest eines: Er wußte nicht, wohin er ging.

»Hermes hat ihn um den Verstand gebracht«, stellte Ben fest.

»Und was sollen wir drei nun tun?« fragte Mark. »Sollen wir uns trennen, um zu suchen? Ich nehme an, daß die Schwerter hier unten zusammen aufbewahrt werden.«
Ben erwog rasch seinen eigenen Plan, den Plan, der ihn hergeführt hatte: Sich zu bereichern. Inmitten all dessen hier schien diese Absicht plötzlich zur Bedeutungslosigkeit zu verblassen. Sie wurde zu einer Kleinigkeit, die er jederzeit erledigen konnte, indem er kurz die Hand ausstreckte. Aber die Schwerter... ja, die Schwerter waren wirklich wichtig.
Er sah Ariane an – und fast hätte er die Schwerter vergessen. Sie sah übel aus, noch längst nicht erholt, und noch längst war die Benommenheit nicht verflogen, die der Schlag gegen den Kopf verursacht hatte. Sie erwiderte seinen Blick mit einem matten Lächeln, aber sie sagte kein Wort.
»Nein«, beschloß Ben. »Wir bleiben zusammen.«
Sie streiften weiter. Hinter einer der nächsten Ecken sahen sie eine beleuchtete Kammer. Im nächsten Augenblick hallte ein Klirren aus dieser Richtung zu ihnen herüber, und dann noch eines, als würde tönernes Geschirr zerschlagen. Sie schlichen weiter. Mark hatte einen Pfeil auf den Bogen gelegt, und Ben hielt seinen Dolch in der Hand.
Sie bogen um die Ecke und gelangten in einen Raum, der mit Statuen vollgestopft war. Dmitry und Willem hatten ihn bereits gefunden. Die beiden standen in der Mitte, und die Taschen ihrer zerlumpten Kleider drohten aus den Nähten zu platzen. Goldmünzen rieselten aus ihnen hervor. Beide hielten ein Schwert in der Hand, und schlugen auf die Statuen ein.
Mit animalischer Wachsamkeit blickten Willem und Dmitry auf, als die drei eintraten und hielten in ihrem Spiel inne. Bogen und Dolch bedachten sie mit einem unbestimmten Lächeln, aber sie sagten nichts. Die Schwerter, mit denen sie gespielt hatten, waren ihre eigenen gewöhnlichen Klingen.
Mit einer knappen Kopfbewegung gab Mark seinen beiden Gefährten ein Zeichen. Die drei gingen wachsam weiter, ohne die beiden anderen aus den Augen zu lassen.

In einiger Entfernung, in einer Kammer an einem der Hauptgänge, brannte noch ein Licht. Als sie vorsichtig durch den Eingang der Kammer spähten, sahen sie Radulescu. Er war ganz allein. Auch dieser Raum war voller Statuen. Diese hier aber waren aus feinem, klarem Kristall, und der Oberst hielt eine davon behutsam in den Händen. Als die drei hereinkamen, hob er den Kopf und sah sie fast gleichgültig, gewiß aber ohne Feindseligkeit, an und fuhr fort, das Beutestück in den Fingern zu drehen. Offensichtlich war er mit den Gedanken woanders. Es war, als seien seit seinem Versuch, Ariane zu opfern, zwanzig Jahre vergangen, ja, als sei dies überhaupt in einem anderen Leben geschehen.
Sein Blick wandte sich wieder der kleinen Statue zu. Er hielt sie hoch, so daß alle sie sehen konnten. »Das erste, das ich gestohlen habe«, erklärte er. »Hübsch, nicht wahr?« Er starrte die Neuankömmlinge an, und sein Blick wurde wachsamer. »Ihr könnt euch jetzt entspannen. Wir können uns Zeit lassen, uns ein wenig ausruhen. Sammelt so viel Schätze, wie ihr haben wollt, dann zeige ich euch den Weg hinaus.«
»Zeigt ihn uns sofort«, entgegnete Mark. »Habt Ihr die Rufe nicht gehört?«
»Wir haben Zeit«, wiederholte Radulescu. »Genug Zeit für alles.« Wieder starrte er die kleine Figur an. Es war eine tanzende Frau. »... das erste, was ich gestohlen habe. Ich habe sie schon früher hier herausgeholt, wißt ihr. Ich habe sie in mein Quartier geschmuggelt, in meinen Mantel gewickelt, mit einem selbstentworfenen Schutzzauber vor der Entdeckung gesichert. Schuldbewußt habe ich sie in mein Quartier geschmuggelt, als wäre sie eine echte Frau und ich irgendein Akolyt, der dem Zölibat verpflichtet ist. Natürlich – sie ist wirklicher, lebendiger, als jede Frau von Fleisch und Blut, die ich je gesehen habe. Aber... es war mir unmöglich, sie zu behalten, ohne daß der Diebstahl entdeckt werden würde. Schon als ich sie nahm, wußte ich, daß ich sie nicht würde behalten können, daß ich sie vor der nächsten formellen Inventur würde zurücktragen müssen...«

»Zeigt uns jetzt den Weg hinaus«, forderte Ben ihn auf.
Radulescu blickte erschrocken auf, als habe er vergessen, daß sie im Raum waren. »Wir gehen gleich. Ruht euch erst ein Weilchen aus.«
»Wo werden die Schwerter verwahrt?« fragte Mark mit fester Stimme.
»Ah.« Radulescu dachte einen Moment lang nach und streckte dann einen Finger aus. »Dort hinten werdet ihr sie finden... Aber wenn ihr gedenkt, mich zu töten, sobald ihr sie habt, dann vergeßt nicht, daß ich euch noch nicht gezeigt habe, wie man hinausgelangt.«
Ben wandte sich ohne zu antworten ab. Seine beiden Kameraden folgten ihm und ließen Radulescu, der noch immer seinen Schatz betrachtete, allein zurück.

Seine einsame Zwiesprache mit der kristallenen Tänzerin war nicht von langer Dauer. Als er aufblickte, sah er die beiden überlebenden Deserteure aus der Garnison. Sie standen im Eingang und starrten ihn an. Ihre Augen waren fast ausdruckslos, aber sie hielten ihre Schwerter in den Händen.
Radulescu schauten sie nicht lange an. Die Schatzkammer, in deren Mitte er stand, gefiel ihnen offensichtlich besser.
»Kommt herein, meine Herren, nur herein«, rief der Oberst, und es klang, als deklamiere er ein Gedicht. »Kommt herein und nehmt euch, was ihr braucht. Es ist genug da für uns alle.«
Dmitrys Blick wanderte wieder zurück zu Radulescu und fiel dann auf die Statue, die Radulescu in den Händen hielt. »Gib sie mir«, befahl Dmitry.
»Nein.« Der Offizier wich einen Schritt zurück. Dann sah er – und es war kaum mehr als eine Irritation –, daß Willem seine Position wechselte, als wolle er ihn von der Seite her angreifen.
»Und wenn ihr vorhabt, mich anzugreifen, dann vergeßt nicht...«
Aber bevor er das nächste Wort herausbrachte, war ihm Dmitrys Schwert in die Brust gefahren.

Ben, Ariane und Mark hatten den Raum mit den Kristallstatuen schon ein gutes Stück hinter sich gelassen, als der gurgelnde Schrei an ihre Ohren drang. Sie drehten sich um, aber keiner von ihnen dachte daran, stehenzubleiben oder gar umzukehren.

Zum erstenmal seit einer ganzen Weile begann Ariane zu sprechen. »Das siebente Siegel... wir haben es jetzt erreicht.« Die beiden anderen sahen sie an.

»Die Gier der Räuber... Das alte Lied deutet so etwas an.« Sie schloß die Augen, so fest sie konnte, und lehnte sich gegen Ben, damit er sie stützte und führte. »Bei allen Göttern und Dämonen, mein Kopf tut weh. Es ist schlimm.«

»Wundert mich nicht.« Ben küßte sie sanft, ohne dabei stehenzubleiben. Er wünschte sich, sie könnten ein Weilchen haltmachen, damit sie sich ausruhen könnte. Aber er wußte, daß es unmöglich war.

Sie kamen durch weitere kristallgefüllte Kammern und durch langgezogene Räume, in denen auf besonderen Gestellen feinste Gobelins lagerten. Als sie in die Kammer mit den Juwelen gelangten, unternahm Ben einen kurzen Abstecher zu einem Regal, raffte eine Handvoll zusammen und stopfte sie sich in die Tasche. Als nächstes kam ein von Regalen gesäumter Gang mit Gläsern, die mit unbekannten Pulvern und Flüssigkeiten gefüllt waren, allesamt strahlend hell erleuchtet, damit man sie schon im Vorübergehen mühelos inspizieren könnte. Auf den Gläsern und auf den Regalbrettern klebten Etiketten, aber sie waren in einer fremden Sprache oder mit einem Code beschriftet – jedenfalls konnte Ben sie nicht lesen.

Und jetzt sahen sie wieder einen erleuchteten Raum vor sich. Er befand sich dicht vor der Wand aus nacktem Felsgestein, die das Ende der Höhle bildete.

Sie spähten durch die Trennwand, die aus Gestellen voller blitzender Waffen und Rüstungen bestand, in die letzte Kammer. Sie war von einer irrwitzigen Vielfalt weiterer Waffen erfüllt. Die meisten von ihnen waren nicht zum schlichten Gebrauch bestimmt, sondern aus Gold und Silber, und überall

funkelten Juwelen im Überfluß. Ben glaubte einen Dolch zu sehen, der aus einem einzigen Smaragd gearbeitet war, und er entdeckte Pfeilspitzen aus Diamant.
Am hinteren Ende des Raumes stand ein großes, baumartiges Holzgestell, an sich kein Kunstwerk oder Wertgegenstand, aber gut geeignet, Dinge zur Schau zu stellen. Es hatte zwölf hölzerne Äste, und an jedem Ast baumelte ein geflochtener Gürtel mit einer Scheide, und jede davon hatte eine andere Farbe. Neun Scheiden waren leer.
Drei Äste aber bogen sich fast unter der Last von Schwertern wie von schweren Früchten. Nur die schwarzen Griffe waren zu sehen.
Baron Doon stand allein in der Mitte dieser Waffenkammer und hielt ein viertes Schwert mit beiden Händen umklammert. Der Griff war so nicht zu sehen, aber die makellose Klinge war unverwechselbar: Sie konnte nur aus Vulkans Schmiede stammen.
Der Baron hatte den Kopf tief über die Waffe gesenkt und schien etwas zu murmeln. Er stand mit gespreizten Beinen und gespannten Muskeln da, als wolle er bereit sein, augenblicklich einen gewaltigen Streich zu führen.
Mark hatte Ben die Hand auf den Arm gelegt, um ihn zum Schweigen zu ermahnen. Bens Blick wanderte wieder zu den drei Schwertern hinauf, die noch an dem Baum hingen. Er versuchte, die weißen Symbole auf den Griffen zu erkennen. Mark, so vermutete er, würde sie alle kennen – Dame Yoldi hatte sie ihn schon vor Jahren gelehrt –, aber Ben konnte keines von ihnen deuten. Das eine sah aus wie ein winziger weißer Keil, der einen weißen Block spaltete. Das zweite war ein schlichter Kreis, eine runde Linie, die zu ihrem Ausgangspunkt zurückkehrte. Der Griff des dritten Schwertes war ihm abgewandt, so daß er das Symbol nicht sehen konnte; wie der Griff selbst waren auch der Gürtel und die Scheide, in der dieses Schwert steckte, kohlschwarz.
Doons murmelnde Stimme wurde plötzlich lauter. Einen Moment lang glaubte Ben, er habe die drei, die ihn durch das

Gestell hindurch beobachteten, entdeckt. Aber falls Doon ihre Gegenwart bemerkt hatte, dann kümmerte sie ihn nicht. Er redete weiter vor sich hin – aber nicht zu sich selbst, erkannte Ben. Es waren irgendwelche rituellen Worte, die er singend deklamierte – dieselben Worte, immer und immer wieder.
»... findet dein Herz, hast ein Leids mir getan! Er findet dein Herz...«
Doon stand mitten in der Kammer und verneigte sich jetzt in die Richtung des einzigen, dunklen Eingangs. Eine Geste, die anscheinend an nichts und niemanden gerichtet war. Dann drehte er sich um und duckte sich gleichzeitig nieder, tiefer und tiefer, und drehte sich dabei immer weiter, bis er zu einem wirbelnden Tänzer geworden war. Jetzt war es, als sei das Schwert in seinen Händen irgendwie zum Leben erwacht und ziehe ihn im Kreis herum. Die Klinge, die er mit gestreckten Armen vor sich hielt, drehte sich immer schneller und verschwamm schließlich vor den Blicken der Zuschauer. Nach kurzer Zeit hatte das Schwirren, mit dem sie durch die Luft sauste, einen unnatürlichen Klang angenommen. Es schwoll an und summte, bis es klang wie ein riesiges, fliegendes Insekt.
Durch dieses Schwirren erklangen die letzten Worte von Doons grimmigem Gesang: »... findet dein Herz, hast ein Leids mir getan!« Doon ließ damit das Schwert los – oder es gab ihn frei.
Er schwankte und stürzte zu Boden. Das mächtige Schwirren verstummte augenblicklich, und das Schwert war verschwunden. Mit der Geschwindigkeit, mit der es Doons Händen entsprungen war, hatte es wahrscheinlich eine der Gestellwände oder der festen Mauern getroffen, die den Raum umschlossen, oder es war durch die offene Tür hinausgeschwirrt... aber es hatte weder das eine noch das andere getan. Es war einfach verschwunden.
Für eine ganze Weile war es völlig still in der Höhle. Dann...
Der Schrei, wiewohl gedämpft durch große Entfernung und Wände aus Felsgestein, war anders als alles, was Ben in seinem ganzen Leben bisher gehört hatte. Einen Moment lang konnte er nur glauben, die Erde selbst müsse sich in Qualen

winden. Oder die Götter kämpften wieder gegeneinander, und ein Erdbeben brachte die ganze Landspitze zum Einsturz und ließ Höhlen, Lebewesen und Schätze darin ins Meer stürzen. Der Schrei dauerte an, länger und immer länger, länger als alles, was eine menschliche Lunge hätte hervorbringen können.

Dann war es wieder still.

Doon lachte.

Er saß mitten in der Kammer auf dem Boden, da, wo das Schwert ihn hatte fallenlassen. Seine Beine lagen seltsam verdreht und eingeknickt unter seinem Körper, und er lachte. Seine Heiterkeit war lautstark und widerlich, und in Bens Ohren klang sie beinahe wahnsinnig. Dennoch war dieses Lachen das menschlichste Geräusch, das Doon seit seiner Begegnung mit Hermes hervorgebracht hatte.

Endlich bewegte sich Mark. Er war in die Waffenkammer und an Doon vorbeigesprungen und stand neben dem Schwerterbaum, bevor der Baron bemerkte, daß er nicht mehr allein war.

Aber Doon schien dies nicht sonderlich zu kümmern. »Nicht viele Menschen«, begann er – und dann brach das Gelächter wieder aus ihm hervor, und es dauerte eine Weile, bis er sich in der Gewalt hatte und fortfahren konnte. »Nicht viele Menschen – haben je einen Gott erschlagen. He, stimmt's nicht?« Er sah Mark an, dann Ben und Ariane, die in der Eingangsöffnung standen. »Aber Ferntöter war hier – hier, und er hat auf mich gewartet. Sogar die Götter sind den Tücken des Schicksals unterworfen.«

»Ferntöter«, wiederholte Mark mit einer Stimme, in der Staunen und Besorgnis lagen.

Der Baron erhob sich. Seine Augen glitzerten, als er sich Mark zuwandte. »Das Schwert der Rache«, bestätigte er. »Du, der du die Schwerter kennst, wirst auch wissen, was soeben geschehen ist.«

In diesem Augenblick brach Ariane zusammen. Ben, der neben ihr stand, konnte sie gerade noch rechtzeitig auffangen. Er ließ sie sanft auf den Boden sinken und beugte sich besorgt über sie. Ein ohnmächtiges oder sterbendes Mädchen war für den Baron ohne Bedeutung. »Ein Gott ist tot«, rief er. »Jetzt bin ich mein eigener Gott – hiermit!« Entschlossen tat er einen Schritt auf den Schwerterbaum zu, und ebenso plötzlich, wie er sich bewegt hatte, blieb er wieder stehen. Eines der drei Schwerter, die dort gehangen hatten, war seufzend aus der schwarzen Scheide geglitten. Mark hielt es in den Händen und stand dem Baron gegenüber.

»Diese drei Schwerter gehen zu Sir Andrew.«

»Oho? Aha?«

»Jawohl. Und wenn Ihr bereit seid, mitzukommen... Er braucht gute Kämpfer ebenso sehr oder dringender noch, als er irgendein Metall benötigt.«

Der Baron starrte ihn mit schmalen Augen an. Dann fragte er beinahe fröhlich: »Welches ist es, das du da in der Hand hast, junger Mann? Ich habe sie mir nicht alle angesehen, als ich hereinkam – nicht, nachdem ich das gefunden hatte, das ich brauchte.«

»Ich habe das Schwert, das ich jetzt brauche«, erklärte Mark. Und die Klinge in seinen Händen schien zum Leben erwacht zu sein, denn sie vibrierte leise. Ben hörte es, obgleich das Geräusch beinahe zu schwach war. Es war ein gleichmäßiges Klopfen wie von einem fernen, aber unerbittlichen Hammer, der stahlhartes Metall bearbeitete.

»So?« Doon hob eine Augenbraue und dachte nach. »Mir scheint, du hast recht. Aber wir werden sehen. Noch nie habe ich in einem Kampf aufgegeben – nicht einmal, wenn es gegen einen Gott ging –, noch habe ich je verloren, wenn ich gewinnen mußte.«

Und mit verblüffender, unerwarteter Behendigkeit täuschte er einen Sprung zum Schwerterbaum vor. Als Mark sich beiseite warf, um ihm den Weg zu versperren, wirbelte er herum und erreichte ein anderes Gestell mit eleganten Waffen, das an der gegenüberliegenden Wand stand. Er riß eine kleine Streitaxt und einen dazu passenden Schild herunter, beide wunderschön gearbeitet und mit Einlegearbeiten aus Silber, Gold und Elfenbein verziert.

»Ben«, rief Mark. »Bleib dort stehen. Ich werde es schaffen. Bleib bei ihr.«

In den Händen fühlte Mark das schwache, kalt hämmernde Vibrieren des Schwertes. Dies war nicht Stadtretter mit seinem ehrfurchterregenden Kreischen, aber es war ebenso mächtig, vielleicht mächtiger noch... Vor seinem geistigen Auge sah Mark wieder seinen toten Vater und seinen Bruder, tot auch er, und er hatte jenes andere Schwert in den Händen gehabt, das nichts, überhaupt nichts gerettet hatte...

Doon forderte ihn mit rücksichtsvoll klingender Stimme auf: »Leg' vorher deinen Bogen und deinen Köcher ab, mein Junge. Sie werden dich nur hindern. Nur zu – ich warte.«

Mark zuckte die Achseln, als wolle er sagen: Das macht keinen Unterschied. Als Doon diese Schulterbewegung sah, glaubte er wahrscheinlich, daß er Mark abgelenkt habe, daß dieser das Schwert nicht gut im Griff habe, kurz: daß seine List gewirkt habe. Denn sofort riß der Baron Axt und Schild hoch und wollte sich auf Mark stürzen.

Mark hatte die Axt aus der einen Richtung erwartet und begriff zu spät, daß sie aus der anderen kam. Ohne Hilfe hätten seine Arme den Axthieb mit keiner Waffe mehr parieren können.

Aber die Waffe in seinen Händen wurde nicht mehr von ihm geführt. Schildbrecher betonte lediglich zwei Schläge im Rhythmus seines beinahe hypnotisch strömenden Stampfens. Seine Bewegungen bei diesen beiden Schlägen zogen Marks Arme ohne Hast mit sich und ließen ihn mit der Kraft und Behendigkeit, die in diesem Schwert steckten, verschmelzen. Die Parade traf die blitzende Axt mitten in ihrem Hieb, entriß sie Doons Griff und schleuderte sie wie ein Geschoß quer durch die Kammer, bis sie gegen einen juwelenbesetzten Brustpanzer prallte und ein ganzes Gestell voll der feinsten Rüstungen umstürzen ließ; das Krachen und Klirren schien nicht enden zu wollen.

Das Schwert der Kraft fuhr zurück und sauste auf Doon selbst herab, aber er konnte den Hieb mit seinem Schild auffangen. Der Stahlbeschlag wurde beinahe in zwei Teile zerschnitten, und Streifen der kostbaren Metall-Einlegearbeiten wurden herausgerissen und flogen umher. Doon wurde zu Boden geschleudert, aber beinahe augenblicklich war er wieder auf den Beinen und schüttelte das nutzlose, zerfetzte Metall von seinem betäubten linken Arm. Pfeilgeschwind sprang er zu einem anderen Waffenständer, ergriff einen Wurfspieß mit einer Edelsteinspitze und warf ihn mit seiner ganzen Kraft gegen Mark. Schildbrecher zerschmetterte den Spieß im Fluge, und die Splitter flogen umher wie Schleudersteine.

Marks Atem ging nur wenig schwerer als sonst. Mühelos hielt er das Schwert in seinen beiden Händen – besser gesagt, er stand da und ließ sich von ihm halten. Er hätte den Griff jetzt nicht loslassen können, selbst wenn er es gewollt hätte.

»Ben, bring sie ein Stück weiter nach hinten. Aus dem Weg.«

Aber in diesem Moment erscholl Bens wortloser, hilfloser Schrei. Ohne die Augen von Doon zu wenden, wußte Mark, daß Ariane tot war.

Doon hatte sich von der Wand dieses irrwitzigen Arsenals bereits eine neue Waffe beschafft, einen Morgenstern diesmal. Er ließ die dornenbesetzte Kugel an der Kette herumwirbeln und beabsichtigte vermutlich, sie um das Schwert der Kraft zu schlingen und Mark die Waffe so zu entreißen. Aber Schildbrecher fing die gewichtige Waffe in einem blitzenden Wirbel ab. Klirrend wie ein gespaltener Amboß flog die eiserne Stachelkugel, deren Spitzen von Bronze und Gold glänzten, davon und verwüstete ein oder zwei weitere Regale. Intarsienverzierte Helme und vergoldete Panzerhandschuhe fielen in metallisch donnernden Kaskaden auf den Steinboden.

Doon hatte jetzt ein Breitschwert ergriffen. In seinen Händen verschwamm die versilberte Klinge zu einem schimmernden Bogen, der fast so aussah wie der, den das Schwert der Kraft in die Luft zeichnete. Aber als die beiden aufeinandertrafen, blieb nur eines übrig.

Der Baron taumelte durch den verwüsteten Raum, rot vom

Blut aus kleinen Wunden von Splittern aus Holz und Metall, und riß einen Speer aus seiner Halterung. Er klemmte ihn wie eine Lanze unter einen Arm und schwang einen Krummsäbel mit dem anderen, und mit einem Schrei aus Trotz und Verzweiflung stürmte er Mark entgegen.

»Haltet ein! Ich –«

Aber was immer Mark ihm hatte entgegenrufen wollen, er hatte keine Zeit dazu. Der Baron hatte ihn erreicht – das heißt, er war ihm so nah gekommen, wie sein Wille und seine Kraft ihn hatten bringen können. Das Schwert hämmerte auf ihn nieder, und die Klinge verschwamm zu einem Kreis. Wieviele Zähne dieser blinkenden Kreissäge sich in den Baron schlugen, konnte Mark nicht zählen. Der Speer war in drei Stücke zerschnitten, noch ehe er den Boden erreichte. Auch Doon war nicht mehr unversehrt. Ihm fehlte ein Arm. Als das Schwert der Kraft endlich zur Ruhe kam, hatte es seine Brust durchbohrt.

Mark sah, wie das Leben aus Doons Augen schwand, während er ihn unverwandt anstarrte. Und Schildbrechers Rhythmus, vielleicht im Takt mit dem Herzen, das er durchbohrt hatte, erstarb langsam und verstummte dann ganz.

Noch immer stand der Körper fast aufrecht da. Die Augen funkelten, als sei der Wille des Barons noch nicht tot. Aber tatsächlich wurde er nur noch von einigen umgestürzten Regalen, gegen die er getaumelt war, und von der Klinge Schildbrechers aufrechtgehalten. Mark hob einen Fuß und stieß den Leichnam an. Die tote Last rutschte von der Klinge, glitt von den stützenden Regalen und stürzte mit einem letzten Krachen zwischen die Trümmer.

Auch das Schwert war plötzlich eine tote Last. Mark ließ es sinken. Er wandte sich der Tür zu, wo Ben immer noch am Boden kauerte, blind und taub für alles, was ihn umgab. Nur das tote Mädchen, das er in seinen Armen wiegte, hatte für ihn noch Bedeutung.

Da dröhnte plötzlich eine fremde Stimme irgendwo in den Tiefen der dunklen Schatzhöhle: »Ihr vier da in der Waffenkammer, ergebt euch! Eure beiden Kumpane haben wir schon, und ihr sitzt in der Falle!«

Mark zwang sich dazu, sich zu bewegen. Zuerst wandte er sich dem Schwerterbaum zu, nahm den Gürtel herunter, der zu Schildbrecher gehörte, schob die Waffe, blutig, wie sie war, in die Scheide und schnallte sich den Gürtel um den Leib. Dann rief er: »Ben, komm mit. Du mußt sie vorerst hierlassen. Komm her, schnell.«

Ben kam wankend auf ihn zu. »Wo ist Dmitry, Mark? Er hat den Stein geworfen. Er hat sie getroffen.« Der schwere Mann hatte offenbar einen Schock erlitten. »Ich muß ihn finden. Aber – sie ist nicht mehr da. Sie ist nicht mehr da, Mark. Sie ist – einfach...«

»Ich weiß. Jetzt komm, Ben. Komm. Ich weiß, wo Dmitry ist. Nein, laß sie hier. Du mußt sie hierlassen.« Er zog den kaum widerstrebenden Ben zu dem Schwerterbaum hinüber und reichte ihm Urteilspender mitsamt dem dazugehörigen Gürtel. Dann nahm er das letzte Schwert, Steinspalter, herunter und hielt es einen Moment lang mit Gürtel und Scheide in der Hand. Dann berührte er Steinspalter und das Schwert der Kraft gleichzeitig, und er spürte jenes alte Gefühl noch einmal, das ihn, als er noch ein halbes Kind gewesen war, so sehr in Angst und Schrecken versetzt hatte, daß er ohnmächtig geworden war. Es war ein Gefühl, als werde er aus sich selbst herausgezogen; so, hatte er immer geglaubt, mußte es sein, wenn man starb.

Jetzt aber mußte er einen Weg nach draußen finden. Oder einen erschaffen.

Er trat vor die hohen Regale am hinteren Ende des Raumes. »Ben, hilf mir, sie nach hinten zu kippen.«

Der starke Mann folgte mechanisch. Die Regale kippten nach hinten, bis sie an der Felswand lehnten, und weitere Kostbarkeiten rollten krachend herunter. Dann standen die Gestelle wie eine Leiter oder eine plumpe Treppe vor der Wand. Mark stieg als erster hinauf.

Wieder hallte die Stimme aus der Ferne zu ihnen herein.

»Ergebt euch! Dies ist eure letzte Chance!«
Ben hatte sich Urteilspender, das erste Schwert, das Mark ihm gegeben hatte, umgeschnallt. Jetzt, als sie schwankend auf dem schrägstehenden Regal balancierten, gab Mark ihm auch Schildbrecher in die Hand und sagte: »Schlage sie zurück, wenn sie kommen sollten.«
Ben nickte dumpf. »Was tust du da?«
Statt zu antworten, drehte Mark sich um und drückte Steinspalter gegen die Wand. Er fühlte, wie die Klinge zum Leben erwachte, als er es tat. Wie Schildbrecher war auch dieses Schwert von einem hämmernden Vibrieren erfüllt; bei Steinspalter aber war es schwerer und langsamer als beim Schwert der Kraft. Als Mark Steinspalter gegen die Wand preßte, drang die Spitze sogleich ein, als habe sich der Fels, den sie berührte, in Butter verwandelt.
Das erste Stück, das er herausschnitt, ein plumper Kegel von der Größe eines Männerkopfes, glitt heraus. Es fiel den beiden Männern schwer zwischen die Füße, prallte von der geneigten Oberfläche des obersten Regalbodens ab und schlug krachend unten auf die Steinplatten.
»Schneidest du eine Treppe? Wohin?«
»Es wird mehr sein müssen als eine Treppe.«
Die nächsten Brocken, die Mark herausschnitt, waren größer. Rasch wurde das Krachen, mit dem sie hinunterfielen, zu einem gleichmäßigen Lärm. Mark schnitt in schrägem Winkel nach oben, so daß jeder Block durch sein eigenes Gewicht herausrutschte. Dies bedeutete, daß die beiden Männer auf ihre Füße achten mußten. Es bedeutete auch, daß das Loch, das sich in der Wand auftat, schräg nach oben führte. Aber das war gut so; sie wollten ohnehin nach oben. Grob geformte Pyramiden und schiefe Kegel fielen mit ermutigender Geschwindigkeit aus dem Loch.
Bald mußte Mark die Öffnung vergrößern, damit er hineinsteigen konnte, um den immer weiter zurückweichenden Felsen zu erreichen, dabei stets darauf achtend, daß die herabfallenden Steinblöcke nicht ihm oder Ben die Füße zerschmetterten.

Bens Schock verflog allmählich, und langsam dämmerte ihm, was Mark vorhatte. »Wir können einen Gang in den Fels schneiden und verschwinden!«
»Das hoffe ich – falls wir genug Zeit haben. Gib acht auf deine Füße.«
Wieder hallten herausfordernde Rufe zu ihnen herein, aber die Rufenden hielten sich vorsichtig außer Sicht. Ben und Mark standen jetzt vollends in ihrem aufwärtsstrebenden Tunnel. Die Altwelt-Lichter hatten offenbar registriert, daß sie nicht mehr in der Waffenkammer waren, und brannten nicht mehr. Mark hatte die Lampe auf seinem Kopf matt aufleuchten lassen. Sie spendete genug Licht zum Arbeiten.
Unsichtbare Füße trappelten unten über die Steinplatten.
»Laß mich ein Weilchen schneiden«, bot Ben an. »Nimm du deinen Bogen und schicke einen oder zwei Pfeile zu ihnen hinunter.«
Jetzt war es einen Augenblick lang Ben, der zwei Schwerter gleichzeitig in den Händen hielt. Mark sah, wie sich sein Gesichtsausdruck veränderte, und beruhigte ihn. »Das macht nichts. Fang' schon an.«
Als Bens starke Hände das gewichtige Schwert führten, gingen die Tunnelarbeiten noch rascher vonstatten. Der Stollen wuchs, und er war geräumig genug, so daß sie den herabfallenden Brocken ausweichen konnten. Wände und Boden waren so uneben, daß sie mit Händen und Füßen Halt fanden, wo es notwendig war. Die Steinblöcke ließen sich zwar herausschneiden, als seien sie zarte Rauchwolken, aber sie stürzten krachend den Gang hinunter wie schweres Felsgeröll, das sie ja auch waren. Das unaufhörlich prasselnde Gestein hatte die an der Wand lehnenden Holzregale bereits zusammenbrechen lassen; sie waren zersplittert, und ihre Schätze lagen in einem Berg von zerbeultem Metall und scharfkantigem Gestein auf dem Boden unter einem schnell wachsenden Haufen von Schutt.
Jetzt zündeten die Feinde unten Fackeln an, um besser sehen zu können, was hier vor sich ging. Offensichtlich nahmen die

Deckenlampen der Alten Welt keine Notiz von den Weißhänden. Mark schoß alle Pfeile, die er noch hatte, in die Richtung der Fackeln, und er hörte Schmerzensschreie. Er hörte, wie die Weißhände den Geröllberg erklommen, der sich unter der seltsamen neuen Öffnung in der Wand bildete, aber immer neue Steinbrocken fielen auf sie herunter, trafen sie und trieben sie zurück.

Ben hatte begonnen, den Stollen um eine Ecke zu führen. Schon lag der Eingang fünf oder sechs Meter weit hinter ihnen, und die Strecke verlängerte sich zusehends. Bald bot die Biegung ihnen den Schutz, den sie, wie Ben vorausgesehen hatte, brauchten: Als die ersten Steine von unten heraufgeflogen kamen, waren die beiden Flüchtenden in Sicherheit. Die Weißhände waren, wie die regulären Garnisonssoldaten der Höhle, daran gewöhnt, im Dunkeln oder bei schlechtem Licht zu kämpfen, wenn sie überhaupt kämpften, und Pfeil und Bogen oder Steinschleudern benutzten sie nur selten.

Je weiter die Arbeit am Tunnel gedieh, desto größer wurde die Strecke, die jeder Steinblock zurücklegte, wenn er hinunterfiel, und desto größer war infolgedessen auch die Geschwindigkeit, mit der er jemanden traf. So säuberten diese Blöcke den Tunnel von heraufkletternden Weißhänden schneller, als diese hereinsteigen konnten. Nach kurzer Zeit gaben sie alle Verfolgungsversuche auf, und die Schreie der Verletzten verstummten.

So ging es eine ganze Weile. Sie schnitten Felsbrocken aus dem Gestein, ließen sie krachend hinunterrollen und arbeiteten sich immer bergauf. Allmählich erfüllte Steinstaub die Nasen der beiden Männer. Die Lichtstrahlen der Lampen auf ihren Köpfen waren weiß von diesem Staub, der die Luft wie ein Nebel erfüllte.

In einer Atempause fragte Ben: »Was ist, wenn wir unter dem Meeresspiegel herauskommen?«

»Das glaube ich nicht. Dann wäre die Höhle hier unten längst überflutet.« Und während er dies sagte, hoffte Mark, daß er recht haben möge.

»Woher wissen wir, wann wir ins Freie gelangen?«
»Wir wissen es nicht. Laß uns immer höher hinaufsteigen, dann werden wir irgendwann ins Freie kommen. Es sei denn, du hättest eine bessere Idee.«
Mark übernahm das Graben für eine Weile. Als er Steinspalter und Schildbrecher gleichzeitig berührte, fragte er sich plötzlich laut: »Wieso hat der Blaue Tempel diese Schwerter eigentlich nie *benutzt*?«
»Du kennst den Blauen Tempel nicht. Wenn etwas wertvoll ist, dann ist es ein Schatz, und einen Schatz vergräbt man in einem Loch im Boden, damit man nicht Gefahr läuft, ihn zu verlieren. Wir werden Benambra noch an der Erdoberfläche kreischen hören, wenn er erst sieht, was verschwunden ist.«
Und dann, ganz unvermittelt, brach Steinspalter durch die Erde in die Luft, und was zu den beiden in den Stollen drang, mußte Tageslicht sein, wenngleich es trüb und indirekt leuchtete. Die beiden Männer murmelten leise vor sich hin, und ihr Staunen war größer, als es beim Anblick von Gold und Edelsteinen gewesen war. Feiner Staub rieselte zu ihnen herunter.
Mark erweiterte die Öffnung rasch und stieg dann hinaus. Ben folgte ihm. Sie standen in einem schmalen, höhlenartigen Spalt, der waagerecht auf das Licht zu und in entgegengesetzter Richtung von ihm wegführte. Stolpernd und kletternd näherten sie sich dem Licht. Bald sahen sie den dunstigen Himmel vor sich. Jetzt rochen sie auch das Meer und hörten das stetige Rauschen der Wellen.
Hier und dort mußte Mark mit Steinspalters Hilfe eine sichere Stufe ins Gestein schneiden oder den Spalt erweitern, damit sie sich hindurchzwängen konnten.
Endlich traten sie auf ein schmales Felsensims auf halber Höhe zwischen Klippenrand und Meer hinaus. Die helle Sonne schien auf sie herab.

17

Blinzelnd und zwinkernd standen sie im Licht der milden Sonne, deren Strahlen sich hin und wieder durch vorüberwehende Nebelschwaden bohrten. Hinter ihnen klaffte die Felsspalte, und vor ihnen lag die ruhige See. Mark sah, daß es früher Morgen sein mußte. Die Luft war warm, und der Sommer war offenbar noch nicht vorüber. Jenseits des Wassers, das sich schiefergrau und blau überschattet unter ihnen kräuselte, erhob sich die gegenüberliegende Landzunge. Sie lag halb im Sonnenschein und halb im Schatten.

»Was war das?« fragte Ben und legte den Kopf schräg. Er hatte ein fernes Klirren und einen Schrei gehört.

»Es klang wie ein Kampf. Aber es kommt nicht von unten aus der Höhle.«

»Nein. Vielleicht von oben, von der Hochebene?«

Das Geräusch wiederholte sich nicht. »Was kümmert es uns? Wir steigen sowieso nach unten. Wenn wir am Strand sind, versuchen wir, mit der Zauberformel Indosuarus' Schiff herbeizurufen.«

Sie machten sich daran, vorsichtig hinunterzuklettern. Hinter einer Wölbung des Kliffs stießen sie auf ein breiteres Sims und hielten inne. Ein Wunder lag vor ihnen, halb verhüllt von Dunst und Nebelschleiern. Die riesige Gestalt lag, verdreht und zerschmettert, auf einem Felsen, so leblos wie alle Leichen, die Mark bisher gesehen hatte. Die phrygische Mütze war ihr vom Kopf gefallen, der mächtige Schädel war zur Seite gedreht, und die blicklosen Augen starrten auf einen Stein, der eine Handbreit vor dem Gesicht lag.

»Es ist Hermes«, flüsterte Ben.

Erst nach einer langen Pause wisperte Mark: »Ja.«

»Aber... er ist tot.«

»Ja.«

Die beiden Lebenden starrten einander an, und in ihren Augen lag ein wilder Ausdruck, als hätten sie einen toten Freund entdeckt. Angst glomm in ihnen auf.

»Doon hat sich damit gebrüstet, einen Gott erschlagen zu haben.«

»Aber, wenn ein Gott sterben kann ... was bedeutet das?«

Sie sahen einander an, und keiner von ihnen wußte eine Antwort.

Feiner Rauch oder Dampf kräuselte sich von der Gestalt empor, als sei sie dabei, sich in dem Seedunst, der sie umspielte, aufzulösen. Mitten im entblößten Rücken klaffte eine offene, frische Wunde. Sie sah aus, fand Mark, als sei sie von einer breiten Schwertklinge verursacht worden.

Laut sagte er: »Es war Ferntöter, den Doon geworfen hat, und er hat einen Bannspruch aus dem alten Lied der Schwerter dazu gesungen. Das Schwert muß dies getan haben. Aber wo ist es jetzt?«

»Und wo sind die beiden anderen Schwerter, Drachenstecher und Wegfinder, die Hermes uns genommen hat?«

Sie zählten die leeren Scheiden, die den Leib des toten Riesen umgaben. Es waren zehn, und sie waren allesamt leer.

Mark machte eine heftige, abwehrende Handbewegung. »Lassen wir das! Der Tod eines Gottes ist nicht etwas, das ... Laß uns hinuntersteigen. Wir haben hier nichts verloren.«

»Wenigstens sieht es so aus, als ob Hermes uns nun nicht mehr nachsteigen wird, um uns die Schwerter wegzunehmen.«

Sie kletterten an der Steilwand hinunter. Es war, wie überall an diesem Kliff, ein schwieriger, aber kein unmöglicher Abstieg. Sie waren eben dort angelangt, wo die Wand sich zu einem sanften Hang verflachte, als eine Infanteriestreife des Blauen Tempels aus einem Hinterhalt hervorbrach, die sich dort in Schatten, Höhlen und Nebelbänken versteckt gehalten hatte. Ben hatte eben noch Zeit, einen Warnruf auszustoßen. Er hatte gespürt, wie Schildbrecher in seiner Faust plötzlich zum Leben erwachte. Die Klinge gab ein lautes Hämmern von sich, und als das Kampftier ihn ansprang, brachte sie es mit dem ersten Streich zur Strecke.

Eine zweite dieser abgerichteten Bestien hatte Mark zu Boden geworfen. Steinspalter in seinen Händen hatte das Untier nur verwunden können, und Mark glaubte sich schon verloren, als Schildbrecher über ihm dahinsauste und dem Tier den Garaus machte. Noch immer halb betäubt, blieb er liegen, und er sah, wie Männer, in Blau und Gold gekleidet, herbeidrängten. Schildbrecher erhob seine Stimme zu einem Lärm wie von Vulkans Amboß, und die zerschlagene Front taumelte zurück. Und dann kam noch andere Hilfe herbei: kämpfende Männer in Schwarz und Orange. Die Feinde stoben auseinander. Sie schrien, als erwarteten sie Verstärkung aus den eigenen Reihen. Gleich darauf sah Mark den behelmten Kopf eines seiner Retter, der sich über ihn beugte, und dann wurde der Helm vom Kopf genommen, und ein vertrautes, breites, kräftiges Gesicht kam zum Vorschein. Bart und Schnurrbart waren sandgrau, und die kraftvolle, bedächtige Stimme, die Mark fragte, wie es ihm gehe, gehörte Sir Andrew selbst.

Mit einiger Hilfe setzte Mark sich auf, und bald hatte er sich soweit erholt, daß er einen kurzen Bericht abgeben konnte. Er umriß den Raubzug in die Schatzkammern des Blauen Tempels mit knappen Worten und schilderte, wie sie eben erst hatten entkommen können. Dann schloß er: »Wir haben alle Schwerter mitgebracht, die dort waren – bis auf eines. Und es wird keinen Sinn haben, jetzt zu versuchen, noch einmal in die Schatzhöhle hinunterzusteigen, es sei denn, Ihr hättet Eure ganze Armee mitgebracht.« Mark verstummte. Er begriff nicht, wie es kam, daß Sir Andrew überhaupt hier war.

»Hmf, hah, ja. Mir scheint, das war Hyrcanus.« Sir Andrew legte den Kopf in den Nacken und spähte an der Steilwand hinauf. »Vielleicht hat der Vorsitzende sich gedacht, daß sein großes Geheimnis ans Licht gekommen ist. Nun, aber wir wollen nicht der Habgier zum Opfer fallen. Ihr habt uns alles gebracht, was wir zu bekommen hofften.« Der Ritter wandte sich an einen wartenden Offizier. »Stoßt ins Horn und ruft unsere Schiffe heran.«

Als man Mark auf die Beine gebracht hatte, konnte er sich ohne Hilfe bewegen. Er hatte nur geringfügige Verletzungen davongetragen. Ein weiteres vertrautes Gesicht, das von Dame Yoldi, tauchte vor ihm auf. Ihre kräftige Gestalt war in Männerkleider gehüllt, mit denen sie auch Felsen erklimmen oder kämpfen konnte. Augenblicklich begann Mark, die Geschichte vom Tod des Hermes hervorzusprudeln. Bei den ersten Worten aber gebot ihm die Zauberin zu schweigen, und dann zog sie ihn und Ben dicht an sich und Sir Andrew heran, so daß sie und der Ritter die Erzählung unbelauscht anhören konnten, während sie sich den Hang hinunter zum Strand begaben.

Während Mark berichtete, was Hermes zugestoßen war, sah er, wie drei Langboote mit orange-schwarzen Wimpeln auf den Toppen aus dem Nebel kamen. Die Ruderer arbeiteten hart gegen die leichte Brandung, und die Schiffe hatten sich mit dem Bug in den Sand gebohrt, noch bevor der Landungstrupp das Wasser erreicht hatte.

»Ich wußte«, endete Mark, »daß Ferntöter und die anderen Schwerter große Macht besitzen. Aber ich habe nicht erwartet...« Er verstummte.

»Wir auch nicht«, pflichtete Dame Yoldi ihm bei. Sie wirkte erschüttert und wiederholte: »Wir auch nicht.«

Sir Andrew fragte die beiden: »Und ihr habt ihn vorher gesehen? Er hat euch Drachenstecher weggenommen und ist wieder verschwunden?«

Ben und Mark nickten.

Es blieb keine Zeit für lange Erörterungen. Sie wateten mit dem Trupp, der an Land gekommen war, in die sanfte Brandung hinaus und strebten den Booten zu.

Barbara sprang von einem der Boote ins Wasser und kam ihnen entgegen, um sie zu begrüßen. Sie umarmte Ben. Rasch erzählte sie, wie sie, statt zur Jahrmarktstruppe zurückzufahren, mit Marks Goldmünze und der Geschichte der Schatzsuche zu Sir Andrew gereist war. Ben hatte ihr beim Abschied verraten, wo der Hort versteckt war.

Auf der gegenüberliegenden Landzunge lag heller Sonnenschein, als die Langboote in See stachen. Ben starrte zur Steilküste hinüber.

»Was siehst du da?« wollte Barbara wissen.
»Ich... gar nichts.«
Mark spähte hinüber. Stand dort nicht jemand? Aber gleich verblaßte das Bild. Es war auch zu weit, um sicher sein zu können.
Ben ließ die Juwelen aus seiner Tasche gleichgültig in Barbaras ausgestreckte Hände rieseln. Sie schaute ihn fragend an.
Mark stand da und sah den beiden zu. Einen Augenblick lang war er ganz allein.

DRITTES BUCH

1

Hoch droben in der menschenleeren Region, die an den wolkigen Himmel angrenzt, wo niemals endende Winde den ewigen Schnee zwischen hohe, graue Felsen treiben, versammelten sich Götter und Göttinnen.
Im grauen Licht der beginnenden Dämmerung lösten sich ihre hochgewachsenen Gestalten wie Rauch aus dem grauen, dampfenden Wind und nahmen Festigkeit und Konturen an. Ihre Gewänder flatterten im kreischenden Geheul der rasenden Lüfte, aber sie achteten nicht auf Wind oder Wetter; sie standen auf dem Dach der Welt und warteten, während ihre Schar größer und größer wurde. Immer neue Mächte jagten über den Himmel, und ihre Zahl wuchs.
Die kleinste der wartenden Gestalten war größer als jeder Mensch, aber sie alle, vom kleinsten bis zum größten, hatten Menschengestalt. Die meisten der hier versammelten trugen Kleidung, deren Eleganz menschliches Maß übertraf – Kronen, Juwelen und schneeweiße Pelze schimmerten allenthalben; einige waren, nach menschlichen Maßstäben, beinahe gewöhnlich gekleidet; viele aber trugen bizarre Gewänder.
Eine unausgesprochene Vereinbarung, fast schon eine Tradition, ließ die Götter in einem unregelmäßigen Kreis stehen – Symbol einer groben Gleichheit. Es war eine Gleichheit, die auf gegenseitigem Zwang beruhte, denn keiner unter ihnen war bereit, einem der anderen einen Ehrenplatz zuzugestehen. Als der graubärtige Zeus, einen Lorbeerkranz krönend um das mächtige Haupt geschlungen, majestätisch vorwärts schritt, als beabsichtige er nun doch, sich in die Mitte des Kreises zu stellen, erhob sich sogleich Gemurmel rings um ihn her. Das Gemurmel wurde lauter, und es ließ erst wieder nach, als der Graubärtige sich stirnrunzelnd umwandte und im Bogen zu seinem alten Platz im großen Kreis zurückkehrte. Dort blieb er

stehen. Erst als er seinen Platz wieder eingenommen hatte, verstummte das Gemurmel gänzlich.
Und noch immer erschienen mit jedem Augenblick neue Götter oder Göttinnen aus der ruhelosen Luft. Inzwischen standen zwei Dutzend oder mehr der hoch aufragenden Gestalten im Kreis. Sie beäugten einander mißtrauisch, und hier und da begrüßte einer den anderen mit zurückhaltendem Kopfnicken. Von Nachbar zu Nachbar flüsterten sie miteinander durch den Wind und wechselten wachsam warnende oder bissige Bemerkungen über diejenigen, die weiter entfernt im Kreise standen oder noch nicht gekommen waren. Je mehr zusammenkamen, desto deutlicher traten die Unterschiede zwischen ihnen zutage. Die einen waren dunkel, die anderen hellhäutig, die einen sahen jung aus, die anderen alt, stattlich die Götter, schön die Göttinnen – oder häßlich, wie es nur gewisse Götter und Göttinnen sein können.
Noch zweimal öffnete Zeus den Mund, als wolle er zu ihnen allen sprechen. Zweimal sah es so aus, als wolle er sich anschicken, vorzutreten und sich in den Mittelpunkt des Kreises zu stellen, um die Zusammenkunft zu leiten. Immer wenn er es tat, schwoll warnendes Gemurmel an und erfüllte die eiskalte Luft, übertönte den tosenden Wind und ließ erkennen, daß kein solcher Versuch gestattet werden würde. Zeus blieb stumm an seinem Platz im Kreise stehen, stampfte hin und wieder mit den Füßen und runzelte ungeduldig die Stirn.
Endlich verstummten die vereinzelten Gespräche im Ring nach und nach, und stumm wartend standen die Götter da. Wortlos waren sie übereingekommen, daß eine beschlußfähige Zahl nunmehr erreicht sei. Es hatte keinen Sinn, warten zu wollen, bis alle Götter und Göttinnen hier wären, denn niemals nahmen alle zusammen gleichzeitig an einer Versammlung teil. Noch nie war es ihnen bisher gelungen, in irgendeiner Angelegenheit vollständige Einmütigkeit zu erzielen – nicht einmal, wenn es nur um den Ort oder die Tagesordnung für ihre Streitigkeiten ging.
Aber jetzt war die Versammlung groß genug.
Es war Mars, mit Speer und Helm bewaffnet, der das Schweigen brach, Mars, dessen Stimme vor alter Wut grollte und

dröhnte. Ihr Klang war das Donnern herabstürzender Felsblöcke, die einen Gletscher herunterrollen.
Mars schlug klirrend mit seinem Speer auf den linken Schild, um die Aufmerksamkeit der Versammlung auf sich zu lenken. Dann begann er zu sprechen. »Es gibt Neuigkeiten über das Sinnschwert. Der Mann, den andere Menschen den Dunklen König nennen, hat es. Er wird damit natürlich versuchen, die ganze Welt in seine Hand zu bringen. Wie sich dies auf unser eigenes Spiel auswirken wird, müssen wir selbst einschätzen, ein jeder nach seiner Position.«
Es war nicht diese Neuigkeit, die er den versammelten Göttern eben mitgeteilt hatte, was Mars so erzürnt hatte. Es war etwas anderes, etwas, das er für sich behalten wollte, was ihn vor Wut fast ersticken ließ. Mars verbarg seine Gefühle nicht sehr gut. Als er seine Rede beendet hatte, vollführte er eine wilde Gebärde, einen Schlag, der schier die Luft zu zerspalten schien, nur um die Tatsache deutlich zu machen, daß er nun bereit war, das Wort einem der anderen zu überlassen.
Als nächster sprach Vulkan – Vulkan, der Schmied mit dem verwachsenen Bein, Rüstmeister und Waffenschmied der Götter.
»Ich bedauere«, begann Vulkan mit verschlagener Miene, »daß mein so geschätzter Kollege im Augenblick außerstande ist, weiterzusprechen. Vielleicht brütet er allzusehr über einen gewissen Rückschlag – man könnte es sogar eine Niederlage nennen –, den er von den Händen – oder sollte man sagen, von den Pfoten? – eines gewissen sterblichen Gegners hat erleiden müssen, vor acht oder neun Jahren?«
Die Antwort, die Mars darauf gab, war ein neuerliches mürrisches, wutentbranntes Grollen. Gemurmel erhob sich im Kreis. Einige lachten über Mars, andere schienen Vulkan zu tadeln, weil er offensichtlich versucht hatte, einen Streit zu beginnen.
Aphrodite fragte leise: »Sind wir dazu hergekommen? Zu neuem Gezänk?« Ihre hohe Gestalt – anmutige Kurven, die Essenz des Weiblichen – war nur in einen durchscheinenden Schleier gehüllt, der im wütenden Wind ständig davonzuwehen drohte, ohne es je zu tun. Ebenso wie die anderen Gott-

heiten war auch sie völlig unempfindlich gegen die arktische Kälte.
Apollo, der neben ihr stand, überragte sie noch, und einen Augenblick lang wurde seine Gestalt von einem einzelnen Strahl der eben aufgegangenen Sonne beleuchtet. Die gleißende Lanze der Sonne durchbohrte die jagenden Wolken gerade so lange, wie der Gott brauchte, um zu sagen, was er zu sagen hatte. Sein Körper war in Licht gebadet. »Ich nehme an«, begann Apollo gebieterisch, »daß wir alle zumindest in einem Punkt übereinstimmen.«
Wenigstens einer war entgegenkommend genug, um Apollo zu fragen: »In welchem denn?«
Der große Gott antwortete: »Daß Hermes, der ausgezogen ist, um die Schwerter einzusammeln, von seiner Mission nicht zurückgekehrt ist. Daß er nie mehr zurückkehren wird.«
»Das sind zwei Punkte«, bemerkte ein anderer der Götter.
Apollo nahm von solchen Wortklaubereien keine Notiz. »Daß unser Götterbote, der sich seiner Unsterblichkeit zweifellos ebenso sicher war, wie die meisten von uns es der ihren immer noch sind, inzwischen seit vier Jahren *tot* ist.«
Dieses Wort hatte, mehr als jedes andere, die Macht, sie alle zu erschüttern. Viele hielten ihm tapfer stand. Einige versuchten, so zu tun, als wäre es nicht ausgesprochen worden, oder, wenn es doch erklungen war, als ob sie es nicht gehört hätten. Aber für eine ganze Weile hatte sogar der Wind keine Stimme mehr. Gewiß hätte es kein anderes Wort geben können, das ein Schweigen von solcher Tiefe und Dauer über die Versammlung hätte bringen können.
Es war die unerbittliche Stimme Apollos, die dieses Schweigen erneut brach, indem sie wiederholte: »*Seit vier Jahren tot.*«
Die Wiederholung rief nicht erneutes Schweigen hervor, sondern einen aufbrandenden Tumult des Protestes; gleichwohl übertönte Apollos Stimme den wachsenden Aufruhr.
»Tot!« brüllte er. »Und wenn Hermes, der Götterbote, von einem der Schwerter getötet werden kann, dann können wir es auch. Und was haben wir dagegen unternommen, in den vergangenen vier Jahren? Nichts! Gar nichts! Wir haben wie immer untereinander gezankt und gestritten – mehr nicht!«

Als Apollo eine Pause machte, ergriff Mars die Gelegenheit, weiterzusprechen. »Und da steht derjenige, der diese Schwerter geschmiedet hat!« Der Kriegsgott deutete mit seinem langen Kampfspeer auf den verkrüppelten Schmied und starrte ihn dabei wütend an. »Ich sage Euch, wir müssen ihn zwingen, sie wieder einzuschmelzen. Ich habe schon immer gesagt, diese Schwerter werden uns alle vernichten, wenn es uns nicht gelingt, sie vorher zu vernichten!«

Unbeholfen trat Vulkan auf sein lahmes Bein und drehte sich auf der Stelle. »Macht mir keinen Vorwurf!« Der Wind peitschte seine Pelzgewänder, und die schmückenden Drachenschuppen klapperten und flatterten im Sturm. Aber klar und deutlich drangen seine Worte durch das Heulen des Windes, denn bloße Luft vermochte sie nicht zu beeinträchtigen. »Der Fehler, wenn einer begangen wurde, lag nicht bei mir. Ihr alle, die ihr mich jetzt anstarrt, habt mich gedrängt, mich gezwungen, die Schwerter zu schmieden.«

Anklagend schaute er die Götter an, einen nach dem anderen. »Wir brauchen die Schwerter, wir mußten sie haben, das sagtet ihr alle – für das Spiel. Das Spiel würde ein großes Vergnügen werden, etwas, das wir noch nie zuvor versucht hätten. Ihr sagtet, die Schwerter müßten unter den Menschen verteilt werden, die dann im Spiel unsere Figuren sein würden. Und was für Figuren sind daraus geworden? Aber nein, ihr alle bestandet darauf, mochte ich euch noch so eindringlich davor warnen –«

Wieder brach ein Aufruhr des Protestes aus, und diesmal war er zu heftig, um von einer einzelnen Stimme übertönt zu werden. Einwände wurden erhoben: Im Gegenteil, *sie* seien es gewesen, die von Anfang an gegen die ganze Idee mit den Schwertern und dem Spiel gewesen waren.

Natürlich rief dies heftigen Widerspruch anderer Anwesender hervor. »Ihr meint wohl, ihr seid gegen das Spiel gewesen, seit ihr auf der Verliererstraße seid! Solange ihr zu gewinnen glaubtet, war es eine großartige Idee!«

Einer der graubärtigen älteren Götter – nicht Zeus – warf ein: »Laßt uns zu dem Problem zurückkehren, das uns unmittelbar zu beschäftigen hat. Du sagst, der Mann, den sie den dunklen

König nennen, habe das Sinnschwert jetzt. Nun, dies mag für einige von uns eine gute oder eine schlechte Neuigkeit sein, soweit es das Spiel betrifft, aber ist es darüber hinaus von Bedeutung? Das Spiel ist nur ein Spiel; hat es für die Wirklichkeit irgendeine Bedeutung?«

»Du Narr! Bist du denn unfähig, es zu begreifen? Dieses Spiel, das zu gewinnen dich mit solchem Stolz erfüllt, es ist uns schon längst aus der Hand geglitten. Habt ihr denn nicht zugehört? Habt ihr nicht gehört, was Apollo eben über den Tod des Hermes gesagt hat?«

»Schon gut, schon gut. Reden wir über Hermes, den Götterboten. Angeblich hatte er sich aufgemacht, die Schwerter wieder einzusammeln und sie den Menschen aus der Hand zu nehmen, weil einige von uns anfingen, sich Sorgen zu machen. Aber glaubt ihr, er hätte die Schwerter wirklich vernichtet, wenn er sie erst einmal hätte? Ich glaube es nicht.«

Nachdenkliches Schweigen folgte auf diese Vermutung.

Eine langsame, gedankenvolle Stimme brach das Schweigen. »Außerdem – sind wir wirklich sicher, daß Hermes tot ist? Welchen greifbaren Beweis haben wir dafür?«

Jetzt mußte sogar Apollo, der vernünftige, angesichts solcher Dummheit unwillkürlich aufheulen. »Eines der Schwerter hat Hermes getötet! Ferntöter, geworfen von der Hand eines bloßen Menschen!«

Apollo erhielt eine giftige Antwort. »Wie können wir sicher sein, daß es wirklich so passiert ist? Hat einer das Schwert Ferntöter seither gesehen? Hat einer von uns gesehen, wie Hermes starb?«

In diesem Augenblick trat Zeus wiederum einen Schritt vor. Er wirkte wie einer, der den richtigen Augenblick zum Handeln abwartet. Es schien, als habe er endlich den richtigen Augenblick abgepaßt, denn zum ersten Mal wurde er nicht niedergebrüllt, bevor er das Wort ergreifen konnte.

»Weisheit kommt mit der Erfahrung«, intonierte Zeus, »und Erfahrung mit dem Alter. Aus der Vergangenheit zu lernen, ist der beste Weg, die Zukunft zu sichern. In Frieden und Weisheit liegt Kraft. In Kraft und Weisheit liegt Friede. In Weisheit und...«

Diesmal brüllte ihn niemand nieder, aber nach dem ersten Dutzend seiner Worte hörte kaum noch einer der anderen Götter zu. Statt dessen nahmen sie ihre einzelnen Unterredungen im Kreis wieder auf, und die allgemeine Debatte war unterbrochen, während sie darauf warteten, daß Zeus seine Rede beendete. Diese Behandlung war noch wirkungsvoller als die andere. Zeus hatte bald begriffen, was geschah. Er trat an seinen eigenen Platz im Kreis zurück und verfiel endgültig in mürrisches Schweigen.

Jetzt geriet der Kreis an einer anderen Stelle in Unruhe, eine wirbelnde Bewegung erfaßte Schnee und Gesteinsbrocken. Die Aufmerksamkeit richtete sich auf diesen Punkt, und ein Neuankömmling drängte sich dort in den Kreis. Dieser Gott aber kam nicht wie die anderen aus dem Himmel, sondern er stieg aus der Erde empor. Die Gestalt des Hades war verschwommen, dumpf und dunkel, und auch die Sinne der Götter vermochten sie nicht mühelos zu erfassen.

Mit seiner körperlosen Stimme berichtete Hades, ja, Hermes sei zweifellos tot. Nein, er, Hades, habe nicht mit angesehen, wie der Götterbote fiel oder starb. Aber er sei kurz vor dem vermutlichen Augenblick des Todes mit Hermes zusammen gewesen. Hermes sei damit beschäftigt gewesen, einigen Menschen ein paar der Schwerter wegzunehmen. Er habe, erzählte Hades weiter, den Eindruck gehabt, Hermes sei beim Einsammeln der Klingen guten Mutes gewesen, wenngleich sie leider wieder verlorengegangen seien.

Darauf nahm die Diskussion eine andere Richtung. Was war mit jenem frevelhaften Menschen, mit dem, der Ferntöter anscheinend auf Hermes geschleudert und ihn damit niedergestreckt hatte? Der schreckliche Übermut, der einen Gott – gleich, welchen Gott – niedergestreckt hatte, schrie zum Himmel um Rache. Welche Bestrafung hatte den Schuldigen ereilt? Gewiß hatte sich doch bereits jemand darum gekümmert, daß ihm eine ausgewählte, ewige Vergeltung zuteil wurde?

Dieser Gedanke war einigen der Götter in der Tat schon vor längerer Zeit gekommen. Aber ach, berichteten sie jetzt, als sie zum ersten Mal von dem Frevler gehört hatten, war dieser bereits göttlicher Rachsucht entzogen.

»Dann muß die Menschheit an sich in irgendeiner Weise dafür sühnen.«
»Aha, jetzt kommen wir zur Sache! Und welchen Teil der Menschheit soll unsere Vergeltung treffen? Diejenigen, die eure Figuren im Spiel sind, oder die, welche ich beanspruche?«
Apollo war dieser Streit über alle Maßen zuwider. »Wie könnt ihr Narren immer noch von Figuren und Spielen reden? Seht ihr denn nicht –?« Er brach ab; ihm fehlten die Worte.
Hades meldete sich noch einmal – diesmal, um vorzuschlagen, wie man sich der Schwerter auf immer würde entledigen können. Wenn man alle diese gottgeschmiedeten Waffen auf irgendeine Weise sammeln und zu ihm bringen könnte, würde er dafür sorgen, daß sie in der Erde verschwänden. Die Sorgen der anderen Götter hätten dann auf immer ein Ende.
»Womöglich hätte so manches auf immer ein Ende, wenn du erst alle Schwerter hättest! Freilich wärest du nur allzugern bereit, alle zwölf Klingen an dich zu bringen und damit zufällig auch das Spiel zu gewinnen! Doch wo würden wir dann bleiben? Hältst du uns denn für Toren?«
Hades war empört über diesen Einwand, zumindest gab er sich diesen Anschein. »Was kümmert mich jetzt ein Spiel? Jetzt, da es um unsere Existenz geht. Habt ihr nicht gehört, was Apollo gesagt hat?«
»Unsere Existenz – bah! Das kannst du jemandem erzählen, der es glaubt. Götter sind unsterblich. Das wissen wir alle. Hermes stellt sich tot, er versteckt sich irgendwo. Es ist Teil einer List, mit der das Spiel gewonnen werden soll. Nun, ich habe nicht die Absicht, es zu verlieren, was auch geschehen mag. Nicht gegen Hermes, nicht gegen Apollo und schon gar nicht gegen dich!«
Leise murmelnd erklärte Aphrodite allen, die ihr zuhörten, daß auch sie die eine oder andere Idee hätte, wie man die Schwerter zurückbekommen könnte. Diejenigen, die die Schwerter jetzt hatten, die meisten von ihnen jedenfalls, seien schließlich nur Menschen, nicht wahr?
Wieder ergriff Apollo das Wort. Diesmal leitete er seine Rede ein, indem er seinen Bogen schwenkte, eine Geste, die ihm merklich größere Aufmerksamkeit einbrachte. Er meinte, daß

die Schwerter, wenn sie erst wieder eingesammelt wären, ihm übergeben werden sollten, denn er sei der vernünftigste und vertrauenswürdigste unter allen Göttern. Er würde dann der Bedrohung, die von diesen Waffen ausging, ganz einfach ein Ende bereiten, in dem er sie wie Pfeile von der Erde weg ins All schösse.
Bevor Apollo seine kurze Rede beendet hatte, hörten die meisten ihm schon gar nicht mehr zu. Sie ignorierten ihn – Bogen hin, Bogen her –, wie sie Zeus ignoriert hatten. Mars stieß derweil im Hintergrund grollende Drohungen gegen nicht näher bezeichnete Feinde aus. Andere lachten ihn insgeheim oder offen aus.
Vulkan verbreitete ruhig das Versprechen in der Runde, er werde sein bestes tun und die zwölf Klingen wieder zu harmlosem Eisen verschmelzen, wenn andere bereit wären, die Klingen einzusammeln und zu ihm zurückzubringen, und wenn die Mehrheit der anderen Götter ihm versicherten, daß es dies sei, was sie wirklich wollten.
Niemand schenkte dem immer noch grimmig schmollenden Zeus die geringste Beachtung, und in einer letzten Anstrengung, seine Autorität wiederherzustellen, ergriff er noch einmal das Wort. »Mir scheint, der Schmied hier hat viel zu viel Menschliches in die Schwerter einfließen lassen. Warum war es notwendig, die Klingen, als sie aus dem Feuer und vom Amboß kamen, im Blute lebender Menschen zu kühlen? Warum mußte der Stahl so viel Menschenschweiß, so viele Menschentränen enthalten?«
Vulkan widersetzte sich erbost. »Willst du mich über mein Handwerk belehren? Was verstehst denn du überhaupt davon?«
Mars, entzückt darüber, daß es seinem Rivalen ans Leder ging, mischte sich in den Streit ein. »Und dann der letzte Streich, den du beim Schmieden gespielt hast: Du hast dem menschlichen Schmied, der dir half, den rechten Arm abgenommen – wozu das?«
Die Antwort des Schmiedes – falls er überhaupt eine gab – verlor sich in einer neuen Welle von Getöse. Ein Dutzend Stimmen brandete im Streit über die verschiedensten Angele-

genheiten auf. Alles deutete darauf hin, daß die Versammlung auseinanderbrach, obgleich Apollo nach besten Kräften und mit donnernder Stimme versuchte, sie noch ein Weilchen zusammenzuhalten. Wie gewöhnlich hatte es auch jetzt keine allgemeine Übereinstimmung über ihre gemeinsamen Probleme gegeben, ganz zu schweigen von der Frage, was nun zu tun sei. Schon begann sich der Kreis der Götter aufzulösen, und die Gestalten, die ihn bildeten, verschwanden in der Luft. Der Wind vibrierte von den davonwehenden Mächten. Hades, der das Fliegen wie gewöhnlich verschmähte, verschwand wieder geradewegs in der Erde.

Aber eine Stimme im Rate brüllte immer noch, dröhnend in ihrer monotonen Eindringlichkeit. Wider Erwarten gelang es ihrem Besitzer endlich, etwas wie aufmerksames Schweigen unter den wenigen verbliebenen Gottheiten hervorzurufen.

»Schaut! Schaut!« War alles, was die Stimme rief. Und mit seinem mächtigen Arm deutete der donnernde Gott geradewegs den Hang hinunter und zeigte auf eine einzelne, gerade Linie von Spuren im Schnee, die im tosenden Wind rasch verwehten.

Es konnte keinen Zweifel an der Natur dieser Spuren geben. Es war eine Linie von sich entfernenden Fußabdrücken, die geradewegs den Hang hinunter führte und hinter schneeüberwehten Felsen verschwand, bevor sie mehr als ein paar Meter weit gekommen war. Obgleich die Schritte zu lang und die Abdrücke zu breit und zu tief für einen Menschen waren, handelte es sich doch unzweifelhaft um die Spur eines Sterblichen.

2

Der einarmige Mann stolperte durch den mitternächtlichen Regen. Er folgte einer gewundenen, kopfsteingepflasterten Gasse in das lichtlose Herz der großen Stadt Tashigang. Frische Wunden peinigten ihn. Seine Seite blutete von einem Messerschnitt, und ein zweiter Stich hatte sein Knie verletzt. Den rechten Arm hatte er schon vor langer Zeit verloren. Gleich-

wohl war sein Befinden immer noch besser als das des Mannes, der ihn eben überfallen hatte. Dieser Strauchdieb lag weiter hinten in der gewundenen Gasse mit dem Gesicht in einer Pfütze.
Jetzt aber war der Einarmige selbst kurz davor, zu Boden zu stürzen, und so taumelte er auf eine Mauer zu und lehnte sich dagegen. Sein breiter Rücken in dem handgewebten Hemd schmiegte sich an die steinerne Mauer des Hauses, und er drückte sich, so gut es ging, unter den schmalen Dachvorsprung, so daß die Traufe ihn zumindest notdürftig vor dem gleichmäßigen Regen schützte, der ihm ins Gesicht gepeitscht hatte. Seine Knieverletzung ließ Angst in ihm aufsteigen. So, wie das verletzte Bein sich jetzt anfühlte, würde er nicht mehr weit gehen können.
Noch hatte er keine Gelegenheit gehabt, sich darüber den Kopf zu zerbrechen, was hätte geschehen können, wenn das Messer ihm ein wenig tiefer in die Seite gedrungen wäre.
Der Einarmige war groß und von kräftiger Gestalt. Dennoch war er nach allen Maßstäben ein Krüppel, deshalb hatte der Räuber – wenn er nur das gewesen war – vermutlich geglaubt, mit ihm leichtes Spiel zu haben. Selbst wenn der Angreifer damit gerechnet hätte, daß sein Opfer einen guten Eichenknüppel im Gürtel unter seinem weiten Hemd trug, hätte er kaum vorhersehen können, daß der Überfallene diesen Knüppel so schnell hervorziehen würde und so geschickt zu benutzen wußte.
Jetzt, da er sich erschöpft gegen das Haus lehnte, hatte er den Knüppel wieder in den Gürtel geschoben und preßte die Hand auf die Seite. Er spürte, wie das Blut hervorströmte – es rann ihm beängstigend schnell durch die Finger.
Abgesehen vom Rauschen des Regens lag die Stadt rings um ihn still da. Alle Fenster, die er durch den Regen hindurch sehen konnte, waren dunkel, und die meisten Blendläden waren geschlossen. Niemand in der riesigen Stadt schien auch nur die geringste Notiz von dem kurzen Handgemenge genommen zu haben, das er eben überlebt hatte.
Hatte er es überhaupt überlebt? Unbeschwertes Laufen, gestand er sich ein, war mit seinem verletzten Knie nicht mehr

möglich. Im Augenblick konnte er zumindest noch aufrecht stehen. Er vermutete, seinem Ziel schon recht nahe gekommen zu sein, und es war dringend notwendig, daß er es erreichte. Er schob sich an der Wand entlang, an der er lehnte, dann an der nächsten, und so stolperte und hinkte er weiter, Mauer für Mauer hinter sich lassend.

Man hatte ihm erklärt, welchen Weg er zu nehmen hatte, und langsam kam er voran. Jedesmal, wenn sein Gewicht das Knie belastete, mußte er einen qualvollen Aufschrei unterdrücken. Allmählich erfüllte eine schwindlige Benommenheit seinen Kopf. Er nahm seinen ganzen Willen zusammen, ballte ihn wie eine Faust und umklammerte den kostbaren Schatz des Bewußtseins, denn er wußte: Wenn es ihm jetzt entglitte, würde das Leben selbst ebenfalls rasch verrinnen.

Die Wegbeschreibung, die er sich eingeprägt hatte, sagte ihm, daß er an dieser Stelle die Gasse überqueren mußte. Einen Augenblick ließ er die stützenden Mauern hinter sich, löste seine Gedanken gewaltsam von den Schmerzen, und irgendwie gelangte er auf die andere Seite.

Er lehnte sich an eine Mauer, ruhte sich aus und faßte neuen Mut. Er würde den Rest des Weges kriechend zurücklegen, wenn es sein mußte, so gut dies mit einer Hand und einem Knie eben ging. Aber wenn er erst zu kriechen begonnen hatte, würde er womöglich nie wieder auf die Beine kommen.

Endlich kam das Gebäude, das man ihm als Ziel beschrieben hatte, das Haus Courtenay, in Sicht, erhellt von fernem Wetterleuchten. Die Beschreibung war zutreffend gewesen: Es war vier Stockwerke hoch und hatte ein flaches Dach, die oberen Stockwerke bestanden aus Fachwerk, die unteren aus Stein. Das Haus bildete einen kleinen Block für sich, zu allen Seiten von Straßen oder Gassen begrenzt. Der erste Blick des Suchenden fiel auf die Vorderseite des Gebäudes, aber er mußte an die Rückseite gelangen um hineinzukommen. Zähneknirschend und ohne seiner Einbildungskraft zu gestatten, die notwendigen Schritte bis dorthin zu zählen, machte er sich auf den unumgänglichen Umweg. Wasserpfützen spritzten unter seinen Schritten, und er verließ die eine Gasse und gelangte in eine noch schmalere. Diese wiederum mündete in eine, die so

eng war, daß sie allenfalls noch als gepflasterter Pfad gelten konnte, der am Ufer des leise gurgelnden, in einem ausgemauerten Kanal dahinfließenden Corgo entlangführte. Die Oberfläche des Flusses, auf der um diese Zeit kein einziges Boot zu sehen war, rauschte unter dem herniederströmenden Regen.
Der Mann hatte das Gebäude, das er anstrebte, fast erreicht, als sein verletztes Knie endgültig den Dienst versagte. Er milderte seinen Fall, so gut es mit einem Arm eben ging. Dann zog er sich, von Schmerzen und Schwindel erfüllt, mit einem Arm und dem gesunden Bein über den Boden. Vor seinem geistigen Auge sah er die Blutspur, die er hinter sich lassen mußte. Unwichtig, der Regen würde alles fortwaschen.
Dann hatte er, langsam kriechend, den Regen hinter sich gelassen und war unter das Dach eines kurzen, schmalen Ganges gelangt, der geradewegs zu der Tür führte, zu der er wollte. Er kroch weiter und erreichte die schmale Tür. Sie war selbstverständlich verschlossen. Er richtete sich auf, lehnte sich an und begann, mit seiner großen, flachen Hand dagegen zu schlagen. Es schien dem Mann, als bringe das Hämmern seiner schwieligen Handfläche nicht das geringste Geräusch hervor. Zuerst fühlte es sich an, als schlage er nutzlos, lautlos auf einen dicken, massiven Baumstamm... dann fühlte er gar nichts. In seiner Hand war kein Gefühl mehr.
Vielleicht würde ihn niemand hören. Denn jetzt hörte er selbst nichts mehr. Nicht einmal das Prasseln des Regens auf dem flachen Dach des Ganges. Er sah auch nichts mehr in der herabsinkenden Dunkelheit. Nicht einmal die Hand vor dem Gesicht...

Es war kurz nach Mitternacht. Denis der Flinke lag wach und lauschte dem Regen. Das ließ ihn gewöhnlich schläfrig werden, solange er wußte, daß er im Haus war, sicher, trocken und warm. Aber in dieser Nacht konnte er nicht einschlafen. Die Bilder zweier verführerischer Frauen kamen und gingen in seiner Phantasie wie herausfordernde Tänzerinnen. Wenn er versuchte, sich auf die eine zu konzentrieren, drängte die andere heran, als sei sie eifersüchtig. Er kannte beide Frauen im wirklichen Leben, aber sein Problem im wirklichen Leben war

nicht die Notwendigkeit, zwischen diesen beiden zu wählen. Nein, so glücklich war er nicht, dachte er bei sich, daß er mit Problemen dieser Art zu kämpfen hatte.
Denis war die Geräusche gewohnt, die das Haus des nachts für gewöhnlich erfüllten. Das Geräusch, das jetzt in sein Ohr drang und ihn von der angenehmen Pein seiner Wachträume ablenkte, war gewiß nicht eines von ihnen. Hastig stand Denis auf, zog eine Hose an und verließ seine kleine Schlafkammer, um nachzusehen.
Sein Zimmer im Erdgeschoß des Hauses grenzte beinahe unmittelbar an die Hauptwerkstatt, einen großen Raum, der jetzt von mattglühenden Kohlen in der zentralen Schmiede schwach erleuchtet wurde. Der geisterhafte Schimmer des Schmiedefeuers berührte die Werkzeuge und Waffen, die an den Wänden hingen. Der größte Teil der Arbeit, die hier unten verrichtet wurde, hatte mit Waffen der verschiedensten Art zu tun.
Einen Augenblick lang blieb Denis neben dem Feuer stehen. Er dachte daran, einen Kienspan an den Kohlen zu entzünden. Doch dann besann er sich, und statt dessen griff er in die Nische hoch oben in der Wand, in der die Fackel aus der Alten Welt verwahrt wurde.
Die Hintertür, die von draußen in die Werkstatt führte, war mit einem besonderen Guckloch ausgestattet. Es war mit einem glatten, leicht gewölbten Glasstück gefüllt, welches so geformt war, daß jeder, der von innen hindurchspähte, in einem weiten Winkel hinausschauen konnte. Durch eine zweite Linse, die oben in die Tür eingelassen war, konnte man mit der kostbaren, flammenlosen Fackel hinausleuchten. Denis hob das antike Stück jetzt vor diese Linse und schaltete es ein. Augenblicklich war der schmale Gang vor der Tür von klarem strahlendem Licht erfüllt. Noch während dies geschah, erscholl wieder jenes Geräusch, das seine Aufmerksamkeit erregt hatte: ein schwaches Schlagen gegen die Tür. Durch die Fischaugenlinse sah er jetzt, wer dieses Geräusch hervorrief: eine zusammengesunkene Gestalt, durch die plumpe Linse verschwommen erkennbar. Nach den Umrissen dieser Gestalt zu urteilen, fehlte ihr ein Arm.

Mit der flammenlosen, immer noch leuchtenden Lampe in der Hand trat Denis von der Tür zurück. Das Haus Courtenay enthielt zumeist einen beträchtlichen Vorrat der Waren, mit denen seine Besitzer handelten, einschließlich der prächtigen Waffen, die als Spezialität des Hauses galten. Außerdem verwahrte man meistens einen gewissen Betrag in Münzen. Das Haus war ein natürliches Ziel für jeden Dieb, und für die Mitglieder des Haushaltes war es keine belanglose Angelegenheit, jemandem eine Außentür zu öffnen, vor allem nicht in der Nacht. Denis blieb nichts weiter übrig, als den Majordomus des Hauses, Tarim, zu wecken und dessen weitere Anweisungen abzuwarten.
Denis durchquerte die Werkstatt und ging auf die Tür zu, hinter der eine Treppe in das nächste Stockwerk des Hauses führte. Dort oben schlief Tarim, und mit ihm die meisten der anderen Bewohner dieses Hauses. Denis öffnete die Tür – und blieb wie angewurzelt stehen.
Auf dem oberen Absatz der ersten Treppe, eine Kerze in der kleinen, blassen Hand, stand eine der beiden Gestalten aus seinem Wachtraum: Lady Sophie selbst, die Herrin dieses Hauses. Denis' Überraschung galt der Tatsache, die Lady hier überhaupt zu sehen. Die Quartiere der Familie lagen in den oberen Stockwerken des Hauses, hoch über dem Lärm und dem Rauch und dem Gestank der geschäftigen Werkstatt und der betriebsamen Straße. Ihr zierlicher, aber wohlgeformter Körper war in ein dickes, weißes Gewand gehüllt, das einen scharfen Kontrast zu ihrem glatten, schwarzen Haar bildete. Es war schwer zu glauben, daß ein schwacher Laut an der Hintertür die Lady aus dem Schlaf gerissen haben sollte.
Die Herrin rief zu ihm herunter. »Denis? Was gibt es?« Er fand, daß ihre Stimme nervös klang.
Denis legte eine Hand auf seine entblößte Brust. »Da ist jemand an der Hintertür, Herrin. Ich habe nur einen Mann sehen können. Er sah aus, als sei er verletzt, aber ich habe nicht geöffnet.«
»Verletzt, sagst du?«
Nach allem, was er hörte und sah, hatte Denis fast den Eindruck, als habe die Lady in dieser Nacht jemanden erwartet, als

habe sie sich bereit gehalten, ihn zu empfangen. Denis hatte keine besondere Geschäftsnachrichten gehört, die ihn veranlaßt hätten, einen solchen Besucher zu erwarten, wenngleich eine nächtliche Ankunft an sich nichts sonderlich Überraschendes barg. Das Haus war der Hauptsitz eine Handelsgesellschaft, und so war man hier daran gewöhnt, daß merkwürdige Leute zu merkwürdiger Stunde kamen und gingen.
»Ja, Madame, verletzt«, antwortete Denis. »Und es sah aus, als habe er nur einen Arm. Ich wollte eben Tarim wecken ...«
»Nein«, antwortete die Herrin sofort und mit Entschiedenheit. »Warte hier nur einen Augenblick, ich werde den Herrn herbeirufen.«
»Jawohl, Madame.« Dies war natürlich die einzige Antwort, die Denis geben konnte, gleichwohl aber kam sie mit einiger Verzögerung und erst, als die Lady ihm bereits den Rücken zugekehrt hatte. Denis war verwirrt, und einen Augenblick später wuchs seine Verwirrung, denn schon erschien, hellwach und betriebsam wie stets, Meister Courtenay selbst. Courtenay war ein wandernder Berg von einem Mann, und seine massige Gestalt war jetzt in ein Nachtgewand aus üppigem, blauem Stoff gehüllt. Mit einer bei seinem Umfang bemerkenswerten, flinken Behendigkeit kam der Meister beinahe hüpfend die Treppe herunter, dicht gefolgt von seiner Frau.
Im Erdgeschoß angekommen, stand der Herr des Hauses Denis direkt gegenüber. Beide waren von ungefähr durchschnittlicher Größe, aber Courtenay wog sicherlich doppelt so viel wie sein schlanker Angestellter und war vermutlich dreimal so umfangreich wie seine zierliche Frau. Courtenay war, soweit Denis es zu schätzen vermochte, nicht einmal dreißig Jahre alt, und nur ein sehr geringer Teil seiner Körpermassen war Fett, obwohl sein Gewand diesen Anschein erweckte. Er war, wie Denis an seinem ersten Tag hier begriffen hatte, alles andere als dumm, im Gegensatz zu dem, was Courtenays Gesicht auf den ersten Blick vermuten ließ – freilich konnte er kaum ein Trottel und gleichzeitig so erfolgreich sein, wie er es offensichtlich war.
Der Meister strich sein beinahe farbloses Haar aus dem unfreundlichen Gesicht – eine Geste, die mehr der Sorge als der Schläfrigkeit zu entspringen schien. Mit seiner gewohnt milden

Stimme sagte er: »Wir wollen den Rest des Haushalts weiter schlafen lassen, Denis.« Hinter dem Meister war die Lady bereits dabei, die Tür zur Treppe zu schließen. »Wir drei werden schon zurechtkommen«, fuhr Courtenay fort. »Der Mann ist verletzt, sagst du?«
»Siehst so aus, Herr.«
»Trotzdem werden wir nicht mehr riskieren, als nötig ist. Nimm dir eine Waffe und bleib in der Nähe.«
»Jawohl, Herr.« In den anderthalb Jahren seiner Anwesenheit im Haus Courtenay hatte Denis gelernt, daß es Zeiten gab, in denen das Leben hier sehr langweilig erschien. Aber bisher hatten diese Zeiten niemals so lange gedauert, daß es unerträglich geworden wäre.
Im hinteren Teil der Werkstatt war die Herrin dabei, ein paar Öllampen zu entzünden. Als sie die Hände vom Lampenregal nahm und sich wieder umdrehte, war es Denis, als habe sie etwas in der rechten Hand gehabt. Er erhaschte nicht mehr als einen kurzen Blick auf den Gegenstand, bevor er zwischen den Falten ihres weiten Gewandes verschwand. Aber wenn er nicht der Überzeugung gewesen wäre, in Lady Sophie ein zartes Wesen vor sich zu haben, das seinen Luxus liebte, hätte er beschworen, daß sie die lederne Schlaufe einer Jagd- oder Kampfschleuder in der Hand hielt.
In den letzten Jahren war Denis junges Leben im großen und ganzen friedlich verlaufen. Erst war er als Diener in Ardnehs weißem Tempel gewesen, dann als Kaufmannslehrling und allgemeiner Gehilfe hier im Hause Courtenay. Aber den größten Teil seines Daseins davor hatte er in einer anderen Art von Lehre verbracht: In den Slumstraßen von Tashigang. Hier hatte er eine unauslöschliche Vertrautheit mit der unfriedlichen Seite des Lebens erworben. So kam es, daß er sich jetzt mit einiger Gelassenheit dem Sortiment von stattlichen Waffen näherte, das einen guten Teil der einen Raumhälfte in Anspruch nahm. Er wählte eine schmuckvolle Kampfaxt, eine Waffe von altertümlicher Art, aber mit scharfer Klinge und angenehm ausgewogenem Gewicht. Als er sie in der Hand wog, gab Denis seinem Herrn nickend zu verstehen, daß er bereit sei.

Meister Courtenay, der bereits an der Hintertür stand, erwiderte das Kopfnicken. Dann wandte er sich der Tür zu, spähte durch das Guckloch hinaus und leuchtete dabei mit der Altweltlampe. Im nächsten Augenblick hatte Courtenay die Tür entriegelt und riß sie auf. Die zusammengesunkene Gestalt, die draußen davor gesessen hatte, kippte lautlos herein.
Denis sprang nach vorn, schloß hastig die Tür und verriegelte sie wieder. Unterdessen hatte der Hausherr den bewußtlosen Mann in ganzer Länge am Boden ausgestreckt und untersuchte ihn mit Hilfe des Altweltlichtes.
Die Herrin war mit einer der konventionellen Lampen in der Hand herbeigekommen. Rasch wandte sie sich an Denis. »Er blutet heftig. Du warst ein Diener Ardnehs, also sieh zu, was du für ihn tun kannst.«
Denis war selten erfreut, wenn man ihn bat, jemandem medizinische Behandlung angedeihen zu lassen; er kannte seine eigenen Grenzen in dieser Kunst nur allzu gut. Aber sein Bedürfnis, der Herrin zu gefallen, ließ nicht zu, daß er zögerte. Außerdem wußte er, daß er nach Jahren im Dienste Ardnehs bessere Kenntnisse besaß als seine beiden Arbeitgeber. Er nickte und schickte sich an, zu gehorchen.
Der Mann, der am Boden lag, war nicht jung. Sein bewußtloses Gesicht war blutlos bleich, aber wettergegerbt, und das Haar, das seinen Kopf auf den Bodenplatten wie ein wüster Fächer umgab, war grau. Wenn er gestanden hätte, wäre er groß gewesen, und seine wohlgebaute, kräftige Gestalt wurde nur durch die alte Amputation verunziert.
»Sein rechter Arm ist tatsächlich nicht mehr da.« Die Herrin sprach mit nachdenklicher Stimme, als sinne sie laut vor sich hin. Denis hörte ihr nicht zu. Die frischen Wunden des Mannes erforderten die volle Aufmerksamkeit eines Heilkundigen. Viel Blut war zu sehen, dunkle nasse Flecken in der regendurchtränkten Kleidung.
Rasch entfernte Denis die Kleider. Weil es so leichter war, trennte er sie mit einem scharfen Messer auf, das der Herr ihm gereicht hatte. Einen gefährlich aussehenden Knüppel, der unter dem Gürtel des Opfers gesteckt hatte, warf er achtlos beiseite.

»Ich brauche Wasser und Verbände«, erklärte er über die Schulter. Es waren zwei Wunden, und beide sahen schlimm aus. »Außerdem eine Arznei, mit der ich die Blutung stillen kann.« Er hielt inne und murmelte zu diesem Zweck einen kleinen Bannspruch, den er in seinen Tagen als Diener Ardnehs gelernt hatte. Es war der einzige Zauber, den Denis beherrschte, und es war sehr wenig. Vielleicht nützte es, aber genügen würde es nicht.

»Ich werde dir bringen, was ich finden kann«, antwortete die Herrin des Hauses. Sie wandte sich ab und ging rasch und zielstrebig davon. Wieder war Denis überrascht. Seit langem sah er sie in seinen Gedanken als jemanden, der nur existierte, um verzärtelt zu werden... war es etwa tatsächlich eine Schleuder gewesen, die sie da in der Hand gehalten hatte?

Aber jetzt erforderte die vor ihm liegende Aufgabe seine ganze Aufmerksamkeit. »Wir sollten ihn auf ein Bett legen«, meinte Denis. Courtenay, stark wie ein Tragtier, brauchte keine Hilfe. Er nahm die leblose, schwere Gestalt vom Boden auf, als sei es ein kleines Kind, und hielt sie geduldig auf dem Arm, während Denis zuerst die Tür zu seiner Kammer öffnete und dann seine Bettdecke zurückschlug.

Die Augenlider des Verwundeten flatterten, als man ihn auf das Bett legte, und er murmelte ein paar Worte. Denis hörte etwas wie: »Ben von Purkinje.« Es klang zweifellos wie ein Name. Hieß so das Opfer selbst? Es hatte keinen Sinn, den Mann zu fragen. Er war wieder ohnmächtig geworden.

Nach kurzer Zeit kam die Herrin zurück. Sie brachte allerlei nützliche Dinge, die sie in der Eile hatte finden können, darunter Wasser und saubere Tücher. Außerdem hatte sie einige Arzneifläschchen finden können, doch Denis fand darunter nichts, was er hätte gebrauchen können. Während er sich daran machte, den Verwundeten zu waschen und zu verbinden, hob der Meister die triefnassen Kleider auf, die sie dem Mann vom Körper gezogen hatten, und durchsuchte eilig die Taschen. Aber was immer Courtenay suchen mochte, anscheinend fand er es nicht. Seufzend ließ er die Kleider auf den Boden fallen und fragte: »Nun, Denis, was ist mit ihm?«

»Er hat viel Blut verloren, Herr. Und dort, wo die Wunden

liegen, wird die Blutung nicht leicht zu stillen sein. Das Loch in seiner Seite habe ich zugestopft, so gut ich kann.« Während er dies sagte, war Denis immer noch dabei, einen Verband auf die Wunde zu drücken. »Wir könnten Spinnweben gebrauchen, aber ich weiß nicht, woher ich so rasch welche bekommen soll. Sein Knie blutet nicht mehr so stark, aber es sieht nicht gut aus. Wenn er es überlebt, wird er eine Zeitlang nicht gehen können.«

Die Lampe aus der Alten Welt hatte man wieder in der gewohnten Wandnische untergebracht, und die Herrin hatte eine der besseren gewöhnlichen Lampen in Denis Kammer getragen. Im Schein dieser Lampe starrten sie und ihr Mann einander an. Denis fand, daß sie sonderbar dreinschauten.

»Messerwunden, schätze ich«, meinte Meister Courtenay und wandte seinen Blick wieder Denis zu.

»Ja, Herr, ich würde sagen, so ist es.«

»In diesem Zustand kann er nicht sehr weit gegangen sein.«

»Auch darin muß ich Euch zustimmen, Herr.«

Der Meister nickte, drehte sich um und verließ Denis Kammer, ohne die Tür hinter sich zu schließen. Er sagte nicht, wohin er ging, und niemand fragte ihn. Die Herrin blieb zurück. Denis sah, worauf sie starrte, und er fragte sich, was am Armstumpf des Patienten so faszinierend sei.

Denis gehörte nunmehr seit anderthalb Jahren zum Haushalt, und so behandelte man ihn – manchmal und beinahe – wie ein Familienmitglied. Jetzt erkühnte er sich zu fragen: »Erkennt Ihr ihn, Herrin?«

»Ich habe ihn noch nie gesehen«, antwortete die Lady, und Denis hatte das Gefühl, daß sie die Wahrheit sagte, um ihm so auszuweichen. Sie fügte hinzu: »Was glaubst du, wird er überleben?«

Bevor Denis versuchen mußte, eine pure Vermutung wie die Meinung eines Fachmannes klingen zu lassen, hörte man wiederum jemanden an der Hintertür der Werkstatt. Diesmal aber waren es andere Geräusche: Herrische Rufe, begleitet von kräftigem, entschlossenem Hämmern an der Tür.

Denis folgte seiner Herrin hinaus in den Hauptraum der Werkstatt und schloß die Tür seiner eigenen Kammer hinter

sich. Der Meister hatte wieder die Altweltlampe in der Hand und ging auf die Hintertür zu. Noch während Courtenay das Licht einschaltete und durch den Spion hinauslugte, hob das Hämmern wieder an. Diesmal wurde es von einer rauhen Stimme begleitet, die hinter der dicken Tür ein wenig gedämpft klang. »Ho, ihr dort im Hause, öffnet der Wache! Im Namen des Bürgermeisters, öffnet!«
Der Herr des Hauses spähte immer noch hinaus. »Es sind drei«, berichtete er mit leiser Stimme. »Sie haben selbst kein Licht. Aber trotzdem, es ist die echte Wache – glaube ich.«
»Aufmachen!« forderte die gedämpft brüllende Stimme von draußen. »Öffnet, oder wir schlagen die Tür ein!« Und dreifach dröhnend donnerte es gegen die Tür. Aber sie würden härter zuschlagen müssen, um diese Tür zu demolieren.
Mit leiser Stimme wandte die Herrin sich an ihren Gatten. »Wir dürfen keinen...« Sie brach mitten im Satz ab, aber Denis, der sie gehört hatte, war fest davon überzeugt, daß die nächsten Worte gelautet hätten: ... *Verdacht erwecken.*
Welche Bedeutung der Meister in ihrem halb ausgesprochenen Gedanken auch gelesen haben mochte, er nickte zustimmend. Er sah Denis an und befahl: »Du sagst ihnen nichts von unserem Besucher. Wir haben heute nacht niemanden gesehen.«
»Und wenn sie das Haus durchsuchen wollen?«
»Das überlaß mir. Aber nimm deine Axt in die Hand, für alle Fälle.«
Als die drei in der Werkstatt bereit waren, schob Courtenay den Riegel beiseite und öffnete die Tür noch einmal. Im nächsten Augenblick mußte er für einen Mann mit seinem Gewicht außergewöhnliche Behendigkeit an den Tag legen, indem er, dem Hieb eines Kurzschwertes ausweichend, zurücksprang.
Die drei hereinstürmenden Männer waren, wenngleich sie die grau-grüne Livree des Bürgermeisters trugen, offensichtlich nicht die Wache. Denis gelang es, mit seiner Axt den ersten Angreifer, der ein langes Messer in jeder Hand hielt, zurückzuschlagen. Ein zweiter Eindringling stürmte auf Lady Sophie zu. Aber sie hob den rechten Arm, und die lange Lederschlaufe ihrer Schleuder begann zu wirbeln und zu verschwimmen. Das

Geschoß, das in der Lederschale geruht hatte, ließ Steinsplitter aus der Wand neben dem Kopf des Mannes spritzen, so daß dieser innehielt und ihr Gelegenheit gab, die Waffe neu zu laden.

»Ben von Purkinje!« schrie der dritte Eindringling und schlug dabei mit seinem Schwert auf Meister Courtenay ein. »Einen Gruß vom Blauen Tempel!« Dieser Angreifer war ein großer Mann, und er wirkte beeindruckend stark.

Meister Courtenay hatte zwar Denis angewiesen, sich zu bewaffnen, doch er selbst fand sich unversehens kläglich unbewaffnet an der Seite der Kammer, die am weitesten weg von dem Regal mit den Waffen entfernt war. Er war gezwungen, zu improvisieren, und aus der Vielzahl der Werkzeuge, die überall in der Schmiede lagen, ergriff er eine lange Gießkelle mit eisernem Griff. Es war eine schwerfällige Waffe gegen ein Kurzschwert, aber der Herr des Hauses besaß gewaltige Kraft, und jetzt zeigte sich auch, daß er gute Nerven hatte. Vorläufig jedenfalls hielt er die Stellung, und es gelang ihm, sich zu schützen.

Der Mann, der Lady Sophie nachgesetzt hatte, wandte sich jetzt unentschlossen um, als wolle er dem Schwertträger zu Hilfe eilen. Das war ein Fehler. Im nächsten Augenblick traf ihn der zweite Stein aus der Schleuder am Hinterkopf und warf ihn zu Boden. Das Geräusch des Aufschlags und die Art, wie er fiel, ließen erkennen, daß der Kampf für ihn zu Ende war.

Denis ließ sich für einen Augenblick von der Kunstfertigkeit der Lady ablenken – zu seinem Nachteil, denn im selben Moment fühlte er, wie die Spitze eines der beiden langen Messer seines Gegners in das Fleisch seines Unterarms eindrang. Die Axt entglitt seinem Griff und fiel klappernd auf den Steinboden. Er taumelte vor den Messern zurück, übersprang kopfüber eine niedrige Bank und machte so seinem Spitznamen, Denis der Flinke, alle Ehre – gut genug jedenfalls, um am Leben zu bleiben.

Er hörte, wie eine der größeren Werkbänke krachend umstürzte, und jetzt sah er, daß es Meister Courtenay irgendwie gelungen war, seinen Angreifer am Schwertarm zu fassen – vielleicht hatte der Kerl sich ebenfalls ablenken lassen und

einem Schleuderstein ausweichen müssen. Jedenfalls würde nun ein Ringkampf beginnen – aber nein, soweit kam es nicht. Im nächsten Augenblick hatte der Schwertträger, vor Überraschung laut aufbrüllend, den Boden unter den Füßen verloren, und gleich darauf wurde er vor Denis Augen hingeschlachtet wie ein Kaninchen. Mit gebrochenem Rückgrat lag er auf der Kante des schweren, umgekippten Arbeitstisches.
Der Messerkämpfer, dem es gelungen war, Denis zu verwunden, hatte seine Strategie jetzt geändert und hastete hinter der Lady her. Seiner Freunde unversehens beraubt, brauchte er eine Geisel. Ohne seiner eigenen Sicherheit oder seiner Wunde zu gedenken, stürzte Denis dem Angreifer in den Weg, bevor der Mann bis auf Messerstichweite an die Herrin herankommen konnte. Mit einem kurzen Blick sah er, wie sie, das weiße Gewand halb heruntergerissen, auf Händen und Knien davonhuschte.
Jetzt lag Denis auf dem Rücken, und das Messer fuhr statt dessen auf ihn herunter, aber bevor es ihn erreichen konnte, wurde der Arm, der es hielt, von einem gewaltigen Hieb der langen Kelle beiseite gefegt. Das schwere, eiserne Werkzeug durchbrach die Barriere des Arms und schlug krachend auf den Wangenknochen des Messerstechers, wo der immer noch größere Teil des Schwunges verheerende Wirkung zeigte. Denis rollte zur Seite, schaute einmal hinter sich und blieb dann keuchend liegen. Der Kampf war endgültig vorüber.
In der Werkstatt atmeten noch drei Lungen.
Die Herrin war schon dabei, ihre Gewänder wieder in Ordnung zu bringen (trotz des Blutes, des Grauens und der Gefahr stand das Bild ihres für einen kurzen Moment sichtbaren Körpers immer noch lebhaft vor Denis' geistigem Auge; vermutlich, dachte er, würde es nie mehr vergehen). Jetzt ließ sie sich langsam zu Boden gleiten und lehnte sich mit dem Rücken gegen eine der umgestürzten Werkbänke. Der Zwischenfall hatte sie offensichtlich mehr verärgert als erschreckt, denn mit ätzender Schärfe sagte sie zu ihrem Gatten: »Du bist ganz, ganz sicher, daß sie zur Wache gehören, nicht wahr?«
Courtenay, der noch auf den Beinen war, zog ein dummes Gesicht und atmete schwer. Er brummte etwas vor sich hin.

Wieder wurde jetzt an eine Tür gehämmert, und aufgeregtes Stimmengewirr erhob sich. Aber diesmal kam der Lärm nicht von draußen. Die Tür, die zur Treppe führte, erbebte unter dem wilden Getrommel, und dahinter ertönte die Stimme eines Mannes: »Herrin! Meister! Denis, ist alles in Ordnung? Was ist los?«
Der Herr des Hauses ließ seine lange, eiserne Schöpfkelle fallen. Einen Augenblck lang stand er da und betrachtete seine eigenen, blutbeschmierten Hände, als frage er sich, weshalb sie so aussahen. Denis beobachtete, daß die Hände bebten, wie er es noch nie zuvor gesehen hatte. Dann atmete Courtenay tief ein, hob den Kopf und rief, beinahe gelassen: »Es ist alles in Ordnung, Tarim. Ein kleines Problem, aber wir haben es gelöst. Habt einen Augenblick Geduld, und ich werde Euch alles erklären.«
Zur Seite gewandt fügte er hinzu: »Denis, hilf mir, diese... nein, du bist selbst verletzt. Zuerst setzt du dich hin und verbindest dich. Barb, du hilfst mir, diese Besucher beiseite zu schaffen. Wir zerren sie hinter diese Bank und werfen eine Plane darüber.«
Denis, den seine Wunde in einen leichten Schock versetzt hatte, brauchte eine Weile, bevor ihm der unvertraute Name ins Bewußtseien drang. Barb? Noch nie hatte er gehört, daß der Meister oder sonst jemand die Herrin so nannte... Es würde nicht einfach sein, erkannte er, sich selbst ohne Hilfe den Arm zu verbinden. Aber die Wunde sah nicht so aus, als würde sie ihn umbringen.
Courtenay, der bereits geschäftig bei der Arbeit war, erteilte weitere Befehle. »Jetzt schließt die Tür zur Straße.« Er warf einen der Getöteten an die ausgewählte Stelle und zog eine schwere Plane aus dem Regal. »Nein, wartet, Tarim soll sie offen sehen. Wir werden einfach sagen, ein paar Briganten seien irgendwie eingedrungen und...«
Sie öffneten die Tür zur Treppe, und Tarim und die übrigen aus dem Schlaf gerissenen Hausangestellten drängten herein. Ob sie die verschwommene Geschichte von den Briganten nun glaubten oder nicht, jedenfalls deuteten sie das Verhalten ihres Meisters richtig und waren klug genug, keine weiteren Fragen

zu stellen. Die Haustür wurde verschlossen und verriegelt. Tarim selbst mußte davon abgebracht werden, sich für den Rest der Nacht in der Werkstatt niederzulassen und Wache zu halten. Schließlich zogen er und alle anderen sich wieder zurück und legten sich ins Bett.

Als die drei, die am Kampf teilgenommen hatten, wieder allein in der Werkstatt waren, wechselten sie kurze Blicke miteinander. Dann machten sie sich an die Arbeit.

Courtenay begann, die Werkstatt aufzuräumen und zu putzen, während die Herrin Denis nach dessen Anweisungen den Unterarm verband. Ihre zierlichen Finger, zart, weiß und verwöhnt, scheuten nicht davor zurück, das Blut zu berühren. Aus einigen der Tücher, die für den ersten Patienten herbeigeschafft worden waren, brachten sie einen recht ordentlichen Verband zustande.

Als das Werk vollendet war, hielten ihre Finger seinen Arm noch einen Augenblick lang fest. Ihre dunklen Augen sahen ihn an, und in ihrem Blick lag – zum ersten Mal, dachte er – etwas anderes als der Wunsch, freundlich zu einem Bediensteten zu sein. Ganz ruhig, aber mit großem Ernst, sagte sie: »Du hast mir das Leben gerettet, Denis. Ich danke dir.«

Es war fast so, als habe keine Frau ihn je zuvor berührt oder mit ihm gesprochen. Denis murmelte irgend etwas. Er fühlte, wie ihm das Blut ins Gesicht schoß. Welche Torheit, dachte er. Er und diese Dame würden doch niemals...

Ein kurzer Blick auf den Fremden, der jetzt auf Denis' Bett lag, zeigte, daß der Kampf im Nebenraum ihn nicht gestört hatte. Er war immer noch ohnmächtig, und sein Atem ging flach. Denis betrachtete ihn und kam zu dem Schluß, daß diesen Mann vermutlich überhaupt nichts mehr stören würde. Da jetzt zwei Verwundete zu versorgen waren, erklärte die Herrin, werde sie nach oben gehen und ein wenig gründlicher nach medizinischem Material suchen.

Der Meister sah sie an. »Ich komme mit dir. Wir müssen miteinander reden. Denis kommt sicher ein Weilchen allein zurecht.«

Die beiden stiegen in nachdenklichem Schweigen die Treppe hinauf, durch das Stockwerk, in dem Tarim und die anderen

Arbeiter schliefen, und auch durch das nächste Stockwerk. Als sie ganz oben angelangt waren, traten sie durch eine Tür und gelangten in ein elegantes Wohnquartier. Es begann mit einem holzgetäfelten Gang, der jetzt von der Flamme einer einzelnen Kerze in einem Wandhalter erleuchtet war. Hier trennten sich die beiden. Die Herrin durchwühlte ihre Truhen nach Verbandsmaterial. Der Meister wandte sich um und ging den Gang hinunter zu einem Schrank, aus dem er sich ein frisches Gewand ohne Blutflecken zu nehmen gedachte.

Bevor er den Raum erreichte, in dem der Schrank stand, lief ihm auf unsicheren Beinen ein kleines Kind über den Weg, das ihm kaum bis ans Knie reichte, beinahe augenblicklich gefolgt von einer Kinderfrau, die ihn um Entschuldigung bittend anschaute.

»Oh, Herr, Ihr seid verwundet«, rief sie erschrocken. Sie war ein dralles Mädchen, beinahe schon eine erwachsene Frau. Gleichzeitig krähte das Kind fordernd: »Papa! Geschichte erzählen!« Mit seinen zweieinhalb Jahren zeigte das kleine Mädchen zum Glück mehr Ähnlichkeit mit der Mutter als mit dem Vater. Das Kind war hellwach, als habe diese Nacht etwas besonders Entzückendes an sich. In seinem seidenen Nachthemd stand es da, ein kleines Stofftier in der Hand, und wartete.

Der Mann wandte sich zunächst an die Kinderfrau. »Es ist schon gut, Kuan-yin. Das Blut hat nichts zu bedeuten. Ich bringe Beth zurück ins Bett. Du kannst derweilen zu deiner Herrin gehen und ihr beim Suchen helfen.«

Das Kindermädchen sah ihn einen Augenblick lang an. Dann ging sie davon, wie die anderen Angestellten klug genug, in dieser Nacht nicht allzu neugierig zu sein.

Der große Mann, der sich in den vergangenen vier Jahren überall als Meister Courtenay ausgegeben hatte, wischte sich an der ohnehin verschmierten Robe das allmählich trocknende Blut von den großen Händen. Er beugte sich nieder und hob mit nun nicht mehr zitternden und beinahe sauberen Händen das lebendige Etwas auf, das ihm, wie er herausgefunden hatte, kostbarer war als das eigene Leben.

Als er seine Tochter ins Kinderzimmer zurücktrug, kam er an

einem Fenster vorbei. Er blickte durch die Scheibe in die regnerische Nacht hinaus und sah die hohe Stadtmauer, die sich ein paar hundert Meter weit entfernt erhob. Die echte Wache unterhielt ein Feuer oben auf der Mauerkrone. In einer anderen Richtung war noch ein Licht zu sehen, kleiner und gleichmäßiger: Eines der oberen Fenster im Palast des Bürgermeisters war erleuchtet. Es sah so aus, als habe auch dort jemand eine arbeitsreiche Nacht. Der Beobachter konnte nur hoffen, daß keinerlei Zusammenhang bestand.

Im Augenblick war das Glück dem großen Mann hold, denn es gelang ihm, sich an eben die Geschichte zu erinnern, die seine Tochter hören wollte, und sie einigermaßen geschwind zu erzählen. Das Kind war eben wieder eingeschlafen und der Vater gerade dabei, das Kinderzimmer zu verlassen und die Tür mit unendlicher Behutsamkeit hinter sich zu schließen, als seine Frau wieder erschien. Noch immer trug sie ihr besudeltes weißes Gewand.

»Wir haben einen Augenblick Zeit«, flüsterte sie und zog ihn in die Schlafkammer. Als sie auch diese Tür leise hinter sich geschlossen hatten und allein und ungestört waren, redete sie weiter. »Ich habe die Arznei bereits zu Denis hinuntergebracht. Er glaubt, daß der Mann wahrscheinlich sterben wird... Es gibt doch keinen Zweifel, daß er der Kurier ist, den wir erwartet haben, oder?«

»Ich glaube, dessen können wir ziemlich sicher sein, jawohl.«

Die Frau streifte ihr blutiges Gewand ab und warf es beiseite. In dem spärlichen Licht, das die fernen Feuer der Wache durch das verschlossene Fenster warfen, sah ihr Mann ihre Gestalt wie eine gekrümmte, silbrige Kerze, eine bleiche, geisterhafte Erscheinung, die durch das Kind, das sie zur Welt gebracht hatte, kaum fülliger geworden war. Einst hatte er diese Frau hoffnungslos geliebt, dann war eine andere Liebe zu ihm gekommen und wieder von ihm gegangen, verweht im Tode. Manchmal, in seinen Träumen, sah er immer noch eine Kaskade leuchtend roten Haars... Die Liebe zu seiner dunkelhaarigen Frau lebte noch, aber es war eine andere Liebe als früher.

Sie beugte sich über eine Truhe, um ein frisches Gewand

herauszuziehen, und erinnerte ihn dabei mit ruhiger Stimme: »Einer von denen, die wir heute abend getötet haben, hat etwas gerufen – etwas wie: ›Grüße an Ben von Purkinje, vom Blauen Tempel.‹ Ich bin sicher, Denis hat es auch gehört.«

»Wir werden Denis vertrauen müssen. Er hat heute nacht bewiesen, daß er loyal ist. Ich glaube, er hat dir das Leben gerettet.«

»Ja«, stimmte die Frau zu, und ihre Stimme klang, als komme sie aus weiter Ferne. »Entweder wir vertrauen ihm, oder wir töten ihn ebenfalls. Nun gut.« Sie verwarf diesen Gedanken, allerdings nicht ohne ihn einen Augenblick lang sorgsam zu erwägen. Dann sah sie ihren Mann wütend an. »Und einmal hast du mich dort unten auch Barb genannt, und er hat es gehört.«

»Tatsächlich?« Er hatte geglaubt, sich diesen Namen längst abgewöhnt zu haben. Ben – er selbst sah sich eigentlich nie als »Ben von Purkinje« – stieß einen mächtigen Seufzer aus. »Nun, wie dem auch sei, der Blaue Tempel hat mich endlich gefunden. Wahrscheinlich ist es völlig unwichtig, was Denis gehört hat und was nicht.«

»Mich haben sie gleichfalls gefunden«, erinnerte sie ihn mit schneidender Stimme. »Und deine Tochter, ob sie sie nun gesucht haben oder nicht. Es sah ganz so aus, als hätten sie die Absicht, den ganzen Haushalt zu vernichten, wenn sie könnten.« Sie schwieg einen Augenblick lang. »Ich hoffe nur, daß sie Mark nicht gefunden haben.«

Ben dachte darüber nach. »Aber es gibt keine Möglichkeit, ihn jetzt schnell zu benachrichtigen, oder? Ich weiß nicht einmal genau, wo er im Augenblick ist.«

»Nein, ich glaube, wir können ihn nicht erreichen.« Barbara schlang sich einen Gürtel um den Leib und schüttelte nachdenklich den Kopf. »Und als sie kamen, waren sie dem Kurier dicht auf den Fersen. Ist dir das aufgefallen? Sie müssen ihm irgendwie gefolgt sein und gewußt haben, daß er sie zu uns führen würde.«

»Alles andere wäre ein allzu großer Zufall.«

»Ja. Und ich nehme an, das Bündnis zwischen dem Blauen Tempel und dem Dunklen König besteht immer noch.«

»Das bedeutet, womöglich wissen auch die Leute des Dunklen Königs von dem Kurier. Und dann wissen sie auch, was wir hier haben, das der Kurier fortbringen wird, wenn der Rest der Lieferung jemals ankommt.«
Wieder seufzte er schwer.
»Was sollen wir tun, Ben?« fragte seine Frau leise. Sie stand dicht vor ihm und sah zu ihm auf. Obwohl er nur durchschnittlich groß war, überragte er sie beträchlich.
»Vorläufig versuchen wir, den Kurier am Leben zu erhalten, und dann werden wir sehen, ob er uns etwas sagen kann. Was Denis angeht – nun, wir werden ihm vertrauen müssen, wie ich schon sagte. Er ist ein guter Mann.«
Er wollte die Schlafzimmertür öffnen, aber seine Frau legte ihm ihre kleine Hand auf den Arm und hielt ihn fest. »Deine Hände«, erinnerte sie ihn. »Und dein Gewand.«
»Du hast recht.« Er goß Wasser in eine Schüssel und wusch sich rasch die Hände. Dann wechselte er seine Kleider. In Gedanken war er immer noch unten in der Werkstatt und durchlebte den Kampf noch einmal. Schon nahmen die lebendigen Leiber, die er eben zerschmettert hatte, in seiner Erinnerung das Aussehen von Wesen aus einem schrecklichen Traum an. Er wußte, daß sie später zurückkehren und über ihn herfallen würden. Später würden vielleicht auch seine Hände wieder zu zittern beginnen. So war es immer, wenn er einen Kampf hinter sich gebracht hatte. Vorläufig mußte er versuchen, alles aus seinen Gedanken zu verbannen.
Während er saubere Gewänder anlegte, meinte Barbara: »Ben, du weißt, was ich dachte, als ich sah, daß der Mann nur einen Arm hat.«
»Marks Vater. Aber Mark hat uns immer gesagt, sein Vater sei tot. Es klang, als sei er dessen ganz sicher.«
»Ja, daran erinnere ich mich auch. Er sagte, er habe mit angesehen, wie sein Vater auf der Hauptstraße ihres Dorfes erschlagen wurde. Aber nehmen wir einmal an...«
»Ja. Nun, im Augenblick haben wir genug andere Sorgen.«
Kurz darauf stiegen die beiden leise wieder die Treppe hinunter. Im Haus war es still. Offenbar waren alle wieder eingeschlafen. Aber Ben sah die meisten seiner Angestellten vor

sich, wie sie wach im Bett lagen, den Atem anhielten und darauf warteten, daß das Getöse von neuem begänne.

Denis fanden sie in seiner Kammer unten im Erdgeschoß. Sein Gesicht war bleich unter dem dunklen Haarschopf. Er wachte über dem Fremden; der Mann atmete, aber nur noch schwach. Augenblicklich machte die Herrin sich an die Arbeit und besserte den ersten, notdürftigen Verband an Denis Arm aus. Ben hatte den Eindruck, daß die Wangen des jungen Mannes allmählich wieder ein wenig Farbe anzunehmen begannen.

Und jetzt, zum dritten Mal seit Mitternacht, erscholl ein Geräusch an der Hintertür. Diesmal war es ein behutsames Tappen.

Fast hätte Ben Lust gehabt, laut aufzulachen. »Bei allen Göttern und Dämonen, was für eine Nacht! Mein Haus hat sich in das Hermestor verwandelt, das auf die Landstraße hinausführt.«

Zum dritten Mal vergewisserte er sich, daß seine Frau und sein Gehilfe bewaffnet waren und bereit, mögliche Störenfriede zu empfangen, und wiederum spähte er mit Hilfe von Licht und Glaslinsen hinaus in den schmalen Außengang. Diesmal waren es, wie er den anderen wispernd mitteilte, zwei Menschen, die draußen vor der Tür standen. Es schienen Männer zu sein, und beide waren weiß gekleidet.

»Sie sehen aus wie zwei von Ardnehs Leuten. Der eine trägt einen großen Stab, der ...« Ben sprach nicht zu Ende. Barbara verstand, was er meinte.

Die beiden, die draußen standen, erkannten am Lichtschein, daß man sie von drinnen beobachtete, und sie riefen mit lauter Stimme: »Meister Courtenay? Wir haben das Holzmodell gebracht, auf das Ihr wartet.«

»Ah.« Ben nickte. Diese Parole beruhigte ihn. Gleichwohl bedeutete er seinen Gefährten, wachsam zu bleiben, bevor er vorsichtig noch einmal die Tür öffnete.

Diesmal aber kippte kein bewußtloser Mann herein, und keine bewaffnete Horde drängte sich in die Werkstatt. Die beiden Weißgewandeten traten friedlich ein und begrüßten, als Ardnehs Priester, höflich zuerst den Herrn des Hauses und dann

die Leute, die bei ihm waren. Denis, der seine Axt jetzt in der linken Hand hielt, war froh, sie wieder sinken lassen zu können.
Von den weißen Gewändern tropfte Wasser auf den Fußboden, der noch die frischen Spuren von Regen, Schlamm und Blut trug. Wenn die Neuankömmlinge diese Hinterlassenschaften der vorigen Besucher bemerkt hatten, so erwähnten sie sie nicht.
Kaum hatte Ben die Tür wieder verriegelt, reichte ihm der ältere der beiden weißgekleideten Priester den schweren, verzierten Holzstab. Offensichtlich war dieser Stab von zeremoniellem Wert. Er war so groß und unhandlich, daß er auf einem Marsch oder auf einer Wanderung nur zur Last gefallen wäre. Er war mannshoch und im oberen Teil kreuzförmig – eine wunderschöne Schnitzarbeit aus einem leichten Holz, das Denis nicht kannte. Das obere Ende ähnelte dem Griff eines gigantischen Holzschwertes: Die Köpfe und Hälse zweier geschnitzter Drachen bogen sich zurück und bildeten das übergroße Querholz.
»Wunderschön«, bemerkte Denis mit plötzlichem, trockenem Mißtrauen. »Aber ich wüßte gern, welches von Ardnehs Ritualen einen solchen Gegenstand erfordert? Während der Zeit, die ich als Akolyth verbrachte, habe ich dergleichen nie gesehen.«
Die beiden weißgekleideten Männer schauten Denis an. Dann wandten sie sich an den Mann, den sie als Meister Courtenay kannten, und in ihrem Blick lag eine stumme Frage. Müde erklärte er: »Ihr mögt uns ruhig zeigen, was in diesem Holzmodell steckt. Denis hier genießt von heute an mein volles Vertrauen. Es geht nicht anders.«
Denis starrte seinen Meister einen Augenblick lang an. Dieser beobachtete aufmerksam, was die Priester taten. Der jüngere Priester hatte den Stab jetzt in der Hand und drückte mit seinen kräftigen Fingern vorsichtig auf die zierlichen Schnitzarbeiten. Augenblicklich öffnete sich das Holz wie eine Muschelschale und offenbarte einen samtgefütterten Hohlraum. Darin ruhte ein großes Schwert, dessen gerades Eisenheft das Innere des Querholzes ausfüllte. Der schlichte Griff schien aus irgendei-

nem harten, schwarzen Holz zu bestehen und trug ein kleines, weißes Symbol: die Umrisse einer offenen, menschlichen Hand. Das Schwert steckte in einer Lederscheide, und nur ein Fingerbreit der Klinge war sichtbar, aber dieser schmale Metallstreifen lenkte Denis Aufmerksamkeit auf sich. Unter der schimmernden, makellosen glatten Oberfläche lag ein Fleckenmuster, das die dünne Klinge so aussehen ließ, als sei sie mehrere Zentimeter dick. Nur die Alte Welt oder ein Gott, dachte Denis, konnte eine solche Klinge geschmiedet haben... und von Schwertern aus der Alten Welt hatte Denis noch nie gehört.

»Sehet«, verkündete der ältere Ardneh-Priester, während der jüngere die Klinge aus der Scheide fahren ließ. »Das Schwert der Gnade!«

Denis brauchte immer noch einen Augenblick – aber nicht länger –, um voll und ganz zu begreifen, was man ihm hier zu sehen erlaubte. Als die Erleuchtung gekommen war, hielt er zuerst den Atem an und stieß dann einen langen, tiefen Seufzer aus. Inzwischen hatte fast jeder auf der Welt einmal von den Zwölf Schwertern gehört, wenngleich es vermutlich immer noch Menschen gab, die daran zweifelten, daß sie existierten, und die meisten hatten noch nie eines gesehen. Die Schwerter waren vor etwa zwanzig Jahren geschmiedet worden, wie die glaubhafteren unter den Geschichten zu berichten wußten. Sie waren – darin stimmten alle Versionen dieser Legende überein – angefertigt worden, um eine geheimnisvolle Rolle in einem göttlichen Spiel zu spielen, das die Götter und Göttinnen, die die Welt beherrschten, miteinander zu ihrem Vergnügen zu betreiben gedachten.

Und wenn diese wunderbare Waffe nicht eines der Zwölf Schwerter war, dachte Denis... nun es war schwer, sich dann vorzustellen, was es sonst sein sollte. Im Laufe der Zeit, die er im Hause Courtenay verbracht hatte, waren ihm einige elegante und wertvolle Klingen unter die Augen gekommen, aber nie zuvor hatte er ein solches Stück gesehen.

Es waren insgesamt zwölf, darin stimmten alle Geschichten überein. Die meisten besaßen zwei Namen, einige hatten mehr als zwei und wenige auch nur einen. Sie hießen Wegfinder und Ferntöter und Tyrannenklinge; es gab das Sinnschwert und Stadtretter und Steinspalter, den man auch das Schwert der Belagerung nannte. Es gab Urteilspender, Sichtblender, Drachenstecher; Würfelwender und Schildbecher und das Schwert der Liebe – dieses war eines derjenigen, die drei Namen besaßen: es hieß auch Wundheiler und das Schwert der Gnade. Wenn alles, was man sich über diese Schwerter erzählte, auch nur ein Körnchen Wahrheit enthielt, dann besaß jede der Klingen ihre eigene, einzigartige Kraft, mit der sie jeden geringeren Zauber überwinden konnte und ihrem Besitzer die Möglichkeit eröffnete, die Welt zu beherrschen oder doch wenigstens erhobenen Hauptes mit denen zu sprechen, die es taten ...

Der ältere Priester hatte die bloße Klinge vorsichtig aus den Händen des jüngeren entgegengenommen, und jetzt sah Denis erschrocken, daß der ältere, die schwere Klinge vor sich ausstreckend, auf ihn zukam. Wie zu einem unbeholfenen Angriff halb erhoben, schwankte die Waffe leicht in den Händen des Alten.

Trotz des matten Lampenscheins schimmerte der Stahl atemberaubend hell, und Denis glaubte ein Geräusch zu hören, ein Geräusch, das wie der Atem eines Menschen klang.

Denis konnte sich später nicht daran erinnern, ob man ihm befohlen hatte, seinen verletzten Arm auszustrecken, oder ob er es von allein getan hatte. Es war sehr still im Raum. Man hörte nichts als das leise, langsame rhythmische Zischen, das von dem Schwert ausging, als ob die Klinge atmete. Die dünnen Arme des alten Mannes, die aussahen, als hätten sie in ihrem ganzen Leben noch keine Waffe gehalten, streckten sich. Die Klinge, schärfer als jedes Rasiermesser, das Denis je gesehen hatte, hörte plötzlich auf zu beben. Sie bewegte sich, als sei sie von einer anderen Macht gesteuert als von dem sichtlich zittrigen Griff des alten Priesters.

Und jetzt hatte die breite Spitze sich irgendwie, und ohne auch nur die Haut anzukratzen, geschmeidig unter den engen Verband an Denis Unterarm geschoben. Das blutgetränkte, weiße

Tuch fiel, säuberlich durchschnitten, und die Schwertspitze berührte die Wunde. Denis, der Schmerzen erwartete, fühlte statt dessen einen Augenblick lang etwas... anderes, eine intensive Empfindung, einzigartig und unbeschreiblich. Dann löste sich das Schwert wieder von seinem Arm.

Denis schaute auf seinen Arm und sah getrocknetes Blut, aber es floß kein frisches nach. Die getrockneten, bräunlichen Krusten ließen sich mühelos abreiben, als er sie mit den Fingerspitzen berührte. Dort, wo das getrocknete Blut gewesen war, sah er eine kleine, frische, rosafarbene Narbe. Die Wunde machte einen gesunden Eindruck, als sei sie mindestens seit einer Woche, wenn nicht gar seit zehn Tagen verheilt.

Aus irgendeinem Grunde erinnerte Denis sich ausgerechnet in diesem Augenblick an den Mann, der, wie die Legenden berichteten, gezwungen worden war, Vulkan beim Schmieden der Schwerter zu helfen. In den Geschichten hieß es, der Gott habe dem menschlichen Schmied, kaum daß die Arbeit beendet war, den rechten Arm abgenommen.

»Es ist natürlich eine Schande«, befand der ältere der Priester, »daß wir es verstecken und damit durch die Nacht schleichen müssen, als wären wir Verbrecher mit ihrem Plunder. Aber wenn wir keine Vorsichtsmaßnahmen träfen, dann würden diejenigen, die Wundheiler für ihre üblen Zwecke benutzen möchten, das Schwert bald in ihren Besitz bringen.«

»Wir werden unser Bestes tun«, versicherte ihm die Dame des Hauses, »sie daran zu hindern.«

»Im Augenblick aber«, fügte der Meister hinzu, »haben wir ein dringenderes Problem. Wenn ihr so gut sein wollt, mir mit dem Schwert zu folgen – schnell. Ein Mann liegt im Sterben.«

Denis ging voraus und öffnete hastig die Tür, die in seine eigene Kammer führte. Der Meister ging an ihm vorbei und deutete auf die reglose Gestalt auf dem Bett. »Er ist vor weniger als einer Stunde hier eingetroffen, und seither hat sich sein Zustand nicht verändert. Ich fürchte, er ist der Kurier, der weiterbefördern sollte, was ihr gebracht habt.«

Die beiden Priester begaben sich mit raschen Schritten an das Bett. Der jüngere murmelte ein Gebet an Draffut, den Gott des Heilens. Die erste, flinke Berührung der Klinge richtete sich

auf die immer noch blutende Wunde in der Seite des bewußtlosen Mannes. Trotz seines eigenen Erlebnisses, das erst wenige Augenblicke zurücklag, zuckte Denis unwillkürlich zusammen. Es war schwer vorstellbar, daß diese scharfe, harte Spitze nicht noch mehr Blut hervorrief, nicht noch mehr Schaden im wunden Fleisch des Mannes anrichtete. Aber anstatt anzuschwellen, trocknete das dicke, rote Rinnsal aus der Wunde augenblicklich ein. Als das Schwert zurückwich, glitt der Verbandsstoff, den Denis in die Wunde gestopft hatte, heraus und blieb hängen. Getrocknetes Blut ließ die Tücher an der Haut kleben bleiben.
Ein Gefühl der Unwirklichkeit überkam Denis, und er fuhr sich mit der Hand über die Augen.
Jetzt bewegte sich das Schwert, immer noch in den Händen des älteren der beiden Ardneh-Diener, nach unten und berührte die Wunde an dem entblößten Knie. Diesmal atmete der Mann auf dem Bett, als das bloße Metall ihn berührte, heftig ein, als sei er von einem extremen, köstlichen Gefühl erfüllt; einen Augenblick später stieß er einen langen, beredten Seufzer der Erleichterung aus. Aber seine Augen öffneten sich nicht.
Jetzt begann die Schwertspitze über den ganzen Körper hin und her zu streichen, jedoch ohne ihn wirklich zu berühren. Noch einmal verharrte sie kurz über dem Herzen. Denis sah, daß die Arme des alten Priesters immer noch zitterten, als ob es sie anstrenge, diese schwere Waffe zu halten – obgleich man dieses Schwert eigentlich nicht als Waffe bezeichnen konnte. Er fragte sich, was wohl passieren würde, wenn man damit auf einen Feind einschlagen wollte.
Noch einmal hielt die Spitze des Schwertes inne, als sie den vernarbten Stumpf des längst verlorenen Arms erreicht hatte. Sie berührte die Haut, und dort quoll, zu Denis neuerlichem Erstaunen, doch ein wenig Blut hervor, ein fadendünnes, rotes Rinnsal, das aus dem vernarbten Fleisch sickerte. Wieder ächzte der Bewußtlose.
Das Bluten hörte von allein wieder auf, beinahe ebenso schnell, wie es angefangen hatte. Der alte Priester schob das Schwert wieder in die Scheide und reichte es seinem Gehilfen, der es in den hölzernen Kreuzstab zurücklegte.

Das Gesicht des Alten war jetzt bleich, als habe ihn das Heilen einige Kraft gekostet. Aber er gönnte sich keine Ruhepause, sondern beugte sich über den Mann, den er behandelt hatte, um ihn zu untersuchen. Dann deckte er den Patienten bis ans Kinn mit einer Decke zu und richtete sich auf.
»Er wird sich erholen«, erklärte der alte Priester, »aber er braucht viele Tage Ruhe. Er war fast tot, als das Schwert der Gnade ihn erreichte. Hier könnt ihr ihn mit dem guten Essen versorgen, das er braucht, aber trotzdem wird seine Genesung einige Zeit in Anspruch nehmen.«
Mit leiser Stimme erwiderte Meister Courtenay: »Wir danken Euch in seinem Namen, wie immer er lauten mag. Doch jetzt müßt Ihr etwas essen. Und dann werden wir Euch zeigen, wo Ihr schlafen könnt.«
Würdevoll winkte der Alte ab. »Ich danke Euch, aber wir können nicht bleiben, nicht einmal zum Essen.« Er schüttelte den Kopf. »Wenn dieser Mann, wie Ihr sagt, der nächste Kurier sein sollte, dann, so fürchte ich, werdet Ihr einen Ersatz für ihn finden müssen.«
»Wir werden einen Weg finden«, beruhigte ihn die Frau.
»Gut.« Der Ältere hielt inne und runzelte die Stirn. »Da ist noch etwas, das ich Euch sagen muß, bevor wir gehen.« Wieder machte er eine Pause, eine längere diesmal, als erfordere das, was er nun zu sagen hatte, seine gesammelten Kräfte. »Das Sinnschwert ist dem Dunklen König in die Hände gefallen.«
Das Schweigen der Erschöpfung erfüllte die Werkstatt. Verzweifelt versuchte Denis, sich daran zu erinnern, was die verschiedenen Lieder und Geschichten über die Waffe namens Sinnschwert zu sagen hatten.
Da war natürlich der Vers, den jeder schon einmal gehört hatte:

Im grauen Licht des Morgens kreist' das Sinnschwert,
und Menschen und Dämonen knieten vor ihm hin.
Im hellen Licht des Mittags kreist' das Sinnschwert,
und Götter kamen, in den Krieg zu ziehen.
Im matten Licht der Dämmerung kreist' das Sinnschwert,
und Gott und Mensch, sie mußten…

»Bei allen Göttern und Dämonen!« fluchte Meister Courtenay laut. Sein Gesicht war ernst und grau, und es trug einen Ausdruck, den Denis zuvor noch nie gesehen hatte.
Wenige Augenblicke später hatten sich die beiden weißgewandeten Männer verabschiedet und waren gegangen.
Denis verschloß und verriegelte die Tür hinter ihnen und drehte sich um. Der Herr des Hauses stand in der Mitte der Werkstatt, eine Hand hatte er auf den hölzernen Schwertkasten gelehnt, der am Kamin lehnte. Er betrachtete ihn sorgfältig wie einen Gegenstand, den er vielleicht würde kaufen wollen.
Die Meisterin war schon wieder in Denis' Kammer zurückgekehrt und betrachtete den Verwundeten, der auf dem Bett lag. Als Denis hereinkam, sah er, daß der Mann jetzt friedlich schlief. Sein Gesicht hatte bereits wieder ein wenig Farbe angenommen.
Denis kehrte in die Werkstatt zurück und wandte sich an seinen Meister, dessen wirklicher Name, daran zweifelte Denis nicht mehr, gewiß nicht Courtenay war. »Was werden wir jetzt mit dem Schwert anfangen, Herr? Natürlich geht mich das vielleicht nichts an.« Es war offenkundig, daß es ihn sehr wohl etwas anging. Der eigentliche Sinn seiner Frage war, welche Schlüsse man aus dieser Tatsache würde ziehen müssen.
Sein Meister bedachte ihn mit einem Blick, der bedeutete, daß er ihn genau verstanden hatte. Aber er sagte nur: »Bevor wir uns wegen des Schwertes den Kopf zerbrechen, müssen wir uns um eine andere Kleinigkeit kümmern. Wie geht es deinem Arm?«
Denis krümmte und streckte ihn. Nur ein leichter Schmerz war zurückgeblieben. »Nicht schlecht.«
»Gut.« Der massige Mann trat hinter die große umgestürzte Werkbank und zog die Plane von dem, was man vor Ardnehs Priestern hatte verbergen wollen.
Es würde sich als nützlich erweisen, dachte Denis, daß das Haus so dicht am Fluß stand und die Nacht dunkel und regnerisch war.

3

Die Jagd unter der sengenden Sonne dauerte schon lange, aber der junge Mann auf der Flucht ahnte, daß sie nicht mehr sehr viel länger dauern würde.

Der Hinterhalt, in dem seine drei Gefährten und alle ihre Reittiere getötet worden waren, lag inzwischen etwa zwanzig Kilometer hinter ihm. Zu Fuß war er durch das rauhe, unfruchtbare Gelände gehastet und hatte nur hier und dort haltgemacht, um sich selbst in den Hinterhalt zu legen oder, wenn nötig, wieder zu Atem zu kommen.

Der junge Mann trug einen leichten Packsack auf dem Rücken, dazu einen Langbogen und einen Köcher. An seinem Gürtel hing eine kleine Wasserflasche – sie war jetzt beinahe leer, und dies war einer der Gründe, weshalb er glaubte, die Jagd würde auf die eine oder andere Weise bald zu Ende gehen. Sein wettergegerbtes Aussehen hätte es für einen Beobachter schwer gemacht, sein Alter zu schätzen, aber tatsächlich war er eher zwanzig als dreißig Jahre alt. Seine Kleider waren die eines Jägers, vielleicht auch die eines Partisanen, und die Last seiner augenblicklichen Notlage trug er mit der gleichen Gelassenheit wie seine Kleider. Er war ein großer, breitschultriger junger Mann mit blaugrauen Augen und einem hellen, kurzen Bart, der bis vor wenigen Tagen säuberlich getrimmt gewesen war. Der Langbogen, der auf seinem Rücken hing, wirkte außergewöhnlich funktional, aber im Augenblick ragten nur noch drei Pfeile aus dem Köcher, der daneben baumelte.

Die Bewegungen des jungen Mannes hatten ein ganz bestimmtes Muster angenommen: Er trabte ein Stück, dann hielt er inne und schaute sich um, rannte ein Stück, verfiel dann in einen schnellen Schritt, und schließlich schaute er sich, ohne stehen zu bleiben, noch einmal um.

Seinen Berechnungen zufolge – und er wußte, daß er sich leicht irren konnte – war ihm immer noch ein Feind mehr auf den Fersen, als er Pfeile besaß. Der einzige sichere Weg, ihre Zahl in Erfahrung zu bringen, wäre es natürlich gewesen, sich von ihnen gefangennehmen zu lassen. Aber das würden sie vielleicht ohnehin tun. Sie waren immer noch beritten und hätten ihn mit Leichtigkeit einholen können, wenn er sie nicht auf den letzten zwanzig Kilometern immer wieder selbst in einen Hinterhalt hätte laufen lassen. Auf diese Weise hatte er den Überlebenden ein gehöriges Maß an Vorsicht eingeflößt. Diese Hochebene bot manchen guten Platz, an dem man sich auf die Lauer legen konnte. Das Land wirkte täuschend offen, aber es war von Erdspalten durchzogen und von verwitterten Hügeln und riesigen Felsbrocken übersät, die aussahen, als habe sie irgendein Gott spielerisch verstreut.

Auf seinem Zwanzig-Kilometer-Marsch hatte der junge Mann genug Zeit zum Nachdenken gehabt, und er zweifelte mittlerweile nicht mehr an der Identität seiner Verfolger. Es mußten Agenten des Blauen Tempels sein. Jede nur militärische Auseinandersetzung, dachte er, hätte man inzwischen längst abgebrochen. Jede gewöhnliche Armeepatrouille des Dunklen Königs hätte sich damit begnügt, zum Lager zurückzukehren und einen Sieg zu melden, oder sie hätte sich längst wieder ihren eigenen Angelegenheiten zugewandt, wie immer die aussehen mochten. Sie hätten nicht unablässig ihre eigene Haut riskiert, um einen Überlebenden zu verfolgen – nicht, wenn er so spürbar gefährlich war wie er selbst, und nicht in diesem gefährlichen Gelände.

Nein, sie wußten, wen sie jagten. Sie wußten, was er vor vier Jahren getan hatte. Und zweifellos hatten sie den Auftrag des Blauen Tempels, seinen Kopf mit zurückzubringen.

Wenn er die Zeit dazu fand, fragte der junge Mann sich, ob sie auch Ben gefunden hatten, seinen Freund und Gefährten, der bei dem Unternehmen vor vier Jahren dabei gewesen war. Vielleicht hatten sie ihn auch schon in ihre Gewalt gebracht. Aber im Augenblick war er nicht in der Lage, irgend etwas für Ben zu tun.

Wieder war der junge Mann jetzt an einer Erdspalte angelangt, die ihm den Weg versperrte. Er blieb am Rande stehen und sah sich um. Linker Hand vertiefte die Kluft in der Erde sich rasch und verwandelte sich in einen richtigen Canyon, der sich nach Osten davonschlängelte, wo er vermutlich irgendwo in einem größeren Canyon mündete, den der junge Mann von Zeit zu Zeit schon erblickt hatte. In der anderen Richtung, nach rechts,

wurde der Spalt nach und nach flacher. Wenn er ihn überqueren wollte, würde er diese Richtung einschlagen müssen.
Von seinem augenblicklichen Standort aus gesehen, schien das Land auf der anderen Seite der Schlucht allenfalls noch flacher zu sein als die Ebene, die er durchquert hatte, und dies würde den Berittenen natürlich zu einem noch größeren Vorteil gereichen. Wenn er die Kluft nicht überqueren wollte, würde er hinuntersteigen und ihr folgen müssen. Er sah, wie rauhe, freistehende Felsformationen und die gewundenen Wände selbst am Grunde des Canyon einigen Schutz boten, um so mehr, je tiefer er wurde. Wenn er diese Richtung einschlüge, würde er bergab gehen und aus diesem Grund ein wenig schneller vorankommen können.
Er brauchte Wasser, und damit war seine Wahl entschieden. Der große Canyon würde höchstens ein paar Kilometer entfernt sein, und sehr wahrscheinlich würde er an seinem Grunde Wasser finden.
Er war schon auf dem Grunde der Schlucht und ein gutes Stück vorangekommen, bevor einer seiner rückwärts gewandten Blicke ihm die Männer, die ihn verfolgten, offenbarte. Drei Köpfe spähten über den Felsenrand, ein ganzes Stück hinter ihm. Anscheinend hatten sie damit gerechnet, daß er die Schlucht überqueren, nicht ihr folgen würde, und um ihm den Weg abzuschneiden, hatten sie ihre Reittiere auf das flachere Ende zugelenkt. Die Frage war jetzt, wie sie ihn weiter verfolgen würden. Vielleicht würden sie ebenfalls heruntersteigen. Vielleicht würde auch einer von ihnen oben bleiben und am Rande entlang reiten, um Felsbrocken hinunterzuwälzen, wenn er Gelegenheit dazu hätte. Vielleicht würde auch ein Mann auf die andere Seite hinübersetzen, so daß sie ihm an beiden Rändern und auch unten am Grunde folgen könnten.
Aber er bezweifelte, daß sie die wenigen Kräfte, die ihnen verblieben waren, aufspalten würden.
Es würde sich herausstellen. Jetzt hatte er ohnehin keine andere Wahl mehr, als der Schlucht zu folgen. Vor allem kam es nun darauf an, gute Deckung zu finden.
Vorläufig entsprach die Schlucht halbwegs seinen Erwartungen. Was beim Einstieg ein einfacher Graben gewesen war,

verbreiterte und vertiefte sich nun zusehens zu einem komplexen Canyon mit steilen Wänden. An einem scharfen Knick beschloß der junge Mann, sich erneut in den Hinterhalt zu legen. Er schlüpfte hinter einen geeigneten Felsvorsprung. Bewegungslos lag er auf dem glühheißen Steinboden und beobachtete Eidechsen, die ihn in der flimmernden Luft ihrerseits beobachteten. Mühsam kämpfte er die allzu rationale Angst nieder, diesmal könnten seine Feinde seine Absichten im voraus erraten haben, so daß zwei oder drei ihn oben am Rand des Canyons verfolgten. Dann würde einer von ihnen jeden Augenblick in seinem Gesichtsfeld auftauchen – etwa *dort*. Von diesem erhöhten Platz aus würde es natürlich ein leichtes für sie sein, einen tödlichen Regen von Felsbrocken auf ihn niederprasseln zu lassen. Wenn sie Glück hätten, würde man seinen Kopf noch erkennnen können, wenn sie ihn holen kämen.
Genug davon.

Es war tatsächlich eine Erleichterung, als die drei Männer wieder in Sicht kamen. Alle drei trotteten auf dem Grunde des Canyons dahin. Sie führten ihre Reittiere am Zügel, denn für deren Hufe bot der unebene Steinboden keinen sicheren Halt. Wie der Gejagte gehofft hatte, konnten sie an dieser Stelle einem möglichen Hinterhalt nur die Hälfte ihrer Aufmerksamkeit widmen.

Der junge Mann, der auf der Lauer lag, hatte bereits einen Pfeil auf den Bogen gelegt. Jetzt zog er die Sehne an. Er wußte, daß er sich im letzten Augenblick würde erheben müssen, um einen sauberen Schuß anzubringen.

Der Augenblick kam, und er richtete sich auf. Der Bogen sirrte unter seinen Händen, als habe der Pfeil selbst seine Entscheidung getroffen. Der Schuß war sauber, aber der Mann, dem er galt, hatte sich, wie durch einen Zauber gewarnt, abgewandt. Der Pfeil ging ins Leere. Die Feinde waren gewarnt und sprangen in Deckung.

Der Schütze wartete nicht erst ab, um zu sehen, was sie als nächstes tun würden. Er war längst aufgesprungen und rannte und stolperte den Canyon entlang. Jetzt hatte er nur noch zwei Pfeile in seinem Köcher, und noch immer konnte er nicht völlig sicher sein, daß ihn nicht mehr als drei Männer verfolgten.

Er warf einen Stein hinter sich und rannte weiter. Wieder verlangsamten die Verfolger ihren Schritt und bewegten sich mit größerer Vorsicht. Auch dadurch würde er weiteren Vorsprung gewinnen können.
Und dann sah er sein Glück plötzlich und unerwartet vor sich. Als er eine Kurve der Schlucht umrundet hatte, öffnete sich vor ihm der Blick in die größere Querschlucht, in welche diese hier mündete. Er sah einen schmalen Streifen von rasch dahinfließendem, grauem Wasser, gesäumt von üppigem, grell-grünem Laubwerk und schroffem, grauem Felsgestein.
Noch ein kleines Stück, und er würde nicht nur Wasser und Deckung finden, sondern sich auch zwischen verschiedenen Wegen entscheiden können – stromabwärts oder aufwärts. Der junge Mann trieb seinen erschöpften Körper in noch schnellerem Lauf voran.
Im Geiste schmeckte er bereits das kalte Wasser – dann trat der baumhohe Drache aus dem Dickicht von haushohen Farnen und anderen Gewächsen, das in der Einmündung zum größeren Canyon wucherte. Stolpernd kam der junge Mann zum Stehen, und das Untier sah ihn geradewegs an. Sein mächtiger Kiefer arbeitete, aber nur leichthin und abwartend, als sei der Gigant in dieser Hitze nur ungern bereit, die Energie für einen heftigen Biß oder auch nur für ein lautes Brüllen aufzubringen.
Als der junge Mann den Drachen sah, war er ihm bereits so nahe gekommen, daß ihm nichts weiter übrig blieb, als wie angewurzelt stehen zu bleiben. Er wußte, jeder Versuch, sich schleunigst zurückzuziehen, würde die Bestie unvermeidlich veranlassen, ihm nachzusetzen und er konnte nicht darauf hoffen, ihr dann zu entrinnen.
Er unternahm auch keine Anstalten, den Bogen von der Schulter zu nehmen. Selbst ein ausgezeichneter Schuß, der mitten ins Auge, das einzige wenigstens halbwegs verwundbare Ziel, träfe, würde bei einem Drachen von dieser Größe nichts weiter erreichen, als daß er in wütende Raserei verfiele. Nur wenn er stillstand, konnte er darauf hoffen, zu überleben. Wenn es ihm gelänge, bewegungslos stehen zu bleiben, bestand immerhin die Möglichkeit, daß der Drache seine vorherigen raschen Bewegungen vergessen und ihn nicht weiter beachten würde.

Dann aber geschah etwas, das den jungen Mann zutiefst überraschte, und jetzt war es mehr Staunen als Grauen oder bewußte Anstrengung, was ihn starr wie eine Statue stehenbleiben ließ.
Das gewaltige Maul des Drachen, vom eigenen Feuer an den Lippen vernarbt, öffnete sich beinahe zierlich und offenbarte vergilbte und geschwärzte Zähne von der Größe menschlicher Unterarme. Eine Stimme drang aus diesem Maul hervor, eine Art hallendes Wispern. Sie war mühelos zu verstehen, wenngleich so leise, daß der reglos dastehende Mann kaum sicher sein konnte, ob er sie wirklich hörte.
»Stecke dein kleines Messerchen fort«, forderte der Drache ihn auf. »Ich will dir nichts tun.«
Der Mann, der völlig regungslos dazustehen geglaubt hatte, schaute auf seine rechte Hand hinunter. Ohne es zu merken, hatte er den Dolch aus seinem Gürtel gezogen. Mit einer mechanischen Bewegung schob er die nutzlose Waffe zurück in die Scheide.
Noch während er es tat, kam der Drache, der ihn, auf den Hinterbeinen stehend, um mindestens das Doppelte überragte, mit einem gewaltigen Schritt auf ihn zu. Er streckte einen furchterregenden Arm aus, dessen Pranke mit Krallen bewehrt war, die wie die Zinken einer Mistgabel aussahen. Aber die beängstigende Klaue ergriff den Mann mit solcher Behutsamkeit, daß er keinen Schmerz verspürte. Er wurde hochgehoben, wirbelnd durch die Luft geworfen und sanft und sicher wieder aufgefangen. Er war sicher, dies war der Augenblick seines Todes, und sonderbarerweise war er frei von aller Angst.
Aber der Tod kam nicht; er fühlte nicht einmal Schmerz. Beinahe zärtlich warf das Ungetüm ihn in die Luft und fing ihn wieder auf. Wieder und wieder flog er in die Höhe, hochgeworfen mit einem verspielten Ingrimm, der ihm den Atem verschlug, ohne ihm aber wirklichen Schaden zuzufügen. Bei einem seiner rotierenden Flüge gelang es ihm, einen kurzen Blick in den Nebencanyon zu werfen, wo er seine Verfolger erblickte. Sie waren ihm dichter auf den Fersen gewesen, als er geglaubt hatte, aber jetzt wichen sie Meter um Meter zurück. Die drei – zwei hatten sich bereits abgewandt, einer starrte

voller Grauen zurück – hatten ihre Reittiere wieder bestiegen, ungeachtet der Gefahr, daß sie auf dem unebenen Boden leicht stolpern konnten. Alle drei galoppierten in panischer Hast durch den steinigen Seitencanyon davon.

Der Drache brüllte auf. Wieder wirbelte der Mann durch die Luft, so daß er die Reiter aus dem Blickfeld verlor. Er fühlte, wie sein fliegender Körper das Laub streifte. Dann landete er beinahe sanft auf schattigem Boden, der von feuchtem Moos bedeckt und weich wie ein Bett war. Er blieb auf dem Rücken liegen, und über ihm schwankten mächtige Farnwedel. In dieser Lage hatte er freie Sicht auf den schuppigen, grünen Rücken des Drachen, der jetzt den Reitern nachsetzte. Das Donnergebrüll des Ungeheuers dröhnte im Canyon wie eine Steinlawine.

Einen Augenblick später waren die Reiter hinter der ersten Biegung des Nebencanyons verschwunden. Unvermittelt brach der Drache seine Verfolgung ab und hörte auf zu brüllen. Er drehte sich um und kam mit ganz und gar nicht drachenhafter gelassener Zielstrebigkeit zurück zu dem immer noch am Boden liegenden Mann. Dieser wagte sich nicht zu bewegen und sah dem Drachen entgegen. Noch hatte das Monstrum ihn nicht getötet – und davonzulaufen hätte nicht einmal dann Sinn gehabt, wenn er noch bei frischen Kräften gewesen wäre. Wieder nahm der gewaltige Drache ihn sanft vom Boden auf. Vorsichtig trug er ihn tiefer in das dichte Ufergestrüpp hinein. Hinter den letzten Zweigen sah der Mann ganz deutlich den rasch dahinfließenden, schmalen Wasserlauf, der sich durch den Canyon zog.

Die Stimme des Drachen übertönte das endlose, geschäftige Plätschern des Wassers. »Niemals«, erklärte das Geschöpf mit seiner Grabesstimme, »werden sie umkehren und einem Drachen in dieses Dickicht folgen. Statt dessen werden sie zu ihren Herren zurückkehren und ihnen melden, du seist tot, da sie mit eigenen Augen gesehen haben, wie du zermalmt und gefressen wurdest.« Mit diesen Worten ließ der Drache den Mann wieder auf den weichen Boden gleiten, diesmal noch sanfter als zuvor. Dann tat der Drache einen großen Schritt rückwärts. Sein Bild flackerte vor den Augen des Mannes, und einen Augenblick lang hatte er den deutlichen Eindruck, daß das mächtige Wesen einen breiten Ledergürtel um den schuppigen, gewölbten Leib trug. Einen flüchtigen Augenblick lang war dem Mann, als hänge an diesem Gürtel eine Scheide und als stecke in dieser Scheide ein Schwert.

Gürtel und Schwert waren gleich wieder unsichtbar. Dann aber erschienen sie wieder. Der Mann blinzelte, schüttelte den Kopf, rieb sich die Augen und sah noch einmal hin. Hier war irgendein Zauber am Werk. So mußte es sein. Wenn es...

Der Schwertgürtel hing, jetzt unzweifelhaft wirklich, an einer großen, pelzigen Hand – und es war unverkennbar eine Hand und nicht eine Drachenpranke. Der Pelz, der die Hand und auch den Arm und den dazugehörigen Körper bedeckte, war im Grunde silbrig-grau, aber ein geheimnisvolles Licht ließ ihn von innen heraus sichtbar leuchten. Vor den Augen des Mannes veränderte sich dieses Leuchten und schillerte in allen Farben des Regenbogens.

Die riesige Hand ließ den Gürtel fallen.

Vor dem jungen Mann stand jetzt ein pelziges Wesen auf zwei Beinen, ebenso hoch und massig, wie der Drache gewesen war, aber ansonsten völlig verändert. Finger waren an die Stelle der Krallen getreten, und die Hände waren geformt wie die eines Menschen. Die gewaltigen Zähne waren noch da, aber jetzt waren sie weiß wie Elfenbein, und der Kopf hatte nichts Reptilienhaftes mehr an sich. Obgleich die Gestalt dastand wie ein Mensch, war das Gesicht nicht menschlich. Es war... einzigartig.

Klugheit lag in den großen dunklen Augen, während sie beobachteten, wie der Mann auf diese Verwandlung reagierte.

Langsam und unsicher rappelte der junge Mann sich auf. Zögernd näherte er sich dem Gürtel und dem Schwert, die im Schatten auf dem Moosboden lagen. Er bückte sich und sah, daß der rabenschwarze Griff des Schwertes mit einem kleinen, weißen Symbol verziert war. Aber obwohl er sich auf die Knie sinken ließ, um genauer hinzuschauen, vermochte er nicht zu erkennen, was das Symbol darstellte. Aus irgendeinem Grund fiel es ihm schwer, den Blick darauf zu konzentrieren. Er streckte die Hand aus und legte die Finger auf den Griff, und bei der Berührung fühlte er, wie die Kraft, die er erwartet hatte, auf ihn überströmte. Jetzt konnte er das Symbol deutlich erkennen. Es waren die einfachen Umrisse eines offenen menschlichen Auges.

Der junge Mann wandte den Kopf, sah den wartenden Riesen an und sagte: »Ich bin Mark, Sohn des Jord.« Bei diesen Worten stand er auf, und als er stand, zog er das Schwert aus der Scheide. Mit der rechten Hand hob er die prachtvoll glänzende Stahlklinge zum Gruß.

Der Riese antwortete mit einer unmenschlichen tiefen Baßstimme, die ganz anders klang als die des Drachen. »Du bist Mark aus Arin am Aldan.«

Eine Weile sah der junge Mann ihn unverwandt an. Dann nickte er. »So ist es.« Er ließ das Schwert sinken und fügte hinzu: »Ich habe Sichtblender schon einmal in der Hand gehabt.«

»Du hast auch schon andere Schwerter in der Hand gehabt. Ich weiß einiges über dich, Mark, wenngleich wir einander noch nicht begegnet sind. Ich bin Draffut, wie du inzwischen sicher erkannt hast. Der Mann namens Nestor, dein Freund, war auch ein Freund von mir.«

Mark antwortete nicht sofort. Jetzt, da er das Schwert der Arglist in der Hand hielt, waren ihm einige Dinge, die dem Wesen vor ihm innewohnten, offensichtlich geworden. Wie sie offensichtlich waren – dies war etwas, was er nicht hätte erklären können, auch wenn sein Leben davon abgehangen hätte. Aber über dem Bild Draffuts in Marks Augen stand jetzt ein Teil der Geschichte Draffuts geschrieben, in Zeichen, die Mark, wenn er das Schwert wieder aus der Hand gelegt hätte, nicht mehr sehen und schon gar nicht verstehen würde.

»Du bist derselbe Draffut, den man als Gott des Heilens anbetet«, stellte Mark fest. »Der, welcher Ardneh den Gesegneten vor zweitausend Jahren seinen lebenden Freund nannte... aber dennoch werde ich dich nicht einen Gott nennen. Aber Herrn der Tiere, wie du bei anderen heißt, schon. Denn das bist du ganz gewiß, das und mehr.« Mark verneigte sich tief. »Ich verdanke dir mein Leben.«

»Es war mir ein Vergnügen... und Herr der Tiere ist ein Titel,

den ich zumindest tolerieren kann.« Tatsächlich schien das riesige Geschöpf ihn sogar in gewisser Weise zu genießen. »Jetzt, da du Sichtblender in der Hand hältst, kannst du wohl sehen, daß ich kein Gott bin. Aber ich komme gerade von einer Versammlung der Götter.«
Mark erschrak. »Was?«
»Ich sagte, ich komme eben von einer Versammlung der Götter«, wiederholte Draffut geduldig. »Und ich hatte Sichtblender in der Hand, als ich unter ihnen stand, und so kam es, daß jeder mich als einen der ihren sah... und was ich in ihnen sah, überraschte mich, während ich dastand und ihrem Streit lauschte.«
»Ein Streit – um was?«
»Zum Teil um die Schwerter. Wie gewöhnlich konnten sie sich in keinem einzigen Punkt einigen. Ich glaube, das ist eine gute Nachricht für die Menschheit. Aber ich habe auch andere Neuigkeiten erfahren, die überhaupt nicht gut waren. Der Dunkle König, Vilkata, hat jetzt das Sinnschwert. Wie und wann er es bekommen hat, weiß ich nicht.«
Lange Zeit stand Mark schweigend da. Dann murmelte er leise: »Bei Ardnehs Gebeinen! Haben das die Götter gesagt? Glaubst du es?«
»Wie ich zu meiner Freude sehe, weißt du, daß nicht immer die Wahrheit ist, was uns die Götter sagen«, meinte Draffut. »Aber in diesem Falle, fürchte ich, ist es doch wahr. Vergiß nicht, ich hielt das Schwert der Arglist in meinen Händen, und ich sah die Sprecher aufmerksam an, während sie redeten. Sie logen nicht mit Bedacht. Ich glaube auch nicht, daß sie sich irrten.«
»Dann ist die menschliche Rasse...« Mark machte eine hilflose Gebärde. »... in Schwierigkeiten.« Sein Blick senkte sich auf die Klinge, die er immer noch in der Hand hielt, und er schwenkte sie leicht hin und her, um zu sehen, wie sie in der Hand lag. »Wenn es nicht eine allzu dreiste Frage ist – wie ist dieses Schwert in deinen Besitz gelangt? Als ich es zuletzt sah, steckte es im Leib eines davonfliegenden Drachen.«
»Vielleicht hat das Tier die Klinge im Flug verloren. Ich habe sie im großen Sumpf gefunden.«

»Und – falls du mir auch diese Frage gestattest – wie kamst du dazu, die Götter zu bespitzeln?«
Draffut legte eine seiner gewaltigen Hände an einen Baumstamm, der neben ihm stand. Mark hatte den Eindruck, daß die Rinde rings um die Hand ihre Farbe veränderte. Sie schien sich sogar ein wenig zu bewegen, als habe ihr Leben eine andere Geschwindigkeit angenommen. Ohne Zahl waren die Wundertaten, deren man Draffut rühmte. Der Herr der Tiere beantwortete seine Frage.
»Als ich dieses Schwert in der Hand hielt, wurde mir klar, daß ich nie wieder eine bessere Gelegenheit finden würde, etwas zu tun, das mir schon lange im Kopf herumging: Ich wollte den Kaiser finden und mit ihm von Angesicht zu Angesicht sprechen.«
»Du bist also nicht zuerst zu den Göttern gegangen?«
»Göttern war ich schon früher begegnet.« Draffut verlor sich für einen Augenblick in Gedanken. Dann sprach er weiter. »Es ist nicht leicht, den Kaiser ausfindig zu machen. Aber ich habe einiges Geschick im Finden dessen, was verborgen ist, und ich habe ihn gefunden. Ich war schon seit langem neugierig gewesen.«
Auch Mark war in dieser Hinsicht gelegentlich schon neugierig gewesen, aber seine Neugier hatte sich doch stets in Grenzen gehalten. Er war mit den landläufigen Vorstellungen vom Kaiser aufgewachsen: Der Kaiser war ein legendärer Taschenspieler, vielleicht erfunden und unwirklich. Ein Possenreißer, ein Rätselerfinder, ein Maskenträger. Einer, der gelegentlich Bräute und Jungfrauen verführte, der sprichwörtliche Vater der Armen und der Unglückseligen. Erst in den letzten Jahren, da Mark allmählich Menschen kennengelernt hatte, die mehr von der Welt kannten als den Namen des nächsten Dorfes, hatte er allmählich begriffen, daß der Kaiser womöglich wirkliche Bedeutung besaß.
Aber seine Neugier hinsichtlich dieser Gestalt hatte nie sonderlich viel von seiner Zeit oder seinen Gedanken in Anspruch genommen. Dennoch fragte er Draffut jetzt: »Wie ist er?«
»Er ist ein Mann«, antwortete Draffut mit Bestimmtheit, als habe es in dieser Hinsicht einige Zweifel gegeben. Aber nach-

dem er diese Feststellung getroffen hatte, verstummte der Herr der Tiere, als wisse er nicht, was er noch sagen solle. Schließlich fuhr er fort. »John Ominor, Ardnehs Feind, nannte man ebenfalls Kaiser.« Bei dieser beiläufigen Erinnerung an Ereignisse, die zweitausend Jahre zurücklagen, fühlte Mark, wie seine Kopfhaut leise zu kribbeln begann. Draffut redete weiter. »Und dann, ein Weilchen später, bedachten viele auch den Prinzen Duncan, einen guten Mann, mit diesem Titel.«
Wieder verstummte Draffut. Mark wartete einen Augenblick lang; seine Neugier war noch nicht gestillt. »Besteht zwischen diesem Mann, den man den Kaiser nennt, und den Schwertern ein Zusammenhang? Kann er uns gegen Vilkata helfen?«
Draffut machte eine merkwürdige Gebärde mit beiden Händen, die bei einem geringerem Lebewesen Hilflosigkeit hätte vermuten lassen. Als er die Hand von dem Baumstamm hob, nahm die Rinde sogleich wieder ihre gewöhnliche Beschaffenheit an. »Ich glaube, daß der Kaiser uns ungeheuer hilfreich sein kann. Aber wie wir seine Hilfe erwirken sollen... Und was die Schwerter betrifft, so kann ich dir nur folgendes sagen: Ich glaube, Sichtblender konnte ihn keinen Augenblick täuschen, obgleich ich die Waffe in der Hand hielt, als ich mich ihm näherte.«
»Er ließ sich nicht täuschen?«
»Ich glaube, er sah mich die ganze Zeit als das, was ich bin.« Der Herr der Tiere dachte einen Augenblick nach und schloß dann: »Natürlich war es auch nicht meine Absicht, ihn zu täuschen, es sei denn, er hätte Böses im Schilde geführt, und ich glaube nicht, daß er es tat.«
Der eindringliche, unmenschlich starre Blick des Sprechenden hielt Marks Augen in seinem Bann. »Es war der Vorschlag des Kaisers, daß ich das Schwert nehmen und es dazu benutzen sollte, den Rat der Götter zu belauschen. Und er trug mir noch etwas anderes auf: Nachdem ich gehört hätte, was die Götter zu bereden hatten, sollte ich Sichtblender zu dir tragen.«
Mark spürte, wie eine eisige Kälte in ihm aufstieg, ein Gefühl wie das von plötzlicher Angst, in deren Kern jedoch der Funke freudiger Erregung aufglühte. Beide Empfindungen waren ihm gleichermaßen unerklärlich. »Zu mir?« wiederholte er töricht. »Zu dir. Selbst das Schwert der Arglist kann mich nicht so gut

tarnen, daß man mich für einen Menschen oder wenigstens für ein Geschöpf von bloß menschlicher Größe halten könnte. Aus der Ferne – vielleicht. Aber es wird mir nicht möglich sein, die Behausungen von Menschen heimlich zu betreten, um ihre geheimen Beratungen zu belauschen.«
»Aber du sagst, die Götter kannst du belauschen. Ist das nicht noch wichtiger?«
Der Herr der Tiere schüttelte den Kopf. »Der Krieg, der uns bevorsteht, wird die Welt erschüttern, wie sie seit den Zeiten Ardnehs nicht mehr erschüttert worden ist. Und der Krieg wird durch Menschen gewonnen oder verloren werden, wenngleich auch die Götter eine Rolle zu spielen haben.«
»Woher weißt du all dies?«
Draffut schwieg.
»Was können wir tun?« fragte Mark schlicht.
»Ich werde in meiner eigenen Gestalt versuchen, die Handlungen der Götter zu beeinflussen. Wie du vielleicht weißt, bin ich unfähig, Menschen zu verletzen, was immer auch geschieht. Aber gegen *sie* kann ich kämpfen, wenn es nötig ist. Ich habe es schon getan, und ich habe gesiegt.«
Wieder fühlte Mark das Kribbeln in seiner Kopfhaut. Er schluckte und nickte. Anscheinend beruhten die Legenden, die von Draffuts siegreichem Kampf gegen den Kriegsgott Mars selbst berichteten, auf Wahrheit.
Draffut erklärte: »Ich werde das Schwert bei dir lassen.«
Als Mark dies hörte, verspürte er wiederum ein rasches Aufwallen von Erregung, eine Empfindung, die in diesem Fall rasch durch ein paar Erinnerungen und ein wenig Überlegung gedämpft wurde.
»Sir Andrew, dem ich diene, hat mich beauftragt, Prinzessin Rimac aufzusuchen – oder ihren General Rostov, falls er leichter zu finden sein sollte. Ich soll ihnen gewisse Dinge mitteilen, natürlich kann ich das Schwert der Arglist mitnehmen. Und vermutlich könnte ich es ihnen geben, wenn ich sie gefunden habe. Aber was soll ich nach des Kaisers Willen damit anfangen? Vertraust du ihm?« Fragen über Fragen kamen ihm in den Sinn, schneller, als er sie stellen konnte.
»Ich kenne die Menschen und verkehre mit ihnen seit mehr als

fünfzig Jahren«, antwortete Draffut, »und ich vertraue ihm. Er hat mir nichts erklärt. Er sagte nur, daß er dir das Schwert anvertraut.«

Mark runzelte die Stirn. Es war eher beunruhigend als erfreulich zu erfahren, daß man aus geheimnisvollen Gründen das Vertrauen einer anscheinend mächtigen Gestalt besaß. »Aber wieso ich? Was weiß er von mir?«

»Er kennt dich«, erwiderte Draffut, ohne zu zögern und mit einer Sicherheit, die nicht eben hilfreich war. »Und jetzt muß ich mich auf den Weg machen.« Der Riese wandte sich ab und drehte sich dann noch einmal um und sagte: »Das Land der Prinzessin, Tasavalta, liegt östlich von hier an der Küste, wie du vermutlich weißt. Wo Rostov und seine Armee im Augenblick stehen, ahnst du wahrscheinlich ebenso wie ich.«

»Dann nehme ich das Schwert mit und bringe es der Prinzessin.« Mark hob die Stimme und rief dem Herrn der Tiere hinterdrein. Draffut, dessen Riesenschritte ihn beträchtlich schneller voranbrachten als einen Menschen, war bereits weit weg. Mark seufzte und verschluckte weitere Fragen, da sie nun offensichtlich nicht mehr beantwortet werden würden.

Das Wasser spritzte auf, als Draffut den seichten Fluß durchwatete, und er drehte sich noch einmal um und winkte Lebewohl. Dann begann er, die gegenüberliegende Wand des Canyons zu erklimmen. Er kletterte wie eine Bergziege und hangelte sich geradewegs an der steilen Felswand empor. Mark glaubte zu sehen, wie das Gestein selbst sich vorübergehend veränderte, wo Draffut es berührte. Unter dem Einfluß des Lebens begann es zu verfließen.

Dann hatte Draffut den oberen Rand des Canyons erreicht und war verschwunden.

Als er allein war, fühlte Mark plötzlich, wie erschöpft er war. Eine ganze Weile starrte er das Schwert an, das er immer noch in den Händen hielt. Dann beugte er sich nieder und trank endlich genußvoll aus dem Fluß, dessen Namen er nicht kannte. Er bespritzte sich mit Wasser, um sich abzukühlen. Dann streckte er sich im schattigen Moos aus, schob Sichtblender unter den Kopf und schlief ruhig ein. Jeder Feind, der ihn jetzt entdeckte, würde nicht ihn sehen, sondern statt dessen einen Menschen oder einen Gegenstand, den er liebte oder fürchtete und auf jeden Fall nicht verletzen würde. Natürlich konnte es stromaufwärts immer noch ein plötzliches Unwetter geben, das den Canyon überflutete, und dann würde er ertrinken, aber er hatte einen Großteil seines Lebens unter schlimmeren Gefahren verbracht.

Mark erwachte erst wieder, als die Sonne hinter der hohen Steinwand im Westen untergegangen war. Es war beinahe dunkel. Im letzten Licht gelang es ihm, mit einem seiner beiden Pfeile ein Kaninchen zur Strecke zu bringen. Der Pfeil war sogar unbeschädigt geblieben, und er war überzeugt, daß sein Geschick sich zum Guten wendete. Nachdem er sein Kaninchen auf einem kleinen Feuer geröstet hatte, verspeiste er es zum größten Teil und schlief dann wieder ein.

Mitten in der Nacht erwachte er zum zweiten Mal. Er lag am Boden, schaute zu den Sternen hinauf und dachte über Draffut nach. Der Herr der Tiere war ein prächtiges, einzigariges Geschöpf, und es nahm nicht wunder, daß die meisten Leute ihn für einen Gott hielten. Sein Leben hatte vor so langer Zeit begonnen, daß sogar Ardnehs Kampf mit dem Dämon Orcus im Vergleich dazu erst vor kurzem stattgefunden hatte. Mark, der Draffut mit dem Schwert der Arglist in der Hand hatte betrachten können, wußte das.

Das Schwert hatte Mark noch wunderbarere Dinge offenbart. Er hatte gesehen – ganz deutlich, wenngleich nur einen Augenblick lang und in einer Art des Sehens, die man nicht erklären konnte –, daß der Herr der Tiere sein langes Leben als Hund begonnen hatte. Ein schlichter, vierbeiniger Hund... mehr nicht.

Dies war ein Geheimnis, das sich allem Nachdenken verschloß. Mark schlief wieder ein, und als er erwachte, waren die Sterne weitergezogen. Als er die Augen aufschlug, sah er einen strahlenden Meteor, als habe irgendeine Macht ihn erweckt, damit er ihn sehen könne.

Eine Zeitlang lag er wach und grübelte.

Wer war nun eigentlich der Kaiser? Und wie und warum wußte der Kaiser von Mark, Jords Sohn? Natürlich war Marks verstorbener Vater selbst eine Nebengestalt in den Legenden,

denn er war gegen seinen Willen von Vulkan gezwungen worden, beim Schmieden der Schwerter zu helfen. Und Mark hatte vier Jahre zuvor an dem berühmten Raubzug in die Schatzkammern des Blauen Tempels teilgenommen. Aber weshalb sollte eine dieser zweifelhaften Ruhmestaten den Kaiser veranlaßt haben, ihm ein Schwert zu senden?
Alle Geschichten stimmten darin überein, daß der Kaiser gern zu scherzen pflegte.
Mark war einer Antwort auf seine Fragen nicht näher gekommen, als er wieder einschlief.

Am Morgen war er schon früh auf den Beinen, und gleich zog er weiter. Bald fand er einen Nebencanyon, der gangbar zu sein schien und nach Osten führte. Er füllte seine Wasserflasche, bevor er den Fluß hinter sich ließ, und folgte dann dem Nebencanyon, der sich allmählich aufwärts schlängelte. Als er nach einigen Kilometern so flach geworden war, daß man mühelos hinausklettern konnte, tat Mark dies. Das Gebirge im Osten war in der Ferne sichtbar – bläulich, als sei es von Wald überzogen. Tasavalta, dachte Mark. Oder eine angrenzende Gegend.
Nach einem weiteren Tagesmarsch, der ihn noch näher an die Berge herangebracht hatte, sah er die berittene Patrouille. Er war trotz der beträchtlichen Entfernung sicher, daß diese Reiter zu den Soldaten des Dunklen Königs gehörten. Gegen diese hatte er oft genug gekämpft, um in der Lage zu sein, sie zu erkennen. Ihm genügte ein wehender Mantel in der Ferne, die Form einer hocherhobenen Speerspitze. Die Patrouille bewegte sich zwischen ihm und seinem Ziel, und sie kam beinahe geradewegs auf ihn zu. Aber er glaubte nicht, daß sie ihn schon gesehen hatten. Automatisch hatte Mark sich hinter einem Busch verborgen, als er ihrer ansichtig geworden war, und aus seinem Versteck heraus beobachtete er sie aufmerksam. Ohne weiter nachzudenken, überlegte er, wie er sich am besten vor ihnen würde verbergen können, wenn sie vorüberzögen – als ihm einfiel, welches Schwert jetzt an seiner Seite hing. Er hatte Sichtblender schon einmal benutzt, und er hatte volles Vertrauen in seine Kräfte.

Kühn erhob er sich, die Hand auf den Griff des Schwertes gelegt, und er fühlte, wie die Kraft der Klinge sich regte, als er sich seinen Feinden näherte. Geradewegs marschierte er den Reitern entgegen. Aber bevor die Patrouille ihn entdeckte, wich sie von ihrem Wege ab und bog zur Seite. Mark fluchte murmelnd vor sich hin. Wenn er hilflos gewesen wäre und versucht hätte, sich zu verstecken, wären sie wahrscheinlich blindlings über ihn gestolpert.
Sie waren schon außer Sicht, als er ihre Spur erreichte, aber er folgte ihnen, der untergehenden Sonne entgegen, die blauen Berge in seinem Rücken. Die Botschaft, die er der Prinzessin Rimac auszurichten hatte, war eigentlich nicht sonderlich dringend. Sein Soldateninstinkt sagte ihm, daß sich hier womöglich eine ausgezeichnete Gelegenheit bot.
Etwa eine Stunde später stieß er auf die Patrouille. Es war ein Dutzend abgehärtet aussehender Männer, die um ein abendliches Lagerfeuer saßen, das groß genug war, um zu zeigen, daß sie einen nächtlichen Angriff nicht befürchteten. Sichtblenders Griff vibrierte leise in Marks Hand, als er in den Schein des Feuers trat und vor ihnen stehen blieb.
Sie hoben die Köpfe und sahen zu ihm auf, und alle blieben regungslos sitzen. Es waren abgebrühte Soldaten, aber gleichwohl sah er, daß sie augenblicklich Angst bekommen hatten. Wovor, das wußte er nicht. Aber es war ein Bild, das sie an seiner Statt sahen. Als er an sich selbst hinunterschaute, fand er sich, wie er erwartet hatte, unverändert.
Mark überließ es ihnen, das Schweigen zu brechen. Schließlich erhob sich einer, offensichtlich ihr Feldwebel, verneigte sich und fragte ihn: »Herr, was wollt Ihr von uns?«
»In welche Richtung führen euch eure Befehle?« Marks Stimme klang in seinen eigenen Ohren nicht anders als zuvor.
»Hoher Herr, wir sind auf dem Weg zum Lager des Dunklen Königs selbst. Dort sollen wir unserem Hauptmann über die Ergebnisse unserer Patrouille Bericht erstatten.«
Mark atmete tief ein. »Dann werdet ihr mich mitnehmen.«

4

Jord kratzte sich vorsichtig an seinem juckenden Armstumpf. Bei dem ungewohnten Wundschmerz verzog er das Gesicht. Noch behutsamer rieb er mit seiner rauhen Fingerspitze über die Stelle, und er spürte dort eine leichte Schwellung.
Nicht, daß er sich beklagen wollte. Im Gegenteil. Er lag auf einem weichen, mit feinem Stoff bezogenen Bett in der Morgensonne. In der Nähe erscholl munteres Vogelgezwitscher, aber ansonsten war er allein auf der eleganten Dachterrasse in einem Garten voller Pflanzen und Vögel, frisch vom Regen der vergangenen Nacht. Die Terrasse bedeckte den größten Teil des Flachdaches auf dem Hause Courtenay. Ein Teller mit Speisen stand auf einem kleinen Tisch neben ihm. Es war die zweite Portion gewesen, und Jord hatte es nicht geschafft, alles restlos aufzuessen. Er trug ein feines, weißes Nachthemd aus einem Stoff, den er nicht kannte – aber er vermutete, Seide müsse sich so anfühlen. Nun, offensichtlich und zu seinem großen Glück hatte er reiche und mächtige Freunde gefunden. Deshalb überraschten ihn diese Einzelheiten nicht sonderlich.
Was ihn hingegen überraschte, ja, was ihn schier verblüffte, war das, was mit seinen Wunden geschehen war.
Die kräftigen Männer, anscheinend Dienstboten, die ihn am Morgen auf die Terrasse heraufgetragen hatten, hatten ihm erzählt, daß er erst am Abend zuvor im Hause Courtenay eingetroffen sei. Darüber hinaus hatte Jord die Diener nicht ausgefragt, denn er wußte nicht genau, wie weit sie in die geheimen Geschäfte ihres Meisters eingeweiht waren und ob ihnen bekannt war, wer er, Jord, war und was er hier zu tun hatte.
Jords letzte Erinnerungen an den vergangenen Abend drehten sich darum, daß er Angst gehabt hatte, zu verbluten, und er versucht hatte, an die Hintertür dieses Hauses zu klopfen, weil er gewußt hatte, daß er vermutlich nie mehr aufwachen würde, wenn er ohnmächtig würde, ohne Hilfe gefunden zu haben. Nun, er mußte trotzdem in Ohnmacht gefallen sein. Ganz gewiß aber war er wieder aufgewacht. Er hatte sich fast

gesund und maßlos hungrig gefühlt – und seine Wunden waren auf dem Wege der Heilung gewesen.
Die Sonne war inzwischen höher gestiegen und wäre allmählich unangenehm heiß geworden, aber eine grüne Rankenlaube warf just im richtigen Winkel ihren Schatten über die Liegestatt. Der Lärm von den städtischen Straßen schwoll an, aber sie lagen so tief unten, daß es nicht wirklich störte. Jord hatte genug über Städte gelernt, um in ihnen leben zu können, wenn es sein mußte, aber heimisch fühlte er sich nur in einem Dorf oder einer Kleinstadt.
Die Pergola, die ihm Schatten spendete, verbarg ihn auch, wie er jetzt bemerkte, vor neugierigen Blicken, die jemand von den benachbarten hohen Gebäuden der Stadt hätte herüberwerfen können. Gleichzeitig aber gestatteten ihm die Lücken zwischen Gitterwerk und Blättern einen mehr oder weniger ungehinderten Blick nach draußen. Schieferdächer erstreckten sich wie Bäume in einem Wald bis zu dem unebenen Horizont, den die achtunggebietenden Mauern der Stadt bildeten. Tashigang war auf einigen Hügeln erbaut, zwischen denen der Corgo, der sich hier in mehrere Arme aufgeteilt hatte, dahinfloß. Das Haus Courtenay stand praktisch am Flußufer und somit in einer der am tiefsten gelegenen Gegenden. Infolgedessen ragten manche Mauerabschnitte und die Gebäude auf den Hügeln im Hintergrund zu scheinbar magischen Höhen empor – wie die Türme in den Geschichten aus der Alten Welt.
»Guten Morgen.« Eine Frauenstimme, die Jord nicht kannte, schreckte ihn aus seinen Gedanken auf. Er hörte auf, durch die Pergola zu spähen, und wandte sich um. Die Frau war jung und klein, ja, geradezu winzig. Ihr Haar war schwarz, und sie war weiß gekleidet – offensichtlich eine Dame. Ein junges Kindermädchen und ein Kleinkind hielten sich im Hintergrund. Sie blieben außer Hörweite auf einem Kiesweg, der mit dazu beitrug, daß die Dachterrasse aussah wie ein ländlicher Garten.
»Guten Morgen, gnädige Frau.« In den vergangenen zehn Jahren hatte Jord sich oft genug in weltstädtischer Gesellschaft bewegt, um mit beinahe jedem mehr oder weniger

unbefangen umgehen zu können. »Die Männer, die mich heraufgebracht haben, sagten mir, ich sei im Hause von Meister Courtenay und seiner Gattin.«

»So ist es. Ich bin die Herrin dieses Hauses. Bei allen Göttern und Dämonen – Ihr braucht nicht aufzustehen. Ihr seid Jord, nicht wahr?«

Jord gab seine Bemühungen, sich höflich zu erheben, auf. »Ich bin Jord, jawohl. Und ich danke Euch für Eure Hilfe.«

»Ist das Essen nicht nach Eurem Geschmack?«

»Es ist sehr gut, aber sie haben mir mehr gegeben, als ich verzehren kann.«

Die Frau sah ihn nachdenklich an. Einige Stühle standen in der Nähe, aber sie zog es offensichtlich vor, stehenzubleiben. »Prinzessin Rimac hat Euch also zu uns geschickt. Ihr seid ein Kurier und sollt ihr zwei Schwerter bringen.«

Jord wollte sein verletztes Knie beugen und strecken, verzog aber schmerzlich das Gesicht. »Mir scheint, ich habe mich als unfähig erwiesen, diese Aufgabe auszuführen, noch bevor ich sie recht begonnen habe.« Er sagte es, als treffe er eine nüchterne Feststellung. »Nun, ich will mein Bestes tun, was immer man mir als nächstes auftragen mag. Aber mir scheint, ich werde erst meine Wunden auskurieren müssen, bevor ich überhaupt etwas tun kann.«

Die Frau betrachtete ihn noch immer. Anscheinend hatte sie aus irgendeinem Grunde ein besonders starkes Interesse an ihm. Sie nickte. »Die Dienstboten – alle außer Denis, der eigentlich mehr als das ist – halten Euch für einen befreundeten Kaufmann, der unter die Diebe gefallen ist und Hilfe braucht. Solche Dinge kommen in unserem Gewerbe nur allzu häufig vor.«

»In meinem leider auch. Ich danke Euch noch einmal dafür, daß Ihr mir das Leben gerettet habt.« Jord schwieg einen Augenblick. Dann fuhr er fort: »Sagt mir jedoch eines: Als die Diener mich herauftrugen, erzählten sie mir, ich sei erst gestern abend hergekommen. Aber ...« Ratlos deutete er auf seine Wunden.

»Eines der Schwerter, die Ihr Prinzessin Rimac bringen solltet, ist das Schwert der Gnade.«

»Ah.« Jord, der sich auf einen Ellbogen gestützt hatte, ließ sich wieder auf den Rücken fallen. »Das erklärt alles.«

Die Frau hatte den Kopf abgewandt. Das Kind plapperte irgendwo auf der anderen Seite des Daches. Aber jemand anders, ein massiger Mann, etwa ebenso alt wie die Frau, bog um eine Ecke des Laubenganges. Vögel flatterten auf. »Mein Mann«, stellte die Frau vor.
Wieder stützte Jord sich auf seinen Ellbogen. »Meister Courtenay – auch Euch danke ich.«
Der kräftige Mann lächelte, und sogleich wirkte sein Gesicht sehr viel angenehmer. »Und Ihr sollt hier herzlich willkommen sein, wie meine Frau Euch sicher schon gesagt hat.«
Jords Gastgeber setzten sich nebeneinander auf eine Bank und baten ihn, von dem Überfall, bei dem er seine Wunden davongetragen hatte, zu berichten. Beide schienen mit Erleichterung zu hören, daß er sich seines einsamen Angreifers entledigt hatte, bevor er selbst zusammengebrochen war.
»Ein paar andere, die Euch ebenfalls auf den Fersen gewesen waren, kamen ein wenig später«, erzählte der Hausherr. »Aber es gelang uns, sie unschädlich zu machen.«
»Mehrere? Sie waren mir auf den Fersen?« Jord fluchte erdhaft und berief sich dabei auf eine Vielfalt von anatomischen Einzelheiten mehrerer Götter und Dämonen. »Das hatte ich befürchtet, aber ich hatte sie nicht bemerkt.« Er seufzte sorgenvoll.
Meister Courtenay machte eine wegwerfende Gebärde mit seiner fleischigen Hand – jetzt konnte man nichts mehr tun. Dann warf er seiner Frau einen Blick zu, der anscheinend ein verabredetes Zeichen war, denn sie sah daraufhin den Gast an wie jemand, der ein neues Thema zu beginnen gedenkt.
»Jord«, fragte sie, »aus welchem Dorf kommt Ihr?«
Schon seit Jahren konnte ihn diese Frage nicht mehr überraschen. »Ja, Ihr habt ganz recht, Madame – ich komme aus einem Dorf, nicht aus der Stadt. Und ich habe in vielen Dörfern gelebt.«
»Aber vor zwanzig Jahren lebtet Ihr in Arin am Aldan, nicht wahr? Und Ihr habt länger dort gewohnt – bis vor etwa zehn Jahren, nicht wahr?«
Jord nickte und seufzte leise. »Wie viele andere Dörfer, Madame, existiert es nicht mehr. Zumindest hat man mir das erzählt. Ich muß Euch aber um Verzeihung bitten: Die mei-

sten, die mich über mein Dorf befragen wollen, haben dabei ein früheres im Sinn. Treefall hieß der Ort, aus dem Vulkan mich holte, damit ich ihm half, die Schwerter zu schmieden. Jawohl, ich bin dieser Jord. Es gibt ja nicht so viele Jords auf der Welt, denen der rechte Arm fehlt. Ich benutze oft einen anderen Namen, und meistens rede ich mich heraus, wenn die Leute mich fragen, woher ich komme. Aber Euch will ich natürlich gern antworten. Ich sage Euch, was Ihr wissen wollt.«

»Nun«, sagte der massige, breitschultrige Mann, »wir sind ebenso einfache Leute wie Ihr. Der Name, mit dem ich auf die Welt gekommen bin, lautet nicht Courtenay oder dergleichen, sondern schlicht Ben. Auch ich lebte in einem ärmlichen Dorf, und dort war ein einziger Name genug. Ben von Purkinje nennen mich heute manche. Diesen Namen habt Ihr vermutlich innerhalb der letzten vier Jahre schon einmal gehört. Ich bin der Ben, der den Blauen Tempel ausgeraubt hat, und sie sind auf der Jagd nach mir. Ich bin ziemlich sicher, daß es Leute des Blauen Tempels waren, die Euch in der letzten Nacht hierher gefolgt sind.«

»Und mein richtiger Name ist Barbara«, stellte die Frau nüchtern fest. Mit einer Gebärde ihrer kleinen, blassen Hand umfaßte sie den Luxus der Terrasse und des Hauses. »Dies alles ist aus dem Reichtum des Blauen Tempels – oder war es zumindest. Eine einzige Handvoll aus ihren Kisten und Körben mit Juwelen.«

»Aha.« Jord nickte. »Ich habe davon gehört, daß ein Mann namens Ben diese Räuber beraubt hat. Die Geschichte ist weit und breit bekannt...«

Eifrig unterbrach ihn die Frau. »Wenn Ihr die Geschichte kennt, dann müßt Ihr auch wissen, daß Ben auf seinem Raubzug von einem Mann namens Mark begleitet wurde.« Jetzt lächelte sie Jord zum erstenmal an. »Und Ihr habt einen erwachsenen Sohn namens Mark, nicht wahr?«

»Ja«, bestätigte der Mann auf der Bettstatt. »Nun, es ist ein weit verbreiteter Name. Warum?«

»Weil es ein und derselbe Mark ist«, erklärte die Frau. »Und wir sind gute Freunde, wenngleich wir einander lange nicht gesehen haben. Er hat dem Blauen Tempel keine Schätze gestohlen, um sie für sich selbst zu behalten; er dient immer noch in Sir Andrews Armee. Und ich fürchte, Euch hält er für tot.«

»Ah«, sagte der Besucher noch einmal. Er lag flach auf dem Rücken, mit geschlossenen Augen, die Fäuste geballt. Seine Lippen bewegten sich wie im stillen Gebet. Schließlich öffnete er die Augen wieder und stützte sich erneut auf den Ellbogen.

Als er jetzt das Wort an seine Gastgeber richtete, klang es fast, als sei er ihr Gefangener und sie seien seine Richter. »Mark mußte an jenem Tag aus dem Dorf fliehen ... ist es jetzt zehn Jahre her? Beinahe ... Er mußte Stadtretter nehmen und sich in Sicherheit bringen. Ja, er hatte gesehen, daß ich niedergeschlagen wurde. Zurückkehren konnte er nicht, und wir konnten nicht in Erfahrung bringen, wo er sich aufhielt. Es geschah so viel, und wir mußten bald unser Dorf verlassen. Wir haben nie wieder etwas von ihm gehört ...«

Wieder veränderte sich seine Stimme, und jetzt klang sie fröhlich. »Erzählt mir von ihm. Er ist immer noch Soldat, sagt Ihr? Was ... ?« Offensichtlich hatte er so viele Fragen, daß er nicht wußte, wo er anfangen sollte.

Wieder trat jemand auf das Dach heraus. Jord hörte, wie eine Tür ins Schloß fiel, und Schritte knirschten leise auf dem Kiesweg. Sie hielten inne, und ein paar Worte wurden gesprochen; es schien die Stimme des Kindermädchens zu sein, die man hörte. Dann erklangen wieder die Schritte, und diesmal erschien ein schlanker, dunkelhaariger junger Mann, den man Jord als Denis vorstellte – Denis mit dem Beinamen »der Flinke«. Höflich begrüßte er den Älteren, und dann rieb er seinen Unterarm unter dem langen Ärmel, als schmerze er ein wenig.

Auch Jord rieb wieder über seinen Armstumpf. Anscheinend hatte sich die Schwellung an der Stelle, wo das Schwert ihn berührt hatte, weiter vergrößert.

Ben wandte sich an den Neuankömmling. »Gibt es etwas Neues auf den Straßen?«

»Keiner der Einheimischen, die in unserem Sold stehen, hat gegen Mitternacht etwas Ungewöhnliches bemerkt. Es war eine Nacht, in der alle lieber daheim geblieben sind.«

»Setze dich, Denis«, forderte Ben ihn auf. Dabei deutete er auf einen freien Stuhl, der in der Nähe stand. Dann drehte er sich und rief: »Kuan-yin? Bring das Kind nach unten, hörst du?« Gleich darauf hörte man noch einmal, wie eine Tür ins Schloß fiel. Die vier Leute sahen einander mit ernsten Mienen an. Dann sagte Ben zu seinem jungen Angestellten: »Es gibt etwas, das wir dir von Jord noch nicht erzählt haben: Den Grund für sein Kommen.« Ben verstummte. Anscheinend wußte er nicht genau, was er als nächstes sagen sollte.
Seine Frau ergriff das Wort. »Inzwischen mußt du ja wissen, Denis, wo unsere politischen Sympathien liegen.«
»Dort, wo auch meine liegen, Herrin«, murmelte der junge Mann. »Sonst wäre ich wahrlich nicht hier.« Aber er wußte, daß es nicht so war. Er wäre in jedem Falle geblieben, nur um in ihrer Nähe sein zu können. Wäre er auch geblieben, um in Kuan-yins Nähe zu sein? Eine problematische Frage...
Ben fuhr fort. »Du weißt auch, daß unser Gast hier ein geheimer Kurier ist, wenn du auch nicht in alle Einzelheiten eingeweiht bist. Und wie du siehst, muß ihm jetzt jemand seine Aufgabe abnehmen. Sie kann nicht warten, und Jord kann nicht laufen.«
Jord hörte schweigend zu. Er runzelte die Stirn, mischte sich aber nicht ein.
»Ich kann die Stadt im Augenblick nicht verlassen, und Barbara ebensowenig. Es ist ein Auftrag, der gut bezahlt werden wird, wenn du ihn übernimmst, Denis.«
»Bitte tu es«, drängte die Dame des Hauses ihn sanft.
Denis fühlte, wie seine Wangen ihre Farbe ein wenig veränderten. Er nickte zustimmend, beinahe heftig. »Ich brauche keine besondere Bezahlung dafür, Meisterin und Meister.«
Jord starrte Denis noch immer stirnrunzelnd an.
Barbara verstand, was dieser Blick bedeutete, und sie beeilte sich, den Älteren zu beruhigen. »Denis kam vor anderthalb Jahren zu uns – auf Empfehlung des Weißen Tempels. Wir waren dort gewesen und hatten nach einem ehrlichen, liebenswürdigen Lehrling für unser Gewerbe gesucht. Viele Leute werben dort ihre Angestellten, wißt Ihr.«
Jord fragte Denis: »Wie lange warst du beim Weißen Tempel?«

»Drei Jahre, vielleicht etwas länger.«
»Und warum wolltest du nicht länger dort bleiben?«
Denis zuckte die Achseln. »Es waren gute Menschen. Sie hatten mir das Leben gerettet. Und es war gut, Ardneh eine Zeitlang zu dienen. Aber dann...« Er machte eine Gebärde, die zeigte, wie etwas verwelkte und von ihm abfiel.
»Du mußt ein halbes Kind gewesen sein, als du zu ihnen kamst.«
»Und halb tot. Sie lasen mich nach einem Bandenkampf auf der Straße auf und holten mich ins Leben zurück. Ich stand tief in ihrer Schuld, aber ich glaube, ich habe diese Schuld abgegolten, während ich in ihren Diensten stand. Wir haben uns freundschaftlich getrennt.«
»Ah.« Jord schien sich ein wenig zu entspannen. Er sah Ben an. »Nun, Herr, die Angelegenheit ruht in Eurer Hand, nicht in meiner. Vielleicht ist es das beste, diesen Burschen loszuschicken.«
Ben warf einen vorsichtigen Blick in die Runde, obgleich er sich längst vergewissert haben mußte, daß sie hier oben vor Lauschern sicher waren. Mit gedämpfter Stimme verriet er: »Du wirst zwei Schwerter mitnehmen.«
»Zwei«, wiederholte Denis beinahe unhörbar und schluckte.
»Ja. Sie sind jetzt beide hier im Hause, und ich glaube, wir müssen sie fortschaffen, so schnell wir können, denn wir können sicher sein, daß der Feind unser Haus beobachtet. Die Behörden der Stadt sind mir eher freundlich gesonnen, aber natürlich ist der Bürgermeister letzten Endes der Silbernen Königin verantwortlich, denn sie ist die Herrin über dieses Land. Und sie ist, wie wir alle wissen, zumindest gelegentlich eine Verbündete Vilkatas und des Blauen Tempels. Wir können uns also nicht unbedingt darauf verlassen, daß der Bürgermeister unser Freund ist oder wenigstens in eine andere Richtung schaut, während wir gewisse Dinge tun.«
»Ich will mein Bestes versuchen. Ich werde sie sicher abliefern«, versprach Denis plötzlich. Dabei sah er Barbara an. Sie lächelte zustimmend und sah, wie an seinem hageren Hals eine Ader zu pulsieren begann.
»Gut«, sagte Ben. »Aber du wirst die Schwerter nicht zur

Prinzessin bringen, sondern in die andere Richtung, zu Sir Andrew. Ich fürchte, auf der Straße, die zur Prinzessin Rimac führt, liegt bereits jemand auf der Lauer. Nach dem, was hier in der vergangenen Nacht geschehen ist, kann ich es fast fühlen. Jord nickte zustimmend – langsam und zögernd. »Wir müssen die Schwerter irgendwo ins Spiel bringen. Und Sir Andrew ist ein guter Mann, nach allem, was ich über ihn gehört habe.«
»Und Euer Sohn steht in seinen Diensten«, erinnerte ihn Barbara.
»So ist es, Madame. Nur... ich weiß, daß Rostov mit den Schwertern rechnet. Aber die Verantwortung liegt bei Euch. Ich habe früh versagt.«

Ein wenig später sahen Denis und Jord zu, wie Ben die zweite der beiden Klingen, die Denis fortschaffen sollte, aus ihrem Versteck hervorholte. Die drei Männer befanden sich jetzt im Erdgeschoß des Hauses, in einem wenig begangenen Bereich hinter der Hauptwerkstatt in einem Lagerraum, der gewöhnlich mit einem billigen Schloß versperrt war. Nichts von dem zusammengewürfelten Schrott, der in dieser Kammer zu sehen war, schien es wert zu sein, gestohlen zu werden.
Ben hatte sich niedergebeugt und wühlte in einem Berg von Altmetall, der hauptsächlich aus Schwert- und Messerklingen bestand, verbogen, zerbrochen, verrostet und allesamt längst unbrauchbar. Denis konnte sich nicht erinnern, jemals gesehen zu haben, daß einer der Metallarbeiter von diesem Zeug einmal etwas benutzt hätte.
Unter diesem Haufen von tückisch scharfen Klingen wühlte Ben behutsam zwei Waffen hervor, eine nach der anderen. Die Klingen waren lang und schwarz, aber makellos gerade. Auch Griffe hatten diese beiden, im Gegensatz zu den meisten anderen hier.
Bevor er die beiden Klingen abwischte, hielt Ben sie Jord entgegen. Der ältere Mann streckte die Hand aus, zögerte und berührte dann einen der Schwertgriffe, dessen Einzelheiten unter einer sorgfältig aufgetragenen Schicht aus Öl und Schmiere unsichtbar waren.
»Urteilspender«, stellte er fest – der einzige Mensch, der sie alle

zwölf in den Händen gehabt hatte. »Es gibt keines unter ihnen, das ich nicht erkennen würde.«

Der Rest des Tages und ein großer Teil des Abends waren verstrichen, bevor Denis reisefertig war. Eine Bitte allerdings erfüllte man ihm nicht: Er wollte sich allein und ungestört von Kuan-yin, dem Kindermädchen, verabschieden. Ben aber sagte, man würde ihr erzählen müssen, er habe unverhofft auf eine Geschäftsreise von unbestimmter Dauer gehen müssen. So etwas war schon vorgekommen, und Kuan-yin würde nicht allzu überrascht sein.

Denis schlief noch ein wenig, und außerdem erhielt er Anweisungen, die er sich einzuprägen hatte, und auch dies erforderte einige Zeit. Für die Reise kleidete er sich weiß, als sei er ein einsamer Ardneh-Pilger. Ben gab ihm ein wenig Geld und ein paar Ausrüstungsgegenstände, und Denis besprach sich unter vier Augen mit Jord.

Als die Stunde des Aufbruchs gekommen war – kurz vor dem Morgengrauen –, geleitete man Denis zu dessen Überraschung nicht an die Hintertür, durch die Jord hereingekommen war. Statt dessen führte der Meister, eine Lampe aus der Alten Welt in der Hand, ihn die Treppe hinunter in eine Kammer, die Denis nur als vollgestopften Lagerkeller kannte. Die Luft dort war schwer und muffig. Man hörte das Rascheln von Ratten. Irgendwie gelang es diesen Kreaturen offensichtlich, den Ungezieferbannsprüchen und den Giftbrocken zu trotzen, die hier in regelmäßigen Abständen erneuert wurden.

Der Meister nahm seine ganze Kraft zusammen und schob einen schweren Ballen beiseite. Es zeigte sich, daß eine der mächtigen Steinplatten, die den Boden der Kammer bildeten, hochgeklappt werden konnte. Als Denis in die Höhle spähte, die darunter zum Vorschein kam, sah er zu seiner Überraschung, daß der Schein der Lampe auf ein gleichmäßig dahinströmendes Gewässer fiel, das nicht einmal einen Meter unter seinen Füßen floß. Wie tief es war, vermochte er nicht zu erkennen. Er wußte zwar, daß dieses Haus nah am Fluß stand, aber etwas derartiges hatte er nicht erwartet.

Der Mann, den Denis jetzt als Ben kannte, beugte sich vor und

ergriff eine dünne Kette, die in der Öffnung hing. Er zog daran, bis der weiße Bug eines wohlgepflegten Kanus erschien, das auf dem fließenden Wasser dümpelte.
»Heute nachmittag habe ich's beladen«, sagte Ben, »während du schliefst. Deine Fracht liegt hier unter diesem Bodenbrett: Die beiden Schwerter sind in eine Decke gehüllt, damit sie nicht klirren. Natürlich steckt jedes einzelne in einer Scheide. Vielleicht werden sie ein wenig naß, aber sie werden nicht rosten.« Ben sprach mit der gelassenen Autorität der Erfahrung. »Ein Paddel ist da, und wohl auch alles andere, was du brauchst.«
Denis hatte schon ein- oder zweimal ein Kanu benutzt, wenn er im Auftrag des Hauses Courtenay auf Handelsfahrt gewesen war. Er konnte recht gut damit umgehen. Aber noch wußte er nicht, wie er dieses hier zum Fluß steuern sollte.
Ben erklärte es ihm. Anfangs sollte er sich im Boot tief zusammenducken, damit er sich in dem engen Kanal nicht den Kopf an der niedrigen Decke stieß. Am Mauerwerk der Wände sollte er das Boot durch den geheimen Wasserweg voranstoßen und -ziehen. Bis zum Fluß war es offenbar nicht allzuweit.
Das weiße Kanu war nicht weiter gekennzeichnet, wie Denis sah, als er sich vorsichtig an Bord begab. Nichts an dem Boot oder an Denis gab irgendeinen Hinweis auf das Haus Courtenay. Wenn er einmal unterwegs wäre, sollte Denis – so war es geplant – sich als schlichten Ardneh-Pilger ausgeben. Die Erfahrungen, die er im Weißen Tempel gemacht hatte, befähigten ihn dazu. Als Pilger würde er kaum Gefahr laufen, von Räubern belästigt zu werden. Jedermann war schließlich daran interessiert, daß in einem Notfall medizinische Hilfe zur Verfügung stand, und folglich auch daran, daß diejenigen, welche sie zu leisten verstanden, unbehelligt blieben. Überdies war es unwahrscheinlich, daß ein Jünger Ardnehs nennenswerte Kostbarkeiten bei sich trug. Und schließlich war Ardneh immer noch ein Gott, den man achtete, auch wenn die Gebildeteren beharrlich behaupteten, er sei tot. Viele Leute fürchteten sich immer noch vor dem, was ihnen zustoßen könnte, wenn sie einen Gott beleidigten.
Die letzten Abschiedsworte waren rasch gesprochen. Zum Schluß erschien, zu Denis' Überraschung, die Herrin des Hau-

ses noch einmal und drückte ihm zum Abschied die Hand. Die Wärme ihrer Finger haftete an den seinen wie ein magisches Siegel. Aber er konnte in diesem Gefühl jetzt nicht schwelgen, und auch der letzte Blick, den er auf sie werfen konnte, war nur kurz, denn es war an der Zeit, sich ins Boot zu kauern, um sich nicht unnötig den Kopf zu stoßen. Jemand löste die Kette, und er begann, das leichte Fahrzeug voranzuziehen. Mit den Händen tastete und zog er sich an den rauhen Wänden des schmalen Tunnels weiter. Er mußte gegen die Strömung arbeiten. Das Licht blieb hinter ihm zurück, und schwarze Finsternis verschlang ihn, als die Bodenplatte knirschend wieder auf ihren Platz heruntersank.

Denis zog sich weiter voran. Ein Stück weit vor ihm schimmerte der Geist eines wäßrigen Lichtscheins auf, und er konnte eine niedrige, steinerne Querstrebe sehen, die über seinem Wege lag. Er mußte Kopf und Körper fast unter den Bootsrand ducken, um unversehrt darunter hindurchzugleiten.

Das Boot glitt in eine etwas geräumigere Kammer hinein, in der es nicht stockfinster war. Hier war so viel Platz, daß Denis aufrecht sitzen konnte. Im nächsten Augenblick sah er, daß Balken ihn umgaben, die sich, zu einem mächtigen Gerüst zusammengesetzt, aus dem Wasser erhoben und eine Art hölzerne Plattform trugen, die sich etwa einen Meter hoch über seinem Kopf erstreckte. Er befand sich genau unter einem Dock am Flußufer.

Die Lücken zwischen den Holzpfeilern waren groß genug, um das Kanu hindurchzulassen, und die Dunkelheit wurde allmählich weniger undurchdringlich, je weiter er in die offene, neblige Nacht hinausdrang. Vorsichtig ließ er das Boot schließlich unter dem Dock hervorgleiten. Jetzt konnte er das Paddel ungehindert benutzen. Er sah, daß er auf einem vertrauten Kanal des Flusses dahinschwamm. Zur Rechten erhob sich das Haus, das er eben verlassen hatte. Alle Fenster waren dunkel, als lägen die Bewohner in tiefem Schlaf. Wenn außer ihm in dieser nächtlichen Stunde noch jemand auf dem Fluß unterwegs war, so konnte er in dem dichten Nebel davon nichts sehen oder hören. Aber er bezweifelte, ob er um diese Zeit jemanden treffen würde.

Denis wandte den Bug seines Kanus stromaufwärts und paddelte gleichmäßiger. Am östlichen Himmel zeigte sich der erste Schimmer des Tageslichts, und beim Morgengrauen wollte er das Tor in der Stadtmauer erreicht haben, wenn es für den Tag geöffnet wurde. Wahrscheinlich würden draußen ein paar Frachtbarken und andere Kähne auf Einlaß warten. Er rechnete damit, daß die Wachen ihn sogleich würden passieren lassen, ohne ihm besondere Aufmerksamkeit zu schenken.
Dieser Flußarm führte ihn durch vertraute Gegenden der Stadt. Die meisten Leute, die Denis kannte, behaupteten, es sei die größte Stadt der Welt, aber wer wollte das wissen? Hier unten am rechten Ufer waren die Tuchfärber, die wie üblich schon zeitig mit ihrer Arbeit begonnen hatten, eifrig dabei, die langen Fahnen ihrer Erzeugnisse im Fluß auszuspülen und das Wasser weithin einzufärben. Auf der anderen Seite wurde einer der Fischmärkte geöffnet.
Jetzt erblickte Denis im dünner werdenden Nebel auch die Stadtmauern selbst, höher als die meisten Häuser, die sie zu beschützen hatten, und großenteils auch so dick wie diese. Sie waren aus nahezu unzerstörbarem Stein erbaut, gehärtet, wie die Sage berichtete, mit der Magie der Alten Welt, die man Technologie nannte. In kurzen Abständen wurden sie durch furchterregende Türme aus demselben Material verstärkt. Über fünfhundert Jahre hinweg (hieß es) waren sie durch zahllose Belagerungen auf die Probe gestellt worden, erfindungsreiche Kampfmaschinen und verschiedenartige Unterminierungsversuche hatten sie bedroht – und noch immer hielten sie Wache über eine Stadt, die noch kein kriegerischer Überfall in die Knie gezwungen hatte. Könige, Königinnen und mächtige Generäle hatten hilflos vor diesen Mauern gewütet, und manch ein Möchtegern-Eroberer hatte dort unter den Händen seiner eigenen meuterischen Truppen den Tod gefunden. Belagerungen, Hungersnöte, Blutbäder – alles das hatte man Tashigang angedroht, doch stets vergebens. Der Corgo floß das ganze Jahr hindurch, und immer lebten in ihm Fische im Überfluß. Die klugen Bürger und ihre Bürgermeister pflegten jederzeit einen beträchtlichen Vorrat an Lebensmitteln zu lagern, und – was vielleicht wichtiger als alles andere war – bei

der Auswahl ihrer Feinde und Verbündeten ließen sie äußerste Sorgfalt walten.
Jetzt öffnete sich das Tor, das die Wasserstraße versperrte, und der Verkehr auf diesem Arm des Flusses konnte beginnen. Das Flußtor war ein Fallgatter von titanischen Ausmaßen, erbaut vom selben Konstruktionsgenie wie die Stadtmauern. Mächtige Gegengewichte an eisernen Ketten, die an Flaschenzügen in den Wachtürmen der Mauer hingen, unterstützten seine Bewegungen. Das allmorgendliche Aufziehen wurde von einem Getöse begleitet, das in der Stadt wohlbekannt war. Es erforderte einige Zeit.
Eine andere, nicht minder mächtige Eisenkette spannte sich unter Wasser quer durch den Kanal, eine zusätzliche Sicherung gegen die Durchfahrt feindlicher Schiffe von nennenswerter Größe. Denis brauchte aber nicht zu warten, bis diese Kette in den Grundschlamm hinabgesunken war. Mit einem kurzen Winken, das die Wache lässig beantwortete, fuhr er mit energischen Paddelschlägen hinaus.
Seine Fahrt führte ihn weiter stromaufwärts. Ab und zu warf er einen Blick zurück. Noch immer stiegen die Morgennebel empor, und es sah aus, als ob die Türme von Tashigang darin verschmolzen, im Dunst verwoben wie in einem magischen Gewebe.

5

In Marks Ohren klang das endlose Getrappel von harten, hufartigen Füßen auf der Erde, von marschierenden Tieren und Menschen. Tag für Tag durch Sonne und Staub, Nacht für Nacht beim Feuerschein der Fackeln – menschliche Rede war da kaum zu vernehmen. Er und die Patrouille des Dunklen Königs, die ihn eskortierte, zogen durch Gegenden, die schwere Narben von Krieg und Besetzung davongetragen hatten, durch eine Region von ausgebrannten Dörfern und verwüsteten Feldern. Mit jedem neuen Tag der Reise schienen die Verwüstungen weniger lange zurückzuliegen, und Mark vermutete, daß die Armee, die sie verursacht hatte, nicht mehr weit vor

…schieren konnte. Die einzigen menschlichen Bewoh-
… Region, die er sehen konnte, waren tot; man hatte sie
… der gehängt – vielleicht, weil sie Widerstand geleistet
… ielleicht auch nur, weil jemand Lust dazu verspürt
… r Unterhaltung des Eroberers.
… waren Mark leise Zweifel am Ziel dieser Reise gekom-
… ber das hatte sich inzwischen gegeben. Er wußte aus
… ng, daß alle Heere auf ihrem Vormarsch Zerstörung
… ießen, aber nur die Streitmacht des Dunklen Königs zog
… rücksichtsloser Wildheit voran. Ein paar der menschli-
… Opfer, die längs des Weges zur Schau gestellt waren,
… ugen Kleider, die einmal weiß gewesen waren. Offenbar schonte Vilkata jetzt nicht einmal mehr Ardnehs Gefolgschaft. Selbst tierisches Leben war rar geworden; nur Geier und Reptilien waren allgegenwärtig. Wenn die Patrouille vorüberzog, erhoben sie sich manchmal unter Geheul und Gekrächz von einem abscheulichen Festschmaus am Rande der Straße. Einmal beäugte eine lebendige, gesund aussehende Ziege die Männer durch ein Loch in einer Hecke, als sie vorüberritten.

Marks Begleiter hatten sein Recht, ihnen Befehle zu erteilen, niemals in Frage gestellt, und hurtig hatten sie den einzigen Befehl, den er bis jetzt ausgesprochen hatte, befolgt. Militär und Kriegswesen waren ihm vertraut, und diese Soldaten erschienen ihm als eine äußerst disziplinierte und unglaublich zäh wirkende Truppe. Sie sprachen die Volkssprache mit einem Akzent, den Mark nicht kannte, und Vilkatas schwarz-goldene Farben trugen sie nur als kleine Abzeichen an ihren Helmen und lockigen Pelzwesten.

Und noch etwas hatten diese Männer an sich, das ebenso augenfällig war wie ihre Disziplin und Härte: Aus irgendeinem Grunde hatten sie furchtbare Angst vor Mark. Über die Gestalt, in der sie ihn wahrnahmen, konnte er nur Vermutungen anstellen, aber wie sie auch aussehen mochte, sie flößte ihnen stummes Grauen ein und veranlaßte sie zu peinlichem Gehorsam.

In Marks unmittelbarer Umgebung sprachen die Männer kaum ein Wort, nicht einmal untereinander, aber wenn sie ein Stück weit entfernt waren, sah er, daß sie frei miteinander redeten

und gestikulierten. Gelegentlich, wenn sie sich unbeobachtet glaubten, kam es wohl vor, daß der eine oder an...re eine Gebärde in seine Richtung machte, die Mark als einen...e bann deutete, der Gefahren abwehren sollte. Immer me... er zu dem Schluß, daß sie in ihm einen mächtigen und gef... chen Zauberer sahen, der in Vilkatas Diensten stand.
Nachdem sie sich angesichts seines Erscheinens von ihr... ersten Schrecken erholt hatten, waren sie rasch mit Speise un... Trank bei der Hand gewesen, dann hatten sie ihm eines ihrer eigenen Reittiere zur Verfügung gestellt – sie hatten zwei unberittene Tiere bei sich gehabt. Nachts, wenn sie lagerten, entfachte Mark sein eigenes kleines Feuer, ein wenig abseits von dem ihren. Er hatte schon bald bemerkt, daß sie sich dann wohler fühlten, und in Wahrheit war auch ihm so behaglicher zumute.
Das Gelände stieg allmählich an, und die Nächte – es war fast Vollmond – wurden kalt. Wenn Mark sich in die Decke hüllte, die hinter dem Sattel seines geborgten Reittieres festgeschnallt war, konnte er halbwegs angenehm schlafen. Im Schlaf lag seine Hand stets auf Sichtblenders Griff, obgleich er zuversichtlich darauf vertraute, daß die bloße Anwesenheit des Schwertes in seinem Besitz genügte, seine magische Tarnung aufrechtzuerhalten. Es erfüllte ihn mit unbestimmter Beruhigung, zu sehen, daß die Patrouille des Nachts in kundiger Weise Wachen um das Lager postierte.
Sie kamen rasch voran. Am Nachmittag des vierten Tages, nachdem Mark zu ihnen gestoßen war, kam vor ihnen Vilkatas Hauptlager in Sicht.
Die Reiter hatten den Gipfel einer kleinen, unfruchtbaren Anhöhe erreicht, als das riesige Heerlager vor ihnen auftauchte. Es lag etwa einen Kilometer vor ihnen unterhalb der Anhöhe. Das Zentrum der ausgedehnten Anlage bildete ein weiträumiger Paradeplatz, dessen Boden geebnet und geglättet worden war. Das Lager war sauber und regelmäßig angelegt, doch ein Palisadenzaun oder andere Verteidigungsanlagen waren nirgends zu entdecken. Arrogant und ungeschützt lag es da, anscheinend in der Gewißheit, daß keine Macht der Welt hier einen Angriff wagen würde. Vermutlich bestand diese Gewißheit zu Recht, sinnierte Mark.

Als er sich mit seiner Eskorte dem Lager näherte, begriff er, daß hier wahrscheinlich nicht nur mehr menschliche Soldaten untergebracht waren, als er je im Leben gesehen hatte, sondern auch eine größere Vielfalt davon. Sie hausten bunt zusammengewürfelt in den unterschiedlichsten Zelten und in anderen Feldunterkünften. Die Außenposten des Lagers, Männer und Frauen, die mit angeketteten Kampftieren patrouillierten, machten keine Anstalten, Mark und seine Patrouille anzuhalten, als sie hereinkamen. Im Gegenteil, die menschlichen Wachen fuhren genau wie seine Begleiter am Anfang, sichtlich erschrocken zurück, als sie ihn aus der Nähe sahen.
Wieder mußte er sich fragen: Wen oder was sahen sie in ihm? Und wen oder was würde Vilkata sehen, wenn Mark vor ihn träte – falls es ihm gelänge, so weit vorzudringen? Er konnte sich nur schwerlich vorstellen, daß es jemanden gab, den der Dunkle König liebte oder fürchtete...
Erst jetzt wurde Mark eigentlich so richtig bewußt, daß ihm womöglich eine persönliche Begegnung mit Vilkata bevorstand. Er hatte sich der Patrouille nur mit der unbestimmten Vorstellung angeschlossen, vielleicht Gelegenheit zu finden, die geheimen Ratsbesprechungen des Feindes zu belauschen – so wie Draffut sich unerkannt zwischen den Göttern bewegt hatte. Jetzt aber hatte er vielleicht die Pflicht, mehr als nur das zuwegezubringen. Dieser Gedanke war ungeheuer fesselnd und entsetzlich furchterregend zugleich, und im Augenblick wollte er nicht versuchen, ihn vollends zu durchdenken.
So ritt er weiter, immer noch umringt von seiner Eskorte, bis sie irgendwo tief im Innern des gewaltigen Heerlagers angekommen waren. Hier hielten seine Soldaten an und begannen eine muntere Diskussion. Sie benutzten jetzt einen Dialekt, den Mark nicht verstand. Er vermutete, sie besprachen sich, wie sie sich gefahrlos und ohne Würdeverlust von ihm trennen könnten, daher nahm er die Sache selbst in die Hand: Er stieg ab und entließ sein Tier und seine Eskorte mit einer, wie er hoffte, arroganten, selbstbewußten Handbewegung.
Er wandte sich von der Patrouille ab und stolzierte zu Fuß in die Richtung eines hohen Flaggenmastes davon, der zwischen einigen in der Nähe stehenden Zelten aufragte. An diesem

Mast hing ein langes, schwarz-goldenes Banner, schlaff und unbewegt in der windstillen Luft. Mark hoffte und erwartete, daß diese Fahne den Standort irgendeines zentralen Hauptquartiers kennzeichnete. Während er darauf zuging, sah er, wie Soldaten und Troßleute die Köpfe drehten und ihm nachschauten, und er sah auch, daß manche ihren eigenen Schritt entweder beschleunigten oder verlangsamten, um seinen Weg nicht allzu dicht vor oder hinter ihm zu kreuzen.

Jetzt hatte er die Zwinger einiger Kampfbestien zu umrunden. Der Gestank und das Geblöke der großen, katzenartigen Kreaturen wehte ihm in Wellen entgegen. Dann kam eine Ecke des riesigen Exerzierplatzes in Sicht. Irgendwo auf der unendlichen Fläche, außerhalb von Marks Gesichtsfeld, ertönte der Singsang und der Trommelklang einer unglücklichen Infanterieeinheit, die dazu verurteilt war, in dieser Hitze zu exerzieren. Als er über die nächstgelegene Ecke des Feldes hinwegschaute, konnte er den hohen Flaggenmast in voller Länge vor sich sehen. Eine hölzerne Paradetribüne erhob sich neben dem Mast, dahinter ein prachtvoller Pavillon: Es war ein Zelt, größer als die meisten Häuser, aus schwarzem und goldenem Tuch.

Mark schritt geradewegs auf diesen großen Pavillon zu. Dies, so dachte er, mußte das Hauptquartier des Dunklen Königs selbst sein. Die rechte Hand auf dem Griff Sichtblenders, der in der Scheide an seiner Seite hing, fühlte er ein neuerliches Vibrieren der Kraft, die der Klinge innewohnte: Vielleicht waren hier Schutzzauber zu überwinden.

Die Vorderseite der Paradetribüne war ebenfalls mit Vilkatas Flagge drapiert. Hier war sie so weit ausgebreitet, daß man das Wappen sehen konnte, einen goldenen Schädel auf schwarzem Grund. Die Augenhöhlen starrten blicklos aus dem Schädel, ein Zwillingsfenster zur Nacht.

Wieder sah Mark sich zu einem kleinen Umweg gezwungen. Flache Zwinger standen in seinem Weg. Zunächst vermutete er, sie beherbergten ebenfalls Kampftiere, aber dann sah er, daß diese Lattenkäfige dafür zu klein waren. Sie waren leer, bis auf einen, und in diesem einen kauerte . . . Es war der nackte Körper eines Menschen, der dort eingepfercht war.

Unvermittelt begann die Luft über Marks Kopf zu flimmern, und qualvolle Pein strahlte auf ihn herab. Instinktiv trat Mark einen Schritt zur Seite, aber die Erscheinung blieb über ihm. Erst jetzt erkannte er, daß ihr ein Bewußtsein innewohnte.
Einen Augenblick später begriff er: Er hatte es mit einem Dämon zu tun.
Und der Dämon sprach ihn an, wollte etwas von ihm, aber es war keine menschliche Sprache, die er benutzte, und Mark wußte nicht, ob das, was der Dämon sagte, durch seine Ohren oder geradewegs in seinen Kopf gelangte. Er konnte die Bedeutung des Gesagten auch nur bruchstückhaft erfassen. Es war der Anruf eines Wachtpostens: *Was suchte er hier? Weshalb war er hier, während er doch eigentlich woanders sein sollte? Warum war er, wie er war?*
Erschrocken begriff er, daß er antworten müßte. Er würde so etwas wie eine Parole sagen müssen, bevor dieses Wesen ihn weitergehen oder auch nur zurückweichen ließ. Offenbar war es ohne Bedeutung, welches Bild der Dämon sah, wenn er ihn anschaute. *Jeder*, der sich dem Pavillon näherte, mußte hier aufgehalten werden. Und Mark bezweifelte, ob es etwas gab, was dieser Dämon fürchtete oder liebte.
Mark konnte der Dämonenstimme in ihrer eigenen Sprache ebensowenig verständig antworten, wie er mit einer Biene hätte plaudern können. Er spürte, wie seine Angst in schieres Grauen umschlug. Er hätte damit rechnen müssen, hier auf so furchtbare Wächter zu treffen, hier im Herzen von Vilkatas Macht. Höchstwahrscheinlich war der Dunkle König selbst dort in dem großen Zelt. Hier hatten sie vielleicht sogar Schutzvorkehrungen gegen das Schwert der Arglist treffen können. Hier würde vielleicht sogar die Macht dieser Waffe nicht mehr genügen...
Erst wenige Augenblicke waren vergangen, seit der Dämon ihn das erstemal angesprochen hatte, aber schon spürte Mark, wie das Mißtrauen der Erscheinung wuchs. Ein neuerlicher Anruf, noch nachdrücklicher diesmal, prasselte durch Marks Sinne. Der Dämon durchforschte ihn, suchte nach einer Spur der Zeichen und magischen Schlüssel, die er nicht besaß. Noch einen Augenblick, und er würde wissen, daß Mark ein

hochstaplerischer Eindringling war und alles andere als ein Zauberer.
In seiner Verzweiflung klammerte Mark sich an eine alte Erinnerung, ein Ereignis, das vier Jahre zurücklag, aber immer noch lebhaft in seinem Gedächtnis stand. Es war die Erinnerung an seine bislang einzige Begegnung mit einem Dämon, in den Tiefen der unterirdischen Schatzgewölbe des Blauen Tempels. In verzweifelter Nachahmung dessen, was damals jemand anders getan hatte, keuchte Mark einen Befehl in die schimmernde Luft hinauf:
»Im Namen des Kaisers, weiche und laß mich vorbei!«
Ein kurzes Aufheulen gellte durch die Luft, und gleichzeitig erfaßte ihn eine Windbö wie ein Tornado, aber einen Augenblick später war alles vorbei. Mark erhaschte einen letzten Fetzen dessen, was der Dämon zu ihm herunterbrüllte: Die Kreatur raste vor Wut. Sie hatte ihn durchschaut und wußte, daß er ein Hochstapler war. Aber das war nicht mehr wichtig. Der Dämon konnte nichts dagegen tun, denn im nächsten Moment war er verschwunden, ganz unvermittelt verschwunden, als sei er von unsichtbaren Stahlkabeln fortgerissen worden, die bis in die Unendlichkeit reichten.
Jetzt war die Luft über Mark ruhig und klar, aber es vergingen noch einige Augenblicke, bevor seine Sinne, die von der Begegnung mit dem Dämon erschüttert worden waren, in ihre alten Gleise zurückfanden. Er bemerkte, daß er gestolpert und beinahe gefallen war. Vornübergebeugt stand er da, die Hände vor sich ausgestreckt, wie um sengende Hitze oder Todesgefahr abzuwehren. Er war wirklich mit knapper Not davongekommen.
Hastig richtete er sich auf und sah sich wachsam um. Wohin der Dämon auch verschwunden sein mochte, nichts wies darauf hin, daß er zurückkommen würde. Vor dem Pavillon standen ein paar Leute, müßig oder in ein Gespräch vertieft, und er nahm an, daß wenigstens einige von ihnen mitangesehen haben mußten, wie der Dämon ihn angerufen und wie er geantwortet hatte. Aber soweit Mark feststellen konnte, gingen alle ihren eigenen Angelegenheiten nach, als sei überhaupt nichts Ungewöhnliches vorgefallen. Vielleicht, dachte

er, war solches Verhalten hier notwendig, denn zweifellos befand er sich nun im Mittelpunkt unablässiger Intrigen.
Mark setzte seinen Weg fort. Er hatte die Gefängniskäfige und die Paradetribüne hinter sich gelassen und war bis auf wenige Schritte an den großen Pavillon herangekommen. Alles deutete darauf hin, daß hier Vilkata selbst sein Quartier hatte. Nun, da er so weit vorgedrungen war, gelobte Mark weiterzugehen. Zwei menschliche Wachtposten flankierten den Haupteingang des großen Zeltes, aber zu seiner Erleichterung verneigten sie sich tief, als er sich ihnen näherte. Ohne ihren Gruß zu erwidern, schritt er zwischen ihnen hindurch und trat in den Schatten des Eingangs.
Kühle, parfümierte Luft, zweifellos durch magische Mittel hervorgebracht, umfächelte ihn. Mark blieb stehen, damit seine Augen sich an das Halbdunkel gewöhnen konnten, und fand so einen Augenblick lang Zeit zum Staunen: Wie hatte es geschehen können, daß ein so simpler Zauberspruch wie der, den er eben benutzt hatte, gesprochen von einem weltlichen Nicht-Zauberer wie ihm, den Dämon vertrieb? Und wie er ihn vertrieben hatte! Vertreiben war das falsche Wort – er hatte ihn augenblicklich entfernt, fortgeschleudert wie mit einem Katapult.
Seine Verwunderung war nicht neu; dieselbe Frage nagte eigentlich schon seit vier Jahren immer wieder an ihm, seit er in den Schatzgewölben des Blauen Tempels etwas Ähnliches erlebt hatte. Mehreren vertrauenswürdigen Zauberern hatte er dieses Ereignis inzwischen geschildert, und keiner von ihnen hatte ihm eine zufriedenstellende Antwort zu geben vermocht, wenngleich sie seine Erzählung ausnahmslos hochinteressant gefunden hatten.
Aber jetzt hatte er keine Zeit, über dieses Rätsel nachzudenken. Gleich hinter dem inneren Eingang des Zeltes hörte er Stimmen, vielleicht fünf oder sechs. Es waren Männer und Frauen, und was sie sangen, hielt Mark für magische Formeln. Die Stimmen wehten in der kühlen, duftenden Luft heraus. Anscheinend wurde eine Art Weihrauch verbrannt. Und noch ein anderer Duft mischte sich darunter – einer, der an sich nicht unangenehm war, aber als Mark ihn zu erkennen glaubte, war

ihm, als sickere alle Kraft aus seinen Armen und Beinen, so daß er einen Augenblick nicht weitergehen konnte: Ihm war, als erkenne er den Geruch von brennendem Menschenfleisch.

Ardneh sei mit mir, betete Mark mechanisch, und noch glühender wünschte er sich, der lebendige, greifbare Draffut wäre bei ihm. Dann schob er den schweren Vorhang mit der Hand beiseite und zwang sich, die nächste Kammer des Zeltes zu betreten. Einen Augenblick später wünschte er, es unterlassen zu haben.

Ein menschlicher Körper, der auf einen steinernen Altartisch gefesselt war, lebte noch, denn er bewegte sich, soweit seine Bande dies zuließen, aber die Fähigkeit zum Schreien schien man ihm irgendwie genommen zu haben. Einen Tag vorher war er wahrscheinlich noch jung gewesen – ob Mann oder Frau, war nicht leicht zu bestimmen, denn die qualmende Lampe über dem Altar spendete nur trübes Licht. Ein Dutzend Magier beiderlei Geschlechts hatten sich um den Altar versammelt, und sie hielten eine Vielfalt von Folterwerkzeugen in den Händen. Mark sah Unmengen von Blut, das meiste davon auf dem Altar, wo gemeißelte Rinnen und Vertiefungen es aufgenommen hatten. Neben dem Altar stand ein kleines Kohlenbecken, und die zum Schutz gegen die Hitze umwickelten Griffe weiterer Folterwerkzeuge ragten aus der Glut.

Mark hatte in seinem Leben schon schlimme Dinge gesehen, in Kerkergewölben und auf dem Schlachtfeld. Trotzdem brauchte er einen Augenblick, um sich zu fassen, nachdem er eingetreten war. Er schloß die Augen und umklammerte Sichtblenders Griff fester. Insgeheim verfluchte er das Schwert, weil es ihn hatte sehen lassen, was er gesehen hatte, als sein Blick auf das Opfer gefallen war. Er fühlte einen machtvollen Drang, das Schwert aus der Scheide zu ziehen und diese Schurken stehenden Fußes niederzuschlagen. Aber nach kurzer Überlegung sah er ein, daß er dabei kein leichtes Spiel haben würde. Die Luft in dieser Kammer war schwer von Mächten, die ihm vertraut waren, und von anderen dazu – so schwer, daß selbst ein der Zauberei Unkundiger nicht verfehlen konnte, es zu bemerken. Vorläufig mochte es ihm gelingen, diese Mächte hinters Licht zu führen, aber wenn er das Schwert zückte, würden sie ihn

durchschauen, und sie würden wohl kaum zulassen, daß ihre menschlichen Gebieter niedergemetzelt würden.
Außerdem hatte er hier noch Wichtigeres zu bewerkstelligen, bevor er sterben dürfte.
Die Gestalten, die den Altartisch umstanden, waren in die verschiedensten Kombinationen von schwarz-goldenen Gewändern gekleidet und hatten die Gesichter unter merkwürdigen Kapuzen verborgen. Sie schenkten Mark wenig Beachtung, als er eintrat. Eine der Gestalten warf einen kurzen, flüchtigen Blick zu dem Neuankömmling hinüber und unterbrach für einen Moment zwischen den schweren, trägen Pulsschlägen der gräßlichen Magie seinen Singsang.
»Ich dachte, du wärest fort«, bemerkte eine Männerstimme gelassen.
»Nein, jetzt nicht«, antwortete Mark. Es kostete ihn große Mühe, seine Stimme ebenso gelassen klingen zu lassen. Aber was immer der andere von ihm hören mochte, es war offenbar zufriedenstellend, denn mit einem knappen Lächeln unter seiner Kapuze wandte der Mann sich wieder seiner widerwärtigen Tätigkeit zu. Mark wünschte sich immer noch inständig, nicht länger ansehen zu müssen, was da auf dem Altar lag.
Dann wandte ihm eine der Frauen in der Gruppe das Gesicht zu und fragte mit scharfer, geschäftsmäßiger Stimme: »Dieser Bereich ist sicher?«
Da er nicht wußte, was er sonst tun sollte, antwortete Mark bestätigend, indem er den Kopf würdevoll neigte.
Die Frau runzelte flüchtig die Stirn. »Mir war, als hätte ich einen Eindringling wahrgenommen, ausgezeichnet maskiert, aber... Doch du bist hier der Experte. Ich hatte zudem den Eindruck, daß unser nächstes Subjekt – die, die noch draußen im Käfig hockt – unter einem seltsamen Schutz steht. Aber das werden wir feststellen, wenn wir sie hier haben.« Unvermittelt wandte die Frau sich wieder ihrer Arbeit zu.
Mark, der nur verschwommen ahnen konnte, wovon sie redete, nickte noch einmal, und wieder schien seine Antwort zu genügen. Er wußte nicht, wen sie in ihm sahen, aber diese Leute schienen überhaupt nichts Merkwürdiges dabei zu finden, daß er einfach dastand und ihnen zusah oder den Blick

abwandte. So blieb er stehen und wartete, ohne zu wissen, worauf.
Nach einer Weile wandte sich ein anderer Mann von dem Altar ab, als sei sein Beitrag zu diesem blutigen Ritual abgeleistet. Der Mann verließ die Gruppe und trat zu einem Tisch neben Mark, wo er sein kleines, blutbeflecktes Messer in eine schwarze Schüssel mit irgendeiner Flüssigkeit warf. Es klirrte melodisch, als das kleine Werkzeug hineinfiel.
Dann kam der Mann dicht an Mark heran und fragte mit leiser Stimme: »Komm, sag mir, warum hat er dich wirklich zurückgerufen?« Als Mark nicht augenblicklich antwortete, setzte der Mann im Tonfall verletzten Stolzes sogleich hinzu: »Gut, gut, so schweige eben, wie es deinem Amt zukommt. Aber erwarte nicht, daß diejenigen, die du jetzt im Dunkeln läßt, dir später voller Eifer zu Hilfe eilen, wenn –«
Jäh brach der Mann ab. Es war, als habe ihn etwas gewarnt, ein Zeichen, das Mark ganz und gar übersehen hatte. Er wandte sich von Mark ab und einer Tür zu, die, wie Mark vermutete, in die inneren Gemächer des Pavillons führen mußte.
Gleichzeitig warnte einer von denen, die noch den Altar umstanden, mit leiser Stimme: »Der Meister kommt.« Alle Anwesenden – natürlich mit Ausnahme des Folteropfers – sanken auf die Knie, Mark um einen Herzschlag später als die anderen.
Es war Vilkata selbst, der gleich darauf hinter einem zobelschwarzen Vorhang hervortrat. Noch nie hatte Mark den Dunklen König zu Gesicht bekommen, aber er zweifelte nicht einen Augenblick daran, daß er es war.
Der erste Eindruck war der von kantiger Größe: Ein Mann, der Mark deutlich überragte, gekleidet in einen einfachen Mantel aus schwarz-goldenem Tuch. Die Kapuze des Mantels war zurückgeschlagen, so daß der Träger barhäuptig war; nur ein schlichtes goldenes Band hielt die langen, weißen Haarlocken zurück. Das Gesicht und die Hände des Dunklen Königs waren sehr bleich, so daß man vermuten konnte, das Weiß des Haares und des lockigen Bartes begründe sich in einer Art Albinismus, nicht etwa in hohem Alter.
Marks zweiter Eindruck war der, daß einige der grauenvolleren

Legenden der Wahrheit entsprachen: Der Dunkle König war tatsächlich physisch blind. Unter dem goldenen Reif hingen langwimprige Lider über sichtbar leere Augenhöhlen – weiche Flecken in einem Gesicht, das ansonsten nur aus männlich harten Kanten bestand. Die schrecklichste unter allen Legenden behauptete, dieser Mann habe sich in seiner Jugend selbst die Augen ausgestochen, und zwar im Verlauf eines gräßlichen Rituals, mit dem er die Zauberkraft seines Feindes überwunden und entsetzliche Rache geübt hatte.

Um Vilkatas schmalen Leib schlang sich ein schwarz-goldener Schwertgürtel, und ein Schwert steckte in der Scheide. Selbst in diesem trüben Licht fiel es Mark nicht schwer, den schwarzen Griff zu erkennen, der dem in seiner eigenen schwitzenden Faust so ähnlich war. Und da Sichtblender Marks Auge schärfte, entging ihm auch das kleine weiße Fahnensymbol auf Vilkatas Schwert nicht.

Es war natürlich das Sinnschwert. Draffut hatte ihn davor gewarnt. Im nächsten Augenblick war Mark von seiner Aufgabe überzeugt: Er mußte Vilkata das Sinnschwert entwenden und verhindern, daß er es dazu benutzte, die Welt in seine Gewalt zu bringen. Diese Entscheidung bedurfte keiner weiteren Überlegung, keiner Erwägung der möglichen Konsequenzen.

Vilkatas blindes Antlitz drehte sich von links nach rechts und wieder zurück, als betrachte er seine hier versammelten Zauberer aufmerksam und forschend. Kein erkennbarer Ausdruck lag in der harten Miene des Dunklen Königs. Eine große, bleiche Hand schob sich aus dem Gewand und machte eine aufwärts deutende Gebärde, ein Zeichen für seine Berater, sich zu erheben. Ob der König es gewußt hätte, fragte Mark sich, wenn bei seinem Eintreten alle gestanden hätten, anstatt zu knien? Aber dann hätte er jetzt nicht das leise Rascheln der Gewänder gehört, als die Zauberer aufstanden...

Mark hielt den Atem an, als das blinde Gesicht sich ihm erneut zuwandte und dann in dieser Stellung verharrte. Hinter diesen weißen, grotesk langen Wimpern waren die fahlen, schlaffen Lider so magnetisch, wie Augen es nur sein konnten. Irgend etwas an ihnen war von perverser Schönheit.

Ein zartes, beinahe unhörbares Summen erhob sich, und die Luft neben dem Kopf des Dunklen Königs begann ein wenig zu flirren. Ein dämonisches oder sonstwie dienstbares Wesen teilte ihm etwas mit. Mark sah es, denn er hielt Sichtblenders Griff noch immer fest umklammert.
Der Dunkle König schien etwas sagen zu wollen, doch dann zögerte er, als habe sein magisches Bewußtsein ihm verraten, daß hier, im Herzen seiner Macht, nicht alles so war, wie es hätte sein sollen. Immer noch starrte das blinde Gesicht in Marks Richtung, und Vilkata flüsterte eine Frage in die Luft. Eine gesummte Antwort ertönte. Mark fühlte, wie die Kraft des Schwertes in der Scheide an seiner Seite plötzlich heftiger vibrierte.
Als Vilkata schließlich laut zu sprechen begann, vernahm Mark mit Überraschung, wie weich, tief und angenehm die Stimme klang.
»Burslem, ich bin erstaunt, dich hier zu sehen. Ich nehme an, die Aufgabe, mit der ich dich betraut habe, ist vollbracht?«
Burslem... Der Name sagte Mark nichts. »Das ist sie in der Tat, o Herr. Meinen Kopf darauf.«
»In der Tat, sagst du... So, ihr alle hier – bringt rasch zu Ende, was ihr hier treibt. Ich will euch so schnell wie möglich am Ratstisch sehen. Die Generäle warten schon.« Vilkata und sein halb sichtbarer Famulus verschwanden hinter einer zobelschwarzen Woge von Vorhängen.
Ein Zauberer, ein niederes Mitglied der Gruppe vielleicht, blieb noch zurück, um rasch zu erledigen, was auf dem gräßlichen Altar zu erledigen war. Die anderen, unter ihnen Mark, traten nacheinander durch die Tür, hinter der Vilkata verschwunden war. Sie schritten durch die angrenzende Kammer, die anscheinend mit verhängten Möbeln gefüllt war, und betraten die nächste.
Dieses Gemach war größer und ein wenig besser beleuchtet. In der Mitte stand ein Konferenztisch, der groß genug war, allen Zauberern und einer etwa gleich großen Zahl militärisch aussehender Männer und Frauen Platz zu bieten, die, wie Vilkata gesagt hatte, bereits warteten. Die Anwesenden trugen symbolische Rüstungsteile wie Abzeichen an ihren Gewändern, aber

Mark sah, daß keiner von ihnen in Gegenwart ihres Königs sichtbar bewaffnet war. Vilkata selbst saß, wie Mark erwartet hatte, am Kopf des Tisches auf einem Stuhl, der ein wenig höher war als die anderen. Hinter ihm hing eine Landkarte in großem Maßstab an hölzernen Pfählen. Sie war mit Symbolen übersät, die unter anderem die Positionen verschiedener Armeen darzustellen schienen. Dort lag Tashigang, fast im Zentrum der Karte, dort schlängelte sich der Corgo nordwärts zur See. Dort erstreckte sich der Große Sumpf...

Mark bemühte sich hastig, sich Art und Position der Symbole auf der Karte einzuprägen, aber es gab zu vieles, was ihn ablenkte. Die Zauberer nahmen ihre Plätze am Tisch ein, und zum Glück schien es dabei nicht sehr zeremoniell zuzugehen. Aber wiederum mußte Mark einen winzigen Augenblick lang zögern, um erraten zu können, welchen Platz Burslem wohl einnehmen würde. Er war nicht sicher, ob er nun erleichtert sein sollte oder nicht, als er schließlich den letzten freien Stuhl heranzog – in einiger Entfernung vom Dunklen König.

Als die gedämpften Geräusche des Platznehmens verklungen waren, legte sich ein Schweigen über den Raum, das eine ganze Weile anhielt. Vilkata saß auf seinem erhöhten Stuhl, und der Griff des Sinnschwertes an seiner Seite war für alle Versammelten deutlich zu sehen. Die summende Erscheinung über dem Kopf des Königs kam und ging, beinahe unsichtbar für die anderen in diesem Raum.

»Ich sehe«, begann der Dunkle König schließlich – und wenn in diesen beiden Worten Ironie lag, dann war sie, wie Mark fand, sehr zurückhaltend bemessen –, »daß keiner von euch seinen Blick von dem neuen Spielzeug wenden kann, das hier an meiner Seite hängt. Ohne Zweifel fragt ihr euch, woher ich es habe und wie ich es ohne eure Hilfe habe in meine Hände bringen können. Nun, ich will euch gleich erlauben, es näher zu betrachten. Doch zuvor will ich noch einen oder zwei Berichte hören.«

Wieder drehte sich das blinde Gesicht hin und her, als wolle Vilkata sich von irgend etwas überzeugen. Eine kleine Falte erschien zwischen den weißen Brauen auf der sonst jugendlich glatten Stirn. »Burslem«, setzte der Dunkle König sodann mit

seiner wohlklingenden Stimme hinzu, »deinen Bericht sollst du mir unter vier Augen abstatten, ein wenig später – wenn du mein Schwert gesehen hast.«
»Wie Ihr es wünscht, Herr«, antwortete Mark mit klarer Stimme. In seinen eigenen Ohren klang seine Stimme völlig unverändert, aber die anderen hörten sie, ohne etwas zu bemerken. Das leise, argwöhnische Stirnrunzeln auf Vilkatas Gesicht indessen wich nicht, was immer er auch gehört haben mochte.
Jetzt machten sich einige der Zauberer und Generäle, einer Rangordnung folgend, die Mark nicht durchschaute, daran, dem König und seinem Rat Bericht zu erstatten, und jeder von ihnen erhob sich zu diesem Zweck von seinem Platz am Tisch. Der unerkannte Spion hörte zu, wenngleich er nur die Hälfte von allem verstand: Sie verlasen lange Listen von militärischen Einheiten, schilderten Probleme der Truppenversorgung und Proviantbeschaffung, beschrieben die zu erwartenden Schwierigkeiten beim Bau einer Straße, die man demnächst brauchen würde, um die unerwartete Verlegung einer Armee zu bewerkstelligen. Mark hatte das Gefühl, daß unbezahlbare Informationen, Fakten, deren Kenntnis für Sir Andrew und seine Verbündeten von lebenswichtiger Bedeutung waren, ihm mit rasender Geschwindigkeit zum einen Ohr herein und zum anderen herausflogen. Zuhören! befahl er sich selbst in stummer Verzweiflung. Nimm alles auf, präg's dir ein! Aber es schien, daß er es nicht konnte. Doch dann kam ihm ein erleichternder Einfall: Wenn er Dame Yoldi wiedersähe, würde sie ihm helfen können, sich an alles, was er jetzt hörte, zu erinnern. Er hatte schon erlebt, wie sie es bei anderen getan hatte.
Falls er Dame Yoldis bezauberndes Antlitz je wiedersähe! Falls es ihm je gelänge, dieses Lager bei lebendigem Leibe zu verlassen...
Da war dieses monströse Schwert an Vilkatas Seite, und hier war Vilkata selbst – so nahe, daß Mark glaubte, ihn mit seinem eigenen Schwert leicht erreichen zu können. Oder mit seinem Bogen – zwei Pfeile hatte er noch... Weit wichtiger, dachte Mark, als jede Information, die er hier aufschnappen konnte,

würde es sein, dem Dunklen König das Sinnschwert zu rauben, und sein übles Leben noch dazu, wenn es möglich wäre.
Mark wußte nicht, wie das Sinnschwert oder eines seiner elf Brüder vernichtet werden konnte. Daß der Gegner es sich zunutze machte, konnte man nur verhindern, indem man es ihm entwendete und damit flüchtete. Es war immerhin möglich, sagte er sich, wenn nicht gar wahrscheinlich, daß Sichtblender ihn dabei tarnen und vor dämonischer und menschlicher Wut schützen konnte. Gegen Dämonen half ihm zudem ein neuer Mut: Die Hoffnung auf die unerklärliche Macht einiger weniger, simpler Worte.
Wahrscheinlich würde er Vilkata töten müssen, um ihm das Sinnschwert zu entwenden. Das an sich wäre schon eine gute Tat. Ja, er würde Vilkata töten... wenn er könnte. Wenn die bösen Zauberer in der äußeren Kammer schon über magische Schutzvorkehrungen verfügt hatten, um wieviel stärker würden dann die des Dunklen Königs selbst sein?
Um einen erfolgreichen Schlag gegen Vilkata führen zu können, würde er mit größter Sorgfalt auf den richtigen Augenblick warten müssen. Mark versank in eigenes Nachdenken, in angstvoll planende Erwägungen, und so achtete er nicht länger auf das Gespräch, das am Tisch hin- und herging. Schließlich drang ihm mit leisem Schrecken ins Bewußtsein, daß der Dunkle König zu seinen versammelten Ratgebern sprach und er schon seit einer ganzen Weile redete. Alle – auch Mark selbst, der es unbewußt tat – antworteten von Zeit zu Zeit mit einem Kopfnicken oder mit gemurmelter Zustimmung. Wahrscheinlich war Marks Aufmerksamkeit dadurch erregt worden, daß der Dunkle König seine Stimme zu einem oratorhaften Schluß erhoben hatte.
»... unser Plan heißt Krieg, und unser Plan schreitet hurtig voran!«
Allgemeiner Applaus erhob sich unverzüglich und stürmisch. Der erste, der zu einer handfesteren Antwort fand, war ein derber, kräftig aussehender Offizier mit ein oder zwei Rüstungsabzeichen, die auf seinen Status hinwiesen. Mit anscheinend spontaner Begeisterung sprang dieser Mann auf und zog ein unschuldig wirkendes Gesicht.

Auch seine Stimme schien erfüllt von einer im Herzen wurzelnden aufrechten Tapferkeit. »Gegen wen werden wir zuerst ziehen, Herr?«
Vilkata hielt kurz inne, bevor er sein blindes Gesicht dem Fragesteller zuwandte; womöglich hielt der Dunkle König diese Frage nicht für besonders klug. »Unser erster Schlag wird sich gegen Yambu richten. Sie ist – nach mir – am stärksten und deshalb ohne Zweifel am gefährlichsten. Außerdem habe ich eben erst beunruhigende Neuigkeiten über Yambu erfahren. Doch davon später ...«
Wieder schwieg Vilkata. Das beinahe unhörbare Summen, das fast unsichtbare Vibrieren erfüllte noch immer die Luft über seinem Kopf. »Ich sehe, die meisten von euch können ihren Blick immer noch nicht von meinem Spielzeug hier wenden«, stellte er fest und legte seine bleiche Hand auf den Griff des Schwertes. »Also gut. Da ich will, daß ihr euch nachher auf unsere Planungen konzentrieren könnt, werde ich es euch zeigen – *jetzt*!«
Das letzte Wort brach wie ein gewaltiger Schrei aus der Kehle des Dunklen Königs, und im selben Augenblick sprang er auf. Mark glaubte zu hören, wie das Sinnschwert ein leises Brüllen von sich gab, als der König es aus der Scheide zog und emporhob. Es klang, als jubelte eine große Menschenmenge in einiger Entfernung.
Selbst hier, in einem düsteren, verqualmten Zelt, blitzte der polierte Stahl prachtvoll auf, und sein Licht schien die Augen zu durchbohren. Noch nie hatte Mark etwas so Schönes gesehen, und er hatte auch nicht erwartet, es je zu sehen. Wie alle anderen am Tisch war er aufgesprungen, ohne es zu merken, und nur verschwommen war ihm bewußt, daß sein Stuhl hinter ihm umkippte.
In diesem Augenblick sprang Sichtblender, dessen Griff er noch immer umklammerte, von allein halb aus der Scheide, als wolle er sich der Herausforderung seines Bruders entgegenstellen.
Aber Mark konnte seinen Blick nicht vom Glanz des Sinnschwertes losreißen. Die furchtbare Kraft der Klinge zerrte an ihm. Wortlos forderte sie, er möge Vilkata sein eigenes

Schwert zu Füßen legen und sich selbst zu Boden werfen und dem Dunklen König ewige Gefolgschaftstreue schwören. Und schon war Mark, während ihm nur halb bewußt war, was er tat, wieder auf die Knie gesunken – inmitten einer kleinen Schar von Zauberern, die das gleiche taten.
Das Jubelgebrüll des Sinnschwertes ertränkte jeden anderen Laut, und das Funkeln seiner Klinge erfüllte jedes Auge.
Mark versuchte sich zu erinnern, weshalb er in dieses Lager gekommen war, wozu er dieses Zelt betreten hatte . . . aber was immer der Grund gewesen sein mochte, es war jetzt nicht mehr wichtig. Wichtig war jetzt nur noch, daß er augenblicklich, auf der Stelle, ein neues Leben im Dienste Vilkatas begann. Der blitzende Stahl befahl es ihm, diese prachtvolle Klinge, die durch nichts auf Erden und im Himmel an Schönheit übertroffen wurde. Nichs, was diese Klinge ihm befahl, konnte falsch sein. Nichts.
Er ahnte, daß er in Gefahr war – in Gefahr, ausgelassen, zurückgelassen zu werden, wenn er nicht augenblicklich seinen Treueschwur leistete, wie die anderen, die rings um ihn knieten und genau das taten. Stimmen, die in der äußeren Kammer zynisch geklungen hatten, waren jetzt heiser vor innerer Glut und stammelten die ausgefallensten Eide. Was war es, das ihn, Mark, noch zögern ließ? Irgend etwas stimmte nicht mit ihm, etwas an ihm mußte in unverzeihlicher Weise anders sein.
Er kauerte zwischen den anderen am Boden, und sein Mund formte Worte, aber er wußte, daß seine Schwüre nichts bedeuteten, nicht ehrlich waren. Warum zögerte er? Wie konnte er? Er mußte sich doch dem Dunklen König weihen, sofort, mit Leib und Seele! Wie herrlich würde es sein, in diesem Namen zu kämpfen und zu siegen! Und wie makellos würde der Tod sein, jeder Tod, der ihn im Kampf für eine solche Sache ereilte! Es gab nichts, was ein Mann zu fürchten hatte, solange dieses Schwert ihn führte. Das heißt, eines mußte er fürchten: Daß er eine so herrliche Gelegenheit verstreichen lassen könnte, und der Tod ihn auf ganz gewöhnliche Weise ereilte und somit sinnlos war.
Warum also zögerte er noch?
Marks Sinne taumelten unter der Kraft des Sinnschwertes,

aber sie beugten sich nicht vollends. Ein harter Kern des Widerstandes blieb störrisch an seinem Platz. Über die bedeutungslosen, nachgeahmten Eide und das unterwürfige Kauern hinaus ließ er sich zu keiner Tat hinreißen. Ein Teil seines Verstandes wußte, daß er Widerstand leisten mußte. Noch immer umklammerte seine Rechte Sichtblenders Griff, und er ahnte, daß er immer noch Kraft aus der Klinge zog. Im innersten Kern seiner Sinne war er immer noch bei Verstand, und er konnte nur vertrauensvoll darauf hoffen, daß eine Macht existierte, die ihn vielleicht würde retten können – auch wenn er jetzt nicht mehr genau wußte, weshalb er der Rettung bedurfte.

Immer noch kniend wie alle anderen, sah Mark, wie das Sinnschwert hoch über ihm blitzte. In einem wunderschönen Bogen fuhr es hin und her, und donnerndes Jubelgebrüll erfüllte das Gemach, ein Gebrüll von Stimmen, die niemals Atem holten. Vor dem Hintergrund dieses Dröhnens hob und senkte sich die Stimme des Dunklen Königs theatralisch wie die eines Magiers auf der Bühne. Vilkata zählte in allen Einzelheiten die bösartigen und verachtungswürdigen Eigenschaften auf, die die Königin Yambu als eine Kreatur von ganz besonderer Verworfenheit kennzeichneten. Eine Anschuldigung vor allem, die von der Stimme ausdrücklich betont wurde, erregte und entzündete Marks Vorstellungskraft, und die unvorstellbare Scheußlichkeit, die darin lag, brannte in ihm. So schamlos ihre sonstigen Untaten auch waren, diese überragte sie alle: Nicht genug damit, daß sie das Schwert namens Seelenschneider ihr eigen nannte, nein, sie gedachte auch, es bald zu benutzen, und zwar gegen den gesegneten Dunklen König, den Erretter der Welt!

Wider Willen stöhnte Mark wütend auf. Unversehens stellte er sich vor, wie seine Hände sich um den Hals der Silbernen Königin schlossen und sie erwürgten. Andere stöhnende, haßerfüllte Stimmen erschollen um ihn herum, bis der Pavillon davon widerhallte wie eine Folterkammer, was er ja war.

Als der Dunkle König innehielt, schwoll das Stimmengewirr weiter an, und tiefempfundene Wut gegen Yambu verschaffte sich Luft. Daß sie planen konnte, ihre Sinne mit Seelenschneiders übler Magie zu verdrehen, daß sie etwas derartiges auch nur einen Augenblick lang in Erwägung ziehen konnte, war eine Sünde, die zu den Göttern schrie, von denen sie ausgelöscht werden mußte, vom Angesicht der Erde vertilgt, sofort und ohne Gnade!

Vilkata hatte die Klinge ein wenig sinken lassen. Er hielt das Heft nur noch in Schulterhöhe. Aber immer noch funkelte der Stahl über ihnen wie ein Stern. Soweit Mark es feststellen konnte, zeigte sich bei niemandem außer ihm auch nur der geringste Widerstand, und er wußte nicht, wie lange er noch würde durchhalten können.

Einer der Magier – derjenige, der in der äußeren Kammer verschwörerisch mit ihm getuschelt hatte – gab sich jetzt völlig auf. Mit schrillem, wahnwitzigem Geheul sprang er auf den Tisch und streckte die Arme aus, um die prächtige Klinge an seine Brust zu drücken. Aber der Dunkle König entzog ihm die Waffe, und der Zauberer taumelte vornüber und fiel mit dem Gesicht voran zwischen die umgestürzten Stühle.

Dies schien das Zeichen für ein allgemeines Pandämonium zu sein. Männer und Frauen wälzten sich auf dem Zeltboden hin und her. Schwankend erklommen sie die Möbel und tanzten und sangen in rasender Kakophonie. Grunzende Schreie brachen aus ihnen hervor, und bald hatte sich das Ratsgemach in ein kleines Schlachtfeld verwandelt. Das Getöse, das jetzt herrschte, erinnerte ihn an Gefahren, die ihm vertrauter waren, und so gelang es ihm, ein weiteres Stück seines Bewußtseins wiederzuerlangen. Beinahe regungslos kauerte er auf dem Boden und versuchte, sich zu entsinnen, wer er gewesen war, bevor ihm das Schwert erschien.

Jetzt schwenkte der Dunkle König sein Schwert nach vorn, wie ein Feldherr, der das Signal zum Vorrücken gab, und geleitet von der summenden Erscheinung, die unbeirrbar neben ihm schwebte, ging er mit langen, sicheren Schritten am Ratstisch vorbei und durch den Wirrwarr von Stühlen und Menschenleibern, der den Raum erfüllte, auf den Ausgang des Pavillons zu. Mark wurde vom Strom derer, die dem König folgten, mitgeschwemmt und gegen den Folteraltar gestoßen, als sie durch die äußere Kammer kamen. Er fühlte etwas Klebriges an seiner

Hand, starrte dumpf darauf und sah, daß es Blut war. Er erschrak, aber er begriff nicht...

Vilkata durchschritt den vorderen Eingang des Pavillons und trat hinaus in die Sonne, deren Strahlen wie tausend durchbohrende Lanzen von dem Schwertstahl zurückgeworfen wurden. Die kleine Horde seiner Anhänger, unter ihnen auch Mark, drängte sich hinaus in das gleißende Licht und sprang unter ekstatischem Gesang hin und her. Augenblicklich eilten diejenigen, die zufällig in der Nähe standen, herzu, als der Dunkle König, die strahlende Pracht des Schwertes in den Händen, erschien. Die Luft über der wachsenden Menge flirrte wie von der Hitze eines riesigen Feuers: Dienstbare Geister und kleine Dämonen bewegten sich in Eintracht mit ihren Magierherren und teilten deren Erregung – ob erfreut oder verängstigt, vermochte Mark nicht zu sagen.

Das Sinnschwert wirbelte in Vilkatas Händen. Es zersplitterte den hellen Sonnenschein zu Blitzen, die rechts und links herniederzuckten. Die Hunderte in der näheren Umgebung und dann auch die Tausende, die in größerer Entfernung standen, starrten erstaunt herüber und wurden sogleich von der wilden Begeisterung erfaßt.

Ohne innezuhalten, marschierte Vilkata weiter, geradewegs auf die Paradetribüne zu. Die Menge, die ihn umwallte, schwoll mit explosionsartiger Geschwindigkeit an; schon schien sie Tausende zu zählen. Männer und Frauen, deren Neugierde von den wachsenden Menschenmassen erregt worden war, kamen aus allen Richtungen durch das Lager herbeigerannt und wurden, kaum daß sie in ihre Nähe gerieten, vom Anblick der blitzenden Klinge gefesselt. Wieder und wieder glaubte Mark, zwischen den Wogen des menschlichen Jubels das brandungsartige Brüllen des Schwertes selbst zu hören, das mit dem Wachsen der Menschenmenge ebenfalls immer weiter anschwoll.

Jetzt begann irgendwo draußen auf dem Exerzierplatz, jenseits der Käfige für Tiere und Menschen, eine mächtige Trommel zu dröhnen. Das Knurren und Grollen der eingepferchten Kampftiere nahm zu und durchdrang noch den Chor der menschlichen Stimmen.

Bald war die ganze, riesige Fläche des Exerzierplatzes von Menschen und abgerichteten Tieren angefüllt, die angesichts der Klinge über Vilkatas Kopf spontan ihre Ergebenheit demonstrierten. Immer wieder wurde sein Name gebrüllt, Schrei um Schrei erhob sich in die Lüfte, ein jeder lauter als der vorige, und Tausende von Waffen reckten sich zum Salut in die Höhe.

Jetzt hatte der Dunkle König das Podest erreicht und bestieg es behende. Seine unmittelbaren Berater, unter ihnen auch Mark, schwärmten ebenfalls auf die Tribüne hinauf. Nach wenigen Augenblicken war das Gerüst überfüllt, und an den Rändern wurden die Leute hinuntergestoßen. Nur um die Person des Königs blieb ein kleiner, freier Fleck – noch mehr Zauber? Oben auf der Tribüne und rings um sie herum, wo immer sich Platz fand, hüpften und sprangen hohe Offiziere und gefürchtete Zauberer umher wie geistesschwache Kinder. Alte und ehrwürdige Männer rollten sich bald wie Hunde am Boden, und bald sprangen sie heulend in die Luft. Und die Luft selbst war erfüllt von Schwärmen von Dämonen, die in einer pyrotechnischen Ekstase der Verehrung rasend ihre Kreise zogen.

Verbissen krallte Mark sich am letzten Rest seines Bewußtseins und seiner Selbstbeherrschung fest, der ihm im Pavillon geblieben war. Er glaubte nicht, daß er diesen Rest noch lange würde behalten können – aber vielleicht doch lange genug. Er wußte jetzt wieder, wer er war und welches Ziel er angestrebt hatte. Noch immer lag Sichtblenders Griff in seiner rechten Hand. Aber... Vilkata schlagen, den Träger des Sinnschwertes...? Wer wollte so etwas wagen? Wer wollte so etwa auch nur erwägen?

Jemanden anzugreifen, der das Sinnschwert trug, würde die Kräfte eines bloßen Menschen sicherlich übersteigen. Wenn es Mark einmal gelänge, den Willen dazu aufzubringen, und er dann scheiterte... er war sicher, dies würde sein erster und letzter Versuch sein.

Es würde schon schwierig genug sein, sich durch das Gedränge der ekstatischen Leiber auf der Tribüne zu schieben, um auf Reichweite an den Dunklen König heranzukommen. Nähere dich dem Dunklen König, befahl er sich, und vergiß einstweilen, weshalb du dich ihm nähern willst. Seinen Bogen hatte er fast vergessen, der immer noch wie gewohnt auf seinem Rücken hing. Und zwei Pfeile hatte er auch noch gehabt... Mit zitternder Hand tastete er danach und merkte, daß sie verschwunden waren. Hatte er sie im Gedränge verloren? Oder hatte die Hand eines Begeisterten sie ihm aus dem Köcher gerissen?

Also würde er doch mit Sichtblender zuschlagen müssen. Selbst wenn seine Sinne klar gewesen wären, wenn er sich fest unter Kontrolle gehabt hätte, wäre das nicht eben einfach gewesen. Die meisten Leute auf der Plattform drängten sich ebenfalls an den Dunklen König heran und versuchten, ihn zu berühren, so gut dies möglich war. Der Kreis derer, die ihm am nächsten standen, mühte sich nach Kräften, den Herrn des Sinnschwertes zu beschützen und die anderen zurückzudrängen. Vielleicht wurde ihnen dies dadurch erleichtert, daß Vilkata das Schwert jetzt wilder kreisen ließ und Angst und Ekstase unter denen verbreitete, die nah genug standen, um in die gefährliche Reichweite des Schwertes zu gelangen. Noch immer umgab den König ein freier Raum von mehreren Schritten Durchmesser.

Mark schaffte sich mit den Ellbogen so viel Platz, daß er Sichtblender aus der Scheide ziehen konnte. Niemand, so dachte er, konnte sehen, daß er es in der Hand hielt, und kein magischer Wächter stieß auf ihn herab.

Wieder geriet die kleine Schar auf der Paradetribüne in chaotische Wallung, als immer neue Leute hinaufzuklettern versuchten. Unerbittlich wurden mehr und mehr oben über den Rand gedrängt und fielen herunter.

Mark kämpfte sich ein Stück näher an Vilkata heran, aber dann wurde er aufgehalten und wieder zurückgestoßen. *Das ist unmöglich,* dachte er. *Ich darf nicht scheitern, nur weil es mir nicht gelingt, mich durch eine Menschenmenge zu drängen.* Aber er wagte es nicht, das Schwert zu benutzen, um sich den Weg freizukämpfen, denn wenn er das täte, würden die magischen Schutzvorkehrungen des Königs ganz gewiß in Gang gesetzt werden, und er würde jedenfalls keine Gelegenheit mehr finden, den entscheidenden Schlag zu führen.

Er mußte näher herankommen, ohne jemanden zu töten. Er knirschte mit den Zähnen, schloß die Augen und drängte sich blindlings voran. Sein Schwert – unsichtbar für diejenigen, die ihm den Weg versperrten – hielt er unbeholfen über die schiebenden Leiber, denn sonst hätte er sie damit empfindlich verletzt.
Aber während Mark immer wieder neue Entschlossenheit aufbrachte und weiter vorzudringen versuchte, wogte die Menge ihm doch immer wieder entgegen, und ihre hundertfüßige Masse schob ihn mühelos sogar noch ein Stück weiter zurück. Der Grund für diese letzte Woge war das Sinnschwert, das Vilkata jetzt heftig kreisen ließ. Noch einmal nahm Mark all seine Kraft zusammen und drängte sich voran, aber er wurde zur Seite gedrückt und geriet gefährlich dicht an den Rand der Plattform.
Also nochmals, mit aller Kraft... aber die Klinge in der Hand des Dunklen Königs rauschte rücksichtslos vorüber und streifte Mark an der Stirn. Der Dunkle König stieß ein donnerndes Gelächter aus, als er fühlte, wie seine Höflinge sich angstvoll zusammenduckten und der Klinge auszuweichen trachteten, aber gleichwohl hilflos vorwärtsgedrängt wurden.
Diejenigen, die Mark am nächsten waren, taumelten panisch zurück. Mark war heillos in die anderen verheddert, und zusammen mit ihnen stürzte er über den Rand der Plattform. Die Tribüne war nicht mehr als mannshoch, und der Boden darunter war weich. Mark landete unverletzt, wenn auch zutiefst erschrocken. Wie durch ein Wunder war keiner von denen, die mit ihm gefallen waren, von Sichtblender aufgespießt worden. Die Klinge lag auf dem weichen Boden unter seiner Hand.
Er war gescheitert – nicht heroisch, sondern wie durch einen dämonischen Scherz. Hastig packte er das Schwert und rappelte sich auf. Dann bemerkte er, daß ihn Vilkatas beiläufiger Schwertstreich schlimmer verwundet hatte, als ihm zunächst bewußt gewesen war. Er sah das Blut, er fühlte und schmeckte es, sein eigenes Blut, das ihm aus der verletzten Stirn in das linke Auge rann. Einen oder zwei Zentimeter weiter, und das Sinnschwert hätte ihn mit einem einzigen Streich getötet.

Mit dem Sturz war der Dunkle König endgültig außer Reichweite, aber wenigstens hatte Mark nun auch keinen unmittelbaren Blickkontakt mehr mit der blitzenden, hypnotisch wirbelnden Klinge. Das Brüllen der Freiheit war lauter als das des Sinnschwertes in seinem Kopf, und Mark sah auf und erblickte Vilkatas Rücken hoch oben auf der Plattform. Der Monarch hatte sich von Mark abgewandt und schaute über die erregten Massen hinweg, die sich vor der Tribüne auf dem Platz drängten.

Er muß sterben, dachte Mark noch einmal grimmig. Und ich muß es tun, ich muß ihn töten, ganz gleich, wie – und dann muß ich sein Schwert nehmen...

Er löste sich gewaltsam aus dem Gewirr der zuckenden Menschen auf dem Boden. Mit der einen Hand stieß er Leute beiseite, Sichtblender hielt er hoch in der anderen, und so rannte er an der Rückseite der Paradetribüne und dann an ihrer Vorderseite entlang. Die Schmerzen in seiner verwundeten Stirn machten ihn rasend, und er fühlte den Drang, auf die schurkischen Beine der Offiziere und Zauberer einzuschlagen, die in Augenhöhe auf der Plattform umeinanderdrängten und tanzten. Aber er unterdrückte dieses Bedürfnis in der grimmigen Gewißheit, daß er nur ein einziges Mal würde zuschlagen können.

Blut rann ihm in die Augen und blendete ihn. Der Schmerz bohrte sich wie ein rostiger Nagel in seinen Kopf, als Mark aufschaute und Vilkata zu finden versuchte. Es schien ein hoffnungsloses Unterfangen zu sein. Die Sonnenstrahlen blendeten, und das Sinnschwert fing sie auf und blitzte grell. Hoffnung lag nur in der Unterwerfung. Mark mußte den Blick abwenden, den Kopf senken, um dem zu entrinnen. Er konnte nicht noch einmal zulassen, daß das Schwert seinen Blick und seine Seele einfing.

Als er sich von der Plattform abwandte, kam die endlose Ausdehnung des Paradeplatzes und die heulende Menge in sein Blickfeld. Sichtblender ließ zweierlei in rascher Folge deutlich hervortreten – so deutlich und auffällig, daß Mark sogar jetzt davon abgelenkt wurde.

Das eine war, zu Marks großem Erstaunen, der Käfig mit

seinem einsamen Insassen, auch wenn er nur hin und wieder zwischen dem Trubel der ekstatischen Massen einen kurzen Blick darauf werfen konnte. Neben diesem Käfig war er dem Wachdämon begegnet, und er erinnerte sich – oder er erinnerte sich beinahe – an etwas, das einer der Zauberer im Zelt über diesen Gefangenen gesagt hatte...

Und dann lenkte die zweite Auffälligkeit Marks Aufmerksamkeit von der ersten ab. Er sah eine kleine, graue Wolke, die ganz und gar nicht wolkenhaft an der steilen Flanke eines Berges in der Ferne hinunterrollte. Im Innern dieser Wolke sah Mark mit seinem geschärften Blick etwa ein halbes Dutzend lebender Wesen, die anscheinend alle Menschengestalt hatten.

Noch während er sie beobachtete, erreichte die Wolke das verhältnismäßig ebene Land am Fuße des Berges. Geschwind kam sie herangerollt, geradewegs auf das Lager zu, und sie bewegte sich aus eigener Kraft und unabhängig vom Wind. Verblüffend schnell kam sie voran, schneller als der Wind, und Kilometer um Kilometer legte sie in wenigen Augenblicken zurück.

Ein paar der Leute auf der Tribüne über Mark hatten die Wolke jetzt ebenfalls erblickt. Der Aufruhr, der den Dunklen König unmittelbar umtoste, ließ ein wenig nach. Mark warf einen raschen Blick zu Vilkata hinauf und sah, daß der König sein Schwert sinken ließ und der herannahenden Wolke seine ganze Aufmerksamkeit widmete.

Ein schrilles Kreischen in der Luft jagte über die Köpfe dahin. Ein Schwarm fliegender Dämonen hatte sich, entweder aus eigenem Antrieb oder auf Befehl ihrer menschlichen Herren, zu einer Formation zusammengeschlossen und flog geradewegs auf die herannahende Wolke zu, um zu erkunden, was dahintersteckte, und womöglich sogleich zum Angriff überzugehen. Aber kurz bevor die Formation die Wolke erreicht hatte, wich sie zurück und zerstob. Die Dämonen flüchteten in alle Winde. Mark hatte den Eindruck, daß eine unsichtbare Macht sie beiseitegewedelt hatte wie einen Insektenschwarm.

Und blitzartig begriff er: Die Götter kamen, um diese Angelegenheit in die Hände zu nehmen. Blutbeschmiert und erfüllt von Schmerz und Angst, stieß Mark einen schluchzenden

Seufzer tiefster Erleichterung aus. Die Menschheit konnte darauf hoffen, gerettet zu werden – von denjenigen, die die Schwerter gemacht hatten –, gerettet vor der Kraft der Schwerter, die zu gewaltig war, als daß sie sie hätten beherrschen können ... Mark hatte schon gesehen, wie Götter mit wilden, rebellischen Menschen umgegangen waren. Vilkata, der in ihrer Gegenwart auf das Maß eines schädlichen Insekts zusammenschrumpfte, würde vielleicht zermalmt werden, bevor das Grauen, das er verbreiten wollte, die gesamte menschliche Welt erfaßte. Auch Mark würde sein Schwert vielleicht einbüßen, doch angesichts der Bedeutung dieser Ereignisse kam es darauf nicht mehr an.
Die Wolke, die den Zweck der Tarnung mittlerweile erfüllt hatte, löste sich auf und war bald verschwunden. Die Schar der Wesen, die darin herangeflogen war, kam jetzt zu Fuß heran. Schon hatten sie den Exerzierplatz betreten, und sie näherten sich mit weit ausgreifenden Schritten. Das Meer der Menschen, das den Platz überflutet hatte, teilte sich, um die Götter hindurchzulassen. Vier Götter und eine Göttin, jeder so groß wie Draffut, schritten unaufhaltsam voran, und Mark hatte den Eindruck, daß sie, ohne es zu bemerken, einen Menschen zertreten würden, der ihnen im Weg stände.
Je näher die fünf kamen, desto höher ragten sie in den Himmel. Ihr Ziel war die Paradetribüne. Mark glaubte jetzt, den einen oder anderen von ihnen zu erkennen. Vier waren mit göttlicher Eleganz gekleidet; sie trugen Kronen, Tuniken und Gewänder, die vor Farben, Gold und Juwelen strotzten. Einer aber hinkte beim Gehen, und er war in einfache Felle gehüllt.
Wieder warf Mark einen kurzen Blick auf die Plattform. Vilkata war für ihn außer Reichweite und immer noch dicht umringt von seinen Gefolgsleuten und seinen dienstbaren Zauberern.
Der Dunkle König hatte das Sinnschwert in die Scheide gesteckt und erteilte einigen seiner Zauberer knappe Befehle. Im nächsten Augenblick tat einer dieser Zauberer einen ruckartigen Satz, der ihn von der Plattform schleuderte. Er stürzte unglücklicher als Mark kurz zuvor, blieb liegen und wand sich hilflos am Boden. Mark vermutete, daß irgendein Schutzzau-

ber dieses Mannes das Vordringen der Götter behindert hatte, und als der Zauberbann wie eine Schiffstrosse gerissen war, hatte es den Zauberer im Zurückschnappen vom Podest geschleudert.

Ganz gleich, welcher Zauber ihnen den Weg versperrt haben mochte, und welcher Schutzbann womöglich durch ihr Erscheinen automatisch ausgelöst worden war, die Götter hatten sich nicht aufhalten lassen. Als Mark sie ansah, hatte er den Eindruck, daß sie verärgert waren wie Erwachsene, die sich durch ein von unartigen Kindern aufgespanntes Labyrinth aus Bindfäden belästigt fühlten.

Endlich blieben die vier Götter und die Göttin etwa zwanzig Meter vor der Paradetribüne stehen, und immer noch überragten sie den Dunklen König, der ihnen auf seinem erhöhten Platz gegenüberstand, um ein ganzes Stück. Jeder auf der Plattform kniete, und einige hatten sich in unterwürfiger Panik flach auf den Boden geworfen. Und auch um ihn herum kauerten alle demütig auf der Erde. Er und der Dunkle König waren im Umkreis von hundert Metern die einzigen, die noch aufrecht standen. Wie merkwürdig, staunte Mark in einem entlegenen Winkel seines Geistes. Schon einmal in seinem Leben hatte er Göttern so nah gegenübergestanden – ja, und auch damals hatte er stehenbleiben können, während rings um ihn herum alle anderen Menschen niederknieten oder zu Boden stürzten...

Der hinkende Gott trat vor. In der Stille, die sich über das ganze Feldlager gelegt hatte, war das Klappern seines Schmucks aus Drachenschuppen deutlich zu hören, als er mit mächtig wiegendem Gang bis auf einen Schritt an die Plattform herankam. Es ist Vulkan, der Schmied, dachte Mark und starrte den pelzumhüllten Titanen an. Er ist es, der meinem Vater den Arm genommen hat. Vulkan schenkte Mark keine Beachtung. Er schaute Vilkata an. Soweit Mark es sehen konnte, wich Vilkata nicht zurück, obgleich der Gott dicht genug vor ihm stand, um seinen langen Arm auszustrecken und ihn zu packen.

Ein scharfer Wind wehte durch das Lager und über das kahle, verwüstete Land ringsum. Ansonsten war es still.

Jäh wurde diese Stille durchbrochen, und Vulkans Stimme dröhnte mit einer Lautstärke, die einem Gott angemessen war, durch das Lager. »Welcher Irrsinn treibt euch, ihr törichten Menschen? Das Schwertspiel ist vorüber, wißt ihr das denn nicht?«
Mit seiner besten Königsstimme versuchte Vilkata zu antworten: »Ich bin der Dunkle König...« Mark war nicht im geringsten überrascht, als die Stimme des Königs bebte und brach, bevor er seinen Satz zu Ende bringen konnte. Es erstaunte ihn nur, daß der Mann überhaupt in der Lage war, vor den Göttern zu stehen und zu sprechen.
Vulkan war weder beeindruckt noch erfreut. »König, Königin, hin und her – was kümmert das mich? Du bist ein Mensch, und das ist alles. Gib mir das Werkzeug der Macht, das du an deiner Seite trägst.«
Vilkata gehorchte nicht sogleich. Statt dessen wagte er, noch einmal zu widersprechen. Mark aber hörte nicht, was er sagte, denn wieder wurde seine Aufmerksamkeit abgelenkt, weil er in der Ferne etwas entdeckt hatte. Es war wieder eine Wolke, und sie sah genauso ungewöhnlich aus wie die erste.
Diese Wolke rollte nicht einen Berghang herunter, sondern wehte aus der Luft herab, aber sie bewegte sich im rechten Winkel zu den anderen Wolken und zum Wind. Jetzt hielt sie inne und schwebte zögernd in der Luft. Anscheinend wahrte sie einen vorsichtigen Abstand zu der Szene auf dem Paradeplatz. Mit Sichtblenders Hilfe sah Mark, daß auch diese zweite Wolke Wesen von menschlicher Gestalt und göttlicher Größe barg. Eine sah er, die makellose Essenz der Weiblichkeit, die nur Aphrodite sein konnte. Die anderen vermochte er im einzelnen nicht so klar zu erkennen, aber es schien, daß alle ihm das Gesicht zugewandt hatten.
Die Ablenkung dauerte nur einen kurzen Augenblick. Vulkan, den es ungeduldig machte, daß dieser bloße Mensch ihm nicht unverzüglich gehorchte, stieß einen donnernden Fluch aus und streckte die Hand nach Vilkata aus. Mit einer schnellen Bewegung zog der Dunkle König das Sinnschwert aus der Scheide – doch nicht, um es dem Gott zu übergeben. Statt dessen schwang er es hoch über den Kopf.

Vulkan schrie einmal auf, und seine Stimme klang merkwürdig rauh, als stürzten Berge von Metall und Gestein ineinander. Der lahme Gott hob den Arm und bedeckte schützend die Augen. Er taumelte rückwärts und fiel auf ein Knie. Mark spürte, wie bei dem Sturz des Gottes der Boden unter seinen Füßen erbebte.
Die vier anderen Götter hinter dem Schmied sanken ebenfalls auf die Knie.
Wieder legte sich Stille über das Lager, und eine ganze Weile rührte sich nichts. Die in der Ferne schwebende Wolke hatte sich in Bewegung gesetzt und flog mit hoher Geschwindigkeit davon. Wie betäubt starrte Mark hinter ihr her. Die Götter hatten versagt. Die vielen tausend Menschen ringsum brachen erneut in ohrenbetäubenden Jubel aus.
Dann ergriff Vilkata wieder das Wort. Nach Vulkans Donnerstimme klang die des Königs eher schmächtig, aber sie war von Triumph und Selbstvertrauen erfüllt, als er den knienden Göttern, die ihn gleichwohl immer noch überragten, zurief: »Folgt mir! Gehorcht mir!«
»Wir hören dich.« Die Antwort der Götter war wie ein Donnerrollen, und die Erde dröhnte davon. »Wir folgen und gehorchen dir.«
Die mächtige Kriegstrommel wurde gerührt, und die Menge brüllte so laut wie nie zuvor. Die irrsinnige Jubelfeier nahm ihren Fortgang, doppelt so irrsinnig wie zuvor.
Die Götter auf dem Exerzierplatz erhoben sich schwerfällig. »Gewiß ist dies Vater Zeus!« rief Vulkan und deutete dabei mit seinem baumdicken Arm auf den Dunklen König. »Es muß ein Hochstapler gewesen sein, der diese Rolle unter uns gespielt hat!«
Die göttlichen Gefährten des Schmiedes brachen in zustimmendes Gebrüll aus, und unverhofft begannen sie mit einem Tanz, der gewaltig und unkontrolliert zugleich wirkte. Der Boden bebte. Mark sah, wie der hohe Flaggenmast vor dem Pavillon des Königs schwankte. Die Menschenmenge in der unmittelbaren Umgebung der Tribüne verlief sich rasch, denn alle, die in die Nähe der tanzenden Götter gerieten, versuchten sich eilig in Sicherheit zu bringen. Sie blieben jedoch unter dem

Bann des Sinnschwertes, und viele begannen ebenfalls zu tanzen.
Mark stand erschöpft und ausgelaugt da und lehnte sich auf sein Schwert. Seine Stirn brannte, noch immer sickerte ihm Blut ins Auge. Er beobachtete die wahnwitzigen Götter und fühlte, daß auch er selbst gleich den Verstand verlieren würde. Dabei hätte er doch etwas derartiges erwarten können. Wenn eines der Schwerter einen Gott töten konnte – und mit eigenen Augen hatte er Hermes tot am Strand liegen sehen, mit einer klaffenden Wunde im Rücken, die Ferntöter dort hinterlassen hatte –, weshalb sollte dann nicht ein anderes Schwert die Macht haben, aus Göttern Sklaven zu machen?
Aber welche Macht hatte Vulkan herabbeschworen, als er sie schmiedete – welche Macht, die größer war als die Götter selbst?
Und war er, Mark, das einzige Lebewesen hier, das noch Widerstand zu leisten vermochte?
Denken konnte er jetzt nicht mehr; der Schmerz war zu stark, und sein Blut brannte in seinem Gesicht, als sei es giftig. Aber vielleicht konnte er noch handeln.
Mit beiden Händen umklammerte er Sichtblender und versuchte zum drittenmal, Vilkata zu töten.
Zwar tanzte die Menge unterhalb der Tribüne jetzt noch wilder als zuvor, aber sie war weniger dicht, und das kam ihm zugute. Aber als Mark den Blick zum Dunklen König erhob, der immer noch oben auf der Plattform stand, blendete das Sinnschwert ihn erneut, und sengende Speere aus vergiftetem Licht bohrten sich in sein Gehirn. Er taumelte auf die Sonne in all ihrer Pracht zu – und wer wollte sich erkühnen, die Sonne zu erschlagen?
Vilkata, der Gott! Träger des Sinnschwertes, Anbetungswürdiger!
Mark hob sein eigenes Schwert mit beiden Händen. Dann begriff er, daß er nicht zuschlagen würde. Er war im Begriff, Sichtblender dem König als Opfergabe zu Füßen zu legen! Mit letzter Kraft gelang es ihm, sich loszureißen. Verzweifelt sein Schwert umklammernd, wankend und stolpernd, ergriff er die Flucht und wandte der Pracht, der er sich nicht länger zu stellen

wagte, den Rücken zu. Er wußte: Wenn er sich nur ein einziges Mal umschaute, wäre er verloren.
Der Käfig mit dem Gefangenen ragte vor ihm auf. Irgend jemand in der Menge drängte Mark ein wenig zur Seite, so daß er den Käfig plötzlich geradewegs vor sich sah.
Ohne daß ihm ein Plan bewußt gewesen wäre, hob Mark, einem bloßen Impuls folgend, das Schwert der Arglist mit beiden Händen und ließ es krachend auf die hölzerne Tür und das kleine Schloß niederfahren. Der Schwertzauber vermochte zu diesem Hieb nichts beizutragen, aber die Länge und das Gewicht der scharfen Klinge genügten. Der Käfig war nicht dafür gebaut, einem ernsthaften Angriff standzuhalten. Mark schlug noch einmal zu, und die Käfigtür sprang auf. Inmitten des Pandämoniums springender, kreischender Gestalten und blitzender Waffen achtete niemand darauf, was er tat. Noch immer bebte die Erde unter dem Tritt der brüllenden, stampfenden Götter.
Er schob sein Schwert in die Scheide und streckte beide Hände in den Zwinger, um den hilflosen Gefangenen zu ergreifen. Das Geschöpf, das er hervorzog, war eine nackte junge Frau, gefesselt mit Schnüren und mit Magie. Die Schnüre fielen zu Boden, kaum daß Sichtblenders Schneide sie berührte, aber die Magie erwies sich als widerstandsfähiger.
Mark legte einen Arm um die Gefangene. Halb trug, halb zerrte er sie durch die tobende Menge, fort von der Paradetribüne. Noch immer wagte er nicht zurückzuschauen. Was immer die Leute erblickten, wenn sie ihn ansahen – es veranlaßte sie, noch in der Ekstase vor ihm zurückzuweichen und ihm den Weg freizugeben.
Der Exerzierplatz schien kein Ende nehmen zu wollen, und Vilkatas irrsinnige Arme ebensowenig. Mit jedem Schritt ließ der Druck des Sinnschwertes nach, aber immer nur um einen Bruchteil. Aber ein Schritt folgte dem anderen, und Mark konnte nach einer Weile wieder zu denken beginnen und allmählich auch einen Plan schmieden. Dort, vor ihm, ein Stück weiter in der Menge, sah er zwei Berittene, die aussahen wie niedere Magier. Mark bewegte sich auf sie zu und schleppte die immer noch betäubte junge Frau hinter sich her.

Die beiden Magier, die von der Pracht des Sinnschwertes selbst benommen waren, achteten nicht auf Mark. Sie würden, so hoffte er, keine Schutzdämonen bei sich haben. Er brauchte die Reittiere, und zwar dringend.
Sichtblender beschaffte sie ihm, rasch und blutig und so magisch wie ein Metzgerbeil. Im allgemeinen Durcheinander schien niemand bemerkt zu haben, was geschehen war.
Mark wickelte das Mädchen in einen schwarz-goldenen Mantel, den der eine der beiden Zauberer getragen hatte, und setzte sie auf eines der Reittiere. Er selbst bestieg das andere. Als er im Sattel saß, wankte er einen Augenblick lang und befürchtete, ohnmächtig zu werden. Sein eigenes Blut tropfte ihm auf die Hände, die die Zügel hielten.
Aber dann trieb er sein Tier voran und führte das des Mädchens am Zügel nebenher. Niemand versuchte, sich ihnen in den Weg zu stellen, als sie das Lager verließen. Niemand – so weit Mark sehen konnte – bemerkte es auch nur.
Das Dröhnen der Kriegstrommel und das Gebrüll der Götter verfolgten sie noch lange und nachdem sie schon viele Kilometer über das öde Hochland geflüchtet waren.

6

Einen oder zwei Kilometer weit stromaufwärts, bevor der Corgo sich vor den Inseln teilte, auf denen weite Bereiche der Stadt erbaut waren, war die Strömung so langsam, daß Denis der Flinke mit seinem leichten Kanu recht schnell dagegen anpaddeln konnte. Hier, wo der Fluß so breit war, konnte er sich Stellen suchen, an denen die Oberflächenströmung noch träger war und das Paddeln durch begrenzte Wirbel weiter erleichtert wurde. Es fiel Denis nicht schwer, sich vom übrigen Verkehr auf dem Fluß fernzuhalten. So früh am Morgen waren es hauptsächlich Lastkähne mit Lebensmitteln und andere Handelsfahrzeuge, die stromabwärts fuhren. Ein paar Fischerboote waren ebenfalls unterwegs, und ein oder zwei leichte Segelboote, die zum puren Vergnügen auf dem Wasser zu sein schienen. Hier, oberhalb der Stadt, gab es keine seetüchtigen

Schiffe mehr, wie man sie stromabwärts, zwischen Tashigang und dem Meer, antreffen konnte.
Zwei Kilometer hinter der Stadtmauer erreichte Denis die erste scharfe Biegung des Corgo. Noch einmal hörte er auf zu paddeln und sah sich um; er warf einen letzten Blick auf die hohen Türme der Stadt. Über dem Morgennebel, der immer noch vom Fluß emporstieg, schimmerten die hohen Zinnen und Wehrtürme in den ersten Strahlen der Morgensonne. Hier und dort, inmitten der eindrucksvollen Massen von braunem und grauem Stein, blitzte Glas oder glänzendes Metall in Fenstern und Ornamenten oder an den Waffen der Wachen. An verschiedenen Stellen hoch über den Zinnen wehten die Fahnen der Stadt: Grün und Grau. Am höchsten Mast aber, über dem Palast des Bürgermeisters, legte ein einzelner Wimpel in den Farben Schwarz und Silber Zeugnis ab von der Oberherrschaft der Königin Yambu.
Denis paddelte weiter stromaufwärts. Sein Kanu glitt zwischen Ufern dahin, die von den Villen derjenigen reichen Bürger gesäumt waren, die von der Aussicht auf einen langfristigen Frieden so fest überzeugt waren, daß sie sich entschlossen hatten, außerhalb der Stadtmauern zu wohnen. Es waren beeindruckende Häuser, ein jedes eine kleine Festungsanlage für sich, die einem gelegentlichen Brigantenüberfall durchaus gewachsen sein würde.
Bald schon blieben die einzelnen Landhäuser hinter Denis zurück. Statt ihrer sah er nun kleine Vorstädte mit weniger prachtvollen Bauten, von bescheidenen Mauern umringt, und wiederum nach einer kleinen Weile waren es Bauernhöfe und Weinberge, die den Fluß säumten. Dieses Land war, wie Tashigang, der Silbernen Königin untertan und tributpflichtig, aber es genoß doch ein hohes Maß an Unabhängigkeit. In den Jahren ihrer Herrschaft hatte Yambu hier Frieden und Ordnung weitgehend aufrechterhalten können, und sie war weise genug gewesen, nicht mehr als einen bescheidenen Tribut zu fordern. Unter einem solchen Regime floß der Tribut stetig, und zugleich schuf die Königin sich ein Fundament des guten Willens in der Bevölkerung. Ihren aggressiven Energien schaffte sie derweilen anderswo Luft.

Nur einmal legte Denis eine Pause ein, um zu essen und sich auszuruhen, ansonsten verlief die erste Tagesreise auf dem Fluß ereignislos. Am Abend hatte er die dicht besiedelte Umgebung der Stadt so weit hinter sich gelassen, daß er ohne Mühe eine kleine Insel finden konnte, die ihm einen guten Lagerplatz bot. Es gelang ihm sogar, einen eßbaren Fisch für sein Nachtmahl zu fangen. Es erfüllte ihn mit Befriedigung, daß er die zu einem Leben unter freiem Himmel notwendigen Fertigkeiten durchaus besaß.

Am zweiten Tag brach er in aller Frühe auf. Er hatte die schwieligen Hände eines Arbeiters, und so machte ihm das unaufhörliche Paddeln nicht viel aus. Die verheilte Wunde an seinem Unterarm bereitete ihm überhaupt keine Beschwerden mehr. An diesem Tage hielt er aufmerksam Ausschau nach bestimmten Landmarken, wie Ben es ihm eingeschärft hatte. Mit sicherem Geschick fand er gegen Mittag den Nebenfluß, den er suchte – ein Flüßchen, dessen gewundener Lauf sich dem Corgo von Nordosten her näherte. Dieses Flüßchen – hier nannte man es den Spode – entsprang in einem Teil des Großen Sumpfes, aber leider führte es nicht geradewegs in die Gegend, in der Sir Andrew und seine Armee wahrscheinlich zu finden waren. Um dorthin zu gelangen, würde Denis sein Boot später ein Stück weit tragen müssen.

Drei oder vier Tagesreisen verliefen in ähnlich angenehmer Weise. Mit jedem Tag begegnete Denis weniger Menschen, aber fast alle begrüßten den Ardneh-Jünger mit freundlichem Winken. Einige boten ihm zu essen an, und das eine oder andere nahm er dankbar an.

Seine Gedanken beschäftigten sich zumeist mit seiner verborgenen Fracht. Über das Schwert der Gnade wußte er jetzt einiges aus erster Hand. Was aber vermochte das Schwert der Gerechtigkeit? Denis hatte nicht danach fragen wollen, denn niemand sollte glauben, er hege den Plan, sich damit aus dem Staub zu machen. (Dieser verräterische Gedanke war ihm allerdings in den Sinn gekommen, in Gestalt eines faszinierenden Tagtraumes. Bis jetzt – bis jetzt – hatten andere, wildere Gefühle verhindert, daß er ernstlich in Versuchung geriet.)

Ben hatte es nicht für nötig gehalten, die Eigenschaften des Schwertes der Gerechtigkeit mit Denis zu erörtern. Der Herr des Hauses Courtenay hatte dazu nur eines gesagt.

»Denis, falls du unterwegs einen Kampf nicht vermeiden kannst, dann empfehle ich dir, Urteilspender hervorzuziehen und damit zu fechten. Versuche nicht, jemanden mit Wunderheiler niederzustechen – nicht, wenn dir daran liegt, Blut fließen zu lassen, statt deinen Gegner in Behagen zu versetzen.«

Bisher aber hatte nicht die geringste Gefahr eines Kampfes bestanden. Das einzige körperlich Aufregende waren gelegentliche Gewitter gewesen, die den Reisenden mit Blitz und Donner bedroht und seine weißen, nicht wasserdichten Gewänder durchtränkt hatten.

Am fünften Tag kam er durch ruhiges Ackerland. Das Wetter war angenehm, und in der Nacht lagerte er wieder auf einer kleinen Insel.

Er träumte, wie er es oft tat, von Frauen. Kuan-yin, die Kinderfrau, die er auch in Wirklichkeit schon umarmt hatte und die zu heiraten er in Erwägung zog, winkte ihm zu. Und er träumte auch von der Herrin des Hauses Courtenay, die ihn im wirklichen Leben erst einmal berührt hatte, nämlich beim Verbinden seines Armes. Denis träumte, daß die, die er als Lady Sophie kennengelernt hatte, ihn in seiner Kammer neben der Werkstatt besuchte. Sie setzte sich auf sein Bett, ergriff lächelnd seine Hand und dankte ihm für etwas, das er getan hatte oder vielleicht noch tun würde. Ihr weißes Gewand war in Unordnung; es stand offen. Aber unglaublicherweise schien sie es nicht zu bemerken.

Der Traum näherte sich eben dem Augenblick höchster Spannung, als Denis erwachte. Er lag im warmen Schein des Mondes, und ihm war, als sei die Welt, in der er erwacht war, nur ein vollkommener Traum. Die Luft war erfüllt von einem Duft – waren es Uferblumen? –, der unvorstellbar süß und wundervoll war, zu zart, als daß man ihn Parfum hätte nennen können.

Und noch etwas anderes lag in der Luft. Eine furchtlose Erregung. Denis' Blut pochte in traumhafter Erwartung –

wessen? Er wußte es nicht. Aber er wußte, daß er hellwach war.
Er schaute über den Fluß hinweg. Der Streifen aus glitzerndem Mondlicht fesselte seinen Blick. Er sah, wie ein Schatten, dem eines treibenden Bootes gleich, über diesen Streifen schwebte. Es war tatsächlich ein Fahrzeug – eine Barke, auf der kleine Lichter funkelten und die völlig lautlos dahinglitt. Beinahe völlig lautlos. Einen Augenblick später vernahm er das leise Plätschern und Tröpfeln von Ruderblättern.
Als die Barke näherkam, sah er, daß sie größer war, als er zunächst angenommen hatte. Sie war so groß, daß er sich nun fragte, wie sie an den engeren Abschnitten dieses Flüßchens überhaupt navigieren konnte. Die Lichter an den niedrigen Seiten glühten in sanftem bernsteingelbem Licht, so gleichmäßig wie die Lampen aus der Alten Welt, mit denen Denis vertraut war, nur viel zarter.
Denis war inzwischen aufgestanden. Er war hellwach, und sich darüber bewußt, daß er mehr oder weniger derselbe war wie sonst. Was immer hier geschah, war Realität, aber es war nicht Bedrohung, was er empfand, sondern erwartungsvolle Erregung. Er trat einen Schritt näher ans Ufer. Das Wasser zu seinen Füßen murmelte wie das leise Lachen eines Liebespaares. Er lehnte sich auf das kieloben liegende Kanu, das er klugerweise aus dem Wasser gezogen hatte, ehe er sich zur Ruhe gelegt hatte.
Als die Barke noch näher gekommen war, erkannte Denis mittschiffs eine kleine Hütte oder einen Pavillon, überdacht von einer Plane aus feinem Stoff. Davor stand ein thronartiger Stuhl oder Sessel, und rechts und links davon saßen in zwei Reihen merkwürdig stumme, nur sparsam bekleidete Ruderinnen.
Eine Frau saß auch in dem Sessel, inmitten eines Berges von Kissen. Hinter ihr leuchteten nur der Mond und die sanft glühenden Lichter des Bootes, und so erkannte Denis zunächst nur verschwommen ihre Umrisse. Anfangs redete ihm seine erhitzte Phantasie nachdrücklich ein, daß sie überhaupt nichts am Leibe trage, doch schon bald mußten seine Augen die Existenz eines Gewandes zugeben, das immerhin aus schim-

merndem Dunst und Sternenlicht, aber nicht aus irgendeinem Stoff zu bestehen schien. Der Körper der Frau war zum größten Teil von diesem Schleier umhüllt, wenngleich dadurch nichts verhüllt wurde.

Denis' Herz tat einen Satz, und er begriff. Ein Name kam ihm in den Sinn, und er hätte ihn laut ausgesprochen, wenn ihm in diesem Augenblick nicht die Luft weggeblieben wäre. Noch nie in seinem Leben hatte er einen Gott oder eine Göttin gesehen, und er hatte auch nicht damit gerechnet, daß es noch geschehen würde, bevor er stürbe.

Auf ein Kommando hin, das Denis weder gesehen noch gehört hatte, stellten die unmenschlich lautlosen Frauen das Rudern ein. Ohne daß er sie auch nur einen Augenblick lang angeschaut hätte, war ihm verschwommen bewußt, wie schön sie alle waren und wie herausfordernd gekleidet. Aber solange er die Göttin der Liebe selbst vor Augen hatte, hätte er keine von ihnen anschauen können, selbst wenn er es gewollt hätte.

Gesteuert von einer übernatürlichen Kraft, kam die Barke langsam und schnurgerade auf die Insel zu, auf der Denis stand. Aus der Kajüte drang leise Musik, lieblich wie der Duft, und wehte über den schmalen Streifen Wasser zwischen ihm und der Barke. Jetzt, da das silbrige Rieseln von den Ruderblättern aufgehört hatte, war jeder Ton der Musik in lautlose Stille gebettet.

In einer anmutigen Bewegung erhob sich Aphrodite von ihrem Sessel und verharrte in einer Pose von müheloser Grazie.

»Junger Mann?« rief sie leise zu Denis herüber. Die Stimme der Göttin war genau so, wie ihre Erscheinung erwarten ließ. »Ich muß mit dir sprechen.«

Denis wollte ihr entgegenlaufen und stolperte. Er sah, daß es notwendig war, ein großes, fremdartiges Hindernis zu umgehen – o ja, es war sein Kanu! –, das ihm den Weg versperrte. »Herrin«, würgte er hervor, »ich bin Euch ganz zu Diensten. Was wollt Ihr von mir?« In diesem Augenblick wurde ihm bewußt, daß er soeben unter lauten Schmatzgeräuschen auf die Knie gefallen war – da, wo der Uferschlamm am dicksten war. Es hätte ihn nicht im geringsten bekümmert, nur würde es vielleicht dazu führen, daß die Göttin ihn für tolpatschig hielt. Wenn er sich aufrappelte, sähe sie ganz gewiß, wie verschmiert sein weißes Gewand jetzt war, und er fürchtete, sie könnte ihn auslachen.

Bis jetzt aber – allen Göttern und Göttinnen sei Dank! – lachte sie nicht über ihn.

»Junger Mann«, sagte Aphrodite, »ich weiß, daß du zwei Schwerter bei dir hast. Eines davon ist jenes, das heilt. Das andere... nun, im Augenblick habe ich vergessen, was sie mir über das andere gesagt haben. Aber das ist auch nicht so wichtig. Du sollst sie mir beide sofort geben. Wenn du dich hinreichend beeilst, werde ich dir vielleicht erlauben, mich zu küssen.« Die Göttin machte eine winzige Pause und schenkte Denis die Andeutung eines Lächelns. »Wer weiß, was ich dir sonst noch erlauben könnte, in einer so romantischen Nacht wie dieser?«

»...mich zu küssen?« wiederholte Denis verständnislos wie ein Echo. Dann war er mit einem wilden Satz auf den Beinen, aus dem Schlamm, und stolperte planschend umher. Er mußte die beiden Schwerter finden, von denen sie sprach – wo steckten sie überhaupt? –, und dann mußte er sie ihr geben. Was wollte er auch sonst damit anfangen?

Sie lagen im Kanu. Wo war das Kanu?

Er stolperte darüber und wäre fast wieder in den Schlamm gerollt, bevor er es sah. Dann brach er sich einen Fingernagel ab, als er das Boot umdrehte.

Aphrodite ermutigte ihn freundlich. »So ist es recht. Sie sind im Boden deines kleinen Bootes verborgen. Aber ich denke, das weißt du schon.« Milde Ungeduld angesichts seiner Unbeholfenheit schwang in der Stimme der Göttin – hatte sie nicht recht? Aber erzürnt schien sie noch nicht zu sein. Denis sprach ein lautloses Dankgebet.

Er fürchtete schon, er werde noch einen Fingernagel einbüßen, als er das sinnreich angebrachte Bodenbrett aufzustemmen versuchte. Dann fiel ihm ein, daß es mit einem Messer sehr viel leichter gehen würde.

Langsam trat Aphrodite an die Reling ihrer luxuriösen Barke. Anmutig kniete sie dort auf einem Berg seidener Kissen zwi-

schen ihren übermenschlich schönen Ruderinnen nieder. Diese beachteten sie überhaupt nicht.
»Spute dich, junger Mann! Ich brauche, was du mir zu geben hast.« Die Göttin winkte mit ihrer feinen Hand, und ihre Stimme säuselte seidig in der Doppeldeutung ihrer Worte. Ihr Lachen, versicherte Denis sich verzweifelt, war nicht wirklich unfreundlich gemeint. Trotzdem verletzte es ihn irgendwie.
Er stocherte mit seinem Messer unter dem Brett herum. Die kleinen Nägel, die es festhielten, lösten sich knarrend. Dann lag das verborgene Abteil offen da, und sein Inhalt schimmerte im Mondlicht.
Um besser sehen zu können, sprang Aphrodite von den Knien elastisch in die Höhe – eine Bewegung von unfaßbarer Grazie, die die weicheren Teile ihres Körpers leise federn ließ. Welche Farbe hatte ihr Haar? fragte sich Denis verzweifelt. Und ihre Haut? Im Mondschein konnte er es nicht erkennen, aber es war auch völlig bedeutungslos. Und war sie eigentlich groß oder klein? Üppig oder hager? Von einem Augenblick zum andern schien sich all dies zu verändern, und nur die Essenz ihres Geschlechts blieb immer gleich.
Jetzt stand sie aufrecht an der Reling ihrer Barke. Das Fahrzeug trieb mit kaum merklicher Geschwindigkeit auf das Ufer zu – gegen die Strömung, obgleich die Ruder aufgestellt waren.
»Rasch, junger Mann, rasch.« Eine Spur von Ungeduld lag in ihrer Stimme.
Ohne hinzusehen, tastete Denis nach seinem Schatz, um ihn der Göttin auszuhändigen, und das erste, was seine Finger berührten, war Wundheiler. Er erkannte das Schwert sofort, als er es berührte. Demütig zog er es hervor. Er ließ es in der Scheide und überreichte es mit einer Art Kniebeuge der wartenden Göttin mit dem Griff voran. Sie nahm es mühelos mit einer Hand entgegen. Man sah, wie kraftvoll ihr glatter, jung aussehender Arm sein mußte.
Ohne das Schwert der Gnade aus der Scheide zu ziehen, befahl sie: »Jetzt das andere. Und dann, glaube ich, hast du... vielleicht einen Kuß verdient.«
Er wühlte am Boden des Kanus herum und förderte Urteilspender zutage.

Er hielt das Schwert vor sich, die Scheide in der einen Hand, den Griff in der anderen, und plötzlich spürte er, wie aus dem Griff eine merkwürdige, nie gekannte Kraft in seinen Arm strömte. Sie gab ihm ein Gefühl von fester Sicherheit. Die Scheide schien aus eigener Kraft von der Klinge zu gleiten, und das Schwert war gezogen.
Denis richtete sich auf und wollte auch dieses Schwert der Göttin darbieten. Aber als sein Blick auf sie fiel, sah er zu seinem Schrecken, daß sie sich verändert hatte.
Oder lag die Veränderung bei ihm und nicht bei ihr?
Aphrodite ließ den Arm sinken, den sie ausgestreckt hatte, um das Schwert entgegenzunehmen. Sie trat zurück, das Schwert der Gnade in der anderen Hand haltend.
Wieder überlegte Denis: Wie sieht sie tatsächlich aus? Aber noch immer machte das Mondlicht (denn das Mondlicht war es, so glaubte er) es unmöglich, dies genau zu erkennen.
Zweifellos war sie entzückender, als jede sterbliche Frau es jemals sein konnte. Jetzt aber, nachdem er das zweite Schwert gezogen hatte, schien sie ihm in gewisser Hinsicht noch der niedersten Sterblichen unterlegen zu sein. In gewisser Weise war sie... unwirklich.
Er erkannte, daß er sie nicht mehr wollte.
Noch immer strömte die Kraft aus dem Schwert in seinen Körper. In plötzlicher Neugier warf er einen Blick auf das, was er in der Hand hielt. Im Mondlicht sah er, ohne zu verstehen, den einfachen weißen Kreis auf dem rabenschwarzen Heft.
Wunder über Wunder – die Göttin schien einen innerlichen Kampf mit sich selbst auszufechten.
»Gib mir...«, begann sie mit einer Stimme, die sich immer noch mühte, herrisch zu klingen. Aber nach den ersten beiden Worten versagte ihre Stimme und brach.
Sie taumelte vom Rand der Barke zurück – Denis sah mit Schrecken, wie wenig anmutig ihre Bewegungen plötzlich waren – und sank auf ihren seidenen Kissen wieder auf die Knie. Das mondbeschienene Haar verhüllte ihr Gesicht wie eine Wolke.
»Nein«, widersprach sie sich plötzlich selbst, und ihre Stimme klang wieder verändert, viel sanfter jetzt. »Nein, gib es mir

jetzt nicht. Ich bin eine Göttin, und ich könnte es dir wegnehmen. Aber ich werde es nicht tun.«
Denis' Arm, der das Schwert der Gerechtigkeit ausgestreckt hielt, bebte. Langsam sank die Klinge an seiner Seite herab. Sie hing wie ein totes Gewicht an seiner Hand, wenngleich die Kraft noch immer floß. Er empfand ein überwältigendes – *Mitleid* mit der Göttin, und auch ein wenig Abscheu.
»Gib es mir nicht«, wiederholte Aphrodite mit ihrer neuen, sanften, versonnenen Stimme. »Es würde dir Unglück bringen.« Nach einer Pause redete sie verwundert weiter. »Das also ist Liebe. Ich habe mich immer gefragt und nie gewußt, wie es sein könnte. Jetzt sehe ich, daß es schrecklich sein kann.«
Sie hob den Kopf, bis ihre weit auseinanderliegenden Augen unter dem mondüberstrahlten Haar sichtbar wurden. »Ich sehe... daß dein Name Denis ist, mein Geliebter. Du hast bis jetzt schon zwanzig Frauen gekannt, und geträumt hast du von tausend anderen. Doch wirklich gekannt hast du keine von ihnen, und du wirst auch nie jemals eine Göttin wirklich kennen, denke ich.« Aphrodite seufzte, ihr Busen hob sich.
Denis konnte nur voller Unbehagen dastehen. Er empfand mehr Mitleid für diese bezaubernde Frau, als er ertragen konnte, und er wünschte sich, sie würde fortgehen. Gleichzeitig verlangte es ihn danach, das Schwert loszulassen, das er in der Rechten hielt. Am liebsten hätte er es in den Fluß geworfen. Ihm war, als habe er bis vor wenigen Augenblicken ein intensiveres, herrlicheres Leben geführt – bevor er Urteilspender gezogen hatte. Aber das Schwert ließ nicht zu, daß er es jetzt wegwarf, ebensowenig wie es gestattete, daß die Göttin es ihm nahm.
»Ich liebe dich, Denis«, sagte die Göttin Aphrodite.
Er gab einen unartikulierten Laut der Verlegenheit von sich, der tief aus seiner Kehle kam. Als Antwort war es unangemessen, tölpelhaft, ungezogen und grob – wie alles, was er tat. Er liebte sie nicht, er begehrte sie nicht einmal. Er konnte es nicht, und er wünschte sich, sie würde gehen.
Leise sagte sie: »Und das Schwert, das du da hast, mein Geliebter, nennt man zu Recht Urteilspender, denn jetzt sehe ich, daß es das Urteil über mich gesprochen hat.«

»Nein!« protestierte Denis, der schon jetzt großes Mitleid mit ihr hatte, ohne genau zu wissen, was er eigentlich befürchtete.
»O doch. Ich, die ich mich seit Urzeiten mit der Liebe der Menschen vergnüge, muß jetzt fühlen, was sie gefühlt haben. Und da ich dich jetzt liebe, kann ich dir Urteilspender nicht nehmen. Wenn ich dich des Schwertes der Gerechtigkeit beraubte, mein kleiner, sterblicher Geliebter, würde ich damit großes Unglück über dich bringen. Ich bin eine Göttin, deshalb kann ich dies vorhersehen. Wundheiler hingegen – es wird besser sein, wenn ich ihn mitnehme.«
Denis wollte ihr sein Mitleid kundtun, aber die Worte blieben ihm in der Kehle stecken.
»Wie schön wäre es, wenn auch du mir sagen könntest, daß du mich liebst. Aber du sollst nicht lügen.« Die Göttin streckte die Hand mit dem Schwert der Gnade aus, und über den schmalen Streifen Wasser zwischen der Barke und der Insel hinweg berührte sie Denis mit der umhüllten Spitze Wundheilers über dem Herzen. »Ich könnte... aber ich werde es nicht tun. Es wäre nicht gut für dich, wollte ich dich ganz umarmen – nicht jetzt, noch nicht. Eines Tages vielleicht. Ich liebe dich, Denis, und um deinetwillen muß ich dir jetzt Lebewohl sagen.«
Und unvermittelt lehnte die Göttin sich über den Rand des Bootes und küßte ihn auf die Wange.
»Nein... nein.« Er taumelte vorwärts durch den Schlamm. War es nur Mitleid, was er jetzt fühlte?
Aber die zauberhafte Barke schwebte bereits schimmernd im Mondenschein davon.

7

Die beiden Reittiere waren offenbar gut ausgeruht gewesen, als Mark sie an sich gebracht hatte, denn sie trugen ihre Reiter willig und flink aus Vilkatas Lager und weit über die Ebene davon. Die junge Frau saß instinktiv fest im Sattel, wie eine erfahrene Reiterin, aber sie schien nicht zu begreifen, was mit ihr geschah. Ihre blaugrünen Augen starrten unbeirrt auf irgend etwas Grauenhaftes, etwas, das Mark nicht mehr sehen

konnte. Ihr Körper war mager, beinahe ausgemergelt, ihr Gesicht bleich unter einer Maske von Schmutz, und ihr Haar, farblos vom Staub, hing lang und verfilzt über dem geraubten Mantel, den sie mit einer Hand vor der Brust zusammenraffte. Seit Mark sie aus dem Käfig gezerrt hatte, war ihr nicht ein einziges Wort zu entlocken gewesen.
Die beiden ritten lange Zeit Seite an Seite durch wegloses, allmählich sanft ansteigendes Gelände, bis Mark die Tiere zu einer Rast anhalten ließ. Er hatte sich schließlich vergewissern können, daß niemand sie verfolgte. Phantomhaft hatten die Echos von Vilkatas dämonischer Feier in seinen erschöpften Sinnen widergehallt, noch lange nachdem die wirklichen Geräusche verklungen waren.
Sein Bewußtsein war jetzt erfüllt von unerbittlichem Schmerz und vom Geschmack, dem Anblick und dem Geruch seines eigenen Blutes, denn das Sickern aus der Wunde an seiner Stirn wollte nicht nachlassen. Mark konnte das Gefühl nicht abschütteln, daß mit seinem Blut etwas nicht stimmte. Es roch und schmeckte, als habe das Sinnschwert eine Scherbe vom vergifteten Sonnenlicht in seinem Hirn zurückgelassen.
Als Mark die Tiere gezügelt hatte, stieg er aus dem Sattel. Mit sanfter Stimme redete er auf die junge Frau ein, doch sie blieb stumm auf ihrem Reittier sitzen, starrte geradeaus und antwortete nicht. Er beschloß, sie nicht zum Sprechen zu drängen, solange sie so friedfertig blieb. Das Wichtigste war jetzt, daß sie Vilkata weit hinter sich ließen.
Nach kurzer Zeit waren sie wieder unterwegs. Ihr Weg führte sie in schnurgerader Linie weg von Vilkatas Heerlager in sanft gewelltes Hügelland. Jetzt verloren sie das Lager, das in der Ferne noch hin und wieder sichtbar gewesen war, vollends aus dem Auge. Hier in den Hügeln stieß man immer wieder auf die Verwüstungen, die die Plünderer des Dunklen Königs hinterlassen hatten. Nach kurzer Zeit gelangten die Flüchtenden an einen Bach, an dessen Ufer ein Dickicht ihnen ein wenig Schutz bot. Hier machte Mark zum zweitenmal halt.
Diesmal mußte er sanfte Gewalt anwenden, um die Hände der jungen Frau von den Zügeln zu lösen und sie aus dem Sattel zu heben. Halb auf Marks Arm gestützt, blieb sie neben dem Tier

stehen und wartete auf das, was als nächstes geschehen würde. Ihre Lippen waren rissig und spröde. Mark mußte sie zum Wasser führen und sie am Ufer auf die Knie drücken, aber immer noch schien sie nicht zu begreifen, was sie vor sich hatte. Erst nachdem er ihr mit gewölbten Händen etwas zu trinken gegeben hatte, erwachte sie so weit aus ihrer Trance, daß sie sich aus eigenem Antrieb zum Wasser niederbeugen konnte.
»Ich kann stehen«, erklärte sie plötzlich, und ihre Stimme krächzte, als sei sie lange nicht benutzt worden. Dann richtete sie sich tatsächlich ohne Hilfe auf und wirkte gleich ein wenig größer. Einen Moment später richteten sich ihre Augen zum erstenmal aufmerksam auf Mark.
Erschreckt sah er, wie freudiges Erkennen ihr Gesicht aufleuchten ließ. Mit klarer Stimme murmelte sie: »Rostov... wie konnte es dir gelingen... ?«
Bewußtlos sank sie ihm in die Arme.
Er fing sie auf, so gut er konnte, und legte sie ausgestreckt ins Gras. Dann setzte er sich, hielt sich den Kopf mit beiden Händen und versuchte, trotz der Schmerzen zu denken. Rostov war ein tasavaltanischer Name; der berühmte General hieß so, und vermutlich viele andere auch. Er trug immer noch Sichtblender an seiner Seite, und deshalb hatte die junge Frau ihn als jemanden gesehen, den sie kannte und dem sie vertraute.
Mark legte sich nieder und versuchte, sich auszuruhen, aber seine Wunde machte dies fast unmöglich. Nach kurzer Zeit beschloß er, daß sie ebenso gut weiterreiten könnten, wenn es ihm gelänge, seine Begleiterin in den Sattel zu heben. Als er sie schüttelte, richtete sie sich auf und bestieg mit seiner Hilfe ihr Reittier. Sie hielt die Augen geschlossen und schien zu schlafen, aber dennoch saß sie ohne zu wanken, im Sattel. Sie hatte sich in ihren Mantel gehüllt. Der verhaßte Mantel, dachte Mark, mochte sich als hilfreich erweisen, wenn ein Feind sie aus der Ferne sehen sollte. Ihn selbst schützte immer noch Sichtblender, aber seine Gefährtin nicht.
Noch immer pochte seine Wunde gnadenlos. Er war jetzt sicher, daß das Sinnschwert irgendeine giftige Wirkung haben mußte, aber solange er keine Hilfe fand, gab es nichts, was er hätte tun können. So ritt er Seite an Seite mit seiner Gefährtin dahin. Ab

und zu wurde ihm klar, daß sie alle beide nur noch halb bei Bewußtsein waren. Verbissen konzentrierte er sich – wann immer er sich konzentrieren konnte – darauf, daß sie mehr oder weniger stetig bergauf ritten. Zumindest würden sie es so vermeiden, im Kreis zu Vilkata und seinen Häschern zurückzukehren.

Erst als es Nacht geworden war und Mark nicht mehr sehen konnte, wohin sie ritten, hielten sie wieder an. Zu essen hatten sie nichts. Seinen Bogen hatte Mark irgendwo verloren, nachdem ihm die Pfeile längst abhandengekommen waren – und ohnedies fühlte er sich nicht in der Lage, auf die Jagd zu gehen. Mattigkeit durchdrang seine Glieder. Er zitterte vor Kälte. Als die junge Frau abgestiegen war und neben ihm stand, nahm er ihr den Mantel ab und hüllte sie in sein eigenes, langes Jagdhemd. Er fühlte, daß auch sie in der Kühle der Nacht am ganzen Leibe zitterte. Er legte sich mit ihr auf die Erde, schmiegte sich an sie und wickelte sie beide in den Mantel. Ihm war zu elend zumute, als daß er irgend etwas anderes als Wärme von ihr gewollt hätte. Wie im Fieber dachte er immer wieder daran, daß er eigentlich aufstehen und die Tiere versorgen müsse, aber er konnte es nicht.

Blutend und schmerzgepeinigt verfiel Mark eher in eine Ohnmacht als in einen Schlaf. Er erwachte, fast im Delirium, gegen Mitternacht. Jemand schüttelte ihn.

Die junge Frau, immer noch in sein Hemd gehüllt, saß aufrecht neben ihm. Irgendwoher flackerte Feuerschein auf ihrem Gesicht, und unter der Schmutzschicht sah er einen neuen, wachsam intelligenten Ausdruck.

»Du bist nicht Rostov. Wo ist er?«

Sie mußte ihre Frage ein paarmal wiederholen, bevor Mark ihren Sinn allmählich zu erfassen vermochte. Ja natürlich, sie hatte ihn als einen anderen gesehen, weil er das Schwert an seiner Seite getragen hatte.

Seine Hand tastete an seiner Seite herunter, und er stellte fest, daß sie ihn entwaffnet hatte. Müde hob er den Kopf. Da lag Sichtblender, knapp außerhalb seiner Reichweite. Er sah das Schwert im Licht des kleinen Feuers, das seine Gefährtin irgendwie hatte entfachen können.

»Ich habe es dir weggenommen, denn du hast getobt und dich umhergewälzt. Wo ist Rostov? Wer bist du?«
Das Sprechen fiel ihm überaus schwer. Flüchtig dachte er daran, daß er wahrscheinlich im Sterben lag. Er konnte nur auf das Schwert deuten.
Sie war verwirrt. »Du hast ihn getötet, mit diesem –? Aber nein, das kannst du nicht meinen.«
»Nein. Nein.« Er mußte sich kurz ausruhen und neue Kräfte sammeln, bevor er weitersprechen konnte. Trotzdem wollten die Worte nicht klar aus seinem Munde kommen. »... war gar nicht hier.«
Die junge Frau starrte ihn an. Ihr Gesicht war immer noch hager, abgehärmt und schmutzig, aber innere Energien unternahmen kraftvolle Anstrengungen, es wiederzubeleben. Dann, als habe sie plötzlich eine Idee, wandte sie sich dem Schwert zu, kauerte sich davor und betrachtete es eingehend. Mit der geübten Gebärde einer Zauberin streckte sie die Hand aus und berührte den Griff.
So erstarrte sie, einen Finger auf das schwarze Heft gelegt.
Das schmutzverkrustete Mädchen war verschwunden, und an ihrer Stelle sah Mark seine Mutter, Mala. Sie war um zehn Jahre gealtert, seit er sie zuletzt gesehen hatte. Ihr dunkles, volles Haar war jetzt von breiten grauen Strähnen durchzogen. Es war Mala, die an dem kleinen Lagerfeuer kniete und einen Finger auf Sichtblenders Heft gelegt hatte, und sie trug nicht Marks Jagdhemd, sondern ihre eigene Bauernhose und eine gemusterte Bluse, die ihr Sohn noch kannte.
Dann verschwamm Malas Gestalt und verwandelte sich in die seiner Schwester Marian. Marian war jetzt eine Frau von fast dreißig Jahren, und auch an ihr waren die Jahre, seit Mark sie am Tage seiner Flucht aus dem Dorf zuletzt gesehen hatte, nicht spurlos vorübergegangen.
Marian drehte ihm das Gesicht zu und sah ihn an. Plötzlich war sie ein rundliches Mädchen aus dem Roten Tempel, ein Mädchen, das er einst bei einer flüchtigen Begegnung einmal umarmt und dann aus irgendeinem Grunde nie wieder vergessen hatte. Das Tempelmädchen drehte sich ganz zu Mark herum und ließ das Schwert los.

Es war wieder die junge Frau, die er aus Vilkatas Lager gerettet hatte, und sie kam zu ihm und beugte sich über ihn. Über ihrem Kopf und über dem Feuer wölbten sich dichte Sternenwolken im hohen Bogen.
Sie atmete tief ein. »Ich hätte wissen müssen, was für ein Schwert es war, auch wenn ich noch nie eines davon gesehen habe... Aber jetzt bin ich wieder hellwach, hoffe ich. Ich beginne zu verstehen. Mein Name ist Kristin. Wer bist du?«
»Mark.«
»So, Mark.« Sie berührte seine verwundete Stirn so sanft, daß es kaum schmerzte. Als er zusammenzuckte, zog sie die Hand rasch wieder zurück. »Warst du es, der zu diesem – Ort kam, mit Sichtblender in der Hand, und mich herausholte?«
Er brachte ein Kopfnicken zustande.
»Und du kamst allein? Ja, du nickst wieder. Warum? Aber laß es gut sein – ich werde nie vergessen, was du für mich getan hast. Du hast mir das Leben gerettet, und nicht nur das... Haben wir Wasser?«
Es fiel ihr nicht schwer, diese Frage selbst zu beantworten. Sie suchte nach Marks Wasserflasche und fand sie auch. Sie ließ ihn zuerst trinken, dann nahm sie selbst einen Schluck. »Ah«, seufzte sie und entspannte sich immer mehr.
Doch bald war es damit wieder vorbei. »Rechnest du damit, irgendwo hier in der Nähe auf Hilfe zu stoßen?... Nein.« Wieder streckte sie sanft die Hand aus und berührte ihn, ohne daß es schmerzte. Sie streichelte sein Gesicht. »In wessen Diensten stehst du?«
»In Sir Andrews.«
»Ah. Ein guter Mann, nach allem, was ich über ihn gehört habe. Wir in Tasavalta ehren ihn, wenn wir auch nicht wissen... aber das ist unwichtig. Ich muß sehen, daß ich deine Wunde versorge.«
Kristin schloß die Augen und murmelte beschwörende Sprüche. Mark spürte ein zartes Zupfen an der Wunde, den quasimateriellen Versuch, das Messer des Schmerzes aus der Wunde zu ziehen. Aber dann bohrte sich das Messer erneut hinein, wütender und tiefer als zuvor, und er schrie auf.
»Zumindest blutet es jetzt nicht mehr«, murmelte Kristin mit

nüchterner, beruhigender Gelassenheit. »Aber noch etwas anderes ist nicht in Ordnung. Hier kann ich nur wenig für dich tun.« Sie warf einen Blick zu den Sternen, anscheinend, um die Zeit oder ihren Standort oder beides zu bestimmen. »Haben wir etwas zu essen?«

Sie stand auf und wanderte umher, als suche sie etwas. Sie betrachtete ein paar Pflanzen in der Nähe, als Mark wieder das Bewußtsein verlor.

Als er erwachte, war es immer noch Nacht. Er zitterte heftig, obgleich er jetzt allein in den schwarz-goldenen Mantel gewikkelt war. Sein Kopf ruhte sanft auf Kristins weichem Schoß, und ihre warmen, zauberkräftigen Finger versuchten, den Schmerz in seinem Kopf zu lindern.

Aber er bemerkte von all dem kaum etwas. Etwas, das sehr viel gewichtiger erschien, geschah zur selben Zeit. Ein hochaufragender Kreis von Göttern umringte sie beide. Schon einmal – er war noch ein Knabe hoch droben in den Ludus-Bergen gewesen, hatte er zu erfrieren gedroht. Damals hatte er die Götter gesehen oder geträumt, und sie hatten ihn in einem ebensolchen Kreis umstanden. Er versuchte, Kristin auf die Götter aufmerksam zu machen, aber sie war mit ihren Zaubersprüchen beschäftigt. Einmal hob sie den Kopf, sah sich um und murmelte etwas Zustimmendes, doch dann fuhr sie fort, seinen Schmerz zu lindern und zu beseitigen.

Er sah, daß sie sich der Erscheinungen ringsumher nicht bewußt war. Aber er wußte, daß sie da waren. Und ebenso wie in jener anderen Nacht, als sie sein einsames Feuer umringt hatten, stritten sie seinetwegen. Was sie aber jetzt redeten, war ihm noch weniger verständlich als damals, und auch die Gesichter der Götter waren in dieser Nacht nicht so deutlich zu erkennen.

Nach einer Weile verflüchtigte sich die Vision.

Kristins Stimme hatte jetzt einen anderen Tonfall angenommen; sie murmelte gewöhnliche Worte, keine Beschwörungsformeln mehr. Es klang, als sei sie erzürnt über ihn. »Ich werde dich nicht sterben lassen, hörst du? Ich werde dich nicht sterben lassen.« Sie hob den Kopf. »Soviel wenigstens kann ich dir entgegensetzen, Dunkler Unhold, für das, was du mir angetan

hast. Verflucht seist du – diesen Mann sollst du nicht bekommen!«
Dann sprach sie wieder zu Mark. »Du hast mir das Leben gerettet... hast mehr als das gerettet... und ich werde dein Leben nicht ausliefern... Sei deine Wunde nun vergiftet oder nicht – du wirst leben. Das verspreche ich dir.«
Die Nacht verstrich. Perioden der Bewußtlosigkeit wechselten sich mit Visionen und Augenblicken klaren Bewußtseins ab, und den Kampf ums Überleben schien er gewonnen zu haben. Am Morgen zogen sie weiter. Dort, wo sie die Nacht verbracht hatten, war kein Wasser gewesen, und noch immer waren sie unbehaglich nah bei Vilkatas Armee. Diesmal war Mark derjenige, der Hilfe brauchte, um sein Reittier zu besteigen, und Kristin führte sein Tier am Zügel neben sich her. Sie bestimmte die Richtung, und manchmal stützte sie ihn auch, wenn er aus dem Sattel zu fallen drohte. Aber er überstand den Tag. Er kaute Wurzeln und Beeren, die sie ihm in den Mund schob. Immer noch fiel ihm das Atmen schwer. Aber er blieb am Leben, unterstützt durch seinen eigenen, verbissenen Willen und Kristins Zauber.
Eine weitere Nacht verging, kaum anders als die vorige, und am nächsten Tag setzten sie ihren Ritt fort, so wie am Tag vorher. Nach diesem Tag verlor Mark die Übersicht. Dieser entsetzliche Ritt, so schien es ihm, hatte sein ganzes Leben in sich aufgesogen, und oft schon kümmerte es ihn gar nicht mehr, ob er noch lebte oder schon gestorben war.
In jeder Nacht stieg sein Fieber, und manchmal versammelten sich die Götter um sein magisches kleines Feuer, um ihn zu verspotten und untereinander zu streiten. An jedem Morgen wachte Mark auf, und sie waren fort, und neben ihm lag Kristin und schlief den Schlaf der Erschöpfung.
Es kam eine Nacht, in der das Zittern ihn heftiger überkam als je zuvor. Kristin hüllte sich mit ihm zusammen in den Mantel. Sie schlief, dachte er, während die gewohnte Parade von Gottheiten durch seinen fiebernden Kopf zog. Wieder erwachte er im Morgengrauen. Sein Kopf war ein wenig klarer geworden. Wieder, sagte er sich, hatte er eine Nacht überlebt.
Dann durchfuhr ihn ein schneidender Schreck, und seine Sinne

klärten sich weiter. An diesem Morgen nämlich waren nicht alle Götter verschwunden. Eine Frau, statuenhaft und prachtvoll, so real wie jede andere Frau, stand jenseits der Asche ihres kleinen Lagerfeuers. Sie hatte ihre starken Arme erhoben und hielt ein Schwert in der Hand.
Die Göttin schaute auf Kristin herab, die schlafend neben Mark hockte; das Jagdhemd stand über der Brust halb offen.
»Ich bin Aphrodite«, sagte die Göttin zu Mark. »Ich wurde gerufen. Ich mußte zu dir kommen, und jetzt sehe ich, daß ich etwas tun muß. Wie entzückend von diesem sterblichen Kind: Sie gibt dir alles. Sie erneuert dein Leben, und dazu gibt sie das ihre her. Ich hoffe, du weißt das zu würdigen – doch das wissen Männer nie, schätze ich.«
»Ich verstehe«, antwortete Mark.
»Ach ja? Nein, du verstehst nicht. Du verstehst es wirklich nicht. Aber vielleicht wirst du es eines Tages verstehen.«
Die Göttin kam mit langen, gelassenen Schritten heran, das Schwert in der erhobenen Rechten. Erschrocken fuhr Mark auf. Aber bevor er etwas tun konnte, stieß das Schwert auf den Rücken der schlafenden Kristin herab.
Im Herniederfahren seufzte das Schwert wie ein Mensch, der die Luft heftig durch die Zähne einzieht. Mark sah, wie der breite, glänzende Stahl in Kristins Rücken verschwand und völlig blutlos zwischen ihren Brüsten erschien – und, ohne innezuhalten, sein eigenes Herz durchbohrte. Er schrie auf, denn dieser Schmerz war durchdringender als jede Wunde, die ihn je gepeinigt hatte, und dann fiel er tot auf den Rücken.
Aber gleich erkannte er, daß er nur träumte, er sei tot. Tatsächlich erwachte er eben.
Er lag auf dem Rücken, soviel stand fest. Der endlose Schmerz in seinem Kopf war verschwunden. Es war zu mühsam und seine Augenlider waren zu schwer. Er konnte die Augen nicht öffnen, um zu sehen, ob er schlief oder tot war.
Mark seufzte behaglich; das unbeschreibliche Wohlgefühl, das man hat, wenn ein Schmerz verflogen ist, erfüllte ihn, und er machte es sich bequem und fiel rasch in einen natürlichen Schlaf.
Als er aufwachte, schien es, als sei das Tageslicht im Schwinden

begriffen. War es wirklich im Morgengrauen gewesen, als die Göttin mit dem Schwert erschienen war? Vielleicht war es ein Traum gewesen. Aber dies hier – er und Kristin – war die Wirklichkeit. Das Jagdhemd war beiseitegeworfen, aber sie war hier, in den Mantel gehüllt, der sie beide wärmte.
Es war, als fließe ihr Blut in seinen Adern und bringe ihm Heilung, und sein eigenes Blut durchströmte auch ihren Körper, Leben spendend und Leben empfangend.
In ihrem Körper. Sein eigenes Leben strömte dort...

Es war wieder Morgen, als er erwachte. Nach und nach kam er zu sich, und schließlich war sein Bewußtsein wieder völlig klar. Ohne Erstaunen fühlte er den Druck des warmen, glatten Körpers neben dem seinen. Dann begann er sich zu erinnern, und rasch entfaltete sich das Staunen.
Im nächsten Augenblick richtete er sich auf und hob beide Hände an die Stirn. Noch immer war er von altem, getrocknetem Blut überkrustet und schmutziger als je zuvor in seinem Leben. Er war durstig und von einem rasenden Hunger geplagt, aber der Schmerz und das Fieber hatten ihn verlassen. Kristin, ebenso schmutzig und abgekämpft wie er, aber lebendig, unversehrt und warm, schmiegte sich nackt an ihn und schlief den tiefen Schlaf der Erschöpfung.
Die Sonne stand schon seit einer Stunde am Himmel. Neben ihnen lag die Asche eines längst erloschenen Feuers. Sie lagerten in einem kleinen Gehölz, und irgendwo, außerhalb des Gesichtsfeldes, murmelte ein Bach. Mark erkannte diesen Platz nicht wieder. Er konnte sich auch nicht erinnern, hier angekommen zu sein.
In einiger Entfernung standen die beiden Reittiere. Sie wirkten hager und abgekämpft, aber im Augenblick grasten sie zufrieden. Jemand hatte ihnen die Sättel abgenommen und sie zum Weiden angebunden.
Mark stand auf, und der schwarz-goldene Mantel, der seine Blöße bedeckt hatte, fiel zu Boden. Noch einmal hob er die Hand an die Stirn, und jetzt wagte er, kräftiger umherzutasten. Von der Wunde war keine Spur mehr zu fühlen. Nur das getrocknete Blut war noch da.

Kristin regte sich zu seinen Füßen. Er sah auf sie hinunter und fand, daß seine Bewegungen sie geweckt hatten. Sie hatte die Augen geöffnet und schaute ihn staunend an.
»Du bist geheilt«, stellte sie fest. Es war, als habe sie ein solches Ergebnis zwar erwartet, aber gleichwohl überraschte, ja, erschreckte es sie.
»Ja.« Seine plötzlich wiedergewonnene Gesundheit fand er selber fast beängstigend. Er zögerte, sich zu bewegen, aus Angst, er könne den Heilzauber durchbrechen. »Das hast du für mich getan.«
»Mark.« Es klang, als erprobe sie diesen Namen, als spreche sie ihn zum erstenmal aus. Dann stellte sie ihm eine Frage, die ihm in diesem Augenblick nicht im geringsten unpassend vorkam. »Liebst du mich?«
»Ja.« Er antwortete augenblicklich, mit ernster Gewißheit und ohne darüber nachzudenken... Aber dann überdachte er die Frage und seine Antwort gründlich. Er kniete neben Kristin nieder, sah sie an und berührte sie ehrfürchtig, als sei sie selbst die großartige, wahre Frage, die er nach besten Kräften zu beantworten hatte.
»Ja«, wiederholte er. »Ich glaube, ich liebe dich mehr als mein eigenes Leben. Wenn das, was hier mit uns geschehen ist, einem Zauber entsprungen ist, dann ist es gleichwohl wahr.«
»Ich liebe *dich* mehr als mein Leben.« Sie nahm seine Hand, küßte sie und drückte sie an ihre Brust. »Ich dachte...«
»Was?«
Sie schüttelte den Kopf, als verwerfe sie einen Gedanken. Dann richtete sie sich auf. »Ich fürchtete, daß meine Beschwörungen dich nicht retten könnten – obwohl sie das Beste waren, was ich vermochte. Ich glaubte schon, wir wären beide verloren.«
Unverwandt sahen sie einander an. Mark brach das kurze Schweigen. »Ich habe geträumt, Aphrodite war hier bei uns.«
Aus irgendeinem Grunde hielt Kristin es für notwendig, diese Mitteilung mit großem Ernst zu überdenken. Mark merkte plötzlich, daß sie einander anstarrten wie zwei Kinder, die eben erst begonnen hatten, allerlei über die Welt zu lernen, und die angesichts dessen, was sie erfuhren, zutiefst erschra-

ken. Bisher hatte er geglaubt, alles über die Welt zu wissen, aber offensichtlich gab es noch mancherlei, was er nicht kannte.
Dann riß ihn das, was Kristin sagte, aus seinem Sinnen: »Auch ich habe geträumt, daß sie hier war. Und sie schickte sich an, uns zu töten, mit einem der Schwerter.«
Mark starrte sie an. Dann sprang er wieder auf und hastete, nackt in der morgendlichen Kälte, umher und suchte nach Sichtblender. Das Schwert lag neben dem Feuer, unübersehbar. Im nächsten Augenblick hielt er es in der Hand.
Er betrachtete den Griff und erstarrte. Das kleine weiße Symbol war kein Auge. Es war eine offene menschliche Hand.
Kristin stand neben ihm und lehnte sich an seine Schulter – in gewisser Weise war dies eine ebenso intime und vertrauensvolle Berührung wie alle, die vorhergegangen waren. Sie wisperte: »Das ist Wundheiler, nicht wahr?«
»Ja.«
»Sie hat ihn bei uns zurückgelassen.«
»Und Sichtblender hat sie dafür mitgenommen.« Staunend sahen sie einander an, und so etwas wie Panik stieg in ihnen auf. Mark machte sich daran, die nähere Umgebung eilig zu durchsuchen, aber das Schwert der Arglist war verschwunden. Es war ein erschreckender Gedanke, daß Wundheiler ihnen nicht helfen würde, wenn sie Vilkatas Truppen über den Weg liefen.
Kristin war schon dabei, sich Marks zerfetztes Hemd über den Kopf zu ziehen. Das Jagdhemd war noch schmutziger als sie selbst und hier und da durchlöchert. »Wir müssen sofort aufbrechen. Aphrodite sei Dank – aber sie hat uns unseren Schutz genommen.«
Es dauerte nur wenige Augenblicke, alle ihre Besitztümer zusammenzupacken. Gleich darauf hatten sie die Tiere gesattelt und waren wieder unterwegs.
Kristin deutete voraus. »Tasavalta liegt in dieser Richtung. Wir werden unterwegs die Augen offenhalten; sicher können wir ein paar Früchte finden. Bisher habe ich hier und dort immer etwas finden können, womit wir uns ernähren konnten.«
Die Landschaft und die Vegetation ringsumher veränderten

sich immer mehr, je weiter sie kamen. Zu dieser fortgeschrittenen Jahreszeit reiften die wilden Früchte, und Kristin schien genau zu wissen, welche Teile der verschiedenen Pflanzen eßbar waren. Sie war weit kundiger in diesen Dingen als Mark, vor allem so dicht an ihrer Heimat. Er äußerte eine Bemerkung darüber, während er sich insgeheim verwundert fragte, weshalb er so lange gebraucht hatte, um zu merken, wie schön sie war.

»Man hat mich in der Weißen Magie unterwiesen. Zauberei und Beschwörungen sollten einmal mein Beruf werden.«

»Sie sollten es einmal werden?«

»Ich habe für mein Leben jetzt anders entschieden.« Plötzlich ritt sie dicht neben ihm – sehr dicht, und dann lehnte sie sich seitwärts aus dem Sattel und küßte ihn leidenschaftlich.

»Du warst noch Jungfrau, vor dieser letzten Nacht«, stellte er fest. »Du solltest der Weißen Magie geweiht werden, nicht wahr? Oder Ardneh?«

Ein Blick in ihr Gesicht sagte ihm, daß es so war.

»Allmählich verstehe ich. Du hast mir gegeben, was Ardneh gehören sollte.« Die Erkenntnis dämmerte nur langsam. »Nur so konnte es geschehen, daß Aphrodite kam, mich zu heilen. Du hast sie herbeibeschworen.«

»Göttinnen gehen, wohin sie wollen. Ich konnte es nur versuchen. Was sollte ich sonst tun? Ich hatte entdeckt, daß ich dich liebte.«

Mark legte den Arm um sie, während sie Seite an Seite dahinritten. Zuerst war es eine sanfte Umarmung. Doch die Zärtlichkeit wurde, wie es ihre Art ist, immer heftiger. Sie ließen die Tiere neben einem Dickicht anhalten und stiegen ab. Als sie nach einer Weile weiterritten, war ausgelassene Albernheit an die Stelle der ernsten Feierlichkeit getreten. Immer wieder mußten sie einander tadeln, weil sie nicht auf den Weg achtgaben. Die Liebe gab ihnen das Gefühl der Unverwundbarkeit.

Gegen Mittag gelangten sie an einen nennenswerten Wasserlauf. Inzwischen hatten sie die schlimmsten Verwüstungen, die Vilkatas Marodeure angerichtet hatten, hinter sich gelassen, wenngleich das Land immer noch menschenleer war. Die

Häuser, die sie im Vorüberreiten sahen, schienen, soweit sie es erkennen konnten, verlassen zu sein.
Der Bach führte klares, rasch fließendes Wasser, das reine Wunder wirkte: Das Baden bereitete den beiden zu diesem Zeitpunkt beinahe ebenso viel Vergnügen wie das Trinken nach Herzenslust. Als Kristin sich den gröbsten Schmutz aus dem Haar gewaschen hatte, zeigte sich, daß es von natürlich blonder Farbe war. Aber jede Farbe, die ans Licht gekommen wäre, hätte Mark als die einzig richtige und tadellose empfunden.
Das gemeinsame Bad führte rasch zu anderen Aktivitäten, die naturgemäß von begrenzter Dauer waren, und so fanden sie bald Zeit für die Erörterung anderer Fragen.
»Wie kam es, daß sie dich dort gefangenhielten?« erkundigte sich Mark.
Kristins blaugrüne Augen blickten in unbestimmte Fernen. »Einige von uns reisten durch eine Gegend, die wir für verhältnismäßig sicher hielten.« Sie zuckte die Achseln. »Wir wurden von einer Armeestreife des Dunklen Königs überfallen. Was aus den anderen in unserer Gruppe geworden ist, weiß ich nicht. Ich nehme aber an, daß sie alle getötet wurden. Die Feinde hatten einen Zauberer bei sich. Natürlich traten wir in einen Wettstreit ein, und es zeigte sich, daß er zu stark für mich war. Es gelang mir lediglich, mich – zu verstecken, gewissermaßen. Ich merkte wenig von dem, was mit mir geschah, und die, die mich gefangenhielten, konnten aus mir wenig herausbekommen. So schafften sie mich in ihr Heerlager. Was dort mit mir geschehen sollte –«
Mark hob die Hand. »Es wird nicht geschehen. Du bist in Sicherheit.«
»Das habe ich dir zu verdanken. Aber wie kamst du dorthin?«
Er berichtete in groben Zügen von seinem Auftrag, und wie er zunächst als diplomatischer Kurier für Sir Andrew und dann, nach seiner merkwürdigen Begegnung mit Draffut, auf eigene Faust unterwegs gewesen war. Es war, wie er bald merkte, eine nahezu unglaubliche Geschichte, aber Kristin beobachtete ihn aufmerksam, während er sie erzählte, und vermutlich glaubte sie ihm. Wenn sie je von Mark, dem Schänder des Blauen Tempels, gehört hatte, so schien sie diese Gestalt nicht mit dem

Mann, den sie vor sich hatte, in einen Zusammenhang zu bringen. Manchmal, wenn er seinen Namen im Lied eines durchreisenden Fremden hörte, hielt er sich selbst für berühmt, doch in Wirklichkeit war dieser Name überaus häufig. Und zum Glück war sein Gesicht überhaupt nicht berühmt, und dies erleichterte es ihm beträchtlich, den Meuchelmördern des Blauen Tempels aus dem Weg zu gehen.
Bevor sie den Bach verließen, versuchte er, an einer halbwegs ruhigen Stelle sein Gesicht im Wasser zu betrachten. »Wie sehe ich aus?« Seine Finger betasteten seine Stirn.
»Eine Narbe ist geblieben, mehr nicht. Eine glatte Narbe. Du wirst so schön bleiben, wie du warst.« Sie küßte seine Stirn.
Er lehnte sich zurück. »So war ich also, wie du siehst, ohnedies auf dem Weg nach Tasavalta. Als Kurier.«
»Welch glückliche Fügung.« Sie küßte ihn noch einmal.
»Ja. Wie ist eigentlich die Prinzessin?«
»Sie ist ein paar Jahre älter als ich.« Kristin machte eine Pause. »Ich kann eigentlich nicht behaupten, daß ich sie kenne.«
»Vermutlich nicht, nein. Aber wir sollten jetzt aufbrechen.«
Sie hatten sich die gewaschenen Kleider angezogen, ihre Sachen zusammengepackt und die Reittiere in Richtung Osten in Gang gesetzt, bevor Mark das Gespräch wieder aufnahm. »Ich weiß nur sehr wenig über die tasavaltanischen Sitten. Müßte ich dich fragen, wer deine Eltern sind? Ich meine, wie pflegt man in eurem Land um eine Frau anzuhalten? Mit wem muß ich darüber sprechen – falls ich mit jemandem sprechen muß?«
»Meine Eltern sind tot.«
»Das tut mir leid.«
»Sie sind schon lange tot. Ja, aber es gibt Leute, mit denen du sprechen mußt. Zuerst, glaube ich, mit dem alten Karel. Er ist mein Onkel, und auch mein Lehrer in magischen Dingen. Ein recht bekannter Zauberer. Hast du von ihm gehört?«
»Nein. Aber ich kenne andere Zauberer, und sie flößen mir keine besondere Furcht ein. Wir werden also deinen Onkel Karel besuchen... ach, übrigens – willst du mich überhaupt heiraten?«
Kristin wirkte ein wenig enttäuscht. »Du weißt, daß ich es will. Aber ich bin froh, daß du daran gedacht hast, zu fragen.«

»Ah ja.« Und wieder folgte ein Augenblick, in dem nüchternes Planen unmöglich war.
Anschließend bemerkte Mark: »Wenn ich recht verstehe, bist du nicht eben erpicht darauf, deinen alten Onkel wiederzusehen. Er hatte wohl die feste Absicht, dich zur Zauberin zu weihen. Ist das der Grund?«
»Zum Teil.«
Er fühlte sich ein wenig erleichtert, denn es hätte um Schlimmeres gehen können. »Nun, nicht alle Frauen, die gute Zauberinnen sind, sind Jungfrauen, das kann ich dir versichern.« Er unterbrach sich. »Ich meine –«

Zweimal geschah es, daß sie sich vorsichtig einem verlassenen Haus näherten, in welches sie eindrangen, um sich ein paar Kleidungsstücke zu nehmen, die von den Bewohnern bei der Flucht zurückgelassen worden waren. Mark überlegte, ob sie Bezahlung dafür hinterlegen sollten, entschied sich dann aber dagegen, denn wahrscheinlich würden Vilkatas Marodeure eher zurückkommen als die rechtmäßigen Besitzer. Sie fühlten sich um einiges zivilisierter, als sie weiterritten.
Mark fiel auf, daß Kristin sich weigerte, Pläne für ihre gemeinsame Zukunft zu schmieden. Sie liebte ihn, und sie würden heiraten – soviel stand fest. Aber nur äußerst widerwillig redete sie über weitere Einzelheiten. Immer blieb ein geheimnisvolles Gefühl, als halte sie mit etwas hinter dem Berg. Mark schob es auf ihre Erschöpfung. Wundheiler hatte sie zwar auf wunderbare Weise wieder gesunden lassen, aber die Reise war beschwerlich und zu Essen gab es nur wenig.
Aber es war eine glückliche Reise, trotz immer wiederkehrender Schwierigkeiten und gelegentlicher Angst. Als sie die Gegend, die Vilkatas Armeen verwüstet hatten, hinter sich gelassen hatten, wurde es entsprechend einfacher, etwas zu essen zu finden, auch wenn Bauernhöfe und Wohnhäuser hier noch selten anzutreffen waren.
Mark versuchte, zu berechnen, wie lange sie schon unterwegs waren. Nachdem er die Mondphasen beobachtet hatte, kam er zu dem Schluß, daß seit seinem Eindringen in das Lager Vilkatas nunmehr ein Monat verstrichen war.

Schließlich kam der Tag, da sie ein blau-grünes Banner erblickten, das an einem roh zugehauenen Pfahl wehte. Dieser tasavaltanische Flaggenmast stand auf einem Steinturm, der sich neben der Straße erhob, dort, wo sie sich durch den ersten Paß des Vorgebirges schlängelte. Beim Anblick der Fahne vergoß Kristin ein paar Tränen, und Mark mußte sie aufmerksam betrachten, bevor er sicher war, daß es Freudentränen waren. Sie versicherte ihm, daß das, was man ihm über Tasavalta erzählt hatte, zutreffend sei: Ein großes Land sei es sicher nicht, aber ein sehenswertes. Doch davon konnte er sich jetzt auch mit eigenen Augen überzeugen. Kristin erklärte ihm die allgemeine Topographie: Es gab zwei wichtige Bergketten, eine längs der Küste im Osten, die andere ein paar Kilometer weit landeinwärts, gleich anschließend an eine lange Reihe geschützter Täler. Beide Bergketten waren im Grunde südliche Ausläufer der Ludus-Berge, die jetzt viele Kilometer weit im Norden lagen.

»Wo ich aufgewachsen bin, konnte man die Ludus-Berge sehen«, erzählte Mark. »An klaren Tagen zumindest waren sie von unserem Haus aus zu erkennen.«

Obwohl sie sich hier in südlichen Breiten befanden, waren auf den höchsten tasavaltanischen Gipfeln, die jetzt vor ihnen lagen, auch im Spätsommer noch Reste von Eis und Schnee zu sehen. Die Küste war von Fjorden zerfurcht, die sich tief ins Land schnitten, und kalte Meeresströme sorgten dafür, daß in diesem tropischen Lande ewiger Frühling herrschte.

Mark und Kristin trieben ihre müden Tiere an der ersten Grenzmarkierung vorbei und ritten weiter. Immer wieder warf Mark seiner Gefährtin einen Blick zu. Immer öfter schwieg sie jetzt, und je weiter sie kamen, desto sorgenvoller wurde ihre Miene.

Schließlich fragte er sie: »Zerbrichst du dir noch immer den Kopf über das, was dein Lehrer in den Weißen Künsten sagen wird?«

»Nein, das ist es nicht – oder doch nicht *nur* das.«

Immer noch diese Geheimniskrämerei. Mark wurde allmählich ärgerlich. »Was ist es dann?«

Aber sie gab ihm keine Antwort, die ihm genügte, und sein

Ärger wuchs. Da war etwas mit ihrer Familie, vermutete er. Was würden sie sagen, wenn sie einen nahezu besitzlosen ausländischen Soldaten als ihren zukünftigen Ehemann mit nach Hause brächte? Mark war inzwischen sicher, daß Kristin nicht aus einer Bauernfamilie stammte. Nun, immerhin waren sie einen Monat lang völlig allein durch das Land gereist. Wenn ihre Angehörigen so waren wie die meisten Wohlhabenden, die Mark bisher kennengelernt hatte, dann würde dies für sie ein wesentlicher Grund sein, ihnen ihre Zustimmung zur Heirat zu geben. So oder so – er würde sie heiraten, daran gab es keinen Zweifel, und immer wieder versicherte er sich, daß ja auch sie in dieser Hinsicht entschlossen zu sein schien.
Womöglich, dachte er manchmal, waren es irgendwelche Schwierigkeiten oder Hindernisse, die sie ihm verschwieg. Wenn sie befürchtete, er würde sich von derlei Dingen beeinflussen lassen – nun, sie kannte ihn eben noch nicht gut genug.

Als sie an dem ersten Flaggenmast, der die Grenze markierte, vorbeigeritten waren, wurde die Straße sogleich besser. Sie stieg auch steiler bergan, und manchmal wurden lange, gewundene Serpentinen notwendig. Zum erstenmal auf dieser Reise konnte Mark einen Blick auf das Meer werfen, das am Fuße der Küstenberge brandete. In der Ferne war es tiefblau, dann hatte es die Farbe von Kristins Augen, und dort, wo es ans Land traf, schäumte es weiß. Zu beiden Seiten der Straße lagen jetzt Wiesen, und fleißig arbeitende Bauern waren eben bei der Heuernte. Die Leute zögerten nicht, auch schäbig gekleideten Fremden, die auf der Landstraße dahinzogen, aus der Ferne zuzuwinken. Der lebensrettende Mantel in den Farben Vilkatas war längst zu einem festen schwarzen Bündel zusammengerollt und hinter Marks Sattel verstaut.
Kristin deutete nach vorn: Auf dem Gipfel eines kleinen Berges sah man das unregelmäßige Aufblitzen eines Heliographen. »Vielleicht betrifft die Nachricht uns. In diesen Zeiten achten die Ausguckposten auf jeden Reisenden.«
»Kennst du ihren Code?«
»Ja – aber der Heliograph ist nicht auf uns gerichtet, und so kann ich nicht genug davon sehen, um es zu verstehen.«

Inzwischen – Mark nahm es mit einiger Verblüffung zur Kenntnis – war Kristins Sorge durch eine gewisse Munterkeit verdrängt worden. Es schien, als liege das, was ihr Kopfzerbrechen bereitet hatte, jetzt hinter ihr, und als gelte es nur noch, das beste aus dem Leben zu machen und jeden Augenblick zu genießen. Sie konnte sich plötzlich entspannen und ihre Heimkehr genießen, wie jeder, der aus der Gefangenschaft befreit wurde.
Als er glaubte, die Gelegenheit zu einem ernsthaften Gespräch sei gekommen, versuchte er es sogleich. »Du wirst mich heiraten, und zwar sofort – ganz gleich, was deine Familie oder sonst jemand dazu sagen wird.« Er sprach diese Worte mit aller Festigkeit, die er aufbringen konnte.
»Ja, o ja, mein Liebling, ja. Das werde ich gewiß tun.« Kristin klang nicht weniger entschlossen wie er. Aber er sah jetzt, daß das, was sie bedrückte, zwar überwunden, aber noch nicht verschwunden war.
Dinge, die für sie von größter Bedeutung waren – was immer dies sein mochte –, waren beiseitegeschoben worden, weil es ihr wichtiger war, ihn zu heiraten, und nicht zum erstenmal auf dieser Reise schwor sich Mark, dafür zu sorgen, daß sie diese Entscheidung niemals würde bereuen müssen.
Es beglückte ihn, zu sehen, wie die Fröhlichkeit mehr und mehr Besitz von ihr ergriff. Sie kehrte heim, und sie würde ihre Familie und ihre Freunde wiedersehen, die inzwischen zumindest in großer Sorge sein würden, wenn sie sie nicht gar schon für tot hielten.
Die Straße war jetzt gut befestigt, als sie die Flanke des Berges, auf dessen Gipfel sie den Heliographen gesehen hatten, umrundete. Dann verwandelte sie sich unversehens in eine Pflasterstraße, und die Reisenden hatten das erste Dorf Tasavaltas erreicht. Eigentlich, so fand Mark, war es eine kleine Stadt. Er fragte sich, wie sie wohl heißen mochte. Nicht weit vor ihnen, auf der rechten Seite der Straße, stand ein kleines, sauberes Wirtshaus. Mark schlug vor, dort Rast zu machen. Er hatte noch ein wenig Geld bei sich, das er in einer Innentasche aufbewahrte. »Falls sie uns einlassen«, fügte er hinzu. »Wir sehen ja ein wenig zerlumpt aus.« Was in den verlassenen

Häusern zu finden gewesen war, hatte ihre Garderobe zwar erweitert, zur Verbesserung ihrer Qualität hingegen nur Zweifelhaftes beigetragen.
»Gut. Wir können überall haltmachen. Jetzt kommt es nicht mehr darauf an.« Kristin sah ihm geradewegs in die Augen und fügte innig hinzu: »Ich liebe dich.«
Dies war etwas, das sie – in endlosen Variationen – hundertmal am Tag sagten. Warum also ließ ihn der Satz diesmal frösteln, so, als habe sie ihm soeben Lebewohl gesagt?
»Und ich liebe dich«, antwortete er zärtlich.
Sie wandte den Kopf ab und schaute zu dem Gasthaus hinüber, plötzlich schien ihre Miene zu erstarren. Marks Augen folgten ihrem Blick. Sie waren inzwischen nahe genug an das Gasthaus herangekommen, um das weiße Trauerband zu sehen, das sich über die Tür spannte. Und als er sich umschaute, sah er noch ein weißes Band; es war um den Torbogen gewickelt, der von der Straße in den Hof des Gasthauses führte.
Er sah Kristin an. »Jemand aus der Familie des Wirts vielleicht...«
Sie hatte sich im Sattel umgedreht und blickte wortlos die Straße hinauf und hinunter. Jetzt, da es ringsum auch noch andere Tore und Türen gab, waren die weißen Bänder überall zu sehen. Anscheinend hatte die ganze Stadt den Trauerflor angelegt.
»Was ist geschehen?« Wie ein Schrei brachen die Worte aus Kristin hervor. Noch nie hatte Mark sie in diesem Ton reden hören. Er starrte sie an. Vor dem offenen Tor zum Hof des Gasthauses hielten sie an.
Auf Kristins Schrei hin erschien eine alte Frau in einer Schürze, anscheinend die Wirtsfrau, im Hof. Mit brüchiger Stimme fragte sie mahnend: »Wo seid Ihr gewesen, junge Frau, daß Ihr nicht wißt...«
Jäh verstummte die Alte. Sie erbleichte und starrte Kristin an, dann schien sie zu stolpern und wäre fast in die Knie gesunken. Aber Kristin, die schon abgestiegen war, ergriff sie bei den Armen und hielt sie fest... und schüttelte sie heftig. »Sag mir, Alte, sag's mir sofort: Um wen wird getrauert?«
Die Augen der Wirtin blickten glanzlos und verzweifelt. »Her-

rin, wir trauern um die Prinzessin... Prinzessin Rimac... ist getötet worden.«
Wieder schrie Kristin auf, diesmal kurz und wortlos. Schon einmal hatte Mark eine Frau so schreien hören – als sie im Kampfe fiel. Kristin schwankte, aber sie fiel nicht.
Er sprang von seinem Reittier herunter, lief zu ihr und hielt sie fest. »Was ist mit dir?«
Sie klammerte sich an ihn, als zerrten Meereswellen an ihr und versuchten sie fortzureißen. Einen Moment lang blitzte geheimnisvolle Angst in ihren Augen, als sie ihn anschaute. »Meine Schwester...«
Mühsam versuchte sie weiterzureden, aber Mark hörte nicht mehr, was sie noch sagte. Er wich zurück, Schritt um Schritt, und bewegte sich rückwärts auf das Gasthaus zu, bis er mit den Kniekehlen gegen eine alte Bank stieß, die neben dem mit weißen Bändern überspannten Eingang stand. Er setzte sich, halb von einem alten Baum überschattet, und lehnte sich mit dem Rücken an die weißgekalkte Wand des Wirtshauses. Inzwischen war ein halbes Dutzend Stadtbürger erschienen. Sie bildeten einen kleinen Knoten um Kristin und die alte Frau im Wirtshaushof, und Mark sah, daß ein weiteres halbes Dutzend herbeigelaufen kam. Sie fielen vor Kristin auf die Knie, ergriffen ihre Hände, küßten sie und nannten sie »Prinzessin«. Jemand sprang auf den Rücken eines frischen Reittieres, das im Hof stand, trieb es an und galoppierte die Straße hinunter. Noch lange hallte das Hufgetrappel auf dem Kopfsteinpflaster aus der Ferne herüber.
Mark blieb sitzen, wo er saß – auf der schattigen Bank neben der Haustür. Leute hasteten ein und aus, ohne ihn zu beachten. Hin und wieder trafen sich seine und Kristins Blicke durch das Gedränge der Menschen. Das Schwert der Liebe wog schwer in der Scheide an seiner Seite.
Die Leute, die sich um Kristin drängten, schrien wild durcheinander, und einige berichteten, was geschehen war: Prinzessin Rimac war sorglos ausgeritten, wie es ihre Gewohnheit gewesen war, als sie plötzlich und unerwartet von einer Mörderbande des Dunklen Königs, die das Land durchstreifte, überfallen wurde. Jetzt werde es Krieg geben...

Die Menge wuchs rasch, und Mark bekam Kristin immer seltener zu sehen. Einmal wandten sich Dutzende von Augenpaare ihm zu, und eine plötzliche, leichte Unruhe schien sich auf ihn zu konzentrieren. Offenbar hatte sie etwas gesagt, das ihn als ihren Retter zu erkennen gab. Die Menschen drängten sich um ihn, und der eine oder andere schlug ihm mit einer Mischung von Schüchternheit und Keckheit beglückwünschend auf die Schultern. Männer wollten ihm gefüllte Bierkrüge in die Hand drücken; Frauen fragte ihn, ob er hungrig sei, hörten nicht, was er ihnen antwortete, und brachten ihm Kuchen. Mädchen warfen ihm ihre schlanken Arme um den Hals und küßten ihn – mehr Mädchen und junge Frauen, die ihn jetzt in wenigen Augenblicken küßten, als ihn lange Zeit auch nur angesehen hatten. Ein Mädchen, das von der Menge an ihn gedrückt wurde, ergriff seine Hand und preßte sie gegen ihre Brust. Kristin hatte er inzwischen völlig aus den Augen verloren, und wenn die wogende Menge nicht gewesen wäre, hätte er geglaubt, daß sie den Hof längst verlassen habe.

Draußen auf der Straße erscholl jetzt das Getöse mehrerer Reittiere. Die Menge, die das Tor ausfüllte und Mark den Blick auf die Straße versperrte, bekam neuen Zuwachs: Soldaten, in grün-blaue Uniformen gekleidet. Mark nahm an, daß der Heliograph fleißig am Werk gewesen war.

Jemand in seiner Nähe sagte: »General«, und Mark erkannte Rostov sofort. Schon oft hatte er Beschreibungen von ihm gehört, wenngleich er ihn noch nie gesehen hatte.

Um den blau-grünen Ärmel an einem seiner kräftigen Arme trug Rostov wie alle anderen Soldaten das weiße Band der Trauer. Ein einziger Orden schmückte seine mächtige Brust, eine Auszeichnung, die Mark nicht kannte. Der General war so groß wie er, aber er sah aus, als sei er kräftiger als Mark, obwohl er doppelt so alt war wie dieser. Rostovs lockiges schwarzes Haar war stark ergraut, und ein alter Schwertstreich hatte eine Narbe auf der rechten Wange seines schwarzen Gesichts hinterlassen. Ein grauer Bart, der aussah wie struppig getrimmte Stahlwolle, bedeckte Kinn und Wangen. Sein Gesicht, dachte Mark, hätte auch ohne den Bart hart genug gewirkt.

Jetzt drängte Kristin sich durch die Menge, und aus einer Entfernung von nicht mehr als zwei Schritten sah Mark, wie der General sie begrüßte. Er sank nicht auf die Knie – dazu schien ohnehin niemand verpflichtet zu sein –, aber seine Augen leuchteten in freudiger Erleichterung auf, und er verneigte sich und küßte ihr hitzig die Hand.
Sie umklammerte seine Hand mit beiden Händen. »Rostov, man sagt mir, das Parlament sei über die Nachfolge entzweit gewesen? Es habe beinahe Streit gegeben?«
»Es hat beinahe einen Bürgerkrieg gegeben, Hoheit.« Die Stimme des Generals klang angemessen tief und knirschend. »Aber, den Göttern sei Dank, alles das ist nun vorüber. Alle Fraktionen sind mit Euch einverstanden. Es war nur die Tatsache, daß Ihr ebenfalls vermißt wart ... Allen Göttern sei Dank, daß Ihr nun wieder da seid.«
»Ja, ich bin da. Und mir geht es gut.« Endlich blickte sie wieder zu Mark.
Mark und Rostov wurden miteinander bekanntgemacht. Der General starrte ihn finster an, fand Mark. Aber, wie er wußte, taten dies alle Generäle, wenn sie einen Bedeutungslosen ansahen, der ihnen vor die Füße gelaufen war. Aber Rostov beeilte sich immerhin, in seinem eigenen und im Namen seiner Armee formell Dank zu sagen.
Hundert Leute redeten jetzt durcheinander, aber eine leise Stimme an seiner Seite fand Marks ganze Aufmerksamkeit. Es war eine Frauenstimme, und sie sagte: »Man hat mir gesagt, dein Name sei Mark. Und so bin ich hergeeilt, um dich zu sehen.«
Mark erkannte seine Mutter an der Stimme, bevor er sich umdrehte und ihr Gesicht sah.

8

Die Narbe auf Denis' Arm, die letzte Spur der Wunde, die das Schwert der Gnade geheilt hatte, sah schon jetzt blaß und alt aus. Fast glaubte er, daß die zweite Berührung Wundheilers, diesmal von Aphrodites Hand geführt, sein Herz getroffen hatte, denn gelegentlich war ihm, als bilde sich auch dort frisches Narbengewebe. Die Vision der Göttin, wie sie ihm in der Nacht auf der Flußinsel erschienen war, lebte immer noch in seinem Geiste. Immer noch empfand er Mitleid mit ihr, wenn er daran dachte, was geschehen war, und jedesmal empfand er dann auch Angst vor dem, was einem Menschen zustoßen konnte, der es wagte, Mitleid mit einer Gottheit zu haben.

Die Begegnung mit Aphrodite hatte seine Gefühle gründlich durcheinandergebracht, und manchmal war ihm, als seien seit seiner Abreise aus Tashigang nicht erst wenige Tage, sondern Jahre vergangen. In den folgenden Tagen paddelte er mit dem Kanu nach Nordosten. Er spielte nicht mehr mit der Idee, sich mit dem Schwert, das ihm geblieben war, aus dem Staub zu machen. Noch immer erfüllte ihn der Gedanke daran, wie ihm die Macht dieser Waffe vor Augen geführt worden war, mit Ehrfurcht und Schrecken, und er kannte jetzt kein anderes Ziel mehr, als sich ihrer ehrenhaft und gefahrlos zu entledigen.

In Anbetracht dessen tat er sein Bestes, um seine Aufmerksamkeit auf praktische Angelegenheiten zu konzentrieren. Es war inzwischen notwendig, von neuem nach gewissen Landmarken Ausschau zu halten, die ihm sagen würden, wo er den Fluß zu verlassen und das Kanu über Land zu tragen hatte. Es handelte sich um besonders markierte Bäume inmitten eines recht weitläufigen Waldes, durch welchen der kleine Fluß sich jetzt schlängelte. Einen ganzen Tag lang paddelte Denis durch diesen Wald stromaufwärts und suchte nach diesen Bäumen. Der Wasserlauf wurde immer jünger, schmaler und lebhafter, je weiter er sich vom Corgo entfernte, und von beiden Ufern ragten dicke Äste auf das Wasser hinaus.

In der Nacht seiner Abreise aus Tashigang hatte Ben ihm erklärt, daß wild aussehende Menschen, auf die er womöglich stoßen würde, wenn er erst so weit gekommen sei, höchstwahrscheinlich zu Sir Andrew gehörten. Die Leute des Guten Ritters würden den Kurier auf dem letzten Stück des Weges begleiten oder ihm zumindest den richtigen Pfad weisen, sobald er sie davon überzeugt hätte, daß er vertrauenswürdig sei.

... und die Göttin der Liebe hatte ihm, Denis, gesagt, daß sie ihn liebe. Inmitten seiner mühsam ins Auge gefaßten Pläne kam er immer wieder darauf zurück, und insgeheim erglühte er in schuldbewußtem Stolz – schuldbewußt, weil er wußte, daß er es nicht verdient hatte. Wann hatte ein Sterblicher jemals solchen Segen erfahren?

Aber ein feiner Segen war das gewesen! Nur hin und wieder regte sich der Stolz in seinem Herzen, meistens fühlte er sich zerschunden und taub.

Gleichwohl gelang es ihm, seine Aufgabe nicht völlig zu vergessen, und so fand er seine Wegweiser. Die Bäume waren nicht eben auffällig markiert, und es war nur gut, daß er die Augen offen hielt. Als er die richtige Stelle entdeckt hatte, mußte er sein Boot am rechten Ufer an Land ziehen und es dann durch ein wegloses Dickicht – offenbar wurde dieser Weg nur selten benutzt – und einen freien Hang hinaufschleppen. Zum Glück war der Boden so weich, daß das Kanu dabei nicht beschädigt werden konnte. So gelangte er schließlich in einen flachen Paß, der durch eine Hügelkette führte, die schon seit einer ganzen Weile parallel zu dem Flüßchen verlaufen war.

Nachdem er sein Kanu einen halben Kilometer weit hinter sich hergezogen und, wenn nötig, auch getragen hatte, erreichte er die höchste Stelle des Passes. Von diesem Punkt aus konnte er über die Wipfel eines zweiten Waldes hinweg die Anfänge des Großen Sumpfes ausmachen: Bäume von ganz anderer Art, die sich aus einer ominösen Ebene erhoben. Im Laufe der vergangenen vier Jahre hatte dieser weitgehend unerforschte Sumpf dem größten Teil mehrerer kleiner Armeen Zuflucht geboten – zum großen Mißvergnügen des Dunklen Königs wie auch der Silbernen Königin. Und keiner dieser beiden Monarchen war während dieser vier Jahre seinem Ziel, Sir Andrew und die dreisten Flüchtlinge seiner kleinen Streitmacht niederzumetzeln, auch nur eine Handbreit näher gekommen.

Der Flußlauf, den Denis jetzt finden mußte, war kaum zu verfehlen: Es gab nur eine Möglichkeit, wo er verlaufen konnte, nämlich jenseits der Hügelkette auf dem Grunde einer angrenzenden sanften Talmulde. Denis ruhte sich ein Weilchen am Ufer aus, dann brachte er sein Kanu wieder zu Wasser und paddelte weiter stromaufwärts. Die Strömung war hier weniger stark, daher kam Denis entsprechend schneller voran. Aber der Flußlauf schlängelte sich in weiten Kurven hin und her durch den Wald, und er würde eine sehr viel weitere Strecke zurücklegen müssen, um von einem Punkt zum anderen zu gelangen.

Einen ganzen Tag lang paddelte Denis diesen Fluß hinauf, bevor er angehalten wurde. Es geschah ungefähr dort, wo er in die ersten Ausläufer des Großen Sumpfes eingedrungen war. Es waren drei Leute, die sich ihm in den Weg stellten, ein Mann und zwei Frauen. Die beiden Frauen standen am rechten und linken Ufer, der Mann auf einem überhängenden Ast über dem Wasser. Alle drei machten einen harten und schlagkräftigen Eindruck. Sie bedrohten ihn nicht mit ihren Waffen, aber sie hielten sie sichtbar bereit. Angesichts dessen hob Denis seine leeren Hände zum Zeichen seiner Friedfertigkeit über den Kopf.

»Ich muß Sir Andrew sehen, so schnell es geht«, erklärte er. »Ich komme von einem Mann namens Ben, und ich habe hier eine Fracht, die Sir Andrew braucht.«

Die drei beredeten sich kurz miteinander, und zwei von ihnen machten sich zu seiner Eskorte. Die Tatsache, daß sein Boot augenscheinlich leer war, obgleich er doch von einer wichtigen Fracht gesprochen hatte, erwähnten sie mit keinem Wort, aber seine einzige sichtbare Waffe, ein kurzes Messer, nahmen sie ihm ab. Dann setzte sich der Mann auf den hinteren Sitz von Denis' Kanu und übernahm das Paddel, und eine der beiden Frauen folgte ihnen in einem kleinen Ruderboot. Als sie unter den verdrehten Ästen riesiger, von exotischen Parasitenpflanzen überwucherten Bäumen hindurch tiefer in den Sumpf hineinglitten, sah Denis ein kleines Baumlebewesen einer ihm unbekannten Art, das in die gleiche Richtung unterwegs war. Es hangelte sich durch die oberen Äste, und zwar so flink, daß

es die Boote bald hinter sich gelassen hatte. Vermutlich handelte es sich um einen halbintelligenten Boten.
Nachdem sie etwa einen Kilometer gepaddelt waren, brachten sie Denis zu einem getarnten Kommandoposten, einer kleinen, halb offenen Hütte aus Balken und hemdgroßen Blattwedeln, wo er seinen kurzen Spruch vor einem Offizier wiederholte. Wieder schickte man ihn weiter, tiefer in den Sumpf hinein, diesmal jedoch mit einer größeren Eskorte.
Dieser Abschnitt seiner Geleitreise dauerte länger. Der Nachmittag war fast vorbei, als Denis' Kanu am Ufer einer recht großen Insel von festem Land, die sich aus dem Sumpf erhob, auf Grund lief. Er sah eine Anzahl von Leuten auf dieser Insel, schätzungsweise zwanzig oder mehr, und viele von ihnen trugen ganz unverhohlen Sir Andrews orange-schwarze Farben. Ein paar Zelte waren aufgeschlagen, aber der Platz erschien nicht abgenutzt wie ein festes Lager.
Die Leute, die hier versammelt waren, schienen auf etwas zu warten, und zwar nicht, wie sich bald zeigte, auf Denis' Ankunft, die an sich nur wenig Aufsehen erregte. Man zog sein Kanu auf das Ufer und führte ihn unverzüglich ein Stück weit landeinwärts zu einer Gruppe von Leuten, die in eine ernsthafte Diskussion vertieft waren. Denis nutzte eine etwas erhöhte Stelle festen Bodens dazu, sich umzuschauen, und erkannte, daß er sich überhaupt nicht auf einer Insel befand – oder aber auf einer sehr viel größeren, als er zunächst angenommen hatte. Er sah eine doppelte Fahrspur, die aussah wie eine richtige, wenn auch erbärmliche Straße, die sich zwischen den Bäumen heranschlängelte und auf einer kleinen Lichtung endete, wo die Gruppe der Diskutierenden stand.
Mittelpunkt der allgemeinen Aufmerksamkeit war ein einzelner Mann von kräftiger Gestalt und mit grauen Haaren, dessen Kleidung sicher einmal kostbar gewesen war. Er hatte Denis den Rücken zugewandt, aber der schwarze Schwertgriff an seiner Seite ließ nicht daran zweifeln, daß es sich um Sir Andrew handelte, der – wie jedermann wußte – Schildbrecher besaß.
Sir Andrew drehte sich um. Das Gesicht des Mannes, der als der Gute Ritter bekannt war, verriet, daß er älter war, als seine

kräftige Gestalt vermuten ließ. In der Linken hielt er ein Buch, und er hatte damit gestikuliert, um dem, was er sagte, weiteres Gewicht zu verleihen, als Denis mit seiner Ankunft die Diskussion unterbrochen hatte.
Zur Rechten Sir Andrews stand eine Frau, die nicht mehr jung, aber immer noch bezaubernd war. Ihr ehemals schwarzes Haar war stark ergraut, und Denis fand, daß ihr Gesicht in ihrer Jugend von unendlicher Schönheit gewesen sein mußte. Er hatte keine Ahnung, wie die Frau hieß, aber auf den ersten Blick war er sicher, daß sie eine Zauberin war. Gewisse Einzelheiten an ihrer Kleidung wiesen darauf hin, aber hauptsächlich war es ein unbestimmbarer Hauch von Magie in ihrer Umgebung, der diesen Eindruck hervorrief. Denis spürte diese magische Aura, und dabei hielt er sich nicht für sonderlich empfindsam.
Zwei braune Augenpaare – die Augen der Dame waren jünger und flinker als Sir Andrews – musterten den Neuankömmling. Formell stellte man sich einander vor.
»Und wo«, fragte dann der Ritter mit seiner kraftvollen Stimme langsam, »wo ist diese Fracht, die du mir bringst?«
»Im Kanu, Herr. Es hat einen doppelten Boden.«
»Und was ist es? Sprich nur immer frei heraus. Ich habe hier vor niemandem Geheimnisse.«
Denis warf einen Blick in die Runde. »Es ist ein Schwert, Herr. Eines der berühmten Zwölf, genauer gesagt. Ein Mann namens Ben schickt mich, ich komme aus Tashigang. Es waren zwei Schwerter, aber unterwegs ist mir etwas zugestoßen.«
»Das sehe ich«, murmelte die Zauberin. Mit schmalen Augen betrachtete sie Denis. »Zeig mir das Schwert, das du noch hast.«
Rasch begaben sie sich zum Ufer, wo das Kanu lag. Auf Denis' Anweisungen hin wurde das Bodenbrett noch einmal aufgestemmt. Dame Yoldi, die ergrauende Zauberin, beaufsichtigte dieses Unternehmen mit großer Aufmerksamkeit und untersuchte sorgfältig die Ladung, die ans Licht kam, bevor sie Sir Andrew gestattete, sich zu nähern.
Vorher befragte sie auch Denis noch einmal. »Du sagst, es seien zwei Schwerter gewesen, und eines sei unterwegs verlorengegangen?«
»Jawohl, Madame.« In groben Umrissen, und ohne auf seine

eigenen Gefühle näher einzugehen, berichtete Denis, was zwischen ihm und der Göttin vorgefallen war. Im Hintergrund hörte er ein- oder zweimal jemanden kichern und feixen. Aber er hatte das Gefühl, daß die Dame ihm glaubte. Schließlich trat sie zurück und ließ Sir Andrew herankommen.
Der Ritter langte mit der Rechten in das Geheimabteil und holte Urteilspender hervor. Ohne das Schwert aus der Scheide zu ziehen, hielt er es hoch. Jetzt erhob sich beifälliges Gemurmel, niemand feixte mehr.
»Spürt Ihr etwas von diesen beiden Schwertern, Andrew?« fragte die Zauberin leise. »Ihr haltet zwei zugleich in der Hand, denn Ihr habt noch Schildbrecher.«
Er schnaubte verächtlich und warf ihr einen Seitenblick zu. »Ich habe nicht vergessen, welches Schwert ich habe. Nein, ich fühle nichts Besonderes – aber Ihr habt mir einmal erzählt, daß sogar drei Schwerter für manch einen nicht zuviel sind.«
»Und ich sage Euch noch einmal, schon zwei dieser Schwerter können auf manche anderen eine merkwürdige Wirkung haben. Und Ihr seid empfindsam.«
»Empfindsam! Ich!« Er schnaubte noch einmal.
Dame Yoldi lächelte, und Denis konnte sehen, wie sehr sie ihn liebte. Plötzlich fragte er sich, ob er eigentlich selbst einmal alle beiden Schwerter gleichzeitig in den Händen gehabt hatte. Wenn ja, so konnte er sich nicht erinnern, etwas Merkwürdiges gespürt zu haben.
Jetzt wandte Sir Andrew sich wieder an Denis. »Demnächst mußt du uns deine Geschichte von der Göttin und dem Schwert Wundheiler ein wenig genauer erzählen. Vorläufig aber wollen wir dir alle für das danken, was du uns gebracht hast. Nur – im Augenblick muß selbst eine Gabe wie das Schwert der Gerechtigkeit warten, bis ich ihr meine ganze Aufmerksamkeit widmen kann, und auch du wirst dich ein Weilchen gedulden müssen, bevor ich dir geziemenden Dank abstatten kann.«
»Ihr habt mir nichts zu danken, Herr.«
Sogleich nahm Dame Yoldi Denis beim Arm und zog ihn mit sich fort. »Zunächst brauchst du Ruhe und etwas zu essen.« Sie winkte eine Frau heran, und diese übernahm es, sich um Denis zu kümmern.

Denis widerstrebte. »Ich danke Euch, Madame. Aber es gibt Nachrichten, schlechte Nachrichten, die ich Euch vorher mitteilen muß.« Sofort richtete sich die allgemeine Aufmerksamkeit wieder auf ihn. Denis schluckte, dann sprudelte er hervor: »Der Dunkle König hat das Sinnschwert in seiner Hand. Ardneh-Jünger haben es uns in Tashigang erzählt.« Durch diese Quelle gewann die Neuigkeit ein zusätzliches Maß an Glaubwürdigkeit.

Seine Zuhörer nahmen seine Mitteilung mit dem Schrecken auf, den Denis vorhergesehen hatte. Er machte sich auf den unvermeidlichen Schwall von Fragen gefaßt und beantwortete sie, so gut er konnte, indem er immer wieder erklärte, daß er selbst auch nicht mehr wisse.

Schließlich ließ man ihn gehen. Er wurde beiseite geführt und bekam Brot und Wein, dann zeigte man ihm ein Zelt, in dem eine einzelne Pritsche stand. Dankbar streckte er sich darauf aus. Er schloß die Augen, denn plötzlich wurden ihm die Lider schwer, und mit einer Geschwindigkeit, die tatsächlich magischen Ursprunges sein mochten, versank er in tiefen Schlaf.

Er erwachte recht plötzlich und fühlte sich überaus erfrischt. Zu seiner Überraschung sah er, daß das Muster der Baumschatten auf dem Zeltdach sich kaum verändert hatte; also konnte nicht allzuviel Zeit vergangen sein. Was ihn geweckt hatte, wußte er nicht.

Er lauschte auf die Stille, die draußen vor dem Zelt herrschte, und fand, daß eine ungewöhnliche Spannung darin lag.

Er stand auf und ging hinaus. Als er sah, daß dort, wo er Sir Andrew und Dame Yoldi verlassen hatte, immer noch eine Schar von Leuten stand, eilte er in diese Richtung. Schwarz und orangegelb gekleidete Leute kamen auf der landeinwärts führenden Straße herbeigelaufen. Sie wandten sich immer wieder um und gestikulierten, als wollten sie darauf hinweisen, daß jemand oder etwas von großer Wichtigkeit ihnen folgte. Alle Umstehenden schauten in die bezeichnete Richtung.

Überrascht blieb Denis stehen, als er die beiden Gestalten sah, die oben auf der Straße erschienen. Beide waren in Schwarz und Silber gekleidet – den Farben der Königin Yambu. Beide waren beritten und bewegten sich frei, nicht wie Gefangene.

Gleichwohl war keiner der beiden sichtbar bewaffnet. Einer war ein vierschrötiger Mann, die andere Gestalt...

Denis schnappte leise nach Luft, als er die Silberne Königin erkannte. Er hatte sie schon zweimal gesehen, aber das lag viele Jahre zurück, und es war in Tashigang gewesen. Damals war sie als formelle Oberherrin der Stadt bei zeremoniellen Prozessionen in der Öffentlichkeit erschienen. Er war nicht mehr als ein Straßenbengel gewesen, der sich über den Köpfen der Menge an seinem halsbrecherischen Ausguck festgeklammert und neugierig zugeschaut hatte.

Bei diesen Prozessionen hatte die Königin ihr buchstäblich einzigartiges Reittier geritten, ein hervorragend abgerichtetes, mörderisches Kampftier. Heute saß sie auf einem weniger bemerkenswerten, wenngleich immer noch prachtvollen Tier von beträchlicher Größe, und das ihres Begleiters stand dahinter nicht zurück. Dieser vierschrötige Mann blieb respektvoll eine halbe Länge zurück, als sie sich dem wartenden Sir Andrew und seinem Gefolge näherten.

Ein kleines Stück vor den orange-schwarz gekleideten Soldaten, die sie erwarteten, blieben die beiden stehen. Sie stiegen ab und näherten sich Sir Andrews Gruppe zu Fuß, die hochgewachsene Königin in ihrer leichten silbernen Zeremonienrüstung einen Schritt vor ihrem Begleiter, weitausschreitend wie ein Mann. Denis überlegte, daß sie inzwischen Mitte dreißig sein mußte, wenn ihr gebräuntes Gesicht auch jünger wirkte. Sie war von kraftvoller, elastischer Gestalt, und trotz ihres männlichen Ganges ließen die großzügig weiblichen Formen ihres Körpers nicht den geringsten Zweifel an ihrem Geschlecht aufkommen. Die Nase der Königin, so befand Denis mit heimlicher Dreistigkeit, war zu groß, als daß man sie im landläufigen Sinne des Wortes schön bezeichnen konnte. Und dennoch, alles in allem gesehen... nun, wenn er einmal eine für ihn erreichbare Frau träfe, die aussähe wie sie, dann würde er nichts dagegen haben, sie einmal näher kennenzulernen.

Und mich hast du schon vergessen? Aphrodites Stimme erscholl nur in seiner Phantasie, aber der Nachhall widerstreitender Gefühle erschütterte ihn dennoch.

Sir Andrew stand mit verschränkten Armen da und erwartete

seine Besucher, als sei das Zugeständnis der rangmäßigen Überlegenheit seiner alten Feindin das Letzte, was ihm zu entlocken wäre. Aber sie tat, als erwarte sie, daß er es doch machen werde, und als wolle sie ihm zuvorkommen, und so beeilte sie sich, als erste zum Gruß die rechte Hand in der universalen Geste des Friedens zu erheben.

»So sehen wir einander wieder.« Die Stimme der Silbernen Königin klang ehrlich und offen. Weder königliche Überlegenheit noch eine vorgebliche Freundschaft, die es nicht gab, schwang darin mit. »Mein geehrter Feind! Wären doch meine Freunde und Verbündeten nur halb so zuverlässig wie Ihr! Wollt Ihr also meine Hand nehmen? Vergessen wir doch für einen Augenblick die kleinkarierten Vorbehalte von Protokoll und Rang.«

Als Dame Yoldi zwischen die beiden trat, fügte Königin Yambu hinzu: »Jawohl, Madame, Ihr mögt zuvor meine Hand in Augenschein nehmen. Ich bringe kein Gift, führe nichts im Schilde – was nicht bedeutet, daß meine Zauberer mir nicht dergleichen vorgeschlagen hätten.«

Tatsächlich unternahm Dame Yoldi eine kurze Inspektion der königlichen Hand. Denis mußte unterdessen seine Ellbogen benutzen, um nicht von der kleinen, aber rasch wachsenden Menge zurückgedrängt zu werden; Sir Andrews Gefolgsleute wollten das Zusammentreffen aus nächster Nähe beobachten. Augenscheinlich waren doch mehr als zwanzig Leute auf der Insel. Aber es gelang Denis, nahe genug dabeizubleiben, um zu sehen, daß die Hand der Königin aussah wie die eines Soldaten; die Nägel waren kurzgeschnitten und die Handfläche mit Schwielen übersät, wie das Waffentragen sie verursacht. Es war eine kraftvolle Hand. Aber trotz allem war sie wohlgeformt und nicht sehr groß.

Die dargebotene Hand der Königin verschwand für einen Augenblick in Sir Andrews gewaltiger Pranke. Dann aber trat der Ritter einen Schritt zurück und wartete mit grimmigem Gesicht und verschränkten Armen, was die Königin zu sagen hatte.

Yambu sah sich um. Sir Andrews Freunde und Leibwächter, schwer bewaffnet und die meisten von ihnen beeindruckende

Soldaten, umringten sie und ihren Begleiter mißtrauisch und machten ebenso grimmige Miene wie Sir Andrew selbst.
Sie wandte sich wieder an den Ritter. »Ich vertraue Euch in der Tat, wißt Ihr, Euch und dem freien Geleit, das Ihr mir garantiert. Seit neun Jahren kämpfe ich nun immer wieder gegen Euch, und in dieser Zeit habe ich Euch gut genug kennengelernt.«
Zum erstenmal ergriff der Ritter das Wort. »Auch wir haben etwas über Euern Charakter lernen können, Madame. Und auch von Eurem, Baron Amintor. So, was wollt Ihr von mir? Weshalb dieser dringliche Wunsch nach einer Unterredung?«
Der Baron war ebenso groß und kräftig wie Sir Andrew, und in seinem Gesicht lag der gleiche herzhafte und ehrliche Ausdruck, doch der Begleiter der Silbernen Königin war vermutlich etwa fünfzehn Jahre jünger als der Ritter. Beide waren von Kampfesnarben gezeichnet, offenbar ernstzunehmende Kämpfer. Amintors Augen blickten intelligent, und Denis hatte gehört, daß er ein begabter Diplomat mit gewandter Zunge sein konnte, wenn er wollte.
Und die Königin... diese Königin war nicht mehr als ein halbwüchsiges Mädchen gewesen, als sie den Thron bestiegen hatte. Als allererstes, so hieß es, hatte sie die Verschwörer, die ihre Eltern in einem gescheiterten Putschversuch ermordet hatten, hinrichten lassen – nicht, daß es ihr in den darauf folgenden zwanzig Jahren leicht gefallen wäre, den Thron zu halten. Viele Verschwörer und Intriganten waren der ersten Bande in den Tod gefolgt. Seit jenen unsicheren Anfangstagen hatte sie ihre Herrschaft – wenn man einmal von wenigen beneidenswerten Orten wie Tashigang absah – nicht eben mit Samthandschuhen ausgeübt. Die Idee von einer Verschwörung gegen sie habe, so erzählte man sich, immer mehr Besitz von ihr ergriffen, und vor vier Jahren habe sie ihre halbwüchsige, uneheliche Tochter in die Sklaverei verkauft, weil das Mädchen in ein Komplott verwickelt gewesen sei. Diese Tochter, Ariane, war ihr einziges Kind gewesen. Jedermann wußte, daß sie niemals formell geheiratet hatte.
Die Königin sagte eben zu Sir Andrew: »Ich mag es, wenn ein Mann ohne Umschweife zur Sache kommt. Doch gestattet mir

zuerst eine Frage: Ist Euch bekannt, daß der Dunkle König das Sinnschwert in seinen Besitz gebracht hat?«
Der Ritter blieb gelassen. »Darüber sind wir unterrichtet.«
Diese ruhige Antwort schien die Königin und den Baron Amintor ein wenig zu verblüffen. »Und ich dachte, Ihr lebtet hier buchstäblich im Hinterwald«, stellte die Königin fest. »Ich beglückwünsche Euch zu Eurem Nachrichtendienst.«
Honigsüß ließ Amintor jetzt sich vernehmen. »Ihr werdet mir gewiß zustimmen, Sir Andrew, daß diese Tatsache die strategische Situation für uns alle verändert.«
Sir Andrew nahm sich einen Augenblick Zeit, um ihn stumm zu mustern. Dann wandte er sich wieder an die Königin. »Und was glaubt Ihr, Madame, wird diese Veränderung mit sich bringen?«
Die Silberne Königin lachte. Es war ein angenehmes und wenig bekümmertes Lachen. In der Nähe lag ein umgestürzter Baum, ein gebogener Stamm, der in einer bequemen Höhe auf den Stümpfen seiner Äste ruhte. Mit wenigen Schritten war sie bei diesem Baumstamm und setzte sich dort nieder.
»Es ist vorauszusehen, daß ich Vilkatas erstes Opfer sein werde, wenn ich nicht rasch etwas dagegen unternehme. Ich will offen sprechen; wenn Ihr mich, wie Ihr sagt, inzwischen kennt, dann werdet Ihr wissen, daß dies die Art zu sprechen ist, die ich bevorzuge. Wenn Vilkata mit dem Sinnschwert in der Hand auf meine Armee trifft, dann wird sie bestenfalls zerfallen, wenn sie dem Schwert nicht auf irgendeine Weise widerstehen kann, und ich habe keinen Grund, darauf zu hoffen, daß sie es kann. Schlimmstenfalls werden meine Soldaten sich Vilkata anschließen und seine Streitkräfte weiter vergrößern. Er ist aber jetzt schon stärker als Ihr und ich zusammen. Natürlich wird es Euren Beifall finden, wenn ich falle und vernichtet werde, aber Eure Freude dürfte nicht von langer Dauer sein.«
Der Richter nickte, ohne seine grimmige Miene zu verziehen. »Was also schlagt Ihr vor, Königin von Yambu?«
»Nichts weiter als das, was Ihr vermutlich längst erraten habt, Sir Andrew: Ein Bündnis selbstverständlich, ein Bündnis zwischen uns beiden.« Yambu wandte leicht den Kopf. Ihre edle

Haltung verwandelte den Baumstamm fast in einen Thron. »Sagt es ihm, verehrte Dame, wenn Ihr ihn liebt: Eine Allianz mit mir ist im Augenblick das einzige, was ihm bleibt.«
Weder Sir Andrew noch seine Zauberin antwortete sogleich. Aber der Ritter, sah Denis, blickte so finster drein, daß die Unterredung augenblicklich beendet gewesen wäre, wenn er jetzt gesprochen hätte.
Schließlich fragte Dame Yoldi die Königin: »Nehmen wir an, wir verbündeten uns tatsächlich gegen Vilkata – was dann? Wie wollt Ihr denn das Sinnschwert bekämpfen – mit unserer Hilfe oder ohne sie?«
Es war der Baron, der darauf antwortete. »Zunächst einmal gedenken wir, Zusammenstößen mit Vilkatas Truppen aus dem Weg zu gehen, es sei denn, wir könnten sicher sein, daß er selbst nicht dabei ist. Niemals wird er das Sinnschwert einem Untergebenen überlassen, dessen könnt Ihr sicher sein. Eure und unsere Leute werden ihre Erkenntnisse hinsichtlich der Bewegungen des Dunklen Königs austauschen. Jawohl, es wird immer noch verflucht schwierig sein, auch wenn wir uns miteinander verbünden. Aber wenn wir gleichzeitig auch noch gegeneinander kämpfen müssen, wird es unmöglich werden.«
Yoldi hatte noch eine Frage. »Nehmen wir nur einen Augenblick lang an, ein solches Bündnis ließe sich wenigstens vorübergehend in die Tat umsetzen: Was wollt Ihr denn mit dem Sinnschwert anfangen, wenn es uns gelungen sein sollte, den Dunklen König auf die eine oder andere Weise zu schlagen?«
Yambu lächelte mit anscheinend echter Belustigung. So wirkte ihr Gesicht noch anziehender als zuvor. »Ja, aber diese Entscheidung würde ich doch Euch überlassen.«
»Ihr würdet uns das Sinnschwert überlassen?« fragte Yoldi unverblümt.
Die Königin schwieg einen kurzen Augenblick lang. »Warum nicht?« meinte sie dann. »Ich hätte nichts dagegen, denn ich glaube, Euer Guter Ritter dort ist einer der wenigen Menschen auf der Welt, die es niemals benutzen würden.«
»Und was ist mit meinem Volk, das Ihr jetzt in Sklaverei haltet? Mit meinem Land, das Ihr besetzt?« Diese Frage kam von Sir Andrew. Er hatte seinen offensichtlichen Zorn jetzt gemeistert

und war fast gelassen, als erörtere er nur eine theoretische Möglichkeit.
»Nun, selbstverständlich werde ich Euch beides zurückgeben, sobald wir zu einer Einigung gelangt sind. Sobald ich wieder bei meinen Leuten bin, werde ich fliegende Boten an alle Garnisonskommandeure aussenden und meine Truppen unverzüglich abziehen.«
»Und was erwartet Ihr dafür von mir?«
»Als erstes natürlich die unverzügliche Einstellung aller Feindseligkeiten gegen meine Streitkräfte an allen Fronten. Sodann Eure rückhaltlose Unterstützung im Kampf gegen den Dunklen König, bis er überwältigt ist – oder bis er uns beide zermalmt hat.« Die Königin machte eine Pause und schenkte Sir Andrew und seiner Leibwache einen beinahe freundlichen Blick. »Ihr habt überhaupt keine Wahl, wißt Ihr.«
Sir Andrew schwieg lange, und er betrachtete die Königin noch eingehender als zuvor. Schließlich sagte er: »Beantwortet mir eine Frage.«
»Wenn ich kann.«
»Stimmt es, daß Ihr Eure eigene Tochter in die Sklaverei des Roten Tempels verkauft habt?«
Denis sah, wie der Schatten von etwas Komplexerem als schlichtem Ärger über das Gesicht der Königin huschte. Ihre Stimme klang nicht mehr so herzlich, als sie antwortete. »Ah... ah. Und wenn ich Euch die Wahrheit sage, werdet Ihr mir dann glauben?«
»Warum nicht? Anscheinend erwartet Ihr ja auch, daß wir Euch Glauben schenken, wenn Ihr versprecht, uns das Sinnschwert zu überlassen. Vielleicht müßt Ihr in diesem Augenblick sogar selbst daran glauben. Aber ich möchte wirklich gern hören, was immer Ihr uns über Eure Tochter zu sagen beliebt.«
Diesmal war die Pause nur kurz. Dann erhob sich die Silberne Königin jäh von ihrem Sitz auf dem toten Baum.
»Amintor und ich werden jetzt für ein Weilchen beiseite gehen, damit Ihr unser Angebot erörtern könnt. Selbstverständlich werdet Ihr Euch mit Euren engen Beratern besprechen wollen, bevor Ihr mir eine Antwort gebt. Ich vermute, daß sie alle zugegen sind. Leider – vielleicht auch zum Glück – haben wir

keine Zeit für die üblichen diplomatischen Verfahren. Aber ich werde warten, während Ihr Euch beratet.«
Tatsächlich spazierten die beiden Besucher aus Yambu davon, und anscheinend machte Baron Amintor die Königin auf einige Absonderlichkeiten der Sumpfflora aufmerksam, als habe keiner von ihnen etwas Wichtigeres als wilde Pflanzen im Sinn. Sir Andrew und einige andere steckten die Köpfe zusammen. Denis konnte sich vorstellen, was sie sagten: Vilkata hat das Sinnschwert – es muß stimmen, denn nun haben wir es zweimal gehört. Aber eine Allianz? Mit *Yambu?*
Aber die Königin hatte recht, überlegte Denis. Sir Andrew blieb kaum etwas anderes übrig, als ihren Vorschlag anzunehmen.

9

Kristin war erst vor wenigen Stunden in einer eiligen, aber fröhlichen Zeremonie zur Prinzeßregentin der Lande von Tasavalta gekrönt worden. Jetzt saß sie allein in einem kleineren, halb öffentlichen Raum des Palastes auf einem kleinen Thron. Sie hatte auf diesem Thron Platz genommen, weil sie müde war – erschöpft wäre ein schwacher Ausdruck für ihren Zustand. Andere Stühle gab es nicht. Bereitwillig hätte sie sich für den Fußboden entschieden, aber der üppige Krönungsmantel, der ihrer Schwester gehört hatte und der heute noch einmal hastig in Dienst gestellt worden war, verwehrte es ihr.
Sie wartete darauf, daß man ihren geliebten Mark zu ihr brachte. Es gab gewisse Dinge, die ihm gesagt werden mußten, und nur sie konnte sie ihm sagen, und auch nur, wenn sie allein wären. Ihrer Erschöpfung würde sie sich erst überlassen können, wenn alles gesagt wäre.
Es war jetzt still im Raum; man hörte nur noch die fernen Klänge der Feier, die draußen noch immer im Gange war. Aber wenn Kristin darüber nachdachte, dann erinnerte sie sich an andere Tage, die sie in diesem Raum verbracht hatte, sonnenhelle Tage, erfüllt von lauten Stimmen und fröhlichem Gelächter, als ihre ältere Schwester noch gelebt und Tasavalta regiert

hatte. Und noch früher, als Kristin noch ein kleines Mädchen gewesen war und zwei Mädchen in diesem Raum mit ihrem Vater gescherzt hatten, einem lebenden König, der sich über diesen Thron lustig machte...

Auf der anderen Seite des Raumes öffnete sich leise eine kleine Tür. Ihr Onkel Karel, Meister und Lehrer der Magier, warf einen Blick herein, sah, daß sie allein war, und bedachte sie mit einem kaum merklichen, beifälligen Nicken. Karel war eine unglaublich fette, muntere Erscheinung. Wie gewöhnlich glühten seine Wangen rot über dem grauen Schnurrbart, als sei er eben erst von einem erfrischenden Winterspaziergang zurückgekehrt. Soweit Kristin erkennen konnte, hatte er sich seit jenen strahlenden Tagen ihrer eigenen Kindheit nicht verändert. Heute natürlich trug er, wie sie selbst, seinen besten Zeremonienstaat, einschließlich einer blau-grünen Girlande, die seine Stirn umschlang.

Er griff hinter sich und zog jemanden hinter sich her. Es war Mark, der jetzt in feine, geborgte Gewänder gehüllt war; sanft schob Karel ihn in den Raum, in dem Kristin wartete.

Mit einer Stimme, die sein fröhliches Gesicht Lügen strafte, sagte der Zauberer: »Hoheit, es wird keinen guten Eindruck machen, wenn Ihr allzu lange allein mit diesem...«

Sie sprang auf, so abrupt, als sei sie von einer Feder hochgeschnellt worden. Noch einmal gab der Zorn ihren matten Muskeln Kraft, der Zorn und die Anspannung, die die Ereignisse dieses Tages in ihr hinterlassen hatten. »Onkel Karel, ich bin schon einen ganzen Monat lang mit ihm allein gewesen! Und ich danke den Göttern dafür! Denn davor war ich allein mit Vilkatas Folterknechten, und *du* warst nicht da, um mich herauszuholen!«

Es war nicht fair, und Kristin wußte das. Ihre Stimme nahm einen sanfteren Tonfall an. »Es gibt wichtige Dinge, die ich diesem Manne erläutern muß. Danach werde ich ihn mit einem Auftrag betrauen, der ihn von Tasavalta wegführen wird.«

Ihr Onkel war bei der Bemerkung über Vilkatas Folterknechte zusammengezuckt, aber seine Erleichterung bei ihren letzten Worten war nicht zu übersehen. Er verneigte sich stumm, zog sich zurück und schloß die Tür hinter sich.

Mark empfand bei den gleichen Worten stummen Schrecken, aber eigentlich war er nicht überrascht. Seit Stunden schon hatte er von sich aus zu niemandem ein Wort mehr gesprochen. Viele hatten ihn angeredet, doch meistens nur, um ihm Anweisungen zu geben: Bade hier, warte dort, zieh dies an und sieh, ob es paßt. Hier ist etwas zu essen, hier ist etwas zu trinken, hier ist ein Rasiermesser. Bleib hier stehen und warte. Jetzt komm hier entlang. Man hatte ihn gespeist, gesäubert, bekleidet und vermutlich auch geehrt, und dann hatte man ihn auf einen Platz am Rande verwiesen, von dem aus er unauffällig die Krönungszeremonie mitansehen konnte.

Jetzt aber wußte er nicht mehr, was er von all dem halten sollte: Vor weniger als einem Tag – es war kaum ein halber Tag vergangen – ritt ich mit diesem Mädchen allein am Rande der Wildnis dahin, ein Liebespaar in Lumpen. Ich hätte mein Tier anhalten können, und ihres ebenso – jawohl, sogar im Anblick des ersten Flaggenmastes mit der blau-grünen Fahne –, und ich hätte aus dem Sattel steigen und sie von ihrem Reittier herunterziehen können, und wir hätten in unseren Lumpen auf dem Boden gelegen oder ohne sie, und es hätte ihr Freude gemacht. Und jetzt ...

Dieses Audienzgemach, in dem Mark jetzt allein vor Kristin stand, war wie der Rest des Palastes – vielleicht wie das ganze Reich Tasavalta –, größer und irgendwie bedeutungsvoller, als man beim ersten Anblick hätte vermuten mögen. Es war ein sonnendurchfluteter, heiterer Raum, geprägt von hohen, vertikalen Linien. Die Luft, die durch die geöffneten Fenster hereinwehte, duftete nach Blumen, nach ewigem Frühling. Mit den frühlingshaften Düften schwebte auch die Tanzmusik herein, die tief unter den Fenstern erklang; die Festlichkeiten der Krönung waren immer noch im Gange. Tanz und Musik waren, wie alles andere an diesem Tag, für Mark nur mehr eine Vorstellung, bei der er nichts weiter zu tun hatte, als zuzuschauen und zu lauschen. Es war, als habe nichts davon tatsächlich etwas mit ihm zu tun.

Die Fenster dieses Zimmers waren mit schweren Blendläden ausgestattet, wie es sich für eine Burg gehörte, die auch einem Angriff standhalten sollte. Aber hier in den oberen Stockwerken der Burg, die so hoch lagen, daß keine Sturmleiter sie erreichen konnte, waren die Fenster groß, und alle Läden standen weit offen. Umrahmt von den Fensteröffnungen erschienen das Meer, die felsigen Hügel und die Stadt zu Füßen der Burg wie ein feiner Gobelin aus Nachmittagssonnenschein, durch einen Zauber aus der Alten Welt auf eine Wand gewoben.

Kristin hatte sich rasch von ihrem Thron erhoben, als die Tür sich geöffnet hatte, und als ihr Onkel sie hinter sich ins Schloß zog, kam sie ein paar Schritte weit auf Mark zu. Aber es blieb ein Abstand zwischen ihnen, als sie einander gegenüberstanden, und sie schauten einander an, als hätten sie sich nichts zu sagen – vielleicht auch, als könne keiner von ihnen ein Wort hervorbringen.

Aber ihre Augen zogen sie zueinander. Plötzlich lagen sie sich in den Armen, noch immer, ohne ein Wort zu sagen. Dann löste Kristin sich von ihm.

»Was hat man dir denn da angezogen?« fragte sie, als wolle sie beim Anblick des Gewandes, das man ihm gegeben hatte – eine antike Zeremonienrobe –, gleichzeitig lachen und in Tränen ausbrechen.

Aber er spach immer noch kein Wort.

Sie versuchte es noch einmal, nicht mit Lachen, sondern mit beinahe distanzierter Höflichkeit. Wie schön, daß er seine Familie wiedergefunden habe. Sie habe natürlich keine Ahnung gehabt, daß sie hier lebe. In den letzten Jahren seien viele Flüchtlinge hier zusammengekommen, alles gute Leute. Hatten seine Mutter und seine Schwester ihn nach so langer Zeit wiedererkannt? Wie lange wohnten sie schon hier in Tasavalta? Hatte er sie gleich erkannt? Schade, daß sein Vater habe verreisen müssen.

»Kristin.« Als er sie bei ihrem Namen rief, fragte er sich, ob er dies wohl zum letzten Mal tat. »Hör auf. Hast du mir sonst nichts zu sagen? Warum hast du es mir verschwiegen?«

Eine Pause trat ein, und Kristin tat einen tiefen Atemzug, als befürchte sie, es könnte ihr letzter sein.

»Ja«, sagte sie dann. »Ich habe dir allerdings etwas zu sagen, Mark. Daß die Schwester der Prinzeßregentin einen...

Gemeinen heiratet, und einen Ausländer dazu, wäre mit großen Schwierigkeiten verbunden, ja, beinahe unmöglich gewesen. Aber ich hätte es getan. Ich wollte dich heiraten. Ich wollte es so sehr, daß ich Angst hatte, dir zu sagen, wer ich war. Ich wollte dich heiraten, ganz gleich, wohin das geführt hätte. Ich hoffe, daß du mir glaubst.«

»Kristin – Prinzessin...«

»Warte noch! Laß mich zu Ende sprechen – bitte.« Noch einmal mußte sie eine Pause machen, um sich zu sammeln. »Aber meine Schwester Rimac ist tot. Sie starb kinderlos und unverheiratet, und jetzt bin ich die Herrin über dieses Land. Daß die Prinzeßregentin einen Gemeinen oder gar einen ausländischen Söldner heiratet, *ist* unmöglich. Es ist unmöglich, aber – und wieder hoffe ich, daß du mir glaubst – ich hätte es dennoch getan. Es hätte bedeutet, daß ich die Krone niederlege und vermutlich auch das Land verlasse. Ich hätte es deinetwegen getan. Aber...«

»Aber.«

»Aber du mußt doch gehört haben, was sie sagten! Sie haben niemanden, der sie regieren kann! Du hast Rostov gehört. Wenn ich nicht zurückgekommen wäre, um den Thron zu übernehmen, wäre im Streit um meine Nachfolge ein Bürgerkrieg ausgebrochen, obwohl wir von außen bedroht werden. Ich kenne mein Volk. Wahrscheinlich hältst du uns für ein glückliches, friedliches Land, aber du weißt nicht...«

Mark schwieg.

»Ich... Mark, unser Land, unser Volk... wir schulden dir mehr, als wir dir je geben können. Wir können dir fast alles geben, nur nicht das, was du dir wünschst. Und was ich mir wünsche... oh, Geliebter.«

Die Umarmung dauerte länger, aber auch diesmal war es die Prinzessin, die sie beendete.

Mark hatte nicht vergessen, daß er immer noch eine Pflicht zu erfüllen hatte, und er richtete sich auf. »Ich bringe gewisse Botschaften, mit denen Sir Andrew, dem ich diene, mich betraut hat. Ich habe sie dem Herrscher des Reiches von Tasavalta zu übermitteln.«

Kristin, die sich ihrer Pflichten so bewußt war wie nie zuvor, straffte sich ebenfalls und hörte, was er ihr zu melden hatte. Es waren mehr oder weniger routinemäßige Mitteilungen, diplomatische Präliminarien zur Einrichtung regelmäßiger Kontakte. Sir Andrew hatte sich lange dagegen gewehrt, den diplomatischen Anschein aufrechtzuerhalten, daß er das Land und das Volk, das man ihm gestohlen hatte, noch regierte. Aber kürzlich hatte er sich von der Wichtigkeit, eine solche Pose einzunehmen, überzeugen lassen, wenngleich die Tatsachen anders aussahen.

Mark beendete die auswendig gelernte Botschaft. »Man hat mir befohlen, mich nunmehr Eurer Majestät Anweisungen zu fügen.« Wieder überkam ihn im Nebel seiner Erschöpfung das Gefühl, daß nichts von all dem wirklich etwas mit ihm zu tun hatte. Er war mitten in ein Schauspiel hineingestolpert, er hatte hier bestimmte Zeilen zu sprechen, und bald würde alles vorüber sein.

»Ich bin froh, das zu hören«, sagte Kristin. »Du wirst ein paar Tage brauchen, um dich auszuruhen und dich von den Strapazen des...« Sie konnte den Satz nicht zu Ende sprechen. Sie warf den Kopf in den Nacken und fing von vorn an. »Man wird dir ein bescheidenes Quartier hier im Palast zuweisen.« *Weitab von meinen eigenen Gemächern* – so verstand Mark diesen Satz. »Später – nun, du hast gehört, was ich zu Karel gesagt habe. Ich beabsichtige, dich mit einem besonderen Auftrag zu betrauen. Dies dürfte den Befehlen, die Sir Andrew dir gegeben hat, nicht widerstreben, denn sie lauten ja, daß du dich mir zur Verfügung stellen sollst. Ich hoffe, du wirst diesen Auftrag bereitwillig entgegennehmen.«

Er war wie betäubt. »Ich habe mich den Anweisungen Eurer Majestät zu fügen, wie ich bereits sagte.«

»Gut.« Kristin stieß einen ganz unköniglichen Seufzer aus: Ein Teil dieser Tortur war vorüber. »Die Mission, die du für Tasavalta übernehmen sollst, ist das Ergebnis einer magischen Unternehmung, die Karel durchgeführt hat. Hellseherei, aber die Einzelheiten wirst du später erfahren. Jedenfalls meinte er, er habe derartig dringende Hinweise erhalten, daß er nicht wagte, auch nur bis morgen zu warten, bis er mir die Resultate vorlegte.

Du sollst dich aufmachen und den Kaiser suchen, und wenn du ihn gefunden hast, sollst du ihn zu einem Bündnis mit Tasavalta bewegen – und auch zu einem Bündnis mit Sir Andrew. Das aber muß ich deinem eigenen Urteil überlassen.«
»Den Kaiser? Ein Bündnis mit ihm?« Selbst in diesem Zustand verbitterter Gefühllosigkeit reagierte Mark unwillkürlich auf die Merkwürdigkeit dieses Ansinnens. Ein *Bündnis* – als sei der Kaiser eine Nation? Als habe er eine Armee? Natürlich, dachte Mark, deutete alles darauf hin, daß der Kaiser ein ungeheuer mächtiger Zauberer war oder doch sein konnte, wenn ihm der Sinn danach stand.
Trotz allem anderen war seine Neugierde erregt. »Ich soll für Euch in einer solchen Angelegenheit verhandeln? Ich bin nicht einmal einer Eurer Untertanen, und ich bin auch kein Diplomat. Warum ich?«
»Karel meint, so solle es sein. Ich glaube allerdings, er weiß nicht einmal selbst, warum. Aber im Laufe der Jahre habe ich gelernt, daß mein Onkel seinen Monarchen zumeist gut berät.«
»Karel will sichergehen, daß er mich aus dem Weg schafft.«
»Das will er ganz gewiß. Aber dazu würde es genügen, dich zu Sir Andrew zurückzuschicken. Nein. Es ist etwas mit diesem Kaiser – und mit dir. Was es ist, weiß ich nicht.«
Der Kaiser, dachte Mark. *Der Mann, dem Draffut beim ersten Zusammentreffen vertraute, nachdem er die Menschen gründlich kennengelernt hatte. Der Mann, der gesagt hatte, er, Mark, solle Sichtblender erhalten.*
Der Mann, dessen Name in einer einfachen Beschwörungsformel in Marks Beisein zweimal Dämonen vertrieben hatte ...
Der Zauberer Karel – es wäre töricht anzunehmen, daß er nicht gelauscht hatte – war wie auf ein Stichwort hin wieder hereingekommen.
Nach allem, was an diesem Tage bereits geschehen war, hatte er kaum noch Kraft zum Staunen, und so empfand er nicht mehr als dumpfe Neugier, als er sah, daß der Zauberer ein Schwert in einer Scheide mitbrachte.
Mit seiner sanften, vollen Stimme sagte Karel zu ihm: »Dies ist Würfelwender; er ist auf geheimnisvolle Weise zu uns gelangt.

Du wirst ihn mitnehmen, damit er dir hilft, den Kaiser zu finden.«

An diesem Abend speiste Mark nicht im Palast, sondern im sehr viel bescheideneren Heim seiner Schwester Marian. Wie sich herausgestellt hatte, lebte sie in der Stadt nicht weit unterhalb der Burg.
Inzwischen hatte Mark Gelegenheit gehabt, die Neuigkeit zu genießen, daß sein Vater Jord, den er zehn Jahre lang für tot gehalten hatte, doch noch am Leben war – und nicht nur das, nach letzten Meldungen war er zudem gesund und aktiv und gegenwärtig mit einem Geheimauftrag des tasavaltanischen Nachrichtendienstes unterwegs. Weder Mala noch Marian schienen zu wissen, wohin man Jord geschickt hatte oder wann er zurückkommen würde, und Mark, der in diesen Dingen selber einige Erfahrung besaß, drängte niemanden, es ihm zu sagen. Vorläufig genügte es ihm, daß er seinen Vater wahrscheinlich eines Tages wieder lebendig vor sich sehen würde.
Beim Abendessen – es war ein gutes Abendessen, das wunderbare Erinnerungen heraufbeschwor – erfuhr Mark von seiner Mutter und seiner Schwester, wie die Überlebenden der Familie vor Jahren nach Tasavalta gekommen waren, nachdem das Dorf zerstört worden war und sie jahrelang als heimatlose Wanderer durch die Welt gestreift waren.
In den rund neun Jahren, die seither vergangen waren, hatte jeder von ihnen viel erlebt, und so hatten sie viel zu erzählen. Marian war inzwischen verheiratet. Ihr Mann gehörte zu Rostovs Armee und war irgendwo unterwegs. Ihre beiden kleinen Kinder starrten den neuentdeckten Onkel während des ganzen Abendessens staunend an, und allmählich befreundeten sie sich mit ihm.
Es war fast Mitternacht. Mark mußte unablässig gegen den Schlaf ankämpfen, bis er schließlich gute Nacht sagte. Sein »bescheidenes Quartier« im Palast besaß keine Anziehungskraft für ihn, und so schickte er sich an, in dem Zimmer, in dem sie gegessen und geplaudert hatten, ein paar Kissen auf den Boden zu legen, um dort zu schlafen.

Marian hatte sich bereits zurückgezogen und die beiden Kinder nach oben ins Bett gebracht.
Aber Marks Mutter blieb noch. In ihrem Benehmen lag ein unterdrücktes Drängen. »Bring mich heim. Ich wohne in der Nähe, in der Stadt, solange Jord nicht da ist. Es ist nicht weit.«
»Natürlich.«
Als sie draußen waren, hakte Mala sich bei ihrem Sohn unter, als müsse er sie beim Gehen stützen, dabei war sie nicht einmal vierzig. Den ganzen Abend hatte es ausgesehen, als strotze sie vor Energie, und sie hatte die Wiedervereinigung der Familie genossen. Aber jetzt war ihre Stimmung plötzlich von Trauer verdüstert.
»Du bist gerade erst zu uns zurückgekehrt«, meinte sie. »Aber bevor wir uns an dich gewöhnen können, mußt du schon wieder fort.«
»Es muß sein, Mutter.«
»Ich weiß, ich weiß.«
Mark war weder in der Stadt noch im Palast auch nur einem einzigen Menschen begegnet, der nichts von seiner Beziehung zu Kristin und von den Problemen, die daraus möglicherweise erwachsen konnten, wußte.
Mutter und Sohn gingen langsam durch die Gassen. Er war sehr müde, aber ihm war, als sei seine Mutter nahe daran, ihm etwas zu erzählen. Immer wieder fragte sie ihn: »Du kommst aber doch zurück nach Tasavalta?«
»Ich werde noch ein paar Tage hier sein. Bevor ich fortgehe, werde ich dich und Marian noch einmal sehen.«
»Ja, natürlich, es sei denn, der Plan für deinen Auftrag würde geändert. In diesen Geheimangelegenheiten werden Pläne schnell geändert, soviel habe ich schon gelernt. Aber nach diesem Auftrag wirst du wieder herkommen?«
»Ja, ich denke, das werde ich müssen, um Bericht zu erstatten. Und dann wird man mich wieder fortschicken. Ich kann hier nicht bleiben. Der Liebhaber der Prinzessin, ein Gemeiner und ein Ausländer dazu. Wenn mein Vater der Großherzog Basil oder der Prinz So-und-so gewesen wäre, dann würde die Sache vermutlich anders aussehen.«
Sie waren jetzt bei ihrer Haustür angekommen. Das Haus

wirkte bescheiden, aber recht behaglich. Vermutlich brachte die Regierung hier die Familien ihrer Geheimagenten unter.
Malas Stimme zitterte, als habe sie etwas Schwieriges zu erklären. »Mark, komm herein. Ich muß dir etwas sagen, solange es noch geht. Die Götter mögen wissen, ob ich noch einmal Gelegenheit dazu haben werde.«
Ungefähr eine Stunde später trat er aus der bescheidenen Wohnung, in der seine Eltern lebten, ins Freie. Ein Weilchen blieb er auf der schmalen Straße stehen und schaute zu den Sternen hinauf. Sie sahen aus wie immer. Mark war jetzt jenseits aller Müdigkeit, und ihm war, als stehe er lange Zeit so auf der Straße. Schließlich begab er sich zu seinem bescheidenen Quartier im Palast, denn er wußte, daß er sich ausruhen mußte.

Am Morgen des übernächsten Tages verließ Mark den Palast, satt, gekleidet und halbwegs ausgeruht, bewaffnet mit dem Schwert Würfelwender an seiner Seite. Wundheiler hatte Karel in sichere Obhut genommen. Sein Abschied verlief still und unauffällig, ohne Fanfaren oder sonstigen Staat. Er saß auf einem prächtigen Reittier an der Spitze einer gut ausgerüsteten Eskorte, und so machte er sich auf, den Kaiser zu suchen.
Nur einmal sah Mark sich um. In einem fernen Fenster oben in der Burg sah er eine Gestalt, die ihm nachschaute. Er war sicher, es war Kristin. Aber er ließ nicht erkennen, daß er sie gesehen hatte.

10

Im Laufe der Jahrzehnte, seit er seine menschlichen Augen geopfert hatte, und dämonische Sinne auf magische Weise an die Stelle seiner eigenen getreten waren, hatte der Dunkle König manchmal nicht mehr mit Sicherheit sagen können, ob er wachte oder träumte. So oder so sah er das Sinnschwert als lodernde Flamme, so lang wie ein Speer, und sein eigenes Gesicht glühte im makellosen Weiß dieser Flamme. Er wußte, daß die Augen seines Flammengesichtes offen waren und sehen konnten. Ob er aber träumte oder wachte – aus irgendeinem Grunde erinnerte ihn dieser feurige Blick immer wieder daran, daß er diejenigen, die jetzt seine engsten Verbündeten und wichtigsten Untergebenen waren, mit seinen natürlichen Augen noch nie gesehen hatte. Der Dämon zeigte ihm seine menschlichen Magier und Zauberer als merkwürdige, bucklige und ausgemergelte Gestalten, und seine Generäle waren wenig mehr als belebte Rüstungen. Alle aber hatten übertriebene, karikaturhafte Gesichter, in denen jede Feinheit des Mienenspiels so verstärkt zum Ausdruck kam, daß der Dunkle König sie leicht lesen konnte. Dämonen hingegen erschienen in der dämonischen Sicht mit edlen, lustvollen, jugendlichen Körpern, zumeist nackt und immer von eindringlicher Menschlichkeit – abgesehen von ihrer Makellosigkeit, ihrer Größe und den Flügeln, die ihnen manchmal gesprossen waren. Der Dunkle König wußte natürlich, daß sie in Wirklichkeit weder Körper noch Flügel besaßen, und er glaubte auch nicht an die Gesichter, die sie ihm präsentierten und die von Freundlichkeit und Ehrbarkeit leuchteten.

Jetzt, da der König mit seiner Armee im Felde war und beinahe täglich marschierte, erschienen ihm die Dämonen gelegentlich in kleinerem Maßstab, und sie flatterten in seinem Zelt durch die Luft wie Mönchsvögel. Vilkata bewohnte jetzt ein Zelt, das sehr viel kleiner war als der geräumige Pavillon, denn jetzt kam es darauf an, daß sie geschwind vorankamen. Geschwindigkeit, so glaubte er, war jetzt geradezu lebenswichtig, denn in letzter Zeit waren Berichte eingetroffen, die erst angekündigt und dann bestätigt hatten, daß Sir Andrews Truppen den Sumpf endlich verlassen hatten. Die orange-schwarz gekleidete Armee zog auf Sir Andrews altes Land zu, als halte der Gute Ritter aus irgendeinem Grunde die Zeit für gekommen, die Herrschaft wieder an sich zu reißen.

Angesichts dieser Neuigkeiten fragte sich Vilkata natürlich, was seine einstmalige Verbündete, die Silberne Königin, wohl im Schilde führen mochte. Soweit er wußte, hielt sie dieses Land schließlich immer noch besetzt.

Die Meldungen von Sir Andrews Truppenbewegungen bestätigten zudem Vilkatas jüngste Entscheidung, die eigene Strate-

gie zu verändern. Er hatte beschlossen, Sir Andrew als ersten zu vernichten, bevor er sich den übrigen Feinden und Rivalen zuwandte.
Vilkata hatte seine Pläne hauptsächlich deshalb geändert, weil er glaubte, daß seine Feinde inzwischen ohnehin gut über sie informiert sein dürften. Er war davon überzeugt, daß er bei jener denkwürdigen Ratsversammlung im Hauptlager, bei der er das Sinnschwert zum erstenmal präsentiert hatte und bei der sich die Götter in so befriedigender Weise gezeigt hatten, einen falschen Burslem in sein Vertrauen gezogen hatte – einen verfluchten Spion. Der wirkliche Burslem, ein Magier, der Vilkatas Sicherheits- und Verteidigungsnachrichtendienst leitete, war schließlich zurückgekehrt, und durch gründliches Befragen war seine Identität zweifelsfrei festgestellt worden. Wie es dem Spion hatte gelingen können, sich dem Einfluß des Sinnschwertes zu entziehen, war eine andere Frage, die den König mit Sorge und Staunen erfüllte. Die bisher einzig überzeugende Erklärung war die, daß er das Schwert Sichtblender bei sich gehabt haben mußte. Die Vorstellung aber, daß diese Waffe sich in den Händen seiner Feinde befinden könnte, war alles andere als beruhigend.
Heute, als Vilkata in seinem kleinen Marschzelt bei seinen gewohnten morgendlichen Verrichtungen war, vermittelte ihm der kleine Dämon, der ihm als Sinneshilfe diente, wie gewöhnlich ein Bild des Zeltinneren. Seinen eigenen, schon vor langer Zeit erteilten Befehlen entsprechend, waren gewisse Dinge aus dem Bild, das er wahrnahm, entfernt worden. So war beispielsweise der Leib der Konkubine, die die vergangene Nacht mit ihm verbracht hatte und die jetzt in tiefem Schlaf oder in einer guten Imitation desselben zusammengerollt am Fußende des Bettes lag, deutlich sichtbar, wobei Brüste und Gesäßbacken dieses wohlgerundeten Körpers noch besondere Betonung erfuhren. Bedeutungsloses wie Hände, Füße und vor allem ihr Gesicht – wem konnte daran gelegen sein, die innersten Gedanken einer solchen Frau zu lesen? – verschwammen in halbtransparenter Obskurität. Im Falle einer Bettgefährtin sah er lieber einen verschwommenen Dunst als ein Gesicht, so fein geschnitten die Züge, so wohlgeübt das Lächeln auch sein

mochten. Selbst dieses Lächeln konnte mitunter beunruhigend sein.
Kürzlich hatte der Dunkle König auch den Befehl gegeben, in der nächsten Schlacht auch die Toten aus seiner Wahrnehmung zu entfernen. Schon häufig hatte er auf Schlachtfeldern in anderen Gegenden festgestellt, daß die Leichen eine beträchtliche Ablenkung darstellten. Hindernisse, die aus dem Weg geräumt waren, sollten verschwinden, verbrauchtes Material war Abfall. Die Leichen neigten zum Stinken und waren ganz allgemein ästhetisch unerfreulich. So hatte er schließlich die Anweisung gegeben, sie auszufiltern. Jemand anders konnte sie zählen, wenn es nötig wäre.
Auch einen großen Teil, wenn nicht gar die meisten der Verwundeten hatte er aus seiner Sicht auslöschen lassen. Sehen wollte er nur noch die, welche in den Ereignissen des Tages immer noch eine aktive Rolle spielen konnten, besonders wenn ihre Aktionen seine eigene Person oder Sache betrafen. Dies würde für einen vielbeschäftigten Dämon sicherlich nicht immer leicht zu beurteilen sein. In Zweifelsfällen sollte der filternde Geist den Verwundeten sichtbar bleiben lassen, auch wenn dies einen ästhetischen Affront bedeutete.
Als Vilkata an diesem Morgen sein kleines Zelt verließ und unter dem gewohnten donnernden Applaus seiner Soldaten und Offiziere sein Reittier bestieg, erschien ihm die Armee in seiner Dämonensicht als saubere Formation blinkender Waffen; die menschliche Gestalt an jeder Klinge, an jedem Bogen, war dabei nichts als eine uniformierte Silhouette.
Ein Blick auf die besten Landkarten, die ihm zur Verfügung standen, hatte ihn davon überzeugt, daß es möglich sein müsse, Sir Andrews Streitmacht den Weg abzuschneiden, vorausgesetzt, er bräche mit dem ersten Tageslicht auf und käme rasch voran. So verging der Vormittag über einem langen, harten Marsch. Immer wieder kehrten Späher zurück – einige davon Menschen, beritten oder zu Fuß, andere geflügelte Tiere – und berichteten, daß das, was die Nachhut des Guten Ritters zu sein schien, nicht weit vor ihnen marschiere. Sie schätzten, die feindliche Armee sei sogar noch ein wenig kleiner, als die Meldungen früherer Spähtrupps hatten vermuten lassen.

Aber Vilkata blieb besonnen, wenngleich er an seine überwältigende Überlegenheit glaubte, und so setzte er seine Infanterie an die Spitze, als ziehe er gegen einen gleich starken Feind. Zugleich ließ er einen kleinen Kavalleriestoßtrupp außen um Sir Andrews Armee herumgaloppieren, um die gegnerische Front auf der anderen Seite in Auseinandersetzungen zu verwickeln und, falls möglich, an der Flucht zu hindern. Unterdessen brachte er den Hauptteil seiner eigenen Streitmacht in Schlachtformation. Er selbst bezog dicht hinter der Front in der Mitte Position. Dort wartete er weitere Berichte ab und hielt sich bereit, das Sinnschwert zu ziehen, sobald die Wirkung auf Freund und Feind gleichermaßen am größten sein würde.

Vorn brachen die ersten Scharmützel aus. Der Dunkle König zog seine machtvolle Zauberklinge, trieb sein Reittier voran und hielt hoch über sich das Schwert, das er wie einen Speer von feuriger Pracht wahrnahm. Er sah ein Bild der feindlichen Nachhut, wie es ihm der Hilfsdämon, seinen Wünschen entsprechend zugeschnitten, vermittelte: Bewegliche, aber seelenlose, menschengroße Hindernisse. Aber er wußte ihre Zahl, und er wußte, wie sie aussahen; er sah sogar, daß viele von ihnen orange-schwarze Uniformen trugen.

Und Vilkata sah und fühlte mit wilder Freude, welches Grauen er in den Männern vor ihm erweckte, wenn sie seiner ansichtig wurden, und wie rasch der Zauber seines Schwertes dieses Grauen in wahnwitzige Unterwürfigkeit verwandelte.

Entzückt sah er, wie Sir Andrews Soldaten, die sich zunächst anschickten, eine Front zu bilden und sich ihm entgegenzustellen, beim ersten Anblick des Sinnschwertes zu Boden fielen und ihn anbeteten, und wie sie sich, wenn er ihnen seine Befehle entgegenbrüllte, erhoben und umdrehten und wie die Berserker gegen ihre ehemaligen Kameraden stürmten, die knapp außer Sichtweite waren und sogleich ihr Heil in der Flucht suchten.

Eine der letzten, die sich der Macht des Sinnschwertes beugten, war eine Frau, dem Aussehen nach eine stolze Zauberin, die nicht mehr jung, aber offensichtlich von hohem Rang war. Einen Gegenzauber nach dem anderen schleuderte diese hochmütige Frau gegen den Dunklen König und sein Schwert, doch sie alle blieben wirkungslos, wie er es vorausgesehen hatte und wie auch sie es vorausgesehen haben mußte. Schließlich drehte auch sie sich zähnefletschend um in wahnsinniger Freude wie alle anderen, beglückt darüber, ihm dienen zu dürfen – ihm, dem zukünftigen Beherrscher der Erde.

Denis dem Flinken hatte man angeboten, zusammen mit einer Handvoll Verwundeter und anderer, die zu einem schnellen Marsch nicht in der Lage waren, im Sumpf zurückzubleiben, als Sir Andrew seine Armee hinausführte. Die jüngsten Berichte hatten vermuten lassen, daß es nicht ratsam sei, sich allein nach Tashigang durchzuschlagen, und eine Eskorte konnte Sir Andrew nicht erübrigen. Seit Denis' Abreise hatte sich die Lage rings um die Stadt zusehens verschlechtert. Starke Einheiten des Dunklen Königs durchstreiften schon die Vorstädte und attackierten die spärlichen Truppen, welche die Silberne Königin in diesem Gebiet stationiert hatte. Die reichen Bewohner der Vorstadtvillen waren in die Stadt oder in die Ferne geflüchtet. Diese Neuigkeiten hatten Sir Andrew und seinen Leuten in gewisser Weise Hoffnung eingeflößt, denn sie ließen vermuten, daß die offene Auseinandersetzung zwischen König und Königin nicht mehr allzu lange würde auf sich warten lassen.

Aber Denis hatte es abgelehnt, im Sumpf zu bleiben. Es war nicht abzusehen, wie lange er dort festsitzen würde, und ob und wann er je eine bessere Gelegenheit finden würde, herauszukommen. Er zog es vor, draußen durch die weite Welt zu streifen und zu wissen, welche großen Ereignisse dort ihren Lauf nahmen. Er war bereit, sein Glück zu versuchen, um eines Tages vielleicht doch zurückzukehren – in die Stadt, die er liebte, und zu den beiden Frauen, deren Bild noch immer durch seine Träume geisterte.

Am Nachmittag des dritten Tages seit dem Abmarsch der Armee aus dem Sumpf befand Denis sich in der Gruppe einiger Männer aus Sir Andrews Stab. Sir Andrew selbst war bei ihm. Der Ritter war an der Marschkolonne seiner Armee auf und abgeritten, um die Ordnung aufrechtzuerhalten – jahrelanges Buschkriegerleben im Sumpf war nicht eben die beste Ausbildung für einen ausgedehnten Überlandmarsch – und war dann bei Denis geblieben, um mit ihm über die Lage in Tashigang zu reden.

Sie sprachen über den Weißen Tempel und seine Hospitäler. In einigen davon hatte Denis ja in seiner Lehrzeit als Akolyth des Weißen Tempels gearbeitet. Sie begannen eine Erörterung darüber, wie Wundheiler am besten nutzbar zu machen sei. Dies war natürlich ein rein theoretisches Gespräch, denn Denis hatte die Klinge, die ihm anvertraut gewesen war, nicht überreichen können. Sir Andrew aber schien ihm dies noch immer nicht zum Vorwurf zu machen. Urteilspender war bei der Marschkolonne. Ein Offizier der Vorhut trug ihn am Gürtel, denn Sir Andrew hatte vermutet, daß hier mit einer Feindberührung an diesem Tage am ehesten zu rechnen sei.

Ihr Gespräch wurde durch die Ankunft eines kleinen Flugspähers unterbrochen, der eine Mitteilung von der Nachhut überbrachte.

Der treue Vogel, intelligent genug, um eine elementare Sprache zu beherrschen, krächzte: »Schwarz und Gold, Schwarz und Gold. Viele, viele.«

»Dann möge Ardneh mit meiner Dame sein«, murmelte Sir Andrew. Er zügelte sein Tier und warf einen wilden Blick hinter sich. Dame Yoldi war bei der Nachhut. »Und mit uns allen.«

Dann rief er Eilboten herbei und befahl ihnen, vorauszufliegen und die Getreuen, die Urteilspender bei sich trugen, schleunigst nach hinten zu beordern. Der Ritter überprüfte das Visier seines Helms, und mit einigen gebrüllten Befehlen ließ er die wenigen Einheiten seines Heerzuges, die sich in Hörweite befanden, kehrtmachen und zurückmarschieren, um der Nachhut zu Hilfe zu kommen. Doch diese Hilfstruppe umfaßte kaum mehr als seine eigene Leibwache und eine Handvoll seiner Freunde.

Und noch bevor er es sah, hörte Denis, wie Schildbrecher aus der Scheide fuhr. Er hörte das legendäre Stampfen, zwar noch nicht laut oder schnell, aber dumpf und brutal. Der beispiellose Zauber des Schwertes der Kraft durchdröhnte die Luft ringsum, aber nicht wie der Klang einer Trommel, deren Stimme das Blut

in Wallung bringen mag, sondern wie das Donnern eines erbarmungslosen Hammers, der das Schafott für die Hinrichtung zusammennagelt.
Der Ritter und seine Leibwache machten kehrt und galoppierten zurück zur Nachhut der Armee – oder zu dem, was einmal die Nachhut gewesen war –, und zwar so schnell, daß Denis, der zu Fuß marschierte, nicht mit ihnen Schritt halten konnte.
Aber da er ansonsten mutterseelenallein gewesen wäre, versuchte er, ihnen zu folgen. Ebensogut hätte er auch in die andere Richtung laufen können, doch er vermutete, daß der Rest des Heerzuges bald zurückströmen würde, und dann würde er wiederum kehrtmachen und sich dem Marsch anschließen müssen, oder man würde ihn für einen Deserteur halten.
Denis war etwa hundert Meter hinter Sir Andrew und seinem Gefolge zurückgeblieben, und der Abstand vergrößerte sich schnell, als er zu seiner Überraschung ein Stück weiter rechts etwas erblickte, das aussah wie die verlassenen Überreste eines Jahrmarktes, den man aus irgendeinem Grunde hier in der Mitte von Nirgendwo aufgeschlagen hatte. Stände und Buden, Geräte für Glücks- und Geschicklichkeitsspiele – alles stand zerstört und verlassen da. Keine Menschenseele war auf dem ausgestorbenen Rummelplatz zu sehen, als Denis keuchend am Rande stehenblieb. Die Leute, die zu dieser Kirmes gehörten, waren – und wer wollte es ihnen verdenken? – vermutlich davongelaufen, bevor der Donnertritt der marschierenden Armeen allzu nahe herangekommen war.
Sir Andrew und seine Leibwache waren noch nicht außer Sicht, als aus dieser Richtung ein vielstimmiger Schrei erscholl. Denis wandte den Blick von den verlassenen Zelten und Wagen und sah Sir Andrews Nachhut – sie mußte es sein – auf Sir Andrew und seine Gefährten, die auf einer kleinen Anhöhe haltgemacht hatten, zustürmen. Es sah aus wie eine verzweifelte Flucht, obgleich die Nachhut, soweit Denis es sehen konnte, nicht in kopflose Panik verfallen zu sein schien. Sie hatten nicht einmal ihre Waffen weggeworfen ... und dann sah er, daß das, was er für einen Rückzug gehalten hatte, in Wahrheit ein Angriff war. Die Soldaten der Nachhut stürmten

bergan, schwangen die Waffen wie Wahnsinnige und prallten mit ungebremster Wucht gegen Sir Andrew und seine kleine Truppe, die ihnen zu Hilfe gekommen war. Gebrüll und Kampfeslärm stiegen zum Himmel, und schon lagen viele von denen, die als Retter gekommen waren, in ihrem Blute am Boden, ohne daß sie an Gegenwehr auch nur gedacht hätten.

»Eine Täuschung! Zauberei!« Sir Andrews Gefährten stießen verzweifelte Schreie aus.

Aber es war keine so simple Täuschung wie etwa vertauschte Uniformen. Denis, der wie benommen immer näherkam, konnte jetzt schon Dame Yoldis Gesicht unter denen erkennen, die da waffenschwingend und Schlachtrufe brüllend bergauf stürmten, geradewegs auf die kleine Anhöhe zu, auf der Sir Andrew und die Handvoll der Überlebenden seiner Leibwache inzwischen umzingelt waren und sich gegen den übermächtigen Ansturm zur Wehr setzten.

Sir Andrew hätte vielleicht versuchen können, sein Tier zu wenden, sich von seinen Angreifern, die nicht beritten waren, zu befreien und so zu entkommen. Aber er konnte oder wollte nicht fliehen. Statt dessen brüllte er die verräterischen Angreifer an, rief sie beim Namen und versuchte, ihnen Befehle zu erteilen. Er wich nicht von der Stelle, und seine Leibwache würde keinen Durchbruchsversuch unternehmen, wenn er es nicht täte.

Das Hämmern Schildbrechers schwoll immer mehr an; lauter und schneller erklang es jetzt, synkopiert in einem unregelmäßigen Rhythmus. Schon zeichnete es um seinen Meister einen Bogen aus Blut und schimmerndem Stahl. Sir Andrews Reittier wankte und stürzte, zerhackt und zerstochen von einem halben Dutzend Klingen, aber keine bedrohliche Schneide, kein Spitze konnte den Bogen des machtvollen Schwertes durchdringen und die Haut des Ritters ritzen.

Der Ritter wurde aus dem Sattel seines verendenden Tieres geschleudert. Er rollte sich über den Boden, ohne daß das Schwert seinem beidhändigen Griff entglitten wäre. Und auch während er am Boden lag, ließ ihn die Waffe nicht im Stich. Als er wieder aufstand, war es, als habe das Schwert ihn zum Kampfe aufgerichtet. Schildbrecher schien ihn hinter sich

herzuziehen, die Kraft der Klinge wirbelte seinen schweren Körper herum, von recht nach links und wieder nach rechts, und vorwärts zum Angriff, wenn einer derer, die ihn bestürmten, wankte und zurückwich.
Gleichwohl – diejenigen, die noch vor einer Stunde seine loyalen Freunde gewesen waren, rannten jetzt zu Dutzenden gegen ihn an, kreischend in neuem Haß, und dabei riefen sie ihren neuen Gott, den Dunklen König, an, er möge sie stärken. Schildbrecher kämpfte gegen sie alle, unerbittlich zerschmetterte er ihre Waffen und ihre Knochen, ohne das eine vom anderen zu unterscheiden, Rüstungen und Leiber gleichermaßen zerfetzend.
Denis war wie hypnotisiert von dem, was er sah. Er hatte sein Handeln nicht länger in der Gewalt. Immer näher schlich er sich heran. Ein langes Messer steckte in seinem Gürtel, aber er zog es nicht. Es war, als komme er überhaupt nicht auf den Gedanken, daß es in dem Kampf, den er beobachtete, von Bedeutung sein könnte.
Sir Andrews Leibwache, die den fanatischen Berserkern hoffnungslos unterlegen war, lag mittlerweile am Boden. Tote und Sterbende wurden von wahnwitzigen Angreifern in Stücke gehackt. Aber Schildbrecher beschützte den Mann, der ihn führte. Immer noch hallte sein Dröhnen durch die Luft, schneller jetzt und lauter als zuvor. Immer noch kreiste es in gleißendem Bogen durch die Luft. Es arbeitete gründlich und ohne sich zu bekümmern, wen oder was es traf, gleichgültig gegen die Schreie und Worte derer, die es entwaffnete oder verstümmelte, gleichgültig auch gegen jede Waffe, die ihm in den Weg kam. Denis sah Axtklingen, Messer, Schwerter, Speerschäfte, Pfeile, ganz oder zu einem Hagel von Splittern zertrümmert, in alle Himmelsrichtungen davonfliegen. Menschliche Gliedmaßen und Rüstungsteile tanzten blutsprühend in diesem Nebel, und jener hüpfende, rollende Klumpen dort war sicher einmal ein Kopf gewesen.
Der Gute Ritter riß den Mund auf und schrie, und es war ein Schrei, der lauter und schrecklicher war als die Schreie derer, auf die er einschlug. Denis, der immer noch wie unter fremdem Zwang näher heranschlich, sah, daß Sir Andrew inzwischen

von Kopf bis Fuß blutüberströmt war. Es war unmöglich, festzustellen, ob auch sein eigenes Blut dabei war. Aber wenn er verwundet war, dann ließ doch die rasende, magisch verstärkte Kraft seiner Bewegungen deshalb nicht nach.
Wieder brüllte der Ritter auf, qualvoller noch als beim erstenmal. Denis sah, daß Dame Yoldi sich ihm näherte, eine von bösartigem Haß besessene Kreatur mit gräßlich verzerrtem Gesicht. Sie hatte die Finger wie Klauen gespreizt, als wolle sie ihn damit zerreißen, und mit verzweifelter Wut schleuderte sie ihm Zaubersprüche entgegen. Selbst Denis, der keinerlei magisches Gespür besaß, fühlte den Strudel ihrer tödlichen, stofflosen Macht.
Aber für das Schwert der Kraft waren die Werkzeuge der Magie nicht gefährlicher als jede andere Waffe. Sie zersprangen und zerschmolzen an dem schimmernden Bogen, dem brutalen Stampfen der Klinge, die so schnell kreiste, daß sie fast unsichtbar war. Der Haß trieb Dame Yoldi weiter voran, weiter und immer weiter, näher zu dem Mann, den sie vernichten wollte, näher und näher – bis der Rand des schimmernden Bogens sie berührte, die Hände zuerst, den Körper einen Augenblick später, und sie erbarmungslos beiseite fegte.
Ein paar Sekunden wandte Denis den Blick ab. Als er wieder aufschaute, war eine Pause eingetreten. Sir Andrew stand allein, knietief in einem Leichenhaufen, und alle Toten trugen Uniformen in seinen eigenen orange-schwarzen Farben. Das Schwert in seinen Händen stampfte immer noch dumpf, denn diejenigen seiner ehemaligen Gefolgsleute, die als rasende Feinde noch am Leben waren, bedrängten ihn noch. Eine kleine Gruppe von ihnen, Verwundete, solche, die zu langsam gewesen waren, und Berechnende, hatte sich in einiger Entfernung zusammengedrängt. Sie planten irgendeine neue Strategie, da sie sich gezwungen sahen, ihren Haß zu zügeln.
Eilig sprang Denis zu Sir Andrew hinauf. Als er näherkam, hatte der junge Mann den Eindruck, der Ritter wolle das Schwert von sich schleudern; es lag jetzt ruhiger in der Hand des Mannes, und sein Dröhnen war zu einem gedämpften Pochen abgeschwollen. Aber falls er es tatsächlich loszuwerden versuchte, so ließ es ihn nicht frei. Seine beiden Hände

umklammerten den Griff, seine Finger waren ineinander verschränkt, und die Knöchel waren so weiß, daß man sie durch das Blut hindurchschimmern sah.

Sir Andrew sah Denis an, und seine Miene war schrecklich verzerrt. Die Stimme des Ritters war nur noch ein grauenhaftes, beinahe unhörbares Flüstern. »Lauf und suche die Vorhut. Finde den Mann, der Urteilspender trägt, und befiel ihm in meinem Namen und um der Liebe Ardnehs willen, so schnell wie möglich herzukommen.«

Denis war eben außer Sicht, als Sir Andrew, der in die andere Richtung spähte, in der Ferne die Hauptmasse der Armee des Dunklen Königs erkennen konnte, eine schwarz-goldene Woge, die sich auf ihn zuwälzte. Eine Fanfare hallte herüber. Daraufhin gaben die Überreste von Sir Andrews besessenen Truppen ihre fruchtlosen Angriffsversuche auf und zogen sich gehorsam zurück, um sich in die Heerscharen ihres neuen Herrn einzureihen.

Der Mann, der dort in der Ferne zu sehen war, weißhaarig unter einem schwarz-goldenen Banner, mußte Vilkata selbst sein. Eine Waffe flammte prachtvoll in seinen Händen, und Sir Andrew wußte, daß es das Sinnschwert war. Für die Augen des Ritters war es kaum mehr als ein blitzender Spiegel, denn Schildbrecher in seinen Händen schützte ihn auch vor dieser Waffe: Schildbrecher ließ jede Waffe wirkungslos werden – außer sich selbst.

Und das genügte, dachte Sir Andrew; auch er selbst war so gut wie vernichtet.

Wieder ertönte ein Horn dort drüben in der Armee des Dunklen Königs. Zu des Ritters benommenem Erstaunen zogen sich Vilkatas Heerscharen, die doch eben erst aufgetaucht waren, geordnet hinter die Anhöhe zurück, über die sie gekommen waren. Sir Andrew versuchte, sich darauf einen Reim zu machen, und seine Gedanken drehten sich in neuerlicher Verwirrung umeinander. Vermutlich sagte sich Vilkata, daß ein Rückzug im Augenblick das einzig Sinnvolle sei: Weshalb sollte er seinen Truppen befehlen, sich an Schildbrechers unbezwingbarer Macht die Zähne auszubeißen?

Womöglich hätte Sir Andrew das Heer verfolgt, und vielleicht

wäre er brüllend auf jenes Banner mit dem schwarzen Schädel auf goldenem Grund losgestürmt, bis jeder unter diesem Banner von seinem Schwert zu Hackfleisch zerhauen worden wäre. Aber sie warteten nicht auf ihn. Vilkata war beritten und schneller als er. Und Sir Andrew war überdies ohnehin zu schwach, um zu rennen und irgend jemanden zu verfolgen oder gar einzuholen.
Jetzt, da Sir Andrew selbst nicht mehr unmittelbar bedroht war, ließ die magische Kraft, die das Schwert ihm verliehen hatte, rasch nach. Das furchterregende Hämmern der Klinge schwoll weiter ab, pochte leise, dumpfer, bis es vollends verstummte.
Er sah sich selbst wie von außen: Einen alten Mann, der allein auf einem Hügel stand, und die Leichen derer, die er einst geliebt hatte, reichten ihm bis ans Knie. Die Anstrengungen, die Schildbrecher ihm abverlangt hatte, ließen seine Arme schmerzen, als habe man mit Knütteln auf sie eingeschlagen. Des Blutes nicht achtend, schob er das Schwert in die Scheide. Nur mit Mühe und Not konnte er sich noch auf den Beinen halten.
Hinüberzugehen und sich anzusehen, was von Yoldi übrig war, überstieg fast seine letzten Kräfte.
Danach ließ er sich von seinen Beinen davontragen, und angestrengt versuchte er, durch den Schleier der Tränen seinen Weg zu sehen. Er wußte nicht genau, wohin er ging, ja nicht einmal, wohin er gehen sollte. Eben hatte er den nächsten der kleinen Hügel erklommen, und die flatternden Überreste des Jahrmarkts waren vor ihm aufgetaucht, da durchzuckte der furchtbare Schmerz seine Brust. Es war, als durchstoße ein Speer sein Herz.
Er brach zusammen, fiel auf den Rücken. Sein Kämpferinstinkt ließ ihn das Schwert ziehen, bevor er fiel. Aber es war keine Waffe, was ihn bedrohte, und das Schwert der Kraft blieb leblos.
Als Sir Andrew so im Gras lag, sah der Himmel über ihm so friedlich aus, daß er überrascht war. Er dachte über den Schmerz nach. Es fühlte sich an, als wolle sein Herz zerbrechen. Und vielleicht tat es das ja auch.

Er warf einen raschen, kritischen Blick zurück auf das, was er von seinem langen, ereignisreichen Leben sehen konnte. Die Aussicht auf den Tod war ihm in diesem Augenblick nicht unwillkommen.
Der Schmerz kehrte wieder, schlimmer als beim erstenmal.
»Yoldi...«
Aber sie antwortete nicht. Sie würde nie wieder antworten.
Als es schien, als wolle der Schmerz ihn noch ein Weilchen leben lassen, schleuderte Sir Andrew Schildbrecher von sich, mit beiden Händen und mit all seiner Kraft. Schon vorher einmal hatte er versucht, das machtvolle Schwert fortzuwerfen, er hatte es wieder und wieder versucht, als er Yoldi auf sich zukommen sah und begriff, was ihr zugestoßen sein mußte und was jetzt geschehen würde. Aber der Zauber des Schwertes hatte ihn nicht verlassen wollen. Jetzt aber, da es zu spät war, flog die Klinge davon, so gehorsam wie ein Stock, den man wegwirft, wenn man mit einem Hund spielt. Sie sang leise und klagend, als sie wirbelnd durch die Luft flog.
Der Ritter wollte nicht allein sterben. Wenn doch nur ein Freund hätte bei ihm sein können – irgend jemand.
Er schloß die Augen und fragte sich, ob er sie je wieder öffnen würde, um in den Himmel dieser Welt zu schauen. Würde es Ardneh sein, den er sähe, wenn er die Augen wieder öffnete, wie es manche Menschen glaubten? Oder das Nichts?
Er schlug die Augen auf und sah, daß er immer noch in derselben Welt und unter demselben Himmel war. Irgend etwas veranlaßte ihn, mühsam den Kopf zu drehen. Eine einzelne Gestalt, ein grau gekleideter Mann, kam von der Kirmes her auf ihn zu, von diesem verlassenen Vergnügungsplatz, den er so genau hatte überprüfen lassen, daß sich dort ganz sicher niemand hatte verborgen halten können. Ein Mann, nicht bewaffnet, nicht gepanzert, aber... mit einer Maske?
Die graugewandete Gestalt kam heran und kniete neben ihm nieder wie ein besorgter Kamerad.
»Wer bist du?« fragte Sir Andrew.
Sofort hob der Mann eine Hand und zog sich die Maske vom Gesicht.

»Oh.« Sir Andrews Stimme klang in ihrer neuen Zuversicht beinahe enttäuscht. »Du«, sagte er erleichtert und ruhig. »Ja... ich weiß, wer du bist.«

Als Denis an der Spitze eines galoppierenden Trupps bewaffneter und gepanzerter Soldaten, die mit dem Mut der Verzweiflung ihrem geliebten Herrn zu Hilfe eilten, auf den Kampfplatz zurückkehrte, fand er dort keine Menschenseele mehr vor. Ein Stück weit von den anderen Leichen entfernt lag Sir Andrew – tot. Sein Körper war vom Blute anderer bedeckt, aber ohne jede ernsthafte Verletzung. Ein friedvoller Ausdruck lag auf dem Gesicht des Guten Ritters.
Sogleich machten Denis und die anderen sich auf die Suche nach Schildbrecher. Sie suchten überall unter den Toten und dann in immer weiter werdenden Kreisen rings um das Schlachtfeld. Aber das Schwert der Kraft war nicht mehr da.

11

Das Feldbett war breit genug für zwei – zumindest, wenn diese beiden eine vertraute Freundschaft miteinander pflegten –, aber in dieser Nacht hatte, wie in vielen Nächten davor, nur eine einzige Person darauf geschlafen.
Besser gesagt: Sie hatte zu schlafen versucht.
Das Zelt der Silbernen Königin war nicht groß, nicht für eine Behausung, die gelegentlich als königlicher Konferenzraum und ständig als Wohnquartier dienen mußte. Gewissen Geschichten zufolge, die sie gehört hatte, war es kleiner als ein einziger Raum in dem großen Pavillon, der den Dunklen König zumeist begleitete, wenn er mit seiner Armee im Felde war.
Für viele Gewohnheiten des Dunklen Königs brachte sie nichts als Verachtung auf. Aber es gab Dinge an ihm, die Respekt einflößten und auch – wenn sie des Nachts allein war, konnte sie es zugeben – Furcht.
In beinahe mitternächtlicher Finsternis saß die Königin von Yambu auf der Kante ihres einsamen Feldbetts. Sie trug die leichte Hose und das Hemd, in dem sie gewöhnlich schlief,

wenn sie mit ihrem Heer auf dem Marsch war. Sie hörte das unregelmäßige Tröpfeln des Regens auf dem Zeltdach und gelegentlich ein Wort oder eine Bewegung von einem der Posten, die draußen standen.

Ihr Blick war starr auf einen verschwommenen, leblosen Gegenstand gerichtet, der nur eine Armlänge neben der Pritsche stand. In der nachtschwarzen Finsternis war der Gegenstand fast nicht zu sehen, doch das war kaum von Bedeutung, denn sie kannte ihn so gut wie ihre eigene Hand. Er stand, wie immer, auf einem Lattengestell neben ihr, wenn sie schlief oder zu schlafen versuchte. Es war ein holzgeschnitzter Schwertkasten. Das mächtige hölzerne Heft wurde von Drachenfiguren gebildet, die ihre langen Hälse zurückgebogen hatten, als wollten sie mit ihren Fängen aufeinander losgehen. Woher der Kasten kam oder wann er angefertigt worden war, vermochte die Königin nicht mit Sicherheit zu sagen, aber sie fand, er sei wunderschön, und nachdem die besten Magier, die sie beschäftigte, zu dem Schluß gekommen waren, daß er ihr nicht würde schaden können, benutzte sie ihn als Behältnis für ihren Schatz, den sie fast immer in ihrer unmittelbaren Nähe aufbewahrte – ihr Besuch bei Sir Andrew im Sumpf war eine bemerkenswerte Ausnahme gewesen –, denn er gab ihr letzte, finstere Hoffnung auf den Sieg.

Tausendmal schon hatte sie den hölzernen Kasten geöffnet, aber noch nie hatte sie Seelenschneider aus der Scheide gezogen. Noch nie hatte sie den nackten Stahl dieser Klinge in all seiner unzweifelhaften Pracht gesehen. Sie hatte Angst davor. Aber ohne dieses Schwert hätte sie jetzt nicht gewagt, ihre Armee ins Feld zu führen und sich auf die Gefahr eines Kampfes mit dem Sinnschwert und seinem mächtigen Besitzer, dem Dunklen König, einzulassen.

Wenige Stunden zuvor, bei Sonnenuntergang, hatte ein halbintelligenter fliegender Bote ihr die Nachricht von Vilkatas jüngstem Triumph überbracht. Er hatte Sir Andrews Streitmacht anscheinend vollständig zerschlagen. Dann aber hatte Vilkata, statt sie, wie sie es erwartet hatte, sogleich anzugreifen, sein riesiges Heer umschwenken lassen und marschierte jetzt auf Tashigang zu.

Vielleicht hatten die Kundschafter des Dunklen Königs sie und ihre Armee aus den Augen verloren. Aber was immer auch der Grund gewesen sein mochte – ihre Überzeugung, Vilkata werde sie zuerst angreifen, hatte sich als falsch erwiesen, und damit hatte die Feigheit Gelegenheit, ihr ins Ohr zu flüstern, es sei vielleicht noch nicht zu spät, sich mit dem Dunklen König zu verbünden. Natürlich war die Feigheit wie gewöhnlich töricht. Ihre Intelligenz sagte ihr, daß ihre einzige Hoffnung darin lag, den Dunklen König jetzt zu überfallen, solange sie noch auf nennenswerte Hilfe hoffen konnte. Wenn Tashigang erst gefallen wäre, würde es zu spät sein.
Als die Neuigkeit von Vilkatas jüngstem Triumph eingetroffen war, hatte Yambu sich zunächst kurz mit ihren Offizieren besprochen, dann hatte sie diese mit dem Auftrag, den Truppen in dieser Nacht ein wenig Ruhe zu gönnen, entlassen. Sie selbst jedoch hatte noch keinen Schlaf finden können. Ebensowenig hatte sie bislang den Willen zur Entschlossenheit aufbringen und den Befehl zum Abbrechen des Lagers und zum Abmarsch erteilen können, obgleich immer offensichtlicher wurde, was sie notwendigerweise zu tun hatte.
Wer oder was konnte sich dem Sinnschwert entgegenstellen? Zweifellos doch nur etwas, das ebenso entsetzlich wäre.
Und Sir Andrew hatte Schildbrecher getragen. Kampfbereit hatte die Waffe an seiner Seite gehangen. Bei ihrem Besuch im Sumpf hatte sie den kleinen weißen Hammer auf dem Griff mit eigenen Augen gesehen. Vilkata mit seinem Sinnschwert war offenbar selbst gegen diese Waffe siegreich geblieben. Besaß er jetzt beide Schwerter? Aber selbst wenn es so wäre – jede furchtbare Erweiterung seiner Macht ließ es nur um so dringlicher werden, daß sie ihre Truppen unverzüglich gegen ihn in Marsch setzte.
Die Silberne Königin stand auf und trat in der mitternächtlichen Finsternis einen Schritt vor – im Vertrauen darauf, daß der Zeltboden vor ihr lag wie immer und nirgends das Messer eines Meuchelmörders auf sie wartete. Sie streckte die Hand aus, berührte den hölzernen Kasten und klappte ihn auf.
Mit der Fingerspitze strich sie über den schwarzen Griff ihres Schwertes. Es war das einzige unter den Zwölfen, das kein

weißes Symbol trug. Kein Gefühl von Kraft durchströmte sie, als sie es berührte. Sie fühlte überhaupt nichts außer dem stumpfen Material des Schwertgriffs. Von allen Zwölfen hatte nur dieses der Welt nichts über sich mitzuteilen.
Sie blickte zurück auf ihr einsames Feldbett, das im gedämpften Himmelslicht vom verhangenen Fenster des Zeltes kaum zu erkennen war. Sie glaubte Amintors narbenübersäte Schultern zu sehen, wie sie manchmal dort klobig zwischen den zerknüllten Decken lagen. Amintor war weise – manchmal. Zumindest war er schlau. Sie zweifelte inzwischen daran, daß sie selbst die Weisheit erkennen würde, wenn diese in der Nacht auf sie herabstieße wie ein geflügeltes Reptil.
Es war leicht möglich, daß sie sie noch nie hatte erkennen können; aber erst kürzlich war ihr diese Einsicht ins Bewußtsein gedrungen.
Der einzige, dessen Rat ihr jetzt wirklich etwas wert gewesen wäre, war seit Jahren nicht mehr an ihrer Seite, und er würde auch nicht mehr zurückkommen. Sie würde ihn nie wiedersehen – außer, eines Tages vielleicht auf der anderen Seite eines Schlachtfeldes. Aber womöglich würde er, wenn sie einander im Kampfe begegneten, wieder eine Maske tragen – nie hatte sie begriffen, weshalb er das so oft tat –, und dann würde ihn niemand erkennen.
Und jetzt, an dieser Stelle einer mittlerweile vertrauten Gedankenkette, war es Zeit, an Ariane zu denken. Ariane, ihre Tochter und ihr einziges Kind. Und natürlich auch seine Tochter.
Die Spione der Silbernen Königin hatten ihr die nunmehr vier Jahre alten Gerüchte bestätigt, die behaupteten, daß Ariane seit vier Jahren tot sei. Sie war mit einer Räuberbande ums Leben gekommen, die versucht hatte, den Haupthort des Blauen Tempels zu plündern. Nun, höchstwahrscheinlich war dieses Schicksal für das Mädchen besser als die Sklaverei im Roten Tempel.
Hatte die Verschwörung, Ariane auf den Thron von Yambu zu setzen, wirklich existiert? Oder hatte die eigentliche Verschwörung das Ziel gehabt, sie, die Silberne Königin, zu zwingen, sich ihrer Tochter zu entledigen – ihrer einzigen vertrauens-

würdigen Verbündeten? Selbst als Königin Yambu sich von ihrer Bedrohlichkeit überzeugt hatte, war sie nicht in der Lage gewesen, ihre Tochter töten zu lassen, abgesehen davon, daß die Zukunftsdeuter ihr die gräßlichsten Folgen für ihre königliche Person angekündigt hatten, falls sie es doch täte. Am Ende hatte sie getan, was die Orakel ihr zu raten schienen: Sie hatte Ariane in die Sklaverei des Roten Tempels verkauft.
Ihre eigene Tochter. Ihr eigenes Kind. Sie, die Königin Yambu, hatte sich in Haß und Angst verloren...
Ob Amintor, wenn er damals bei ihr gewesen wäre, den Mut gehabt hätte, ihr von der Vernichtung ihrer eigenen Tochter entschlossen abzuraten? Nicht mehr, dachte sie, wenn er gewußt hätte, daß sie dazu entschlossen war.
... und nun folgten in dieser sinnlosen Kette von Gedanken, Erinnerungen und Selbstbezichtigungen natürlich die Tage der Liebe zwischen ihr und dem Kaiser vor ihrer triumphalen Thronbesteigung. Nach jenem Triumph hatte sie sich nur selten so lebendig gefühlt wie damals, in dieser Zeit beständiger und verzweifelter Mühe und Gefahr. Unaufhörlich hatte sie um ihr Leben fürchten müssen. Tag für Tag war sie auf der Flucht gewesen, nie hatte sie zweimal am selben Ort übernachtet, immer auf der Hut vor den Suchtrupps des Usurpatoren, die im ganzen Lande nach ihr fahndeten.
Damals war sie ihm begegnet, die Liebesaffäre hatte begonnen und ihren Lauf genommen. Sie war noch ein unwissendes Mädchen gewesen, und des Kaisers wirkliche Macht hatte sie nur ahnen können. Damals wie heute hatte er keine Armee gehabt, die er ins Feld hätte schicken können. Aber mehr als einmal hatte er sie gerettet. Wie ein Dämon hatte er an ihrer Seite gekämpft, hatte sie mit seinen Siegesvorhersagen inspiriert und stets noch vor den Feinden gewußt, welche Richtung deren Suchtrupps einschlagen würden.
Sie nahm an, daß es in diesen ersten Tagen der Liebe Hinweise auf das gegeben haben muße, was er schließlich als Belohnung verlangen würde – mehr als bloße Hinweise, wenn sie nur willens gewesen wäre, zu sehen und zu hören. Sie aber hatte, naiv, wie sie damals gewesen war, ihn lieber für selbstlos und uneigennützig gehalten. Und dann hatte er – also doch ein

landloser, heerloser, dreister, unverschämter Opportunist! – sie heiraten wollen. Ausgerechnet am Tage ihres überwältigenden Sieges hatte er dieses Ansinnen stellen müssen, als so viele der Mächtigen von Yambu ihr beigesprungen waren, daß das Blatt sich wendete. Ausgerechnet an dem Tag, da sie den Thron bestieg und die Hauptverschwörer und ihre Familien zu einem entsetzlichen Tod verurteilte.
Der Mann, der sich selbst Kaiser genannt hatte, mußte in ihrem Gesicht gelesen haben, daß sie sein Begehren zurückwies. Denn als sie sich, nachdem sie rasch einen dringenden Befehl erteilt hatte, ihm wieder zuwandte, um ihm eine klare Antwort zu geben, war er schon nicht mehr da gewesen. Vielleicht hatte er eine seiner verfluchten Masken angelegt – jedenfalls war er im Trubel dieses Tages verschwunden, und sie hatte ihn in den Scharen unbekannter Gestalten, neuer Leibwächter, neuer Höflinge und ausländischer Würdenträger, die bereits gekommen waren, um ihr zu gratulieren, nicht mehr entdecken können.
Sie hatte sich geweigert, ihn suchen zu lassen, sie hatte es sogar verboten. Sollte er doch gehen. Sie konnte froh sein, ihn auf diese Weise loszuwerden. Von diesem Tage an würde sie Königin sein, und eine Heirat, wenn sie überhaupt in Frage käme, würde etwas sein, das ebenso kalt und sorgfältig geplant werden müßte wie ein Feldzug.
Es lag natürlich nahe, daß es von jenem Tag an, der mittlerweile an die zwanzig Jahre zurücklag, bis heute andere Liebhaber gegeben hatte. Amintor war vermutlich der dauerhafteste aus dem ganzen Haufen. Das heißt, Liebhaber war eigentlich nicht das richtige Wort für diese Männer: Es waren brauchbare Körper gewesen, und manchmal auch unterhaltsame oder gar nützliche Köpfe.
Aber der Kaiser – ja, er war ihr Liebhaber gewesen. Diese Tatsache schien auf merkwürdige Weise immer mehr alles zu überragen, je weiter sie auf der langen Straße der Jahre zurückwich.
Aber, so dachte sie jetzt – wie sie es meistens tat, wenn die Gedankenkette an diesem Punkt angekommen war –, wie konnte eine Frau oder gar eine Königin denn mit einem solchen

Manne leben? Wie sollte sie mit ihm zusammen ihr Leben und ihre Karriere ernsthaft planen?
Wie gewöhnlich gerieten die Gedanken und Gefühle der Silbernen Königin an dieser Stelle durcheinander. Das alles war jetzt vorbei. Es war vorbei und erledigt, schon seit langem. Vielleicht hätte der Kaiser sie unsterblich gemacht, oder wenigstens buchstäblich alterslos, wie er selbst es war. Aber als mächtige Königin konnte sie ebensogut andere, erfahrene Zauberer dingen oder überreden, für sie zu tun, was sie auch für sich selbst taten, wenn es wichtig zu werden schien.
Erst nachdem sie den Heiratsantrag des Kaisers abgelehnt, erst nachdem sie diesen unmöglichen Scharlatan, diesen Possenreißer und Verführer, aus ihren Gedanken verbannt hatte (eine Verbannung übrigens, die vorübergehend recht erfolgreich gewesen war) – erst da hatte sie gemerkt, daß sie schwanger war.
Ihr erster Gedanke war gewesen, sich des Kindes zu entledigen, bevor es zur Welt käme. Aber ihr zweiter Gedanke – denn schon entdeckte sie immer mehr Hinweise auf die verborgene Macht des Kaisers – war, daß dieses Kind möglicherweise einen zukünftigen Wert darstellte. Wie meistens in ihrem neuen Leben als Königin hatten auch diesmal Weitsicht und Vorsicht die Oberhand behalten. Sie hatte Schwangerschaft und Geburt auf sich genommen.
Es gab keinen Zweifel daran, wer der Vater war, obgleich das Kind, anders als die Eltern, helle Haut und rotes Haar hatte. Zu jener Zeit war der Kaiser ihr einziger Liebhaber gewesen. Zudem wußte die Königin, daß unter ihren eigenen Vorfahren beider Linien Rotschöpfe vorgekommen waren. Was die Familie des Kaisers betraf... nun, wer wollte das wissen? Die Zauberer, die sie hatte befragen können, waren ratlos gewesen. Eines stand jedenfalls fest: Er war ein vollendeter Magier gewesen, und er war es noch. Die Silberne Königin begriff dies heute immer besser. Damals, als junges Mädchen, hatte sie es erst zu ahnen begonnen.
Und noch heute – tatsächlich heute sogar öfter als in den ersten Jahren ihrer Herrschaft – kehrte ein quälender Gedanke immer wieder zurück: Was, wenn sie ihn doch geheiratet hätte?

Das wäre natürlich ganz unmöglich gewesen. Es wäre gesellschaftlich und politisch unmöglich gewesen, wenn eine Königin jemanden heiratete, den die Welt als einen verrückten Clown kannte. Dabei war unwichtig, ob die Weisen und Gebildeten zumindest argwöhnten, daß hinter dem Kaiser mehr steckte als nur das. Aber was, wenn sie es *doch* getan hätte? Wenn sie ihre neue königliche Macht dazu benutzt hätte, es durchzusetzen? Selbstverständlich hätte es dabei der energischen Bemühung bedurft, den Titel ihres Mannes in seinem alten Sinne von souveräner Macht, von einer Majestät jenseits der von Königen und Königinnen, wiederzubeleben.
Hätte man sie als staatsmännisches Genie gelobt, wenn sie ihn geheiratet und dies versucht hätte? Gewiß, wenn der Versuch Erfolg gehabt hätte. Wahrscheinlicher aber war, daß sie sich zum Gespött der Welt gemacht hätte.
In jedem Fall war es sinnlos, sich jetzt den Kopf darüber zu zerbrechen. Sie war damals ein junges Mädchen gewesen, unerfahren in den Dingen der Politik. Wie hätte sie einen solchen Versuch zu einem erfolgreichen Abschluß bringen können?
Aber *ihm* wäre es vielleicht gelungen. Wenn sie ihn nun hätte an ihrer Seite regieren lassen? Wenn *er* es unternommen hätte...
Vielleicht, dachte sie, war es die Erinnerung an die wilde Männlichkeit des Kaisers, die in dieser Nacht dafür sorgte, daß er ihr nicht aus dem Kopf ging. Zusätzlich zu allem anderen. In dieser Hinsicht war er stärker gewesen als jeder andere Mann, der ihr Schlafgemach hatte betreten dürfen, wenngleich er körperlich nicht besonders groß gewesen war.
Genug davon. Ohne sich noch einmal Zeit zum Nachdenken zu geben, packte sie in der finsteren Einsamkeit ihres Zeltes Seelenschneiders Griff fest mit der Rechten und zog die Klinge halb aus der Scheide. Noch immer leuchtete nichts, und noch immer strömte keine Kraft in ihre Hand. Eher das Gegenteil war der Fall. Es war, wie sie erwartet und befürchtet hatte – nur schlimmer, viel schlimmer. Aber sie würde es ertragen können, wenn es sein müßte.
Königin Yambu stieß das schrecklichste aller Schwerter in die

Scheide zurück und seufzte erleichtert, als die Nacht, die sie umgab, augenblicklich heller zu werden schien. Sie klappte den schmuckvollen Kasten zu, stand auf und ging zum Zelteingang. Dort erteilte sie den Befehl, das Lager abzubrechen und das Heer in Marsch zu setzen.

12

Als er darüber nachdachte, wußte es der Dunkle König natürlich besser; aber in dem Bild, das der Dämon ihm vermittelt hatte, war ihm Schildbrecher in Sir Andrews Händen nur wie ein Kampfhammer vorgekommen, nicht wie ein Schwert – eine Vorstellung, die viel besser zu dem fernen Kampfeslärm paßte, der an seine Ohren drang. Seelenschneider hatte Vilkata noch nicht gesehen, aber er wußte, daß er jetzt da war, irgendwo hinter ihm, in den Händen der Silbernen Königin. Seine magisch verstärkte Wahrnehmung sagte es ihm; es war eine Leere da, etwas, vor dem er wahrlich blind war. Jedes Schwert, das er nicht besaß, vermochte ihm Furcht einzuflößen, und er besaß nur eines der Zwölf. Und nun befand er sich zwischen zwei Gegnern, die mit zwei Schwertern bewaffnet waren, und zwar mit solchen, die ihm besonders mächtig erschienen.

Zwischen dem Sinnschwert in den Händen des Dunklen Königs und seiner Kavallerie war Sir Andrews kleines Heer restlos aufgerieben worden. Das zumindest war erreicht. Unter gewöhnlichen Bedingungen hätte ein Sieg dieser Größe genügt, um den König optimistisch zu stimmen. Aber dies waren keine gewöhnlichen Bedingungen, wenn es etwas derartiges überhaupt jemals gab. Es waren die beiden Schwerter Schildbrecher und Seelenschneider, und er stand zwischen ihnen.

Als er erfuhr, daß die Silberne Königin ihm nachrückte, schickte Vilkata einen fliegenden Boten aus, der den größten Teil seiner vorgeschobenen Kavallerie zurückrief, und dann machte er sich daran, sein gesamtes Heer zu wenden und ihr entgegenzustellen. Es war eine Entscheidung, die er erst nach einigem Zögern traf, denn er sehnte sich danach, statt dessen selbst auf dem Schlachtfeld nach Schildbrecher zu suchen. Ein fliegender Späher hatte ihm gemeldet, er habe aus einiger Entfernung gesehen, wie Sir Andrew das Schwert von sich geschleudert habe, als der Kampf endlich vorüber gewesen war. Und welchem seiner Untergebenen hätte der Dunkle König zutrauen mögen, mit einer solchen Suche erfolgreich zu sein? Gleichzeitig aber durfte er nicht verfehlen, sich mit dem Sinnschwert in der Hand der vorrückenden Silbernen Königin entgegenzustellen, und er konnte nicht an zwei Orten zugleich sein.

Vilkata glaubte ohnehin nicht, daß Sir Andrew Schildbrecher tatsächlich fortgeworfen hatte. In seinen Augen war es, zurückhaltend ausgedrückt, zumindest zweifelhaft, ob ein lebender Mensch das Schwert der Kraft auf einem Schlachtfeld fortwerfen und aufgeben würde. Schließlich begnügte er sich damit, die eine oder andere Streife zu dem Platz zu schicken, an dem Sir Andrew zuletzt gesehen worden war, um dort nach dem Schwert zu suchen oder andere wichtige Entdeckungen zu machen, während er selbst sich den anrückenden Truppen der Silbernen Königin widmete.

Wie sich herausstellte, war der Hauptteil von Yambus Armee nicht annähernd so dicht hinter ihm, wie ihm gemeldet worden war. Den halbintelligenten fliegenden Spähern fiel es oft schwer, horizontale Entfernungen zu schätzen, aber der König wollte kein Risiko eingehen. Eben erst hatte er sein Heer in diese Richtung in Gang gesetzt, als weitere beunruhigende Meldungen hereinkamen. Es hieß, man habe Götter und Göttinnen in der Gegend von Tashigang gesichtet, wie sie im Namen des Dunklen Königs ungewöhnliche Dinge taten und ihn zu ihrem Herrn und Meister, zum neuen Beherrscher der Welt, ausriefen. Das an sich wäre ja nicht übel gewesen, aber die Meldungen besagten auch, daß die Götter ihm Menschen opferten und ihm zu Ehren Vieh und Getreide verbrannten. Von der Verschwendung wertvollen Materials ganz abgesehen, verspürte Vilkata leises Unbehagen bei der Erkenntnis, daß er die Gottheiten, die ihm Loyalität geschworen hatten, im Grunde nicht kontrollierte. Sollte er ihnen sein Mißfallen kundtun lassen? Aber er wuße ja nicht einmal, wo sie im

Augenblick waren. Und ebensowenig wußte er, wohin sie sich als nächstes begeben und was sie dort anstellen würden.
Das Dumme ist, daß sie mich anbeten, dachte er. Aber ich bin kein Gott. Und bei diesem Gedanken war ihm, als habe er eine wichtige, irgendwie bestürzende Entdeckung gemacht.

Mark und seine Eskorte hatten Tasavalta erst vor wenigen Tagen verlassen, als sie zu einem Scharmützel mit einer größeren Einheit des Dunklen Königs gezwungen wurden. Der Kampf hatte einige Verluste gefordert. Aber Würfelwender in Marks Händen hatte das Glück bei jeder Gelegenheit auf seine Seite gebracht, und so hatten er und die meisten seiner kleinen Schar das Gefecht schließlich unversehrt überstanden. Er hatte schon früher erfahren können, wie das Schwert des Glücks seinem Besitzer diente, und er vertraute ihm – bis zu einem gewissen Grad, denn im Grunde war es das unzuverlässigste unter den zwölf Schwertern – und hatte sich an die Eigenarten der Waffe fast gewöhnt, was man von den Soldaten seiner Eskorte noch nicht behaupten konnte.
Als der Kampf vorüber war und die überlebenden Feinde die Flucht ergriffen hatten, rasteten Mark und seine Leute ein wenig, dann zogen sie weiter. Er war voller Zuversicht, und die Soldaten, die seine Befehle zunächst nur mit grimmiger Miene befolgt hatten, übernahmen diese Haltung jetzt von ihm. Da es sein ehrlicher Wunsch war, den Kaiser zu finden, würde Würfelwender ihn zum Kaiser führen, auf die eine oder andere Weise.
Hin und wieder zügelte Mark sein Reittier und ließ die blanke Spitze des Schwertes über den Horizont wandern. Wenn er in eine bestimmte Richtung deutete, erfüllte ein Beben die Klinge, und Mark fühlte, wie ein leiser Kraftstrom aus dem Schwert in seinen Arm floß. In dieser Richtung befand sich der Kaiser, oder es war zumindest die Richtung, in die man gehen mußte, wenn man ihn schließlich erreichen wollte.
Aus der Ferne sah Mark eine feindliche Streitmacht von überwältigendem Umfang. Er vermutete, daß es sich um das Hauptheer des Dunklen Königs handelte. Die Armee marschierte in eine Richtung, formierte sich dann um – allerdings,

wie er fand, nicht wie ein geschlagenes Heer – und marschierte geschlossen zurück. Die Schlacht hatte offenbar noch weiter hinten stattgefunden, wo Mark sie nicht hatte sehen können.
Als der Feind aus dem Weg und fast außer Sicht war, deutete Würfelwender immer noch auf die Gegend, in der die Schlacht stattgefunden haben mußte.
Als Mark mit seiner kleinen Eskorte auf dem Schlachtfeld ankam, fand er dort kein Leben mehr vor – mit Ausnahme einiger Aasfresser, die sich hier, fliegend oder kriechend, gütlich taten. Mindestens hundert Menschen lagen tot am Boden, die meisten von ihnen an einer bestimmten Stelle. Unter den Gefallenen konnte Mark nicht einen einzigen entdecken, der Vilkatas Farben trug. Weithin war nur das Schwarz und Orange des Guten Sir Andrew zu sehen.
Eine einzelne menschliche Gestalt stand auf dem weiten Feld. Sie war schmächtig gebaut und trug ein Gewand, das einst weiß gewesen war – anscheinend ein Diener Ardnehs, der eine beschwerliche Reise und vielleicht auch eine oder zwei Schlachten hinter sich hatte. Als Mark die Gestalt entdeckte, beugte sie sich eben über einen Toten, der ein wenig abseits von den anderen lag. Noch während Mark sie beobachtete, begann die weißgekleidete Gestalt, unbeholfen zu graben – ein Grab, vermutete Mark –, und sie benutzte dazu die Klinge eines langen Messers.
Als Mark und seine Leute, an den Farben von Tasavalta erkennbar – herangeritten kamen, bemerkte die Gestalt in Weiß sie und unterbrach ihre Beschäftigung, um sie zu erwarten. Sie machte keine Anstalt, zu fliehen.
Als Mark noch näher herangekommen war, erkannte er, daß der einzelne Tote Sir Andrew war. In einem Krieg, und vor allem auf einem solchen Schlachtfeld, war es keine große Überraschung, einen Freund und Führer tot aufzufinden. Gleichwohl war diese Entdeckung ein furchtbarer Schock für Mark.
Er sprang von seinem Tier herunter, legte dem Guten Ritter die Hand auf den blutbespritzten Kopf und sah das friedvolle Gesicht. »Ardneh möge Euch willkommen heißen«, mur-

melte er, und wenigstens einen Augenblick lang fühlte er eine echte Hoffnung, daß es tatsächlich so sein könnte.
Dann richtete er sich auf. Er hielt Denis für einen echten Ardneh-Pilger, der vermutlich eben erst auf den Kampfschauplatz gekommen war, und fragte ihn: »Aber wo sind seine Leute? Alle getötet?« Er blickte über die hundert Toten hinweg. »Das hier kann doch nicht sein ganzes Heer sein!«
»Ich fürchte, viele wurden getötet«, antwortete Denis. »Die Kavallerie des Dunklen Königs griff ein Stück weiter vorn, hinter den Hügeln dort, ebenfalls an. Die Offiziere, die noch leben, suchen die Versprengten zusammen. Sir Andrews Freunde wollten ihn zuerst begraben – was ich jetzt tun will –, doch dann kamen sie zu dem Schluß, daß Sir Andrew sich sicher erst um die Lebenden gekümmert hätte. Ich glaube, sie hatten recht.«
»Also hast du ihn gekannt?«
Der junge Mann in dem zerfetzten weißen Gewand nickte. »Ich bin ein paar Tage bei ihm gewesen. Ich glaube, ich habe ihn in gewisser Weise kennengelernt. Man nennt mich Denis den Flinken; ich bin aus Tashigang.« Und Denis' flinke Augen huschten über Marks Eskorte. »Ich wußte gar nicht, daß tasavaltanische Truppen in der Nähe waren.«
»Wir sind auch nicht viele. Mein Name ist Mark.«
Der große schwarze Schwertgriff an Marks Seite war Denis nicht entgangen. »Es gab einen Mann dieses Namens, der hatte – und hat, nach allem, was ich weiß, immer noch – sehr viel zu tun mit den Zwölf Schwertern. So erzählt man sich wenigstens. Aber ich wuße nicht, daß er aus Tasavalta stammt.«
»Ich bin auch nicht aus Tasavalta... Aber du hast recht; ich habe schon oft mit den Schwertern zu tun gehabt. Öfter, als ich mir wünschen würde.« Mark seufzte.
Noch während er sprach, zog er müde, aber pflichtbewußt, Würfelwender aus der Scheide. Denis und die tasavaltanischen Soldaten beobachteten in stummer Aufmerksamkeit, wie er die Klinge langsam im Kreis über den Horizont schwenkte. »Dort«, murmelte Mark und schob die Waffe wieder in die Scheide. »Und zwar ganz in der Nähe, glaube ich. Das Gefühl im Griff ist sehr stark geworden.«

Das Schwert hatte in die Richtung des verlassenen Jahrmarktes gedeutet, der gleich hinter der nächstgelegenen sanften Anhöhe zu erkennen war.
Mark ging auf den Kirmesplatz zu. Er führte sein Tier am Zügel. Seine Eskorte folgte ihm schweigend und mit berufsmäßiger Wachsamkeit. Denis zögerte einen Augenblick lang, doch dann gab er seine Graberei vorläufig auf und folgte ihnen. Bis zu dem verlassenen Jahrmarkt waren es nur hundert Meter.
Als Mark am Rande des Platzes stand und die zerfetzten Zelte und einstürzenden Stände sah, schaute er stirnrunzelnd umher. »Es ist ganz wie...«
»Wie was?«
»Nichts.« Aber Mark zögerte. Als er weitersprach, klang seine Stimme angespannt. »Es ist wie ein ganz bestimmter Jahrmarkt, den ich einmal gesehen habe... vor langer Zeit.«
Natürlich konnte er es unmöglich mit Sicherheit sagen, aber ihm war, als sei es tatsächlich derselbe. Es war etwas an diesen Zelten, vielleicht auch an den Namen der Schausteller auf den wenigen verschlissenen, ausgebleichten Schildern – wenngleich er sich an die alten nicht mehr zu erinnern vermochte...
Ja. Vor ungefähr neun Jahren hatte diese Kirmes weit weg von hier gestanden: Am Fuße der Burg des Guten Sir Andrew. Es war die Nacht gewesen, in der Mark zum zweitenmal einem Schwert begegnete, die Nacht, in der ihm jemand Sichtblender in die Hand gedrückt hatte...
Einer der berittenen Tasavaltaner stieß einen leisen Pfiff aus, das Signal dafür, daß ganz in der Nähe ein Feind gesichtet worden war. Mark vergaß die Vergangenheit und sprang in den Sattel.
Sie hatten kaum noch Zeit, nach ihren Waffen zu greifen, als eine Kavalleriepatrouille des Dunklen Königs über sie herfiel. Vilkatas Leute gaben ihre Tarnung auf, als sie sahen, daß sie bemerkt worden waren. Brüllend stürmten sie zwischen Zelten und wackligen Hütten hindurch zum Angriff.
Mark hob Würfelwender über den Kopf und wandte sich einem Angreifer zu, einem ergrauten Veteranen, der mit weit aufgerissenen Augen zurückwich, als er sah, daß sein Gegner eines der Schwerter in der Hand hielt. Die prachtvolle Klinge machte

die gottgeschmiedeten Waffen unverwechselbar, selbst wenn der schwarze Griff mit dem kennzeichnenden Symbol in einer Faust verborgen war. Andere Kämpfer wirbelten um sie herum, und Marks Reittier wurde leicht verwundet. Er hatte Mühe, es zu zügeln, und es trug ihn ein Stück weit davon, bis er plötzlich fast allein war. Das Schwert des Glücks konnte einen Anführer wahrlich in schwierige Situationen bringen, auch wenn es ihm damit vielleicht gleichzeitig das Leben rettete. Er winkte den tasavaltanischen Soldaten, die er sehen konnte, und gab ihnen ein Zeichen. Dann ritt er voran, um sie in einem Gegenangriff um eine Holzbaracke herumzuführen, die ein wenig größer war als die restlichen Bauten des Jahrmarkts.
Gleich darauf erkannte er, daß seine Soldaten das Handzeichen entweder nicht gesehen oder nicht verstanden hatten, denn plötzlich war er völlig allein. Er fluchte bei den anatomischen Details verschiedener Götter und Göttinnen und riß sein Tier herum, um wieder zu seiner Truppe zu galoppieren, als sein Blick auf den verblichenen Schriftzug über dem Eingang der wackligen Holzbude fiel.
Dort stand:

DAS LUSTIGE LABYRINTH

Und vor dem Lustigen Labyrinth saß ein Mann und wartete auf Mark. Der Mann war in stumpfes Grau gekleidet und saß so regungslos auf der kleinen Bank, daß Mark schon einmal an ihm vorbeigeritten war, ohne ihn zu bemerken. Mark wußte sofort, daß der Mann auf ihn wartete, denn er sah ihn an, als habe er ihn und niemanden sonst hier erwartet.
Der Mann auf der Bank war von gedrungener Gestalt und unbestimmbarem Alter. Sein grauer Mantel war elegant, aber ein wenig verstaubt. Sein Gesicht, fand Mark, war ganz und gar gelassen und völlig gewöhnlich. Beinahe untertänig saß er da, unbewaffnet, aber mit einer langen, leeren Scheide an seinem Gürtel.
Würfelwender deutete geradewegs auf diesen Mann. Dann schien das Schwert in Marks Hand zu springen und zu zucken, bis er es schließlich nicht länger halten konnte. Der Mann auf

der Bank hatte keinen Finger gerührt; er hatte nichts getan, aber das Schwert des Glücks war nicht mehr in Marks Händen und die Scheide an der Seite des Mannes nicht mehr leer.
Aber auch ohne Würfelwenders deutlichen Hinweis hätte Mark gewußt, wem er gegenüberstand. Man hatte ihm diesen Mann beschrieben, und er hatte genug gehört, um sich zu fragen, ob er wider Willen Ehrfurcht empfinden würde, wenn dieser Augenblick gekommen wäre. Aber die erste Regung, die er nun verspürte, war Ärger, und seine ersten Worte waren davon erfüllt. Der Ärger ließ seine Stimme ein wenig zittern, und es war nicht einmal der Verlust des Schwertes, was ihn so erboste.
»Du bist mein Vater. Das hat meine Mutter mir gesagt.«
Der Kaiser ließ nicht erkennen, ob Marks Ärger ihn ebenfalls erzürnte. Er musterte Mark nur von Kopf bis Fuß und lächelte, als sei er mit dem, was er sah, im wesentlichen zufrieden. Schließlich sagte er: »Sie hat dir die Wahrheit gesagt, Mark. Du bist mein Sohn.«
»Gib mir mein Schwert zurück. Ich brauche es, und meine Soldaten brauchen mich.«
»Gleich. Im Augenblick kommen sie gut ohne dich zurecht.«
Mark schickte sich an, aus dem Sattel zu steigen, um sich dem Mann weiter zu nähern, doch im letzten Augenblick beschloß er, den Vorteil zu wahren, den seine erhöhte Position ihm vielleicht gewährte – wenngleich er argwöhnte, daß darin kein Vorteil für ihn lag.
Vorwurfsvoll starrte er den Sitzenden an. »Meine Mutter sagt, sie habe erst sehr viel später begriffen, wer du wirklich warst. Erst, als ich schon geboren war. Du warst maskiert, als du sie nahmst. Eine Zeitlang glaubte sie, du seist Herzog Fraktin, dieser Lump. Hast dein Spiel mit ihr getrieben, wie ein... Warum hast du ihr das angetan? Und meinem Vater?«
Mark hörte, wie seine Stimme beim letzten Wort zitterte. Seine Strafpredigt endete matter, als sie begonnen hatte.
Der Kaiser blieb unbeirrt. »Ich habe es getan – ich habe sie genommen, wie du sagst –, weil ich dich ins Leben rufen wollte.«
»Ich...« Es war schwierig, darauf die richtigen Worte zu

finden, die seiner Wut den angemessenen Nachdruck verleihen könnten.
»Du bist eines meiner vielen Kinder, Mark«, fügte der Mann auf der Bank hinzu. »Kaiserliches Blut fließt in deinen Adern.«
Wieder begann Marks verwundetes Reittier Schwierigkeiten zu machen; unruhig wandte es sich hierhin und dorthin. Mühsam hielt er es im Zaum, und bei sich dachte er, wenn er nur sein Schwert wieder hätte, würde er diesem Mann den Rücken zukehren und davonreiten, um sich wieder in den Kampf zu stürzen. Aber er hatte das Schwert nicht mehr. Und als nun sein Reittier den Kaiser anschaute, beruhigte es sich unversehens. Es blieb stehen, starrte den Mann auf der Bank an und bebte leise.
Wird es mit mir genauso gehen? Werde ich mich so leicht beschwichtigen lassen? dachte Mark. Schon begann die Wut, die er diesem Manne zugedacht hatte, zu verrauchen.
»Auch darüber habe ich schon nachgedacht«, gab Mark zu. »Kaiserliches Blut... Aber wenn ich es habe, was bedeutet das für mich?«
Der Kaiser erhob sich langsam. Noch immer war nichts körperlich Eindruckvolles oder auch nur Besonderes an ihm auszumachen. Er war weder bemerkenswert groß noch sonderlich klein, und zumindest für Marks unempfindliche Sinne strahlte er keine magische Aura aus. Mit wenigen Schritten war er bei Marks zitterndem Tier. Er zog Würfelwender und reichte ihn gelassen zu Mark herauf, mit dem Griff voran. »Du wirst es brauchen, wie du sagst«, stellte er lakonisch fest. Und dann beantwortete er seine Frage, während Mark benommen das Schwert entgegennahm. »Zum einen bedeutet es, daß du über Dämonen gebieten kannst. Genauer gesagt, du kannst ihnen befehlen, sich zu entfernen, sie fortjagen. Welche Worte du dabei benutzt, welche Beschwörungsformeln du verwendest, ist ziemlich gleichgültig.«
Mark ließ Würfelwender in die Scheide an seiner Seite gleiten. Jetzt stand es ihm frei, sich abzuwenden und davonzureiten. Aber er tat es nicht. »Die Dämonen, ja... Sag mir – da war ein Mädchen namens Ariane. Sie war mit mir in den

Schatzgewölben des Blauen Tempels. Sie rettete mich dort vor einem Dämon. War sie...?«
»Eines meiner Kinder, ja. Glaubte sie nicht, in dir einen Bruder zu erkennen?«
»Ja, das tat sie. Ja.« Der ohnehin nur noch leichte Ärger verebbte immer rascher, konnte kaum noch Ärger genannt werden. Dann war er verflogen. Zurück blieb... ja, was?
Wieder lächelte der Kaiser ihn mit leisem Stolz an. »Du bist ein würdiger Gemahl für jede Königin auf der Erde, Mark – und auch für jede Prinzessin. Ich glaube sogar, für die meisten von ihnen bist du zu gut. Aber vielleicht bin ich voreingenommen. Väter neigen dazu.« Der Mann in Grau hielt jetzt Marks Steigbügel umfaßt und blinzelte zu ihm herauf. »Aber da ist noch etwas, nicht wahr? Was willst du mich noch fragen?«
Mark sprudelte einen Schwall von Worten hervor, die mehr oder weniger Ähnlichkeit mit Prinzessin Kristins formeller Bündnisbitte hatten.
»Ja, dazu hat sie dich zu mir geschickt, nicht wahr? Nun, ich habe den Ruf, ein Possenreißer zu sein, aber ich kann auch ernst werden. Wenn du die Prinzessin siehst, kannst du ihr sagen, daß ich ihr Verbündeter bin, solange sie es wünscht.«
Es gab noch ein zweites Bündnis, um das Mark hatte bitten wollen. Aber dazu war es jetzt zu spät. »Sir Andrew ist eben gefallen.«
»Ich weiß.«
Die Gelassenheit, die in der Stimme des Kaisers lag, erschien unmenschlich. Plötzlich loderte Marks Ärger wieder auf. »Er ist weniger als einen halben Kilometer weit von hier gestorben. Wenn du unser Verbündeter sein willst, weshalb hast du dann nicht auch auf unserer Seite gekämpft? Warum hast du nicht mehr getan?«
Sein Vater – plötzlich war es ihm möglich, diesen Mann auch als seinen Vater zu sehen – nahm diesen Vorwurf nicht mit Überraschung auf; im Gegenteil, er blieb völlig ungerührt. Er ließ den Steigbügel fahren und streichelte den verwundeten Hals des Tieres. Mark glaubte zu sehen, wie er eine der kleinen Wunden dort fortwischte, als sei es ein welkes Blatt auf der Haut. Dabei sagte Marks neugefundener Vater: »Wenn du so

alt bist wie ich, mein Sohn, und wenn du so viel verstehen kannst wie ich, dann wirst du das, was ich jetzt tue, auf intelligente Weise beurteilen können.«
Der Kaiser reckte sich. Es war eine müde Bewegung. Dann trat er einen Schritt zurück und sah sich um. »Ich denke, jetzt kannst du dich in dieses Gefecht stürzen. Eines Tages werden wir beide lange miteinander reden können, aber jetzt geht es nicht. Jetzt, da du den Auftrag der Prinzessin ausgeführt hast, würde ich dir raten, deine Leute nach Tashigang zu führen und dich rasch hinter den Mauern der Stadt in Sicherheit zu bringen. Du mußt die Einwohner vor dem drohenden Überfall warnen – wenn sie es nicht schon wissen.«
»Das werde ich tun.« Mark hörte, wie er Befehle von diesem Mann entgegennahm – von demselben Mann, den er tagelang gesucht hatte, um ihm seine Vorwürfe ins Gesicht zu schleudern. Aber dieser Sinneswandel war nicht wie die Veränderung, die der gräßlich verzerrende Druck des Sinnschwertes hervorrief. Es war eine innerliche Veränderung, die auf seiner eigenen Entscheidung gründete, so sehr ihn diese Einsicht überraschte. Sein Reittier war von seinen Verletzungen genesen, und es trug ihn bereits davon. Sein Vater winkte ihm nach und rief: »Und du kannst ihnen auch eine ermutigende Neuigkeit mitteilen: General Rostov kommt ihnen mit der tasavaltanischen Armee zu Hilfe!«

13

Der kleine Zug der Flüchtlinge bestand zum größten Teil aus schwerfälligen Karren und Lasttieren. Seit mehreren Tagen schon zog er mit alptraumhafter Langsamkeit über die schrecklichen Landstraßen. Hier und dort mußte er die Straße verlassen, wenn sie nämlich in die falsche Richtung führte oder eine Brücke zerstört war. Dann ging es rumpelnd über verlassene Felder. Auf diese Weise hatte sich die Wagenkolonne langsam auf Tashigang zubewegt. Die Menschen in der Kolonne, allesamt Dörfler oder Bauern, die schon vor dem Krieg arm gewesen waren, hatten Angst vor der Kavallerie des Dunklen Königs, und zwar aus gutem Grund. Das Land hinter ihnen war eine tote Ruinenlandschaft, und der bleierne Himmel war am Horizont dunstig vom Rauch niedergebrannter Dörfer. Die hölzernen Räder der Karren ächzten unter der wachsenden Last der Leute, die nicht mehr laufen konnten, und der erbärmlichen Habseligkeiten, die sie hartnäckig bei sich behielten. Die Lasttiere brauchten Futter und vor allem eine Rast.

Im zweiten Wagen fuhren vier Menschen: Ein Mann namens Birch, seine Frau Micheline und ihre beiden kleinen Kinder. Der Mann saß auf dem Bock und trieb das einzelne Lasttier voran, das den Karren zog. Ein mehr oder weniger stetiger Strom von aufmunternden Bemerkungen kam aus seinem Mund; er richtete sich an das Tier und die Familie zugleich. Niemand antwortete auf diesen Redeschwall. Die Frau sprach schon seit Tagen nur noch das Nötigste, die beiden Kinder waren zu erschöpft zum Sprechen.

Der Wagenzug gelangte jetzt an eine Stelle, wo die holprige Straße zwischen einstmals bewaldeten Hügeln bergab führte, um einen schmalen, schlammigen Bach zu durchqueren. Die meisten der Bäume auf den Hügeln sahen aus, als seien sie von hundert Äxten einzeln gefällt und von tausend Armen zerrissen worden, damit ihr Holz zum Feuermachen oder anderen Zwecken verwendet werden konnte. Höchstwahrscheinlich hatte hier vor nicht allzu langer Zeit eine Armee ihr Lager aufgeschlagen.

Die kleine Kolonne, ein halbes Dutzend Wagen und Karren nur, hielt vor der Furt an. Alle wollten ihre Tiere saufen lassen, und diejenigen, die kein frisches Wasser mehr in ihrem Wagen hatten, wollten selbst aus dem Bach trinken. Birch und seine Familie stiegen nicht ab. Sie waren jetzt weniger durstig als vielmehr benommen und erschöpft.

Als die Flüchtlingskolonne so vor der Furt stand, kam tatsächlich eine Kavalleriepatrouille des Dunklen Königs in Sicht. Diejenigen, die in ihren Wagen saßen oder daneben standen, hielten den Atem an und warteten schicksalsergeben. Aber die Patrouille ritt in einiger Entfernung vorüber und schien sich für die ärmliche Gesellschaft nicht sonderlich zu interessieren. Sie waren zutiefst erleichtert. Aber kaum war die Kavallerie

vorbeigezogen, stand eine der Frauen in ihrem Wagen auf, deutete in eine andere Richtung und kreischte.
Über einem der nahegelegenen Hügel, der von Baumstümpfen übersät war wie ein kantiges Kinn von einem Stoppelbart, waren Kopf und Schultern eines Gottes aufgetaucht. Rauch wallte in dieser Richtung empor, vielleicht von einem brennenden Bauernhof hinter dem Hügel, oder von einem schwelenden Heuhaufen oder einem Holzstoß. Durch diesen Dunst betrachtet, erschien die Göttergestalt wie ein wahrhaft gigantisches Wesen, das sich viele Kilometer entfernt am Horizont bewegte.
Birch, der Mann im zweiten Karren, erstarrte auf seinem Kutschbock. Micheline, seine Frau, die neben ihm saß, umklammerte seinen Arm, daß er schmerzte, aber er hätte sich ohnedies nicht von der Stelle rühren können. Hinter ihnen, zwischen dem Hausrat auf dem großen, zweirädrigen Karren, kauerten die beiden Kinder und spähten heraus. Sie waren ebenfalls wie gelähmt.
Auf den ersten Blick sah Birch, daß der Gott, der da groß wie ein Berg über den Hügel herangestapft kam, Mars war. Der mächtige Speer, der Helm und der Schild des nahenden Wesens ließen keinen Zweifel zu, obgleich der Mann noch nie im Leben einen Gott gesehen und auch jetzt nicht damit gerechnet hatte.
Mars kam fast aus derselben Richtung, in die der Zug sich bewegte, und der Kriegsgott hatte sie offensichtlich zur Kenntnis genommen. Einen Moment lang dachte Birch, daß die fernen Augen schnurstracks in die seinen blickten. Jetzt hatte Mars den Rauchdunst hinter sich gelassen, und man sah, daß er nur dreimal so groß war wie ein Mensch. Er senkte das Visier seines stählernen Helms, als mache er sich zum Kampf bereit, und sein Schritt hallte wie Donner, als er einem wandernden Berg gleich näherkam und Baumstümpfe und Felsblöcke mit dem Fuß beiseitetrat.
Er stieg jetzt den nächstgelegenen Hügelhang herunter und überragte die Wipfel des verwüsteten Wäldchens, als er zwischen ihnen hindurchstapfte. Bevor Birch sich besinnen konnte, war Mars bei der schlammigen Furt angelangt.

Dort angekommen, hob er die Arme. Mit geistesabwesender Miene, als seien seine göttlichen Gedanken mit anderen Dingen beschäftigt, und gänzlich ohne Einleitung oder Warnung, spießte er den Mann, der den ersten Wagen lenkte, auf seinen Speer, der selbst so lang war wie ein Baum und nur wenig dünner. Die Frau und die Kinder dieses Mannes stürzten sich aus dem Wagen und wälzten sich am Boden, als fühlten sie den Speer in ihren eigenen Eingeweiden.

Mars bewegte sich flink und kam so dicht heran, daß er fast nicht mehr zu sehen war – wie ein Berg, wenn man darauf steht. Birch fühlte, daß jetzt auch sein eigener Karren umkippte. Wenn der gewaltige Speer auch nach ihm gestoßen worden war, so hatte er ihn verfehlt. Birch fühlte nichts weiter als einen Sturz, der ihn halb betäubte, einen wachsenden Schmerz in Bein und Hüfte, und eine Gefühllosigkeit, die zu einem noch stärkeren Schmerz anzuschwellen drohte. Langsam drang ihm ins Bewußtsein, daß er sich nicht bewegen konnte. Neben ihm lagen Micheline und die Kinder inmitten ihrer verstreuten Besitztümer am Boden. Außer Birch schien niemand verwundet zu sein, aber Micheline rang nach Luft, und die Kinder wimmerten in neuerlichem Entsetzen. Ihr einziges Lasttier, immer noch mit seinem ledernen Geschirr an den Wagen gespannt, lag zuckend am Boden, die Gliedmaßen grotesk verdreht. Der vorüberziehende Kriegsgott hatte es mit einer bloßen Geste niedergemetzelt.

Mars' Stimme erhob sich wie ein Sturmwind über den Köpfen der kauernden Menschen. »Was soll mir dieses Gerede, das ich seit einigen Jahren hören muß, über zwölf ganz besondere Schwerter? Ich habe sie noch nie gesehen, und mich gelüstet auch nicht danach. Was ist überhaupt so großartig an ihnen? Kann mir hier jemand darauf eine Antwort geben? Mein Kriegsspeer tut seine Arbeit so gut wie jedes von ihnen.«

Ob der Gott wirklich zu den Menschen redete, die er eben niedergemacht hatte, oder ob er tatsächlich erwartete, daß eines seiner überlebenden Opfer mit ihm ein Zwiegespräch begänne, erfuhr Birch nicht. Die Stimme, die dem Kriegsgott zur Antwort entgegendonnerte, war weit tiefer und lauter, als eine menschliche Stimme es je sein konnte. Sie rollte von einem

Hügel auf der anderen Seite der Furt herunter. »Dein Speer hat dich schon einmal im Stich gelassen, Kriegsgott. Auch diesmal wird er nicht genügen.«

Birch kannte diese Stimme nicht. Aber Mars kannte sie, denn Birch sah, wie sich plötzliches, beinahe wahnsinniges Entzükken in seiner Miene spiegelte, als er sich umdrehte und dem Sprecher entgegensah. »Da ist ja der Hund!« rief der Kriegsgott aus. »Der große Sohn einer Hündin, den sie alle den Herrn der Tiere nennen! Endlich! Schon lange suche ich nach dir.«

Birch lag immer noch auf dem Rücken. Ihm war bewußt, daß Micheline und die Kinder neben ihm lagen, aber darüber hinaus konnte er keinen Gedanken auf sich und seine Familie verwenden und auch nicht sprechen, obgleich seine ausgedörrten Lippen Worte formten. Selbst der Schmerz von seiner Verletzung war für den Augenblick vergessen. Er konnte nur zuschauen. Noch nie in seinem ganzen Leben hatte er auch nur einen einzigen Gott gesehen, und jetzt standen hier zwei zugleich.

Draffut, der Herr, kam den Hügel herab und auf die Furt und die überlebenden Menschen zu, die am Boden zwischen den Trümmern ihres Wagenzuges kauerten. Die turmhohe, menschenähnliche Gestalt watete durch den knietiefen Fluß, der sich jetzt vor einem Wirrwarr aus Wagentrümmern, getöteten Lasttieren und menschlichen Leichen teilweise staute wie vor einem Damm, dessen Lücken von dem ärmlichen, nutzlosen Hausrat gestopft wurden, den die Menschen in die Sicherheit der Stadtmauern von Tashigang hatten schaffen wollen. Das blutrot gefärbte Wasser umspritzte die von schimmerndem Fell bedeckten Knie, und Birch sah voller Erstaunen, daß die Elemente des Wassers und des Schlamms vorübergehend mit Leben erfüllt wurden, wenn sie mit Draffuts Körper in Berührung kamen.

»Auf deine vier Beine, du Vieh!« brüllte der Kriegsgott und schwenkte dabei seinen Speer gegen den anderen Gott, der ebenso groß war wie er selbst.

Im Augenblick hatte Draffut ihm nichts mehr zu entgegnen. Der Herr der Tiere bleckte wortlos die Zähne, während er den

Wasserlauf durchschritt, und blieb dann leicht vorgebeugt stehen, fast in Reichweite des Kriegsgottes.
Zum erstenmal stach der mächtige Speer zu - zu schnell und kraftvoll, als daß Birch es deutlich hätte sehen können, und zu schnell auch, um Draffut eine Abwehr zu ermöglichen. Die Spitze durchbohrte Draffuts rechten Unterarm, doch sie verletzte ihn nur geringfügig. Draffut konnte den Speerschaft mit beiden Händen umfassen. Einen Augenblick später hatte er Mars die Waffe entrungen und sie umgedreht.
Wie durch Zauberei hatte Mars schon wieder einen neuen Speer in der Hand. Die beiden Waffen schlugen krachend gegeneinander. Dann stieß Draffut zu, mit solcher Heftigkeit, daß Mars' Schild glatt durchbohrt und dem Kriegsgott aus der Hand gerissen wurde. Der Schild rollte mitsamt dem Speer davon wie ein Karrenrad am Ende einer abgebrochenen Achse.
Mars brüllte auf; es war ein Schrei voller Wut und Angst, dachte Birch, kein Schmerzensschrei. Aber sogar die Angst eines Gottes war furchtbar mitanzusehen. Mars zeigte, daß er noch immer ganz nach seinem Belieben Speere herbeischaffen konnte. Er hielt jetzt einen in jeder Hand.
Draffut stürzte sich auf ihn, schlang seine massigen Arme um seinen gigantischen Gegner und preßte dessen Arme gegen den Brustpanzer, der den Oberkörper des Kriegsgottes schützte. Gleichzeitig schlug Draffut seine furchterregenden Zähne in das Götterfleisch unten an dem sehnigen, gepanzerten Hals. Als der Herr der Tiere die magische Rüstung des Kriegsgottes berührte, begann selbst sie zu schmelzen und lebendig zu zerfließen, und so entblößte sie tückisch das göttliche Fleisch, das sie doch hatte schützen sollen.
Die Riesen stampften und schwankten, und die Erde bebte unter ihren Füßen. Obwohl seine Oberarme fest an den Leib gepreßt wurden, versuchte Mars, seinen Gegner mit den Speeren, die er in den Händen hielt, zu durchbohren. Birch, der längst jenseits allen Staunens war, sah, wie die eine der beiden Speerspitzen durch Draffuts Lebenszauber in den riesigen Kopf einer lebendigen Schlange verwandelt wurde, und er sah, wie der Schlangenkopf auf die Faust des Gottes zurück-

Nun spitzen sich die Ereignisse zu. Die Götter greifen selbst in den Kampf um die Schwerter ein und geraten sich auch prompt in die Haare.
Vorkommnisse dieser Art bleiben nicht auf Fantasy-Romane beschränkt, es gibt sie auch in Wirklichkeit – in der Wirklichkeit des fantastischen Fantasie-Rollenspiels »Das Schwarze Auge«…

Bitte umblättern ☞

stieß, die den Speer umklammert hielt. Mars stieß ein ohrenbetäubendes Schmerz- und Wutgebrüll aus.
Micheline sah den Kampf mit anderen Augen. Ihr bot er eine Gelegenheit, etwas zu unternehmen, und sie fragte ihren Mann, ob er verletzt sei und er sich bewegen könne. Nur kurz wandte Birch den Blick von den kämpfenden Titanen und antwortete, jawohl, er sei verletzt und könne sich nicht bewegen. Sie solle die Kinder nehmen, fliehen und später zurückkehren, wenn die Gefahr vorüber wäre.
Sie wollte widersprechen, aber als sie sah, daß er sich tatsächlich nicht bewegen konnte, tat sie, wie er gesagt hatte. Die kämpfenden Götter waren zu sehr mit sich selbst beschäftigt, um die kleine Gruppe zu bemerken, die sich aus dem Staub machte.
Die Speerspitze in der rechten Hand des Kriegsgottes hatte sich durch Draffuts Berührung nicht verwandeln lassen. Störrisch weigerte sie sich, zum Leben zu erwachen. »Diese Waffe wirst du nicht schmelzen!« rief Mars, und mit der blitzenden Spitze riß er eine klaffende Wunde zwischen den zottigen Rippen des Herrn der Tiere. Die gefährlich beißende Schlange hatte er unterdessen von sich schleudern können.
Jetzt vermochte der Gott des Heilens sich selbst nicht mehr völlig zu heilen. Funkelndes rotes Blut spritzte aus seiner Seite und auch aus der Wunde an seinem Arm.
Aber wieder warf er sich auf Mars und entwand ihm den zweiten Speer. Er packte den Kriegsgott in einem Ringergriff, hob ihn hoch und schmetterte ihn zu Boden, daß der Aufprall die Erde erbeben ließ und das Wasser im Bach in kleinen Fontänen aufsprühte.
Aber kaum hatte Draffut ihn losgelassen, war Mars schon wieder auf den Beinen, und wieder hatte er einen Speer in jeder Hand, ebenso wie vorher. Auch er blutete, und sein Blut war so rot wie das Draffuts, aber dicker und so heiß, daß es dampfte. Schimmernd quoll es aus der Wunde, die Draffuts Zähne in seinen Hals gerissen hatten.
»Du kannst einen echten Gott nicht töten, du Hundsgeschöpf«, erklärte Mars. »Wir sind unsterblich.«
Draffut näherte sich ihm langsam und methodisch, er wartete

auf die beste Gelegenheit zum Angriff. »Hermes ist gestorben. Wenn ich dich nicht töten kann... dann nicht, weil du ein Gott bist... sondern weil...«
Und wieder – Birch konnte kaum glauben, was er hier sah und hörte – schien es, als sei Mars durchaus fähig, Angst zu empfinden. »Warum?« fragte der Kriegsgott.
»Weil zu viel Menschliches in dir ist«, antwortete Draffut. »Die Menschen sind nicht Geschöpfe der Götter. Ihr seid die ihren. Du und deinesgleichen, die ihr euch in den Ludus-Bergen versammelt.«
Dies veranlaßte Mars, Draffut mit einem Schwall von Beschimpfungen zu überschütten. Draffut jedoch machte sich nicht die Mühe, darauf zu antworten. Die ganze Zeit über umkreisten die beiden Giganten einander unablässig wachsam und lauernd.
Aber am Ende schien es, als habe Draffuts gelassene Behauptung über das Menschliche im Kriegsgott ihn empfindlicher getroffen als jede geplante Beleidigung. Sie mußte so tief getroffen haben, daß sich sogar der Kriegsgott zu jener letzten, unüberbietbaren Reaktion veranlaßt sah: Zum Nachdenken.
»Was meinst du mit diesem törichten Geschwätz?« grollte er. »Wir seien ihre Schöpfung?«
»Ich will dir sagen, was ich an jenem Tage sah, da ich auf eisigem Berggipfel mitten unter euch stand mit dem Schwert der Arglist in der Hand... Sichtblender ließ mich die innere Natur der Götter sehen, deine und die der anderen dort... Und seither weiß ich: Wenn ich dich beim letzten Mal, als wir miteinander kämpften, nicht töten konnte, und wenn ich es jetzt nicht kann, dann nur, weil du zuviel Menschliches in dir hast.«
»Bah! Das kann ich nicht glauben.« Mars schwenkte seinen Speer.
Blutend umkreiste Draffut seinen Gegner. »Ihr habt sie nicht erschaffen«, wiederholte er.
»Hah! Das will ich gern glauben. Welcher Gott hätte sich wohl diese Mühe machen sollen?«
»Sie haben euch erschaffen.«

Mars schnaubte mit göttlicher Verachtung. »Wie könnte solches Gewürm je etwas erschaffen?«
»Sie haben es mit ihren Träumen getan. Ihre Träume sind überaus mächtig.«
Wieder stürzten die beiden Titanen aufeinander los und kämpften.
Der einzige Mensch, der sie jetzt noch beobachtete, war der Mann namens Birch. Zweifellos wäre inzwischen auch er mit Frau und Kindern davongekrochen, wenn er sich hätte bewegen können. Aber er konnte es nicht. Und jetzt kümmerte ihn sein Schicksal nicht mehr sonderlich. Er verfolgte den Kampf, bis er bewußtlos wurde, und als er wieder zu sich kam, verfolgte er ihn weiter, denn er hatte immer noch kein Ende gefunden. Als der Durst ihn zu überwältigen drohte, gelang es ihm unter großen Anstrengungen, sich zu drehen und zu wenden, bis er von dem schlammigen, blutigen Wasser des kleinen Flusses trinken konnte. Dann ließ er sich wieder auf den Rücken fallen und vergaß die schmerzhafte Verletzung über dem Kampf, der immer noch andauerte.
Die Sonne ging unter. Der Kampf ging weiter, hin und wieder von Pausen unterbrochen – Birch vermutete, daß auch Götter bei solchen qualvollen Anstrengungen rasten mußten –, und die Nacht nahm ihren Lauf. Titanisches Krachen und Ächzen erfüllte die Dunkelheit, und der Fluß gurgelte, wo er, blutig und geduldig, den neuen Damm umspülte, der aus menschlichem Unglück entstanden war.
In einem Augenblick geistiger Klarheit sagte sich Birch, daß er zumindest keine Angst vor Raubtieren zu haben brauchte, die sich heranschleichen und ihn zerreißen könnten, weil er hilflos verwundet am Boden lag – denn welches gewöhnliche Tier würde es wagen, diesen Schauplatz zu betreten?
Als der Morgen graute, war Birch zu seiner gelinden Überraschung immer noch am Leben. Im Licht des neuen Tages sah er, daß der Boden in der Umgebung der Furt weithin übersät war von zersplitterten Speerschäften, abgebrochenen Speerspitzen und von monströsen toten oder bewegungsunfähigen Schlangen, die einmal Speere gewesen waren – lauter Spuren des Kampfes, der noch immer nicht zu Ende war.

Oder doch? Die Stille schien jetzt länger anzudauern als sonst...
Ein gewaltiges, erschreckendes Krachen ließ die Erde erbeben. Irgendwo ganz in der Nähe hinter umgestürzten und zertrümmerten Karren, die einen großen Teil von Birchs Blickfeld begrenzten. Der Boden zitterte unter dem neu entflammten Kampf, der schließlich mit einem lauten Platschen noch einmal endete. Einen Augenblick später sah und fühlte der Mensch die Wellen, die darauf hindeuteten, daß die beiden Kämpfenden, immer noch ineinandergekrallt, in den gestauten Fluß gestürzt waren.
Jetzt hörte Birch sie nicht mehr. Nur hin und wieder vernahm er ein gelegentliches Platschen, dessen Heftigkeit nach und nach abnahm. Aber er hörte die beiden Götter atmen. Mußten Götter eigentlich atmen? fragte er sich benommen. Vielleicht nur, wenn sie Lust dazu hatten, wie sie ja auch nur dann aßen oder tranken. Vielleicht taten sie es auch nur, wenn sie zusätzliche Kraft benötigten.
Die Zeit verging, und es war beinahe still. Dann aber, als die eben aufgegangene Sonne höher stieg, fiel plötzlich ein Schatten über Birch. Der Mann öffnete die Augen und erblickte die Gestalt eines dritten Gottes. Ardneh sei Dank – auch dieser hatte den überlebenden Menschen noch nicht entdeckt.
An der ledernen Schmiedsschürze und dem verwachsenen Bein erkannte Birch sogleich Vulkan. Der hinkende Gott trug zwei Schwerter mit schwarzen Griffen an der Seite, die neben den grauen Massen seines Körpers wie kleine Dolche erschienen. Der Schmied hockte sich nieder und schaute in den aufgestauten Flußtümpel, in dem die beiden Kämpfer verschwunden waren. Birch konnte sie nicht mehr sehen, aber jetzt hörte er wieder etwas – ein Rumoren, ein Brummen. Ein breites Grinsen überzog das Gesicht des Schmiedes. Er stand auf und schlenderte gelassen näher an den Kampfplatz heran. Bevor er sich schließlich auf einem Felsen niederließ, trat er einen umgestürzten Karren beiseite. Damit wurde zufällig auch das Blickfeld für den Verwundeten frei, von dessen Anwesenheit bis jetzt noch keiner der drei auch nur die geringste Notiz genommen hatte.

»Heil dir, o mächtiger Kriegsgott!« Der Gruß erscholl im Tonfall gigantischen Spotts. »Die Welt wartet auf dein alles überwindendes Erscheinen. Hast du hier nicht lange genug herumgetrödelt? Was treibst du eigentlich hier? Badest du dein Hündchen im Schlamm?«
Birch sah jetzt, wie rot der Schlamm und das Wasser rings um die beiden war. Draffut konnte nicht mehr kämpfen, er konnte sich kaum noch bewegen. Dem Kriegsgott ging es nur wenig besser als seinem geschlagenen Gegner. Aber langsam und unter gewaltigen, furchtbaren Anstrengungen entwand Mars sich dem zermalmenden, klammernden Griff seines Feindes und stand aufrecht im knöcheltiefen Schlamm.
Als der Kriegsgott zu sprechen anhob, war seine Stimme fast unhörbar, und bei einigen Worten versagte sie völlig. Anscheinend konnte er den Arm, den er Vulkan entgegenstreckte, kaum noch heben. »Einen Speer – eine Waffe – ich habe keine Speere mehr. Leih mir dein Schwert, Schmied. Gib mir eins – ich sehe, du hast zwei. Diese Angelegenheit muß zu einem Ende gebracht werden.«
Vulkan seufzte. Es klang, wie wenn der Wind durch eine glutheiße Esse rauscht. Er blieb, wo er war – etwa zwanzig Schritte von den anderen entfernt. »Ich soll dir eine Waffe geben, wie? Nun, ich nehme an, mir bleibt nichts anderes übrig, denn du scheinst in dieser schäbigen Angelegenheit am Ende doch siegreich geblieben zu sein. Wie verdrießlich.«
Mars wankte, aber es gelang ihm doch, sich weiter aufzurichten.
»Wie geschliffen deine Manieren plötzlich sind, Schmied. Mit welchem Behagen du plötzlich versuchst, gewitzt zu erscheinen. Wie kommt das nur? Aber sei's drum – gib mir den Stahl in die Hand, und ich werde diese schmutzige Arbeit zu Ende bringen.«
»Ich muß dir beipflichten«, bekannte Vulkan. »Es gibt gewisse Dinge, denen ein Ende bereitet werden muß.« Der Schmied erhob sich, und sein Schmuck aus Drachenschuppen klapperte, als er eines seiner beiden Schwerter auswählte und aus der Scheide zog.
»›Er findet dein Herz‹«, zitierte er leise. Er umklammerte den

schwarzen Griff mit seiner großen, grauen, schwieligen Schmiedsfaust, so daß das Symbol nicht zu erkennen war. Er streckte das Schwert in die Höhe und schaute es beinahe liebevoll an. »›Er findet dein Herz, hast ein Leid mir getan‹.«

»Warte«, rief Mars, und ein ganz neuer Ausdruck lag in seinem Gesicht. »Welches Schwert ist –?«

Die Antwort kam nicht in Worten. Vulkan bewegte sich in einem seltsamen Drehtanz, sein ganzer Körper kreiste schwerfällig, und seine großen, in Sandalen steckenden Schuhe zertraten Steine und Schlamm neben den Wagenspuren, zerstampften die Erde, die vom Kampf schon aufgerissen, flachgedrückt und blutgetränkt war, und zerquetschten die ohnehin verendenden Schlangen, die einmal Speere gewesen waren. Das Schwert in der ausgestreckten Hand Vulkans leuchtete jetzt, und es heulte wie das Lärminstrument eines primitiven Magiers.

Mars, mochte er halbtot sein oder nicht, war plötzlich wie elektrisiert. Er sprang aus dem Wasser, rannte davon, flüchtete. Er lief, wie nur ein Gott laufen konnte. Geduckt und hakenschlagend hetzte er durch die Überreste des Gehölzes auf dem Hügel. Er huschte zwischen dicken, gesplitterten Baumstämmen hindurch und brach Bäume nieder, die ihm im Weg standen.

Birch sah, wie Vulkan das Schwert warf – besser gesagt, wie er es los ließ. Als es der Faust des Schmiedegottes entronnen war, flog es aus eigener Kraft voran. Mars flüchtete mit großer Geschwindigkeit, aber das Schwert war nur ein weißer Strich in der Luft. Blitzschnell folgte es dem Kriegsgott auf seiner hastigen Flucht.

Im letzten Augenblick drehte Mars sich um und sah seinem Unglück tapfer entgegen. Irgendwie war es ihm noch einmal gelungen, einen Speer in seiner Hand erscheinen zu lassen. Aber auch sein magischer Kampfspeer vermochte nichts gegen das Schwert der Rache auszurichten. Der weiße Streifen endete jäh, und mit einem zischenden Laut fuhr das Schwert in sein Ziel.

Ferntöter hatte sein Herz durchbohrt, aber Mars hob trotzdem seinen Speer und tat einen wankenden Schritt auf den Gott zu, der ihn besiegt hatte. Aber er brachte nur noch einen Fluch hervor und stürzte dann zu Boden. Er war tot, ehe er die Erde berührte, und im Fallen riß er noch einen lebenden Baum mit sich. Dieser letzte Baum fing den leblosen Körper des Kriegsgottes auf, so daß er sich umdrehte, bevor sein Gewicht die Erde erbeben ließ, und auf den Rücken fiel. Nur Ferntöters schwarzer Griff und eine Handbreit seiner blitzenden Klinge ragten aus dem Brustpanzer des Gottes hervor.

14

Beim größten Straßentor in den Mauern von Tashigang, dem Hermestor, wo die endlose Überlandstraße begann, die man den Fernweg nannte, versuchte ein dünner Strom von besorgten Bürgern, die Stadt zu verlassen, als Mark und Denis eintrafen, während gleichzeitig andere, nämlich die Flüchtlinge vom Lande, sich draußen drängten und um Einlaß flehten. Offenbar bestand keine allgemeine Einigkeit hinsichtlich desjenigen Ortes, der im zweifellos bevorstehenden Krieg die größte Sicherheit bieten würde. Die diensttuende Wache am Hermestor hinderte jedermann unerbittlich daran, Lebensmittel oder Dinge, die als medizinisches oder militärisches Material benötigt werden könnten, aus der Stadt zu schaffen, und gleichzeitig verwehrte sie vielen der vor dem Tor Wartenden den Zugang zur Stadt. Um eingelassen zu werden, war es notwendig, daß man dringende Geschäfte nachwies – und die Sorge um das eigene Überleben galt nicht als ein solches, wie die Wachen gleichmütig mitteilten – oder daß man einen bedeutenden und handfesten Beitrag zur Verteidigung der Stadt bei einer Belagerung leisten konnte. Denis, der sich als Agent des Hauses Courtenay ausweisen konnte, wurde ohne weiteres durchgelassen. Mark und seiner Eskorte gewährte man als tasavaltanischen Gesandten Einlaß; ihre blau-grünen Uniformen genügten als Beweis.

Mark hatte den Eindruck, daß ein paar der Wachsoldaten am Tor Würfelwender an seiner Seite erkannten. Niemand erwähnte es, aber die Nachricht von der Ankunft des Schwertes wurde rasch an den Bürgermeister weitergeleitet. Mark sprach mit einem Offizier und ließ ihn wissen, man würde ihn im Hause Courtenay erreichen können, und er bereitete die Torwachen darauf vor, daß in der nächsten Zeit Überlebende von Sir Andrews Armee eintreffen könnten. Eine Truppe von zwei- oder dreihundert Mann folgte Mark und Denis im Abstand von wenigen Stunden. Sie würden eine willkommene Verstärkung für die Garnison der Stadt bilden, denn diese war, wie Denis zu berichten wußte, chronisch unterbesetzt.

Zum erstenmal sah Mark eine derart große Stadt – manche behaupteten, es gäbe keine größere –, und vieles erregte sein Staunen, während Denis ihn und seine Handvoll Tasavaltaner durch die breiten Alleen und Straßen geleitete. Natürlich sah er auch das Haus Courtenay zum erstenmal, und er war gebührend beeindruckt von dem Reichtum und dem Luxus, in dem seine alten Freunde Ben und Barbara lebten. Der Haushalt befand sich wie die ganze Stadt in einem Zustand von Aufruhr und Anspannung. Schon kurz nach seiner Ankunft hatte Mark das Gefühl, daß niemand genau wußte, ob man sich auf eine Belagerung oder eine Evakuierung vorbereitete. Eine Arbeitskolonne, die Mark auf mindestens ein Dutzend Diener und Handwerker schätzte, war damit beschäftigt, Wertgegenstände zu verpacken, als stünde eine Evakuierung bevor, während gleichzeitig eine andere Gruppe Fenster und Türen bis auf wenige Ausnahmen verbarrikadierte, als erwarte man eine Belagerung.

Kaum hatte Denis das Erdgeschoß des Hauses betreten, eine Werkstatt anscheinend, in der ohrenbetäubender Trubel herrschte, als er sogleich in ein Gespräch mit einem Mann verwickelt wurde, den er Mark als Tarim, den Majordomus des Hauses, vorstellte.

Einiges von dem, was Tarim erzählte, ließ Denis Mund und Augen aufreißen.

»Evakuieren? Tashigang? Sag nicht, man habe so etwas ernsthaft in Erwägung gezogen!«

»Wir haben Dinge über die Macht des Sinnschwertes gehört...« Tarim schien sehr besorgt zu sein. Der Blick seiner alten, bekümmerten Augen richtete sich auf Mark. »Vielleicht habt ihr Herren, die ihr durch die weite Welt reitet, auch schon vernommen, was es vermag.«

Denis wurde ungeduldig. »Ich glaube, wir haben eine gewisse Vorstellung davon, ja. Aber wir sind nicht hilflos. Es gibt andere Waffen, andere Schwerter. Wir haben sogar eines mitgebracht... Aber wenn die Stadt geräumt wird – hier lebt eine halbe Million Menschen oder mehr! Wohin sollen sie alle gehen?«

Tarim zuckte fatalistisch mit den Schultern. »Nun, sie werden ins Gebirge fliehen, denke ich, oder in den Großen Sumpf. Ich habe nicht gesagt, es sei vernünftig, die Stadt zu evakuieren.«

Eben betrat jemand anderes den Werkstattraum im Erdgeschoß. Als Mark sich umdrehte, erblickte er den Mann, den er sein ganzes Leben lang für seinen Vater gehalten hatte. Den Mann, so sagte er sich, der in jeder nennenswerten Hinsicht sein Vater *war*.

Deshalb nannte Mark ihn auch Vater, als er ihn ansprach. Vorläufig war der Kaiser vergessen.

Mark war erst zwölf Jahre alt gewesen, als er Jord zuletzt gesehen hatte, und Jord hatte scheinbar tot auf der Dorfstraße gelegen. Aber nun stand er unverkennbar vor ihm. Er war älter geworden, aber hatte sich ansonsten kaum verändert – er trug nur feinere Gewänder, als Mark je an ihm gesehen hatte. Und er hatte...

Die wirklich verblüffende Veränderung war so gewaltig und erschien zugleich so natürlich und selbstverständlich, daß Mark sie auf den ersten Blick fast als normal hingenommen und gar nicht als Veränderung bemerkt hatte. Nach der ersten Umarmung hielt er seinen Vater staunend auf Armeslänge vor sich.

Jord hatte zwei Arme.

»Was mir die Schwerter nahmen, haben sie mir zurückgegeben«, erklärte Marks Vater. »Man hat mir gesagt, man habe mich mit Wundheiler behandelt, als ich bewußtlos dalag. Das Schwert hat seine Aufgabe besser erfüllt, als diejenigen hoffen konnten, die es benutzten.«

»Das Schwert der Gnade hat auch mich schon berührt«, flüsterte Mark. Und dann konnte er eine Weile nur dastehen und den neuen Arm seines Vaters bestaunen. Jord erzählte, wie der Arm zunächst als fleischige Schwellung, dann als Knospe erschienen war und wie er im Laufe weniger Monate das Wachstum eines Menschenarmes in den natürlichen Stadien durchlaufen hatte – ein Säuglingsarm zunächst, dann der Arm eines Kindes. Jetzt war er ebenso groß wie der linke, aber die Haut war noch rosig und fast neu, sogar an der Hand – anders als die narbige, altersgegerbte Haut an Jords linker Faust, die aus dem Ärmel seines feinen neuen Hemdes ragte.

»Kürzlich erst habe ich Mutter und Marian gesehen«, berichtete Mark plötzlich. »Wenn sie erfahren, daß du einen neuen Arm hast...«

Vater und Sohn hatten einander vieles zu erzählen. Einiges davon war möglicherweise noch wichtiger als ein neuer Arm, und außerdem hatte Mark ein Problem, über welches er mit diesem Manne niemals sprechen würde. Doch vorläufig ließ man ihnen wenig Zeit zum Reden. Ben und Barbara kamen aus den oberen Regionen des Hauses herunter und begrüßten Mark voller Freude.

Barbara sprang ihm entgegen, und er fing sie auf und wirbelte sie ihm Kreis. Sie warf ihm die schlanken Arme um den Hals und küßte ihn herzhaft, und er hielt sie wie zuvor Jord auf Armeslänge vor sich und betrachtete sie forschend, um sich davon zu überzeugen, daß nicht auch hier eine Veränderung stattgefunden hatte, die er nicht auf den ersten Blick bemerkte, weil sie so groß war. Aber dann mußte er sie loslassen, denn Ben, der sich in der Regel weniger überschwenglich gebärdete, umarmte ihn nun so heftig, daß er ihn fast zerquetscht hätte.

Ihnen folgte ein rundliches Hausmädchen mit Beth, der kleinen Tochter der beiden. Das Hausmädchen stellte man als Kuan-yin vor. Das Kind hatte sich augenscheinlich schon mit Jord angefreundet, denn es lief sogleich auf ihn zu und erkundigte sich, wie es seinem neuen Arm gehe.

Kuan-yin war für den Augenblick von ihrer unmittelbaren Verantwortung entbunden, und so begab sie sich mit Denis ein Stück beiseite. Inmitten des Wirrwarrs von packenden und verbarrikadierenden Leuten standen die beiden einander

gegenüber, und Mark sah, daß sie einander ausgiebig zu begrüßen hatten.
»Am liebsten würden wir sofort mit der Willkommensfeier für dich beginnen«, sagte Ben zu Mark. »Aber das geht nicht. Wir müssen mindestens bis morgen warten. Der Bürgermeister hat die führenden Bürger der Stadt zu einer Beratung zusammengerufen, und Barbara und ich sind dazu eingeladen. Wir sind jetzt wichtige Leute, weißt du. Meister und Lady Courtenay. Und der Bürgermeister weiß, daß wir ein Waffenlager besitzen, das für die Verteidigung nützlich sein könnte... was hängt denn da an deiner Seite?«
Ben ergriff die Scheide und warf einen Blick auf den Schwertgriff. »Ardneh sei Dank – Würfelwender! Wir müssen zu dieser Ratsversammlung, und du mußt mitkommen und diese Klinge mitbringen, um dafür zu sorgen, daß sie nicht irgendwelche törichten Beschlüsse fassen – zu kapitulieren etwa. Du wirst willkommen sein, denn du bringst Nachrichten von draußen, und außerdem bist du Abgesandter von Tasavalta. Und ein Schwert bringst du auch. Das wird ihnen Mut machen. Stadtretter ist bereits hier.«
Mark grinste. »Urteilspender ist hierher unterwegs.«
»Allen Göttern sei Dank!« Ben ergriff Marks Arm und senkte seine Stimme einen Moment. »Wir können uns nicht ergeben, und die Stadt räumen können wir schon gar nicht. Stell dir nur vor, wie es wäre, mit einem dreijährigen Kinde... nein. Du und ich, wir wissen, wie es sein würde. Aber wenn alle anderen die Stadt verlassen, werden wir es versuchen müssen...«

Der Palast des Bürgermeisters war wie alle Stadtbezirke, die Mark bisher gesehen hatte, der Schauplatz energischer und wirrer Geschäftigkeit von zweifelhaftem Nutzen. Wie allerorten, schienen sich die Bewohner auch hier auf eine gewaltige Kraftanstrengung vorzubereiten, ohne sich bisher entschieden zu haben, wie sie aussehen sollte.
Mark, Ben und Barbara gelangten ohne Schwierigkeiten durch das Hauptportal in den Palast. Es war ein Gebäude, das dem Haus Courtenay in gewisser Hinsicht ähnlich war, aber es war noch größer und üppiger, und im Erdgeschoß befanden sich

Empfangsräume und Amtszimmer statt einer Werkstatt. Sogleich geleitete man sie eine breite, geschwungene Marmortreppe hinauf, vorbei an Bediensteten, die eben in Kisten verpackte Kunstgegenstände heruntertrugen.
Unterwegs setzten Marks Freunde ihn, so gut es ging, ins Bild über das, was sie hier erwartete.
»Höchstwahrscheinlich«, warnte Ben, »werden wir auf dieser Versammlung unseren alten Freund Hyrcanus wiedersehen.«
Mark wäre fast über die nächste Stufe gestolpert. »Hyrcanus? Ist er denn immer noch Hoherpriester des Blauen Tempels? Aber er...«
»Er ist es noch«, bestätigte Barbara. »Und der Blaue Tempel ist hier in Tashigang eine bedeutende Organisation.«
»Das wundert mich nicht. Es ist mir nur noch nie in den Sinn gekommen.« Mark nickte. »Hyrcanus... Ich erinnere mich, irgendwo gehört zu haben, daß seine Amtsenthebung beschlossene Sache sei. Ich dachte, er sei längst von der Bildfläche verschwunden. Immerhin ist es vier Jahre her, daß wir ihn beraubt haben. Wir haben sein tiefstes Rattenloch ausgeplündert, wie es vorher und nachher niemandem sonst gelungen ist.«
»Allen Göttern sei Dank für dieses Rattenloch«, murmelte Barbara. »Mögen sie uns noch einmal eines finden lassen. Nur eine Handvoll von dem, was dort lag, hat Ben und mir sehr gutgetan. Wie ich höre, erwägt der Tempel im Augenblick, seinen Hauptschatz nach Tashigang zu verlagern. Wir wollten dich warnen. Hyrcanus wird wahrscheinlich hier sein, und er wird sich nicht freuen, uns wiederzusehen.«
»Er hält mich für tot«, murmelte Mark. Doch nun war es zu spät. Dieser glückliche Stand der Dinge würde sich nicht länger aufrechterhalten lassen.
Sie hatten die Tür des Ratssaales erreicht. Es war ein geräumiger, gut ausgestatteter Saal in einem oberen Stockwerk. Unverzüglich ließ man sie ein. Obgleich er gewarnt war, erschrak Mark, als er Hyrcanus mit eigenen Augen erblickte. Es war das erste Mal, daß er den Mann tatsächlich vor sich sah, aber er hatte dennoch keinen Zweifel an seiner Identität. Der Vorsitzende und Hohepriester des Blauen Tempels hatte die

Bemühungen überlebt, die man zweifellos unternommen hatte, um ihn nach jenem frevelhaften Einbruch in die Schatzgewölbe des Blauen Tempels vor vier Jahren aus Amt und Würden zu jagen. Er war noch immer das Oberhaupt des Tempels, und tatsächlich war er heute hier, um an der Ratsversammlung im Palast des Bürgermeisters teilzunehmen.

Der Hohepriester Hyrcanus, klein und kahlköpfig, mit rotem und wie gewöhnlich leutseligem Gesicht, blickte auf, als die drei eintraten. Sein fröhliches Lächeln verschwand nicht, aber es gefror. Zumindest Ben hatte er nach der Beschreibung anscheinend auf den ersten Blick erkannt.

Der Vorsitzende betrachtete auch Mark, und offenbar hatte er auch an dessen Identität nicht den geringsten Zweifel, zumal der Bedienstete, der sie heraufgebracht hatte, seinen Namen und die der anderen mit lauter Stimme verkündete. Die anderen am Tisch, großenteils ehrbare Bürger von Tashigang, erhoben sich, um Grüße zu wechseln und die Neuankömmlinge willkommen zu heißen. Angesichts der grün-blauen Uniform von Tasavalta, die Mark immer noch trug, schienen ihre Mienen sich zu erhellen, und neue, hoffnungsfrohe Überlegungen ließen ihre Gesichter noch strahlender aufleuchten, als sie den schwarzen Schwertgriff an seiner Seite erblickten. Locker und lässig legte Mark die linke Hand auf den Knauf. Hyrcanus sollte nicht sehen können, welches Symbol den Griff zierte.

Mark vermutete, daß die tasavaltanische Uniform dem leutselig dreinblickenden alten Halunken einiges zu denken gab und ihn vielleicht sogar veranlaßte, den nächsten Meuchelmordversuch für ein Weilchen aufzuschieben.

Okada, der Bürgermeister, war ein buchhalterisch aussehender Mann, der in der Robe seines hohen Amtes ein wenig grotesk wirkte. Aber er führte den Vorsitz mit fester Entschlossenheit. Die Ankunft der drei hatte Hyrcanus mitten in einer Rede unterbrochen, und auf des Bürgermeisters Aufforderung hin nahm er den Faden jetzt wieder auf.

Als der Vorsitzende des Blauen Tempels weiterredete, wurde bald offenkundig, daß er im Augenblick nicht auf Rache und Bestrafung wegen lange zurückliegender Übeltaten sann, sondern sich wie gewöhnlich darauf konzentrierte, wie es ihm gelingen könnte, die Hauptmassen des Tempelschatzes zu retten. Eine Belagerung der Stadt und die Erstürmung ihrer Mauern war um jeden Preis zu vermeiden – zumindest solange der Blaue Tempel ihn nicht selbst zu zahlen hatte. Nachdem Mark eine Weile zugehört hatte, vermutete er, daß Hyrcanus bereits eine Vereinbarung mit dem Dunklen König getroffen hatte – oder getroffen zu haben glaubte –, derzufolge die Besitztümer des Blauen Tempels in Tashigang nicht angetastet werden würden, solange man mit dem Eroberer zusammenarbeitete.

Noch ein Gesicht am Ratstisch war Mark bekannt. Baron Amintor war als persönlicher Vertreter der Silbernen Königin zugegen. Er erkannte Mark ebenfalls und schaute ihn mit ungewohnter Freundlichkeit an. Mark musterte den alten Feind Sir Andrews mit steinernem Blick. Auch Ben und Barbara erkannte der Baron, dessen war sich Mark sicher.

Hyrcanus fuhr in seiner Rede fort. Er drängte darauf, daß eine von zwei möglichen Richtungen eingeschlagen werde. Entweder solle man sich dem Dunklen König unverzüglich ergeben oder aber Tashigang zur Offenen Stadt erklären. Dies aber, so dachte Mark, käme praktisch einer Kapitulation gleich.

Die Rede des Hohepriesters rief unter den Bürgern von Tashigang, die hier die Mehrheit bildeten, keine sonderliche Begeisterung hervor. Aber es fand sich auch niemand, der sogleich Einwände geäußert hätte. Eher schien es, als warteten die Bürger darauf, mehr zu hören. Hin und wieder wanderten ihre Blicke zu dem schwarzen Schwertgriff an Marks Seite.

Hyrcanus hätte womöglich endlos weitergeredet, doch schließlich schnitt ihm Bürgermeister Okada entschlossen das Wort ab und fragte, wer als nächster zu sprechen wünsche.

Baron Amintor hatte ungeduldig auf diese Gelegenheit gewartet. Jetzt erhob er sich, und als Abgesandter der Silbernen Königin vertrat er beredt die Auffassung, die Stadt müsse bis auf den letzten Mann verteidigt werden – wenngleich, wie Mark bemerkte, er dies nicht gar so unverblümt zum Ausdruck brachte. Statt dessen sprach der Baron mit großer Zuversicht über die Mauern, über die Geschichte der Stadt, über die

Tradition der erfolgreich abgewehrten Überfälle von außen und über die Entschlossenheit der Silbernen Königin, bei der Verteidigung zu helfen.
Einmal unterbrach ihn Hyrcanus mit einem Einwand. »Und das Sinnschwert? Was sollen die Mauern dagegen ausrichten?«
Schwungvoll überging Amintor diesen Einwand. Er versicherte seinen Zuhörern, daß auch Yambu im Besitz einer überaus mächtigen Waffe sei. »In ihrer Weisheit und ihrem Widerwillen dagegen, anderen etwas anzutun, hat sie bis heute darauf verzichtet, sie zu benutzen. Aber angesichts des Sinnschwertes... Nun, ich denke, sie wird tun, was sie tun muß, um die Sicherheit Tashigangs zu gewährleisten.«
Einer der Bürger stand auf. »Wenn Ihr von einer Waffe sprecht, welche die Königin besitzt, so meint Ihr damit das Schwert Seelenschneider, auch Tyrannenklinge genannt, nicht wahr?«
»So ist es.« Wenn die unumwundene Benutzung des zweiten Namens Amintor bestürzte, so ließ er es sich nicht anmerken.
»Ich weiß sehr wenig über diese Klinge.« Der Sprecher ließ seinen Blick in die Runde schweifen. »Ich glaube, das gilt auch für die meisten der anderen hier. Was kann sie tun, um Tashigang zu schützen?«
Amintor warf Hyrcanus einen kurzen Blick zu. »Ich würde es vorziehen, auf taktische Einzelheiten hinsichtlich dieser Schwerter im Augenblick nicht näher einzugehen«, erwiderte er geschmeidig. Fast war es, als zwinkere er Mark, der Würfelwender am Gürtel trug, wie ein alter Kumpan zu – so, als wären sie nicht alte Feinde. »Später, unter größeren Sicherheitsvorkehrungen, will ich es gern nachholen. Ich will jetzt nur soviel sagen: Die Königin ist weise, hat ein mitfühlendes Herz« – aus irgendeinem Grunde lachte niemand im Raum – »und wird eine Waffe wie Seelenschneider nicht leichtfertig benutzen. Aber ebensowenig wird sie zulassen, daß diese Stadt, die sie so sehr liebt, von ihren Feinden erobert wird.«
Mark mußte sich eingestehen, daß er wenig oder nichts über Seelenschneiders Kräfte wuße. Es war das einzige unter den Zwölf Schwertern, das er nie gesehen, geschweige denn beses-

sen hatte. Beinahe alles, was er darüber wußte, war in dem Vers enthalten, den jeder schon einmal gehört hatte:

Kein Blut vergießt die Tyrannenklinge,
Verzehrt die Seele wohl;
Seelenschneider nicht tötet den Leib,
Doch welkt gar mancher hohl.

Er warf einen kurzen Blick auf Ben und Barbara und sah, daß sie ebensowenig wußten wie er.
Jetzt blickte der Bürgermeister Mark erwartungsvoll an. Es war an der Zeit, daß der tasavaltanische Abgesandte der Ratsversammlung Bericht erstattete.
Mark erhob sich von seinem Stuhl und stützte sich mit beiden Händen auf den Tisch. Er vertraute auf das, was der Kaiser ihm gesagt hatte, und so konnte er bekanntgeben, daß die tasavaltanische Armee unter der Führung von General Rostov auf dem Marsch sei, um der Stadt Hilfe zu leisten. Rostov war ein beeindruckender Name, dessen Ruf dem der Mauern von Tashigang nicht nachstand. Die Mienen rings um den Tisch begannen sich wieder aufzuhellen. Daß die Armee von Tasavalta, verglichen mit den Heerscharen des Dunklen Königs, eher klein war, erwähnte in diesem Augenblick niemand, obwohl es jeder wußte. Selbst wenn die Streitmacht der Silbernen Königin zur gleichen Zeit einträfe, würde Vilkata zahlenmäßig überlegen sein.
»Hat sonst noch jemand etwas zu sagen?« fragte der Bürgermeister. »Jemand, der bisher noch nicht gesprochen hat?«
Ben ergriff das Wort, und gleich nach ihm auch Barbara. Sie hatten dem bisher Gesagten eigentlich nichts hinzuzufügen, aber sie erinnerten alle noch einmal an die Tradition der Stadt und versprachen, aus ihrem Waffenlager alles zur Verfügung zu stellen, was für die Verteidigung der Mauern gebraucht würde. Bevor Barbara sprach, warf sie Mark einen kurzen Seitenblick zu, und ihre Lippen formten das Wort »Urteilspender?«
Mark schüttelte kaum merklich den Kopf. Er wollte diese Neuigkeit vorläufig für sich behalten, um damit die Entschlos-

senheit des Rates stärken zu können, falls die Anwesenden schließlich doch einer Kapitulation zuneigten. Im Augenblick hielt er dies für unwahrscheinlich.
Gleich nachdem Barbara gesprochen hatte, ließ der Bürgermeister die Versammlung abstimmen. »Wer ist bereit, für die Stadt zu kämpfen?«
Nur einer hob nicht die Hand. Hyrcanus bedachte Ben, Mark und Amintor mit rabenschwarzen Blicken.
Bevor der Vorsitzende des Blauen Tempels Gelegenheit zu einem dramatischen Abgang fand, trat ein Adjutant des Bürgermeisters ein und verkündete die Ankunft eines fliegenden Boten mit einer Nachricht für den Bürgermeister. Der Kurier und der Behälter für die Botschaft trugen die schwarz-silbernen Insignien der Königin Yambu persönlich.
Das Botentier – Mark sah, daß es sich um eine besondere Züchtung handelte, der man im Interesse der Geheimhaltung die Sprachfähigkeit genommen hatte – wurde hereingetragen. Die Briefkapsel, ein Röhrchen aus leichtem Metall, wurde geöffnet, und ein Stück Papier entfaltet.
Alles schwieg beunruhigt, während Okada las, was auf dem Blatt stand. Dann hob er den Kopf.
»Es ist in der Tat von Ihrer hochverehrten Majestät, der Silbernen Königin selbst, und wie das Zeichen auf der Kapsel verrät, ist es an mich persönlich gerichtet. Ich werde jetzt nicht die gesamte Nachricht laut verlesen. Sie enthält Dinge, die ich im Rat nicht bekanntgeben kann.« Es folgte ein Blick auf Hyrcanus, mit dem ihm wortlos bedeutet wurde, daß wichtige Militärgeheimnisse vor ihm nicht erörtert werden würden – nicht, nachdem er seine Ansichten in dieser Weise hier kundgetan hatte. Der Bürgermeister fuhr fort. »Aber es gibt andere Passagen, die meiner Meinung nach alle hier hören sollten.«
Die Worte der Silbernen Königin, die der Bürgermeister nun verlas, klangen fest und entschlossen, und sie flößten zumindest Furcht, wenn schon keinen Mut ein: Jede Erwähnung einer Kapitulation sei zu unterlassen, und wer sich nicht daran halte, laufe Gefahr, die Herrscherin ernstlich zu verstimmen. Zudem bestätigte die Nachricht, daß ihre Armee bereits auf dem Marsch sei, um dieser ihrer größten Stadt beizustehen –

der, wie sie es ausdrückte, wahrlich größten und stolzesten Stadt der Welt. Und sie gedenke, den Sieg zu erringen, koste es, was es wolle.
Hyrcanus verließ den Saal. Er tat es ohne Hast, beinahe höflich, und auf jeden Fall mit beträchtlicher Würde, wie Mark einräumen mußte. Der Hohepriester verschwendete seine Zeit nicht mit Drohungen, die jetzt offenkundig nutzlos waren und ihm sogar gefährlich werden konnten. In dieser Situation fand Mark ein solches Verhalten bedrohlicher, als jede Drohung es hätte sein können.
Der Bürgermeister, der dem Hohenpriester sinnend nachblickte, war offenbar der gleichen Meinung. Sogleich rief er einen Offizier der Wache herein, der draußen gewartet hatte, und gab ihm ruhig den Befehl, den Hohenpriester zu verhaften, bevor er den Palast verlassen konnte, denn wenn er ins Freie gelangte, würde er seinen Truppen mühelos ein Zeichen geben können. Die Garden des Blauen Tempels, die sich gegenwärtig in der Stadt aufhielten, zählten, wie Ben berichtet hatte, zu den größten ausgebildeten Kampftruppen auf dieser Seite der Mauern.
Jetzt war es dem Rat zumindest möglich, die Verteidigungsmöglichkeiten der Stadt im einzelnen zu besprechen, ohne beinahe sicher zu sein, daß ein potentieller Feind der Debatte lauschte und an ihr teilnahm.
Amintor unterbreitete der Versammlung den Plan, die Truppen des Blauen Tempels zu neutralisieren, indem man ihrem Versuch, Hyrcanus zu befreien, mit einem Schlag gegen den örtlichen Tempel und seine Schatzgewölbe begegnete, zu dem man auch den Pöbel aufstacheln könnte, wenn reguläre Einheiten zu diesem Zweck nicht verfügbar wären. Barbara wisperte Mark zu, daß Denis vermutlich der geeignete Mann für die Leitung eines solchen Unternehmens wäre.
In der folgenden Diskussion wurde schnell deutlich, daß der Wache, einer kleinen, aber wohlausgebildeten und dem Bürgermeister loyal gesonnenen Truppe, bei der regulären Verteidigung der Stadt eine Schlüsselposition zukam. Es waren nur ein paar hundert Mann, die gegen Vilkatas nach Tausenden zählende Heerscharen eingesetzt werden konnten, aber sie

würden sich durch die Miliz der Stadt verstärken lassen. Allerdings sei die Miliz keine so schlagkräftige Truppe, wie sie es hätte sein können, flüsterte Ben seinem Nachbarn Mark ins Ohr. Doch zweifellos würde die lange Verteidigungstradition der Stadt überaus hilfreich sein.

Auch durften die Überreste der Armee des Guten Sir Andrew nicht vergessen werden, die Überlebenden, die Mark zusammen mit den verbliebenen zehn oder zwölf Mann der tasavaltanischen Eskorte gefolgt waren. Mark versicherte dem Bürgermeister, Sir Andrews Leute seien allesamt gute und erfahrene Soldaten, wenngleich der Tod ihres edlen Führers sie vielleicht ein wenig aus dem Gleichgewicht geworfen habe. Aber wenn sie Gelegenheit dazu erhielten, würden sie mit großem Eifer Rache üben wollen.

Nun offenbarte Mark, daß das Schwert an seiner Seite Würfelwender sei, und er schlug vor, man solle das Schwert des Glücks unverzüglich befragen, um so den besten Weg zu einer erfolgreichen Verteidigung der Stadt zu bestimmen. Alle waren damit einverstanden, und jeder – vor allem diejenigen, welche noch nie zuvor eines der Schwerter gesehen hatten – war von dem Anblick beeindruckt, als Mark die Klinge aus der Scheide zog.

»Es deutet... dorthin. Was ist dort?«

Man kam rasch zu dem Schluß, das Schwert deute auf etwas, das sich außerhalb des Saales befand. Sie mußten hinausgehen und auf das Dach des Palastes steigen, um sicherzugehen.

Das Schwert des Glücks deutete auf jemanden oder etwas außerhalb der Stadtmauern – genau gesagt: auf die Mitte der vorrückenden Armee des Dunklen Königs. Wenn man genau hinsah, war die Streitmacht bereits zu erkennen: ein dunkler Strich im sommerlichen Dunst über dem fernen Horizont. Noch, dachte Mark, reichte das Sinnschwert längst nicht bis zur Stadt.

Und es war, als deute Würfelwender auf Vilkata selbst. Mark sah Ben an, und dieser erwiderte den Blick mit einer Mischung aus Ehrfurcht und Nachdenklichkeit.

15

Die Delegation vom Palast, zwei Männer und eine Frau, stand unerwartet und von kaum jemandem bemerkt vor Malas Haustür. Es war der Nachmittag, nachdem sie von Marks Abreise im Auftrag der Prinzessin gehört hatte. Als sie die Fremden vor ihrer Tür sah, war ihr erster Gedanke, ihrem Sohn, ihrem Gatten oder beiden sei etwas Schreckliches zugestoßen. Aber bevor sie eine Frage stellen konnte, versicherte eine der beiden Frauen ihr, daß es beiden, soweit man wisse, gut gehe. Die drei waren gekommen, um Mala zum Palast zu bringen, denn die Prinzessin verlangte sie zu sehen.

Der Palast stand nicht weit oberhalb der Stadt, und weniger als eine Stunde später war Mala oben in einem sorgsam angelegten Blumengarten, der sich zwischen hohen Mauern erstreckte. Große, blühende Bäume standen in diesem prachtvollen Garten, und es gab merkwürdige Tiere zu bestaunen – gezüchtete Kreaturen, mit denen sich die Hochgeborenen die Zeit zu vertreiben beliebten, und die zwischen den hohen Ästen umherkletterten und -flogen.

Mala blieb einige Augenblicke allein im Garten zurück. Dann tauchte ein fetter Mann auf, wohlgekleidet und von der Aura eines Magiers umgeben. Er stellte sich als Karel vor, ein Name, der Mala nichts weiter sagte, und obwohl er offensichtlich eine Person von einiger Bedeutung war, schien ihm dies ganz recht zu sein. Er schlenderte mit Mala den Gartenweg entlang, befragte sie über ihre Familie und bemühte sich, ihr die Spannung zu nehmen. Daß es ihm so gut gelang, war sicherlich nicht zuletzt seinen Fertigkeiten zu verdanken.

Schließlich erkundigte er sich mit seiner vollen, sanften Stimme: »Kennst du das Schwert der Gnade? Das Schwert der Liebe, wie man es auch manchmal nennt?«

»Ich habe natürlich davon gehört, Herr. Ihr müßt ja wissen, wer mein Mann ist. Aber wenn Ihr fragen wollt, ob ich es schon gesehen habe, so ist die Antwort: Nein.«

»Könntest du dir dann wohl denken, wo es in diesem Augenblick ist? He?« Karels Blick war plötzlich sehr viel eindringlicher, obgleich er sich immer noch bemühte, freundlich zu erscheinen.

»Als mein Sohn hier war, ging das Gerücht, er – und die Prinzessin – habe es nach Tasavalta gebracht. Er selbst hat mir davon allerdings nichts gesagt, und ich habe ihn nicht gefragt. Ich werde mich hüten, mich allzu naseweis nach Staatsgeheimnissen zu erkundigen. Und wo das Schwert jetzt ist, kann ich mir auch nicht denken.«
Karel starrte sie mit unverminderter Eindringlichkeit an. »Er hat es tatsächlich hergebracht, und gestern, als er fortritt, war es hier. Das ist kein Staatsgeheimnis.« Unverhofft hörte der Zauberer auf, sie anzustarren. Er schüttelte den Kopf und wandte den Blick ab. »Und jetzt ist es verschwunden, und ich weiß auch nicht, wo es ist. Ich weiß nicht einmal, ob dies nun ein Staatsgeheimnis sein sollte oder nicht...« Er seufzte und ließ seine letzten Worte verklingen.
Mala empfand unbestimmte Angst. »Ich weiß es auch nicht, Herr.«
»Nein, natürlich nicht. Ich glaube dir, liebe Frau, nachdem ich dich angeschaut habe... Es gibt aber noch etwas, das ich dich fragen will.«
Ihr angstvoller Blick schien zu besagen, daß sie ihn daran wohl kaum werde hindern können.
Er seufzte noch einmal. »Hier, setz' dich.« Er führte sie zu einer Bank aus Marmor und ließ sich neben ihr nieder. Er pustete erleichtert, als er seine Füße endlich entlasten konnte. »Dir oder Mark wird kein Schaden daraus entstehen, wenn du mir wahrheitsgemäß antwortest – was immer die Wahrheit sein mag. Ich glaube, ich kenne sie bereits, doch ich muß sichergehen. Wer ist Marks wirklicher Vater?«
Unter diesen Umständen war es unvermeidlich, daß die mehr als zwanzig Jahre alte Geschichte ans Licht kam. Damals hatte Mala geglaubt, der Mann könne Herzog Fraktin gewesen sein. Später war sie davon überzeugt gewesen, daß er es nicht gewesen war. Und noch später, langsam und allmählich nur, war ihr die Wahrheit gedämmert.
»Aber, Herr... ich bitte Euch – mein Mann, Jord... er darf es nicht wissen. Er hat niemals Verdacht geschöpft. Mark ist sein einziger lebender Sohn. Er...«
»Hmmm...« machte Karel. Dann sagte er: »Jord hat uns gute

Dienste geleistet. Wir werden für ihn tun, was wir können. Die Prinzessin erwartet dich. Ich habe ihr gesagt, ich wollte vorher mit dir sprechen.«

Schwerfällig stemmte der Zauberer sich hoch und führte Mala durch ein mit reichen Ornamenten geschmücktes Tor in einen zweiten, kleineren Garten, in dem die Bänke aussahen, als seien sie aus Kristall statt aus Marmor. Auf den Wegen lag etwas, das aussah wie Kies, jedoch weicher als Stein war. Die Prinzessin erwartete sie hier.

Sie scheint ein nettes Mädchen zu sein. Dies war der einzige klare Gedanke, den Mala in ihrer Verwirrung fassen konnte.

Kristin hatte darauf gebrannt, zu erfahren, wie die Mutter des Mannes war, den sie liebte – großenteils deshalb, weil sie darauf brannte, zu erfahren, wie Mark selber war, denn sie hatte ja nur wenig Zeit gehabt, ihn kennenzulernen. Es war schön und gut, sich selbst mit königlicher Autorität zu befehlen, diesen Mann zu vergessen, sich einzureden, daß Mark nicht länger ihr Geliebter sei, und wenn sie ihn noch einmal wiedersähe, dann nur vorübergehend, bei einem unpersönlichen, offiziellen Anlaß. Aber es fügte sich, daß alle diese königlichen Befehle nichts bedeuteten, als sich die Gelegenheit ergab, im Rahmen ihrer dienstlichen Obliegenheiten, nämlich im Zusammenhang mit den Schwertern, Marks Mutter kennenzulernen.

Als ein Mindestmaß der notwendigen Formalitäten erledigt war, saßen die beiden Frauen allein auf einer der kristallenen Bänke; Karel hatte sich taktvoll zurückgezogen. Nicht etwa, daß er nicht gelauscht hätte – Kristin war sicher, daß er es tat. Sie kannte Karel schon seit langem, und der fette Zauberer hatte mehr im Sinn als nur Schwerter – oder ein verschwundenes Schwert –, so wichtig dies auch war.

Mala sagte eben: »Ich hatte gehofft, eines Tages Gelegenheit zu bekommen, mit Euch zu sprechen, Hoheit. Aber ich wollte nicht wie eine ränkeschmiedende Mutter erscheinen, die versucht, Vorteile für ihren Sohn herauszuschlagen.«

»Das wäre eh nicht deine Art . . . es sei denn, du tätest es jetzt um der Sicherheit deines Sohnes willen, und das würde jede Mutter tun.«

Kristin hatte viele Fragen – über Mala, Jord, die Familie. Als sie sich nach Marks Vater erkundigte, hatte sie den Eindruck, als schaue die Frau sie befremdet an; aber wie sollte sie sonst dreinschauen, so unversehens vor die Königliche Hoheit geführt?
Und immer wieder kehrten ihre Fragen zu Mark selbst zurück. Es war mehr Zeit vergangen, als Kristin gedacht hatte – wenn auch noch nicht allzuviel –, als sie unterbrochen wurden: Ein kleines Tier, das wachsam auf einem Ast hoch über ihnen hockte, zwitscherte schrill.
Kristin fluchte, leise und verdrossen. »Da ist ein General, der darauf besteht, mich zu sehen – wenn ich inzwischen gelernt habe, diese gestammelten Signale richtig zu deuten. Ich habe so viel zu tun, und alles gleichzeitig.« Sie griff nach Malas Händen. »Ich will noch einmal mit dir sprechen, und zwar bald.«

Einen Augenblick später war Mala fort, und Kristin empfing General Rostov.
Zunächst berichtete der General mit seiner knirschenden Stimme, daß der Mann Jord in Geheimdienstkreisen einen guten Namen habe. Über den Sohn gebe es in Tasavalta bislang noch kein Dossier – das heißt, man hatte eben erst begonnen, eines anzulegen –, aber unter Sir Andrews Leuten schien er einen hervorragenden Ruf zu haben. Und er kenne die Schwerter aus einer langen, merkwürdigen und vertrauten Beziehung, ebenso wie, natürlich, Jord.
»Aber es gibt nichts, Hoheit, was sie mit dem Verschwinden des Schwertes Wundheiler in einen Zusammenhang bringen könnte.«
»Nein, das glaube ich auch nicht, General... So, und was sind Eure militärischen Pläne?«
Rostov richtete sich auf. »Es sieht so aus, Hoheit: Der beste Platz, das Haus zu verteidigen, ist nicht der Vorgarten, sondern die Straße, die heranführt, und zwar so weit vorn, wie es nur geht. *Falls* es noch geht.«
»Wenn dies eine endgültige – Was gibt es Karel?«
Der Zauberer stand in dem ornamentenreichen Gartentor.

»Eine Staatssache, Hoheit. Ihr solltet sie zur Kenntnis nehmen, bevor Ihr andere Pläne zum Abschluß bringt, militärische oder sonstige.«
»Einen Augenblick«, antwortete die Prinzessin und wandte sich noch einmal Rostov zu. »Ich glaube Euch, General. Und ich habe beschlossen, mit Euch zu kommen. Wenn Ihr sagt, die Armee müsse nach Tashigang marschieren, weil sich dort das Schicksal unseres Volkes entscheiden werde, dann ist dies der Ort, an dem auch ich zu sein habe.«
General Rostov wäre fast erstickt, als er versuchte, einen Fluch zu unterdrücken, und er widersprach so nachdrücklich, wie er nur konnte.
»Ihr solltet beide zunächst hören, was ich zu sagen habe«, mahnte Karel. »Es betrifft die Frau, die eben hier war.«

16

Sie waren viele Kilometer lang und so hoch wie Paläste. Sie schlängelten sich bergauf und bergab, in einem Kreis, der sich selbst in den Schwanz biß, gewunden wie der Rücken des legendären Großen Wurms Yilgarn. Die Mauern von Tashigang. Endlich sah er sie vor sich.
Die Einnahme der Stadt, selbst die Pläne dazu, erwiesen sich als beträchtlich schwieriger, als der Dunkle König erwartet hatte. Er hatte sich vorgestellt, zum Hermestor hinaufzureiten und das Sinnschwert vor den Augen der Garnison zu zücken, die sich zu seiner gefälligen Bedienung auf den Mauerkronen versammelt hatte. Nach der Zeit, die seine neuen Sklaven benötigten, um ihm die Tore der Stadt zu öffnen, würde er sodann im Triumph einreiten, sich seine neuen Schätze aneignen und einige seiner alten Feinde endgültig beseitigen.
Dieser letzte Teil seiner Vision war der erste, der sich als wenig überzeugend, ja undurchführbar erwies – und zwar, sobald Vilkata wirklich darüber nachdachte. Das Sinnschwert würde seiner Rache vermutlich alles Befriedigende rauben. Wenn alte Feinde zu loyalen Sklaven wurden, so treu und

unterwürfig, wie Menschen es nur sein konnten, dann hatte es doch keinen Sinn mehr, sie zu bestrafen oder gar zu vernichten.

Auf jeden Fall aber sah Vilkata jetzt, daß ihm Tashigang doch nicht so rasch in die Hände fallen würde. Am letzten Abend seines Marsches auf die Stadt, am Abend, bevor er zum erstenmal wirklich vor den gewundenen Mauern der Stadt stand, hatten seine beratenden Dämonen ihm eine Warnung zugeflüstert. Sie hatten festgestellt, so raunten sie, daß soeben das Schwert Urteilspender in die Stadt getragen worden sei, und einer der fanatischsten Verteidiger es in seinem Besitz habe. Infolgedessen bestehe die Gefahr, daß auch die machtvollste Magie – jawohl, selbst die Kraft des Sinnschwertes – gegen den Dunklen König gewendet werde, wenn er versuchte, sie in einem Angriff einzusetzen.

Als Vilkata diese düstere Warnung erhalten hatte, saß er eine Zeitlang in blinder Stille da; seine Dämonensicht hatte er abgelegt, um sich besser auf seine Gedanken konzentrieren zu können. Unterdessen warteten die menschlichen Ratgeber, in zitterndem Schweigen und voller Angst vor seinem Zorn, denn sie glaubten, er lausche den Dämonenstimmen, die nur er hören konnte.

Der Dunkle König versuchte, sich vorzustellen, wie es sein würde, wenn die schrecklichsten Warnungen seiner unmenschlichen Berater wahr würden. Es würde bedeuten, daß die Ergebenheit seiner eigenen Truppen sich in Haß verwandelte. Vielleicht würde es überdies bedeuten, daß alles Böse, das er je auf jemanden innerhalb der Mauern von Tashigang herabgerufen hatte, plötzlich auf ihn selbst zurückfiele und ihn zermalmte.

Zudem hatte man ihn gewarnt, daß auch das Schwert Stadtretter in Tashigang sein könne. Das Schwert der Wut an sich würde kaum in der Lage sein, die Macht des Sinnschwertes zu beschneiden. Aber was Stadtretter gegen diejenigen Angreifer, die in Reichweite seiner Klinge gerieten, auszurichten vermochte, war genug, um jeden Feldherrn nachdenklich zurückweichen zu lassen.

Ein Schauder überlief den Dunklen König, und eine Angst, die niemals sehr tief unter der Oberfläche seiner Gedanken lauerte, quoll plötzlich herauf. Als ihn schauderte, glaubten die Menschen, die ihn sahen, er lausche noch immer seinen Dämonen.

Und dann war da noch Ferntöter zu bedenken. Solange er diese Waffe nicht sicher in seinen Händen hatte, mußte er sich ihretwegen Sorgen machen. Jeder Monarch, überhaupt jeder Mensch, der sich pausenlos mit so bedeutenden Dingen abgab, wie Vilkata es tat, machte sich zwangsläufig Feinde und hatte infolgedessen Grund zur Besorgnis. Kurzsichtiges, rachsüchtiges kleines Volk gab es jederzeit mehr als genug... und weder seine Zauberer noch die stofflosen Dämonen konnten dem Dunklen König sagen, wer das Schwert der Rache jetzt besaß. Wenn er nur Schildbrecher auf dem Schlachtfeld hätte finden können! Aber nein, auch hier hatte sich eine Störung, eine Bedrohung erhoben, die das verhindert hatte. Und jetzt konnte ihm niemand mehr sagen, wo sich diese unüberwindliche Waffe befand.

Würfelwender war ein weiteres denkbares Problem. Die magischen Ratgeber des Dunklen Königs vermuteten, daß sich auch diese Klinge innerhalb der Mauern Tashigangs befand. Und er war sicher, daß das Schwert des Glücks diesen verfluchten, dreisten Schurken in die Hände spielen würde; es würde ihnen Glück bringen, selbst im Angesicht des Sinnschwertes. Immer wieder versuchte Vilkata sich vorzustellen, wie dieses Glück aussehen könnte. Aber was immer es sein würde, es würde ihm schaden.

Doch allen Hindernissen und Einwänden zum Trotz konnte er wahrhaft königliche Hartnäckigkeit an den Tag legen, und er würde sich nicht aufhalten lassen. Keine seiner Befürchtungen war groß genug, um ihn daran zu hindern. Schließlich beschloß er, seine eigenen übernatürlichen Waffen vorläufig zurückzuhalten und nach besten Kräften zu versuchen, die Stadt durch Drohungen zur Aufgabe zu bewegen.

Am Nachmittag seiner Ankunft vor den Mauern ließ er seinen großen Pavillon in Sichtweite aufbauen – allerdings wohlweislich außer Schußweite. Gleichzeitig ließ Vilkata die Stadt vollständig umzingeln, und er befahl seinen Truppen, sich

rings um die Stadt wie zu einer längeren Belagerung einzugraben.
Ein solches Manöver verwandelte selbst sein gewaltiges Heer in eine dünne Linie, denn dazu mußten viele Kilometer besetzt werden; später allerdings, falls es tatsächlich nötig war, die Mauern anzugreifen, würde Vilkata seine Truppen an einigen wenigen Stellen konzentrieren. Bis dahin aber war ihm daran gelegen, nicht nur den Eindruck von überwältigender Stärke, sondern auch den von gelassener Entschlossenheit zu vermitteln. Und er war immer noch nicht davon überzeugt, daß alles gutgehen werde; immer wieder drängte er seine Späher und seine Zauberer, ihn mit weiteren Informationen zu versehen.
Als die Sonne am zweiten Tage der Belagerung hinter dem Horizont verschwand, wurden die verschwommen drohenden Ahnungen von bevorstehendem Unheil, die den Dunklen König plagten, plötzlich beiseite gefegt. Der letzte fliegende Bote, der bei Tageslicht eintraf, meldete, daß Draffut, der lästige Herr der Tiere, endlich tot sei, und der Gott Mars – eine ebenso verdrießliche Gestalt, weil es ihm nämlich gelungen war, sich der Gewalt des Sinnschwertes zu entziehen – sei mit ihm gestorben. Vulkan aber, der die beiden bezwungen habe, sei auf dem Weg nach Tashigang; er schwenke das Schwert Schildbrecher und gelobe dem Dunklen König unter lautem Gebrüll ewige Ergebenheit.
Auf die Frage, wann der Gott voraussichtlich eintreffen werde, gab der halbintelligente Kurier Antworten, die zu besagen schienen, daß der Schmied nur langsam und scheinbar ziellos durch das Land ziehe, weil er häufig anhalte, um seinem Gott Vilkata zu opfern, und auch, weil er sich im Zickzack voranbewege; aber unaufhörlich schreie Vulkan, er sei unterwegs nach Tashigang, wo seine übrigen Schwerter sich versammelten, und dort wolle er dem König persönlich seine Ehre erweisen.
Seine übrigen Schwerter? Vilkata wurde nachdenklich. Natürlich hatte der Gott sie alle geschmiedet, und vielleicht war das ja alles, was er damit ausdrücken wollte. So oder so – es gab nichts, was Vilkata gegen Vulkan oder sonst einen Gott unternehmen konnte, solange sie sich nicht in Reichweite des Sinnschwertes aufhielten. Und der Dunkle König wollte nicht den

Anschein erwecken, als sei er besorgt wegen einer Nachricht, die, oberflächlich zumindest, ermutigend klang. Daher gab er seinen Soldaten die Erlaubnis, mit einer Siegesfeier für Vulkan zu beginnen, und er schickte zahlreiche Trompeter und Ausrufer hinaus, um dafür zu sorgen, daß Draffuts Fall und das Herannahen des siegreichen Vulkan auch innerhalb der Mauern von Tashigang bekannt wurden.
Vilkata nahm sogar selbst an dem Jubelfest teil, an der ersten Hälfte wenigstens; doch er zog sich verhältnismäßig früh zurück, denn er wollte auf jeden Fall genug Zeit haben, sich zu erholen und zu schlafen, bevor Vulkan eintreffen könnte. Er vergnügte sich mit Frauen und war nahe daran, sich mit Wein zu berauschen, doch schließlich fiel er auf sein Feldbett und schlief.
Er erwachte mehrere Stunden früher, als er erwartet hatte, und was ihn weckte, war nicht der sanfte Ruf seines Kammerdieners oder ein Offizier seiner Leibwache. Das Geräusch, welches Vilkata aus seinen Siegesträumen riß, war das Zerreißen der Zeltplane, die nicht weit neben seinem Kopf von der Klinge eines Feindes durchschnitten wurde.

So irrwitzig der Gedanke auch erschien, wenn bloße menschliche Berechnung sich mit ihm befaßte – Würfelwender hatte darauf beharrt, daß die Verteidiger der Stadt einen Ausfall gegen Vilkatas Lager unternehmen sollten, ein militärisches Manöver also, bei dem bestenfalls ein paar hundert Soldaten eingesetzt werden konnten, um gegen Vilkatas Tausende zu kämpfen. Nur so zumindest ließ sich letztendlich deuten, daß das Schwert des Glücks, wann immer man es befragte, ins Zentrum des feindlichen Lagers wies.
Mark, Ben und Barbara erörterten mit den übrigen Mitgliedern des Bürgermeisterrates die Möglichkeit, einen oder zwei Agenten oder Spione, bewaffnet mit Würfelwender, in das Lager hinauszuschicken, damit sie dort versuchten, zu vollbringen, was immer das Schwert ihnen zu tun riet. Aber Mark hatte seine Erfahrungen mit den Sicherheitsvorkehrungen, die der Dunkle König zu treffen pflegte, und ohne Sichtblenders Hilfe, konnte er sich nicht vorstellen, wie diese überwunden werden sollten. Andererseits – je eingehender man über die Möglichkeit eines

überraschenden Ausfalls nachdachte, desto weniger wahnwitzig erschien diese Möglichkeit. Natürlich konnte man ihn bei Nacht durchführen, und gewiß würde er die feindlichen Truppen überraschen. Der Bürgermeister zog geheime Karten hervor, und es zeigte sich, daß einer der Geheimgänge – wie die meisten Orte mit ausgeklügelten Befestigungsanlagen verfügte Tashigang über mehrere – an einer verborgenen Stelle unterhalb der Uferböschung des Corgo zutagetrat, hinter der feindlichen Front und nur wenige hundert Meter von der Stelle, an der man Vilkatas Pavillon errichtet hatte.

Hastig schmiedete man einen Plan. Ben und Mark würden den Stoßtrupp begleiten, und Mark würde Würfelwender mitnehmen. Nachdem Ben nachdrücklich dafür eingetreten war, sich nicht zu ergeben, konnte er sich diesem Einsatz nun nicht gut entziehen. Er hätte seinen alten Freund ohnehin niemals allein ziehen lassen. Die Handvoll Tasavaltaner, die Mark nach Tashigang begleitet hatten, erboten sich bis auf den letzten Mann, ihm auch hier zu folgen. Dies überraschte und beglückte ihn; entweder seine Führungsstärke oder sein Schwert hatte ihm mehr Vertrauen verschafft, als er erwartet hatte.

Der Großteil des Ausfalltrupps, der alles in allem zweihundert Mann zählte, bestand aus denen, die das Gemetzel an Sir Andrews Armee überlebt hatten. Wie sich zeigte, waren sie so rachedurstig, wie Mark vorhergesehen hatte.

In den späten Abendstunden wurde der Stoßtrupp in den ausgemauerten Geheimgang geschleust; der Eingang des Tunnels verbarg sich im Keller eines Nebengebäudes an der Seite des Bürgermeisterpalastes.

Während sie in der beengten Finsternis des feuchten Tunnels darauf warteten, daß die letzten magischen Vorkehrungen getroffen wurden, fand Mark ein wenig Zeit, um mit seinem alten Freund Ben zu plaudern. Er erzählte ihm von seiner Begegnung mit dem Kaiser.

Als Mark den Namen Ariane erwähnte, schüttelte Ben den Kopf; er wollte nichts weiter hören. Aber als er erfuhr, der Kaiser habe das rothaarige Mädchen als seine Tochter bezeichnet, richtete der massige Mann seinen hoffnungslosen Blick

auf Mark. »Aber was hat das zu bedeuten? Was hilft es noch? Sie ist tot.«
»Ich weiß nicht, was es zu bedeuten hat. Ich weiß, daß du sie geliebt hast. Ich wollte nur, daß du weißt, was er mir erzählt hat.«
Ben nickte langsam. »Es ist merkwürdig... daß er das sagt.«
»Was meinst du?«
»Als wir aus den Schatzhöhlen kamen – gleich nachdem sie getötet worden war –, schaute ich hinüber zu jener Landzunge auf der anderen Seite des Fjordes, die sie des Kaisers Land nennen. Einen Augenblick lang glaubte ich, rotes Haar zu sehen. Aber ich schätze, das hat nichts zu bedeuten.«
Und plötzlich hatten sie keine Zeit mehr, das Gespräch fortzusetzen.
Die erfahrenste Zauberin des Bürgermeisters zwängte sich durch den Gang und versah im Vorübergehen jeden Mann und jede Frau des Stoßtrupps mit einem Zeichen. Als ihre Hand über Marks Augen gestrichen hatte, merkte er, daß er plötzlich einen matten, geisterhaften Lichtschein um den Kopf eines jeden in der Truppe sehen konnte. Wenn es in der Dunkelheit zum Kampf käme, würden sie einander daran leicht erkennen können, wenigstens so lange, wie die feindlichen Magier den Zauberbann nicht lösen und zu ihrem eigenen Vorteil verwenden könnten. Höchstwahrscheinlich waren sie kundiger als diese Frau, aber in dieser verzweifelten Situation mußte auch der kleinste Vorteil genutzt werden. Schließlich hatten sie ja Würfelwenders Hilfe.
Die Kolonne setzte sich in Bewegung. Der Tunnel war mehr als einen Kilometer lang, und der untere Abschnitt war von knietiefem Wasser überflutet. Eine Zeitlang hörte man nichts als ein gelegentliches lautes Platschen, gefolgt von einem Fluch, das Scharren der Füße und das Klirren der Waffen.
Seit einer Weile schon wartete ein Vortrupp beim Tunnelausgang. Leise wurde die Pforte geöffnet. In Zweierreihen, so schnell und so lautlos wie möglich, stiegen die Soldaten aus dem Tunnel in das seichte Uferwasser und die Böschung hinauf in die Nacht.
Mark, der Würfelwender in der Hand hielt, stieg als zweiter

oder dritter hinaus. Jetzt war kein Irrtum mehr möglich. Das Schwert des Glücks führte ihn, und es lenkte den gesamten Angriff geradewegs auf Vilkatas Pavillon. Das riesige Zelt war im Licht mehrerer Wachfeuer deutlich zu sehen; der Nachtwind ließ die Planen leise wehen, so daß es im flackernden Feuerschein aussah wie ein Chiaroscuro-Gemälde.
Die ersten Soldaten des Dunkeln Königs, die der voranschleichenden Truppe ahnungslos über den Weg liefen, wurden in grausamer Lautlosigkeit niedergemacht. Die Augenblicke der anfänglichen Überraschung schienen ewig zu währen. Dann aber erscholl der Alarm. Ein Dutzend Stimmen gellten gleichzeitig durch die Nacht. Die kleine Schar der Eindringlinge ging zum Angriff über; noch war mindestens die Hälfte der Truppe gar nicht aus dem Tunnel gekommen.
Der Widerstand begann, Waffe gegen Waffe, wild und immer heftiger, aber noch war er zu ungeordnet, als daß er den Angriff hätte aufhalten können. Mark, der unter den vordersten war, benutzte Würfelwender wie ein gewöhnliches Schwert. Von allen Seiten strömten Soldaten herbei, um sich den Eindringlingen in den Weg zu stellen; der Alarm verbreitete sich rasch. Schon war für einen Augenblick der Pavillon in Reichweite. Das Schwert des Glücks konnte die Zeltplane berühren; das feine Tuch teilte sich kreischend unter seiner Klinge.
Männer stürzten aus dem Zelt hervor, um mit der Waffe in der Hand den Weg zu versperren. Schon formierten sich die Feinde zum Gegenangriff, der sich gegen die Flanken und gegen die Spitze der Kolonne zugleich richtete. Die Kolonne zerriß, und die Spitze wurde von entgegendrängenden Schwertern und Schilden zurückgeschoben. Ein unübersehbares, ungeordnetes Handgemenge begann.
Und noch ein anderer, tödlicherer Widerstand sammelte sich. Über den Wachfeuern und über dem Pavillon selbst flirrte die Luft nicht nur von der aufsteigenden Hitze. Die Schutzdämonen des Dunklen Königs und seiner Zauberer machten sich bereit, auf die Eindringlinge herabzustoßen.
Die beste Zauberin des Bürgermeisters, die neben Mark durch die Finsternis stolperte, erstarrte plötzlich und packte Mark beim Arm. Er spürte, daß die Frau am ganzen Leib zitterte.

»Tu, was du kannst!« forderte sie ihn auf. »Und zwar schnell! Sonst sind wir alle verloren. Ich hatte gehofft, sie würden weniger stark sein ...«
Mark mit seiner Erfahrung war von der grimmigen Gewißheit erfüllt gewesen, daß sie just so stark sein würden. Dennoch, das Schwert hatte ihn hergeführt. Und er selbst besaß auch eine gewisse Kraft, die er schon einmal erprobt hatte.
Sein Glaube an diese Kraft wurde jetzt auf eine harte Probe gestellt. Plötzlich war der Kaiser nichts weiter als ein Mann wie jeder andere, und weit weg dazu, während die rasenden Wesen aus der Luft, die jetzt auf ihn herabstießen, überwältigender und realer waren als alles andere im Universum.
Mark hatte sich keine Beschwörungsformeln zurechtgelegt. Wenn er dem Kaiser vertrauen wollte, dann würde er ihm auch glauben müssen, daß keine besonderen Worte notwendig waren. Der Spruch, der ihm jetzt in den Sinn kam, war derjenige, den Ariane vor vier Jahren in den Gewölben des Blauen Tempels benutzt hatte: »Im Namen des Kaisers, laßt ab von diesem Spiel, gebt frei den Weg!«

Vilkata, den der Lärm des Überfalls geweckt hatte, war soeben benommen aus dem Bett gerollt. Der Dämon, der ihm als Auge diente, war unvermittelt zum Dienst gerufen worden und hatte gerade begonnen, Bildvisionen in das Gehirn des Dunklen Königs zu leiten, als er plötzlich davongeschleudert wurde und die Bilder im Kopf des Königs verschwanden.
Einen Augenblick vermochte er die ganze Bedeutung dieser völligen und jähen Blindheit nicht zu erfassen. Gewiß war irgendwo eine Notlage entstanden, und Vilkatas erster Gedanke galt dem Sinnschwert. Er tastete danach, doch seine Hände fanden nichts als zerknülltes, faltiges Tuch: Ein Teil seines Zeltes war eingestürzt. Die Waffe war nicht da, wo er sie vermutet hatte. War es möglich, daß er in seinem Rausch in der Nacht versäumt hatte, das Schwert dort niederzulegen, wo es immer lag – an seiner Seite? Er konnte sich daran erinnern, daß er das Schwert irgendwann während der Feier zum Spaß benutzt hatte, um eine der Frauen zu wahnwitziger Ergebenheit zu treiben. Aber danach?

Umgeben vom Lärm des Kampfes, von Stöhnen und Fluchen und vom Klirren der Waffen, kroch er in panischer Hast auf dem Boden umher, zwischen weichen Kissen und vergossenem Wein, und tastete verzweifelt nach dem Schwert. Jäh aus dem Schlaf gerissen und plötzlich erblindet, war er verwirrt. Aber nein – er hatte das Sinnschwert mit in sein Schlafgemach genommen. Jetzt erinnerte er sich, und er war sicher. Aber jetzt konnte er es nicht finden. Wo war es?

Das Gefecht tobte ganz in der Nähe. Offenbar waren Planen und Halterungen des Zeltes attackiert worden. Rennende und kämpfende Menschen waren dagegengestoßen, und immer mehr der großen Tuchbahnen fielen zerknüllt herab. Sie wehten auf den umhertastenden Blinden hernieder und bedeckten ihn.

Das Schwert mußte genau hier sein. Er wußte, daß es hier war. Aber er bekam es nicht in die Hände. In blinder Panik wühlte er sich in die Haufen von feinem, weichem Tuch, die wie Schnee herabsanken und alles bedeckten. Seine suchenden Finger wurden davon behindert wie die Augen eines Sehenden vom Nebel.

Inzwischen hatte Vilkata gemerkt, daß nicht nur sein Sichtdämon, sondern mit ihm auch alle anderen Dämonen verschwunden und damit auch seine Schutzvorkehrungen zu einem großen Teil unwirksam waren. Es war unglaublich, aber wahr. Irgend etwas hatte sie alle davongejagt. In einiger Entfernung hörte er Burslems Stimme; der Zauberer brüllte Beschwörungsformeln und suchte andere, nicht-dämonische Kräfte der Magie zu Hilfe zu rufen. Ob er dabei Erfolg hatte, vermochte Vilkata nicht zu sagen. Sein Gehör bestätigte ihm, daß der handfeste Kampf nebenan immer noch tobte, aber die feindlichen Waffen hatten seine Haut noch nicht gefunden. Vielleicht war er unter diesen erstickenden Planen ebenso unsichtbar wie blind.

Und noch immer hatte er in seiner Verwirrung das Schwert nicht gefunden. Er würde sich jetzt zum Bett zurücktasten und von dort aus noch einmal mit der Suche beginnen. Wenn er nur wüßte, in welche Richtung er kriechen mußte, um sein Bett zu finden...

Mark schwang Würfelwender jetzt unaufhörlich wie ein ganz gewöhnliches Schwert, um sich zu verteidigen. Die Dämonen waren zu seiner Zufriedenheit verjagt, zumindest vorläufig, aber die Schlagkraft der anderen Verteidiger des Dunklen Königs nahm von Minute zu Minute zu. Mark vermutete, daß der Feind die angreifende Streitmacht auf mehrere tausend Mann schätzte; der Dunkle König würde sich nicht denken können, daß eine erheblich kleinere Truppe es wagen würde, ihn in dieser Weise zu überfallen.

In der Finsternis am äußeren Rand des Gefechtes geschah es zweifellos nicht selten, daß die Leute des Dunklen Königs übereinander herfielen. In der näheren Umgebung des Pavillons, im Licht der Wachfeuer, erging es ihnen besser, und bald gelang es ihnen, aus ihrer Übermacht einen echten Vorteil zu schlagen. Marks besonders Glück wurde allmählich arg strapaziert: Er wurde am linken Arm leicht verwundet. Der Schlag hätte ihn zweifellos getötet, wenn das Schwert des Glücks nicht auf seiner Seite gewesen wäre.

Ben hatte er aus den Augen verloren, und die Zauberin ebenfalls. Seine tasavaltanische Garde kämpfte in seiner Nähe. Würfelwender deutete noch immer auf den halb zusammengestürzten Pavillon, doch Mark sah keine Möglichkeit mehr, dorthin zu gelangen. Der ganze Stoßtrupp wurde jetzt zurückgedrängt, und der Abstand zu Vilkatas Zelt vergrößerte sich zusehens.

Nur Urteilspender in der Hand eines Offiziers aus Sir Andrews Armee bewahrte die Angreifer derzeit davor, völlig aufgerieben zu werden. Das Schwert lenkte jeden Schlag, jedes Geschoß, jeden Zauberbann auf seinen Ursprung zurück; es machte den, der es führte, zum Mittelpunkt einer unüberwindlichen Kraft und richtete jede Waffe, die man gegen ihn einsetzte, auf ihren Benutzer zurück. Urteilspender allein verursachte beträchtlichen Schaden in den Reihen der Verteidiger. Zusammen mit dem Schwert des Glücks, das Mark immer noch umklammert hielt, verlieh er den Eindringlingen zähe Kraft, selbst nachdem ihre Hoffnung, das Sinnschwert in ihre Hände zu bringen, beinahe völlig geschwunden war.

»Zurück!« Ob Mark nun derjenige war, der dieses Wort tat-

sächlich hervorstieß, oder nicht – jedenfalls steckte es auch in seiner Kehle. »Wir müssen uns zurückziehen. Unsere beiden Schwerter dürfen nicht verlorengehen.«
So wurde der unfreiwillige Rückzug zu einem planvollen. Würfelwender, den Wünschen seines Besitzers stets treu ergeben, wies ebenfall zurück. Mark kämpfte, wich zurück und kämpfte wieder. Sein verwundeter Arm hinderte ihn ein wenig, aber er schwang das Schwert des Glücks, so gut es ging. Seine tasavaltanische Leibwache war bestrebt, dicht bei ihm zu bleiben, und nicht nur einmal rettete sie ihm das Leben.
»Alle Götter! Was ist denn das?«
Es waren nicht alle Götter, es waren nur einige – nicht mehr als drei oder vier vielleicht. Sie waren weit hinten am Horizont, viele Kilometer weit von den Mauern Tashigangs und dem Kampfplatz entfernt. Man sah mehrere große Funken wie brennende Kienspäne unstet hin und her wandern. Diese Kienspäne mußten in Wirklichkeit mindestens lodernde Baumstämme sein.
Einen Augenblick lang wurde es fast still auf dem Kampfplatz, denn die meisten Leute hatten jetzt bemerkt, was da in der Ferne herankam, und in diesem beinahe stillen Moment hallten die singenden Stimmen der Götter herüber. Was sie sangen, war schwer zu verstehen, denn ihre Stimmen waren mißtönend und verwehten im Wind, aber man hörte genug, um zu wissen, daß es Lobgesänge für Vilkata waren.
Und die Erde unter diesen wandernden Feuerbränden und der Himmel darüber waren nicht mehr völlig dunkel: Das noch mächtigere Feuer des Morgengrauens nahte.
Es war genug, ja mehr als genug, um den Rückzug in eine panische Flucht ums nackte Leben zu verwandeln. Selbst wenn die Götter dem Dunklen König nicht so rasch zu Hilfe kämen – das Tageslicht wäre bald da, und das Tageslicht würde die Verwirrung in Vilkatas Lager beenden, es würde seinen Leuten zeigen, wie gering die Zahl der Gegner war, mit denen sie es zu tun hatten. Befehl oder nicht, der hastige Rückzug war in vollem Gange.
Vielen der Verteidiger von Tashigang gelang es, sich in den Tunnel zurückzuziehen, bevor Vilkatas Soldaten ihn entdeck-

ten und sich sofort daran machten, den Eingang zu versperren. Ben hätte es um ein Haar geschafft, noch hineinzuschlüpfen, doch er kam zu spät, und Mark kam noch später.

Vielleicht war es Zufall, daß die beiden Dinge, auf denen die Hoffnungen des Dunklen Königs fußten, gleichzeitig zu ihm zurückkehrten, wie sie ihn auch verlassen hatten: das Sinnschwert und seine dämonische Sehkraft. Als die ersten Schreie seiner Leute den Sieg über die Eindringlinge kundtaten, fiel seine Hand endlich auf den schwarzen Schwertgriff. Das Schwert lag da, wo er es hingelegt hatte – unberührt, unentdeckt, während der Kampf ringsum tobte. Gleichzeitig ließ der Dämon, der erst jetzt zu seiner Pflicht zurückkehren konnte, Vilkata wieder sehen, und das erste, was er sah, war das Schwert vor ihm, den Feuerstab, den er immer sah, gedämpft und umhüllt von der ledernen Scheide.

Als der Dunkle König das Schwert in der Hand hielt, befahl er dem Dämon, sein Sichtfeld auszuweiten. Er betrachtete die Zerstörung und die immer noch weitverbreite Verwirrung, die den Lagerplatz beherrschte. Seine führenden Untergebenen merkten jetzt, daß er fehlte. Sie wußten nicht, ob er noch lebte, und viele von ihnen, dessen war Vilkata sicher, hofften, er möge gefallen sein.

Dies immerhin würde sich drastisch ändern, wenn er ihnen die Klinge zeigte. Er stand auf. Jetzt, da er sehen konnte, fiel es ihm nicht schwer, sich aus den herabgefallenen Zeltplanen zu befreien.

Wenn es seine Art gewesen wäre, den Göttern zu danken, dann hätte er es jetzt getan.

Der Überschwang, mit dem ihn sein triumphales Überleben erfüllte, und das Gefühl der Unbesiegbarkeit waren von kurzer Dauer. Hager stand er im frühen Licht des Tages. Er wußte, daß er schwach und erschöpft aussehen mußte; er hatte Angst, sich wieder schlafen zu legen, und ebenso viel Angst, vor seinen Untergebenen müde oder unsicher zu erscheinen. Deshalb benutzte Vilkata seine eigenen magischen Kräfte, um die zurückkehrenden Dämonen zu züchtigen. Wo sie gewesen waren, konnten oder wollten sie ihm nicht sagen.

Etwas anderes war es, als er von ihnen wissen wollte, welcher Macht es gelungen sei, sie so gründlich und zugleich mühelos zu vertreiben. Mürrisch erklärten sie, man habe sie im Namen des Kaisers verjagt.

»Der Kaiser? Ist das ein Scherz?« Aber noch während er sprach, wußte Vilkata, daß es keiner war. Bei seinen eigenen ausgedehnten Studien der Magie und der Welt war er von Zeit zu Zeit auf Dinge gestoßen, die die wahre Macht des Kaisers ahnen ließen, auf Spuren und Hinweise auch, die auf einen Zusammenhang zwischen dem jetzigen Kaiser und dem Wesen namens Ardneh hindeuteten, jenem seit zweitausend Jahren toten Gott, den die unwissenden Massen noch immer anbeteten. Schon vor langer Zeit hatte Vilkata sich entschlossen, diese Spuren und Hinweise nicht weiter zu beachten.

Der Dunkle König bestrafte seine Dämonen und verpflichtete sie, so gut er konnte, ihm von jetzt an treu zu dienen. Dann begab er sich, erschöpft, wie er war, zu einer Besprechung mit seinen menschlichen Magiern, die nach der zurückliegenden Nacht nicht minder erschöpft waren.

Die Gesichter der Zauberer wurden lang, als er den Namen des Kaisers erwähnte. Aber sie mußten einräumen, daß die Behauptung, die Dämonen seien dadurch vertrieben worden, womöglich eines Körnchens Wahrheit nicht entbehre.

»Warum können wir diesen Namen dann nicht genauso benutzen?« wollte Vilkata wissen.

»Keiner von uns ist ein Kind des Kaisers, Sire.«

»Kinder des Kaisers? Ich hoffe nicht! Seid ihr wahnsinnig?«

»Kaiserskinder« war eine landläufige, sprichwörtliche Bezeichnung für die Armen, die Waisen und die Glücklosen.

Bevor sie die Erörterung fortsetzen konnten, kam es zu einer Unterbrechung, die – zunächst wenigstens – von den Zauberern herzlich begrüßt wurde. Es war der erste fliegende Bote des Morgens, und er brachte eine Nachricht, die der Tierführer für wichtig genug hielt, um sie unverzüglich melden zu lassen. So erfuhr Vilkata, daß das Heer der Silbernen Königin endlich gesichtet worden sei. Es sei im Anmarsch und gedenke offenbar, ihm in den Rücken zu fallen. Diesmal, versicherte man Vilkata, sei die Meldung echt.

Den Beobachtungen nach war die Armee der Silbernen Königin an sich nicht stark genug, um den Dunklen König ernstlich zu beunruhigen. Aber da war auch das gefürchtete Schwert, von dem er wußte, daß sie es hatte. Und möglicherweise nicht weniger besorgniserregend war, daß sie ausgerechnet zu diesem Zeitpunkt hier eintraf, denn es konnte leicht bedeuten, daß seine Feinde einen wirkungsvollen Plan zur Zusammenarbeit gegen ihn beschlossen hatten.
Dieser letzte Verdacht wurde bestärkt, als er erfuhr, daß auch die Armee von Tasavalta auf dem Marsch sei und bald vor Tashigang eintreffen werde. Rostov würde ein achtunggebietender Gegner sein. Aber den Meldungen zufolge würden immerhin noch ein oder zwei Tage vergehen, bis er auf dem Schauplatz erscheinen könne.
Und dann Vulkan – Vulkan war jetzt fast da. Mit größerer Eindringlichkeit als je zuvor wurde Vilkata klar, daß die Götter oft dumm waren oder sich zumindest so benahmen – was letzten Endes natürlich auf das gleiche hinauslief.
Der Dunkle König zog das Sinnschwert aus der Scheide, hielt es in der Faust und ritt so dem Gott entgegen, der ständig behauptete, er komme, um ihm die Ehre zu erweisen.
Er ritt der kleinen Schar seiner bebenden menschlichen Adjutanten ein kleines Stück weit voraus; der Dämon, der ihm zum Sehen verhalf, zitterte vor Angst nicht weniger. Vilkata hob das blitzende Sinnschwert über seinen Kopf. Gleichzeitig rief er dem Schmiedegott mit Donnerstimme entgegen, er verlange Gehorsam.
Vulkans erste Antwort war ein wissendes Grinsen, das in dem, was er andeutete, niederschmetternd wirkte. Und dann lachte der Gott über den Menschen, den anzubeten er einmal gezwungen worden war.
Mit einem bösartigen Glitzern in seinen großen Augen schwenkte Vulkan den glühenden Baumstamm, der einmal eine Fackel gewesen war, hin und her und verkündete, daß er gedenke, sich für die erlittenen Demütigungen zu rächen.
»Haben es denn deine Späher und Spione ernstgenommen, als ich ihnen zubrüllte, ich wolle herkommen, um dir die Ehre zu geben, Menschlein? Gut! Denn sobald ich Zeit dazu habe,

werde ich dir die Ehre erweisen, wie es noch niemand getan hat. O ja.
Ich bin ein Gott, kleiner Mann. Weißt du das noch? Und *Schildbrecher* ist jetzt in meiner Hand! Kannst du begreifen, was das bedeutet? Ich, der ich es geschmiedet habe – ich weiß es. Es bedeutet, daß mir keine andere Waffe etwas anhaben kann. Auch nicht dein Sinnschwert. Keine Macht der Erde kann sich mir jetzt entgegenstellen.«
Der Dunkle König – wie immer am tapfersten, wenn die Lage verzweifelt war – verharrte aufrecht und ohne zurückzuweichen vor dem Gott, und insgeheim hegte er die Hoffnung, Urteilspender in der Hand eines Menschen könne diese stolze Gestalt immer noch zu Boden werfen. Oder Ferntöter... doch dann sah er die zweite Scheide an Vulkans Gürtel, den zweiten schwarzen Schwertgriff, und einen Augenblick lang wallte schiere Verzweiflung in ihm auf.
Vulkan ließ sich Zeit mit dem, was er noch zu sagen hatte. Er würde Rache nehmen an Vilkata – aber noch nicht gleich. »Zunächst einmal, kleiner Mann, sind da noch andere Schwerter, die ich an mich bringen muß – nur um sicherzugehen... Aus diesem Grunde beanspruche ich diese Stadt mit allem, was darin ist, für mich. Die Stadt und alle ihre Bewohner. Sie werden sich wünschen, daß Mars noch am Leben wäre, wenn meine Herrschaft beginnt.«
Und der Gott wandte dem König den Rücken zu und marschierte davon, um seine Stadt in Besitz zu nehmen. Anscheinend waren mehrere Begleiter bei ihm gewesen, als er über den Horizont heraufgekommen war; jetzt aber war es nur noch einer, ein vierarmiger, männlicher Gott, den Vilkata nicht benennen konnte. Aber es erschien ihm auch nicht sonderlich wichtig.
Solange Vilkata tatsächlich vor Vulkan gestanden hatte, war er in der Lage gewesen, dem Schmied mutig standzuhalten. Aber als die Konfrontation vorüber war, zitterte der Mann am ganzen Leibe. Gleichwohl – in gewisser Weise war er fast froh darüber, daß Vulkan nunmehr offen sein Feind war. Stets hatte es in der Vergangenheit einer übermenschlichen Herausforderung bedurft, um Vilkata zu seinen größten Anstrengungen

und Leistungen anzuspornen. Wenn er wußte, daß eine Krise nahte, dann nagte eine nervenzerfetzende Angst an ihm, die ihn manchmal fast handlungsunfähig machte. Aber wenn die Krise dann da war, war er gut wie nie.
So war es auch jetzt. Er kehrte zu seiner Armee zurück, berief eine Stabsbesprechung ein und gab entschlossen eine Reihe von Befehlen aus. Mit neuerlich kühner Stimme wies der Dunkle König seine Offiziere an, die eben erst begonnene Belagerung abzubrechen. Unverzüglich setzte er sein ganzes, gewaltiges Heer in Bewegung und zog der Silbernen Königin und dem Schwert Seelenschneider entgegen.
Auch Vulkan würde an die Reihe kommen, und zwar bald. Es gab noch immer gewisse Waffen, gegen die auch ein mit dem Schwert der Kraft bewaffneter Gott nicht immun sein würde: Kühnheit und Intelligenz nämlich. Vorläufig aber würde Vilkata die Stadt Tashigang den Göttern überlassen.

17

In der Stunde vor dem Morgengrauen, zu der Zeit, da zweihundert loyale Verteidiger der Stadt draußen vor den Mauern um ihr Leben kämpften, gab es Verrat im Palast des Bürgermeisters. Geld ging von Hand zu Hand, und Waffen blitzten in einem Korridor in den oberen Stockwerken, wo man einen Raum in eine Zelle für einen wichtigen Gefangenen verwandelt hatte. Bestechung und Gewalt verhalfen dem Hohenpriester und Vorsitzenden des Blauen Tempels, Hyrcanus, zur Freiheit.
Es waren seine unmittelbaren Untergebenen im Blauen Tempel, die das Rettungsunternehmen als Teil einer allgemeinen Rebellion entsprechend den zuvor erteilten Anweisungen des Hohenpriesters geplant hatten. Ziel des Aufstandes war es, die Herrschaft über die Stadt zu erlangen und den Dunklen König mit seiner Armee willkommen zu heißen.
Die Versuche der Tempelgarde, Tore und Mauern von innen zu erstürmen, blieben erfolglos. Ein gleichzeitiger Attentatsversuch gegen den Bürgermeister schlug ebenfalls fehl, und überdies gelang es den Aufständischen des Blauen Tempels nicht,

den Palast in ihre Gewalt zu bringen; nicht alle Soldaten der Wache waren so leicht zu unterwandern oder zu überraschen gewesen. Hyrcanus schließlich wurde bei seiner Flucht verwundet, so daß er, nach Luft schnappend und aschfahl, zum Hauptquartier des Tempels in einer nahegelegenen Straße getragen werden mußte.

Dort angekommen, wurde er auf eine Liege gebettet. Während ein Arzt ihn versorgte, verlangte der Vorsitzende, über die derzeitige Lage ins Bild gesetzt zu werden, wie sie sich innerhalb und vor der Stadt darstellte. Seine Adjutanten kamen diesem Befehl nach besten Kräften nach, und daraufhin entsandte er eine Kompanie von dreißig Blautempel-Gardisten zum Hause Courtenay. Sie hatten den Befehl, das Gebäude einzunehmen oder zu zerstören und nach Möglichkeit alle Schwerter sowie andere nützliche Dinge, die sie finden könnten, an sich zu bringen – selbstverständlich auch Gold und Wertgegenstände. Zudem sollten sie, wenn möglich, die wichtigen unter den Bewohnern des Hauses gefangennehmen; andernfalls seien alle zu töten. Grundsätzlich sei das Ziel des Einsatzes, dieses Haus als mögliches Widerstandsnest zu zerstören.

Dann machte Hyrcanus sich daran, erneut Pläne zur Erstürmung der Mauern und Tore zu schmieden.

Als der erste Überfall des Blauen Tempels in der Stunde vor dem Morgengrauen über den Palast hereinbrach, wartete Baron Amintor in einem Gemach im Erdgeschoß auf eine Gelegenheit, unter vier Augen mit dem Bürgermeister zu sprechen. Als er die Gardisten mit ihren blau-goldenen Mänteln hereinstürzen sah, entschied er augenblicklich, daß er den Interessen seiner Königin und auch seinen eigenen am besten damit würde dienen können, daß er lebendig und tatkräftig in der Stadt bliebe, wie immer das Ergebnis dieses unerwarteten Scharmützels aussehen würde. Das Schicksal des Palastes und des Bürgermeisters hing noch in der Schwebe, als Amintor sich so weise zurückzog und auf die Straße hinaushuschte, um dem Hause Courtenay eine Warnung zuzutragen. Natürlich hatte er nicht vergessen, daß hier der junge Mann namens Denis

lebte, der angeblich in der Lage sein sollte, eine Meute von Plünderern zum Gegenangriff gegen den Blauen Tempel zu hetzen.
Als der Baron – nicht ohne ein oder zwei kleinere Abenteuer zu erleben – sein Ziel erreichte, fand er das Haus bereits im Alarmzustand. Fenster und Türen waren verbarrikadiert. Es kostete ihn einiges an Zeit und Mühe, Geschimpf und Gebrüll, bis man ihn einließ, damit er mit einem Verantwortlichen sprechen konnte.
Drinnen sah er sich der zierlichen Frau gegenüber, die ihm im Palast als Lady Sophie vorgestellt worden war. Jetzt, umgeben von ihrem eigenen, entschlossen dreinblickenden Gefolge, nahm sie seine Warnung mit sichtlichem Mißtrauen entgegen, mit einem Mißtrauen, das er seinerseits philosophisch gelassen hinnahm.
»Ich kann Euch nur vorschlagen, Madame, abzuwarten und zu sehen, ob ich recht habe. Ihr solltet natürlich nicht müßig warten; trefft Eure Vorbereitungen so, als sei der Blaue Tempel tatsächlich auf dem Weg hierher, um das Haus zu erstürmen. Ich werde das Ergebnis mit Zuversicht erwarten.«
»Ihr werdet ein Zimmer für Euch allein bekommen, um das Ergebnis abzuwarten. Jord, Tamir – entwaffnet ihn und sperrt ihn dort in die Kammer.«
Die philosophische Gelassenheit des Barons wurde ein wenig mürbe. Aber im Augenblick blieb ihm nichts anderes übrig, als sich zu fügen.

Der Angriff der Blautempler gegen das Haus begann kurz darauf, wie der Baron es vorhergesagt hatte, mit Feuer, Schwertern und Äxten gegen Wände, Türen und Fenster. Aber die Angreifer stießen von vornherein auf heftigen Widerstand. Vom Flachdach herunter wurden sie mit Ziegelsteinen und kochendheißem Wasser überschüttet, und aus dem ersten Fenster, das sie aufbrechen konnten, sprossen Waffen wie die Zähne im Rachen eines Kampftieres.
Denis war nicht da, um bei der Verteidigung zu helfen. Barbara hatte die Warnung des Barons ernst genug genommen, um den jungen Mann zu beauftragen, mit einer Plündererbande einen

Gegenangriff auf den Blauen Tempel zu unternehmen. Die Beziehungen, die er in seinen jungen Jahren auf der Straße geknüpft hatte, würden ihm dabei sicherlich gute Dienste leisten.
Möglicherweise würde schon eine Finte, die Vortäuschung eines Überfalls, den gleichen Zweck erfüllen. In einer so großen Stadt mußten die Gewölbe des Blauen Tempels gewaltige Schätze bergen, und Denis hatte bereits begonnen, unter dem Straßenvolk der Stadt das Gerücht zu verbreiten, der Blaue Tempel habe seinen Hauptschatz, eine Ansammlung von Reichtümern, die das Fassungsvermögen der meisten Menschen weit überstieg, aus Sicherheitsgründen nach Tashigang verlegt. Es war unwahrscheinlich, daß es selbst einer großen Menschenmenge gelingen könnte, den Tempel hier auszurauben, aber schon die bloße Gefahr eines solchen Versuches würde die Geizhälse dazu bringen, sich winselnd zu winden und ihre Krallen auszufahren, um das zu verteidigen, was ihnen teurer war als Leib und Leben.
Als der eigentliche Angriff auf das Haus begann, sorgte Barbara als erstes dafür, daß ihre kleine Tochter mit Kuan-yin als Kindermädchen und Jord als Leibwächter in den sichersten Raum des Hauses gebracht wurde.
Dann eilte Barbara nach oben, um Stadtretter zu holen. Wenn die Warnung und der Überfall nichts als ein geschickt ausgeklügeltes Manöver waren, mit dem herausgefunden werden sollte, wo das Schwert versteckt war, so war der Baron ja jetzt eingesperrt und konnte es nicht sehen. Wenige Tage zuvor erst hatte der Bürgermeister, der dieses Haus wohl für mindestens ebenso sicher wie seinen eigenen Palast hielt, Meister und Lady Courtenay gebeten, die Waffe hier aufzubewahren.
Barbara war immer noch auf der Treppe, als ein mächtiges Krachen ihr verriet, daß unten bereits eine Tür aufgebrochen worden war. Rauch, Schreie und Waffenklirren stiegen von unten herauf, als Barbara niederkniete und das große Schwert aus seinem Versteck unter den Fußbodendielen im Schlafgemach hervorholte.
Der nahe Kampf, die Bedrohung Unschuldiger in ihrem Haus, hatte das Schwert der Wut bereits erwachen lassen. Der

schwere Stahl hob sich mit magischer Leichtigkeit und schmiegte sich wie von selbst in ihren Griff, und schon ging ein leises, kreissägenartiges Sirren von der Klinge aus. Als sie das Schwert umfaßte, dachte Barbara einen Augenblick lang an Marks Hände, die Hände eines Knaben, wie sie dieses Schwert hielten. Seine Finger waren damals sicher nicht kräftiger gewesen als ihre heute. Aber schon sprang sie die Treppe hinunter. Neuerliches Krachen hallte von unten herauf, und die Eindringlinge brüllten triumphierend.
Ihre Freude würde nicht von langer Dauer sein. In Barbaras Händen begann Stadtretter gellend zu kreischen, und das Schwert riß sie wie im Fluge die Treppe hinunter.

18

Als der Rückzug sich in eine panische Flucht verwandelte, sah Ben, daß ihm der Rückweg abgeschnitten war. Er stürzte sich in das Handgemenge vor dem Eingang zu dem nicht länger geheimen Tunnel, aber es zeigte sich rasch, daß der Weg durch den Gang endgültig versperrt war. Da ihm keine andere Wahl blieb, warf er sich ohne Zögern in den Fluß. Viele andere, Lebende und Tote, schwammen bereits im Corgo. Sie alle, ob sie sich nun mit kräftigen Zügen voranbewegten oder regungslos dahintrieben, würden früher oder später eines der mächtigen Wassertore erreichen, die nur wenige hundert Meter weit stromabwärts in die Stadtmauer eingelassen waren.
Platschend, watend und schwimmend gelangte Ben weit hinaus in die Strömung und bemühte sich, dem Hagel von Speeren, Schleudersteinen und Pfeilen auszuweichen, den die Feinde jetzt vom Ufer aus über das Wasser niederprasseln ließen. Der Himmel im Osten wurde langsam heller, und auch die Finsternis über dem Wasser wich allmählich. Den Tunnel hatten die Feinde jetzt völlig in ihrer Gewalt. Als Invasionsroute würde er ihnen allerdings wenig nützen, denn er war so angelegt, daß man ihn dort, wo er sich der Mauer näherte, und noch einmal direkt unter dem Palast mühelos und vollständig blockieren konnte.
Der Grund unter Bens Füßen fiel steil ab, als er sich vom Ufer

fortbewegte. Bald mußte er aus seiner Halbrüstung schlüpfen und seine schweren Waffen versinken lassen, um nicht zu ertrinken, obgleich er ein guter Schwimmer war.
Er schwamm stromabwärts. Noch immer ließen Salven vom Ufer das Wasser um ihn herum wie bei einem heftigen Hagelschauer aufgischten. Er tauchte eine kurze Strecke, kam zum Luftschnappen hoch und tauchte wieder. Bald erhoben sich die mächtigen Stadtmauern vor ihm. Die Flußströmung hier war recht stark und trug ihn rasch auf die Mauern zu. Das Graubraun des gehärteten Granits begann im ersten Licht des neuen Morgens zu leuchten. Ben sah jetzt auch, daß dieser Mauerabschnitt und die stromaufwärts gelegenen Wassertore von starken, grau-grün uniformierten Einheiten der Wache besetzt waren. In Höhe des Wasserspiegels, gleich hinter dem Tor vor ihm, standen weitere Wachsoldaten, die die zurückkehrenden Überlebenden des Kommandounternehmens einen nach dem anderen durch eine Drehkreuzvorrichtung einließen. Es war bereits hell genug, so daß sie dies gefahrlos tun konnten.
Ben schwamm noch ein paar Züge weiter und konnte sich dann hinaufziehen, zunächst über Steine, dann über Stahlstäbe, die auf magische Weise vor Rost geschützt waren. Ein stetes Rinnsal von Überlebenden tat das gleiche wie er – eine zerzauste Truppe, dachte er, aber nicht völlig geschlagen. Mark sah er nirgends, aber dies hatte nicht unbedingt etwas zu bedeuten.
Als Ben durch das Drehkreuz in die Stadt gelangt war, führte ihn sein Weg aufwärts, durch und hinter die Mauer und eine schmale Treppe hinauf. Als er einen letzten Blick nach draußen vor die Stadt warf, sah er, daß Vulkan und ein zweiter Gott, ein vielarmiges Wesen, das Ben nicht kannte, sich der Stadt näherten. Sie waren schon bis auf wenige hundert Meter herangekommen.
Andere Soldaten blieben auf der Treppe stehen, um hinauszuspähen. Ben für seinen Teil aber hatte vorläufig mehr als genug von Konfrontationen und Kämpfen; er brannte darauf, heimzukommen und zu sehen, wie die Dinge in seinem Hause standen.
Unter den Offizieren der Wache, die den Einlaß der zurückkehrenden Kämpfer beaufsichtigten, herrschte Verwirrung. Dies

allerdings war, wie Ben schon beobachtet hatte, beim Militär eher die Regel. Jemand gab bekannt, daß die Überlebenden sich zu einer Abschlußbesprechung zur Verfügung halten sollten und später wieder auf den Mauern eingesetzt werden würden. Jemand anders aber, kein Offizier, verbreitete das Gerücht, der Blaue Tempel habe sich erhoben und das Haus Courtenay überfallen. Als Ben dies hörte, schlüpfte er hinaus und eilte durch die Gassen zu seinem Haus. In der allgemeinen Verwirrung schien niemand sein Verschwinden zu bemerken.

Die Straßen von Tashigang waren beinahe menschenleer. Buden und Geschäfte, an denen er vorüberhastete, waren geschlossen und verbarrikadiert. Einmal sah er, wie einige Straßen weiter eine Horde von Menschen rannte, die anscheinend zu einem Mob gehörte. Ben hielt sich abseits von diesen Leuten, was immer sie auch im Schilde führen mochten.

Müde und zerschlagen, obwohl er nicht verletzt war, bog er schließlich stolpernd in die vertraute Straße ein. Da stand sein Haus – ja, es stand noch; sein Herz hüpfte in voreiligem Frohlocken, doch gleich erfüllte ihn neue Besorgnis, als er sah, daß die Mauern brandgeschwärzt waren. Über dem Erdgeschoß stieg immer noch Rauch empor, und die Fenster und Türen an der Straße waren zertrümmert. Dann erblickte er eine Eimerkette, gebildet von seinen treuen Arbeitern, die vom Haus bis hinunter zum Fluß führte.

Keuchend stürzte Ben durch die zerschmetterte Haustür in den großen Raum im Erdgeschoß und blieb dort stehen. Alles war verwüstet. Zwischen zersplitterten Möbeln und schartigen Waffen lagen zerhackte, verstümmelte Leichen, die meisten davon in Mäntel gehüllt, die einmal blau und gold gewesen waren.

Barbara sprang aufgeregt herbei, um ihn zu begrüßen; sie schien unverletzt zu sein.

»Stadtretter«, erklärte sie kurz und bündig und deutete dabei auf den Zustand und das Mobiliar des Raumes. »Sie haben Feuer gelegt und sind hereingestürmt... aber nach einer Weile waren ein paar von ihnen froh, daß sie mit wenigstens halbwegs heiler Haut wieder davonkamen.«

Dann spähte sie, plötzlich wieder besorgt, an ihrem Mann vorbei in die leere Gasse hinaus. »Wo ist Mark?«
»Ich weiß es nicht. Wir wurden getrennt. Kann sein, daß er auch davongekommen ist.« An der Art, wie sie die Frage gestellt hatte, erkannte Ben, daß sie es vorgezogen hätte, wenn er selbst der Vermißte gewesen wäre.

Vulkan stand bis an die Hüfte im reißenden Wasser des Corgo und riß ohne Hast eines der mächtigen Wassertore aus Stahl und Eisenträgern auf. Natürlich hätte er auch die Stadtmauer erklimmen oder irgendwie darüber hinwegfliegen können, aber diese Art des Eindringens schien ihm die angemessenere zu sein. Diese Stadt gehörte nun ihm, und seine eigene Stadt würde er durch ein Tor betreten.
Shiva, sein neu gewonnener Gefährte, hockte in der Nähe auf der Uferböschung und sah ihm zu. Nieten und Schrauben des Tores platzten nacheinander ab. Jedesmal, wenn Vulkan seine Kräfte erneut spielen ließ, gab es einen lauten Knall, und die Torbeschläge flogen durch die Luft wie Armbrustbolzen.
Vulkan redete, aber wie so oft waren seine Worte hauptsächlich an ihn selbst gerichtet. »Wenn ich fähig wäre, Fehler zu begehen, dann wäre dies einer gewesen... meine Zwölf Schwerter so bescheiden aus der Hand zu geben, nachdem ich sie geschmiedet hatte. Daß ich sie Hermes gab, damit er sie für das Spiel an das menschliche Ungeziefer weiterreichen konnte... ein Fehler, jawohl. Aber jetzt wird mir keiner mehr unterlaufen...«
Jetzt warf Shiva den glühenden Baumstamm, den er immer noch mit sich herumgeschleppt hatte, in den Fluß. Der dicke Balken klatschte dampfend und spritzend ins Wasser.
Wie zur Antwort darauf wirbelte das Wasser auf, und die nebelhafte Gestalt des Gottes Hades erschien dicht über der Oberfläche. Hoch oben auf den Mauern der Stadt schrien einige. Die wenigen Menschen, die noch in der Nähe geblieben waren, ergriffen hastig die Flucht, um das Gesicht dieses Gottes nicht sehen zu müssen, denn es hieß, daß jeder, der einen Blick darauf würfe, unweigerlich zum Tode verurteilt sei.
Mit seiner gestaltlosen Stimme erklärte Hades, er sei gekom-

men, um seinem alten Kameraden Vulkan eine Warnung zu überbringen: Niemand, der Ferntöter benutze, könne damit am Ende siegreich bleiben.
Vulkan funkelte ihn an. »Für einen echten Gott gibt es kein Ende. War das eine Warnung, Troglodyt, oder eine Drohung? Wenn es dir beliebt, wieder mit Drohungen um dich zu werfen, dann bedenke wohl, daß Ferntöter hier an meiner Seite hängt – und wie du sagst: Ich zögere nicht, ihn zu gebrauchen.«
Hades' Antwort kam mit beinahe formlosen Worten. *Tod und Finsternis sind nichts weiter als Teile meines Reiches, Feuerknecht. Solche Drohungen fechten mich nicht an.*
Wieder wallten Fluß und Erde auf, und Hades war fort.
Vulkan warf die Überreste des Tores, das er eingerissen hatte, beiseite und watete durch den steinernen Bogen, den es ausgefüllt hatte, in die Stadt hinein. Im Innern sah Tashigang fast so aus, wie er es erwartet hatte; dies, so hatte er gehört, war die größte Stadt, die das menschliche Gewürm je erbaut hatte. Gleichgültig bemerkte er, daß der vierarmige Gott Shiva ihm immer noch folgte.
Eine menschliche Gestalt, in einen blau-goldenen Mantel gehüllt, huschte in der Nähe vorüber. Vulkan beugte sich nieder, und seine Hand schoß vor und schnappte das Geschöpf, fast ohne es zu verletzen – Vulkan wollte etwas wissen.
»Du – sag' mir, wo ist das Haus, welches ihr Haus Courtenay nennt? Wie ich höre, verstecken sie dort ein paar meiner Schwerter.«
Ein schrilles Stimmchen wies ihm den Weg, und mit dem Arm, den Vulkans Griff ihm nicht gebrochen hatte, deutete der Mann in die entsprechende Richtung.
Der Schmied ließ die Kreatur zu Boden fallen und hinkte mit forschem Schritt durch die Straßen. Doch da ragte Apollos Kopf über eines der nahen Dächer.
»Hüte dich, Schmied. Wir müssen uns versammeln, nachdenken und über all dies reden. Ich berufe eine Ratssitzung ein –«
»Hüte dich selber. Wir haben uns oft genug versammelt und geredet. Eine Ewigkeit lang. Es hat zu nichts geführt. Und nachdenken? Wer von uns kann denn das? Du vielleicht. Aber wer will es? Ich jedenfalls nicht. Ich will das, was mir gehört.«

Es humpelte weiter, behende, trotz seines verwachsenen Beines. Eine oder zwei Straßen weiter wurde er erneut gestört. Auf einer Einkerbung der Stadtmauer, die hier nur so hoch war wie Vulkans Kopf, stand ein Mensch in grün-grauem Gewand und schwenkte ein unbekanntes Schwert, als fordere er die Götter heraus, ihn anzugreifen. Das Schwert mußte eines der Zwölf sein, wenn der Mann ihm so sehr vertraute.
Vulkan bog von seinem Weg ab, um sich den Mann näher anzusehen. Shiva blieb ihm interessiert auf den Fersen.
Die winzigen Zähne des Mannes auf der Mauer klapperten. Dennoch brachte er die Worte hervor, die er dem Gott entgegenschleudern wollte. »Hier ist Urteilspender! Weiche zurück!«
»Urteilspender, he?« Just dieses Schwert war es gewesen, das den Gott immer wieder mit vager Besorgnis erfüllt hatte. Er wollte sichergehen und holte mit dem Schwert der Kraft zu einem gewaltigen Streich aus. Innerhalb eines Augenblicks schwoll das stampfende Hämmern der Klinge zu explosionsartigem Dröhnen an. Ein gleißender Blitz strahlte auf, und ein Donnerschlag rollte durch die Gassen, als die beiden Klingen einander im unmittelbaren Kampf berührten.
Vulkan stand da und starrte blinzelnd in die Trümmer. Ein Steinbrocken, so groß wie seine Faust, war vor seinen Augen aus der Mauer geflogen. Von dem Mann, der auf der Mauer gestanden und das Schwert geschwenkt hatte, war fast nichts mehr übrig. Schildbrecher sah aus wie immer, aber von Urteilspender war nichts zu sehen.
»Urteilspender fort? Einfach so? Nein. Es müssen noch ein paar Splitter übrig sein. Ich werde sie finden und in meine Schmiede tragen, um die Klinge zu erneuern!«
Doch das erwies sich als unmöglich. Vulkan ließ sich auf die Hälfte seiner wirklichen Größe schrumpfen, um besser zwischen den Trümmern umherstöbern zu können, aber er förderte nicht den kleinsten Splitter der zerschmetterten Klinge zutage. Nur den schwarzen Griff fand er, auf dem der schlichte weiße Kreis angebracht war, eine Linie, die auf sich selbst zurückkehrte. Das Schwert der Gerechtigkeit gab es nicht mehr.

Er könnte immer noch irgendwann versuchen, es noch einmal anzufertigen, sagte er sich. Er würde eben von vorn beginnen. Aber jetzt wußte er nicht mehr genau, wie er es beim erstenmal angefangen hatte. Und überhaupt – wozu brauchte er jetzt noch ein Schwert der Gerechtigkeit? Vor zwanzig Jahren, ja, da war alles noch einfach gewesen. Die Götter hatten gewußt, was sie taten und was sie zu tun hatten, und kein menschliches Wesen hatte daran gedacht, ihre Herrschaft in Frage zu stellen. Vulkan war zornig, als er weiterhinkte, auf das Haus Courtenay zu.

Jenseits der Dächer sah er wieder die Köpfe von Apollo, Zeus und Diana, die herankamen, um ihn zu tadeln und zu beschimpfen.

»Warum hast du Mars erschlagen?« wollte Diana wissen.

Er bleckte die Zähne. »Weil er mich beleidigt hat! Weil er mich gestört hat! Wer hat ihn eigentlich gebraucht, diesen Mars? Wozu war er gut? Und was den Großen Hund betrifft, so bin ich nicht einmal sicher, ob er tot ist. Ich habe meine Zeit nicht mit ihm vergeudet, weder so noch so.«

Kaum war Vulkan wieder auf seine eigentliche Größe angeschwollen, und kaum hatte er ihnen Schildbrecher entgegengestreckt, da wichen die drei auch schon zurück, wie er es vorhergesehen hatte.

»Bei meiner Schmiede – ich glaube, dies muß das Haus sein!«

Das vierstöckige Gebäude, das dicht an einem der Flußarme stand, war bereits von jemandem angegriffen worden. Es rauchte noch. Auf dem flachen Dach des Hauses, auf einem von Weinranken und Blüten gesäumten Gartenweg, stand ein Mensch. Die kleine Kreatur war dafür, daß sie wirklich nur ein Mensch war, stark und massig, und sie hielt ebenfalls ein Schwert in der Hand.

Shiva machte einen Satz nach vorne. Er gedachte, diese Waffe an sich zu nehmen, und achtete nicht auf Vulkans grollende Warnung.

Das Schwert in der Hand des Mannes kreischte machtvoll. Vulkan erkannte es an seinem schrillen Klang sofort und mit Befriedigung. Stadtretter!

Der vierarmige Gott kreischte ebenfalls, aber vor Schmerzen

und nicht triumphierend, und zog eine übel zugerichtete Hand zurück. Taumelnd stürzte der verwundete Gott davon, und hier und da prallte er gegen kleinere Häuser und verwüstete sie. Seine Schreie nahmen kein Ende, während er springend und hüpfend auf die Stadtmauer zuflüchtete, darüber hinweg sprang und bald nicht mehr zu sehen war.
»Hah! Dieser Tor!« knurrte Vulkan befriedigt. »Jetzt werde ich mir auch dieses Schwert nehmen. Oder ich werde es vernichten wie das andere.«
Er trat dicht an den Mann auf dem Dach heran, und schnell schlug das Schwert der Kraft zu, von links nach rechts und wieder nach links. Mit der Bewegung seines Armes schlug seine rechte Faust gegen eine Ecke des Hauses, dicht bei jenem Teil des Daches, auf dem der Mann stand. Als die beiden Schwerter einander berührten und das Schwert der Wut in einem explosionsartigen Blitz verschwand, zerbarst das Gebäude unter der Faust des Gottes, und der Mann, der Stadtretter in den Händen gehalten hatte, stürzte zwischen den Mauern ins Innere des Hauses und verschwand in einer Wolke von Staub und einer kleinen Lawine aus Schutt und Mörtel.
»Es muß Stadtretter gewesen sein, der Stimme nach... Aber, beim Speer des Mars – jetzt ist er auch fort! Fluch über das Menschengewürm, das mir mein Eigentum zerstört! Aber vielleicht sind noch weitere Schwerter in diesem Nest. Der, der mich herschickte, behauptete, es sei mehr als eines.«
Vulkan betrachtete das vom Kampf arg mitgenommene Haus. In der Dachterrasse, dort, wo seine Faust sie getroffen hatte, klaffte ein großes Loch. Die Außenwände der unteren Geschosse waren rauchgeschwärzt, und hie und da quoll noch Qualm hervor. Offenbar hatte jemand versucht, das Haus mit Feuer zu erstürmen. Es wäre ein leichtes gewesen, das ganze Gebäude einzureißen, aber dann würde er den Trümmerhaufen nach seinen Schwertern durchwühlen müssen. Nein.
Der Schmied überlegte ein Weilchen und ließ sich dann wieder auf kaum mehr als menschliche Größe zusammenschrumpfen. Jetzt müßte es ihm möglich sein, die meisten der Räume und Gänge zu betreten. Natürlich verminderte das Schrumpfen seine Körperkraft nicht, und es hatte den zusätzlichen Vorteil,

daß es ihm nun leichter fiel, den für Menschenfäuste gemachten Griff des Schwertes Schildbrecher zu umfassen.
Er hielt das Schwert der Kraft schlagbereit in der Hand – für den Fall, daß dieses Gebäude weitere Überraschungen barg.
Es war nicht notwendig, die Haustür einzutreten, denn das hatte schon jemand für ihn erledigt. Drinnen stieß er als erstes auf einen Berg häßlicher menschlicher Leichen; hier war nichts von dem, was er suchte. Er merkte, daß auch noch ein paar Lebendige im Hause waren, aber bis jetzt versuchten sie allesamt, sich vor ihm zu verstecken. Aber was immer sie tun mochten, es war ohne Bedeutung. Er würde finden, was er suchte.
Dies hier war eine Art Menschenwerkstatt. Sie enthielt einen reichlichen Waffenvorrat, doch darunter war nichts, was von Götterhand gefertigt gewesen wäre.
»Bringt sie mir nur gleich heraus!« brüllte der Schmied. »Ich habe sie gemacht, alle, und sie gehören mir!«
Er trat eine Wand nieder, hinter der er eine verborgene Tür spürte – doch alles, was er entdeckte, alles, was man hier versteckt hielt, war ein rundliches Menschenmädchen und ein kleines Kind, das sie schützend an sich drückte.
»Hah! Das also ist ihr Schatz?« Treiben und Trachten der Menschen richteten sich manchmal auf so geringfügige Nichtigkeiten, daß Vulkan es beim besten Willen nicht mehr fassen konnte.
Etwas Leichtes fiel ihm von irgendwoher in den Nacken, und es dauerte einen Augenblick, bis er begriff, daß es tatsächlich ein menschlicher Körper war. Soeben hatte sich ein Mann absichtlich von oben und von hinten auf ihn gestürzt. Ein einzelner Mann, dessen unbewaffnete Arme sich wahrhaftig um Vulkans massigen Hals schlangen und sich offenbar bemühten, ihn zu erwürgen.
Der Gott lachte über diese erbärmliche Attacke, er lachte, als ihm klar geworden war, was hier geschah. Zunächst störte es ihn nicht einmal bei seiner Suche. Die Schwerter, die Schwerter... mindestens eines mußte doch noch hier sein...
Er würde sie alle finden, und er würde sie besitzen oder vernichten, um seine allumfassende Macht über die anderen

Götter und Göttinnen zu vervollkommnen und zu festigen. So, sie dachten, das Spiel sei abgebrochen, wie? Nun, es war fast vorüber, und lange würde es nicht mehr dauern. Aber abgebrochen war es nicht. Nein. Er, der Schmied, der Krüppel, war dabei, es zu gewinnen, er hatte es schon fast gewonnen... und – natürlich nur, um sicherzugehen – er brauchte die Schwerter, um seine Macht auch über Männer und Frauen zu vervollständigen. Irgendwann einmal verlangte es ihn plötzlich danach, Schildbrecher niederzulegen und sich auszuruhen, doch die Gelegenheit dazu würde vermutlich nicht kommen, solange eines der übrigen Schwerter in anderen Händen als den seinen oder verschollen war.

Er hatte sich von dem Mädchen und dem Kind abgewandt; er beachtete sie nicht weiter, wie er auch das lebende Menschenfleisch in seinem Nacken ignorierte, das in Wirklichkeit ein großer, kräftiger Mann war. Beim nächstenmal, wenn es ihm wieder einfiele, würde er es abstreifen.

Jetzt versperrte ihm eine starke, verriegelte Tür den Weg. Mit seiner freien Hand packte Vulkan eine vorstehende Ecke des Türrahmens, um ihn mitsamt der Tür aus der Wand zu reißen. Aber zu seiner Verblüffung stieß er auf Widerstand. Da war bloßes Holzwerk und Mauergestein – und nicht einmal von heroischen Ausmaßen –, das sich weigerte, ihm nachzugeben.

Die Ungeduld des Schmiedegottes war so groß, daß seine erste Sorge seinem Fortkommen galt, und nicht der Frage, weshalb ihm diese Tür widerstand. Instinktiv schlug er mit Schildbrecher dagegen, und sogleich sprang die Tür auf.

Gereizt wegen der Verzögerung und zudem erbost durch die Tatsache, daß der Raum hinter der Tür sich als leer erwies, merkte er plötzlich, daß auch ein anderes Ärgernis noch nicht verschwunden war: Der Mann, der ihm im Nacken hing. Mit der freien Hand langte der Gott nach hinten, um den Störenfried abzupflücken, und erst jetzt erkannte er das lästige Anhängsel.

»Was ist denn das, Menschlein? Hast dir deinen Arm wieder wachsen lassen, seit wir uns das letztemal sahen, wie? Nun, das können wir gleich wieder ändern...«

Aber aus irgendeinem Grunde ließ das schmächtige Männlein sich nicht von seinem Nacken lösen. Vulkan packte das Geschöpf mit der einen Hand, so gut er konnte, ohne Schildbrecher wegzulegen, und wieder verspürte er das merkwürdige Gefühl, nahezu machtlos zu sein. Die zwei menschlichen Arme, die seinen Hals umschlangen, wollte sich nicht lösen lassen.
Es war fast, als werde die chronische Lahmheit in seinem Bein schlimmer, als verbreite sie sich in andere Teile seines Körpers. Das Gefühl der Kraftlosigkeit gefiel dem Schmied überhaupt nicht. Es wurde allmählich beunruhigend. Nicht nur Steinmauern und Holztüren, nein, sogar Menschenfleisch vermochte ihm jetzt schon zu widerstehen.
Die ganze Zeit über aber pochte die grenzenlose Kraft des Schwertes Schildbrecher in seiner Rechten, die sich stärker anfühlte als je zuvor.
»Das können wir ändern, und zwar *so*...«
Ein wenig unbeholfen stocherte Vulkan mit dem Schwert hinter seinem Rücken und bewegte es hin und her, um die menschliche Klette abzuschneiden. Unbeholfen, ja. Seine Hände, die mit göttlichem Geschick gearbeitet hatten, um diese Waffe und ihre Brüder zu schmieden, waren jetzt, da er damit hinter seinem Rücken umzugehen versuchte, plötzlich plump und schwerfällig.
»Aaahrr!« Alles, was er nun zustandegebracht hatte, war, sich selbst am Hals zu verwunden.
Bei seinem nächsten Versuch, blind zu schneiden, ging er mit größerer Vorsicht zu Werke.
Diesmal, versicherte Vulkan sich, war das Schwert mitten durch den Menschen auf seinem Rücken gegangen – es *mußte* einfach hindurchgegangen sein. Das Dumme war nur, daß der Mann sich so fest wie zuvor an ihn klammerte. Nichts deutete darauf hin, daß er tot war. Die Muskeln dieser Menschenarme strafften sich sogar noch ein wenig. Hinsichtlich dessen, was nötig war, um einen Gott zu erwürgen, hätte ihre Kraft eigentlich unbedeutend sein müssen, aber Vulkan glaubte gleichwohl zu spüren, daß ihm das Atmen ein wenig schwerer fiel – in einem geringen, aber doch lästigen Maße.

Wieso zerbrach er, ein Gott, sich den Kopf wegen seines Atems? Aber plötzlich schien es wichtig zu sein...

Der Atem des Sterblichen, keuchend vor Anstrengung, aber immer noch sehr lebendig, drang ihm ins Ohr, scharf wie ein Sägeblatt. »Ich war bei dir, als du diese Klinge schmiedetest, Gott des Feuers. Mein Blut ist darin, und ein Teil meines Lebens. Ich kenne sie –«

In der Mitte eines großen Raumes stand Vulkan neben einer feuerlosen Esse; er spreizte die Beine und langte noch einmal mit der linken Hand hinter sich. Aber noch immer gelang es ihm nicht, sich aus dem Würgegriff des Menschen zu befreien.

»– so gut wie du, Feuergott. Vielleicht besser. Ich fühle Schildbrechers Wahrheit, jetzt, da er mich wieder berührt hat. Du kannst mich damit nicht verletzen, solange ich keine eigene Waffe habe.«

Vulkan hatte die Suche nach den anderen Schwertern vergessen. Die Torheit, sich von einem Menschen angreifen zu lassen, ging jetzt wirklich zu weit. Er mußte dieses lästige *Ding* loswerden, und zwar schleunigst.

Aber noch während er sich dazu anschickte, sprang ihn ein zweiter Mensch an, dessen Herannahen er, abgelenkt, wie er war, nicht bemerkt hatte. Es war eine schmächtige Frau mit dunklem Haar. Vulkan bewegte sich, als sie ihn ansprang, und so hätte sie ihn beinahe verfehlt. Aber sie hatte seinen Knöchel umfaßt, und jetzt versuchte sie – war so etwas wirklich zu glauben? – ihn zu Boden zu werfen.

Vulkan schlug mit dem Schwert nach ihr, das heißt, er versuchte es, aber er sah mit eigenen Augen, wie Schildbrechers Klinge wieder und wieder durch ihren Körper glitt oder doch die Illusion vermittelte, als tue er dies, ohne dabei die geringste Spur einer Verletzung zu hinterlassen.

Als der Schmiedegott sah, daß sein Schwert gegen das zarte Fleisch, das mit ihm rang, in widersinniger Weise nutzlos war, stieß er in geistiger Qual und würgender Wut einen mächtigen Schrei aus. Er hätte das Schwert jetzt weggeworfen, doch es wollte sich von seiner Hand nicht mehr lösen. Seine Finger ließen den Griff nicht los.

Also gut, dann würde er es benutzen, so gut es eben ging. Wild schlug er um sich, er zertrümmerte Möbel und Mauerwerk, daß Steine, Holz und Mörtel umherflogen. Hilflos schleifte er seine beiden menschlichen Peiniger hinter sich her und schlug eine Schneise durch das Erdgeschoß ihres Hauses; er würde dafür sorgen, daß es über ihren Köpfen zusammenbrach. Unnützes Menschengezücht!

Dann hatte er einen neuen Einfall, und er versuchte, seine Gestalt wieder wachsen zu lassen und auf wahre Göttergröße anzuschwellen. Zu seinem Entsetzen stellte er fest, daß er es nicht konnte. Alle Kraft, die er einst besessen hatte, schrumpfte zusammen, sickerte zusehens von Minute zu Minute in sein makelloses Schwert, konzentrierte sich in Schildbrechers Klinge, in seinem rechten Arm und in der Hand, die den Griff umklammerte.

Jetzt stürzten weitere Menschen heran, kecker geworden, als sie sahen, daß die ersten beiden noch lebten. Menschenhände krallten sich um Vulkans linken Arm, Menschenhände ergriffen auch sein anderes Bein. Eine Menschenhand riß Ferntöter aus der Scheide an seinem Gürtel; nicht, daß er auch nur im Traum daran gedacht hätte, dieses Schwert zu vergeuden, um einen dieser erbärmlichen Zwerge.

Immer neue Menschen stürzten sich auf ihn, ein krallender Schwarm, inzwischen zahlreich und stark genug, um ihn gegen seinen Willen voranzuziehen. Schritt für Schritt zwangen sie ihn aus dem Haus, und sie benutzten dabei Öffnungen, die er eben erst geschlagen hatte. Wütend schlug er mit dem Schwert um sich, und Holz, Staub und Kacheln prasselten auf seinen Kopf und rings um ihn hernieder. Ihn kümmerte es nicht weiter, doch einer oder zwei seiner Angreifer wurden davon zu Boden geschlagen – ein jämmerlicher Triumph; er wollte aufbrüllen, doch nur ein Gurgeln drang aus seiner zusammengepreßten Kehle.

Immer mehr von diesem Ungeziefer quoll aus allen Löchern hervor und wagte, ihn anzugreifen. Einem von ihnen rief Jord eine Warnung zu, aber zu spät: Der Mann sprang Vulkan entgegen und schwang eine Axt gegen seinen Kopf. Schildbrecher pochte einmal und wischte die Waffe beiseite, und mit ihr auch die Arme des Mannes, der sie geführt hatte.

Ein anderer Mann versuchte, Vulkans Schwertarm zu ergreifen. Aber hier war noch zu viel Kraft, viel zu viel Kraft – mehr vielleicht als je zuvor. Der Mann wurde davongeschleudert wie ein Schlammklumpen von einem Wagenrad.
Aber die anderen ließen nicht nach. Ein halbes Dutzend hatte sich inzwischen in den Gott verkrallt, und jeder dieser Würmer schien von den anderen in seiner Entschlossenheit bestärkt zu werden, jeder saugte ihm unerbittlich winzige Mengen seiner Kraft ab.
Vulkan stieß drohendes Gebrüll aus, aber er wuße, daß es für Drohungen jetzt zu spät war. Worte und Schreie halfen ihm nichts mehr. Er stürzte und wälzte sich am Boden umher; ein paar seiner Angreifer streifte er ab, andere zerquetschte er, alle verwundete er – aber es machte diejenigen, die sich weiter festhielten, nur noch wilder. Sie verbissen sich in ihn, und es kamen immer neue aus den Trümmern des Hauses. Kaum hatte er sich von einem befreit, sprangen ihn zwei andere an. Unerschöpflich schien ihre Zahl, und sie kamen aus allen Winkeln, aus Kammern und Trümmern.
Ein Armbrustbolzen schwirrte heran, unvorsichtig aus einem Versteck abgeschossen. Wieder pochte Schildbrecher ohne Hast und zerschmetterte das Geschoß im Fluge. Splitter des Bolzens trafen diejenigen, die mit dem Gott rangen, und Blut rann aus zahllosen Wunden.
Wieder rief Jord den anderen warnend zu: »Keine Waffen! Keine Waffen, und wir können ihn überwinden!« Seine Stimme klang geschwächt.
Vulkans ganze Kraft und all seine Hoffnung konzentrierten sich jetzt in diesem Schwert. Er wußte, daß er damit siegen mußte oder sterben würde. Also noch einmal vorsichtig, aber heftig, hinter sich gestoßen... So, jetzt hatte er den aussätzigen Anführer dieses Ungezieferschwarms glatt entzweigeschnitten!
Doch wieder gefehlt – oder der Mann hatte das Entzweischneiden überlebt! Seine Beine und Füße benahmen sich jedenfalls noch, als seien sie mit dem Gehirn verbunden, und er ritt auf dem Rücken des Gottes, als sei Vulkan ein gewöhnliches Reittier!

Jetzt fühlte Vulkan einen neuen Schmerz im Rücken, und wieder blutete er aus einer frischen Wunde: Wieder hatte er sich selbst mit dem Schwert verletzt.
Dennoch kämpfte er weiter und mühte sich, die verzweifelt mit ihm ringende Menschenhorde aufzuspießen, zu zerschneiden, zu vernichten. Sie klammerten sich an ihn und ließen sich bereitwillig zerquetschen, als er sich wieder über den Boden wälzte. Als er wieder auf den Beinen war, zerrten sie ihn umher, und sie ließen sich nicht abschütteln. Er glitt aus und fiel in eine Lache seines eigenen Blutes.
Und sie hoben ihn auf.
So sehr er auch tobte, um sich schlug und schrie – Dutzende von Händen trugen ihn aus dem Haus hinaus und vereitelten jeden weiteren Versuch, es zum Einsturz zu bringen. Das Schwert der Wut kreiste in blinkendem Bogen, es fuhr durch ihre Körper wie durch Phantome, ohne sie zu verletzen.
Der unnachgiebige Klammergriff, der seinen Hals umspannte, begann ihm jetzt wirklich die Luft zu nehmen. Die Muskeln seines Körpers wurden matter und matter – bis auf die in seinem Arm. Dieser nahm an Stärke immer mehr zu, doch er konnte nichts tun, als das Schwert kreisen zu lassen, aber im Kampf gegen unbewaffnetes Fleisch war das Schwert hilflos. Aus den Wunden, die er sich selbst damit beigebracht hatte, strömte das Blut.
Unverhofft ließ er sich erschlaffen und stellte sich tot.
Gleich darauf ließen ihn die Menschen, selbst benommen und gebeutelt, fahren.
Sofort sprang er wieder auf, rasend vor Wut, doch er war klug genug, seine neu gewonnene Freiheit zunächst zu dem Versuch zu benutzen, sich des Schwertes zu entledigen. Aber solange seine Feinde ihn umgaben, löste es sich nicht von seiner Hand.
Einen Augenblick später stürzte ein massiger Mann aus dem halb zerstörten Haus, warf sich auf Vulkan und riß den Gott zu Boden.
Und dann waren sie alle wieder über ihm.
Eine andere Gruppe von Menschen, in weiße Gewänder gekleidet, die sie für den um sich schlagenden Gott als Diener jenes längst toten Gottes, Ardneh, kenntlich machten, kamen durch

die Straße vor dem Haus herbeigehastet. Eben erst waren sie auf dem Schauplatz angelangt, und schreiend geboten sie dem Kampf Einhalt. An dem, was sie riefen, erkannte Vulkan, daß sie einen Lynchmord mitanzusehen glaubten, einen Überfall des Mob auf einen armen, wehrlosen Mann.

Die Leute, die den Schmied zu Boden drückten, versuchten zu erklären. »Er ist völlig wahnsinnig... hält sich für Vulkan...« Und ein mattes Lachen erscholl ringsum.

Eine alte Ardneh-Priesterin mit weisem und gütigem Gesicht kam heran und nahm dem Wahnsinnigen das nutzlose Schwert aus der Hand. Mühelos konnte sie seine verkrampften Finger zurückbiegen.

»Damit du dich nicht verletzt, du armer Kerl, und auch sonst niemanden... Oh, welch eine Waffe.« Blinzelnd betrachtete die Priesterin das Schwert. »Man muß sie irgendwo in sichere Verwahrung nehmen.«

»Ich nehme sie«, erklärte Ben.

Die alte Frau sah dem schweren Mann in die Augen und seufzte. »Ja, nimm sie nur. Einen besseren als dich werden wir hier wohl nicht finden. Und jetzt müssen wir diesen armen Burschen vorläufig fesseln, damit er keinen weiteren Schaden anrichten kann. Wie stark er ist! Ach, es ist eine Schande. Aber diese Schnüre werden ihn halten. Behutsam! Wir tun es aus Liebe.«

19

In all den fünfzigtausend oder mehr Jahren seines Lebens war das Wesen, das man Draffut, den Herrn der Tiere nannte, dem Tode niemals näher gewesen als jetzt. Aber das Leben, sein nahezu unauslöschliches Leben, war immer noch bei ihm. Er klammerte sich daran fest – und sei es nur, weil ganz in der Nähe ein verwundeter Mensch lag, der hin und wieder kläglich aufschrie. Draffut fühlte sich, getreu seiner Natur, gezwungen, einen Weg zu finden, diesem Mann zu helfen.

Aber er war nicht fähig, etwas zu tun, um diesem Menschen zu Hilfe zu kommen. Er konnte sich nicht einmal so weit bewegen, daß er sich selbst hätte helfen können. Das Wasser, das seine Wunden umspülte, schien seine Lebenskraft langsam davonzuschwemmen, statt ihn zu heilen.

Es war hell – war es der letzte Tag des Kampfes oder irgendein Tag danach? Er wußte es nicht –, als ihm bewußt wurde, daß ein anderes Wesen, intelligent, aber nicht menschlich, herannahte.

Langsam öffnete der Herr der Tiere seine Augen. Eine Göttin – er sah, daß es Aphrodite war – stand in einiger Entfernung über ihm und sah auf ihn herab. Noch immer lag er im Schlamm am Rande des Wassers.

Aphrodite stand, wo zuvor auch Vulkan gestanden hatte, und auch sie hielt ein Schwert in den Händen. Aber Draffut wußte gleich, daß es hier um etwas anderes ging als bei Vulkans Kommen, und er empfand keine Furcht, als sie herbeitrat und das Schwert hob.

Es berührte ihn, und er schrie auf, als neues Leben ihn stechend durchfuhr, scharf wie ein Schmerz. »Wundheiler«, sagte er, und plötzlich hatte er wieder Kraft zum Sprechen. »Und du bist Aphrodite.«

»Und du bist der Heiler«, entgegnete sie. »Darum halte ich es für richtig, daß du dieses Schwert hast. Die Menschen zanken und streiten sich darum, wie sie es bei den anderen Schwertern auch tun. Also habe ich es ihnen weggenommen. Und ich habe es satt, ständig entscheiden zu müssen, was ich nun damit anfangen soll. So viel Liebe läßt einem wenig Zeit für das Vergnügen.«

Mit einer irgendwie entzückenden Unbeholfenheit legte sie das Schwert der Gnade neben ihn in den Schlamm.

Draffut, der sich schon wieder bewegen konnte, streckte langsam und matt seine große Hand aus und berührte die Klinge. »Ich danke dir, Göttin, denn du hast mir das Leben wiedergeschenkt.«

»Es gibt viele, die mir ihr Leben zu verdanken haben... Ah, aber mir ist schon wohler, kaum daß ich dieses Schwert losgeworden bin. Dir kommt es eher zu, denke ich. Du hast nicht viel Ähnlichkeit mit mir.«

»Nur in einer Hinsicht: Wir sind beide Schöpfungen der

Menschheit. Ich allerdings bin es nur zum Teil, und ich bin ein Erzeugnis ihrer Wissenschaft, nicht eines ihrer Träume. Mich wird es auch noch geben, wenn – falls – die Menschheit ihre kollektive Meinung über mich ändert.«
Die Göttin warf ihr makelloses Haar zurück. War es golden oder rabenschwarz? »Das sagst du über uns, doch ich glaube es nicht. Wenn die Menschheit uns geschaffen hat, uns, die Götter und Göttinnen – wer hat dann *sie* erschaffen? Aber sei's drum, ich habe diese philosophischen Streitereien satt. Seit einer Weile scheinen sie mir kein Ende mehr nehmen zu wollen. Ich glaube, die Welt verändert sich.«
»Wieder einmal. Sie tut es immer.« Mühsam kam Draffut auf die Beine. Der Schlamm, der sein Fell verkrustet hatte, als er im Sterben lag, fiel jetzt von ihm ab und zerbröselte, und Draffut bewegte sich im Schimmer des erneuerten Lebens vorwärts.
Schmerzgebeugt, ein zerschlagener, müder Riese, hob er das Schwert der Gnade und trug es über den schlammigen Boden hinweg auf den verwundeten Menschen zu.

Rostov lauschte lange und aufmerksam, als seine neueste und beste Informationsquelle ihm berichtete, was hinter den Mauern von Tashigang vor sich ging und was in der Nacht zuvor bei dem unerhörten, heroischen Stoßtruppunternehmen im Lager des Dunklen Königs vonstatten gegangen war.
Durch einen glücklichen Zufall war es einer von Rostovs Streifen gelungen, den jungen Mann aufzugreifen, der Würfelwender in der Rechten hielt; es war im Garten einer der verlassenen Vorstadtvillen am Ufer des Corgo gewesen.
»Ein falscher Fünfer taucht immer wieder auf«, hatte der General geknurrt, als er ihn erblickt hatte, aber dann hatte er sein stahlbärtiges Gesicht zu einem harten Grinsen aufspringen lassen. »Die Prinzessin wird darauf brennen, Euch zu sehen, Mark. Doch nein – so sollte ich Euch nicht nennen, oder? Wie spricht man einen Sohn des Kaisers geziemend an?«
»Einen... wen? Die Prinzessin, sagt Ihr?« hatte der verwundete junge Mann matt geantwortet. »Wo ist sie denn?«

»Nicht weit von hier. Nicht weit.« Rostov grinste immer noch. Allmählich begriff er, was die Prinzessin die ganze Zeit über in diesem unverwüstlichen Burschen gesehen hatte – der, wie sich jetzt herausstellte, nicht nur von hartem Holze war, sondern überdies von kaiserlichem Blut! Dies war allerdings in jener dünnen Luft von Magie und Politik, in der manches entschieden wurde, von unbestreitbarer Bedeutung. Rostov war froh. Es war an der Zeit, daß einmal wieder ein kraftvoller Kriegermonarch auf dem Thron von Tasavalta saß!

Auf einem Feld nur wenige Kilometer vor Tashigang standen die Armeen der Silbernen Königin und des Dunklen Königs einander gegenüber. Ein drohendes Gewitter verfinsterte das graue Licht des Morgens rasch zu beinahe mitternächtlicher Schwärze. Die Silberne Königin bereitete sich darauf vor, Seelenschneider zu ziehen. Sie wußte, daß sie es würde tun müssen, bevor Vilkata mit dem Sinnschwert nahe genug herangekommen wäre, denn sonst würde sie ihre Armee verlieren und vielleicht sogar selbst dem Wahnsinn verfallen und die Sklavin des Königs werden.

Eben erst hatte sie eine seltsame Nachricht erhalten: Erst hatte man den Gott Vulkan in der Stadt gesehen, hilflos gefesselt von den sanften Händen weißgewandeter Priester und Priesterinnen. Dann war er wieder verschwunden. Einige behaupteten, der wütende, waffenlose Mob habe sich des Schmiedegottes bemächtigt und ihn mitsamt dem hölzernen Rahmen, an den man ihn gebunden hatte, in den Fluß geworfen, so daß er durch eines der stromabwärts gelegenen Tore aus der Stadt getrieben sei.

Königin Yambu war nachdenklich. Soll die Welt nun doch uns Menschen gehören? Wenn wir Götter stürzen und sie töten können – vielleicht. Nicht, daß sie sich je die Mühe gemacht hatten, die Welt zu regieren, als sie ihnen gehörte. Vielleicht hat sie ja schon immer uns gehört.

Ohne wirklich zu erschrecken, merkte sie, daß plötzlich ein Mann im Eingang ihres Zeltes stand und sie dreist anstarrte. Sie nahm an, daß es sich um einen ihrer Offiziere handelte, und war schon im Begriff, ihn mit schneidender Stimme zurechtzuweisen, weil er sie in dieser Weise mit seinem Blick behelligte, als sie jäh erkannte, daß es keiner ihrer Männer war. Die Worte erstarben auf ihren Lippen.

Sein Gesicht lag im Schatten, und erst als sie ein Stück weit beiseite trat, sah sie, daß er eine Maske trug. »Du bist es«, sagte sie.

Ungebeten trat er ein, zog die Maske vom Gesicht und setzte sich; er grinste flüchtig. Er hatte sich überhaupt nicht verändert. Draußen hörte sie die Wachtposten; noch immer umkreisten sie das Zelt, ohne zu wissen, daß jemand an ihnen vorbeigekommen war.

Der Kaiser sah sie an. »Ich habe noch immer keine Antwort bekommen.«

Es dauerte einen Augenblick, bis die Königin begriffen hatte, wovon er sprach. »Du hast mich einmal gefragt, ob ich dich heiraten will. Kann das die Frage sein, auf die du eine Antwort willst?«

»Kann sein. Hast du nicht gewußt, daß ich auf einer Antwort bestehen würde, früher oder später?«

»Nein, wirklich nicht. Nicht, nach dem... was mit unserer Tochter geschah. Hast du das vergessen? Oder ist dieser Besuch nur einer von deinen irrwitzigen Scherzen?«

»Ich habe es nicht vergessen. Sie lebt bei mir.« Königin Yambu starrte ihn an, und er fuhr gelassen fort. »Ariane wurde schwer verletzt, vor vier Jahren, wie du weißt. Aber jetzt geht es ihr schon wieder sehr viel besser. Wir haben nicht allzuoft über dich gesprochen, aber ich glaube, sie möchte dich eines Tages doch einmal wiedersehen.«

Die Königin starrte ihren ehemaligen Liebhaber immer noch an. Schließlich wandte sie ein: »Die Berichte, die ich erhalten habe – und ich habe allen Grund, ihnen zu trauen –, ließen keinen Zweifel daran, daß Ariane getötet wurde, und zwar in den Schatzgewölben des Blauen Tempels.«

Ein Stirnrunzeln verriet die Abneigung des Kaisers gegen diese Organisation. »Viele sind gestorben in diesem... Loch. Aber Ariane nicht. Die jungen Männer, die damals bei ihr waren, hielten sie ebenfalls für tot. Einer dieser jungen Männer ist übrigens mein Sohn, hast du das gewußt? Ich kümmere mich

gern um meine Kinder, wann immer ich kann. Nein, sie ist nicht tot.«
Immer noch starrte Königin Yambu ihn an. Sie wurde den Verdacht nicht los, daß dies einer seiner Späße war, vielleicht das Vorspiel zu einer schrecklichen Rache. Nicht einmal als sie noch ein Liebespaar gewesen waren, hatte sie genau gewußt, ob er nun ein rachsüchtiger Mann war oder nicht.
Schließlich verließ ihre königliche Gelassenheit sie, und sie stammelte: »Ich – ich habe sie an den Roten Tempel verkauft.«
Jetzt galt das Stirnrunzeln ihr, und einen kurzen Augenblick lang wußte sie, was es mit der alten kaiserlichen Macht auf sich gehabt haben mußte, vor der Könige und Königinnen erzittert waren.
»Vielleicht hätte ich dich dafür getötet, wenn ich es damals gewußt hätte. Aber seither sind Jahre vergangen, und heute bereust du diesen Handel. Sie hat überlebt, und auch ich lebe noch. So wie auch du.«
Der Zorn gab ihr die Kraft zurück. »Daß ich noch lebe, habe ich nicht dir zu verdanken, du unmöglicher... und du sagst, du willst mich immer noch heiraten? Woher soll ich wissen, daß du meinst, was du sagst?«
»Woher weißt du, wann du jemandem vertrauen kannst, meine Liebe? Das wirst du entscheiden müssen.«
Schreiend wollte sie erwidern, daß sie nicht wisse, wann sie jemandem trauen könne; das war schließlich ihr ganzes Problem. »Du Wahnsinniger, wenn ich dir nun Antwort gebe und ja sage – könntest du dann für mich das Sinnschwert besiegen?«
»Ich werde tun, was ich kann, um dir zu helfen, wenn du meine Braut sein willst. Um das Sinnschwert werden wir uns kümmern, wenn es da ist.«
»Es ist da. Oh, du Lump. Unmöglich wie immer. Geh jetzt. Verlasse mein Zelt, oder ich werde Seelenschneider ziehen.« Und sie legte die Hand auf den schwarzen Griff des immer noch verborgenen Schwertes, das wie stets in Reichweite wartete.
»Und vermutlich wirst du fortfahren, Jungfrauen zu verführen und Bastarde zu zeugen, wenn wir verheiratet sind?«
Leise und in überaus nüchternem Tonfall antwortete er:

»Meine Treue zu dir wird größer ein, als du es dir vorstellen kannst. Ich liebe dich und ich habe es immer getan. Warum, glaubst du, habe ich für dich und neben dir gekämpft, als du ein Mädchen warst?«

»Ich glaube es nicht, sage ich! Ich glaube nichts davon! Geh jetzt, oder ich werde Seelenschneider ziehen.«

»Es ist dein Schwert, und du kannst damit tun, was du willst. Aber ich werde gehen, wenn du dich dazu entschließt, es zu ziehen.«

Sie schickte sich an, das Schwert aus der Scheide zu ziehen, und gleichzeitig rief sie mit klarer Stimme nach ihrer Garde. Als die Soldaten einen Augenblick später ins Zelt stürzten, fanden sie die Königin allein. Seelenschneider steckte immer noch in der Scheide, wenngleich ihre Hand auf dem Griff lag, als sei sie bereit zum Gefecht.

Die Soldaten merkten, daß sie halb hypnotisiert auf diese Hand starrten. Beide hofften, sie könnten aus dem Zelt springen, bevor das Schwert aus der Scheide gefahren wäre, und schon glaubten sie, in der Luft rings um das Schwert und um sich selbst den Sog einer Woge der Leere zu fühlen.

Königin Yambu vergeudete keinen Augenblick mehr. Unverzüglich gab sie den Befehl, die Truppen kampfbereit zu machen. Als dies geschehen war, ließ sie sie vorrücken.

Vilkatas Front war erst ab diesem Moment zu sehen. Abwartend hielt Yambu, in der Mitte ihrer eigenen Kampflinie, auf dem Rücken ihres berühmten grauen Kampftieres, das Schwert bereit, das Schwert der – ja, wie hieß dieses Schwert? Soweit sie wußte, hatte die Klinge nur den einen Namen.

Jetzt bewegten sich die feindlichen Linien aufeinander zu. Dort in der Mitte war vermutlich Vilkata selbst, der auf den richtigen Augenblick wartete, die Waffe zu ziehen, auf deren unbedingte Überlegenheit er vertraute.

Die Hand der Königin Yambu lag auf dem Griff ihres eigenen Schwertes. Sie trieb ihr Reittier voran, einen Schritt, noch einen. Noch nicht...

Aber jetzt.

Sinnschwert und Seelenschneider fuhren gleichzeitig aus ihren Scheiden.

Ihre eigene erste Reaktion auf die überwältigende seelische Wucht des Schwertes war der Wunsch, es fortzuwerfen. Doch dann tat sie es doch nicht. Denn sie sah nicht mehr, welchen Unterschied es machen würde, wenn sie es fortwürfe. Es hatte nicht mehr die geringste Bedeutung.

Nichts hatte überhaupt noch Bedeutung.

Nichts im gesamten Universum.

Das Sinnschwert war ein fernes, unbedeutendes Funkeln weit hinten auf dem Feld unter den düsteren Gewitterwolken. In der Nähe aber, rings um Königin Yambu . . .

Die Soldaten in ihrer unmittelbaren Umgebung hatten gesehen, wie sie das Schwert gezogen hatte. Danach aber war es ihnen gleichgültig, wohin sie schauten. Ringsumher verbreitete sich eine Welle der Lethargie, und beispiellose Gleichgültigkeit erfaßte die Truppen. Der Kreis wurde immer größer, als habe jemand einen Kiesel in einen tintenschwarzen Tümpel geworfen.

Aus der Ferne stürmte die Front heran. Das Sinnschwert flößte Vilkatas Truppen neue Begeisterung ein, und wahnwitzige Schreie gellten herüber.

Hier und dort sanken Soldaten der Königin – und von Sekunde zu Sekunde wurden es mehr – einfach zu Boden, und die Waffen entglitten den gleichgültig schlaffen Händen. Es sah so aus, als würden sie keinen Widerstand mehr leisten können, so daß der Dunkle König mühelos den Sieg davontragen würde.

Aber natürlich war auch das nicht mehr wichtig.

Die ersten von neuer Energie getriebenen Fanatiker des Königs stürmten heran, schreiend wie Berserker. Die Verteidigungsanstrengungen der schwarz-silbern gekleideten Soldaten waren bestenfalls halbherzig zu nennen, und je näher sie bei ihrer Königin standen, desto schwächer war ihre Gegenwehr.

Aber jetzt gerieten auch die Angreifer, Vilkatas Männer und Frauen, in Seelenschneiders Wirkungsbereich. Ihre Triumphschreie versiegten zuerst, und dann verließ auch sie die Energie, mit der sie ihre Waffen schwangen. Bald kamen ihre Reihen ungeordnet zum Stehen.

Die Königin von Yambu – eigentlich wußte sie nicht, weshalb sie sich diese Mühe noch machte – hob langsam den Blick. Das

Schwert, das sie über ihren Kopf hielt, erschien so stumpf, daß es in den Augen wehtat, wenn man es nur anschaute.
Das Schwert der Verzweiflung – jetzt fiel ihr der zweite Name wieder ein. Nicht, daß es jetzt noch wichtig gewesen wäre. Nichts war mehr wichtig.
Weshalb hielt sie das Schwert so hoch? Sie ließ ihre Arme vom Gewicht der Klinge herunterziehen. Als das Kampftier, verwirrt und leidend, sich in Bewegung setzte, ließ sie es ziehen und rutschte aus dem Sattel. Auf das Schwert gestützt stand sie da, und die Spitze wies schräg auf den Boden.
Doch nichts davon hatte noch irgendeine Bedeutung, die sie hätte empfinden können.
Die Gefechte, die hier und dort sporadisch ausgebrochen waren, erstarben. Seelenschneider beherrschte das ganze Feld. Wenn weder Sieg noch Überleben für irgend jemanden von Bedeutung war, dann würde es keine Schlacht geben.
Yambu wußte – wenngleich dieses Wissen verschwommen und irgendwie unwesentlich erschien –, daß das Schwert des Dunklen Königs ihn und eine kleine Gruppe seines Gefolges bisher vor Seelenschneiders düsterer, undeutbarer Attacke hatte schützen können.
Diese kleine Schar ging jetzt zum Angriff über und stürmte unter schrillem Kriegsgeschrei auf sie zu. Aber sie schrumpfte, und sie schrumpfte um so schneller, je näher sie der Königin kam. Ein Soldat nach dem anderen löste sich aus der Angriffsfront. Die Angreifer sanken zu Boden und saßen, knieten oder lagen in tiefer Verzweiflung auf dem Feld.
König Vilkatas Dämonen waren die letzten, die ihn verließen. Und noch bevor das geschah, hatte er selbst den Angriff aufgegeben, und galoppierte in heilloser Flucht davon.

Rostov, der nach vorn geritten war, um das Feld persönlich in Augenschein zu nehmen, wich mit seiner Späherschwadron unverzüglich zurück, als sie am Rande ankamen. Was der General vor sich sah, erschien ihm wie das furchtbarste Schlachtfeld, das er je gesehen hatte, obgleich er einen großen Teil seines Lebens auf den Schauplätzen schrecklicher Gemetzel verbracht hatte. Zwei Armeen befanden sich auf dem Feld,

und soweit er es aus der Ferne erkennen konnte, waren sie beide buchstäblich ausgelöscht. Aber der General machte kehrt und befahl seinen Soldaten den Rückzug – nicht wegen des Anblicks, der sich ihm bot, sondern wegen der Empfindungen, die ihn anrührten und die alle seine Soldaten anrührten, als sie den Rand dieser düsteren Arena überschritten hatten. Noch ein paar Schritte in diese Richtung, dachte Rostov, und bereitwillig hätte er Waffen und Medaillen abgelegt und sein Leben aufgegeben.
Er überlegte noch, welche Befehle er nun erteilen sollte, als er in der Ferne eine gigantische Gestalt auftauchen sah. Mit schnellen, kraftvoll ausgreifenden Schritten kam der zweibeinige Riese näher. Auch er schien das Feld der Verzweiflung zum Ziel zu haben. Es war Draffut, den manche für einen Gott hielten. General Rostov hatte den Herrn der Tiere zwar noch nie gesehen, aber wer sollte dies sonst sein?
Und da war noch jemand, anscheinend ein Mann, der in vertraulicher Eintracht mit dem Riesen auf dessen Schultern ritt.
Draffut kam nicht auf Rostov und seinen Spähtrupp zu, sondern blieb statt dessen an einer anderen Stelle am Rande des schrecklichen Schlachtfeldes stehen. Dort hielt er an und setzte den Mann, der auf seinen Schultern geritten war, auf den Boden. Der Mann, eine grau gewandete Gestalt mit einem blitzenden Schwert in der Hand, ging allein weiter auf das Feld der Finsternis und der Stille.
Verdutzt bemühte sich Rostov, zu erkennen, wohin dieser Mann – trug er eine Maske im Gesicht? – unterwegs sein mochte. Dann sah der General, daß da noch ein zweiter Mensch aufrecht auf dem Schlachtfeld stand, weit draußen in der Mitte. Es war die Silberne Königin; sie stützte sich auf die Klinge, die sie nicht mehr wegzuwerfen vermochte. Rostov und seine Soldaten sahen, wie der Kaiser ihr das Schwert aus der Hand nahm und in die Scheide schob, und augenblicklich fühlten sie, wie die Welt ringsum wieder auflebte.
Der General wandte sich seinen Truppen zu und brüllte: »Sie sind nicht alle tot da draußen! Einige von Vilkatas Mannen kommen schon wieder zu sich! Worauf wartet ihr? Macht, daß ihr hinauskommt und sie entwaffnet, solange ihr noch könnt!«

EPILOG

Als die Schar der überlebenden Götter über die Schneegrenze der Ludus-Berge hinausgestiegen war, begann der blinde Mann, den sie bei sich trugen, sie wieder zu beschimpfen und zu verfluchen. Er tobte, als ständen sie noch immer unter seinem Befehl, und Vulkan, der es hörte, begann allmählich zu bereuen, daß er den Mann aufgelesen und mitgenommen hatte.
Der Schmied hatte noch andere Gefährten, die aber nur hin und wieder zugegen waren. Der graubärtige Zeus, der stolze Apollo, Aphrodite, Hades. Sie kamen und gingen. Hades war wie stets niemals weit von seinem eigentlichen Reich, der Erde, entfernt. Diana hatte sie eine Zeitlang begleitet, aber sie hatte sich schon früh von der Gruppe getrennt und erklärt, sie habe einen anderen Ruf vernommen.
Vilkata, der Mensch, den sie mitgenommen hatten, war in zerfetzte Gewänder gehüllt, und er zitterte. Der goldene Reif war ihm schon vor Tagen vom Kopf gefallen, und seine Macht über die Dämonen hatte ihn damit verlassen. Unaufhörlich stöhnte und jammerte er, weil er sein Schwert verloren hatte. Dann wieder raste er vor Wut und verlangte, man möge ihm Speisen, Sklaven und Wein bringen.
Warum habe ich ihn mitgenommen? fragte Vulkan sich zum hundertsten Male. Der Schmied hatte ein wenig von seiner früheren Kraft wiedergewonnen, die Ardneh-Jünger seine Bande gelöst und ihn hatten gehen lassen, als sie gesehen hatten, daß er nicht länger gewalttätig und gefährlich war. Aber noch immer war er längst nicht das, was er einmal gewesen war, und manchmal überkam ihn die unbestimmte Angst, er könnte sterben.
Apollo hatte ihnen während des Rückzuges mehrmals erklärt, daß sie alle starben oder demnächst sterben würden – ihn selbst eingeschlossen. Die Welt habe sich wieder einmal verändert, hatte Apollo behauptet.
Der Mann, den sie bei sich hatten, gab ihnen zumindest eine gewisse Verbindung zum Menschlichen – obgleich Vulkan immer noch nicht bereit war, zuzugeben, daß sie so etwas brauchten.

Er wandte sich dem Mann auf seiner Schulter zu und redete ihn an, wie man zu einem halb intelligenten Schoßtier sprach. »Vielleicht finden wir irgendwo etwas zu essen für dich. Aber Wein gibt es hier nicht, zumindest keinen, den du trinken könntest, und auch keine menschlichen Sklaven.«
»Aber ich habe euch als Sklaven«, schnarrte der Mann zurück. Seine stolze Stimme wurde zusehens schwächer. »Und ihr seid Götter und Göttinnen. Also ist die ganze Erde mein.«
Von hinten schaltete sich Apollo ein. »Du fühlst es wohl nicht, kleiner Mann?«
»Was soll ich fühlen?« Er, der einmal der Dunkle König gewesen war, wandte sein blindes Gesicht hin und her. Mit klarerer Stimme erkundigte er sich: »Wo sind wir?« Und dann, einen Augenblick später, noch einmal: »Was soll ich fühlen?«
»Daß die Menschen, deren Träume uns geschaffen und uns Kraft gegeben haben, nun etwas anderes träumen? Daß unsere Kraft – und auch unser Leben – davonrinnt, seit wir euch die Schwerter gegeben haben?«
Unter den Göttern gab es immer noch einige, die sich selbst weismachen konnten, diesem Punkte sei zu widersprechen. »Das alles gehört zum Spiel –«
»Das Spiel ist aus.«
»Es ist aus? Aber wer hat gewonnen?«
Auf diese Frage bekamen sie keine Antwort.
»In den Bergen, dort, wo die Luft am dünnsten ist, werden wir uns wieder kräftig fühlen.«
Und sie stapften weiter und kletterten höher. Die Fähigkeit zu flinkem, schwerelosem Flug besaßen sie nicht mehr. Vulkan hatte den Eindruck, daß keiner von ihnen anfing, sich kräftiger zu fühlen; im Gegenteil – die dünne Luft ließ allmählich die Lungen schmerzen.
Es gefiel ihm nicht. Er würde es nicht *zulassen*. Tapfer rief er Apollo zu: »Du behauptest immer noch, wir seien ihre Schöpfung? Bah! Und wer hat *sie* dann erschaffen?«
Apollo gab keine Antwort.
Gelegentlich erschütterte vulkanisches Rumpeln die Erde unter ihren Füßen. Hier und da ließ unterirdische Wärme nackten, dampfenden Fels aus dem Schnee ragen.

Ihre Flucht, ihr Aufstieg, ging langsamer und langsamer vonstatten. Aber es ging weiter. Wo war Aphrodite plötzlich? Vulkan sah sich nach ihr um; es schien nicht, als sei sie auf die alte, behende Weise irgendwohin verschwunden, dachte er. Nein, sie war einfach weg. Fort.
Hades hatte er auch schon lange nicht mehr gesehen.
Vilkata spürte etwas. »Wohin verschwindet ihr alle?« brüllte der Mann, oder er wollte es zumindest brüllen. »Ich befehle euch, nicht zu verschwinden. Ihr sollt umkehren und mich in die Welt der Menschen zurückbringen. Ich werde hier oben erfrieren!«
Vulkan gedachte nicht, das Gezeter des Menschen noch länger zu ertragen, zumal da sein Gewicht immer weiter zuzunehmen schien. So warf der Gott den blinden, blökenden Mann beiseite und zog weiter. Vilkata verschwand in den eisigen Tiefen einer Gletscherspalte.
Der Schmied raffte seine ganze Entschlußkraft zusammen und versuchte, die Zielstrebigkeit wiederzugewinnen, mit der er diesen Aufstieg vor vielen Tagen begonnen hatte. Laut grübelte er: »Hier in der Nähe muß es gewesen sein – hier irgendwo – hier habe ich meine Schmiede erbaut und die Schwerter geschmiedet. Ich habe Holz aufgehäuft, Erdenholz, und ich habe es mit dem vulkanischen Feuer entzündet. Wenn ich nur meine Schmiede wiederfinden könnte...«
Und dann merkte er, daß er allein war. Der Mensch war irgendwo zwischen den Felsen verschwunden, und der letzte seiner göttlichen Gefährten war verweht, als habe der Wind ihn verschlungen.
Ihre klagenden Stimmen waren verhallt und in eisiger Stille versunken.
Aber eine war noch zu hören.
»*Wer hat SIE erschaffen?*« brüllte der Schmied, und er schleuderte die Frage wie eine Herausforderung dem Universum entgegen, schrie mit der letzten Kraft seiner schmerzenden, plötzlich vergänglichen Lunge.
Er spähte nach vorn.
Da wartete jemand auf ihn, lauerte hinter jenem letzten zerklüfteten Brocken schwarzen Felsgesteins. Eine neue Macht –

oder eine alte –, die gekommen war, die Welt für sich zu beanspruchen? Oder war es nur der Wind?
Er wagte nicht, hinzuschauen.
Die ganze Welt war jetzt eisig. Der Schmied merkte, daß die gräßliche Kälte sich gegen ihn wendete, er fühlte sie genauso hilflos und schmerzerfüllt, wie der schwächste Mensch sie gefühlt hätte.
Er wollte hinter den Felsblock schauen, aber er konnte es nicht.
Er hatte Angst. Dicht vor ihm würgte der Boden vulkanische Hitze und beißendes Gas hervor, und Schnee und Eis verwandelten sich dort augenblicklich in schwarzen Brei.
Vulkan taumelte voran und suchte die Wärme. Er sank auf Hände und Knie nieder. Während er starb, war ihm, als sei es der erste, kalte Morgen der Welt, und er suchte nach dem Feuer.

ENDE

Knaur

Remarque, Erich Maria
Schatten im Paradies
Remarques großer letzter Roman über die Emigration. 348 S. [363]

Styron, William
Nur diese Handvoll Staub und anderes aus meiner Feder
Der weltberühmte Romancier legt hier seinen ersten Erzählband vor. Seine sehr persönlichen Geschichten handeln von Schwarzen und Weißen, von ihren Leidenschaften, ihren Stärken und ihren Schwächen. 320 S. [1214]

Gordon, Noah
Die Klinik
Drei hervorragende Ärzte praktizieren unter der unerbittlichen Aufsicht von Dr. Longwood. Sie erfahren Siege und Niederlagen, Glück und Leid in einem Beruf, der sie täglich vor Herausforderungen stellt…
Ca. 416 S. [1568]
Der Rabbi
In der Zeit der Ungläubigkeit und Prunksucht beginnt der junge Michael Kind seine Laufbahn als Prediger. Seine Ehe mit einer Konvertitin wird zur großen Herausforderung seines Lebens.
352 S. [1546]

White, T. H.
Das Buch Merlin
Die vielgerühmte Version der großen Sage von König Artus und seiner Tafelrunde. Erzählt von einem der inspiriertesten Fantasy-Erzähler.
256 S. [1032]
Mr. White treibt auf der reißenden Liffey nach Dublin
Ein Überlebensroman. Eines Tages erscheint der Erzengel Michael und prophezeit eine Sintflut. Mr. White baut eine Arche. Als die Flut tatsächlich kommt, besteigen er und seine Mitbewohner ihr sonderbares Gefährt und fahren durch eine grandiose Alptraum-Szene, die sich wie eine Parodie auf den »Ulysses« von James Joyce liest…
256 S., 45 s/w-Abb. [1229]

Solschenizyn, Alexander
Ein Tag im Leben des Iwan Denissowitsch
Der Bericht über das Schicksal der Menschen in Stalins Zwangsarbeitslagern. 144 S. [190]

Uris, Leon
Haddsch
Haddsch, eine Männergestalt wie aus dem Alten Testament, ist die Hauptfigur dieser großen Familiensaga, die uns in das Land Palästina und in die Mentalität seiner Bewohner führt.
576 S. mit s/w-Abb. [1515]

Forsyth, Frederick
In Irland gibt es keine Schlangen
Zehn Stories voll überraschender Einfälle, erzählerischer Kraft und einer faszinierenden Wirklichkeitsnähe. 320 S. [1182]

Bieler, Manfred
Der Bär
In seinem autobiographischen Roman kehrt Manfred Bieler nach Zerbst, dem Ort seiner Kindheit, zurück. Das verträumte, östlich der Elbe gelegene Zerbst kommt uns nahe durch viele Geschichten, in denen geliebt und gelitten wird. 448 S. [1286]

Waberer, Keto von
Der Mann aus dem See
Poetisch und liebevoll, hintergründig und einfühlsam sind die alltäglichen Begebenheiten eingefangen, die Keto von Waberer in ihren Geschichten erzählt. In eindringlicher Sprache läßt sie den Leser miterleben, wie Menschen sich dem Leben und der Liebe stellen! Ca. 288 S. [1272]

Romane

Cordes, Alexandra

Nach all diesen Jahren
Nach zwanzig Jahren Ehe entschließt sich Georg Camberg einen Auftrag in Amerika anzunehmen... Nach all diesen Jahren läßt er seine Frau mit scheinbarer Selbstverständlichkeit alleine zurück. Für Gisela Cramberg bricht eine Welt zusammen. 240 S. [1495]

Die Buschärztin
Helga Kreuzer übernimmt im Zululand die Praxis ihres verstorbenen Vaters. Aus Liebe und Fürsorge zu Land und Leuten beschließt sie, Buschärztin zu werden. 192 S. [1149]

Liebe kennt keine Jahre
Ein Roman über zwei Frauen, die zwei Jahrhunderte trennen und die doch schicksalhaft miteinander verbunden sind. 255 S. [829]

Das Lied von Liebe und Tod
Ein junges Paar reist nach Portugal, um dort seine Flitterwochen zu verbringen. Unversehens geraten sie in eine blutige Familienfehde, in der es um Leben und Tod geht. 208 S. [1293]

Wilde Freunde
Die Abenteuer des Rick Hardt. Ein Roman voller Leben, voller Unmittelbarkeit. 192 S. [1160]

Haus der Träume
Um ein altes Patrizierhaus kämpfen zwei, seit Generationen verfeindete Familien. Eine Liebesgeschichte zwischen den Kindern macht diesem Streit schließlich ein Ende. 192 S. [1152]

Gast, Lise

Es ist eine alte Geschichte, doch bleibt sie immer neu
Die Geschichte eines jungen Mädchens, das nach einer zerbrochenen Liebe einen ungeliebten Arbeitsplatz aufgibt, um an der Seite eines älteren Mannes zu leben. 208 S. [1438]

Heim, Peter

Frauenklinik Lenzhalde
Die Frauenklinik ist seine Welt und sein Leben. Frauenarzt Dr. Reinhard wird von seinen Patientinnen geliebt und verehrt. Ihre Ängste und Nöte, ihre Sorgen und Freuden sind auch die seinen. 224 S. [1500]

Hersch, Jeanne

Begegnung
In ihrem einzigen Roman erzählt die Genfer Philosophin in der Rückschau die erste Liebe einer jungen Frau, die ein Kind erwartet. Sie empfindet nochmals die Gefühle, die sie als junges Mädchen einem älteren Mann entgegengebracht hat. 128 S. [1312]

Hill, Rebecca

Die Blauen Hügel
Was ist eine Ehe heute noch wert? Diese Frage muß sich die Psychologin Jeannine stellen, die nach zehn Jahren ehelicher Gemeinschaft in den Schoß ihrer Familie im Süden der USA geflohen ist. 320 S. [1514]

Donner, Florinda

Shabono
Eine Frau in der magischen Welt der Iticoteri. Die Anthropologin Florinda Donner folgt einer sterbenden Indianerin tagelang durch den Dschungel – bis zu ihrem Dorf Shabono. Dies ist der eindrucksvolle Bericht über ihre Erlebnisse. 320 S. [1279]

Clarke, Brenda

Der ferne Morgen
Sie ist schön, sie ist reich. Und ohne es zu wollen, wird sie vielen Männern zum Verhängnis. Um so größer ist die Überraschung, als der alles andere als standesgemäße Tom ihr Ehemann wird... 448 S. [1414]

Zeit der Ginsterblüte
England zur Zeit der Jahrhundertwende. Ein undurchsichtiges Gewirr aus Feindseligkeit, Argwohn und Haß trennt die verschwägerten Familien Read und Hunnicutt, in das die blutjunge Emily gerät... 400 S. [1415]

Romane

Knaur®

Das Buch hilft mit Regeln und Taktiken, sich auf die allgemein üblichen Testverfahren vorzubereiten. [7748]

Die erfahrene Ärztin erläutert Nahrungs- und Heilpflanzen und zeigt die Wirkung der Pflanzen. [7732]

Ein überzeugendes Programm, das Erfolg und Glück in unserer Gesellschaft garantiert. [7708]

Tips für jeden, der sich im täglichen Leben umweltbewußt verhalten will! [7710]

Die wichtigsten Tips, die Sie für einen abwechslungsreichen USA-Trip brauchen. [4627]

Vier Bestseller des berühmten Autors in einem Band. [3760]

Viel Buch für wenig Geld

Marion
Zimmer Bradley
Herrin der Falken

Es ist die Zeit der Hundert Königreiche, in den Ländern des Planeten Darkover wütet der Krieg. Während seine Widersacher noch um den Thron streiten, fristet der König ein jämmerliches Dasein im Exil. In ihrer Verzweiflung verfallen die wenigen verbliebenen Getreuen des vertriebenen Herrschers auf einen letzten Ausweg, dem König sein rechtmäßiges Erbe zu erhalten: das Mädchen Romilly. Sie lebt einsam in den Wäldern der Berge, eine seltene Gabe macht Romilly zur Herrin von Falke und Pferd. Für die Königstreuen sind ihre Zauberkräfte der Schlüssel zur Macht.

448 Seiten. Gebunden